GOETHES WERKE
BAND XIV

NATURWISSENSCHAFTLICHE SCHRIFTEN II
MATERIALIEN · REGISTER

Textkritisch durchgesehen
und kommentiert von Dorothea Kuhn

Mit Beiträgen von
Richard Benz, Irmgard Böttcher, Heinz Nicolai,
Dorothea Schäfer und Erich Trunz

VERLAG C.H.BECK MÜNCHEN

Die ,Hamburger Ausgabe' wurde begründet
im Christian Wegner Verlag, Hamburg
Die erste bis vierte Auflage des vierzehnten Bandes
erschien dort in den Jahren 1960 bis 1971
Vollständige Neubearbeitung 1981
(= sechste Auflage des vierzehnten Bandes)

ISBN für diesen Band: 3 406 08494 X
ISBN für die 14bändige Ausgabe: 3 406 08495 8

Neunte, durchgesehene Auflage. 1994

Druck: C.H. Beck'sche Buchdruckerei, Nördlingen
Gedruckt auf alterungsbeständigem (säurefreiem),
aus chlorfrei gebleichtem Zellstoff hergestelltem Papier
Printed in Germany

NATURWISSENSCHAFTLICHE SCHRIFTEN

ZWEITER TEIL

MATERIALIEN ZUR GESCHICHTE DER FARBENLEHRE

Atqui perpendat philosophiae cultor, rerum abstrusarum investigationem non unius esse seculi; saepe veritas furtim quasi in conspectum veniens, negligentia philosophorum offensa subito se rursum subducit, non dignata homines sui conspectu mero, nisi officiosos et industrios.

EINLEITUNG

Wird einer strebenden Jugend die Geschichte eher lästig als erfreulich, weil sie gern von sich selbst eine neue, ja wohl gar eine Urwelt-Epoche beginnen möchte, so haben die in Bildung und Alter Fortschreitenden gar oft mit lebhaftem Danke zu erkennen, wie mannigfaltiges Gute, Brauchbare und Hülfreiche ihnen von den Vorfahren hinterlassen worden.

Nichts ist stillstehend. Bei allen scheinbaren Rückschritten müssen Menschheit und Wissenschaft immer vorschreiten, und wenn beide sich zuletzt auch wieder in sich selbst abschließen sollten. Vorzügliche Geister haben sich immer gefunden, die sich mitteilen mochten. Viel Schätzenswertes hievon ist auf uns gekommen, woraus wir uns überzeugen können, daß es unsern Vorfahren an treffenden Ansichten der Natur nie gefehlt habe.

Der Kreis, den die Menschheit auszulaufen hat, ist bestimmt genug, und ungeachtet des großen Stillstandes, den die Barbarei machte, hat sie ihre Laufbahn schon mehr als einmal zurückgelegt. Will man ihr auch eine Spiralbewegung zuschreiben, so kehrt sie doch immer wieder in jene Gegend, wo sie schon einmal durchgegangen. Auf diesem Wege wiederholen sich alle wahren Ansichten und alle Irrtümer.

Um sich von der Farbenlehre zu unterrichten, mußte man die ganze Geschichte der Naturlehre wenigstens durchkreuzen und die Geschichte der Philosophie nicht außer acht lassen. Eine gedrängte Darstellung wäre zu wünschen gewesen; aber sie war unter den gegebenen Umständen nicht zu leisten. Wir mußten uns daher entschließen, nur Materialien zur Geschichte der Farbenlehre zu liefern, und hiezu das, was sich bei uns aufgehäuft hatte, einigermaßen sichten.

Was wir unter jenem Ausdrucke verstehen, wird nicht schwer zu deuten sein. Wer Materialien zu einem Gebäude liefert, bringt immer mehr und weniger als erforderlich ist. Denn dem Herbeigeschafften muß öfters so viel genommen werden, nur um ihm eine Form zu geben, und an dasjenige, was eigentlich zur letzten besten Zierde gereicht, daran pflegt man zu Anfang einer Bauanstalt am wenigsten zu denken.

Wir haben Auszüge geliefert und fanden uns hiezu durch mehrere Ursachen bewogen. Die Bücher, welche hier zu Rate gezogen werden mußten, sind selten zu haben, wo nicht in großen Städten und wohlausgestatteten Bibliotheken, doch gewiß an manchen mittlern und kleinen Orten, von deren teilnehmenden Bewohnern und Lehrern wir unsre Arbeit geprüft und genutzt wünschten. Deshalb sollte dieser Band eine Art Archiv werden, in welchem niedergelegt wäre, was die vorzüglichsten Männer, welche sich mit der Farbenlehre befaßt, darüber ausgesprochen.

Auch trat noch eine besondre Betrachtung ein, welche sowohl hier als in der Geschichte der Wissenschaften überhaupt gilt. Es ist äußerst schwer, fremde Meinungen zu referieren, besonders wenn sie sich nachbarlich annähern, kreuzen und decken. Ist der Referent umständlich, so erregt er Ungeduld und lange Weile; will er sich zusammenfassen, so kommt er in Gefahr, seine Ansicht für die fremde zu geben; vermeidet er zu urteilen, so weiß der Leser nicht, woran er ist; richtet er nach gewissen Maximen, so werden seine Darstellungen einseitig und erregen Widerspruch, und die Geschichte macht selbst wieder Geschichten.

Ferner sind die Gesinnungen und Meinungen eines bedeutenden Verfassers nicht so leicht auszusprechen. Alle Lehren, denen man Originalität zuschreiben kann, sind nicht so leicht gefaßt, nicht so geschwind epitomiert und systematisiert. Der Schriftsteller neigt sich zu dieser oder jener Gesinnung; sie wird aber durch seine Individualität, ja oft nur durch den Vortrag, durch die Eigentümlichkeit des Idioms, in welchem er spricht und schreibt, durch die Wendung der Zeit, durch mancherlei Rücksichten modifiziert. Wie wunderbar verhält sich nicht Gassendi zu Epikur!

Ein Mann, der länger gelebt, ist verschiedene Epochen durchgegangen; er stimmt vielleicht nicht immer mit sich selbst überein; er trägt manches vor, davon wir das eine für wahr, das andre für falsch ansprechen möchten: alles dieses darzustellen, zu sondern, zu bejahen, zu verneinen, ist eine unendliche Arbeit, die nur dem gelingen kann, der sich ihr ganz widmet und ihr sein Leben aufopfern mag.

Durch solche Betrachtungen veranlaßt, durch solche Nötigungen gedrängt, lassen wir meistens die Verfasser selbst sprechen; ja wir hätten die Originale lieber als die Übersetzung geliefert, wenn uns nicht eine gewisse Gleichförmigkeit und allgemeinere Brauchbarkeit zu dem Gegenteil bewogen hätte. Der einsichtsvolle Leser wird sich mit jedem besonders unterhalten; wir haben gesucht, ihm sein Urteil zu erleichtern, nicht ihm vorzugreifen. Die Belege sind bei der Hand, und ein fähiger Geist wird sie leicht zusammenschmelzen. Die Wiederholung am Schlusse wird hiezu behülflich sein.

Wollte man uns hier noch eine heitere Anmerkung erlauben, so würden wir sagen: daß durch diese Art, jeden Verfasser seinen Irrtum wie seine Wahrheit frei aussprechen zu lassen, auch für die Freunde des Unwahren und Falschen gesorgt sei, denen hierdurch die beste Gelegenheit verschafft wird, dem Seltsamsten und am wenigsten Haltbaren ihren Beifall zuzuwenden.

Nach diesem Ersten, welches eigentlich den Grund unserer Bemühung ausmacht, haben wir charakteristische Skizzen, einzelne biographische Züge, manchen bedeutenden Mann betreffend, aphoristisch mitgeteilt. Sie sind aus Notizen entstanden, die wir zu künftigem unbestimmten Gebrauch, beim Durchlesen ihrer Schriften, bei Betrachtung ihres Lebensganges, aufgezeichnet. Sie machen keinen Anspruch, ausführlich zu schildern oder entschieden abzuurteilen; wir geben sie, wie wir sie fanden: denn nicht immer waren wir in dem Falle, bei Redaktion dieser Papiere alles einer nochmaligen genauen Prüfung zu unterwerfen.

Mögen sie nur dastehen, um zu erinnern, wie höchst bedeutend es sei, einen Autor als Menschen zu betrachten; denn wenn man behauptet hat: schon der Stil eines Schriftstellers sei der ganze Mann, wieviel mehr sollte nicht der ganze Mensch den ganzen Schriftsteller enthalten. Ja eine Geschichte der Wissenschaften, insofern diese durch Menschen behandelt worden, zeigt ein ganz anderes und höchst belehrendes Ansehen, als wenn bloß Entdeckungen und Meinungen aneinander gereiht werden.

Vielleicht ist auch noch auf eine andre Weise nötig, dasjenige zu entschuldigen, was wir zu viel getan. Wir gaben Nachricht von Autoren, die nichts oder wenig für die Farbenlehre geleistet, jedoch nur von solchen, die für die Naturforschung überhaupt bedeutend waren. Denn wie schwierig es sei, die Farbenlehre, die sich überall gleichsam nur durchschmiegt, von dem übrigen Wissen einigermaßen zu isolieren und sie dennoch wieder zusammen zu halten, wird jedem Einsichtigen fühlbar sein.

Und so haben wir, um eines durchgehenden Fadens nicht zu ermangeln, allgemeine Betrachtungen eingeschaltet, den Gang der Wissenschaften in verschiedenen Epochen flüchtig bezeichnet, auch die Farbenlehre mit durchzuführen und anzuknüpfen gesucht. Daß hiebei mancher Zufall gewaltet, manches einer augenblicklichen Stimmung seinen Ursprung verdankt, kann nicht geleugnet werden. Indessen wird man einige Launen auch wohl einer ernsten Sammlung verzeihen, zu einer Zeit, in der ganze wetterwendische Bücher mit Vergnügen und Beifall aufgenommen werden.

Wie manches nachzubringen sei, wird erst in der Folge recht klar werden, wenn die Aufmerksamkeit mehrerer auf diesen Gegenstand sich richtet. Verschiedene Bücher sind uns ungeachtet aller Bemühungen nicht zuhanden gekommen; auch wird man finden, daß Memoiren der Akademien, Journale und andre dergleichen Sammlungen nicht genugsam genutzt sind. Möchten doch mehrere, selbst diejenigen, die, um anderer Zwecke willen, alte und neue Werke durchgehen, gelegentlich notieren, was ihnen für unser Fach bedeutend scheint, und es gefällig mitteilen; wie wir denn schon bisher manchen Freunden für eine solche Mitteilung den besten Dank schuldig geworden.

ZUR GESCHICHTE DER URZEIT

Die Zustände ungebildeter Völker, sowohl der alten als der neuern Zeit, sind sich meistens ähnlich. Stark in die Sinne fallende Phänomene werden lebhaft aufgefaßt.

In dem Kreise meteorischer Erscheinungen mußte der seltnere, unter gleichen Bedingungen immer wiederkehrende Regenbogen die Aufmerksamkeit der Naturmenschen besonders an sich ziehen. Die Frage, woher irgendein solches Ereignis entspringe, ist dem kindlichen Geiste wie dem ausgebildeten natürlich. Jener löst das Rätsel bequem durch ein phantastisches, höchstens poetisches Symbolisieren; und so verwandelten die Griechen den Regenbogen in ein liebliches Mädchen, eine Tochter des Thaumas (des Erstaunens); beides mit Recht: denn wir werden bei diesem Anblick das Erhabene auf eine erfreuliche Weise gewahr. Und so ward sie diesem Gestalt liebenden Volke ein Individuum, Iris, ein Friedensbote, ein Götterbote überhaupt; andern, weniger Form bedürfenden Nationen, ein Friedenszeichen.

Die übrigen atmosphärischen Farbenerscheinungen, allgemein, weit ausgebreitet, immer wiederkehrend, waren nicht gleich auffallend. Die Morgenröte nur noch erschien gestaltet.

Was wir überall und immer um uns sehen, das schauen und genießen wir wohl, aber wir beobachten es kaum, wir denken nicht darüber. Und wirklich entzog sich die Farbe, die alles Sichtbare bekleidet, selbst bei gebildeteren Völkern gewissermaßen der Betrachtung. Desto mehr Gebrauch suchte man von den Farben zu machen, indem sich färbende Stoffe überall vorfanden. Das Erfreuliche des Farbigen, Bunten wurde gleich gefühlt; und da die Zierde des Menschen erstes Bedürfnis zu sein scheint und ihm fast über das Notwendige geht, so war die Anwendung der Farben auf den nackten Körper und zu Gewändern bald im Gebrauch.

Nirgends fehlte das Material zum Färben. Die Fruchtsäfte, fast jede Feuchtigkeit außer dem reinen Wasser, das Blut der Tiere, alles ist gefärbt; so auch die Metallkalke, besonders des überall vorhandnen Eisens. Mehrere verfaulte Pflanzen geben einen entschiedenen Färbestoff, dergestalt daß der Schlick an seichten Stellen großer Flüsse als Farbematerial benutzt werden konnte.

Jedes Beflecken ist eine Art von Färben, und die augenblickliche Mitteilung konnte jeder bemerken, der eine rote Beere zerdrückte. Die Dauer dieser Mitteilung erfährt man gleichfalls bald. Auf dem Körper bewirkte man sie durch Tatauieren und Einreiben. Für die Gewänder fanden sich bald farbige Stoffe, welche auch die beizende Dauer mit sich führen, vorzüglich der Eisenrost, gewisse Fruchtschalen, durch welche sich der Übergang zu den Galläpfeln mag gefunden haben.

Besonders aber machte sich der Saft der Purpurschnecke merkwürdig, indem das damit Gefärbte nicht allein schön und dauerhaft war, sondern auch zugleich mit der Dauer an Schönheit wuchs.

Bei dieser jedem Zufall freigegebenen Anfärbung, bei der Bequemlichkeit, das Zufällige vorsätzlich zu wiederholen und nachzuahmen, mußte auch die Aufforderung entstehen, die Farbe zu entfernen. Durchsichtigkeit und Weiße haben an und für sich schon etwas Edles und Wünschenswertes. Alle ersten Gläser waren farbig; ein farbloses Glas mit Absicht darzustellen, gelang erst spätern Bemühungen. Wenig Gespinste oder was sonst zu Gewändern benutzt werden kann, ist von Anfang weiß; und so mußte man aufmerksam werden auf die entfärbende Kraft des Lichtes, besonders bei Vermittlung gewisser Feuchtigkeiten. Auch hat man gewiß bald genug den günstigen Bezug eines reinen weißen Grundes zu der darauf zu bringenden Farbe in früheren Zeiten eingesehen.

Die Färberei konnte sich leicht und bequem vervollkommnen. Das Mischen, Sudlen und Manschen ist dem Menschen angeboren. Schwankendes Tasten und Versuchen ist seine Lust. Alle Arten von Infusionen gehen in Gärung oder in Fäulnis über; beide Eigenschaften begünstigen die Farbe in einem entgegengesetzten Sinne. Selbst untereinander gemischt und verbunden heben sie die Farbe nicht auf, sondern bedingen sie nur. Das Saure und Alkalische in seinem rohsten empirischen Vorkommen, in seinen absurdesten Mischungen wurde von jeher zur Färberei gebraucht, und viele Färberezepte bis auf den heutigen Tag sind lächerlich und zweckwidrig.

Doch konnte bei geringem Wachstum der Kultur bald eine gewisse Absonderung der Materialien sowie Reinlichkeit und Konsequenz stattfinden, und die Technik gewann durch Überlieferung unendlich. Deswegen finden wir die Färberei bei Völkern von stationären Sitten auf einem so hohen Grade der Vollkommenheit, bei Ägyptiern, Indiern, Chinesen.

Stationäre Völker behandlen ihre Technik mit Religion. Ihre Vorarbeit und Vorbereitung der Stoffe ist höchst reinlich und genau, die Bearbeitung stufenweise sehr umständlich. Sie gehen mit einer Art von Naturlangsamkeit zu Werke; dadurch bringen sie Fabrikate hervor, welche bildungsfähigern, schnell vorschreitenden Nationen unnachahmlich sind.

Nur die technisch höchstgebildeten Völker, wo die Maschinen wieder zu verständigen Organen werden, wo die größte Genauigkeit sich mit der größten Schnelligkeit verbindet, solche reichen an jene hinan und übertreffen sie in vielem. Alles Mittlere ist nur eine Art von Pfuscherei, welche eine Konkurrenz, sobald sie entsteht, nicht aushalten kann.

Stationäre Völker verfertigen das Werk um sein selbst willen, aus einem frommen Begriff, unbekümmert um den Effekt; gebildete Völker aber müssen auf schnelle augenblickliche Wirkung rechnen, um Beifall und Geld zu gewinnen.

Der charakteristische Eindruck der verschiedenen Farben wurde gar bald von den Völkern bemerkt, und man kann die verschiedene Anwendung in diesem Sinne bei der Färberei und der damit verbundenen Weberei, wenigstens manchmal, als absichtlich und aus einer richtigen Empfindung entspringend ansehen.

Und so ist alles, was wir in der früheren Zeit und bei ungebildeten Völkern bemerken können, praktisch. Das Theoretische begegnet uns zuerst, indem wir nunmehr zu den gebildeten Griechen übergehen.

ERSTE ABTEILUNG
GRIECHEN

Pythagoras
nach Diogenes Laertius

Pythagoras sagt von den Sinnen überhaupt und insbesondere vom Gesicht, es sei eine heiße Ausdünstung oder Dampf, vermittelst dessen wir sowohl durch Luft als Wasser sehen: denn das Heiße werde von dem Kalten zurückgeworfen. Wäre nun die Ausdünstung in den Augen kalt, so würde sie in die ihr ähnliche äußere Luft übergehen. An einer andern Stelle nennt er die Augen Pforten der Sonne.

Pythagoreer
nach Plutarch

Die Pythagoreer lassen die katoptrischen Erscheinungen entstehen durch eine Zurückwerfung der Opsis. Die Opsis erstrecke sich bis auf den Spiegel, und von seiner Dichte und Glätte getroffen, kehre sie in sich selbst zurück, indem sie etwas Ähnliches erleide mit der Hand, welche ausgestreckt und an die Schulter zurückgezogen wird.

Die Pythagoreer nannten die Oberfläche der Körper χροιά, das heißt Farbe. Ferner gaben sie als Farbgeschlechter an, das Weiße, das Schwarze, das Rote und das Gelbe. Die Unterschiede der Farben suchten sie in der verschiedenen Mischung der Elemente; die mannigfaltigen Farben der Tiere hingegen in der Verschiedenheit der Nahrungsmittel und Himmelsstriche.

Empedokles

nach Theophrast

Empedokles sagt, das Innre des Auges sei Feuer (und Wasser), die äußre Umgebung Erde und Luft; durch welche das Feuer, als ein Zartes, durchschwitze, wie das Licht durch die Laterne... Die Gänge (πόροι) aber des Feuers und Wassers lägen verschränkt; durch die Gänge des Feuers erkenne man das Weiße, durch die des Wassers das Schwarze: denn jedes von diesen beiden sei dem andern von beiden angemessen oder damit übereinstimmend (nach dem Grundsatz: Ähnliches wird durch Ähnliches erkannt). Die Farben aber gelangten durch einen Abfluß zu dem Gesicht. Die Augen seien aber nicht aus Gleichem zusammengesetzt, sondern aus Entgegenstehendem; auch hätten einige das Feuer in sich, andre außer sich. Daher sähen auch einige Tiere bei Tage, andre bei Nacht besser. Die nämlich weniger Feuer hätten, bei Tage: das innre Licht werde durch das äußre ausgeglichen; die im Gegenteil, bei Nacht: denn ihnen werde das Fehlende ersetzt. In den entgegengesetzt organisierten verhalte es sich umgekehrt; sie sähen schlecht. Bei denen nämlich das Feuer vorwalte, am Tage noch vermehrt (durch das äußre), überwältige und verstopfe es die Gänge des Wassers; bei denen aber das Wasser vorwalte, werde des Nachts das Feuer vom Wasser überwältigt, so lange bis daß in diesen das Wasser vom äußern Licht, bei jenen das Feuer durch die Luft ausgeschieden und abgesondert werde. Denn immer das Entgegenstehende sei die Heilung des andern. Am besten gemischt und am tauglichsten seien die Augen, die aus beiden Bestandteilen gleichförmig gemischt wären.

Nach Stobäus

Empedokles erklärt die Farbe für etwas, das den Gängen des Auges oder Gesichts angemessen und damit übereinstimmend sei. Ihre Verschiedenheit leitet er von der Mannigfaltigkeit der Nahrung ab. Gleich den Elementen nimmt er viere derselben an: weiß, schwarz, rot, gelb.

Nach Plutarch

Nach Empedokles geschehen die Erscheinungen im Spiegel durch Ausflüsse von den Gegenständen, welche sich auf der Oberfläche des Spiegels versammeln und vollendet werden durch das aus dem Auge sich ausscheidende Feuerhafte, welches die umgebende Luft, in welche jene Ausflüsse getrieben werden, mit in Bewegung setzt.

Demokritus

nach Theophrast

Demokritus läßt das Sehen entstehn durch eine Emphasis. Darunter versteht er etwas Besonderes. Die Emphasis geschehe nicht geradenweges in der Pupille; sondern die Luft zwischen dem Gesicht und dem Gesehenen erhalte eine Form, indem sie von dem Gesehenen und Sehenden zusammengedrückt werde: denn von allem geschehe ein beständiger Ausfluß. Die nunmehr harte und anders gefärbte Luft spiegle sich in den nassen Augen. Das Dichte nun werde nicht aufgenommen, das Wäßrichte aber seihe durch. Darum wären auch die nassen Augen tauglicher zum Sehen, als die harten, wofern die Hornhaut sehr fein und dicht wäre, das Innere des Auges aber schwammig und leer an dickem und starkem Fleische sowie an dicker und fetter Feuchtigkeit, die durch die Augen gehenden Adern aber in gerader Richtung und trocken sowie von paßlicher Gestalt für das Abgebildete: denn jedes erkenne am meisten das ihm Verwandte und Ähnliche.

Nach Plutarch

Demokritus behauptet: τῷ νόμῳ χροιὴν εἶναι: die Farbe sei nichts von Natur Notwendiges, sondern ein durch Gesetz, Übereinkunft, Gewöhnung Angenommenes und Festgestelltes.

Nach Stobäus

Demokritus sagt, die Farbe sei nichts an sich. Die Elemente, das Volle und das Leere hätten (zwar) Eigenschaften;

aber das aus ihnen Zusammengesetzte erhalte Farbe (erst) durch Ordnung, Gestalt und Lage oder Richtung: denn darnach fielen die Erscheinungen aus. Dieser Farbe seien vier Verschiedenheiten, weiß, schwarz, rot und gelb.

Demokritus und Epikurus

nach Plutarch

Demokritus und Epikurus sagen, das Sehen geschehe dadurch, daß Bilder von den Gegenständen sich absondern und ins Auge kommen.

Die katoptrischen Erscheinungen geschehen durch Zurückwerfung von Bildern, welche von uns ausgehen und sich auf dem Spiegel vereinigen.

Epikurus

nach Plutarch

Epikur im zweiten Buche gegen Theophrast leugnet, daß Farben den Körpern inwohnen, und behauptet vielmehr, sie entständen durch gewisse Stellungen und Lagen der Körper gegen das Gesicht; und auf diese Weise könne ein Körper ebensowenig farblos sein als Farbe haben. Weiter vorn schreibt er also: Auch davon abgesehen, weiß ich nicht, wie man sagen könne, daß Körper in der Finsternis auch Farbe hätten.

Nach Diogenes Laertius

Die Farbe verändre sich nach der Lage der Atomen.

Zeno, der Stoiker

nach Plutarch

Die Farben seien die ersten Schematismen der Materie.

Chrysippus

nach Plutarch

Nach Chrysippus' Meinung geschieht das Sehen, indem die Luft zwischen dem Gegenstande und uns sich erstreckt, getroffen von dem zum Sehen bestimmten Pneuma, das von der Seele aus bis in die Pupille dringt, und nach der Berührung der äußern Luft sich in Gestalt eines Kegels hinerstreckt. Es ergießen sich aber aus dem Auge feurige Strahlen, nicht schwarze oder neblichte; daher wir die Finsternis sehen können.

Nach Diogenes Laertius

Das Sehen geschieht, wenn das Licht, welches zwischen dem Gesicht und dem Gegenstande ist, sich in konischer Gestalt hinerstreckt. Die Spitze des Luftkegels entsteht am Auge und die Basis an dem, was gesehen wird; und so, indem die Luft wie ein Stab sich hinerstreckt, kündigt sich das Gesehene an.

Pyrrhonier

nach Diogenes Laertius

Nichts erscheint rein und an sich, sondern mit Luft und Licht, mit Flüssigem und Festem, mit Wärme und Kälte, Bewegung, Verdunstung und andern Eigenschaften. Der Purpur zum Beispiel zeigt eine andre Farbe in der Sonne, eine andre bei Mond- und Lampenlicht. Unsre eigene Farbe ist anders um Mittag, und so auch der Sonne. Durch Lage, Ort und Entfernung erscheint Großes klein, Eckiges rund, Ebenes uneben; Gerades erscheint gebrochen, das Bleiche anders gefärbt. Berge erscheinen von fern luftartig und glatt, in der Nähe rauh; der nämliche Körper im schattigen Hain anders als im Freien; der Hals der Taube, je nachdem sie ihn wendet.

Plato

Übrigens gibt es noch eine vierte Art Empfindbares, die wir abzuhandeln haben, welche aus vielen Mannigfaltigkeiten besteht. Diese werden von uns sämtlich Farben genannt, eine Flamme, die von jedem Körper ausfließt und solche Teile hat, die sich zum Sinn des Gesichts dergestalt verhalten, daß sie von ihm empfunden werden können. Was das Gesicht betrifft, von dessen Ursprung haben wir oben geredet, und nun ziemt es sich auch die Farben kürzlich abzuhandeln.

Was von jenen Teilen dergestalt herangebracht wird, daß es ins Gesicht fällt, ist entweder kleiner oder größer als die Teile des Gesichts oder ihnen völlig gleich. Das Gleiche wird nicht empfunden, deshalb wir es durchsichtig nennen. Durch das Kleine hingegen wird das Gesicht gesammelt, durch das Größere entbunden, und beide sind mit dem Warmen und Kalten, das auf die Haut, mit dem Sauern, das auf die Zunge wirkt, mit dem Hitzigen, das wir auch bitter nennen, verschwistert.

Durch Schwarz und Weiß entstehen eben solche Wirkungen, aber als Erscheinungen für einen andern Sinn, jedoch aus denselben Ursachen. Daher läßt sich behaupten: durch das Weiße werde das Gesicht entbunden, durch das Schwarze hingegen gesammelt.

Ein lebhafter Trieb aber und eine Art andern Feuers dringt von innen gegen die Augen und entbindet gleichfalls das Gesicht, und indem er die Gänge der Augäpfel mit Gewalt durchdringt und schmelzt, wird ein feuriges Wasser häufig vergossen, das wir Träne heißen. Jener Trieb aber ist ein Feuer, das dem äußern begegnet.

Wenn nun das innere Feuer herausstürzt wie ein Blitzstrahl, indem das äußre eindringt und in der Feuchtigkeit verlischt, werden wir durch die bei solcher gegenseitigen Wirkung entstandenen Farben geblendet, und dasjenige, wovon sich die Wirkung herschreibt, nennen wir leuchtend oder glänzend.

Eine mittlere Art Feuer hingegen, die zu der Augenfeuchte gelangt und sich damit verbindet, bringt zwar keinen Glanz hervor; weil jedoch die Feuchtigkeit sich mit dem Leuchten des Feuers vereinigt, entsteht eine Blutfarbe, welche man Rot nennt.

Das Leuchtende ferner mit Rot und Weiß vermischt erzeugt das Gelbe.

Nach welchem Maße aber solches entstehe, würde jemand, selbst wenn er es verstünde, zu sagen nicht unternehmen, weil er weder das Notwendige noch das Wahrscheinliche davon einigermaßen auszuführen imstande wäre.

Rot mit Schwarz und Weiß vermischt gibt die Purpurfarbe.

Wenn diese Mischung eine Verbrennung erleidet, so daß das Schwarze überwiegend wird, entsteht das Orphnion (ein leuchtend feurig Schwarz).

Das Braunrote entsteht, wenn Gelb und Grau, das Graue hingegen, wenn Weiß und Schwarz gemischt werden.

Aus Weiß und Gelb entsteht das Blasse (Gelb).

Wenn das Glänzende mit dem Weißen zusammentritt und auf reines Schwarz fällt, dann wird die blaue Farbe vollendet.

Blau mit Weiß macht Hellblau.

Braunrot und Schwarz Lauchfarbe.

Hieraus sind denn auch die übrigen gewissermaßen offenbar und durch was für ähnliche Mischungen sie hervorgebracht werden.

Aristoteles

Anzunehmen, daß die blauen Augen feuerhaft sind, wie Empedokles sagt, die schwarzen aber mehr Wasser als Feuer haben und dieserwegen am Tage nicht scharf sehen aus Mangel des Wassers, die andern aber des Nachts aus Mangel des Feuers, ist irrig, sintemal nicht des Feuers das Auge ist, sondern des Wassers. Außerdem läßt sich die Ursache der Farben noch auf eine andre Weise angeben.

Wäre das Auge Feuer, wie Empedokles behauptet, und im Timäus geschrieben steht, und geschähe das Sehen, indem das Licht wie aus einer Laterne (aus den Augen) herausgehe, warum in der Finsternis sieht nicht das Auge? Daß es ausgelöscht werde im Finstern, wenn es herauskomme, wie der Timäus sagt, ist durchaus nichtig. Denn was heißt Auslöschung des Lichtes? Gelöscht wird im Nassen oder im Kalten das Warme (Heiße) und Trockne, dergleichen in dem Kohlichten das Feuer zu sein scheint und die Flamme. Keins von beiden aber scheint dem Augenlicht zugrunde zu liegen. Lägen sie aber auch, und nur, wegen der Wenigkeit, auf eine uns verborgne Weise, so müßte täglich auch vom Wasser das Augenlicht ausgelöscht werden, und im Frost zumeist müßte Finsternis entstehen, wie wenigstens mit der Flamme und brennenden Körpern geschieht. Nun aber geschieht nichts dergleichen. Empedokles nun scheint einmal zu behaupten, indem das Licht herausgehe, sähen wir, ein andermal wieder durch Aus- oder Abflüsse von den gesehenen Gegenständen.

Demokritus hingegen, sofern er behauptet, das Auge sei Wasser, hat recht; sofern er aber meint, das Sehen sei eine Emphasis (Spiegelung), hat er unrecht. Denn dies geschieht, weil das Auge glatt ist, und eine Emphasis findet nicht statt im Gegenstande, sondern im Sehenden: denn der Zustand ist eine Zurückwerfung. Doch über die Emphänomena und über die Zurückwerfung hatte er, wie es scheint, keine deutlichen Begriffe. Sonderbar ist es auch, daß ihm nicht die Frage aufstieß: warum das Auge allein sieht, die andern Dinge, worin die Bilder sich spiegeln, aber nicht. Daß nun das Auge Wasser sei, darin hat er recht. Das Sehen aber geschieht nicht, insofern das Auge Wasser ist, sondern insofern das Wasser durchsichtig ist, welche Eigenschaft es mit der Luft gemein hat.

Demokritus aber und die meisten Physiologen, die von der Wahrnehmung des Sinnes handeln, behaupten etwas ganz Unstatthaftes. Denn alles Empfindbare machen sie zu etwas Fühlbarem; da doch, wenn dem so wäre, in die Augen fällt, daß auch alle übrigen Empfindungen ein Fühlen sein müßten; welches, wie leicht einzusehen, unmöglich. Ferner machen sie, was allen Wahrnehmungen der Sinne gemeinschaftlich ist, zu einem Eigentümlichen. Denn Größe und Gestalt, Rauhes und Glattes, Scharfes und Stumpfes an den Massen sind etwas allen Sinneswahrnehmungen Gemeines oder, wenn nicht allen, doch dem Gesichte und Gefühl. Darum täuschen diese beiden Sinne sich zwar hierüber, nicht aber über das jedem Eigentümliche, zum Exempel das Gesicht nicht über die Farbe, das Gehör nicht über den Schall. Jene Physiologen aber werfen das Eigentümliche mit dem Gemeinschaftlichen zusammen, wie Demokritus. Vom Weißen nämlich und Schwarzen behauptet er, dieses sei rauh und jenes glatt. Auch die Geschmäcke bringt er auf Gestalten zurück. Wiewohl es des Gesichtes mehr als jedes andern Sinnes Eigenschaft ist, das Gemeinsame zu erkennen. Sollte es nun mehr des Geschmackes Sache sein; so müßte, da das Kleinste in jeglicher Art zu unterscheiden dem schärfsten Sinne angehört, der Geschmack zumeist das übrige Gemeinsame empfinden und über die Gestalt der vollkommenste Richter sein. Ferner alles Empfindbare hat Gegensätze, zum Exempel in der Farbe ist dem Schwarzen das Weiße, im Geschmack das Süße dem Bittern entgegen; Gestalt aber scheint kein Gegensatz von Gestalt zu sein. Denn welchem Eck steht der Zirkel entgegen? Ferner da die Gestalten unendlich sind, müßten auch die Geschmäcke unendlich sein: denn warum sollte man von den schmeckbaren Dingen einige empfinden, andre aber nicht? —

Sichtbar ist, wessen allein das Gesicht ist. Sichtbar ist aber die Farbe und etwas, das sich zwar beschreiben läßt, aber keinen eigenen Namen hat. Was wir meinen, soll weiterhin klar werden. Das Sichtbare nun, von dem wir reden, ist einmal die Farbe. Diese aber ist das, was an dem an sich Sichtbaren sich befindet. An sich sichtbar ist, was es nicht (τῷ λόγῳ) durch Bezug auf ein anderes ist, sondern den Grund des Sichtbarseins in sich hat. Alle Farbe aber ist ein Erregendes des actu Durchsichtigen. Und dies ist seine Natur. Daher ist ohne Licht Farbe nicht sichtbar, sondern jede Farbe ist durchaus nur im Lichte sichtbar. Daher müssen wir zuerst sagen, was das Licht ist.

Es gibt ein Durchsichtiges (διαφανές). Durchsichtig nenn' ich, was zwar sichtbar ist, aber nicht sichtbar an sich, sondern durch eine andre Farbe. Von der Art ist die Luft, das Wasser und mehrere feste Körper. Denn nicht insofern sie Wasser und insofern sie Luft, sind sie durchsichtig; sondern weil eine solche Natur in ihnen ist.

Licht nun ist der actus dieses Durchsichtigen als Durchsichtigen. Worin es sich nur potentia befindet, das kann auch Finsternis sein. Licht ist aber gleichsam die Farbe des Durchsichtigen, wann es actu durchsichtig ist, es sei durchs Feuer oder durch das höchste und letzte Element.

Was nun das Durchsichtige und was das Licht sei, ist gesagt, daß es nicht Feuer sei, noch überhaupt ein Körper, noch der Ausfluß irgendeines Körpers: denn auch so würde es ein Körper sein; sondern Feuers oder eines andern dergleichen Anwesenheit in dem Durchsichtigen. Denn zwei Körper können nicht zugleich in Einem sein. Das Licht ferner scheint der Gegensatz von Finsternis. Finsternis scheint der Mangel einer dergleichen ἕξις in dem Durchsichtigen. Wie daraus erhellt, daß die Anwesenheit desselben das Licht ist. Daher Empedokles, und wer sonst, nicht recht hat zu behaupten, das Licht verbreite sich und komme zwischen die Erde und ihre Umgebung, ohne daß wir es merkten. Denn dies ist gegen alle Prinzipien und gegen die Erscheinung. In einem kleinen Raume könnte es unbemerkt bleiben; aber vom Aufgang der Sonne bis zum Niedergang ist die Foderung zu groß.

Der Farbe nun empfänglich ist das Farblose, wie des Schalls das Schallose. Farblos ist das Durchsichtige und Unsichtliche, oder das kaum Sichtbare, dergleichen das Finstere zu sein scheint. Dergleichen also ist das Durchsichtige, aber nicht, wenn es actu durchsichtig ist, sondern, wenn es potentia. Denn das ist seine Natur, daß es bald Licht, bald Finsternis ist. Nicht alles aber ist sichtbar im Licht: sondern nur eines jeden eigentümliche Farbe. Denn einiges wird nicht gesehen im Licht, aber in der Finsternis gibt es Empfindung, zum Exempel das Feurige und Leuchtende. Diese Dinge lassen sich mit einem Worte nicht benennen, zum Exempel die Schnuppe am Licht, Horn, die Köpfe der Fische und Schuppen und Augen. An keinem von diesen Dingen wird die eigentümliche Farbe geschaut; wodurch sie aber nun sichtbar werden, ist eine andre Untersuchung.

Soviel ist allbereits klar, daß das im Licht Gesehene Farbe ist; daher wird sie nicht ohne Licht gesehen. Denn das ist das Wesen der Farbe, daß es das Erregende des actu Durchsichtigen ist. Der actus des Durchsichtigen aber ist das Licht. Ein offenbarer Beweis davon ist: wenn jemand etwas Farbiges auf das Auge selbst legt, so sieht er es nicht, sondern die Farbe erregt das Durchsichtige, die Luft; von dieser aber, die ein continuum ist, wird das Gesichtsorgan erregt. Daher hat Demokritus unrecht zu glauben, wenn der Zwischenraum leer wäre, so würde man auch eine Ameise am Himmel genau sehen können. Denn dies ist unmöglich. Denn nur dadurch, daß das Gesichtsorgan etwas erleidet, geschieht das Sehen. Von der gesehenen Farbe selbst kann jenes nicht erfolgen; es bleibt also nur übrig, daß es von dem, was zwischen ist (dem Medium), geschehe. Darum muß notwendig etwas zwischen sein. Wäre der Zwischenraum leer, so würde die Ameise nicht nur nicht genau, sondern ganz und gar nicht gesehen werden können.

Warum nun die Farbe notwendig im Licht gesehen werden muß, ist gesagt. Das Feuer aber wird in beiden gesehen, im Licht und in der Finsternis, und dies notwendigerweise. Denn das Durchsichtige wird dadurch durchsichtig. Dieselbe Bewandtnis hat es mit dem Schall und mit dem Geruch.

Denn keins von beiden, wenn es unmittelbar das Organ berührt, bringt eine Empfindung hervor, sondern von Geruch und Schall muß zuvor das Medium bewegt werden, und durch dieses erst das Organ für beide. Wenn jemand unmittelbar an das Organ ein Schallendes oder Riechendes bringt; so entsteht durchaus keine Empfindung. Auf gleiche Weise verhält es sich mit dem Gefühl (tactus) und Geschmack, nur fällt es da nicht so in die Augen. Das Medium für den Schall ist die Luft, für das Riechende etwas, das keinen Namen hat. Denn so wie das Durchsichtige für die Farbe eine gemeinschaftliche Affektion des Wassers und der Luft ist, so gibt es eine andre gemeinschaftliche Affektion in beiden, dem Wasser und der Luft, für das Riechende. Es scheinen nämlich die im Wasser lebenden Tiere eine Empfindung des Geruchs zu haben; aber der Mensch und andre Landtiere, welche atmen, können nicht riechen ohne zu atmen.

Licht ist des Durchsichtigen Farbe per accidens: denn die Gegenwart eines Feuerartigen im Durchsichtigen ist Licht, die Abwesenheit Finsternis.

Was wir durchsichtig nennen, ist weder der Luft, noch dem Wasser, noch einem der Elemente besonders eigen; sondern es ist eine gemeinsame Natur und Eigenschaft, die abgesondert zwar nicht ist, aber in ihnen befindet sie sich und wohnt einem Körper mehr, andern weniger bei. So wie nun der Körper ein Äußerstes haben muß, so auch das Durchsichtige. Die Natur des Lichts ist nun in einem unbegrenzten (ἀορίστῳ) Durchsichtigen. Daß nun das Durchsichtige in den Körpern ein Äußerstes haben muß, ist allen einleuchtend; daß dieses aber die Farbe sei, ist aus den Vordersätzen ergeblich. Denn die Farbe ist entweder in der Grenze, oder selbst die Grenze. Daher nannten auch die Pythagoreer die Oberfläche Farbe. Nun ist aber die Farbe in der Grenze des Körpers und nicht selbst die Grenze; sondern dieselbe färbende Natur, die man außen annimmt, muß man auch innerhalb annehmen.

Luft und Wasser erscheinen gefärbt: denn ihr Aussehen (αὐγή) ist ein solches. Aber weil dort die Farbe in einem Unbegrenzten ist, zeigen beide in der Nähe und in der Ferne nicht einerlei Farbe. In (festen) Körpern aber ist die Erscheinung der Farbe eine bestimmte, wenn nicht etwa das, was den Körper einschließt, eine Veränderung hervorbringt. Es ist also klar, daß ein und dasselbe der Farbe Empfängliche sowohl dort als hier stattfindet. Das Durchsichtige also, insofern es den Körpern inwohnt, und das ist mehr oder weniger der Fall, macht sie alle der Farbe fähig oder teilhaft. Da nun die Farbe in der Grenze des Körpers ist, so ist sie auch in der Grenze des Durchsichtigen, so daß also Farbe die Grenze des Durchsichtigen an dem begrenzten Körper wäre. Den durchsichtigen Körpern selbst, als dem Wasser und was sonst der Art ist, und was eine eigene Farbe hat, diesen allen wohnt sie bei im Äußersten.

In dem Durchsichtigen nun ist dasjenige, wodurch auch in der Luft das Licht hervorgebracht wird, bald wirklich vorhanden, bald nicht, sondern entnommen. So wie nun dort bald Licht, bald Finsternis stattfindet, so ist auch in den Körpern Weiß und Schwarz.

Von den andern Farben ist nun zu handeln, auf wie vielerlei Art sie entstehen. Einmal können sie so entstehen, daß, wenn Schwarz und Weiß nebeneinander liegen, eins wie das andre aber wegen ihrer Kleinheit unsichtbar sind, dennoch etwas aus ihnen entspringe, welches sichtbar wird. Dieses kann nun weder schwarz, noch auch weiß sein; da es aber doch eine Farbe sein muß, so muß sie eine gemischte sein und einen andern Anblick gewähren.

Auf diese Weise können nun sehr viele Farben außer dem Weißen und Schwarzen entstehen. Einige durch Verhältnisse, indem sie wie drei zu zwei, drei zu viere und so fort in andern Portionen nebeneinander liegen. Andre hingegen nicht durch Zahlenverhältnisse, sondern durch ein inkommensurables Plus oder Minus. So können sie sich verhalten zum Exempel wie die Konsonanzen in der Musik, daß nämlich die Farben von den leichtesten Zahlenverhältnissen, gerade wie die Konsonanzen, als die angenehmsten erschienen, zum Beispiel Violett und Rot und einige andre dergleichen. Daher auch nur wenige Konsonanzen sind. Andre ferner, die nicht in solchen Verhältnissen bestehen, würden die übrigen Farben ausmachen. Oder auch, alle Farben, sowohl die in einer Ordnung als die in keiner bestehen, beruhten auf Zahlenverhältnissen, und selbst diese, wenn sie nicht rein sind, weil sie auf keinem Zahlenverhältnis beruhen, müßten es dennoch werden.

Dies ist nun Eine Art der Farbenentstehung. Eine andre Art ist, wenn sie durcheinander erscheinen; wie zum Beispiel die Maler tun, daß sie eine Farbe über eine andre, mehr energische herstreichen, wenn sie etwas als in Luft oder Wasser befindlich vorstellen wollen; oder wie die Sonne, die an sich weiß erscheint, durch Nebel und Rauch gesehen aber rot. Auf diese Weise können viele Farben entstehen, daß nämlich eine gegenseitige Bedingung der oben und der unten befindlichen Farbe stattfindet. Andre können gänzlich ohne dieselbe entstehen.

Zu behaupten, wie die Alten sagen, die Farben seien Ausflüsse und das Sehen geschähe aus dieser Ursache, ist ganz unstatthaft. Denn alsdann müssen sie die Empfindung von allem andern durch Berühren entstehen lassen. Viel besser ist es daher, zu sagen, durch die Bewegung des Mediums zwischen dem Organ und dem Empfindbaren geschehe die Empfindung, als durch Ausflüsse und Berühren.

Bei Nebeneinanderliegendem muß man, wie man eine unsichtliche Größe annimmt, auch eine unmerkliche Zeit annehmen, damit wir die ankommenden Bewegungen nicht bemerken, und der Gegenstand Eins scheine, weil er zugleich erscheint. Aber bei der Farbe ist das nicht notwendig. Denn die über einer andern liegende Farbe, sie mag von der untern bewegt werden oder nicht, bringt doch keine gleichen Eindrücke hervor. Darum erscheint sie als eine andre Farbe und nicht weder als weiß noch als schwarz. Daher, wenn auch keine unsichtliche Größe, sondern alles in einer gewissen Entfernung sichtbar wäre, würde auch so noch eine Mischung der Farbe stattfinden und nichts uns hindern, auch in der Entfernung eine gemeinschaftliche Farbe wahrzunehmen.

Wenn nun eine Mischung der Körper stattfindet, so geschieht es nicht bloß auf die Weise, wie einige sich die Sache vorstellen, daß nämlich kleinste Teile nebeneinander liegen, die uns unbemerklich sind; sondern auch so, daß die Mischung überall und durchweg sei. Denn auf jene Weise mischt sich nur, was sich in die kleinsten Teile zerlegen läßt, wie Menschen, Pferde, Samenkörner. Denn von einer Menge Menschen ist ein Mensch der kleinste Teil, von Pferden ein Pferd, so daß aus Zusammenstellung beider die Menge beider gemischt ist. Von einem Menschen und einem Pferde kann man nicht sagen, daß sie gemischt sind. Was sich nun nicht in die kleinsten Teile zerlegen läßt, bei dem findet keine Mischung auf diese Art statt, sondern auf die Art, daß alles durchaus und aller Orten gemischt sei, was sich besonders zu einer solchen Mischung eignet.

Daß nun, wie jenes sich mischt, auch die Farben sich mischen, ist klar, und daß dieses die Hauptursache der Verschiedenheit der Farben sei und nicht das Über- und Nebeneinanderliegen derselben. Denn nicht etwa in der Ferne bloß und in der Nähe nicht zeigen vermischte Dinge einerlei Farbe, sondern in jedem Standpunkt.

Viele Farben werden sich ergeben, weil viele Verhältnisse möglich sind, in denen das Gemischte sich mischt. Einige beruhen auf Zahlen, andere bloß auf einem Übermaß; andere endlich auf derselben Weise, wie bei über- oder nebeneinander liegenden Farben geschieht.

Wie die Farben aus der Mischung des Weißen und Schwarzen entstehen, so auch die Geschmäcke aus der des Süßen und Bittern; und zwar nach Verhältnis des Mehr oder Weniger, es sei der Zahl nach, oder der Bewegung, oder unbestimmt. Die angenehmen Geschmäcke beruhen auf dem Zahlenverhältnis. Der fette Geschmack gehört zu dem süßen; der salzige und bittre sind beinahe eins. Der beißende, herbe, zusammenziehende und saure fallen dazwischen. Schier wie die Arten des Geschmacks verhalten sich auch die Spezies der Farben. Denn beider sind sieben; wenn man, wie billig, das φαιὸν zum Schwarzen rechnet. Daraus folgt, daß das Gelbe zum Weißen gehöre wie das Fette zum Süßen. Das Rote, Violette, Grüne und Blaue liegt zwischen dem Weißen und Schwarzen. Die übrigen sind aus diesen gemischt. Und wie das Schwarze eine Beraubung des Weißen im Durchsichtigen, so ist das Salzige und Bittre eine Beraubung des Süßen in dem nährenden Feuchten. Darum ist die Asche aller verbrannten Körper bitter: denn das Trinkbare ist ihr entzogen.

Die empfindbaren Dinge geben uns durch einen jeglichen Sinn eine Empfindung, und dieser durch dieselben in uns entstehende Zustand dauert nicht bloß, solange die Sinne eben tätig sind, sondern auch, wenn sie aufhören. Wenn wir anhaltend einer Sinnesempfindung uns hingeben und nun den Sinn auf einen andern Gegenstand übertragen, so begleitet ihn der erste Zustand mit hinüber, zum Exempel wenn man aus der Sonne ins Dunkle geht. Dann sieht man nichts wegen des in den Augen fortdauernden Lichteindrucks. Auch wenn wir auf eine Farbe, weiß oder grün, lange hingeschaut haben, so erscheint uns etwas dergleichen, wohin wir auch den Blick wenden mögen. Auch sobald wir in die Sonne, oder auf einen andern hellen Gegenstand gesehen haben und die Augen schließen, erscheint, wenn wir in der geraden Richtung, worin wir sehen, beobachten, zuvörderst etwas dergleichen an Farbe: dann verwandelt es sich in Rot, dann in Purpur, bis es zuletzt ins Schwarze übergeht und verschwindet.

...

ZWEITE ABTEILUNG
RÖMER
Lucretius

Auf, und vernehme du jetzt, was süßes Bemühen erforscht hat,
Und ich dich lehre; daß nicht, was weiß dem Auge sich darstellt,
Weiß erscheine deshalb, weil weiße Stoffe der Grund sind;
Oder, was schwarz aussieht, aus schwarzen Samen erzeugt sei;
Noch auch jegliches Ding, das irgend gefärbt wir erblicken,
Also sich zeige, dieweil schon ähnliche Farbe von dieser
In der Materie selbst, in den Ursprungsstoffen vorhanden.
Denn der Materie Stoff ist gänzlich beraubet der Farbe,
Weder den Dingen gleich noch ungleich ihnen zu nennen.
Sagst du, der menschliche Geist vermöge nicht Körper zu fassen
Solcherlei Art, so irrest du sehr und täuschest dich gänzlich.
Nimm dir den Blindgeborenen doch: die göttliche Sonne
Hat er nimmer gesehn, doch kennet er, durch das Gefühl bloß,
Dinge, die nie im Leben mit Farbe verbunden ihm waren.
Ebenso läßt sich verstehn, wie die Seele Begriffe von Körpern
Machen sich könne, die nicht mit Farbe von außen getüncht sind.
Selbst die Dinge, die wir bei Nacht und im Dunkel betasten,
Unterscheiden sich uns, obgleich wir die Farbe nicht fühlen.

Was die Erfahrung bezeugt, laß jetzt durch Gründe mich dartun.
Jegliche Farbe verwandelt sich leicht in jegliche Farbe;
Aber das dürfen doch nie die Urelemente der Dinge.
Stets muß etwas bestehn, das unveränderlich bleibe;
Soll nicht alles in Nichts von Grund aus wieder sich kehren:
Denn was irgend verläßt die Grenzen des eigenen Daseins,
Stirbt als das, was es war, wird augenblicklich ein andres.
Hüte dich also, den Stoff mit wechselnden Farben zu tünchen,
Soll ins völlige Nichts zuletzt nicht alles vergehen.

Sind die Stoffe nun gleich nicht farbig ihrer Natur nach;
Sind sie dennoch begabt mit mannigfaltigen Formen,
Wechselnde Farben daraus von allerlei Arten zu schaffen.
Dann auch lieget noch viel an Mischung und Lage der Stoffe,
Wie sie sich unter sich selbst, und wie sie zu andern sich halten,
Welche Bewegung sie sich erteilen und wieder empfangen;
Also, daß leicht sich hieraus ein rechenschaftlicher Grund gibt,
Wie, was kurz noch zuvor von Farbe dunkel und schwarz war,
Könn' urplötzlich darauf in Marmorweiße sich wandeln.
Ebenso wird auch das Meer, von heftigen Winden erreget,
Umgewandelt in Wogen von heller und glänzender Weiße.
Sagen ließe sich dann, daß das, was öfters wir schwarz sehn,
Wann es die Stoffe durchmischt, die Ordnung derselben verändert,
Einige sich vermindern, und andre dagegen vermehren;
Dieses auf einmal alsdann sich weiß und glänzend uns zeige.
Wären die Fluten des Meeres jedoch schon dunkel im Grundstoff,
Dann so könnten auf keinerlei Art ins Weiße sie wandeln;
Möchtest du noch so sehr ineinander jagen die Stoffe,
Nimmer würden ins Weiße sie übergehen, die dunkeln.
Wären die Samen jedoch, aus denen der einfache klare
Meeresschimmer besteht, mit verschiedenen Farben gefärbet,
Wie man ein Viereck oft, und andre bestimmte Figuren,
Bildet aus anderen Formen und unterschiednen Figuren:
Müßte man auch, wie hier die verschiedenen Formen im Viereck,
So in der Fläche des Meers, und in jeder lauteren Glanzflut,
Bunte, und weit voneinander verschiedene Farben bemerken.

Übrigens zeigt sich die äußre Figur vollkommen im Viereck,
Sind auch die Glieder, woraus es besteht, verschieden an Bildung;
Aber an Dingen verschiedene Farbe verhindert es gänzlich,
Daß dasselbige Ding einfärbig jemals erscheine.

Irgendein Grund, der noch uns verführen könnte, den Stoffen
Einzuräumen die Farbe, zerfällt und verlieret sich gänzlich;
Wenn man bedenkt, daß nicht aus weißen entstünde das Weiße,
Noch, was schwarz man benennt, aus schwarzen; vielmehr aus verschiednen.
Weit natürlicher ist's, daß Weißes aus Stoffen entspringe
Ganz farbloser Natur, als daß es aus schwarzen sich zeuge,
Oder aus jeglicher Farbe, mit welcher es gänzlich im Streit steht.
Ferner, da ohne Licht nicht Farben können bestehen,
Aber hervor ans Licht ursprüngliche Körper nicht treten,
Folgt natürlich hieraus, daß diese von Farben entblößt sind.
Wie kann Farbe denn nur lichtlosem Dunkel gemein sein?
Sie, die sich selbst verändert im Licht, und verschieden zurückglänzt,
Je nachdem sie der Strahl schief oder gerade getroffen.
An dem Gefieder der Tauben, das ihnen den Hals und den Nacken
Rings umkränzt, kannst dieses du sehn im Strahle der Sonne:
Anders gewandt, erscheinet es rot, im Glanz des Pyropus,
Wieder anders, Lasur, in grüne Smaragden gemischet.
So auch des Pfauen Schweif; zur volleren Sonne gewendet,
Wandelt auf ähnliche Art er die mannigfaltigen Farben.
Da nun des Lichtes eigener Wurf die Wirkung hervorbringt,
Ist es auch klar, daß ohne das Licht nicht solches geschähe.
Ferner noch, da die Pupille durch andere Stöße gereizt wird,
Wann sie das Weiße fühlt, durch andere wieder vom Schwarzen,
Wieder auf andere Art von jeglicher anderen Farbe;
Auch an der Farbe des Dinges, wofern du solches berührest,
Wenig lieget, vielmehr an der Form und der eigenen Bildung:
Also erhellt, daß Stoffe durchaus nicht Farbe bedürfen,
Sondern verschiedene Formen, verschiedne Gefühle zu wecken.

Sollte gewisser Farben Natur bestimmten Figuren
Eigen nicht sein, und könnte daher mit jeglicher Farbe

Jegliche Bildung der Stoffe bestehn: wie kömmt es, daß Dinge
Nicht auf ähnliche Art in jegliche Farbe sich kleiden?
Dann so träf' es sich wohl, daß zuweilen den fliegenden Raben
Weißer Schimmer entglänzte, von weißem Gefieder und Flügel;
Schwarze Schwanen entstünden, aus schwarzen Samen erzeuget,
Oder auch einfach und bunt, in jeder beliebigen Färbung.

Ja du bemerkest sogar, je kleiner man Dinge zerteilet,
Desto mehr sich die Farbe verliert, die endlich verschwindet;
So, wenn man Gold zerreibt zu feinem Staube, des Purpurs
Glänzendes Rot zerlegt in die allerzartesten Fäden:
Welches dir klar erweist, daß, ehe zum Stoffe sie kehren,
Alle die Teilchen zuvor aushauchen jegliche Farbe.

Endlich, indem du Ton und Geruch nicht jeglichem Körper
Zugestehest, so räumest du ein, daß Körper es gebe
Ohne Ton und Geruch: auf ähnliche Weise begreift sich's,
Daß, indem wir nicht alles mit Augen zu fassen vermögen,
Dennoch Körper vorhanden, die so der Farbe beraubt sind,
Wie des Geruches und wie des tönenden Schalles die andern:
Und es erkennt der forschende Geist nicht minder dieselben,
Als die in anderen Dingen auch anderer Zeichen entbehren.

Plinius

Da dieser Autor in jedermanns Händen sein kann, sowohl im Original als in Übersetzungen, so wäre seinen Text hier abdrucken zu lassen überflüssig und unnütz, um so mehr als derjenige, der ihn im einzelnen zu verstehen und auszulegen sucht, manche Schwierigkeiten findet, welche wir nicht zu überwinden hoffen...

...

Betrachtungen über Farbenlehre und Farbenbehandlung der Alten

Wie irgend jemand über einen gewissen Fall denke, wird man nur erst recht einsehen, wenn man weiß, wie er überhaupt gesinnt ist. Dieses gilt, wenn wir die Meinungen über wissenschaftliche Gegenstände, es sei nun einzelner Menschen oder ganzer Schulen und Jahrhunderte, recht eigentlich erkennen wollen. Daher ist die Geschichte der Wissenschaften mit der Geschichte der Philosophie innigst verbunden, aber ebenso auch mit der Geschichte des Lebens und des Charakters der Individuen sowie der Völker.

So begreift sich die Geschichte der Farbenlehre auch nur in Gefolg der Geschichte aller Naturwissenschaften. Denn zur Einsicht in den geringsten Teil ist die Übersicht des Ganzen nötig. Auf eine solche Behandlung können wir freilich nur hindeuten; indessen, wenn wir unter unsern Materialien manches mit einführen, was nicht unmittelbar zum Zwecke zu gehören scheint; so ist ihm doch eigentlich nur deswegen der Platz gegönnt, um an allgemeine Bezüge zu erinnern, welches in der Geschichte der Farbenlehre um so notwendiger ist, als sie ihre eigenen Schicksale gehabt hat und auf dem Meere des Wissens bald nur für kurze Zeit auftaucht, bald wieder auf längere niedersinkt und verschwindet.

Inwiefern bei der ersten Entwickelung nachsinnender Menschen mystisch-arithmetische Vorstellungsarten wirklich stattgefunden, ist schwer zu beurteilen, da die Dokumente meistens verdächtig sind. Manches andre, was man uns von jenen Anfängen gern möchte glauben machen, ist ebenso unzuverlässig, und wenige werden uns daher verargen, wenn wir den Blick von der Wiege so mancher Nationen weg und dahin wenden, wo uns eine erfreuliche Jugend entgegenkommt.

Die Griechen, welche zu ihren Naturbetrachtungen aus den Regionen der Poesie herüberkamen, erhielten sich dabei noch dichterische Eigenschaften. Sie schauten die Gegenstände tüchtig und lebendig und fühlten sich gedrungen, die Gegenwart lebendig auszusprechen. Suchen sie sich darauf von ihr durch Reflexion loszuwinden, so kommen sie wie jedermann in Verlegenheit, indem sie die Phänomene für den Verstand zu bearbeiten denken. Sinnliches wird aus Sinnlichem erklärt, dasselbe durch dasselbe. Sie finden sich in einer Art von Zirkel und jagen das Unerklärliche immer vor sich her im Kreise herum.

Der Bezug zu dem Ähnlichen ist das erste Hülfsmittel, wozu sie greifen. Es ist bequem und nützlich, indem dadurch Symbole entstehen und der Beobachter einen dritten Ort außerhalb des Gegenstandes findet; aber es ist auch schädlich, indem das, was man ergreifen will, sogleich wieder entwischt, und das, was man gesondert hat, wieder zusammenfließt.

Bei solchen Bemühungen fand man gar bald, daß man notwendig aussprechen müsse, was im Subjekt vorgeht, was für ein Zustand in dem Betrachtenden und Beobachtenden erregt wird. Hierauf entstand der Trieb, das Äußere mit dem Innern in der Betrachtung zu vereinen; welches freilich mitunter auf eine Weise geschah, die uns wunderlich, abstrus und unbegreiflich vorkommen muß. Der Billige wird jedoch deshalb nicht übler von ihnen denken, wenn er gestehen muß, daß es uns, ihren späten Nachkommen, oft selbst nicht besser geht.

Aus dem, was uns von den Pythagoreern überliefert wird, ist wenig zu lernen. Daß sie Farbe und Oberfläche mit Einem Worte bezeichnen, deutet auf ein sinnlich gutes, aber doch nur gemeines Gewahrwerden, das uns von der tiefern Einsicht in das Penetrative der Farbe ablenkt. Wenn auch sie das Blaue nicht nennen, so werden wir abermals erinnert, daß das Blaue mit dem Dunklen und Schattigen dergestalt innig verwandt ist, daß man es lange Zeit dazu zählen konnte.

Die Gesinnungen und Meinungen Demokrits beziehen sich auf Forderungen einer erhöhten geschärften Sinnlichkeit und neigen sich zum Oberflächlichen. Die Unsicherheit der Sinne wird anerkannt; man findet sich genötigt, nach einer Kontrolle umherzuschauen, die aber nicht gefunden wird. Denn anstatt bei der Verwandtschaft der Sinne nach einem ideellen Sinn aufzublicken, in dem sich alle vereinigten; so wird das Gesehene in ein Getastetes verwandelt, der schärfste Sinn soll sich in den stumpfsten auflösen, uns durch ihn begreiflicher werden. Daher entsteht Ungewißheit anstatt einer Gewißheit. Die Farbe ist nicht, weil sie nicht getastet werden kann, oder sie ist nur insofern, als sie allenfalls tastbar werden könnte. Daher die Symbole von dem Tasten hergenommen werden. Wie sich die Oberflächen glatt, rauh, scharf, eckig und spitz finden, so entspringen auch die Farben aus diesen verschiedenen Zuständen. Auf welche Weise sich aber hiermit die Behauptung vereinigen lasse, die Farbe sei ganz konventionell, getrauen wir uns nicht aufzulösen. Denn sobald eine gewisse Eigenschaft der Oberfläche eine gewisse Farbe mit sich führt, so kann es doch hier nicht ganz an einem bestimmten Verhältnis fehlen.

Betrachten wir nun Epikur und Lukrez, so gedenken wir einer allgemeinen Bemerkung, daß die originellen Lehrer immer noch das Unauflösbare der Aufgabe empfinden und sich ihr auf eine naive gelenke Weise zu nähern suchen. Die Nachfolger werden schon didaktisch, und weiterhin steigt das Dogmatische bis zum Intoleranten.

Auf diese Weise möchten sich Demokrit, Epikur und Lukrez verhalten. Bei dem letztern finden wir die Gesinnung der erstern, aber schon als Überzeugungsbekenntnis erstarrt und leidenschaftlich parteiisch überliefert.

Jene Ungewißheit dieser Lehre, die wir schon oben bemerkt, verbunden mit solcher Lebhaftigkeit einer Lehrüberlieferung, läßt uns den Übergang zur Lehre der Pyrrhonier finden. Diesen war alles ungewiß, wie es jedem wird, der die zufälligen Bezüge irdischer Dinge gegeneinander zu seinem Hauptaugenmerk macht; und am wenigsten wäre ihnen zu verargen, daß sie die schwankende, schwebende, kaum zu erhaschende Farbe für ein unsicheres nichtiges Meteor ansehen: allein auch in diesem Punkte ist nichts von ihnen zu lernen, als was man meiden soll.

Dagegen nahen wir uns dem Empedokles mit Vertrauen und Zuversicht. Er erkennt ein Äußeres an, die Materie; ein Inneres, die Organisation. Er läßt die verschiedenen Wirkungen der ersten, das mannigfaltig Verflochtene der andern gelten. Seine πόροι machen uns nicht irre. Freilich entspringen sie aus der gemein-sinnlichen Vorstellungsart. Ein Flüssiges soll sich bestimmt bewegen; da muß es ja wohl eingeschlossen sein, und so ist der Kanal schon fertig. Und doch läßt sich bemerken, daß dieser Alte gedachte Vorstellung keinesweges so roh und körperlich genommen habe als manche Neuern; daß er vielmehr daran nur ein bequemes faßliches Symbol gefunden. Denn die Art, wie das Äußere und Innere eins für das andre da ist, eins mit dem andern übereinstimmt, zeigt sogleich von einer höhern Ansicht, die durch jenen allgemeinen Satz: Gleiches werde nur von Gleichem erkannt, noch geistiger erscheint.

Daß Zeno, der Stoiker, auch irgendwo sichern Fuß fassen werde, läßt sich denken. Jener Ausdruck: die Farben seien die ersten Schematismen der Materie, ist uns sehr willkommen. Denn wenn diese Worte im antiken Sinne auch das nicht enthalten, was wir hineinlegen könnten, so sind sie doch immer bedeutend genug. Die Materie tritt in die Erscheinung, sie bildet, sie gestaltet sich. Gestalt bezieht sich auf ein Gesetz und nun zeigt sich in der Farbe, in ihrem Bestehen und Wechseln, ein Naturgesetzliches fürs Auge, von keinem andern Sinne leicht unterscheidbar.

Noch willkommner tritt uns bei Plato jede vorige Denkweise, gereinigt und erhöht, entgegen. Er sondert, was empfunden wird. Die Farbe ist sein viertes Empfindbares. Hier finden wir die Poren, das Innere, das dem Äußern antwortet, wie beim Empedokles, nur geistiger und mächtiger; aber, was vor allem ausdrücklich zu bemerken ist, er kennt den Hauptpunkt der ganzen Farben- und Lichtschatten-Lehre, denn er sagt uns: durch das Weiße werde das Gesicht entbunden, durch das Schwarze gesammelt.

Wir mögen anstatt der griechischen Worte συγκρίνειν und διακρίνειν in anderen Sprachen setzen, was wir wollen: Zusammenziehen, Ausdehnen, Sammlen, Entbinden, Fesseln, Lösen, rétrécir und développer etc., so finden wir keinen so geistig-körperlichen Ausdruck für das Pulsieren, in welchem sich Leben und Empfinden ausspricht. Überdies sind die griechischen Ausdrücke Kunstworte, welche bei mehrern Gelegenheiten vorkommen, wodurch sich ihre Bedeutsamkeit jedesmal vermehrt.

So entzückt uns denn auch in diesem Fall, wie in den übrigen, am Plato die heilige Scheu, womit er sich der Natur nähert, die Vorsicht, womit er sie gleichsam nur umtastet und bei näherer Bekanntschaft vor ihr sogleich wieder zurücktritt, jenes Erstaunen, das, wie er selbst sagt, den Philosophen so gut kleidet.

Den übrigen Gehalt jener kurzen, aus dem Timäus ausgezogenen Stelle bringen wir in dem Folgenden nach, indem wir unter dem Namen des Aristoteles alles versammeln können, was den Alten über diesen Gegenstand bekannt gewesen.

Die Alten glaubten an ein ruhendes Licht im Auge; sie fühlten sodann als reine kräftige Menschen die Selbsttätigkeit dieses Organs und dessen Gegenwirken gegen das äußre Sichtbare; nur sprachen sie dieses Gefühl sowie des Fassens, des Ergreifens der Gegenstände mit dem Auge durch allzu krude Gleichnisse aus. Die Einwirkung des Auges nicht aufs Auge allein, sondern auch auf andre Gegenstände erschien ihnen so mächtig wundersam, daß sie eine Art von Bann und Zauber gewahr zu werden glaubten.

Das Sammlen und Entbinden des Auges durch Licht und Finsternis, die Dauer des Eindrucks war ihnen bekannt. Von einem farbigen Abklingen, von einer Art Gegensatz finden sich Spuren. Aristoteles kannte den Wert und die Würde der Beachtung der Gegensätze überhaupt. Wie aber Einheit sich in Zweiheit selbst auseinander lege, war den Alten verborgen. Sie kannten den Magnet, das Elektron bloß als Anziehen; Polarität war ihnen noch nicht deutlich geworden. Und hat man bis auf die neusten Zeiten nicht auch nur immer der Anziehung die Aufmerksamkeit geschenkt und das zugleich geforderte Abstoßen nur als eine Nachwirkung der ersten schaffenden Kraft betrachtet?

In der Farbenlehre stellten die Alten Licht und Finsternis, Weiß und Schwarz, einander entgegen. Sie bemerkten wohl, daß zwischen diesen die Farben entspringen; aber die Art und Weise sprachen sie nicht zart genug aus, obgleich Aristoteles ganz deutlich sagt, daß hier von keiner gemeinen Mischung die Rede sei.

Derselbe legt einen sehr großen Wert auf die Erkenntnis des Diaphanen, als des Mittels, und kennt so gut als Plato die Wirkung des trüben Mittels zu Hervorbringung des Blauen. Bei allen seinen Schritten aber wird er denn doch durch Schwarz und Weiß, das er bald materiell nimmt, bald symbolisch oder vielmehr rationell behandelt, wieder in die Irre geführt.

Die Alten kannten das Gelbe, entspringend aus gemäßigtem Licht; das Blaue bei Mitwirkung der Finsternis; das Rote durch Verdichtung, Beschattung, obgleich das Schwanken zwischen einer atomistischen und dynamischen Vorstellungsart auch hier oft Undeutlichkeit und Verwirrung erregt.

Sie waren ganz nahe zu der Einteilung gelangt, die auch wir als die günstigste angesehen haben. Einige Farben schrieben sie dem bloßen Lichte zu, andere dem Licht und den Mitteln, andre den Körpern als inwohnend, und bei diesen letztern kannten sie das Oberflächliche der Farbe sowohl als ihr Penetratives und hatten in die Umwandlung der chemischen Farben gute Einsichten. Wenigstens wurden die verschiedenen Fälle wohl bemerkt und die organische Kochung wohl beachtet.

Und so kann man sagen, sie kannten alle die hauptsächlichsten Punkte, worauf es ankommt; aber sie gelangten nicht dazu, ihre Erfahrungen zu reinigen und zusammenzubringen. Und wie einem Schatzgräber, der durch die mächtigsten Formeln den mit Gold und Juwelen gefüllten blinkenden Kessel schon bis an den Rand der Grube heraufgebracht hat, aber ein einziges an der Beschwörung versieht, das nah gehoffte Glück unter Geprassel und Gepolter und dämonischem Hohngelächter wieder zurücksinkt, um auf späte Epochen hinaus abermals verscharrt zu liegen; so ist auch jede unvollendete Bemühung für Jahrhunderte wieder verloren; worüber wir uns jedoch trösten müssen, da sogar von mancher vollendeten Bemühung kaum noch eine Spur übrig bleibt.

Werfen wir nun einen Blick auf das allgemeine Theoretische, wodurch sie das Gewahrgewordne verbinden, so finden wir die Vorstellung, daß die Elemente von den Farben begleitet werden. Die Einteilung der ursprünglichen Naturkräfte in vier Elemente ist für kindliche Sinnen faßlich und erfreulich, ob sie gleich nur oberflächlich gelten kann; aber die unmittelbare Begleitung der Elemente durch Farben ist ein Gedanke, den wir nicht schelten dürfen, da wir ebenfalls in den Farben eine elementare, über alles ausgegossene Erscheinung anerkennen.

Überhaupt aber entsprang die Wissenschaft für die Griechen aus dem Leben. Beschaut man das Büchelchen über die Farben genau, wie gehaltvoll findet man solches. Welch ein Aufmerken, welch ein Aufpassen auf jede Bedingung, unter welcher diese Erscheinung zu beobachten ist. Wie rein, wie ruhig gegen spätre Zeiten, wo die Theorien keinen andern Zweck zu haben schienen, als die Phänomene beiseitezubringen, die Aufmerksamkeit von ihnen abzulenken, ja sie womöglich aus der Natur zu vertilgen.

Das, was man unter jenen Elementen verstand, mit allen Zufälligkeiten ihres Erscheinens, ward beobachtet: Feuer so gut als Rauch, Wasser so gut als das daraus entspringende Grün, Luft und ihre Trübe, Erde rein und unrein gedacht. Die apparenten Farben wechseln hin und her; mannigfaltig verändert sich das Organische; die Werkstätten der Färber werden besucht und das Unendliche, Unbestimmbare des engen Kreises recht wohl eingesehen.

Wir leugnen nicht, daß uns manchmal der Gedanke gekommen, eben gedachtes Büchlein umzuschreiben mit so wenig Abänderungen als möglich, wie es sich vielleicht bloß durch Veränderung des Ausdrucks tun ließe. Eine solche Arbeit wäre wohl fruchtbarer, als durch einen weitläuftigen Kommentar auseinanderzusetzen, worin man mit dem Verfasser eins oder uneins wäre. Jedes gute Buch, und besonders die der Alten, versteht und genießt niemand, als wer sie supplieren kann. Wer etwas weiß, findet unendlich mehr in ihnen als derjenige, der erst lernen will.

Sehen wir uns aber nach den eigentlichen Ursachen um, wodurch die Alten in ihren Vorschritten gehindert worden, so finden wir sie darin, daß ihnen die Kunst fehlt, Versuche anzustellen, ja sogar der Sinn dazu. Die Versuche sind Vermittler zwischen Natur und Begriff, zwischen Natur und Idee, zwischen Begriff und Idee. Die zerstreute Erfahrung zieht uns allzusehr nieder und ist sogar hinderlich, auch nur zum Begriff zu gelangen. Jeder Versuch aber ist schon theoretisierend; er entspringt aus einem Begriff oder stellt ihn sogleich auf. Viele einzelne Fälle werden unter ein einzig Phänomen subsummiert; die Erfahrung kommt ins Enge, man ist imstande, weiter vorwärts zu gehen.

Die Schwierigkeit, den Aristoteles zu verstehen, entspringt aus der antiken Behandlungsart, die uns fremd ist. Zerstreute Fälle sind aus der gemeinen Empirie aufgegriffen, mit gehörigem und geistreichen Räsonnement begleitet, auch wohl schicklich genug zusammengestellt; aber nun tritt der Begriff ohne Vermittlung hinzu, das Räsonnement geht ins Subtile und Spitzfindige, das Begriffene wird wieder durch Begriffe bearbeitet, anstatt daß man es nun deutlich auf sich beruhen ließe, einzeln vermehrte, massenweise zusammenstellte und erwartete, ob eine Idee daraus entspringen wolle, wenn sie sich nicht gleich von Anfang an dazu gesellte.

Hatten wir nun bei der wissenschaftlichen Behandlung, wie sie von den Griechen unternommen worden, wie sie ihnen geglückt, manches zu erinnern, so treffen wir nunmehr, wenn wir ihre Kunst betrachten, auf einen vollendeten Kreis, der, indem er sich in sich selbst abschließt, doch auch zugleich als Glied in jene Bemühungen eingreift und, wo das Wissen nicht Genüge leistete, uns durch die Tat befriedigt.

Die Menschen sind überhaupt der Kunst mehr gewachsen als der Wissenschaft. Jene gehört zur großen Hälfte ihnen selbst, diese zur großen Hälfte der Welt an. Bei jener läßt sich eine Entwickelung in reiner Folge, diese kaum ohne ein unendliches Zusammenhäufen denken. Was aber den Unterschied vorzüglich bestimmt: die Kunst schließt sich in ihren einzelnen Werken ab; die Wissenschaft erscheint uns grenzenlos.

Das Glück der griechischen Ausbildung ist schon oft und trefflich dargestellt worden. Gedenken wir nur ihrer bildenden Kunst und des damit so nahe verwandten Theaters. An den Vorzügen ihrer Plastik zweifelt niemand. Daß ihre Malerei, ihr Helldunkel, ihr Kolorit ebenso hoch gestanden, können wir in vollkommenen Beispielen nicht vor Augen stellen; wir müssen das wenige Übriggebliebene, die historischen Nachrichten, die Analogie, den Naturschritt, das Mögliche zu Hülfe nehmen, wie es der Verfasser des obenstehenden Aufsatzes getan, und es wird uns kein Zweifel übrig bleiben, daß sie auch in diesem Punkte alle ihre Nachfahren übertroffen.

Zu dem gepriesenen Glück der Griechen muß vorzüglich gerechnet werden, daß sie durch keine äußre Einwirkung irre gemacht worden: ein günstiges Geschick, das in der neuern Zeit den Individuen selten, den Nationen nie zuteil wird; denn selbst vollkommene Vorbilder machen irre, indem sie uns veranlassen, notwendige Bildungsstufen zu überspringen, wodurch wir denn meistens am Ziel vorbei in einen grenzenlosen Irrtum geführt werden.

Kehren wir nun zur Vergleichung der Kunst und Wissenschaft zurück; so begegnen wir folgender Betrachtung: da im Wissen sowohl als in der Reflexion kein Ganzes zusammengebracht werden kann, weil jenem das Innre, dieser das Äußere fehlt, so müssen wir uns die Wissenschaft notwendig als Kunst denken, wenn wir von ihr irgendeine Art von Ganzheit erwarten. Und zwar haben wir diese nicht im Allgemeinen, im Überschwenglichen zu suchen, sondern wie die Kunst sich immer ganz in jedem einzelnen Kunstwerk darstellt, so sollte die Wissenschaft sich auch jedesmal ganz in jedem einzelnen Behandelten erweisen.

Um aber einer solchen Forderung sich zu nähern, so müßte man keine der menschlichen Kräfte bei wissenschaftlicher Tätigkeit ausschließen. Die Abgründe der Ahndung, ein sicheres Anschauen der Gegenwart, mathematische Tiefe, physische Genauigkeit, Höhe der Vernunft, Schärfe des Verstandes, bewegliche, sehnsuchtsvolle Phantasie, liebevolle Freude am Sinnlichen, nichts kann entbehrt werden zum lebhaften fruchtbaren Ergreifen des Augenblicks, wodurch ganz allein ein Kunstwerk, von welchem Gehalt es auch sei, entstehen kann.

Wenn diese geforderten Elemente, wo nicht widersprechend, doch sich dergestalt gegenüberstehend erscheinen möchten, daß auch die vorzüglichsten Geister nicht hoffen dürften, sie zu vereinigen; so liegen sie doch in der gesamten Menschheit offenbar da und können jeden Augenblick hervortreten, wenn sie nicht durch Vorurteile, durch Eigensinn einzelner Besitzenden, und wie sonst alle die verkennenden, zurückschreckenden und tötenden Verneinungen heißen mögen, in dem Augenblick, wo sie allein wirksam sein können, zurückgedrängt werden und die Erscheinung im Entstehen vernichtet wird.

Vielleicht ist es kühn, aber wenigstens in dieser Zeit nötig, zu sagen: daß die Gesamtheit jener Elemente vielleicht vor keiner Nation so bereit liegt als vor der deutschen. Denn ob wir gleich, was Wissenschaft und Kunst betrifft, in der seltsamsten Anarchie leben, die uns von jedem erwünschten Zweck immer mehr zu entfernen scheint; so ist es doch eben diese Anarchie, die uns nach und nach aus der Weite ins Enge, aus der Zerstreuung zur Vereinigung drängen muß.

Niemals haben sich die Individuen vielleicht mehr vereinzelt und voneinander abgesondert als gegenwärtig. Jeder möchte das Universum vorstellen und aus sich darstellen; aber indem er mit Leidenschaft die Natur in sich aufnimmt, so ist er auch das Überlieferte, das, was andre geleistet, in sich aufzunehmen genötigt. Tut er es nicht mit Bewußtsein, so wird es ihm unbewußt begegnen; empfängt er es nicht offenbar und gewissenhaft, so mag er es heimlich und gewissenlos ergreifen; mag er es nicht dankbar anerkennen, so werden ihm andere nachspüren: genug, wenn er nur Eigenes und Fremdes, unmittelbar und mittelbar aus den Händen der Natur oder von Vorgängern Empfangenes tüchtig zu bearbeiten und einer bedeutenden Individualität anzueignen weiß; so wird jederzeit für alle ein großer Vorteil daraus entstehen. Und wie dies nun gleichzeitig schnell und heftig geschieht, so muß eine Übereinstimmung daraus entspringen, das, was man in der Kunst Stil zu nennen pflegt, wodurch die Individualitäten im Rechten und Guten immer näher aneinander gerückt und eben dadurch mehr herausgehoben, mehr begünstigt werden, als wenn sie sich durch seltsame Eigentümlichkeiten karikaturmäßig voneinander zu entfernen streben.

Wem die Bemühungen der Deutschen in diesem Sinne seit mehrern Jahren vor Augen sind, wird sich Beispiele genug zu dem, was wir im allgemeinen aussprechen, vergegenwärtigen können, und wir sagen getrost in Gefolg unserer Überzeugung: an Tiefe sowie an Fleiß hat es dem Deutschen nie gefehlt. Nähert er sich andern Nationen an

Bequemlichkeit der Behandlung und übertrifft sie an Aufrichtigkeit und Gerechtigkeit, so wird man ihm früher oder später die erste Stelle in Wissenschaft und Kunst nicht streitig machen.

Nachtrag

Ehe wir uns von diesen gutmütigen Hoffnungen zu jener traurigen Lücke wenden, die zwischen der Geschichte alter und neuer Zeit sich nun bald vor uns auftut, so haben wir noch einiges nachzubringen, das uns den Überblick des Bisherigen erleichtert und uns zu weiterem Fortschreiten anregt.

Wir gedenken hier des Lucius Annäus Seneca nicht sowohl insofern er von Farben etwas erwähnt, da es nur sehr wenig ist und bloß beiläufig geschieht, als vielmehr wegen seines allgemeinen Verhältnisses zur Naturforschung.

Ungeachtet der ausgebreiteten Herrschaft der Römer über die Welt stockten doch die Naturkenntnisse eher bei ihnen, als daß sie sich verhältnismäßig erweitert hätten. Denn eigentlich interessierte sie nur der Mensch, insofern man ihm mit Gewalt oder durch Überredung etwas abgewinnen kann. Wegen des letztern waren alle ihre Studien auf rednerische Zwecke berechnet. Übrigens benutzten sie die Naturgegenstände zu notwendigem und willkürlichem Gebrauch so gut und so wunderlich als es gehn wollte.

Seneca war, wie er selbst bedauert, spät zur Naturbetrachtung gelangt. Was die Früheren in diesem Fache gewußt, was sie darüber gedacht hatten, war ihm nicht unbekannt geblieben. Seine eigenen Meinungen und Überzeugungen haben etwas Tüchtiges. Eigentlich aber steht er gegen die Natur doch nur als ein ungebildeter Mensch: denn nicht sie interessiert ihn, sondern ihre Begebenheiten. Wir nennen aber Begebenheiten diejenigen zusammengesetzten auffallenden Ereignisse, die auch den rohesten Menschen erschüttern, seine Aufmerksamkeit erregen und, wenn sie vorüber sind, den Wunsch in ihm beleben, zu erfahren, woher so etwas denn doch wohl kommen möchte.

Im ganzen führt Seneca dergleichen Phänomene, auf die er in seinem Lebensgange aufmerksam geworden, nach der

Ordnung der vier Elemente auf, läßt sich aber doch, nach vorkommenden Umständen, bald da- bald dorthin ableiten.

Die meteorischen Feuerkugeln, Höfe um Sonn' und Mond, Regenbogen, Wettergallen, Nebensonnen, Wetterleuchten, Sternschnuppen, Kometen beschäftigen ihn unter der Rubrik des Feuers. In der Luft sind Blitz und Donner die Hauptveranlassungen seiner Betrachtungen. Später wendet er sich zu den Winden, und da er das Erdbeben auch einem unterirdischen Geiste zuschreibt, findet er zu diesem den Übergang.

Bei dem Wasser sind ihm, außer dem süßen, die Gesundbrunnen merkwürdig, nicht weniger die periodischen Quellen. Von den Heilkräften der Wasser geht er zu ihrem Schaden über, besonders zu dem, den sie durch Überschwemmung anrichten. Nach den Quellen des Nils und der weisen Benutzung dieses Flusses beschäftigen ihn Hagel, Schnee, Eis und Regen.

Er läßt keine Gelegenheit vorbeigehen, prächtige und, wenn man den rhetorischen Stil einmal zugeben will, wirklich köstliche Beschreibungen zu machen, wovon die Art, wie er den Nil und was diesen Fluß betrifft, behandelt, nicht weniger seine Beschreibung der Überschwemmungen und Erdbeben, ein Zeugnis ablegen mag. Seine Gesinnungen und Meinungen sind tüchtig. So streitet er zum Beispiel lebhaft gegen diejenigen, welche das Quellwasser vom Regen ableiten, welche behaupten, daß die Kometen eine vorübergehende Erscheinung seien.

Worin er sich aber vom wahren Physiker am meisten unterscheidet, sind seine beständigen, oft sehr gezwungen herbeigeführten Nutzanwendungen und die Verknüpfung der höchsten Naturphänomene mit dem Bedürfnis, dem Genuß, dem Wahn und dem Übermut der Menschen.

Zwar sieht man wohl, daß er gegen Leichtgläubigkeit und Aberglauben im Kampfe steht, daß er den humanen Wunsch nicht unterdrücken kann, alles, was die Natur uns reicht, möge dem Menschen zum besten gedeihen; er will, man solle so viel als möglich in Mäßigkeit genießen und zugleich den verderblichen und zerstörenden Naturwirkungen mit Ruhe und Ergebung entgegensehen; insofern erscheint er höchst ehrwürdig und, da er einmal von der Redekunst herkommt, auch nicht außer seinem Kreise.

Unleidlich wird er aber, ja lächerlich, wenn er oft, und gewöhnlich zur Unzeit, gegen den Luxus und die verderbten Sitten der Römer loszieht. Man sieht diesen Stellen ganz deutlich an, daß die Redekunst aus dem Leben sich in die Schulen und Hörsäle zurückgezogen hat: denn in solchen Fällen finden wir meist bei ihm, wo nicht leere, doch unnütze Deklamationen, die, wie man deutlich sieht, bloß daher kommen, daß der Philosoph sich über sein Zeitalter nicht erheben kann. Doch ist dieses das Schicksal fast seiner ganzen Nation.

Die Römer waren aus einem engen, sittlichen, bequemen, behaglichen, bürgerlichen Zustand zur großen Breite der Weltherrschaft gelangt, ohne ihre Beschränktheit abzulegen; selbst das, was man an ihnen als Freiheitssinn schätzt, ist nur ein borniertes Wesen. Sie waren Könige geworden und wollten nach wie vor Hausväter, Gatten, Freunde bleiben; und wie wenig selbst die Besseren begriffen, was Regieren heißt, sieht man an der abgeschmacktesten Tat, die jemals begangen worden, an der Ermordung Cäsars.

Aus ebendieser Quelle läßt sich ihr Luxus herleiten. Ungebildete Menschen, die zu großem Vermögen gelangen, werden sich dessen auf eine lächerliche Weise bedienen; ihre Wollüste, ihre Pracht, ihre Verschwendung werden ungereimt und übertrieben sein. Daher denn auch jene Lust zum Seltsamen, Unzähligen und Ungeheuern. Ihre Theater, die sich mit den Zuschauern drehen, das zweite Volk von Statuen, womit die Stadt überladen war, sind wie der spätere kolossale Napf, in welchem der große Fisch ganz gesotten werden sollte, alle Eines Ursprungs; sogar der Übermut und die Grausamkeit ihrer Tyrannen läuft meistens aufs Alberne hinaus.

Bloß indem man diese Betrachtungen anstellt, begreift man, wie Seneca, der ein so bedeutendes Leben geführt, dagegen zürnen kann, daß man gute Mahlzeiten liebt, sein Getränk dabei mit Schnee abkühlt, daß man sich des günstigen Windes bei Seeschlachten bedient, und was dergleichen Dinge mehr sein mögen. Solche Kapuzinerpredigten tun keine Wirkung, hindern nicht die Auflösung des Staates und können sich einer eindringenden Barbarei keineswegs entgegensetzen.

Schließlich dürfen wir jedoch nicht verschweigen, wie er höchst liebenswürdig in seinem Vertrauen auf die Nachwelt erscheint. Alle jene verflochtenen Naturbegebenheiten, auf die er vorzüglich seine Aufmerksamkeit wendet, ängstigen ihn als ebenso viele unergründliche Rätsel. Aufs Einfachere zu dringen, das Einfachste durch eine Erfahrung, in einem Versuch vor die Sinne zu stellen, die Natur durch Entwicklung zu enträtseln, war noch nicht Sitte geworden. Nun bleibt ihm, bei dem großen Drange, den er in sich fühlt, nichts übrig, als auf die Nachkommen zu hoffen, mit Vorfreude überzeugt zu sein, daß sie mehr wissen, mehr einsehen werden als er, ja ihnen sogar die Selbstgefälligkeit zu gönnen, mit der sie wahrscheinlich auf ihre unwissenden Vorfahren herabsehen würden.

Das haben sie denn auch redlich getan und tun es noch. Freilich sind sie viel später dazu gelangt, als unser Philosoph sich vorstellen mochte. Das Verderbnis der Römer schwebt ihm fürchterlich vor; daß aber daraus nur allzubald das Verderben sich entwickeln, daß die vorhandene Welt völlig untergehen, die Menschheit über ein Jahrtausend verworren und hülflos irren und schwanken würde, ohne auf irgendeinen Ausweg zu geraten, das war ihm wohl unmöglich zu denken, ihm, der das Reich, dessen Kaiser von ihm erzogen ward, in übermäßiger Herrlichkeit vor sich blühen sah.

DRITTE ABTEILUNG

ZWISCHENZEIT

Lücke

Jene früheren Geographen, welche die Karte von Afrika verfertigten, waren gewohnt, dahin, wo Berge, Flüsse, Städte fehlten, allenfalls einen Elefanten, Löwen oder sonst ein Ungeheuer der Wüste zu zeichnen, ohne daß sie deshalb wären getadelt worden. Man wird uns daher wohl auch nicht verargen, wenn wir in die große Lücke, wo uns die erfreuliche, lebendige, fortschreitende Wissenschaft verläßt, einige Betrachtungen einschieben, auf die wir uns künftig wieder beziehen können.

Die Kultur des Wissens durch inneren Trieb um der Sache selbst willen, das reine Interesse am Gegenstand sind freilich immer das Vorzüglichste und Nutzbarste; und doch sind von den frühsten Zeiten an die Einsichten der Menschen in natürliche Dinge durch jenes weniger gefördert worden als durch ein naheliegendes Bedürfnis, durch einen Zufall, den die Aufmerksamkeit nutzte, und durch mancherlei Art von Ausbildung zu entschiedenen Zwecken.

Es gibt bedeutende Zeiten, von denen wir wenig wissen, Zustände, deren Wichtigkeit uns nur durch ihre Folgen deutlich wird. Diejenige Zeit, welche der Same unter der Erde zubringt, gehört vorzüglich mit zum Pflanzenleben.

Es gibt auffallende Zeiten, von denen uns weniges, aber höchst Merkwürdiges bekannt ist. Hier treten außerordentliche Individuen hervor, es ereignen sich seltsame Begebenheiten. Solche Epochen geben einen entschiedenen Eindruck, sie erregen große Bilder, die uns durch ihr Einfaches anziehen.

Die historischen Zeiten erscheinen uns im vollen Tag. Man sieht vor lauter Licht keinen Schatten, vor lauter Hellung keinen Körper, den Wald nicht vor Bäumen, die Menschheit nicht vor Menschen; aber es sieht aus, als wenn jedermann und allem recht geschähe, und so ist jedermann zufrieden.

Die Existenz irgendeines Wesens erscheint uns ja nur, insofern wir uns desselben bewußt werden. Daher sind wir ungerecht gegen die stillen dunklen Zeiten, in denen der Mensch, unbekannt mit sich selbst, aus innerm starken Antrieb tätig war, trefflich vor sich hin wirkte und kein anderes Dokument seines Daseins zurückließ als eben die Wirkung, welche höher zu schätzen wäre als alle Nachrichten.

Höchst reizend ist für den Geschichtsforscher der Punkt, wo Geschichte und Sage zusammengrenzen. Es ist meistens der schönste der ganzen Überlieferung. Wenn wir uns aus dem bekannten Gewordenen das unbekannte Werden aufzubauen genötigt finden, so erregt es eben die angenehme Empfindung, als wenn wir eine uns bisher unbekannte gebildete Person kennen lernen und die Geschichte ihrer Bildung lieber herausahnden als herausforschen.

Nur müßte man nicht so griesgrämig, wie es würdige Historiker neuerer Zeit getan haben, auf Dichter und Chronikenschreiber herabsehen.

Betrachtet man die einzelne frühere Ausbildung der Zeiten, Gegenden, Ortschaften, so kommen uns aus der dunklen Vergangenheit überall tüchtige und vortreffliche Menschen, tapfere, schöne, gute in herrlicher Gestalt entgegen. Der Lobgesang der Menschheit, dem die Gottheit so gerne zuhören mag, ist niemals verstummt, und wir selbst fühlen ein göttliches Glück, wenn wir die durch alle Zeiten und Gegenden verteilten harmonischen Ausströmungen, bald in einzelnen Stimmen, in einzelnen Chören, bald fugenweise, bald in einem herrlichen Vollgesang, vernehmen.

Freilich müßte man mit reinem frischen Ohre hinlauschen, und jedem Vorurteil selbstsüchtiger Parteilichkeit, mehr vielleicht als dem Menschen möglich ist, entsagen.

Es gibt zwei Momente der Weltgeschichte, die bald aufeinander folgen, bald gleichzeitig, teils einzeln und abgesondert, teils höchst verschränkt, sich an Individuen und Völkern zeigen.

Der erste ist derjenige, in welchem sich die einzelnen nebeneinander frei ausbilden; dies ist die Epoche des Werdens, des Friedens, des Nährens, der Künste, der Wissenschaften, der Gemütlichkeit, der Vernunft. Hier wirkt alles nach innen und strebt in den besten Zeiten zu einem glücklichen häuslichen Auferbauen; doch löst sich dieser Zustand zuletzt in Parteisucht und Anarchie auf.

Die zweite Epoche ist die des Benutzens, des Kriegens, des Verzehrens, der Technik, des Wissens, des Verstandes. Die Wirkungen sind nach außen gerichtet; im schönsten und höchsten Sinne gewährt dieser Zeitpunkt Dauer und Genuß unter gewissen Bedingungen. Leicht artet jedoch ein solcher Zustand in Selbstsucht und Tyrannei aus, wo man sich aber keinesweges den Tyrannen als eine einzelne Person zu denken nötig hat; es gibt eine Tyrannei ganzer Massen, die höchst gewaltsam und unwiderstehlich ist.

Man mag sich die Bildung und Wirkung der Menschen unter welchen Bedingungen man will denken, so schwanken beide durch Zeiten und Länder, durch Einzelnheiten und Massen, die proportionierlich und unproportionierlich aufeinander wirken; und hier liegt das Inkalkulable, das Inkommensurable der Weltgeschichte. Gesetz und Zufall greifen ineinander, der betrachtende Mensch aber kommt oft in den Fall, beide miteinander zu verwechseln, wie sich besonders an parteiischen Historikern bemerken läßt, die zwar meistens unbewußt, aber doch künstlich genug sich ebendieser Unsicherheit zu ihrem Vorteil bedienen.

Der schwache Faden, der sich aus dem manchmal so breiten Gewebe des Wissens und der Wissenschaften durch alle Zeiten, selbst die dunkelsten und verworrensten, ununterbrochen fortzieht, wird durch Individuen durchgeführt. Diese werden in einem Jahrhundert wie in dem andern von der besten Art geboren und verhalten sich immer auf dieselbe Weise gegen jedes Jahrhundert, in welchem sie vorkommen. Sie stehen nämlich mit der Menge im Gegensatz, ja im Widerstreit. Ausgebildete Zeiten haben hierin nichts voraus vor den barbarischen: denn Tugenden sind zu jeder Zeit selten, Mängel gemein. Und stellt sich denn nicht sogar im Individuum eine Menge von Fehlern der einzelnen Tüchtigkeit entgegen?

Gewisse Tugenden gehören der Zeit an, und so auch gewisse Mängel, die einen Bezug auf sie haben.

Die neuere Zeit schätzt sich selbst zu hoch, wegen der großen Masse Stoffes, den sie umfaßt. Der Hauptvorzug des Menschen beruht aber nur darauf, inwiefern er den Stoff zu behandeln und zu beherrschen weiß.

Es gibt zweierlei Erfahrungsarten, die Erfahrung des Abwesenden und die des Gegenwärtigen. Die Erfahrung des Abwesenden, wozu das Vergangene gehört, machen wir auf fremde Autorität, die des Gegenwärtigen sollten wir auf eigene Autorität machen. Beides gehörig zu tun, ist die Natur des Individuums durchaus unzulänglich.

Die ineinandergreifenden Menschen- und Zeitalter nötigen uns, eine mehr oder weniger untersuchte Überlieferung gelten zu lassen, um so mehr, als auf der Möglichkeit dieser Überlieferung die Vorzüge des menschlichen Geschlechts beruhen.

Überlieferung fremder Erfahrung, fremden Urteils sind bei so großen Bedürfnissen der eingeschränkten Menschheit höchst willkommen, besonders wenn von hohen Dingen, von allgemeinen Anstalten die Rede ist.

Ein ausgesprochnes Wort tritt in den Kreis der übrigen, notwendig wirkenden Naturkräfte mit ein. Es wirkt um so lebhafter, als in dem engen Raume, in welchem die Menschheit sich ergeht, die nämlichen Bedürfnisse, die nämlichen Forderungen immer wiederkehren.

Und doch ist jede Wortüberlieferung so bedenklich. Man soll sich, heißt es, nicht an das Wort, sondern an den Geist halten. Gewöhnlich aber vernichtet der Geist das Wort oder verwandelt es doch dergestalt, daß ihm von seiner frühern Art und Bedeutung wenig übrigbleibt.

Wir stehen mit der Überlieferung beständig im Kampfe, und jene Forderung, daß wir die Erfahrung des Gegenwärtigen auf eigene Autorität machen sollten, ruft uns gleichfalls zu einem bedenklichen Streit auf. Und doch fühlt ein Mensch, dem eine originelle Wirksamkeit zuteil geworden, den Beruf, diesen doppelten Kampf persönlich zu bestehen, der durch den Fortschritt der Wissenschaften nicht erleichtert, sondern erschwert wird. Denn es ist am Ende doch nur immer das Individuum, das einer breiteren Natur und breiteren Überlieferung Brust und Stirn bieten soll.

Der Konflikt des Individuums mit der unmittelbaren Erfahrung und der mittelbaren Überlieferung ist eigentlich die Geschichte der Wissenschaften: denn was in und von ganzen Massen geschieht, bezieht sich doch nur zuletzt auf ein tüchtigeres Individuum, das alles sammeln, sondern, redigieren und vereinigen soll; wobei es wirklich ganz einerlei ist, ob die Zeitgenossen ein solch Bemühen begünstigen oder ihm widerstreben. Denn was heißt begünstigen, als das Vorhandene vermehren und allgemein machen. Dadurch wird wohl genutzt, aber die Hauptsache nicht gefördert.

Sowohl in Absicht auf Überlieferung als eigene Erfahrung muß nach Natur der Individuen, Nationen und Zeiten ein sonderbares Entgegenstreben, Schwanken und Vermischen entstehen.

Gehalt ohne Methode führt zur Schwärmerei; Methode ohne Gehalt zum leeren Klügeln; Stoff ohne Form zum beschwerlichen Wissen, Form ohne Stoff zu einem hohlen Wähnen.

Leider besteht der ganze Hintergrund der Geschichte der Wissenschaften bis auf den heutigen Tag aus lauter solchen beweglichen, ineinanderfließenden und sich doch nicht vereinigenden Gespenstern, die den Blick dergestalt verwirren, daß man die hervortretenden, wahrhaft würdigen Gestalten kaum recht scharf ins Auge fassen kann.

Überliefertes

Nun können wir nicht einen Schritt weiter gehen, ohne jenes Ehrwürdige, wodurch das Entfernte verbunden, das Zerrissene ergänzt wird, ich meine das Überlieferte, näher zu bezeichnen.

Weniges gelangt aus der Vorzeit herüber als vollständiges Denkmal, vieles in Trümmern; manches als Technik, als praktischer Handgriff; einiges, weil es dem Menschen nahe verwandt ist, wie Mathematik; anderes, weil es immer wieder gefordert und angeregt wird, wie Himmel- und Erdkunde; einiges, weil man dessen bedürftig bleibt, wie die Heilkunst; anderes zuletzt, weil es der Mensch, ohne zu wollen, immer wieder selbst hervorbringt, wie Musik und die übrigen Künste.

Doch von alle diesem ist im wissenschaftlichen Falle nicht sowohl die Rede als von schriftlicher Überlieferung. Auch hier übergehen wir vieles. Soll jedoch für uns ein Faden aus der alten Welt in die neue herüberreichen, so müssen wir dreier Hauptmassen gedenken, welche die größte, entschiedenste, ja oft eine ausschließende Wirkung hervorgebracht haben, der Bibel, der Werke Platos und Aristoteles'.

Jene große Verehrung, welche der Bibel von vielen Völkern und Geschlechtern der Erde gewidmet worden, verdankt sie ihrem innern Wert. Sie ist nicht etwa nur ein Volksbuch, sondern das Buch der Völker, weil sie die Schicksale eines Volks zum Symbol aller übrigen aufstellt, die Geschichte desselben an die Entstehung der Welt anknüpft und durch eine Stufenreihe irdischer und geistiger Entwickelungen, notwendiger und zufälliger Ereignisse bis in die entferntesten Regionen der äußersten Ewigkeiten hinausführt.

Wer das menschliche Herz, den Bildungsgang der Einzelnen kennt, wird nicht in Abrede sein, daß man einen trefflichen Menschen tüchtig heraufbilden könnte, ohne dabei ein anderes Buch zu brauchen als etwa Tschudis schweizerische oder Aventins bayerische Chronik. Wieviel mehr muß also die Bibel zu diesem Zwecke genügen, da sie das Musterbuch zu jenen erstgenannten gewesen, da das Volk, als dessen Chronik sie sich darstellt, auf die Weltbegebenheiten so großen Einfluß ausgeübt hat und noch ausübt.

Es ist uns nicht erlaubt, hier ins einzelne zu gehen; doch liegt einem jeden vor Augen, wie in beiden Abteilungen dieses wichtigen Werkes der geschichtliche Vortrag mit dem Lehrvortrage dergestalt innig verknüpft ist, daß einer dem andern auf- und nachhilft, wie vielleicht in keinem andern Buche. Und was den Inhalt betrifft, so wäre nur wenig hinzuzufügen, um ihn bis auf den heutigen Tag durchaus vollständig zu machen. Wenn man dem Alten Testamente einen Auszug aus Josephus beifügte, um die jüdische Geschichte bis zur Zerstörung Jerusalems fortzuführen; wenn man, nach der Apostelgeschichte, eine gedrängte Darstellung der Ausbreitung des Christentums und der Zerstreuung des Judentums durch die Welt, bis auf die letzten treuen Missionsbemühungen apostelähnlicher Männer, bis auf den neusten Schacher- und Wucherbetrieb der Nachkommen Abrahams, einschaltete; wenn man vor der Offenbarung Johannis die reine christliche Lehre im Sinn des Neuen Testamentes zusammengefaßt aufstellte, um die verworrene Lehrart der Episteln zu entwirren und aufzuhellen: so verdiente dieses Werk gleich gegenwärtig wieder in seinen alten Rang einzutreten, nicht nur als allgemeines Buch, sondern auch als allgemeine Bibliothek der Völker zu gelten, und es würde gewiß, je höher die Jahrhunderte an Bildung steigen, immer mehr zum Teil als Fundament, zum Teil als Werkzeug der Erziehung, freilich nicht von naseweisen, sondern von wahrhaft weisen Menschen genutzt werden können.

Die Bibel an sich selbst, und dies bedenken wir nicht genug, hat in der ältern Zeit fast gar keine Wirkung gehabt. Die Bücher des Alten Testaments fanden sich kaum gesammelt, so war die Nation, aus der sie entsprungen, völlig zerstreut; nur der Buchstabe war es, um den die Zerstreuten sich sammelten und noch sammlen. Kaum hatte man die Bücher des Neuen Testaments vereinigt, als die Christenheit sich in unendliche Meinungen spaltete. Und so finden wir, daß sich die Menschen nicht sowohl mit dem Werke als an dem Werke beschäftigten und sich über die verschiedenen Auslegungsarten entzweiten, die man auf den Text anwenden, die man dem Text unterschieben, mit denen man ihn zudecken konnte.

Hier werden wir nun veranlaßt, jener beiden trefflichen Männer zu gedenken, die wir oben genannt. Es wäre Verwegenheit, ihr Verdienst an dieser Stelle würdigen, ja nur schildern zu wollen; also nicht mehr denn das Notwendigste zu unsern Zwecken.

Plato verhält sich zu der Welt wie ein seliger Geist, dem es beliebt, einige Zeit auf ihr zu herbergen. Es ist ihm nicht sowohl darum zu tun, sie kennenzulernen, weil er sie schon voraussetzt, als ihr dasjenige, was er mitbringt und was ihr so not tut, freundlich mitzuteilen. Er dringt in die Tiefen, mehr um sie mit seinem Wesen auszufüllen, als um sie zu erforschen. Er bewegt sich nach der Höhe, mit Sehnsucht, seines Ursprungs wieder teilhaft zu werden. Alles, was er äußert, bezieht sich auf ein ewig Ganzes, Gutes, Wahres, Schönes, dessen Forderung er in jedem Busen aufzuregen strebt. Was er sich im einzelnen von irdischem Wissen zueignet, schmilzt, ja man kann sagen, verdampft in seiner Methode, in seinem Vortrag.

Aristoteles hingegen steht zu der Welt wie ein Mann, ein baumeisterlicher. Er ist nun einmal hier und soll hier wirken und schaffen. Er erkundigt sich nach dem Boden, aber nicht weiter, als bis er Grund findet. Von da bis zum Mittelpunkt der Erde ist ihm das übrige gleichgültig. Er umzieht einen ungeheuren Grundkreis für sein Gebäude, schafft Materialien von allen Seiten her, ordnet sie, schichtet sie auf und steigt so in regelmäßiger Form pyramidenartig in die Höhe, wenn Plato, einem Obelisken, ja einer spitzen Flamme gleich, den Himmel sucht.

Wenn ein Paar solcher Männer, die sich gewissermaßen in die Menschheit teilten, als getrennte Repräsentanten herrlicher, nicht leicht zu vereinender Eigenschaften auftraten; wenn sie das Glück hatten, sich vollkommen auszubilden, das an ihnen Ausgebildete vollkommen auszusprechen, und nicht etwa in kurzen lakonischen Sätzen gleich Orakelsprüchen, sondern in ausführlichen, ausgeführten, mannigfaltigen Werken; wenn diese Werke zum Besten der Menschheit übrigblieben und immerfort mehr oder weniger studiert und betrachtet wurden: so folgt natürlich, daß die Welt, insofern sie als empfindend und denkend anzusehen ist, genötigt war, sich einem oder dem andern hinzugeben, einen oder den andern als Meister, Lehrer, Führer anzuerkennen.

Diese Notwendigkeit zeigte sich am deutlichsten bei Auslegung der Heiligen Schrift. Diese, bei der Selbständigkeit, wunderbaren Originalität, Vielseitigkeit, Totalität, ja Unermeßlichkeit ihres Inhalts, brachte keinen Maßstab mit, wonach sie gemessen werden konnte; er mußte von außen gesucht und an sie angelegt werden, und das ganze Chor derer, die sich deshalb versammelten, Juden und Christen, Heiden und Heilige, Kirchenväter und Ketzer, Konzilien und Päpste, Reformatoren und Widersacher, sämtlich, indem sie auslegen und erklären, verknüpfen oder supplieren, zurechtlegen oder anwenden wollten, taten es auf Platonische oder Aristotelische Weise, bewußt oder unbewußt, wie uns, um nur der jüdischen Schule zu erwähnen, schon die talmudistische und kabbalistische Behandlung der Bibel überzeugt.

Wie bei Erklärung und Benutzung der heiligen Schriften, so auch bei Erklärung, Erweiterung und Benutzung des wissenschaftlich Überlieferten, teilte sich das Chor der Wiß- und Kenntnisbegierigen in zwei Parteien. Betrachten wir die afrikanischen, besonders ägyptischen neuern Weisen und Gelehrten, wie sehr neigt sich dort alles nach der Platonischen Vorstellungsart. Bemerken wir die Asiaten, so finden wir mehr Neigung zur Aristotelischen Behandlungsweise, wie es später bei den Arabern besonders auffällt.

Ja wie die Völker, so teilen sich auch Jahrhunderte in die Verehrung des Plato und Aristoteles, bald friedlich, bald in heftigem Widerstreit; und es ist als ein großer Vorzug des unsrigen anzusehen, daß die Hochschätzung beider sich im Gleichgewichte hält, wie schon Raffael in der sogenannten Schule von Athen beide Männer gedacht und gegeneinander über gestellt hat.

Wir fühlen und wissen recht gut, was sich gegen die von uns aphoristisch entworfene Skizze einwenden läßt, besonders wenn man von dem, was ihr mangelt, und von dem, was an ihr näher zu bestimmen wäre, reden wollte. Allein es war die Aufgabe, in möglichster Kürze hinzuzeichnen, was von Hauptwirkungen über die durch Barbaren gerissene Lücke in die mittlere und neuere Zeit vor allem andern bedeutend herüberreicht, was in die Wissenschaften überhaupt, in die Naturwissenschaften besonders und in die Farbenlehre, die uns vorzüglich beschäftigt, einen dauernden Einfluß ausübte.

Denn andre köstliche Massen des unschätzbar Überlieferten, wie zum Exempel die Masse der griechischen Dichter, hat erst spät, ja sehr spät, wieder lebendig auf Bildung gewirkt, so wie die Denkweisen anderer philosophischen Schulen, der Epikureer, der Skeptiker, auch erst spät für uns einige Bedeutung gewinnen.

Wenn wir nun oben schon ausgesprochen und behauptet, daß die Griechen mit allem bekannt gewesen, was wir als Hauptgrund der Farbenlehre anerkennen, was wir als die Hauptmomente derselben verehren; so bleibt uns nun die Pflicht, dem Natur- und Geschichtsfreunde vor Augen zu legen, wie in der neuern Zeit die Platonischen und Aristotelischen Überzeugungen wieder emporgehoben, wie sie verdrängt oder genutzt, wie sie vervollständigt oder verstümmelt werden mochten und wie, durch ein seltsames Schwanken älterer und neuerer Meinungsweisen, die Sache von einer Seite zur andern geschoben und zuletzt am Anfang des vorigen Jahrhunderts völlig verschoben worden.

Autorität

Indem wir nun von Überlieferung sprechen, sind wir unmittelbar aufgefordert, zugleich von Autorität zu reden. Denn genau betrachtet, so ist jede Autorität eine Art Überlieferung. Wir lassen die Existenz, die Würde, die Gewalt von irgendeinem Dinge gelten, ohne daß wir seinen Ursprung, sein Herkommen, seinen Wert deutlich einsehen und erkennen. So schätzen und ehren wir zum Beispiel die edlen Metalle beim Gebrauch des gemeinen Lebens; doch ihre großen physischen und chemischen Verdienste sind uns dabei selten gegenwärtig. So hat die Vernunft und das ihr verwandte Gewissen eine ungeheure Autorität, weil sie unergründlich sind; ingleichen das, was wir mit dem Namen Genie bezeichnen. Dagegen kann man dem Verstand gar keine Autorität zuschreiben: denn er bringt nur immer seinesgleichen hervor, so wie denn offenbar aller Verstandesunterricht zur Anarchie führt.

Gegen die Autorität verhält sich der Mensch, so wie gegen vieles andere, beständig schwankend. Er fühlt in seiner Dürftigkeit, daß er, ohne sich auf etwas Drittes zu stützen, mit seinen Kräften nicht auslangt. Dann aber, wenn das Gefühl seiner Macht und Herrlichkeit in ihm aufgeht, stößt er das Hülfreiche von sich und glaubt, für sich selbst und andre hinzureichen.

Das Kind bequemt sich meist mit Ergebung unter die

Autorität der Eltern; der Knabe sträubt sich dagegen; der Jüngling entflieht ihr, und der Mann läßt sie wieder gelten, weil er sich deren mehr oder weniger selbst verschafft, weil die Erfahrung ihn gelehrt hat, daß er ohne Mitwirkung anderer doch nur wenig ausrichte.

Ebenso schwankt die Menschheit im ganzen. Bald sehen wir um einen vorzüglichen Mann sich Freunde, Schüler, Anhänger, Begleiter, Mitlebende, Mitwohnende, Mitstreitende versammeln. Bald fällt eine solche Gesellschaft, ein solches Reich wieder in vielerlei Einzelnheiten auseinander. Bald werden Monumente älterer Zeiten, Dokumente früherer Gesinnungen, göttlich verehrt, buchstäblich aufgenommen; jedermann gibt seine Sinne, seinen Verstand darunter gefangen; alle Kräfte werden aufgewendet, das Schätzbare solcher Überreste darzutun, sie bekannt zu machen, zu kommentieren, zu erläutern, zu erklären, zu verbreiten und fortzupflanzen. Bald tritt dagegen, wie jene bilderstürmende, so hier eine schriftstürmende Wut ein; es täte not, man vertilgte bis auf die letzte Spur das, was bisher so großen Wertes geachtet wurde. Kein ehmals ausgesprochenes Wort soll gelten, alles, was weise war, soll als närrisch erkannt werden, was heilsam war, als schädlich, was sich lange Zeit als förderlich zeigte, nunmehr als eigentliches Hindernis.

Die Epochen der Naturwissenschaften im allgemeinen und der Farbenlehre insbesondre werden uns ein solches Schwanken auf mehr als eine Weise bemerklich machen. Wir werden sehen, wie dem menschlichen Geist das aufgehäufte Vergangene höchst lästig wird zu einer Zeit, wo das Neue, das Gegenwärtige gleichfalls gewaltsam einzudringen anfängt; wie er die alten Reichtümer aus Verlegenheit, Instinkt, ja aus Maxime wegwirft; wie er wähnt, man könne das Neuzuerfahrende durch bloße Erfahrung in seine Gewalt bekommen: wie man aber bald wieder genötigt wird, Räsonnement und Methode, Hypothese und Theorie zu Hülfe zu rufen; wie man dadurch abermals in Verwirrung, Kontrovers, Meinungenwechsel, und früher oder später aus der eingebildeten Freiheit wieder unter den ehernen Zepter einer aufgedrungenen Autorität fällt.

Alles, was wir an Materialien zur Geschichte, was wir Geschichtliches einzeln ausgearbeitet zugleich überliefern, wird nur der Kommentar zu dem Vorgesagten sein. Die Naturwissenschaften haben sich bewundernswürdig erweitert, aber keinesweges in einem stetigen Gange, auch nicht einmal stufenweise, sondern durch Auf- und Absteigen, durch Vor- und Rückwärtswandeln in grader Linie oder in der Spirale; wobei sich denn von selbst versteht, daß man in jeder Epoche über seine Vorgänger weit erhaben zu sein glaubte. Doch wir dürfen künftigen Betrachtungen nicht vorgreifen. Da wir die Teilnehmenden durch einen labyrinthischen Garten zu führen haben, so müssen wir ihnen und uns das Vergnügen mancher überraschenden Aussicht vorbehalten.

Wenn nun derjenige, wo nicht für den Vorzüglichsten, doch für den Begabtesten und Glücklichsten zu halten wäre, der Ausdauer, Lust, Selbstverleugnung genug hätte, sich mit dem Überlieferten völlig bekannt zu machen, und dabei noch Kraft und Mut genug behielte, sein originelles Wesen selbständig auszubilden und das vielfach Aufgenommene nach seiner Weise zu bearbeiten und zu beleben: wie erfreulich muß es nicht sein, wenn dergleichen Männer in der Geschichte der Wissenschaften uns, wiewohl selten genug, wirklich begegnen. Ein solcher ist derjenige, zu dem wir uns nun wenden, der uns vor vielen andern trefflichen Männern aus einer zwar regsamen, aber doch immer noch trüben Zeit lebhaft und freudig entgegentritt.

Roger Bacon
von 1216 bis 1294

Die in Britannien durch Römerherrschaft gewirkte Kultur, diejenige, welche früh genug durch das Christentum daselbst eingeleitet worden, verlor sich nur gar zu bald, vernichtet durch den Zudrang wilder Inselnachbarn und seeräuberischer Scharen. Bei zurückkehrender, obgleich oft gestörter Ruhe fand sich auch die Religion wieder ein und wirkte auf eine vorzügliche Weise zum Guten. Treffliche Männer bildeten sich aus zu Aposteln ihres eigenen Vaterlandes, ja des Auslandes. Klöster wurden gestiftet, Schulen eingerichtet, und jede Art besserer Bildung schien sich in diese abgesonderten Länder zu flüchten, sich daselbst zu bewahren und zu steigern.

Roger Bacon war in einer Epoche geboren, welche wir die des Werdens, der freien Ausbildung der Einzelnen nebeneinander genannt haben; für einen Geist wie der seine in der glücklichsten. Sein eigentliches Geburtsjahr ist ungewiß, aber die Magna Charta war bereits unterzeichnet (1215), als er zur Welt kam, jener große Freiheitsbrief, der durch die Zusätze nachfolgender Zeiten das wahre Fundament neuer englischer Nationalfreiheit geworden. So sehr auch der Klerus und die Baronen für ihren Vorteil dabei mochten gesorgt haben, so gewann doch der Bürgerstand dadurch außerordentlich, daß freier Handel gestattet, besonders der Verkehr mit Auswärtigen völlig ungehindert sein sollte, daß die Gerichtsverfassung verbessert ward, daß der Gerichtshof nicht mehr dem Könige folgen, sondern stets an Einem Orte Sitz haben, daß kein freier Mann sollte gefangen gehalten, verbannt oder auf irgendeine Weise an Freiheit und Leben angegriffen werden; es sei denn, seinesgleichen hätten über ihn gesprochen, oder es geschähe nach dem Recht des Landes.

Was auch noch in der Verfassung zu wünschen übrigblieb, was in der Ausführung mangeln, was durch politische Stürme erschüttert werden mochte, die Nation war im Vorschreiten, und Roger brachte sein höheres Alter unter der Regierung Königs Eduard des Ersten zu, wo die Wissenschaften aller Art einen beträchtlichen Fortgang nahmen und großen Einfluß auf eine vollkommnere Justiz- und Polizeiverfassung hatten. Der dritte Stand wurde mehr und mehr begünstigt, und einige Jahre nach Rogers Tode (1297) erhielt die Magna Charta einen Zusatz zugunsten der Volksklasse.

Obgleich Roger nur ein Mönch war und sich in dem Bezirk seines Klosters halten mochte, so dringt doch der Hauch solcher Umgebungen durch alle Mauern, und gewiß verdankt er gedachten nationellen Anlagen, daß sein Geist sich über die trüben Vorurteile der Zeit erheben und der Zukunft voreilen konnte. Er war von der Natur mit einem geregelten

Charakter begabt, mit einem solchen, der für sich und andre Sicherheit will, sucht und findet. Seine Schriften zeugen von großer Ruhe, Besonnenheit und Klarheit. Er schätzt die Autorität, verkennt aber nicht das Verworrene und Schwankende der Überlieferung. Er ist überzeugt von der Möglichkeit einer Einsicht in Sinnliches und Übersinnliches, Weltliches und Göttliches.

Zuvörderst weiß er das Zeugnis der Sinne gehörig anzuerkennen; doch bleibt ihm nicht unbewußt, daß die Natur dem bloß sinnlichen Menschen vieles verberge. Er wünscht daher tiefer einzudringen und wird gewahr, daß er die Kräfte und Mittel hiezu in seinem eigenen Geiste suchen muß. Hier begegnet seinem kindlichen Sinne die Mathematik als ein einfaches, eingebornes, aus ihm selbst hervorspringendes Werkzeug, welches er um so mehr ergreift, als man schon so lange alles Eigene vernachlässigt, die Überlieferung auf eine seltsame Weise übereinandergehäuft und sie dadurch gewissermaßen in sich selbst zerstört hatte.

Er gebraucht nunmehr sein Organ, um die Vorgänger zu beurteilen, die Natur zu betasten, und zufrieden mit der Weise, nach der ihm manches gelingt, erklärt er die Mathematik zu dem Hauptschlüssel aller wissenschaftlichen Verborgenheiten.

Je nachdem nun die Gegenstände sind, mit welchen er sich beschäftigt, danach ist auch das Gelingen. In den einfachsten physischen Fällen löst die Formel das Problem, in komplizierteren ist sie wohl behülflich, deutet auf den Weg, bringt uns näher; aber sie dringt nicht mehr auf den Grund. In den höheren Fällen und nun gar im Organischen und Moralischen bleibt sie ein bloßes Symbol.

Ob nun gleich der Stoff, den er behandelt, sehr gehaltvoll ist, auch nichts fehlt, was den sinnenden Menschen interessieren kann, ob er sich schon mit großer Ehrfurcht den erhabenen Gegenständen des Universums nähert; so muß er doch den einzelnen Teilen des Wißbaren und Ausführbaren, einzelnen Wissenschaften und Künsten unrecht tun, um seine These durchzusetzen. Was in ihnen eigentümlich, fundamental und elementar gewiß ist, erkennt er nicht an; er beachtet bloß die Seite, die sie gegen die Mathematik bieten. So löst er die Grammatik in Rhythmik, die Logik in Musik auf und erklärt die Mathematik wegen Sicherheit ihrer Demonstrationen für die bessere Logik.

Indem er nun zwar parteiisch aber keinesweges Pedant ist, so fühlt er sehr bald, wo seine Grundmaximen (canones), mit denen er alles ausrichten will, nicht hinreichen, und es scheint ihm selbst nicht recht ernst zu sein, wenn er seinen mathematisch-physischen Maßstab geistigen und göttlichen Dingen anpassen und durch ein witziges Bilderspiel das, was nicht ineinandergreift, zusammenhängen will.

Bei alledem läßt ihn sein großes Sicherheitsbedürfnis durchaus feste und entschiedene Schritte tun. Was die Alten erfahren und gedacht, was er selbst gefunden und ersonnen, das alles bringt er nicht gerade streng methodisch, aber doch in einem sehr faßlichen naiven Vortrag uns vor Seel' und Gemüt. Alles hängt zusammen, alles hat die schönste Folge, und indem das Bekannte klar vor ihm liegt, so ist ihm auch das Unbekannte selbst nicht fremd; daher er denn voraussieht, was noch künftig zu leisten ist und was erst einige Jahrhunderte nachher, durch fortschreitende Beobachtung der Natur und durch eine immer verfeinerte Technik, wirklich geleistet worden.

...

Die Schriften Bacons zeugen von großer Ruhe und Besonnenheit. Er fühlte sehr tief den Kampf, den er mit der Natur und mit der Überlieferung zu bestehen hat. Er wird gewahr, daß er die Kräfte und Mittel hiezu bei sich selbst suchen muß. Hier findet er die Mathematik als ein sicheres, aus seinem Innern hervorspringendes Werkzeug. Er operiert mit demselben gegen die Natur und gegen seine Vorgänger, sein Unternehmen glückt ihm und er überzeugt sich, daß Mathematik den Grund zu allem Wissenschaftlichen lege.

Hat ihm jedoch dieses Organ bei allem Meßbaren gehörige Dienste geleistet, so findet er bald bei seinem zarten Gefühle, daß es Regionen gebe, wo es nicht hinreicht. Er spricht sehr deutlich aus, daß sie in solchen Fällen als eine Art von Symbolik zu brauchen sei; aber in der Ausführung selbst vermischt er den reellen Dienst, den sie ihm leistet, mit dem symbolischen; wenigstens knüpft er beide Arten so genau zusammen, daß er beiden denselben Grad von Überzeugung zuschreibt, obgleich sein Symbolisieren manchmal bloß auf ein Witzspiel hinausläuft. In diesem wenigen sind alle seine Tugenden und alle seine Fehler begriffen.

Man halte diese Ansicht fest und man wird sich überzeugen, daß es eine falsche Anwendung der reinen Mathematik und ebenso eine falsche Anwendung der angewandten Mathematik gebe. Offenbar ist die Astrologie aus der Astronomie durch den eben gerügten Mißgriff entstanden, indem man aus den Wirkungen bekannter Kräfte auf die Wirkungen unbekannter schloß und beide als gleichgeltende behandelte.

Man sehe, wie Baco das Mathematische geistigen und geistlichen Dingen annähern will durch ein anmutiges heiteres Zahlenspiel.

Ein großer Teil dessen, was man gewöhnlich Aberglauben nennt, ist aus einer falschen Anwendung der Mathematik entstanden, deswegen ja auch der Name eines Mathematikers mit dem eines Wahnkünstlers und Astrologen gleich galt. Man erinnere sich der Signatur der Dinge, der Chiromantie, der Punktierkunst, selbst des Höllenzwangs; alle dieses Unwesen nimmt seinen wüsten Schein von der klarsten aller Wissenschaften, seine Verworrenheit von der exaktesten. Man hat daher nichts für verderblicher zu halten, als daß man, wie in der neuern Zeit abermals geschieht, die Mathematik aus der Vernunft- und Verstandesregion, wo ihr Sitz ist, in die Region der Phantasie und Sinnlichkeit freventlich herüberzieht.

Dunklen Zeiten sind solche Mißgriffe nachzusehen; sie gehören mit zum Charakter. Denn eigentlich ergreift der Aberglaube nur falsche Mittel, um ein wahres Bedürfnis zu befriedigen, und ist deswegen weder so scheltenswert als er gehalten wird, noch so selten in den sogenannten aufgeklärten Jahrhunderten und bei aufgeklärten Menschen.

Denn wer kann sagen, daß er seine unerläßlichen Bedürfnisse immer auf eine reine, richtige, wahre, untadelhafte und vollständige Weise befriedige; daß er sich nicht neben dem ernstesten Tun und Leisten, wie mit Glauben und Hoffnung, so auch mit Aberglauben und Wahn, Leichtsinn und Vorurteil hinhalte.

Wieviel falsche Formeln zu Erklärung wahrer und unleugbarer Phänomene finden sich nicht durch alle Jahrhunderte bis zu uns herauf. Die Schriften Luthers enthalten, wenn man will, viel mehr Aberglauben als die unsers englischen Mönchs. Wie bequem macht sich's nicht Luther durch seinen Teufel, den er überall bei der Hand hat, die wichtigsten Phänomene der allgemeinen und besonders der menschlichen Natur auf eine oberflächliche und barbarische Weise zu erklären und zu beseitigen; und doch ist und bleibt er, der er war, außerordentlich für seine und für künftige Zeiten. Bei ihm kam es auf Tat an; er fühlte den Konflikt, in dem er sich befand, nur allzu lästig, und indem er sich das ihm Widerstrebende recht häßlich, mit Hörnern, Schwanz und Klauen dachte, so wurde sein heroisches Gemüt nur desto lebhafter aufgeregt, dem Feindseligen zu begegnen und das Gehaßte zu vertilgen.

An jene Neigung Roger Bacons, das Unbekannte durch das Bekannte aufzulösen, das Ferne durch das Nahe zu gewältigen, wodurch sich eben sein vorzüglicher Geist legitimiert, schließt sich eine Eigenheit an, welche genau beachtet zu werden verdient, weil sie schon früher historische Zweifel erregt hat. Aus gewissen Eigenschaften der Körper, die ihm bekannt sind, aus gewissen Folgen, die sich von ihrer Verbindung oder von einer gewissen bestimmten Form hoffen lassen, folgert er so richtig, daß er über das, was zu seiner Zeit geleistet war, weit hinausgeht und von Dingen spricht, als wenn sie schon geleistet wären. Das Schießpulver, besonders aber die Fernröhre behandelt er so genau, daß wir uns überzeugt halten müssen, er habe sie vor sich gehabt, zumal da er ja schon geschliffene Kugeln, Abschnitte von Kugeln in Glas besessen.

Allein wem bekannt ist, wie der Menschengeist voreilen kann, ehe ihm die Technik nachkommt, der wird auch hier nichts Unerhörtes finden.

Und so wagen wir zu behaupten, daß es nur Folgerungen bei ihm gewesen. Auch hier bei der angewandten Mathematik geht es ihm wie bei der reinen. Wie er jene anwendete, wo sie nicht hingehörte, so traut er dieser zu, was sie nicht leisten kann.

Durch die von ihm beschriebenen Gläser soll man nicht allein die entferntesten Gegenstände ganz nah, die kleinsten ungeheuer groß im eignen Auge wahrnehmen; sondern diese und andre Bilder sollen auch hinaus in die Luft, in die Atmosphäre geworfen einer Menge zur Erscheinung kommen. Zwar ist auch dieses nicht ohne Grund. So mancherlei Naturerscheinungen, die auf Refraktion und Reflexion beruhen, die viel später erfundene Camera obscura, die Zauberlaterne, das Sonnenmikroskop und ihre verschiedenen Anwendungen haben sein Vorausgesagtes fast buchstäblich wahr gemacht, weil er alle diese Folgen voraussah. Aber die Art, wie er sich über diese Dinge äußert, zeigt, daß sein Apparat nur in seinem Geiste gewirkt und daß daher manche imaginäre Resultate entsprungen sein mögen.

Zunächst bemerken wir, daß er, wie alle Erfinder, weitschauende und geistig lebhaft wirkende Menschen, von seinen Zeitgenossen angegangen worden, auch unmittelbar etwas zu ihrem Nutzen zu tun. Der Mensch ist so ein lust- und hülfsbedürftiges Wesen, daß man ihm nicht verargen kann, wenn er sich überall umsieht, wo er im Glück einigen Spaß und in der Bedrängtheit einigen Beistand finden kann.

Den Mathematikern sind von jeher die Kriegshelden auf der Spur gewesen, weil man seine Macht gern mechanisch vermehren und jeder Übermacht große Wirkungen mit geringen Kräften entgegensetzen möchte. Daher findet sich bei Baco die Wiederholung älterer und die Zusicherung neuer dergleichen Hülfsmittel. Brennspiegel, um in der Ferne die Sonnenstrahlen zu konzentrieren, Vervielfältigungsspiegel, wodurch dem Feinde wenige Truppen als eine große Anzahl erschienen, und andre solche Dinge kommen bei ihm vor, die wunderbar genug aussehen, und die dennoch bei erhöhter Technik, geübtester Taschenspielerkunst, und auf andre Weise wenigstens zum Teil möglich gemacht worden.

Daß man ihn der Irrlehre angeklagt, das Schicksal hat er mit allen denen gemein, die ihrer Zeit vorlaufen; daß man ihn der Zauberei bezichtigt, war damals ganz natürlich. Aber seine Zeit nicht allein beging diese Übereilung, daß sie das, was tiefen, unbekannten, festgegründeten, konsequenten, ewigen Naturkräften möglich ist, als dem Willen und der Willkür unterworfen, als zufällig herbeigerufen, im Widerstreit mit Gott und der Natur gelten ließ.

Auch hierüber ist der Mensch weder zu schelten noch zu bedauern: denn diese Art von Aberglauben wird er nicht los werden, solange die Menschheit existiert. Ein solcher Aberglaube erscheint immer wieder, nur unter einer andern Form. Der Mensch sieht nur die Wirkungen, die Ursachen, selbst die nächsten, sind ihm unbekannt; nur sehr wenige, tiefer dringende, erfahrene, aufmerkende werden allenfalls gewahr, woher die Wirkung entspringe.

Man hat oft gesagt und mit Recht, der Unglaube sei ein umgekehrter Aberglaube, und an dem letzten möchte gerade unsere Zeit vorzüglich leiden. Eine edle Tat wird dem Eigennutz, eine heroische Handlung der Eitelkeit, das unleugbare poetische Produkt einem fieberhaften Zustande zugeschrieben; ja, was noch wunderlicher ist, das Allervorzüglichste, was hervortritt, das Allermerkwürdigste, was begegnet, wird so lange, als nur möglich ist, verneint.

Dieser Wahnsinn unserer Zeit ist auf alle Fälle schlimmer, als wenn man das Außerordentliche, weil es nun einmal geschah, gezwungen zugab und es dem Teufel zuschrieb. Der Aberglaube ist ein Erbteil energischer, großtätiger, fortschreitender Naturen; der Unglaube das Eigentum schwacher, kleingesinnter, zurückschreitender, auf sich selbst beschränkter Menschen. Jene lieben das Erstaunen, weil das Gefühl des Erhabenen dadurch in ihnen erregt wird, dessen ihre Seele fähig ist, und da dies nicht ohne eine gewisse Apprehension geschieht, so spiegelt sich ihnen dabei leicht ein böses Prinzip vor. Eine ohnmächtige Generation aber wird durchs Erhabene zerstört, und da man niemanden zumuten kann, sich willig zerstören zu lassen; so haben sie völlig das Recht, das Große und Übergroße, wenn es neben ihnen wirkt, so lange zu leugnen, bis es historisch wird, da es denn aus gehöriger Entfernung in gedämpftem Glanze leidlicher anzuschauen sein mag.

Nachlese

Unter dieser Rubrik mag das wenige Platz nehmen, was wir in unsern Kollektaneen, den erst besprochenen Zeitpunkt betreffend, vorgefunden haben.

Von den Arabern ist mir nicht bekannt geworden, daß sie eine theoretische Aufmerksamkeit auf die Farbe geworfen hätten. Averroes und Avempace mögen, wie aus einigen Zitaten zu vermuten ist, bei Gelegenheit, daß sie den Aristoteles kommentiert, etwas beiläufig darüber geäußert haben. Das Büchlein des Theophrast scheint ihrer Aufmerksamkeit entgangen zu sein. Alhazen, von dem ein optischer Traktat auf uns gekommen, beschäftigt sich mit den Gesetzen des Sehens überhaupt; doch war ihm der im Auge bleibende Eindruck eines angeschauten Bildes bekannt geworden.

Überhaupt war dieses physiologische Phänomen des bleibenden, ja des farbig abklingenden Lichteindruckes rein sinnlichen Naturen jener Zeit nicht verborgen geblieben, weshalb wir eine Stelle des Augustinus und eine des Themistius als Zeugnis anführen.

Augustinus

Wenn wir eine Zeitlang irgendein Licht anschauen und sodann die Augen schließen, so schweben vor unserm Blick gewisse leuchtende Farben, die sich verschiedentlich verändern und nach und nach weniger glänzen, bis sie zuletzt gänzlich verschwinden. Diese können wir für das Überbleibende jener Form halten, welche in dem Sinn erregt ward, indem wir das leuchtende Bild erblickten.

Themistius

Wenn jemand den Blick von einem Gegenstande, den er aufs schärfste betrachtet hat, wegwendet, so wird ihn doch die Gestalt der Sache, die er anschaute, begleiten, als wenn der frühere Anstoß die Augen bestimmt und in Besitz genommen hätte. Deshalb, wenn jemand aus dem Sonnenschein sich ins Finstere begibt, sehen die vor großem Glanz irre gewordenen Augen nichts; auch wenn du etwas sehr Glänzendes oder Grünes länger angesehen, so wird alles, was dir hernach in die Augen fällt, gleichfarbig erscheinen. Nicht weniger, wenn du die Augen gegen die Sonne, oder sonst etwas Glänzendes richtest und sodann zudrückst; so wirst du eine Farbe sehen, wie etwa Weiß oder Grün, welche sich alsdann in Hochrot verwandelt, sodann in Purpur, nachher in andre Farben, zuletzt ins Schwarze, von da an aber abnimmt und verschwindet. Gleichermaßen zerrüttet auch das, was sich schnell bewegt, unsere Augen, so daß, wenn du in einen reißenden Strom hinabsiehst, eine Art von Schäumen und Schwindel in dir entsteht und auch das Stillstehende sich vor dir zu bewegen scheint.

Lust am Geheimnis

Das Überlieferte war schon zu einer großen Masse angewachsen, die Schriften aber, die es enthielten, nur im Besitz von wenigen; jene Schätze, die von Griechen, Römern und Arabern übriggeblieben waren, sah man nur durch einen Flor; die vermittelnden Kenntnisse mangelten; es fehlte völlig an Kritik; apokryphische Schriften galten den echten gleich, ja es fand sich mehr Neigung zu jenen als zu diesen. Ebenso drängten sich die Beobachtungen einer erst wieder neu und frisch erblickten Natur auf. Wer wollte sie sondern, ordnen und nutzen? Was jeder Einzelne erfahren hatte, wollte er auch sich zu Vorteil und Ehre gebrauchen; beides wird mehr durch Vorurteile als durch Wahrhaftigkeit erlangt. Wie nun die Früheren, um die Gewandtheit ihrer dialektischen Formen zu zeigen, auf allen Kathedern sich öffentlich hören ließen, so fühlte man später, daß man mit einem gehaltreichen Besitz Ursach hatte sparsamer umzugehen. Man verbarg, was dem Verbergenden selbst noch halb verborgen war, und weil es bei einem großen Ernst an einer vollkommnen Einsicht in die Sache fehlte, so entstand, was uns bei Betrachtung jener Bemühungen irre macht und verwirrt, der seltsame Fall, daß man verwechselte, was sich zu esoterischer und was sich zu exoterischer Überlieferung qualifiziert. Man verhehlte das Gemeine und sprach das Ungemeine laut, wiederholt und dringend aus.

Wir werden in der Folge Gelegenheit nehmen, die mancherlei Arten dieses Versteckens näher zu betrachten. Symbolik, Allegorie, Rätsel, Attrappe, Chiffrieren wurden in Übung gesetzt. Apprehension gegen Kunstverwandte, Marktschreierei, Dünkel, Witz und Geist hatten alle gleiches Interesse, sich auf diese Weise zu üben und geltend zu machen, so daß der Gebrauch dieser Verheimlichungskünste sehr lebhaft bis in das siebzehnte Jahrhundert hinübergeht und sich zum Teil noch in den Kanzleien der Diplomatiker erhält.

Aber auch bei dieser Gelegenheit können wir nicht umhin, unsern Roger Baco, von dem nicht genug Gutes zu sagen ist, höchlich zu rühmen, daß er sich dieser falschen und schiefen Überlieferungsweise gänzlich enthalten, so sehr, daß wir wohl behaupten können, der Schluß seiner höchst schätzbaren Schrift de mirabili potestate artis et naturae gehöre nicht ihm, sondern einem Verfälscher, der dadurch diesen kleinen Traktat an eine Reihe alchymistischer Schriften anschließen wollen.

An dieser Stelle müssen wir manches, was sich in unsern Kollektaneen vorfindet, beiseitelegen, weil es uns zu weit von dem vorgesteckten Ziele ablenken würde. Vielleicht zeigt sich eine andere Gelegenheit, die Lücke, die auch hier abermals entsteht, auf eine schickliche Weise auszufüllen.

VIERTE ABTEILUNG

SECHZEHNTES JAHRHUNDERT

Eine geschichtliche Darstellung nach Jahrhunderten einzuteilen, hat seine Unbequemlichkeit. Mit keinem schneiden sich die Begebenheiten rein ab; Menschenleben und -handeln greift aus einem ins andre; aber alle Einteilungsgründe, wenn man sie genau besieht, sind doch nur von irgendeinem Überwiegenden hergenommen. Gewisse Wirkungen zeigen sich entschieden in einem gewissen Jahrhundert, ohne daß man die Vorbereitung verkennen oder die Nachwirkung leugnen möchte. Bei der Farbenlehre geben uns die drei nunmehr aufeinander folgenden Jahrhunderte Gelegenheit, das, was wir vorzutragen haben, in gehöriger Absonderung und Verknüpfung darzustellen.

Daß wir in der sogenannten mittlern Zeit für Farbe und Farbenlehre wenig gewonnen, liegt in dem Vorhergehenden nur allzu deutlich am Tage. Vielleicht glückt es denjenigen, die sich mit den Denkmalen jener Zeit genauer bekannt machen, noch einiges aufzufinden; vielleicht kann in der Geschichte des Kolorits und der Färbekunst noch manches beigebracht werden. Für uns ging die Farbenlehre mit dem Glanz der übrigen Wissenschaften und Künste scheidend unter, um erst später wieder hervorzutreten. Wenn wir hier und da der Farbe erwähnt finden, so ist es nur gelegentlich; sie wird vorausgesetzt wie das Atemholen und Sprechen bei der Redekunst. Niemand beschäftigt sich mit ihren Elementen und Verhältnissen, bis endlich diese erfreuliche Erscheinung, die uns in der Natur so lebhaft umgibt, auch für das Bewußtsein mit den übrigen Wissenschaften aus der Überlieferung wieder hervortritt.

Je mehrere und vorzüglichere Menschen sich mit den köstlichen überlieferten Resten des Altertums beschäftigen mochten, desto energischer zeigte sich jene Funktion des Verstandes, die wir wohl die höchste nennen dürfen, die Kritik nämlich, das Absondern des Echten vom Unechten.

Dem Gefühl, der Einbildungskraft ist es ganz gleichgültig, wovon sie angeregt werden, da sie beide ganz reine Selbsttätigkeiten sind, die sich ihre Verhältnisse nach Belieben hervorbringen, nicht so dem Verstande, der Vernunft. Beide haben einen entschiedenen Bezug auf die Welt; der Verstand will sich nichts Unechtes aufbinden lassen, und die Vernunft verabscheuet es.

Dieser natürliche Abscheu vor dem Unechten und das Sonderungsvermögen sind nicht immer beisammen. Jener fühlt wohl, was er will, aber vermag es nicht immer zu beweisen; dieses will eigentlich nichts, aber das Erkannte vermag es darzutun. Es verwirft wohl ohne Abneigung und nimmt auf ohne Liebe. Vielleicht entsteht dadurch eine der Absicht gemäße Gerechtigkeit. Wenn beides jedoch, Abscheu und Sonderungsgabe, zusammenträfe, stünde die Kritik wohl auf der höchsten Stufe.

Die Bibel, als ein heiliges unantastbares Buch, entfernte von sich die Kritik, ja eine unkritische Behandlung schien ihr wohl angemessen. Den Platonischen und Aristotelischen Schriften erging es anfänglich auf ähnliche Weise. Erst später sah man sich nach einem Prüfstein um, der nicht so leicht zu finden war. Doch ward man zuletzt veranlaßt, den Buchstaben dieser Werke näher zu untersuchen; mehrere Abschriften gaben zu Vergleichung Anlaß. Ein richtigeres Verstehen führte zum bessern Übersetzen. Dem geistreichen Manne mußten bei dieser Gelegenheit Emendationen in die Hand fallen und der reine Wortverstand immer bedeutender werden.

Die Farbenlehre verdankt auch diesen Bemühungen ihre neuen Anfänge, obgleich das, was auf solche Weise geschehen, für die Folge ohne sonderliche Wirkung blieb. Wir werden hier zuerst ... unsre Leser mit Antonius Thylesius etwas näher bekannt machen; ferner des Simon Portius gedenken, welcher die kleine Aristotelische Schrift ... zuerst übersetzt und kommentiert. Ihm folgt Julius Cäsar Scaliger, der im ähnlichen Sinne für uns nicht ohne Verdienst bleibt...

Antonius Thylesius

...

Antonius Thylesius war zu Cosenza geboren, einer Stadt, die an der Kultur des untern Italien schon früher teilnahm. In dem ersten Viertel des sechzehnten Jahrhunderts war er Professor zu Mailand. Er gehört unter diejenigen, welche man in der Literargeschichte als Philologen, Redner und Poeten zugleich gerühmt findet. Ein gründliches und doch liberales Studium der Alten regte in solchen Männern die eigene Produktivität auf, und wenn sie auch eigentlich nicht zu Poeten geboren waren, so schärfte sich doch am Altertum ihr Blick für die Natur und für die Darstellung derselben.

Ein Büchelchen De coronis gab er 1526 heraus. Die Anmut des gewählten Gegenstandes zeugt für die Anmut seines

Geistes. Er führt in demselben sehr kurz und leicht alle Kränze und Kronen vor, womit sich Götter und Heroen, Priester, Helden, Dichter, Schmausende und Leidtragende zu schmücken pflegten, und man begreift sehr leicht, wie bei solcher Gelegenheit ein gesunder Blick auf Farbe mußte aufmerksam gemacht werden.

So finden wir denn auch in der kleinen Schrift über die Farben einen Mann, dem es um das Verständnis der Alten zu tun ist. Es entgeht ihm nicht, daß die Farbenbenennungen sehr beweglich sind und von mancherlei Gegenständen gebraucht werden. Er dringt daher auf den ersten Ursprung der Worte, und ob wir gleich seinem Etymologisieren nicht immer beistimmen, so folgen wir ihm doch gern und belehren uns an und mit ihm.

Beide oben benannte Aufsätze wurden mit seinen übrigen poetischen Schriften von Konrad Geßner 1545 zu Basel herausgegeben, wobei sich bemerken läßt, daß ihm seine Zeitgenossen eine gewisse Originalität zugestanden, indem sie ihn andern entgegensetzen, die nur durch Zusammenstellung von Worten und Phrasen der Alten ein neues Gedicht, eine neue Rede hervorzubringen glaubten.

Eine Tragödie, Der goldene Regen, kleinere Gedichte, der Zyklop, Galatee, und so weiter zeigen genugsam, daß, wenn man ihn auch nicht eigentlich einen Poeten nennen darf, einen solchen, der, einen Gegenstand zu beleben, das Zerstreute zur Einheit zwingen kann; so müssen wir doch außer seiner antiquarischen Bildung einen aufmerksamen Blick in die Welt, ein zartes Gemüt an ihm rühmen. Er behandelt die Spinne, den Leuchtwurm, das Rohr auf eine Weise, die uns überzeugt, daß er in der Mittelgattung von Dichtkunst, in der beschreibenden, noch manches Erfreuliche hätte leisten können. Uns steht er als Repräsentant mancher seiner Zeitgenossen da, die das Wissen mit Anmut behandelten und der Anmut etwas Gewußtes unterzulegen nötig fanden.

Mit welchem freien, liebe- und ehrfurchtsvollen Blick er die Natur angesehen, davon zeugen wenige Verse, die wir zu seinem Angedenken hier einzurücken uns nicht enthalten können.

Omniparens natura, hominum rerumque creatrix,
Difficilis, facilis, similis tibi, dissimilisque,
Nulligena, indefessa, ferax, te pulchrior ipsa,
Solaque quae tecum certas, te et victa revincis.
Omnia me nimis afficiunt, quo lumina cunque
Verto libens, nihil est non mirum, daedala quod tu
Effingis, rebusque animam simul omnibus afflas,
Unde vigent, quaecunque videntur, pabula, frondes,
Et genus aligerum, pecudesque et squamea turba.

Simon Portius

Das Büchlein von den Farben, welches dem Theophrast zugeschrieben wird, scheint in der mittlern Zeit nicht viel gekannt gewesen zu sein; wenigstens haben wir es auf unserm Wege nicht zitiert gefunden. In der ersten Hälfte des sechzehnten Jahrhunderts nimmt Simon Portius sich desselben an, übersetzt, kommentiert es und gibt statt einer Vorrede eine kleine Abhandlung über die Natur der Farben.

Aus der Zueignung an Cosmus den Ersten, Großherzog von Florenz, lernen wir, daß er von demselben als Gelehrter begünstigt und unter den Seinen wohlaufgenommen war. Er hielt über die Aristotelischen Schriften öffentliche Lehrstunden und hatte auch über mehr gedachtes Büchlein in den Ferien gelesen. Später ward Übersetzung und Kommentar eine Villeggiatur-Arbeit. Soviel wir wissen, erschien die erste Ausgabe zu Neapel 1537. Diejenige, deren wir uns bedienen, ist zu Paris 1549 gedruckt.

Sogleich, wie sich einige Bildungslust auf der Welt wieder zeigt, treten uns die Aristotelischen Verdienste frisch entgegen. Freilich standen diese schriftlichen Überlieferungen von einer Seite der Natur zu nahe und von einer andern auf einem zu hohen Punkte der glücklichsten Bildung, als daß die Auffinder ihnen hätten gewachsen sein können. Man verstand sie leider nicht genugsam, weder ihrer Absicht nach, noch insofern schon genug durch sie geleistet war. Was also gegenwärtig an ihnen geschah, war eine zwar lobenswerte, aber meist unfruchtbare Mühe.

Sowohl in der von Portius vorausgeschickten Vorrede,

worin uns etwas über die Natur der Farben versprochen wird, als auch in den Anmerkungen selbst, welche dem Text beigefügt sind, sehen wir einen belesenen und zugleich in der Aristotelischen Schulmethode wohlgeübten Mann und können ihm daher unsere Achtung sowie unsern Dank für das, was wir von ihm lernen, nicht versagen. Allein der Gewinn, den wir aus einem mühsamen Studium seiner Arbeit ziehen, ist doch nur historisch. Wir erfahren, wie die Alten sich über diesen Gegenstand ausgedrückt, wir vernehmen ihre Meinungen und Gegenmeinungen; wir werden von mancherlei Widerstreit belehrt, den unser Autor nach seiner Art weder zu vergleichen noch zu entscheiden sich imstande befindet.

Von einer eigentlichen Naturanschauung ist hier gar die Rede nicht. Das ausgesprochene Wort, die gebildete Phrase, die mehr oder weniger zulängliche Definition werden zum Grund gelegt; das Original, die Übersetzung, eine Worterklärung, eine Umschreibung ergreifen sich wechselsweise; bald wird etwas Verwandtes herbeigeholt, etwas Ähnliches oder Unähnliches zitiert, Zweifel nicht verschwiegen, Fragen beantwortet, dem Widerspruch begegnet und bald beifällig, bald abfällig verfahren, wobei es nicht an Mißverständnissen und Halbverständnissen fehlt; da denn durchaus eine sorgfältige und fleißige Behandlung an die Stelle einer gründlichen tritt. Die Form des Vortrags, Noten zu einem Text zu schreiben, nötigt zum Wiederholen, zum Zurückweisen, alles Gesagte wird aber und abermals durch- und übereinander gearbeitet, so daß es dem Ganzen zwar an innerer Klarheit und Konsequenz nicht fehlt, wie irgendeinem Karten- und Steinspiel; hat man jedoch alles gelesen und wieder gelesen, so weiß man wohl etwas mehr als vorher, aber gerade das nicht, was man erwartete und wünschte.

Solche schätzenswerte und oft nur sehr geringe Frucht tragende Arbeiten muß man kennen, wenn man in der Folge diejenigen Männer rechtfertigen will, welche, von einem lebhaften Trieb zur Sache beseelt, diese Wortarbeiten als Hindernisse ansahen, die Überlieferung überhaupt anfeindeten und sich gerade zur Natur wendeten oder gerade zu ihr hinwiesen.

Wir geben den Vorsatz auf, einige übersetzte Stellen mitzuteilen, indem sie weder belehrend noch erfreulich sein könnten. Auch haben wir schon das Brauchbare in unserm Aufsatze, worin wir die Meinungen und Lehren der Griechen behandeln, aufgeführt und werden künftig Gelegenheit haben, eins und anderes am schicklichen Orte zu wiederholen.

Julius Cäsar Scaliger

Von 1484 bis 1558

Dieser merkwürdige Mann brachte seine Jugend am Hof, sein Jünglingsalter im Militärstande zu, suchte später als Arzt seinen Lebensunterhalt und war wegen seiner ausgebreiteten Gelehrsamkeit vor vielen seiner Zeitgenossen berühmt. Ein starkes Gedächtnis verhalf ihm zu vielem Wissen; doch tut man ihm wohl nicht unrecht, wenn man ihm eigentlichen Geschmack und Wahrheitssinn abspricht. Dagegen war er, bei einem großen Vorgefühl seiner selbst, von dem Geiste des Widerspruchs und Streitlust unablässig erregt.

Cardan, dessen wir später gedenken werden, publiziert eine seiner Arbeiten unter dem Titel: De subtilitate. Scaliger findet es gelegen, sich daran zu üben, und verfaßte ein großes Buch gegen ihn, worin er ihm zeigt, daß man mehr wissen, genauer bemerken, subtiler unterscheiden und bestimmter vortragen könne. Dieses Werk ist seinem Inhalte nach schätzbar genug: denn es sind eigentlich nur in Streitform zusammengestellte Kollektaneen, wodurch wir unterrichtet werden, wie manches damals bekannt war und wie vieles die Wißbegierigen schon interessierte.

Was Scaliger über die Farben in der dreihundertfünfundzwanzigsten Exerzitation vorzubringen weiß, läßt sich in zwei Hauptabschnitte teilen, in einen theoretischen und einen etymologischen. In dem ersten wiederholt er, was die Alten von den Farben gesagt, teils beifällig, teils mißfällig; er hält sich auf der Seite des Aristoteles, die Platonischen Vorstellungsarten wollen ihm nicht einleuchten. Da er aber keinen eigentlichen Standpunkt hat, so ist es auch nur ein Hin- und Widerreden, wodurch nichts ausgemacht wird.

Bei dieser Gelegenheit läßt sich jene Betrachtung anstellen, die uns auch schon früher entgegendrang: welch eine andre wissenschaftliche Ansicht würde die Welt gewonnen haben, wenn die griechische Sprache lebendig geblieben wäre und sich anstatt der lateinischen verbreitet hätte.

Die weniger sorgfältigen arabischen und lateinischen Übersetzungen hatten schon früher manches Unheil angerichtet, aber auch die sorgfältigste Übersetzung bringt immer etwas Fremdes in die Sache, wegen Verschiedenheit des Sprachgebrauchs.

Das Griechische ist durchaus naiver, zu einem natürlichen, heitern, geistreichen, ästhetischen Vortrag glücklicher Naturansichten viel geschickter. Die Art, durch Verba, besonders durch Infinitiven und Partizipien zu sprechen, macht jeden Ausdruck läßlich; es wird eigentlich durch das Wort nichts bestimmt, bepfählt und festgesetzt, es ist nur eine Andeutung, um den Gegenstand in der Einbildungskraft hervorzurufen.

Die lateinische Sprache dagegen wird durch den Gebrauch der Substantiven entscheidend und befehlshaberisch. Der Begriff ist im Wort fertig aufgestellt, im Worte erstarrt, mit welchem nun als einem wirklichen Wesen verfahren wird. Wir werden später Ursache haben, an diese Betrachtungen wieder zu erinnern.

Was den zweiten, etymologischen Teil betrifft, so ist derselbe schätzenswert, weil er uns mit vielen lateinischen Farbenbenennungen bekannt macht; wodurch wir den Thylesius und andre supplieren können.

. . .

So einfach auch die Farben in ihrer ersten elementaren Erscheinung sein mögen; so werden sie doch unendlich mannigfaltig, wenn sie aus ihrem reinen und gleichsam abstrakten Zustande sich in der Wirklichkeit manifestieren, besonders an Körpern, wo sie tausend Zufälligkeiten ausgesetzt sind. Dadurch entspringt eine Individualisierung bis ins Grenzenlose, wohin keine Sprache, ja alle Sprachen der Welt zusammengenommen nicht nachreichen.

Nun sind aber die meisten Farbenbenennungen davon ausgegangen, daß man einen individuellen Fall als ein Beispiel ergriffen, um, nach ihm und an ihm, andre ähnliche zu bezeichnen. Wenn uns nun das Altertum dergleichen Worte schon genugsam überliefert, so ist in der Folge der Zeit, durch eine ausgebreitetere Kenntnis der Welt, natürlicher Körper, ja so vieler Kunstprodukte bei jeder Nation ein neuer Zuwachs von Terminologie entstanden, die, immer aufs neue wieder auf bekannte und unbekannte Gegenstände angewendet, neue Bedenklichkeiten, neue Zweifel und Irrungen hervorbringt; wobei denn doch zuletzt nichts weiter übrigbleibt, als den Gegenstand, von dem die Rede ist, recht genau zu kennen, und ihn womöglich in der Einbildungskraft zu behalten.

Zwischenbetrachtung

Da wir durch erstgedachte drei Männer in das Altertum wieder zurückgeführt worden, so erinnern wir uns billig dessen, was früher, die naturwissenschaftlichen Einsichten der Alten betreffend, bemerkt ward. Sie wurden nämlich als tüchtige Menschen von den Naturbegebenheiten aufgeregt und betrachteten mit Verwunderung die verwickelten Phänomene, die uns täglich und stündlich umgeben und wodurch die Natur ihnen eher verschleiert als aufgedeckt ward.

Wenn wir oben dem glücklichen theoretischen Bemühen mancher Männer volle Gerechtigkeit widerfahren lassen; so ist doch nicht zu leugnen, daß man ihren Theorien meistens einen empirischen Ursprung nur allzusehr ansieht. Denn was war ihre Teilung natürlicher Uranfänge in vier Elemente anders als eine notdürftige Topik, nach welcher sich die erscheinenden Erscheinungen allenfalls ordnen und mit einiger Methode vortragen ließen. Die faßliche Zahl, die in ihr enthaltene doppelte Symmetrie und die daraus entspringende Bequemlichkeit machte eine solche Lehre zur Fortpflanzung geschickt, und obgleich aufmerksamere Beobachter mancherlei Zweifel erregen, manche Frage aufwerfen mochten; so blieb doch Schule und Menge dieser Vorstellungs- und Einteilungsart geneigt.

In der neuern Zeit brachte die Chemie eine Hauptveränderung hervor; sie zerlegte die natürlichen Körper und setzte daraus künstliche auf mancherlei Weise wieder zusammen; sie zerstörte eine wirkliche Welt, um eine neue, bisher unbekannte, kaum möglich geschienene, nicht geahndete wieder hervorzubauen. Nun ward man genötigt, über die wahrscheinlichen Anfänge der Dinge und über das daraus Entsprungene immer mehr nachzudenken, so daß man sich bis an unsre Zeit zu immer neuen und höheren Vorstellungsarten heraufgehoben sah, und das um so mehr, als der Chemiker mit dem Physiker einen unauflöslichen Bund schloß, um dasjenige, was bisher als einfach erschienen war, wo nicht in Teile zu zerlegen, doch wenigstens in den mannigfaltigsten Bezug zu setzen und ihm eine bewundernswürdige Vielseitigkeit abzugewinnen. In dieser Rücksicht haben wir zu unsern Zwecken gegenwärtig nur eines einzigen Mannes zu gedenken.

Paracelsus

geboren 1493, gestorben 1541

Man ist gegen den Geist und die Talente dieses außerordentlichen Mannes in der neuern Zeit mehr als in einer früheren gerecht, daher man uns eine Schilderung derselben gern erlassen wird. Uns ist er deshalb merkwürdig, weil er den Reihen derjenigen anführt, welche auf den Grund der chemischen Farbenerscheinung und -veränderung zu dringen suchen.

Paracelsus ließ zwar noch vier Elemente gelten, jedes war aber wieder aus dreien zusammengesetzt, aus Sal, Sulphur und Mercurius, wodurch sie denn sämtlich, ungeachtet ihrer Verschiedenheit und Unähnlichkeit, wieder in einen gewissen Bezug untereinander kamen.

Mit diesen drei Uranfängen scheint er dasjenige ausdrücken zu wollen, was man in der Folge alkalische Grundlagen, säuernde Wirksamkeiten und begeistende Vereinigungsmittel genannt hat. Den Ursprung der Farben schreibt Paracelsus dem Schwefel zu, wahrscheinlich daher, weil ihm die Wirkung der Säuren auf Farbe und Farbenerscheinung am bedeutendsten auffiel, und im gemeinen Schwefel sich die Säure im hohen Grade manifestiert. Hat sodann jedes

Element seinen Anteil an dem höher verstandenen mystischen Schwefel, so läßt sich auch wohl ableiten, wie in den verschiedensten Fällen Farben entstehen können.

So viel für diesmal; in der Folge werden wir sehen, wie seine Schüler und Nachkommen diese Lehre erweitert und ihr durch mancherlei Deutungen zu helfen gesucht.

Alchymisten

Auf ebendiesem Wege gingen die Alchymisten fort und mußten sich, weil darunter wenig originelle Geister, hingegen viele Nachahmer sich befanden, immer tiefer zur Geheimniskrämerei ihre Zuflucht nehmen, deren Dunkelheiten aus dem vorigen Jahrhundert herübergekommen waren. Daher die Monotonie aller dieser Schriften.

Betrachtet man die Alchymie überhaupt; so findet man an ihr dieselbe Entstehung, wie wir oben bei anderer Art Aberglauben bemerkt haben. Es ist der Mißbrauch des Echten und Wahren, ein Sprung von der Idee, vom Möglichen, zur Wirklichkeit, eine falsche Anwendung echter Gefühle, ein lügenhaftes Zusagen, wodurch unsern liebsten Hoffnungen und Wünschen geschmeichelt wird.

Hat man jene drei erhabenen, untereinander im innigsten Bezug stehenden Ideen, Gott, Tugend und Unsterblichkeit, die höchsten Forderungen der Vernunft genannt; so gibt es offenbar drei ihnen entsprechende Forderungen der höheren Sinnlichkeit, Gold, Gesundheit und langes Leben. Gold ist so unbedingt mächtig auf der Erde, wie wir uns Gott im Weltall denken. Gesundheit und Tauglichkeit fallen zusammen. Wir wünschen einen gesunden Geist in einem gesunden Körper. Und das lange Leben tritt an die Stelle der Unsterblichkeit. Wenn es nun edel ist, jene drei hohen Ideen in sich zu erregen und für die Ewigkeit zu kultivieren; so wäre es doch auch gar zu wünschenswert, sich ihrer irdischen Repräsentanten für die Zeit zu bemächtigen. Ja diese Wünsche müssen leidenschaftlich in der menschlichen Natur gleichsam wüten und können nur durch die höchste Bildung ins Gleichgewicht gebracht werden. Was wir auf solche Weise wünschen, halten wir gern für möglich; wir suchen es auf alle Weise, und derjenige, der es uns zu liefern verspricht, wird unbedingt begünstigt.

Daß sich hierbei die Einbildungskraft sogleich tätig erzeige, läßt sich erwarten. Jene drei obersten Erfordernisse zur höchsten irdischen Glückseligkeit scheinen so nahe verwandt, daß man ganz natürlich findet, sie auch durch ein einziges Mittel erreichen zu können. Es führt zu sehr angenehmen Betrachtungen, wenn man den poetischen Teil der Alchymie, wie wir ihn wohl nennen dürfen, mit freiem Geiste behandelt. Wir finden ein aus allgemeinen Begriffen entspringendes, auf einen gehörigen Naturgrund aufgebautes Märchen.

Etwas Materielles muß es sein, aber die erste allgemeine Materie, eine jungfräuliche Erde. Wie diese zu finden, wie sie zu bearbeiten, dieses ist die ewige Ausführung alchymischer Schriften, die mit einem unerträglichen Einerlei, wie ein anhaltendes Glockengeläute, mehr zum Wahnsinn als zur Andacht hindrängen.

Eine Materie soll es sein, ein Unorganisiertes, das durch eine der organischen ähnliche Behandlung veredelt wird. Hier ist ein Ei, ein Sperma, Mann und Weib, Vierzig Wochen, und so entspringt zugleich der Stein der Weisen, das Universalrezipe und der allzeit fertige Kassier.

Die Farbenerscheinungen, welche diese Operation begleiten, und die uns eigentlich hier am meisten interessieren müssen, geben zu keiner bedeutenden Bemerkung Anlaß. Das Weiße, das Schwarze, das Rote und das Bunte, das bei chemischen Versuchen vorkommt, scheint vorzüglich die Aufmerksamkeit gefesselt zu haben.

Sie legten jedoch in alle diese Beobachtungen keine Folge, und die Lehre der chemischen Farben erhielt durch sie keine Erweiterung, wie doch hätte geschehen können und sollen. Denn da ihre Operationen sämtlich auf Übergänge, Metaschematismen und Verwandlungen hindeuteten und man dabei eine jede, auch die geringste Veränderung des bearbeiteten Körpers zu beachten Ursache hatte; so wäre zum Beispiel jene höchst bedeutende Wirkung der Farbennatur, die Steigerung, am ersten zu bemerken und, wenn auch nur irrig, als Hoffnungsgrund der geheimnisvollen Arbeit anzusehen gewesen. Wir erinnern uns jedoch nicht, etwas darauf Bezügliches gefunden zu haben.

...

Zwischenbetrachtung

Wir befinden uns nunmehr auf dem Punkte, wo die Scheidung der ältern und neuern Zeit immer bedeutender wird. Ein gewisser Bezug aufs Altertum geht noch immer ununterbrochen und mächtig fort; doch finden wir von nun an mehrere Menschen, die sich auf ihre eigenen Kräfte verlassen.

Man sagt von dem menschlichen Herzen, es sei ein trotzig und verzagtes Wesen. Von dem menschlichen Geiste darf man wohl ähnliches prädizieren. Er ist ungeduldig und anmaßlich und zugleich unsicher und zaghaft. Er strebt nach Erfahrung und in ihr nach einer erweiterten reinern Tätigkeit, und dann bebt er wieder davor zurück, und zwar nicht mit Unrecht. Wie er vorschreitet, fühlt er immer mehr, wie er bedingt sei, daß er verlieren müsse, indem er gewinnt: denn ans Wahre wie ans Falsche sind notwendige Bedingungen des Daseins gebunden.

Daher wehrt man sich im Wissenschaftlichen so lange als nur möglich für das Hergebrachte, und es entstehen heftige langwierige Streitigkeiten, theoretische sowohl als praktische Retardationen. Hievon geben uns das funfzehnte und sechzehnte Jahrhundert die lebhaftesten Beispiele. Die Welt ist kaum durch Entdeckung neuer Länder unmäßig in die Länge ausgedehnt; so muß sie sich schon in sich selbst als rund abschließen. Kaum deutet die Magnetnadel nach entschiednen Weltgegenden, so beobachtet man, daß sie sich ebenso entschieden zur Erde nieder neigt.

Im Sittlichen gehen ähnliche große Wirkungen und Gegenwirkungen vor. Das Schießpulver ist kaum erfunden, so verliert sich die persönliche Tapferkeit aus der Welt oder nimmt wenigstens eine andre Richtung. Das tüchtige Vertrauen auf seine Faust und Gott löst sich auf in die blindeste Ergebenheit unter ein unausweichlich bestimmendes, unwiderruflich gebietendes Schicksal. Kaum wird durch Buchdruckerei Kultur allgemeiner verbreitet, so macht sich schon die Zensur nötig, um dasjenige einzuengen, was bisher in einem natürlich beschränkten Kreise frei gewesen war.

Doch unter allen Entdeckungen und Überzeugungen möchte nichts eine größere Wirkung auf den menschlichen Geist hervorgebracht haben, als die Lehre des Kopernikus. Kaum war die Welt als rund anerkannt und in sich selbst abgeschlossen, so sollte sie auf das ungeheure Vorrecht Verzicht tun, der Mittelpunkt des Weltalls zu sein. Vielleicht ist noch nie eine größere Forderung an die Menschheit geschehen: denn was ging nicht alles durch diese Anerkennung in Dunst und Rauch auf: ein zweites Paradies, eine Welt der Unschuld, Dichtkunst und Frömmigkeit, das Zeugnis der Sinne, die Überzeugung eines poetisch-religiösen Glaubens; kein Wunder, daß man dies alles nicht wollte fahren lassen, daß man sich auf alle Weise einer solchen Lehre entgegensetzte, die denjenigen, der sie annahm, zu einer bisher unbekannten, ja ungeahneten Denkfreiheit und Großheit der Gesinnungen berechtigte und aufforderte.

Wir fügen noch zwei Bemerkungen hinzu, die uns in der Geschichte der Wissenschaften überhaupt und der Farbenlehre besonders, leitend und nützlich sein können.

In jedem Jahrhundert, ja in jedem Jahrzehend werden tüchtige Entdeckungen gemacht, geschehen unerwartete Begebenheiten, treten vorzügliche Menschen auf, welche neue Ansichten verbreiten. Weil aber solche Ereignisse sich gewöhnlich nur auf partielle Gegenstände beziehen, so wird die ganze Masse der Menschen und ihre Aufmerksamkeit dahin geleitet. Dergleichen mehr oder weniger ausschließliche Beschäftigungen ziehen ein solches Zeitalter von allem übrigen ab, sodaß man weder an das Wichtige denkt, was schon da gewesen, noch an das, was noch zu tun sei, bis denn endlich das begünstigte Partikulare genugsam durchgearbeitet in den allgemeinen Kreis des Bekannten mit eintritt und nunmehr still fortwirkt, ohne ein besonderes lebhaftes Interesse weiter zu erregen.

Alles ist in der Natur aufs innigste verknüpft und verbunden, und selbst was in der Natur getrennt ist, mag der

Mensch gern zusammenbringen und zusammenhalten. Daher kommt es, daß gewisse einzelne Naturerscheinungen schwer vom übrigen abzulösen sind und nicht leicht durch Vorsatz didaktisch abgelöst werden.

Mit der Farbenlehre war dieses besonders der Fall. Die Farbe ist eine Zugabe zu allen Erscheinungen und, obgleich immer eine wesentliche, doch oft scheinbar eine zufällige. Deshalb konnte es kaum jemand beigehen, sie an und für sich zu betrachten und besonders zu behandeln. Auch geschieht dieses von uns beinahe zum erstenmal, indem alle früheren Bearbeitungen nur gelegentlich geschahen und von der Seite des Brauchbaren oder Widerwärtigen, des einzelnen oder eminenten Vorkommens, oder sonst eingeleitet worden.

Diese beiden Umstände werden wir also nicht aus dem Auge verlieren und bei den verschiednen Epochen anzeigen, womit die Naturforscher besonders beschäftigt gewesen, wie auch bei welchem eigenen Anlaß die Farbe wieder zur Sprache kommt.

Bernhardinus Telesius

geboren 1508, gestorben 1588

Durch die Buchdruckerei wurden mehrere Schriften der Alten verbreitet. Aristoteles und Plato fesselten nicht allein die Aufmerksamkeit; auch andere Meinungen und theoretische Gesinnungen wurden bekannt, und ein guter Kopf konnte sich die eine oder die andre zur Nachfolge wählen, je nachdem sie ihm seiner Denkweise gemäß schien. Dennoch hatte Autorität im allgemeinen so großes Gewicht, daß man kaum etwas zu behaupten unternahm, was nicht früher von einem Alten schon geäußert worden; wobei man jedoch zu bemerken nicht unterlassen kann, daß sie den abgeschlossenen Kreis menschlicher Vorstellungsarten völlig, wenn gleich oft nur flüchtig und genialisch, durchlaufen hatten, so daß der Neuere, indem er sie näher kennen lernt, seine geglaubte Originalität oft beschämt sieht.

Daß die Elemente, wonach Aristoteles und die Seinigen die Anfänge der Dinge darstellen und einteilen wollen, empirischen und, wenn man will, poetischen Ursprungs seien, war einem frei aufblickenden Geiste nicht schwer zu entdecken. Telesius fühlte, daß man, um zu Anfängen zu gelangen, ins Einfachere gehen müsse. Er setzt daher die Materie voraus und stellt sie unter den Einfluß von zwei empfindbaren aber ungreiflichen Prinzipien, der Wärme und der Kälte. Was er hiebei frühern Überlieferungen schuldig, lassen wir unausgemacht.

Genug, er faßte jene geheimnisvolle Systole und Diastole, aus der sich alle Erscheinungen entwickeln, gleichfalls unter einer empirischen Form auf, die aber doch, weil sie sehr allgemein ist und die Begriffe von Ausdehnung und Zusammenziehung, von Solideszenz und Liqueszenz hinter sich hat, sehr fruchtbar ist und eine höchst mannigfaltige Anwendung leidet.

Wie Bernhardinus dieses geleistet und wie er denn doch zuletzt empfunden, daß sich nicht alle Erscheinungen unter seiner Formel aussprechen lassen, ob sie gleich überall hindeutet, davon belehrt uns die Geschichte der Philosophie eines Weitern. Was aber für uns höchst merkwürdig ist, er hat ein Büchelchen De colorum generatione geschrieben, das 1570 zu Neapel in Quart herauskam. Wir haben es leider nie zu sehen Gelegenheit gehabt und wissen nur so viel, daß er die Farben gleichfalls sämtlich aus den Prinzipien der Wärme und Kälte ableitet. Da auch unsre Ableitung derselben auf einem Gegensatz beruht, so würde es interessant sein, zu sehen, wie er sich benommen und inwiefern sich schon eine Annäherung an das, was wir für wahr halten, bei ihm zeige. Wir wünschen dieses um so mehr zu erfahren, als im achtzehnten Jahrhundert Westfeld mit dem Gedanken hervortritt, daß die Farbe, wenn sie auch nicht der Wärme zuzuschreiben sei, doch wenigstens mit derselben und ihren Modifikationen in genauer Verwandtschaft stehe.

Hieronymus Cardanus

geboren 1501, gestorben 1576

Cardan gehört unter diejenigen Menschen, mit denen die Nachwelt nie fertig wird, über die sie sich nicht leicht im

Urteil vereinigt. Bei großen angebornen Vorzügen konnte er sich doch nicht zu einer gleichmäßigen Bildung erheben; es blieb immer etwas Wildes und Verworrenes in seinen Studien, seinem Charakter und ganzen Wesen zurück. Man mag übrigens an ihm noch so vieles Tadelnswerte finden, so muß er doch des großen Lobes teilhaft werden, daß es ihm sowohl um die äußern Dinge, als um sich selbst Ernst, und zwar recht bitterer Ernst gewesen, weshalb denn auch seine Behandlung sowohl der Gegenstände als des Lebens bis an sein Ende leidenschaftlich und heftig war. Er kannte sein eigenes Naturell bis auf einen gewissen Grad, doch konnte er bis ins höchste Alter nicht darüber Herr werden. Gar oft haben wir bei ihm, seiner Umgebung und seinem Bestreben, an Cellini denken müssen, um so mehr, als beide gleichzeitig gelebt. Auch die Biographien oder Konfessionen beider, wie man sie wohl nennen kann, treffen darin zusammen, daß die Verfasser, obschon mit Mißbilligung, doch auch zugleich mit einigem Behagen von ihren Fehlern sprechen und in ihre Reue sich immer eine Art von Selbstgefälligkeit über das Vollbrachte mit einmischt. Erinnern wir uns hiebei noch eines jüngern Zeitgenossen, des Michael Montaigne, der mit einer unschätzbar heitern Wendung seine persönlichen Eigenheiten sowie die Wunderlichkeiten der Menschen überhaupt zum besten gibt; so findet man die Bemerkung vielleicht nicht unbedeutend, daß dasjenige, was bisher nur im Beichtstuhl als Geheimnis dem Priester ängstlich vertraut wurde, nun mit einer Art von kühnem Zutrauen der ganzen Welt vorgelegt ward. Eine Vergleichung der sogenannten Konfessionen aller Zeiten würde in diesem Sinne gewiß schöne Resultate geben. So scheinen uns die Bekenntnisse, deren wir erwähnten, gewissermaßen auf den Protestantismus hinzudeuten.

Wie Cardan die Farben behandelt, ist nicht ohne Originalität. Man sieht, er beobachtete sie und die Bedingungen, unter welchen sie entspringen. Doch tat er es nur im Vorübergehen, ohne sich ein eigenes Geschäft daraus zu machen, deshalb er auch allzuwenig leistet und Scaligern Gelegenheit gibt, sich über Flüchtigkeit und Übereilung zu beklagen.

Erst führt er die Namen der vornehmsten und gewöhnlichsten Farben auf und erklärt ihre Bedeutung; dann wendet er sich gegen das Theoretische, wobei man zwar eine gute Intention sieht, ohne daß jedoch die Behandlung zulänglich wäre und dem Gegenstand genugtäte. Bei Erörterung der Frage: auf wie mancherlei Weise die Farben entspringen, gelangt er zu keiner glücklichen Einteilung. So hilft er sich auch an einigen bedeutenden Punkten, die er gewahr wird, mehr vorbei als drüber hinaus, und weil seine ersten Bestimmungen nicht umfassend sind, so wird er genötigt, Ausnahmen zu machen, ja das Gesagte wieder zurückzunehmen.

Es wäre leicht, die wenigen Spalten zu übersetzen, die Cardan dieser Materie widmet, aber schwer, ihre Mängel kürzlich anzudeuten, und zu weitläuftig, das Fehlende zu supplieren. Eigentlich Falsches findet sich nichts darin; inwiefern er das Rechte geahndet, werden diejenigen, welche unsern Entwurf der Farbenlehre wohl innehaben, künftig, wenn es sie interessiert, ohne große Mühe entwickeln.

Schließlich haben wir zu bemerken, daß bei Cardan eine naivere Art, die Wissenschaften zu behandeln, hervortritt. Er betrachtet sie überall in Verbindung mit sich selbst, seiner Persönlichkeit, seinem Lebensgange, und so spricht aus seinen Werken eine Natürlichkeit und Lebendigkeit, die uns anzieht, anregt, erfrischt und in Tätigkeit setzt. Es ist nicht der Doktor im langen Kleide, der uns vom Katheder herab belehrt; es ist der Mensch, der umherwandelt, aufmerkt, erstaunt, von Freude und Schmerz ergriffen wird und uns davon eine leidenschaftliche Mitteilung aufdringt. Nennt man ihn vorzüglich unter den Erneuerern der Wissenschaften, so hat ihm dieser sein angedeuteter Charakter so sehr als seine Bemühungen zu dieser Ehrenstelle verholfen.

Johann Baptist Porta

Wenn gleich Porta für unser Fach wenig geleistet, so können wir ihn doch, wenn wir im Zusammenhange der Naturwissenschaften einigermaßen bleiben wollen, nicht übergehen. Wir haben vielmehr Ursache, uns länger bei ihm aufzuhalten, weil er uns Gelegenheit gibt, einiges, was wir schon berührt, umständlicher auszuführen.

Er ist hauptsächlich bekannt durch sein Buch von der natürlichen Magie. Der Ursprung dieser Art von halbgeheimer Wissenschaft liegt in den ältesten Zeiten. Ein solches Wissen, eine solche Kunst war dem Aberglauben, von dem wir schon früher gehandelt, unentbehrlich. Es gibt so manches Wünschenswerte, möglich Scheinende; durch eine kleine Verwechselung machen wir es zu einem erreichbaren Wirklichen. Denn obgleich die Tätigkeiten, in denen das Leben der Welt sich äußert, begrenzt und alle Spezifikationen hartnäckig und zäh sind; so läßt sich doch die Grenze keiner Tätigkeit genau bestimmen, und die Spezifikationen finden wir auch biegsam und wandelbar.

Die natürliche Magie hofft mit demjenigen, was wir für tätig erkennen, weiter als billig ist zu wirken, und mit dem, was spezifiziert vor uns liegt, mehr als tunlich ist zu schalten. Und warum sollten wir nicht hoffen, daß ein solches Unternehmen gelingen könne. Metaschematismen und Metamorphosen gehen vor unsern Augen vor, ohne daß sie von uns begriffen werden; mehrere und andere lassen sich vermuten und erwarten, wie ihrer denn auch täglich neue entdeckt und bemerkt werden. Es gibt so viele Bezüge der spezifizierten Wesen untereinander, die wahrhaft und doch wunderbar genug sind, wie zum Beispiel der Metalle beim Galvanism. Tun wir einen Blick auf die Bezüge der spezifizierten organischen Wesen, so sind diese von unendlicher Mannigfaltigkeit und oft erstaunenswürdig seltsam. Man erinnere sich, im gröberen Sinne, an Ausdünstungen, Geruch; im zarteren, an Bezüge der körperlichen Form, des Blickes, der Stimme. Man gedenke der Gewalt des Wollens, der Intentionen, der Wünsche, des Gebetes. Was für unendliche und unerforschliche Sympathien, Antipathien, Idiosynkrasien überkreuzen sich nicht! Wie manches wird jahrelang als ein wundersamer einzelner Fall bemerkt, was zuletzt als ein allgemeiner durchgehendes Naturgesetz erscheint. Schon lange war es den Besitzern alter Schlösser verdrießlich, daß die bleiernen und kupfernen Dachrinnen, da wo sie auf den eisernen Haken auflagen, vom Rost früher aufgezehrt wurden als an allen andern Stellen; jetzt wissen wir die Ursache und wie auf eine ganz natürliche Weise zu helfen ist. Hätte früher jemand bemerkt, daß ein zwischengeschobenes Stückchen Holz die ganze Wirkung aufhebe, so hätte er vielleicht diesem besondern Holze die Wirkung zugeschrieben und als ein Hausmittel bekanntgemacht.

Wenn uns nun die fortschreitende Naturbetrachtung und Naturkenntnis, indem sie uns etwas Verborgenes entdecken, auf etwas noch Verborgeneres aufmerksam machen; wenn erhöhte Kunst, verfeinerte Künstlichkeit das Unmögliche in etwas Gemeines verwandeln; wenn der Taschenspieler täglich mehr alles Glaubwürdige und Bergeifliche vor unsern Augen zuschanden macht, werden wir dadurch nicht immerfort schwebend erhalten, so daß uns Erwartung, Hoffnung, Glaube und Wahn immer natürlicher, bequemer und behaglicher bleiben müssen als Zweifelsucht, Unglaube und starres hochmütiges Ableugnen.

Die Anlässe zur Magie überhaupt finden wir bei allen Völkern und in allen Zeiten. Je beschränkter der Erkenntniskreis, je dringender das Bedürfnis, je höher das Ahndungsvermögen, je froher das poetische Talent, desto mehr Elemente entspringen dem Menschen, jene wunderbare, unzusammenhängende, nur durch ein geistiges Band zu verknüpfende Kunst wünschenswert zu machen.

Betrachten wir die natürliche Magie, insofern sie sich absondern läßt; so finden wir, daß schon die Alten viele solche einzelne Bemerkungen und Rezepte aufbewahrt hatten. Die mittlere Zeit nahm sie auf und erweiterte den Vorrat nach allen Seiten. Albert der Große, besonders seine Schule, sodann die Alchymisten wirkten immer weiter fort. Roger Baco, zu seinen Ehren sei es gesagt, ist bei allem Wunderbaren, womit er sich beschäftigt, bei allem Seltsamen, das er verspricht, fast gänzlich frei von Aberglauben; denn sein Vorahnden zukünftiger Möglichkeiten ruht auf einem sichern Fundament, so wie sein köstliches Büchelchen De mirabili potestate artis et naturae gegen das Wüste, Absurde des Wahnes ganz eigentlich gerichtet ist, nicht mit jener negierenden erkältenden Manier der Neuern, sondern mit einem Glauben erregenden heiteren Hinweisen auf echte Kunst und Naturkraft.

So hatte sich manches bis zu Portas Zeiten fortgepflanzt,

doch lagen die Kenntnisse zerstreut. Sie waren mehr im Gedächtnisse bewahrt als geschrieben, und selbst dauerte es eine Zeitlang, bis die Buchdruckerkunst durch alle Fächer des Wissens durchwirkte und das Wissenswerte durchaus zur Sprache förderte.

Porta gibt sein Buch De magia naturali im Jahr 1560 heraus, eben als er das funfzehnte seines Alters erreicht hatte. Dieses Büchelchen mit beständiger Rücksicht auf jene Zeit und auf einen so jugendlichen Verfasser zu lesen, ist höchst interessant. Man sieht dessen Bildung in der Platonischen Schule, heitere mannigfaltige Kenntnisse, doch die entschiedene Neigung zum Wahn, zum Seltsamen und Unerreichbaren.

Er wendet nun sein übriges Leben an, diese Bemühungen fortzusetzen. Er versäumt nicht zu studieren, Versuche anzustellen, Reisen zu machen; einer gelehrten Gesellschaft, die er in Neapel in seinem Hause errichtet, verdankt er Beihülfe und Mitwirkung. Besonders hat er sich auch der Gunst des Kardinals von Este zu rühmen.

Nach fünfunddreißig Jahren gibt er das Buch zum zweitenmale heraus, da uns denn die Vergleichung beider Ausgaben einen schönen Blick verschafft, wie in dieser Zeit das Jahrhundert und er selbst zugenommen.

Zwar von den abenteuerlichen Forderungen, Vorschlägen und Rezepten ist noch immer mehr oder weniger die Rede; doch sieht man hie und da, wo das gar zu Abgeschmackte überliefert wird, den klugen Mann, der sich eine Hintertüre offen läßt.

Was die Farben betrifft, so werden sie nur beiläufig angeführt, wenn verschieden gefärbte Blumen hervorgebracht, falsche Edelsteine verfertigt und die Tugenden natürlicher Edelsteine gerühmt werden sollen.

Übrigens bemerkt man wohl, daß in diesen fünfunddreißig Jahren die chemischen Kenntnisse sehr gewachsen und, was die physischen betrifft, besonders die Eigenschaften des Magnets viel genauer bekannt geworden sind.

Ungern verlassen wir einen Mann, von dem noch vieles zu sagen wäre: denn eine genauere Beachtung dessen, womit er sich beschäftigt, würde der Geschichte der Wissenschaften höchst förderlich sein. Will man ihn auch nicht für einen solchen Geist erkennen, der fähig gewesen wäre, die Wissenschaften in irgendeinem Sinne zur Einheit heranzurufen, so muß man ihn doch als einen lebhaften geistreichen Sammler gelten lassen. Mit unermüdlicher unruhiger Tätigkeit durchforscht er das Feld der Erfahrung; seine Aufmerksamkeit reicht überall hin, seine Sammlerlust kommt nirgends unbefriedigt zurück. Nähme man seine sämtlichen Schriften zusammen, das physiognomische Werk und die Verheimlichungskunst, und was sonst noch von ihm übrig ist, so würden wir in ihm das ganze Jahrhundert abgespiegelt erblicken.

Baco von Verulam

Von den Schriften eines bedeutenden Mannes geben wir gewöhnlich nur insofern Rechenschaft, als sie auf uns gewirkt, unsre Ausbildung entweder gefördert, oder auch sich derselben entgegengesetzt haben. Nach solchen an uns selbst gemachten Erfahrungen beurteilen wir unsre Vorgänger, und aus diesem Gesichtspunkte möchte auch wohl dasjenige zu betrachten sein, was wir, indem das sechzehnte Jahrhundert sich schließt und das siebzehnte anfängt, über einen bewundernswürdigen Geist mitzuteilen uns erkühnen.

Was Baco von Verulam uns hinterlassen, kann man in zwei Teile sondern. Der erste ist der historische, meistens mißbilligende, die bisherigen Mängel aufdeckende, die Lücken anzeigende, das Verfahren der Vorgänger scheltende Teil. Den zweiten würden wir den belehrenden nennen, den didaktisch dogmatischen, zu neuen Tagewerken aufrufenden, aufregenden, verheißenden Teil.

Beide Teile haben für uns etwas Erfreuliches und etwas Unerfreuliches, das wir folgendermaßen näher bezeichnen. Im historischen ist erfreulich die Einsicht in das, was schon da gewesen und vorgekommen, besonders aber die große Klarheit, womit die wissenschaftlichen Stockungen und Retardationen vorgeführt sind; erfreulich das Erkennen jener Vorurteile, welche die Menschen im einzelnen und im ganzen abhalten, vorwärts zu schreiten. Höchst unerfreulich dagegen die Unempfindlichkeit gegen Verdienste der Vorgänger, gegen die Würde des Altertums. Denn wie kann man mit Gelassenheit anhören, wenn er die Werke des Aristoteles und Plato leichten Tafeln vergleicht, die eben, weil sie aus keiner tüchtigen gehaltvollen Masse bestünden, auf der Zeitflut gar wohl zu uns herüber geschwemmt werden können. Im zweiten Teil sind unerfreulich seine Forderungen, die alle nur nach der Breite gehen, seine Methode, die nicht konstruktiv ist, sich nicht in sich selbst abschließt, nicht einmal auf ein Ziel hinweist, sondern zum Vereinzeln Anlaß gibt. Höchst erfreulich hingegen ist sein Aufregen, Aufmuntern und Verheißen.

Aus dem Erfreulichen ist sein Ruf entstanden: denn wer läßt sich nicht gern die Mängel vergangener Zeiten vorerzählen? Wer vertraut nicht auf sich selbst, wer hofft nicht auf die Nachwelt? Das Unerfreuliche dagegen wird zwar von Einsichtsvolleren bemerkt, aber wie billig geschont und verziehen.

Aus dieser Betrachtung getrauen wir uns das Rätsel aufzulösen, daß Baco so viel von sich reden machen konnte, ohne zu wirken, ja daß seine Wirkung mehr schädlich als nützlich gewesen. Denn da seine Methode, insofern man ihm eine zuschreiben kann, höchst peinlich ist, so entstand weder um ihn noch um seinen Nachlaß eine Schule. Es mußten und konnten also wieder vorzügliche Menschen auftreten, die ihr Zeitalter zu konsequenteren Naturansichten emporhoben und alle Wissens- und Fassenslustigen um sich versammelten.

Da er übrigens die Menschen an die Erfahrung hinwies, so gerieten die sich selbst überlassenen ins Weite, in eine grenzenlose Empirie; sie empfanden dabei eine solche Methodenscheu, daß sie Unordnung und Wust als das wahre Element ansahen, in welchem das Wissen einzig gedeihen könne. Es sei uns erlaubt, nach unserer Art das Gesagte in einem Gleichnis zu wiederholen.

Baco gleicht einem Manne, der die Unregelmäßigkeit, Unzulänglichkeit, Baufälligkeit eines alten Gebäudes recht wohl einsieht und solche den Bewohnern deutlich zu machen weiß. Er rät ihnen, es zu verlassen, Grund und Boden,

Materialien und alles Zubehör zu verschmähen, einen andern Bauplatz zu suchen und ein neues Gebäude zu errichten. Er ist ein trefflicher Redner und Überreder; er rüttelt an einigen Mauern, sie fallen ein, und die Bewohner sind genötigt, teilweise auszuziehen. Er deutet auf neue Plätze; man fängt an zu ebnen, und doch ist es überall zu enge. Er legt neue Risse vor, sie sind nicht deutlich, nicht einladend. Hauptsächlich aber spricht er von neuen unbekannten Materialien, und nun ist der Welt gedient. Die Menge zerstreut sich nach allen Himmelsgegenden und bringt unendlich Einzelnes zurück, indessen zu Hause neue Plane, neue Tätigkeiten, Ansiedelungen die Bürger beschäftigen und die Aufmerksamkeit verschlingen.

Mit allem diesem und durch alles dieses bleiben die Baconischen Schriften ein großer Schatz für die Nachwelt, besonders wenn der Mann nicht mehr unmittelbar, sondern historisch auf uns wirken wird, welches nun bald möglich sein sollte, da sich zwischen ihn und uns schon einige Jahrhunderte gestellt haben.

...

Wenn Baco ungerecht gegen die Vergangenheit war, so ließ ihm sein immer vorstrebender Geist auch eine ruhige Schätzung der Mitwelt nicht zu. Wir wollen hier nur Gilberts erwähnen, dessen Bemühungen um den Magneten dem Kanzler Bacon bekannt sein konnten und waren: denn er erwähnt Gilberts selbst mit Lob in seinen Schriften. Aber wie wichtig die Gegenstände, Magnetismus und Elektrizität, seien, schien Baco nicht zu fassen, dem in der Breite der Erscheinung alles gleich war. Denn ob er schon selbst immer darauf hindeutet, man solle die Partikularien nur deswegen sammeln, damit man aus ihnen wählen, sie ordnen und endlich zu Universalien gelangen könne; so behalten doch bei ihm die einzelnen Fälle zu viele Rechte, und ehe man durch Induktion, selbst diejenige, die er anpreist, zur Vereinfachung und zum Abschluß gelangen kann, geht das Leben weg und die Kräfte verzehren sich. Wer nicht gewahr werden kann, daß ein Fall oft tausende wert ist, und sie alle in sich schließt, wer nicht das zu fassen und zu ehren imstande ist, was wir Urphänomene genannt haben, der wird weder sich noch andern jemals etwas zur Freude und zum Nutzen fördern können. Man sehe die Fragen an, die Baco aufwirft, und die Vorschläge zu Untersuchungen im einzelnen; man bedenke seinen Traktat von den Winden in diesem Sinne und frage sich, ob man auf diesem Wege an irgendein Ziel zu gelangen hoffen könne.

Auch halten wir es für einen großen Fehler Bacons, daß er die mechanischen Bemühungen der Handwerker und Fabrikanten zu sehr verachtete. Handwerker und Künstler, die einen beschränkten Kreis zeitlebens durcharbeiten, deren Existenz vom Gelingen irgendeines Vorsatzes abhängt, solche werden weit eher vom Partikularen zum Universalen gelangen als der Philosoph auf Baconischem Wege. Sie werden vom Pfuschen zum Versuchen, vom Versuch zur Vorschrift und, was noch mehr ist, zum gewissen Handgriff vorschreiten, und nicht allein reden sondern tun und durch das Tun das Mögliche darstellen; ja sie werden es darstellen müssen, wenn sie es sogar leugnen sollten, wie der außerordentliche Fall sich bei Entdeckung der achromatischen Fernröhre gefunden hat.

Technischen und artistischen abgeschlossenen Tätigkeitskreisen sind die Wissenschaften mehr schuldig als hervorgehoben wird, weil man auf jene treu fleißige Menschen oft nur als auf werkzeugliche Tätler hinabsieht. Hätte jemand zu Ende des sechzehnten Jahrhunderts sich in die Werkstätten der Färber und Maler begeben und nur alles redlich und konsequent aufgezeichnet, was er dort gefunden; so hätten wir einen weit vollständigeren und methodischeren Beitrag zu unserm gegenwärtigen Zweck, als er uns durch Beantwortung tausend Baconischer Fragen nicht hätte werden können.

Damit man aber nicht denke, daß dieses nur ein frommer Wunsch oder eine Forderung ins Blaue sei, so wollen wir unsers Landsmannes Georg Agricola gedenken, der schon in der ersten Hälfte des sechzehnten Jahrhunderts in Absicht auf das Bergwesen dasjenige geleistet, was wir für unser Fach hätten wünschen mögen. Er hatte freilich das Glück, in ein abgeschlossenes, schon seit geraumer Zeit behandeltes, in sich höchst mannigfaltiges und doch immer auf einen

Zweck hingeleitetes Natur- und Kunstwesen einzutreten. Gebirge, aufgeschlossen durch Bergbau, bedeutende Naturprodukte, roh aufgesucht, gewältigt, behandelt, bearbeitet, gesondert, gereinigt und menschlichen Zwecken unterworfen: dieses war es, was ihn als einen Dritten, denn er lebte im Gebirg als Bergarzt, höchlich interessierte, indem er selbst eine tüchtige und wohl um sich her schauende Natur war, dabei Kenner des Altertums, gebildet durch die alten Sprachen, sich bequem und anmutig darin ausdrückend. So bewundern wir ihn noch jetzt in seinen Werken, welche den ganzen Kreis des alten und neuen Bergbaus, alter und neuer Erz- und Steinkunde umfassen und uns als ein köstliches Geschenk vorliegen. Er war 1494 geboren und starb 1555, lebte also in der höchsten und schönsten Zeit der neu hervorbrechenden, aber auch sogleich ihren höchsten Gipfel erreichenden Kunst und Literatur. Wir erinnern uns nicht, daß Baco des Agricola gedenke, auch nicht, daß er das, was wir an diesem Manne so höchlich schätzen, an andern zu würdigen gewußt habe.

Ein Blick auf die Umstände, unter welchen beide Männer gelebt, gibt zu einer heitern Vergleichung Anlaß. Der mittelländische Deutsche findet sich eingeladen, in dem abgeschlossenen Kreise des Bergwesens zu verweilen, sich zu konzentrieren und ein beschränktes Ganzes wissenschaftlich auszubilden. Baco als ein meerumgebener Insulaner, Glied einer Nation, die sich mit der ganzen Welt im Rapport sah, wird durch die äußern Umstände bewogen, ins Breite und Unendliche zu gehen und das unsicherste aller Naturphänomene, die Winde, als Hauptaugenmerk zu fassen, weil Winde den Schiffahrern von so großer Bedeutung sind.

Daß die Weltgeschichte von Zeit zu Zeit umgeschrieben werden müsse, darüber ist in unsern Tagen wohl kein Zweifel übriggeblieben. Eine solche Notwendigkeit entsteht aber nicht etwa daher, weil viel Geschehenes nachentdeckt worden, sondern weil neue Ansichten gegeben werden, weil der Genosse einer fortschreitenden Zeit auf Standpunkte geführt wird, von welchen sich das Vergangene auf eine neue Weise überschauen und beurteilen läßt. Ebenso ist es in den Wissenschaften. Nicht allein die Entdeckung von bisher unbekannten Naturverhältnissen und Gegenständen, sondern auch die abwechselnden vorschreitenden Gesinnungen und Meinungen verändern sehr vieles und sind wert, von Zeit zu Zeit beachtet zu werden. Besonders würde sich's nötig machen, das vergangene achtzehnte Jahrhundert in diesem Sinne zu kontrollieren. Bei seinen großen Verdiensten hegte und pflegte es manche Mängel und tat den vorhergehenden Jahrhunderten, besonders den weniger ausgebildeten, gar mannigfaltiges Unrecht. Man kann es in diesem Sinne wohl das selbstkluge nennen, indem es sich auf eine gewisse klare Verständigkeit sehr viel einbildete und alles nach einem einmal gegebenen Maßstabe abzumessen sich gewöhnte. Zweifelsucht und entscheidendes Absprechen wechselten miteinander ab, um eine und dieselbe Wirkung hervorzubringen: eine dünkelhafte Selbstgenügsamkeit und ein Ablehnen alles dessen, was sich nicht sogleich erreichen noch überschauen ließ.

Wo findet sich Ehrfurcht für hohe unerreichbare Forderungen? Wo das Gefühl für einen in unergründliche Tiefe sich senkenden Ernst? Wie selten ist die Nachsicht gegen kühnes mißlungenes Bestreben! wie selten die Geduld gegen den langsam Werdenden! Ob hierin der lebhafte Franzose oder der trockne Deutsche mehr gefehlt, und inwiefern beide wechselseitig zu diesem weit verbreiteten Tone beigetragen, ist hier der Ort nicht zu untersuchen. Man schlage diejenigen Werke, Hefte, Blätter nach, in welchen kürzere oder längere Notizen von dem Leben gelehrter Männer, ihrem Charakter und Schriften gegeben sind; man durchsuche Diktionäre, Bibliotheken, Nekrologen, und selten wird sich finden, daß eine problematische Natur mit Gründlichkeit und Billigkeit dargestellt worden. Man kommt zwar den wackern Personen früherer Zeiten darin zu Hülfe, daß man sie vom Verdacht der Zauberei zu befreien sucht; aber nun täte es gleich wieder not, daß man sich auf eine andre Weise ihrer annähme und sie aus den Händen solcher Exorzisten abermals befreite, welche, um die Gespenster zu vertreiben, sich's zur heiligen Pflicht machen, den Geist selbst zu verjagen.

Wir haben bei Gelegenheit, als von einigen verdienten Männern, Roger Baco, Cardan, Porta, als von Alchymie und Aberglauben die Rede war, auf unsere Überzeugungen hingedeutet, und dies mit so mehr Zuversicht, als das neunzehnte Jahrhundert auf dem Wege ist, gedachten Fehler des vorangegangenen wieder gut zu machen, wenn es nur nicht in den entgegengesetzten sich zu verlieren das Schicksal hat. ...

Und sollten wir nun nochmals einen Blick auf das sechzehnte Jahrhundert zurückwerfen; so würden wir seine beiden Hälften voneinander deutlich unterschieden finden. In der ersten zeigt sich eine hohe Bildung, die aus Gründlichkeit, Gewissenhaftigkeit, Gebundenheit und Ernst hervortritt. Sie ruht auf der zweiten Hälfte des funfzehnten Jahrhunderts. Was in dieser geboren und erzogen ward, glänzt nunmehr in seinem ganzen Wert, in seiner vollen Würde, und die Welt erlebt nicht leicht wieder eine solche Erscheinung. Hier zeigt sich zwar ein Konflikt zwischen Autorität und Selbsttätigkeit, aber noch mit einem gewissen Maße. Beide sind noch nicht voneinander getrennt, beide wirken aufeinander, tragen und erheben sich.

In der zweiten Hälfte wird das Streben der Individuen nach Freiheit schon viel stärker. Schon ist es jedem bequem, sich an dem Entstandenen zu bilden, das Gewonnene zu genießen, die freigemachten Räume zu durchlaufen; die Abneigung vor Autorität wird immer stärker, und wie einmal in der Religion protestiert worden, so wird durchaus und auch in den Wissenschaften protestiert, so daß Baco von Verulam zuletzt wagen darf, mit dem Schwamm über alles hinzufahren, was bisher auf die Tafel der Menschheit verzeichnet worden war.

FÜNFTE ABTEILUNG
SIEBZEHNTES JAHRHUNDERT

Wir haben den Baco von Verulam am Ende des vorigen Jahrhunderts besprochen, dessen Leben noch in den vierten Teil des gegenwärtigen herüberdauert und dessen eigentlich wissenschaftliche Bemühungen an das Ende seiner Laufbahn fallen. Doch hat sich der in seinen Schriften aufbewahrte, gegen die Autorität anstrebende, protestierende, revolutionäre Sinn im vorigen Jahrhundert bereits entwickelt und zeigt sich nur bei Baco, bezüglich auf Naturwissenschaften in seiner höchsten Energie.

Wie nun ebendiese Wissenschaften durch andre bedeutende Menschen nunmehr eine entgegengesetzte Richtung nehmen, ist die Aufgabe zu zeigen, wenn wir einiges uns bei dieser Gelegenheit Entgegentretende vorher mitgeteilt haben.

Allgemeine Betrachtungen

Wenn die Frage, welcher Zeit der Mensch eigentlich angehöre, gewissermaßen wunderlich und müßig scheint, so regt sie doch ganz eigene Betrachtungen auf, die uns interessieren und unterhalten könnten.

Das Leben jedes bedeutenden Menschen, das nicht durch einen frühen Tod abgebrochen wird, läßt sich in drei Epochen teilen: in die der ersten Bildung, in die des eigentümlichen Strebens und in die des Gelangens zum Ziele, zur Vollendung.

Meistens kann man nur von der ersten sagen, daß die Zeit Ehre von ihr habe: denn erstlich deutet der Wert eines Menschen auf die Natur und Kraft der in seiner Geburtsepoche Zeugenden; das Geschlecht, aus dem er stammt, manifestiert sich in ihm öfters mehr als durch sich selbst, und das Jahr der Geburt eines jeden enthält in diesem Sinne eigentlich das wahre Nativitätsprognostikon, mehr in dem Zusammentreffen irdischer Dinge als im Aufeinanderwirken himmlischer Gestirne.

Sodann wird das Kind gewöhnlich mit Freundlichkeit aufgenommen, gepflegt, und jedermann erfreut sich dessen, was es verspricht. Jeder Vater, jeder Lehrer sucht die Anlagen nach seinen Einsichten und Fähigkeiten bestens zu entwickeln, und wenigstens ist es der gute Wille, der alle die Umgebungen des Knaben belebt. Sein Fleiß wird gepriesen, seine Fortschritte werden belohnt, der größte Eifer wird in ihm erregt und ihm zugleich die törige Hoffnung vorgespiegelt, daß das immer stufenweise so fortgehn werde.

Allein er wird den Irrtum nur allzubald gewahr: denn sobald die Welt den einzelnen Strebenden erblickt, sobald erschallt ein allgemeiner Aufruf, sich ihm zu widersetzen. Alle Vor- und Mitwerber sind höchlich bemüht, ihn mit Schranken und Grenzen zu umbauen, ihn auf jede Weise zu retardieren, ihn ungeduldig, verdrießlich zu machen und ihn nicht allein von außen, sondern auch von innen zum Stocken zu bringen.

Diese Epoche ist also gewöhnlich die des Konflikts, und man kann niemals sagen, daß diese Zeit Ehre von einem Manne habe. Die Ehre gehört ihm selbst an und zwar ihm allein und den wenigen, die ihn begünstigen und mit ihm halten.

Sind nun diese Widerstände überwunden, ist dieses Streben gelungen, das Angefangene vollbracht, so läßt sich's denn die Welt zuletzt wohl auch gefallen; aber auch dieses gereicht ihr keineswegs zur Ehre. Die Vorwerber sind abgetreten, den Mitwerbern ist es nicht besser gegangen, und sie haben vielleicht doch auch ihre Zwecke erreicht und sind beruhigt; die Nachwerber sind nun an ihrer Reihe der Lehre, des Rats, der Hülfe bedürftig, und so schließt sich der Kreis, oder vielmehr so dreht sich das Rad abermals, um seine immer erneuerte wunderliche Linie zu beschreiben.

Man sieht hieraus, daß es ganz allein von dem Geschichtschreiber abhange, wie er einen Mann einordnen, wann er seiner gedenken will. So viel ist aber gewiß, wenn man bei biographischen Betrachtungen, bei Bearbeitung einzelner Lebensgeschichten, ein solches Schema vor Augen hat und die unendlichen Abweichungen von demselben zu bemerken weiß; so wird man, wie an einem guten Leitfaden, sich durch die labyrinthischen Schicksale manches Menschenlebens hindurch finden.

Galileo Galilei

geboren 1564, gestorben 1642

Wir nennen diesen Namen mehr, um unsere Blätter damit zu zieren, als weil sich der vorzügliche Mann mit unserm Fache beschäftigt.

Schien durch die Verulamische Zerstreuungsmethode die Naturwissenschaft auf ewig zersplittert, so ward sie durch Galilei sogleich wieder zur Sammlung gebracht; er führte die Naturlehre wieder in den Menschen zurück und zeigte schon in früher Jugend, daß dem Genie Ein Fall für tausend gelte, indem er sich aus schwingenden Kirchenlampen die Lehre des Pendels und des Falles der Körper entwickelte. Alles kommt in der Wissenschaft auf das an, was man ein Aperçu nennt, auf ein Gewahrwerden dessen, was eigentlich den Erscheinungen zum Grunde liegt. Und ein solches Gewahrwerden ist bis ins Unendliche fruchtbar.

Galilei bildete sich unter günstigen Umständen und genoß die erste Zeit seines Lebens des wünschenswertesten Glückes. Er kam wie ein tüchtiger Schnitter zur reichlichsten Ernte und säumte nicht bei seinem Tagewerk. Die Fernröhre hatten einen neuen Himmel aufgetan. Viele neue Eigenschaften der Naturwesen, die uns mehr oder weniger sichtbar und greiflich umgeben, wurden entdeckt, und nach allen Seiten zu konnte der heitere mächtige Geist Eroberungen machen. Und so ist der größte Teil seines Lebens eine Reihe von herrlichen glänzenden Wirkungen.

Leider trübt sich der Himmel für ihn gegen das Ende. Er wird ein Opfer jenes edlen Strebens, mit welchem der Mensch seine Überzeugungen andern mitzuteilen gedrängt wird. Man pflegt zu sagen, des Menschen Wille sei sein Himmelreich; noch mehr findet er aber seine Seligkeit in seinen Meinungen, im Erkannten und Anerkannten. Vom großen Sinne des Kopernikanischen Systems durchdrungen, enthält sich Galilei nicht, diese von der Kirche, von der Schule verworfne Lehre, wenigstens indirekt, zu bestätigen und auszubreiten; und beschließt sein Leben in einem traurigen Halbmärtyrertum.

Was das Licht betrifft, so ist er geneigt es als etwas gewissermaßen Materielles, Mitteilbares anzusehen: eine Vorstellungsart, zu der ihm die an dem bononischen Stein gemachte Erfahrung Anlaß gibt. Sich über die Farbe zu erklären, lehnt er ab, und es ist nichts natürlicher, als daß er, geschaffen sich in die Tiefen der Natur zu senken, er, dessen angebornes eindringendes Genie durch mathematische Kultur ins Unglaubliche geschärft worden war, zu der oberflächlichen, wechselnden, nicht zu haschenden, leicht verschwindenden Farbe wenig Anmutung haben konnte.

Johann Kepler

geboren 1571, gestorben 1630

Wenn man Keplers Lebensgeschichte mit demjenigen, was er geworden und geleistet, zusammenhält, so gerät man in ein frohes Erstaunen, indem man sich überzeugt, daß der wahre Genius alle Hindernisse überwindet. Der Anfang und das Ende seines Lebens werden durch Familienverhältnisse verkümmert, seine mittlere Zeit fällt in die unruhigste Epoche, und doch dringt sein glückliches Naturell durch. Die ernstesten Gegenstände behandelt er mit Heiterkeit und ein verwickeltes mühsames Geschäft mit Bequemlichkeit. Gibt er schriftlich Rechenschaft von seinem Tun, von seinen Einsichten, so ist es, als wenn es nur gelegentlich, im Vorbeigehen geschähe, und doch findet er immer die Methode, die von Grund aus anspricht. Andern sei es überlassen, seine Verdienste anzuerkennen und zu rühmen, welche außer unserm Gesichtskreise liegen; aber uns ziemt es, sein herrliches Gemüt zu bemerken, das überall auf das freudigste durchblickt. Wie verehrt er seinen Meister und Vorgesetzten Tycho! Wie schätzt er die Verdienste dieses Mannes, der sich dem ganzen Himmel gewachsen fühlte, insofern er sich durch die Sinne fassen und durch Instrumente bezwingen ließ. Wie weiß er diesen seinen Lehrer und Vorgänger auch nach dem Tode gegen unfreundliche Angriffe zu verteidigen! Wie gründlich und anmutig beschreibt er, was an dem astronomischen Baue schon geleistet, was gegründet, was aufgeführt, was noch zu tun und zu schmücken sei! Und wie arbeitet er sein ganzes Leben unverrückt an der Vollendung!

Indes war Tycho bei allen seinen Verdiensten doch einer von den beschränkten Köpfen, die sich mit der Natur gewissermaßen im Widerspruch fühlen und deswegen das komplizierte Paradoxe mehr als das einfache Wahre lieben und sich am Irrtum freuen, weil er ihnen Gelegenheit gibt, ihren Scharfsinn zu zeigen; da derjenige, der das Wahre anerkennt, nur Gott und die Natur, nicht aber sich selbst zu ehren scheint, und von dieser letzten Art war Kepler. Jedes klare Verdienst klärt ihn selbst auf; durch freie Beistimmung eilt er es sich zuzueignen. Wie gern spricht er von Kopernikus! Wie fleißig deutet er auf das einzig schöne Aperçu, was uns die Geschichte noch ganz allein erfreulich machen kann, daß die echten Menschen aller Zeiten einander voraus verkünden, aufeinander hinweisen, einander vorarbeiten. Wie umständlich und genau zeigt Kepler, daß Euklides kopernikisiere!

Ebenso verhält er sich zu seinen Zeitgenossen. Dem Johann Baptist Porta erteilt er die anmutigsten Lobsprüche, den herzlichsten Dank für die Entdeckung der Camera obscura, für die dadurch auf einmal erweiterte Einsicht in die Gesetze des Sehens.

Wie sein Sinn, so sein Ausdruck. Geübt im Griechischen und Lateinischen fehlt es ihm an keiner Kenntnis des Altertums, des gründlichen sowohl als des schönen, und er weiß sich nach Belieben auszudrücken. Manchmal läßt er sich zu Unwissenden, ja zu Dummen herab; manchmal sucht er wenigstens allgemein verständlich zu werden. Bei Erzählung von natürlichen Ereignissen ist er klar und deutlich; bald aber, wenn er wirken, wenn er lebhaftere Eindrücke, entschiedenere Teilnahme hervorbringen will, dann fehlt es ihm nicht an Gleichnissen, Anspielungen und klassischen Stellen.

Da er die Sprache völlig in seiner Gewalt hat, so wagt er gelegentlich kühne, seltsame Ausdrücke, aber nur dann, wenn der Gegenstand ihm unerreichbar scheint. So verfährt er bei Gelegenheit der Farbe, die er nur im Vorbeigehen behandelt, weil sie ihm, dem alles Maß und Zahl ist, von keiner Bedeutung sein kann...

...

Wir bemerken noch, daß ihm verschiedene Hauptpunkte, die wir in der Rubrik von den physiologischen Farben behandelt haben, nicht unbekannt gewesen; daß nämlich helle und dunkle Bilder von gleichem Maß dem Auge als verschieden groß erscheinen, daß das Bild im Auge eine Dauer habe, daß lebhafte Lichteindrücke farbig abklingen. Erwähnt er auch nur beiläufig dergleichen Erscheinungen; so bemerkt man mit Vergnügen, wie lebendig alles mit seinem Hauptgeschäft zusammenhängt, wie innig er alles, was ihm begegnet, auf sich zu beziehen weiß.

Willebrord Snellius

geboren 1591, gestorben 1626

Nach Erfindung der Fernröhre drängte sich alles, um an ihrer Verbesserung zu arbeiten. Die Gesetze der Refraktion, die man vorher nur empirisch und mühsam zu bestimmen wußte, wurden immer genauer untersucht; man kam immer mehr in Übung, höhere mathematische Formeln auf Naturerscheinungen anzuwenden, und so näherte sich Snellius dem gegenwärtig allgemein bekannten Gesetze der Refraktion, ob er es gleich noch nicht unter dem Verhältnis der Sinus des Einfalls- und Brechungswinkels aussprach.

Dieses in allen Lehrbüchern vorgetragene Gesetz brauchen wir hier nicht umständlicher auszuführen; doch machen wir zwei Bemerkungen, die sich näher auf die Gegenstände unserer Behandlung beziehen.

Snellius gründete seine Messungen und Berechnungen nicht auf den objektiven Versuch, da man nämlich das Licht durch das Mittel hindurchfallen läßt, wobei das, was man Brechung nennt, zum Vorschein kommt; sondern auf den subjektiven, dessen Wirkung wir die Hebung genannt haben, weil ein durch das Mittel gesehener Gegenstand uns entgegenzutreten scheint. Er schreibt daher ganz richtig dem perpendikularen Strahl (wenn es doch einmal Strahl sein soll) die vollkommne Hebung zu, wie man denn bei jedem vollkommen perpendikularen Aufschauen auf einen gläsernen Kubus ganz bequem erfahren kann, daß die darunterliegende Fläche dem Auge vollkommen entgegentritt.

Da man aber in der Folge sich bloß an den objektiven Versuch hielt, als der das Phänomen nur einseitig, das Verhältnis der Sinus aber am besten ausdrückt: so fing man an zu leugnen, daß der perpendikulare Strahl verändert werde, weil man diese Verändrung unter der Form der Brechung nicht gewahr wird und kein Verhältnis der Sinus dabei statthaben kann.

Schon Huygens, durch den die Entdeckung des Snellius eigentlich bekannt wurde, protestiert gegen die Veränderung des perpendikularen Strahls und führt seine sämtlichen Nachfolger in Irrtum. Denn man kann ganz allein von der Wirkung der Mittel auf Licht und beleuchtete Gegenstände sich einen Begriff machen, wenn man beide Fälle, den objektiven und subjektiven, den Fall des Brechens und Hebens, das wechselseitige Verhältnis des dichten Mittels zum dünnen, des dünnen zum dichten, zugleich faßt und eins durch das andere ergänzt und erklärt. Worüber wir an seinem Orte das Notwendigste gesagt haben (*Bd. 13, S. 370f.*, Nr. 187/8).

Die andere Betrachtung, die wir hier nicht übergehen dürfen, ist die, daß man die Gesetze der Brechung entdeckt und der Farben, die doch eigentlich durch sie manifestiert werden sollen, gar nicht gedenkt; welches ganz in der Ordnung war. Denn in parallelen Mitteln, welche man zu jenem Grundversuch der Brechung und Hebung benutzt, läßt sich die Farbenerscheinung zwar an der Grenze von Licht und Schatten deutlich sehen, aber so unbedeutend, daß man über sie recht wohl hinausgehen konnte. Wir wiederholen hier, was wir schon früher urgiert (*Bd. 13, S. 372f.*, Nr. 195/6): Gäbe es eine wirklich verschiedene Brechbarkeit, so müßte sie sich bei Brechung jeder Art manifestieren. Aber diese Lehre ist, wie wir bereits gesehen haben und noch künftig sehen werden, nicht auf einen einfachen natürlichen Fall, sondern auf einen künstlich zusammengesetzten gebaut, und sie kann daher nur demjenigen wahr vorkommen, der sich in einer solchen gemachten Verwirrung gefallen mag; jedem hingegen muß sie falsch erscheinen, der aus dem Freien kommt oder ins Freie gelangt.

Was sonst von Snellius und seiner Lehre zu sagen ist, findet sich in allen Schriften, die von dieser Materie handeln.

Vorstehendes war geschrieben, als uns zufälligerweise bekannt wurde, Isaac Vossius, von welchem späterhin noch die Rede sein wird, sei gleichfalls der Überzeugung gewesen, daß dasjenige, was man Refraktion zu nennen pflegt, auch im Perpendikel wirke. Er hatte die drei optischen Bücher des Willebrord Snellius im Manuskripte gelesen und sich dessen Ansichten zu eigen gemacht. Dabei erzählt er, daß er zu Brüssel vor der Königin von Schweden diese seine Meinung vorgetragen, jedoch einen allgemeinen Widerspruch gefunden; ja man habe ihm vorgeworfen, daß er gegen die ersten Grundsätze sündige. Nachdem aber die Gesellschaft durch den Augenschein überzeugt worden, so habe man die Sache in einen Wortstreit gespielt und gesagt: incidi quidem radium, non tamen frangi. Er führt darauf aus den Werken des Snellius eine Demonstration des subjektiven Versuchs an, wodurch die stufenweise Hebung ins klare gesetzt wird.

Antonius de Dominis
umgekommen 1624

De radiis visus et lucis in vitris perspectivis et iride tractatus Marci Antonii de Dominis, per Ioannem Bartolum in lucem editus Venetiis 1611.

Durch dieses Werk von nicht großem Umfange ist der Verfasser unter den Naturforschern berühmt geworden, und zwar mit Recht: denn man erkennt hier die Arbeit eines unterrichteten, in mathematischen und physischen Dingen wohlgeübten Mannes und, was mehr ist, eines originellen Beobachters...

...

Franciscus Aguilonius
geboren 1567, gestorben 1617

Er war Jesuit zu Brüssel und gab 1613 seine Optik in Folio heraus zu Antwerpen. Ihr sollten noch die Dioptrik und Katoptrik folgen, welches durch seinen Tod, der 1617, als er funfzig Jahr alt war, erfolgte, verhindert wurde.

Man sieht seinem Werke die Ruhe des Klosters an, die bei einer Arbeit bis ins einzelnste zu gehen erlaubt; man sieht die Bedächtlichkeit eines Lehrers, der nichts zurücklassen will. Daher ist das Werk ausführlich, umständlich, ja überflüssig durchgearbeitet. Betrachtet man es aber als einen Diskurs, als einen Vortrag, so ist es, besonders stellenweise, angenehm und unterhaltend und, weil es uns mit Klarheit und Genauigkeit in frühere Zeiten zurückführt, auf manche Weise belehrend.

Hier steht die Autorität noch in ihrer völligen Würde: die griechischen Urväter der Schulen, ihre Nachfolger und Kommentatoren, die neueren Lichter und Forscher, ihre Lehre, ihre Kontroversen, bei welchen ein oder der andre Teil durch Gründe begünstiget wird. Indessen kann man nicht leugnen, daß der Verfasser, indem er seinem Nachfolger nichts zu tun übriglassen möchte, im Theoretischen sich bis ins Kleinliche und im Praktischen bis in die Künstelei verliert; wobei wir ihn jedoch immer als einen ernsten und tüchtigen Mann zu schätzen haben.

Was die Farbe und das damit zunächst Verwandte betrifft, so ist ihm das vom Plato sich herschreibende und von uns so oft urgierte Disgregieren und Kolligieren des Auges, jenes erste durch das Licht und das Weiße, dieses letztere durch Finsternis und das Schwarze, wohl bekannt und merkwürdig, doch mehr im pathologischen Sinne, insofern das Helle das Auge blendet, das Finstere ihm auf eine negative Weise schadet. Der reine physiologische Sinn dieser Erscheinung mag ihm nicht aufgegangen sein, worüber wir uns um so weniger wundern werden, als Hamberger solche der gesunden Natur gemäße, zum reinen Sehen unumgänglich notwendige Bedingungen gleichfalls für krankhaft und für vitia fugitiva erklärt hat.

Das Weiße und Schwarze nun setzt er an die beiden Enden, dazwischen in eine Reihe Gelb, Rot und Blau, und hat also fünf Farben auf einer Linie, welches ein ganz hübsches Schema gibt, indem das Gelbe zunächst an dem Weißen, das Blaue an dem Schwarzen und das Rote in der Mitte steht, welche sämtlich miteinander durch Halbzirkel verbunden sind, wodurch die Mittelfarben angedeutet werden.

Daß nach den verschiedenen Erscheinungsarten die Farben eingeteilt werden müssen, kommt bei ihm auf eine entschiedenere Weise als bisher zur Sprache. Er teilt sie in wahre, apparente und intentionelle Farben. Da nun die intentionellen, wie wir nachher sehen werden, keinen richtigen Einteilungsgrund hinter sich haben, die physiologischen aber fehlen; so quält er sich ab, die verschiedenen Erscheinungsfälle unter diese Rubriken zu bringen.

Die wahren Farben werden den Eigenschaften der Körper zugeschrieben, die apparenten für unerklärlich, ja als ein göttliches Geheimnis angesehen und doch gewissermaßen wieder als zufällig betrachtet. Er bedient sich dabei eines sehr artigen und unübersetzlichen Ausdrucks: penduli in medio diaphano oberrant, ceu extemporaneae quaedam Lucis affectiones.

Die Hauptfragen, wie sie Aristoteles schon berührt, kommen zur Sprache, und gegen Plato wird polemisiert. Was überhaupt hievon und sonst noch brauchbar ist, haben wir am gehörigen Orte eingeschaltet. Daß jede Farbe ihre eigene Wirkung aufs Gesicht habe, wird behauptet und ausgeführt; doch gleichfalls mehr pathologisch als physiologisch.

Intentionelle Farben

Da wir der intentionellen Farben in unserm Entwurf nicht besonders gedacht haben und dieser Ausdruck in den Schriftstellern, vorzüglich auch in dem gegenwärtigen, vorkommt; so ist unsre Pflicht, wenigstens historisch dieser Terminologie zu gedenken und anzuzeigen, wie sie mit den übrigen Lehren und Gesinnungen jener Zeit zusammenhängt. Man verzeihe uns, wenn wir, der Deutlichkeit wegen, etwas weit auszuholen scheinen.

Die Poesie hat in Absicht auf Gleichnisreden und uneigentlichen Ausdruck sehr große Vorteile vor allen übrigen Sprachweisen, denn sie kann sich eines jeden Bildes, eines jeden Verhältnisses nach ihrer Art und Bequemlichkeit bedienen. Sie vergleicht Geistiges mit Körperlichem und umgekehrt; den Gedanken mit dem Blitz, den Blitz mit dem Gedanken, und dadurch wird das Wechselleben der Weltgegenstände am besten ausgedrückt. Die Philosophie auf ihren höchsten Punkten bedarf auch uneigentlicher Ausdrücke und Gleichnisreden, wie die von uns oft erwähnte, getadelte und in Schutz genommene Symbolik bezeugt.

Nur leiden die philosophischen Schulen, wie uns die Geschichte belehrt, meistenteils daran, daß sie, nach Art und Weise ihrer Stifter und Hauptlehrer, meist nur einseitige Symbole brauchen, um das Ganze auszudrücken und zu beherrschen, und besonders die einen durchaus das Körperliche durch geistige Symbole, die andern das Geistige durch körperliche Symbole bezeichnen wollen. Auf diese Weise werden die Gegenstände niemals durchdrungen; es entsteht vielmehr eine Entzweiung in dem, was vorgestellt und bezeichnet werden soll, und also auch eine Diskrepanz in denen, die davon handeln, woraus alsbald ein Widerwille auf beiden Seiten entspringt und ein Parteisinn sich befestigt.

Wenn man von intentionellen Farben spricht, so ist es eigentlich eine Gleichnisrede, daß man den Farben wegen ihrer Zartheit und Wirkung eine geistige Natur zuschreibt, ihnen einen Willen, eine Absicht unterlegt.

Wer dieses fassen mag, der wird diese Vorstellungsart anmutig und geistreich finden und sich daran, wie etwa an einem poetischen Gleichnisse, ergetzen. Doch wir müssen diese Denkart, diesen Ausdruck bis zu ihrer Quelle verfolgen.

Man erinnere sich, was wir oben von der Lehre des Roger Baco mitgeteilt, die wir bei ihm aufgegriffen haben, weil sie uns da zunächst im Wege lag, ob sie sich gleich von weit früheren Zeiten herschreibt: daß sich nämlich jede Tugend, jede Kraft, jede Tüchtigkeit, alles, dem man ein Wesen, ein Dasein zuschreiben kann, ins Unendliche vervielfältigt, und zwar dadurch, daß immerfort Gleichbilder, Gleichnisse, Abbildungen als zweite Selbstheiten von ihm ausgehen, dergestalt daß diese Abbilder sich wieder darstellen, wirksam werden und, indem sie immer fort und fort reflektieren, diese Welt der Erscheinungen ausmachen. Nun liegt zwischen der wirkenden Tugend und zwischen dem gewirkten Abbild ein Drittes in der Mitte, das aus der Wirklichkeit des Ersten und aus der Möglichkeit des Zweiten zusammengesetzt scheint. Für dieses Dritte, was zugleich ist und nicht ist, was zugleich wirkt und unwirksam bleiben kann, was zugleich das allerhöchste Schaffende und in demselben Augenblicke ein vollkommenes Nichts ist, hat man kein schicklicheres Gleichnis finden können als das menschliche Wollen, welches alle jene Widersprüche in sich vereinigt. Und so hat man auch den wirksamen Naturgegenständen, besonders denjenigen, die uns als tätige Bilder zu erscheinen pflegen, dem Lichte so wie dem Erleuchteten, welche beide nach allen Orten hin sich zu äußern bestimmt sind, ein Wollen, eine Intention gegeben und daher das Abbild (species), insofern es noch nicht zur Erscheinung kommt, intentionell genannt, indem es, wie das menschliche Wollen, eine Realität, eine Notwendigkeit, eine ungeheure Tugend und Wirksamkeit mit sich führt, ohne daß man noch etwas davon gewahr würde. Vielleicht sind ein paar sinnliche Beispiele nicht überflüssig.

Es befinde sich eine Person in einem großen von rohen Mauern umgrenzten Saal, ihre Gestalt hat die Intention oder, wie wir uns in unserm Entwurfe mit einem gleichfalls sittlichen Gleichnis ausgedrückt haben, das Recht sich an allen Wänden abzuspiegeln; allein die Bedingung der Glätte fehlt. Denn das ist der Unterschied der ursprünglichen Tugenden von den abgebildeten, daß jene unbedingt wirken, diese aber Bedingnissen unterworfen sind. Man gebe hier die Bedingung der Glätte zu, man poliere die Wand mit Gipsmörtel oder behänge sie mit Spiegeln, und die Gestalt der Persönlichkeit wird ins Tausendfältige vermehrt erscheinen.

Man gebe nun dieser Persönlichkeit etwa noch einen eitlen Sinn, ein leidenschaftliches Verlangen, sich abgespiegelt zurückkehren zu sehen, so würde man mit einem heiteren Gleichnisse die intentionellen Bilder auch eitle Bilder nennen können.

Noch ein andres Beispiel gebe endlich der Sache völlig den Ausschlag. Man mache sich auf den Weg zu irgendeinem Ziele, es stehe uns nun vor den Augen oder bloß vor den Gedanken; so ist zwischen dem Ziel und dem Vorsatz etwas, das beide enthält, nämlich die Tat, das Fortschreiten.

Dieses Fortschreiten ist so gut als das Ziel: denn dieses wird gewiß erreicht, wenn der Entschluß fest und die Bedingungen zulänglich sind; und doch kann man dieses Fortschreiten immer nur intentionell nennen, weil der Wanderer noch immer so gut vor dem letzten Schritt als vor dem ersten paralysiert werden kann.

Intentionelle Farben, intentionelle Mischungen derselben sind also solche, die innerhalb des Durchsichtigen der Bedingung sich zu manifestieren entbehren. Die Bedingung aber, worunter jede Farbe nur erscheinen kann, ist eine doppelte: sie muß entweder ein Helles vor sich und ein Dunkles hinter sich, oder ein Dunkles vor sich und ein Helles hinter sich haben, wie von uns anderwärts umständlich ausgeführt worden. Doch stehe hier noch ein Beispiel, um dem Gesagten die möglichste Deutlichkeit zu geben.

Das Sonnenlicht falle in ein reines Zimmer zu den offnen Fenstern herein, und man wird in der Luft, in dem Durchsichtigen, den Weg des Lichtes nicht bemerken; man errege Staub und sogleich ist der Weg, den es nimmt, bezeichnet. Dasselbe gilt von den apparenten Farben, welche ein so gewaltsames Licht hinter sich haben. Das prismatische Bild wird sich auf seinem Wege vom Fenster bis zur Tafel kaum auszeichnen; man errege Staub und besonders von weißem Puder, so wird man es vom Austritt aus dem Prisma bis zur Tafel begleiten können: denn die Intention sich abzubilden wird jeden Augenblick erfüllt, ebenso als wenn ich einer Kolonne Soldaten entgegen und alsdann gerade durch sie hindurch ginge, wo mit jedem Manne der Zweck, das Regiment zu erreichen, erfüllt und, wenn wir so sagen dürfen, ricochetiert wird. Und so schließen wir mit einem sinnlichen Gleichnis, nachdem wir etwas, das nicht in die Sinne fallen kann, durch eine übersinnliche Gleichnisrede begreiflich zu machen gesucht haben.

Wie man nun zu sagen pflegt, daß jedes Gleichnis hinke, welches eigentlich nur so viel heißen will, daß es nicht identisch mit dem Verglichenen zusammenfalle; so muß ebendieses sogleich bemerkt werden, wenn man ein Gleichnis zu lange und zu umständlich durchführt, da die Unähnlichkeiten, welche durch den Glanz des Witzes verborgen wurden, nach und nach in einer traurigen, ja sogar abgeschmackten Realität zum Vorschein kommen. So ergeht es daher den

Philosophen oft auf diese Weise, die nicht bemerken, daß sie mit einer Gleichnisrede anfangen und im Durch- und Ausführen derselben immer mehr ins Hinken geraten. So ging es auch mit den intentionellen Bildern (speciebus); anstatt daß man zufrieden gewesen wäre, durch ein geistiges Gleichnis diese unfaßlichen Wesen aus dem Reiche der Sinnlichkeit in ein geistigeres herübergespielt zu haben, so wollte man sie auf ihrem Wege haschen, sie sollten sein oder nicht sein, je nachdem man sich zu einer oder der andern Vorstellung geneigt fühlte, und der durch eine geistreiche Terminologie schon geschlichtete Streit ging wieder von vorn an. Diejenigen, welche realer gesinnt waren, worunter auch Aguilonius gehört, behaupteten: die Farben der Körper seien ruhig, müßig, träge; das Licht rege sie an, entreiße sie dem Körper, führe sie mit sich fort und streue sie umher, und so war man wieder bei der Erklärungsart des Epikur, die Lukrez so anmutig ausdrückt:

Häufig bemerket man das an den rötlichen, blauen, und gelben
Teppichen, welche gespannt hoch über das weite Theater
Wogend schweben, allda verbreitet an Masten und Balken.
Denn der Versammlung unteren Raum, den sämtlichen Schauplatz,
Sitze der Väter und Mütter, der Götter erhabene Bilder,
Tünchen sie an, sie zwingend in ihrem Gefärbe zu schwanken.
Und sind enger umher des Theaters Wände verschlossen,
Dann lacht fröhlicher noch vom ergossenen Reize der Umfang,
Wenn genauer zusammengefaßt der Schimmer des Tags ist.
Lassen die Tücher demnach von der obersten Fläche die Schminke
Fahren; wie sollte denn nicht ein zartes Gebilde der Dinge
Jedes entlassen, da, ähnlicher Art, sie jedes vom Rand schießt?

Renatus Cartesius

geboren 1596, gestorben 1650

Das Leben dieses vorzüglichen Mannes wie auch seine Lehre wird kaum begreiflich, wenn man sich ihn nicht immer zugleich als französischen Edelmann denkt. Die Vorteile seiner Geburt kommen ihm von Jugend auf zustatten, selbst in den Schulen, wo er den ersten guten Unterricht im Lateinischen, Griechischen und in der Mathematik erhält. Wie er ins Leben tritt, zeigt sich die Fazilität in mathematischen Kombinationen bei ihm theoretisch und wissenschaftlich, wie sie sich bei andern im Spielgeist äußert.

Als Hof-, Welt- und Kriegsmann bildet er seinen geselligen sittlichen Charakter aufs höchste aus. In Absicht auf Betragen erinnere man sich, daß er Zeitgenosse, Freund und Korrespondent des hyperbolisch-komplimentösen Balzac war, den er in Briefen und Antworten auf eine geistreiche Weise gleichsam parodiert. Außerordentlich zart behandelt er seine Mitlebenden, Freunde, Studiengenossen, ja sogar seine Gegner. Reizbar und voll Ehrgefühl entweicht er allen Gelegenheiten, sich zu kompromittieren; er verharrt im hergebrachten Schicklichen und weiß zugleich seine Eigentümlichkeit auszubilden, zu erhalten und durchzuführen. Daher seine Ergebenheit unter die Aussprüche der Kirche, sein Zaudern, als Schriftsteller hervorzutreten, seine Ängstlichkeit bei den Schicksalen Galileis, sein Suchen der Einsamkeit und zugleich seine ununterbrochne Geselligkeit durch Briefe.

Seine Avantagen als Edelmann nutzt er in jüngern und mittlern Jahren; er besucht alle Hof-, Staats-, Kirchen- und Kriegsfeste; eine Vermählung, eine Krönung, ein Jubiläum, eine Belagerung kann ihn zu einer weiten Reise bewegen; er scheut weder Mühe noch Aufwand noch Gefahr, um nur alles mit Augen zu sehen, um mit seinesgleichen, die sich jedoch in ganz anderm Sinne in der Welt herumtummeln, an den merkwürdigsten Ereignissen seiner Zeit ehrenvoll teilzunehmen.

Wie man nun dieses Aufsuchen einer unendlichen Empirie an ihm Verulamisch nennen könnte, so zeigt sich an dem stets wiederholten Versuch der Rückkehr in sich selbst, in der Ausbildung seiner Originalität und Produktionskraft ein glückliches Gegengewicht. Er wird müde, mathematische Probleme aufzugeben und aufzulösen, weil er sieht, daß dabei nichts herauskommt; er wendet sich gegen die Natur

und gibt sich im einzelnen viele Mühe; doch mochte ihm als Naturforscher manches entgegenstehen. Er scheint nicht ruhig und liebevoll an den Gegenständen zu verweilen, um ihnen etwas abzugewinnen; er greift sie als auflösbare Probleme mit einiger Hast an und kommt meistenteils von der Seite des kompliziertesten Phänomens in die Sache.

Dann scheint es ihm auch an Einbildungskraft und an Erhebung zu fehlen. Er findet keine geistigen lebendigen Symbole, um sich und andern schwer auszusprechende Erscheinungen anzunähern. Er bedient sich, um das Unfaßliche, ja das Unbegreifliche zu erklären, der krudesten sinnlichen Gleichnisse. So sind seine verschiedenen Materien, seine Wirbel, seine Schrauben, Haken und Zacken niederziehend für den Geist, und wenn dergleichen Vorstellungsarten mit Beifall aufgenommen wurden, so zeigt sich daraus, daß eben das Roheste, Ungeschickteste der Menge das Gemäßeste bleibt.

In dieser Art ist denn auch seine Lehre von den Farben. Das Mittlere seiner Elemente besteht aus Lichtkügelchen, deren direkte gemessene Bewegung nach einer gewissen Geschwindigkeit wirkt. Bewegen sich die Kügelchen rotierend, aber nicht geschwinder als die gradlinigen; so entsteht die Empfindung von Gelb. Eine schnellere Bewegung derselben bringt Rot hervor, und eine langsamere als die der gradlinigen Blau. Schon früher hatte man der mehrern Stärke des Stoßes aufs Auge die Verschiedenheit der Farben zugeschrieben.

Cartesius' Verdienste um den Regenbogen sind nicht zu leugnen. Aber auch hier, wie in andern Fällen, ist er gegen seine Vorgänger nicht dankbar. Er will nun ein für allemal ganz original sein; er lehnt nicht allein die lästige Autorität ab, sondern auch die förderliche. Solche Geister, ohne es beinahe selbst gewahr zu werden, verleugnen, was sie von ihren Vorgängern gelernt und was sie von ihren Mitlebenden genutzt. So verschweigt er den Antonius de Dominis, der zuerst die Glaskugel angewendet, um die ganze Erscheinung des Regenbogens innerhalb des Tropfens zu beschränken, auch den innern Regenbogen sehr gut erklärt hat.

Descartes hingegen hat ein bedeutendes Verdienst um

den äußern Regenbogen. Es gehörte schon Aufmerksamkeit dazu, die zweite Reflexion zu bemerken, wodurch er hervorgebracht wird, so wie sein mathematisches Talent dazu nötig war, um die Winkel zu berichtigen, unter denen das Phänomen ins Auge kommt.

Die Linearzeichnungen jedoch, welche er, um den Vorgang deutlich zu machen, aussinnt, stellen keineswegs die Sache dar, sondern deuten sie nur an. Diese Figuren sind ein abstraktes kompendiöses Sapienti sat, belehren aber nicht über das Phänomen, indem sie die Erscheinung auf einfache Strahlen zurückführen, da doch eigentlich Sonnenbilder im Grunde des Tropfens verengt, zusammengeführt und übereinander verschränkt werden. Und so konnten diese Cartesischen, einzelne Strahlen vorstellenden Linien der Newtonischen Erklärung des Regenbogens günstig zum Grunde liegen.

Der Regenbogen als anerkannter Refraktionsfall führt ihn zu den prismatischen einfacheren Versuchen. Er hat ein Prisma von 30 bis 40 Graden, legt es auf ein durchlöchert Holz und läßt die Sonne hindurchscheinen; das ganze kolorierte Spektrum erblickt er bei kleiner Öffnung: weil aber sein Prisma von wenig Graden ist, so kann er leicht, bei vergrößerter Öffnung, den weißen Raum in der Mitte bemerken.

Hierdurch gelangt er zu der Haupteinsicht, daß eine Beschränkung nötig sei, um die prismatischen Farben hervorzubringen. Zugleich sieht er ein, daß weder die Ründe der Kugel noch die Reflexion zur Hervorbringung der Farbenerscheinung beitrage, weil beides beim Prisma nicht stattfindet und die Farbe doch mächtig erscheint. Nun sucht er auch im Regenbogen jene nötige Beschränkung und glaubt sie in der Grenze der Kugel, in dem dahinter ruhenden Dunkel anzutreffen, wo sie denn freilich, wie wir künftig zeigen werden, nicht zu suchen ist.

Athanasius Kircher

geboren 1601, gestorben 1680

Er gibt in dem Jahre 1646 sein Werk Ars magna lucis et umbrae heraus. Der Titel sowie das Motto Sicut tenebrae

eius ita lumen eius verkündigen die glückliche Hauptmaxime des Buches. Zum erstenmal wird deutlich und umständlich ausgeführt, daß Licht, Schatten und Farbe als die Elemente des Sehens zu betrachten; wie denn auch die Farben als Ausgeburten jener beiden ersten dargestellt sind.

...

Kircher hat bei dem vielen, was er unternommen und geliefert, in der Geschichte der Wissenschaften doch einen sehr zweideutigen Ruf. Es ist hier der Ort nicht, seine Apologie zu übernehmen; aber so viel ist gewiß: die Naturwissenschaft kommt uns durch ihn fröhlicher und heiterer entgegen als bei keinem seiner Vorgänger. Sie ist aus der Studierstube, vom Katheder in ein bequemes wohlausgestattetes Kloster gebracht, unter Geistliche, die mit aller Welt in Verbindung stehen, auf alle Welt wirken, die Menschen belehren, aber auch unterhalten und ergetzen wollen.

Wenn Kircher auch wenig Probleme auflöst, so bringt er sie doch zur Sprache und betastet sie auf seine Weise. Er hat eine leichte Fassungskraft, Bequemlichkeit und Heiterkeit in der Mitteilung, und wenn er sich aus gewissen technischen Späßen, Perspektiv- und Sonnenuhr-Zeichnungen gar nicht loswinden kann, so steht die Bemerkung hier am Platze, daß, wie jenes im vorigen Jahrhundert bemerkliche höhere Streben nachläßt, wie man mit den Eigenschaften der Natur bekannter wird, wie die Technik zunimmt, man nun das Ende von Spielereien und Künsteleien gar nicht finden, sich durch Wiederholung und mannigfaltige Anwendung ebenderselben Erscheinung, ebendesselben Gesetzes, niemals ersättigen kann; wodurch zwar die Kenntnis verbreitet, die Ausübung erleichtert, Wissen und Tun aber zuletzt geistlos wird. Witz und Klugheit arbeiten indessen jenen Forderungen des Wunderbaren entgegen und machen die Taschenspielerei vollkommner.

Wir wollen hier noch zum Schlusse des Pater Bonacursius gedenken, der mit Kirchern auf die Dauer des Bildeindrucks im Auge aufmerksam ward. Zufälligerweise war es das Fensterkreuz, das sie von jener merkwürdigen physiologischen Erscheinung belehrte, und es ist ihnen als Geistlichen nicht zu verargen, daß sie zuerst der Heiligkeit dieser mathema-

tischen Figur eine solche Wunderwirkung zuschrieben. Übrigens ist dies einer von den wenigen Fällen, wo eine Art von Aberglaube sich zur Betrachtung der Farbenerscheinung gesellt hat.

Marcus Marci

geboren 1595, gestorben 1667

Die großen Wirkungen, welche Kepler und Tycho de Brahe, in Verbindung mit Galilei, im südlichen Deutschland hervorgebracht, konnten nicht ohne Folge bleiben, und es läßt sich bemerken, daß in den kaiserlichen Staaten, sowohl bei einzelnen Menschen als ganzen Gesellschaften, dieser erste kräftige Anstoß immer fortwirkt.

Marcus Marci, etliche und zwanzig Jahre jünger als Kepler, ob er sich gleich vorzüglich auf Sprachen gelegt hatte, scheint auch durch jenen mathematisch-astronomischen Geist angeregt worden zu sein. Er war zu Landskron geboren und zuletzt Professor in Prag. Bei allen seinen Verdiensten, die von seinen gleichzeitigen Landsleuten höchlich geschätzt wurden, fehlte es ihm doch eigentlich, soviel wir ihn beurteilen können, an Klarheit und durchdringendem Sinn. Sein Werk, das uns hier besonders angeht, Thaumantias, Liber de arcu coelesti, deque colorum apparentium natura, ortu et causis, zeugt von dem Ernst, Fleiß und Beharrlichkeit des Verfassers; aber es hat im ganzen etwas Trübseliges. Er ist mit den Alten noch im Streit, mit den Neuern nicht einig, und kann die Angelegenheit, mit der er sich eigentlich beschäftigt, nicht in die Enge bringen; welches freilich eine schwere Aufgabe ist, da sie nach allen Seiten hindeutet.

Einsicht in die Natur kann man ihm nicht absprechen; er kennt die prismatischen Versuche sehr genau, die dabei vorkommende farblose Refraktion, die Färbung sowohl in objektiven als subjektiven Fällen hat er vollständig durchgearbeitet: es mangelt ihm aber an Sonderungsgabe und Ordnungsgeist. Sein Vortrag ist unbequem, und wenn man auch begreift, wie er auf seinem Weg zum Zweck zu gelangen glaubte; so ist es doch ängstlich, ihm zu folgen.

Bald stellt er fremde Sätze auf, mit denen er streitet, bald seine eigenen, denen er gleichfalls opponiert, sodann aber sie wieder rechtfertigt, dergestalt daß nichts auseinandertritt, vielmehr eins über das andre hingeschoben wird.

Die prismatischen Farben entstehen ihm aus einer Kondensation des Lichts; er streitet gegen die, welche den Schatten zu einer notwendigen Bedingung dieser Erscheinung machen, und muß doch bei subjektiven Versuchen sepimenta und interstitia umbrosa verlangen und hinzufügen: cuius ratio est, quod species lucis aut color se mediam infert inter umbrosa intervalla. Auch ist zu bemerken, daß wir bei ihm schon eine diverse Refraktion finden.

So wie in Methode und Vortrag, also auch in Sprache und Stil ist er Keplern entgegengesetzt. Wenn man bei diesem mit Lust Materien abgehandelt sieht, die man nicht kennt, und ihn zu verstehen glaubt; so wird bei jenem dasjenige, was man sehr gut versteht, wovon wir die genaueste Kenntnis haben, durch eine düstre Behandlung verworren, trüb, ja man darf sagen ausgelöscht. Um sich hiervon zu überzeugen, lese derjenige, dem die subjektiven prismatischen Versuche vollkommen bekannt sind, die Art, wie der Verfasser das Phänomen erklärt S. 177.

De la Chambre

geboren 1594, gestorben 1669

La Lumière, par le Sieur de la Chambre, Conseiller du Roy en Ses Conseils, et Son Médecin ordinaire. Paris 1657.

Kircher hatte ausgesprochen, daß die Farben Kinder des Lichts und des Schattens seien; Cartesius hatte bemerkt, daß zum Erscheinen der prismatischen Farben eine Beschränkung mitwirken müsse: man war also von zwei Seiten her auf dem Wege, das Rechte zu treffen, indem man jenen dem Licht entgegengesetzten Bedingungen ihren integrierenden und konstituierenden Anteil an der Farbenerscheinung zugestand.

Man warf sich jedoch bald wieder auf die entgegengesetzte Seite und suchte alles in das Licht hineinzulegen, was man hernach wieder aus ihm herausdemonstrieren wollte.

Der einfache Titel des Buchs La Lumière, im Gegensatz mit dem Kircherischen, ist recht charakteristisch. Es ist dabei darauf angesehen, alles dem Lichte zuzuschieben, ihm alles zuzuschreiben, um nachher alles wieder von ihm zu fordern.

Diese Gesinnung nahm immer mehr überhand, je mehr man sich dem Aristoteles entgegenstellte, der das Licht als ein Akzidens, als etwas, das einer bekannten oder verborgenen Substanz begegnen kann, angesehen hatte. Nun wurde man immer geneigter, das Licht wegen seiner ungeheuern Wirkungen nicht als etwas Abgeleitetes anzusehen; man schrieb ihm vielmehr eine Substanz zu, man sah es als etwas Ursprüngliches, für sich Bestehendes, Unabhängiges, Unbedingtes an; doch mußte diese Substanz, um zu erscheinen, sich materiieren, materiell werden, Materie werden, sich körperlich und endlich als Körper darstellen, als gemeiner Körper, der nun Teile aller Art enthalten, auf das verschiedenste und wunderlichste gemischt, und ungeachtet seiner anscheinenden Einfalt als ein heterogenes Wesen angesehen werden konnte. Dies ist der Gang, den von nun an die Theorie nimmt und die wir in der Newtonischen Lehre auf ihrem höchsten Punkte finden.

Jene frühere Erklärungsart aber, die wir durch Kirchern umständlicher kennen gelernt, geht neben der neuern bis zu Ende des Jahrhunderts immer parallel fort, bildet sich immer mehr und mehr aus und tritt noch einmal zuletzt ganz deutlich in Nuguet hervor, wird aber von der Newtonischen völlig verdrängt, nachdem sie vorher durch Boyle beiseitegeschoben war.

De la Chambre selbst erscheint uns als ein Mann von sehr schwachen Kräften: es ist weder Tiefe in seinen Konzeptionen, noch Scharfsinn in seinen Kontroversen. Er nimmt vier Arten Licht in der Natur an; die erste sei das innere, radikale, gewissen Körpern wesentliche, das Licht der Sonne, der Sterne, des Feuers; das andre ein äußeres, abgeleitetes, vorübergehendes, das Licht der von jenen Körpern erleuchteten Gegenstände. Nun gibt es, nach seiner Lehre, noch andre Lichter, die vermindert und geschwächt sind und nur einige Teile jener Vollkommenheit besitzen, das sind die Farben. Man sieht also, daß von einer Seite eine Bedingung zugegeben werden muß, die das Licht schwächt, und daß man von der andern wieder dem Lichte eine Eigenschaft zuschreibt, gleichsam ohne Bedingung geschwächt sein zu können...

...

Isaac Vossius

geboren 1618, gestorben 1689

Sohn und Bruder vorzüglicher Gelehrten und für die Wissenschaften tätiger Mensch. Frühe wird er in alten Sprachen und den damit verbundenen Kenntnissen unterrichtet. In ihm entwickelt sich eine leidenschaftliche Liebhaberei zu Manuskripten. Er bestimmt sich zum Herausgeber alter Autoren und beschäftigt sich vorzüglich mit geographischen und astronomischen Werken. Hier mag er empfinden, wie notwendig zu Bearbeitung derselben Sachkenntnisse gefordert werden; und so nähert er sich der Physik und Mathematik. Weite Reisen befördern seine Naturanschauung.

Wie hoch man seine eigenen Arbeiten in diesem Fache anzuschlagen habe, wollen wir nicht entscheiden. Sie zeugen von einem hellen Verstand und ernsten Willen. Man findet darin originelle Vorstellungsarten, welche uns Freude machen, wenn sie auch mit den unsrigen nicht übereinstimmen. Seine Zeitgenossen, meist Descartes' Schüler, sind übel mit ihm zufrieden und lassen ihn nicht gelten.

Uns interessiert hier vorzüglich sein Werk De lucis natura et proprietate. Amstelodami 1662; wozu er später einen polemischen Nachtrag herausgegeben...

...

Hier sehen wir also einige Jahre früher, als Newton sich mit diesem Gegenstande beschäftigt, seine Lehre völlig ausgesprochen. Wir streiten hier nicht mit Isaac Vossius, sondern führen seine Meinung nur historisch an. Die Tendenz jener Zeit, den äußeren Bedingungen ihren integrierenden Anteil an der Farbenerscheinung abzusprechen und ihnen nur einen anregenden, entwicklenden Anstoß zuzuschreiben, dagegen alles im Lichte schon im voraus zu synthesieren, zusammenzufassen, zu verstecken und zu verheimlichen, was man künftig aus ihm hervorholen und an den Tag bringen will, spricht sich immer deutlicher aus, bis zuletzt Newton mit seinen Ibilitäten hervortritt, den Reihen schließt und, obgleich nicht ohne Widerspruch, dieser Vorstellungsart den Ausschlag gibt. Wir werden in der Folge noch Gelegenheit haben, anzuzeigen, was noch alles vorausgegangen, um Newtons Lehre den Weg zu bahnen; können aber hier nicht unbemerkt lassen, daß schon Matthäus Pankl, in seinem Compendium Institutionum physicarum, Posoniae 1793, unsern Isaac Vossius für einen Vorläufer Newtons erklärt, indem er sagt: „Den Alten war das Licht das einfachste und gleichartigste Wesen. Zuerst hat Isaac Vossius vermutet, die Mannigfaltigkeit der Farben, die wir an den Körpern wahrnehmen, komme nicht von den Körpern, sondern von Teilchen des Lichts her."

Franciscus Maria Grimaldi

geboren 1613, gestorben 1663

Er stammte aus einem alten berühmten Geschlechte, und zwar von dem Zweige desselben, der zu Bologna blühte. Er scheint seine erste Bildung in den Jesuitenschulen erhalten zu haben; besonders befleißigte er sich der Mathematik und der damals innigst mit ihr verbundenen Naturlehre.

Nachdem er in den Orden getreten, ward er Professor der Mathematik zu Bologna und zeigte sich als einen in seinem Fache sehr geübten Mann, kenntnisreich, scharfsinnig, fleißig, pünktlich, unermüdet. Als einen solchen rühmt ihn Riccioli in der Dedikation seines Almagest und preist ihn als einen treuen Mitarbeiter. Sein Werk, wodurch er uns bekannt, wodurch er überhaupt berühmt geworden, führt den Titel: Physico-Mathesis de Lumine, Coloribus et Iride, Bononiae 1665. Man bemerke, daß auch hier nur des Lichts und nicht des Schattens erwähnt ist, und erwarte, daß Grimaldi sich als ein solcher zeigen werde, der die Farbenerscheinungen aus dem Licht entwickelt.

Hier haben wir nun das dritte Werk in unserm Fache, das

sich von einem jesuitischen Ordensgeistlichen herschreibt. Wenn Aguilonius sorgfältig und umständlich, Kircher heiter und weitläuftig ist, so muß man den Verfasser des gegenwärtigen Buchs höchst konsequent nennen. Es ist reich in Absicht auf Erfahrungen und Experimente, ausführlich und methodisch in seiner Behandlung, und man sieht wohl, daß der Verfasser in allen Subtilitäten der Dialektik sehr geübt ist.

Vor allem aber ist zu bemerken, daß Form und Darstellung problematisch, ja ironisch sind, welches einer so ernsten folgerechten Arbeit eine ganz wunderliche Wendung gibt. Galilei hatte sich schon einer ähnlichen Wendung bedient, in den Dialogen, wegen welcher er von den Jesuiten so heftig verfolgt wurde. Hier bedient sich ein Jesuit, nach etwa zwanzig Jahren, desselben Kunstgriffs. Im ersten Buch, das 472 gespaltene Quartseiten stark ist, tut er alles mögliche, um zu zeigen, daß das Licht eine Substanz sei; im zweiten Buch, welches nur 63 gespaltene Seiten enthält, widerlegt er scheinbar seine vorige Meinung und verklausuliert diese Widerlegung aufs neue dergestalt, daß er sie völlig vernichtet. Auch darf man nur die Vorrede des Ganzen und den Schluß des ersten Teils lesen, so fällt seine Absicht schon deutlich genug in die Augen. Bei allen diesen Verwahrungen zaudert er, das Werk herauszugeben, das bei seinem Tode völlig fertig liegt, wie es denn auch drei Jahre nach demselben und, soviel sich bemerken läßt, ohne Verstümmlung erscheint.

Indem er nun das Licht als Substanz behandelt, so finden wir ihn auf dem Wege, auf dem wir Cartesius, de la Chambre und Vossius wandeln sahen, nur betritt er denselben mit mehr Ernst und Sicherheit und zugleich mit mehr Vorsicht und Zartheit. Seine Naturkenntnis überhaupt ist höchst schätzenswert. Erfahrungen und Versuche, diese Gegenstände betreffend, sind vor ihm von keinem so vollständig zusammengebracht worden. Freilich stellt er sie alle zurecht, um seine Erklärungsart zu begründen, doch kann man ihm nachsagen, daß er keine Erfahrung, keinen Versuch entstelle, um ihn seiner Meinung anzupassen.

Das Licht ist ihm also eine Substanz, im physischen Sinne eine Flüssigkeit, die er jedoch aufs äußerste zu verfeinern sucht. Durch Beispiele und Gleichnisse will er uns von der Zartheit eines so subtilen materiellen Wesens, das gleichsam nur wie ein geistiger Aushauch wirkt, überzeugen. Er führt die Lehre vom Magneten zu diesem Zwecke umständlich durch, bringt die Fälle von unendlicher Teilbarkeit der Farbe, äußerster Duktilität der Metalle und dergleichen vor, nimmt den Schall, und was er sonst noch brauchen kann, zu Hülfe, um unsre Kenntnisse durch Erinnerung auf einen Punkt zu sammeln und unsre Einbildungkraft anzuregen.

Man hatte bisher drei Arten, in welchen sich das Licht verbreite, angenommen: die direkte, refrakte, reflexe, wozu er noch die inflexe hinzusetzt, welche er sogleich in Rücksicht seiner hypothetischen Zwecke die diffrakte nennt.

Jene verschiednen Arten der Lichtfortpflanzung zu erklären und andre dabei vorkommende Phänomene auszulegen, gibt er seiner feinen Flüssigkeit eine verschiedene innere Disposition. Und so wird denn diesem wirksamen Wesen ein Fließen (fluidatio), ein Wogen (undulatio, undatio), ein Regen und Bewegen (agitatio), ein Wälzen (volutatio) zugeschrieben.

Durchsichtigen Körpern wird eine continua porositas zugeeignet, welches eigentlich eine contradictio in adiecto ist, woran sich erkennen läßt, wie leicht man mit Worten das Unmögliche und Ungehörige als ein Mögliches, Verständiges und Verständliches mitteilen könne. Die undurchsichtigen Körper haben auch mannigfaltige wunderliche Oberflächen, die das Licht verschiedentlich zurückwerfen; deshalb er sich denn verteidigen muß, daß seine Lehre mit der Lehre der Atomisten nicht zusammenfalle, welches ihm auch ernst zu sein scheint.

In jenen Poren und Irrgängen, wunderlichen Aus- und Einwegen, Schlupflöchern und andern mannigfaltigen Bestimmungen müdet sich nun das Licht auf oben beschriebene Weise gewaltig ab und erleidet eine Zerstreuung (dissipatio), Zerbrechung (diffractio), Zerreißung (disscissio) und natürlicherweise auch eine Trennung (separatio); dabei denn auch gelegentlich eine Anhäufung (glomeratio) stattfindet.

Wir bemerken hier im Vorbeigehen, daß einer Zerstreuung des Lichtes schon bei den Griechen erwähnt wird. Dort ist es aber nur ein empirischer naiver Ausdruck, der eine oft vorkommende Erscheinung von hin und wider geworfenem, geschwächtem Lichte, so gut er kann, bezeichnen soll. Bei Grimaldi hingegen sollen die mannigfaltigen Versuren des Lichtes das Innere dieses zarten unbegreiflichen Wesens aufschließen und uns von seiner Natur dogmatisch belehren.

Die Farben werden also, nach Grimaldi, bei Gelegenheit der Refraktion, Reflexion und Inflexion bemerkt; sie sind das Licht selbst, das nur auf eine besondre Weise für den Sinn des Gesichts fühlbar wird. Doch geht der Verfasser auch wohl so weit, daß er im Licht bestimmte Arten der Farbe annimmt und also die Newtonische Lehre unmittelbar vorbereitet.

Alle Farben sind ihm wahr und entspringen auf einerlei Weise; doch läßt er, um sie erklären zu können, den Unterschied zwischen dauernden und vorübergehenden Farben einstweilen zu, und um jene auch in vorübergehende zu verwandeln, benutzt er auf eine sehr geschickte Weise die Versatilität der chemischen Farben.

Was übrigens den Apparat betrifft, so bedient er sich öfters der kleinen Öffnung im Fensterladen, die sich eigentlich von der die äußern Gegenstände innerlich abbildenden Camera obscura herschreibt. Die prismatischen Phänomene kennt er meistens, wie er denn auch auf die längliche Gestalt des Farbenbildes unsere Aufmerksamkeit hinlenkt. Unter seiner theoretischen Terminologie finden wir auch schon Strahlenbündel. Da ihm manche Erfahrungen und Versuche, die erst später bekannt geworden, in der Reihe seines Vortrags abgehen; so zeigen sich in demselben Lücken und Sprünge und gar manches Unzulängliche, das ihm aber nicht zuschulden kommt. Den Regenbogen mit seinen Umständen und Bedingungen führt er sorgfältig aus; die Farben desselben weiß er nicht abzuleiten.

Robert Boyle

geboren 1627, gestorben 1691

Die Scheidung zwischen Geist und Körper, Seele und Leib, Gott und Welt war zustande gekommen. Sittenlehre und Religion fanden ihren Vorteil dabei: denn indem der Mensch seine Freiheit behaupten will, muß er sich der Natur entgegensetzen; indem er sich zu Gott zu erheben strebt, muß er sie hinter sich lassen, und in beiden Fällen kann man ihm nicht verdenken, wenn er ihr so wenig als möglich zuschreibt, ja wenn er sie als etwas Feindseliges und Lästiges ansieht. Verfolgt wurden daher solche Männer, die an eine Wiedervereinigung des Getrennten dachten. Als man die teleologische Erklärungsart verbannte, nahm man der Natur den Verstand; man hatte den Mut nicht, ihr Vernunft zuzuschreiben, und sie blieb zuletzt geistlos liegen. Was man von ihr verlangte, waren technische, mechanische Dienste, und man fand sie zuletzt auch nur in diesem Sinne faßlich und begreiflich.

Auf diese Weise läßt sich einsehen, wie das zarte, fromme Gemüt eines Robert Boyle sich für die Natur interessieren, sich zeitlebens mit ihr beschäftigen und doch ihr weiter nichts abgewinnen konnte, als daß sie ein Wesen sei, das sich ausdehnen und zusammenziehen, mischen und sondern lasse, dessen Teile, indem sie durch Druck, Stoß gegeneinander arbeiten und sich in die verschiedensten Lagen begeben, auch verschiedene Wirkungen auf unsre Sinne hervorbringen.

In die Farbenlehre war er von der chemischen Seite hereingekommen. Er ist der erste seit Theophrast, der Anstalt macht, eine Sammlung der Phänomene aufzustellen und eine Übersicht zu geben. Er betreibt das Geschäft nur gelegentlich und zaudert, seine Arbeit abzuschließen; zuletzt, als ihm eine Augenkrankheit hinderlich ist, ordnet er seine Erfahrungen, so gut es gehen will, zusammen, in der Form als wenn er das Unvollständige einem jungen Freunde zu weiterer Bearbeitung übergäbe. Dabei möchte er zwar gern von einer Seite das Ansehen haben, als wenn er nur Erfahrungen zusammenstellte, ohne eben dadurch eine

Hypothese begründen zu wollen; allein er ist von der andern Seite aufrichtig genug, zu gestehen, daß er sich zur korpuskularen mechanischen Erklärungsart hinneige und mit dieser am weitesten auszulangen glaube. Er bearbeitet daher das Weiße und Schwarze am ausführlichsten, weil freilich bei diesem noch am ersten ein gewisser Mechanismus plausibel werden dürfte. Was aber die eigentlich farbigen Phänomene der Körper, sowie was die apparenten Farben betrifft, bei diesen geht er weniger methodisch zu Werke, stellt aber eine Menge Erfahrungen zusammen, welche interessant genug sind und nach ihm immer wieder zur Sprache gekommen...

Der Titel dieses Werkes in der lateinischen Ausgabe, der wir gefolgt sind, ist: Experimenta et considerationes de coloribus seu initium historiae experimentalis de Coloribus a Roberto Boyle. Londini 1665.

...

So unverkennbar auch aus dem Vortrage Boyles die Vorliebe, gewisse Farbenphänomene mechanisch zu erklären, erhellt, so bescheiden drückt er sich doch gegen andere Theorien und Hypothesen aus, so sehr empfindet er, daß noch andre Arten von Erklärungen, Ableitungen möglich und zulässig wären; er bekennt, daß noch lange nicht genug vorgearbeitet sei, und läßt uns zuletzt in einem schwankenden zweifelhaften Zustande.

Wenn er nun von einer Seite, durch die vielfachen Erfahrungen, die er gesammlet, sich bei den Naturforschern Ansehen und Dank erwarb, so daß dasjenige, was er mitgeteilt und überliefert, lange Zeit in der Naturlehre Wert und Gültigkeit behielt, in allen Lehrbüchern wiederholt und fortgepflanzt wurde; so war doch von der andern Seite seine Gesinnung viel zu zart, seine Äußerungen zu schwankend, seine Forderungen zu breit, seine Zwecke zu unabsehlich, als daß er nicht hätte durch eine neu eintretende ausschließende Theorie leicht verdrängt werden können, da ein lernbegieriges Publikum am liebsten nach einer Lehre greift, woran es sich festhalten und wodurch es aller weitern Zweifel, alles weitern Nachdenkens bequem überhoben wird.

Hooke

geboren 1635, gestorben 1703

Er ist mehr ein emsiger als ein fleißiger Beobachter und Experimentator zu nennen. Er blickt überall um sich her, und seine unruhige Tätigkeit verbreitet sich über die ganze Naturlehre. Man muß ihm zugestehen, daß er gute Entdeckungen gemacht, Entdecktes glücklich bearbeitet habe; doch ist er kein theoretischer Kopf, nicht einmal ein methodischer.

Die Lehre von Licht und Farben ist ihm manches schuldig. Er beobachtet die brechende Kraft des Eises, bemerkt mit Grimaldi die Ablenkung des Lichtes und tut Vorschläge, wie man die Sonne anschauen könne, ohne geblendet zu werden; richtet eine tragbare Camera obscura zu bequemerer Abzeichnung ein und bemüht sich ums reflektierende Teleskop.

Seine Farbenlehre ist freilich barock. Er nimmt nur zwei Farben an, Blau und Rot; diese sollen durch schiefe oder ungleiche Erschütterung aufs Auge erregt werden. Seitdem Descartes die Lehre von dem Lichte materialisiert und mechanisiert hatte, so können sich die Denker nicht wieder aus diesem Kreise herausfinden: denn diejenigen, welche Licht und Farben nicht materiell nehmen wollen, müssen doch zur mechanischen Erklärung greifen, und so schwankt die Lehre immerfort in einem unfruchtbaren Raume, sie mag sich nach der dynamischen oder atomistischen Seite neigen.

Das Kapitel der Farben, die wir epoptische genannt haben, ist ihm mancherlei schuldig. Er macht auf den Versuch mit den Seifenblasen aufmerksam, auf die farbigen Kreise im russischen Glase und zwischen den aneinandergedruckten Glasplatten. Doch konnte er diese Erscheinungen nicht zusammenbringen noch rubrizieren.

Was von ihm als Sekretär der Londner Sozietät und als Gegner Newtons zu sagen ist, wird künftig beigebracht werden.

Nicolaus Malebranche

geboren 1638, gestorben 1715

Réflexions sur la lumière et les couleurs et la génération du feu par le Père Malebranche. Mémoires de l'Académie royale 1699.

...

„Der Pater Malebranche hat an die Stelle dieser harten Kügelchen *des Descartes* kleine Wirbel von subtiler Materie gesetzt, welche sich leicht zusammendrücken lassen und an ihren verschiedenen Seiten auf verschiedene Weise zusammengedrückt werden können: denn so klein man sie sich auch denkt, so haben sie Teile, denn die Materie ist ins Unendliche teilbar, und die kleinste Sphäre kann sich auf allen Punkten mit der größten, die man sich denken mag, berühren."

Johann Christoph Sturm

geboren 1635, gestorben 1703

Physica electiva sive hypothetica. Norimbergae 1697.

Die Lehre von den Farben behandelt er wie die übrigen Rubriken. Erst bringt er ohne sonderliche Ordnung und Methode die Phänomene vor, wie sie ihm die Schriftsteller überlieferten; dann die Meinungen der Alten und Neuern, jedoch keineswegs vollständig; zuletzt wählt er sich aus alle dem bisher Gesagten und Theoretisierten dasjenige, womit er sich notdürftig über die Erscheinungen hinaus zu helfen glaubt. Es ist überall nur Druck und Papier und nirgends Natur. Wie sehr wäre zu wünschen gewesen, daß ein geistreicher Mann diese Arbeit übernommen und seinen Nachfolgern durchgreifender vorgearbeitet hätte.

Funccius

De coloribus coeli. Ulmae 1716. Eine frühere Ausgabe von 1705 ist mir nicht zu Gesicht gekommen.

Daß etwas Schattiges zum Lichte oder zum Hellen hinzutreten müsse, damit Farben entstehen können, hatte Kircher sehr umständlich zur Sprache gebracht. Einer seiner Zeitgenossen, Honoratus Fabri, gleichfalls Jesuit, ist von derselben Überzeugung durchdrungen. Er wendet sich aber, um die Sache näher zu bestimmen und die verschiedenen Farben entstehen zu lassen, zu einer quantitativen Erklärung, auf welche Aristoteles schon hingedeutet, und nimmt an, daß vom Weißen das reine gedrängte Licht zurückstrahle, daß Rot aus gleichen Teilen von Licht und Schatten bestehe, Gelb aus zwei Teilen Licht und einem Teil Schatten, Blau aus zwei Teilen Schatten und einem Teile Licht.

Auf demselben Wege geht Funccius, indem er von den atmosphärischen Farben handelt. Unsere Leser, denen bekannt ist, wie sich die meisten farbigen Himmelserscheinungen kürzlich und bequem aus der Lehre von den trüben Mitteln herleiten lassen, möchten sich wohl wundern, wie ein ganzes Büchlein darüber zu schreiben gewesen.

Der Verfasser geht freilich etwas umständlich zu Werke. Erst leitet er, wie seine Vorgänger, die farbigen Erscheinungen von einer Verbindung des Hellen und Dunkeln, von einer Vermählung des Lichts mit dem Schatten, sodann die atmosphärischen von einer Wirkung der Sonne auf Nebel und Wolken her. Allein der notwendige Gegensatz, wodurch an der einen Seite das Gelbe, an der andern das Blaue nahe bis an den Purpur gesteigert werden, war ihm nicht deutlich geworden. Er sah wohl ein, daß vom Gelben bis zum Purpur und rückwärts eine Art von quantitativem Verhältnis stattfinde; aber er wollte auf ebendiesem Wege über den Purpur hinaus ins Blaue, um so mehr, als wirklich die Sonne auf der höchsten Stufe der Mäßigung ihres Lichtes durch trübe Dünste eine Art von bläulichem Schein anzunehmen genötigt werden kann. Allein es gelang ihm die Ableitung der schönen Himmelsbläue nicht, und sein ganzes Werk wird dadurch unzulänglich. Er polemisiert mit sich selbst und andern, keineswegs zwecklos und ungeschickt, aber weder stringent noch glücklich.

Da er sich von der quantitativen Steigerung überzeugt hat, so fängt er an, die Farben mit Zahlen und Brüchen auszudrücken, wodurch denn der Vortrag nur krauser wird, ohne daß für die Behandlung selbst der mindeste Gewinn entspränge.

Lazarus Nuguet

Französischer Priester, wahrscheinlich Jesuit, beschäftigte sich überhaupt mit Physik und ließ in das sogenannte Journal de Trevoux April 1705., p. 675 einen Aufsatz über Farben einrücken ... Das Wahre, was er enthält, ist, wie so manches andere, was in diesem Journal Platz gefunden, beiseitegedrängt worden, weil diese in vielen Stücken parteiische Zeitschrift sich einer mächtigern Partei, der akademischen, entgegensetzte.

So wird im Journal des Savans, im Supplement zum Juli 1707, der Beschreibung eines neuen Thermometers gedacht, welche Nuguet 1706 herausgegeben, worin er sich über die Erfindung vielleicht mit allzu großer Selbstgefälligkeit mochte geäußert haben. Man persifliert sein Thermometer, und bei dieser Gelegenheit auch sein Farbensystem, wobei man, um seine etwanigen Verdienste herabzusetzen, ihm die Ehre der Erfindung abspricht und bemerkt, daß Honoratus Fabri schon das Ähnliche behauptet; als wenn es nicht verdienstlich genug wäre, ein richtiges Aperçu aufzufassen, das andre schon gehabt, und das, was sie bis auf einen gewissen Grad gefördert, weiter auszuarbeiten und auf den rechten Punkt hinzuführen...

...

Wenn der denkende Geschichtsforscher mit Betrübnis bemerken muß, daß Wahrheit so wenig als Glück einen dauerhaften Sitz auf der Erde gewinnen können, da dieses mit manchem Unheil, jene mit manchem Irrtum beständig abzuwechseln hat; so ist es ihm desto erfreulicher, zu sehen, wenn die Wahrheit auch in Zeiten, wo sie nicht durchdringen kann, nur gleichsam eine Protestation einlegt, um ihre Rechte wo nicht zu behaupten, doch zu verwahren.

Mit dieser vergnüglichen Empfindung lesen wir *Nuguets* Schrift, die wir den Freunden der Wissenschaft nicht genug empfehlen können. Sie ist verfaßt von einem unbekannten, unbedeutenden französischen Geistlichen, der zu derselben Zeit den echten Fundamenten der Farbenlehre ganz nahe tritt und seine Überzeugungen einfach und naiv ausspricht, als eben Newton von allem Glanze des Ruhms umgeben seine Optik bekanntmacht, um mit dem wunderlichsten aller Irrtümer ein ganzes Jahrhundert zu stempeln.

Ein solcher Vorgang ist keinesweges wunderbar: denn außerordentliche Menschen üben eine solche Gewalt aus, daß sie ganz bequem ihre zufälligen Irrtümer fortpflanzen, indes weniger begabte und beglückte keine Mittel finden, ihren wohleingesehenen Wahrheiten Raum zu machen.

Da sich Nuguet jedoch dem rein Wahren nur anzunähern vermag, da ihm eine vollkommene Einsicht abgeht, da er hie und da in Schwanken und Irren gerät; so bedarf man gegen ihn einer durchgehenden Nachsicht. Hier muß man einen Schritt weiter gehen, hier ihn supplieren, hier ihn rektifizieren...

...

Nachdem wir nun am Ende des siebzehnten Jahrhunderts noch ganz unerwartet ein erfreuliches Wahre hervorblicken sehen, bereiten wir uns zu einem verdrießlichen Durchwandern jener Irrgänge, aus welchen die Naturforscher des achtzehnten Jahrhunderts sich heraus zu finden weder vermochten noch geneigt waren.

Nachtrag kurzer Notizen

Daniel Sennert. Epitome naturalis scientiae. Vitebergae 1633. Seite 567 definiert er die Farbe nach Aristoteles und ist in dieser Materie sehr kurz und beschränkt.

Johann Sperling. Institutiones physicae. Vitebergae 1639. streitet p. 562 gegen Zabarella, das Licht und die Farbe seien nicht eins.

Johann Amos Comenius. Physicae ad Lumen divinum reformatae synopsis. Amstel. 1643. Ist mir unbekannt, ob etwas von Farben darin stehe.

Marin Mersenne. Cogitata physico-mathematica. Paris 1644. Er fertigt p. 485 die Farben auf anderthalb Seiten ab, gewissermaßen im Aristotelischen Sinne.

Sebastian Basson. Philosophiae naturalis adversus Aristotelem Lib. XII. Amstel. 1649. p. 530. 554. 555. Visio fit per radiorum ocularium (dadurch werden vom Auge ausgehende Strahlen verstanden) qui corporei sunt, factam ab objecto repercussionem. Haec repercussio varia est, inde generantur varii colores. Dies ist die Summe seiner Abhandlung.

Pater Scheiner. In seinem Werke Oculus Lib. III. Part. 2. c. 11. „Deshalb erscheint in konvexen Gläsern am Rand ein gewisses Gedränge von leuchtenden Ringen, Regenbogen und dergleichen. Diese rändliche Verwirrung schreibt sich von den Seitenstrahlen her, die sich in die Hornhaut und in die Feuchtigkeiten des Auges bösartig auf alle mögliche Weise eindrängen."

Hamberger. Dissertatio de opticis oculorum vitiis. Diejenigen Erscheinungen, die wir nunmehr als physiologische, gesetzmäßige erkennen, nennt er im Gegensatz der vitiorum stabilium, die er eigentlich behandelt, vitia fugitiva, magis et citius transeuntia. Die Ordnung der abklingenden Farben gibt er folgendermaßen an: colore virescente, rubente, mox purpureo, tandem violaceo.

Barrow. Er setzt die Farbenerscheinung lect. 12, sub finem in constipata et rara seu segnius concitata luce.

Johannes Faber in seinem Werke Panchymicus Buch III. Cap. XII, p. 388, schreibt folgendermaßen: „Mercurius, Schwefel und Salz sind die innersten Wurzelanfänge der Dinge, welche durch mannigfaltige Kochung und Verarbeitung in verschiedenen Unterlagen gar besondere Eigenschaften annehmen. Deswegen leitet der Schwefel, der die innere materielle und hervorbringende Ursache aller Farben ist, durch seine einfache Kochung alle Farben ab. Wenn er roh und unvollkommen oder schwächlich seine Kochung vollbringt, so verschafft er die grüne und weiße Farbe; kocht er aber vollkommen in vollkommen reinen Anfängen, so bringt er die rote Farbe und die feurige zum Vorschein; kocht er unvollkommen in reinen Anfängen, dann wird das Gelbe, Grüne, Weiße, nach den verschiedenen Graden der unvollkommenen Kochung, hervorgeführt und ans Licht gebracht. Wirkt er aber sehr unvollkommen, in unreinen Anfängen, so bringt er die schwarze Farbe hervor und andre, die man auf die Schwärze beziehen kann."

Johann Baptista du Hamel. Philosophia vetus et nova, pag. 729. „Wenn man Kupferfeile mit Harngeist auflöst, so wird die blaue Farbe der Tinktur sogleich aufgehober wenn man Vitriolöl zugießet. Aber salzige und schwefelige Liquoren, wenn sie die Teile, die erst zerstreut waren, in eins zusammenbringen, erzeugen neue Farben; welches auch alle Niederschläge und tausend Versuche beweisen."

Philipp Ludwig Böhmer. Physica positiva. Helmstaedt 1704. p. 120. „Color nihil aliud est quam radiorum modificatio vel diversus motus, quo corpus coloratum radios recipit et ad oculos remittit."

...

SECHSTE ABTEILUNG
ACHTZEHNTES JAHRHUNDERT

Erste Epoche: Von Newton bis auf Dollond

Bisher beschäftigten sich die Glieder mehrerer Nationen mit der Farbenlehre: Italiener, Franzosen, Deutsche und Engländer; jetzt haben wir unsern Blick vorzüglich auf die letztere Nation zu wenden, denn aus England verbreitet sich eine ausschließende Theorie über die Welt.

Londoner Sozietät

Wenn wir den Zustand der Naturwissenschaften in England während der zweiten Hälfte des siebzehnten Jahrhunderts uns vergegenwärtigen wollen, so ist es für unsere Zwecke hinreichend, mit flüchtiger Feder Ursprung und Wachstum der Londner Akademie darzustellen. Hiezu geben uns hinlängliche Hülfsmittel Sprat, Birch und die Philosophischen Transaktionen. Nach diesen liefern wir eine Skizze der Geschichte der Sozietät bis auf die königliche Konfirmation, und den Umriß einer Geschichte der Wissenschaften in England, früherer Zeit.

Thomas Sprat

geboren 1634, gestorben 1713

History of the Royal Society of London. Die Ausgabe von 1702, deren wir uns bedienen, scheint nicht die erste zu sein. Das Buch war für den Augenblick geschrieben, und gewiß sogleich gedruckt. Auch ist die französische Übersetzung schon 1669 zu Genf herausgekommen.

Thomas Sprat, nachmals Bischof, war ein frühzeitiger guter Kopf, ein talentvoller, munterer, leidenschaftlicher Lebemann. Er hatte das Glück als Jüngling von vielen Hoffnungen den frühern Versammlungen der Gesellschaft in Oxford beizuwohnen, wodurch er also Ursprung und Wachstum derselben aus eigener Teilnahme kennenlernte. Als man späterhin etwas über die Sozietät ins Publikum bringen wollte, ward er zum Sprecher gewählt und wahrscheinlich von Oldenburg, der das Amt eines Sekretärs bekleidete, mit Nachrichten und Argumenten versehen. So schrieb er die Geschichte derselben bis zur königlichen Konfirmation und etwas weiter, mit vielem Geist, guter Laune und Lebhaftigkeit.

Als Schriftsteller betrachtet, finden wir ihn mehr geeignet, die Angelegenheiten einer Partei in Broschüren mutig zu verfechten — wie er denn sein Vaterland gegen die Zudringlichkeiten eines französischen Reisenden, de Sorbières, in einem eigenen Bändchen mit großer Heftigkeit zu schützen suchte —, als daß er ein Buch zu schreiben fähig gewesen wäre, welches man für ein bedächtiges Kunstwerk ansprechen könnte. Wer solche Forderungen an ihn macht, wird ihn unbillig beurteilen, wie es von Montucla geschehen (Histoire des Mathématiques. Paris 1758. Part. IV. Liv. 8 p. 486. Note a.).

Doch ist auf alle Fälle die erste Hälfte des Buchs sorgfältiger geschrieben und methodischer geordnet als die zweite: denn leider wird seine Arbeit durch das doppelte große Unglück der Seuche und des Brandes zu London unterbrochen. Von da an scheint das Buch mehr aus dem Stegereife geschrieben und sieht einer Kompilation schon ähnlicher. Doch hat er ein großes Verdienst um seine Zeit wie um die Nachwelt.

Denn alle Hindernisse, welche der Sozietät im Wege stehen, sucht er ins klare zu bringen und zu beseitigen; und gewiß hat er dazu beigetragen, daß manche Neigung erhöht und manches Vorurteil ausgelöscht worden. Was uns betrifft, so lernen wir den Gang der Gesellschaft, ihre Lage, ihre Grundsätze, ihren Geist und Sinn aus ihm recht wohl kennen. Ihre Handlungsweise nach innen, ihre Verhältnisse nach außen, die Vorstellung, die sich das Publikum von ihren Mitgliedern machte, was man ihr entgegensetzte, was sie für sich anzuführen hatte, das alles liegt in dem Werke teils klar und unbewunden ausgedrückt, teils rednerisch künstlich angedeutet und versteckt.

Glaubt man auch manchmal eine sachwalterische Deklamation zu hören, so müßten wir uns doch sehr irren, wenn nicht auch öfters eine Ironie durchschiene, daß er nämlich die Sozietät wegen verschiedener Tugenden preist, nicht sowohl weil sie solche besitzt, als weil sie solche zu erwerben denken soll.

Der Verfasser zeigt durchaus einen heitern lebhaften Geist, ein vordringendes leidenschaftliches Gemüt. Er hat seine Materie recht wohl inne, schreibt aber nur mit laufender Feder, im Gefühl, daß ihm sein Vorhaben leidlich gelingen müsse.

Eine bessere Übersetzung, als die französische ist, hätte er auf alle Fälle verdient.

Thomas Birch

History of the Royal Society of London. Vier Bände in Quart, der erste von 1666.

Dieses Werk ist eigentlich nur ein Abdruck der Protokolle der Sozietätssessionen bis 1687, und wenn wir den erstgenannten Sprat als einen Sachwalter ansehen und seine Arbeit nur mit einigem Mißtrauen nutzen; so finden wir dagegen hier die schätzbarsten und untrüglichsten Dokumente, welche, indem sie alle Verhandlungen der Sessionen unschuldig und trocken anzeigen, uns über das, was geschehen, den besten Aufschluß geben. Aus ihnen ist die zerstückelte Manier zu erkennen, womit die Sozietät nach ihrer Überzeugung verfuhr und die Wissenschaften verspätete, indem sie für ihre Beförderung bemüht war.

Philosophische Transaktionen

Diese sind das Archiv dessen, was man bei ihr niederlegte. Hier findet man Nachrichten von den Unternehmungen, Studien und Arbeiten der Forscher in manchen bedeutenden Weltgegenden. Dieses allgemein bekannte Werk hat nach und nach für die Freunde der Wissenschaft einen unschätzbaren Wert erhalten. Denn obgleich jedes zufällige und empirische Sammeln anfangs nur verwirrt und die eigentliche wahre Kenntnis verhindert, so stellt sich, wenn es nur immer fortgesetzt wird, nach und nach die Methode von selbst her, und das, was ohne Ordnung aufbewahrt worden, gereicht dem, der zu ordnen weiß, zum größten Vorteile.

Ungewisse Anfänge der Sozietät

Der Ursprung wichtiger Begebenheiten und Erzeugnisse tritt sehr oft in eine undurchdringliche mythologische Nacht zurück. Die Anfänge sind unscheinbar und unbemerkt und bleiben dem künftigen Forscher verborgen.

Der patriotische Engländer möchte den Ursprung der Sozietät gern früh festsetzen, aus Eifersucht gegen gewisse Franzosen, welche sich gleichzeitig zu solchem Zwecke in Paris versammlet. Der patriotische Londner gönnt der Universität Oxford die Ehre nicht, als Wiege eines so merkwürdigen Instituts gerühmt zu werden.

Man setzt daher ihre frühsten Anfänge um das Jahr 1645 nach London, wo sich namhafte Naturfreunde wöchentlich einmal versammelten, um mit Ausschließung aller Staats- und Religionsfragen, welche in der unglücklichen Zeit des bürgerlichen Kriegs die Nation leidenschaftlich beschäftigten, sich über natürliche Dinge zu unterhalten. Boyle soll dieser Zusammenkünfte, unter dem Namen des unsichtbaren oder philosophischen Kollegiums, in seinen Briefen gedenken.

In den Jahren 1648 und 49 entstand zu Oxford ein ähnlicher Kreis, den die von London dahin versetzten Glieder jener ersten Gesellschaft entweder veranlaßten oder erweiterten. Auch hier versammelte man sich, um durch Betrachtung der ewig gesetzmäßigen Natur sich über die gesetzlosen Bewegungen der Menschen zu trösten oder zu erheben.

Die Universitäten zu Cambridge und Oxford hatten sich, als Verwandte der bischöflichen Kirche, treu zu dem König gehalten und deshalb von Cromwell und der republikanischen Partei viel gelitten. Nach der Hinrichtung des Königs 1649 und dem vollkommenen Siege der Gegenpartei hatten die an beiden Akademien versammelten Gelehrten alle Ursache, still zu bleiben. Sie hielten sich an die unschuldige Natur fest, verbannten um so ernstlicher aus ihren Zusammenkünften alle Streitigkeiten sowohl über politische als religiöse Gegenstände, und hegten bei ihrer reinen Liebe zur Wahrheit ganz im stillen jene Abneigung gegen Schwärmerei, religiöse Phantasterei, daraus entspringende Weissagungen und andre Ungeheuer des Tages.

So lebten sie zehn Jahre nebeneinander, kamen anfangs öfter, nachher aber seltner zusammen, wobei ein jeder das, was ihn besonders interessierte, das, worauf er bei seinen Studien unmittelbar gestoßen, treulich den übrigen mitteilte, ohne daß man deshalb an eine äußere Form oder an eine innere Ordnung gedacht hätte.

Der größte Teil der Mitglieder dieser Oxforder Gesellschaft ward 1659 nach London zurück und in verschiedene Stellen gesetzt. Sie hielten immerfort mit hergebrachter vertraulicher Gewohnheit aneinander, versammelten sich regelmäßig jeden Donnerstag in Gresham College, und es dauerte nicht lange, so traten manche Londner Naturforscher hinzu, darunter sich mehrere aus dem hohen und niedern Adel befanden.

Beide Klassen des englischen Adels waren mit zeitlichen Gütern reichlich gesegnet. Der hohe Adel besaß von alters her große Güter und Bequemlichkeiten, die er stets zu vermehren im Fall war. Der niedere Adel war seit langer Zeit genötigt worden, gut hauszuhalten und seine Glücksumstände zu verbessern, indem ihn zwei Könige, Jakob und Karl, auf seinen Gütern zu wohnen und Stadt- und Hofleben zu meiden angehalten hatten. Viele unter ihnen waren zur Naturforschung aufgeregt und konnten sich mit Ehren an die neuversammelten Gelehrten anschließen.

Nur kurze Zeit wurde der Wachstum, die Mitteilung dieser Gesellschaft gestört, indem bei den Unruhen, welche nach der Abdankung von Cromwells Sohn entstanden, ihr Versammlungsort in ein Soldatenquartier verwandelt ward. Doch traten sie 1660 gleich wieder zusammen, und ihre Anzahl vermehrte sich.

Den 18. November dieses Jahrs bezeichnet die erste diese große Anstalt begründende Sitzung. Ungefähr funfzehn Personen waren gegenwärtig; sie bestimmten die Zeit ihrer Versammlung, die Eintritts- und wöchentlichen Zuschußgelder, erwählten einen Präsidenten, Schatzmeister und Sekretär; zwanzig aufzunehmende Personen wurden vorgeschlagen. Bald darauf ordneten sie als Männer, die Gelegenheit genug gehabt hatten, über Konstitutionen nachzudenken, die übrigen zur äußern Form gehörigen Einrichtungen, vortrefflich und zweckmäßig.

Kaum hatte König Karl II. vernommen, daß eine Versammlung solcher ihm von jeher zugetaner Männer sich zu einer Gesellschaft konstituiert; so ließ er ihnen Bestätigung, Schutz und allen Vorschub anbieten und bekräftigte 1662 auf die ehrenvollste Weise die sämtlichen Statuten.

...

Äußere Vorteile der Sozietät

Der Teilnahme des Königs folgte sogleich die der Prinzen und reichen Barone. Nicht allein Gelehrte und Forscher, sondern auch Praktiker und Techniker mußten sich für eine solche Anstalt bemühen. Weit ausgebreitet war der Handel; die Gegenstände desselben näher kennen zu lernen, neue Erzeugnisse fremder Weltgegenden in Umlauf zu bringen, war der Vorteil sämtlicher Kaufmannschaft. Wißbegierigen Reisenden gab man lange Register von Fragen mit; eben dergleichen sendete man an die englischen Residenten in den fernsten Ansiedelungen.

Gar bald drängte sich nunmehr von allen Seiten das Merkwürdige herzu. Durch Beantwortung jener Fragen, durch Einsendung von Instrumenten, Büchern und andern Seltenheiten ward die Gesellschaft jeden Tag reicher und ihre Einwirkung bedeutender.

Innere Mängel der Sozietät

Bei allen diesen großen äußeren Vorteilen war auch manches, das ihr widerstand. Am meisten schadete ihr die Furcht vor jeder Art von Autorität. Sie konnte daher zu keiner innern Form gelangen, zu keiner zweckmäßigen Behandlung desjenigen, was sie besaß und was sie sich vorgenommen hatte.

Durch Bacons Anlaß und Anstoß war der Sinn der Zeit auf das Reale, das Wirkliche gerichtet worden. Dieser außerordentliche Mann hatte das große Verdienst, auf die ganze Breite der Naturforschung aufmerksam gemacht zu haben. Bei einzelnen Erfahrungen drang er auf genaue Beobachtung der Bedingungen, auf Erwägung aller begleitenden Umstände. Der Blick in die Unendlichkeit der Natur war geöffnet, und zwar bei einer Nation, die ihn sowohl nach innen als nach außen am lebhaftesten und weitesten umherwenden konnte. Sehr viele fanden eine leidenschaftliche Freude an solchen Versuchen, welche die Erfahrungen wiederholten, sicherten und mannigfaltiger machten; andere ergetzten sich hingegen an der nächsten Aussicht auf Anwendung und Nutzen.

Wie aber in der wissenschaftlichen Welt nicht leicht ohne Trennung gewirkt werden kann, so findet man auch hier eine entschiedene Spaltung zwischen Theorie und Praxis. Man hatte noch in frischem Andenken, wie die weichende Scholastik durch eine seltsame Philosophie, durch den Cartesianismus sogleich wieder ersetzt worden. Hier sah man aufs neue ein Beispiel, was ein einziger trefflicher Kopf auf andere zu wirken, wie er sie nach seinem Sinne zu bilden imstande ist. Wie entfernt man sei, die Gesinnungen eines einzelnen gelten zu lassen, drückte die Sozietät unter ihrem Wappen durch den Wahlspruch aus: Nullius in Verba; und damit man ja vor allem Allgemeinen, vor allem, was eine Theorie nur von fern anzudeuten schien, sicher wäre; so sprach man den Vorsatz bestimmt aus, die Phänomene sowie die Experimente an und für sich zu beobachten, nebeneinander, ohne irgendeine künstlich scheinende Verbindung, einzeln stehen zu lassen.

Die Unmöglichkeit, diesen Vorsatz auszuführen, sahen so kluge Leute nicht ein. Man bemerkte nicht, daß sehr bald nach den Ursachen gefragt wurde, daß der König selbst, indem er der Sozietät natürliche Körper verehrte, nach dem Wie der Wirkungen sich erkundigte. Man konnte nicht vermeiden, sich so gut und schlimm, als es gehen wollte, einige Rechenschaft zu geben; und nun entstanden partielle Hypothesen, die mechanische und machinistische Vorstellungsart gewann die Oberhand, und man glaubte noch immer, wenn man ein Gefolgertes ausgesprochen hatte, daß man den Gegenstand, die Erscheinung ausspreche.

Indem man aber mit Furcht und Abneigung sich gegen jede theoretische Behandlung erklärte, so behielt man ein großes Zutrauen zu der Mathematik, deren methodische Sicherheit in Behandlung körperlicher Dinge ihr, selbst in den Augen der größten Zweifler, eine gewisse Realität zu geben schien. Man konnte nicht leugnen, daß sie, besonders auf technische Probleme angewendet, vorzüglich nützlich war, und so ließ man sie mit Ehrfurcht gelten, ohne zu ahnden, daß, indem man sich vor dem Ideellen zu hüten suchte, man das Ideellste zugelassen und beibehalten hatte.

So wie das, was eigentlich Methode sei, den Augen der Gesellen fast gänzlich verborgen war, so hatte man gleichfalls eine sorgliche Abneigung vor einer Methode zu der Erfahrung. Die Unterhaltung der Gesellschaft in ihren ersten Zeiten war immer zufällig gewesen. Was die einen als eigenes Studium beschäftigte, was die andern als Neuigkeit interessierte, brachte jeder unaufgefordert und nach Belieben vor. Ebenso blieb es nach der übrigens sehr förmlich eingerichteten Konstitution. Jeder teilt mit, was gerade zufällig bereit ist. Erscheinungen der Naturlehre, Körper der Naturgeschichte, Operationen der Technik, alles zeigt sich bunt durcheinander. Manches Unbedeutende, anderes durch einen wunderbaren Schein Interessierende, anderes bloß Kuriose findet Platz und Aufnahme; ja sogar werden Versuche mitgeteilt, aus deren nähern Umständen man ein Geheimnis macht. Man sieht eine Gesellschaft ernsthafter würdiger Männer, die nach allen Richtungen Streifzüge durch das Feld der Naturwissenschaft vornehmen und, weil sie das Unermeßliche desselben anerkennen, ohne Plan und Maßregel darin herumschweifen. Ihre Sessionen sind öfters Quodlibets, über die man sich des Lächelns, ja des Lachens nicht enthalten kann.

Die Angst der Sozietät vor irgendeiner rationellen Behandlung war so groß, daß sich niemand getraute, auch nur eine empirische Abteilung und Ordnung in das Geschäft zu bringen. Man durfte nur die verschiedenen Klassen der Gegenstände, man durfte Physik, Naturgeschichte und Technik voneinander trennen und in diesen die notwendigsten Unterabteilungen machen, sodann die Einrichtung treffen, daß in jeder Session nur Ein Fach bearbeitet werden sollte; so war der Sache schon sehr geholfen.

Porta hatte schon hundert Jahre vorher die physikalischen Phänomene in Rubriken vorgetragen. Man konnte dieses Buch bequem zum Grunde legen, das alte Wunderbare nach und nach sichten und auslöschen, das in der Zwischenzeit Erfundene nachtragen, sodann das jedesmal bei der Sozietät Vorkommende aus den Protokollen an Ort und Stelle eintragen; so entging man wenigstens der größten Verwirrung und war sicher, daß sich nichts versteckte oder verlor, wie es zum Beispiel mit Mayows Erfahrungen ging, von welchen die Sozietät Notiz hatte, sie aber vernachlässigte und freilich das Genauere nicht erfuhr, weil sie den von Hooke zum Mitglied vorgeschlagenen Mayow nicht aufnahm.

In seiner neuen Atlantis hatte Bacon für das naturforschende Salomonische Kollegium einen ungeheuern romantischen Palast mit vielen Flügeln und Pavillons gebaut, worin sich denn wohl auch mancher äußerst phantastische Saal befand. Diese Andeutungen konnten freilich einer Gesellschaft, die im wirklichen Leben entsprang, wenig Vorteil gewähren; aber bestimmt genug hatte er am Ende jener Dichtung die Notwendigkeit ausgesprochen, die verschiedenen Funktionen eines solchen Unternehmens unter mehrere Personen zu teilen oder, wenn man will, diese Funktionen als voneinander abgesondert, aber doch immer in gleichem Werte nebeneinander fortschreitend zu betrachten.

„Wir haben zwölf Gesellen“, sagte er, „um uns Bücher,

Materialien und Vorschriften zu Experimenten anzuwerben. Drei haben wir, welche alle Versuche, die sich in Büchern finden, zusammenbringen; drei, welche die Versuche aller mechanischen Künste, der freien und praktischen Wissenschaften, die noch nicht zu einer Einheit zusammengeflossen, sammeln. Wir haben drei, die sich zu neuen Versuchen anschicken, wie es ihnen nützlich zu sein scheint; drei, welche die Erfahrungen aller dieser schon Genannten in Rubriken und Tafeln aufstellen, daß der Geist zu Beobachtungen und Schlüssen sie desto bequemer vor sich finde. Drei haben wir, welche diese sämtlichen Versuche in dem Sinne ansehen, daß sie daraus solche Erfindungen ziehen, die zum Gebrauche des Lebens und zur Ausübung dienen; dann aber drei, die nach vielen Zusammenkünften und Ratschlüssen der Gesellschaft, worin das Vorhandene durchgearbeitet worden, Sorge tragen, daß nach dem, was schon vor Augen liegt, neue, tiefer in die Natur dringende Versuche eingeleitet und angestellt werden; dann drei, welche solche aufgegebene Experimente ausführen und von ihrem Erfolg Nachricht geben. Zuletzt haben wir drei, die jene Erfindungen und Offenbarungen der Natur durch Versuche zu höheren Beobachtungen, Axiomen und Aphorismen erheben und befördern, welches nicht anders als mit Beirat der sämtlichen Gesellschaft geschieht."

Von dieser glücklichen Sonderung und Zusammenstellung ist keine Spur in dem Verfahren der Sozietät, und ebenso geht es auch mit ihren nach und nach sich anhäufenden Besitzungen. Wie sie jeden Naturfreund ohne Unterschied des Ranges und Standes für sozietätsfähig erklärt hatte, ebenso bekannt war es, daß sie alles, was sich nur einigermaßen auf Natur bezog, annehmen und bei sich aufbewahren wolle. Bei der allgemeinen Teilnahme, die sie erregte, fand sich ein großer Zufluß ein, wie es bei allen empirischen Anhäufungen und Sammlungen zu geschehen pflegt. Der König, der Adel, Gelehrte, Ökonomen, Reisende, Kaufleute, Handwerker, alles drängte sich zu, mit Gaben und Merkwürdigkeiten. Aber auch hier scheint man vor irgendeiner Ordnung Scheu gehabt zu haben, wenigstens sieht man in der frühern Zeit keine Anstalt, ihre Vorräte zu rangieren, Katalogen darüber zu machen und dadurch auf Vollständigkeit auch nur von ferne hinzudeuten. Will man sie durch die Beschränktheit und Unsicherheit ihres Lokals entschuldigen, so lassen wir diesen Einwurf nur zum Teil gelten: denn durch einen wahren Ordnungsgeist wären diese Hindernisse wohl zu überwinden gewesen.

Jede einseitige Maxime muß, wenn sie auch zu gewissen Zwecken tauglich gefunden wird, sich zu andern unzulänglich, ja schädlich erzeigen. Sprat mag mit noch so vieler Beredsamkeit den Vorsatz der Gesellschaft, nicht zu theoretisieren, nicht zu methodisieren, nicht zu ordnen, rühmen und verteidigen, hinter seinen vielen Argumenten glaubt man nur sein böses Gewissen zu entdecken; und man darf nur den Gang des Sozietätsgeschäftes in den Protokollen einige Jahre verfolgen, so sieht man, daß sie die aus ihrer Maxime entspringenden Mängel gar wohl nach und nach bemerkt und dagegen, jedoch leider unzulängliche, Anordnungen macht.

Die Experimente sollen nicht aus dem Stegreife vorgelegt, sondern in der vorhergehenden Session angezeigt werden; man ordnet Versuche in gewissen Folgen an, man setzt Komitees nieder, welche, im Vorbeigehen sei es gesagt, in politischen und praktischen Fällen gut sein mögen, in wissenschaftlichen Dingen aber gar nichts taugen. Neigung oder Abneigung, vorgefaßte Meinung der Kommissarien sind hier nicht so leicht wie dort zu kontrollieren. Ferner verlangt man Gutachten und Übersichten; da aber nichts zusammenhängt, so wird eins über das andere vergessen. Selten geschieht, was man sich vorgesetzt hatte, und wenn es geschieht, so ist es meistenteils nicht auslangend noch hinreichend. Und nach welchem Maßstab soll es gemessen, von wem soll es beurteilt werden?

Vielleicht ist hieran auch der im Anfang monatliche Präsidentenwechsel schuld; so wie auch hier die Ungewißheit und Unzulänglichkeit des Lokals, der Mangel eines Laboratoriums und was andere daraus entspringende Hindernisse sind, zur Entschuldigung angeführt werden können.

Mängel, die in der Umgebung und in der Zeit liegen

Von manchem, was sich einem regelmäßigen und glücklichen Fortschritt der Sozietät entgegensetzte, haben wir freilich gegenwärtig kaum eine Ahndung. Man hielt von seiten der Menge, und zwar nicht eben gerade des Pöbels, die Naturwissenschaften und besonders das Experimentieren auf mancherlei Weise für schädlich, schädlich der Schullehre, der Erziehung, der Religion, dem praktischen Leben, und was dergleichen Beschränktheiten mehr waren.

Ingleichen stellen wir uns nicht vor, wenn wir von jenen englischen Experimentalphilosophen so vieles lesen, wie weit man überhaupt zu Ende des siebzehnten Jahrhunderts noch im Experimentieren zurückstand. Von der alchymistischen Zeit her war noch die Lust am Geheimnis geblieben, von welchem man bei zunehmender Technik, beim Eingreifen des Wissens ins Leben, nunmehr manche Vorteile hoffen konnte. Die Werkzeuge, mit denen man operierte, waren noch höchst unvollkommen. Wer sieht dergleichen Instrumente aus jener Zeit in alten physikalischen Rüstkammern und ihre Unbehülflichkeit nicht mit Verwunderung und Bedauern.

Das größte Übel aber entsprang aus einer gewissen Verfahrungsart selbst. Man hatte kaum den Begriff, daß man ein Phänomen, einen Versuch auf seine Elemente reduzieren könne; daß man ihn zergliedern, vereinfachen und wieder vermannigfaltigen müsse, um zu erfahren, wohin er eigentlich deute. Die fleißigsten Beobachter der damaligen Zeit geben Anlaß zu dieser Reflexion, und Newtons Theorie hätte nicht entstehen können, wenn er für diese Hauptmaxime, die den Experimentierenden leiten soll, irgendeinen Sinn gehabt hätte. Man ergriff einen verwickelten Versuch und eilte sogleich zu einer Theorie, die ihn unmittelbar erklären sollte; man tat gerade das Gegenteil von dem, was man in Mund und Wappen führte.

Robert Hooke

Hooke, der Experimentator und Sekretär der Sozietät, war in demselben Falle, und ob ihm gleich die Gesellschaft manches schuldig ist, so hat ihr doch sein Charakter viel Nachteil gebracht. Er war ein lebhafter, unruhig tätiger Mann von den ausgebreitetsten Kenntnissen; aber er wollte auch nichts für neu oder bedeutend gelten lassen, was irgend angebracht und mitgeteilt wurde. Er glaubte es entweder selbst schon zu kennen oder etwas anderes und Besseres zu wissen.

So viel er auch tat, ja im einzelnen durcharbeitete, so war er doch durchaus unstet und wurde es noch mehr durch seine Lage, da die ganze Erfahrungsmasse auf ihn eindrang und er, um ihr gewachsen zu sein, seine Kräfte bald dahin, bald dorthin wenden mußte. Dabei war er zerstreut, nachlässig in seinem Amte, obgleich auf seinem eigenen Wege immer tätig.

Viele Jahre müht sich die Sozietät vergebens mit ihm ab. Sehr ernstlich wird ihm auferlegt: er soll regelmäßig Versuche machen, sie vorher anzeigen, in den folgenden Sessionen wirklich darlegen; wobei die gute Sozietät freilich nicht bedenkt, daß Sessionen nicht dazu geeignet sind, Versuche anzustellen und sich von den Erscheinungen vollständig zu überzeugen. Wie ihnen denn auch einmal ein Vogel den Gefallen nicht tun will, unter der Mayowschen Glocke, ehe die Versammlung auseinandergeht, zu sterben.

Ähnliche Fälle benutzt Hooke zu allerlei Ausflüchten. Er gehorcht nicht, oder nur halb; man verkümmert ihm seine Pension, er wird nicht gefügsamer, und, wie es in solchen Fällen geht, man ermüdet streng zu sein, man bezahlt ihm zuletzt aus Gunst und Nachsicht seine Rückstände auf einmal. Er zeigt eine Anwandlung von Besserung, die nicht lange dauert, und die Sache schleppt sich ihren alten Gang.

So sah es mit der innern Verfassung eines Gerichtshofes aus, bei dessen Entscheidung über eine bedeutende und weit eingreifende Theorie sich die wissenschaftliche Welt beruhigen sollte.

Isaak Newton

geboren 1642, gestorben 1727

Unter denen, welche die Naturwissenschaften bearbeiten, lassen sich vorzüglich zweierlei Arten von Menschen bemerken.

Die ersten, genial, produktiv und gewaltsam, bringen eine Welt aus sich selbst hervor, ohne viel zu fragen, ob sie mit der wirklichen übereinkommen werde. Gelingt es, daß dasjenige, was sich in ihnen entwickelt, mit den Ideen des Weltgeistes zusammentrifft, so werden Wahrheiten bekannt, wovor die Menschen erstaunen und wofür sie jahrhundertelang dankbar zu sein Ursache haben. Entspringt aber in so einer tüchtigen genialen Natur irgendein Wahnbild, das in der allgemeinen Welt kein Gegenbild findet, so kann ein solcher Irrtum nicht minder gewaltsam um sich greifen und die Menschen Jahrhunderte durch hinreißen und übervorteilen.

Die von der zweiten Art, geistreich, scharfsinnig, behutsam, zeigen sich als gute Beobachter, sorgfältige Experimentatoren, vorsichtige Sammler von Erfahrungen; aber die Wahrheiten, welche sie fördern, wie die Irrtümer, welche sie begehen, sind gering. Ihr Wahres fügt sich zu dem anerkannten Richtigen oft unbemerkt oder geht verloren; ihr Falsches wird nicht aufgenommen, oder wenn es auch geschieht, verlischt es leicht.

Zu der ersten dieser Klassen gehört Newton, zu der zweiten die besseren seiner Gegner. Er irrt, und zwar auf eine entschiedene Weise. Erst findet er seine Theorie plausibel, dann überzeugt er sich mit Übereilung, ehe ihm deutlich wird, welcher mühseligen Kunstgriffe es bedürfen werde, die Anwendung seines hypothetischen Aperçus durch die Erfahrung durchzuführen. Aber schon hat er sie öffentlich ausgesprochen, und nun verfehlt er nicht, alle Gewandtheit seines Geistes aufzubieten, um seine These durchzusetzen; wobei er mit unglaublicher Kühnheit das ganz Absurde als ein ausgemachtes Wahre der Welt ins Angesicht behauptet.

Wir haben in der neuern Geschichte der Wissenschaften einen ähnlichen Fall an Tycho de Brahe. Dieser hatte sich gleichfalls vergriffen, indem er das Abgeleitete für das Ursprüngliche, das Untergeordnete für das Herrschende in seinem Weltsystem gestellt hatte. Auch er war zu geschwind mit dieser unhaltbaren Grille hervorgetreten; seine Freunde und gleichzeitigen Verehrer schreiben in ihren vertraulichen Briefen darüber ganz unbewunden und sprechen deutlich aus, daß Tycho, wenn er nicht schon sein System publiziert und eine Zeitlang behauptet hätte, das Kopernikanische wahrscheinlich annehmen und dadurch der Wissenschaft großen Dienst leisten würde; dahingegen nunmehr zu fürchten sei, daß er den Himmel öfter nach seiner Lehre ziehen und biegen werde.

Schon die Zeitgenossen und Mitarbeiter Tychos befreiten sich von seiner ängstlichen verwirrenden Meinung. Aber Newton teilte seine Überzeugung sowie seine Hartnäckigkeit seinen Schülern mit, und wer den Parteigeist kennt, wird sich nicht verwundern, daß diese keine Augen und Ohren mehr haben, sondern das alte Credo immerfort wiederholen, wie es ihnen der Meister eingelernt.

Der Charakter, die Fähigkeiten, das Benehmen, die Schicksale seiner Gegner können nur im einzelnen vorgetragen werden. Zum Teil begriffen sie nicht, worauf es ankam, zum Teil sahen sie den Irrtum wohl ein; hatten aber weder Kraft noch Geschick noch Opportunität, ihn zu zerstören.

Wir finden 1666 Newton als Studierenden zu Cambridge, mit Verbesserung der Teleskope und mit prismatischen Versuchen zu diesem Zweck beschäftigt, wobei er seine Farbentheorie bei sich festsetzt. Von ihm selbst haben wir hierüber drei Arbeiten, aus welchen wir seine Denkweise übersehen, dem Gange, den er genommen, folgen können.

Lectiones Opticae

Nachdem er 1667 Magister, 1669 Professor der Mathematik an Barrows Stelle geworden, hält er in diesem und den beiden folgenden Jahren der studierenden Jugend Vorlesungen, in welchen er das Physische der Farbenphänomene durch mathematische Behandlung soviel als möglich an dasjenige heranzuziehen sucht, was man von ihm in seiner Stelle erwartet. Er arbeitet diese Schrift nachher immer weiter aus, läßt sie aber liegen, so daß sie erst nach seinem Tode 1729 gedruckt wird.

Brief an den Sekretär der Londner Sozietät

Im Jahre 1671 wird er Mitglied der Londner Sozietät und legt ihr sein neues katoptrisches Teleskop vor und zugleich seine Farbentheorie, aus welcher gefolgert wird, daß die dioptrischen Fernröhre nicht zu verbessern seien.

Dieser Brief eigentlich beschäftigt uns hier, weil Newton den Gang, den er genommen, sich von seiner Theorie zu überzeugen, darin ausführlich erzählt, und weil er überhaupt hinreichend wäre, uns einen vollkommenen Begriff von der Newtonischen Lehre zu geben.

An diesen Brief schließen sich auch die ersten Einwürfe gegen die Newtonische Lehre, welche nebst den Antworten des Verfassers bis 1676 reichen.

Die Optik

Seit gedachtem Jahre läßt sich Newton in weiter keine Kontrovers ein, schreibt aber die Optik, welche 1705 herauskommt, da seine Autorität am höchsten gestiegen und er zum Präsidenten der Sozietät ernannt war. In diesem Werke sind die Erfahrungen und Versuche so gestellt, daß sie allen Einwendungen die Stirn bieten sollen.

Um nunmehr dasjenige, worauf es bei der Sache ankommt, historisch deutlich zu machen, müssen wir einiges aus der vergangenen Zeit nachholen.

Die Wirkung der Refraktion war von den ältesten Zeiten her bekannt, ihre Verhältnisse aber bis in das sechzehnte Jahrhundert nur empirisch bestimmt. Snellius entdeckte das Gesetzliche daran und bediente sich zur Demonstration des subjektiven Versuchs, den wir mit dem Namen der Hebung bezeichnet haben. Andere wählten zur Demonstration den objektiven Versuch, und das Kunstwort Brechung wird davon ausschließlich gebraucht. Das Verhältnis der beiden Sinus des Einfalls- und Brechungswinkels wird rein ausgesprochen, als wenn kein Nebenumstand dabei zu beobachten wäre.

Die Refraktion kam hauptsächlich bei Gelegenheit der

Fernröhre zur Sprache. Diejenigen, die sich mit Teleskopen und deren Verbesserung beschäftigten, mußten bemerken, daß durch Objektivgläser, die aus Kugelschnitten bestehen, das Bild nicht rein in einen Punkt zu bringen ist, sondern daß eine gewisse Abweichung stattfindet, wodurch das Bild undeutlich wird. Man schrieb sie der Form der Gläser zu und schlug deswegen hyperbolische und elliptische Oberflächen vor.

Sooft von Refraktion, besonders seit Antonius de Dominis, die Rede ist, wird auch immer der Farbenerscheinung gedacht. Man ruft bei dieser Gelegenheit die Prismen zu Hülfe, welche das Phänomen so eminent darstellen. Als Newton sich mit Verbesserung der Teleskope beschäftigte und, um jene Aberration von seiten der Form wegzuschaffen, hyperbolische und elliptische Gläser arbeitete, untersuchte er auch die Farbenerscheinung und überzeugte sich, daß diese gleichfalls eine Art von Abweichung sei wie jene, doch von weit größerer Bedeutung, dergestalt, daß jene dagegen gar nicht zu achten sei, diese aber wegen ihrer Größe, Beständigkeit und Untrennbarkeit von der Refraktion alle Verbesserung der dioptrischen Teleskope unmöglich mache.

Bei Betrachtung dieser die Refraktion immer begleitenden Farbenerscheinung fiel hauptsächlich auf, daß ein rundes Bild wohl seine Breite behielt, aber in der Länge zunahm. Es wurde nunmehr eine Erklärung gefordert, welche im siebzehnten Jahrhundert oft versucht worden, niemanden aber gelungen war.

Newton scheint, indem er eine solche Erklärung aufsuchte, sich gleich die Frage getan zu haben: ob die Ursache in einer innern Eigenschaft des Lichts oder in einer äußern Bedingtheit desselben zu suchen sei? Auch läßt sich aus seiner Behandlung der Sache, wie sie uns bekannt worden, schließen, daß er sich sehr schnell für die erstere Meinung entschieden habe.

Das erste, was er also zu tun hatte, war, die Bedeutsamkeit aller äußern Bedingungen, die bei dem prismatischen Versuche vorkamen, zu schwächen oder ganz zu beseitigen. Ihm waren die Überzeugungen seiner Vorgänger wohl bekannt, welche ebendiesen äußern Bedingungen einen großen

Wert beigelegt. Er führt ihrer sechs auf, um eine nach der andern zu verneinen. Wir tragen sie in der Ordnung vor, wie er sie selbst aufführt, und als Fragen, wie er sie gleichfalls gestellt hat.

Erste Bedingung. Trägt die verschiedene Dicke des Glases zur Farbenerscheinung bei?

Diese hier nur im allgemeinen und Unbestimmten aufgestellte Frage ward eigentlich dadurch veranlaßt: Antonius de Dominis, Kircher und andere hatten geglaubt, indem sie das Gelbe durch die Spitze des brechenden Winkels oder näher an ihm, das Blaue aber zuoberst, wo das Prisma mehrere Masse hat, hervorgebracht sahen, es sei die größere oder geringere Stärke des Glases Ursache der Farbenverschiedenheit. Sie hätten aber nur dürfen beim Gebrauch eines größeren Prismas dasselbe von unten hinauf, oder von oben herunter, nach und nach zudecken, so würden sie gesehen haben, daß an jeder mittleren Stelle jede Farbe entstehen kann. Und Newton hatte also ganz recht, wenn er in diesem Sinne die Frage mit Nein beantwortet.

Doch haben weder er noch seine Nachfolger auf den wichtigen Umstand aufmerksam gemacht, daß die Stärke oder die Schwäche des Mittels überhaupt, zwar nicht zur Entstehung der verschiedenen Farben, aber doch zum Wachstum oder zur Verminderung der Erscheinung sehr viel beitrage, wie wir am gehörigen Orte umständlich ausgeführt haben (E. 209—217). Diese Bedingung ist also keineswegs als vollkommen beseitigt anzusehen, sie bleibt vielmehr in einem Sinne, an den man freilich damals nicht gedacht, als höchst bedeutend bestehen.

Zweite Bedingung. Inwiefern tragen größere oder kleinere Öffnungen im Fensterladen zur Gestalt der Erscheinung, besonders zum Verhältnis ihrer Länge zur Breite bei?

Newton will auch diese Bedingung unbedeutend gefunden haben, welches sich auf keine Weise begreifen läßt, als daß man annimmt, er habe, indem er mit kleinen Prismen operiert, die Öffnungen im Fensterladen nicht von sehr verschiedener Größe machen können. Denn obgleich das Verhältnis der Länge zur Breite im prismatischen Bilde von mancherlei Ursachen abhängt, so ist doch die Größe der Öffnung eine der hauptsächlichsten: denn je größer die Öffnung wird, desto geringer wird das Verhältnis der Länge zur Breite. Man sehe, was wir hierüber im polemischen Teil (92) umständlich und genau ausgeführt haben. Diese zweite Frage wird also von uns auf das entschiedenste mit Ja beantwortet.

Dritte Bedingung. Tragen die Grenzen des Hellen und Dunklen etwas zur Erscheinung bei?

Das ganze Kapitel unseres Entwurfs, welches die Farben abhandelt, die bei Gelegenheit der Refraktion entstehen, ist durchaus bemüht zu zeigen, daß eben die Grenzen ganz allein die Farbenerscheinung hervorbringen. Wir wiederholen hier nur das Hauptmoment.

Es entspringt keine prismatische Farbenerscheinung, als wenn ein Bild verrückt wird, und es kann kein Bild ohne Grenze sein. Bei dem gewöhnlichen prismatischen Versuch geht durch die kleinste Öffnung das ganze Sonnenbild durch, das ganze Sonnenbild wird verrückt; bei geringer Brechung nur an den Rändern, bei stärkerer aber völlig gefärbt.

Durch welche Art von Untersuchung jedoch Newton sich überzeugt habe, daß der Grenze kein Einfluß auf die Farbenerscheinung zuzuschreiben sei, muß jeden, der nicht verwahrlost ist, zum Erstaunen, ja zum Entsetzen bewegen, und wir fordern alle günstige und ungünstige Leser auf, diesem Punkte die größte Aufmerksamkeit zu widmen.

Bei jenem bekannten Versuche, bei welchem das Prisma innerhalb der dunklen Kammer sich befindet, geht das Licht, oder vielmehr das Sonnenbild, zuerst durch die Öffnung und dann durch das Prisma, da denn auf der Tafel das farbige Spektrum erscheint. Nun stellt der Experimentator, um gleichsam eine Probe auf seinen ersten Versuch zu machen, das Prisma hinaus vor die Öffnung und findet in der dunklen Kammer, vor wie nach, sein gefärbtes verlängertes Bild. Daraus schließt er, die Öffnung habe keinen Einfluß auf die Färbung desselben.

Wir fodern alle unsere gegenwärtigen und künftigen Gegner auf diese Stelle. Hier wird von nun an um die Haltbarkeit oder Unhaltbarkeit des Newtonischen Systems gekämpft, hier, gleich am Eingange des Labyrinths und nicht drinnen in den verworrenen Irrgängen, hier, wo uns Newton selbst aufbewahrt hat, wie er zu seiner Überzeugung gelangt ist.

Wir wiederholen daher, was schon oft von uns didaktisch und polemisch eingeschärft worden: das gebrochene Licht zeigt keine Farbe, als bis es begrenzt ist; das Licht nicht als Licht, sondern insofern es als ein Bild erscheint, zeigt bei der Brechung eine Farbe, und es ist ganz einerlei, ob erst ein Bild entstehe, das nachher gebrochen wird, oder ob eine Brechung vorgehe, innerhalb welcher man ein Bild begrenzt.

Man gewöhne sich, mit dem großen Wasserprisma zu operieren, welches uns ganz allein über die Sache einen vollkommnen Aufschluß geben kann, und man wird nicht aufhören, sich zu wundern, durch welch einen unglaublichen Fehlschluß sich ein so vorzüglicher Mann nicht allein zu Anfang getäuscht, sondern den Irrtum so bei sich festwurzeln lassen, daß er wider allen Augenschein, ja wider besser Wissen und Gewissen, in der Folge dabei verharrt und einen ungehörigen Versuch nach dem andern ersonnen, um seine erste Unaufmerksamkeit vor unaufmerksamen Schülern zu verbergen. Man sehe, was von uns im polemischen Teile, besonders zum zweiten Teil des ersten Buchs der Optik, umständlicher ausgeführt worden, und erlaube uns hier den Triumph der guten Sache zu feiern, den ihr die Schule, mit aller ihrer Halsstarrigkeit, nicht lange mehr verkümmern wird.

Jene drei nunmehr abgehandelten Fragepunkte beziehen sich auf Äußerungen älterer Naturforscher. Der erste kam vorzüglich durch Antonius de Dominis, der zweite und dritte durch Kircher und Descartes zur Sprache.

Außerdem waren noch andre Punkte zu beseitigen, andere äußere Bedingungen zu leugnen, die wir nun der Ordnung nach vorführen, wie sie Newton beibringt.

V i e r t e B e d i n g u n g. Sind vielleicht Ungleichheiten und Fehler des Glases schuld an der Erscheinung?

Noch in dem siebzehnten Jahrhunderte sind uns mehrere Forscher begegnet, welche die prismatischen Erscheinungen bloß für zufällig und regellos hielten. Newton bestand zuerst mit Macht darauf, daß sie regelmäßig und beständig seien.

Wenn Ungleichheiten und Fehler des Glases unregelmäßig scheinende Farben hervorbringen, so entstehen sie doch ebensogut dem allgemeinen Gesetze gemäß, als die entschiedenen des reinsten Glases: denn sie sind nur Wiederholungen im kleinen von der größern Farbenerscheinung an den Rändern des Prismas, indem jede Ungleichheit, jede undurchsichtige Faser, jeder dunkle Punkt als ein Bildchen anzusehen ist, um welches her die Farben entstehen. Wenn also die Haupterscheinung gesetzlich und konstant ist, so sind es diese Nebenerscheinungen auch; und wenn Newton völlig recht hatte, auf dem Gesetzlichen des Phänomens zu bestehen, so beging er doch den großen Fehler, das eigentliche Fundament dieses Gesetzlichen nicht anzuerkennen.

Fünfte Bedingung. Hat das verschiedene Einfallen der Strahlen, welche von verschiedenen Teilen der Sonne herabkommen, schuld an der farbigen Abweichung?

Es war freilich dieses ein Punkt, welcher eine genaue Untersuchung verdiente. Denn kaum hatte man sich an der durch Huygens bekannt gewordnen Entdeckung des Snellius, wodurch dem Einfallswinkel zu dem gebrochnen Winkel ein beständiges Verhältnis zugesichert worden, kaum hatte man sich daran erfreut und hierin ein großes Fundament zu künftigen Untersuchungen und Ausübungen erblickt, als nun Newton auf einmal die früher kaum geachtete farbige Aberration so sehr bedeutend finden wollte. Die Geister hielten fest an jener Vorstellung, daß Inzidenz und Brechung in bestimmtem Verhältnisse stehen müsse, und die Frage war natürlich: ob nicht etwa auch bei dieser scheinbar aus der Regel schreitenden Erscheinung eine verschiedene Inzidenz im Spiele sei?

Newton wendete also hier ganz zweckmäßig seine mathematische Genauigkeit an diesen Punkt und zeigte, soviel wir ihn beurteilen können, gründlich, obgleich mit etwas zu viel Umständlichkeit, daß die Farbenerscheinung keiner diversen Inzidenz zugeschrieben werden könne; worin er denn auch ganz recht hat und wogegen nichts weiter zu sagen ist.

Sechste Bedingung. Ob vielleicht die Strahlen nach der Refraktion sich in krummen Linien fortpflanzen und also das so seltsam verlängerte Bild hervorbringen?

Durch Descartes und andre, welche zu mechanischen Erklärungsarten geneigt waren, kam beim Lichte, beim Schall und bei andern schwer zu versinnlichenden Bewegungen das in mechanischen Fällen übrigens ganz brauchbare Beispiel vom Ballschlag zur Sprache. Weil nun der geschlagene Ball sich nicht in gerader Linie, sondern in einer krummen bewegt, so konnte man nach jener globularen Vorstellungsart denken, das Licht erhalte bei der Refraktion einen solchen Schub, daß es aus seiner geradlinigen Bewegung in eine krummlinige überzugehen veranlaßt werde. Gegen diese Vorstellung argumentiert und experimentiert Newton, und zwar mit Recht.

Da nunmehr Newton diese sechs äußern Bedingungen völlig removiert zu haben glaubt, so schreitet er unmittelbar zu dem Schlusse: es sei die Farbe dem Licht nicht nur eingeboren, sondern die Farben in ihren spezifischen Zuständen seien in dem Licht als ursprüngliche Lichter enthalten, welche nur durch die Refraktion und andre äußere Bedingungen manifestiert, aus dem Lichte hervorgebracht und in ihrer Uranfänglichkeit und Unveränderlichkeit nunmehr dargestellt würden.

Daß an diesen dergestalt entwickelten und entdeckten Lichtern keine weitere Veränderung vorgehe, davon sucht er sich und andere durch das Experimentum Crucis zu überzeugen; worauf er denn in dreizehn Propositionen seine Lehre mit allen Klauseln und Kautelen, wie sie hernach völlig stehengeblieben, vorträgt und, da er die Farben zuerst aus dem weißen Licht entwickelt, zuletzt sich genötigt sieht, das weiße Licht wieder aus ihnen zusammenzusetzen.

Dieses glaubt er vermittelst der Linse zu leisten, die er ohne weitre Vorbereitung einführt und sich für vollkommen befriedigt hält, wenn er das im Brennpunkt aufgehobene farbige Bild für das wieder zusammengebrachte, vereinigte, gemischte ausgeben kann.

Die Folgerung, die er aus allem diesem zieht, ist sodann, daß es unnütz sei, sich mit Verbesserung der dioptrischen Fernröhre abzugeben, daß man sich vielmehr bloß an die katoptrischen halten müsse, wozu er eine neue Vorrichtung ausgesonnen.

Diese ersten Konfessionen und Behauptungen Newtons wurden in jenem von uns angezeigten Briefe an die königliche Sozietät der Wissenschaften gebracht und durch die Transaktionen öffentlich bekannt. Sie sind das erste, was von Newtons Lehre im Publikum erscheint, und uns in manchem Sinne merkwürdig, besonders auch deshalb, weil die ersten Einwendungen seiner Gegner vorzüglich gegen diesen Brief gerichtet sind.

Nun haben wir gesehen, daß sein Hauptfehler darin bestanden, daß er jene Fragen, die sich hauptsächlich darauf beziehen: ob äußere Bedingungen bei der Farbenerscheinung mitwirken? zu schnell und übereilt beseitigt und verneint, ohne auf die näheren Umstände genauer hinzusehen. Deswegen haben wir ihm bei einigen Punkten völlig, bei andern zum Teil, und abermals bei andern nicht widersprechen müssen und können; und wir haben deutlich zu machen gesucht, welche Punkte, und inwiefern sie haltbar sind oder nicht. Widerstrebt nun einer seiner ersten Gegner irrigerweise den haltbaren Punkten, so muß er bei der Kontrovers verlieren, und es entsteht ein gutes Vorurteil für das Ganze; widerstrebt ein Gegner den unhaltbaren Punkten, aber nicht kräftig genug und auf die unrechte Weise, so muß er wieder verlieren, und das Falsche erhält die Sanktion des Wahren.

Schon in diesem Briefe, wie in allen Beantwortungen, die er gegen seine ersten Gegner richtet, findet sich jene von uns in der Polemik angezeigte Behandlungsart seines Gegenstandes, die er auf seine Schüler fortgepflanzt hat. Es ist ein fortdauerndes Setzen und Aufheben, ein unbedingtes Aussprechen und augenblickliches Limitieren, so daß zugleich alles und nichts wahr ist.

Diese Art, welche eigentlich bloß dialektisch ist und

einem Sophisten ziemte, der die Leute zum besten haben wollte, findet sich, soviel mir bekannt geworden, seit der scholastischen Zeit wieder zuerst bei Newton. Seine Vorgänger, von den wiederauflebenden Wissenschaften an, waren, wenn auch oft beschränkt, doch immer treulich dogmatisch, wenn auch unzulänglich, doch redlich didaktisch; Newtons Vortrag hingegen besteht aus einem ewigen Hinterstzuvörderst, aus den tollsten Transpositionen, Wiederholungen und Verschränkungen, aus dogmatisierten und didaktisierten Widersprüchen, die man vergeblich zu fassen strebt, aber doch zuletzt auswendig lernt und also etwas wirklich zu besitzen glaubt.

Und bemerken wir nicht im Leben, in manchen andern Fällen: wenn wir ein falsches Aperçu, ein eigenes oder fremdes, mit Lebhaftigkeit ergreifen, so kann es nach und nach zur fixen Idee werden und zuletzt in einen völligen partiellen Wahnsinn ausarten, der sich hauptsächlich dadurch manifestiert, daß man nicht allein alles einer solchen Vorstellungsart Günstige mit Leidenschaft festhält, alles zart Widersprechende ohne weiteres beseitigt, sondern auch das auffallend Entgegengesetzte zu seinen Gunsten auslegt.

Newtons Verhältnis zur Sozietät

Newtons Verdienste, die ihm schon als Jüngling eine bedeutende Lehrstelle verschafft, wurden durchaus höchlich geachtet. Er hatte sich im stillen gebildet und lebte meist mit sich selbst und seinem Geiste: eine Art zu sein, die er auch in spätern Zeiten fortsetzte. Er hatte zu mehreren Gliedern der königlichen Sozietät, die mit ihm beinahe von gleichem Alter war, besonders aber zu Oldenburg, ein sehr gutes Verhältnis.

Oldenburg, aus Bremen gebürtig, bremischer Konsul in London, während des Langen Parlaments, verließ seine öffentliche Stelle und ward Hofmeister junger Edelleute. Bei seinem Aufenthalte in Oxford ward er mit den vorzüglichsten Männern bekannt und Freund und, als die Akademie sich bildete, Sekretär derselben, eigentlich der auswärtigen Angelegenheiten, wenn Hooke die innern anvertraut waren.

Als Welt- und Geschäftsmann herangekommen, war seine Tätigkeit und Ordnungsliebe völlig ausgebildet. Er hatte sehr ausgebreitete Verbindungen, korrespondierte mit Aufmerksamkeit und Anhaltsamkeit. Durch ein kluges folgerechtes Bemühen beförderte vorzüglich er den Einfluß und Ruhm der königlichen Sozietät, besonders im Auslande.

Die Gesellschaft hatte kaum einige Zeit bestanden, als Newton in seinem dreißigsten Jahre darin aufgenommen wurde. Wie er aber seine Theorie in einen Kreis eingeführt, der alle Theorien entschieden verabscheute, dieses zu untersuchen ist wohl des Geschichtforschers wert.

Des Denkers einziges Besitztum sind die Gedanken, die aus ihm selbst entspringen; und wie ein jedes Aperçu, was uns angehört, in unserer Natur ein besonderes Wohlbefinden verbreitet, so ist auch der Wunsch ganz natürlich, daß es andere als das unsrige anerkennen, indem wir dadurch erst etwas zu werden scheinen. Daher werden die Streitigkeiten über die Priorität einer Entdeckung so lebhaft; recht genau besehen sind es Streitigkeiten um die Existenz selbst.

Schon in früherer Zeit fühlte jeder die Wichtigkeit dieses Punktes. Man konnte die Wissenschaften nicht bearbeiten, ohne sich mehreren mitzuteilen, und doch waren die mehreren selten groß genug, um das, was sie empfangen hatten, als ein Empfangenes anzuerkennen. Sie eigneten sich das Verdienst selbst zu, und man findet gar manchen Streit wegen solcher Präokkupationen. Galilei, um sich zu verwahren, legte seine Entdeckungen in Anagrammen mit beigeschriebenem Datum bei Freunden nieder, und sicherte sich so die Ehre des Besitzes.

Sobald Akademien und Sozietäten sich bildeten, wurden sie die eigentlichen Gerichtshöfe, die dergleichen aufzunehmen und zu bewahren hatten. Man meldete seine Erfindung; sie wurde zu Protokoll genommen, in den Akten aufbewahrt, und man konnte seine Ansprüche darauf geltend machen. Hieraus sind in England später die Patentdekrete entstanden, wodurch man dem Erfinder nicht allein sein geistiges Recht von Wissenschafts wegen, sondern auch sein ökonomisches von Staats wegen zusicherte.

Bei der königlichen Sozietät bringt Newton eigentlich

nur sein neuerfundenes katoptrisches Teleskop zur Sprache. Er legt es ihr vor und bittet, seine Rechte darauf zu wahren. Seine Theorie bringt er nur nebenher und in dem Sinne heran, daß er den Wert seiner teleskopischen Erfindung dadurch noch mehr begründen will, weil durch die Theorie die Unmöglichkeit, dioptrische Fernröhre zu verbessern, außer allen Zweifel gesetzt werden soll.

Die falsche Maxime der Sozietät, sich mit nichts Theoretischem zu befassen, leidet hier sogleich Gefahr. Man nimmt das Newtonische Eingesendete mit Wohlwollen und Achtung auf, ob man sich gleich in keine nähere Untersuchung einläßt. Hooke jedoch widerspricht sogleich, behauptet, man komme ebenso gut, ja besser mit seiner Lehre von den Erschütterungen aus. Dabei verspricht er neue Phänomene und andre bedeutende Dinge vorzubringen. Newtons Versuche hingegen zu entwickeln fällt ihm nicht ein; auch läßt er die aufgeführten Erscheinungen als Fakta gelten, wodurch denn Newton im stillen viel gewinnt, obgleich Hooke zuletzt doch die Tücke ausübt und das erste Spiegelteleskop, nach dem frühern Vorschlag des Gregory, sorgfältig zustande bringt, um den Wert der Newtonischen Erfindung einigermaßen zu verringern.

Boyle, der nach seiner stillen zarten Weise in der Sozietät mitwirkt und bei dem monatlichen Präsidentenwechsel auch wohl einmal den Stuhl einnimmt, scheint von der Newtonischen Farbenlehre nicht die mindeste Notiz zu nehmen.

So sieht es im Innern der königlichen Sozietät aus, indessen nun auch Fremde, durch jenen Brief Newtons von seiner Theorie unterrichtet und dadurch aufgeregt, sowohl gegen die Versuche als gegen die Meinung manches einzuwenden haben. Auch hiervon das Detail einzusehen, ist höchst nötig, weil das Recht und Unrecht der Gegner auf sehr zarten Punkten beruht, die man seit vielen Jahren nicht mehr beachtet, sondern alles nur zugunsten der Newtonischen Lehre in Bausch und Bogen genommen hat.

Erste Gegner Newtons, denen er selbst antwortete

Wenn wir uns von vergangenen Dingen eine rechte Vorstellung machen wollen, so haben wir die Zeit zu bedenken, in welcher etwas geschehen, und nicht etwa die unsrige, in der wir die Sache erfahren, an jene Stelle zu setzen. So natürlich diese Forderung zu sein scheint, so bleibt es doch eine größere Schwierigkeit, als man gewöhnlich glaubt, sich die Umstände zu vergegenwärtigen, wovon entfernte Handlungen begleitet wurden. Deswegen ist ein gerechtes historisches Urteil über einzelnes persönliches Verdienst und Unverdienst so selten. Über Resultate ganzer Massenbewegungen läßt sich eher sprechen.

Den schlechten Zustand physikalischer Instrumente überhaupt in der zweiten Hälfte des siebzehnten Jahrhunderts haben wir schon erwähnt, sowie die Unzulänglichkeit der Newtonischen Vorrichtungen. Er bediente sich keines überdachten, ausgesuchten, fixierten Apparats; deswegen er noch in der Optik fast bei jedem Versuche von vorn anfangen muß, seine Einrichtung umständlich zu beschreiben. Was ihm gerade zufällig zur Hand liegt, wird sogleich mit gebraucht und angewendet; daher seine Versuche voll unnützer Nebenbedingungen, die das Hauptinteresse nur verwirren. Im polemischen Teile finden sich genugsame Belege zu dieser Behauptung, und wenn Newton so verfuhr, wie mag es bei andern ausgesehn haben!

Wenden wir uns vom Technischen zum Innern und Geistigen, so begegnen uns folgende Betrachtungen. Als man beim Wiederaufleben der Wissenschaften sich nach Erfahrungen umsah und sie durch Versuche zu wiederholen trachtete, bediente man sich dieser zu ganz verschiedenen Zwecken.

Der schönste war und bleibt immer der, ein Naturphänomen, das uns verschiedene Seiten bietet, in seiner ganzen Totalität zu erkennen. Gilbert brachte auf diesem Wege die Lehre vom Magneten weit genug, so wie man auch, um die Elastizität der Luft und andere ihrer physischen Eigenschaften kennen zu lernen, konsequent zu Werke ging. Manche Naturforscher hingegen arbeiteten nicht in diesem Sinne; sie suchten Phänomene aus den allgemeinsten Theorien zu erklären, wie Descartes die Kügelchen seiner Materie, und Boyle seine Körperfacetten zur Erklärung der Farben anwendete. Andere wollten wieder durch Phänomene einen allgemeinen Grundsatz bestätigen, wie Grimaldi durch unzählige Versuche nur immer dahin deutete, daß das Licht wohl eine Substanz sein möchte.

Newtons Verfahren hingegen war ganz eigen, ja unerhört. Eine tief verborgene Eigenschaft der Natur an den Tag zu bringen, dazu bedient er sich nicht mehr als dreier Versuche, durch welche keineswegs Urphänomene, sondern höchst abgeleitete dargestellt wurden. Diese dem Brief an die Sozietät zum Grunde liegenden drei Versuche, den mit dem Spektrum durch das einfache Prisma, den mit zwei Prismen, Experimentum Crucis, und den mit der Linse, ausschließlich zu empfehlen, alles andere aber abzuweisen, darin besteht sein ganzes Manœuvre gegen die ersten Gegner.

Wir bemerken hiebei, daß jener von uns oben ausgezogene Brief an die Sozietät eigentlich das erste Dokument war, wodurch die Welt Newtons Lehre kennen lernte. Wir können uns, da seine Lectiones opticae, seine Optik nunmehr vor uns liegen, da die Sache so tausendmal durchgesprochen und durchgestritten worden, keinen Begriff machen, wie abrupt und abstrus die Newtonische Vorstellungsart in der wissenschaftlichen Welt erscheinen mußte.

Auch können die Gelehrten sich in die Sache nicht finden. Im Praktischen will es niemanden in den Kopf, daß die dioptrischen Fernröhre, denen man so viel verdankt, um die man sich so viel Mühe gegeben, ganz verworfen werden sollten. Im Theoretischen hängt man an allgemeinen Vorstellungsarten, die man Newtonen entgegensetzt; oder man macht besondere Einwendungen. Mit seinen Versuchen kann man entweder nicht zurechtkommen oder man schlägt andere vor, davon die wenigsten zum Ziel, zu irgendeiner Entscheidung führen.

...

Nun aber haben wir noch schließlich zu betrachten, wie sich denn Newton gegen diese Widersacher benommen. Er bringt in dem ersten Briefe an die Sozietät aus dem Vorrate seiner Experimente, die in den Optischen Lektionen enthalten sind, nur drei vor, welche er seine Lehre zu begründen für hinreichend hält, und verlangt, daß die Gegner sich nur mit diesen beschäftigen sollen. Schweifen diese jedoch ab, so zeigt er noch eins und das andre von seinem heimlichen Vorrat, kehrt aber immer zu seinem Verfahren zurück, indem er seine Gegner auf die wenigen Versuche beschränken will, von welchen freilich das Experimentum Crucis jeden, der die Sache nicht von Grund aus durchgearbeitet hat, zum lauten oder schweigenden Beistimmen nötigt. Daher wiederholt Newton aber und abermals: man solle zeigen, daß diese wenigen Versuche seine Lehre nicht beweisen, oder soll andere Versuche beibringen, die ihr unmittelbar entgegenstehen.

Wie benimmt er sich denn aber, als dieses von Lucas wirklich geschieht? Er dankt ihm für seine Bemühung, versichert, die vorzüglichsten von Lucas beigebrachten Versuche befänden sich in den Optischen Lektionen, welches keineswegs der Wahrheit gemäß ist, beseitigt sie auf diese Weise, dringt immer wieder darauf, daß man nur den eingeleiteten Weg gehen, sich auf demselben vorgeschriebnermaßen benehmen solle, und will jede andre Methode, jeden andern Weg, der Wahrheit sich zu nähern, ausschließen. Wenige Experimente sollen beweisen, alle übrigen Bemühungen unnötig machen, und eine über die ganze Welt ausgebreitete Naturerscheinung soll aus dem Zauberkreise einiger Formeln und Figuren betrachtet und erklärt werden.

...Newton erscheint nicht wieder polemisch, außer insofern die Optik polemischer Natur ist. Aber seine Schüler und Nachfolger wiederholen diese Worte des Meisters immerfort. Erst setzen sie sub- und obrepticie, was der Lehre günstig ist, fest, und dann verfahren sie ausschließend gegen Natur, Sinne und Menschenverstand. Erst lassen sich's einzelne, dann läßt sich's die Menge gefallen. Newtons übrige große Verdienste erregen ein günstiges Vorurteil auch für Farbentheorie. Sein Ruf, sein Einfluß steigt immer höher; er wird Präsident der Sozietät. Er gibt seine künstlich gestellte Optik heraus; durch Clarkes lateinische Übersetzung wird auch diese in der Welt verbreitet und nach und nach in die Schulen eingeführt. Experimentierende Techniker schlagen sich auf seine Seite, und so wird diese enggefaßte, in sich selbst erstarrte Lehre eine Art von Arche des Herrn, deren Berührung sogleich den Tod bringt.

So verfährt nun auch, teils bei Newtons Leben, teils bei

seinem Tode, Desaguliers gegen alles, was die Lehre anzufechten wagt; wie nunmehr aus der geschichtlichen Darstellung, in der wir weiter fortschreiten, sich umständlicher ergeben wird.

Edme (Peter) Mariotte

geboren zu oder bei Dijon, Akademist 1666, gestorben 1684

Traité de la nature des couleurs. Paris 1688. Schwerlich die erste Ausgabe; doch ist nach dieser der Abdruck in seinen gesammelten Werken gemacht, welche zu Haag 1717 und 1740 veranstaltet worden.

Wir haben wenig Nachrichten von seinem Leben. Seinen Arbeiten sieht man die ungestörteste Ruhe an. Er ist einer der ersten, welche die Experimentalphysik in Frankreich einführen, Mathematiker, Mechaniker, Physiker, wo nicht Philosoph, doch redlicher Denker, guter Beobachter, fleißiger Sammler und Ordner von Beobachtungen, sehr genauer und gewissenhafter Experimentator, ja gewissenhaft bis ins Übertriebene: denn ihm in sein Detail zu folgen, wäre vielleicht nicht unmöglich, doch möchte es in unserer Zeit jedem höchst beschwerlich und fruchtlos erscheinen.

Durch Beobachten, Experimentieren, Messen und Berechnen gelangt er zu den allgemeinsten einfachsten Erscheinungen, die er Prinzipien der Erfahrung nennt. Er läßt sie empirisch in ihrer reinsten Einfalt stehen und zeigt nur, wo er sie in komplizierten Fällen wiederfindet. Dies wäre schön und gut, wenn sein Verfahren nicht andre Mängel hätte, die sich uns nach und nach entdecken, wenn wir an sein Werk selbst gehen und davon einige Rechenschaft zu geben suchen.

Er teilt die Farben in apparente und permanente. Unter den ersten versteht er bloß diejenigen, die bei der Refraktion erscheinen, unter den andern alle übrigen. Man sieht leicht, wie disproportioniert diese Haupteinteilung ist, und wie unbequem, ja falsch die Unterabteilungen werden müssen.

Erste Abteilung

Er hat Kenntnis von Newtons Arbeiten, wahrscheinlich durch jenen Brief in den Transaktionen. Er erwähnt nicht nur dessen Lehre, sondern man glaubt durchaus zu bemerken, daß er hauptsächlich durch sie zu seiner Arbeit angeregt worden: denn er tut den Phänomenen der Refraktion viel zuviel Ehre an und arbeitet sie allein höchst sorgfältig durch. Er kennt recht gut die objektiven und subjektiven Erscheinungen, gibt Rechenschaft von unzähligen Versuchen, die er anstellt, um das Allgemeine dieser Phänomene zu finden; welches ihm denn auch bis auf einen gewissen Punkt gelingt. Nur ist sein Allgemeines zu abstrakt, zu kahl, die Art, es auszudrücken, nicht glücklich; besonders aber ist es traurig, daß er sich vom Strahl nicht losmachen kann. Er nimmt leider bei seinen Erklärungen und Demonstrationen einen dichten Strahl an (rayon solide). Wie wenig damit zu tun sei, ist allen deutlich, welche sich die Lehre von Verruckung des Bildes eigen gemacht haben. Außerdem bleibt er dadurch zu nahe an Newtons Lehre, welcher auch mit Strahlen operiert und die Strahlen durch Refraktion affizieren läßt.

. . .

Allein es wird einem doch dabei sonderbar zumute, wenn man sieht, wie wenig mit so vielem Aufwande geleistet wird und wie das Wahre, bei einer so treuen, genauen Behandlung, so mager bleiben, ja werden kann, daß es fast null wird. Seine Prinzipien der Erfahrung sind natürlich und wahr, und sie scheinen deshalb so simpel ausgesprochen, um die Newtonische Theorie, welche keineswegs, wie wir schon oft wiederholt, von den einfachen Erscheinungen ausgegangen, sondern auf das zusammengesetzte abgeleitete Gespenst gebaut ist, verdächtig zu machen, ja in den Augen desjenigen, der eines Aperçus mit allen seinen Folgerungen fähig wäre, sogleich aufzuheben.

Das Ähnliche hatten wir in unsern Beiträgen zur Optik versucht; es ist aber uns so wenig als Mariotten gelungen, dadurch Sensation zu erregen.

Ausdrücklich von und gegen Newton spricht er wenig.

Er gedenkt jener Lehre der diversen Refrangibilität, zeigt gutmütig genug, daß einige Phänomene sich dadurch erklären lassen, behauptet aber, daß andre nicht dadurch erklärbar seien...

...

Zweite Abteilung

In dieser sucht er alle übrigen Farben, welche nicht durch Refraktion hervorgebracht werden, aufzuführen, zu ordnen, gegeneinanderzuhalten, zu vergleichen, sie auseinander abzuleiten und daraus Erfahrungssätze abzuziehen, die er jedoch hier nicht Prinzipien, sondern Regeln nennt. Die sämtlichen Erscheinungen trägt er in vier Diskursen vor.

...

Hier werden unsre chemischen Farben aufgeführt, und dabei etwas Allgemeines von Farben überhaupt. Weiß und Schwarz, dazwischen Gelb, Rot und Blau. Er hat die Einsicht, daß jede Farbe etwas weniger hell als das Weiße und etwas mehr hell als das Schwarze sein müsse.

In den Erklärungen verfährt er allzu realistisch, wie er denn das Blau zur eigenen Farbe der Luft macht; dann aber wieder zu unbestimmt: denn die körperlichen Farben sind ihm modifiziertes Licht. Das Licht muß nämlich in den Körper eindringen, dort zur besondern Farbenwirkung modifiziert in unser Auge zurückkehren und darin die Wirkung hervorbringen.

Der chemische Gegensatz von Acidum und Alkali ist ihm sehr bedeutend. Hier stehen wieder schöne und brauchbare Erfahrungen, doch ohne Ordnung untereinander, worauf denn schwache, nach Korpuskularvorstellungsart schmekkende Erklärungen folgen. Über die Farben organischer Körper macht er feine Bemerkungen.

...

Im ganzen läßt sich nicht ableugnen, daß Mariotte eine Ahndung des Rechten gehabt und daß er auf dem Wege dahin gewesen. Er hat uns manches gute Besondere aufbewahrt, fürs Allgemeine aber zu wenig getan. Seine Lehre ist mager, seinem Unterricht fehlt Ordnung, und bei aller

Vorsichtigkeit spricht er doch wohl zuletzt statt einer Erfahrungsregel etwas Hypothetisches aus. Aus dem bisher Vorgetragenen läßt sich nunmehr beurteilen, inwiefern Mariotte als ein Gegner von Newton anzusehen sei. Uns ist nicht bekannt geworden, daß er das, was er im Vorbeigehen gegen die neue Lehre geäußert, jemals wieder urgiert habe. Sein Aufsatz über die Farben mag kurz vor seinem Tode herausgekommen sein. Auf welche Weise jedoch die Newtonische Schule ihn angefochten und um seinen guten Ruf gebracht, wird sich sogleich des nähern ergeben.

Johann Theophilus Desaguliers

geboren 1683

Die Philosophen des Altertums, welche sich mehr für den Menschen als für die übrige Natur interessierten, betrachteten diese nur nebenher und theoretisierten nur gelegentlich über dieselbe. Die Erfahrungen nahmen zu, die Beobachtungen wurden genauer und die Theorie eingreifender; doch brachten sie es nicht zur Wiederholung der Erfahrung, zum Versuch.

Im sechzehnten Jahrhundert, nach frischer Wiederbelebung der Wissenschaften, erschienen die bedeutenden Wirkungen der Natur noch unter der Gestalt der Magie, mit vielem Aberglauben umhüllt, in welchen sie sich zur Zeit der Barbarei versenkt hatten. Im siebzehnten Jahrhundert wollte man, wo nicht erstaunen, doch sich immer noch verwundern, und die angestellten Versuche verloren sich in seltsame Künsteleien.

Doch war die Sache immer ernsthafter geworden. Wer über die Natur dachte, wollte sie auch schauen. Jeder Denker machte nunmehr Versuche, aber auch noch nebenher. Gegen das Ende dieser Zeit traten immer mehr Männer auf, die sich mit einzelnen Teilen der Naturwissenschaft beschäftigten und vorzüglich diese durch Versuche zu ergründen suchten.

Durch diese lebhafte Verbindung des Experimentierens und Theoretisierens entstanden nun diejenigen Personen, welche man, besonders in England, Natural- und Experimentalphilosophen nannte, so wie es denn auch eine Experimentalphilosophie gab. Ein jeder, der die Naturgegenstände nur nicht gerade aus der Hand zum Mund, wie etwa der Koch, behandelte, wer nur einigermaßen konsequent aufmerksam auf die Erscheinungen war, der hatte schon ein gewisses Recht zu jenem Ehrennamen, den man freilich in diesem Sinne vielen beilegen konnte. Jedes allgemeine Räsonnement, das, tief oder flach, zart oder krud, zusammenhängend oder abgerissen, über Naturgegenstände vorgebracht wurde, hieß Philosophie. Ohne diesen Mißbrauch des Wortes zu kennen, bliebe es unbegreiflich, wie die Londner Sozietät den Titel Philosophische Transaktionen für die unphilosophischeste aller Sammlungen hätte wählen können.

Der Hauptmangel einer solchen unzulänglichen Behandlung blieb daher immer, daß die theoretischen Ansichten so vieler Einzelnen vorwalteten und dasjenige, was man sehen sollte, nicht einem jeden gleichmäßig erschien. Uns ist bekannt, wie sich Boyle, Hooke und Newton benommen.

Durch die Bemühungen solcher Männer, besonders aber der Londner Sozietät, ward inzwischen das Interesse immer allgemeiner. Das Publikum wollte nun auch sehen und unterrichtet sein. Die Versuche sollten zu jeder Zeit auf eines jeden Erfordern wieder dargestellt werden, und man fand nun, daß Experimentieren ein Metier werden müsse.

Dies ward es zuerst durch Hawksbee. Er machte in London öffentliche Versuche der Elektrizität, Hydrostatik und Luftlehre, und enthielt sich vielleicht am reinsten von allem Theoretischen. Keill ward sein Schüler und Nachfolger. Dieser erklärte sich aber schon für Newtons Theorie. Hätte er die Farbenlehre behandelt, wie Hawksbee die Lehre von der Elektrizität; so würde alles ein anderes Ansehen gewonnen haben. Er wirkte in Oxford bis 1710.

Auf Keill folgte Desaguliers, der von ihm, seinem Meister, die Fertigkeit, Newtonische Experimente rezeptgemäß nachzubilden, sowie die Neigung zu dieser Theorie geerbt hatte, und dessen Kunstfertigkeit man anrief, wenn man Versuche sichten, durch Versuche etwas beweisen wollte.

Desaguliers ward berühmt durch sein Geschick zu experimentieren. s'Gravesande sagt von ihm: cuius peritia in instituendis experimentis nota est. Er hatte hinreichende mathematische Kenntnisse sowie auch genugsame Einsicht in das, was man damals Naturphilosophie nannte.

Desaguliers gegen Mariotte

Die Acta Eruditorum hatten 1706 S. 60 Nachricht von der Optik Newtons gegeben, durch einen gedrängten Auszug, ohne die mindeste Spur von Beifall oder Widerspruch.

Im Jahre 1713 S. 447 erwähnen sie, bei Gelegenheit von Rohaults Physik, jenes von Mariotte ausgesprochenen Einwurfs, und äußern sich darüber folgendermaßen: „Wenn es wahr ist, daß ein aus dem Spektrum abgesondertes, einzelnes farbiges Licht bei einer zweiten Brechung aufs neue an seinen Teilen Farben zeigt; so periklitiert die Newtonische Lehre. Noch entscheidender würde das Mariottische Experiment sein, wenn das ganze blaue Licht in eine andere Farbe verwandelt worden wäre."

Man sieht wohl, daß dieser Zweifel sich von einer Person herschreibt, die mit der Sache zwar genugsam bekannt ist, sie aber nicht völlig durchdrungen hat. Denn jedes einfärbige Bild kann so gut als ein schwarzes, weißes oder graues durch die verbreiterten Säume zugedeckt und seine Farbe dadurch aufgehoben, keineswegs aber in eine einzelne andere Farbe verwandelt werden. Genug, ein Aufruf dieser Art war von zu großer Bedeutung für Newton selbst und seine Schule, als daß nicht dadurch hätten Bewegungen hervorgebracht werden sollen. Dieses geschah auch, und Desaguliers stellte 1715 die Versuche gegen Mariotte an. Das Verfahren ist uns in den Philosophischen Transaktionen Nr. 348 S. 433 aufbewahrt.

Wir müssen uns Gewalt antun, indem wir von diesem Aufsatz Rechenschaft geben, aus der historischen Darstellung nicht wieder in die polemische Behandlung zu verfallen. Denn eigentlich sollte man Desaguliers gleichfalls Schritt vor Schritt, Wort vor Wort folgen, um zu zeigen, daß er wie sein Meister, ja noch schlimmer als dieser, sich bei den Versuchen benommen. Unbedeutende unnütze Nebenumstände werden hervorgehoben, die Hauptbedingungen des Phänomens spät und nur wie im Vorübergehen erwähnt, es wird versichert, daß man dieses und jenes leisten wolle, geleistet habe, und sodann, als wenn es nichts wäre, zum Schlusse eingestanden, daß es nicht geschehen sei, daß eins und anderes noch beiher sich zeige und gerade das, wovon eben die Rede war, daß es sich nicht zeigen dürfe.

Gegen Mariotte soll bewiesen werden, daß die Farben des Spektrums, wenn sie recht gesondert seien, keine weitere Veränderung erleiden, aus ihnen keine andere Farben hervorgehen, an ihnen keine andere Farbe sich zeige. Um nun die prismatischen Farben auf diesen hohen Grad zu reinigen, wird der Newtonische elfte Versuch des ersten Teils als genugtuend angeführt, die dort vorgeschlagene umständliche Vorrichtung zwar als beschwerlich und verdrießlich (troublesome) angegeben und, wie auch Newton schon getan, mit einer bequemern ausgetauscht, und man glaubt nun, es solle direkt auf den Gegner losgehen, es werde dasjenige, was er behauptet, umgestoßen, dasjenige, was er geleugnet, bewiesen werden.

Allein Desaguliers verfährt völlig auf die Newtonische Manier und bringt ganz unschuldig bei: er wolle auch noch einige begleitende Versuche (concomitant) vorführen. Nun ist aber an diesem elften Experiment gar nichts zu begleiten: wenn es bestehen könnte, müßte es für sich bestehen. Desaguliers' Absicht aber ist, wie man wohl einsieht, die ganze Newtonische Lehre von vornherein festzusetzen, damit das, was am elften Versuche fehlt, gegen die schon gegründete Lehre unbedeutend scheinen möge: eine Wendung, deren sich die Schule fortdauernd bedient hat. Er bringt daher nicht Einen, sondern neun Versuche vor, welche sämtlich mit gewissen Versuchen der Optik korrespondieren...

...

Aber hier macht sich eine allgemeine Betrachtung nötig. Das, was Desaguliers gegen Mariotte und später gegen Rizzetti versucht und vorgetragen, wird von der Newtonischen Schule seit hundert Jahren als ein Schlußverfahren angesehn. Wie war es möglich, daß ein solcher Unsinn sich in einer Erfahrungswissenschaft einschleichen konnte? Dieses zu beantworten, müssen wir darauf aufmerksam machen, daß, wie sich in die Wissenschaften ethische Beweggründe, mehr als man glaubt, einschlingen, ebenso auch Staats- und Rechtsmotive und -maximen darin zur Ausübung gebracht werden. Ein schließliches Aburteln, ohne weitere Appellation zuzulassen, geziemt wohl einem Gerichtshofe. Wenn vor hundert Jahren ein Verbrecher vor die Geschworenen gebracht, von diesen schuldig befunden und sodann aufgehangen worden; so fällt es uns nicht leicht ein, die Revision eines solchen Prozesses zu verlangen, ob es gleich Fälle genug gegeben hat, wo das Andenken eines schmählich Hingerichteten durch Recht und Urteil rehabilitiert worden. Nun aber Versuche, von einer Seite so bedeutend, von der andern so leicht und bequem anzustellen, sollen, weil sie vor hundert Jahren, in England, von einer zwar ansehnlichen aber weder theoretisierend noch experimentierend völlig taktfesten Gesellschaft angestellt worden, nunmehr als ein für allemal abgetan, abgemacht und fertig erklärt und die Wiederholung derselben für unnütz, töricht, ja anmaßlich ausgeschrien werden! Ist hierbei nur der mindeste Sinn, was Erfahrungswissenschaft sei, worauf sie beruhe, wie sie wachsen könne und müsse, wie sie ihr Falsches nach und nach von selbst wegwerfe, wie durch neue Entdeckungen die alten sich ergänzen und wie durch das Ergänzen die älteren Vorstellungsarten, selbst ohne Polemik, in sich zerfallen?

Auf die lächerlichste und unerträglichste Weise hat man von eben diesen Desaguliersschen Experimenten späterhin einsichtige Naturforscher weggeschreckt, gerade wie die Kirche von Glaubensartikeln die naseweisen Ketzer zu entfernen sucht. Betrachtet man dagegen, wie in der neuern Zeit Physiker und Chemiker die Lehre von den Luftarten, der Elektrizität, des Galvanism mit unsäglichem Fleiß, mit Aufwand und mancherlei Aufopferungen bearbeitet; so muß man sich schämen, im chromatischen Fach beinahe allein mit dem alten Inventarium von Traditionen, mit der alten Rüstkammer ungeschickter Vorrichtungen sich in Glauben und Demut begnügt zu haben.

Johannes Rizzetti

Ein Venezianer und aufmerksamer Liebhaber der Dioptrik faßte ein ganz richtiges Aperçu gegen Newton und fühlte, wie natürlich, einen großen Reiz, andern seine Entdeckung mitzuteilen und einleuchtend zu machen. Er verbreitete seine Meinung durch Briefe und reisende Freunde, fand aber überall Gegner. In Deutschland wurden seine Argumente in die Acta Eruditorum eingerückt. Professor Georg Friedrich Richter in Leipzig setzte sich dagegen; in England experimentierte und argumentierte Desaguliers gegen ihn; in Frankreich Gauger, in Italien die Bologneser Sozietät.

Er gab zuerst ein Diarium einer Reise durch Italien vor dem Jahre 1724 mit Nachträgen heraus, wovon man einen Auszug in die Acta Eruditorum setzte (Supplemente derselben Tom. 8. p. 127).

Bei Gelegenheit, daß Rizzetti die Frage aufwirft, wie es möglich sei, daß man die Gegenstände mit bloßen Augen farblos sähe, wenn es mit der von Newton bemerkten und erklärten farbigen Aberration seine Richtigkeit habe, bringt er verschiedene Einwendungen gegen die Newtonischen Experimente sowie auch gegen die Theorie vor. Richter schreibt dagegen (Tom. eod. p. 226). Darauf läßt sich Rizzetti wieder vernehmen und fügt noch einen Anhang hinzu (p. 303 f.). Aus einer neu veränderten Ausgabe des ersten Rizzettischen Aufsatzes findet sich gleichfalls ein Auszug (p. 234), und ein Auszug aus einem Briefe des Rizzetti an die Londner Sozietät (p. 236).

Richter verteidigt sich gegen Rizzetti (A. E. 1724, p. 27). Dieser gibt heraus: Specimen physico-mathematicum de Luminis affectionibus, Tarvisii et Venet. 1727. 8. Einzelne Teile daraus waren früher erschienen: De Luminis refractione, Auctore Rizzetto (siehe A. E. 1726. Nr. 10). De Luminis reflexione, Auctore Rizzetto (siehe A. E. suppl. Tom. IX, Sect. 2. Nr. 4).

. . .

Übrigens rechnen wir es uns zur Ehre und Freude, ihn als denjenigen anzuerkennen, der zuerst am ausführlichsten und tüchtigsten das, wovon auch wir in der Farbenlehre überzeugt sind, nach Beschaffenheit der Erfahrung seiner Zeit ausgesprochen hat.

Desaguliers gegen Rizzetti

Als in den Leipziger Actis Eruditorum (Supplem. Tom. 8. § 3. p. 130. 131) einiger Einwürfe Rizzettis gegen Newton erwähnt ward, wiederholt Desaguliers das Experiment, wovon die Rede ist, 1722 vor der Sozietät zu London und gibt davon in den Philosophischen Transaktionen Vol. 32, pag. 206 eine kurze Nachricht.

Es ist das zweite Experiment des ersten Buchs der Optik, bei welchem ein hellrotes und ein dunkelblaues Papier, beide mit schwarzen Fäden umwunden, durch eine Linse auf einer weißen Tafel abgebildet werden; da denn das rote Bild, oder vielmehr das Bild der schwarzen Fäden auf rotem Grunde, sich ferner von der Linse, und das blaue Bild, oder vielmehr das Bild der schwarzen Fäden auf blauem Grunde, sich näher an der Linse deutlich zeigen soll. Wie es damit stehe, haben wir im polemischen Teil umständlich genug auseinandergesetzt und hinlänglich gezeigt, daß hier nicht die Farbe, sondern das mehr oder weniger Abstechende des Hellen und Dunkeln Ursache ist, daß zu dem einen Bilde der Abbildungspunkt schärfer genommen werden muß, da bei dem andern ein laxerer schon hinreichend ist.

Desaguliers, ob er gleich behauptet, sein Experiment sei vortrefflich gelungen, muß doch zuletzt auf dasjenige, worauf wir festhalten, in einem Notabene hindeuten; wie er denn, nach Newtonischer Art, die Hauptsachen in Noten und Notabene nachbringt, und so sagt er: Man muß Sorge tragen, daß die Farben ja recht tief sind; denn indem ich zufälligerweise von dem Blauen abgestreift hatte, so war das Weiße der Karte unter dem Blauen schuld, daß auch dieses Bild weiter reichte, fast so weit als das Rote.

Ganz natürlich! Denn nun ward das Blaue heller und die schwarzen Fäden stachen besser darauf ab, und wer sieht nun nicht, warum Newton, bei Bereitung einer gleichen Pappe zu seinen zwei ersten Experimenten, einen schwarzen Grund unter die aufzustreichenden Farben verlangt?

Dieses Experiment, dessen ganzen Wert man in einem Notabene zurücknehmen kann, noch besser kennen zu lernen, ersuchen wir unsere Leser, besonders dasjenige nachzusehen, was wir im polemischen Teil zum sechzehnten Versuch (312—315) angemerkt haben.

Rizzetti hatte 1727 sein Werk herausgegeben, dessen einzelne Teile schon früher bekanntgemacht worden. Desaguliers experimentiert und argumentiert gegen ihn: man sehe die Philosophischen Transaktionen Nr. 406. Monat Dezember 1728.

Zuerst beklagt sich Desaguliers über die arrogante Manier, womit Rizzetti dem größten Philosophen jetziger und vergangener Zeit begegne; über den triumphierenden Ton, womit er die Irrtümer eines großen Mannes darzustellen glaube. Darauf zieht er solche Stellen aus, die freilich nicht die höflichsten sind und von einem Schüler Newtons als Gotteslästerung verabscheut werden mußten. Ferner traktiert er den Autor als some people (so ein Mensch), bringt noch mehrere Stellen aus dem Werke vor, die er teils kurz abfertigt, teils auf sich beruhen läßt, ohne jedoch im mindesten eine Übersicht über das Buch zu geben. Endlich wendet er sich zu Experimenten, die sich unter verschiedene Rubriken begreifen lassen.

...

Was übrigens Desaguliers betrifft, so ist der vollständige Titel des von ihm herausgegebenen Werkes: A Course of Experimental Philosophy by John Theophilus Desaguliers, L. L. D. F. R. S. Chaplain to his Royal Highness Frederik Prince of Wales, formerly of Hart Hall (now Hertford College) in Oxford. London.

Die erste Auflage des ersten Teils ist von 1734 und die zweite von 1745. Der zweite Band kam 1744 heraus. In der Vorrede des zweiten Teils pag. VII ist eine Stelle merkwürdig, warum er die Optik und so auch die Licht- und Farbenlehre nicht behandelt.

Gauger

Gehört auch unter die Gegner Rizzettis. Von ihm sind uns bekannt:

Lettres de Mr. Gauger, sur la différente Refrangibilité de la Lumière et l'immutabilité de leurs couleurs, etc. etc. Sie sind besonders abgedruckt, stehen aber auch in der Continuation des Mémoires de Littérature et d'Histoire Tom. V, p. 1. Paris 1728, und ein Auszug daraus in den Mémoires pour l'histoire des Sciences et des beaux arts. Trevoux. Juillet 1728.

Im ganzen läßt sich bemerken, wie sehr es Rizzetti muß angelegen gewesen sein, seine Meinung zu verbreiten und die Sache zur Sprache zu bringen. Was hingegen die Kontrovers betrifft, die Gauger mit ihm führt, so müßten wir alles das wiederholen, was wir oben schon beigebracht, und wir ersparen daher uns und unsern Lesern diese Unbequemlichkeit.

Newtons Persönlichkeit

Die Absicht dessen, was wir unter dieser Rubrik zu sagen gedenken, ist eigentlich die, jene Rolle eines Gegners und Widersachers, die wir so lange behauptet und auch künftig noch annehmen müssen, auf eine Zeit abzulegen, so billig als möglich zu sein, zu untersuchen, wie so seltsam Widersprechendes bei ihm zusammengehangen, und dadurch unsere mitunter gewissermaßen heftige Polemik auszusöhnen. Daß manche wissenschaftliche Rätsel nur durch eine ethische Auflösung begreiflich werden können, gibt man uns wohl zu, und wir wollen versuchen, was uns in dem gegenwärtigen Falle gelingen kann.

Von der englischen Nation und ihren Zuständen ist schon unter Roger Bacon und Baco von Verulam einiges erwähnt worden ... Ohne hier weiter einzugreifen, bemerken wir nur, daß bei den Engländern vorzüglich bedeutend und schätzenswert ist die Ausbildung so vieler derber, tüchtiger Individuen, eines jeden nach seiner Weise; und zugleich gegen das öffentliche, gegen das gemeine Wesen: ein Vorzug, den vielleicht keine andere Nation, wenigstens nicht in dem Grade, mit ihr teilt.

Die Zeit, in welcher Newton geboren ward, ist eine der prägnantesten in der englischen, ja in der Weltgeschichte überhaupt. Er war vier Jahr alt, als Karl I. enthauptet wurde, und erlebte die Thronbesteigung Georgs I. Ungeheure Konflikte bewegten Staat und Kirche, jedes für sich und beide gegeneinander, auf die mannigfaltigste und abwechselndste Weise. Ein König ward hingerichtet; entgegengesetzte Volks- und Kriegsparteien stürmten widereinander; Regierungsveränderungen, Veränderungen des Ministeriums, der Parlamente folgten sich gedrängt; ein wiederhergestelltes, mit Glanz geführtes Königtum ward abermals erschüttert; ein König vertrieben, der Thron von einem Fremden in Besitz genommen und abermals nicht vererbt, sondern einem Fremden abgetreten.

Wie muß nicht durch eine solche Zeit ein jeder sich angeregt, sich aufgefordert fühlen! Was muß das aber für ein eigener Mann sein, den seine Geburt, seine Fähigkeiten zu mancherlei Anspruch berechtigen und der alles ablehnt und ruhig seinem von Natur eingepflanzten Forscherberuf folgt!

Newton war ein wohlorganisierter, gesunder, wohltemperierter Mann, ohne Leidenschaft, ohne Begierden. Sein Geist war konstruktiver Natur, und zwar im abstraktesten Sinne; daher war die höhere Mathematik ihm als das eigentliche Organ gegeben, durch das er seine innere Welt aufzubauen und die äußere zu gewältigen suchte. Wir maßen uns über dieses sein Hauptverdienst kein Urteil an und gestehen gern zu, daß sein eigentliches Talent außer unserm Gesichtskreise liegt; aber, wenn wir aus eigener Überzeugung sagen können: das von seinen Vorfahren Geleistete ergriff er mit Bequemlichkeit und führte es bis zum Erstaunen weiter; die mittleren Köpfe seiner Zeit ehrten und verehrten ihn, die besten erkannten ihn für ihresgleichen oder gerieten gar wegen bedeutender Erfindungen und Entdeckungen mit ihm in Kontestation: so dürfen wir ihn wohl, ohne näheren Beweis, mit der übrigen Welt für einen außerordentlichen Mann erklären.

Von der praktischen, von der Erfahrungsseite rückt er uns dagegen schon näher. Hier tritt er in eine Welt ein, die wir auch kennen, in der wir seine Verfahrungsart und seinen Sukzeß zu beurteilen vermögen, um so mehr, als es überhaupt eine unbestrittne Wahrheit ist, daß, so rein und sicher die Mathematik in sich selbst behandelt werden kann, sie doch auf dem Erfahrungsboden sogleich bei jedem Schritte periklitiert und ebensogut wie jede andere ausgeübte Maxime zum Irrtum verleiten, ja den Irrtum ungeheuer machen und sich künftige Beschämungen vorbereiten kann.

Wie Newton zu seiner Lehre gelangt, wie er sich bei ihrer ersten Prüfung übereilt, haben wir umständlich oben auseinandergesetzt. Er baut seine Theorie sodann konsequent auf, ja er sucht seine Erklärungsart als ein Faktum geltend zu machen; er entfernt alles, was ihr schädlich ist, und ignoriert dieses, wenn er es nicht leugnen kann. Eigentlich kontrovertiert er nicht, sondern wiederholt nur immer seinen Gegnern: greift die Sache an wie ich; geht auf meinem Wege; richtet alles ein wie ich's eingerichtet habe; seht wie ich, schließt wie ich, und so werdet ihr finden, was ich gefunden habe: alles andere ist vom Übel. Was sollen hundert Experimente, wenn zwei oder drei meine Theorie auf das beste begründen?

Dieser Behandlungsart, diesem unbiegsamen Charakter ist eigentlich die Lehre ihr ganzes Glück schuldig. Da das Wort Charakter ausgesprochen ist, so werde einigen zudringenden Betrachtungen hier Platz vergönnt.

Jedes Wesen, das sich als eine Einheit fühlt, will sich in seinem eigenen Zustand ungetrennt und unverrückt erhalten. Dies ist eine ewige notwendige Gabe der Natur, und so kann man sagen, jedes Einzelne habe Charakter bis zum Wurm hinunter, der sich krümmt, wenn er getreten wird. In diesem Sinne dürfen wir dem Schwachen, ja dem Feigen selbst Charakter zuschreiben: denn er gibt auf, was andere Menschen über alles schätzen, was aber nicht zu seiner Natur gehört: die Ehre, den Ruhm, nur damit er seine Persönlichkeit erhalte. Doch bedient man sich des Wortes Charakter gewöhnlich in einem höhern Sinne: wenn nämlich eine Persönlichkeit von bedeutenden Eigenschaften auf ihrer Weise verharret und sich durch nichts davon abwendig machen läßt.

Einen starken Charakter nennt man, wenn er sich allen äußerlichen Hindernissen mächtig entgegensetzt und seine Eigentümlichkeit, selbst mit Gefahr seine Persönlichkeit zu verlieren, durchzusetzen sucht. Einen großen Charakter nennt man, wenn die Stärke desselben zugleich mit großen, unübersehlichen, unendlichen Eigenschaften, Fähigkeiten, verbunden ist und durch ihn ganz originelle unerwartete Absichten, Plane und Taten zum Vorschein kommen.

Ob nun gleich jeder wohl einsieht, daß hier eigentlich das Überschwengliche, wie überhaupt, die Größe macht; so muß man sich doch ja nicht irren und etwa glauben, daß hier von einem Sittlichen die Rede sei. Das Hauptfundament des Sittlichen ist der gute Wille, der seiner Natur nach nur aufs Rechte gerichtet sein kann; das Hauptfundament des Charakters ist das entschiedene Wollen, ohne Rücksicht auf Recht und Unrecht, auf Gut und Böse, auf Wahrheit oder Irrtum: es ist das, was jede Partei an den ihrigen so höchlich schätzt. Der Wille gehört der Freiheit, er bezieht sich auf den innern Menschen, auf den Zweck; das Wollen gehört der Natur und bezieht sich auf die äußere Welt, auf die Tat: und weil das irdische Wollen nur immer ein beschränktes sein kann, so läßt sich beinahe voraussetzen, daß in der Ausübung das höhere Rechte niemals oder nur durch Zufall gewollt werden kann.

Man hat, nach unserer Überzeugung, noch lange nicht genug Beiworte aufgesucht, um die Verschiedenheit der Charaktere auszudrücken. Zum Versuch wollen wir die Unterschiede, die bei der physischen Lehre von der Kohärenz stattfinden, gleichnisweise gebrauchen; und so gäbe es starke, feste, dichte, elastische, biegsame, geschmeidige, dehnbare, starre, zähe, flüssige und wer weiß was sonst noch für Charaktere. Newtons Charakter würden wir unter die starren rechnen, so wie auch seine Farbentheorie als ein erstarrtes Aperçu anzusehen ist.

Was uns gegenwärtig betrifft, so berühren wir eigentlich nur den Bezug des Charakters auf Wahrheit und Irrtum. Der Charakter bleibt derselbe, er mag sich dem einen oder der andern ergeben; und so verringert es die große Hochachtung, die wir für Newton hegen, nicht im geringsten, wenn wir behaupten: er sei als Mensch, als Beobachter in einen Irrtum gefallen und habe als Mann von Charakter, als Sektenhaupt, seine Beharrlichkeit eben dadurch am kräftigsten betätigt, daß er diesen Irrtum trotz allen äußern und innern Warnungen bis an sein Ende fest behauptet, ja immer mehr gearbeitet und sich bemüht, ihn auszubreiten, ihn zu befestigen und gegen alle Angriffe zu schützen.

Und hier tritt nun ein ethisches Haupträtsel ein, das aber demjenigen, der in die Abgründe der menschlichen Natur zu blicken wagte, nicht unauflösbar bleibt. Wir haben in der Heftigkeit des Polemisierens Newtonen sogar einige Unredlichkeit vorgeworfen; wir sprechen gegenwärtig wieder von nicht geachteten inneren Warnungen, und wie wäre dies mit der übrigens anerkannten Moralität eines solchen Mannes zu verbinden?

Der Mensch ist dem Irren unterworfen, und wie er in einer Folge, wie er anhaltend irrt, so wird er sogleich falsch gegen sich und gegen andere; dieser Irrtum mag in Meinungen oder in Neigungen bestehen. Von Neigungen wird es uns deutlicher, weil nicht leicht jemand sein wird, der eine solche Erfahrung nicht an sich gemacht hätte. Man widme einer Person mehr Liebe, mehr Achtung, als sie verdient, sogleich muß man falsch gegen sich und andre werden: man ist genötigt, auffallende Mängel als Vorzüge zu betrachten und sie bei sich wie bei andern dafür gelten zu machen.

Dagegen lassen Vernunft und Gewissen sich ihre Rechte nicht nehmen. Man kann sie belügen, aber nicht täuschen. Ja wir tun nicht zuviel, wenn wir sagen: je moralischer, je vernünftiger der Mensch ist, desto lügenhafter wird er, sobald er irrt, desto ungeheurer muß der Irrtum werden, sobald er darin verharrt; und je schwächer die Vernunft, je stumpfer das Gewissen, desto mehr ziemt der Irrtum dem Menschen, weil er nicht gewarnt ist. Das Irren wird nur bedauernswert, ja es kann liebenswürdig erscheinen.

Ängstlich aber ist es anzusehen, wenn ein starker Charakter, um sich selbst getreu zu bleiben, treulos gegen die Welt wird und, um innerlich wahr zu sein, das Wirkliche für eine Lüge erklärt und sich dabei ganz gleichgültig erzeigt, ob man ihn für halsstarrig, verstockt, eigensinnig, oder für lächerlich halte. Demungeachtet bleibt der Charakter immer Charakter, er mag das Rechte oder das

Unrechte, das Wahre oder das Falsche wollen und eifrig dafür arbeiten.

Allein hiermit ist noch nicht das ganze Rätsel aufgelöst; noch ein Geheimnisvolleres liegt dahinter. Es kann sich nämlich im Menschen ein höheres Bewußtsein finden, so daß er über die notwendige ihm einwohnende Natur, an der er durch alle Freiheit nichts zu verändern vermag, eine gewisse Übersicht erhält. Hierüber völlig ins klare zu kommen, ist beinahe unmöglich; sich in einzelnen Augenblicken zu schelten, geht wohl an, aber niemanden ist gegeben, sich fortwährend zu tadeln. Greift man nicht zu dem gemeinen Mittel, seine Mängel auf die Umstände, auf andere Menschen zu schieben; so entsteht zuletzt aus dem Konflikt eines vernünftig richtenden Bewußtseins mit der zwar modifikablen, aber doch unveränderlichen Natur eine Art von Ironie in und mit uns selbst, so daß wir unsere Fehler und Irrtümer wie ungezogene Kinder spielend behandeln, die uns vielleicht nicht so lieb sein würden, wenn sie nicht eben mit solchen Unarten behaftet wären.

Diese Ironie, dieses Bewußtsein, womit man seinen Mängeln nachsieht, mit seinen Irrtümern scherzt und ihnen desto mehr Raum und Lauf läßt, weil man sie doch am Ende zu beherrschen glaubt oder hofft, kann von der klarsten Verruchtheit bis zur dumpfsten Ahndung sich in mancherlei Subjekten stufenweise finden, und wir getrauten uns eine solche Galerie von Charakteren, nach lebendigen und abgeschiedenen Mustern, wenn es nicht allzu verfänglich wäre, wohl aufzustellen. Wäre alsdann die Sache durch Beispiele völlig aufgeklärt, so würde uns niemand verargen, wenn er Newtonen auch in der Reihe fände, der eine trübe Ahndung seines Unrechts gewiß gefühlt hat.

Denn wie wäre es einem der ersten Mathematiker möglich, sich einer solchen Unmethode zu bedienen, daß er schon in den Optischen Lektionen, indem er die diverse Refrangibilität festsetzen will, den Versuch mit parallelen Mitteln, der ganz an den Anfang gehört, weil die Farbenerscheinung sich da zuerst entwickelt, ganz zuletzt bringt; wie konnte einer, dem es darum zu tun gewesen wäre, seine Schüler mit den Phänomenen im ganzen Umfang bekannt zu machen, um darauf eine haltbare Theorie zu bauen, wie konnte der die subjektiven Phänomene gleichfalls erst gegen das Ende und keineswegs in einem gewissen Parallelismus mit den objektiven abhandeln; wie konnte er sie für unbequem erklären, da sie ganz ohne Frage die bequemeren sind: wenn er nicht der Natur ausweichen und seine vorgefaßte Meinung vor ihr sicherstellen wollte? Die Natur spricht nichts aus, was ihr selbst unbequem wäre; desto schlimmer, wenn sie einem Theoretiker unbequem wird.

Nach allem diesem wollen wir, weil ethische Probleme auf gar mancherlei Weise aufgelöst werden können, noch die Vermutung anführen, daß vielleicht Newton an seiner Theorie so viel Gefallen gefunden, weil sie ihm, bei jedem Erfahrungsschritte, neue Schwierigkeiten darbot. So sagt ein Mathematiker selber: C'est la coutume des Géomètres de s'élever de difficultés en difficultés, et même de s'en former sans cesse de nouvelles, pour avoir le plaisir de les surmonter.

Wollte man aber auch so den vortrefflichen Mann nicht genug entschuldigt halten, so werfe man einen Blick auf die Naturforschung seiner Zeiten, auf das Philosophieren über die Natur, wie es teils von Descartes her, teils durch andere vorzügliche Männer üblich geworden war, und man wird aus diesen Umgebungen sich Newtons eigenen Geisteszustand eher vergegenwärtigen können.

Auf diese und noch manche andere Weise möchten wir den Manen Newtons, insofern wir sie beleidigt haben könnten, eine hinlängliche Ehrenerklärung tun. Jeder Irrtum, der aus dem Menschen und aus den Bedingungen, die ihn umgeben, unmittelbar entspringt, ist verzeihlich, oft ehrwürdig; aber alle Nachfolger im Irrtum können nicht so billig behandelt werden. Eine nachgesprochene Wahrheit verliert schon ihre Grazie; ein nachgesprochener Irrtum erscheint abgeschmackt und lächerlich. Sich von einem eigenen Irrtum loszumachen, ist schwer, oft unmöglich bei großem Geist und großen Talenten; wer aber einen fremden Irrtum aufnimmt und halsstarrig dabei verbleibt, zeigt von gar geringem Vermögen. Die Beharrlichkeit eines original Irrenden kann uns erzürnen; die Hartnäckigkeit der

Irrtumskopisten macht verdrießlich und ärgerlich. Und wenn wir in dem Streit gegen die Newtonische Lehre manchmal aus den Grenzen der Gelassenheit herausgeschritten sind, so schieben wir alle Schuld auf die Schule, deren Inkompetenz und Dünkel, deren Faulheit und Selbstgenügsamkeit, deren Ingrimm und Verfolgungsgelüst miteinander durchaus in Proportion und Gleichgewicht stehen.

Erste Schüler und Bekenner Newtons

Außer den schon erwähnten Experimentatoren, Keill und Desaguliers, werden uns folgende Männer merkwürdig.

Samuel Clarke, geboren 1675, gestorben 1735, trägt zur Ausbreitung der Newtonischen Lehre unter allen am meisten bei. Zum geistlichen Stande bestimmt, zeigt er in der Jugend großes Talent zur Mathematik und Physik, penetriert früher als andere die Newtonischen Ansichten und überzeugt sich davon.

Er übersetzt Rohaults Physik, welche, nach Cartesianischen Grundsätzen geschrieben, in den Schulen gebraucht wurde, ins Lateinische. In den Noten trägt der Übersetzer die Newtonische Lehre vor, von welcher denn bei Gelegenheit der Farben gesagt wird: Experientia compertum est etc. Die erste Ausgabe ist von 1697. Auf diesem Wege führte man die Newtonische Lehre, neben der des Cartesius, in den Unterricht ein und verdrängte jene nach und nach.

Der größte Dienst jedoch, den Clarke Newtonen erzeigte, war die Übersetzung der Optik ins Lateinische, welche 1706 herauskam. Newton hatte sie selbst revidiert, und Engländer sagen, sie sei verständlicher als das Original selbst. Wir aber können dies keineswegs finden. Das Original ist sehr deutlich, naiv, ernst geschrieben; die Übersetzung muß, um des lateinischen Sprachgebrauchs willen, oft umschreiben und Phrasen machen; aber vielleicht sind es eben diese Phrasen, die den Herren, welche sich nichts weiter dabei denken wollten, am besten zu Ohre gingen.

Übrigens standen beide Männer in einem moralischen, ja religiösen Verhältnis zueinander, indem sie beide dem Arianismus zugetan waren: einer mäßigen Lehre, die vielen vernünftigen Leuten der damaligen Zeit behagte und den Deismus der folgenden vorbereitete.

Wilhelm Molyneux, einer der ersten Newtonischen Bekenner. Er gab eine Dioptrica nova, London, 1692, heraus, woselbst er auf der vierten Seite sagt: „Aber Herr Newton in seinen Abhandlungen, Farben und Licht betreffend, die in den Philosophischen Transaktionen publiziert worden, hat umständlich dargetan, daß die Lichtstrahlen keineswegs homogen oder von einerlei Art sind, vielmehr von unterschiedenen Formen und Figuren, daß einige mehr gebrochen werden als die andern, ob sie schon einen gleichen oder ähnlichen Neigungswinkel zum Glase haben.“

Niemanden wird entgehen, daß hier, bei allem Glauben an den Herrn und Meister, die Lehre schon ziemlich auf dem Wege ist, verschoben und entstellt zu werden.

Regnault. Entretiens physiques Tom. 2. Entret. 23, p. 395 ff. und Entret. 22, p. 379 ff. trägt die Newtonische Lehre in der Kürze vor.

Maclaurin. Expositions des découvertes philosophiques de Mr. Newton.

Pemberton. A view of Sir Isaac Newton's philosophy. London 1728.

Wilhelm Whiston. Praelectiones mathematicae.

Dunch. Philosophia mathematica Newtoniana.

Inwiefern diese letzteren sich auch um die Farbenlehre bekümmert und solche mehr oder weniger dem Buchstaben nach vorgetragen, gedenken wir hier nicht zu untersuchen; genug, sie gehören unter diejenigen, welche als die ersten Anhänger und Bekenner Newtons in der Geschichte genannt werden.

Von auswärtigen Anhängern erwähnen wir zunächst s'Gravesande und Musschenbroek.

Wilhelm Jakob s'Gravesande

geboren 1688

Physices elementa mathematica, sive introductio ad philosophiam Newtonianam. Lugd. Batav. 1721.

Im zweiten Bande p. 78, Cap. 18, trägt er die Lehre von

der diversen Refrangibilität nach Newton vor; in seinen Definitionen setzt er sie voraus. Die ins Ovale gezogene Gestalt des runden Sonnenbildes scheint sie ihm ohne weiteres zu beweisen.

Merkwürdig ist, daß Tab. XV die erste Figur ganz richtig gezeichnet ist und daß er § 851 zur Entschuldigung, daß im vorhergehenden beim Vortrag der Refraktionsgesetze die weißen Strahlen als homogen behandelt worden, sagt: satis est exigua differentia refrangibilitatis in radiis solaribus, ut in praecedentibus negligi potuit.

Freilich, wenn die Versuche mit parallelen Mitteln gemacht werden, sind die farbigen Ränder unbedeutend, und man muß das Sonnenbild genug quälen, bis das Phänomen ganz farbig erscheint.

Übrigens sind die perspektivisch, mit Licht und Schatten vorgestellten Experimente gut und richtig, wie es scheint, nach dem wirklichen Apparat gezeichnet. Aber wozu der Aufwand, da die Farbenerscheinung als die Hauptsache fehlt? Reine Linearzeichnungen, richtig illuminiert, bestimmen und entscheiden die ganze Sache, dahingegen durch jene umständliche, bis auf einen gewissen Grad wahre und doch im Hauptpunkte mangelhafte Darstellung der Irrtum nur desto ehrwürdiger gemacht und fortgepflanzt wird.

Peter von Musschenbroek

geboren 1692, gestorben 1761

Elementa physica 1734. Völlig von der Newtonischen Lehre überzeugt, fängt er seinen Vortrag mit der hypothetischen Figur an, wie sie bei uns, Tafel VII, Figur 1, abgebildet ist. Dann folgt: Si per exiguum foramen mit der bekannten Litanei.

Bei dieser Gelegenheit erwähnen wir der Florentinischen Akademie, deren Tentamina von Musschenbroek übersetzt und 1731 herausgegeben worden. Sie enthalten zwar nichts die Farbenlehre betreffend; doch ist uns die Vorrede merkwürdig, besonders wegen einer Stelle über Newton, die als ein Zeugnis der damaligen höchsten Verehrung dieses außerordentlichen Mannes mitgeteilt zu werden verdient. Indem nämlich Musschenbroek die mancherlei Hindernisse und Beschwerlichkeiten anzeigt, die er bei Übersetzung des Werks aus dem Italienischen ins Lateinische gefunden, fügt er folgendes hinzu: „Weil nun auch mehr als sechzig Jahre seit der ersten Ausgabe dieses Werkes verflossen; so ist die Philosophie inzwischen mit nicht geringem Wachstum vorgeschritten, besonders, seitdem der allerreichste und höchste Lenker und Vorsteher aller menschlichen Dinge, mit unendlicher Liebe und unbegreiflicher Wohltätigkeit die Sterblichen unserer Zeit bedenkend, ihre Gemüter nicht länger in dem Druck der alten Finsternis lassen wollte, sondern ihnen als ein vom Himmel gesandtes Geschenk jenes britische Orakel, Isaak Newton, gewährt; welcher, eine erhabene Mathesin auf die zartesten Versuche anwendend und alles geometrisch beweisend, gelehrt hat, wie man in die verborgensten Geheimnisse der Natur dringen und eine wahre befestigte Wissenschaft erlangen könne. Deswegen hat auch dieser mit göttlichem Scharfsinn begabte Philosoph mehr geleistet als alle die erfindsamsten Männer von den ersten Anfängen der Weltweisheit her zusammen. Verbannt sind nun alle Hypothesen; nichts, als was bewiesen ist, wird zugelassen; die Weltweisheit wird durch die gründlichste Lehre erweitert und auf den menschlichen Nutzen übergetragen, durch mehrere angesehene, die wahre Methode befolgende gelehrte Männer."

Französische Akademiker

Die erste französische Akademie, schon im Jahre 1634 eingerichtet, war der Sprache im allgemeinsten Sinne, der Grammatik, Rhetorik und Poesie gewidmet. Eine Versammlung von Naturforschern aber hatte zuerst in England stattgefunden.

In einem Brief an die Londner Sozietät preist von Montmort-de Sorbière die englische Nation glücklich, daß sie einen reichen Adel und einen König habe, der sich für die Wissenschaften interessiere; welches in Frankreich nicht der Fall sei. Doch fanden sich auch in diesem Lande schon so viel Freunde der Naturwissenschaften in einzelnen Gesellschaften zusammen, daß man von Hof aus nicht säumen konnte, sie näher zu vereinigen. Man dachte sich ein weit umfassendes Ganze und wollte jene erste Akademie der Redekünste und die neu einzurichtende der Wissenschaften miteinander vereinigen. Dieser Versuch gelang nicht; die Sprach-Akademiker schieden sich gar bald, und die Akademie der Wissenschaften blieb mehrere Jahre zwar unter königlichem Schutz, doch ohne eigentliche Sanktion und Konstitution, in einem gewissen Mittelzustand, in welchem sie sich gleichwohl um die Wissenschaften genug verdient machte.

Mit ihren Leistungen bis 1696 macht uns du Hamel in seiner Regiae Scientiarum academiae historia auf eine stille und ernste Weise bekannt.

In dem Jahre 1699 wurde sie restauriert und völlig organisiert, von welcher Zeit an ihre Arbeiten und Bemühungen ununterbrochen bis zur Revolution fortgesetzt wurden.

Die Gesellschaft hielt sich, ohne sonderliche theoretische Tendenz, nahe an der Natur und deren Beobachtung, wobei sich von selbst versteht, daß in Absicht auf Astronomie, sowie auf alles, was dieser großen Wissenschaft vorausgehen muß, nicht weniger bei Bearbeitung der allgemeinen Naturlehre, die Mathematiker einen fleißigen und treuen Anteil bewiesen. Naturgeschichte, Tierbeschreibung, Tieranatomie beschäftigten manche Mitglieder und bereiteten vor, was später von Buffon und Daubenton ausgeführt wurde.

Im ganzen sind die Verhandlungen dieser Gesellschaft ebenso wenig methodisch als die der englischen; aber es herrscht doch eher eine Art von verständiger Ordnung darin. Man ist hier nicht so konfus wie dort, aber auch nicht so reich. In Absicht auf Farbenlehre verdanken wir derselben folgendes:

Mariotte

Unter dem Jahre 1679 gibt uns die Geschichte der Akademie eine gedrängte aber hinreichende Nachricht von den Mariottischen Arbeiten. Sie bezeigt ihre Zufriedenheit über die einfache Darstellung der Phänomene und äußert, daß es sehr wohl getan sei, auf eine solche Weise zu verfahren, als sich in die Aufsuchung entfernterer Ursachen zu verlieren.

De la Hire

Im Jahre 1678 hatte dieser in einer kleinen Schrift, Accidents de la vue, den Ursprung des Blauen ganz richtig gefaßt, daß nämlich ein dunkler schwärzlicher Grund, durch ein durchscheinendes weißliches Mittel gesehen, die Empfindung von Blau gebe.

Unter dem Jahre 1711 findet sich in den Memoiren der Akademie ein kleiner Aufsatz, worin diese Ansicht wiederholt und zugleich bemerkt wird, daß das Sonnenlicht durch ein angerauchtes Glas rot erscheine. Er war, wie man sieht, auf dem rechten Wege, doch fehlte es ihm an Entwicklung des Phänomens. Er drang nicht weit genug vor, um einzusehen, daß das angerauchte Glas hier nur als ein Trübes wirke, indem dasselbe, wenn es leicht angeraucht ist, vor einen dunklen Grund gehalten, bläulich erscheint. Ebensowenig gelang es ihm, das Rote aufs Gelbe zurück und das Blaue aufs Violette vorwärts zu führen. Seine Bemerkung und Einsicht blieb daher unfruchtbar liegen.

...

Malebranche

... Er gehört unter diejenigen, welche Licht und Farbe zarter zu behandeln glaubten, wenn sie sich diese Phänomene als Schwingungen erklärten. Und es ist bekannt, daß diese Vorstellungsart durch das ganze achtzehnte Jahrhundert Gunst gefunden.

Nun haben wir schon geäußert, daß nach unserer Überzeugung damit gar nichts gewonnen ist. Denn wenn uns der Ton deswegen begreiflicher zu sein scheint als die Farbe, weil wir mit Augen sehen und mit Händen greifen können, daß eine mechanische Impulsion Schwingungen an den Körpern und in der Luft hervorbringt, deren verschiedene Maßverhältnisse harmonische und disharmonische Töne bilden; so erfahren wir doch dadurch keinesweges, was der

Ton sei und wie es zugehe, daß diese Schwingungen und ihre Abgemessenheiten das, was wir im allgemeinen Musik nennen, hervorbringen mögen. Wenn wir nun aber gar diese mechanischen Wirkungen, die wir für intelligibel halten, weil wir einen gewissermaßen groben Anstoß so zarter Erscheinungen bemerken können, zum Gleichnis brauchen, um das, was Licht und Farbe leisten, uns auf ebendem Wege begreiflich zu machen; so ist dadurch eigentlich gar nichts getan. Statt der Luft, die durch den Schall bewegt wird, einen Äther zu supponieren, der durch die Anregung des Lichts auf eine ähnliche Weise vibriere, bringt das Geschäft um nichts weiter: denn freilich ist am Ende alles Leben und Bewegung, und beide können wir doch nicht anders gewahr werden, als daß sie sich selbst rühren und durch Berührung das Nächste zum Fortschritt anreizen.

Wie unendlich viel ruhiger ist die Wirkung des Lichts als die des Schalles. Eine Welt, die so anhaltend von Schall erfüllt wäre, als sie es von Licht ist, würde ganz unerträglich sein.

Durch diese oder eine ähnliche Betrachtung ist wahrscheinlich Malebranche, der ein sehr zart fühlender Mann war, auf seine wunderlichen Vibrations de pression geführt worden, da die Wirkung des Lichts durchaus mehr einem Druck als einem Stoß ähnlich ist. Wovon diejenigen, welche es interessiert, die Memoiren der Akademie von 1699 nachsehen werden.

Bernard le Bovier de Fontenelle

geboren 1657, gestorben 1757

Es war nicht möglich, daß die Franzosen sich lange mit den Wissenschaften abgaben, ohne solche ins Leben, ja in die Sozietät zu ziehen und sie durch eine gebildete Sprache der Redekunst, wo nicht gar der Dichtkunst zu überliefern. Schon länger als ein halbes Jahrhundert war man gewohnt, über Gedichte und prosaische Aufsätze, über Theaterstücke, Kanzelreden, Memoiren, Lobreden und Biographien in Gesellschaften zu dissertieren und seine Meinung, sein Urteil gegenseitig zu eröffnen. Im Briefwechsel suchten Männer und Frauen der oberen Stände sich an Einsicht in die Welthändel und Charaktere, an Leichtigkeit, Heiterkeit und Anmut bei der möglichsten Bestimmtheit zu übertreffen; und nun trat die Naturwissenschaft als eine spätre Gabe hinzu. Die Forscher so gut als andre Literatoren und Gelehrte lebten in der Welt und für die Welt; sie mußten auch für sich Interesse zu erregen suchen und erregten es leicht und bald.

Aber ihr Hauptgeschäft lag eigentlich von der Welt ab. Die Untersuchung der Natur durch Experimente, die mathematische oder philosophische Behandlung des Erfahrenen erforderte Ruhe und Stille, und weder die Breite noch die Tiefe der Erscheinung sind geeignet, vor die Versammlung gebracht zu werden, die man gewöhnlich Sozietät nennt. Ja manches Abstrakte, Abstruse läßt sich in die gewöhnliche Sprache nicht übersetzen. Aber dem lebhaften, geselligen, mundfertigen Franzosen schien nichts zu schwer, und gedrängt durch die Nötigung einer großen gebildeten Masse, unternahm er eben Himmel und Erde mit allen ihren Geheimnissen zu vulgarisieren.

Ein Werk dieser Art ist Fontenelles Schrift über die Mehrheit der Welten. Seitdem die Erde im Kopernikanischen System auf einem subalternen Platz erschien, so traten vor allen Dingen die übrigen Planeten in gleiche Rechte. Die Erde war bewachsen und bewohnt, alle Klimaten brachten nach ihren Bedingungen und Eigenheiten eigene Geschöpfe hervor, und die Folgerung lag ganz nahe, daß die ähnlichen Gestirne, und vielleicht auch gar die unähnlichen, ebenfalls mit Leben übersät und beglückt sein müßten. Was die Erde an ihrem hohen Rang verloren, ward ihr gleichsam hier durch Gesellschaft ersetzt, und für Menschen, die sich gern mitteilen, war es ein angenehmer Gedanke, früher oder später einen Besuch auf den umliegenden Welten abzustatten. Fontenelles Werk fand großen Beifall und wirkte viel, indem es außer dem Hauptgedanken noch manches andere, den Weltbau und dessen Einrichtung betreffend, popularisieren mußte.

Dem Redner kommt es auf den Wert, die Würde, die Vollständigkeit, ja die Wahrheit seines Gegenstandes nicht an;

die Hauptfrage ist, ob er interessant sei oder interessant gemacht werde. Die Wissenschaft selbst kann durch eine solche Behandlung wohl nicht gewinnen, wie wir auch in neuerer Zeit durch das Feminisieren und Infantisieren so mancher höheren und profunderen Materie gesehen haben. Dasjenige, wovon das Publikum hört, daß man sich damit in den Werkstätten, in den Studierzimmern der Gelehrten beschäftige, das will es auch näher kennen lernen, um nicht ganz albern zuzusehen, wenn die Wissenden davon sich laut unterhalten. Darum beschäftigen sich so viele Redigierende, Epitomisierende, Ausziehende, Urteilende, Vorurteilende; die launigen Schriftsteller verfehlen nicht, Seitenblicke dahin zu tun; der Komödienschreiber scheut sich nicht, das Ehrwürdige auf dem Theater zu verspotten, wobei die Menge immer am freisten Atem holt, weil sie fühlt, daß sie etwas Edles, etwas Bedeutendes los ist und daß sie vor dem, was andre für wichtig halten, keine Ehrfurcht zu haben braucht.

Zu Fontenelles Zeiten war dieses alles erst im Werden. Es läßt sich aber schon bemerken, daß Irrtum und Wahrheit, so wie sie im Gange waren, von guten Köpfen ausgebreitet, und eins wie das andre wechselsweise mit Gunst oder Ungunst behandelt wurden.

Dem großen Rufe Newtons, als derselbe in einem hohen Alter mit Tode abging, war niemand gewachsen. Die Wirkungen seiner Persönlichkeit erschienen durch ihre Tiefe und Ausbreitung der Welt höchst ehrwürdig, und jeder Verdacht, daß ein solcher Mann geirrt haben könnte, wurde weggewiesen. Das Unbedingte, an dem sich die menschliche Natur erfreut, erscheint nicht mächtiger als im Beifall und im Tadel, im Haß und der Neigung der Menge. Alles oder Nichts ist von jeher die Devise des angeregten Demos.

Schon von jener ersten, der Sprache gewidmeten Akademie ward der löbliche Gebrauch eingeführt, bei dem Totenamte, das einem verstorbenen Mitgliede gehalten wurde, eine kurze Nachricht von des Abgeschiedenen Leben mitzuteilen. Pelisson, der Geschichtschreiber jener Akademie, gibt uns solche Notizen von den zu seiner Zeit verstorbenen Gliedern, auf seine reine, natürliche, liebenswürdige Weise. Je mehr nachher diese Institute selbst sich Ansehn geben und verschaffen, je mehr man Ursache hat, aus den Toten etwas zu machen, damit die Lebendigen als etwas erscheinen, desto mehr werden solche Personalien aufgeschmückt und treten in der Gestalt von Elogien hervor.

Daß nach dem Tode Newtons, der ein Mitglied der Französischen Akademie war, eine bedeutende, allgemein verständliche, von den Anhängern Newtons durchaus zu billigende Lobrede würde gehalten werden, ließ sich erwarten. Fontenelle hielt sie. Von seinem Leben und seiner Lehre, und also auch von seiner Farbentheorie wurde mit Beifall Rechenschaft gegeben...

...

Jean-Jacques d'Ortous de Mairan

geboren 1678, gestorben 1771

Ein Mann, gleichsam von der Natur bestimmt, mit Fontenellen zu wetteifern, unterrichtet, klar, scharfsinnig, fleißig, von einer sozialen und höchstgefälligen Natur. Er folgte Fontenellen im Sekretariat bei der Akademie, schrieb einige Jahre die erforderlichen Lobreden, erhielt sich die Gunst der vornehmen und rührigen Welt bis in sein Alter, das er beinahe so hoch als Fontenelle brachte. Uns geziemt nur, desjenigen zu gedenken, was er getan, um die Farbenlehre zu fördern.

Schon mochte bei den Physikern vergessen sein, was Mariotte für diese Lehre geleistet; der Weg, den er gegangen, den er eingeleitet, war vielleicht zum zweitenmal von einem Franzosen nicht zu betreten. Er hatte still und einsam gelebt, so daß man beinahe nichts von ihm weiß, und wie wäre es sonst auch möglich gewesen, den Erfahrungen mit solcher Schärfe und Genauigkeit bis in ihre letzten notwendigsten und einfachsten Bedingungen zu folgen. Von Nuguet und demjenigen, was er im Journal von Trevoux geäußert, scheint niemand die mindeste Notiz genommen zu haben. Ebensowenig von de la Hires richtigem Aperçu wegen des Blauen und Roten. Alles das war für die Franzosen verloren, deren Blick durch die magische Gewalt des englischen Gestirns fasziniert worden. Newton war Präsident einer schon gegründeten Sozietät, als die französische Akademie in ihrer ersten Bildungsepoche begriffen war; sie schätzte sich's zur Ehre, ihn zum Mitglied aufzunehmen, und von diesem Augenblick an scheinen sie auch seine Lehre, seine Gesinnungen adoptiert zu haben.

Gelehrte Gesellschaften, sobald sie, vom Gouvernement bestätigt, einen Körper ausmachen, befinden sich in Absicht der reinen Wahrheit in einer mißlichen Lage. Sie haben einen Rang und können ihn mitteilen; sie haben Rechte und können sie übertragen; sie stehen gegen ihre Glieder, sie stehen gegen gleiche Korporationen, gegen die übrigen Staatszweige, gegen die Nation, gegen die Welt in einer gewissen Beziehung. Im einzelnen verdient nicht jeder, den sie aufnehmen, seine Stelle; im einzelnen kann nicht alles, was sie billigen, recht, nicht alles, was sie tadeln, falsch sein: denn wie sollten sie vor allen andern Menschen und ihren Versammlungen das Privilegium haben, das Vergangene ohne hergebrachtes Urteil, das Gegenwärtige ohne leidenschaftliches Vorurteil, das Neuauftretende ohne mißtrauische Gesinnung und das Künftige ohne übertriebene Hoffnung oder Apprehension zu kennen, zu beschauen, zu betrachten und zu erwarten.

So wie bei einzelnen Menschen, um so mehr bei solchen Gesellschaften kann nicht alles um der Wahrheit willen geschehen, welche eigentlich ein überirdisches Gut, selbständig und über alle menschliche Hülfe erhaben ist. Wer aber in diesem irdischen Wesen Existenz, Würde, Verhältnisse jeder Art erhalten will, bei dem kommt manches in Betracht, was vor einer höheren Ansicht sogleich verschwinden müßte.

Als Glied eines solchen Körpers, der sich nun schon die Newtonische Lehre als integrierenden Teil seiner Organisation angeeignet hatte, müssen wir Mairan betrachten, wenn wir gegen ihn gerecht sein wollen. Außerdem ging er von einem Grundsatze aus, der sehr löblich ist, wenn dessen Anwendung nur nicht so schwer und gefährlich wäre, von dem Grundsatze der Einförmigkeit der Natur, von der Überzeugung, es sei möglich, durch Betrachtung der Analogien ihrem Gesetzlichen näher zu kommen. Bei seiner Vorliebe für die Schwingungslehre erfreute ihn deswegen die Vergleichung, welche Newton zwischen dem Spektrum und dem Monochord anstellte. Er beschäftigte sich damit mehrere Jahre: denn von 1720 finden sich seine ersten Andeutungen, 1738 seine letzten Ausarbeitungen.

Rizzetti ist ihm bekannt, aber dieser ist schon durch Desaguliers aus den Schranken getrieben; niemand denkt mehr an die wichtigen Fragen, welche der Italiener zur Sprache gebracht; niemand an die große Anzahl von bedeutenden Erfahrungen, die er aufgestellt: alles ist durch einen wunderlichen Zauber in das Newtonische Spektrum versenkt und an demselben gefesselt, gerade so, wie es Newton vorzustellen beliebt.

Wenn man bedenkt, daß Mairan sich an die zwanzig Jahre mit dieser Sache wenigstens von Zeit zu Zeit abgegeben, daß er das Phänomen selbst wieder hervorgebracht, das Spektrum gemessen und die gefundenen Maße auf eine sehr geschickte, ja künstlichere Art als Newton selbst auf die Moll-Tonleiter angewendet; wenn man sieht, daß er in nichts weder an Aufmerksamkeit, noch an Nachdenken, noch an Fleiß gespart, wie wirklich seine Ausarbeitung zierlich und allerliebst ist: so darf man es sich nicht verdrießen lassen, daß alles dieses umsonst geschehen, sondern man muß es eben als ein Beispiel betrachten, daß falsche Annahmen so gut wie wahre auf das genauste durchgearbeitet werden können.

Beinahe unbegreiflich jedoch bleibt es, daß Mairan, welcher das Spektrum wiederholt gemessen haben muß, nicht zufällig seine Tafel näher oder weiter vom Prisma gestellt hat, da er denn notwendig hätte finden müssen, daß in keinem von beiden Fällen die Newtonischen Maße treffen. Man kann daher wohl behaupten, daß er in der Dunkelheit seines Vorurteils immer erst die Tafel so gerückt, bis er die Maße nach der Angabe richtig erfunden. So muß auch sein Apparat höchst beschränkt gewesen sein: denn er hätte bei jeder größern Öffnung im Fensterladen und beibehaltner ersten Entfernung abermals die Maße anders finden müssen.

Dem sei nun, wie ihm wolle, so scheinet sich durch diese im Grunde redlichen, bewundernswürdigen, und von der Akademie gebilligten Bemühungen die Newtonische Lehre nur noch fester gesetzt und den Gemütern noch tiefer eingeprägt zu haben. Doch ist es sonderbar, daß seit 1738, als unter welchem Jahre die gedachte Abhandlung sich findet, der Artikel Farbe aus dem Register der Akademie verschwindet und kaum späterhin wieder zum Vorschein kommt.

Kardinal Polignac

geboren 1661, gestorben 1741

Im Gefolg der Akademiker führen wir diesen Mann auf, der als Welt- und Staatsmann und Negotiateur einen großen Ruf hinterlassen hat, dessen weit umgreifender Geist aber sich über andere Gegenstände, besonders auch der Naturwissenschaft, verbreitete. Der Descartischen Lehre, zu der er in früher Jugend gebildet worden, blieb er treu und war also gewissermaßen ein Gegner Newtons. Rizzetti dedizierte demselben sein Werk De Luminis affectionibus. Unser Kardinal beschäftigte sich mit Prüfung der Newtonischen Lehre. Gauger behauptet in seinen Briefen, p. 40: der Kardinal sei durch das Experimentum Crucis überzeugt worden...

...

Es ist außer Zweifel, daß der Kardinal die Newtonische diverse Refrangibilität angenommen, wie aus einer Stelle seines Anti-Lucretius hervorgeht, wo er, im Begriff, Newtonen in einigen Punkten zu widersprechen, hiezu durch Lob und Beifall sich gleichsam die Erlaubnis zu nehmen sucht.

Lib. II. v. 874

Dicam
Tanti pace viri, quo non sollertior alter
Naturam rerum ad leges componere motus,
Ac Mundi partes justa perpendere libra,
Et radium Solis transverso prismate fractum
Septem in primigenos permansurosque colores
Solvere; qui potuit Spatium sibi fingere vanum,
Quod nihil est, multisque prius nihil esse probatum est?

Voltaire

geboren 1694, gestorben 1778

In der besten Zeit dieses außerordentlichen Mannes war es zum höchsten Bedürfnis geworden, Göttliches und Menschliches, Himmlisches und Irdisches vor das Publikum überhaupt, besonders vor die gute Gesellschaft zu bringen, um sie zu unterhalten, zu belehren, aufzuregen, zu erschüttern. Gefühle, Taten, Gegenwärtiges, Vergangnes, Nahes und Entferntes, Erscheinungen der sittlichen und der physischen Welt, von allem mußte geschöpft, alles, wenn es auch nicht zu erschöpfen war, oberflächlich gekostet werden.

Voltairens großes Talent, sich auf alle Weise, sich in jeder Form zu kommunizieren, machte ihn für eine gewisse Zeit zum unumschränkten geistigen Herrn seiner Nation. Was er ihr anbot, mußte sie aufnehmen; kein Widerstreben half: mit aller Kraft und Künstlichkeit wußte er seine Gegner beiseitezudrängen, und was er dem Publikum nicht aufnötigen konnte, das wußte er ihm aufzuschmeicheln, durch Gewöhnung anzueignen.

Als Flüchtling fand er in England die beste Aufnahme und jede Art von Unterstützung. Von dorther zurückgekehrt, machte er sich's zur Pflicht, das Newtonische Evangelium, das ohnehin schon die allgemeine Gunst erworben hatte, noch weiter auszubreiten und vorzüglich die Farbenlehre den Gemütern recht einzuschärfen. Zu diesen physischen Studien scheint er besonders durch seine Freundin, die Marquise Du Châtelet, geführt worden zu sein, wobei jedoch merkwürdig ist, daß in ihren Institutions physiques, Amsterdam 1742, nichts von den Farben vorkommt. Es ist möglich, daß sie die Sache schon durch ihren Freund für völlig abgetan gehalten, dessen Bemühungen wir jedoch nicht umständlich rezensieren, sondern nur mit wenigem einen Begriff davon zu geben suchen.

Elémens de la philosophie de Newton mis à la portée de tout le monde. Amsterdam 1738.

In der Epistel an die Marquise Du Châtelet heißt es:

Il déploye à mes yeux par une main savante
De l'Astre des Saisons la robe étincelante.
L'Emeraude, l'azur, le pourpre, le rubis,
Sont l'immortel tissu dont brillent ses habits.
Chacun de ses rayons dans sa substance pure,
Porte en soi les couleurs dont se peint la Nature,
Et confondus ensemble, ils éclairent nos yeux,
Ils animent le Monde, ils emplissent les Cieux.

Der Vortrag selbst ist heiter, ja mitunter drollig, wie es sich von Voltairen erwarten läßt, dagegen aber auch unglaublich seicht und schief. Eine nähere Entwickelung wäre wohl der Mühe wert. Fakta, Versuche, mathematische Behandlung derselben, Hypothese, Theorie sind so durcheinandergeworfen, daß man nicht weiß, was man denken und sagen soll, und das heißt zuletzt triumphierende Wahrheit.

Die beigefügten Figuren sind äußerst schlecht. Sie drücken als Linearzeichnungen allenfalls die Newtonischen Versuche und Lehren aus; die Fensterchen aber, wodurch das Licht hereinfällt, und die Puppen, die zu sehen, sind ganz sinn- und geschmacklos.

...

Algarotti

geboren 1712, gestorben 1774

Stammend aus einem reichen venezianischen Kaufmannshause, erhielt er bei sehr schönen Fähigkeiten seine erste Bildung in Bologna, reiste schon sehr jung, und kam im zwanzigsten Jahre nach Paris. Dort ergriff auch er den Weg der Popularisation eines abstrusen Gegenstandes, um sich bekannt und beliebt zu machen. Newton war der Abgott des Tages, und das siebenfarbige Licht ein gar zu lustiger Gegenstand. Algarotti betrat die Pfade Fontenelles, aber nicht mit gleichem Geist, gleicher Anmut und Glück.

Fontenelle steht sowohl in der Konzeption als in der Ausführung sehr viel höher. Bei ihm geht ein Abbé mit einer schönen Dame, die aber mit wenig Zügen so geschildert ist, daß einem kein Liebesverhältnis einfallen kann, bei sternhellem Himmel spazieren. Der Abbé wird über dieses

Schauspiel nachdenklich; sie macht ihm Vorwürfe, und er macht ihr dagegen die Würde dieses Anblicks begreiflich. Und so knüpft sich das Gespräch über die Mehrheit der Welten an. Sie setzen es immer nur abends fort und der herrlichste Sternhimmel wird jedesmal für die Einbildungskraft zurückgerufen.

Von einer solchen Vergegenwärtigung ist bei Algarotti keine Spur. Er befindet sich zwar auch in der Gesellschaft einer schönen Marchesina, an welche viel Verbindliches zu richten wäre, umgeben von der schönsten italienischen Gegend; allein Himmel und Erde mit allen ihren bezaubernden Farben bieten ihm keinen Anlaß dar, in die Materie hinein zu kommen; die Dame muß zufälligerweise in irgendeinem Sonett von dem siebenfachen Lichte gelesen haben, das ihr denn freilich etwas seltsam vorkommt. Um ihr nun diese Phrase zu erklären, holt der Gesellschafter sehr weit aus, indem er, als ein wohlunterrichteter Mann, von der Naturforschung überhaupt und über die Lehre vom Licht besonders manches Historische und Dogmatische recht gut vorbringt. Allein zuletzt, da er auf die Newtonische Lehre übergehen will, geschieht es durch einen Sprung, wie denn ja die Lehre selbst durch einen Sprung in die Physik gekommen. Und wer ein Buch mit aufmerksamer Teilnahme zu lesen gewohnt ist, wird sogleich das Unzusammenhängende des Vortrags empfinden. Die Lehre kommt von nichts und geht zu nichts. Er muß sie starr und steif hinlegen, wie sie der Meister überliefert hat.

Auch zeigt er sich nicht einmal so gewandt, die schöne Dame in eine dunkle Kammer zu führen, wohin er ja allenfalls, des Anstands und selbst des bessern Dialogs wegen, eine Vertraute mitnehmen konnte. Bloß mit Worten führt er ihr die Phänomene vor, erklärt sie mit Worten, und die schöne Frau wird auf der Stelle so gläubig als hundert andre. Sie braucht auch über die Sache nicht weiter nachzudenken; sie ist über die Farben auf immer beruhigt. Denn Himmelblau und Morgenrot, Wiesengrün und Veilchenblau, alles entspringt aus Strahlen und noch einmal Strahlen, die so höflich sind, sich in Feuer, Wasser, Luft und Erde, an allen lebendigen und leblosen Gegenständen, auf jede Art und

Weise spalten, verschlucken, zurückwerfen und bunt herumstreuen zu lassen. Und damit glaubt er sie genugsam unterhalten zu haben, und sie ist überzeugt, genugsam unterrichtet zu sein.

Von jener Zeit an wird nun nicht leicht ein Dichter oder Redner, ein Verskünstler oder Prosaist gefunden, der nicht einmal oder mehreremal in seinem Leben diese farbige Spaltung des Lichts zum Gleichnis der Entwicklung des Ungleichartigen aus dem Gleichartigen gebraucht hätte; und es ist freilich niemand zu verargen, wenn einmal so eine wunderliche Synthese zum Behuf einer so wunderlichen Analyse gemacht worden, wenn der Glaube daran allgemein ist, daß er sie auch zu seinem Behuf, es sei nun des Belehrens und Überzeugens oder des Blendens und Überredens, als Instanz oder Gleichnis beibringe.

Anglomanie

Die Engländer sind vielleicht vor vielen Nationen geeignet, Auswärtigen zu imponieren. Ihre persönliche Ruhe, Sicherheit, Tätigkeit, Eigensinn und Wohlhäbigkeit geben beinahe ein unerreichbares Musterbild von dem, was alle Menschen sich wünschen. Ohne uns hier in ein Allgemeines einzulassen, bemerken wir nur, daß die Klage über Anglomanie von früherer Zeit bis zur neuesten in der französischen Literatur vorkommt. Dieser Enthusiasmus der französischen Nation für die englische soll sich besonders gleich nach einem geschlossenen Frieden am lebhaftesten äußern: welches wohl daher kommen mag, weil alsdann nach wiederhergestellter Kommunikation beider Nationen der Reichtum und die Komforts der Engländer dem, wenigstens in früherer Zeit, geldarmen und genügsamen Franzosen gar wünschenswert in die Augen leuchten müssen.

Dieses Vorziehen einer fremden Völkerschaft, dieses Hintansetzen seiner eigenen kann doch wohl aber nicht höher getrieben werden, als wir es oben bei Voltairen finden, der die Newtonische Lehre zum regnum coelorum und die Franzosen zu den parvulis macht. Doch hätte er es gewiß nicht getan, wenn das Vorurteil in seiner Nation nicht schon gäng und gäbe gewesen wäre. Denn bei aller Kühnheit hütet er sich doch, etwas vorzubringen, wogegen er die allgemeine Stimmung kennt, und wir haben ihn im Verdacht, daß er seinen Deismus überall und so entschieden ausspricht, bloß damit er sich vom Verdacht des Atheismus reinige: einer Denkweise, die jederzeit nur wenigen Menschen gemäß und den übrigen zum Abscheu sein mußte.

Chemiker

Das Verhalten der Lackmustinktur gegen Säuren und Alkalien, so bekannt es war, blieb doch immer wegen seiner Eminenz und seiner Brauchbarkeit den Chemikern merkwürdig, ja das Phänomen wurde gewissermaßen für einzig gehalten. Die frühern Bemerkungen des Paracelsus und seiner Schule, daß die Farben aus dem Schwefel und dessen Verbindung mit den Salzen sich herschreiben möchten, waren auch noch in frischem Andenken geblieben. Man gedachte mit Interesse eines Versuchs von Mariotte, der einen roten französischen Wein durch Alkalien gebräunt und ihm das Ansehn eines schlechten verdorbenen Weins gegeben, nachher aber durch Schwefelgeist die erste Farbe, und zwar noch schöner, hergestellt. Man erklärte damals daraus das Vorteilhafte des Aus- und Aufbrennens der Weinfässer durch Schwefel, und fand diese Erfahrung bedeutend.

Die Akademie interessierte sich für die chemische Analyse der Pflanzenteile, und als man die Resultate bei den verschiedensten Pflanzen ziemlich einförmig und übereinstimmend fand; so beschäftigten sich andere wieder, die Unterschiede aufzusuchen.

Geoffroy, der jüngere, scheint zuerst auf den Gedanken gekommen zu sein, die essentiellen Öle der Vegetabilien mit Säuren und Alkalien zu behandeln und die dabei vorkommenden Farbenerscheinungen zu beobachten.

Sein allgemeineres Theoretische gelingt ihm nicht sonderlich. Er braucht körperliche Konfigurationen, und dann wieder besondere Feuerteile und was dergleichen Dinge mehr sind. Aber die Anwendung seiner chemischen Versuche auf die Farben der Pflanzen selbst hat viel Gutes. Er gesteht zwar selbst die Zartheit und Beweglichkeit der Kriterien ein, gibt aber doch deswegen nicht alle Hoffnungen auf; wie wir denn von dem, was er uns überliefert, nähern Gebrauch zu machen gedenken, wenn wir auf diese Materie, die wir in unserm Entwurfe nur beiläufig behandelt haben, dereinst zurückkehren.

In dem animalischen Reiche hatte Réaumur den Saft einiger europäischen Purpurschnecken und dessen Färbungseigenschaften untersucht. Man fand, daß Licht und Luft die Farbe gar herrlich erhöhten. Andere waren auf die Farbe des Blutes aufmerksam geworden und beobachteten, daß das arterielle Blut ein höheres, das venöse ein tieferes Rot zeige. Man schrieb der Wirkung der Luft auf die Lungen jene Farbe zu; weil man es aber materiell und mechanisch nahm, so kam man nicht weiter und erregte Widerspruch.

Das Mineralreich bot dagegen bequeme und sichere Versuche dar. Lémery, der jüngere, untersuchte die Metalle nach ihren verschiedenen Auflösungen und Präzipitationen. Man schrieb dem Quecksilber die größte Versatilität in Absicht der Farben zu, weil sie sich an demselben am leichtesten offenbart. Wegen der übrigen glaubte man eine Spezifikation eines jeden Metalls zu gewissen Farben annehmen zu müssen, und blieb deswegen in einer gewissen Beschränktheit, aus der wir uns noch nicht ganz haben herausreißen können.

Bei allen Versuchen Lémerys jedoch zeigt sich deutlich das von uns relevierte Schwanken der Farbe, das durch Säuren und Alkalien, oder wie man das, was ihre Stelle vertritt, nennen mag, hervorgebracht wird. Wie denn auch die Sache so einfach ist, daß, wenn man sich nicht in die Nüancen, welche nur als Beschmutzung anzusehen sind, einläßt, man sich sehr wohl einen allgemeinen Begriff zu eigen machen kann.

Die Zitate zu Vorstehendem fügen wir nicht bei, weil man solche gar leicht in den zu der Histoire und den Mémoires de l'Académie française gefertigten Registern auffinden kann.

Dufay

Die französische Regierung hatte unter Anleitung von Colbert, durch wohlüberdachte Verordnungen, das Gutfärben und Schönfärben getrennt, zum großen Vorteil aller, denen, es sei zu welchem Gebrauch, zu wissen nötig war, daß sie mit haltbar gefärbten Zeugen oder Gespinsten gewissenhaft versorgt würden. Die Polizei fand nun die Aufsicht über beiderlei Arten der Färberei bequemer, indem dem Gutfärber ebensowohl verboten war, vergängliche Materialien in der Werkstatt zu haben, als dem Schönfärber, dauerhafte. Und so konnte sich auch jeder Handwerker in dem ihm angewiesenen Kreise immer mehr und mehr vervollkommnen. Für die Technik und den Gebrauch war gesorgt.

Allein es ließ sich bald bemerken, daß die Wissenschaft, ja die Kunst selbst dabei leiden mußte. Die Behandlungsarten waren getrennt. Niemand blickte über seinen Kreis hinaus, und niemand gewann eine Übersicht des Ganzen. Eine einsichtige Regierung jedoch fühlte diesen Mangel bald, schenkte wissenschaftlich gebildeten Männern ihr Zutrauen und gab ihnen den Auftrag, das, was durch die Gesetzgebung getrennt war, auf einem höhern Standpunkte zu vereinigen. Dufay ist einer von diesen.

Die Beschreibungen auch anderer Handwerker sollten unternommen werden. Dufay bearbeitete die Färberei. Ein kurzer Aufsatz in den Memoiren der Akademie 1737 ist sehr verständig geschrieben. Wir übergehen, was uns nicht nahe berührt, und bemerken nur folgendes:

Wer von der Färberei in die Farbenlehre kommt, muß es höchst drollig finden, wenn er von sieben, ja noch mehr Urfarben reden hört. Er wird bei der geringsten Aufmerksamkeit gewahr, daß sich in der mineralischen, vegetabilischen und animalischen Natur drei Farben isolieren und spezifizieren. Er kann sich Gelb, Blau und Rot ganz rein verschaffen; er kann sie den Geweben mitteilen und durch verschiedene, wirkende und gegenwirkende Behandlung, sowie durch Mischung die übrigen Farben hervorbringen, die ihm also abgeleitet erscheinen. Unmöglich wäre es ihm, das Grün zu einer Urfarbe zu machen. Weiß hervorzubringen, ist ihm durch Färbung nicht möglich; hingegen durch Entfärbung leicht genug dargestellt, gibt es ihm den Begriff von völliger Farblosigkeit und wird ihm die wünschenswerteste Unterlage alles zu Färbenden. Alle Farben zusammengemischt geben ihm Schwarz.

So erblickt der ruhige Sinn, der gesunde Menschenverstand die Natur, und wenn er auch in ihre Tiefen nicht eindringt, so kann er sich doch niemals auf einen falschen Weg verlieren, und er kommt zum Besitz dessen, was ihm zum verständigen Gebrauch notwendig ist. Jene drei Farben nennt daher Dufay seine Mutterfarben, seine ursprünglichen Farben, und zwar als Färber mit völligem Recht. Der Newtonischen Lehre gedenkt er im Vorbeigehen, verspricht etwas mehr darüber zu äußern; ob es aber geschehen, ist mir nicht bekannt.

Louis Bertrand Castel

geboren 1688, gestorben 1757

L'optique des Couleurs, fondée sur les simples Observations et tournée surtout à la pratique de la Peinture avec figures, à Paris 1740.

Jesuit und geistreicher Mann, der, indem er auf dem Wege Fontenelles ging, die sogenannten exakten Wissenschaften durch einen lebendigen und angenehmen Vortrag in die Gesellschaft einzuführen und sich dadurch den beiden gleichsam vorzüglich kultivierten Nationen, der englischen und der französischen, bekannt und beliebt zu machen suchte. Er hatte deshalb wie alle, die sich damals auf diese Weise beschäftigten, mit Newton und Descartes pro und contra zu tun; da er denn auch bald diesen, bald jenen nach seiner Überzeugung begünstigte, oft aber auch seine eignen Vorstellungsarten mitzuteilen und durchzusetzen trachtete.

Wir haben hier nur das zu bedenken, was er in der Farbenlehre geleistet, weshalb er, wie wir oben gesehen, von Voltairen so übel behandelt worden.

Eine Regierung darf nur auf einen vernünftigen Weg deuten, so wird dies sogleich zur Aufforderung für viele, ihn zu wandeln und sich darauf zu bemühen. So scheint auch Pater

Castel zu seiner Arbeit nicht durch besondern Auftrag der Obern, wie Dufay, sondern durch Neigung und durch den Wunsch, dem Staate als Privatmann nützlich zu werden, in dieses Fach getrieben zu sein, das er um so mehr kultivierte, als er neben seinen Studien eine große Lust zum Mechanischen und Technischen empfand.

Auch auf seinem Gange werden ihm die Newtonischen sieben Urfarben unerträglich; er führt sie auf drei zurück. Das Clair-obscur, das Schwarze und Weiße, das Erhellen und Verdunkeln der Haupt- und abgeleiteten Farben beschäftigen ihn um so mehr, als er auch dem Maler entgegen gehen will.

Man kann nicht leugnen, daß er die Probleme der Farbenlehre meist alle vorbringt, doch ohne sie gerade aufzulösen. Seinem Buche fehlt es nicht an einer gewissen Ordnung; aber durch Umständlichkeit, Kleinigkeitskrämerei und Weitschweifigkeit verdirbt er sich das Spiel gegen den billigsten Leser. Sein größtes Unglück ist, daß er ebenfalls die Farbe mit dem Tone vergleichen will, zwar auf einem andern Wege als Newton und Mairan, aber auch nicht glücklicher. Auch ihm hilft es nichts, daß er eine Art von Ahndung von der sogenannten Sparsamkeit der Natur hat, von jener geheimnisvollen Urkraft, die mit wenigem viel und mit dem Einfachsten das Mannigfaltigste leistet. Er sucht es noch, wie seine Vorgänger, in dem, was man Analogie heißt, wodurch aber nichts gewonnen werden kann, als daß man ein paar sich ähnelnde empirische Erscheinungen einander an die Seite setzt und sich verwundert, wenn sie sich vergleichen und zugleich nicht vergleichen lassen.

Sein Farbenklavier, das auf eine solche Übereinstimmung gebaut werden sollte und woran er sein ganzes Leben hin und her versuchte, konnte freilich nicht zustande kommen; und doch ward die Möglichkeit und Ausführbarkeit eines solchen Farbenklaviers immer einmal wieder zur Sprache gebracht, und neue mißglückte Unternehmungen sind den alten gefolgt. Worin er sich aber vollkommen einsichtig bewies, ist seine lebhafte Kontrovers gegen die Newtonische falsche Darstellung der prismatischen Erscheinung. Mit muntrer französischer Eigentümlichkeit wagt er den Scherz:

es sei dem Newtonischen Spektrum ebenso gefährlich, wenn man es ohne Grün, als einer hübschen Frau, wenn man sie ohne Rot ertappe. Auch nennt er mit Recht die Newtonische Farbenlehre eine Remora aller gesunden Physik.

. . .

Friede mit seiner Asche! Uns aber verzeihe man, wenn wir mit einigem Behagen darauf hinsehen, daß wir einen solchen Mann, der zwar nicht unter die ersten Geister, aber doch unter die vorzüglichen seiner Nation gehört, gegen seine Landsleute in Schutz genommen und seinem Andenken die verdiente Achtung wiederhergestellt haben.

Technische Malerei

Die Nachahmung von braunen Zeichnungen durch mehrere Holzstöcke, welche in Italien zu Ende des sechzehnten Jahrhunderts von Andreas Andreani und andern versucht wurde, ist Liebhabern der Kunst genugsam bekannt. Später tut sich die Nachahmung der Malerei oder bunter Zeichnungen durch mehrere Platten hervor. Lastman, Rembrandts Lehrer, soll sich damit beschäftigt haben.

Ohne daß wir hierüber besondere Nachforschungen angestellt hätten, so scheint uns, daß die Erfindung der schwarzen Kunst dem Abdruck bunter Bilder vorausgehen mußte. Sehr leicht fand sich sodann der Weg dahin. Durch Zufall, aus Scherz, mit Vorsatz konnte man eine schwarze Kunstplatte mit einer andern Farbe abdrucken, und bei dem ewigen Streben der menschlichen Natur von der Abstraktion, wie doch alle Monochromen angesehen werden können, zu der Wirklichkeit und also auch zu der farbigen Nachahmung der Oberflächen war ein wiederholter teilweiser Abdruck derselben Platte, ein Druck mit mehreren Platten, ja das Malen auf die Platte stufenweise ganz wohl zu denken.

Daß jedoch diese Art von Arbeit zu Anfang des achtzehnten Jahrhunderts noch nicht bekannt und üblich war, läßt sich daraus schließen, daß de la Hire in seinem sehr schönen und unterrichtenden Traktat über die praktische Malerei dieser bunten Drucke nicht erwähnt, ob er gleich sonst sehr ausführlich ist und auch einiger ganz nahe verwandten

Künste und Künsteleien gedenkt und uns mit dem Verfahren dabei bekannt macht.

Gegenwärtig haben wir zu unsern Zwecken zwei Männer anzuführen, welche sich besonders in der Epoche, bei der wir verweilen, in diesem Fache mit Eifer bemüht haben.

Le Blond

Gebürtig von Frankfurt am Main, steht nicht bloß hier seines Namens wegen unter den Franzosen, sondern weil er sich in Frankreich und England tätig bewiesen.

Er versuchte erst, nach der Newtonischen Lehre mit sieben Platten zu drucken; allein er bringt bei großer Beschwerlichkeit nur einen geringen Effekt hervor. Er reduziert sie deshalb auf drei und verharrt bei dieser Methode, ohne daß ihm jedoch seine Arbeit, die er mehrere Jahre fortsetzt, sonderlich Vorteil verschafft. Er legt seinen Druckbildern kein Clair-obscur, etwa durch eine schwarze Platte, zum Grunde; sondern seine Schwärze, sein Schatten, soll ihm da entstehen, wo beim Abdruck die drei Farben zusammentreffen. Man wirft ihm vor, daß seine Behandlung unvollkommen gewesen und daß er deshalb viel retouchieren müssen. Indes scheint er der erste zu sein, der mit dieser Arbeit einiges Aufsehen erregt. Sein Programm, das er in London deshalb herausgegeben, ist uns nicht zu Gesicht gekommen; es soll dunkel und abstrus geschrieben sein.

Gauthier

Ein tätiger, rascher, etwas wilder, zwar talentvoller, aber doch mehr als billig zudringlicher und Aufsehen liebender Mann. Er studierte erst die Malerei, dann die Kupferstecherkunst, und kommt gleichfalls auf den Gedanken, mit drei farbigen Platten zu drucken, wobei er eine vierte, die das Clair-obscur leisten soll, zum Grunde legt. Er behauptet, seine Verfahrungsart sei eine ganz andre und bessere als die des Le Blond, mit welchem er über die Priorität in Streit gerät. Seine Myologie kommt 1746, die Anatomie des Hauptes und ein Teil der Nervenlehre 1748 in Paris heraus.

Die Arbeit ist sehr verdienstvoll; allein es ist überaus schwer, über das eigentliche Verfahren, welches er beim Druck dieser kolorierten Tafeln angewendet, etwas Befriedigendes zu sagen. Dergleichen Dinge lassen sich nicht ganz mechanisch behandeln; und ob es gleich ausgemacht ist, daß er mit mehrern Platten gedruckt, so scheint es doch, daß er weniger als viere angewendet, daß auf die Clair-obscur-Platte stellenweise schon gemalt worden, und daß sonst auch durch eine zärtere künstlerische Behandlung diese Abdrücke den Grad der Vollkommenheit erreicht haben, auf welchem wir sie sehen.

Indessen, da er auf dem praktischen und technischen Malerweg über die Farben zu denken genötigt ist, so muß er freilich darauf kommen, daß man aus drei Farben alle die übrigen hervorbringen kann. Er faßt daher, wie Castel und andere, ein richtiges Aperçu gegen Newton und verfolgt es, indem er die prismatischen Versuche durcharbeitet.

Im November des Jahres 1749 trägt er der Akademie ein umständliches Memoire vor, worin er sowohl gegen Newton polemisiert als auch das, was er theoretisch für wahr hält, niederlegt. Diese gelehrte Gesellschaft war nun schon so groß und mächtig, daß sie der Wissenschaft schaden konnte. Vorzügliche Mitglieder derselben, wie Nollet und Buffon, hatten sich der Newtonischen Lehre hingegeben. Gauthiers Zudringlichkeit mag höchst unbequem gewesen sein. Genug, sein Aufsatz ward nicht in die Memoiren der Akademie aufgenommen, ja man erwähnte desselben nicht einmal in der Geschichte der Verhandlungen. Wir hätten auch nichts davon erfahren, wäre uns nicht eine wunderliche lateinische Übersetzung desselben zuhanden gekommen, welche ein Pariser Chirurgus, Carl Nicolaus Jenty, London 1750 herausgegeben, unter dem Titel: φωτωφυσις χροαγενεσις De optice Errores Isaaci Newtonis Aurati Equitis demonstrans. Diese, wie der Titel, fehlerhafte, ungrammatische, inkorrekte, überhaupt barbarische Übersetzung konnte freilich kein Glück machen, obgleich der Inhalt dieses Werkchens sehr schätzenswert, mit Einsicht und Scharfsinn konzipiert und mit Lebhaftigkeit und Ordnung vorgetragen ist. Wir haben uns jedoch dabei nicht aufzuhalten, weil es eigentlich nur eine Art von Auszug aus dem größern Werke ist, von dem wir umständlicher handeln werden. Übrigens wollen wir nicht leugnen, daß wir fast durchgängig mit ihm einig sind, wenige Stellen ausgenommen, in welchen er uns verkünstelnd zu verfahren scheint.

Sein ausführliches Werk führt den Titel: Chroagénésie ou Génération des Couleurs, contre le système de Newton, à Paris 1750. 51. 2 Tomes in 8...

...

Hätte er seiner Kontrovers, an welcher wir wenig auszusetzen finden, eine etwas ausführlichere Farbenlehre folgen lassen und sich damit begnügt, ohne die ganze übrige Naturlehre umfassen zu wollen; so hätte er vielleicht mehr Wirkung hervorgebracht. Allein sein Fehler, wie der seiner Vorgänger, besteht darin, daß Newton, weil seine Farbenlehre unhaltbar befunden wird, auch in gar nichts recht haben soll, daß man also unternimmt, auch alles übrige, was er geleistet, zu kritisieren, ja, was noch schlimmer ist, ein eignes System dagegen aufzubauen und sich etwas, das viel über seine Kräfte geht, anzumaßen.

In gedachtem Sinne hat leider Gauthier ein zweites Titelblatt seinem Buche vorgesetzt: Nouveau système de l'Univers, sous le titre de Chroa-génésie ou Critique des prétendues découvertes de Newton. Und so enthält denn der erste Teil nichts, was sich auf die Farbe bezieht, sondern behandelt die allgemeinsten physischen und damit verwandten metaphysischen Gegenstände, denen Gauthier, ob er sich gleich historisch genugsam mit ihnen bekannt gemacht, dennoch weder als Philosoph noch als Naturforscher gewachsen sein mochte.

Erst am Schlusse des ersten Teils findet man etwas über die Geschichte der Farbenlehre. Der Anfang des zweiten gibt einen kurzen Abriß der im ersten verhandelten allgemeinen, physisch-metaphysischen Prinzipien, von denen der Verfasser zuletzt auf das Licht übergeht und, um Newtonen auch in der Behandlung keinen Vorzug zu lassen, mit Definitionen und Axiomen gerüstet auftritt, sodann die Definitionen und Axiomen Newtons wiederholt; da denn erst auf der neunundvierzigsten Seite des zweiten Teils die

Hauptsache wirklich zur Sprache kommt, die wir oben ausführlich ausgezogen haben.

Hiernach mag man erkennen, warum dem Verfasser nicht geglückt ist, Wirkung hervorzubringen. Seine Kontrovers sowie seine theoretische Überzeugung hätte sich ganz isoliert darstellen lassen. Beide hatten mit Anziehen und Abstoßen, mit Schwere und sonst dergleichen Allgemeinheiten gar nichts zu schaffen. Wollte er die Farbenlehre an die Physik überhaupt anschließen, so mußte er einen andern Weg einschlagen.

Außerdem begeht er noch einen Haupt- und Grundfehler, daß er mit Strahlen zu operieren glaubt, und also, wie seine Vorgänger, den Gegner ganz im Vorteil läßt. Auch sind seine Figuren nicht glücklich; es gilt von ihnen, was wir von den Rizzettischen gesagt haben. Newton hatte seine falsche Lehre symbolisch auszudrücken verstanden; seine Gegner wissen für das Wahre keine entschiedene Darstellung zu finden.

Von dem mannigfaltigen Verdruß, den er ausgestanden, sowie von allerlei Argumentationen, die er gegen die Schule geführt, gibt uns der leidenschaftliche Mann selbst Nachricht in einer Art von physikalischem Journal, das er aber nicht weit geführt. Die drei Hefte, welche den ersten Band ausmachen und zu Paris 1752 herausgekommen, liegen vor uns und führen den Titel: Observations sur l'histoire naturelle, sur la physique et sur la peinture, avec des Planches imprimées en couleur. Sie enthalten ein wahres Quodlibet von Naturgeschichte und Naturlehre, jedoch, wie man gestehen muß, durchaus interessante Materien und Gegenstände. Sie sind auf bunte Tafeln gegründet, nach Art des großen anatomischen Werks.

In diesen Heften fehlt es nicht an verschiedenen Aufsätzen, seine Kontrovers mit Newton und der Newtonischen Schule betreffend. Er kann sich freilich dabei nur, wie wir auch getan, immer wiederholen, sich verwundern und ärgern, da die Sache im Grunde so simpel ist, daß sie jedes verständige unbefangene Kind bald einsehen müßte. Wie aber die gelehrte und naturforschende Welt damals durch das Newtonische Spektrum benebelt gewesen, so daß sie sich gar nichts anderes daneben denken können, und wie ihnen die Natur dadurch zur Unnatur geworden, ist auch aus diesen Blättern höchst merkwürdig zu ersehen.

Nach allem diesem bleibt uns nichts übrig, als nochmals zu bekennen und zu wiederholen, daß Gauthier unter denen, die sich mit der Sache beschäftigt, nach Rizzetti am weitesten gekommen, und daß wir ihm in Absicht auf eine freiere Übersicht der Kontrovers sowohl als der an die Stelle zu setzenden naturgemäßen Lehre gar manches schuldig geworden.

Zu der Zeit, als diesen tüchtigen Mann die französische Akademie unterdrückte, lag ich als ein Kind von einigen Monaten in der Wiege. Er, umgeben von so vielen Widersachern, die er nicht überwinden konnte, obgleich begünstigt und pensioniert vom Könige, sah sich um eine gewünschte Wirkung und ebenso wie treffliche Vorgänger um seinen guten Ruf gebracht. Ich freue mich, sein Andenken, obgleich spät, zu rehabilitieren, seine Widersacher als die meinigen zu verfolgen und den von ihm, da er nicht durchdringen konnte, oft geäußerten Wunsch zu realisieren:

Exoriare aliquis nostris ex ossibus ultor.

Celestin Cominale

Er war Professor der Philosophie bei dem königlichen Gymnasium zu Neapel. Von seinem Werke Anti-Newtonianismus kam daselbst der erste Teil 1754, der zweite 1756 in Quart heraus. Es ist eigentlich eine Bearbeitung des Gauthierschen Werkes, welche wohlgeraten genannt werden kann.

Der Verfasser hat mehr Methode als sein Vorgänger: denn er widmet den ersten Teil gleich ohne Umschweife der Kontrovers gegen Newtons Farbenlehre und den neu aufzustellenden theoretischen Ansichten. Er hat sich vollkommen von den Überzeugungen seines Vorgängers durchdrungen und auch außerdem die Materie sowohl theoretisch als praktisch gut durchstudiert, so daß er das Werk wohl sein eigen nennen konnte. Der zweite Teil behandelt die übrigen physisch-metaphysischen Gegenstände, welche

Gauthier in seinem ersten Buche abgehandelt hatte. Die Tafeln, welche sich alle auf den ersten Teil beziehen, stellen teils Newtonische, teils Gauthiersche, teils eigene Figuren vor. Im ganzen ist es merkwürdig, daß Gauthier, der unter seinen Landsleuten keine Wirkung hervorbringen konnte, aus der Ferne sich eines so reinen Widerhalles zu erfreuen hatte.

Vielleicht geben uns diejenigen, welche mit der italienischen Literatur bekannt sind, Nachricht von dem, was man über Cominale damals in seinem Vaterlande geurteilt. Seine Wirkung konnte jedoch sich nicht weit erstrecken: denn die Newtonische Lehre war schon in die Jesuitenschulen aufgenommen. Le Seur und Jacquier hatten die Newtonischen Schriften schon mit einem durchgehenden Kommentar versehen, und so war dem Anti-Newtonianism Rom sowie die übrige gelehrte Welt verschlossen, und die Flamme der Wahrheit, die sich wieder hervortun wollte, abermals mit Schulasche zugedeckt.

Wir verlassen nunmehr Frankreich und das Ausland und wenden den Blick gegen das Vaterland.

Deutsche große und tätige Welt

Wir setzen diese Rubrik hieher, nicht um sie auszufüllen, sondern nur anzudeuten, daß an diesem Platze eine ganz interessante Abhandlung stehen könnte.

Die deutschen Höfe hatten schon zu Anfange des vorigen Jahrhunderts viele Verdienste um die Wissenschaften. Sowohl Fürsten als Fürstinnen waren aufgeregt, begünstigten gelehrte Männer und suchten sich selbst zu unterrichten.

Johann Wilhelm, Kurfürst von der Pfalz, nahm 1704 Hartsoekern in seine Dienste. Dieser hatte schon in seinem Essay de Dioptrique die diverse Refrangibilität anerkannt, doch auf seine Weise erklärt und sie den verschiedenen Geschwindigkeiten der farbigen Strahlen zugeschrieben.

Was der Kasselsche Hof, was die Höfe Niederdeutschlands getan, und wiefern auch die Newtonische Lehre zur Sprache gekommen und Gunst erhalten, wird in der Folge zu untersuchen sein. Nur eins können wir anführen, daß

Professor Hamberger 1743 nach Gotha berufen wird, um die Newtonischen Versuche, welche die allgemeine Aufmerksamkeit erregt, bei Hofe vorzuzeigen. Wahrscheinlich hat man das Zimmer recht dunkel gemacht, durch das foramen exiguum im Fensterladen erst den sogenannten Strahl hereingelassen, das fertige prismatische Bild an der Wand gezeigt, mit einem durchlöcherten Bleche die einzelnen Farben dargestellt und durch eine zweite, ungleiche Verrückung, durch das sogenannte Experimentum Crucis, auf der Stelle die höchsten Herrschaften und den sämtlichen Hof überzeugt, so daß Hamberger triumphierend zur Akademie zurückkehren konnte.

Deutsche gelehrte Welt

Um die Tätigkeit derselben und was sie in dieser Sache gewirkt, kennenzulernen, haben wir uns vorzüglich auf Akademien umzusehen. Was und wie es gelehrt worden, davon geben uns die Kompendien am besten und kürzesten Nachricht.

Jeder, der ein Lehrbuch schreibt, das sich auf eine Erfahrungswissenschaft bezieht, ist im Falle, ebenso oft Irrtümer als Wahrheiten aufzuzeichnen: denn er kann viele Versuche nicht selbst machen, er muß sich auf anderer Treu und Glauben verlassen und oft das Wahrscheinliche statt des Wahren aufnehmen. Deswegen sind die Kompendien Monumente der Zeit, in welcher die Data gesammelt wurden. Deswegen müssen sie auch oft erneuert und umgeschrieben werden. Aber indem sie neue Entdeckungen geschwind aufnehmen und einige Kapitel dadurch verbessern, so erhalten sie in andern falsche Versuche und unrichtige Schlußfolgen desto länger.

Wenn nun der Kompendienschreiber gewöhnlich das benutzt, was er schon völlig fertig vor sich findet, so war die Boylische Bemühung, viele Farbenphänomene zusammenzustellen und gewissermaßen zu erklären, solchen Männern sehr angenehm, und man findet auch noch bis über das erste Viertel des achtzehnten Jahrhunderts diese Methode herrschen, bis sie endlich von der Newtonischen Lehre völlig verdrängt wird.

Wir wollen die Kompendien, die uns bekannt geworden, besonders die deutschen, welche bei Mehrheit der Universitäten zu einer größern Anzahl als in andern Ländern anwuchsen, kürzlich anzeigen und das hieher Gehörige mit wenigem ausziehn.

Physica oder Naturwissenschaft durch Scheuchzer, erste Ausgabe 1703.

Ein würdiger, wohlgesinnter, fleißiger und unterrichteter Mann bringt in diesem Werke meistens die Geschichte der Meinungen mit vor und geht von der Metaphysik seiner Zeit zur Physik über. Die Farbenlehre überliefert er nach Boyle, Hooke und Descartes.

In der zweiten Ausgabe von 1711 fügt er ein besonderes Kapitel bei, worin er die Newtonische Lehre nach Anleitung der Optik genau und umständlich vorträgt, so wie er auch die Kupfertafeln nachstechen läßt. Die Newtonische Lehre steht, wie eine unverarbeitete Masse, gleichsam nur literarisch da; man sieht nicht, daß er irgendein Experiment mit Augen gesehen oder über die Sachen gedacht habe.

Hermann Friedrich Teichmeyer. Amoenitates, Jena 1712. Hält sich noch an Hooke und Boyle. Man findet keine Newtonische Spur.

Deutsche Physik durch Theodor Hersfeld, 1714. Der wahre Name ist Konrad Mel. Ein pedantisches, philisterhaftes Werk. Die Farbenerscheinungen bringt er konfus und ungeschickt genug hervor. Er will die Farben der Körper aus der verschiedenen Art ihrer Teile herleiten sowie aus den von ihnen wunderlich zurückgeworfenen Lichtstrahlen. Die Newtonische Lehre scheint er gar nicht zu kennen.

Martin Gotthelf Löscher. Physica experimentalis, Wittenberg 1715. Scheint ein Schüler von Teichmeyern zu sein, wenigstens sind die Phänomene beinahe ebendieselben, sowie auch die Erklärung.

Bei ihm ist color tertia affectio specialis corporum naturalium, seu ea lucis in poris ac superficiebus corporum modificatio, quae eadem nobis sistit colorata et diverso colore praedita. Man erkennt hier Boylen; Newtons wird nicht erwähnt.

Johannes Wenzeslaus Caschubius. Elementa Physicae,

Jena 1718. Hier fängt schon der Refrain an, den man künftig immerfort hört: si per foramen rotundum etc.

Er tut die apparenten und körperlichen Farben in ein paar Paragraphen nach Newtonischer Art ab.

Vernünftige Gedanken von den Wirkungen der Natur, von Christian Wolff 1723. Der Verfasser beweist die Lehre von der Heterogeneität des Lichtes a priori.

Julius Bernhard von Rohr. Physikalische Bibliothek, Leipzig 1724. Seine Literatur ist sehr mager; mit Newton mag er nichts zu tun haben, weil er lieber künstliche und mechanische Zusammensetzungen als mühsame Ausrechnungen befördert wünscht.

Johann Matthäus Barth. Physica generalior, Regensburg 1724. Ein Geistlicher und wohldenkender Mann, der dem Aberglauben entgegenarbeitet und sich daher mit Naturlehre abgibt, doch nicht sowohl selbst versucht, als das, was andre geleistet, zusammenstellt. Im Paragraphen von den Farben folgt er Boylen, gedenkt der Lehre Newtons, läßt sich aber nicht darauf ein und hat folgende merkwürdige Stelle: „Es hat mich Herr Baier, Professor Theologiae zu Altdorf, einst im Diskurs versichert, daß er in dergleichen Versuchen (den Newtonischen nämlich, von denen eben die Rede ist) betrügliche Umstände gefunden, welche er publiziert wünschte."

Dieses ist die erste Spur, die ich finde, daß ein Deutscher gegen die Newtonische Lehre einigen Zweifel erregt. Ferner gedenkt Barth dessen, was Mariotte derselben entgegengesetzt.

Johann Friedrich Wucherer. Institutiones philosophiae naturalis eclecticae, Jena 1725. Vom 238. Paragraphen an. Die Farbe sei nichts Reelles. Das Reelle sei, was existiere, wenn es auch niemand dächte; aber es gebe keinen Schmerz, wenn ihn niemand fühlte. Darin kämen alle neueren Physiker überein. Wenn das Licht weggenommen ist, sieht man alles schwarz. Blinde können Farben fühlen, zum Beispiel Boylens Vermaasen. Finch Tractatus de coloribus. Schmidii dissertatio: Caecus de colore judicans. Sturm führt ein Exempel an, daß ein Blinder die verschiedenen Farben riechen konnte. Vide illius physicam hypotheticam. Die

Farben kommen also von der Verschiedenheit der Oberfläche der Körper her, et hinc pendente reflexione, refractione, infractione, collectione, dissipatione radiorum solarium. Gründe, die Boyle angibt. Bei verändertem Licht verändern sich die Farben. So auch bei veränderter Oberfläche, wie auch durch veränderte Lage. Hier bringt er nicht sehr glücklich die Regentropfen und das Prisma vor. Nachdem er seine Lehre auf die verschiedenen Farben angewendet, fährt er fort: Haec equidem non sine ratione dicuntur et ad colores supra dictos non sine specie veri accommodantur. At vero ad specialia ubi descendimus, difficultates omnino tales occurrunt, quibus solvendis spes ulla vix superest.

Er zitiert Hamelius de corporum affectionibus, Weidlerús in Explicatione nova Experimentorum Newtonianorum. Er kennt Newtons Lehre, nimmt aber keine Notiz davon.

Hermann Friedrich Teichmeyer. Elementa Philosophiae naturalis, Jena 1733. Eine neue Auflage seines frühern Kompendiums. Sein Vortrag ist noch immer der alte.

Georg Erhard Hamberger. Elementa physices, Jena 1735. Auf der 339. Seite beruft er sich auf Wolff, daß dieser die Heterogenität des Lichts a priori bewiesen habe, und verweiset auf ihn.

Er führt einen gewissen Komplex der Newtonischen Versuche an und beginnt mit dem bekannten Liede: sit igitur conclave tenebrosum et admittatur per exiguum foramen radius lucis. Übrigens sind seine Figuren von den Newtonischen kopiert, und es findet sich keine Spur, daß er über die Sache nachgedacht oder kritisch experimentiert habe.

Samuel Christ. Hollmann. Physica. Introductionis in universam Philosophiam Tom. II. Göttingen 1737. § 147. Non id enim, quod rubicundum, flavum, caeruleum etc. appellamus, in rebus ipsis extra nos positis, sed in nostris solum perceptionibus, immo certa tantummodo perceptionum nostrarum modificatio est, a sola diversa lucis modificatione in nobis solum oriunda.

Er verwirft daher die alte Einteilung in reales und apparentes. Trägt die Newtonische Lehre bündig, doch mehr überredend als entscheidend vor.

Die Note zum 150. Paragraphen enthält zur Geschichte der Theorie sehr brauchbare Allegate, woraus man sieht, daß er die Entstehung der Lehre sowohl als die Kontroversen dagegen recht gut kennt, nicht weniger den Beifall, den sie erhalten. Aus dem Tone des Vortrags im Texte bemerkt man, daß er sein Urteil in suspenso halten will.

Johann Heinrich Winckler. Institutiones mathematico-physicae. 1738. Paragraph 1112 erwähnt er der Newtonischen Lehre im Vorbeigehen, bei Gelegenheit der undeutlichen Bilder durch die Linsen: praeterea Newtonus observavit, radium unum per refractionem in plures diversi coloris dispesci, qui cum catheto refractionis diversos angulos efficiunt.

Samuel Christ. Hollmann. Primae physicae experimentalis lineae, Göttingen 1742. Die Newtonische Lehre lakonisch, jedoch noch mit videtur vorgetragen. In den Ausgaben von 1749, 1753, 1765 lakonisch und ganz entschieden.

Vernünftige Gedanken von Christian Wolff, fünfte Ausgabe von 1746. Im ersten Teile, Paragraph 129, erklärt er die Farbenerscheinung an den Körpern ganz nach Newtonischer Manier und beruft sich auf den zweiten Teil seiner Experimenta.

Johann Andreas Segner. Einleitung in die Naturlehre, erste Auflage 1746, zweite Göttingen 1754, trägt die Newtonischen Versuche sowie die Theorie kurz vor. Seine Figuren sind nach Newton kopiert. Es zeigt sich keine Spur, daß er die Phänomene selbst gesehen.

Georg Wolfgang Krafft. Praelectiones in Physicam theoreticam, Tübingen 1750. Er folgte, wie er selbst sagt, dem Musschenbroek, läßt die Lehre von den Farben ganz aus und verweist auf einen optischen Traktat, pag. 267.

Andreas Gordon. Physicae experimentalis elementa, Erfurt 1751. Ein Benediktiner im Schottenkloster zu Erfurt, ein sehr fleißiger Mann voller Kenntnisse. Man sieht, daß in katholischen Schulen man damals noch mit der Scholastik zu streiten hatte.

Im 1220. Paragraphen sind ihm die Farben auch Körper, die sich vom Licht herschreiben. Sein Vortrag der Newtonischen Lehre ist ein wenig konfus; seine Figuren sind, wie die der ganzen Schule, falsch und märchenhaft.

Die chemischen Experimente trägt er zuletzt vor und schließt: quae omnia pulchra quidem, suis tamen haud carent difficultatibus.

Johanne Charlotte Zieglerin. Grundriß einer Naturlehre für Frauenzimmer, Halle 1751. p. 424 trägt sie die hergebrachte Lehre vor und verweist ihre Leserinnen auf Algarotti.

Johann Peter Eberhard. Erste Gründe der Naturlehre, Halle 1753. Die Newtonische Theorie, doch mit einiger Modifikation, die er schon in einer kleinen Schrift angegeben. Im 387. Paragraphen fängt er den ganzen Vortrag mit dem bekannten Refrain an: Man lasse durch eine kleine runde Öffnung etc. Seine Figuren sind klein, schlecht und wie alle aus dieser Schule nicht nach dem Phänomen, sondern nach der Hypothese gebildet.

In seiner Sammlung der ausgemachten Wahrheiten der Naturlehre 1755 setzt er, wie natürlich, die Newtonische Theorie auch unter die ausgemachten Wahrheiten.

Man sei darüber einig, daß die Sonnenstrahlen nicht gleich stark gebrochen werden.

Er bringt etwas von der Geschichte der Farbenlehre bei und zitiert wegen des Beifalls, den Newton fast überall gefunden, die Schriften mehrerer Naturforscher.

„Es hat zwar der bekannte Pater Castel Einwürfe dagegen gemacht, die aber auf solche Versuche gegründet waren, bei welchen der gute Franzose keine mathematische Akkuratesse bewiesen."

(Welche wunderlichen Redensarten! als wenn es keine andere Akkuratesse gäbe als die mathematische.)

„Man sieht aus den Miscell. curios. p. 115, daß man auch schon damals in Paris Newtons Theorie angegriffen, welches aber aus einem Mißverständnis geschehen."

Florian Dalham. Institutiones physicae, Wien 1753. Ein Geistlicher, bringt etwas weniges von der Geschichte der Farbenlehre vor; dann intoniert er: radius solis per foramen A. Mit den Einwürfen ist er bald fertig, dann folgen einige chemische Experimente.

Emanuel Swedenborg. Prodromus Principiorum rerum naturalium, Hildburghausen 1754. p. 137. Wie er durch diese ganze Schrift die Körper aus Kugeln verschiedener Größe und Art, aus Kreisen und Kränzen und deren Interstitien aufs wunderlichste zusammensetzt, ebenso macht er es mit der Transparenz, dem Weißen, Roten und Gelben. Alles sei transparent seinen kleinsten Teilen nach: Albedo; si anguli reflexionis varie confundantur in particulis transparentibus, albedinem oriri. Rubedo; si superficies particularum varii generis particulis variegetur, oriri rubedinem. Flavedo; si albedo mixta sit cum rubedine, flavedinem oriri.

Jacob Friedrich Malers Physik, Karlsruhe 1767. pag. 225. Kurz und schlechtweg Newtons Lehre.

Bernhard Grant. Praelectiones encyclopaedicae in physicam experimentalem, Erfurt 1770. p. 47. Newtons Lehre schlechtweg und kurz.

Johann Christian Polycarp Erxleben. Anfangsgründe der Naturlehre, 1772. „Wenn man durch ein kleines rundes Loch" etc. Er trägt übrigens die Newtonische und Eulersche Lehre in der bösen, halb historischen, halb didaktischen Manier vor, die sich nicht kompromittieren mag und immer noch eine Hintertüre findet, wenn die Lehre auch falsch befunden würde.

Schmahlings Naturlehre für Schulen, Göttingen und Gotha 1774. pag. 8. Das gewöhnliche Stoßgebet.

Johann Lorenz Böckmanns Naturlehre, Karlsruhe 1775. p. 321. Das alte Lied: „Man lasse durch eine mittelmäßige runde Öffnung" etc.

Matthias Gablers Naturlehre, drei Teile, München 1778, p. 319 item: „man lasse einen Lichtstrahl" etc. p. 323 läßt er sich in Kontrovers ein, glaubt aber, wie die Schule überhaupt, viel zu geschwind mit dem Gegner fertig zu werden. Einwand eines Anti-Newtonianers oder eigentlich Anti-Eulerianers von den Trabanten des Jupiter hergenommen. Auch Herr Gabler fertigt Mariotten und Rizzettin leicht ab.

Wenzeslaus Johann Gustav Karsten. Naturlehre, 1781. Erst wie gewöhnlich die Lehre von der Brechung für sich; dann Paragraph 390 „mit der Strahlenbrechung ist noch ein Erfolg verbunden" etc. Merkwürdig ist, daß der Verfasser seine Ausdrücke behutsamer als hundert andre stellt, zum Exempel „der Erfolg läßt sich am besten erklären, wenn man mit Herrn Newton annimmt“ etc.; „wenn es wahr ist, daß rotes Licht am wenigsten brechbar ist“ etc.

C. G. Kratzenstein. Vorlesungen über die Experimentalphysik, Kopenhagen 1782. p. 134. „Das weiße Licht besteht nach Newton aus sieben Hauptfarben“ etc.

Johann Daniel Titius. Physicae experimentalis elementa, Lipsiae 1782. Paragraph 111. Der Radius solaris, dann aber zwei Prismen, man weiß nicht warum: denn das Experimentum Crucis ist es nicht. Auch dieser macht einen Sprung: patet ex hoc experimento diversam radiorum solarium refrangibilitatem etc. Dann einige Folgerungen und etwas weniges Chemisches.

W. J. G. Karsten. Anleitung zur gemeinnützlichen Kenntnis der Natur, Halle 1783. Paragraph 101 und folgende, ohngefähr in dem Sinne wie in seiner Naturlehre.

Johann Philipp Hobert. Grundriß der Naturlehre, Berlin 1789. Paragraph 221. Lichtstrahl, enge Öffnung, verfinstertes Zimmer etc., wie so viele andre, hinter der ganzen Herde drein.

Anton Bruchausen. Institutiones physicae, übersetzt von Bergmann, Mainz 1790. Sonnenstrahl, kleine Öffnung und sogar Lichtfäden.

Johann Baptista Horvath. Elementa physicae, Budae 1790. Die alte Leier. Stamina lucis, colore immutabili praedita.

Matthäus Pankl. Compendium institutionum physicarum Pars I. Posoniae 1793. p. 160, cap. 3. de lucis heterogeneitate. Veteribus lumen simplicissima et homogenea substantia fuit. Newtonus heterogeneam esse extra omnem dubitationem posuit.

A. W. Hauch. Anfangsgründe der Experimentalphysik, aus dem Dänischen von Tobiesen. Schleswig 1795. 1. Teil Paragraph 286. Das hergebrachte Lied wird abgeorgelt.

Wir sind bei dieser Anzeige der Kompendien weit über die Epoche hinausgegangen, in der wir uns gegenwärtig befinden, und haben die Rezension solcher Schriften bis gegen das Ende des achtzehnten vorigen Jahrhunderts fortgesetzt, indem wir auf diese Wiederholungen und Nachbetereien nicht wieder zurückzukehren wünschten.

Akademie Göttingen

Es ist interessant, zu sehen, durch welche Reihe von Personen auf einer besuchten Akademie die Newtonische Lehre fortgepflanzt worden. Ein Göttinger Professor hatte ohnehin, bei der nahen Verwandtschaft mit England, keine Ursache, eine Meinung näher zu prüfen, welche schon durchgängig angenommen war, und so wird sie denn auch bis auf den heutigen Tag noch dort so gut als auf andern Akademien gelehrt.

Hollmann, 1736, liest Physik als einen Teil des philosophischen Kursus. Seine Institutiones werden 1738 gedruckt. Er liest weitläufige Experimentalphysik, nachher dieselbe zusammengezogener. Fährt damit nach Abgang Segners fort bis gegen 1775; stirbt 1788, nachdem er schon mehrere Jahre der Physik und später den übrigen Vorlesungen sich entzogen.

Segner, 1736, liest Physik über Hamberger, Wolff, Musschenbroek, nach Diktaten, von 1744 an; sodann über seine Anfangsgründe, von 1746 bis zu seinem Abgang 1754.

Kästner liest 1759 Physik nach Winckler, später nach Eberhards ersten Gründen der Naturlehre. Er hat als Mathematiker den besondern Tick, die Physiker anzufeinden.

Meister liest Perspektive und Optik.

Erxleben, Professor extraordinarius seit 1770. Erste Ausgabe seines Compendii 1772; stirbt 1777.

Lichtenberg, Professor extraordinarius seit 1770. Anfangs viel abwesend und mit mathematicis beschäftigt, liest von 1778 an über Erxleben und gibt sieben vermehrte Auflagen heraus.

Mayer, nach Lichtenbergs Tod, stimmt in einem neuen Kompendium das alte Lied an.

Nachlese

Smith und Martin, Engländer, bringen die Lehre Newtons im Auszuge in ihre Lehrbücher.

Le Seur und Jacquier, geistliche Väter zu Rom, kommentieren Newtons Werke und verbreiten seine Lehre.

Enzyklopädisten. Da ein Lexikon sowie ein Kompendium einer Erfahrungswissenschaft eigentlich nur eine Sammlung des kursierenden Wahren und Falschen ist; so wird man auch von dieser Gesellschaft nichts weiter erwarten. Man konnte ihr nicht zumuten, daß sie jede Wissenschaft sollte neu durcharbeiten lassen. Und so haben sie denn auch die alte Konfession mit Ernst und Vollständigkeit dergestalt abgelegt, daß sie vor den sämtlichen Glaubensgenossen mit Ehren bestehen können. Die Artikel, unter welchen solches aufzusuchen, verstehen sich von selbst.

Montucla. In der ersten Hälfte des achtzehnten Jahrhunderts hatten sich, wie wir wissen, die Formeln und Redensarten völlig ausgebildet, welche man zugunsten Newtons und zuungunsten seiner Gegner wiederholte und einander nachsagte. In Montuclas Histoire des mathématiques, Paris 1758, findet man auch nichts anders. Nicht allein Auswärtige, wie Rizzetti, behalten unrecht, sondern es geschieht auch Franzosen, Mariotten, Castel, Dufay, von dem Franzosen Unrecht. Da sich diese so sehr auf Ehre haltende Nation gegen das einmal eingewurzelte Vorurteil nicht wieder erholen konnte; so wird man ja wohl andern, nicht so lebhaften und nicht so eigenwilligen Völkern verzeihen, wenn sie auch bei dem einmal Angenommenen ruhig verharrten.

Tobias Mayer

De affinitate colorum commentatio, lecta in conventu publico, Gottingae 1758, in den kleinen, nach dessen Tod von Lichtenberg herausgegebenen Schriften.

Der Newtonische Wortkram wurde nunmehr von allen deutschen Kathedern ausgeboten. Man freute sich, die Urfarben aus dem Licht hervorgelockt zu haben; es sollten ihrer unzählige sein. Diese ersten, homogenen, einfachen Farben hatten aber die wunderliche Eigenschaft, daß ein großer Teil derselben von den zusammengesetzten nicht zu unterscheiden war.

Betrachtete man jedoch das sogenannte Spektrum genauer, so konnte nicht verborgen bleiben, daß teils der Natur der Sache nach, teils der Bequemlichkeit des Vortrags wegen sich diese unendlichen Farben auf eine geringere Zahl reduzieren ließen. Man nahm ihrer fünf an oder sieben. Weil aber das höchste, im völligen Gleichgewicht stehende Rot dem prismatischen Farbenbild abging: so fehlte auch hier die sechste oder die achte Farbe; das Ganze blieb unvollständig und die Sache konfus.

Alle diejenigen, die von der Malerei und Färberei an die Farbenlehre herantraten, fanden dagegen, wie uns die Geschichte umständlich unterrichtet, naturgemäß und bequem, nur drei Grundfarben anzunehmen. Dieses hatte schon Boyle im zwölften Experiment des dritten Teils seines bekannten Werks kurz und bündig ausgesprochen und den Malern das Recht erteilt, nur drei primäre Farben zu statuieren: weil man denn doch wohl diejenigen so nennen dürfe, die aus keinen andern entspringen, alle übrigen aber erzeugen.

In diesem Sinne ist denn auch Mayers Aufsatz geschrieben. Es herrscht darin der gerade gesunde Menschenverstand. Er operiert zwar mit Pigmenten, wählt aber unter ihnen diejenigen aus, die er als Repräsentanten jener durch den Begriff bestimmten einfachen Farben ansehen darf. Durch Kombination und Berechnung will er nun die möglichen, unterscheidbaren Zusammensetzungen ausmitteln.

Allein, weil er atomistisch zu Werke geht, so ist seine Behandlung keineswegs zulänglich. Die einfachen, die Grundfarben mögen dem Verstande bestimmbar sein, aber wo sollen sie in der Erfahrung als Körper aufgefunden werden? Jedes Pigment hat seine besondern Eigenschaften und verhält sich, sowohl färbend als körperlich, gegen die übrigen nicht als ein Allgemeines, sondern als ein Spezifisches. Ferner entsteht die Frage: soll man die Pigmente nach Maß oder nach Gewicht zusammenbringen? Beides kann hier nicht frommen. Alle Mischung der Pigmente zu malerischen Zwecken ist empirisch-ästhetisch und hängt von Kenntnis der unterliegenden Körper und von dem zarten Gefühle des Auges ab. Hier wie in allen Künsten gilt ein geistreiches, inkalkulables Eingreifen in die Erfahrung.

Noch manches wäre hier beizubringen, doch wird es demjenigen, der unserm Vortrage bisher aufmerksam gefolgt ist, gewiß gegenwärtig sein...

...

Mayer hatte, wie natürlich war, seine Unzufriedenheit mit der Newtonischen Terminologie zu erkennen gegeben. Dieses zog ihm nicht den besten Willen seiner Kollegen und der gelehrten Welt überhaupt zu. Schon in der Vorlesung selbst machte Röderer eine unbedeutende und unrichtige Bemerkung, welche aber begierig aufgefaßt und durch Kästnern fortgepflanzt wurde. Was dieser, und nachher Erxleben, Lichtenberg, Johann Tobias Mayer, Mollweide und andere, wenn die Sache zur Sprache kam, für Sandweben über diesen Gegenstand hingetrieben und ihn damit zugedeckt, wäre allzu umständlich auseinanderzusetzen. Der besser Unterrichtete wird es künftig selbst leisten können.

Johann Heinrich Lambert

Beschreibung einer mit dem Calauischen Wachse ausgemalten Farbenpyramide. Berlin 1772 in 4.

Der Mayerischen Abhandlung war eine kolorierte Tafel beigefügt, welche die Farbenmischung und Abstufung in einem Dreieck, freilich sehr unzulänglich, vorstellt. Dieser Darstellung mehr Ausdehnung und Vielseitigkeit zu geben, wählte man später die körperliche Pyramide. Die Calauische Arbeit und die Lambertische Erklärung ist gegenwärtig nicht vor uns; doch läßt sich leicht denken, was dadurch geleistet worden. Ganz neuerlich hat Philipp Otto Runge, von dessen schönen Einsichten in die Farbenlehre, von der malerischen Seite her, wir schon früher ein Zeugnis abgelegt, die Abstufungen der Farben und ihr Abschattieren gegen Hell und Dunkel auf einer Kugel dargestellt und, wie wir glauben, diese Art von Bemühungen völlig abgeschlossen.

Lamberts Photometrie berühren wir hier nur insofern, als wir uns nicht erinnern, daß er, bei Messung der verschiedenen Lichtstärken, jene Farbenerscheinungen gewahr geworden, welche doch bei dieser Gelegenheit so leicht entspringen, wie vor ihm Bouguer und nach ihm Rumford wohl bemerkt. Sie sind teils physisch, indem sie aus der Mäßigung des Lichtes entspringen, teils physiologisch, insofern sie sich an die farbigen Schatten anschließen.

Carl Scherffer

Abhandlung von den zufälligen Farben. Wien 1765.

Bouguer und Buffon hatten bei Gelegenheit des abklingenden Bildes im Auge und der farbigen Schatten diese, wie es schien, unwesentlichen Farben, denen wir jedoch unter der Rubrik der physiologischen den ersten Platz zugestanden, zur Sprache gebracht und sie zufällig genannt, weil es noch nicht gelungen war, ihre Gesetzmäßigkeit anzuerkennen.

Scherffer, ein Priester der Gesellschaft Jesu, beschäftigte sich mit diesen Erscheinungen und vermannigfaltigte die Versuche, wobei er sich als einen scharfsinnigen und redlichen Beobachter zeigt. Da er jedoch der Lehre Newtons zugetan ist, so sucht er die Phänomene nach derselben zu erklären oder vielmehr sie ihr anzupassen. Die Umkehrung eines hellen Bildes im Auge in ein dunkles, eines dunklen in ein helles, nach verschiedenen gegebenen Bedingungen (E. 15 ff.), erklärte man, wie am angeführten Orte ersichtlich ist. Nun schlug Pater Scherffer zu Erklärung der farbig miteinander abwechselnden Erscheinungen folgenden Weg ein.

Er legt jenen mangelhaften Newtonischen Farbenkreis (P. 592—94) zum Grunde, dessen Zusammenmischung Weiß geben soll. Dann fragt er, was für eine Farbe zum Beispiel entstehen würde, wenn man aus diesem Kreise das Grün hinwegnähme? Nun fängt er an zu rechnen, zu operieren, Schwerpunkte zu suchen und findet, daß ein Violett entstehen müsse, welches zwar, wie er selbst sagt, in der Erfahrung nicht entsteht, wohl aber ein Rot, das er dann eben auch gelten läßt.

Nun soll das Auge, wenn es von den grünen Strahlen affiziert worden, der grüne Gegenstand aber weggehoben wird, sich in einer Art von Notwendigkeit befinden, von dem Resultat der sämtlichen übrigen Strahlen affiziert zu werden.

Da nun aber diese Resultate niemals rein zutreffen — und wie wäre es auch möglich, indem das vollkommene Rot, welches eigentlich der Gegensatz des Grünen ist, jenem Kreise fehlt! —, so muß der gute Pater auch in die Hetmans-Manier fallen, worin ihm denn freilich sein Herr und Meister weidlich vorgegangen, so daß er Ausflüchte, Ausnahmen, Einschränkungen überall finden und nach seinem Sinne gebrauchen kann.

Darwin, der in der letzten Zeit diese Erscheinungen ausführlich vorgenommen, erklärt sie zwar auch nach der Newtonischen Lehre, hält sich aber weniger dabei auf, inwiefern diese zu den Erscheinungen passe oder nicht.

Unser einfacher naturgemäßer Farbenkreis, Tafel I, Fig. 1, dient jedoch dazu, diese Gegensätze, indem man bloß die Diameter zieht, bequem aufzufinden.

Weil übrigens jeder tüchtige Mensch, selbst auf dem Wege des Irrtums, das Wahre ahndet, so hat auch Scherffer dasjenige, was wir unter der Form der Totalität ausgesprochen, zwar auf eine schwankende und unbestimmte, aber doch sehr anmutige Weise ausgedrückt, wie folgt:

„Bei Erwägung dieser und mehr dergleichen Mutmaßungen glaub' ich nicht, daß ich mich betrüge, wenn ich dafür halte, es habe mit dem Auge eine solche Beschaffenheit, daß es nach einem empfindlichern Drucke des Lichtes, nicht allein durch die Ruhe, sondern auch durch den Unterschied der Farben, wiederum müsse gleichfalls erfrischt werden. Jener Ekel, den wir durch das längere Ansehen einer Farbe verspüren, rühre nicht so viel von dem uns angeborenen Wankelmute her als von der Einrichtung des Auges selbst, vermöge welcher auch die schönste Farbe durch den allzulang anhaltenden Eindruck ihre Annehmlichkeit verliert. Und vielleicht hat die vorsichtige Natur dieses zum Absehen gehabt, damit wir einen so edlen Sinn nicht immer mit einer Sache beschäftigen, indem sie unserer Untersuchung eine so große Menge darbietet, da sie den Unterschied in Abwechselung der Farben weit reizender machte als alle Schönheit einer jeden insbesondre."

Wir enthalten uns, manche interessante Beobachtung und Betrachtung hier auszuziehen, um so mehr als diese Schrift in jedes wahren Liebhabers der Farbenlehre eigene Hände zu gelangen verdient.

Benjamin Franklin

Kleine Schriften, herausgegeben von G. Schatz 1794. Zweiter Teil S. 324f.

„Der Eindruck, den ein leuchtender Gegenstand auf die Sehnerven macht, dauert zwanzig bis dreißig Sekunden. Sieht man an einem heitern Tage, wenn man im Zimmer sitzt, eine Zeitlang in die Mitte eines Fensters und schließt sodann die Augen, so bleibt die Gestalt des Fensters eine Zeitlang im Auge, und zwar so deutlich, daß man imstande ist, die einzelnen Fächer zu zählen. Merkwürdig ist bei dieser Erfahrung der Umstand, daß der Eindruck der Form sich besser erhält als der Eindruck der Farbe. Denn sobald man die Augen schließt, scheinen die Glasfächer, wenn man das Bild des Fensters anfängt wahrzunehmen, dunkel, die Querhölzer der Kreuze aber, die Rahmen und die Wand umher weiß oder glänzend. Vermehrt man jedoch die Dunkelheit der Augen dadurch, daß man die Hände über sie hält, so erfolgt sogleich das Gegenteil. Die Fächer erscheinen leuchtend und die Querhölzer dunkel. Zieht man die Hand weg, so erfolgt eine neue Veränderung, die alles wieder in den ersten Stand setzt. Ein Phänomen, das ich so wenig zu erklären weiß, als folgendes. Hat man lange durch eine gemeine grüne oder sogenannte Konservationsbrille gesehn und nimmt sie nun ab, so sieht das weiße Papier eines Buchs rötlich aus, so wie es grünlich aussieht, wenn man lange durch rote Brillen gesehen hat. Dies scheint eine noch nicht erklärte Verwandtschaft der grünen und roten Farbe anzuzeigen."

Noch manches, was sich hier anschließt, ist von Buffon, Mazéas, Béguelin, Melvill beobachtet und überliefert worden. Es findet sich beisammen in Priestleys Geschichte der Optik, Seite 327, woselbst es unsre Leser aufzusuchen belieben werden.

ACHTZEHNTES JAHRHUNDERT

Zweite Epoche: Von Dollond bis auf unsere Zeit

Achromasie

Die Geschichte dieser wichtigen Entdeckung ist im allgemeinen bekannt genug, indem sie teils in besondern Schriften, teils in Lehr- und Geschichtsbüchern öfters wiederholt worden. Uns geziemt daher nur das Hauptsächliche zu sagen; vorzüglich aber, zu zeigen, wie diese bedeutende Aufklärung einer ungeahndeten Natureigenschaft auf das Praktische einen großen, auf das Theoretische gar keinen Einfluß gewinnen können.

Von uralten Zeiten her war bekannt und außer Frage, daß Brechung auf mannigfaltige Weise ohne Farbenerscheinung stattfinden könne. Man sah daher diese, welche sich doch manchmal dazugesellte, lange Zeit als zufällig an. Nachdem aber Newton ihre Ursache in der Brechung selbst gesucht und die Beständigkeit des Phänomens dargetan, so wurden beide für unzertrennlich gehalten.

Demungeachtet konnte man sich nicht leugnen, daß ja unser Auge selbst durch Brechung sieht, daß also, da wir mit nacktem Auge nirgends Farbensäume oder sonst eine apparente Färbung der Art erblicken, Brechung und Farbenerscheinung bei dieser Gelegenheit voneinander unabhängig gedacht werden können.

Rizzetti hatte das schon zur Sprache gebracht; weil aber seine Zeit in manchem noch zurück war, weil er den nächsten Weg verfehlte und in seiner Lage verfehlen mußte; so wurde auch dieses Verhältnisses nicht weiter gedacht. Indessen war es anatomisch und physiologisch bekannt, daß unser Auge aus verschiedenen Mitteln bestehe. Die Folgerung, daß durch verschiedene Mittel eine Kompensation möglich sei, lag nahe, aber niemand fand sie.

Dem sei, wie ihm wolle, so stellte Newton selbst den so oft besprochenen Versuch, den achten seines zweiten Teils, mit verschiedenen Mitteln an und wollte gefunden haben, daß, wenn in diesem Fall der ausgehende Strahl nur dahin gebracht würde, daß er parallel mit dem eingehenden sich gerichtet befände, die Farbenerscheinung alsdann aufgehoben sei.

Zuerst kann es auffallen, daß Newton, indem ihm bei parallelen sogenannten Strahlen Brechung übriggeblieben und die Farbenerscheinung aufgehoben worden, nicht weiter gegangen, sondern daß es ihm vielmehr beliebt, wunderliche Theoreme aufzustellen, die aus dieser Erfahrung herfließen sollten.

Ein Verteidiger Newtons hat in der Folge die artige Vermutung geäußert, daß in dem Wasser, dessen sich Newton bedient, Bleizucker aufgelöst gewesen, den er auch in andern Fällen angewendet. Dadurch wird allerdings das Phänomen möglich, zugleich aber die Betrachtung auffallend, daß dem vorzüglichsten Menschen etwas ganz deutlich vor Augen kommen kann, ohne von ihm bemerkt und aufgefaßt zu werden. Genug, Newton verharrte bei seiner theoretischen Überzeugung, sowie bei der praktischen Behauptung: die dioptrischen Fernröhre seien nicht zu verbessern. Es kam daher ein Stillstand in die Sache, der nur erst durch einen andern außerordentlichen Menschen wieder konnte aufgehoben werden.

Euler, einer von denjenigen Männern, die bestimmt sind, wieder von vorn anzufangen, wenn sie auch in eine noch so reiche Ernte ihrer Vorgänger geraten, ließ die Betrachtung des menschlichen Auges, das für sich keine apparenten Farben erblickt, ob es gleich die Gegenstände durch bedeutende Brechung sieht und gewahr wird, nicht aus dem Sinne und kam darauf, Menisken, mit verschiedenen Feuchtigkeiten angefüllt, zu verbinden, und gelangte durch Versuche und Berechnung dahin, daß er sich zu behaupten getraute: die Farbenerscheinung lasse sich in solchen Fällen aufheben und es bleibe noch Brechung übrig.

Die Newtonische Schule vernahm dieses, wie billig, mit Entsetzen und Abscheu; im stillen aber, wir wissen nicht, ob auf Anlaß dieser Eulerischen Behauptung oder aus eigenem Antriebe, ließ Chester Moor Hall in England heimlich und geheimnisvoll achromatische Fernröhre zusammensetzen, so daß 1754 schon dergleichen vorhanden, obgleich nicht öffentlich bekannt waren.

Dollond, ein berühmter optischer Künstler, widersprach gleichfalls Eulern aus Newtonischen Grundsätzen und fing zugleich an, praktisch gegen ihn zu operieren; allein zu seinem eignen Erstaunen entdeckt er das Gegenteil von dem, was er behauptet; die Eigenschaften des Flint- und Crownglases werden gefunden, und die Achromasie steht unwidersprechlich da.

Bei alledem widerstrebt die Schule noch eine Zeitlang; doch ein trefflicher Mann, Klingenstierna, macht sich um die theoretische Ausführung verdient.

Niemanden konnte nunmehr verborgen bleiben, daß der Lehre eine tödliche Wunde beigebracht sei. Wie sie aber eigentlich nur in Worten lebte, so war sie auch durch ein Wort zu heilen. Man hatte die Ursache der Farbenerscheinung in der Brechung selbst gesucht; sie war es, welche diese Ur-Teile aus dem Licht entwickelte, denen man zu diesem Behuf eine verschiedene Brechbarkeit zuschrieb. Nun war aber bei gleicher Brechung diese Brechbarkeit sehr verschieden, und nun faßte man ein Wort auf, den Ausdruck Zerstreuung, und setzte hinter diese Brechung und Brechbarkeit noch eine von ihr unabhängige Zerstreuung und Zerstreubarkeit, welche im Hinterhalt auf Gelegenheit warten mußte, sich zu manifestieren; und ein solches Flickwerk wurde in der wissenschaftlichen Welt, soviel mir bekannt geworden, ohne Widerspruch aufgenommen.

Das Wort Zerstreuung kommt schon in den ältesten Zeiten, wenn vom Licht die Rede ist, vor. Man kann es als einen Trivial-Ausdruck ansehen, wenn man dasjenige, was man als Kraft betrachten sollte, materiell nimmt und das, was eine gehinderte, gemäßigte Kraft ist, als eine zerstükkelte, zermalmte, zersplitterte ansieht.

Wenn ein blendendes Sonnenlicht gegen eine weiße Wand fällt; so wirkt es von dort nach allen entgegengesetzten Enden und Ecken zurück, mit mehr oder weniger geschwächter Kraft. Führt man aber mit einer gewaltsamen Feuerspritze eine Wassermasse gegen diese Wand; so wirkt diese Masse gleichfalls zurück, aber zerstiebend und in Millionen Teile sich zerstreuend. Aus einer solchen Vorstellungsart ist der Ausdruck Zerstreuung des Lichts entstanden.

Je mehr man das Licht als Materie, als Körper ansah, für desto passender hielt man diese Gleichnisrede. Grimaldi wird gar nicht fertig, das Licht zu zerstreuen, zu zerbrechen und zu zerreißen. Bei Rizzetti findet auch die Dispersion der Strahlen, mit denen er operiert, jedoch wider ihren Willen und zu ihrem höchsten Verdrusse statt. Newton, bei dem die Strahlen ja auch auseinander gebrochen werden, brauchte diesen und ähnliche Ausdrücke, aber nur diskursiv, als erläuternd, versinnlichend; und auf diese Weise wird jenes Wort herangetragen, bis es endlich in dem neu eintretenden unerwarteten Notfalle aufgeschnappt und zum Kunstworte gestempelt wird.

Mir sind nicht alle Dokumente dieses wichtigen Ereignisses zuhanden gekommen, daher ich nicht sagen kann, wer sich zuerst so ausgedrückt. Genug, dieses Kunstwort ward bald ohne Bedenken gebraucht und wird es noch, ohne daß irgend jemanden einfiele, wie durch jene große Entdeckung das Alte völlig verändert und aufgehoben worden. Man hat mit diesem Pflaster den Schaden zugedeckt; und wer in der Kürze einen eminenten Fall sehen will, wie man mit der größten Gemütsruhe und Behaglichkeit einen neuen Lappen auf ein altes Kleid flickt, der lese in den Anfangsgründen der Naturlehre von Johann Tobias Mayer die kurze Darstellung von der Theorie der Farben, besonders vergleiche man den 630. und 635. Paragraphen. Wäre dies ein alter Autor; so würden die Kritiker sich mit der größten Sorgfalt nach andern Codicibus umsehen, um solche Stellen, die gar keinen Sinn haben, mit Bedacht und Vorsicht zu emendieren.

Die Lehre mag sich indessen stellen, wie sie will, das Leben geht seinen Gang fort. Achromatische Fernröhre werden verfertigt, einzelne Männer und ganze Nationen auf die Eigenschaften der verschiedenen Glasarten aufmerksam. Clairault in Frankreich bedient sich der sogenannten Pierres de Stras statt des Flintglases, und die Entdeckung lag ganz nahe, daß der Bleikalk dem Glase jene Eigenschaft, die Farbensäume disproportionierlich gegen die Brechung zu verbreitern, mitteilen könne. Zeiher in Petersburg machte sich um die Sache verdient. Was Boscovich und Steiner getan, um diese Angelegenheit theoretisch und praktisch zu fördern, bleibt unvergessen.

Le Baude erhielt in Frankreich 1773 den Preis für eine Glasart, die dem Flint nahekam. Dufougerais hat zu unserer Zeit in seiner Manufaktur zu Mont-Cenis ein Glas verfertigt, wovon ein Prisma zu zehn Graden mit einem Prisma von Crownglas zu achtzehn Graden zusammengestellt, die Farbenerscheinung aufhebt.

Von dieser Glasart liegt noch eine große Masse vorrätig, und es ist zu wünschen, daß ein Teil derselben von den französischen Optikern zu Prismen von allen Winkeln genutzt und zum Besten der Wissenschaft in einen allgemeinen Handelsartikel verwandelt werde.

Das Weitere und Nähere, was diese wichtige Epoche betrifft, ist in Priestleys Geschichte der Optik nachzuschlagen; wobei die Klügelschen Zusätze von großer Bedeutung sind. Übrigens ist Priestley, hier wie durchaus, mit Vorsicht zu lesen. Er kann die Erfahrung, er kann die großen gegen Newton daraus entspringenden Resultate nicht leugnen, gibt aber ganz gewissenlos zu verstehen: Euler sei durch einen Wink Newtons angeregt worden; als wenn jemand auf etwas hinwinken könnte, was er aufs hartnäckigste leugnet, ja, was noch schlimmer ist, von dessen Möglichkeit er gar keine Spur hat! Unser in diesem Falle so wie in andern geradsinnige Klügel läßt es ihm auch nicht durchgehen, sondern macht in einer Note aufmerksam auf diese Unredlichkeit.

Joseph Priestley

The history and present state of discoveries relating to vision, light and colours, London 1772 in Quart.

Ohne diesem Werk sein Verdienst verkümmern oder ihm denjenigen Nutzen ableugnen zu wollen, den wir selbst daraus gezogen haben, sind wir doch genötigt auszusprechen, daß dadurch besonders die anbrüchige Newtonische Lehre wiederhergestellt worden. Der Verfasser braucht die eingeführten Phrasen wieder ruhig fort. Alles, was im Altertum und in der mittlern Zeit geschehen, wird für nichts geachtet.

Newtons Versuche und Theorien werden mit großem Bombast ausgekramt. Die achromatische Entdeckung wird so vorgetragen, als sei jene Lehre dadurch nur ein wenig modifiziert worden. Alles kommt wieder ins gleiche, und der theoretische Schlendrian schleift sich wieder so hin.

Da man dieses Werk, genau betrachtet, gleichfalls mehr als Materialien denn als wirkliche Geschichtserzählung anzusehen hat; so verweisen wir übrigens unsere Leser gern darauf, weil wir auf manches, was dort ausführlich behandelt worden, nur im Vorbeigehen hingedeutet haben.

Paolo Frisi

Wir erwähnen hier dieses Mannes, ob er gleich erst später, 1778, eine Lobschrift auf Newton herausgegeben, um nur mit wenigem zu bemerken, daß immer noch die ältere Lehre, wie sie Newton vorgetragen, Desaguliers sie verteidigt, wie sie in die Schulen aufgenommen worden, ihre unbedingten Lobredner findet, selbst in der neuern Epoche, die ihren Untergang entschieden hätte herbeiführen müssen, wenn die Menschen, unter dem Druck einer beschränkten Gewohnheit hinlebend, zu einem neuen Aperçu Augen und Geist entschieden froh hinaufheben könnten.

Wird übrigens ein Muster verlangt, wie ein echter Newtonianer gedacht und gesprochen und sich die Sache vorgestellt; so kann diese übrigens sehr gut geschriebene und mit heiterm Enthusiasmus vorgetragene Lobschrift zur Hand genommen und beherzigt werden.

Georg Simon Klügel

Die Lehre von der Achromasie war wie ein fruchtbarer und unzerstörlicher Same über das Feld der Wissenschaften ausgestreut. So manches davon auch unter die Schuldornen fiel, um daselbst zu ersticken, so manches davon auch von den immer geschäftigen theoretisch-kritischen Vögeln aufgepickt und verschluckt wurde, so manches davon das Schicksal hatte, auf dem platten Wege der Gemeinheit zertreten zu werden: so konnte es doch nicht fehlen, daß in guten und tragbaren Boden ein Teil treulich aufgenommen ward und, wo nicht gleich Frucht trug, doch wenigstens im stillen keimte.

So haben wir oft genug unsern redlichen Landsmann Klügel bewundert und gelobt, wenn wir sein Verfahren bei Übersetzung und Supplierung der Priestleyschen Optik mit Ruhe beobachteten. Überall vernimmt man leise Warnungen, vielleicht zu leise, als daß sie hätten können gehört werden. Klügel wiederholt bescheiden und oft, daß alle theoretische Enunziationen nur Gleichnisreden seien. Er deutet an, daß wir nur den Widerschein und nicht das Wesen der Dinge sehen. Er bemerkt, daß die Newtonische Theorie durch die achromatische Erfindung wohl gar aufgehoben sein könnte.

Wenn es uns nicht ziemt, von seinem Hauptverdienste, das außer unserm Gesichtskreise liegt, zu sprechen; so geben wir um so lieber ihm das Zeugnis eines vielleicht noch seltenern Verdienstes, daß ein Mann wie er, von so viel mathematischer Gewandtheit, dem Wissenschaft und Erfahrung in solcher Breite zu Gebote standen, daß dieser eine vorurteilsfreie verständige Übersicht dergestalt walten ließ, daß seine wissenschaftlichen Behandlungen, sicher, ohne dogmatisch, warnend, ohne skeptisch zu sein, uns mit dem Vergangenen bekannt machen, das Gegenwärtige wohl einprägen, ohne den Blick für die Zukunft zu verschließen.

Übergang

Die Newtonische Schule mochte sich indessen gebärden, wie sie wollte. Es war nun so oft von vielen bedeutenden Männern, in so vielen Schriften, welche gleichsam jeden Tag wirksam waren: denn die Sache wurde lebhaft betrieben; es war ausgesprochen worden, daß Newton sich in einem Hauptpunkte geirrt habe, und mehr als alle Worte sprachen dies die dioptrischen Fernröhre auf Sternwarten und Mastbäumen, in den Händen der Forscher und der Privatleute, immer lauter und unwidersprechlicher aus.

Der Mensch, wir haben schon früher darauf appuyiert, unterwirft sich ebenso gern der Autorität, als er sich derselben entzieht; es kommt bloß auf die Epochen an, die ihn zu dem einen oder dem andern veranlassen. In der gegenwärtigen Epoche der Farbenlehre erhielten nunmehr jüngere, geistreichere, ernst und treu gesinnte Menschen eine gewisse Halbfreiheit, die, weil sie keinen Punkt der Vereinigung vor sich sah, einen jeden auf sich selbst zurückwies, eines jeden eigne Ansichten, Lieblingsmeinungen, Grillen hervorrief, und so zwar manchem Guten förderlich war, dagegen aber auch eine Art von Anarchie weissagte und vorbereitete, welche in unsern Tagen völlig erschienen ist.

Was Einzelne getan, die Natur der Farbe auf diese oder jene Weise mehr zu ergründen und zu erklären, ohne auf die Newtonische Lehre besonders Rücksicht zu nehmen, ist jetzt die Hauptaufgabe unsers fernern Vortrags. Wir nehmen mit, was wir sonst noch auf unserm Wege finden, lassen aber dazwischen manches einzelne liegen, welches nicht frommt und fördert.

C. F. G. Westfeld

Die Erzeugung der Farben, eine Hypothese. Göttingen 1767.

Dieser einzelne Bogen verdiente wohl, wenn man eine Anzahl kleiner, auf die Farbenlehre bezüglicher, sich verlierender Schriften sammlen und der Vergessenheit entziehen wollte, mit abgedruckt zu werden.

Des Verfassers Vortrag ist zwar nicht luminos und, weil er sich gleich in Kontrovers verwickelt, keineswegs erfreulich; doch ist seine Überzeugung guter Art. Erst drückt er sie im allgemeinen folgendermaßen aus: „Die Verschiedenheit der Farben ist nur eine Verschiedenheit der Bewegung in den nervigen Fasern der Netzhaut"; dann aber tritt er der Sache näher und schreibt die Farbenwirkung aufs Auge einer mehr oder minder erregten Wärme auf der Netzhaut zu.

Mit einer vergnüglichen Zufriedenheit sehen wir dasjenige geahndet und vorbereitet, was später von Herscheln entdeckt und zu unserer Zeit weiter ausgeführt worden...

...

Hätte Westfeld statt des Mehr und Minder, wodurch doch immer nur eine Abstufung ausgedrückt wird, von der man nicht weiß, wo sie anfangen und wo sie aufhören soll, seine Meinung als Gegensatz ausgesprochen und die Farbenwirkungen als erwärmend und erkältend angenommen, so daß die von der einen Seite die natürliche Wärme der Retina erhöhen, die von der andern sie vermindern; so wäre nach ihm diese Ansicht nicht viel mehr zu erweitern gewesen. Sie gehört in das Kapitel von der Wirkung farbiger Beleuchtung, wo wir teils das Nötige schon angegeben haben, teils werden wir das allenfalls Erforderliche künftig supplieren.

Guyot

Nouvelles Récréations physiques et mathématiques, à Paris, 1769—70. 4 Bände in 8.

Man kann nicht oft genug wiederholen, daß eine Theorie sich nicht besser bewährt, als wenn sie dem Praktiker sein Urteil erleichtert und seine Anwendungen fördert. Bei der Newtonischen ist gerade das Gegenteil: sie steht jedem im Wege, der mit Farben irgend etwas beginnen will; und dies ist auch hier der Fall, bei einem Manne, der sich unter andern physischen Erscheinungen und Kräften auch der Farben zu mancherlei Kunststücken und Erheiterungen bedienen will.

Er findet bald, daß er, um alle Farben hervorzubringen, nur drei Hauptfarben bedarf, die er also auch wohl Ur- und Grundfarben nennen mag. Er bringt diese in helleren, sich nach und nach verdunkelnden Reihen auf durchscheinendes, über Quadratrahmen gespanntes Papier, bedient sich dieser erst einzeln, nachher aber dergestalt miteinander verbunden, daß die hellern und dunklern Streifen übers Kreuz zu stehen kommen; und so entspringen wirklich alle Farbenschattierungen, sowohl in Absicht auf Mischung als auf Erhellung und Verdunkelung, zu welchem letztern Zwecke er jedoch noch eine besondere Vorrichtung macht.

Sich dieser Rahmen zu bedienen, verfertigt er ein Kästchen, worein sie passen, wovon die eine Seite ganz offen und nach der Sonne gerichtet ist, die andere aber mit einer hinreichenden Öffnung versehen, daß man die gefärbten Flächen überschauen könne.

Bei diesen Operationen, die so einfach sind, und eben weil sie so einfach sind, steht ihm die Newtonische Theorie im

Wege, worüber er sich, zwar mit vorhergeschickten Protestationen, daß er dem scharfsinnigen und kuriosen System keineswegeszu widersprechen wage, folgendermaßen äußert:

„Die Wirkung, welche von diesen gefärbten durchscheinenden Papieren hervorgebracht wird, scheint nicht mit dem gegenwärtigen System von der Bildung der Farben übereinzustimmen. Denn das Papier, worauf man zum Beispiel die blaue Farbe angebracht hat, wirft die blauen Strahlen zurück, wenn man es durch die große Öffnung des Kastens betrachtet, indes die andere geschlossen ist. Schaut man aber durch die kleinere, indes die größere gegen die Sonne gewendet ist, so erblickt man durch das Papier hindurch ebendieselben blauen Strahlen. Dieses aber wäre, dem System nach, ein Widerspruch, weil ja dasselbe Papier dieselben Strahlen zurückwirft und durchläßt. Man kann auch nicht sagen, das Papier werfe nur einen Teil zurück und lasse den andern durchgehen: denn bei dieser Voraussetzung müßte das Papier, indem es nur einen Teil der blauen Strahlen durchließe, die Kraft haben, alle übrigen zu verschlingen, da man doch, wenn man den gelben Rahmen hinter den blauen stellt, nichts sieht als grüne Strahlen, welche vielmehr der blaue Rahmen verschlingen sollte. Ja man dürfte gar keine Farbe sehen: denn die einzigen blauen Strahlen, welche durch den blauen Rahmen durchzugehen imstande sind, müßten ja durch den zweiten Rahmen verschluckt werden, der nur die gelben durchläßt. Dieselbe Betrachtung kann man bei allen übrigen Farben machen, welche durch die verschiedenen Stellungen dieser farbigen Rahmen hervorgebracht werden."

Und so hat auch dieser verständige, im kleinen tätige Mann nach seiner Weise und auf seinem Wege die Absurdität des Newtonischen Systems eingesehen und ausgesprochen: abermals ein Franzos, der gleichfalls die umsichtige Klugheit und Gewandtheit seiner Nation beurkundet.

Mauclerc

Traité des Couleurs et Vernis, à Paris 1773.

Die Farbenkörper haben gegeneinander nicht gleichen Gehalt, und das Gelbe sei ausgiebiger als das Blaue, so daß, wenn man ihre Wirkung miteinander ins Gleichgewicht zu einem Grün setzen wolle, man drei Teile Blau gegen zwei Teile Gelb nehmen müsse. So sei auch das hohe Rot stärker als das Blaue, und man müsse fünf Teile Blau gegen vier Teile Rot nehmen, wenn das Gemisch gerade in die Mitte von beiden fallen solle.

Marat

Découvertes sur le Feu, l'électricité et la lumière, à Paris 1779. 8vo.

Découvertes sur la Lumière, à Londres et à Paris 1780. 8vo.

Notions élémentaires d'Optique, à Paris 1784. 8vo.

Ohne uns auf die große Anzahl Versuche einzulassen, worauf Marat seine Überzeugungen gründet, kann es hier bloß unsere Absicht sein, den Gang, den er genommen, anzudeuten.

Die erste Schrift liefert umständliche Untersuchungen über das, was er feuriges Fluidum, fluide igné, nennt. Er bringt nämlich brennende, glühende, erhitzte Körper in das Sonnenlicht und beobachtet den Schatten ihrer Ausflüsse und was sonst bei dieser Gelegenheit sichtbar wird.

Da er sich nun das Vorgehende noch deutlicher machen will, so bedient er sich in einer dunklen Kammer des Objektivs von einem Sonnenmikroskop und bemerkt dadurch genauer die Schatten der Körper, der Dünste, die verschiedenen Bewegungen und Abstufungen.

Den Übergang zu dem, was uns eigentlich interessiert, werden wir hier gleich gewahr, und da er auch erkaltende, ja kalte Körper auf diese Weise beobachtet; so findet er, daß auch etwas Eignes um sie vorgeht. Er bemerkt Schatten und Lichtstreifen, hellere und dunklere Linien, welche das Schattenbild des Körpers begleiten.

War die feurige Flüssigkeit bei jenen ersten Versuchen aus dem Körper herausdringend sichtbar geworden; so wird ihm nunmehr eine Eigenschaft des Lichtes anschaulich, welche darin bestehen soll, daß es sich von den Körpern anziehen läßt, indem es an ihnen vorbeigeht. Er beobachtet die Phänomene genau und will finden, daß diese Anziehung, woraus jene von Grimaldi früher schon sogenannte Beugung entsteht, nach der verschiedenen Natur der Körper verschieden sei. Er beobachtet und mißt die Stärke dieser Anziehungskräfte, und wie weit sich die Atmosphäre dieser Anziehung erstrecken möchte.

Bei dieser Gelegenheit bemerkt er jene uns auch schon bekannten Farbensäume. Er findet nur zwei Farben, die blaue und die gelbe, an welche beiden sich die dritte, die rote, nur anschließend sehen läßt.

Das Licht ist nun einmal angezogen, es ist von seinem Wege abgelenkt; dies deutet ihm gleichfalls auf die Eigenschaft eines Fluidums. Er verharrt auf dem alten Begriff der Dekomposition des Lichtes in farbige Lichtteile; aber diese sind ihm weder fünf, noch sieben, noch unzählige, sondern nur zwei, höchstens drei.

Da er nun bei diesen Versuchen, welche wir die paroptischen nannten, auch wie bei jenen die feurige Flüssigkeit betreffenden das Objektivglas eines Sonnenmikroskops anwendet; so verbinden sich ihm die dioptrischen Erfahrungen der zweiten Klasse, die Refraktionsfälle, sogleich mit den paroptischen, deren Verwandtschaft freilich nicht abzuleugnen ist, und er widerspricht also von dieser Seite der Newtonischen Lehre, indem er ohngefähr diejenigen Versuche aufführt, die auch wir und andere vorgelegt haben. Er spricht entschieden aus, daß die Farbenerscheinung nur an den Rändern entspringe, daß sie nur in einem einfachen Gegensatz entstehe, daß man das Licht hin und wider brechen könne, so viel man wolle, ohne daß eine Farbenerscheinung stattfinde. Und wenn er auch zugesteht, daß das Licht dekomponiert werde, so behauptet er steif und fest: es werde nur auf dem paroptischen Wege durch die sogenannte Beugung dekomponiert, und die Refraktion wirke weiter nichts dabei, als daß sie die Erscheinung eminent mache.

Er operiert nunmehr mit Versuchen und Argumenten gegen die diverse Refrangibilität, um seiner diversen Inflexibilität das erwünschte Ansehen zu verschaffen; sodann fügt er noch einiges über die gefärbten Schatten hinzu, welches gleichfalls seine Aufmerksamkeit und Sagazität verrät, und verspricht, diese und verwandte Materien weiter durchzuarbeiten.

Wer unserm Entwurf der Farbenlehre und dem historischen Faden unserer Bemühung gefolgt ist, wird selbst übersehen, in welchem Verhältnis gegen diesen Forscher wir uns befinden. Paroptische Farben sind, nach unserer eigenen Überzeugung, ganz nahe mit den bei der Refraktion erscheinenden verwandt (E. 415). Ob man jedoch, wie wir glaubten, diese Phänomene allein aus dem Doppelschatten herleiten könne, oder ob man zu geheimnisvolleren Wirkungen des Lichtes und der Körper seine Zuflucht nehmen müsse, um diese Phänomene zu erklären, lassen wir gern unentschieden, da für uns und andere in diesem Fache noch manches zu tun übrigbleibt.

Wir bemerken nur noch, daß wir die paroptischen Fälle mit den Refraktionsfällen zwar verwandt, aber nicht identisch halten. Marat hingegen, der sie völlig identifizieren will, findet zwar bei den objektiven Versuchen, wenn das Sonnenbild durchs Prisma geht, ziemlich seine Rechnung; allein bei subjektiven Versuchen, wo sich nicht denken läßt, daß das Licht an der Grenze eines auf einer flachen Tafel aufgetragenen Bildes hergehe, muß er sich freilich wunderlich gebärden, um auch hier eine Beugung zu erzwingen. Es ist merkwürdig genug, daß den Newtonianern bei ihrem Verfahren die subjektiven Versuche gleichfalls im Wege sind.

Wie wenig Gunst die Maratischen Bemühungen bei den Naturforschern, besonders bei der Akademie, fanden, läßt sich denken, da er die hergebrachte Lehre, ob er gleich ihr letztes Resultat, die Dekomposition des Lichtes, zugab, auf dem Wege, den sie dahin genommen, so entschieden angriff. Das Gutachten der Kommissarien ist als ein Muster anzusehen, wie grimassierend ein böser Wille sich gebärdet, um etwas, das sich nicht ganz verneinen läßt, wenigstens zu beseitigen.

Was uns betrifft, so halten wir dafür, daß Marat mit viel Scharfsinn und Beobachtungsgabe die Lehre der Farben, welche bei der Refraktion und sogenannten Inflexion entstehen, auf einen sehr zarten Punkt geführt habe, der noch fernerer Untersuchung wert ist und von dessen Aufklärung wir einen wahren Zuwachs der Farbenlehre zu hoffen haben.

Schließlich bemerken wir noch, daß die beiden letztern oben benannten Schriften, welche uns eigentlich interessieren, gewissermaßen gleichlautend sind, indem die zweite nur als eine Redaktion und Epitome der ersten angesehen werden kann, welche von Christ. Ehrenfried Weigel ins Deutsche übersetzt, und mit Anmerkungen begleitet, Leipzig 1783 herausgekommen ist.

H. F. T.

Observations sur les ombres colorées, à Paris 1782.

Dieser übrigens soviel wir wissen unbekannt gebliebene Verfasser macht eine eigene und artige Erscheinung in der Geschichte der Wissenschaft. Ohne mit der Naturlehre überhaupt, oder auch nur mit diesem besondern Kapitel des Lichts und der Farben bekannt zu sein, fallen ihm die farbigen Schatten auf, die er denn, da er sie einmal bemerkt hat, überall gewahr wird. Mit ruhigem und geduldigen Anteil beobachtet er die mancherlei Fälle, in welchen sie erscheinen, und ordnet zuletzt in diesem Buche zweiundneunzig Erfahrungen, durch welche er der Natur dieser Erscheinungen näher zu kommen denkt. Allein alle diese Erfahrungen und sogenannten Expériences sind immer nur beobachtete Fälle, durch deren Anhäufung die Beantwortung der Frage immer mehr ins Weite gespielt wird. Der Verfasser hat keineswegs die Gabe, mehreren Fällen ihr Gemeinsames abzulernen, sie ins Enge zu bringen und in bequeme Versuche zusammenzufassen. Da dieses letztere von uns geleistet ist (E. 62—80); so läßt sich nunmehr auch leichter übersehen, was der Verfasser eigentlich mit Augen geschaut und wie er sich die Erscheinungen ausgelegt hat.

...

An Gewissenhaftigkeit und Genauigkeit fehlt es diesem ruhig teilnehmenden Beobachter nicht. Die geringsten Umstände zeigt er an: das Jahr, die Jahreszeit, den Tag, die Stunde; die Höhen der himmlischen, die Stellung der künstlichen Lichter; die größere oder geringere Klarheit der Atmosphäre; Entfernung und alle Arten von Bezug: aber gerade die Hauptsache bleibt ihm verborgen, daß das eine Licht den weißen Grund, worauf es fällt und den Schatten projiziert, einigermaßen färben müsse. So entgeht ihm, daß die sinkende Sonne das Papier gelb und sodann rot färbt, wodurch im ersten Fall der blaue, sodann der grüne Schatten entsteht. Ihm entgeht, daß bei einem von Mauern zurückstrahlenden Lichte leicht ein gelblicher Schein auf einen weißen Grund geworfen und daselbst ein violetter Schatten erzeugt wird; daß die dem Tageslicht entgegengesetzte Kerze dem Papier gleichfalls einen gelblich roten Schein mitteilt, wodurch der blaue Schatten gefordert wird. Er übersieht, daß, wenn er ein atmosphärisches Licht von zwei Seiten in sein Zimmer fallen läßt, von einem benachbarten Hause abermals ein gelblicher Schein sich hereinmischen kann. So darf, selbst wenn bei Nachtzeit mit zwei Kerzen operiert wird, die eine nur näher als die andere an einer gelblichen Wand stehen. So ist ein Kaminfeuer nicht sowohl stärker und mächtiger als eine Kerze, sondern es bringt, besonders wenn viele glühende Kohlen sich dabei befinden, sogar einen roten Schein hervor; deswegen, wie beim Untergang der Sonne, leicht grüne Schatten entstehen. Das Mondlicht färbt jede weiße Fläche mit einem entschieden gelben Schein; und so entspringen alle die Widersprüche, die dem Verfasser begegnen, bloß daher, daß er die Nebenumstände aufs genaueste beachtet, ohne daß ihm die Hauptbedingung deutlich geworden wäre.

Daß indessen schwach wirkende Lichter selbst schon als farbig und färbend anzusehen, darauf haben wir auch schon hingedeutet (E. 81 ff.). Daß sich also, in einem gewissen Sinne, die mehr oder mindere Intensität des Lichts an die Erscheinung der farbigen Schatten anschließe, wollen wir nicht in Abrede sein; nur wirkt sie nicht als eine solche, sondern als eine gefärbte und färbende. Wie man denn überhaupt das Schattenhafte und Schattenverwandte der Farbe, unter welchen Bedingungen sie auch erscheinen mag, hier recht zu beherzigen abermals aufgefordert wird.

Diego de Carvalho e Sampayo

Tratado das Cores. Malta, 1787.

Dissertação sobre as cores primitivas. 1788. Diesem ist beigefügt:

Breve Tratado sobre a composição artificial das cores.
Elementos de agricultura. Madrid, 1790. 1791.
Memoria sobre a formação natural das Cores. Madrid, 1791.

Der Verfasser, ein Malteserritter, wird zufälligerweise auf die Betrachtung farbiger Schatten geleitet. Nach wenigen Beobachtungen eilt er gleich zu einer Art Theorie und sucht sich von derselben durch mehrere Versuche zu überzeugen. Seine Erfahrungen und Gesinnungen finden sich in den vier ersten oben benannten Schriften aufgezeichnet und in der letzten epitomiert...

...

Seine Bemühungen sind redlich, seine Aufmerksamkeit genau und anhaltend. Er wird die dunkle Eigenschaft der Farbe gewahr, die Notwendigkeit eines farblosen Lichts zur Erscheinung der Farbe, und führt die sämtlichen Paare der sich fordernden Farben ganz richtig durch; nur übereilt er sich im Urteil und kommt so wenig als H. F. T. auf das Aperçu, daß die zweite Farbe eine physiologische sei.

Das letzte der oben benannten Werke, sehr schön auf 32 Seiten in klein Quart gedruckt, verdiente wohl ganz übersetzt und mit der ihm beigefügten Kupfertafel begleitet zu werden, indem nur zweihundert Exemplare davon existieren, und alle aufrichtigen Versuche, zu dem Wahren zu gelangen, schätzbar und selbst die Mißgriffe belehrend sind.

Robert Waring Darwin

On the Ocular Spectra of Light and Colours. Abgedruckt in den Philosophischen Transaktionen, Volum. 76. pag. 313, datiert vom November 1785. Nochmals abgedruckt in Erasmus Darwins Zoonomie.

Dieser Aufsatz von den Augengespenstern ist ohne Zweifel der ausführlichste unter allen, die erschienen sind, ob ihm gleich die oben angezeigte Schrift des Pater Scherffer an die Seite gestellt werden dürfte. Nach der Inhaltsanzeige folgt eine kurze Einleitung, welche eine Einteilung dieser Gespenster und einige Literarnotizen enthält...

...

...Waring Darwin, wie sein Bluts- oder Namensvetter, Erasmus Darwin, begehen, bei allem Verdienst einer heitern und sorgfältigen Beobachtung, den Fehler, daß sie als Ärzte alle Erscheinungen mehr pathologisch als physiologisch nehmen. Waring erkennt in seinem ersten Artikel, daß wohl alles Sehen von der Tätigkeit der Netzhaut abhängen möchte, und nimmt nun nicht etwa den naturgemäßen Weg, die Gesetze, wornach ein solches gesundes Organ wirkt und gegenwirkt, auszumitteln und zu bezeichnen; sondern er führt sie unter der künstlichen ärztlichen Form auf, wie sie sich gegen schwächere und stärkere Reize verhalten; welches in diesem Falle von geringer Bedeutung, ja in der Erfahrung ... gar nicht zu bestimmen ist.

Wir haben den Gehalt dieser Abhandlung, sowie der übrigen uns bekannt gewordenen, gesondert und an der Natur selbst, zum Nachteil unsrer eigenen Augen, wiederholt geprüft und in unsrer Abteilung von physiologischen, nicht weniger in dem Anhang von pathologischen Farben die allgemeinen Umrisse zu ziehen gesucht, in welchen sich alles einschließt, die beste Ordnung auszufinden getrachtet, nach welcher sich die Phänomene darstellen und einsehen lassen.

Anstatt also den Darwinischen Aufsatz Artikel vor Artikel durchzugehen, anstatt Beifall und Mißfallen im einzelnen zu bezeigen, ersuchen wir unsere Leser, die es besonders interessieren könnte, diese Abhandlung mit unserer erstgemeldeten Abteilung des Entwurfs zusammenzuhalten und sich durch eigene Ansicht von dem dort Geleisteten zu überzeugen.

Wir haben bei Rezension des Darwinischen Aufsatzes den Ausdruck Augengespenst mit Fleiß gewählt und beibehalten, teils weil man dasjenige, was erscheint, ohne Körperlichkeit zu haben, dem gewöhnlichen Sprachgebrauche nach ein Gespenst nennt, teils weil dieses Wort, durch Bezeichnung der prismatischen Erscheinung, das Bürgerrecht in der Farbenlehre sich hergebracht und erworben. Das Wort Augentäuschungen, welches der sonst so verdienstvolle Übersetzer der Darwinischen Zoonomie dafür gebraucht hat, wünschten wir ein für allemal verbannt. Das Auge täuscht sich nicht; es handelt gesetzlich und macht dadurch dasjenige zur Realität, was man zwar dem Worte, aber nicht dem Wesen nach ein Gespenst zu nennen berechtigt ist.

...

Anton Raphael Mengs

Lezioni pratiche di pittura, in seinen Werken, herausgekommen zu Parma 1780 in Quart.

Den Grund der Harmonie, welche wir bei einem Gemälde empfinden, setzte Mengs in das Helldunkel, so wie er denn auch dem allgemeinen Ton die vorzüglichste Wirkung zuschrieb. Die Farben waren ihm dagegen nur einzelne Töne, womit man die Oberflächen der Körper spezifizierte, welche sich dem Helldunkel und dem allgemeinen Ton subordinieren sollten, ohne eben gerade für sich und unter sich einen Anspruch an Übereinstimmung und Ganzheit zu machen.

Er bemerkte jedoch, daß eine Farbe, wenn sie in ihrer völligen Lebhaftigkeit gebraucht werde, durch eine andere gewissermaßen aufgewogen werden müsse, um erträglich zu sein. Und so fand sein offner Sinn und guter Geschmack die einfachen Gesetze der Farbenharmonie, ohne jedoch ihren physiologischen Grund einzusehen.

„Bei dem Gebrauch der Farben ist es nötig, ihr Gleichgewicht zu beobachten, wenn wir die Art und Weise finden wollen, sie mit Anmut anzuwenden, und gut zu begleiten. Eigentlich gibt es nur drei Farben, Gelb, Rot und Blau. Diese darf man nie an und für sich in einem Werke gebrauchen; doch wenn man ja eine davon, und zwar rein, anwenden wollte, so suche man die Art und Weise, eine andere, aus zweien gemischt, an die Seite zu setzen: zum Exempel das reine Gelb begleite man mit Violett, weil dieses aus Rot und Blau besteht. Hat man ein reines Rot angewendet, so füge man aus derselben Ursache das Grüne hinzu, das ein Gemisch von Blau und Gelb ist. Besonders ist die Vereinigung des Gelben und Roten, wodurch die dritte Mischung entsteht, schwer mit Vorteil anzuwenden, weil diese Farbe zu lebhaft ist, deswegen man das Blau zu seiner Begleitung hinzufügen muß."

Man sehe, was wir hierüber im naturgemäßen Zusammenhange am gehörigen Orte vorgetragen haben (E. 803 ff.).

Jeremias Friedrich Gülich

Vollständiges Färbe- und Bleichbuch etc. etc. Sechs Bände. Ulm, 1779 bis 1793.

Dieser Mann, welcher zu Sindelfingen bei Stuttgart ansässig und zuletzt im Badenischen angestellt war, dessen Lebensgang wohl mehr verdiente bekannt zu sein, war in seinem Handwerk, in seiner Halbkunst, wie man es nennen will, soviel wir ihn beurteilen können, wohl zu Hause. Alle Erfordernisse bei der Färberei, sowohl insofern sie vorbereitend als ausführend und vollendend gedacht werden, lagen ihm zur Hand, sowie die verschiedensten Anwendungen, welche man von Farben technisch auf alle Arten von Zeugen und Stoffen nach und nach ersonnen hat.

Bei der großen Breite, bei dem genauen Detail seiner Kenntnisse sah er sich nach einem Leitfaden um, an welchem er sich durch das Labyrinth der Natur- und Kunsterscheinungen durchwinden könnte. Da er aber weder gelehrte noch philosophische noch literarische Bildung hatte, so wurde es seinem übrigens tüchtigen Charakter sehr schwer, wo nicht unmöglich, sich überall zurechtzufinden.

Er sah wohl ein, daß bei allem Verfahren des Färbers nur sehr einfache Maximen zum Grunde lagen, die sich aber unter einem Wust von einzelnen Rezepten und zufälligen Behandlungen verbargen und kaum gefaßt werden konnten.

Daß mit einer klugen Anwendung von Säuren und Alkalien viel, ja beinah alles getan sei, ward ihm klar, und bei dem Drange zum Allgemeinen, den er in sich fühlte, wollte er dem Material seines Geschäfts und dessen Anwendung nicht allein, sondern zugleich der ganzen Natur einen ebenso einfachen Gegensatz zum Grunde legen. Deshalb wurden ihm Feuer und Wasser die zwei Hauptelemente. Jenem gesellte er die Säuren, diesem die Alkalien zu. In jenem wollte er zugleich die hochrote, in diesem die blaue Farbe finden, und hiermit war seine Theorie abgeschlossen; das übrige sollte sich hieraus entwickeln und ergeben.

Da die eminentesten und beständigsten Farben aus den Metallen hervorzubringen waren; so schenkte er auch diesen vorzügliche Aufmerksamkeit und eine besondere Ehrfurcht.

Dem Feuer, den Säuren, dem Hochroten soll Gold und Eisen, dem Wasser, den Alkalien, dem Blauen soll vorzüglich Kupfer antworten und gemäß sein; und überall, wo man diese Farben finde, soll etwas, wo nicht gerade wirklich Metallisches, doch dem Metallischen nahe Verwandtes und Analoges angetroffen werden.

Man sieht leicht, daß diese Vorstellungsart sehr beschränkt ist und bei der Anwendung oft genug unbequem werden muß. Weil jedoch seine Erfahrung sehr sicher und stet, seine Kunstbehandlung meisterhaft ist; so kommen bei dieser seltsamen Terminologie Verhältnisse zur Sprache, an die man sonst nicht gedacht hätte, und er muß die Phänomene selbst recht deutlich machen, damit sie vielseitig werden und er ihnen durch seine wunderliche Theorie etwas abgewinnen kann. Uns wenigstens hat es geschienen, daß eine Umarbeitung dieses Buchs, nach einer freiern theoretischen Ansicht, von mannigfaltigem Nutzen sein müßte.

Da, wie der Titel seines Buches ausweist, die erste Sorge des Färbers, die Farblosigkeit und Reinigkeit der Stoffe, auf welche er wirken will, ihm niemals aus den Augen gekommen; da er die Mittel sorgfältig angibt, wie solchen Stoffen alle Farbe und Unreinigkeit zu entziehen: so muß ihm freilich der Newtonische siebenfarbige Schmutz, sowie bei seiner einfachern Ansicht, die siebenfache Gesellschaft der Grundfarben höchst zuwider sein; deswegen er sich auch gegen die Newtonische Lehre sehr verdrießlich und unfreundlich gebärdet.

Mit den Chemikern seiner Zeit, Meyer, Justi und andern, verträgt er sich mehr oder weniger. Das acidum pingue des ersten ist ihm nicht ganz zuwider; mit dem zweiten steht er in mancherlei Differenz. So ist er auch in dem, was zu seiner Zeit über die Färbekunst geschrieben worden und was man sonst über die Farbenlehre geäußert, nicht unbekannt.

Soviel sei genug, das Andenken eines Mannes aufzufrischen, der ein laborioses und ernstes Leben geführt und dem es nicht allein darum zu tun war, für sich und die Seinigen zu wirken und zu schaffen, sondern der auch dasjenige, was er erfahren, und wie er sich's zurechtgelegt, andern zu Nutz und Bequemlichkeit emsig mitteilen wollte.

Eduard Hussey Delaval

Versuch und Bemerkungen über die Ursache der dauerhaften Farben undurchsichtiger Körper. Übersetzt und herausgegeben von Crell. Berlin und Stettin 1788. 8.

Der eigentliche Gehalt dieser Schrift, ob er gleich in der Farbenlehre von großer Bedeutung ist, läßt sich doch mit wenigen Worten aussprechen. Des Verfassers Hauptaugenmerk ruht auf dem σκιερόν, auf der dunklen Eigenschaft der Farbe, wohin wir auch wiederholt gedeutet haben.

Er behandelt vorzüglich färbende Stoffe aus dem Mineralreiche, sodann auch aus dem vegetabilischen und animalischen; er zeigt, daß diese Stoffe in ihrem feinsten und konzentriertesten Zustande keine Farbe bei auffallendem Lichte sehen lassen, sondern vielmehr schwarz erscheinen.

Auch in Feuchtigkeiten aufgelöste reine Farbestoffe sowie farbige Gläser zeigen, wenn ein dunkler Grund hinter ihnen liegt, keine Farbe, sondern nur, wenn ein heller hinter ihnen befindlich ist. Alsdann aber lassen sie ihre farbige Eigenschaft ebenso gut als bei durchfallendem Lichte sehen.

Was sich auch vielleicht gegen des Verfassers Verfahrungsart bei seinen Versuchen einwenden läßt; so bleibt doch das Resultat derselben für denjenigen, der sie nachzuahmen und zu vermannigfaltigen weiß, unverrückt stehen, in welchem sich das ganze Fundament der Färberei und Malerei ausdrückt.

Des Verfassers Vortrag hingegen ist keiner von den glücklichsten. Seine Überzeugung trifft mit der Newtonischen nicht zusammen, und doch kann er sich von dieser nicht losmachen, so wenig als von der Terminologie, wodurch sie sich ausspricht. Man sieht ferner durch seine Deduktion wohl den Faden durch, an welchen er sich hält, allein er verschlingt ihn selbst und macht dadurch den Leser verworren.

Da er vorzüglich in dem chemischen Felde arbeitet, so steht ihm freilich die Vorstellungsart seiner Zeit und die damalige Terminologie entgegen, wo das Phlogiston so wunderbar Widersprechendes wirken sollte. Die Kenntnis der verschiedenen Luftarten ist auf dem Wege; aber der

Verfasser entbehrt noch die großen Vorzüge der neuern französischen Chemie und ihres Sprachgebrauchs, wodurch wir denn freilich gegenwärtig viel weiter reichen. Es gehört daher eine Überzeugung von seinem Hauptgrundsatze und ein guter Wille dazu, um das Echte und Verdienstliche seiner Arbeit auszuziehen und anzuerkennen.

Wir haben ihn seit langen Jahren geschätzt und daher auch schon (E. 572 ff.) seine Überzeugung, verbunden mit der unsern, aufgeführt.

Bei den Pflanzen gerät es ihm am besten. Er entzieht ihnen das Färbende und es bleibt eine weiße Struktur übrig. Dieses ausgezogene Färbende verfinstert sich immer mehr beim Verdichten, manifestiert seine schattenhafte Natur, nähert sich dem Schwarzen, Ununterscheidbaren, und kann wieder einer andern weißen Fläche mitgeteilt und in seiner vorigen Spezifikation und Herrlichkeit dargestellt werden. Im Tierreich ist es schon schwieriger. Im Mineralreiche finden sich noch mehr Hindernisse, wenn man den Grundsatz durchführen will. Jedoch beharrt er fest bei demselben und wendet ihn, wo er empirisch anwendbar ist, glücklich an.

In der Vorrede sind zwei kurze Aufsätze, die jedoch dem Verfasser nicht besonders günstig sind, vom Herausgeber eingeschaltet, der eine von Klügel, der andere von Lichtenberg. In dem ersten finden wir einen gemütlichen und redlichen, in dem zweiten einen geistreichen und gewandten Skeptizismus. Wir mögen hierbei eine Bemerkung äußern, welche wohl verdiente, gesperrt gedruckt zu werden: daß nämlich auf eine solche Weise, wie von beiden Männern hier geschehen, alle Erfahrungswissenschaft vernichtet werden könne: denn weil nichts, was uns in der Erfahrung erscheint, absolut angesprochen und ausgesprochen werden kann, sondern immer noch eine limitierende Bedingung mit sich führt, so daß wir Schwarz nicht Schwarz, Weiß nicht Weiß nennen dürften, insofern es in der Erfahrung vor uns steht: so hat auch jeder Versuch, er sei, wie er wolle, und zeige, was er wolle, gleichsam einen heimlichen Feind bei sich, der dasjenige, was der Versuch a potiori ausspricht, begrenzt und unsicher macht. Dies ist die Ursache, warum man im Lehren, ja sogar im Unterrichten, nicht weit kommt; bloß der Handelnde, der Künstler entscheidet, der das Rechte ergreift und fruchtbar zu machen weiß.

Der Delavalischen Überzeugung, die wir kennen, wird die Lehre von Newtons Lamellen an die Seite gesetzt, und freilich sind sie sehr verwandt. Bei Newton kommt auch die Farbe nicht von der Oberfläche, sondern das Licht muß durch eine Lamelle des Körpers eindringen und dekomponiert zurückkehren. Bei Delaval ist die Farbe dieser Lamelle spezifiziert und wird nicht anders gesehen, als wenn hinter ihr ein heller, weißer Grund sich befindet, von dem das Licht alsdann gleichfalls spezifisch gefärbt zurückkehrt.

Merkwürdig ist besonders in dem Lichtenbergischen Aufsatz, wie man der Newtonischen Lehre durch chemische Hülfstruppen in jener Zeit wieder beigestanden. Man hatte eine latente Wärme ausgemittelt, warum sollte es nicht auch ein latentes Licht geben? und warum sollten die nach der Theorie dem Licht angehörigen farbigen Lichter nicht auch der Reihe nach Versteckens spielen, und wenn es den gelben beliebte, hervorzugucken, warum sollten die übrigen nicht neckisch im Hinterhalte lauschen können?

Zwei merkwürdige, unserer Überzeugung günstige Stellen aus gedachtem Aufsatz jedoch, wovon wir die eine schon früher angeführt (E. 584), mögen hier Platz nehmen:

„Ich bemerke hier im Vorbeigehen, daß vielleicht die Lehre von den Farben eben deswegen bisher so viele Schwierigkeiten hatte, weil alles auf Einem Wege, zum Beispiel Brechung, erklärt werden sollte."

Wir haben oft genug wiederholt, daß alles auf den Weg ankommt, auf welchem man zu einer Wissenschaft gelangt. Newton ging von einem Phänomen der Brechung aus, von einem abgeleiteten Komplizierten. Dadurch ward Brechung das Hauptaugenmerk, das Hauptkunstwort und, was bei einem einzelnen Falle vorging, die Grundregel, das Grundgesetz fürs Allgemeine. Hatte man hier mehrere, ja unzählige Grundfarben angenommen; so bedurften die, welche von der Malerei und Färberei herkamen, nur drei Farben; noch mehr Aufpassende und Sondernde gar nur zwei, und so veränderte sich alles nach den verschiedenen Ansichten.

Carvalho und der Franzose H. F. T. fanden die farbigen

Schatten höchst bedeutend und legten den ganzen Grund der Farbenlehre dahin. Aber alle diese Phänomene, sie mögen Namen haben, wie sie wollen, haben ein gleiches Recht, Grundphänomene zu sein. Die von uns aufgeführten physiologischen, physischen, chemischen Farben sind alle gleich befugt, die Aufmerksamkeit der Beobachtenden und Theoretisierenden anzusprechen. Die Natur allein hat den wahren republikanischen Sinn, da der Mensch sich gleich zur Aristokratie und Monarchie hinneigt, und diese seine Eigenheit überall, besonders auch theoretisierend, stattfinden läßt.

„Auch scheint es mir aus andern Gründen wahrscheinlich, daß unser Organ, um eine Farbe zu empfinden, etwas von allem Licht (weißes) zugleich mit empfangen müsse."

Was hier Lichtenberg im Vorbeigehen äußert, ist denn das etwas anderes, als was Delaval behauptet? nur daß dieser das Helle hinter das Dunkle bringt und die Spezifikation des Dunklen dadurch erscheinen macht, und daß jener das Helle unter das Dunkle mischt; welches ja auch nichts weiter ist, als daß eins mit und durch das andre erscheint. Ob ich ein durchsichtiges Blau über Gelb lasiere oder ob ich Gelb und Blau vermische, ist in gewissem Sinne einerlei: denn auf beide Weise wird ein Grün hervorgebracht. Jene Behandlungsart aber steht viel höher, wie wir wohl nicht weiter auszuführen brauchen.

Übrigens wird Delavals Vortrag, besonders indem er auf die trüben Mittel gelangt, unsicher und unscheinbar. Er kehrt zu der Newtonischen Lehre zurück, ohne sie doch in ihrer ganzen Reinheit beizubehalten; dadurch entsteht bei ihm, wie bei so vielen andern, ein unglückliches eklektisches Schwanken. Denn man muß sich zu Newton ganz bekennen oder ihm ganz entsagen.

Johann Leonhard Hoffmann

Versuch einer Geschichte der malerischen Harmonie überhaupt und der Farbenharmonie insbesondere, mit Erläuterungen aus der Tonkunst und vielen praktischen Anmerkungen, Halle 1786.

Dieser Mann, dessen Andenken fast gänzlich verschwunden ist, lebte um gedachtes Jahr in Leipzig als privatisierender Gelehrter, war als guter Physiker und rechtlicher Mann geschätzt, ohne sich jedoch einer ärmlichen Existenz entwinden zu können. Er nahm beträchtlichen Anteil an physikalischen, technologischen, ökonomischen Journalen und anderen Schriften dieses Inhalts. Mehr ist uns von ihm nicht bekannt geworden.

Seine obgemeldete Schrift zeigt ihn uns als einen durch Studien wohl gebildeten Mann. Kenntnis der Sprachen, des Altertums, der Kunstgeschichte und recht treue Teilnahme an der Kunst selbst ist überall sichtbar. Ohne selbst Künstler zu sein, scheint er sich mit der Malerei, besonders aber mit dem Malen, als ein guter Beobachter und Aufmerker beschäftigt zu haben, indem er die Erfordernisse der Kunst und Technik recht wohl einsieht und penetriert.

Da er jedoch in allem dem, was von dem Maler verlangt wird und was er leistet, kein eigentliches Fundament finden kann; so sucht er durch Vergleichung mit der Tonkunst eine theoretische Ansicht zu begründen und die malerischen und musikalischen Phänomene, sowie die Behandlungsweise der beiden Künste, miteinander zu parallelisieren.

Eine solche, von Aristoteles schon angeregte, durch die Natur der Erscheinungen selbst begünstigte, von mehreren versuchte Vergleichung kann uns eigentlich nur dadurch unterhalten, daß wir mit gewissen schwankenden Ähnlichkeiten spielen und, indem wir das Eine fallen lassen, das Andere ergreifen und immer so fortfahren, uns geistreich hin und wider schaukeln.

Auf dem empirischen Wege, wie wir schon früher bemerkt (E. 748 ff.), werden sich beide Künste niemals vergleichen lassen, so wenig als zwei Maßstäbe von verschiedenen Längen und Einteilungen nebeneinander gehalten. Wenn auch irgendwo einmal ein Einschnitt paßt, so treffen die übrigen nicht zusammen; rückt man nach, um jene nebeneinanderzubringen, so verschieben sich die ersten wieder, und so wird man auf eine höhere Berechnungsart notwendig getrieben.

Wir können dies nicht anschaulicher machen, als wenn wir diejenigen Erscheinungen und Begriffe, die er parallelisiert, nebeneinanderstellen.

Licht	Laut
Dunkelheit	Schweigen
Schatten	
Lichtstrahlen	Schallstrahlen
Farbe	Ton
Farbenkörper	Instrument
Ganze Farben	Ganze Töne
Gemischte Farben	Halbe Töne
Gebrochene Farbe	Abweichung des Tons
Helle	Höhe
Dunkel	Tiefe
Farbenreihe	Oktave
Wiederholte Farbenreihe	Mehrere Oktaven
Helldunkel	Unisono
Himmlische Farben	Hohe Töne
Irdische (braune) Farben	Kontratöne
Herrschender Ton	Solostimme
Licht und Halbschatten	Prime und Sekundstimme
Indig	Violoncell
Ultramarin	Viole und Violine
Grün	Menschenkehle
Gelb	Klarinette
Hochrot	Trompete
Rosenrot	Hoboe
Kermesrot	Querflöte
Purpur	Waldhorn
Violett	Fagott
Zurichtung der Palette	Stimmung der Instrumente
Traktement	Applikatur
Bunte lavierte Zeichnung	Klavierkonzert
Impastiertes Gemälde	Symphonie

Bei dieser Art von strengem Nebeneinandersetzen, welches im Buche teils wirklich ausgesprochen, teils durch Kontext und Stil nur herbeigeführt und eingeleitet ist, sieht jedermann das Gezwungene, Willkürliche und Unpassende zweier großen in sich selbst abgeschlossenen Naturerscheinungen, insofern sie teilweise miteinander verglichen werden sollen.

Es ist zu verwundern, daß der Verfasser, der sich sehr lebhaft gegen das Farbenklavier erklärt und dasselbe für unausführbar und unnütz hält, ein solches Vergnügen fand, sich aus Verschlingung der beiden Künste gleichsam selbst ein Labyrinth zu erschaffen. Dieses wird denn in seinen letzten Kapiteln recht kraus, indem er den motus rectus und contrarius, Intervalle, Konsonanzen und Dissonanzen, den modus major und minor, Akkord und Disharmonie, aneinandergereihte Oktaven und was noch alles sonst der Musik eigen ist, auch in der Farbenlehre und der sie anwendenden Malerkunst finden will.

Er muß freilich, als ein im Grunde scharfsinniger Mann, sich zuletzt daran stoßen, daß die Malerei eine simultane Harmonie, die Musik eine sukzessive fordere. Er findet natürlich die Intervalle der Farben nicht so bestimm- und meßbar wie die der Töne. Da er seine Farbenskala nicht in ihr selbst abschließt, sondern sie, statt in einem Zirkel, in einer Reihe vorstellt, um sie an eine hellere Oktave wieder anschließen zu können; so weiß er nicht, welche er zur ersten und welche zur letzten machen und wie er dieses Anschließen am natürlichsten bewirken soll. Ihm steht entgegen, daß er von einem gewissen Gelb auf geradem Wege durch Rot und Blau hindurch niemals zu einem helleren Gelb gelangen kann, und er muß fühlen, daß es ein unendlicher Unterschied ist zwischen der Operation, wodurch man eine Farbe verdünnt, und zwischen der, wodurch man zu einem höheren Tone vorschreitet.

Ebenso traurig ist es anzusehen, wenn er glaubt, man könne jede Farbe durch gewisse Modifikationen in den Minor setzen, wie man es mit den Tönen vermag, weil die einzelnen Töne sich gegen den ganzen musikalischen Umfang viel gleichgültiger verhalten als die einzelnen Farben gegen den Umkreis, in welchem sie aufgestellt sind: denn die Farben machen in diesem Kreise selbst das majus und minus, sie machen selbst diesen entschiedenen Gegensatz, welcher sichtbar und empfindbar ist und der nicht aufzuheben geht, ohne daß man das Ganze zerstört.

Die Töne hingegen sind, wie gesagt, gleichgültiger Natur, sie stehen jedoch unter dem geheimen Gesetz eines gleichfalls entschiedenen Gegensatzes, der aber nicht an sich, wie bei der Farbe, notwendig und unveränderlich empfindbar wird, sondern, nach Belieben des Künstlers, an einem jeden Tone und seiner von ihm herfließenden Folge hörbar und empfindbar gemacht werden kann.

Es ist uns angenehm, indem wir gegen das Ende zu eilen, nochmals Gelegenheit gefunden zu haben, uns über diesen wichtigen Punkt zu erklären, auf welchen schon im Laufe unseres Vortrags auf mehr als eine Weise hingedeutet worden.

Das Büchelchen selbst verdient eine Stelle in der Sammlung eines jeden Natur- und Kunstfreundes, sowohl damit das Andenken eines braven, beinah völlig vergessenen Mannes erhalten, als damit die Schwierigkeit, ja Unmöglichkeit einer solchen Unternehmung einem jeden deutlicher gemacht werde. Geistreiche Personen werden an den künstlichen, aber redlich gemeinten und, so weit es nur gehen wollte, ernstlich durchgeführten Bemühungen des Verfassers Unterhaltung und Vergnügen finden.

Robert Blair

Experiments and Observations on the unequal Refrangibility of Light, in den Transaktionen der Königlichen Sozietät zu Edinburgh, Vol. 3, 1794.

Das Phänomen der Achromasie war nun allgemein bekannt und besonders durch die einfachen prismatischen Versuche außer allem Zweifel gesetzt worden; doch stand der Anwendung dieses Naturgesetzes auf Objektivgläser manches im Wege, sowohl von der chemischen als von der mechanischen Seite, indem es seine Schwierigkeiten hat, ein innerlich vollkommen reines Flintglas zu bereiten und genau zusammenpassende Gläser zu schleifen. Besonders aber stellten sich manche Hindernisse ein, wenn man die Weite der Objektivgläser über einen gewissen Grad vermehren wollte.

Daß nicht allein feste, sondern auch allerlei flüssige Mittel die Farbenerscheinung zu erhöhen imstande seien, war bekannt. Doktor Blair beschäftigte sich mit diesen letzten, um so mehr, als er wollte gefunden haben, daß bei der gewöhnlichen Art, durch Verbindung von Flint- und Crownglas, die Achromasie nicht vollkommen werden könne.

Er hatte dabei die Newtonische Vorstellungsart auf seiner Seite: denn wenn man sich das Spektrum als eine fertige, in allen ihren einzelnen Teilen ungleich gebrochene Strahlenreihe denkt; so läßt sich wohl hoffen, daß ein entgegengesetztes Mittel allenfalls einen Teil derselben, aber nicht alle aufheben und verbessern könne. Dieses war schon früher zur Sprache gekommen und Dr. Blairs Versuche, sowie die daraus gezogenen Folgerungen, wurden von den Newtonianern mit Gunst aufgenommen.

...

Wir können voraussetzen, daß unsere Leser die Lehre von der Achromasie überhaupt, teils wie wir solche in unserm Entwurf, teils im historischen Teile vorgetragen, genugsam gegenwärtig haben. Was die Blairischen Bemühungen betrifft, so findet sich über dieselben ein Aufsatz in den Gilbertischen Annalen der Physik (sechster Band, S. 129ff.); auch kommen in dem Reichsanzeiger (1794, N. 152 und 1795, N. 4 und 14) einige Notizen vor, welche zur Erläuterung der Sache dienen...

Die Blairischen Versuche sind mit Prismen und Objektivgläsern gemacht, aber beide Arten sind nicht deutlich voneinander abgesondert, noch ist die Beschreibung so gefaßt, daß man wissen könnte, wann die eine oder die andere Weise zu versuchen eintritt. Er nennt die prismatischen Versuche grob. Wir finden dies eine des Naturforschers unwürdige Art sich auszudrücken. Sie sind wie alle ähnlichen einfachen Versuche keineswegs grob, sondern rein zu nennen. Die reine Mathematik ist nicht grob, verglichen mit der angewandten, ja sie ist vielmehr zarter und zuverlässiger.

Das größte Übel jedoch, das den Blairischen Versuchen beiwohnt, ist, daß sie nach der Newtonischen Theorie beschrieben sind. Versuche, nach einer falschen Terminologie ausgesprochen, sind, wenn man sie nicht wiederholen kann, sehr schwer durch eine Konjekturalkritik auf den rechten Fuß zu stellen. Wir fanden uns nicht in dem Fall, die Blairischen Versuche zu wiederholen; doch werden wir möglichst suchen, ihnen auf die Spur zu kommen.

...

Uns sei indessen vergönnt, da wir uns dem Schlusse unserer Arbeit immer mehr nähern, eine allgemeine, hieher wohl passende Anmerkung beizubringen.

In physischen sowohl als andern Erfahrungswissenschaften kann der Mensch nicht unterlassen, ins Minutiose zu gehen, teils weil es etwas Reizendes hat, ein Phänomen ins unendlich Kleine zu verfolgen, teils weil wir im Praktischen, wenn einmal etwas geleistet ist, das Vollkommnere zu suchen immer aufgefordert werden. Beides kann seinen Nutzen haben; aber der daraus entspringende Schaden ist nicht weniger merklich. Durch jenes erstgenannte Bemühen wird ein unendlicher Wissenswust aufgehäuft und das Würdige mit dem Unwürdigen, das Werte mit dem Unwerten durcheinandergerüttelt und eins mit dem andern der Aufmerksamkeit entzogen.

Was die praktischen Forderungen betrifft, so mögen unnütze Bemühungen noch eher hingehen, denn es springt zuletzt doch manchmal etwas Unerwartetes hervor. Aber der, dem es ernst um die Sache ist, bedenke doch ja, daß der Mensch in einen Mittelzustand gesetzt ist und daß ihm nur erlaubt ist, das Mittlere zu erkennen und zu ergreifen. Der Natur, um ganz zunächst bei der Materie zu bleiben, von der wir eben handeln, war es selbst nicht möglich, das Auge ganz achromatisch zu machen. Es ist achromatisch nur insofern, als wir frei, gerade vor uns hin sehen. Bücken wir den Kopf nieder, oder heben ihn in die Höhe, und blicken in dieser gezwungenen Stellung nach irgendeinem entschiedenen hellen oder dunklen Bilde, nach einem zu diesen Erfahrungen immer bereiten Fensterkreuz; so werden wir mit bloßen Augen die prismatischen Säume gewahr. Wie sollte es also der Kunst gelingen, die Natur in einem solchen Grade zu meistern, da man ja nicht mit abstrakten sondern mit konkreten Kräften und Körpern zu tun hat und es sich mit dem Höchsten, der Idee, ebenso verhält, daß man sie keineswegs ins Enge noch ins Gleiche bringen kann.

Keinesweges werde jedoch, wie schon gesagt, der Forscher und Techniker abgeschreckt, ins Feinere und Genauere zu gehen; nur tue er es mit Bewußtsein, um nicht Zeit und Fähigkeiten zu vertändeln und zu verschwenden.

Konfession des Verfassers

Da uns, wenn wir an irgendeinem Geschehenen teilnehmen, nichts willkommener sein kann, als daß Personen, welche mitgewirkt, uns die besondern Umstände offenbaren mögen, wie dieses oder jenes Ereignis seinen Ursprung genommen, und dies sowohl von der politischen als wissenschaftlichen Geschichte gilt; auch in beiden nichts so klein geachtet werden mag, das nicht irgendeinem Nachkommenden einmal bedeutend sein könnte: so habe ich nicht unterlassen wollen, nachdem ich dem Lebensgange so mancher andern nachgespürt, gleichfalls aufzuzeichnen, wie ich zu diesen physischen und besonders chromatischen Untersuchungen gelangt bin; welches um so mehr erwartet werden darf, weil eine solche Beschäftigung schon manchem als meinem übrigen Lebensgange fremd erschienen ist.

Die Menge mag wohl jemanden irgendein Talent zugestehen, worin er sich tätig bewiesen und wobei das Glück sich ihm nicht abhold gezeigt; will er aber in ein andres Fach übergehen und seine Künste vervielfältigen, so scheint es, als wenn er die Rechte verletze, die er einmal der öffentlichen Meinung über sich eingeräumt, und es werden daher seine Bemühungen in einer neuen Region selten freundlich und gefällig aufgenommen.

Hierin kann die Menge wohl einigermaßen recht haben: denn es hat jedes einzelne Beginnen so viele Schwierigkeiten, daß es einen ganzen Menschen, ja mehrere zusammen braucht, um zu einem erwünschten Ziele zu gelangen. Allein dagegen hat man wieder zu bedenken, daß die Tätigkeiten, in einem höhern Sinne, nicht vereinzelt anzusehen sind, sondern daß sie einander wechselsweise zu Hülfe kommen und daß der Mensch, wie mit andern also auch mit sich selbst, öfters in ein Bündnis treten und daher sich in mehrere Tüchtigkeiten zu teilen und in mehreren Tugenden zu üben hat.

Wie es mir hierin im ganzen ergangen, würde nur durch eine umständliche Erzählung mitgeteilt werden können, und so mag das Gegenwärtige als ein einzelnes Kapitel jenes größern Bekenntnisses angesehen werden, welches abzulegen mir vielleicht noch Zeit und Mut übrigbleibt.

Indem sich meine Zeitgenossen gleich bei dem ersten Erscheinen meiner dichterischen Versuche freundlich genug gegen mich erwiesen, und mir, wenn sie gleich sonst mancherlei auszusetzen fanden, wenigstens ein poetisches Talent mit Geneigtheit zuerkannten; so hatte ich selbst gegen die Dichtkunst ein eignes wundersames Verhältnis, das bloß praktisch war, indem ich einen Gegenstand, der mich ergriff, ein Muster, das mich aufregte, einen Vorgänger, der mich anzog, so lange in meinem innern Sinn trug und hegte, bis daraus etwas entstanden war, das als mein angesehen werden mochte und das ich, nachdem ich es jahrelang im stillen ausgebildet, endlich auf einmal, gleichsam aus dem Stegreife und gewissermaßen instinktartig, auf das Papier fixierte. Daher denn die Lebhaftigkeit und Wirksamkeit meiner Produktionen sich ableiten mag.

Da mir aber sowohl in Absicht auf die Konzeption eines würdigen Gegenstandes als auf die Komposition und Ausbildung der einzelnen Teile, sowie was die Technik des rhythmischen und prosaischen Stils betraf, nichts Brauchbares, weder von den Lehrstühlen noch aus den Büchern entgegenkam, indem ich manches Falsche zwar zu verabscheuen, das Rechte aber nicht zu erkennen wußte und deshalb selbst wieder auf falsche Wege geriet; so suchte ich mir außerhalb der Dichtkunst eine Stelle, auf welcher ich zu irgendeiner Vergleichung gelangen und dasjenige, was mich in der Nähe verwirrte, aus einer gewissen Entfernung übersehen und beurteilen könnte.

Diesen Zweck zu erreichen, konnte ich mich nirgends besser hinwenden als zur bildenden Kunst. Ich hatte dazu mehrfachen Anlaß: denn ich hatte so oft von der Verwandtschaft der Künste gehört, welche man auch in einer gewissen Verbindung zu behandeln anfing. Ich war in einsamen Stunden früherer Zeit auf die Natur aufmerksam geworden, wie sie sich als Landschaft zeigt, und hatte, da ich von Kindheit auf in den Werkstätten der Maler aus und ein ging, Versuche gemacht, das, was mir in der Wirklichkeit erschien, so gut es sich schicken wollte, in ein Bild zu verwandlen; ja ich fühlte hiezu, wozu ich eigentlich keine Anlage hatte, einen weit größern Trieb als zu demjenigen, was mir von Natur leicht und bequem war. So gewiß ist es, daß die falschen Tendenzen den Menschen öfters mit größerer Leidenschaft entzünden als die wahrhaften, und daß er demjenigen weit eifriger nachstrebt, was ihm mißlingen muß, als was ihm gelingen könnte.

Je weniger also mir eine natürliche Anlage zur bildenden Kunst geworden war, desto mehr sah ich mich nach Gesetzen und Regeln um; ja ich achtete weit mehr auf das Technische der Malerei als auf das Technische der Dichtkunst: wie man denn durch Verstand und Einsicht dasjenige auszufüllen sucht, was die Natur Lückenhaftes an uns gelassen hat.

Je mehr ich nun durch Anschauung der Kunstwerke, insofern sie mir im nördlichen Deutschland vor die Augen kamen, durch Unterredung mit Kennern und Reisenden, durch Lesen solcher Schriften, welche ein lange pedantisch vergrabenes Altertum einem geistigern Anschaun entgegenzuheben versprachen, an Einsicht gewissermaßen zunahm, desto mehr fühlte ich das Bodenlose meiner Kenntnisse und sah immer mehr ein, daß nur von einer Reise nach Italien etwas Befriedigendes zu hoffen sein möchte.

Als ich endlich nach manchem Zaudern über die Alpen gelangt war, so empfand ich gar bald, bei dem Zudrang so vieler unendlichen Gegenstände, daß ich nicht gekommen sei, um Lücken auszufüllen und mich zu bereichern, sondern daß ich von Grund aus anfangen müsse, alles bisher Gewähnte wegzuwerfen und das Wahre in seinen einfachsten Elementen aufzusuchen. Zum Glück konnte ich mich an einigen von der Poesie herübergebrachten, mir durch inneres Gefühl und langen Gebrauch bewährten Maximen festhalten, so daß es mir zwar schwer, aber nicht unmöglich ward, durch ununterbrochnes Anschauen der Natur und Kunst, durch lebendiges, wirksames Gespräch mit mehr oder weniger einsichtigen Kennern, durch stetes Leben mit mehr oder weniger praktischen oder denkenden Künstlern, nach und nach mir die Kunst überhaupt einzuteilen, ohne sie zu zerstückeln, und ihre verschiedenen lebendig ineinandergreifenden Elemente gewahr zu werden.

Freilich nur gewahr zu werden und festzuhalten, ihre tausendfältigen Anwendungen und Ramifikationen aber einer künftigen Lebenszeit aufzusparen. Auch ging es mir, wie jedem, der reisend oder lebend mit Ernst gehandelt, daß ich in dem Augenblicke des Scheidens erst einigermaßen mich wert fühlte, hereinzutreten. Mich trösteten die mannigfaltigen und unentwickelten Schätze, die ich mir gesammlet; ich erfreute mich an der Art, wie ich sah, daß Poesie und bildende Kunst wechselseitig aufeinander einwirken könnten. Manches war mir im einzelnen deutlich, manches im ganzen Zusammenhange klar. Von einem einzigen Punkte wußte ich mir nicht die mindeste Rechenschaft zu geben: es war das Kolorit.

Mehrere Gemälde waren in meiner Gegenwart erfunden, komponiert, die Teile der Stellung und Form nach sorgfältig durchstudiert worden, und über alles dieses konnten mir die Künstler, konnte ich mir und ihnen Rechenschaft, ja sogar manchmal Rat erteilen. Kam es aber an die Färbung, so schien alles dem Zufall überlassen zu sein, dem Zufall der durch einen gewissen Geschmack, einen Geschmack der durch Gewohnheit, eine Gewohnheit die durch Vorurteil, ein Vorurteil das durch Eigenheiten des Künstlers, des Kenners, des Liebhabers bestimmt wurde. Bei den Lebendigen war kein Trost, ebensowenig bei den Abgeschiedenen, keiner in den Lehrbüchern, keiner in den Kunstwerken. Denn wie bescheiden sich über diesen Punkt zum Beispiel Lairesse ausdrückt, kann Verwunderung erregen. Und wie wenig sich irgendeine Maxime aus der Färbung, welche neuere Künstler in ihren Gemälden angebracht, abstrahieren lasse, zeigt die Geschichte des Kolorits, verfaßt von einem Freunde, der schon damals mit mir zu suchen und zu untersuchen geneigt war, und bis jetzt diesem gemeinsam eingeschlagenen Weg auf die löblichste Weise treu geblieben.

Je weniger mir nun bei allen Bemühungen etwas erfreulich Belehrendes entgegenschien, desto mehr brachte ich diesen mir so wichtigen Punkt überall wiederholt, lebhaft und dringend zur Sprache, dergestalt, daß ich dadurch selbst Wohlwollenden fast lästig und verdrießlich fiel. Aber ich konnte nur bemerken, daß die lebenden Künstler bloß aus schwankenden Überlieferungen und einem gewissen Impuls handelten, daß Helldunkel, Kolorit, Harmonie der Farben immer in einem wunderlichen Kreise sich durcheinander drehten. Keins entwickelte sich aus dem andern, keins griff notwendig ein in das andere. Was man ausübte, sprach man als technischen Kunstgriff, nicht als Grundsatz aus. Ich hörte zwar von kalten und warmen Farben, von Farben, die einander heben, und was dergleichen mehr war; allein bei jeder Ausführung konnte ich bemerken, daß man in einem sehr engen Kreise wandelte, ohne doch denselben überschauen oder beherrschen zu können.

Das Sulzerische Wörterbuch wurde um Rat gefragt, aber auch da fand sich wenig Heil. Ich dachte selbst über die Sache nach, und um das Gespräch zu beleben, um eine oft durchgedroschene Materie wieder bedeutend zu machen, unterhielt ich mich und die Freunde mit Paradoxen. Ich hatte die Ohnmacht des Blauen sehr deutlich empfunden und seine unmittelbare Verwandtschaft mit dem Schwarzen bemerkt; nun gefiel es mir, zu behaupten: das Blaue sei keine Farbe! und ich freute mich eines allgemeinen Widerspruchs. Nur Angelika, deren Freundschaft und Freundlichkeit mir schon öfters in solchen Fällen entgegengekommen war — sie hatte zum Beispiel auf mein Ersuchen erst ein Bild, nach Art älterer Florentiner, Grau in Grau gemalt und es bei völlig entschiedenem und fertigen Helldunkel mit durchscheinender Farbe überzogen, wodurch eine sehr erfreuliche Wirkung hervorgebracht wurde, ob man es gleich von einem auf die gewöhnliche Weise gemalten Bilde nicht unterscheiden konnte —, Angelika gab mir Beifall und versprach, eine kleine Landschaft ohne Blau zu malen. Sie hielt Wort und es entsprang ein sehr hübsches harmonisches Bild, etwa in der Art, wie ein Akyanobleps die Welt sehen würde; wobei ich jedoch nicht leugnen will, daß sie ein Schwarz anwendete, welches nach dem Blauen hinzog. Wahrscheinlich findet sich dieses Bild in den Händen irgendeines Liebhabers, für den es durch diese Anekdote noch mehr Wert erhält.

Daß hierdurch nichts ausgemacht wurde, ja vielmehr die Sache in einen geselligen Scherz ablief, war ganz natürlich. Indessen versäumte ich nicht, die Herrlichkeit der atmosphärischen Farben zu betrachten, wobei sich die entschiedenste Stufenfolge der Luftperspektive, die Bläue der Ferne sowie naher Schatten, auffallend bemerken ließ. Beim Sciroccohimmel, bei den purpurnen Sonnenuntergängen waren die schönsten meergrünen Schatten zu sehen, denen ich um so mehr Aufmerksamkeit schenkte, als ich schon in der ersten Jugend bei frühem Studieren, wenn der Tag gegen das angezündete Licht heranwuchs, diesem Phänomen meine Bewunderung nicht entziehen konnte. Doch wurden alle diese Beobachtungen nur gelegentlich angestellt, durch so viel andres mannigfaltiges Interesse zerstreut und verdrängt, so daß ich meine Rückreise unternahm und zu Hause, bei manchem Zudrang fremdartiger Dinge, die Kunst und alle Betrachtung derselben fast gänzlich aus dem Auge verlor.

Sobald ich nach langer Unterbrechung endlich Muße fand, den eingeschlagenen Weg weiter zu verfolgen, trat mir in Absicht auf Kolorit dasjenige entgegen, was mir schon in Italien nicht verborgen bleiben konnte. Ich hatte nämlich zuletzt eingesehen, daß man den Farben, als physischen Erscheinungen, erst von der Seite der Natur beikommen müsse, wenn man in Absicht auf Kunst etwas über sie gewinnen wolle. Wie alle Welt war ich überzeugt, daß die sämtlichen Farben im Licht enthalten seien; nie war es mir anders gesagt worden, und niemals hatte ich die geringste Ursache gefunden, daran zu zweifeln, weil ich bei der Sache nicht weiter interessiert war. Auf der Akademie hatte ich mir Physik wie ein anderer vortragen und die Experimente vorzeigen lassen. Winckler in Leipzig, einer der ersten, der sich um Elektrizität verdient machte, behandelte diese Abteilung sehr umständlich und mit Liebe, so daß mir die sämtlichen Versuche mit ihren Bedingungen fast noch jetzt durchaus gegenwärtig sind. Die Gestelle waren sämtlich blau angestrichen; man brauchte ausschließlich blaue Seidenfäden zum Anknüpfen und Aufhängen der Teile des Apparats: welches mir auch immer wieder, wenn ich über blaue Farbe dachte, einfiel. Dagegen erinnere ich mich nicht, die Experimente, wodurch die Newtonische Theorie bewiesen werden soll, jemals gesehen zu haben; wie sie denn gewöhnlich in der Experimentalphysik auf gelegentlichen Sonnenschein verschoben und außer der Ordnung des laufenden Vortrags gezeigt werden.

Als ich mich nun von seiten der Physik den Farben zu nähern gedachte, las ich in irgendeinem Kompendium das hergebrachte Kapitel, und weil ich aus der Lehre, wie sie dastand, nichts für meinen Zweck entwickeln konnte; so nahm ich mir vor, die Phänomene wenigstens selbst zu sehen, zu welchen Hofrat Büttner, der von Göttingen nach Jena gezogen war, den nötigen Apparat mitgebracht und mir ihn nach seiner freundlich mitteilenden Weise sogleich angeboten hatte. Es fehlte nur also noch an einer dunklen Kammer, die durch einen wohlverschlossenen Fensterladen bewirkt werden sollte; es fehlte nur noch am Foramen exiguum, das ich mit aller Gewissenhaftigkeit, nach dem angegebenen Maß, in ein Blech einzubohren im Begriff stand. Die Hindernisse jedoch, wodurch ich abgehalten ward, die Versuche nach der Vorschrift, nach der bisherigen Methode anzustellen, waren Ursache, daß ich von einer ganz andern Seite zu den Phänomenen gelangte und dieselben durch eine umgekehrte Methode ergriff, die ich noch umständlich zu erzählen gedenke.

Eben zu dieser Zeit kam ich in den Fall, meine Wohnung zu verändern. Auch dabei hatte ich meinen frühern Vorsatz vor Augen. In meinem neuen Quartier traf ich ein langes, schmales Zimmer mit einem Fenster gegen Südwest; was hätte mir erwünschter sein können! Indessen fand sich bei meiner neuen Einrichtung so viel zu tun, so manche Hindernisse traten ein, und die dunkle Kammer kam nicht zustande. Die Prismen standen eingepackt, wie sie gekommen waren, in einem Kasten unter dem Tische, und ohne die Ungeduld des jenaischen Besitzers hätten sie noch lange da stehen können.

Hofrat Büttner, der alles, was er von Büchern und Instrumenten besaß, gern mitteilte, verlangte jedoch, wie es einem vorsichtigen Eigentümer geziemt, daß man die geborgten Sachen nicht allzulange behalten, daß man sie zeitig zurückgeben und lieber einmal wieder aufs neue borgen solle. Er war in solchen Dingen unvergessen und ließ es, wenn eine gewisse Zeit verflossen war, an Erinnerungen nicht fehlen. Mit solchen wollte er mich zwar nicht unmittelbar angehen; allein durch einen Freund erhielt ich Nachricht von Jena: der gute Mann sei ungeduldig, ja empfindlich, daß ihm der mitgeteilte Apparat nicht wieder zugesendet werde. Ich ließ dringend um einige Frist bitten, die ich auch erhielt, aber auch nicht besser anwendete: denn ich war von ganz anderem Interesse festgehalten. Die Farbe, sowie die bildende Kunst überhaupt, hatte wenig teil an meiner Aufmerksamkeit, ob ich gleich ungefähr in dieser Epoche, bei Gelegenheit der Saussurischen Reisen auf den Montblanc und des dabei gebrauchten Kyanometers, die Phänomene der Himmelsbläue, der blauen Schatten und so weiter zusammenschrieb, um mich und andre zu überzeugen, daß das Blaue nur dem Grade nach von dem Schwarzen und dem Finstern verschieden sei.

So verstrich abermals eine geraume Zeit, die leichte Vorrichtung des Fensterladens und der kleinen Öffnung ward vernachlässigt, als ich von meinem jenaischen Freunde einen dringenden Brief erhielt, der mich aufs lebhafteste bat, die Prismen zurückzusenden, und wenn es auch nur wäre, daß der Besitzer sich von ihrem Dasein überzeugte, daß er sie einige Zeit wieder in Verwahrung hätte; ich sollte sie alsdann zu längerm Gebrauch wieder zurück erhalten. Die Absendung aber möchte ich ja mit dem zurückkehrenden Boten bewerkstelligen. Da ich mich mit diesen Untersuchungen sobald nicht abzugeben hoffte, entschloß ich mich, das gerechte Verlangen sogleich zu erfüllen. Schon hatte ich den Kasten hervorgenommen, um ihn dem Boten zu übergeben, als mir einfiel, ich wolle doch noch geschwind durch ein

Prisma sehen, was ich seit meiner frühsten Jugend nicht getan hatte. Ich erinnerte mich wohl, daß alles bunt erschien, auf welche Weise jedoch, war mir nicht mehr gegenwärtig. Eben befand ich mich in einem völlig geweißten Zimmer; ich erwartete, als ich das Prisma vor die Augen nahm, eingedenk der Newtonischen Theorie, die ganze weiße Wand nach verschiedenen Stufen gefärbt, das von da ins Auge zurückkehrende Licht in so viel farbige Lichter zersplittert zu sehen.

Aber wie verwundert war ich, als die durchs Prisma angeschaute weiße Wand nach wie vor weiß blieb, daß nur da, wo ein Dunkles dran stieß, sich eine mehr oder weniger entschiedene Farbe zeigte, daß zuletzt die Fensterstäbe am allerlebhaftesten farbig erschienen, indessen am lichtgrauen Himmel draußen keine Spur von Färbung zu sehen war. Es bedurfte keiner langen Überlegung, so erkannte ich, daß eine Grenze notwendig sei, um Farben hervorzubringen, und ich sprach wie durch einen Instinkt sogleich vor mich laut aus, daß die Newtonische Lehre falsch sei. Nun war an keine Zurücksendung der Prismen mehr zu denken. Durch mancherlei Überredungen und Gefälligkeiten suchte ich den Eigentümer zu beruhigen, welches mir auch gelang. Ich vereinfachte nunmehr die mir in Zimmern und im Freien durchs Prisma vorkommenden zufälligen Phänomene und erhob sie, indem ich mich bloß schwarzer und weißer Tafeln bediente, zu bequemen Versuchen.

Die beiden sich immer einander entgegengesetzten Ränder, die Verbreiterung derselben, das Übereinandergreifen über einen hellen Streif und das dadurch entstehende Grün, wie die Entstehung des Roten beim Übereinandergreifen über einen dunklen Streif, alles entwickelte sich vor mir nach und nach. Auf einen schwarzen Grund hatte ich eine weiße Scheibe gebracht, welche, in einer gewissen Entfernung durchs Prisma angesehen, das bekannte Spektrum vorstellte und vollkommen den Newtonischen Hauptversuch in der Camera obscura vertrat. Eine schwarze Scheibe auf hellem Grund machte aber auch ein farbiges und gewissermaßen noch prächtigeres Gespenst. Wenn sich dort das Licht in so vielerlei Farben auflöst, sagte ich zu mir selbst: so müßte ja hier auch die Finsternis als in Farben aufgelöst angesehen werden.

Der Apparat meiner Tafeln war sorgfältig und reinlich zusammengeschafft, vereinfacht soviel wie möglich und so eingerichtet, daß man die sämtlichen Phänomene in einer gewissen Ordnung dabei betrachten konnte. Ich wußte mir im stillen nicht wenig mit meiner Entdeckung, denn sie schien sich an manches bisher von mir Erfahrne und Geglaubte anzuschließen. Der Gegensatz von warmen und kalten Farben der Maler zeigte sich hier in abgesonderten blauen und gelben Rändern. Das Blaue erschien gleichsam als Schleier des Schwarzen, wie sich das Gelbe als ein Schleier des Weißen bewies. Ein Helles mußte über das Dunkle, ein Dunkles über das Helle geführt werden, wenn die Erscheinung eintreten sollte: denn keine perpendikulare Grenze war gefärbt. Das alles schloß sich an dasjenige an, was ich in der Kunst von Licht und Schatten und in der Natur von apparenten Farben gehört und gesehen hatte. Doch stand alles dieses mir ohne Zusammenhang vor der Seele und keineswegs so entschieden, wie ich es hier ausspreche.

Da ich in solchen Dingen gar keine Erfahrung hatte und mir kein Weg bekannt war, auf dem ich hätte sicher fortwandeln können; so ersuchte ich einen benachbarten Physiker, die Resultate dieser Vorrichtungen zu prüfen. Ich hatte ihn vorher bemerken lassen, daß sie mir Zweifel in Absicht auf die Newtonische Theorie erregt hätten, und hoffte sicher, daß der erste Blick auch in ihm die Überzeugung, von der ich ergriffen war, aufregen würde. Allein wie verwundert war ich, als er zwar die Erscheinungen in der Ordnung, wie sie ihm vorgeführt wurden, mit Gefälligkeit und Beifall aufnahm, aber zugleich versicherte, daß diese Phänomene bekannt und aus der Newtonischen Theorie vollkommen erklärt seien. Diese Farben gehörten keineswegs der Grenze, sondern dem Licht ganz allein an; die Grenze sei nur Gelegenheit, daß in dem einen Fall die weniger refrangiblen, im andern die mehr refrangiblen Strahlen zum Vorschein kämen. Das Weiße in der Mitte sei aber noch ein zusammengesetztes, durch Brechung nicht separiertes Licht, das aus einer ganz eigenen Vereinigung farbiger, aber stufenweise übereinandergeschobener Lichter entspringe; welches alles bei Newton selbst und in den nach seinem Sinn verfaßten Büchern umständlich zu lesen sei.

Ich mochte dagegen nun einwenden, was ich wollte, daß nämlich das Violette nicht refrangibler sei als das Gelbe, sondern nur, wie dieses in das Helle, so jenes in das Dunkle hineinstrahle; ich mochte anführen, daß bei wachsender Breite der Säume das Weiße so wenig als das Schwarze in Farben zerlegt, sondern in dem einen Falle nur durch ein zusammengesetztes Grün, in dem andern durch ein zusammengesetztes Rot zugedeckt werde; kurz, ich mochte mich mit meinen Versuchen und Überzeugungen gebärden, wie ich wollte: immer vernahm ich nur das erste Credo und mußte mir sagen lassen, daß die Versuche in der dunklen Kammer weit mehr geeignet seien, die wahre Ansicht der Phänomene zu verschaffen.

Ich war nunmehr auf mich selbst zurückgewiesen; doch konnte ich es nicht ganz lassen und setzte noch einigemal an, aber mit ebenso wenig Glück, und ich wurde in nichts gefördert. Man sah die Phänomene gern; die Ununterrichteten amüsierten sich damit, die Unterrichteten sprachen von Brechung und Brechbarkeit und glaubten sich dadurch von aller weitern Prüfung loszuzählen. Nachdem ich nun diese in der Folge von mir subjektiv genannten Versuche ins Unendliche, ja Unnötige vervielfältigte, Weiß, Schwarz, Grau, Bunt in allen Verhältnissen an- und übereinander auf Tafeln gebracht hatte, wobei immer nur das erste simple Phänomen, bloß anders bedingt, erschien; so setzte ich nun auch die Prismen in die Sonne und richtete die Camera obscura mit schwarz ausgeschlagenen Wänden so genau und finster als möglich ein. Das Foramen exiguum selbst wurde sorgfältig angebracht. Allein diese beschränkten Taschenspieler-Bedingungen hatten keine Gewalt mehr über mich. Alles, was die subjektiven Versuche mir leisteten, wollte ich auch durch die objektiven darstellen. Die Kleinheit der Prismen stand mir im Wege. Ich ließ ein größeres aus Spiegelscheiben zusammensetzen, durch welches ich nun, vermittelst vorgeschobener ausgeschnittener Pappen, alles dasjenige hervorzubringen suchte, was auf meinen

Tafeln gesehen wurde, wenn man sie durchs Prisma betrachtete.

Die Sache lag mir am Herzen, sie beschäftigte mich; aber ich fand mich in einem neuen unabsehlichen Felde, welches zu durchmessen ich mich nicht geeignet fühlte. Ich sah mich überall nach Teilnehmern um; ich hätte gern meinen Apparat, meine Bemerkungen, meine Vermutungen, meine Überzeugungen einem andern übergeben, wenn ich nur irgend hätte hoffen können, sie fruchtbar zu sehen.

All mein dringendes Mitteilen war vergebens. Die Folgen der französischen Revolution hatten alle Gemüter aufgeregt und in jedem Privatmann den Regierungsdünkel erweckt. Die Physiker, verbunden mit den Chemikern, waren mit den Gasarten und mit dem Galvanismus beschäftigt. Überall fand ich Unglauben an meinen Beruf zu dieser Sache; überall eine Art von Abneigung gegen meine Bemühungen, die sich, je gelehrter und kenntnisreicher die Männer waren, immer mehr als unfreundlicher Widerwille zu äußern pflegte.

Höchst undankbar würde ich hingegen sein, wenn ich hier nicht diejenigen nennen wollte, die mich durch Neigung und Zutrauen förderten. Der Herzog von Weimar, dem ich von jeher alle Bedingungen eines tätigen und frohen Lebens schuldig geworden, vergönnte mir auch diesmal den Raum, die Muße, die Bequemlichkeit zu diesem neuen Vorhaben. Der Herzog Ernst von Gotha eröffnete mir sein physikalisches Kabinett, wodurch ich die Versuche zu vermannigfaltigen und ins Größere zu führen instand gesetzt wurde. Der Prinz August von Gotha verehrte mir aus England verschriebene köstliche, sowohl einfache als zusammengesetzte, achromatische Prismen. Der Fürst Primas, damals in Erfurt, schenkte meinen ersten und allen folgenden Versuchen eine ununterbrochene Aufmerksamkeit, ja er begnadigte einen umständlichen Aufsatz mit durchgehenden Randbemerkungen von eigner Hand, den ich noch als eine höchst schätzbare Erinnerung unter meinen Papieren verwahre.

Unter den Gelehrten, die mir von ihrer Seite Beistand leisteten, zähle ich Anatomen, Chemiker, Literatoren,

Philosophen wie Loder, Sömmerring, Göttling, Wolf, Forster, Schelling; hingegen keinen Physiker.

Mit Lichtenberg korrespondierte ich eine Zeitlang und sendete ihm ein paar auf Gestellen bewegliche Schirme, woran die sämtlichen subjektiven Erscheinungen auf eine bequeme Weise dargestellt werden konnten, ingleichen einige Aufsätze, freilich noch roh und ungeschlacht genug. Eine Zeitlang antwortete er mir; als ich aber zuletzt dringender ward und das ekelhafte Newtonische Weiß mit Gewalt verfolgte, brach er ab über diese Dinge zu schreiben und zu antworten; ja er hatte nicht einmal die Freundlichkeit, ungeachtet eines so guten Verhältnisses, meiner Beiträge in der letzten Ausgabe seines Erxlebens zu erwähnen. So war ich denn wieder auf meinen eigenen Weg gewiesen.

Ein entschiedenes Aperçu ist wie eine inokulierte Krankheit anzusehen: man wird sie nicht los, bis sie durchgekämpft ist. Schon längst hatte ich angefangen, über die Sache nachzulesen. Die Nachbeterei der Kompendien war mir bald zuwider und ihre beschränkte Einförmigkeit gar zu auffallend. Ich ging nun an die Newtonische Optik, auf die sich doch zuletzt jedermann bezog, und freute mich, das Kaptiose, Falsche seines ersten Experiments mir schon durch meine Tafeln anschaulich gemacht zu haben und mir das ganze Rätsel bequem auflösen zu können. Nachdem ich diese Vorposten glücklich überwältigt, drang ich tiefer in das Buch, wiederholte die Experimente, entwickelte und ordnete sie und fand sehr bald, daß der ganze Fehler darauf beruhe, daß ein kompliziertes Phänomen zum Grunde gelegt und das Einfachere aus dem Zusammengesetzten erklärt werden sollte. Manche Zeit und manche Sorgfalt jedoch bedurfte es, um die Irrgänge alle zu durchwandern, in welche Newton seine Nachfolger zu verwirren beliebt hat. Hierzu waren mir die Lectiones opticae höchst behülflich, indem diese einfacher, mit mehr Aufrichtigkeit und eigener Überzeugung des Verfassers geschrieben sind. Die Resultate dieser Bemühungen enthält mein Polemischer Teil.

Wenn ich nun auf diese Weise das Grundlose der Newtonischen Lehre, besonders nach genauer Einsicht in das Phänomen der Achromasie, vollkommen erkannte; so half mir zu einem neuen theoretischen Weg jenes erste Gewahrwerden, daß ein entschiedenes Auseinandertreten, Gegensetzen, Verteilen, Differenzieren, oder wie man es nennen wollte, bei den prismatischen Farbenerscheinungen statthabe, welches ich mir kurz und gut unter der Formel der Polarität zusammenfaßte, von der ich überzeugt war, daß sie auch bei den übrigen Farben-Phänomenen durchgeführt werden könne.

Was mir inzwischen als Privatmann nicht gelingen mochte, bei irgend jemand Teilnahme zu erregen, der sich zu meinen Untersuchungen gesellt, meine Überzeugungen aufgenommen und darnach fortgearbeitet hätte, das wollte ich nun als Autor versuchen, ich wollte die Frage an das größere Publikum bringen. Ich stellte daher die notwendigsten Bilder zusammen, die man bei den subjektiven Versuchen zum Grunde legen mußte. Sie waren schwarz und weiß, damit sie als Apparat dienen, damit sie jedermann sogleich durchs Prisma beschauen könnte. Andere waren bunt, um zu zeigen, wie diese schwarzen und weißen Bilder durchs Prisma verändert würden. Die Nähe einer Kartenfabrik veranlaßte mich, das Format von Spielkarten zu wählen, und indem ich Versuche beschrieb und gleich die Gelegenheit, sie anzustellen, gab, glaubte ich das Erforderliche getan zu haben, um in irgendeinem Geiste das Aperçu hervorzurufen, das in dem meinigen so lebendig gewirkt hatte.

Allein ich kannte damals, ob ich gleich alt genug war, die Beschränktheit der wissenschaftlichen Gilden noch nicht, diesen Handwerkssinn, der wohl etwas erhalten und fortpflanzen, aber nichts fördern kann, und es waren drei Punkte, die für mich schädlich wirkten. Erstlich hatte ich mein kleines Heft: Beiträge zur Optik betitelt. Hätte ich Chromatik gesagt, so wäre es unverfänglicher gewesen; denn da die Optik zum größten Teil mathematisch ist, so konnte und wollte niemand begreifen, wie einer, der keine Ansprüche an Meßkunst machte, in der Optik wirken könne. Zweitens hatte ich, zwar nur ganz leise, angedeutet, daß ich die Newtonische Theorie nicht zulänglich hielte, die vorgetragenen Phänomene zu erklären. Hierdurch regte ich die ganze Schule gegen mich auf, und nun verwunderte man sich erst höchlich, wie jemand ohne höhere Einsicht in die Mathematik wagen könne, Newton zu widersprechen. Denn daß eine Physik unabhängig von der Mathematik existiere, davon schien man keinen Begriff mehr zu haben. Die uralte Wahrheit, daß der Mathematiker, sobald er in das Feld der Erfahrung tritt, so gut wie jeder andere dem Irrtum unterworfen sei, wollte niemand in diesem Falle anerkennen. In gelehrten Zeitungen, Journalen, Wörterbüchern und Kompendien sah man stolz-mitleidig auf mich herab, und keiner von der Gilde trug Bedenken, den Unsinn nochmals abdrucken zu lassen, den man nun fast hundert Jahre als Glaubensbekenntnis wiederholte. Mit mehr oder weniger dünkelhafter Selbstgefälligkeit betrugen sich Gren in Halle, die Gothaischen gelehrten Zeitungen, die Allgemeine Jenaische Literaturzeitung, Gehler und besonders Fischer, in ihren physikalischen Wörterbüchern. Die Göttingischen gelehrten Anzeigen, ihrer Aufschrift getreu, zeigten meine Bemühungen auf eine Weise an, um sie sogleich auf ewig vergessen zu machen.

Ich gab, ohne mich hierdurch weiter rühren zu lassen, das zweite Stück meiner Beiträge heraus, welches die subjektiven Versuche mit bunten Papieren enthält, die mir um so wichtiger waren, als dadurch für jeden, der nur einigermaßen in die Sache hätte sehen wollen, der erste Versuch der Newtonischen Optik vollkommen enthüllt und dem Baum die Axt an die Wurzel gelegt wurde. Ich fügte die Abbildung des großen Wasserprismas hinzu, die ich auch wieder unter die Tafeln des gegenwärtigen Werkes aufgenommen habe. Es geschah damals, weil ich zu den objektiven Versuchen übergehen und die Natur aus der dunklen Kammer und von den winzigen Prismen zu befreien dachte.

Da ich in dem Wahn stand, denen, die sich mit Naturwissenschaften abgeben, sei es um die Phänomene zu tun, so gesellte ich, wie zum ersten Stücke meiner Beiträge ein Paket Karten, so zum zweiten eine Foliotafel, auf welcher alle Fälle von hellen, dunkeln und farbigen Flächen und Bildern dergestalt angebracht waren, daß man sie nur vor sich hinstellen, durch ein Prisma betrachten durfte, um alles, wovon in dem Hefte die Rede war, sogleich gewahr zu werden. Allein diese Vorsorge war gerade der Sache hinderlich und der dritte Fehler, den ich beging. Denn diese Tafel, viel mehr noch als die Karten, war unbequem zu packen und zu versenden, so daß selbst einige aufmerksam gewordne Liebhaber sich beklagten, die Beiträge nebst dem Apparat durch den Buchhandel nicht erhalten zu können.

Ich selbst war zu andern Lebensweisen, Sorgen und Zerstreuungen hingerissen. Feldzüge, Reisen, Aufenthalt an fremden Orten nahmen mir den größten Teil mehrerer Jahre weg; dennoch hielten mich die einmal angefangenen Betrachtungen, das einmal übernommene Geschäft, denn zum Geschäft war diese Beschäftigung geworden, auch selbst in den bewegtesten und zerstreutesten Momenten fest; ja ich fand Gelegenheit, in der freien Welt Phänomene zu bemerken, die meine Einsicht vermehrten und meine Ansicht erweiterten.

Nachdem ich lange genug in der Breite der Phänomene herumgetastet und mancherlei Versuche gemacht hatte, sie zu schematisieren und zu ordnen, fand ich mich am meisten gefördert, als ich die Gesetzmäßigkeit der physiologischen Erscheinungen, die Bedeutsamkeit der durch trübe Mittel hervorgebrachten, und endlich die versatile Beständigkeit der chemischen Wirkungen und Gegenwirkungen erkennen lernte. Hiernach bestimmte sich die Einteilung, der ich, weil ich sie als die beste befunden, stets treu geblieben. Nun ließ sich ohne Methode die Menge von Erfahrungen weder sondern noch verbinden; es wurden daher theoretische Erklärungsarten rege, und ich machte meinen Weg durch manche hypothetische Irrtümer und Einseitigkeiten. Doch ließ ich den überall sich wieder zeigenden Gegensatz, die einmal ausgesprochne Polarität nicht fahren, und zwar um so weniger, als ich mich durch solche Grundsätze imstand fühlte, die Farbenlehre an manches Benachbarte anzuschließen und mit manchem Entfernten in Reihe zu stellen. Auf diese Weise ist der gegenwärtige Entwurf einer Farbenlehre entstanden.

Nichts war natürlicher, als daß ich aufsuchte, was uns über diese Materie in Schriften überliefert worden, und es von den ältesten Zeiten bis zu den unsrigen nach und nach auszog und sammelte. Durch eigene Aufmerksamkeit, durch guten Willen und Teilnahme mancher Freunde kamen mir auch die seltnern Bücher in die Hände; doch nirgends bin ich auf einmal soviel gefördert worden als in Göttingen durch den mit großer Liberalität und tätiger Beihülfe gestatteten Gebrauch der unschätzbaren Büchersammlung. So häufte sich allmählich eine große Masse von Abschriften und Exzerpten, aus denen die Materialien zur Geschichte der Farbenlehre redigiert worden und wovon noch manches zu weiterer Bearbeitung zurückliegt.

Und so war ich, ohne es beinahe selbst bemerkt zu haben, in ein fremdes Feld gelangt, indem ich von der Poesie zur bildenden Kunst, von dieser zur Naturforschung überging, und dasjenige, was nur Hülfsmittel sein sollte, mich nunmehr als Zweck anreizte. Aber als ich lange genug in diesen fremden Regionen verweilt hatte, fand ich den glücklichen Rückweg zur Kunst durch die physiologischen Farben und durch die sittliche und ästhetische Wirkung derselben überhaupt.

Ein Freund, Heinrich Meyer, dem ich schon früher in Rom manche Belehrung schuldig geworden, unterließ nicht, nach seiner Rückkehr, zu dem einmal vorgesetzten Zweck, den er selbst wohl ins Auge gefaßt hatte, mitzuwirken. Nach angestellten Erfahrungen, nach entwickelten Grundsätzen machte er manchen Versuch gefärbter Zeichnungen, um dasjenige mehr ins Licht zu setzen und wenigstens für uns selbst gewisser zu machen, was gegen das Ende meines Entwurfs über Farbengebung mitgeteilt wird. In den Propyläen versäumten wir nicht, auf manches hinzudeuten, und wer das dort Gesagte mit dem nunmehr umständlicher Ausgeführten vergleichen will, dem wird der innige Zusammenhang nicht entgehen.

Höchst bedeutend aber ward für das ganze Unternehmen die fortgesetzte Bemühung des gedachten Freundes, der sowohl bei wiederholter Reise nach Italien, als auch sonst bei anhaltender Betrachtung von Gemälden die Geschichte des Kolorits zum vorzüglichen Augenmerk behielt und dieselbige entwarf, wie wir sie in zwei Abteilungen unsern Lesern vorgelegt haben: die ältere, welche hypothetisch genannt wird, weil sie, ohne genugsame Beispiele, mehr aus der Natur des Menschen und der Kunst als aus der Erfahrung zu entwickeln war; die neuere, welche auf Dokumenten beruht, die noch von jedermann betrachtet und beurteilt werden können.

Indem ich mich nun auf diese Weise dem Ende meines aufrichtigen Bekenntnisses nähere; so werde ich durch einen Vorwurf angehalten, den ich mir mache, daß ich unter jenen vortrefflichen Männern, die mich geistig gefördert, meinen unersetzlichen Schiller nicht genannt habe. Dort aber empfand ich eine Art von Scheu, dem besonderen Denkmal, welches ich unserer Freundschaft schuldig bin, durch ein voreiliges Gedenken Abbruch zu tun. Nun will ich aber doch, in Betrachtung menschlicher Zufälligkeiten, aufs kürzeste bekennen, wie er an meinem Bestreben lebhaften Anteil genommen, sich mit den Phänomenen bekannt zu machen gesucht, ja sogar mit einigen Vorrichtungen umgeben, um sich an denselben vergnüglich zu belehren. Durch die große Natürlichkeit seines Genies ergriff er nicht nur schnell die Hauptpunkte, worauf es ankam; sondern wenn ich manchmal auf meinem beschaulichen Wege zögerte, nötigte er mich durch seine reflektierende Kraft vorwärtszueilen, und riß mich gleichsam an das Ziel, wohin ich strebte. Und so wünsche ich nur, daß mir das Besondere dieser Verhältnisse, die mich noch in der Erinnerung glücklich machen, bald auszusprechen vergönnt sein möge.

Aber alle diese Fortschritte wären durch die ungeheuren Ereignisse dieser letzten Jahre noch kurz vor dem Ziel aufgehalten und eine öffentliche Mitteilung unmöglich geworden, hätte nicht unsere verehrteste Herzogin, mitten unter dem Drang und Sturm gewaltsamer Umgebungen, auch mich in meinem Kreise nicht allein gesichert und beruhigt, sondern zugleich aufs höchste aufgemuntert, indem sie einer Experimentaldarstellung der sämtlichen sich nach meiner Einsicht nunmehr glücklich aneinanderschließenden Naturerscheinungen beizuwohnen und eine aufmerksame Versammlung durch ihre Gegenwart zu konzentrieren und zu beleben geruhte. Hierdurch allein wurde ich in den Stand gesetzt, alles Äußere zu vergessen und mir dasjenige lebhaft zu vergegenwärtigen, was bald einem größern Publikum mitgeteilt werden sollte. Und so sei denn auch hier am Schlusse, wie schon am Anfange geschehen, die durch ihren Einfluß glücklich vollbrachte Arbeit dieser nicht genug zu verehrenden Fürstin dankbar gewidmet.

KOMMENTARTEIL

Kommentar zur Geschichte der Farbenlehre

Materialien und Register

GESCHICHTE DER FARBENLEHRE

NACHWORT

I.

Goethes erster schneller Vorstoß in das Reich der Farben, der schon 1791 zur Veröffentlichung des ersten Teiles der *Beiträge zur Optik* führte, brachte ihn auch sogleich mit der älteren und neueren Literatur über Farben und Farbenlehre in Berührung und damit mit der Geschichte der Farbenlehre. Der § 9 des ersten Stückes der *Beiträge* sagt über das Phänomen der Farben: *Von diesen schönen und, wie gesagt, unter gewissen Umständen unbequemen Erscheinungen sind seit den ältesten Zeiten nachdenkende Menschen gereizt worden, sie teils genauer zu beobachten, teils sie durch künstliche Versuche unter verschiedenen Umständen zu wiederholen, ihrer Ursache und ihren Verhältnissen näher zu bringen. Die Geschichte der Optik lehrt uns, wie langsam es damit zuging.*

Goethes weitere Pläne aus diesen Jahren zeigen, daß er daran dachte, *eine Gesellschaft verschiedenartiger Männer* (1793 zu Schlosser in Heidelberg , Bd. 10, S. 398,38 f.) an seiner Farbenlehre zu beteiligen. *Einige allgemeine Sätze,* welche er bei der Belagerung von Mainz im Lager von Marienborn am 21. Juli 1973 niederschrieb (LA I 3,130–136), nennen den *Chemiker, Physiker, Mathematiker, Mechaniker, Naturhistoriker, Maler, Historiker* und *Kritiker;* auch der *Anatom* und *Philosoph* soll zur Hilfe aufgerufen werden. Dem Historiker wird seine Aufgabe wie folgt umschrieben: *Der Historiker wird die Geschichte der Farbenlehre aus der Geschichte der Optik und der übrigen Naturlehre aussondern. Er wird die Meinungen der Alten, die Hypothesen und Theorien der mittlern und neuern Zeit, die Streitigkeiten so unparteiisch als möglich erzählen, er wird die obwaltenden moralisch-politischen Ursachen des Übergewichts dieser oder jener Lehre aufzufinden suchen und die Modifikation der herrschenden Theorien bis auf die neuesten Zeiten verfolgen.* Dies wäre also das erste Programm. Als Goethe es aber noch im Herbst 1793 in Heidelberg Schlosser vortrug, zeigte dieser Bedenken und versuchte Goethe deutlich zu machen, wie schwer es sei, andere Menschen auch nur für seine Gedanken zu interessieren, und wieviel schwerer, sich ihrer Mitwirkung zu versichern (Bd. 10, S. 399,5 ff.).

Die folgenden Jahre führten zur Klärung einzelner Probleme der Farbenlehre und der philosophischen Grundlagen in der Auseinandersetzung mit Schiller. 1798 scheint Goethe jede Hoffnung auf Mitwirkende aufgegeben zu haben. Er schreibt an Schiller am 24. Januar 1798:

Erst seit ich mir fest vorgenommen habe, außer Ihnen und (Johann Heinrich) *Meyern mit niemanden mehr über die Sache zu konferieren, seit der Zeit habe ich erst Freude und Mut, denn die so oft vereitelte Hoffnung von Teilnahme und Mitarbeit anderer setzt einen immer um einige Zeit zurück. Nun kann ich, wie es Zeit, Umstände und Neigung erlauben, immer sachte fortarbeiten.* Er nahm nun selbst die Arbeit an der Geschichte der Farbenlehre vor und förderte sie in den nächsten zwölf Jahren immer wieder, bis sie die uns hier vorliegende Gestalt erhielt. Im Januar und Februar 1798 berichtet das Tagebuch vom Studium einzelner Naturforscher und vom Gesamtplan. Es ist schon so viel Material gesammelt, daß es sich in Kantische Kategorien einordnen läßt, und Goethe spricht von dem *Zutrauen, daß sich aus derselben* – der Geschichte – *etwas Artig-Lesbares wird machen lassen, weil das Besondere angenehm und das Allgemeine menschlich weitgreifend ist* (an Schiller, 17. Februar 1798, vgl. auch die *Annalen*).

Der Beginn des Jahres 1799 bringt neben einem Schema zur Geschichte der Farbenlehre chronologisch geordnete Aufzeichnungen über einzelne Naturforscher, zwischen denen auch Goethe als *der Verfasser* unter der Jahreszahl *1790* steht. Hier liegt uns der erste Ansatz zu dem Abschnitt *Konfession des Verfassers* (S. 251–269) vor.

Um die Jahreswende zu 1801 bemüht sich Goethe um ein neues Schema zur Farbenlehre. *Die Haupteinteilung der Farbenlehre in die drei Hauptmassen, die didaktische, polemische und historische,* war ihm nun *ganz klar geworden und hatte sich entschieden* (*Annalen* Abschnitt *1800*). In einem Schema, welches vom 2. August 1801 datiert ist, wird die *Geschichte der Farbenlehre* neben der *Geschichte der Arbeiten des Verfassers in diesem Fache* genannt (LA I 3,338). Das Schema und dazugehörige Ausführungen (Kapitel *Geschichte der physiologischen Farben,* LA I 3,369) zeigen, daß Goethe auch die Möglichkeit erwogen hatte, die geschichtlichen Abschnitte den jeweiligen Sachabteilungen des didaktischen Teiles zuzuordnen, damit hätte er aber seinen Plan, *den Charakter einzelner Naturforscher* darzustellen (Tgb. 9. Februar 1799), wohl ganz aufgeben müssen. Zum Dispositionspunkt *Geschichte der Arbeiten des Verfassers* ... liegt eine Ausarbeitung in Stichworten vor, die eine ausführlichere Vorstufe zur *Konfession* darstellt. Im Sommer 1801 benutzte Goethe, wie zwei Desideratenlisten und mehrere Tagebucheintragungen zeigen, auf einer Reise nach Pyrmont die Göttinger Bibliothek, um Bücher einzusehen, die ihm in Weimar und Jena nicht zur Hand waren.

In den *Annalen* von 1804 berichtet Goethe, daß ihm nun die Geschichte der Naturwissenschaften immer *wichtiger und liebwerter* (Bd. 10, S. 467,2) geworden sei; aber erst im Winter 1805/06 gibt er die ersten Manuskriptstücke des didaktischen Teils und der Geschichte der

Farbenlehre in die Druckerei nach Jena. Von nun an läßt sich die Fertigstellung der einzelnen Abschnitte leicht in Goethes Tagebuch verfolgen. Die entsprechenden Hinweise werden jeweils in den Einzelanmerkungen gegeben. Bis zu den Tagen der Schlacht im Oktober 1806, die in Jena und Weimar große Verwirrung hervorrief und eine Unterbrechung der Arbeit herbeiführte, sind vier Bogen der Geschichte der Farbenlehre gesetzt (d. h. in unserem Text bis S. 30). 1807 entsteht nur ein weiterer Bogen, 1808 wird der Satz bis zu dem Abschnitt *Autorität* (S. 56) fortgesetzt, 1809 im Mai bis zum Ende des sechzehnten Jahrhunderts, und dann folgen fortlaufend die nächsten Bogen, so daß endlich am 8. Mai 1810 Knebel in seinem Tagebuch verzeichnen kann: „Goethe schickt mir seinen 2ten Band der Farbenlehre".

Schon der in diesen zweiten Band am Schluß aufgenommene Abschnitt *Statt des versprochenen supplementaren Teils* stellt selbstkritisch fest: *Zu dem historischen Teile ließen sich auch mancherlei Supplemente geben. Zuerst wären Zitate nachzubringen, gar mancherlei Verbesserungen in Namen, Jahrzahlen und andern kleinen Angaben. Bei manchem Artikel könnte sogar eine neue Bearbeitung statt finden* ... (LA I 7,23) und gibt zudem wiederum dem alten Gedanken Raum, die Geschichte nach den Abschnitten des didaktischen Teiles zu gliedern, um ihr größeren Einfluß auf das Didaktische zu verschaffen, jedoch wird zugestanden, daß *Persönlichkeit und Eigenheit* bei diesem Verfahren nicht mehr hervortreten könnten.

Einige *Nachträge zur Farbenlehre,* die auch den historischen Teil ergänzen, veröffentlichte Goethe 1822 und 1823 in seinen *Heften zur Naturwissenschaft;* wir ziehen sie an den in Frage kommenden Stellen der Einzelanmerkungen heran.

In seinem letzten Lebensjahr kam Goethe noch einmal zur Arbeit an der Geschichte der Farbenlehre. In der Ausgabe letzter Hand sollte der didaktische und der historische Teil erscheinen und Goethe wollte dafür den historischen Teil *redigieren* und *ins Enge ziehen* (Tgb. 15. November 1831 bis 2. März 1832). Von neuem tauchen bei Goethes Lektüre und im Tagebuch Namen aus der Geschichte der Farbenlehre auf, und vielleicht läßt Goethes gleichzeitige Plutarch-Lektüre die Vermutung zu, daß ihn in dieser Zeit noch einmal *Persönlichkeit und Eigenheit* der Naturforscher interessierten. Die Ausgabe letzter Hand bringt in ihren Nachlaßbänden die Geschichte der Farbenlehre etwas gekürzt, aber nicht geändert zum Abdruck.

II.

Bei der Bearbeitung der Geschichte der Farbenlehre ist Goethe von verschiedenen Ansatzpunkten ausgegangen. Zuerst wollte er mit einem Historiker zusammenarbeiten. Diesen Plan mußte er aufgeben, obwohl er auch später noch bemerkt, daß er *immer die Materie als unerschöpflich ansah und nur durch mehrere behandelbar* (WA II 5²,10).

Als ein zweiter, zu verschiedenen Zeiten erwogener Ansatz, der in anderer Weise als der erste auch nach Befreiung von der historischen Aufgabe zielt, ist die Verteilung des Materials auf die Abschnitte des didaktischen Teiles anzusehen. Sie zeigt sich im Schema von 1801 in den Stichworten *Geschichte der physiologischen Farben* (Farben in Beziehung aufs Auge), *der physischen Farben* (in Beziehung auf Licht und Finsternis) und *der chemischen Farben* (die uns an Körpern erscheinen) und dann noch einmal im *supplementaren Teil* der Farbenlehre.

Angesichts der ablehnenden Aussagen Goethes über die Geschichte ist die Zurückhaltung, eine solche Aufgabe, wie sie die Geschichte der Farbenlehre bietet, zu übernehmen, nicht verwunderlich. Er sagt über die *Weltgeschichte,* daß er ihr *gar nichts abgewinnen konnte (Jugendepoche,* WA I 36, S. 224), vom Vergangenen: *Wir alle leben vom Vergangnen und gehen am Vergangenen zugrunde* (Bd. 12, S. 377, Nr. 94) und von der Geschichte als Wissenschaft: *Nicht alles ist wirklich geschehen, was uns als Geschichte dargeboten wird, und was wirklich geschehen, das ist nicht so geschehen, wie es dargeboten wird, und was so geschehen ist, das ist nur ein Geringes von dem, was überhaupt geschehen ist* (Gespräch mit Luden am 19. August 1806 – Biedermann I, 438 –, der gleiche Gedankengang in spezieller Anwendung auch an Zelter, 27. März 1824). Goethe entsprach es vielmehr, Vergangenheit und Gegenwart in eins zu empfinden (*Dichtung und Wahrheit, 14. Buch,* Bd. 10, S. 32,27f.); das wirkte sich für seine Naturforschung so aus, daß er das *alte Wahre* zu ergreifen suchte, um daran seine Ansichten zu prüfen. Er sagt darüber in dem Aufsatz *Das Sehen in subjektiver Hinsicht: Nichts aber ist nötiger, als daß man lerne eigenes Tun und Vollbringen an das anzuschließen, was andere getan und vollbracht haben: das Produktive mit dem Historischen zu verbinden* (LA I 9,344). Er spricht von einem *historischen Menschengefühl* und nennt es *ein dergestalt gebildetes, daß es bei Schätzungen gleichzeitiger Verdienste und Verdienstlichkeiten auch die Vergangenheit mit in Anschlag bringt* (Bd. 12, S. 393, Nr. 203). Die Geschichte führt gleichsam in Gegenwart und Zukunft hinein, und daraus erwächst eine Steigerung des eigenen Erkenntnisvermögens.

Der Ansatz von 1798, den Schiller angeregt hat und der sich im Goethe-Schiller-Briefwechsel spiegelt, ging aus philosophischen Betrachtungen hervor. Schiller und Goethe hatten versucht, das Allgemeine und Besondere der Farbenlehre an Kants Kategorien (Kritik der reinen Vernunft, Kategorientafel; 2. Auflage 1787, S. 106) zu messen oder durch eine „Kategorienprobe“ in ein Schema zu bringen. Zur Probe auch am historischen Material schlägt Goethe vor (an Schiller, 17. Februar 1798), die Geschichte der Farbenlehre in zwei Teile zu gliedern: *in die Geschichte der Erfahrungen und in die Geschichte der Meinungen.* Er hält eine solche *Sonderung* auch in der Darstellung für *höchst nötig.* Nach alledem hatte Goethe also nicht die Absicht, eine rein historische Betrachtung der Quellen, wie er sie dem mitarbeitenden Historiker zugedacht hatte, oder eine Rechtfertigung seiner eigenen Ansichten durch positiv und negativ beurteilte Belegstellen aus der Literatur zu geben, sondern er wollte die *Geschichte des Wissens* durch die Beantwortung der Fragen zur Darstellung bringen: *Was ist dem Menschen nach und nach bekannt geworden? Wie hat er sich dabei und damit benommen?* und die *Geschichte der Wissenschaft* durch die Beantwortung der Fragen *Was muß zu allen Zeiten den Menschen von Haus aus interessieren? Wie hat man nach und nach gesucht, sich davon Rechenschaft zu geben oder sich zu beruhigen?* (Bd. 12, S. 418, Nr. 392.) Die Geschichte der Farbenlehre sollte damit ein Beispiel für die gesamte Wissenschaftsgeschichte werden. Der Ausführung dieses Planes diente ein Entwurf der Einleitung in die Geschichte der Farbenlehre (LA II 6,3f.), in dem das Einteilungsprinzip dispositionsartig voransteht und die Geschichte der Meinungen noch im Hinblick auf den Gebrauch erweitert ist.

Die Geschichte der Farbenlehre hat aufzustellen
1. die Phänomene, wie sie nach und nach bekannt geworden,
2. die Meinungen, welche man darüber gehegt,
3. den Gebrauch, den man davon gemacht.

Die erste Behandlung der Phänomene der allgemeinen Natur ist poetisch. Die Phantasie verwandelt sie in Bilder.

Die darauf folgende Beobachtung führt zum Praktischen …

Am seltensten wird der Mensch und zwar nur in seinen glücklichsten Zeiten darauf geführt, die Phänomene in ihren ersten einfachsten Anfängen gewahr zu werden, sie in ihrer fruchtbaren Simplizität deutlich auszusprechen, alles Komplizierte zu diesen Ursprüngen zurückzuführen und sich zu überzeugen, daß er an die Grenze des Wissens gelangt sei und daß, wenn jemals eine Wissenschaft aufgebaut werden soll, sie auf solchen großen einfachen Fundamenten ruhen müsse.

In der Geschichte der Wissenschaften und Meinungen ist alles mehr in einander verschränkt, als in der politischen Weltgeschichte. Erfahrungen zu beobachten, mehr oder weniger richtig darüber zu denken ist ein gemeines Vorrecht aller Nationen unter allen Himmelsstrichen. Die Geschichte der Entdeckung, der weiteren Ausführung, der Benutzung des Entdeckten muß über den ganzen Erdboden umherschweifen, so wie auch die Zeit der wissenschaftlichen Einwirkungen schwer zu bestimmen ist. Eine schöne Entdeckung wird gemacht aber die Aufmerksam-

keit der Welt wird nicht darauf geleitet und sie ruht Jahrhunderte. Ein Forscher ist noch nicht berühmt, doch wirkt er im Stillen; endlich wird er genannt, Beifall und Widerspruch machen die Periode seines Daseins erst bemerkbar. Dagegen kann eine Lehre dem Buchstaben nach sich selbst überleben ... Erfahrungen gehen ihren eigenen Weg, sie vermehren sich unaufhaltsam und bilden im Stillen eine neue Generation durch welche das, was an der alten sterblich war, verdrängt wird ...

Wie man tappend hin und widerschwankt ... wird in der Geschichte der Farbenlehre darzustellen sein, die, indem sie von einem besondern Kreise handelt, zugleich die Schicksale vieler andern menschlichen Bemühungen symbolisch darstellen muß.

Das ausführliche Zitat zeigt mit dem Beginn der Ausführung auch die Problematik des Verfahrens. Es entsteht die Frage, wie sich ein solcher Einblick und Überblick der Geschichte der Erkenntnis in historischer Betrachtung überhaupt darstellen läßt. Auf der Spur der Phänomene wird sich ein fortschreitender Zug wahrnehmen lassen, der ein sukzessives Moment der Betrachtung darstellen muß, die Geschichte der Meinungen jedoch wird immer wieder zu den gleichen Punkten zurückkehren müssen; sie wird simultan bleiben: Züge, die Goethe in seinem Aufsatz *Bedenken und Ergebung* (Bd. 13, S. 31f.) als unvereinbar und nur im poetischen Gleichnis andeutbar erkennt. In der *Einleitung* und im Kapitel *Autorität* der Geschichte der Farbenlehre von 1810 greift er zu dem Symbol der Spirale, um das Vorschreiten im Verein mit der Wiederkehr durch ein gestalthaftes Gleichnis zu kennzeichnen (S. 7 u. 58).

Eine weitere Schwierigkeit ergibt sich für die Behandlung oder Einordnung der Forscherpersönlichkeiten: wo soll in der geplanten Darstellung der Mensch seinen Platz erhalten, der an Wissen und Wissenschaft, an der Erfahrung und an der Meinung gleichzeitig teilhat? Goethe betonte selbst, die Beschäftigung mit der individuellen Lebensbeschreibung dürfe nicht vernachlässigt werden, die Biographie müsse *Vorrang in der Geschichte* behalten, in ihr bleibe das Lebendige aufbewahrt (WA I 28,358). Gerade während der Arbeit an der Geschichte der Farbenlehre beschäftigt er sich jahrelang auch mit biographischen Werken. 1796–1797 arbeitete er an der Übersetzung, 1803 am Anhang zu *Benvenuto Cellini;* schon die Übersetzung läßt ihn erkennen, daß die Bearbeitung des Cellini für ihn, *der ohne unmittelbares Anschauen gar nichts begreift, vom größten Nutzen* ist, er sagt: *ich sehe das ganze Jahrhundert viel deutlicher durch die Augen dieses konfusen Individui als im Vortrage des klärsten Geschichtschreibers* (an Heinrich Meyer, 18. April 1796). 1804–1805 folgt die Winckelmann-Biographie, zu der er am 25. Februar 1805 an Friedrich August Wolf schreibt: *Ich bereite mich vor, auch von meiner Seite ihn als Menschen zu schildern;* 1805 biographische Anmerkungen zu *Rameaus Neffen* und 1807–1811 die Bearbeitung von Hackerts Nachlaß. Daneben läuft aber auch schon die Arbeit an *Dichtung und Wahrheit* (vgl. Bd. 9, Anmerkungen, hierzu vor allem den Abschnitt über Die Autobiographie und das historische Denken). Eine gegenseitige Einwirkung dieser gleichzeitigen Arbeiten konnte nicht ausbleiben. Ein Brief Knebels an Goethe vom 10. August 1810 berichtet von dem besonderen Eindruck, den gerade die Menschendarstellung des historischen Teiles der Farbenlehre hervorruft: „Das ganze Reich der Wissenschaften ist in demselben von einem so hohen Standpunkte angesehen und das Wesentliche derselben so genau und innig erforschet, daß ich kein Buch hierin diesem Buch gleich zu schätzen weiß. Der Geist wahrer tiefer Humanität herrscht dabei überall, sowohl im Tadel wie im Lobe, und der wissenschaftliche Mensch selbst wird gleichsam aufgerufen, vor allem Mensch zu sein."

Als Goethe sich im Winter 1805/06 entschließt, den Satz der Farbenlehre beginnen zu lassen, und neben den Manuskriptteilen des didaktischen Teils auch die des historischen in die Setzerei gibt, verfährt er nach dem in der *Einleitung* (S. 10) ausgesprochenen Grundsatz: *eine Geschichte der Wissenschaften, insofern diese durch Menschen behandelt worden, zeigt ein ganz anderes und höchst belehrendes Ansehen, als wenn bloß Entdeckungen und Meinungen aneinander gereiht werden.* Dazu kommt noch der Einfluß des Zeitgeschehens, das ihn einerseits zur Fertigstellung seiner begonnenen Werke drängt, andererseits aber auch wohl zeitgeschichtliche Betrachtungen fördert, und so entstehen eben diese *Materialien,* von denen Hegel an Schelling (23. Februar 1807) berichtet: „Er" (Goethe) „arbeitet an seiner Farbengeschichte fort ... Ich habe einen Teil derselben gesehen, er hält sich aus Haß gegen den Gedanken, durch den die andern die Sache verdorben, ganz ans Empirische, statt über jenen hinaus zu der andern Seite von diesem, zum Begriffe, überzugehen, welcher etwa nur zum Durchschimmern kommen wird." Hegels Kritik trifft bereits nicht mehr, denn sie wendet sich an die mit Schiller erarbeitete philosophische Konzeption, die Goethe, wie wir sahen, in den letzten Jahren der Entwicklung der *Materialien* wieder aufgegeben hatte, wenn er anstatt der *gedrängten Darstellung* nun eine *Sammlung* auf historisch-biographischem Hintergrund bietet, an der sich jedoch die ständig wiederkehrende Bemühung um die typologische Erkenntnis von Phänomen und Meinung finden läßt (vgl. auch Julia Gauß, Jb. fr. dtsch. Hochstift 1932/33, besonders S. 234ff.). Jedoch hat Hegel richtig erkannt, daß Goethes Abneigung gegen die Übertreibungen der Naturphilosophie auch eine Rolle für seine Zurückhaltung spielt.

III.

Im folgenden wird versucht, die *Materialien zur Geschichte der Farbenlehre* als Ganzes zu begreifen, dazu wird Aufbau und Ablauf gekennzeichnet, der Komposition nachgespürt; die Konturen der Arbeit werden nachgezeichnet und gelegentlich durch Goethes sonstige Äußerungen ergänzt.

Die *Materialien* scheinen nach Goethes Bemerkungen in der *Einleitung* und beim ersten Überblick über die Vielzahl von Namen, Begriffen und Ansichten nur in loser Fügung am chronologischen Faden aufgereiht zu sein. Aber dem in sechs Abteilungen gegliederten Ganzen ist ein bestimmter Spannungsablauf in Durchformung und Sprache der einzelnen Abschnitte gegeben. Goethe führt in schnellem Aufschwung über rein Materialmäßiges hinweg zur ersten Höhe im zusammenfassenden Kapitel *Betrachtungen über Farbenlehre und Farbenbehandlung der Alten.* Die *Zwischenzeit* bleibt mit ihren allgemeinen Betrachtungen und der Biographie *Roger Bacons* auf gleichem Niveau. In der *vierten Abteilung* läßt die Spannung ein wenig nach und erhebt sich erst wieder am Schluß bei *Baco von Verulam,* springt über auf *Galilei* und *Kepler* in der *fünften Abteilung,* um danach wieder abzufallen, jedoch lassen *Boyle* und *Hooke* bereits einen neuen Anlauf ahnen, *Nuguets* Meinung gewährt als *erfreuliches Wahre* (S. 128,16) ein Aufatmen, und nun beginnt gleich mit der ersten Hälfte der *sechsten Abteilung* der steile Anstieg, der über die Betrachtungen der Royal Society bis zu *Newtons Persönlichkeit* führt. Von hier gibt es ein stetiges zunächst noch zögerndes und bei der Französischen Akademie und Voltaire sich aufhaltendes Nachlassen bis zur zweiten Hälfte, in der Allgemeines und Biographisches wieder eindringlicher werden und schließlich nochmals in der *Konfession des Verfassers* zu großer Höhe gelangen.

Zum Aufsuchen der inneren Ordnung können gewisse Begriffe behilflich sein, Begriffe, welche Themen und deren Variationen bezeichnen und, in der Komposition des Ganzen als Klammern dienend, wichtige Hinweise zum Aufbau geben. Schon in der *Urzeit* treffen wir das auf das Phänomen zielende *Erstaunen;* dieses Erstaunen vorm Phänomen verstehen die Griechen in ihr Theoretisieren herüberzunehmen, daher allerdings gelangen sie nicht zum systematischen Versuch und bleiben mit der Erkenntnis von *Systole und Diastole* kurz vor Goethes *Polarität* stehen. *Überlieferung* und *Autorität* erzwingen dem schon Gewonnenen Dauer, führen aber auch den *Aberglauben* herauf, der sich zur Poesie und so rückgreifend zur *Urzeit* wendet. Im sechzehnten Jahrhundert wird das *Erstaunen,* jedoch schon ohne ausdrückliche Nennung, noch einmal angedeutet (S. 76,19ff.), dann klingt als neues Thema das *Wahre* und *Falsche* auf, und zu Beginn des siebzehnten

Jahrhunderts spricht Goethe bereits vom *Irrtum.* Mit *Galilei* gibt es *Genie* und das dazugehörige *Aperçu;* ganz am Ende des siebzehnten Jahrhunderts deutet sich das *Aperçu* abermals vorsichtig bei dem bevorzugten *Nuguet* an, um schließlich bei *Newton* vereint mit *Genie* und *Irrtum* seine große aber verhängnisvolle Rolle zu spielen und nach seltenem Gebrauch bei Widersachern Newtons erst wieder in der *Konfession des Verfassers* in das rechte Licht gerückt zu werden. Hier endlich wird auch erklärt, wie Goethe die *Polarität* versteht.

Da Goethe in keiner Weise beansprucht, ein von seiner eigenen Stellungnahme unabhängiger Berichterstatter zu sein, so bildet sein Für und Wider ein weiteres Ordnungsmoment. Bei jedem der betrachteten Forscher sucht er die wissenschaftliche Anschauung mit dem Charakter in eins zu sehen. Biographien müssen sich der Formung des Ganzen unterordnen (so ist die Verzeichnung Tychos, das Fehlen Huygens' und die schon von Goethe selbst bemerkte Verkürzung Keplers zu verstehen). Der große Einfluß von Goethes Stellungnahme zeigt sich dann besonders im achtzehnten Jahrhundert, wo der Ordnung Suchende zunächst auf Anhänger- oder Gegnerschaft Newtons angewiesen ist, bis auch die Gesichtspunkte Physiologie, Malerei, Technik der Farbe einige Ordnung schaffen.

Schließlich werden sich auch die Spuren des zunächst geplanten Ordnungsschemas nach Phänomen und Meinung finden. Wir wollen versuchen, all diesen Zusammenhängen im einzelnen nachzugehen.

Goethes morphologisch-typologische Betrachtungsweise tritt schon in der *Einleitung* (S. 7–11) hervor. Sie betont das Vorwärtsschreiten der Wissenschaft und die Wiederkehr der Meinungen und weist der Geschichte der Farbenlehre ihren Platz in der Geschichte der Wissenschaften an. Sodann werden alle Einschränkungen ausgesprochen, die die Art der Aufgabe und die Art ihrer Lösung mit sich gebracht haben. Goethe unterläßt es aber auch nicht, uns auf den *durchgehenden Faden* aufmerksam zu machen, der in den allgemeinen Betrachtungen an die Oberfläche der Darstellung gelangt.

Das Kapitel *Zur Geschichte der Urzeit* (S. 11–14) ist ein ausführliches Stück der Geschichte der Phänomene. Die erste Wahrnehmung der Phänomene ist mit dem Erstaunen verbunden, dieses Erstaunen ist aber gleichzeitig das höchste Attribut der griechischen Philosophie; Goethe sagt: *Das Höchste, wozu der Mensch gelangen kann, ist das Erstaunen* (zu Eckermann, 18. Februar 1829) und: *Die Wissenschaft hilft uns vor allem, daß sie das Staunen, wozu wir von Natur berufen sind, einigermaßen erleichtere* (Bd. 12, S. 407, Nr. 303). Die *ungebildeten Völker* setzen dieses Erstaunen in Poesie um, ein Gedankengang, der Goethe mit Herder gemeinsam ist – Herder hatte den Ur- und Naturmenschen als singendes, tanzendes Geschöpf geschaut –; im Praktischen lassen es die Ungebildeten aber beim tastenden Versuchen bewenden und gelangen so zur Anwendung der Farben (vgl. auch die Betrachtung über die Urzeit in Goethes *Geistesepochen*, Bd. 12, S. 298ff.). Das Theoretisieren, beruhend auf der Bildung von Meinungen, aber ist den *gebildeten* Völkern vorbehalten, und unter diesen stehen in der abendländischen Geistesgeschichte als erste die *Griechen* (S. 14–28), ihnen folgen die *Römer* (S. 29–32). Die Auszüge aus den Schriften griechischer Philosophen sind von Riemer übersetzt und zusammengestellt (vgl. GJb 34,227f.); Riemer, der Philologe, benutzt sie hier fast wie eine Zeichensprache. Durch jede der kurzen Aussagen über die Farbe scheint das Wesen des Autors hindurch. Die Auflösung dieser Zeichen gibt Goethe in den *Betrachtungen über Farbenlehre und Farbenbehandlung der Alten* (S. 32–43). Bei *Plato* deutet sich das Prinzip von Systole und Diastole im *Sammeln* und *Entbinden* an. Von Aristoteles hören wir Wichtiges über *Gestalt*, über die Entstehung der Farben durch trübe Mittel und über Nachbilder und deren farbiges Abklingen, drei Probleme, die auch Goethe lebhaft beschäftigten.

Die Verse des *Lukretius* (S. 29–32) faßt Knebel in der Einleitung zu seiner Übersetzung (Leipzig 1821) zusammen: „Nun zu dem Unterschied von den Farben. Diese hat der Dichter mit Fleiß untersucht. – Das Weiße besteht nicht aus weißen Stoffen, noch das Schwarze aus schwarzen, so wie keine Farbe aus den ähnlichen. Die Stoffe haben keine Farbe. Beweise hievon. – Die Wogen des blauen Meeres werden weiß, wenn der Sturm sie bewegt. Das könnten sie nicht, wann die Stoffe blau wären. So verändern sich auch die Farben an dem Halse der Tauben, am Schweife der Pfauen. Der verschiedene Wurf des Lichtes bewirkt es. – Wenn die Stoffe selbst von verschiedener Farbe wären, so würde man nicht die bestimmten Farben an den Teilen gewisser Tiere finden. Wir würden weiße Raben sehen, und schwarze Schwäne; zuweilen auch bunte. – Auch bemerkst du, wann du Körper in ihre kleinsten Teile zerlegst, daß diese die Farbe verlieren. So verliert das Gold seinen Glanz, der Purpur seine Röte. – Übrigens, da du nicht allen Körpern Ton und Geruch einräumst, so kann es auch Körper geben, die du nicht sehen kannst. Aber nicht allein der Farbe sind die Stoffe beraubt, sondern auch der Kälte, der Wärme, des Schalles und des Geruchs."

Der Abschnitt *Plinius* (S. 32) leitet in ein in unserer Auswahl übergangenes Kapitel über die Geschichte des Kolorits griechischer Maler ein; Johann Heinrich Meyer hat es für Goethe verfaßt (vgl. S. 267,20). Goethe faßt anschließend alles bisher im einzelnen Gegebene zusammen (S. 32–43). Mit wenigen Worten wird auf den morphologischen Grundsatz aufmerksam gemacht, daß die Teile eines ganzen Wesens nur aus dem Ganzen zu erkennen sind. Darauf wird die Verbindung zur *Urzeit* durch die Anknüpfung an die Poesie hergestellt, und nun treten die griechischen Philosophen nacheinander auf und Goethe zeigt in ihren Anschauungen die Entwicklung des Theoretisierens aus der Betrachtung der Phänomene. Dabei wird die Rolle des *Symbols* als Vermittler zwischen der Wahrnehmung und der Theorie gekennzeichnet und der zwischen beiden schwankende Zustand bei *Zeno* zur Feststellung eines Gesetzlichen geführt. Darüber erhebt sich *Plato,* der die Erkenntnisse der Vorangehenden zusammenfaßt und das Naturgesetz des Zugeordnetseins gegensätzlicher Paare auf die Farbenlehre anwendet. Mit der Betonung des *Erstaunens,* welches nach Plato die Mutter alles Schönen und Guten ist, stellt Goethe wiederum die Verbindung zur *Urzeit* her und macht auf Platos Verhältnis zum Phänomen aufmerksam. So bereitet er schon auf die grundlegende Ausführung im Abschnitt *Überliefertes* (S. 53f.) vor. Die Breite *Aristotelischer* Anschauung wird umrissen und die Meinung der Alten von der Entstehung der Farben mit Goethes eigener Anschauung parallelisiert. Goethe wägt hin und her, was hier schon an Erkenntnissen vorlag, auf welche Weise sie erlangt worden waren und was noch fehlte. Schließlich erkennt er, daß die Griechen noch nicht zum systematischen Versuch vorgedrungen waren und daß ihnen gerade dadurch die eigentliche Verbindung ihrer Theorien mit den Phänomenen verborgen bleiben mußte. Die Betrachtungen über die Kunst der Griechen greifen auf die Geschichte des Kolorits von J. H. Meyer zurück, die in dieser Auswahl nicht wiedergegeben ist, gehen aber in der Vergleichung von *Kunst und Wissenschaft* weit darüber hinaus. Über das *Glück der griechischen Ausbildung* fand Goethe Ausführliches in Herders Ideen zur Philosophie der Geschichte der Menschheit (13. Buch, VII. Allgemeine Betrachtungen über die Geschichte Griechenlands).

Der *Nachtrag* über *Seneca* (S. 43–46) führt uns auf eine Stufe zurück, auf der eine Art Neugier die Bildung der Meinungen anregte und starke Selbstbeachtung die Haltung des Menschen zur Natur bestimmte. Das Stichwort *Aberglaube* (S. 44,34) deutet voraus auf das Kapitel *Zwischenzeit.*

Der Begriff der *Zwischenzeit* gilt der Epoche des ersten Jahrtausends und des Mittelalters (der *mittleren Zeit*) bis zum sechzehnten Jahrhundert. Zwischenzeit ist ein technischer Ausdruck in der Aufführungspraxis der Dramen, den Sulzer in der Theorie der schönen Künste (Bd. 4, Leipzig 1794) definiert als „die Zeit, die im Drama zwischen zwei Aufzügen verstreicht und während welcher der Zuschauer nichts von der Handlung sieht". Auch *Lücke* ist eine Bezeichnung für diese Zwischenzeit, die im griechischen Drama vom Chor ausgefüllt wurde, der die ununterbrochene Aufmerksamkeit des Zuschauers auf die Handlung sicherte. Die von Goethe als *Lücke* bezeichnete Zeit (vgl. aber die Einzelanm. zu 46,29ff.) füllt er mit dem Chor allgemeiner Bemerkungen über solche Zwischenzeiten des menschlichen Daseins, die er mit dem Verharren des Samens unter der Erde vergleicht, damit ihre Wichtigkeit für die Entwicklung anmerkend. – Goethes Verhältnis zum Mittelalter ist, nach Wolfram von den Steinen (Hist. ZS Bd. 183, 1957, S. 249), aus allgemeiner Abneigung und mächtigster Reproduktivität zusammengesetzt. Die Abneigung trifft das Goethe noch etwa in Bräuchen und Einrichtungen, Lebens- und Bauweise aus seiner Frankfurter Jugend durch direkte Tradition Gegenwärtige, was im *Faust* (V. 399) mit dem Wort *dumpfes Mauerloch* bezeichnet wird. Das durch Möser und Herder geförderte Verständnis zeigt sich zuerst im Aufsatz über Erwin von Steinbach (Bd. 12, S. 7ff.). Die mittelalterliche Naturwissenschaft meint Goethe nur im *Individuum* erfassen zu können, und wir werden sehen, daß er die individuelle Betrachtung auf *Roger Bacon* konzentriert. Am 7. März 1808 schreibt er an Friedrich Heinrich Jacobi über seine Beschäftigung mit dieser Epoche: *Da ich jetzt meine Collectaneen zur Geschichte der Farbenlehre einigermaßen redigiere und ordne; so muß ich in die Geschichte der Kunst, der Wissenschaft, der Welt überhaupt eingehen. Und da kommt mir denn doch vor, daß immer noch in denen Zeiten, die uns stumm und dumm scheinen, ein lauter Chorgesang der Menschheit erscholl, dem die Götter gern zuhören durften. Und für mich ist es immer ein herrlicher Anblick in das dunkle tiefe energische Wirken hineinzuschauen. Wie schön nehmen sich alsdann die einzelnen Völker und Geschlechter aus, die das heilige Flämmchen des Bewußtseins bewahren und fortpflanzen! wie vortrefflich diejenigen Menschen, in denen die Flamme wieder einmal aufschlägt. So habe ich eine unbedingte Verehrung für Roger Baco gefaßt.* (Vgl. auch Bd. 12, S. 394, Nr. 210.)

Der Faden, der durch die ganze *Lücke* hindurchführt und das Abreißen der Tradition verhindert, ist die *Überlieferung* (S. 50ff.; vgl. auch Bd. 12, S. 392, Nr. 202); als Träger der Überlieferung werden die *Bibel, Plato* und *Aristoteles* bezeichnet, die Bibel als Muster für die Darstellung menschlicher Entwickelung; als Beförderer der Bildung Plato und Aristoteles, die der Natur mit zwei typischen Betrachtungsweisen entgegentreten: Plato *mit Geist und Gemüt, sich ihr anzueignen*, Aristoteles *mit Forscherblick und Methode, sie für sich zu gewinnen* (Bd. 12, S. 414, Nr. 360; vgl. auch Einzelanm. zu S. 54,35–55,31). Wie schon gesagt, hatte Goethe geplant, die Geschichte in die Betrachtung der Phänomene oder Erfahrungen und die Betrachtung der Meinungen aufzulösen; hier sehen wir in den beiden als Typen aufgestellten Männern die eine und die andere Betrachtungsweise aufleuchten und verstehen, warum es Goethe so wichtig schien, zu betonen, daß die Überlieferung gerade an Plato und Aristoteles anknüpfte. Auf dem Gebiet der Farbenlehre liegt die Bedeutung dieses Überlieferten für Goethe in Platos Gedanken, daß die Vermischung (συγκρίνειν) von Licht und Finsternis (bei Goethe die Randerscheinungen an der Grenze von Hell und Dunkel und Farbenerscheinungen, wenn sich dem Licht ein trübes Mittel entgegenstellt, wie er sie im didaktischen Teil der Farbenlehre beschreibt) der Ursprung der Farbenerscheinungen sei, während nach Newtons Hypothese die Farben aus einer Zerteilung des Lichtes resultieren.

Tritt die Überlieferung mit zwingender Notwendigkeit auf, so erhebt sie sich als *Autorität* (S. 56–58); das *Genie,* welches die richtige Stellung zur Überlieferung und Autorität einzuhalten weiß, *schätzt die Autorität, verkennt aber nicht das Verworrene und Schwankende der Überlieferung* (S. 60,3–5); in diesem Falle befindet sich *Roger Bacon.* Ihm gilt Goethes erste große in die Geschichte eingeordnete Charakterdarstellung. Roger Bacon braucht die *Mathematik* als Mittel, um von der einfachen Wahrnehmung zu einer Theorie zu gelangen. Goethe, bei dem sich eine grundsätzliche Anerkennung der Mathematik mit der Ablehnung ihrer algebraischen Richtung im achtzehnten Jahrhundert paart (vgl. Einzelanm. zu S. 61,28), zeigt mit zweimaligem Betonen, daß die Mathematik in der Naturwissenschaft nur untergeordnete Anwendung finden darf, weil die Dimensionen der Mathematik die der natürlichen Phänomene nicht erreichen, sondern sie nur symbolisch darstellen können (vgl. auch Bd. 12, S. 434, Nr. 502). Aus diesem Mißverhältnis der mathematischen Betrachtung zu den natürlichen Gegenständen, welches sich in spielerischer Zahlensymbolik äußert, leitet Goethe den *Aberglauben* her, den er *Zauberstricken* vergleicht, *die sich immer stärker zusammenziehn, je mehr man sich gegen sie sträubt* (Bd. 12, S. 322,8–10).

Die *Nachlese* (S. 66) wendet sich zu den Arabern, von denen jedoch *Averroes* und *Avempace* im wesentlichen als Philosophen zu werten sind und nur *Alhazen* um die natürlichen Phänomene bemüht war. Die schon von Aristoteles bemerkten Nachbilder werden hier nochmals beachtet und ausführlicher von *Themistius* und *Augustinus* beschrieben.

Im sechzehnten Jahrhundert sieht Goethe die *langsame Wiederherstellung der Wissenschaften* vor sich gehen und das *Streben des menschlichen Geistes, komplizierte Phänomene zu erklären, statt sie zu entwikkeln* (LA II 6,45). Am Beginn dieser Wiederherstellung stehen die Bemühungen von *Antonius Thylesius, Simon Portius* und *Julius Cäsar Scaliger* (S. 70–76) um die Etymologie, die Worterklärung, Bestimmung von Herkunft und Verwandtschaft der Farbnamen. Alle drei Autoren behandeln, dem Zuge der Zeit nach Verständnis des Überlieferten folgend, griechische und lateinische Farbenbezeichnungen, doch ergibt sich allgemein gültig, daß die meisten noch zurückzuverfolgenden Farbenbenennungen einen speziellen Fall zum Anlaß haben und von dem Ding, dem die betreffende Farbe charakteristisch ist, ihren Namen herleiten. Das läßt sich bei den alten Farbnamen oft nicht mehr erkennen, und so finden Thylesius, Portius und Scaliger häufig nur merkwürdig äußerliche Zusammenhänge und Erklärungen. Goethe äußert sich denn auch gelegentlich recht abfällig über die Wortkunde, wie etwa in dem Epigramm *Etymologie* (WA I 5[1],47) durch den Mund des Mephistopheles über die *festgerammelte Sprache* oder im *Faust II*, V. 7093–7098; in der *Italienischen Reise* (Dezember 1787, Bd. 11, S. 460f.) spricht er vom Ursprung und von der Verwandtschaft der Sprachen als von einem *Unerforschlichen, nie mit Gewißheit zu Bestimmenden.* Warum Goethe aber die Beschäftigung mit Sprache und Terminologie so wichtig war, ist aus dem entsprechenden Kapitel des didaktischen Teiles der Farbenlehre (§ *751–757*) zu erkennen; er fordert dort höchste Folgerichtigkeit und Inhaltsfülle des sprachlichen Ausdrucks. Sein Wissen vom Wesen der Sprache bezeugt der Abschnitt über griechische und lateinische Sprache (S. 75). Goethe sieht, daß die überwiegend verbale Sprechweise, wie er sie den Griechen zuspricht, sich durch Weichheit und Beweglichkeit auszeichnet, während der überwiegend nominalen Sprechweise der Römer etwas vergleichsweise Starres und Befestigtes zukommt, Eigenheiten, die die Sprache Athens als Sprache von Dichtern, Rednern und Wissenschaftlern, die Roms als politische Sprache ausweisen (vgl. W. Porzig, Wunder der Sprache, München 1950, S. 172). Goethe spricht der lateinischen Sprache *eine Art von Imperativus der Autorschaft* zu (Bd. 12, S. 507, Nr. 1010).

Die *Zwischenbetrachtung* (S. 76–77) führt, nach einem nochmaligen Rückblick auf die Anfänge der Theorie auf der Grundlage der mit Erstaunen wahrgenommenen Phänomene, zum Beginn von Physik und Chemie und zu *Paracelsus* (S. 77–78) als dessen Repräsentanten. Der Ursprung der Farben ist nach Paracelsus in einer als Schwefel bezeichneten Elementarsäure oder einem sauren Prinzip zu suchen. Goethe bemerkt sogleich, daß – wie es später auch angesehen wird – ein Elementar-Alkalisches dazugehöre und erst aus dieser Polarität die Farbe denkbar sei (LA II 6,73).

Das Kapitel *Alchymisten* (S. 78–80) betrachtet Goethe zunächst aus dem Blickwinkel des Aberglaubens und der Poesie, ebendieser besondern Poesie, die er in jedem Urzustand findet und die wir auch sonst schon mit dem Aberglauben vereinigt sahen. Auf der Spur der Entstehung der Materie, eines durch organismische Symbole bezeichneten Vorgangs, war Goethe selbst als Jüngling gewesen (*Dichtung und Wahrheit, 8. Buch;* vgl. Bd. 9, S. 341ff. und Anmerkungen dazu), und er hatte wohl auch an der poetischen Erhebung teilgehabt. Hier nun ernüchtert es ihn, daß die alchemistischen Versuche ohne Verbindung und

Folge bleiben, die Phänomene ohne Meinung hingenommen werden und daß den Farbenerscheinungen keine Beachtung geschenkt wird.

Obwohl *Bernhardinus Telesius, Hieronymus Cardanus* und *Johann Baptist Porta* (S. 82–89) sich in zunehmendem Maße von der aristotelischen Überlieferung abwenden und selbständig neue Wege gehen, Telesius mit dem Gedanken, daß Wärme und Kälte die Grundprinzipien aller Erscheinungen seien, Cardanus mit der Beachtung von Wärme, Kälte, Trockenheit und Feuchtigkeit, so stehen alle drei, und in seinem magischen Werk vor allem Porta, doch noch ganz im Banne des Aberglaubens.

Die sich ins Individuelle steigernden Biographien haben einen Höhepunkt in dem großangelegten Charakterbild des *Baco von Verulam* (S. 89–95); hier zeigt sich die volle Eigenpersönlichkeit und Ablösung, ja Negation der Überlieferung. Auf dieser Stufe muß Goethe die Beschränkung auf die Erfahrungen (vgl. die Anmkg. zu 89,13 mit dem Briefzitat) und den Verzicht auf die Theorie tadeln, wie er nun in einem großen Rückblick auf das sechzehnte Jahrhundert bemerkt, daß es durch die erzwungene Unabhängigkeit von der Tradition in eine gewisse Unordnung führt.

Im siebzehnten Jahrhundert ist eine Folge und Ordnung durch die aufkommende Ansicht vom Licht als Substanz, als Materie, gegeben, die schließlich zu Newtons Theorie führt. Goethe entwirft in den Vorarbeiten zur Farbenlehre eine

Übersicht des siebzehnten Jahrhunderts

Die Wirkung und Gegenwirkung des Lichtes und Auges, des Lichtes und aller Körperlichkeiten, welche die Alten so gut gekannt hatten, war niemals ganz aus der Kenntnis verschwunden.

Da jedoch die scholastische Behandlung teils kommentierend, teils intellektuell war; so verschwand nach und nach die Wirklichkeit.

Da man jedoch die Autorität wegwarf, jedermann auf die Gegenwart hingewiesen wurde; so trat das Reale wieder mit Gewalt ein, um so mehr als man mit vielem neuen Wirklichen bekannt wurde.

Die tüchtigen Charaktere der arbeitenden Männer trugen viel dazu bei.

Keplern ist die Farbe ein Reales an sich. Sie verharrt in der Finsternis.

Das Blaue gehört der Luft eigentümlich an.

Die Chemiker betrachten die Farbe nach allgemeinern Grundsätzen und kommen auf elementare Unterschiede der Körper zurück.

Indessen werden die Gesetze des Sehens näher bekannt.

Die Camera obscura gibt einen Begriff wie es auf der Retina zugehen möge.

Dadurch wird das Licht und die Bilder, die es mit sich führt, aktiver; das Auge passiver.

Jemehr man dem Lichte Aktivität zuschreibt, destomehr eignet man ihm Realität zu.

Indessen bleibt jene früher gekannte Wirkung und Gegenwirkung nicht unbeachtet. Das Licht zu den Körpern, zu den Mitteln, durchsichtigen und trüben, wird fleißig beobachtet, und die aus dem Gegeneinanderstreben des Hellen und Dunklen entstehenden Farben kommen von Zeit zu Zeit immer wieder zur Sprache.

De Dominis, Kircher, Honoratus Fabri, De la Hire, Funccius und Nuguet haschen die Wahrheit immer auf, die sich verbergen will.

Das Licht aber wird immer mächtiger und unabhängiger angesehen.

Die Körper und das Auge werden beinahe Null in Absicht auf den Anteil, den sie an der Farbenerscheinung haben.

Sie sind nur Gelegenheit, daß das Licht sich übe, sich manifestiere.

Nun bewegt es sich materiell nach Descartes; es bewegt eine Materie, nach Malebranche; es kommt als Farbe von den Körpern in verschiedenen Richtungen, nach Boyle; es trifft das Auge nach verschiedenen Richtungen, nach Hooke; es wird zur Farbe zersplittert, nach Grimaldi; es ist die Farbe, nach la Chambre; es enthält die Farbe, nach Vossius.

Alles das was bisher nur unregelmäßig gedacht und unbestimmt ausgesprochen worden, entscheidet und formt sich auf einmal unter Newton.

Die im Licht enthaltenen Farben treten geordnet hervor, sondern sich und möchten sich gern unveränderlich behaupten.

Wie es damit beschaffen, werden wir in dem Folgenden näher kennen lernen. (LA II 6,70f.)

Über die Einordnung des *Menschen* hören wir in den *allgemeinen Betrachtungen* (S. 96–97). Noch im Jahre 1831 (Tgb. 24. Juni) notiert Goethe, diese Gedanken wieder aufnehmend: *Ich las in Galileis Werken, höchst bewundernd womit und auf welche Weise man sich damals beschäftigte. Die ganze Forschung ist noch auf eine wundernswürdige Weise dem Menschenverstand und einer in sich selbst uneinigen Philosophie überlassen; man interessiert sich innigst, wie sich ein so außerordentlicher Mann dabei benimmt. Er starb in dem Jahre, da Newton geboren wurde. Hier liegt das Weihnachtsfest unsrer neueren Zeit. Von dem Gegensatz dieser beiden Epochen geht mir erst jetzt der Begriff auf; ich freue mich ihn zu verfolgen.*

Bei *Galilei* und *Kepler* (S. 97–101) tauchen zum ersten Male die Begriffe *Genie* und *Aperçu* verbunden auf. *Das Genie, das vorzüglich berufen ist, auf jede Weise große Wirkung hervorzubringen, hat seiner Natur nach den Trieb, über die Gegenstände zu gebieten, sie sich zuzueignen, sie seiner Art zu denken und zu sein zu unterwerfen* (LA I 3,154) hatte Goethe gesagt. Dieses spontane Zueignen, erste Gewahrwerden ist aber das dem Genie zugeordnete Aperçu. Galilei und Kepler stehen unter diesem Zeichen, und ihr Zueignen der Phänomene, in denen sie gleichzeitig etwas Gesetzliches erblicken, erlaubt ihnen einen durch Tätigkeit und Handeln bestimmten Weg zur Theorie. Kepler betont besonders: Color est lux in potentia, wie Goethe sagt *Die Farben sind Taten des Lichts* (Bd. 13, S. 315,16).

Die formal-mathematische Ausprägung des Gesetzes findet Goethe bei *Snellius* (S. 101–103), sie bedeutet aber zugleich eine Festlegung des Phänomens im einengenden Versuch und bezeichnet den Beginn der Entwicklung, die zum foramen exiguum führt, der von Goethe so heftig angegriffenen einengenden Öffnung, durch die Newtons Lichtstrahl in die dunkle Kammer eingelassen wird.

Von *Antonius de Dominis* (S. 103) zitiert Goethe ein längeres Kapitel über die Farben, welche bei der Refraktion erscheinen, weil er in de Dominis' Meinung Anklänge an seine eigenen Anschauungen von der Wirkung trüber Mittel zur Entstehung der Farben sehen konnte.

Über *Franciscus Aguilonius* (S. 103–105), der eine erste Einteilung der Farben bringt, führt Goethe zu den *intentionellen Farben* (S. 105–109), die mit ihrem hohen Symbolgehalt eindrucksvoll beschrieben werden. Die gleichnishafte Aussage wird bei Aguilonius an das Naturphänomen herangetragen, erwächst nicht mehr aus ihm, wie in der urzeitlichen Poesie und auch noch im mathematischen Versteckspiel des Roger Bacon.

An *Cartesius* (S. 109–112) rügt Goethe die *unendliche Empirie*, die sich mit mechanistischer Primitivität der Theorie verbindet und das Phänomen verdrängt, während er, *Kirchers* (S. 112–114) Naivität belächelnd, feststellt: *Die Naivität, womit Kircher um die Sache herumgeht, ist merkwürdig genug. Man könnte sie komisch nennen, wenn man nicht dabei ein treues Bestreben wahrnähme. Und ist er es doch nicht allein, sind doch bis auf den heutigen Tag noch Menschen, denen die Vorstellungsart der Endursachen gefällt, weil sie wirklich etwas Geistiges hat und als eine Art von Anthropomorphism angesehen werden kann. Dem Aufmerksameren freilich wird nicht entgehen, daß man der Natur nichts abgewinnen kann, wenn man ihr, die bloß notwendig handelt, einen Vorsatz unterschiebt und ihren Resultaten ein zweckmäßiges Ansehen verleihen möchte* (zu dem ausgelassenen Buchauszug aus Kirchers Ars magna ...LA I 6,177). Solche Toleranz gegen die teleologische Erklärungsart, solange sie lediglich Symbole bereitstellt, findet sich bei Goethe mehrfach; wir hören etwa: *Wie man denn auch die Formen der Endursachen, ohne sich darauf zu steifen, gar wohl kann gelten lassen, um für den Moment das Surrogat fürs Unaussprechliche zu gewinnen* (WA II 7,366).

Die nun folgenden *Marci, de la Chambre, Vossius* und *Grimaldi* (S. 114–121) bereiten auf der Grundlage der Cartesischen Lehre Newtons Theorie vor, indem sie das Licht als Substanz, als Materie, behandeln, wie auch *Boyle* (S. 122–123) das Licht korpuskular–mechanisch erklärt. *Hooke, Malebranche, Sturm* und *Funccius* (S. 124–126) werden kurz abgehandelt und bei letzterem der Zusammenschluß der Farben zum Kreis vermißt, wie Goethe ihn im didaktischen Teil (§ *809* ff.) darstellt.

Bei *Lazarus Nuguet* (S. 127–128) begegnet uns das Wort *Aperçu* von neuem und weist auch hier auf das von Goethe für wahr und richtig Erkannte hin.

Das achtzehnte Jahrhundert beginnt Goethe mit Charakteristik und Geschichte der englischen Royal Society (S. 130–141). Bedeutende Mitglieder dieser Gesellschaft, wie Boyle und Hooke, begegneten uns schon im siebzehnten Jahrhundert. Hier wird aber über das Biographische hinaus die Zeitströmung als Hintergrund für den großen Auftritt Newtons geschildert. Sozietät bedeutet nicht nur die Royal Society, sondern gleichsam die geistige Gesellschaft im allgemeinen; ihre Geschichte wird in den Raum der englischen Geschichte gestellt. Von Goethe verfolgte falsche Meinungen Einzelner, die seit der Darstellung des Baco von Verulam immer wieder auftauchten, werden in der Sozietät zu allgemeiner Gültigkeit erhoben. Die Mängel der Sozietät sind die Scheu vor Autorität, Furcht vor der Methode und vor dem Theoretisieren und die einseitige Anwendung der Mathematik. Die Sozietät bildet eine Sammelstelle für Erfahrungen und bereitet daraus eine *Experimentalphilosophie*, die weder zu folgerichtigen Versuchen im Sinne von Goethes Vorstoß zum *wissenschaftlichen Phänomen* (Bd. 13, S. 25) führt, noch aber den *Empirismus zur Unbedingtheit erweitert* oder *erhöht* (Bd. 12, S. 442, Nr. 565), wie es einer Naturphilosophie entsprechen sollte (vgl. auch S. 163).

Aber auch in dieser Gesellschaft erkennt Goethe zweierlei Arten, die Naturwissenschaft zu behandeln (S. 143), die uns an seine Darstellung von Plato und Aristoteles (S. 53 f.) erinnern. Von Plato heißt es, er teile der Welt mit, was er schon mitbringe, im achtzehnten Jahrhundert spricht Goethe vom genialen, produktiven Menschen, der eine Welt aus sich selbst hervorbringt. Goethe benutzt das Wort *erstaunen*, welches in besonderem Maße gerade Plato zugeordnet war; Aristoteles dagegen war der Ordner der Materialien, im achtzehnten Jahrhundert nennt Goethe den Sammler, der die Erfahrungen aneinanderfügt. Aber beide Anschauungsweisen haben jetzt auch negative Möglichkeiten, der geistreiche Sammler fördert nur geringe Wahrheiten, und das Genie wird als *gewaltsam* bezeichnet und ist der Gefahr des *Irrtums* besonders ausgesetzt. Dies ist ein Gedanke, dem Goethe auch in *Wilhelm Meisters Lehrjahren* Ausdruck gibt: ... *vielleicht ist derjenige, dem man Genie zuschreibt, übler dran als der, der nur gewöhnliche Fähigkeiten besitzt;*

denn jener kann leichter verbildet und viel heftiger auf falsche Wege gestoßen werden, als dieser (Bd. 7, S. 120f.).

Zu den genialen Irrenden zählt Goethe *Newton* (S. 142–159). Zum Genie gehört auch hier das *Aperçu,* aber wir hören bei Newton vom *hypothetischen* (S. 143,25), vom *falschen* (S. 153,14) und *erstarrten Aperçu* (S. 173,31), Zusammenstellungen, die schon einen Widerspruch in sich enthalten. Diese Festlegung auf ein erstarrtes Aperçu ist es aber gerade, die in Goethes Augen Newtons dauernden Irrtum bedingt und befestigt. Damit steht Newton wieder im Gegensatz zu dem, was Goethe als kennzeichnend für die Antike ansah und in jenen Jahren 1804/05, in denen er sich auch mit Newton befaßte, in Winckelmanns Charakterbild beschreibt: *Seine Freude an jedem Gefundenen ist heftig, daher Irrtümer unvermeidlich, die er jedoch bei lebhaftem Vorschreiten ebenso geschwind zurücknimmt als einsieht. Auch hier bewährt sich durchaus jene antike Anlage, die Sicherheit des Punktes, von dem man ausgeht, die Unsicherheit des Zieles, wohin man gelangen will, sowie die Unvollständigkeit und Unvollkommenheit der Behandlung, sobald sie eine ansehnliche Breite gewinnt* (Bd. 12, S. 124,13–20). Dies ist das Gegenbild zur irrenden Festlegung Newtons.

Für das nun folgende Hin und Her zwischen Newton mit seinen Anhängern – besonders *Desaguliers* und *Gauger* – und seinen Widersachern – besonders *Mariotte* und *Rizzetti* – verweisen wir auf die Einzelanmerkungen und machen nun auf das Kapitel über *Newtons Persönlichkeit* (S. 170–177) aufmerksam. Nach einleitenden Worten über die weltgeschichtliche Lage wird Newtons Person dargestellt. Goethe gesteht ihm die besten Gaben zu – sogar Gesundheit, obwohl er allgemein als zarter oder sogar schwächlicher Hypochonder beschrieben wird –, deutet an, daß er ihn als Mathematiker nicht beurteilen könne, betont aber, daß auch auf diesem Boden Irrtum möglich sei, und führt dann in die großartige Deutung des Irrtums gerade aus dem *unbiegsamen Charakter,* der dieser kräftig ausgestatteten Natur eignet. Was auf diesen Seiten über den Charakter (auch das Adjektiv *ethisch* gehört hier mehr zu ἦθος, Charakter, als zu ἔθος, Sitte, und könnte S. 170,23 geradezu mit charakterologisch übersetzt werden), seine Bildung, seine Entwicklung zwischen Freiheit und Notwendigkeit des Daseins, das Ausgesetztsein, Ahnung von Irrtum und Unrecht, Ironie des Selbstbewußtseins und die Galerie möglicher Charaktere gesagt wird, ist ebenso Grundlage zu Goethes Dichtung wie eine gewisse fast unheimliche Selbsterkenntnis oder das Bekenntnis einer Beschränkung, die jedem Menschen auferlegt ist. Hier wird verständlich, warum Goethe selbst nach seinem ersten Blick durchs Prisma in seiner Gegnerschaft gegen Newton von ebender vorgefaßten Erstarrung, die er bei Newton erkennt und begründet, nicht freizusprechen ist. So folgt, daß es unsinnig wäre, die Frage zu stellen, wer von beiden, Newton oder Goethe, recht habe. Goethes Fragestellung zielte auf das Erscheinen der Farbe – und darin ist seine grundsätzliche Abwehr gegen Newton berechtigt. Denn dessen Physik bemühte sich nur um die jene Farberscheinungen erregenden Lichter; das Zeitalter erwartete jedoch von Newtons Befunden vergeblich Aufklärung über das Phänomen selbst. Goethe sieht sich in seiner Kritik bestätigt durch Newtons Voreingenommenheit vor Spektrum und Achromasie (vgl. S. 221 ff. und Anmerkung). Die Herabsetzung Newtons im *Polemischen Teil* der Farbenlehre entzündet sich an einzelnen Mißverständnissen, geht aber auf grundsätzliche Unterschiede im Verhalten zur Natur und in der wissenschaftlichen Methode zurück, da Newton letztlich die Farbe als Ausfluß eines Funktionierens betrachtet, welches es durch Formeln zu beherrschen gilt, während Goethe die Beschreibung der Farbe als natürliches Phänomen und ihre Wechselwirkung mit dem Auge erkennen und beschreiben will.

Newton folgen seine *Schüler und Bekenner* (S. 177ff.), die *Irrtumskopisten,* gegen die Newtons Individualität herausgestellt wird. Diese Betrachtungen führen von England weg zur Wirkung auf andere Länder, vorzüglich Frankreich (S. 180ff.); *Fontenelle* (S. 183–186) tritt als Popularisator der Naturwissenschaften und als Sprecher der Französischen Akademie für Newton auf. Auch *Mairan* und *Polignac* (S. 186–189) bestätigen Newtons Lehre. *Voltaire* (S. 190–191), wie Goethe sagt, *der höchste unter den Franzosen denkbare, der Nation gemäßeste Schriftsteller (Rameaus Neffe,* Bd. 12, S. 269,2–4), den Goethe auch als *Zauberer* sah, *der einen Hexenkessel abschäumt,* nur Schaum, aber *verteufelten Schaum* schöpfend (LA II 6,196), nötigt hier dem Publikum Newtons Lehre auf. Goethe führt weiter über *Algarotti* (S. 191–193) zum Kapitel *Anglomanie* (S. 193–194), in dem er die Abhängigkeit der Franzosen von den Engländern allgemein und besonders noch einmal die Voltaires von Newton beklagt. Das Kapitel *Chemiker* (S. 194–195) greift auf Paracelsus zurück und wendet sich zu Versuchen mit Metallen, ihren Salzen, Säuren und Alkalien, die Goethe selbst in größerem Umfang angestellt hat. Die Anwendung der von den Chemikern entwickelten Praktiken führt zu Färberei und Malerei, Goethe nennt *Dufay* (S. 196–197) und *Castel* (S. 197–199), einen Gegner Newtons; und zur *technischen Malerei* (S. 199–200), d. h. Druckerei mit Farben, und deren Theoretiker *Le Blond* (S. 200) und zu *Gauthier* (S. 200–204), dessen Ehrenrettung als Gegner Newtons Goethe übernimmt und ihm das *richtige Aperçu* als ehrenvolles Attribut zuteilt.

In Deutschland gibt es inzwischen eine ganze Reihe von Kompendien, Lehrbüchern und Einzelveröffentlichungen, die in einer zusammenfassenden Übersicht (S. 205–215) auf ihr Verhältnis zu Newton untersucht und zumeist als Irrtumskopien verworfen werden, wohingegen

Tobias Mayers, Lamberts und *Philipp Otto Runges* (S. 215–218) von Newton unabhängige Gedanken über Grundfarben und Farbenmischung rühmlich hervorgehoben werden. *Scherffer* und *Franklin* (S. 218–220) wenden die Aufmerksamkeit auf die subjektive, physiologische Seite der Farbenphänomene.

Von der Erscheinung der *Achromasie* (S. 221–225, vgl. auch Einzelanm.) ausgehend, versucht Goethe in der zweiten Hälfte des achtzehnten Jahrhunderts die Ablösung von Newtons Theorie festzustellen. Er findet Belegstellen bei *Westfeld, Guyot* und *Mauclerc* (S. 228–231), auch bei *Klügel* (S. 226–227) meint er Widerspruch zu hören, was ihm eine scharfe Rüge Mollweides in dessen Kritik der Goetheschen Farbenlehre (Hallische Literaturzeitung 1811, 29. bis 31. Januar) eintrug. *Marat* (S. 231–234), dessen Schriften Goethe schon seit dem Beginn seiner optischen Studien beschäftigten, ruft nur teilweise Zustimmung hervor. Mit *H. F. T., Carvalho e Sampayo* und *Darwin* (S. 234–238) wendet sich Goethe wieder den physiologischen Farbenphänomenen zu; *Mengs* und *Gülich* (S. 238–240) vertreten die Interessen des Malers und Färbers, und *Delaval* (S. 241–244) kommt Goethe entgegen, weil er das Skieron betont, welches mit Goethes Trübem Ähnlichkeit zeigt, und weil er die Forderung aufstellt, daß man auf breiterem Wege als Newton zur Erklärung der Farbenphänomene vorgehen sollte. *Hoffmanns* (S. 244–248) Versuch, die Farbenharmonie mit der der Töne zu parallelisieren, wird kritisch betrachtet, und zum Schluß taucht noch *Blair* auf (S. 248–250), dessen auf Newtons Theorie basierende Versuche an die Achromasie anschließen und von Goethe mit der Hoffnung behandelt werden, daß man sie von der newtonischen Theorie lösen könne.

Nachdem Goethe so Newtons Lehre hat abklingen lassen und alles ihr Widersprechende gesagt ist, macht er noch einmal darauf aufmerksam, daß die Verfolgung des Phänomens nicht beliebig weit getrieben werden kann, daß zwischen Erfahrung und Idee ein Abstand, eine Unbestimmtheit bleiben müsse. Die Idee ist nur als *Gesetz aller Erscheinungen* greifbar (Bd. 12, S. 366, Nr. 13).

Nach diesem Hinweis auf Phänomen und Gesetz geht Goethe zur Darstellung seiner eigenen Anschauungen über und zeigt an der Geschichte seiner Studien zur Farbenlehre zum Schluß noch einmal den Weg zwischen Phänomen und Meinung. Er geht von natürlichen und malerischen Farbenerscheinungen aus, seine Theorie setzt mit dem *Aperçu* beim ersten Blick durchs Prisma an, wird mit der Beschreibung der durch Versuche eingeengten Phänomene weitergeführt und hat ihr Ziel in der *Formel der Polarität.* Er sieht im prismatischen Versuch polare Farbenpaare an der Grenze von Hell und Dunkel, die er mit der Polarität des Magneten, der Elektrizität, den polaren Erscheinungen in der organismischen Natur (vgl. Bd. 13, Anm.) in Beziehung setzt und so die Farbenlehre an die gesamte Naturlehre anknüpft, um die Farben *unter eine Formel mit den übrigen Elementarerscheinungen zu subsumieren* (LA I 3,438). Darüber hinaus begegnet in dem schon erwähnten Entwurf von 1801 der Gedanke, daß das Organ, nämlich das Auge, das Fundament der physiologischen Farbenerscheinungen sei. Das zum Licht gebildete Auge hat an der Polarität der Erscheinung teil. *Das Auge ist das letzte, höchste Resultat des Lichtes auf den organischen Körper. Das Auge als ein Geschöpf des Lichtes leistet alles, was das Licht selbst leisten kann. Das Licht überliefert das Sichtbare dem Auge; das Auge überliefert's dem ganzen Menschen. Das Ohr ist stumm, der Mund ist taub; aber das Auge vernimmt und spricht. In ihm spiegelt sich von außen die Welt, von innen der Mensch. Die Totalität des Innern und Äußern wird durchs Auge vollendet.* (LA I 3,437.) Dieses Grundsätzliche ist es, wozu Goethe im Geiste seiner Leser *das Aperçu hervorrufen* möchte (S. 264,24f.).

IV.

In Goethes Nachlaß finden sich trotz mehrerer von ihm selbst bezeugter Vernichtungsaktionen etwa fünfundzwanzig Mappen mit Material zur Farbenlehre, wovon ein großer Teil die Geschichte betrifft. Es sind teilweise zu gehefteten Faszikeln zusammengefaßte Schriftstücke aus allen Epochen von Goethes Beschäftigung mit der Farbenlehre.

Ein Druckmanuskript zum historischen Teil ist nicht vorhanden, jedoch eine Reihe unzusammenhängender Manuskriptstücke zu verschiedenen Teilen des Werkes. Daneben liegen aber auch Entwürfe zu später abweichend oder gar nicht ausgeführten Stücken vor, Schemata, Notizen, Stoffsammlungen, Tabellen, Skizzen und zahlreiche Buchauszüge, die zum Teil in den Lesarten der Weimarer Ausgabe und im Band 5² ihrer zweiten Abteilung wiedergegeben sind, vollständig aber zum ersten Mal im Erläuterungsband zur Geschichte der Farbenlehre in der Leopoldina-Ausgabe (Bd. II 6) erscheinen. Dies Material vermittelt einen Überblick über den von Goethe begangenen weiten Bereich naturwissenschaftlicher Lektüre und historischer Erforschung und läßt es begreiflich finden, daß er bedauert, nur *Materialien* geben zu können und auf die eigentliche *Darstellung* verzichten zu müssen (S. 8). Leicht lassen sich einzelnen Abschnitten zugrunde liegende Notizen feststellen und häufig auch zurückverfolgen zu ihren Quellen, und man wundert sich, daß man allenthalben Zitate aus der Literatur findet, häufig auch ohne Angabe ihrer Herkunft, die unverändert in den Text eingehen. Beim Blick auf das gesamte Werk wird man mit desto größerem Erstaunen gewahr, wie sich aus dieser Materialsammlung die allgemeinen Aussagen entwickeln und sich über sie erheben.

Das Material kann uns auch über Goethes Arbeitsweise belehren. Ersten eigenhändigen Stoffsammlungen in Stichworten oder eigenhändigen Entwürfen folgen sorgfältiger ausgearbeitete Konzepte, von Schreiberhand auf die rechte Spalte von großen Bogen geschrieben, deren Ergänzung und neues Diktat dann bereits zum Druckmanuskript führen kann. Natürlich wird gelegentlich die eine oder andere Stufe der Ausarbeitung übersprungen, etwa in den Teilen, die 1809 Tag für Tag in großer Eile geschrieben worden sind, weil sie hintereinander in die Druckerei gegeben werden sollten. Das teilweise vorhandene Druckmanuskript des polemischen Teiles der Farbenlehre ist eindeutig aus solchen Stücken verschiedenen Bearbeitungsgrades zusammengesetzt und hat noch an der Seitenzählung kenntliche Einschübe erhalten, die dauernde Weiterarbeit während der Drucklegung zeigen und verständlich machen, daß Goethe einen *supplementaren Teil* zur Farbenlehre plante, um nachbringen zu können, was er nach so viele Monate sich hinziehender Setzarbeit in die schon fertiggestellten Teile nicht mehr einfügen konnte.

In der vorliegenden Ausgabe wird die Geschichte der Farbenlehre in einer Auswahl gegeben, die etwa ein Drittel des Textes der Erstausgabe ausscheidet. Es wurde dabei angestrebt, lediglich die Stücke wegzulassen, die Goethe von Johann Heinrich Meyer (Geschichte des Kolorits) und Riemer (Farbenbenennungen der Alten) hat einfügen lassen, und weiterhin dasjenige, was Goethe so reichlich an Zitaten oder Auszügen aus den Werken der von ihm behandelten Forscher wiedergibt, soweit es nicht zum Verständnis oder zur Übersicht über die Gebiete, in die Goethe Einblick genommen hat, wichtig erschien. Eine stärkere Abkürzung oder Zusammenfassung des Textes würde Gefahr laufen, die Materialien in einzelne Maximen über naturwissenschaftliche, historische und allgemeine Themen aufzulösen und den Zusammenhang, den Goethe ihnen in seiner geschichtlichen Betrachtung gibt, zu verwischen. Der Inhalt der entfallenden Stücke wird jeweils in den Einzelanmerkungen kurz angedeutet.

Der Text ist nach der Ausgabe von 1810 eingerichtet unter Verwendung moderner Rechtschreibung bei Wahrung des Lautbestandes und vorsichtig geregelter Zeichensetzung; es galten hier die gleichen Grundsätze, die in Bd. 9, im Abschnitt zur Textgestaltung von Lieselotte Blumenthal ausführlich dargelegt sind. Offensichtliche Versehen in Namen und Daten wurden verbessert. Zu Lesarten im einzelnen sei auf die Leopoldina-Ausgabe verwiesen.

Als Nachweis des Schrifttums kann hier die Zusammenstellung von Bd. 13 (Bibliographien) benutzt werden. Über Goethes Geschichtsauffassung vergleiche die Literaturangaben dieses Bandes. Die Geschichte der Farbenlehre hat sowohl in der naturwissenschaftlichen als auch in der historischen Literatur merkwürdig wenig Beachtung gefunden; vielleicht verdankt sie das dem allzugroßen Ballast an Zitaten, der hier ausgeschieden werden konnte. Um das von Goethe herausgegriffene Problem in weiterem Rahmen zu sehen, empfiehlt es sich, Geschichten der Philosophie und der Naturwissenschaft heranzuziehen. Goethe selbst benutzte neben der vielfach im Text zitierten Spezialliteratur u. a.

Buhle, Johann Gottlieb, Geschichte der neueren Philosophie, Göttingen 1800–1804,

Morhof, Daniel Georg, Polyhistor literarius, philosophicus et practicus, 4. Aufl. Lübeck 1747ff.,

Fischer, Johann Carl, Geschichte der Physik, Göttingen 1802,

Derselbe, Physikalisches Wörterbuch, Göttingen 1798ff.,

Gehler, Johann Samuel Traugott, Physikalisches Wörterbuch, Leipzig 1787–1795,

Kästner, Abraham Gotthelf, Geschichte der Mathematik, Göttingen 1796–1800,

Priestley, Joseph, Geschichte und gegenwärtiger Zustand der Physik, übers. u. mit Anm. versehen von Georg Simon Klügel, Leipzig 1776,

Gmelin, Johann Friedrich, Geschichte der Chemie, Göttingen 1797ff.,

dazu die Kompendien, Wörterbücher, biographischen und bibliographischen Hilfsmittel der Zeit.

Für die Herstellung des Textes und zur Kommentierung konnte ich die freundlichst zur Verfügung gestellten Bestände des Goethe- und Schiller-Archivs und Goethe-National-Museums in Weimar und des Freien Deutschen Hochstiftes in Frankfurt a. M. benutzen, wofür ich auch an dieser Stelle meinen besten Dank aussprechen möchte. Durchsicht der Anmerkungen und wertvolle Auskünfte sind dem 1976 verstorbenen Physiologen Rupprecht Matthaei zu danken. Zu den Einzelanmerkungen konnten die Vorarbeiten zu dem ausführlichen Kommentar der Leopoldina-Ausgabe herangezogen werden. Das Nachwort erschien ausführlicher in der Deutschen Vierteljahresschrift 34 (1960), 356–377; wieder abgedruckt in: Dorothea Kuhn: Typus und Metamorphose. Goethe-Studien, Marbach/Neckar 1988, S. 18–36.

ANMERKUNGEN

7,3 ff. *Atqui perpendat* ... bedeutet etwa: Aber freilich mag sich der Philosophiebeflissene vor Augen halten, daß die Erforschung der merkwürdigen Dinge nicht Sache eines einzigen Jahrhunderts sei. Verstohlen gleichsam in den Blick kommend, entzieht sich oft die Wahrheit, durch die Nachlässigkeit der Philosophen beleidigt, plötzlich wieder, und sie würdigt die Menschen nicht des bloßen Anblickes ihrer selbst, wenn sie nicht pflichteifrig und bestrebt sind. – Die Herkunft dieses Zitates ist bisher nicht ermittelt.

8,13. *Auszüge* sind in dieser gekürzten Ausgabe auf ein Mindestmaß zugunsten der Charakteristiken und allgemeinen Betrachtungen beschränkt. Die Anmerkungen geben aber jeweils Hinweise auf den Inhalt der fehlenden Stücke.

8,37. *epitomieren*: aus einem größeren Werke ausziehen.

9,4 f. Verhältnis *Gassendis zu Epikur*: Gassendi, Pierre (1592–1655), Professor der Philosophie und Mathematik in Aix und Paris. Seine zahlreichen Schriften, darunter viele Gelehrtenbiographien, erschienen gesammelt 1658 in Lyon. Er war Gegner des Aristoteles und Descartes, Anhänger Galileis, erneuerte die korpuskulare Atomistik im Sinne Demokrits und Epikurs (vgl. zu S. 16,8 u. 17,13) auf christlicher Basis. Seine Darstellung des Verhältnisses zu Epikur, De vita et moribus Epicuri, Hagae-Comitum 1656, entlieh Goethe vom 12. Oktober 1808 bis 15. Februar 1809 der Weimarer Bibliothek; vgl. Tgb. vom 11. Oktober 1808.

12,38. *Infusionen*: wäßrige Aufgüsse und pflanzliche oder tierische Substanz. Goethe beobachtete 1786 in solchen Infusionen auftretende mikroskopische Organismen (LA I 10, 25 ff.; dazu M. Dahl, JbGG 13, 1927).

14 ff. Eine Zusammenfassung und Würdigung der hier nur einzeln gegebenen Ausblicke führt Goethe S. 32–43 durch.

14,7. *Pythagoras* (um 550 v. Chr.), griech. Philosoph aus Samos, lebte in Kroton in Unteritalien. Seine Anhänger bis zum Ende des 4. Jhdts. in Unteritalien und Griechenland: Pythagoreer. Er betonte Zahl und Maß im Zusammenhang mit der Einheit des Seins; seine Feststellungen harmonischer Beziehungen führten ihn zur Verbindung von Harmonie und Zahl in der Tonkunst.

14,9 ff. nach Diogenes Laertius Lib. VIII, Cap. 29.

14,17. *Pythagoreer*, vgl. zu S. 14,7.

14,19 ff. nach Plutarch, De placitis philosoph. IV 14, p. 901 d.

14,19. *katoptrische Erscheinungen*: vgl. *didaktischer Teil* § *366* ff.

14,20. *Opsis*: Gesicht, Sehkraft.

15,1. *Empedokles* (um 494–434 v. Chr.), griech. Philosoph aus Agrigent, lebte später in Unteritalien. Erklärte alles scheinbare Entstehen und Vergehen als Mischung und Entmischung des Seienden. Das Seiende äußert sich in den vier Elementen Feuer, Wasser, Luft und Erde; deren Vereinigung und Trennung bewirken die polaren Grundkräfte Liebe und Haß, die einen periodischen Wechsel von Weltentstehung und Weltzerstörung hervorbringen (vgl. *Satyros*, V. 290–313, Bd. 4, S. 196f., und Anklänge in *Wiederfinden*, Bd. 2, S. 83).

15,3ff. nach Theophrast, De sensu et sensibilibus, Cap. 7.
15,32ff. nach Stobäus, Eclogae physicae I 16, p. 149 W.
16,2ff. nach Plutarch, De placitis philosoph. IV 14, p. 901c.

16,8. *Demokrit* (um 460–380 v. Chr.), griech. Philosoph aus Abdera. Mit Leukipp Vertreter eines konsequent durchgeführten materialistischen Atomismus. Die Atome sind undurchdringliche kleinste Körper aus gleicher Materie von verschiedener Gestalt, Anordnung und Beweglichkeit. Seine Lehre findet im Lehrgedicht des Lukrez Niederschlag (vgl. zu S. 29,3). Goethe kritisiert: *Demokrit und seine Schüler schreiben alles dem Zufall zu. Gesetzlosigkeit. Mechanische Vorstellung. Als ein krudes Symbol anzusehen ... machen die Farben konventionell* (LA II 6,591).

16,10ff. nach Theophrast, De sensu et sensibilibus, Cap. 50.
16,10. *Emphasis*: das sich auf etwas Zeigen, etwa Spiegelung, auch Verdeutlichung. Demokrit bezeichnet damit das Zusammentreffen der Atome, die bei der Wahrnehmung von den Dingen zur Seele und von der Seele zu den Dingen wandern.
16,28ff. nach Plutarch, Adversus coloten 8, p. 1110c.
16,33ff. nach Stobäus, Eclogae physicae I 16, p 149 W.
17,7ff. nach Plutarch, De placitis philosoph. IV 14, p. 901c.

17,13. *Epikur* (341–270 v. Chr.), Begründer einer Philosophenschule in Athen. Erneuerte den Atomismus des Demokrit (vgl. zu S. 16,8); seine Ansichten wurden durch Diogenes Laertius und Lukrez überliefert (vgl. zu S. 29,3).

17,15ff. nach Plutarch, Adversus coloten 8, p. 1110c.
17,24 nach Diogenes Laertius Lib. X, Cap. 54.
17,25. *Zeno* (um 350–264 v. Chr.), griech. Philosoph, gründete 308 die stoische Schule in Athen.
17,27 nach Plutarch, De placitis philosoph. IV 15, p. 901d.

17,28. *Chrysippus* (um 280–205 v. Chr.), bedeutender stoischer Philosoph. Betrachtete die Physik als Wissenschaft von der Natur und der ihr inwohnenden Gottheit.

17,30ff. nach Plutarch, De placitis philosoph. IV 15, p. 901d.
18,8ff. nach Diogenes Laertius Lib. VII, Cap. 157.

18,14. *Pyrrhonier*: Schüler des Pyrrhon von Elis (um 300 v. Chr.). Seine Lehre ist eine der ersten Formen der Skepsis, anschließend an die Ironie des Sokrates. Er lehrte Mißtrauen gegen das positive Wissen, Werthaltung unbedingter Gemütsruhe.

18,16ff. nach Diogenes Laertius Lib. VII, Cap. 157.

18,28. *Plato* (427–347 v. Chr.), Begründer der Akademie in Athen. Goethe schreibt am 16. Januar 1805 an Eichstädt über Plato: *Warum studieren wir denn die Alten, als: ähnliche Gesinnungen bei ihnen zu finden oder uns ihnen ähnlich zu bilden.* Über Plato als Vorläufer in seiner Farbenlehre sagt er:

Einheit ewigen Lichts zu spalten,
Müssen wir für törig halten,
Wenn euch Irrtum schon genügt.
Hell und Dunkel, Licht und Schatten
Weiß man klüglich sie zu gatten,
Ist das Farbenreich besiegt.

Die beiden lieben sich gar fein,
Mögen nicht ohne einander sein.
Wie ein's im andern sich verliert,
Manch buntes Kind sich ausgebiert.
Im eignen Auge schaue mit Lust,
Was Plato von Anbeginn gewußt;
Denn das ist der Natur Gehalt,
Daß außen gilt, was innen galt. (WA I 3,355.)

18,29ff. nach Plato, Timaios 67c, bzw. Stobäus, Eclogae physicae I 16, p. 150 W. Zur Erläuterung sei gesagt, was Goethe in einer Notiz bemerkt: *Plato betrachtet die Farbe als eine Flamme die sich von den Körpern losreiße und mit der Sehkraft (ὄψις) übereinstimmende Teile habe* (LA II 6; 11).

20,4. *Orphnion* oder Orphninon: schwarze Farbe, Farbe des gebrannten Purpurs, bei Plato eine aus Weiß, Rot und Schwarz gemischte Farbe.

20,18. *Aristoteles* (384–322 v. Chr.), Schüler Platons, Begründer der peripatetischen Schule. Goethe beschäftigte sich eingehend mit Aristoteles' Schriften, vor allem mit seiner Poetik (vgl. Grumach 232ff. und 769ff. und Bd. 12, S. 342ff. u. Anmkg.).

20,19–22,15 nach Aristoteles, Über die Empfindung und die empfindbaren Dinge, Cap. 2 und 4.

21,13. *Emphänomenon*: an der Oberfläche sichtbarer Inhalt einer Erscheinung.

22,16–24,31 nach Aristoteles, Über die Seele, Lib. II, Cap. 7.

24,32–28,19 nach Aristoteles, Über die Empfindung ... Cap. 3 und 4.

28,20–37 nach Aristoteles, Über die Träume, Cap. 2.

28,20ff. Dieser Beobachtung der Nachbilder und ihres farbigen Abklingens begegnen wir noch mehrfach, vgl. S. 66,13ff.

Nach S. 28 folgt eine Aristoteles oder Theophrast zugeschriebene Theorie der Farben (*Theophrast oder vielmehr Aristoteles von den Farben*), welche Goethe *umzuschreiben* gedacht hatte (S. 39,19). Er nahm das Stück aber übersetzt auf. Die Übersetzung hatte er mit Friedrich August Wolf durchgesehen (vgl. Goethe an Schiller 28. Juni und 5. Juli 1802; Tgb. 29. Juni 1802). Goethe benutzte die Ausgabe des Simon Portius (vgl. zu S. 72,10), Paris 1549, aus der Weimarer Bibliothek und schrieb in diesem Exemplar die von ihm gegebene Numerierung der Absätze an den Rand. Die von Goethe gegebenen Kapitelüberschriften mögen einen Überblick über den Inhalt des Stückes geben: *I. Von den einfachen Farben; II. Von den mittlern oder gemischten; III. Von der Unbestimmbarkeit der Farben; IV. Von den künstlichen Farben; V. Von der Veränderung der Farben an den Pflanzen durch organische Kochung* (d.h. chemische Prozesse innerhalb des Organismus); *VI. Von den Farben der Haare, Federn und Häute.* Danach folgt eine Zusammenstellung der griechischen und lateinischen Farbenbezeichnungen *(Farbenbenennungen der Griechen und Römer)* von Riemer (vgl. GJb 34,228).

29,3. *Lukrez* (T. Lucretius Carus 94–55 v. Chr.), römischer Dichter; sein Hauptwerk De rerum natura stellt die Grundlehren des Epikur (vgl. S. 35,15 und Anmkg. zu S. 17,13) dar. *Lukrez, Epikur bekannten sich zu der Vorstellungsart, die wir die atomistische oder chemische nennen möchten; in den realen Stoffen der Materie suchten sie Entstehung und Ordnung durch Hülfe des Zufalls* zeichnet Sophie von Schardt 1805/06 nach einem Gespräch mit Goethe auf (Biedermann 1,410f.). Goethe spricht von des Lukrez *hohen Verdiensten als Naturbeschauer und Schilderer* (15. Februar 1821, WA I 42^2, 449; vgl. auch Grumach, 335ff. u. 810f.). – Vgl. Bd. 12, S. 306–308 u. Anmkg.

29,4–32,24 entspricht den Versen II 709–815 (in Knebels Übersetzung, 1. Aufl., Leipzig 1821, II 730–841). – Am 7. und 25. Dezember 1805 berichtete Goethe (der mit Knebel schon lange über die Lukrezübersetzung im Gespräch war; vgl. auch die Rezension von 1822 Bd. 12, S. 306–308) Knebel vom Studium der angeführten Stelle mit Riemer und von einigen Veränderungen, die sie angebracht hätten. Am 7. Oktober 1807 bat Goethe nochmals um die Handschrift der Stelle.

32,25. *Plinius* (C. Plinius der Ältere, 23–79), römischer Schriftsteller, bekleidete unter Nero und Vespasian verschiedene Zivil- und Militärposten. Von seinen zahlreichen Schriften hat sich nur ein umfangreiches Werk aus griechischen und lateinischen Quellen (Historia naturalis in 37 Büchern) erhalten. Das Werk wurde nach Verlust der Originale trotz Unzuverlässigkeiten zur Quelle antiker Naturkenntis. Buch 34 und 35 behandeln unter dem Gesichtspunkt der Verwendung der Mineralien auch die Farbherstellung und Anwendung der Farben in der Kunst und wurden so zur Grundlage von Johann Heinrich Meyers hypothetischer Geschichte des Kolorits besonders griechischer Maler.

Nach 32,31 folgt diese Geschichte des Kolorits von Meyer, die Goethe mit einer grundsätzlichen Betrachtung über die Geschichtsbildung einleitet: *Wir ziehen daher vor, einen Aufsatz einzurücken, in welchem ein Freund das, was Plinius von Farben und Kolorit gesagt, zusammenfaßt, und seine Meinung äußert, wie nach dem natürlichen Vorschritte der Malerkunst das Einzelne möchte zu verstehen und zurecht zu legen sein. Es mag dieser Versuch als ein Beispiel dienen, wie man eine bedeutende Weltbegebenheit aus ihrer eigenen Natur heraus entwickeln, darstellen, und die hiezu überlieferten Nachrichten nur insofern benutzen kann, als sie mit der Notwendigkeit in Harmonie stehen. Die Hauptpunkte, worauf alles ankommt, treten alsdann glänzender hervor; Lükken werden entdeckt und, wo nicht ausgefüllt, doch wenigstens bezeichnet; und auf diese Weise teils gegenwärtig etwas Belehrendes und Aufregendes geleistet, teils der Zukunft vorgearbeitet.*

36,4f. und 19 klingt an in den Versen nach Plotin Bd. 13, S. 324,6–9.

36,25ff. vgl. *did. Teil* § *739* und das zu Bd. 13, S. 27,11 Gesagte.

37,34. *das Diaphane* ist das Durchsichtige, Durchscheinende, Glänzende, auch der durchsichtige Körper.

39,2f. *das Büchelchen über die Farben* ist die hier nach S. 28 weggelassene Schrift.

39,31ff. Vgl. dazu Goethes Aufsatz *Der Versuch als Vermittler* ... Bd. 13, S. 10–20.

40,36f. bezieht sich auf Joh. Heinr. Meyers Geschichte des Kolorits, vgl. zu S. 32,31.

41,21ff. Diese Ausführungen erinnern an eine frühe Konzeption Goethes zur Farbenlehre (*Einige allgemeine chromatische Sätze*, 1793; LA I 3, 130ff.), in der er die Mitarbeit der verschiedensten Forscher zu einem Ganzen fordert (vgl. Nachwort S. 270).

43,12. *Seneca* (L. Annaeus Seneca, 8–65), Philosoph der stoischen Schule, Erzieher und Ratgeber Neros. Seine Quaestiones naturales behandeln vorwiegend meteorologische und geographische Fragen.

46,29ff. Diese *Zwischenzeit* reicht bis zum 16. Jhdt. Es scheint ungerechtfertigt, daß Goethe in diesem Zeitraum, den er durch die *Lücke* (46,30–51,24) einführt und mit allerhand allgemeinen Betrachtungen ausfüllt, nur Roger Bacon ein Gewicht gibt. Zwar kann man das erste nachchristliche Jahrtausend in bezug auf die Naturwissenschaft als unfruchtbar bezeichnen; danach jedoch erwächst eine nicht nur für die Naturwissenschaft im allgemeinen, sondern auch für die Optik Bedeutendes leistende Zeit mit Namen wie z.B. Johannes Peckham (um 1240–1292), Robert Großeteste (1175–1253), Vitello (um 1270), Theodorich von Freiberg (um 1300).

48,19. *fugenweise* auch in der Maxime *Die Geschichte der Wissenschaften ist eine große Fuge, in der die Stimmen der Völker nach und nach zum Vorschein kommen* (Bd. 12, S. 418, Nr. 391). Diese Maxime stammt nach Riemers Tagebuch vom 21. Oktober 1807, ist also sicher im Zusammenhang mit den Ausführungen zur Geschichte der Farbenlehre entstanden.

51,22. *Gespenster* bedeutet hier subjektive Sehvorgänge; vgl. Bd. 13, S. 333, *§ 22* und die Anmkg. zu S. 236,30.

52,12. Vgl. auch Goethes zahlreiche Äußerungen über die *Bibel* in *Dichtung und Wahrheit* (etwa im *12. Buch*) oder in den *Noten und Abhandlungen* zum *West-östlichen Divan* (Bd. 2, S. 129,23–26), wo Goethe sagt: *Und so dürfte Buch für Buch das Buch aller Bücher dartun, daß es uns deshalb gegeben sei, damit wir uns daran wie an einer zweiten Welt versuchen, uns daran verirren, aufklären und ausbilden mögen.*

52,24. *Tschudi,* Aegidius (1505–1572), Schweizer Humanist, Vater der schweizerischen Geschichtschreibung.

52,25. *Aventin* (Johannes Thurmayr, 1477–1534), bayrischer Hofgeschichtschreiber.

52,38. *Josephus,* Flavius (37 bis um 100), jüdischer Geschichtschreiber.

53,35–55,22. Die Gegenüberstellung, die in den Sprüchen aus *Wilhelm Meisters Wanderjahren* (Bd. 12, S. 414, Nr. 360) wiederholt ist, ist nicht nur in diesem engeren Zusammenhang wichtig, sondern sie bezeichnet Goethes Grundhaltung zu den zwei Seins- oder Betrachtungsweisen. So kehrt sie auch wieder in dem Vergleich von *Universalisten* und *Singularisten* (Bd. 12, S. 420, Nr. 407) und spielt zuletzt im Aufsatz *Principes de philosophie zoologique* (Bd. 13, S. 219ff.) bei der Gegenüberstellung der Naturforscher Saint-Hilaire und Cuvier eine hervorragende Rolle.

54,28ff. Eine Notiz Goethes (LA II 6,34) bezeichnet das *dreifach Überlieferte* (die Bibel, Plato und Aristoteles) wie folgt: *Und so sehen wir in diesem dreifach Überlieferten die köstlichsten Schätze, wir mögen sie wechselseitig als Text oder als Auslegung betrachten; und so törig es wäre irgend einem Überlieferten, das doch immer sein Besonderes mit sich führt, einen unbedingten göttlichen Wert beizulegen, so weise bleibt es, ein solches als ein bedeutendes Menschliches zu schätzen.*

55,38. *Epikureer* und *Skeptiker*: Epikureer, Schüler des Epikur (vgl. zu S. 17,13) mit dem Beigeschmack der Genußmenschen; Skeptiker, aus der sophistischen Schule des Zweifels an der Erkenntnis hervorgegangene Richtung (vgl. auch Pyrrhonier, zu S. 18,14).

56,13. Zu *Autorität* vgl. auch Bd. 12, S. 415, Nr. 374 und S. 416, Nr. 382.

58,28. *Bacon,* Roger (1214–1294), englischer Mönch, studierte in Oxford und Paris, wurde mehrmals von kirchlicher Seite gefangengesetzt mit der Unterstellung, daß er Magie treibe, aber in Wirklichkeit wohl mehr, weil er scharfe Kritik an der Kirche übte. Er trug durch seine Entdeckungen zur Mehrung der Realkenntnisse seiner Zeit bei. Seine Richtung auf wirkliches Wissen von der Natur wirkte innerhalb der Scholastik als vorbereitendes Element ihrer Zersetzung. Auf dem Gebiet der Optik gilt er als der Erfinder der Vergrößerungsgläser; er äußerte sich über die Strahlenbrechung, scheinbare Größe der Gegenstände, der Sonne und des Mondes. – Goethe beschäftigte sich seit 1807 (*Annalen;* Tgb. September 1807 bis September 1808) mit Roger Bacon. Am 7. März 1808 schrieb er an Jacobi: *So habe ich eine unbedingte Verehrung für Roger Baco gefaßt.* Am 14. Dezember 1808 las er dem Kanzler von Müller die Einleitung zum Abschnitt Baco vor (Müller-Gespräche S. 7). Mit Falk führte Goethe am 28. Februar 1809 ein Gespräch über die von Baco vorausgeahnten Erfindungen (LA II 6,364f.).

60,8ff. Bacons Experiment (experientia) bedeutet nicht nur den Versuch im modernen Sinn. Der Begriff steht bei ihm noch durchaus im magisch-alchemistischen Sinne der „Versuchung".

60,21ff. Diese experientia wird verknüpft mit einer rein formalen Mathematik, die zu unerlaubten Analogieschlüssen führt.

Nach 61,22 folgt ein Stück Übersetzung und freier Auszug aus Bacons Opus maius IV, 1. und 2. Kap., dessen Inhalt angedeutet sei: Hervorhebung des mathematischen Sinnes zur Erkenntnis der Natur. Alles Wirksame handelt durch seine Tugend; die Tugenden wirksamer Wesen bringen das natürlich und göttlich Wirkende hervor. Auch das Licht ist eine der von Gott erschaffenen Kräfte und Tugenden. Wenn es durch das reine Materielle, welches in sich trübe ist, hindurchgeht, so erscheint es als Farbe. Hier ist der für Goethe wichtige Ansatz, der uns sein Interesse für Roger Bacon erklärt. Goethe formuliert ihn als Meinung Bacons: *Wenn nun die Tugend des Lichts durch das Trübe hindurchstrebt, so daß seine ursprüngliche Kraft zwar immer aufgehalten wird, jedoch aber immer fortwirkt, so erscheint sein Gleichnis Gelb und Gelbrot; setzt aber ein Finsteres dem Trüben Grenze, so daß des Lichts Tugend nicht fortzuschreiten vermag, sondern aus dem erhellten Trüben als ein Abglanz zurückkehrt, so ist dessen Gleichnis Blau und Blaurot. Ähnliches begegnet bei durchsichtigen und undurchsichtigen Körpern, ja im Auge selbst.* – Vgl. dazu *Did. Teil* § *150*ff.

61,28. Zu Goethes Meinung von der *Mathematik* vgl. auch Bd. 12, S. 451ff., Nr. 632–661. Bei Goethe geht neben der Anerkennung alles Großen der Mathematik da eine Abneigung gegen das Mathematische einher, wo es die Phänomene zu verstecken oder zu mißachten scheint. *Daß aber ein Mathematiker, aus dem Hexengewirre seiner Formeln heraus, zur Anschauung der Natur käme, ... werd ich wohl nicht erleben* schreibt Goethe an Zelter am 17. Mai 1829. Vgl. auch zu S. 137,14.

62,21ff. *Signatur*: alchemistischer Ausdruck für Wesenheit der Dinge (vgl. Jacob Böhme, De signatura rerum). – *Chiromantie*: die Kunst, aus den Linien der Hand wahrzusagen. – *Punktierkunst*: Orakel aus der Verbindung willkürlich gezeichneter Punkte. – *Höllenzwang*: Beschwörungsszene für Teufel und Geister; niedergelegt in Vorschriften mit dem Titel Höllenzwang, vgl. *Faust*.

63,29. *Schießpulver*: Pulver wurde in dieser Zeit bereits z.B. in Bergwerken benutzt.

64,10f. Die genannten optischen Apparate dienen der verkleinerten Abbildung eines Gegenstandes oder etwa auch einer Landschaft auf einer matten Glasscheibe (Vorläufer des photographischen Apparates), der vergrößerten Abbildung eines durchsichtigen Bildes auf einer Wand mit Hilfe einer künstlichen Lichtquelle und der vergrößerten Abbildung eines Gegenstandes auf einer Wand mit Hilfe des Sonnenlichtes.

65,32. *Apprehension*: Anfassen, Begreifen; in neuerer Übertragung Abneigung, Widerwille, Besorgnis. Von Goethe mehrfach benutzt (vgl. Fischer, Goethe-Wortschatz).

65,34. *niemanden*: Goethe benutzt häufig den in seiner Zeit gebräuchlichen flektierten Dativ in dieser Form (vgl. Fischer, Goethe-Wortschatz).

66,7. *Averroes* (1126–1198), arabischer Arzt und Philosoph. Kommentator des Aristoteles, beschäftigte sich mit der Beobachtung der Sonnenflecke, erkannte die Netzhaut als lichtempfindlichen Teil des Auges. – *Avempace* (gest. um 1138), arabischer Arzt und Philosoph. Kommentator des Aristoteles.

66,10. *Büchlein des Theophrast*: die von uns nach S. 28 ausgelassene Übersetzung des Traktates über die Farben.

66,11. *Alhazen* (gest. 1038), Verfasser eines wichtigen Werkes über das ganze Gebiet der Optik. Goethe entlieh der Weimarer Bibliothek am 2. Februar 1798 die lateinische Übersetzung von Risner, Basel 1572. Alhazens Auffassungen kommen über das Vorhergehende hinaus. Er vervollständigte Reflexions- und Brechungsgesetz, unterschied Lichtstrahl und Sehstrahl, arbeitete mit Spiegeln und Linsen und stellte eine Theorie des Regenbogens auf.

66,13ff. Vgl. *Did. Teil* § *31–33, 38, 50, 60* und *805–812*.

66,19. *Augustinus*, Aurelius (354–430), einer der berühmtesten unter den Lehrern der christlichen Kirche. Gründer von Klöstern in Afrika. Die zitierte Stelle Lib. II de Trinitate Cap. 2 bezeichnet Goethe als

Schöne Stelle vom zurückbleibenden Lichtbild und den abklingenden Farben (LA I 3, 369).

66,19f. *Themistius* (um 320–390), griech. Philosoph in Konstantinopel. Als Kommentator des Aristoteles schrieb er Paraphrasen zu Aristoteles. Die zitierte Stelle stammt aus diesen Paraphrasen, Libro de insomniis, Cap. 2. Goethe sagt: *gleichfalls sehr schöne Stelle über die Dauer des Eindrucks, das Geblendetsein, das Sehen der gleichen Farben und des farbigen Abklingens* (LA I 3, 369).

68,20ff. Nach den *Annalen* von 1807–1809 beschäftigte sich Goethe auch mit dem 15. Jahrhundert. Die Ausbeute war offenbar so gering, daß er auf die Darstellung verzichtete.

70,18. Die Auslassung betr. das Büchlein des Thylesius, s. u.

70,20. Vgl. die Anm. zu Nach S. 28.

Nach 70,23 folgt *Antonii Thylesii de coloribus libellus.* Die kleine Schrift zählt die lateinischen Benennungen der Farben mit Belegen aus der alten Literatur auf. Goethe entlieh die Schrift in einer 1537 in Basel erschienenen Ausgabe vom Dezember 1808 bis Februar 1809 der Weimarer Bibliothek. Über den etymologischen Versuch des Thylesius äußert sich Goethe sehr bedeutend: *Die Sprache ist überhaupt ein bewegliches Organ, ein Gegenstand muß sehr fest und derb dastehen, wenn ihn die Sprache nicht in ihren Ausdrücken herüber und hinüber wiegen soll. Bei so flüchtigen Gegenständen aber wie die Farben sind zeigt sich erst die Flüchtigkeit und Beweglichkeit der Mittel, durch welche wir die Eindrücke, welche auf uns gewirkt werden, festzuhalten suchen. Auch hier findet sich, was sonst wohl auch manchmal vorkommt, daß das Entgegengesetzte mit denselben Worten bezeichnet wird, wobei man denn freilich nicht in Abrede sein kann, daß eben das Entgegengesetzte sich oft in einem Dritten auflöst* (LA II 6,48).

70,24. *Thylesius,* Antonius (eigentlich Telesius, 1482–1533), Edelmann aus Cosenza, lehrte Philosophie in Mailand, Rom und Venedig. Außer De coloribus libellus schrieb er u. a. De coronarum generibus, Cosenza 1531 (vgl. 70,37), und Annotationes ad Horatium. Goethes Tgb. nennt ihn im Dezember 1808 und im Januar 1809.

72,1–9 aus dem Gedicht De Cicindela (über das Johanniswürmchen).

72,10. *Portius,* Simon (1497–1554), Lehrer der Philosophie in Padua, Pisa und Neapel, Verfasser einer Abhandlung über die Augen De coloribus oculorum, 1550. Nach seinem Tgb. beschäftigte sich Goethe mit Portius im Dezember 1808 und im Januar 1809.

72,11–14. Vgl. Anm. zu Nach S. 28.

72,24. *Villeggiatur* (ital.): Landaufenthalt zur Erholung.

72,25. Florenz 1548, Paris 1549.

74,8. *Scaliger*, Julius Cäsar (1484–1558), Arzt in Venedig und Padua, seit 1529 in Agen (Garonne) daneben Philosoph und Philologe, hatte große Kenntnisse des Altertums und kommentierte Hippocrates (De insomniis, 1538), Aristoteles (De plantis, 1556) und Theophrast (De causis plantarum, 1566).

74,20ff. Scaliger tadelt mit Recht die Flüchtigkeit des Cardanus in seiner Schrift De subtilitate ad Cardanum exercitationes, Paris 1557; Scaligers Ansichten stehen aber sonst denen des Cardanus nach. Goethe entlieh eine Ausgabe von 1601 vom November 1808 bis Februar 1809 der Weimarer Bibliothek; das Tgb. nennt die Schrift zuerst schon am 3. Oktober 1807.

74,30f. Scaligers Streitschrift umfaßt 365 Exerzitationen.

75,16. *bepfählen*: abgrenzen, von Goethe mehrfach benutztes Wort, vgl. Bd. 12, S. 426, Nr. 443.

76,27. *Topik*: Bezeichnung der Rhetorik für die Festlegung derjenigen allgemeinen Begriffe, die das Wesen eines Gegenstandes bedingen und ihn gegen andere Gegenstände abgrenzen.

77,16. *Paracelsus*, Theophrastus Bombastus von Hohenheim (1493 bis 1541), Arzt und Lehrer der Medizin im damals umfassenden Sinn dieses Berufes auf dem Grund der Philosophie unter Einbeziehung der Chemie und Biologie; auch Verfasser theologisch-mystischer Schriften, führte ein unstetes Wanderleben. Seine Lehren fußen auf für seine Zeit ungewöhnlicher Kenntnis der natürlichen Dinge, weisen aber große Härten auf. Über *Geist und Talente* vgl. etwa F. Weinhandl, Paracelsus, Stuttg. u. Bln. 1941, sowie Karl Sudhoffs Paracelsusausgabe und Schriften über Paracelsus. – Goethe beschäftigte sich schon in Frankfurt 1769 im Zusammenhang mit seinen alchemistischen Studien (vgl. *Dichtung und Wahrheit*, Bd. 9, S. 342,16f. und Anmkg.) und in seiner Straßburger Studentenzeit mit Paracelsus (vgl. *Ephemeriden*).

77,26f. Die paracelsischen „Prinzipien" (Salz, Schwefel und Quecksilber) sind nicht als Substanzen, sondern als die den Substanzen zugrunde liegenden Qualitäten (vergleichbar etwa den Aggregatzuständen) zu betrachten. Weinhandl (s. o.) nennt sie die drei Grundcharaktere der Wirklichkeit.

77,33. Eine Notiz Goethes führt aus: *Das Urlicht habe durch verschiedne produktive Stufen die drei physischen chemischen Elemente ... erzeugt. Salz Schwefel und Mercurius. Der Schwefel (die Elementarsäure) bringe die Farben hervor. Richtig nur einseitig. Andre einen Schritt dem Wahren näher. Der Schwefel sei nicht allein hinreichend, es gehöre auch noch das Salz (das Elementar Alkali) dazu* (LA II 6,73).

78,7. *Alchemie* heißt eine Lehre von den Stoffen und ihren Verwandlungen im weitesten Sinne; nach Europa im Mittelalter durch die Araber eingeführt, auf griechische und ägyptische Ursprünge zurückgehend.

Sie spielt bis in das 18. Jhdt. hinein eine große Rolle auch noch neben den Anfängen dessen, was wir heute als Chemie bezeichnen und was seinen Ausgangspunkt bereits in den Lehren des Paracelsus hatte. Die Probleme der Alchemisten schwanken zwischen dem Inbeziehungsetzen des Makrokosmos der Welt zum Mikrokosmos des Individuums und der Bereitung von Lebenselixieren und Gold. – Fand sich Goethe zunächst durch die *echten Gefühle* angezogen (*Dichtung und Wahrheit, 8. Buch;* vgl. auch die Anm. zu *Faust* V. 1042 ff.), so offenbart sich an dieser Stelle der Geschichte der Farbenlehre deutlich sein Widerspruch und seine wissende Kritik an den Bestrebungen der Alchemisten. – Nach Maßgabe der modernen Psychologie hat man Goethes frühe, in *Dichtung und Wahrheit* gekennzeichneten Eindrücke hervorgehoben (R. D. Gray, Goethe, the Alchemist, London 1952; F. G. Hartlaub, Euphorion 48, 1954, S. 19ff.; A. v. Bernus, La Tour Saint Jacques 1956, Heft 2), ohne zu berücksichtigen, daß in dem von Goethe Übernommenen allgemeine Probleme und Aussagen der Philosophie auf speziell Goethesche Art verarbeitet sind.

78,9–11. *sich ... ihre Zuflucht nehmen.* Goethe braucht auch die Wendung *sich Besitz nehmen (Wilhelm Meisters theatralische Sendung,* WA I 52, Lesarten zu 61,21–22). Es besteht aber die Möglichkeit, daß er hier die Absicht hatte, ,,flüchten" zu benutzen, bei der Länge des Satzes an der entsprechenden Stelle das *sich* wieder vergessen hatte, *ihre Zuflucht nehmen* brauchte und daß das *sich* nur versehentlich stehenblieb.

79,23. *Universalrezipe*: Allgemeines Arzneimittel. – *Kassier*: Schatzmeister.

79,33f. *Metaschematismen*: Umgestaltungen.

Nach 80,2 folgt ein einem legendären Morienus zugeschriebenes Stück eines Gespräches über die Farben alchemistischer Präparate, von Goethe übersetzt nach Artis auriferae, quam chemiam vocant, Basilae 1593.

80,11f. Jeremias 17,9; nach Luthers Übersetzung: ,,Es ist das Herz ein trotzig und verzagt Ding, wer kann es ergründen."

81,5. *Kopernikus,* Nikolaus (1473–1543), Begründer des heliozentrischen Weltsystemes in der Neuzeit, dargelegt in seiner Schrift De revolutionibus, Nürnberg 1543.

82,20. *Telesius,* Bernhardinus (1509–1588), italienischer Philosoph, Neffe des Antonius Thylesius (vgl. zu S. 70,24). Gründer der Cosentinischen Akademie, die ein Zentrum naturwissenschaftlicher Studien war. Wahrnehmung betrachtete er als die Quelle der Erkenntnis. Sein System der Naturwissenschaft (De rerum natura, Rom 1565) ist bestimmt von Lukrez und Parmenides. De colorum generatione, Neapel 1570. Wärme und Kälte galten ihm nicht mehr als Elemente, sondern als Kräfte.

83,9. *Systole und Diastole*: von Goethe häufig gebraucht, vgl. Bd. 1, S. 305, Nr. 11; Bd. 2, S. 10,17–22; Bd. 12, S. 436, Nr. 520; Bd. 13, S. 488,11 und Anmerkungen.

83,21. De colorum generatione opusculum, Neapel 1570, hat Goethe später gelesen und einen Auszug mit weiteren Bemerkungen zum Leben und Werk des Telesius veröffentlicht in seinen Heften *zur Naturwissenschaft überhaupt* 1822/23 (LA I 8,220ff.).

83,34. *Cardanus,* Hieronymus (1501–1576), Professor der Medizin und Mathematik in Mailand, Pavia, Bologna und Rom. Cardanus war als tüchtiger Mathematiker zur Ausbildung der Mechanik befähigt. Er studierte den Antrieb bewegter Körper durch Luft. Auch er betrachtete wie Telesius Wärme und Kälte, aber auch Trockenheit und Feuchtigkeit als treibende Kräfte. Er beschrieb sein Leben selbst in der Schrift De vita propria, Amsterdam 1654, deren Lektüre Goethe im Tgb. vom Juli 1777 bezeugt. Am 8. September 1778 schrieb er an Frau v. Stein, daß er *Cardan wieder einmal und mit vieler Freude und Rührung* lese. Die verbreitetste von Cardans zahlreichen Schriften war De subtilitate libri XXI, Nürnberg 1550 und Paris 1552 (vgl. Scaligers Kritik, S. 74,20ff.), die Goethe in einer Ausgabe von 1554 besaß und auch vom November 1808 bis Februar 1809 der Weimarer Bibliothek entlieh.

84,14. *Cellini,* Benvenuto (1500–1571), Bildhauer. Goethe übersetzte seine Autobiographie (WA I 43–44).

84,21. *Montaigne,* Michael Eyquem de (1533–1592), franz. Philosoph. Seine Essais erschienen 1580. Vgl. Bd. 9, S. 480,8 und Anmkg. dazu.

85,11. *die wenigen Spalten* im vierten Buch von De subtilitate.

85,31. *Porta,* Giambattista della (1538[?]–1615), Schriftsteller, Naturforscher und Alchemist in Neapel. Sein Geburtsjahr wird verschieden angegeben (Goethe nennt 1545). Porta gab im allgemeinen die hergebrachten Meinungen wieder. Er experimentierte jedoch auch selbst mit Hohlspiegeln und Linsen und versuchte erfolglos deren Brennpunkte rechnerisch zu bestimmen. Er gilt als der Erfinder der Camera obscura, deren Anwendung er beschreibt. Seine Magia naturalis sive de miraculis rerum naturalium libri IV erschien in mehreren Ausgaben und Fassungen von 1558 an, von denen eine von 1589 reiferes und kritisches Urteil zeigt. Goethe studierte sie zuerst im Dezember 1800, dann im Januar und Februar 1809 (Tgb.) und charakterisiert sie im folgenden treffend.

86,17. *Metaschematismen*: Umgestaltungen.

86,34ff. Es bildet sich zwischen den beiden Metallen ein elektrisches Element (Lokalelement), wodurch die Metalle verbraucht werden; das dazwischengeschobene Holz verhindert diesen Prozeß als Isolator.

87,27. Albertus Magnus, Albert von Bollstädt (1193–1280), Dominikaner, Lehrer des Thomas von Aquin. Seine physikalischen Lehren lehnen sich an Aristoteles und an die arabische Überlieferung an.

88,19. Ippolito d'Este (1509–1572).

89,13. *Bacon,* Francis Baron von Verulam (1561–1626), englischer Jurist und Staatsmann, zeitweise Lordkanzler. Seine Schriften (Novum organon scientiarum, London 1620, früher unter dem Titel Cogitata et visa de interpretatione naturae ... 1612; De augmentis scientiarum, Paris 1624; nachgelassen: Filum labyrinthi; Nova Atlantis, 1626, u.a.) lehren einen mechanistischen Empirismus durch experimentelle Befragung der Natur unter der Voraussetzung, daß der Zweifel an die Spitze der Forschung zu setzen sei (vgl. auch Descartes und Boyle). Wissenschaftlich ist Bacon nicht auf der Höhe seiner Zeit; trotzdem ist der Einfluß seiner in vielen Auflagen und Übertragungen erschienenen Schriften insbesondere auf viele Mitglieder der Royal Society sehr groß. – Goethe äußerte sich 1793 (noch unkritisch) über Bacon (LA I 3, 152f.); weitere Beschäftigung folgt im Mai 1805 (Entleihung aus der Bibliothek Weimar), Oktober 1807 und Januar 1809 (Tgb.). Zahlreiche Entwürfe (LA II 6,59ff.) zeugen ebenso von intensiver Beschäftigung wie von dauernder Kritik. Besonders charakteristisch ist die Äußerung im Brief an Jacobi vom 7. März 1808: *So habe ich eine unbedingte Verehrung für Roger Baco gefaßt; dagegen mir sein Namensvetter, der Kanzler, wie ein Herkules vorkommt, der einen Stall von dialektischem Miste reinigt, um ihn mit Erfahrungsmist füllen zu lassen.* – Über das „Salomonische Haus" oder Collegium Salomonis, eine Art physikalisch-technischer Akademie mit staatslenkender Funktion, das Bacon in seiner Nova Atlantis beschreibt, äußerte sich Goethe schon brieflich zu Knebel am 21. November 1782: ... *die ganze Naturgeschichte umgibt mich wie Bacons großes Salomonisches Haus, worüber sich Herder und Nicolai streiten.* Vgl. dazu auch S. 138f.

Nach 91,19 folgt ein Brief des Sir Thomas Bodley (1544–1612), der Bacons Ablehnung des Überlieferten und seinen Fortschrittsglauben streng maßregelt.

91,23f. *Gilbert,* William (1540–1603), Arzt in London. In seiner Schrift De magnete, London 1600, werden die magnetischen Kenntnisse seiner Zeit von ihm zur wissenschaftlichen Lehre erhoben und die Lehre vom Erdmagnetismus begründet; er bemühte sich auch um die Erscheinungen der Reibungselektrizität.

91,24ff. Dazu sagt Goethe in seinen Notizen: *Baco hatte kein Ideenvermögen, auch nicht eine Ahndung davon* (LA II 6,63).

91,37. *daß ein Fall oft tausende wert ist*: vgl. Bd. 12, S. 433, Nr. 489.

92,4. Historia ventorum, Leyden 1623.

92,19f. *achromatische Fernröhre*: Newton (zu S. 142,35) hatte theoretisch die Möglichkeit bestritten, Fernrohre ohne den Fehler der Farbzerstreuung herstellen zu können. Nach Vorschlägen von Leonhard Euler stellte der Optiker Dollond 1758 die ersten achromatischen Fernrohre her, die durch zusammengesetzte Linsen aus Gläsern verschiedenen Brechungsvermögens keine Farbzerstreuung zeigen (vgl. zu S. 221,3).

92,34. *Agricola,* Georg (1494–1555), Arzt in Joachimsthal und Chemnitz. Sein Werk De re metallica 1530 ist die erste Bergbaukunde. – Goethe entlieh sie der Weimarer Bibliothek vom 26. August bis 2. September 1806.

94,37. *Exorzisten*: Dämonen- und Teufelsbeschwörer der katholischen Kirche.

95,4. *mit so mehr Zuversicht*: Goethe ist diese Form gelegentlich untergelaufen, z. B. an C. G. von Voigt, 10. Januar 1810: *mit so größerm Fug und Recht*; vgl. auch Grimms Deutsches Wörterbuch, Artikel mehr.

Nach 95,7 folgt in der Erstausgabe ein Hinweis auf die Geschichte des Kolorits von Joh. Heinr. Meyer, den wir hier fortgelassen haben.

97,33. *Galilei,* Galileo (1564–1642), Professor der Mathematik und Physik in Pisa und Padua. Zunächst noch ganz der aristotelischen Schule angehörend, machte sich Galilei später weitgehend davon frei und verteidigte das kopernikanische System. Er war der Entdecker mechanischer Gesetze (Fallgesetz) und durch seine Definition des physikalischen Kraftbegriffes Begründer der modernen Physik. Er benutzte das damals neu erfundene Fernrohr zu astronomischen Beobachtungen (Entdeckung der Jupitermonde 1610). 1630 erschien seine Verteidigung des kopernikanischen Systems, aber schon 1632 wurde sie durch die Inquisition verboten und 1633 mußte Galilei die kopernikanische Lehre abschwören. – Goethe beschäftigte sich vom 18. bis 20. März 1809 (Tgb.) mit Galileis Lebensbeschreibung von Ch. J. Jagemann, Weimar 1783.

98,9. *Aperçu*: *prägnanter Punkt, Gewahrwerden, Auffassen, erster Begriff,* wie Goethe sonst auch sagt (vgl. Bd. 13, S. 558). Aber Goethe bemerkt auch: *Alles wahre Aperçu kommt aus einer Folge* (Bd. 12, S. 414, Nr. 365).

98,32. Er durfte sein Landhaus bei Florenz nicht mehr verlassen.

98,35. *bononischer Stein*: Leuchtstein aus Bologna; nach erfolgter Bestrahlung phosphoreszierender Schwerspat.

99,4. *Kepler,* Johannes (1571–1630), Professor der Mathematik und Astronom in Graz, Prag (bei Tycho Brahe) und Linz. Stellte in seiner Arbeit Prodromus dissertationum cosmographicarum continens mysterium cosmographicum, Tübingen 1596, eine Lehre von Gestalt und Gesetz des Planetensystems auf. Er verbesserte das kopernikanische System durch Annahme von Ellipsenbahnen in der Astronomia nova, Heidelberg 1609. Auf Optik beziehen sich die Schriften Ad Vitellionem Paralipomena, Frankfurt 1604, die besonders Goethes Beachtung fanden (er entlieh sie mehrfach zwischen 1791 und 1810 der Weimarer

Bibliothek; desto mehr verwundert es, daß er Vitello – vgl. Anm. zu S. 46,29ff. – nicht in seine Geschichte der Farbenlehre aufnahm), und Dioptrice von 1611 mit der Erfindung des astronomischen Fernrohres. Die Harmonice mundi 1619 (die berühmten Keplerschen Gesetze enthaltend) ist Keplers großartige Kosmographie. Andere Schriften entlieh Goethe der Jenaer Bibliothek durch Eichstädt (Briefe an Eichstädt vom 3. und 6. Mai 1809) und aus Halle (an Reichardt 5. April und 20. Juli 1809); vgl. auch Goethes Tgb. vom Mai bis Juli 1809. Goethe erklärte im *supplementaren Teil* der Farbenlehre (LA I 7,23), daß er sich *das über Keplern Gesagte gegenwärtig bedeutender und zweckgemäßer auszuführen* getraute.

99,23. Brahe, *Tycho* (1546–1601), Astronom in Dänemark, später Prag. Er konnte das kopernikanische System in seiner unvollständigen Form vor Keplers Revision auf Grund seiner richtigen Beobachtungen nicht annehmen. Goethe beurteilt ihn hier ungerecht entgegen Kepler, der seine Verdienste mehrfach würdigt. Das tychonische System diente als notwendiger Übergang vom ptolemäischen zum kopernikanischen und verzögerte dessen Anerkennung nicht.

Nach 100,33 folgt ein die Farben betreffender Auszug, beginnend: *Color est lux in potentia ...*, aus den Paralipomena ad Vitellionem 1604.

100,36. *physiologische Farben*: vgl. *Did. Teil* § *1* ff. (Bd. 13, S. 329ff.).

101,6. *Snellius*, Willebrord (1581–1626), Professor der Mathematik in Leiden, verdient um die angewandte Mathematik auf dem Gebiet der Feldmeßkunst (genaue Meridianbestimmung). Entdecker des Brechungsgesetzes (1618), des konstanten Verhältnisses zwischen dem Sinus des Einfallswinkels und des gebrochenen Winkels der Lichtstrahlen in verschiedenen Medien. Er drückte es allerdings mit den Kosekanten aus, die heutige Formulierung brachte Descartes.

101,14f. Goethe stellt die Erscheinung der *Refraktion*, also der Richtungsänderung des Lichtes beim Übergang von einem Medium in ein anderes, im *Did. Teil* § *178*ff. (Bd. 13, S. 369ff.) dar.

101,28. *Strahl*: *Ich sah die Erscheinungen der Natur in offner Welt, und brauchte nicht erst einen zwirnsfädigen Sonnenstrahl in die finsterste Kammer zu lassen, um zu erfahren, daß hell und dunkel Farben erzeuge.* (Bd. 13, S. 111,23–26.) Goethe bekämpft die Einengung des Phänomens.

102,3. *Huygens*, Christian (1629–1695), holländischer Jurist und Physiker. Erfinder der Pendeluhr und der Uhr mit Unruhe. Er versuchte durch Verbesserung der Luftpumpe und Versuche mit dem Vakuum einer Theorie des Äthers näherzukommen. In seinem Traité de la lumière, Leyden 1691, erklärt er das Licht als Wellenbewegung (Undulationstheorie) gegen Descartes' und Newtons atomistische Theorie. Über Reflexion und Brechung handeln die Kapitel 2 und 3 des Traité. Er beobachtete sorgfältig den Lichtdurchgang durch die Materie, arbeitete mit zusammengesetzten Linsen zur Vermeidung der sphärischen Aberration (vgl. zu S. 145,35ff.). Huygens' Wellentheorie setzte sich erst spät durch; sie behielt bis heute Gültigkeit. Daß Goethe ihn zu wenig beachtete, lag einerseits an seiner Zeit, andererseits daran, daß Huygens keine Theorie der Farben aufstellte.

102,3ff. Diese Unstimmigkeiten beruhen auf Snellius' abweichender Formulierung des Gesetzes (vgl. auch zu S. 101,6). In Wirklichkeit hat er es richtig erkannt und ausgesprochen. Descartes entdeckte es unabhängig davon nochmals und brachte es 1637 in der heutigen Form.

103,15. *de Dominis,* Marcus Antonius (1566–1624), Geistlicher aus Dalmatien, später in England; verfiel der Inquisition in Rom. Seine Schrift De radiis visus ... gibt eine abgesehen von seiner Unkenntnis des Brechungsgesetzes im wesentlichen richtige Darstellung der Theorie des Regenbogens. Seine Erklärung der Farben fußt auf willkürlichen Annahmen. – Goethe beschäftigte sich schon am 12. und 13. September 1797 laut Tgb. in der Tübinger Universitätsbibliothek auf seiner Schweizerreise mit de Dominis, dann wieder am 16. Februar, 5. und 6. März 1809 und 13. Januar 1810.

Nach 103,25 folgt ein Auszug aus de Dominis' genannter Schrift über die Farben, die bei der Refraktion erscheinen, und über Reflexion an runden durchsichtigen Körpern. Zur Erörterung über den Regenbogen weist Goethe außerdem auf eine von ihm selbst geplante Veröffentlichung hin (vgl. den Entwurf WA II 5^2, 406ff.).

103,27. *Aguilonius,* Franciscus (1566–1617), niederländischer Mathematiker. Verfasser eines Werkes über die geradlinige Ausbreitung des Lichts Opticorum libri VI, Antwerpen 1613 (in Goethes Handbibliothek). Goethe beschäftigte sich laut *Annalen* und Tgb. vom Herbst 1807 bis zum Frühjahr 1808 mit Aguilonius.

104,18f. *von uns ... urgierte Disgregieren und Kolligieren des Auges*: das Trennen und Verknüpfen, welches Goethe mit Platon annahm, vgl. auch *Systole und Diastole* (Anm. zu S. 83,9) und *Did. Teil* § 739.

104,26. *Hamberger,* Georg Albrecht (1662–1716), Professor der Mathematik und Physik in Jena. Verfasser mehrerer optischer Schriften.

104,29. *vitia fugitiva*: die „flüchtigen Fehler" Hambergers, Ausdruck für Nachbilder beim Sehen.

105,1ff. Zu Goethes Einteilung in physiologische, physische und chemische Farben muß auf den *Did. Teil* verwiesen werden. Die *wahren* Farben des Aguilonius sind die den Körpern verbundenen, die *apparenten* entstehen beim Zusammentreffen weißen Lichtes mit an sich farbloser Materie (z. B. Regenbogen), die *intentionellen* sind solche, die an farbloser Materie entstehen, aber von farbigen Körpern ihren Ursprung haben (z. B. ein farbiges Bild auf der Rückwand der Camera obscura).

108,28. Ricochet-Schuß: Prellschuß in der Geschützkunst, ein Schuß aus einer Kanone, wobei diese so gerichtet wird, daß die Kugel unter einem spitzen Winkel auf den Boden stößt, da sie denn unter ebendiesem Winkel wieder abprallt, wieder niederschlägt und abprallt und dem Feinde unvermuteten Schaden zufügt (nach Krünitz' Enzyklopädie). Goethe hatte die Erscheinung bei den Kriegsereignissen in Frankreich und Mainz kennengelernt (vgl. Bd. 10, S. 209,22; 234,7 u. ö.).

109,18–34. De natura rerum, in Knebels Übersetzung, Leipzig 1821, IV, 74–85.

109,35. Descartes, René (1596–1650), Philosoph, Mathematiker und Physiker. Mit dem Aufbau einer streng systematischen Philosophie ist er der Begründer des Rationalismus. Die Grundlage seiner Philosophie bildet der Zweifel. Seine starren physikalischen Theorien entspringen seiner Lehre der sich in Wirbeln bewegenden Himmelsmaterie (sein philosophisches System ließ einen leeren Raum nicht zu) und dreier Elemente als Grundlage der Materie. Seine Lehre vom Licht ist mechanistisch. Goethe sagt mit Recht: *grobe Vorstellungen im Physischen* und *seine Ansicht der Farben atomistisch, mechanisch und grell* (LA II 6,260). Seine Erklärung des Regenbogens geht über die des de Dominis hinaus; sie erschien 1637 in Leiden in seinen Essais philosophiques (Goethes Aufzeichnungen darüber LA I 3,102f. von 1795). – Goethe beschäftigte sich laut Tgb. im Februar und März 1809 mit der Niederschrift des Kapitels über Descartes.

110,12. *Balzac,* Jean Louis Guez de (1595–1655).

110,34. *Verulamisch*: nach Baco von Verulam.

111,11. *krude*: plump, roh, unreif.

112,6. In Goethes Notizen findet sich eine der *Linearzeichnungen* (vgl. LA I 3,102f.).

112,34. *Kircher,* Athanasius (1601–1680), Jesuit, Professor der Philosophie und Mathematik. Seine hier interessierenden Schriften: Magia sive de arte magnetica, Rom 1641 und Köln 1643, und Ars magna lucis et umbrae, Rom 1646 (mit der Beschreibung einer Laterna magica, die aber nicht richtig ist und auch nicht von Kircher erfunden). – Goethe beschäftigte sich vom Februar bis Mai 1809 laut Tgb. mit Kirchers Schriften; er betont Kirchers *Neigung zum Sonderbaren* (LA II 6,260).

Nach 113,5 folgen Zitate und kritische Auszüge aus Kirchers genanntem Werk in bezug auf die Farben (Erklärung der Himmelsbläue, Farben der Metalle, Pflanzen und Tiere).

113,34. *Bonacursius,* Josephus (17. Jhdt.), Pater.

114,5. *Marci* de Kronland, Johann Marcus (1595–1667), Professor der Medizin in Böhmen. Er nannte das Spektrum Iris trigonia. In seiner Schrift Thaumantias, Prag 1648, zeigt er, daß die einzelnen farbigen Strahlen des Spektrums nicht nochmals prismatisch zerlegbar sind (vgl. Newtons Experimentum crucis, S. 151,29).

114,21f. Das Werk erschien 1648 in Prag. Goethe entlieh es der Weimarer Bibliothek vom März 1809 bis Januar 1810; vom März bis Mai 1809 nennt das Tgb. Beschäftigung mit Marci.

115,12. *diverse Refraktion*: die von Marci zuerst beobachtete prismatische Zerlegung des Lichtes. Bei der Brechung weißen Lichtes findet eine Zerlegung (Dispersion, Zerstreuung) statt in ein kontinuierliches Farbspektrum von Rot zu Violett (Rot am schwächsten, Violett am stärksten abgelenkt).

115,23. *la Chambre,* Marin Cureau de (1594–1669), Leibarzt Ludwigs XIV., Günstling von Richelieu und Mazarin. Verfasser zahlreicher unwichtiger Schriften.

115,25f. Das angegebene Werk studierte Goethe laut Tgb. im Frühjahr 1809. Nach 117,5 folgt ein Auszug aus de la Chambres Schrift.

117,7. *Vossius,* Isaac (1618–1689). Universalgelehrter, nach Wanderjahren Kanonikus in Windsor. De lucis natura et proprietate, Amsterdam 1662, bringt viele unbewiesene Einwände gegen Descartes. – Goethe beschäftigte sich mit ihm laut Tgb. im März und April 1809.

117,29. *Nachtrag*: Responsio ad objectiones J. de Bruyn et P. Petiti de luce, Haag 1663.

Nach 117,29 folgen Zitate aus dem genannten Werk über Licht, Ursprung der Farben, Materie der Farben (als deren Grundstoff Schwefel bezeichnet wird, siehe Paracelsus), Ordnung der Farben und Erzeugung apparenter Farben.

118,5. *Newton mit seinen Ibilitäten*: Goethe verspottet die Häufung der Ausdrücke wie Refrangibilität, Reflexibilität usw. Dahinter steckt aber auch das ernstliche Bedenken Goethes gegen eine Überbewertung der Fertigkeiten des Lichtes, die mit einer Vernachlässigung der Bedingungen der Erscheinung einhergeht. Vgl. *Polem. Teil § 17–22* und *29*.

118,10f. *Pankl,* Matthias (1740–1798), Jesuit, Professor in Preßburg. Die erste Aufl. des genannten Werkes erschien 1791.

118,18. *Grimaldi,* Franciscus Maria (1618–1663), Jesuitenpater in Bologna, entdeckte die Erscheinungen der Beugung des Lichtes an Spalten und an Gittern (d. i. die Erscheinung, daß das Licht sich an Begrenzungen nicht völlig geradlinig fortpflanzt, sondern etwas von seiner ursprünglichen Richtung abgebeugt wird; das ist zurückzuführen auf seine Wellennatur und die sogenannte Erscheinung der Interferenz, der Zusammenwirkung gleichlaufender Wellenzüge) und die dabei auftretenden Farbenerscheinungen. Seine Veröffentlichung darüber von 1665 vgl. S. 118,32f. Er hatte unklare Vorstellungen von der Wellennatur des Lichtes. – Goethe nannte ihn schon rühmend in einem Brief an Knebel vom 8. Oktober 1791 zur Zeit seiner Beschäftigung mit den *Beiträgen zur Optik* (LA I 3,3ff.). Im September 1808 und März 1809 nennt das Tgb. Beschäftigung mit Grimaldi.

118,29. *Riccioli,* Giovanni Battista (1598–1671), Jesuit, Astronom in Bologna, Gegner des kopernikanischen Systems. Verfasser des Werkes Almagestum novum ..., Bologna 1651.

120,14. *diffrakte*: Diffraktion ist Beugung.

122,1. *Boyle,* Robert (1627–1691), Philosoph und Naturforscher in England. Verfasser philosophischer, naturwissenschaftlicher und theologischer Schriften, Mitbegründer der Royal Society (s. u.). Unter seinen naturwissenschaftlichen Schriften sind wichtig: New experiments, Oxford 1660; The sceptical chemist, 1662, mit Experimenten mit der Luftpumpe und Untersuchung von Gasen. Die von Goethe herangezogene, in seiner Handbibliothek befindliche optische Schrift Experimenta et considerationes ... ist zuerst englisch in London 1663 erschienen. Andere Werke Boyles entlieh Goethe 1805 der Bibliothek in Weimar. Von seiner Beschäftigung mit Boyle hören wir schon im Tgb. vom 4. Februar 1798 und in einem Brief an Schiller vom 10. Februar 1798; die *Annalen* nennen Boyle 1807, und der Abschnitt zur Geschichte der Farbenlehre entstand wohl im Dezember 1808 und März und April 1809, wo das Tgb. verschiedentlich Boyle meldet.

Nach 123,16 folgt ein längeres Zitat aus dem genannten Werk.

124,1. *Hooke,* Robert (1635–1703), Schüler Boyles, später Sekretär der Royal Society (s. u.), er war stets in viele Streitigkeiten verwickelt. Er stellte mikroskopische Beobachtungen an und entdeckte die zelluläre Struktur der Pflanzen. Zur Erklärung der Struktur der Materie nahm er an, daß die Atome Schwingungen ausführen; dadurch gelangt er zu einer Theorie der Gase. Seine optischen Theorien stehen im Gegensatz zu Newtons Auffassung. – Goethe arbeitete über Hooke laut Tgb. im April, Mai und Juli 1809.

124,15f. Sein Spiegelteleskop legte Hooke der Royal Society am 5. Februar 1674 vor.

124,27. *epoptische Farben*: vgl. *Did. Teil* § *429* ff.

125,1. *Malebranche,* Nikolaus (1638–1715), französischer Philosoph, Priester, Cartesianer. Er bildete auch in der Optik die Lehre Descartes' weiter, indem er die Farbenlehre mit der Tonlehre in Beziehung setzte.

Nach 125,5 folgt ein Resumé über das genannte Werk von Malebranche, vermutlich von ihm selbst verfaßt. Wir geben lediglich den letzten Absatz wieder, aus welchem die Art von Malebranches Theorie erhellt.

125,16. *Sturm,* Johann Christoph (1635–1703), Theologe, Professor der Philosophie und Mathematik in Jena und Altdorf. Namhafter Philosoph, Cartesianer. In zahlreichen physikalischen Schriften vertrat er eine Farbenlehre im Sinne Boyles. – Goethe erwähnt ihn im Tgb. zuerst am 21. September 1799, später am 8. Mai 1809.

125,30. *Funccius,* Johann Kaspar (1680–1729), Theologe und Professor der Mathematik in Ulm. In Goethes Handbibliothek findet sich das genannte Werk von 1716.

125,31. *Eine frühere Ausgabe*: es ist die Dissertation des Funccius gemeint, die 1705 in Leipzig erschien.

126,1. *Fabri,* Honoratus (1607 [06?]–1688), Jesuitenpater. Verfasser der Synopsis optica, Lugd. 1667.

126,11 ff. Goethe erklärt diese Phänomene im *Did. Teil* § *155* ff.

127,1. *Nuguet,* Lazare (um 1700), Geistlicher, nicht Jesuit. In seinem Système pour les couleurs sind Licht und Schatten die wesentlichen Bedingungen für die Farben. Die Beschreibung des Thermometers: Nouvelle découverte d'un thermomètre, Paris 1706. Goethe sagt in den *Annalen* 1807: *Nuguet ... war höchst willkommen.*

Nach 127,22 folgt ein Auszug aus dem Journal de Trévoux, in dem Nuguet die Farben als eine Mischung von Licht und Schatten erklärt.

Nach 128,13 folgen einige kritische Anmerkungen zu Nuguets Farbenlehre.

128,21 ff. Diese *Notizen* kennzeichnen die Breite der Goetheschen Bemühungen; darum meinen wir, sie nicht weglassen zu sollen, verzichten aber auf genauere Kommentierung.

128,22. *Sennert,* Daniel (1572–1637), Professor der Medizin in Wittenberg. Das genannte Werk erschien zuerst in Amsterdam 1651.

128,25. *Sperling,* Johann (1603–1658), Professor der Medizin und Naturwissenschaft in Wittenberg.

128,28. *Comenius,* Johann Amos (1592–1670), der berühmte Pädagoge.

128,31. *Mersenne,* Martin (1588–1648), französischer Mathematiker und Musiktheoretiker.

128,34. *Basson,* Sebastian (um 1600), 1. Aufl. der Phil. Genf 1621.

129,4. *Scheiner,* Christoph (1575–1650), österreichischer Mathematiker und Astronom, Oculus, hoc est fundamentum opticum, Innsbruck 1619.

129,11. *Hamberger,* Georg Albrecht, vgl. zu S. 104,26. Das genannte Werk ist eine Sammlung von Dissertationen, Jena 1708.

129,18. *Barrow,* Isaak (1630–1679), Lehrer Newtons. Lectiones opticae, London 1669.

129,20. *Faber,* Petrus Johannes, es erschienen von ihm 1624–1650 zahlreiche Schriften. Panchymici seu anatomiae ... Toulouse 1646.

129,38. *du Hamel,* Jean Baptiste (1624–1706), Theologe und Philosoph, Sekretär der Académie des Sciences. Goethe entlieh die 4. Aufl. des Werks von Amsterdam 1700 der Weimarer Bibliothek.

130,6. *Böhmer,* Philipp Ludwig (1666 [?]–1735).

Nach 130,9 folgt die Fortsetzung von Joh. Heinr. Meyers Geschichte des Kolorits (vgl. zu S. 32,31).

130,19. *Londoner Sozietät.* Die Royal Society of Sciences ging hervor aus einer Gesellschaft von Männern, die sich seit 1645 in London im Hause des Dr. Goddart, später in Oxford über naturwissenschaftliche Fragen besprachen. Von 1659 an fanden wieder in London regelmäßig donnerstags Vorträge statt. Die großenteils als Tories bei Cromwell politisch verdächtigen Mitglieder tagten bis 1659 geheim unter der Bezeichnung „invisible college". Die Konstituierung erfolgte 1660 nach der Thronbesteigung Karls II.; den Namen Royal Society erhielt sie 1662.

130,25f. *Sprat, Birch und die Philosophischen Transaktionen* s. u.

130,27f. *königliche Konfirmation*: Bestätigung der Rechte der Gesellschaft 1662.

130,30. *Sprat*, Thomas (1636–1713), Bischof von Rochester, Verfasser der History of the Royal Society of London for the improving of natural knowledge, 1667. Goethe entlieh eine Ausgabe von 1702 von Mai bis Juni 1805 und im Juli 1809 der Weimarer Bibliothek. Goethe an Friedr. Aug. Wolf am 2. Mai 1805: *Sprat ist nach meiner vorläufigen Ansicht ein exzellenter Kopf, den man wohl benutzen kann, ohne ihm zu vertrauen. Seine Geschichte der königlichen Sozietät scheint mir durchaus ein rednerisch zweckmäßiges Produkt, und desto belehrender wird mir es sein, zu vernehmen, was jener* (Montucla, s. u.) *an ihm aussetzt.* Vgl. auch *Annalen* 1804 (Bd. 10, S. 467,28ff.) und Tgb. Mitte Juni 1804 und 6. und 10. Juli 1809; sowie Sorbière, zu S. 131,20.

131,12. *Oldenburg*, Henry (etwa 1626–1678), Bremer Konsul in London, als Sekretär der Royal Society Herausgeber der Phil. Transactions seit 1664; vgl. auch S. 153,29ff.

131,20. *Sorbière*, Samuel Joseph (1615–1670), holländischer Arzt, später in Paris Sekretär der Akademie von Montmor. Er schrieb in seiner Relation d'un voyage fait en Angleterre, Paris 1664, über die „Académie Royale"; dagegen wendete sich Sprat in seinen Observations on M. de Sorbière's Voyage into England, 1665; diese Schrift entlieh Goethe im Juli 1809 der Weimarer Bibliothek.

131,25. *Montucla*, Jean Etienne (1725–1799), schrieb über Sprats Werk: „un ouvrage pitoyablement fait". Histoire des Mathématiques, Paris 1758.

131,31. *Seuche* und *Brand* 1665 und 1666.

131,33. *Kompilation*: unsystematisches Zusammentragen.

132,23. *Birch*, Thomas (1705–1766), englischer Theologe und Historiker; Sekretär der Royal Society 1752–1765; er verfertigte die erste vollständige Ausgabe der Schriften Robert Boyles 1744. – Goethes Beschäftigung mit Birch vgl. *Annalen* 1804 (Bd. 10, S. 467,33ff.) und Brief an Friedr. Aug. Wolf vom 2. Mai 1805.

132,24f. History of the Royal Society of London, 4 Bde. 1756–1757, der erste berichtet über die Ereignisse in der Sozietät von 1666 an. Goethes ausführliche Auszüge vgl. LA II 6,159ff.

133,1. Philosophical Transactions, wissenschaftliche Zeitschr. der Royal Society, gegründet 1666.

133,13ff. Vgl. zu S. 130,19.

Nach 135,21 folgt ein Zitat aus Sprats Geschichte, welches den geschichtlichen Hintergrund der Gründungszeit der Royal Society darstellt.

137,14. Hier wird deutlich, was Goethe unter *Mathematik* eigentlich verstand und daß er sie nicht, wie aus manchen seiner Äußerungen vielleicht geschlossen werden könnte, schlechthin ablehnt, sondern im Gegenteil außerordentlich hoch bewertet. Vgl. Anm. zu S. 61,28 und Bd. 12, S. 451ff., Nr. 632–661; Bd. 8, S. 117,8ff. und dazu die Anmkg.

137,31f. *Naturlehre*: Physik; *Naturgeschichte*: die Wissenschaft von der Erde und allen darauf bestehenden Körpern (also Geologie, Mineralogie, Geographie, Chemie, Biologie, auch Astronomie).

138,22. *Mayow*, John (1645–1679), Physiologe in Oxford, stellte Atmungsversuche unter einer Glasglocke mit Luft von verschiedenen Dichten an; wurde 1678 Mitglied der Royal Society.

138,26. Baco von Verulam, Nova Atlantis, vgl. zu S. 89,13.

138,39ff. Freie Übersetzung von S. 993 der Frankfurter Ausgabe von Bacons Werken von 1665.

141,15. Vgl. S. 67 und 78.

142,22. Vgl. zu S. 138,22.

142,35. *Newton*, Isaak (1642–1727; Unstimmigkeiten einiger Daten rühren von der in England damals üblichen Zeitrechnung mit Jahresbeginn am 25. März her), studierte in Cambridge, war Schüler von Barrow (vgl. zu S. 129,18). Hier machte er zunächst Entdeckungen mathematischer Art auf dem Gebiet der Differentialrechnung, die zur Auseinandersetzung mit Leibniz führten. Nach der Beschäftigung mit Keplers Theorien stellte er das Gravitationsgesetz auf (veröffentlicht in seiner Schrift Philosophiae naturalis principia mathematica, 1687). Seit 1666 befaßte er sich mit der Zerlegung des weißen Lichtes durch das Prisma, 1669 folgte er Barrow auf dessen Lehrstuhl, 1699 wurde er Münzmeister in London, 1703 Präsident der Royal Society. – Newton lehrte, daß das weiße Licht aus Anteilen verschiedener Brechbarkeit zusammengesetzt sei, die man durch ein Prisma trennen könne und die sich unserem Auge als verschiedene Farben darbieten (vgl. auch Marci S. 114,5). Werden diese Farbanteile durch einen Spiegel oder eine Linse wieder gesammelt, so wird das weiße Licht zurückerhalten. Newtons Auffassung von der Dispersion erwies sich in ihren Grundzügen als gültig. Seine Korpuskulartheorie des Lichtes, die der Wellentheorie von Huygens (vgl. zu S. 102,3) entgegenstand, konnte endgültig erst 1850 (durch Foucaults und Fizeaus Versuche) verdrängt werden, nachdem die Wellentheorie 1801 von Thomas Young wiederaufgenommen worden war, sich aber nicht hatte durchsetzen können. Obwohl Newton erklärte, keine Hypothesen aufstellen zu wollen und nur die Erscheinungen zu beschreiben, konnte er doch nicht umhin, zur Erklärung der Farben dünner Blättchen, der Farbenerscheinungen beim Zusammenpressen von Glasplatten (sog. Newtonsche Ringe) und der durch Beugung hervorgerufenen Spektren an Kanten und Spalten (vgl. zu S. 118,18) wie er sagt, denen zu Gefallen, die ohne Hypothesen eine Erklärung neuer Entdekkungen nicht hören wollen, seine Korpuskulartheorie auf eine hypothetische Basis zu stellen. So legte Newton den Lichtstrahlen eine Neigung bei, abwechselnd leichter reflektiert zu werden oder durchzudringen, „fits (d.h. Fertigkeiten) of easy reflexion and transmission", deren raum-zeitliche Intervalle den Wellenlängen der von Hooke angenommenen Ätherschwingungen ähnlich sind. Diese Erklärungen tragen den Stempel fragwürdiger Hypothesen, die für jedes neue Versuchsergebnis eine neue Formulierung benötigen. – Goethes Polemik wendet sich aber hauptsächlich gegen den Teil von Newtons Optik, der die Dispersion darstellt. Goethe beschäftigte sich naturgemäß seit seinem in der *Konfession des Verfassers* geschilderten Blick durch Büttners Prisma (vgl. S. 257ff.) mit den Belangen Newtons. Den hauptsächlichen Niederschlag hat seine heftige Kritik im *polemischen Teil* der Farbenlehre gefunden (LA I 5). Das Kapitel *Newton* zur Geschichte der Farbenlehre entstand laut Tgb. von Juni bis November 1809.

143,1ff. Von 1793 haben wir Goethes Abhandlung über *Newtons Hypothese der diversen Refrangibilität,* in der er den hier folgenden Gedanken etwas anders formulierte: *Das Genie, das vorzüglich berufen ist, auf jede Weise große Wirkung hervorzubringen, hat seiner Natur nach den Trieb, über die Gegenstände zu gebieten, sie sich zuzueignen, sie seiner Art zu denken und zu sein zu unterwerfen. Viel schwerer und leider oft nur zu spät entschließt es sich, auch den Gegenständen ihre Würde einzuräumen, und wenn es durch seine produktive Kraft eine kleine Welt aus sich hervorzubringen vermag, so tut es der großen Welt meist unrecht, indem es lieber wenige Erfahrungen in einen Zusammenhang dichtet, der ihm angemessen ist, als daß es bescheiden viele Erfahrungen nebeneinander stellen sollte, um womöglich ihren natürlichen Zusammenhang endlich zu entdecken. So ungeduldig es sich nun bei der Beobachtung zeigt, so fest finden wir es, auf einer einmal gefaßten Idee zu beharren, und so tätig, sie auszubilden. Sehr leicht findet es Gründe, die Blößen seines Systems zu decken, und zeigt einen neuen Zweig seiner Fähigkeiten, indem es dasjenige hartnäckig verteidigt, was es niemals bei sich hätte begründen sollen. Prägt sich nun gar eine solche Vorstellungsart, eine solche Ideenreihe in die Köpfe leicht eingenommener gleichzei-*

tiger Jünglinge, so geht ein halbes, ja ein ganzes Jahrhundert darüber hin, bis ein Irrtum entdeckt, und wenn er entdeckt ist, bis er endlich wirklich anerkannt und ausgestoßen wird. (LA I 3,154.)

144,25. Die *Lectiones opticae* sind Newtons 1669–1671 gehaltene Vorlesungen, die 1728 englisch unter dem Titel Optical lectures erschienen.

145,2. Nach unserer Zeitrechnung wurde Newton 1672 in die Royal Society aufgenommen und legte sein Spiegelteleskop am 4. Mai vor; in dem Bericht erwähnt er auch Gregorys Konstruktion eines Spiegelteleskopes (vgl. zu S. 155,20). Seine Farbentheorie teilte er der Gesellschaft brieflich am 6. Februar 1672 als Theory of light and colours mit (Philos. Trans. Nr. 80 vom 19. Februar 1672). Diese Schrift wurde der Anlaß zu seinen Auseinandersetzungen mit Hooke.

145,14. Seine zusammenfassenden Ausführungen über *Optik* gab er, obwohl er sie 1675 begonnen und etwa 1690 im wesentlichen beendet hatte, erst nach dem Tode Hookes 1704 unter dem Titel Opticks, or a treatise of the reflections, refractions, inflections and colours of light heraus. Dieses Werk (4. Aufl. London 1730) befindet sich als einziges Werk Newtons in Goethes Handbibliothek.

145,24. *Refraktion*: Brechung des Lichtes, Richtungsänderung eines gerichteten Lichtstrahles beim Übergang von einem Medium in ein anderes (etwa von Luft in Wasser oder Glas). Das Brechungsgesetz (vgl. zu Snellius, S. 101,6) bezeichnet die Richtung, die der gebrochene Lichtstrahl nimmt. Goethes *Demonstration* vgl. *Did. Teil* § *186* ff.

145,35 ff. Die hauptsächlichen Abbildungsfehler der Linsen bestehen in der sphärischen und chromatischen Aberration. Der sphärische Fehler, der darauf beruht, daß von Kugelflächen begrenzte Linsen nur achsennahe Strahlen in einem Punkte vereinigen, läßt sich durch angemessene Form der Linse überwinden; zur Vermeidung des chromatischen Fehlers, der sich in Farbsäumen des Bildes zeigt, setzt man Linsen verschiedener Glasart zu Systemen zusammen (vgl. *Achromasie* S. 221,3). Newton hatte also unrecht, anzunehmen, daß ein Fernrohr mit Linsen nicht mehr zu verbessern sei und daß man zur Verbesserung nur auf dem Wege des Spiegelteleskopes kommen könne. Er hatte übersehen, daß Brechungsvermögen und Zerstreuungsvermögen (Grad der Ablenkung und Breite des Spektrums) sich von Medium zu Medium nicht proportional ändern.

151,29. *Experimentum crucis*: Newton sonderte Ausschnitte aus dem Spektrum durch Ausblenden bestimmter Spektralbereiche; dann versuchte er die nochmalige Brechung dieser Strahlen mit einem zweiten Prisma und bemerkte, daß auch bei dieser zweiten Brechung der violette Anteil des Spektrums stärker abgelenkt wurde als der rote. Diesen Versuch nannte Newton in seinen frühen Schriften nach Baco von Verulams Vorbild, der die entscheidenden (crucial engl. = entscheidend) Versuche so bezeichnet hatte, Experimentum crucis (z. B. in der Theory of light and colours). Newton selbst betonte diesen Versuch später nicht mehr besonders. Der wirklich entscheidende Versuch für seine Theorie war ja auch die Wiedervereinigung des Spektrums etwa durch eine Linse zu weißem Licht. Goethe erklärt das Wort: *Crux bedeutet hier einen in Kreuzesform an der Landstraße stehenden Wegweiser, und dieser Versuch soll also für einen solchen gelten, der uns vor allem Irrtum bewahrt und unmittelbar auf das Ziel hindeutet (Polem. Teil § 190).* Zu Newtons Versuch schreibt er: *Es ist dieses das sogenannte Experimentum crucis, wobei der Forscher die Natur auf die Folter spannte, um sie zu dem Bekenntnis dessen zu nötigen, was er schon vorher bei sich festgesetzt hatte. Allein die Natur gleicht einer standhaften und edelmütigen Person, welche selbst unter allen Qualen bei der Wahrheit verharrt. Steht es anders im Protokoll, so hat der Inquisitor falsch gehört, der Schreiber falsch niedergeschrieben. Sollte darauf eine solche untergeschobene Aussage für eine kleine Zeit gelten, so findet sich doch wohl in der Folge noch jemand, welcher sich der gekränkten Unschuld annehmen mag; wie wir uns denn gegenwärtig gerüstet haben, für unsere Freundin diesen Ritterdienst zu wagen (Polem. Teil § 114).*

152,3ff. Vgl. zu S. 145,35ff.

153,7ff. Der Widerspruch besteht eben in der oben angedeuteten Maßnahme Newtons, keine Hypothesen zu machen und sie dann doch nicht entbehren zu können (zu S. 142,35). Am Schluß seiner Opticks schreibt er – sehr bezeichnend auch mit seinem Übergang ins Moralische –: ,,Wie in der Mathematik, so sollte auch in der Naturforschung bei Erforschung schwieriger Dinge die analytische Methode der synthetischen vorausgehen. Diese Analysis besteht darin, daß man aus Experimenten und Beobachtungen durch Induktion allgemeine Schlüsse zieht und gegen diese keine Einwendungen zuläßt, die nicht aus Experimenten oder aus anderen gewissen Wahrheiten entnommen sind. Denn Hypothesen werden in der experimentellen Naturforschung nicht betrachtet ... Wenn aber die Naturphilosophie durch Befolgung dieser Methode schließlich in allen ihren Teilen vollendet sein wird, so werden auch die Grenzen der Moralphilosophie sich erweitern. Denn soweit wir imstande sind, durch die Naturphilosophie die erste Ursache der Dinge zu erfahren, und welche Macht sie über uns hat und welche Wohltaten wir von ihr empfangen, so weit werden uns auch durch die Erkenntnis der Natur unsere Pflichten gegen sie wie gegen uns untereinander klar werden. Und es ist kein Zweifel: hätte nicht die Verehrung falscher Götter die Heiden verblendet, so wäre ihre Moralphilosophie weiter gegangen als bis zu den vier Kardinaltugenden, und anstatt die Seelenwanderung und die Anbetung von Sonne und Mond und von toten Helden zu lehren, würden sie uns die Verehrung unseres wahren Schöpfers und Wohltäters gelehrt haben, wie ihre Vorfahren unter der Herrschaft des Noah und seiner Söhne taten, bevor sie selbst verderbt wurden“ (nach der Übersetzung in Ostwalds Klassikern, Nr. 97).

154,39ff. Das Spiegelteleskop legte Newton 1672 der Royal Society vor (vgl. zu S. 145,2). Über die *Theorie* vgl. zu S. 145,35ff.

155,20. *Gregory*, James (1638–1675), Professor der Mathematik in Schottland. Idee des Spiegelteleskopes in seiner Optica promota, London 1663.

Nach 157,31 folgt eine Wiedergabe der Einwendungen der Gegner Newtons im einzelnen. Wichtig scheinen die Punkte: *3. Newton leugnet behauptet zu haben, das Licht sei ein Körper. Hier wird die von uns schon oben bemerkte eigene Art seiner Behandlung auffallender. Sie besteht nämlich darin, sich ganz nahe an die Phänomene zu halten, und um dieselben herum soviel zu argumentieren, daß man zuletzt glaubt das Argumentierte mit Augen zu sehen. Die entfernteren Hypothesen, ob das Licht ein Körper, oder eine Energie sei, läßt er unerörtert, doch deutet er darauf, daß die Erscheinungen für die erstere günstiger seien. 4. Der Widersacher hatte die Hypothese von den Schwingungen vorgebracht und ließ daher, auf diese oder jene Weise, eine Farbe anders als die andere schwingen. Newton fährt nunmehr fort, zu zeigen, daß diese Hypothese auch noch leidlich genug zu seinen Erfahrungen und Enunziaten passe: genug, die kolorifiken Lichter steckten im Licht und würden durch Refraktion, Reflexion etc. herausgelockt. 5. Hier wird, wo nicht gezeigt, doch angedeutet, daß jene Schwingungstheorie, auf die Erfahrungen angewendet, manche Unbequemlichkeit nach sich ziehe. 6. Es sei überhaupt keine Hypothese nötig, die Lehre Newtons zu bestimmen oder zu erläutern.* (LA I 6,268f.)

158,10. Anthony *Lucas* (1633–1693) hatte gegen Newton in seinen Excerptions against Newtons Theory of light and colours, Phil. Trans. Nr. 128, 1676, vorgebracht, daß farbige Gegenstände etwa im Wasser nicht verschieden stark gebrochen werden. Das liegt aber, was allerdings Newton nicht beweisen konnte, am zu geringen und damals nicht wahrnehmbaren Grad des Unterschiedes.

158,26. *sub- und obrepticie*: erschlichen.

158,33. *Clarke*, Samuel (1675–1729), Freund und Schüler Newtons. Wichtig ist seine Korrespondenz mit Leibniz.

159,5. *Mariotte*, Edme (1620–1684), Prior im Kloster St. Martin-sous-Beaune bei Dijon. Seine wichtigen Beobachtungen über Hydrostatik und Hydrodynamik wurden von de la Hire 1686 als Traité du mouvement des eaux herausgegeben. Auch die Aerostatik (Gasgesetze) förderte er verständnisvoll (Essay sur la nature de l'air, 1679). Seine Beschäftigung mit Optik begann mit der Entdeckung des blinden Fleckes im Auge 1666. 1681 erschien in Paris sein Essay de la nature des couleurs, in dem er die Höfe von Sonne und Mond auf Refraktion an schwebenden Eisnadeln zurückführt. Seine Erklärungen wurden in den Grundlagen bis heute beibehalten. Seine Traité de la nature des couleurs, den Goethe benutzte (S. 159,7), erschien 1686. Auf einer Bestelliste Goethes für Bücher in Göttingen 1801 sind die Werke Mariottes angegeben. Goethes Tgb. gibt Nachricht von der Beschäftigung mit Mariotte im Juli und November 1809, wo Goethe durch Sartorius Mariottes Werke aus Göttingen kommen ließ.

Nach 160,21 folgen nähere Ausführungen über Mariottes Theorie.
160,35. *Beiträge zur Optik,* Weimar 1791–1792, vgl. LA I 3,3 ff.

Nach 161,4 folgt Näheres über Mariottes Auffindung der Inhomogenität des von Newton als homogen bezeichneten violetten Strahles im Spektrum. Die Siebenzahl der Farben in seinem Spektrum hatte Newton aus Spekulationen im Zusammenhang mit den sieben Tönen der Oktave eingeführt. Das Bestreben, die Harmonie der Farben mit der der Töne zu parallelisieren, zeigt bei Newton die Tradition, in der er letztlich von Pythagoras über Kepler steht. Wir betrachten das Spektrum heute als kontinuierlich und eine Zahl seiner Farben kann deshalb nicht angegeben werden. Aus drei geeignet kombinierten Farben des Farbenkreises kann man allerdings alle Farben ermischen. Goethe äußerte sich (1805/06) über die *Zahl der Farben: Man streitet oft und viel über die Zahl der Farben und zeigt dadurch, daß man nicht wohl überlege, wovon die Rede sei: denn da, wo die Natur so zarte und bedeutende Unterschiede in verwandte Erscheinungen gelegt hat, sollte mehr von Eigenschaften als von Zahlenverhältnissen die Rede sein.* Es folgt eine Darlegung der Annahme von zwei (nach Goethes Prinzip der Polarität) bis zu acht, ja unendlich vielen Grundfarben, und Goethe schließt: *Bedenkt man ferner, was die schillernden oder sonst wechselnden Widerscheine für eine unendliche Mannigfaltigkeit in die Oberflächen bringen, was sonst für Zufälligkeiten bei andern farbigen Naturphänomenen obwalten können; so sieht man recht gut, daß hier nicht von Zahl, sondern von einem unendlich lebendigen Spiel die Rede sein könne* (LA I 3,438 f., Schema dazu 516).

Nach 161,12 folgt Näheres aus dem 1.–3. Diskurs.
161,26. Vgl. *Chemiker* S. 194 f.
Nach 161,31 folgt die Übersetzung eines Stückes aus dem 4. Diskurs.

162,11. *Desaguliers,* Jean Théophile (1683–1744), Theologe und Physiker, kam als hugenottischer Flüchtling nach England und wurde Professor in Oxford. Er beschäftigte sich vorwiegend mit den Problemen der Elektrizität und unterschied als erster Leiter und Nichtleiter; er verbesserte die Dampfmaschine. Seine Aufsätze erschienen 1739–1742 in den Philos. Transactions, sein Lehrbuch der Experimentalphysik in London 1725 mit dem Titel A course of experimental philosophy. Er wies Mariottes und Rizzettis Einwände gegen Newtons Farbenlehre zurück. – Goethe beschäftigte sich mit Desaguliers zuerst in Göttingen (Tgb. 22. Juli 1801); bei der Niederschrift dieses Kapitels im Juli bis November 1809.

163,25. *Hawksbee,* Francis (gest. um 1713). Über sein Leben ist wenig bekannt. Seine Abhandlungen erschienen gesammelt unter dem Titel Physico-mechanical experiments on various subjects touching light and electricity ... London 1709. Er beschäftigte sich hauptsächlich mit Erscheinungen im luftleeren Raum und mit elektrischen Versuchen.

163,28. *Keill,* John (1671–1721), Professor der Physik in Oxford, Lehrer von Desaguliers.

164,5. *Acta Eruditorum*: deutsche physikalische Zeitschrift, begründet auf Anregung von Leibniz von dem Leipziger Professor Otto Mencke 1682.

164,9. *Rohault,* Jacques (1620–1675), Mathematiker und Physiker in Paris. Sein Traité de physique, Paris 1671, im Sinne Descartes' war weit verbreitet. Samuel Clarke fügte in seiner Übersetzung ins Lateinische von 1697 die Newtonische Lehre in Anmerkungen bei, so daß dies zur Verbreitung von Newtons Lehre beitrug.

164,10. Vgl. die Anm. zu S. 161,4.

165,12. *der Newtonische elfte Versuch,* den Goethe im *Polem. Teil* in den §§ *239* ff. behandelt, beschäftigt sich mit der Sonderung der Farbstrahlen im siebenfarbigen Spektrum. Goethe ärgert besonders die unkritische *keckliche* Übernahme von Newtons Abbildungen z. B. in Erxlebens Naturlehre, in denen die einzelnen Farben durch gegeneinander abgegrenzte Kreise gekennzeichnet sind.

167,1. *Rizzetti,* Giovanni, Graf (gest. 1751), italienischer Liebhaberphysiker, Gegner Newtons ohne besondere Bedeutung in der Geschichte der Physik. Die Wiederholung von Newtons Versuchen gelang ihm nicht. – Goethe entlieh der Weimarer Bibliothek vom Juni 1809 bis März 1811 und Dezember 1812 bis November 1815 De luminis affectionibus, Venedig 1727. Das Tgb. meldet Rizzetti schon am 13. Februar 1798, dann in Göttingen im Juli 1801 und im Juni 1809 sowie am 22. Dezember 1812.

167,9. *Richter,* Georg Friedrich (1691–1742), Professor der Mathematik, Moral und Politik in Leipzig, wies Rizzetti darauf hin, daß sein Nichtgelingen der Newtonschen Versuche am Ungeschick des Experimentierens liege (De iis, quae opticae Newtonianae opposuit Rizzettus; Act. Erudit. 1724, Suppl. T. VIII).

167,11. *Gauger,* Nikolaus (um 1680–1730), Jurist und Physiker in Paris.

167,11 f. *Bologneser Sozietät*: Accademia della Scienze dell' Instituto, gegründet 1711; Abhandlungen seit 1731.

167,20. *farbige Aberration* vgl. zu S. 145,35 ff.

Nach 167,35 folgt ein empfehlender Auszug aus dem letztgenannten Werk mit dem Hinweis, daß Rizzetti das Trübe den Farbenerscheinungen zugrunde lege; jedoch nicht ohne Kritik: ... *weil ihm aber das wichtige, von Plato anerkannte Fundament von allem, die Synkrisis durchs Schwarze, die Diakrisis durchs Weiße bewirkt, abgeht; weil er auch die Forderung der entgegengesetzten Farben nicht kennt: so bringt er das Ganze nicht auf eine Art zusammen die einigermaßen befriedigend wäre.* (LA I 6,292.)

Nach 169,23 folgen Ausführungen über die einzelnen Experimente.

170,29. Hinweis auf den hier ausgelassenen Aufsatz Sprats nach 135,21.

171,1. *vier Jahr*: er war sechs Jahre alt.

178,1f. *Deismus*: vgl. zu 194,4.

178,3. *Molyneux,* William (1656–1698), englischer Mathematiker und Astronom.

178,16. *Regnault,* Noël (1683–1762), Jesuit, Professor der Mathematik in Paris.

178,19. *Maclaurin,* Colin (1698–1746), berühmter Mathematiker. Die Arbeit von London 1748, An account of Sir Isaac Newton's philosophical discoveries, erschien in französischer Übersetzung Paris 1749.

178,21. *Pemberton,* Henry (1694–1771), englischer Mediziner.

178,23. *Whiston,* William (1667–1752), englischer Mathematiker. Die genannte Schrift ist 1710 in Cambridge erschienen.

178,24. *Dunch* (Domcke), Georg Peter. Das genannte Werk von 1730.

178,33. *s'Gravesande,* Willem Jacob Storm van (1688–1742), Jurist, Professor der Mathematik in Leiden, ausgesprochener Experimentator. Das 178,35f. genannte Buch enthält gut durchdachte Versuche mit klaren Abbildungen. Er hat die Lehren Newtons auf dem Festlande verbreitet und seine Beobachtungen ergänzt. – Goethes Tgb. nennt s'Gravesande nur am 21. September 1799.

179,24. *Musschenbroek,* Pieter van (1692–1761), Professor der Mathematik in Duisburg, Utrecht und Leiden. Das genannte Werk erschien zuerst Lugd. Batav. 1729. Seine Familie betrieb eine der ersten Werkstätten für physikalische Apparate. Er hatte Anteil an den elektrostatischen Versuchen mit der sog. Leidener Flasche und an der Verbesserung der Luftpumpen. Über seinen Farbenkreisel vgl. auch zu S. 217,12. – Goethes Tgb. erwähnt die *Übersetzung der Stelle aus Musschenbroek* am 21. November 1809.

179,26. Die Arbeit erschien zuerst 1729.

180,26. Auch in Frankreich zeigten sich nach dem Beispiel von Italien Ansätze zu Akademien. Die von Goethe zuerst genannte Académie Française ist um 1635 als Sprachakademie gegründet. Die Académie Royale des Sciences wurde 1699 bestätigt. Ihre Zeitschrift sind die Mémoires de l'Académie des Sciences nebst Comptes rendus hebdomadaires.

180,32f. *Montmor* (Habert de Montmor), Henri-Louis (gest. 1679), beauftragte Sorbière (vgl. zu S. 131,20) mit dem genannten Brief an die Londoner Sozietät.

181,12. *du Hamel.* Die genannte Schrift Paris 1698. Vgl. S. 129,38.

181,27. Vgl. dazu *Principes de philosophie zoologique,* Bd. 13, S. 219ff., und Anmerkungen.

182,5. *la Hire,* Philippe de (1640–1719), Professor der Mathematik und Architektur in Paris. Er betätigte sich als Geometer mit Gradmessung; in der Optik beschäftigte er sich mit dem Sehvorgang.

182,11f. Sur quelques couleurs.

Nach 182,22 folgt ein wörtlicher Auszug aus *Johann Michael Conradi* (gest. 1742), Anweisung zur Optica, Coburg 1710, der die Abhängigkeit der Farbe des Himmels von Dünsten betrifft.

182,25ff. Goethe versuchte später auf eine ganz andere Art Farbenlehre und Tonlehre zu verknüpfen, indem er das in der Farbenlehre benutzte Verfahren auch auf die Tonlehre anwendete. Wir hören in den *Annalen* 1810: *Weil man aber einmal des Mühens und Bemühens gewohnt, sich immer sehr gern und leicht neue Lasten auflegt, so entwikkelte sich, bei nochmaliger schematischer Übersicht der Farbenlehre, der verwandte Gedanke: ob man nicht auch die Tonlehre unter ähnlicher Ansicht auffassen könnte, und so entsprang eine ausführliche Tabelle, wo in drei Kolumnen Subjekt, Objekt und Vermittelung aufgestellt worden. Und wie keine unserer Gemütskräfte sich auf dem einmal eingeschlagenen Wege leicht irre machen läßt, es sei nun, daß man zum Wahren oder zum Falschen hinschreite, so wurde jene Vorstellungsart auf die ganze Physik angewandt: das Subjekt in genauer Erwägung seiner auffassenden und erkennenden Organe, das Objekt als ein allenfalls Erkennbares gegenüber, die Erscheinung, durch Versuche wiederholt und vermannigfaltigt, in der Mitte; wodurch denn eine ganz eigene Art von Forschung bereitet wurde.* (Bd. 10, S. 508,11–27.) LA I, 11, Tabelle Tonlehre.

183,22. Die *Vibrations de pression* erklären die Fortpflanzung des Lichtes durch die Annahme kleiner, subtiler Wirbel, die sich gegenseitig die empfangenen Eindrücke mitteilen.

183,27. *Fontenelle,* Bernard le Bovier de (1657–1757), französischer Jurist und Schriftsteller, von 1699 bis 1741 Sekretär der Académie des Sciences. – Goethe nennt Fontenelle im Juli 1801 und Januar 1810 im Tgb.

184,21f. Entretiens sur la pluralité des mondes, Paris 1686.

185,36. *Pelisson*-Fontanier, Paul (1624–1693), Hofgeschichtschreiber Ludwigs XIV. Relation contenant l'histoire de l'Académie Française jusqu'en 1652, Paris 1653.

186,9. Fontenelles Eloges, Paris 1719, auf verstorbene Gelehrte verschafften ihm besonderen Ruf.

Nach 186,11 folgt *Fontenelles Lobrede auf Newton, ausgezogen und mit Bemerkungen begleitet.* Hier fällt Goethe ganz in den sarkastisch-gereizten Ton des *polemischen Teiles.*

186,13. *Mairan,* Jean Jacques d'Ortous de (1678–1771), Privatgelehrter in Paris, nach Fontenelle Sekretär der Akademie seit 1741. Er stellte meteorologische Beobachtungen und Versuche an, vor allem über das Nordlicht, und bildete eine Theorie dazu aus. Seine Theorie der Schallfortpflanzung besagt, daß die Luft aus Teilen verschiedener Elastizität bestehe, die die Fortpflanzung bestimmter Töne verschiedenartig übernehmen. Goethe bezieht sich auf Mairans Abhandlung Sur les rapports entre les sept couleurs du prisme et les sept notes de la musique (Mémoires de l'Acad. 1720).

188,30. Newton hatte diese Maße nach der Stellung des Prismas für die geringste Ablenkung des Lichtstrahles definiert.

189,7. *Polignac,* Melchior de (1661–1742), französischer Geistlicher, Diplomat in Polen, Italien und andern Ländern. Er hinterließ ein die Philosophie der Alten vom christlich-theistischen Standpunkt aus widerlegendes Gedicht, den Anti-Lucretius, sive de Deo et natura, Paris 1747. Dies Werk nennt Goethes Tgb. im Januar 1810.

189,15. Vgl. zu S. 167,1.

Nach 189,20 folgt ein Zitat aus den Anecdotes littéraires, Paris 1750, über Newtons Experiment.

190,1. *Voltaire,* François-Marie Arouet de (1694–1778), war 1726 bis 1728 in England, wo er nähere Kenntnis von Newtons Lehre bekam, und verbreitete sie dann in Frankreich. Er gab eine Übersetzung von Newtons Principia heraus (übers. von der Marquise Gabrielle Emilie *du Châtelet* [1706–1749]). Voltaire verfaßte eine große Anzahl von Schriften über Newtons Physik und trug entscheidend zur Verbreitung von Newtons Ansichten bei.

190,29. Zuerst Paris 1740.

Nach 191,20 folgen *Beispiele von Voltaires Vorurteilen für Newton* aus Briefen Voltaires.

191,22. *Algarotti,* Francesco (1712–1764), Philosoph und Schriftsteller. Goethe spricht von seiner Schrift Il Newtonianismo per le dame, 1739, welche in seiner Handbibliothek vorhanden ist. Goethes Tgb. nennt Algarotti Anfang Januar 1810.

194,4. *Deismus,* aus England stammende aufklärerische Denkrichtung; Schöpfung und Ablauf des Weltgeschehens in der Hand eines göttlichen Wesens. Vgl. Bd. 9, Anm. zu S. 334,18.

194,8 ff. Goethe selbst stellte umfangreiche Versuche an zur Erkundung der Farbänderungen bei chemischen Reaktionen (vgl. LA I 3, 252 ff.). – *Lackmustinktur* färbt sich in sauren Medien rot, in alkalischen blau.

P194,29. *Goffroy,* Claude Joseph (1685–1752), Apotheker in Paris.

195,7. *Réaumur,* René-Antoine Ferchault de (1683–1757), Jurist und Naturforscher, besonders Biologe, in Paris, graduierte das Thermometer 1730/1731.

195,17. *Lémery,* Louis (1677–1743), Arzt und Chemiker in Paris.

196,1. *Dufay,* Charles François de Cisternay (1698–1739), Experimentalphysiker und Botaniker in Paris. Beschäftigte sich hauptsächlich mit Elektrizität (er erkannte die zwei Arten der Elektrizität) und Magnetismus, auch mit Fragen der Färberei.

196,23. *Handwerker,* altertümlicher Plural für Handwerk, den auch Herder benutzt (vgl. Grimm, Deutsches Wörterbuch).

197,16. *Castel,* Louis Bertrand (1688–1757), Jesuit in Paris, Gegner Newtons.

197,18ff. Goethe hatte das Werk in seiner Bibliothek. Er schreibt am 23. Dezember 1795 an Schiller: ... *der lebhafte Franzos macht mich recht glücklich. Ich kann künftig ganze Stellen daraus abdrucken lassen und der Herde zeigen, daß das wahre Verhältnis der Sache schon 1739 in Frankreich öffentlich bekannt gewesen, aber auch damals unterdruckt worden ist;* am 10. Februar 1798 an Schiller über Castels Abwehr Newtons. Goethes Tgb. meldet am 3. Januar 1810 Castel neben Algarotti.

197,28. Le vrai système de physique ... de Newton ... en parallèle avec celui de Descartes, Paris 1743.

198,30. *Farbenklavier*: Castels Clavencin oculaire (Journal de Trévoux 1725 u. 1735), das bei jedem Tastenanschlag eine bestimmte Farbe aufblitzen ließ, nimmt drei Grundfarben an.

199,4. *Remora*: Hindernis. Goethe fand die Anmerkung in Castels genanntem Werk auf S. 351.

Nach 199,4 folgt eine Übersetzung seiner *Invektiven gegen die Newtonische Darstellung des Spektrums.*

199,15. *Andreani,* Andrea (tätig 1584–1610), Kupferstecher und Formschneider in Mantua. Bekannt als der „kleine Albrecht Dürer". Seine Holzschnitte kommen der Malerei sehr nahe; er verwendete mehrere Holzstöcke für Helldunkelkontraste. Vgl. auch *Julius Cäsars Triumphzug ...*, Bd. 12.

199,18f. *Lastman,* Pieter (1583–1633), Maler in Amsterdam. Man schrieb ihm in der Goethezeit farbige Kupferstiche zu, die durch Übereinanderdrucken mehrerer Platten hergestellt waren. Die neuere kunstgeschichtliche Forschung ist der Meinung, daß nicht Lastman, sondern Herkules Seghers (1589 – um 1638) diese Stiche hergestellt hat. – A. Bartsch, Anleitung zur Kupferstichkunst. 1821. S. 25. – L. C. Collins, Hercules Seghers. 1953. S. 111.

200,6. *Le Blond,* Jacob Christoph (1670–1741), Maler und Kupferstecher aus Frankfurt a. M., versuchte seit 1704 Farbdrucke.

200,22. Il colorito ou l'harmonie du colorit dans la peinture ..., London 1735, ist jetzt sehr selten.

200,25. *Gauthier* d'Agoty, Jacques (1710–1781), Maler, Kupferstecher, Anatom und Physiker aus Marseille. Schüler des Le Blond, dessen

Methode er wenig verändert übernahm. Seine S. 201,31ff. und 202,6ff. genannten Werke befinden sich in Goethes Bibliothek.

200,34f. Myologie complète (Muskellehre), Paris 1746, mit einem Text von Duvernay. – Anatomie de la Tête, Paris 1748.

201,2. Über sein *eigentliches Verfahren* berichtet Gauthier in Une lettre concernant le nouvel art d'imprimer les tableaux avec quatre couleurs, Paris 1749. Das Werk befindet sich in Goethes Bibliothek.

201,31. *Jenty,* Charles Nicholas, Arzt, Professor der Medizin in London, Mitglied der Académie des Sciences seit 1728.

Nach 202,8 folgt eine Beschreibung der Anti-Newtonischen Versuche aus dem genannten Werk.

204,21. Auferstehen soll einer aus unseren Knochen, ein Rächer. Vergil, Aeneis 4,625, Worte der Dido, übers. J. H. Voß.

204,22. *Cominale,* Celestino (1722–1785), Professor der Medizin in Neapel. – Goethes Tgb. meldet ihn am 24. Februar 1810.

205,21ff. Die hier folgende Zusammenstellung Goethes bezeichnet wiederum, wie die von S. 128ff., den Umkreis des Erfaßten. Wir kommentieren sie nicht ausführlich.

205,30. *Hartsoeker,* Nikolaus (1656–1725), Physiker in Amsterdam, Düsseldorf und Utrecht.

205,31. Essay de dioptrique, Paris 1694.

206,1. *Hamberger,* Georg Erhard (1697–1755), Sohn des Georg Albrecht H. (vgl. zu S. 104,26), Professor der Mathematik, Physik und Medizin in Jena. Sein mechanistisches System der Physiologie ist reich an Irrtümern. Er ist der Verfasser der Elementa physices, 1727.

207,6. *Scheuchzer,* Johann Jacob (1672–1733), Mediziner und Mathematiker in Zürich, Freund Newtons. Physica oder Naturwissenschaft, Zürich 1703.

207,20. *Teichmeyer,* Hermann Friedrich (1685 bis 1744 oder 1746), Professor der Physik, Botanik und Medizin in Jena.

207,24. *Mel,* Konrad (1666–1733), Theologe in Königsberg und Hersfeld.

207,31. *Löscher,* Martin Gotthelf (gest. 1735), Professor der Medizin und Physik in Wittenberg. Physica exper. 1717.

207,39. *Caschubius (Kaschube),* Johann Wenzeslaus (gest. vor 1727), Jenaischer Magister.

208,6. *Wolff,* Christian Frhr. von (1679–1754; 1745 geadelt), berühmter Philosoph und Naturforscher in Halle und Marburg, in Verbindung mit Leibniz.

208,8. *Rohr,* Julius Bernhard von (1688–1742), Domherr in Merseburg.

208,13. *Barth,* Johann Matthaeus (gest. nach 1751), Theologe in Regensburg.

208,29. *Wucherer,* Johann Friedrich (1682–1737), Professor der Physik und Theologie in Jena.

209,30. *Hollmann,* Samuel Christian (1696–1787), Philosoph und Physiker in Wittenberg und Göttingen.

210,7. *Winckler,* Johann Heinrich (1703–1770), Philosoph, Philologe und Physiker in Leipzig, vgl. auch S. 256,38 und Bd. 9, S. 248,8.

210,24. *Segner,* Johann Andreas von (1704–1777), Arzt und Physiker in Preßburg, Jena, Göttingen und Halle.

210,29. *Krafft,* Georg Wolfgang (Goethe schreibt versehentlich Johann Wolfgang!) (1701–1754), Physiker in Preßburg und Tübingen.

210,33. *Gordon,* Andreas (1712–1751), Theologe im Erfurter Schottenkloster.

211,6. *Zieglerin,* Johanna Charlotte (1724–1782).

211,10. *Eberhard,* Johann Peter (1727–1779), Mediziner und Naturwissenschaftler in Halle.

211,35. *Dalham,* Florian (1713–1795), Philosoph und Mathematiker in Wien.

212,1. *Swedenborg,* Emanuel (1688–1772), der berühmte schwedische Naturforscher und Theosoph.

212,12. *Maler,* Jacob Friedrich (1714–1764), Physiker in Karlsruhe.

212,14. *Grant,* Bernhard (1724–1796), schottischer Abkunft; Professor der Philosophie in Erfurt und Regensburg.

212,17. *Erxleben,* Johann Christian Polycarp (1744–1777), Professor der Physik in Göttingen; Verfasser der Anfangsgründe der Naturgeschichte 1768 und Anfangsgr. der Naturlehre 1772, beide in vielen Auflagen, vgl. Lichtenberg S. 214,29ff.

212,24. *Schmahling,* Ludwig Christoph (1725–1804), Theologe und Schriftsteller. Die Naturlehre für Schulen, Göttingen 1788.

212,26. *Böckmann,* Johann Lorenz (1741–1802), Mathematiker und Physiker in Karlsruhe.

212,29. *Gabler,* Matthias (1736–1805), Philosoph und Theologe in Österreich und Bayern.

212,36. *Karsten,* Wenzeslaus Johann Gustav (1732–1787), Professor der Logik, Physik und Mathematik in Rostock, Bützow und Halle.

213,5. *Kratzenstein,* Christian Gottlieb (1723–1795), Mediziner und Physiker in Halle, Petersburg und Kopenhagen. 1. Aufl. des genannten Werkes Halle 1758.

213,8. *Titius,* Johann Daniel (1729–1796), Professor der Mathematik und Physik in Wittenberg.

213,18. *Hobert,* Johann Philipp (1759–1826), Professor der Mathematik in Berlin.

213,22. *Bruchhausen,* Anton (1735–1815), Theologe in Münster, 1. Aufl. der Inst. Münster 1755.

213,25. *Horvath,* Johann Baptist (1732–1799), Physiker und Theologe in Tyrnau und Pest.

213,28. *Pankl,* vgl. zu S. 118,10f. 1. Aufl. des Comp. 1791.

213,33. *Hauch,* Adam Wilhelm von (1755–1838), dänischer Naturforscher.

214,13. *Hollmann,* vgl. S. 209,30.

214,23. *Kästner,* Abraham Gotthelf (1719–1800), Professor der Mathematik und Physik in Leipzig und Göttingen.

214,26. *Meister,* Albrecht Ludwig Friedrich (1724–1788), Professor der Philosophie in Göttingen.

214,29. *Lichtenberg,* Georg Christoph (1742–1799), Professor der Philosophie und Physik in Göttingen, satirischer Schriftsteller. Bei mehrfachen Aufenthalten in England machte er sich mit den dortigen Lehrmeinungen bekannt und war Anhänger Newtons. Er legte größten Wert auf seine physikalische Lehrtätigkeit. Er führte Erxlebens Kompendium der Naturlehre in der 6. bis 9. Aufl. fort. – Goethe traf Lichtenberg auf seiner zweiten Harzreise in Göttingen 1783, wo dieser ihm und anderen Laien physikalische Versuche vorführte. Goethe sandte

Lichtenberg 1792 seine *Beiträge zur Optik* mit Apparaten zur Farbenlehre und seinen Aufsatz über die farbigen Schatten und versuchte, mit Lichtenberg in wissenschaftlichen Kontakt zu kommen und ihn für seine Lehre zu gewinnen. Lichtenberg antwortete jedoch nach anfänglicher Zustimmung zu Goethes Abhandlung über die farbigen Schatten (vgl. LA I 3,82 ff.) ausweichend mit dem Stolz des Fachwissenschaftlers; an Goethes Farbenlehre ging er höflich vorbei und erwähnte sie auch nicht in Erxlebens Naturlehre (vgl. Goethe an Schiller 21. November 1795). In Lichtenbergs Nachlaß fand sich eine Notiz, nach der er vorgesehen hatte, Goethes *Beiträge zur Optik* in der Auflage von 1793 zu nennen; warum er es dann nicht tat, wissen wir nicht, jedenfalls war sein Interesse nicht sehr groß. Ende 1796 brach der Briefwechsel ab. Über Lichtenbergs literarische Leistung äußerte sich Goethe wiederholt positiv; etwa in seiner Besprechung von *Bryons Don Juan*: *ihm stand eine ganze Welt von Wissen und Verhältnissen zu Gebote, um sie wie Karten zu mischen und nach Belieben schalkhaft auszuspielen!* (WA I 41^1,248). Vgl. M. Domke, Goethe und Lichtenberg, Leipzig 1935, und W. Matz, Goethes Verhältnis zu Lichtenberg, Germ.-Rom. Monatsschr. Jg. 7, 1915, S. 118ff.

214,33. *Mayer,* Johann Tobias der Jüngere (1752–1830), Sohn des Joh. Tob. Mayer S. 215,27, Professor der Mathematik und Physik in Altdorf, Erlangen und Göttingen. Anfangsgründe der Naturlehre, Göttingen 1801; eine Aufl. von 1827 findet sich in Goethes Handbibliothek.

214,36. *Smith,* Robert (1689–1768), Jurist und Naturforscher, Professor in Cambridge. Lehrbuch: A compleat System of optics, 1738. – *Martin,* Benjamin (1704–1782), Optiker in London, A new and compendious system of optics, London 1740, in Goethes Bibliothek.

215,1. *Le Seur,* Thomas (1703–1770), Theologe und Mathematiker in Rom, veröffentlichte mit François *Jacquier* (1711–1788) die *erste Jesuitenausgabe,* Genf 1739, von Newtons Principia.

215,3. *Enzyklopädisten*: Mitarbeiter an Diderots Enzyklopädie.

215,27. *Mayer,* Johann Tobias der Ältere (1723–1762), Professor der Ökonomie und Mathematik, Astronom in Göttingen. Seine Opera inedita gab G. C. Lichtenberg 1775 heraus. – Goethe beschäftigte sich laut Tgb. am 3. Februar 1798 und im Februar und März 1810 mit Mayer.

Nach 217,3 folgt eine Zusammenfassung des Aufsatzes von Mayer.

217,9. *Röderer,* Johann Georg (1726–1763), Professor der Medizin in Göttingen, kritisierte Mayers Farbenlehre mit der Bemerkung, er habe Farben und Pigmente verwechselt.

217,11. *Kästner,* vgl. zu S. 214,23, bestätigte in seinen Anfangsgründen der angewandten Mathematik diesen Einwand.

217,12. *Mollweide,* Karl Brandan (1774–1825), Mathematiker, Astronom und Kartograph in Halle und Leipzig. Er nahm als Newtonianer Stellung gegen Goethes Farbenlehre. Goethe wurde mit ihm 1802 bekannt. Zu dieser Zeit war Mollweide Lehrer an den Franckeschen Stiftungen in Halle. Goethe bezeichnet ihn als *steif* und *dünkelhaft* (Goethe an C. F. von Reinhard, 21. Februar 1810). In dem Gedicht *Newtonisch Weiß den Kindern vorzuzeigen* (LA I 3,209) geißelt Goethe Mollweides Versuch nach Newton mit dem Farbenkreisel, einem Apparat zur additiven Mischung von Farben (auf einer kreiselnden Scheibe werden die Farben in Sektoren aufgetragen und durch schnelle Drehung optisch zur Mischung gebracht; Goethe nannte zu diesem Zweck selbst angefertigte Kreisel Dorle; vgl. *Did. Teil* § *561*). Schon Musschenbroek hatte ein Schwungrad als Farbenkreisel vorgeschlagen in seiner Introductio ad philosophiam naturalem, 1. Bd., Leiden 1762, S. 719ff. Aus der Tatsache, daß der Farbenkreisel nur additive Farbenmischung zu bieten vermag, ergibt sich, daß hier niemals Weiß, sondern immer nur Grau aus bunten Farben entstehen kann. Dieses Grau hat Goethe richtig beobachtet und sich mit Recht dagegen gewehrt, wenn es die Physiker als nur quantitativ verschieden von Weiß auslegen wollten. – G. Schmid, Goethe und Mollweide in Halle, Halle 1939.

217,17. *Lambert,* Johann Heinrich (1728–1777), Mathematiker, Philosoph, Physiker und Astronom in der Schweiz, später Berlin. Er begründete die Photometrie (Messung von Lichtmengen) und stellte ihre Gesetze dar in seiner Photometria seu de mensura et gradibus luminis, colorum et umbrae, Augsburg 1760. – Dieses Werk befindet sich in Goethes Handbibliothek, er erwähnt es im Tgb. am 17. Januar 1798; außerdem besaß er Lamberts Freie Perspektive, Zürich 1774.

217,18. *Calau,* Benjamin (1724–1785), Maler in Leipzig und Berlin. Seine pflanzlichen Wachse benutzte Lambert, um Pigmentmischungen in seine Farbenpyramide einzutragen.

217,27. *Runge,* Philipp Otto (1777–1810), Maler in Wolgast, Hamburg und Kopenhagen, Verfasser mehrerer Schriften über Farbenlehre, war mit Goethe im persönlichen und brieflichen Verkehr seit 1803; der Briefwechsel über Farbenlehre beginnt 1806. Auch Runge nimmt drei Grundfarben an. – Ph. O. Runges Briefwechsel mit Goethe. Hrsg. v. H. v. Maltzahn. Weimar 1940. = SchrGGes, 51.

218,1. *Bouguer,* Pierre (1698–1758), Professor der Physik in Paris, beschäftigte sich gleichzeitig mit Lambert mit photometrischen Messungen. – *Rumford,* Sir Benjamin Thompson, Count of (1753–1814), Physiker in England, später München, verbesserte Lamberts Photometer.

218,4. *farbige Schatten*: vgl. *Did. Teil* § *62* ff. und Anm. Bd. 13, S. 631. Sie wurden von Goethe zuerst als subjektive Erscheinung erkannt. Sie rangieren heute unter der von Goethe verpönten Bezeichnung der optischen Täuschungen.

218,5. *Scherffer*, Carl (1716–1783), Jesuit, Professor der Mathematik in Österreich, Newtonianer, Verfasser verschiedener Schriften zur Optik. Das genannte Werk befindet sich in Goethes Handbibliothek. Scherffer führte die farbigen Nachbilder auf eine verminderte Empfindlichkeit für die länger betrachtete Farbe und den dadurch hervorgerufenen Eindruck der Komplementärfarbe zurück. Das ist im wesentlichen auch die heutige Meinung, die eine Ermüdung der für die gegebene Farbe empfindlichen Teile der Netzhaut und damit verbundene Wahrnehmung der subjektiv empfundenen Gegenfarbe annimmt; vgl. auch *Did. Teil* § *47* ff. – Mit Scherffer beschäftigte sich Goethe nach seinem Tgb. am 25. Dezember 1799 und im Februar und März 1810.

218,7. *Buffon*, George Louis Leclerc, Graf von (1707–1788), berühmter Naturforscher in Frankreich. Über Farben schrieb er: Sur les couleurs accidentelles, 1743.

219,4f. *Hetmans-Manier*: nach dem klug tuenden, aber beschränkten Kosaken-Hetman in dem Stück: Graf Benjowsky oder die Verschwörung auf Kamtschatka von Kotzebue, vgl. A. Leitzmann, JbGG 12, 1926, S. 310ff. Im *Polemischen Teil* § *178* und *399* wird Newton mit dem Hetman identifiziert.

219,13. Eine Ordnung reiner Buntfarben im Kreise ergibt sich daraus, daß die Stufen einer Ähnlichkeitsfolge dem Farbtone nach, gegen den Anfangspunkt beurteilt, zunächst fortschreitend verschiedener werden, dann aber (nach Erreichen des größten Gegensatzes) wieder ähnlicher, um sich schließlich dem Anfangspunkte zu nähern. Goethes *Farbenkreis* heißt *einfach*, weil er nur sechs Farben zeigt: im untern Ringsektor Grün, links und rechts angrenzend Gelb und Blau, sodann auf beiden Seiten aufsteigend zu Gelbrot und Violett und endlich sich im obersten Mittelsektor zu Rot vereinigend. *Naturgemäß* aber nennt Goethe seinen Kreis, weil er in der eben geschilderten Anordnung das Wesen seiner sechs Farben richtig darstellt und weil die diametral gegenüberliegenden Farben den physiologischen und zugleich den physischen Gegensatz bezeichnen. Dagegen ist Newtons Kreis *mangelhaft*, weil seinem Spektrum *das vollkommene Rot* fehlt und weil der Raum, der jeder Farbe zugewiesen ist, durch die vorgefaßte Meinung einer Analogie mit der Tonleiter bestimmt wurde. Daher konnte in seinem Kreise die Gegenfarbenordnung nicht mit den einander fordernden Farben übereinstimmen. – Vgl. LA I 7, Tafelband zur Farbenlehre, Tafel I. Über die Beziehungen der Farben in Goethes Kreis vgl. *Did. Teil* § *707* und *809* ff. Siehe R. Matthaei, Zur Morphologie des goetheschen Farbenkreises. Köln 1958.

220,3. *Franklin*, Benjamin (1706–1790), der berühmte Staatsmann in Nordamerika. Als Physiker bekannt durch seine Arbeiten auf dem Gebiet der Elektrizität (Blitzableiter, Kondensator).

220,32. *Mazéas,* Guillaume (1712–1776), Theologe und Physiker in Rom und Paris. – *Béguelin,* Nicolas de (1714–1789[?]), schweizer Diplomat, später Physiker in Berlin. – *Melvill,* Thomas (1726–1753), Theologe und Physiker in England.

221,3. *Achromasie:* Newton hatte geglaubt, da er grundsätzlich Proportionalität zwischen Brechung und Zerstreuung annahm (vgl. zu S. 145,35 ff.), es sei unmöglich, die Farbenzerstreuung aufzuheben, ohne zugleich die Brechung zu vernichten, und hatte deswegen die Herstellung achromatischer Linsen nicht für möglich gehalten. Wenn ein weißer Lichtstrahl zwei aneinandergrenzende Stoffe verschiedener Dichte, etwa Wasser und Glas, durchläuft und die Brechungen in beiden sich in der Art aufheben, daß der austretende Strahl dem einfallenden parallel ist, sollte nach seinem „Experimentalsatz" das austretende Licht immer weiß sein. Euler machte, ohne diesen Satz anzufechten, in seiner 1747 in den Memoiren der Berliner Akademie erschienenen Abhandlung Sur la perfection des verres objectifs des lunettes darauf aufmerksam, daß das Auge eindringende Lichtstrahlen durch Brechung ohne Farbenzerstreuung vereinigen könne, und macht deshalb Vorschläge zu Linsensystemen mit zwischengeschalteter Flüssigkeit. Dollond widersprach Euler in seinen Letters relating to a theorem of Leonhard Euler for correcting the objectiv glasses of refracting telescops, Philos. Transactions 1753. Erst als Klingenstierna Dollond seine 1754 erschienene Abhandlung sandte, stellte dieser seine Versuche zur Vermeidung der Farbenerscheinungen an. Er verwendete die in England üblichen Glassorten Crown- und Flintglas, die sich in ihrem Brechungsvermögen stark unterscheiden, und konstruierte 1757 die ersten achromatischen Fernrohre (An account of some experiments concerning the different refrangibility of light, Phil. Transact. 1758).

221,33 ff. Vgl. *Polem. Teil* § *466* ff.

222,18. *dioptrische Fernröhre:* Linsenfernrohre im Gegensatz zum Spiegelteleskop.

222,22. *Euler,* Leonhard (1707–1783), schweizer Mathematiker, Professor der Physik und Mathematik in Petersburg und Berlin. Er war Gegner von Newtons Emanationstheorie und trat für Huygens' Wellentheorie des Lichtes ein. Goethe notiert: *Genie, widerspricht der Materialität des Lichts, bringt die dynamische Erklärung wieder in Aufnahme. Die Farbenlehre wird dadurch nicht gefördert.* (LA I 3,399.) Seine Lehre vom Licht stellte Euler dar in seiner Nova theoria lucis et colorum, 1746, und in der Dioptrica, Petersburg 1769–1771. In Goethes Handbibliothek findet sich Neue Entdeckung betr. die Refraktion oder Strahlenbrechung in Gläsern und durch welches Mittel Stern- und Erdfernröhren können verfertigt werden, übers. von J. L. Steiner, Zürich

1765. – Goethes Tgb. erwähnt Euler im Zusammenhang mit Newton am 23. Januar 1806.

222,36. *Hall*, Chester Moor (1703–1771), Privatgelehrter, entwickelte um 1729 theoretisch die Möglichkeit der Achromasie und konstruierte vielleicht schon 1733 oder aber um 1750 einen Achromaten aus Crown- und Flintglas. Es ist unklar, wie weit Euler, Hall und Dollond voneinander abhängig in ihren Entdeckungen waren, die Zeit scheint reif dafür gewesen zu sein.

223,1. *Dollond*, John (1706–1761), Techniker, führte eine optische Werkstatt in London. 1757 stellte er die ersten achromatischen Linsen her.

223,9. *Klingenstierna*, Samuel (1698–1765), Professor der Mathematik in Upsala.

223,11 ff. Goethe vermischt hier den Begriff der Dispersion, d. h. der Zerlegung des weißen Lichtstrahls in ein kontinuierliches Farbspektrum, in dem Rot am schwächsten, Violett am stärksten abgelenkt erscheint und das so eine Auffächerung des Lichtstrahles unabhängig von seiner Brechung, der gesamten Richtungsänderung, zeigt, mit dem der Streuung des Lichtes, worunter eine diffuse Spiegelung und Erscheinungen diffuser Lichtbrechung in trüben Medien zu verstehen sind.

224,2. Die Anspielung auf *Grimaldi* zielt auf das Phänomen der Beugung des Lichtes, welches wieder andere Ursachen hat als Dispersion und Streuung. – Wie Goethe zu diesen Erscheinungen stand, geht aus seiner Zusammenstellung der Lehren von Newton und Marat mit seiner eigenen hervor (LA I 3,128 f.).

224,23. Vgl. zu S. 214,33.

224,34. *Clairault*, Alexis Claude (1713–1765), vorzüglicher Mathematiker, behandelte die Theorie der Objektive.

224,38. *Zeiher*, Johann Ernst (1720–1784), Professor der Physik und Mathematik in Petersburg, Wittenberg und Dresden. In seiner Abhandlung von denjenigen Glasarten, welche eine verschiedene Kraft, die Farben zu zerstreuen, besitzen, Petersburg 1763, beschäftigte er sich mit Theorie und Praxis der Achromasie.

224,39. *Boscovich*, Ruggiero Giuseppe (1711–1787), Jesuit, Professor der Mathematik und Physik in Rom, Pavia, Paris und Mailand. Goethe besaß von ihm Theoria philosophiae naturalis ..., Venedig 1763. Zur Frage der Achromasie tragen seine Dissertationes ad Dioptricam, Wien 1767, bei. – *Steiner*, Johann Ludwig (1711–1779), Optiker und Mechaniker in Zürich.

225,3. *Le Baude*, Direktor einer Glashütte. Sein Glas erwies sich als unzureichend.

225,4. *Dufougerais*, Glasfabrikant. Seine Arbeit, im Journal de Physique 68 (1809), ließ Goethe sich abschreiben.

225,28. *Priestley*, Joseph (1733–1804), englischer Lehrer und Prediger, arbeitete als Naturwissenschaftler über Blutkreislauf und Atmung, zuletzt in Pennsylvanien. Entdecker des Sauerstoffs. Seine Geschichte der Optik beschränkt sich im wesentlichen auf das Experimentell-Empirische. Klügels Übersetzung vgl. zu S. 226,27.

226,11. *Frisi,* Paolo (1728–1784), Professor der Philosophie und Mathematik in Italien. Elogio Storico del cavaliere Isaaco Newton, Mailand 1778, las Goethe in Göttingen 1801 (Tgb. 2. August).

226,27. *Klügel,* Georg Simon (1739–1812), Professor der Mathematik und Physik in Helmstedt und Halle, übersetzte Priestleys Geschichte der Optik (Leipzig 1775–1776) und versah sie mit ausführlichen berichtigenden Anmerkungen, die jedoch durchaus Newtons Meinung vertreten. Dies Werk entlieh Goethe häufig der Weimarer Bibliothek (1791, 1798–1802, 1805, 1808–1809). – Goethe traf Klügel am 10. Juli 1802 in Halle (Tgb.).

228,17. *Westfeld,* Christian Friedrich Gotthard (1746–1823), Kameralist und Mineraloge, Amtmann in Weende bei Göttingen. Goethe besuchte ihn dort 1801. Die genannte Schrift entstand aus staatswirtschaftlichem Anlaß, sie befindet sich in Goethes Bibliothek.

Nach 228,35 folgt ein Zitat über die Sehweise des Auges.

229,10. *Guyot,* Edme Gilles (1706–1786), Geograph und Physiker.

230,35. *Mauclerc,* Kaufmann in Paris. Seine Schrift behandelt das Reinigen von Bildern.

231,7. *Marat,* Jean Paul (1744–1793), Mediziner, das berühmte Konventsmitglied, ermordet 1793. Er arbeitete auf dem Gebiet der Optik über Newtons Lehre. – Goethe sandte schon vom Lager in Marienborn am 19. Juli 1793 einen Brief an Jacobi, in dem er Marats Lehre gegen Newtons stellt und die *Resultate* seiner *Erfahrungen* mit denen Newtons und Marats vergleicht; es heißt in dem Brief: *Ich habe mit Mühe und Anstrengung diese Tage die zwar ästimable, aber doch nach einer hypothetischen, kaptiosen Methode geschriebne Abhandlung Marats gelesen und mir die Hauptpunkte ausgezogen. Gib das Blatt nicht weg es enthält Lästerungen.* Die letzte der drei S. 231 genannten Übersetzungen befindet sich in Goethes Bibliothek und ist mit Anmerkungen von seiner Hand versehen (LA II 6,229ff.). – Das Tgb. berichtet am 20. und 21. März 1810 von Marats Abhandlung, also sicher bei der Niederschrift des vorliegenden Stückes.

231,23 *Sonnenmikroskop*: Fernrohr, das durch Verlängerung des Objektiv-Okular-Abstandes ein reelles Bild hinter dem Okular erzeugt, welches man auf einem Schirm auffangen und dort betrachten kann, also eigentlich eine Art Mikroprojektionsapparat, bei dem die Sonne als Lichtquelle dient. Es kann aber auch dazu verwendet werden, auf der gegenüberliegenden Wand in der Camera obscura die Sonne abzubilden. Auch Goethe benutzte es als optisches Gerät. In seinem Nachlaß befinden sich zwei derartige Geräte.

232,15f. *paroptische Versuche,* vgl. *Did. Teil* § *389*ff.

234,8. *H. F. T.* Seine Identifizierung als Jean Henri Hassenfratz (1755–1827), Mineraloge und Physiker in Paris, gelang R. Matthaei (vgl. LA II 3,208). G. C. Lichtenberg machte Goethe auf die Schrift aufmerksam (Brief vom 7. Oktober 1793). Vgl. auch Goethes Brief an Jacobi vom 18. November 1793, aus dem hervorgeht, daß Goethe dem seinen *ähnliche Resultate* bei H. F. T. sah. In der Tat faßte H. F. T. die farbigen Schatten im Gegensatz zu Goethe als objektive Erscheinungen auf. – Am 22. März 1810 meldet das Tgb. die Niederschrift über H. F. T.s farbige Schatten.

Nach 234,29 folgt ein Auszug aus dem genannten Buch.

235,35. *Carvalho e Sampayo,* Diego (oder Diogo), portugiesischer Gesandter in Madrid. Wilhelm von Humboldt machte Goethe am 11. November 1801 auf Carvalho aufmerksam und diktierte Chr. A. Vulpius eine Übersetzung, die sich noch in Goethes Nachlaß befindet. Goethe antwortete am 29. November 1801: *Für die portugiesische Schrift danke ich recht vielmals, ich kann damit so ziemlich zurecht kommen. Es ist sehr angenehm zu sehen, wie ein Gegenstand, der uns interessiert, die Aufmerksamkeit so manches andern gleichfalls in Bewegung setzt. Dieser Freund begeht den Fehler, dem viele in derselben Materie so wie den verwandten Fächern ausgesetzt waren; anstatt eine partiale Erscheinung recht zu entwickeln, fundiert er gleich eine Hypothese, einen theoretischen Ausspruch darauf. Anstatt ein merkwürdig Phänomen in Reihe und Glied zu stellen, will er mit demselben als einer Zauberformel das ganze Fach erobern.*

236,3. Das genannte Werk befindet sich in Goethes Handbibliothek. Das vorliegende Stück ist laut Tgb. am 23. März 1810 geschrieben.

Nach 236,10 folgt ein Auszug aus Carvalhos Schrift.

236,25. *Darwin,* Robert Waring (1766–1848), Mediziner in Shrewsbury. Das Tgb. nennt ihn am 25. März 1810.

236,29. *Darwin,* Erasmus (1731–1802), Vater des Vorigen. Arzt und Naturforscher.

236,30. *Augengespenster*: Nachbilder. Über Goethes Gebrauch des Wortes Gespenst, auch in der Dichtung, im Sinne von Augentäuschung, z. B. *Faust I* Vers 1147–1163, vgl. J. Hennig, Dtsch. Vierteljahrschr. 28, 1954, S. 487.

Nach 236,35 folgt eine Zusammenstellung der Kapitelüberschriften.

Nach 238,2 folgen einige Literatur-Notizen.

238,4. *Mengs,* Anton Raphael (1728–1779), Maler und Kunsthistoriker, von großer Wichtigkeit in der Kunstgeschichte, arbeitete in Dresden, Rom und Madrid. Er verfaßte u. a. Gedanken über die Schönheit und über den Geschmack in der Malerei, herausgeg. von J. C. Füßli, Zürich 1762. Goethe las seine berühmten Schriften schon 1778 (Tgb.

29. Juli) und 1782 (Tgb. 5. März). Daß er Mengs schon frühe Anregungen zur Farbentheorie verdankt, geht hervor aus seinen Bemerkungen in der *Italienischen Reise. Zweiter Römischer Aufenthalt*, 1. März 1788 (Bd. 11, S. 526,13 ff.). Das vorliegende Stück ist laut Tgb. am 24. März 1810 geschrieben.

239,1. *Gülich*, Jeremias Friedrich (1733–1803), Fabrikant in Württemberg. – Goethe beschäftigte sich in Göttingen 1801 mit Gülich (Tgb. vom 21. und 22. Juli) und am 7. Mai 1806. Die Niederschrift erfolgte am 20. und 22. März 1810.

240,28. *Meyer*, Johann Friedrich (1705–1765), Apotheker in Osnabrück. – *Justi*, Johann Heinrich Gottlob von (1705 [?]–1771), Mineraloge, Nationalökonom und Schriftsteller in Wien und Göttingen, befaßte sich mit Färberei.

241,1. *Delaval*, Edward Hussey (1729–1814), Privatgelehrter in England, Verfasser mehrerer Abhandlungen über Farbenlehre. – Die S. 241,2–4 genannte Schrift befindet sich in Goethes Handbibliothek. Goethes Tgb. nennt Delaval zuerst am 12. Februar 1798, am 13. Mai 1806 im Zusammenhang mit chemischen Farben und am 23. März 1810.

241,36. *Phlogiston*: hypothetischer Stoff (Feuergeist), von dem man annahm, daß er bei der Verbrennung entweiche. Die Phlogistontheorie beherrschte von der Mitte der 17. Jhdts. bis etwa 1800 die theoretische Chemie.

244,33. *Hoffmann*, Johann Leonhard (1740–1814 [?]), Maler und Schriftsteller, bereiste verschiedene Städte Deutschlands und des Auslands. – Goethe bat am 29. März 1801 Rochlitz um Besorgung von Hoffmanns Geschichte der Farbenharmonie, aber wohl erfolglos, denn am 20. November 1809 muß er die Bitte nochmals stellen und führt dazu aus: *Er scheint ein zarter, wohl denkender Mann gewesen zu sein, der schöne Kenntnisse sowohl in der Malerei als in der Musik verrät und, wenn er seinem Unternehmen auch nicht ganz gewachsen ist, doch wegen feiner und glücklicher Bemerkungen alle Aufmerksamkeit und in der Geschichte eine ehrenvolle Erwähnung verdient.* Nun besorgte wohl Rochlitz den Band, denn er befindet sich jetzt in Goethes Bibliothek. Am 27. März 1810 weist das Tgb. auf *Hoffmanns Farbenharmonie* hin.

248,24. *Blair*, Robert (gest. 1828), Mediziner und Astronom in Edinburg. – Goethe nennt ihn im Tgb. 27. März bis 6. April 1810.

Nach 249,15 folgt ein Zitat der *Versuche des Dr. Blair über die chromatische Kraft verschiedener Flüssigkeiten und Auflösungen.*

Nach 250,4 folgt Weiteres über Blairs Versuche.

251,7. Die *Konfession des Verfassers* wird im Tgb. 21. Mai bis 24. Mai 1809 erwähnt.

252,1. *Bündnis treten*: „zu“ fehlt gemäß älterer Freiheit (vgl. Behagel, Deutsche Syntax II, § 721).

254,9. *Ramifikationen*: Verzweigungen.

254,34. *Lairesse,* Gérard de (1641–1711), niederländischer Maler, Verfasser zahlreicher kunsttheoretischer Schriften.

254,37f. *Geschichte des Kolorits* von Joh. Heinr. Meyer, hier ausgelassen.

255,20. *Sulzer,* Johann Georg (1720–1779), Ästhetiker, Philosoph und Schulmann in Berlin. Allgemeine Theorie der schönen Künste, Leipzig 1771–1774. Vgl. die Rezension für die Frankfurter Gelehrten Anzeigen Bd. 12, S. 15–20.

256,1. *Akyanobleps*: von Goethe geprägter Begriff für Farbenblinde (nach seiner Meinung konnten sie das Blau nicht sehen). Goethe untersuchte 1798 und 1799 Farbenblinde in Jena, vgl. LA I 3,270ff.

256,11. Hier klingt in der *Stufenfolge* die Metamorphosen-Idee an.

257,18. *Büttner,* Christian Wilhelm (1716–1801), Professor der Philologie in Göttingen, seit 1783 in Jena. Über seinen Nachlaß vgl. die *Annalen* 1802.

257,24. *Foramen exiguum*: die von Goethe geschmähte kleine Öffnung, durch die der Physiker ein definierbares Lichtstrahlenbündel in die Dunkelkammer fallen läßt.

258,20. *Saussure,* Horace Bénedict de (1740–1799), Professor in Genf, berühmter Geologe.

258,21. *Kyanometer*: Tabelle zur Vergleichung blauer Farbtöne in Form einer Ringskala von Blaustufen verschiedener Sättigung.

260,3. *Apparat* bedeutet bei Goethe die Gesamtheit der zu Farbenlehrversuchen benötigten Geräte.

260,23f. *benachbarter Physiker*: Voigt, Johann Heinrich (1751 bis 1823), Professor der Physik in Jena.

263,31. *Fürst Primas*: Dalberg, Karl Theodor Anton Maria, Frhr. von (1744–1817), hoher kirchlicher und weltlicher Würdenträger in verschiedenen Ämtern, damals Statthalter von Erfurt, später Fürstprimas des Rheinbundes und zuletzt Großherzog von Frankfurt.

262,35. Seine *Randbemerkungen* finden sich in der Handschrift zu Goethes Aufsatz *Versuch, die Elemente der Farbenlehre zu entdecken,* vgl. LA I 3,190ff. und 464ff.

263,21ff. *das Kaptiose*: das Verfängliche, Vieldeutige, von Goethe häufig im Zusammenhang mit Newton und seiner Farbentheorie benutzt.

264,9ff. *Beiträge zur Optik,* Weimar 1791/92.

264,20. Die *Kartenfabrik* gehörte Goethes vormaligem Bediensteten Christoph Erhard Sutor (1754–1838).

265,8ff. Ein Verzeichnis der Rezensionen siehe Schmid, S. 164f.

267,4. In Göttingen war Goethe im Sommer 1801 auf der Reise von Pyrmont (vgl. *Annalen).*

268,10. Schillers Einfluß auf Goethes Farbenlehre vgl. Nachwort.

268,34. Goethe trug seine Ansichten der Farbenlehre verschiedentlich einem Kreis seiner Weimarer Bekannten vor; hier sind seine Vorträge im Winter 1805/06 gemeint, vgl. LA I 3,415ff. und I 11, S. 55ff.

BIBLIOGRAPHIE

Hilfsmittel·Abkürzungen

Biedermann = Biedermann, Flodoard, Frhr. von, Goethes Gespräche. Leipzig 1909–1911.

Bulling, Karl, Goethe als Erneuerer und Benutzer der jenaischen Bibliotheken. Jena 1932.

Fischer, Goethe-Wortschatz = Fischer, Paul, Goethe Wortschatz. Leipzig 1929.

Gerland, Ernst, Geschichte der Physik. München und Berlin 1913.

GJb = Goethe Jahrbuch.

Grumach = Grumach, Ernst, Goethe und die Antike. Berlin 1949.

Heller, August, Geschichte der Physik. Stuttgart 1882–1884.

JbGG = Jahrbuch der Goethe Gesellschaft.

Keudell, Elise von, und Werner Deetjen, Goethe als Benutzer der Weimarer Bibliothek. Weimar 1931.

LA = Goethe, Die Schriften zur Naturwissenschaft, herausgeg. im Auftrage der Deutschen Akademie der Naturforscher (Leopoldina) zu Halle von L. Wolf, W. Troll, R. Matthaei, W. v. Engelhardt und D. Kuhn. Weimar 1947ff. I. Abt. Texte, II. Abt. Erläuterungen.

Müller-Gespräche = Müller, Friedrich von, Unterhaltungen mit Goethe, herausgeg. von E. Grumach, Weimar 1956.

Poggendorff, Johann Christian, Biographisch-literarisches Handwörterbuch. Leipzig 1863.

Ronchi, Vasco, Histoire de la lumière. Paris 1956.

Rosenberger, Ferdinand, Die Geschichte der Physik. Braunschweig 1882–1890.

Ruppert = Ruppert, Hans, Goethes Bibliothek. Weimar 1958.

Schmid = Schmid, Günther, Goethe und die Naturwissenschaften. Eine Bibliographie. Halle 1940.

SchrGGes = Schriften der Goethe Gesellschaft.

Tgb. = Goethes Tagebuch. Weimarer Sophienausgabe, Abt. III.

WA = Goethes Werke. Weimarer Sophienausgabe, Abt. I–IV. Weimar 1887–1919.

Wilde, Heinrich Emil, Geschichte der Optik. Berlin 1838ff.

Ausgaben

Goethe, J. W. von, Zur Farbenlehre. 2. Band, 1. historischer Teil, Tübingen 1810.

Goethes Werke, Vollständige Ausgabe letzter Hand. Stuttgart und Tübingen, Cotta, 1827–1842, Bd. 53–54.

Goethes Werke, Nach den vorzüglichsten Quellen revidierte Ausgabe. Berlin, Hempel, o. J. (1868–1879), Bd. 36 (S. Kalischer).

Goethes Werke, Kürschners Deutsche National-Literatur. Berlin und Stuttgart o. J. (1882–1897), Bd. 36 (R. Steiner).

Goethes Werke, hrsg. im Auftrage der Großherzogin Sophie von Sachsen (Weimarer Ausgabe), Abt. II, Bd. 3–4 (S. Kalischer und B. Suphan).

Goethes sämtliche Werke, Jubiläumsausgabe. Stuttgart und Berlin o. J., Bd. 40, 2. Abt. (M. Morris). 1907.

Goethes Werke, Vollständige Ausgabe in vierzig Teilen. Auf Grund der Hempelschen Ausgabe neu herausgegeben. Berlin, Leipzig, Wien, Stuttgart, Bong & Co., 1909 ff., Bd. 40 (S. Kalischer).

Johann Wolfgang Goethe, Gedenkausgabe der Werke, Briefe und Gespräche, hrsg. von Ernst Beutler. Zürich, Artemisverlag, 1949–1953, Bd. 16 (A. Speiser).

Johann Wolfgang Goethe, Sämtliche Werke nach Epochen seines Schaffens. München, Carl Hanser Verlag, Bd. 10, 1989 (P. Schmidt).

Johann Wolfgang Goethe, Sämtliche Werke, Frankfurt a. M. Deutscher Klassiker Verlag, Bd. 23/1, 1991 (M. Wenzel).

Briefe von und an Hegel. Hrsg. von J. Hoffmeister, Hamburg 1952–1960.

Georg Christoph Lichtenberg, Briefwechsel. Hrsg. von U. Joost und A. Schöne, München 1983 ff.

Arthur Schopenhauer, Briefwechsel. Hrsg. von L. Lütkehaus, Zürich 1992.

Abhandlungen

Groth, A., Goethe als Wissenschaftshistoriker. München 1972.

Hamm, H., Der Theoretiker Goethe. Berlin 1975.

Kink, K. J., Goethes History of Science, Cambridge University Press 1991.

Kuhn, D., Goethes Geschichte der Farbenlehre als Werk und Form. Dtsche Vierteljschr. f. Litwiss. 34, 1960.

Reuter, H.-H., „Roman des europäischen Gedankens“. Goethes „Materialien zur Geschichte der Farbenlehre“. Jb. G. Ges. NF 28, 1966.

Weitere Forschungsliteratur siehe Band 13.

GOETHES LEBEN

von Richard Benz

Goethes Leben fällt in die Zeit des tiefsten Umbruchs unsrer Kultur, und bedeutet selber Umbruch und Wende dieser Kultur. Im Jahr nach Goethes Geburt stirbt Bach, zehn Jahre später Händel; in denselben Jahren sind die letzten Werke der großen Architekten des deutschen Spätbarocks entstanden, und die Asam, Balthasar Neumann, J. M. Fischer, D. Zimmermann sterben. Aber das Todesjahr Goethes beschließt zugleich die neue, unsere klassisch-romantische Kultur: in den Jahren 1826, 1827, 1828 haben Weber, Beethoven, Schubert die zweite große Musikepoche vollendet, der Höhepunkt der romantischen Malerei, der romantischen Dichtung ist vorüber. Diese Gesamtzeit von mehr als achtzig Jahren nennen wir wohl die „Goethezeit", wie wir mit keines andern Geistes Namen eine Epoche bezeichnen. Denn Goethe ist selber eine Kultur, reicht über die Maße des bloßen Dichters hinaus; und darum wird sein Leben wichtig, wie das keines andern Menschen der neueren Zeit: das Persönliche wird in ihm symbolisch; nachholend und vorwegnehmend in seinen Perioden faßt er in sich unsre gesamte frühere Kultur bis in unsre letzte hohe Schöpferzeit.

Aber nicht nur die Zeit, auch der Ort von Goethes Ursprung weist auf seine Ausnahmestellung hin — das Frankfurt, in dem er am 28. August 1749 das Licht der Welt erblickte, lag außerhalb des damals herrschenden Stils, der im nördlichen und südlichen Osten beheimatet war. Die Wellen des großen Barock hatten es nicht erreicht, das Stadtbild war mit keinem Bau der überschwenglichen höfischen oder sakralen Architektur gestaltet, und in das Innere der Menschen war kein Ton von Bachscher Musik gedrungen; eine Dichtung hohen Ranges aber sollte eben erst, in Klopstock, sich erheben. Dafür reichte das meiste, was das Auge sah, ins Mittelalter zurück, und das Ohr war eher nach dem französischen Westen gerichtet, dem auch das Neuere an Baulichkeiten und Einrichtungen entstammte. Dazu kam für Goethe von frühauf eine Ahnung von Italien, durch die Leidenschaft des Vaters erregt, dem eine Reise nach dem Süden der unvergeßlichste Eindruck gewesen war — der Knabe konnte im Treppenhaus Stiche der Architekturen und Denkmäler Roms sehen, von einem Vorgänger des Piranesi. Und durch den Vater, der ohne eigentliches Amt einer gebildeten Muße lebte und den Unterricht der Kinder leitete, kam auch die italienische Sprache ihm noch früher als die französische nahe. Die Mutter, Katharina Elisabeth Textor, aus dem regierenden Patriziat der alten Reichsstadt gebürtig, stellte dagegen den Inbegriff süddeutschen Wesens dar, auf eine fast volksmäßige Art, in ihrer ungebrochnen frischen und frohen ja derben Natur.

Die Familie gehörte dem in Frankfurt vorherrschenden Luthertum an, obgleich auch der Katholizismus mit seinem älteren Kult, vor allem im Dom, vertreten war und lebendige Anschauung gewährte. Die Bibel war schon dem Knaben durch leidenschaftliche Lektüre innig vertraut; er gestand, daß er ihr den größten Teil seiner geistigen Bildung verdanke. Predigten schrieb er eifrig nach, die Texte der sonntäglichen Kantaten wurden studiert; beides regte den schriftstellerischen Trieb in ihm auf, und in Prosa und Vers entstanden als erstes religiöse Gedichte, neben dem, was ein frühes Vermögen, alle Gelegenheiten leicht und gefällig poetisch zu verklären, ihm schenkte. Der erste, noch halb unbewußte Eindruck fremder Dichtung war der des Messias von Klopstock — heimlich eignete er sich ihn zusammen mit seiner Schwester Cornelia von einem Freunde des Hauses zu, da der Vater nur Gereimtes als Dichtung gelten lassen wollte und der neuen Hexameter-Rhythmik feind war. Diesen älteren und neueren Einwirkungen des Deutschen gesellten sich bald entscheidende Eindrücke des Französischen: durch die Besetzung Frankfurts im Siebenjährigen Krieg kam französisches Wesen nicht nur in der Gestalt des „Königsleutnants", des Grafen Thoranc, unmittelbar ins Haus — das französische Schauspiel zog in Frankfurt ein, und der junge Johann Wolfgang wußte sich zu den Vorstellungen Zutritt zu verschaffen und lernte durch dauerndes Hören und Schauen allmählich die fremde Sprache von Grund aus beherrschen, und faßte eine tiefe Neigung zur Tragödie des Racine und zur Komödie des Molière. Die Bilderfreude des französischen Grafen verstärkte aber auch sein Interesse an der Malerei: die Aufträge des Fremden führten umfassender und dauernder noch als der Sammeleifer des Vaters Frankfurter und Darmstädter Maler ins Haus; der Knabe half und vermittelte beim Schaffen in den Zimmern, wie er andrerseits in den Werkstätten der Künstler heimisch ward, und die eifrige Anleitung des Vaters tat ein übriges, um ihn im Zeichnen und Malen auszubilden.

So ist überall schon der Grund gelegt zur Anwendung der beiden hauptsächlichen Vermögen: des dichtenden und des bildenden. Auf ein eignes Verhalten zur Gottheit und zur Natur weisen dabei bereits die halbkindlichen Spiele, wie die jener Opferhandlung, da er auf der Pyramide eines altertümlichen Musikpults Blumen und Pflanzen aller Art emporschichtet und einem Gott persönlichster Vorstellung darüber Weihrauch entzündet. Und schließlich fehlt in dieser Epoche des Werdens vom Knaben zum Jüngling auch das Besondere, für diesen Menschen so Charakteristische nicht: die tiefe bis zu Leiden und Verzweiflung erschütternde Liebe — der erste Name einer langen Reihe taucht auf: Gretchen, das reine feine Geschöpf in einer bedenklichen Umgebung. An ihrem Arm schaut er die altertümlichen Feierlichkeiten bei der Kaiserkrönung Josephs II., diesem höchsten Ereignis der alt-bevorrechteten Reichsstadt. Und mit diesen Tagen klingt eigentlich die erste Jugendepoche, die kindlich-heimatliche, aus, umwölkt von der ersten schmerzlichen Liebesenttäuschung, erhellt durch den Versuch der Überwindung und ersten Selberfindung.

Die zweite Epoche dieses Lebens beginnt mit der Übersiedlung auf die Universität Leipzig, im Oktober 1765. Der sechzehnjährige Student der Jurisprudenz erfährt in dieser für damalige Begriffe modernsten Großstadt seine Bildung zum Schöngeist und Poeten der Zeit, dessen Umwandlung sich bis in die Veränderung der altväterischen

Tracht ins geltende Modische erstreckt. Er sieht noch den alten Gottsched, der die französische Richtung begründet hatte; er hört bei Gellert, dessen Wirkung, bei zunehmender Kränklichkeit und Müdigkeit, schon kaum mehr das verrät, was seine Herzensgüte, Grazie und moralische Zartheit einst einem großen Publikum bedeutet hatte. Stärkere Erlebnisse kommen dafür von der bildenden Kunst: die Eindrücke der Dresdner Galerie vereinigen sich mit dem Leipziger Unterricht bei Oeser und dem Kupferstecher Stock, um Schauen und Nachschaffen zu fördern. Aber das herrliche Barock der sächsischen Residenz, noch durch die Zerstörungen des Siebenjährigen Kriegs einigen Glanzes beraubt, wird schon nicht mehr als beglückende Macht verspürt — gerade Oesers theoretischer Einwirkung gelingt es, einen dauernden Widerwillen gegen das kaum Gekannte zu erregen. Bereits in Winckelmann hatte Oeser, der von den klassizistischen Wiener Reformbestrebungen herkam, den Haß gegen das „Muschel- und Schnörkelwesen“ gepflanzt und ihm die Idee einer von allem „Schwulst“ gereinigten Antike eingegeben. Und auch Winckelmann selber rührt Goethe nun an, weniger durch begriffene Lektüre seiner Schriften, denn durch die Erwartung des Berühmten auf seiner nach Dessau und Leipzig geplanten Reise, als die unerwartete Kunde von seinem Tod durch Mörderhand alle erschreckt, und das tragische Ende nun seine Gestalt noch leuchtender emporhebt. In seinem Dichten aber ist Goethe noch völlig dem herrschenden Rokoko nach französischem Muster verhaftet: für Schäferspiel wie Drama überhaupt übernimmt er den französischen Alexandriner, und seine ersten Lieder verleugnen ebensowenig das modische Kostüm, wenn hie und da auch schon persönlichere Töne aufklingen. In Leben wie Dichtung meistert eine frühreife Kälte und Klugheit die andringende verwirrende und bedenkliche Erfahrung, wobei doch schon die Eigenart der Dichtung als Konfession sich geltend macht: von den Erlebnissen einer halb gespielten, halb erlittenen Liebe zeugt „Die Laune des Verliebten“; von scharfer Beobachtung menschlicher Verworfenheit und Schuldverstrickung der Umgebung dieser Liebe künden die „Mitschuldigen", Dramen, die 1768 und 1769 entstehen. Als Summe der damaligen Lyrik erscheint das Leipziger Liederbuch, die „Neuen Lieder und Melodien", aber unter dem Namen des Freundes Breitkopf, der Goethes Gedichte komponiert hat. Der Liebe zu Käthchen Schönkopf, die in diesen Poesien ihren Niederschlag findet, bildet die Freundschaft mit Behrisch das Gegengewicht, wie die Frankfurter Jugendfreundschaft mit seinem „Pylades" zur Liebe zu Gretchen gehörte. Dieser Mensch ist der Liebe und Freundschaft gleich aufgeschlossen; sein unbändiger Mitteilungsdrang braucht außer der dichterischen Konfession seiner Liebesleiden auch noch die persönliche an den Freund; und so werden wir es immer wieder erleben, daß er nie eigentlich einsam zu sein vermag, und schon durch Gabe, ja, Zauber der mündlichen Mitteilung auf Geselligkeit gewiesen ist — dieser Dichter ist nicht primär Erfinder, sondern Gestalter, ist nichts ohne das lebendige sich immer wandelnde Objekt Mensch und Welt.

Desto verzehrender wirkt sich das berührte, erregte, verwirrte Innerliche aus, die ganze Physis erschütternd: als Kranker kehrt er von Leipzig ins Vaterhaus zurück, und tastet sich aus langem Siechtum erst an einer neuen menschlichen Bindung zur Genesung hin: der Pietismus des Fräulein von Klettenberg wird ihm religiöser Halt, im Schwanken zwischen anerzogener Orthodoxie und angenommener modischer Freigeisterei — eine edle Resignation rührt ihn an, mystische und gnostische Schriften beleben seine Einbildungskraft bis in die Bezirke des Magischen. Durch alchimistische Experimente gerät er in die ernsthafte Chemie; Selbstbeobachtung in der Krankheit, Umgang mit Ärzten verstärken das wissenschaftliche Interesse an Natur und Mensch; eine Durchsicht der Leipziger Briefe und dichterischen Arbeiten gewährt einen ersten kritischen Rückblick auf das Leben. Nach anderthalb Jahren fühlt er sich wieder der Fortsetzung seiner Studien gewachsen und siedelt im Frühjahr 1770 in das französische Straßburg über.

Ursprünglich war Straßburg nur als Station gedacht — „von Straßburg ziehe ich nach Paris und hoffe mich da sehr wohl zu befinden und vielleicht eine gute Zeit da zu bleiben", schreibt er an Käthchen Schönkopf; die halb-französische Bildung soll nun vollkommen werden. Aber schon beim ersten Blick über das „neue Paradies" der weiten Landschaft, wie es sich ihm von der Plattform des Münsters aus erschließt, gewinnt das ahnungsvolle Gefühl eines Heimatlichen über ihn Macht, das ihn zum Bleiben zwingt und die Perspektive auf Paris immer mehr verdrängt. Land und Menschen geben ihm Genuß und Inbegriff heiteren süddeutschen Daseins jenseits von Mode und konventionellem Zwang; und mitten im staatlichen Bezirk des Französischen taucht das Deutsche überwältigend in ihm auf. In heiterer Tischgesellschaft von Medizinern, deren Studium auch er zu teilen beginnt, im Durchstreifen der herrlichen Landschaft, in leicht gefundener Geselligkeit der Familien in Stadt und Land, mit einer Fahrt nach Lothringen, die ihn zur ersten Naturschilderung hinreißt, geht der Sommer hin. Und im Herbst geschieht die entscheidende Begegnung mit dem Manne, der ihm durch Kritik und unendliche Anregung den Schlüssel zum eignen geistigen Wesen gibt: mit Herder. Dieser geniale Erfühler aller seelenhaften Werte und Ursprünge befreit ihn von der erstarrten Konvention der Schreibtischdichtung und schenkt ihm den Mut zur unmittelbaren Aussage nach den hohen Vorbildern Homer, Pindar, Shakespeare. Er hebt ihm den Begriff des „Volks" aus der Niedrigkeit des Pöbelhaften, wie die Zeitliteratur ihn noch sah, in die Sphäre des Schöpferischen, des ursprünglichen geistigen Ausdrucks in Sprache, Mythos, Märchen, Lied, und regt ihn zur Sammlung von Liedern aus dem Volksmund auf. Goethe erträgt die Schärfe der Kritik an seinem bisherigen Sein und Schaffen, die Mischung von Anziehen und Abstoßen, mit der er ihn behandelt, weil er augenblicklich fühlt, was alles in ihm durch diese schmerzhafte und beseligende Einwirkung frei wird. Diesmal wird die Liebe Goethen zur Bestätigung und Verwirklichung des in der geistigen Begegnung der Freundschaft Erfahrenen — das Idyll von Sesenheim ist ein gelebtes Volkslied von Seligkeit und Schuld und Leid: es ist die erste Herzensliebe, in welcher Goethe zum echten unverwechselbaren Dichtertum erwacht. In den September fällt die Begegnung mit

Herder; in den Oktober der erste Besuch bei Friederike Brion. Und im Frühling 1771 werden in Sesenheim auch die ersten Stücke des Hymnus auf Erwin von Steinbach und die Deutsche Baukunst aufgeschrieben: der geistige Durchbruch geschieht nun auch in der Prosa, die in kühnen abgerissenen Rhythmen einem neuen Welt- und Schöpfergefühl Bahn zu suchen scheint in der Selbstgewißheit des Genius. Denn der „Genius" ist, nach Herders neuer Schau, die Gott-Unmittelbarkeit des Schöpferischen, der zweiten Schöpfung in Sprache, Poesie und Kunst — im Genius ist der Ersatz gegeben für den verlorenen Begriff einer im religiösen Zentrum noch alle einenden Kultur. Er ist das Stichwort der „Geniezeit", des aus der zerfallenden Kultur unter Herders und Goethes Anhauch sich erhebenden „Sturm und Drang", aus dessen Chaos eben zuletzt nur Goethe sich losringt und besteht. Er ist zugleich der Ergänzungs- und Gegensatzbegriff zu Rousseaus negativer Parole: Fort von der Kultur zurück zur Natur! Und mit einer beispiellosen Beschwingtheit geht Goethe jetzt die Bahn der neuen Berufung, der Wechsel der äußeren und inneren Ereignisse überstürzt sich ihm.

So muß von Friederike geschieden sein, weil die irdische Liebe zu ihr schon zum schöpferischen Eros sich ausweitet, der in rascher Folge an immer neuen menschlichen Urbildern entbrennt. Äußerlich wird die Straßburger Existenz durch die juristische Promotion abgeschlossen, am 6. August 1771; am 8. August nimmt er Abschied von der Geliebten. Äußerlich steht jetzt sein neues Frankfurter Leben unter dem Zeichen der Anwaltschaft, die er zur Befriedigung des Vaters ausübt. Aber in Herders Geiste entsteht für den 14. Oktober bereits die Rede „Zum Schäkespears Tag"; und noch vor Ende des Jahres kann er Herdern die erste Niederschrift des „Götz von Berlichingen" senden, und vom Plan zu einem „Sokrates" berichten, dem „philosophischen Heldengeist", den er in seinem Hirn dialogisiert. Der Sommer des folgenden Jahres findet ihn, zu juristischer Ausbildung am Reichskammergericht, in Wetzlar, vom Mai bis in den September — die Liebe zu Charlotte Buff tritt in sein Leben. Aber der möglichen tragischen Entwicklung, die im Verhältnis zur Geliebten und ihrem Bräutigam Kestner droht, macht diesmal ein Freund das Ende, Merck, der ihn kurzerhand zur Abreise bewegt. Zur Ablenkung ist von Merck eine Fahrt an den Rhein ins Werk gesetzt, zu Sophie von Laroche in Koblenz, deren junge Tochter Maximiliane eine neue Neigung in Goethe weckt. In Frankfurt übernimmt dann Merck, der mit seinem Verständnis und seiner produktiven Kritik Goethe immer wichtiger wird, die Sorge für die Drucklegung des umgearbeiteten Götz. Auch die Schrift über die Baukunst wird jetzt abgeschlossen und noch im Herbst an die Freunde in Wetzlar geschickt; sie erscheint, wie der Götz, mit der Jahreszahl 1773, der Götz in eignem Verlag und auf gemeinsame Kosten mit Merck.

Einen Monat nach seinem Weggang von Wetzlar hatte Goethen die Nachricht erreicht, daß der junge Jerusalem in Wetzlar, den er flüchtig kannte, sich aus unglücklicher Liebe zur Gattin eines Freundes erschossen habe, und zwar mit den von Kestner entlehnten Pistolen. Blitzartig beleuchtet dieser Vorfall ihm sein eignes Erleben; der Plan zum „Werther" ist beisammen. Und während das Erinnern an Lotte frisch geweckt ist, gibt ihm die Neigung zu Maxe Laroche neue Farben: sie ist inzwischen mit dem Frankfurter Kaufmann Brentano verlobt worden, im Januar 1774 mit ihm verheiratet — er wird von Sophie Laroche gebeten, der Neuvermählten das Einleben im fremden Frankfurt zu erleichtern, ist viel in ihrem Haus und erregt die Eifersucht des leidenschaftlichen Gatten. Aus diesen Erfahrungen gewinnt der Werther die endgültige Gestalt und ist im Frühjahr 1774 vollendet.

Von der Hochspannung, in der Goethe lebt, macht man sich einen Begriff, wenn man bedenkt, daß in den Jahren 1773 und 1774 ein großer Entwurf und Wurf den andern verdrängt: Caesar, Mahomet, Der ewige Jude, Prometheus werden herausgeschleudert als Visionen von Weltdichtungen, von denen doch nur Fragmente und einzelne Gesänge uns noch Zeugnis geben. Für die Folge behauptet sich nur der Faust, wie er in der Gretchen-Tragödie der Urfassung gipfelt. Von der unheimlichen Erdkraft, die damals in Goethe lebt, gibt der „Satyros" Kunde, auch schon im rhythmisch freien Knittelvers und bei allem Parodistischen mit seltsam ergreifenden Tönen: „Dir huldigt ringsum die Natur; / 's ist alles dein; / Und bist allein, / Bist elend nur!" — Es sind, wie der Dichter selber sagt, fast ohne seinen Willen hingewühlte Stücke, die er sich in den kurzen Pausen abgewinnt, die ein Wirbel neuer Begegnungen ihm läßt. Denn durch den Götz ist er mit einem Schlage bekannt geworden, man sucht ihn von nah und fern. Den Weltruhm bringt zwar erst der „Werther", der im Herbst 1774 erscheint; aber schon vorher wird er von Lavater, von Basedow aufgesucht, begleitet sie an den Niederrhein, und findet in Jacobi in Düsseldorf einen wirklichen Freund. Dort sieht er auch Wilhelm Heinse, den er seiner „Laidion" wegen verehrt, und der wiederum von ihm den gewaltigsten Eindruck empfängt; wie denn der Zauber seiner Erscheinung, seines Gesprächs alles übertroffen haben muß, was man von seinen Dichtungen her sich erwarten konnte. Im Oktober 1774 begegnet er Klopstock, der auf der Reise zum Markgrafen von Baden in Frankfurt Station macht. Im Dezember besucht ihn Knebel, damaliger Erzieher des Prinzen Constantin von Weimar, und bringt ihn mit diesem und Carl August zusammen; und bereits am nächsten Tag besucht Goethe die Prinzen wieder in Mainz. Im Winter von 1774 auf 1775 knüpft sich ein neues Verhältnis: zu Lili Schönemann. Sie ist, als vielumschwärmte Weltdame, nicht im Flug zu erobern, es kann hier nur auf eine ernsthafte Verbindung hinauskommen, und Goethe muß schließlich auch den ihm seltsamen Zustand eines Bräutigams erleben. Aber im Augenblick, wo kein Hindernis mehr ist, empfindet er eine solche Bindung als unmöglich; der Gedanke, in den Frankfurter Verhältnissen eingeengt zu bleiben, ist ihm fürchterlich. Als willkommene zeitweilige Befreiung ergreift er die Gelegenheit einer Reise, und geht im Juni 1775 mit den beiden Grafen Stolberg nach der Schweiz. Aber auf dem Gotthard kehrt er plötzlich um, von der Erinnerung an Lili überwältigt, und eilt zu ihr nach Frankfurt zurück; wo er denn doch zuletzt das Trennende begreift und ein Zerwürfnis herbeiführt, das den Abschied endgültig macht.

In jenem gesellschaftlichen Treiben hatte sich ihm der

Gedanke des Singspiels belebt, das schon 1773 mit „Erwin und Elmire“ begonnen war, und jetzt „Claudine von Villabella“ hinzubringt. Ein befreundeter Komponist, André in Offenbach, setzt die anspruchslosen Stücke in Musik, sie haben sogar in Berlin Erfolg. Noch dem Jahre 1774 gehört auch „Clavigo“ an, eine der Gestalten, denen er, wie dem Weislingen im „Götz“, seine Liebesschuld auflädt, aber sein Abbild auch darin, daß eine Aufgabe in die Welt ihn fortreißt, die kein Verweilen gönnt. „Stella“, die erste Veröffentlichung, die seinen Namen trägt — ein seltsames Gegenstück zum Werther: nicht die Frau zwischen zwei Männern, sondern der Mann zwischen zwei Frauen, und mit harmonischer Lösung —, gehört dem letzten Frankfurter Jahre an. Und wieder genügen ihm alle diese dichterischen Konfessionen nicht, er bedarf des unmittelbaren freundschaftlichen Ergusses; aber eine Frau ist es jetzt, der er über die Ferne hinweg beichtet: die Gräfin Stolberg, sein „Gustgen“, die er nie gesehen — ihr werden aus dem Augenblick heraus in heißen stürmenden Worten die Beseligungen und Wirrungen der Liebe mit Lili anvertraut. Das letzte, was er in Frankfurt beginnt, ist „Egmont“: die Tragödie dessen, der seine Berufung über der Liebe versäumt. — Inzwischen wird die Einladung nach Weimar dringend; doch der Kammerjunker, der ihn abholen soll, bleibt aus. Als Rettung vor Liebe und heimatlicher Enge wird schnell die Flucht nach Italien beschlossen. Aber noch in Heidelberg erreicht ihn der herzogliche Bote, er kehrt mit ihm um; und am 7. November 1775 zieht er in Weimar ein.

Die zweite Lebensperiode, das Schöpferjahrzehnt der Jugend, ist jetzt abgeschlossen. Der Phase einer zuletzt ins Ungeheure gesteigerten Ausweitung folgt im ersten Weimarer Jahrzehnt ein völliges Zusammenziehen und Ruhen der Kräfte bis zum Verstummen — nach außen wenigstens dringt von dem schnell zum höchsten Ruhm Gestiegenen keine dichterische Bekundung mehr. Zwar braust zunächst der Sturm und Drang als Lebenselement an der Seite der Kraftnatur des Herzogs weiter, und durch manchen Geniestreich werden Freunde und Teilnehmende wie Jacobi und Klopstock skandalisiert. Aber bald überkommt den Sechsundzwanzigjährigen die Verantwortung seiner Freundes- und Günstlingsrolle dem regierenden Fürsten gegenüber, der eben erst das zwanzigste Jahr erreicht — die Würden des Geheimen Legationsrats mit Sitz im Conseil und Leiters der Kriegskommission, seit 1779 des Geheimen Rats, 1782 des in den Adelsstand Erhobenen werden ihm zu ebenso vielen Verpflichtungen; Verwalten und Regieren in Fürsorge für einen andern wird ernstgenommenes Amt. Es schenkt ihm das Ethos beherrschter und gelenkter Tätigkeit für sein ganzes Leben; und das große Unterfangen taucht ihm auf, dieses Leben selber in aller Mühe seines Alltags zur Daseinspyramide hochzutürmen. Unmerklich wird er zum Erzieher, nicht nur des Fürsten, auch seiner selbst, seit die Liebe zu Charlotte von Stein zum Freundschaftlichen und Geschwisterlichen sich läutern und zähmen muß und in Seelengemeinschaft Ruhe und Frieden finden soll. Denn in ihr ist ihm nun zum erstenmal in einer Frau eine geschlossene Persönlichkeit gegenübergetreten, vor deren gesellschaftlichem und menschlichem Stil seine Dynamik sich bescheiden muß, von der er selber lernt, durch unablässiges Formen sich zur Persönlichkeit zu bilden. Er lernt auch die Treue, und harrt jahrelang in Entsagung aus, wenn auch die Leiden des Tantaliden ihn innerlich zermürben. Die wundersamste Bekundung dieser Treue und jenes Erzieherglücks ist die Fürsorge für den Sohn der Geliebten, Fritz v. Stein, dem er ein geistiger Vater wird.

Sein Talent gehört nur noch den Freunden und dem Hof. Durch die neue Liebe entfaltet sich nun seine Lyrik zum Höchsten; und unerschöpflich bleibt ihm die Gabe der Improvisation, mit der er im vertrauten Kreis ganze Dramen entwickelt, daß Wieland bedauert, so Vollkommenes nicht festhalten zu können — es verweht, wie etwa das Phantasieren des jungen Beethoven. Doch gerade zum Drama gewinnt er ein neues Verhältnis durch das Selberspielen auf der höfischen Liebhaberbühne: die theatralische Gestalt verdrängt den um Regeln unbekümmerten dramatischen Wurf, der nach der deutschen Auffassung des Shakespeareschen Vorbildes damals praktisch im Lesedrama enden mußte. Mit dieser Wendung tritt Goethe vom Sturm und Drang ganz eigentlich in den Bannkreis des Spätbarock zurück, und leistet, was ein Gluck oder Mozart gleichzeitig an andern Höfen leisteten: die Verherrlichung des ewigen Festes der adligen Gesellschaft. Im „Wilhelm Meister" hat er bezeugt, wie das Bildende dieser Atmosphäre im Freisein vom Alltag liegt, welches allein die wahre Muße zu einem schöpferischen Leben verbürge. So wurde Goethe der Hofregisseur für alles, wie er auch die Neuanlage des Parks in diesen Jahren begann, aber er leistete es auf eine neue, ganz persönliche Weise: von den künstlichen Überraschungen, wie etwa der Schöpfung des „Klosters" an der Ilm, oder der Verwandlung der Ufer dieses Flusses in ein Rembrandtsches Nachtstück, bis zur Aufführung seiner eigenen Dramen und Singspiele. Von den uns noch erhaltenen Werken wurden zu solchen Festen etwa „Die Geschwister" aufgeführt (1776; Goethe in der Rolle des Wilhelm); 1777 „Lila", in der Komposition des Kammerherrn v. Seckendorf; 1778 „Der Triumph der Empfindsamkeit", in welchen, wie er selber später sagt, frevelhaft das herrliche Monodram „Proserpina" eingefügt wurde, das er für die geliebte Corona Schröter geschrieben hatte — wir lesen noch die Anweisung für den Komponisten, der nur neben, nicht gleichzeitig mit dem Wort in seine Rechte trat: „Vorbereitende Musik, ahnend seltene Gefühle." Sogar die erste Aufführung seiner „Iphigenie" ging 1779 auf dieser Liebhaberbühne für den Hof in Szene: Goethe spielte den Orest, Corona Schröter die Titelrolle, in einer späteren Aufführung sogar der Herzog den Pylades. 1780 wurde das Singspiel „Jery und Bätely" mit der Musik von Kayser gegeben; 1782 „Die Fischerin", komponiert von Corona Schröter, in welcher der originale Ort für die Ballade vom Erlkönig war. Im „Elpenor" von 1783 wird sogar ein tragischer Stoff für ein fürstliches Geburtsfest gewählt.

Aus dem geselligen Kreise, für welchen Goethe damals lebt und schafft, treten neben dem altvertrauten Knebel als bedeutende Gestalten nur zwei Männer hervor: Wieland und Herder. Wielanden, den bisherigen Prinzenerzieher, fand er nun als Gesellschafter der Herzogin-Mutter Amalie in Weimar vor: ihn, dessen schönen Operntext Alceste er einst in seiner Farce „Götter, Helden und Wieland" so grimmig verspottet hatte, versöhnt er durch sein bloßes Dasein und gewinnt für die Dauer sein Herz. Herdern hat er schon 1776 als Generalsuperintendenten nach Weimar geholt; und wenn dieser sein früherer Mentor zunächst über die zweite Rolle, die ihm nun überall zufallen muß, enttäuscht ist, so findet sich Goethe doch, je mehr er des reinen Hoflebens überdrüssig wird, immer näher zu ihm, und es entsteht jene neue Freundschaft und geistige Zusammenarbeit, wie uns die späteren Briefe aus Italien sie bezeugen. Herders „Ideen" und Goethes naturwissenschaftliche Anfänge sind ohne diese wechselseitige Anregung und Teilnahme nicht zu denken. Nächst der Frau v. Stein ist Herder der berufene Helfer und Berater, überall wo Goethe sich wieder ernsthaft seiner Dichtung zuwenden will. Aber diese ist nun damals rein im Werden; außer der eigentlichen Lyrik entsteht nichts Abgeschlossenes oder gar Veröffentlichtes. Bis ins Jahr 1777 reicht der „Wilhelm Meister", bis 1779 die „Iphigenie" zurück; seit 1779 wird der „Egmont" weiter gefördert, 1780 der „Tasso" begonnen. Vor allem beim Drama ringt Goethe mit Sprache und Stil. Im altdeutschen Knittelvers und freien Rhythmus der Frankfurter Fragmente, der noch in die Original-Prosa des „Elpenor" hereinklingt, ließen sich klassische Stoffe, so fühlte er, schwer behandeln; er greift auf die neutralere Prosa zurück, die sich allmählich leise zum Iambischen hin rhythmisiert. Aber er steht nicht mehr unter dem absoluten Zwang, mit dem sich sonst seine Werke als echte Geburten von ihm lösten; er muß Gelegenheit und Stimmung zum Festhalten des innerlich Erschienenen willentlich herbeirufen, wie er etwa Musik sich kommen lassen muß, um die Iphigenie niederschreiben zu können, was allerdings in der kurzen Zeit von Mitte Februar bis Anfang April 1779 vor sich geht; doch erscheint sie ihm immer noch erst als Skizze, die der farbigen Ausführung bedarf. Es ist kein Wunder, wenn Amts- und Hofleben ihm wirkliche Versenkung nicht verstatten, tief innerlich bedingte Entwürfe nicht wie Gelegenheitspoesien sich abtun lassen. In plötzlichen einsamen Reisen sucht er Distanz zu seiner seltsam zwiespältigen

Existenz zu gewinnen; es ist symbolisch, daß er, wie seit der Harzreise im Winter 1777, bei solchen Gelegenheiten den Namen ändert, um Rang und Pflicht gewohnter Umgebung abzustreifen. Andre Male geben höfisch-diplomatische Missionen Ablenkung und Ausweitung des Blicks, wie der Besuch mit dem Herzog in Berlin, 1776, oder wie die offizielle Bereisung sämtlicher Höfe Thüringens, allein, im Jahre 1782. Geheimnisvoll und schon ohne Wissen der Frau von Stein wird die größere Reise mit dem Herzog im Herbst 1779 unternommen, von der er erst im Januar 1780 zurückkehrt; diesmal sind beide inkognito. Über Frankfurt führt der Weg auch nach Sesenheim und Straßburg, wo er Friederike und Lili wiedersieht, und was ihn noch beschwerte ins menschlich Harmonische aufgelöst denken darf. Dann geht es in die Schweiz, übers Wallis zur Furka auf den Gotthard. In Zürich wird Lavater besucht und Bodmer, und vor den Bildern Füßlis starker Eindruck erfahren. Den Abschluß bildet der Besuch der Höfe von Stuttgart, Karlsruhe, Darmstadt; in der hohen Karlsschule wohnt er einer Preisverteilung bei, da Schiller ihn das erstemal erblickt. Mit dieser Reise darf er die Erziehung des Herzogs als abgeschlossen denken — er hat in diesem Zusammensein sich aufs erfreulichste verhalten und scheint von manchen Fehlern befreit. Aber bald schon fällt er in seine Eigenheiten zurück, die Goethe einmal mit den Worten beklagt: „So passioniert er fürs Gute und Rechte ist, so wird's ihm doch weniger darinne wohl als im Unschicklichen." Die Verstimmungen werden häufiger, die Stellung neben einem nun selbständigen Monarchen ist schwieriger geworden, das Leiden am dichterischen Ungenügen tiefer; der menschlich privaten Existenz fehlt immer spürbarer die letzte Erfüllung. Die Klagen häufen sich; schon fällt das Wort Flucht — der alte Instinkt wird Herr, aus unerträglichen Verhältnissen sich zu retten. Er bereitet alles zu einem vorläufigen Abschluß vor. Er hat, mit Herders Unterstützung, die Redaktion seiner Schriften aufgenommen, die bisher nur von dem Berliner Nachdrucker Himburg gesammelt und verbreitet worden waren: Iphigenie, Tasso, Egmont, Faust, die Singspiele sollen hierfür die endgültige Gestalt finden.

Er verhandelt mit Göschen in Leipzig, und als er am 3. September 1786 die große Reise antritt, hat er den fertigen Vertrag in der Tasche. Nur der Herzog ist in den Plan einer längeren Abwesenheit eingeweiht, weiß aber nicht das Ziel. Er bricht von Karlsbad auf, nachdem er der Frau von Stein noch ein Stück das Geleit gegeben, ohne ernstlich Abschied zu nehmen. Auf dem Brenner bereits entnimmt er dem Manuskriptenpaket, das Herder ihm noch zugesteckt hat, die Iphigenie, und in Torbole kann er ins Tagebuch schreiben, daß er an der Iphigenie gearbeitet habe, und es im Angesicht des Sees gut vonstatten gegangen sei. So läßt er nun überall, unter einem andern Himmel, das Halbfertige oder ihm nicht Genügende ausreifen, und berichtet treulich in Briefen an Frau von Stein und Herders seine geistigen Begegnisse und die Stationen seiner Reise. Diese führt ihn von Malcesine über den Gardasee nach Verona, wo ihm mit dem Amphitheater zuerst antike Baukunst entgegentritt; dann verweilt er, von Palladio hingenommen, vom 19. bis zum 26. September in Vicenza, und erreicht, nach einem Tage in Padua, Venedig, das ihn bis Mitte Oktober festhält. Zwischen Ferrara und Bologna beschäftigt ihn der Entwurf zu einer „Iphigenie auf Delphi", der indes unausgeführt bleibt, wie später in Taormina seine „Nausikaa"; neues Dichterisches hat ihm Italien sonst nicht geschenkt. Jetzt aber geht es mit kaum mehr zu zügelnder Ungeduld dem Ziel der Sehnsucht zu — „nur drei Stunden" verweilt er in Florenz, und am 29. Oktober ist er in Rom. „Nun bin ich hier und ruhig und wie es scheint auf mein ganzes Leben beruhigt" — das ist von nun an der geheime Refrain, der in allem mitschwingt, was er erlebt und schaut: keiner hat hier so, nicht die Beglükkung, aber die tiefe Befriedung erfahren wie er, in dieser durchaus gestalteten und geschichtlich welthaltigen Stadt — ob sie geformt war durch Barock, Renaissance oder Antike, sie war ihm die Verkörperung des Geistes im Sinnlich-Menschlichen schlechthin. Und er fand sie im Einklang mit der Natur, und mit einer Menschenart, die ihm das Wahre und Echte bedeutete, selber gewachsen, ursprünglich, unverstellt wie Natur. Erst jetzt meldet er den Freunden, wohin es ihn getrieben hat; die bisherigen Briefe hatte er durch seinen Weimarer Diener undatiert übermitteln lassen. Es gehört zu seiner in Rom gefestigten Schätzung unverbildeter einfacher Menschen, wie sie sich später in der Bevorzugung „derber“ und „tüchtiger“ Naturen (etwa im Falle Zelters) noch so deutlich zeigt, daß er diesem Bedienten Seidel Bemerkungen etwa über seine Iphigenie und andre übersandte Werke verstattet und nahelegt und seine Beobachtungen, ja Einwürfe treulich vertraulich beantwortet. Um ungestört sich selbst zu leben, war er inkognito, unter dem Namen Möller, gereist; er wahrt das auch in Rom, um der offiziellen Besuche überhoben zu sein, aber eigentliche Einsamkeit wird ihm nicht zuteil, er ist vom ersten Tage an, da ihn Tischbein zum Wohnen bei sich abholen darf, nicht allein. Es bestätigt sich seine besondere Art von Genialität: daß er mitten unter Menschen sich immer gleich auch zu geistiger Sammlung und Tätigkeit zu fassen weiß. Und da er vor den Kunstwerken und vor der Landschaft zu lernen begehrt, sind es vor allem die Künstler, deren Gesellschaft er sucht und erträgt, obgleich sich ihm fast nur Mittelmäßigkeit bietet. So wird ihm Wilhelm Tischbein der Genosse des ersten römischen Aufenthalts und bald kommt Angelica Kauffmann hinzu. Nur mit Carl Philipp Moritz, dem Verfasser des „Anton Reiser“, findet bedeutenderer geistiger Austausch statt; und er verdankt ihm prosodische Belehrung für seine „Iphigenie“. Inzwischen werden die römischen Denkmäler durchgegangen, Weihnachten wird in S. Pietro erlebt, und nach dem Karneval reist er mit Tischbein nach Neapel. Hier ist nun von Inkognito wenig mehr die Rede, die große Welt nimmt ihn auf. Er besucht den Maler Hackert, ein Fürst Waldeck wird ihm wichtig, die Sammlungen des Ritters Hamilton ziehen ihn an. Wiederholt wird der Vesuv bestiegen (am 2., 6. und 19. März), Pompeji und Herculanum besichtigt. Mit dem Maler Kniep sieht er die Tempel von Paestum, die ihn zunächst erschrecken und seiner Vorstellung von der Antike keineswegs entsprechen, bis er diese „fremde Welt“, dieses „Furchtbare“ durch die Erinnerung an Winckelmanns Begriff des „strengen Stils“ sich historisch legitimiert. Kniep, der ihm Kunstwerke und Aussichten mit feinem Stift festhält, begleitet ihn auch nach

Sizilien, wohin er vom 29. März bis zum 11. Mai sich begibt. Nach einer schwierigen Überfahrt, da er die Seekrankheit durch Arbeit am Tasso in der Kajüte bekämpft, bleibt er vierzehn Tage in Palermo, besucht die Tempel von Segesta; über Catania, Taormina geht es nach Messina. Von Kunsteindrücken verlautet wenig, desto mehr von der Natur, vor allem beschäftigen ihn geologische Studien, und die fremde Pflanzenwelt. Als er wieder in Neapel ist, wird eine zweite Reise nach Paestum unternommen; der Gedanke der Urpflanze taucht ihm auf.

Der zweite römische Aufenthalt (vom 6. Juni 1787 bis Ende April 1788) zeigt zunächst wachsend das Bestreben, sich zum ausübenden Künstler zu bilden. Hackert ist jetzt vorübergehend in Rom, der tüchtigste von denen, die ihm dort nahekommen: er verspricht, Goethen zum Maler zu machen, wenn er sich ihm für 18 Monate überlasse. Dazu kann er sich aber nicht entschließen. Er ahnt wohl, daß Hackert, der Landschafter, ihn nichts lehren könne, denn in der Wiedergabe der Natur war Goethe der Zeit weit voraus — von den Holländern herkommend hatte er sich einen genialen Impressionismus ausgebildet, von starker Stimmungskraft, vergleichbar den dichterischen Fragmenten seiner Jugend; aber gerade dieses Subjektive hatte er als das gefährdende Element der Zeit erkannt und suchte es durch ein solides handwerkliches Machen auszugleichen und an einem Objektiven zu orientieren. Das konnten ihm aber seine im Klassizismus begrenzten Malerfreunde nicht geben, mit denen er jetzt in Frascati die Zeit mit Malen, Kleben, Tuschen zubrachte, mit denen er dann im Atelier Tischbeins, das dieser ihm, nach Neapel zurückkehrend, überläßt, eine richtige Hausakademie stiftet mit Anatomie, Physiognomik, Zeichnen nach Gips, eigenem Modellieren — das Ergebnis ist, daß er schließlich resigniert und seine Malerei der Erkenntnis opfert, daß es das Menschenbild zu wahren gelte, welches ihm in der antiken Gestalt, die er selber nicht, wie die Kopisten um ihn herum, nachzubilden vermag, ganz allgemein zum geistigen Vorbild wird: für die Gestalthaftigkeit seiner Dichtung. Ersatz für die mißglückte Bewältigung der Kunst wird ihm die Kennerschaft der

Kunst, wie sie der Schweizer Heinrich Meyer ihn lehrt, der jetzt immer entscheidender als sein römischer Mentor hervortritt. Im Produktiven ist es Dichtung als Kunst, was er nun als Aufgabe ergreift, Dichtung nach Normen, die der Kunstverstand der Antike entnimmt. Nun wendet er sich wieder mit Eifer der Umarbeitung seiner Dichtungen zu. Die „Iphigenie“ hatte er schon zu Beginn des Jahres 1787 abgeschlossen; im September ist der „Egmont“ fertig und wird zu Kayser nach Zürich zur Komposition der dazu nötigen Musik geschickt; im November läßt er Kayser selbst nach Rom kommen, da nun die Singspiele an der Reihe sind. Auch hier sucht er die Bindung an eine Tradition, wie er sie in der Italienischen Oper als die ungebrochenste wittert: „Erwin und Elmire“, „Claudine“, „Die ungleichen Hausgenossen“ werden versifiziert; der frühere Prosadialog wird voll begleitetes Rezitativ, und soll doch zugleich als Vers dem Leser in den Gesammelten Schriften Genuß bereiten. Ein systematisches Hören von alter Kirchenmusik gibt den Hintergrund, eigene Hauskonzerte beleben seine Geselligkeit; immer neues Studium der Bilder und Statuen füllt außerdem den Winter. In einer elegischen Überschau über die um ihn her gestellten erworbenen Kunstwerke und Kopien gehen die letzten Tage inneren Abschiednehmens hin, und endlich scheidet er mit dem Bewußtsein, wenigstens drei Menschen ein sehnsüchtiges Andenken zu hinterlassen: dem Maler Buri, der ihm ein zweiter Fritz Stein geworden ist, Moritz und Meyer. Mit ihnen sowie mit Angelica Kauffmann und Kniep wird ein lebhafter Briefwechsel ihm die nächsten Jahre hindurch die südliche Atmosphäre nahe halten. Zunächst aber erfüllt ihn der Schmerz eines Ausgestoßenen, als er endlich aus Verpflichtung zum Herzog zur Rückkehr sich entschließt, und er macht sich Ovids Klagen über die Verbannung in den unwirtlichen Norden zu eigen. Manches von dieser Stimmung geht in den „Tasso“ über, der ihm in den Gärten von Florenz zu tröstlicher Aussage seines Leidens wird.

Er kehrt als ein anderer zurück, da er am 18. Juni 1788 in Weimar einfährt. Auch wenn Charlotte von Stein ihn nicht die Kränkung weiter hätte fühlen lassen, die sie durch seine heimliche Entfernung und sein langes Ausbleiben sich angetan glaubte — das alte Vertrauen, die ungehemmte Mitteilung konnte nicht mehr stattfinden, wo so gänzlich andre Voraussetzungen nun zugrunde lagen. Seine Wandlung war eigentlich nicht aussprechbar: Eine im Grund dynamisch-vulkanische Natur, die sich schöpferisch in genialer Improvisation bekundet hatte, war in der ersten Weimarer Zeit durch praktische Tätigkeit und große Welt wie durch tiefere seelische Bindung mehr beruhigt und abgelenkt, als im Schaffen befestigt und zu ihrer geistigen Mission gebildet worden — dies sollte Rom geben und gab Rom; aber mit einem neuen Extrem: einer Dichtung als Kunst, nach vermeintlich antiken Formen geformt und geleitet. Sie berührte die Freunde, wie schon ihre Briefe über die umgearbeiteten Werke bezeugen, kühl und fremd. Und schon begann sich das tiefe Erlebnis, das ihm Stil als Rettung im modernen Chaos bedeutete, zum Dogma zu verhärten, wenn er andre des ihm widerfahrenen Heils teilhaft machen wollte. Bereits in Rom wird der Grundsatz ausgesprochen, sich von allen zu scheiden, die nicht „auf dem rechten Wege“ seien; die aber mit ihm diesen Weg wandelten, waren keine selbständigen Schöpfernaturen, sondern Talente mit gewissen Fachkenntnissen, die nur äußerlich mit ihm übereinstimmen konnten, und die er sich gleichsam zu Organen der Kunstkenntnis umschuf und nutzbar machte. Solchen Ansprüchen aber mochten die alten Freunde sich auf die Dauer nicht fügen. Und so sehen wir Goethe das erstemal ganz vereinsamen und in der Folge so oft mit untergeordneten Naturen fürlieb nehmen, die ihm sein Inneres nicht stören. Durch des Herzogs Wendung zum militärischen Beruf, der ihn meistens fern hält, durch der Herzogin Amalie und auch Herders lange Abwesenheit in Italien ist nun auch der Hof verwaist, die festliche Geselligkeit versunken. Die neue Bindung an Christiane Vulpius kommt hinzu, Goethen gesellschaftlich zu isolieren. Kaum einen Monat nach seiner Rückkehr war sie ihm im Park mit einer Bittschrift entgegengetreten — ihre frische Jugend nimmt ihn ein, er macht sie zu seiner Geliebten, dichtet südliche Naturhaftigkeit gleichsam in sein Leben nun hinein;

und der Widerstand des kleinstädtischen Weimar mag ihn darin bestärkt haben, ihr die Leitung seines Hauswesens anzuvertrauen. Sie macht ihn glücklich, schenkt ihm Kinder; Weihnachten 1789 wird sein Sohn August geboren, der allein von den Kindern am Leben bleibt. Aber von seinem höheren Leben scheidet sie Bildung und Anlage; und um sich selbst immer wieder zu finden, wird fast der Schwerpunkt seiner Tätigkeit nach Jena verlegt, wohin ihn ohnedies die ihm verbliebenen Ämter der kulturellen Administration und wachsende wissenschaftliche Interessen ziehen.

Innere und äußere Ereignisse verschränken sich für Goethe, um eine Epoche abzuschließen: vom 8. Juni 1789 stammt sein letzter Brief an Frau von Stein, der den endgültigen Bruch zur Folge hat; tags zuvor war bei einem Aufenthalt in Belvedere der Tasso abgeschlossen worden und auch damit ein Strich unter die Freuden und Leiden seiner früheren höfischen Existenz als Dichter gezogen; zehn Tage später begann in Paris die Revolution, die schon am 14. Juli zum Sturm auf die Bastille führte. Goethes konservativer Sinn hat jene Umwälzung immer verneint. Er hat hier keinen Augenblick geschwankt, und die vorübergehende Begeisterung an den ersten „Errungenschaften“ der Revolution, wie Klopstock, wie Schiller sie bezeugten, ist ihm immer fern geblieben. Schon die voraufgehenden Ereignisse, die, wie die Halsbandgeschichte, auf eine Erschütterung der Grundlagen der Monarchie wiesen, hatten ihn tief erregt, und er setzte sich auf seine Weise mit ihnen auseinander. So entsteht zunächst der „Großkophta“, zuerst als Oper geplant, zu der Reichardt einzelnes komponiert. 1793 schreibt er den „Bürgergeneral“, an die Gestalten damals beliebter Bühnenstücke (mit Personen wie Röse, Görge, Schnaps) anknüpfend; im selben Jahr werden „Die Aufgeregten“ begonnen, die aber Fragment bleiben; es folgt die Skizze des „Mädchen von Oberkirch“, das ganz in die Revolution führen sollte, aber auch nicht ausgearbeitet wird; die „Unterhaltungen deutscher Ausgewanderten“ halten am dauerndsten die damalige Atmosphäre fest. Denn auch der große Plan der „Natürlichen Tochter“ aus dem Jahre 1799 läßt uns nur aus dem 1802 vollendeten ersten

Teil ein Ganzes von Menschen- und Weltdarstellung erraten.

Von italienischen Eindrücken wird damals nur weniges den Zeitgenossen bekannt — einige Betrachtungen gibt er in Wielands „Merkur", und 1789 erscheint als Sonderdruck, von befreundeten Künstlern bebildert, „Das römische Carneval" — er will es ausdrücklich als Gegenstück zu Sternes Sentimentaler Reise angesehen haben, in seiner reinen Auffassung des Objekts ohne alle persönlich-gefühlsmäßige Zutat. So werden nun alle Reisebeschreibungen Goethes sich dieser oft nüchternen Sachlichkeit befleißigen, wie es jetzt gleich das Tagebuch der Reise nach Venedig zeigt. Denn noch einmal hat sich ihm im Jahre 1790 die Gelegenheit ergeben, Italien wiederzusehen, um die Herzogin Amalie auf ihrer Rückreise zu begleiten. Aber während die dortigen Freunde ihn nach Rom rufen, und in Weimar viele denken, er werde nun dauernd im Süden bleiben, genügt er seinem Auftrag, indem er sie bloß in Venedig erwartet und die einsamen Tage um Ostern mit der Betrachtung von Bildern und Kirchen hinbringt, im Innersten sich nach der Weimarer Häuslichkeit zurücksehnend.

Das einzige geistige Interesse, das ihn mit Christiane verknüpfte, war die Theaterfreudigkeit, die auch bei ihm nicht abgenommen hat, und die ihn nun veranlaßt, die Direktion des neugegründeten Hoftheaters zu übernehmen (in Weimar hatten bisher nur wandernde Truppen gespielt). Hier hat allerdings sein resignierter Realismus den bürgerlichen Unterhaltungsstücken von Schröder, Iffland, Kotzebue Konzessionen gemacht; doch wird dies aufgewogen durch das starke Interesse, das er seit Rom an der Oper nimmt. Im Jahr von Mozarts Tod, 1791, beginnt das Theater, symbolisch genug; und mit Mozarts „Entführung", die er früher in gefühlter Konkurrenz zu seinem Singspielbegriff schroff abgelehnt hatte, hebt die Folge sämtlicher Opern dieses Meisters an, den er als den größten begriffen hat: 1792 der Don Juan, 1794 die Zauberflöte; selbst Così fan tutte (1797) und Titus (1798) gelangen den Weimarern zur Kenntnis.

Man mag es der Beruhigung und Befriedung in seiner Liebe zurechnen, daß seine Lyrik verstummt und das Interesse überhaupt von der Dichtung in die Wissenschaft hinübergleitet. Als ihr erstes Zeugnis erscheint 1790 „Die Metamorphose der Pflanzen". Und als der Herzog ihn im August und September des Jahres nach Schlesien fordert, „wo eine bewaffnete Stellung zweier großer Mächte den Congreß von Reichenbach begünstigte", beschäftigt er sich mitten im Hof- und Soldatenleben einsam mit vergleichender Anatomie. Auch hier erweist sich sein großartiges Bestreben, der Fülle andrängender Welt nicht nur mit dem Erlebnis, sondern durch Erkenntnis Herr zu werden und auch die Kunde der Natur einzubeziehen, um ein ganzer Mensch zu sein. Auch hier dringt er auf größte Klarheit, Einfachheit, organische Grunderfassung in der Wirrnis der Fachtheorien, wenn auch seine Funde und Ergebnisse ihm nun lebenslange Polemik mit den geltenden Anschauungen auferlegen. So kann er 1791 das erste Stück optischer Beiträge herausgeben, in einem Jahre, das ihm noch als „ein ruhiges, innerhalb der Stadt und des Hauses zugebrachtes" geschenkt ist, während die folgenden ihn wieder in große bewegte Welt führen. Die Revolution hat sich noch weiter ausgebreitet; zur Rettung des Königtums haben Österreich und Preußen sich verbündet: auf Wunsch des Herzogs, der in preußischen Diensten steht, begleitet Goethe die vereinigten Armeen auf der Campagne in Frankreich, 1792, und nimmt 1793 an der Belagerung von Mainz teil. Er hat die Leiden der Armee, in Regen und Schlamm, Entbehrung und Gefahr, Verwirrung und Niederlage, getreulich mit erduldet, hat sich, in selbstpsychologischem Interesse, ins Granatfeuer begeben, und nicht selten durch seine Entschlossenheit und tätiges Eingreifen Ruhe und Ordnung hergestellt, wie er es einst auf der Seefahrt von Sizilien nach Neapel getan hatte. Dies alles gibt ihm unendlichen Stoff zur Anschauung und entfaltet seine Fähigkeit der objektiven Wiedergabe zur Meisterschaft. Als Gegengewicht gegen diese doch, wie er sagt, „halbverzweifelte" Hingabe an die „unvermeidliche Wirklichkeit" beginnt er die Bearbeitung des alten „Reineke Fuchs" in Hexametern, sie gewährt ihm Unterhaltung bei der Blockade von Mainz. Im Jahre zuvor hat er, bei der Rückkehr aus Frankreich, in

Düsseldorf den alten Freund Jacobi, samt Wilhelm Heinse, wiedergesehen. Die spätere Darstellung in der „Campagne“ hat hier manches freundlich verwischt, was sich als Unstimmigkeit, an Unverstandenheit seiner gewandelten Art in Wahrheit damals hervortat. In Münster hat er dann noch die Fürstin Gallitzin besucht; in Weimar ist indessen Heinrich Meyer sein Hausgenosse geworden.

Nachdem die 8bändige Ausgabe der Schriften bei Göschen 1790 abgeschlossen war, beginnt er für Unger die Sammlung der „Neuen Schriften“. Für sie begibt er sich jetzt an Redaktion und Druck des „Wilhelm Meister“. Und diesem kommt bereits die Zusammenarbeit mit Schiller zugute, zu dem sich im Juli 1794 nach einer Sitzung der Jenaer Naturforschenden Gesellschaft unversehens ein näheres Verhältnis eröffnet. Was bei Goethe das Erlebnis der Antike bewirkt hatte, war bei Schiller durch die Beschäftigung mit Kant ausgelöst worden: die Neigung zur theoretischen, weltanschaulich grundsätzlichen Betrachtung von Kunst und Dichtung, der starke Anteil eines normativ gelenkten Kunstverstandes am Schaffen, das deshalb die Herkunft aus dem Versuch, aus der Anwendung gemeinsam gewonnener Prinzipien oft nicht verleugnet, und notwendig zur schroffen Abgrenzung gegen andersartiges Schaffen und Meinen führt. Beide hatten sich aus einem aufgewühlten Zustand von Selbst und Welt in eine Festigung gerettet, die neuerdings durch innere und äußere Revolutionen gefährdet schien, und hierdurch noch dringlicher eines Zusammenhalts zu kulturellem Wirken bedurfte.

Goethe sah sich durch den Bund mit Schiller ohne Zweifel aus menschlicher und geistiger Isolierung gelöst. Er fühlte sich wohl verjüngt und zu mancher Tätigkeit aufgeregt. Und es war für ihn etwas Einzigartiges, sich von einem andern Dichter hohen Ranges erkannt und bejaht zu sehen, und nun mit ihm einen wirklichen Bund zu stiften, der bis zum Tod des Freundes dauernden Bestand hatte. Allerdings war dies vielleicht nur möglich in einer Epoche, in der sein auf weite Sicht angelegtes Leben im Grunde auszuruhen begehrte, und nun die Einsicht und das Talent statt des genialen Urtriebs walten lassen mußte. Auch hat er sich durch Schillers Unbedingtheit und gelegentliche journalistische Unbedenklichkeit in eine Stellung zur Zeit drängen lassen, die seinem Ansehen und seiner Aufnahme nach so langem Schweigen nicht immer günstig war, und für die Folge manches Mißverständnis, vor allem mit der jüngeren Generation, bewirkte.

Das Sammelbecken für das, was Goethe an Ungedrucktem zu geben hatte, war seit 1795 zunächst Schillers neugegründete Zeitschrift, „Die Horen"; hier erschienen die „Römischen Elegien", die „Unterhaltungen deutscher Ausgewanderten" mit dem „Märchen" als Abschluß, und das aus dem Italienischen übersetzte Leben des Cellini; in Schillers Almanach für 1796 gab er die „Venetianischen Epigramme". Alles aber, was die beiden in der Zeit verachteten und für bekämpfenswert hielten, wurde im nächsten Almanach für 1797 (dem sogenannten Xenienalmanach, erschienen im Oktober 1796) einer scharfen Kritik, wenn auch in spielender, scherzender Form, unterzogen. Goethe, von dem der Gedanke ausging, wollte ursprünglich nur die Zeitschriften zum Ziel der Spottverse nehmen; Schiller fand, die Werke und Personen böten ergiebigeren Stoff. Und so ging diese Polemik hinaus, die auch alte Freunde wie Stolberg und Lavater nicht schonte, einen Matthias Claudius verständnislos mitnahm, oder etwa die Beziehung zu einem bedeutenden Talent wie Reichardt zerstörte, während sie eine heute verschollene Mittelmäßigkeit grausam aber richtig treffen mochte. Schiller verfuhr am schärfsten und freute sich seines Richteramts; aber als Reichardt scharf erwiderte und Schiller den Kampf fortsetzen wollte, mahnte Goethe, sie sollten ihre Negationen besser durch positive Leistungen rechtfertigen. Etwas davon hatte Goethe schon bereit: in einem eigenen Taschenbuch für 1798 erschien bei Vieweg „Hermann und Dorothea". Dieses deutsche Idyll auf dem Hintergrund der französischen Revolution fand stärksten Widerhall; es war ohne Zweifel Goethes schönste Leistung in dem Jahrzehnt mit Schiller, und er konnte es selber nie ohne Rührung lesen; obwohl auch hier die Form: die bewußt erstrebte Meisterung des Hexameters und die peinliche Erfüllung der mit Schiller durchdachten epischen

Gesetze, eine überstarke Beteiligung des lange wägenden und suchenden Kunstverstands verrät. Etwas Grundsätzliches haftet auch der Behandlung der Ballade an, für die nun Schillers Musenalmanach auf 1798 wirklich bedeutende Muster aufstellen konnte; nächst seinen eignen bekannten waren es von Goethe: Der Gott und die Bajadere, Die Braut von Korinth, Der Zauberlehrling, die Epoche machten.

Inzwischen hatte Goethe noch einmal eine Schweizerreise unternommen. Er wollte sich mit Heinrich Meyer treffen, der seit 1795 wieder, auf weimarische Kosten, nach Italien gegangen war, um sich auf die Zusammenarbeit mit Goethe vorzubereiten. Bis Frankfurt begleitete ihn Christiane mit dem kleinen August und wurde von seiner Mutter freundlich aufgenommen. Dann reiste Goethe allein weiter; in der bewußten und bis ins einzelne vorbereiteten, nun klassisch verwirklichten Absicht, alles ihm Begegnende aufs genaueste zu beobachten, anzueignen, zu beurteilen und sich dabei selbst in seiner Aufnahmefähigkeit zu kontrollieren. So sah er in Heidelberg mit andern Augen die Landschaft, die dem geschulten Künstler jetzt als „idealisch" erschien, wie vom Landschaftsmaler aus mehreren glücklichen Naturlagen in schaffender Phantasie zusammengebildet. In Ludwigsburg und Stuttgart verfolgt er die Spuren des einstigen Pracht- und Musiklebens des Herzogs Karl Eugen; er bewundert Danneckers Plastiken und findet bei ihm und seinem Freund Rapp Zustimmung zu seinen künstlerischen Grundsätzen. In Tübingen wohnt er bei Cotta, der ihm als Verleger der „Horen" wichtig geworden ist, und dem er seine „Propyläen" anzuvertrauen gedenkt. Mit diesen ist ursprünglich eine Kunst- und Kulturgeschichte Italiens geplant, worüber eben mit Meyer verhandelt werden soll, den er nun in Stäfa am Zürcher See besucht und dann mit nach Weimar zurückführt. Gemeinsam wird vorher noch eine Fußwanderung auf den Gotthard unternommen. Damals hat Goethe auch den Rheinfall bei Schaffhausen geschildert, bewußt skizzenhaft, aber mit großartigen Aperçus. Ganz griechisch klingt es da: „Das Meer gebiert das Meer. Wenn man sich die Quellen des Ozeans dichten wollte, so müßte man sie so darstellen.“ An Schiller kann er melden, daß beim Besuch des Vierwaldstätter Sees die Fabel vom Tell ihm lebendig geworden sei und daß er sie als Epos zu behandeln gedenke. Aber der Plan wird schon im folgenden Jahre durch einen andern abgelöst: aus dem großen Vorbild alles Epischen, Homer selber, zu schöpfen: 1798 wird die Ilias schematisiert; 1799 ist der erste Gesang der „Achilleis“ vollendet.

Goethes klassizistische Epoche nähert sich ihrem Höhepunkt. Das Organ für die Theorie der Kunst sind nun die „Propyläen, eine Zeitschrift von Goethe“, deren schönes Vorwort die ganze Resignation des reifen Mannes ausspricht: da der Jüngling ungestüm ins Heiligtum der Kunst selber zu dringen begehre, der Mann sich aber in den Vorhöfen verweile. Neben die Beiträge Goethes zur Kunstkennerschaft tritt hier nun die Wendung zur praktischen Durchsetzung des Ideals in der Malerei: mit den Weimarer Preisausschreiben, die hier mitsamt der Beurteilung der eingesandten Leistungen veröffentlicht werden — ausschließlich Themen aus der antiken Mythologie, vor allem Szenen aus dem Homer betreffend. Auch Schiller hat sich hier auf einem ihm fremden Felde versucht, und gehört so zur ursprünglichen Trias der „Weimarer Kunstfreunde“, die unter dem Signum „WKF“ ihre Tätigkeit fortsetzen, auch als die „Propyläen“ wegen mangelnden Erfolgs ihr Erscheinen einstellen müssen: es ist nur zu drei Jahrgängen, 1798, 1799, 1800, gekommen — in der Jenaischen Literaturzeitung werden die Preisausschreiben und Beurteilungen nun veröffentlicht, wo sie bis 1805 jeweils die Januar-Nummern füllen.

In den „Propyläen“ hatte sich Goethe einerseits gegen den Berliner Naturalismus gewendet, andrerseits gegen die ihm ungemäß für die Kunst scheinende christliche Stoffwelt, aber noch nicht gegen die eigentliche Romantik; denn er stand mit ihren Vertretern in der nächsten Nähe, den Brüdern Schlegel in Jena, auf gutem, ja freundschaftlichem Fuße. Sie hatten seinen neueren Werken gegenüber in bedeutenden Rezensionen (A. W. Schlegel über Hermann und Dorothea, Friedrich Schlegel über den Wilhelm Meister) ein Verständnis bekundet, wie er es öffentlich noch nicht erfahren hatte — sie begründeten gleichsam seinen Rang in der Weltliteratur, wenn sie ihn in die große Folge Dante, Shakespeare, Cervantes stellten. Als Friedrich Schlegel sich mit Schiller überworfen hatte, hielt Goethe doch an den Brüdern fest, wie er auch Schiller gegenüber ihre Zeitschrift „Athenäum" (1798 bis 1800) verteidigte. Im Jahre 1799 war dann der Jenaer Kreis vollständig versammelt, da nun auch Novalis und Tieck anwesend waren. Damals hat Goethe mit Freude, ja Hingerissenheit das eben entstandene Genoveva-Drama von Tieck sich im Jenaer Schloß an zwei Abenden vorlesen lassen; gleichzeitig griff er in bester Absicht in die engeren Schicksale des Bundes ein, indem er die Aufnahme der „Christenheit oder Europa" des Novalis ins Athenäum widerriet, um der Zeitschrift das vermeintliche Odium des Katholisierenden zu ersparen. Gern hat er auch des älteren Schlegel Erfahrenheit in der Technik des Versbaus sich zunutze gemacht und seine Ratschläge bei der Revision seiner Gedichte befolgt, ihn auch bei den Metren seines Festspiels „Paläophron und Neoterpe" herangezogen. Dieses war gleichsam ein letzter Schritt zur Durchsetzung des antikisierenden Prinzips auf der Bühne: es wurde am 31. Oktober 1800 zum Geburtstag der Herzogin-Mutter in Masken aufgeführt, und sollte auch sonst „an alte bildende Kunst erinnern". Es ist bezeichnend, daß von der damals oft erneuerten Befassung mit dem „Faust" nur die klassische Episode daraus, die Helena-Tragödie, ihm Gestalt wurde, im gleichen Jahre wie jenes Maskenspiel; wenn auch, im Faust-Ganzen, der (von Schiller barbarisch genannte) mittelalterliche Hintergrund nicht wegzudenken war, und Goethe fühlte, wie er mit dieser „klassisch-romantischen Phantasmagorie" beiden Welten angehörte. Für das Theater war dies einstweilen noch nichts; und da Schiller im Drama — außer etwa mit den Chören der Braut von Messina — keinen eigentlichen Klassizismus vertrat, so wurde die Lücke mit Bearbeitungen der französischen Klassik ausgefüllt. Goethe diente damit nebenbei einem Wunsch des Herzogs, der trotz Goethe und Schiller am französischen Ideale festhielt, als er den „Mahomet" Voltaires übersetzte und sich gleich darauf dem „Tancred" desselben Dichters zuwandte, wie er sagt „in Betrachtung der Kürze des menschlichen Lebens und in Ermangelung des Gefühls eigener Produktion" — er empfand also doch immer wieder die Resignation, die in solcher Betätigung lag, und litt unter der Abwesenheit des eigentlich dichterischen Triebs. Diesmal mußte er es schwer bezahlen: er zog sich bei dieser Arbeit im feuchten Jenaer Schloß im Dezember 1800 eine schwere Erkältung zu, die von einem jungen dortigen Arzt aus der Brownschen Schule durch so gewaltsame Mittel unterdrückt wurde, daß das Übel sich ins Innere schlug, und ihn mit Krampfhusten, Halsschwellung, furchtbar entzündetem Auge in eine schreckliche Krisis stürzte, die erst in der Mitte des Januar 1801 zum Bessern sich wandte. Der Genesene erfuhr nachträglich, welch lebendiger Anteil sich ihm zugewandt hatte; so daß auch Entfremdete, wie die Frau von Stein und der Kapellmeister Reichardt, wieder in nähere Beziehungen zu ihm kamen. Im Verlauf des Jahres stellte eine Kur in Pyrmont ihn wieder her, wobei er auf der Hin- und Rückreise lange in Göttingen verweilte und die dortige Bibliothek für seine wissenschaftlichen Arbeiten nutzte.

Auch in den nächsten Jahren stand weiter neben der Ausstellungspraxis die Sorge für die Bühne im Vordergrund. Schillers letzte große Werke, die nun in rascher Folge entstanden, gaben das Hauptinteresse; daneben suchte Goethe auch eigene, meist ältere Werke auf der Bühne zu erproben, was er bisher gescheut hatte. So wurde 1802 Iphigenie endlich aufgeführt, deren im Grunde ungriechisches, aber auch untheatralisches Wesen er jetzt erkannte und Schillern die Bühneneinrichtung auftrug; der doch an dem geschlossenen Kunstwerk kaum zu ändern wußte. Die Bühnenbearbeitung des „Götz", die Neufassung der „Stella", als Tragödie, (1803 und 1805) waren offenbare Mißgriffe. Erfreulicher war ihm das Hervortreten der „Natürlichen Tochter", deren erster Teil 1803 aufgeführt wurde; und doch verdarb ihm die Preisgabe dieses Bruchstückes die innere Möglichkeit der Vollendung der Trilogie. Auch die durch Ifflands Gegenwart im Jahre 1798 schon angeregte Fortsetzung der Zauberflöte blieb Bruchstück — die lange umworbene große

Oper versagte sich Goethen durch das Fehlen des großen Komponisten. Um allen Möglichkeiten von Darstellung und Deklamation gerecht zu werden, setzte Goethe gegen manchen Widerspruch die Aufführung des „Ion“ vom älteren, des „Alarkos“ vom jüngeren Schlegel durch. Die größte Bereicherung brachte der „Julius Caesar“ in A. W. Schlegels Übersetzung, ungekürzt und in Goethes eigner bedeutender Regie, dem viel später mit dem „Standhaften Prinzen“ auch ein Calderon folgte, von demselben Übersetzer.

Inzwischen hatte sich trotz trennender Theorie manche praktische Annäherung an einzelne romantische Maler vollzogen: Ph. O. Runge, dem einst bei einer Bewerbung der Weimarer Preis versagt worden war, vermochte Goethen bei persönlicher Begegnung für sich einzunehmen und trat mit ihm in dauernde fruchtbare Verbindung. Auf der Ausstellung im Jahre 1805 gewann sogar C. D. Friedrich den halben Preis, mit Landschaften, die er außerhalb der Konkurrenz eingesandt hatte; noch 1808 und 1812 hat Goethe Werke von ihm in Weimar ausgestellt und auch bei einem Besuch in seinem Dresdner Atelier seiner Kunst volle Gerechtigkeit widerfahren lassen.

Zu jener letzten Kunstausstellung des Herbstes 1805 schrieb Goethe: „Die Weimarischen Kunstfreunde, da sie Schiller verlassen hat, sehen einer großen Einsamkeit entgegen.“ In der Tat vollzieht sich durch den Tod Schillers, der ihn, der selber schwer erkrankt ist, tief erschüttert, eine starke Umwandlung für Goethe selbst. Mit der eigentlichen Kunstpolitik war es jedenfalls zu Ende. Das Sammelwerk „Winckelmann und sein Jahrhundert“, an dem außer Goethe und Meyer auch der Philolog F.A. Wolf und Fernow mitarbeiteten, hat zwar das Bekenntnis zur klassischen Norm noch einmal bekräftigt; es war aber damit, in dieser Einseitigkeit, auch abgetan. Goethe war jetzt sechsundfünfzig Jahre. Andre haben in diesem Alter ihr Werk hinter sich. Seine Natur aber, die das Lebensganze gestalten mußte, hatte die aktive Epoche des Mannesalters mit Tätigkeit, Wissenschaft, kunstpädagogischer und Theater-Wirksamkeit hingebracht, was seiner Dichtung kein höchstes Leben geben konnte, sie nur als Ornament und Artefakt duldete. Die zehn Jahre mit Schiller, ja die fast zwanzig seit der italienischen Reise hatten ihm nichts neues Großes dichterisch geschenkt, ihn fast nur Altes abschließen lassen. Jetzt, da das Wirken mit andern, das bewußte Einwirken auf andre abgeschnitten ist, wird er erst wieder zum großen Dichter, um sein sechzigstes Jahr. Die gefühlte Schöpferkraft, nicht mehr auf ängstliche Abgrenzung bedacht, öffnet sich wieder der Welt, der Zeit, dem Strömenden, der Jugend und der Liebe.

Schon der Auftakt des nächsten Jahres ist verheißungsvoll für den Gesamtaspekt unserer Literatur, für welche ihm plötzlich kein klassisches Reservat mehr gilt: seine Rezension des „Wunderhorns“ der Freunde Arnim und Brentano: anerkennend, herzlich lobend, meisterlich jedes Lied charakterisierend. Auch im äußeren Leben tritt der persönliche Rhythmus in Kraft, der ihm so wohltätig wird: er geht wieder nach Karlsbad, das er seit 1795 nicht besucht hatte, nun sieben Jahre hindurch, oft Monate dort verweilend. Die Katastrophe der Jenaer Schlacht streift mit ihren Folgen auch sein Leben: Christiane hat ihn durch mutiges Eintreten vor französischen Plünderern bewahrt; er läßt sich mit ihr in der Schloßkapelle trauen, und sagt zu den Freunden: „Sie war schon immer meine Frau.“ Johanna Schopenhauer, in schweren Zeiten ihm erprobt, zieht ihn wieder in heitre Geselligkeit; und wie früher der junge Schelling, so wird bald Arthur Schopenhauer in ein lebendiges Verhältnis zu ihm treten und ihm in der Farbenlehre sekundieren, wie weiterhin dann auch Hegel. Aber die politischen Ereignisse, die sich in Weimar in Abwesenheit des Herzogs vollzogen haben, regen in Goethe, so sehr er es sonst ablehnt, sich in Dinge zu mischen, an denen er nicht mitzugestalten vermag, höchst patriotische Gefühle auf: er findet die stärksten Ausdrücke gegen die Diffamierung und Verfolgung preußischer Offiziere, die nur ihre Pflicht getan haben wie jeder Franzose auch; er will dem Herzog, wenn ihn Not und Verbannung treffen sollten, als treuer Diener, ja Sänger seines Schicksals folgen, um der Welt dieses Unrecht zum Bewußtsein zu bringen. In der tiefsten Bedrückung wird ihm aber vor allem in seiner Dichtung wieder Halt und Trost: Das Jahr 1807 schenkt ihm „Pandora“: der Stoff wie die schwierigen gräzisierenden Versmaße lassen das Werk äußerlich klassizistisch erscheinen; aber unter dieser Hülle ist Glut zu spüren, es ist vom tiefsten Erleben erfüllt und löst sich oft in hohe geistige Musik — der große Schöpfer ist, mit allen sprengenden Kräften, erwacht. Und Klassisches wird immer stärker durch Romantisches aufgewogen, das auch er jetzt als Vaterländisches versteht: das eben erneuerte Nibelungenlied erregt auch seinen Anteil, wie es der Nation Halt und Aufblick wird im politischen Niederbruch; in vorbereiteten Aufsätzen liest er es der Herzogin und ihren Damen oder fremden Besuchern vor. Die romantische Jugend nähert sich ihm. Arnim und Brentano besuchen ihn. Bettina, die Tochter seiner Maxe, trifft in Weimar ein und bringt mit leidenschaftlicher Liebe unendliche Anregungen an ihn heran: sie hat durch seine Mutter sich von seiner Kindheit erzählen lassen und schafft ihm die ersten Materialien für seine Selbstbiographie herbei. Sie ist auch nicht ohne Einfluß aufs Wiedererwachen seines Interesses für die Musik — seit dem Jahre 1807 wird seine Hausmusik zur beständigen Einrichtung, zu der sie Beiträge alter italienischer Meister sendet, die aber vor allem dem Berliner Musiker Zelter stetig Anregung verdankt, mit dem auch jetzt die Verbindung erst ganz zur Freundschaft wird und zur vertrautesten Aussprache im Briefwechsel. Nun taucht bereits auch der Plan zur Fortsetzung des „Wilhelm Meister“ auf: zu den „Wanderjahren“ wird die Anfangsszene, „Sankt Joseph der Zweite“, geschrieben; ein Romantisch-Legendenhaftes tut sich hier neu hervor. Zum Plan der „Wanderjahre“ gehört auch die ursprüngliche Konzeption der „Wahlverwandtschaften“, die allmählich Gestalt gewinnen. Eine leidenschaftliche Liebe erscheint im Hintergrund — die Neigung zu Minna Herzlieb, zu Silvie v. Ziegesar, in Sonetten angedeutet. Er ergreift, in der Handhabung des Sonetts, bewußt Partei gegen Voß, dessen wütenden Kampf gegen diese Form er, wie seine nunmehrige Entwicklung überhaupt, als Pedanterie begreift. Das Jahr 1808 steht äußerlich unter dem Eindruck des Fürstenkongresses zu Erfurt, wo Goethes Begegnung mit Napoleon erfolgt, mit der seltsamen Einladung nach Paris, da der Kaiser ihm ganz andre Weltkenntnis und Weltwirkung verspricht. Goethe denkt dem ernstlich nach; aber sein Leben scheint sich eher enger auf sein Persönlichstes und Deutsches zusammenzuziehen. Der erste Teil des „Faust“ erscheint, und „Faust“ übt jetzt erst seine Gewalt, und bedeutet der deutschen Jugend alsbald so Tröstliches und Stärkendes wie die Nibelungen. In diesem und im folgenden Jahr scheint Goethe gar zum Wortführer der romantischen Bewegung zu werden, als er die Dürerschen Randzeichnungen zum Gebetbuch Maximilians, die in Strixners Steindrucken ans Licht treten, mit einer seit dem Hymnus auf Erwin von Steinbach unerhörten Begeisterung begrüßt. Seltsamsten Gestalten, welche die romantische Welle heraufträgt, wird er zugänglich: Zacharias Werner findet bei ihm ein fast väterlich-wohlwollendes Interesse; 1808 wird seine „Wanda“, 1810 „Der 24. Februar“ in Weimar aufgeführt. In der Tiefe aber beschäftigt Goethe der tragische Konflikt der „Wahlverwandtschaften“, den er nur aushält durch kühl-distanzierte Berichterstattung — jede Zeile ist, wie er gesteht, erlebt, aber keine geschrieben, wie sie erlebt ward. Als das Werk 1809 erscheint, erschreckt es fast die Zeitgenossen durch seinen moralischen Rigorismus, zieht sie an durch den Schimmer des Heilig-Asketischen, ruft alsbald Rätselraten und Bewunderung hervor. Immer stärker rückt Goethe, und nun als der unbestritten Große, in den Vordergrund. Er kann es sich jetzt erlauben, die romantische Poesie positiv zu bewerten, in jenem Maskenzug von 1810: Minnesänger auftreten zu lassen aus alter Wartburgtradition zur Verherrlichung des thüringischen Herrscherhauses, Helden der Nibelungen zu beschwören, Gestalten wie Otnit, Siegfrid, Brunehild sprechen zu lassen. Es ist im selben Jahr 1810, daß Boisserées Zeichnungen des Kölner Doms zu ihm gelangen und ihm Eindrücke der Jugend erneuern; daß Franz Pforrs Sendung der Blätter zum Götz ihm deutlich macht, wie altdeutsche Haltung der Kunst von ihm selber angeregt ist. Im Mai 1811 ist dann Sulpiz Boisserée persönlich in Weimar, und es glückt ihm, Goethes letzten Widerstand gegen die Gotik zu überwinden und geradezu die Rührung einer Konversion an ihm zu erleben. Auch die Zustimmung zu den Faustbildern des Cornelius gewinnt er ihm ab; und der junge Kölner Katholik scheidet als Freund, ja Vertrauter Goethes. Im Jahr 1812 geschieht eine der bedeutsamsten Begegnungen unsrer Geistesgeschichte: durch Bettinas frühere Berichte fasziniert, sucht Goethe Beethoven in Teplitz auf — „zusammengefaßter, energischer, inniger habe ich noch keinen Künstler gesehen", so lautet der erste Eindruck. Und wenn auch zwischen dem Dreiundsechzigjährigen und dem Zweiundvierzigjährigen Mißverständnisse nicht ausbleiben können, und Goethe durch Beethovens Spiel fast zu tief erschüttert wird, um nicht durch unwillkürliche Abwehr seine mühsam errungene Haltung zu wahren — die Berührung mit der höchsten gleichzeitigen Kunst ist da, und hat ihre Spuren hinterlassen. Von diesem Jahre ab hört die gewohnte Hausmusik auf, die sich fast ganz auf alte Vokalmusik beschränkte; dagegen läßt er sich von dem Organisten Schütz in Berka alle Klaviermusik von Bach bis Beethoven tagelang systematisch vorspielen, um, wie immer, einen verwirrenden Eindruck durch historische Einsicht sich faßlich zu machen.

Inzwischen hat er 1810 seine „Farbenlehre" zum Abschluß gebracht, von welcher mindestens der historische Teil allgemeinste Bedeutung erlangt, da hier eine unerreichte Kunst knappster Charakteristik, wie etwa von Plato und Aristoteles, weit über das Thema hinausführt. Dann setzt, nach dem sechzigsten Jahr, die Rückschau aufs eigene Leben ein: in den Jahren 1811, 1812, 1813 sind die drei ersten Bände von „Dichtung und Wahrheit" erschienen, und von verschiedenen Seiten greift er weiter die große Selbstdarstellung an, in Bruchstücken, die zwanghaft wie Kunstwerke selbst hervorgetrieben werden, als organische Ergänzungen der dichterischen Konfession. Je mehr der einstigen Freunde er überlebt — auch die Mutter ist ihm, 1808, gestorben —, desto mehr wird er sich selber historisch, wie er jetzt immer wieder ausspricht. Nach Herder und Schiller ist, 1813, Wieland geschieden — ihm hat er die schönste Gedenkrede gehalten, und am Tag seines Begräbnisses zu Falk jenes geheimnisvolle Bekenntnis zur tätigen

Fortdauer abgelegt, das an Leibnizens Monadenlehre letzte Betrachtungen knüpft.

So steht er schon wie am Rande des Lebens; und tritt doch alsbald wieder jünglinghaft ins volle Leben, als er der Einladung Boisserées an den Rhein, Main und Neckar folgt. Deutschland ist jetzt frei (im Mai und Juni 1814 hat er das Befreiungsfestspiel „Epimenides" für Berlin geschrieben), der Weg nach der Heimat im Südwesten offen, die er so lange nicht sah. Von den autobiographischen Werken hat er die „Italienische Reise" zur Arbeit mitgenommen, aber zugleich auch die Anfänge einer neuen Dichtung: des „West-östlichen Divan". Durch eingehendes Studium alter Quellen und neuer Veröffentlichungen ist diese ungeheure Ausweitung vorbereitet, die sich Goethe jetzt erobert, da er den Orient und seine Weisheit wie seine Genußfreude in sein Dichten einbezieht und die Beglückung durch eine völlig neue Schau geistiger Möglichkeiten und Sagensformen erfährt. Ja, der Divan wird sein eigentliches reinstes geschlossenes Gedichtwerk, in dem eine ganze Welt in wechselnden Gestalten und Spielen sich hervortut. Und als Drittes vermag er noch die Erlebniskraft für ein Altes, ganz neu in sein Leben Tretendes aufzubringen: für die altkölnische und altflämische Malerei, wie sie ihm die Sammlung der Brüder Boisserée in Heidelberg erschließt. Und schon ist ihm in Frankfurt Marianne von Willemer begegnet, die ihn auch geistig zu fassen, ihm dichterisch zu antworten vermag — die Mitte des „Divan" beginnt sich zu entfalten: mit den Gedichten um Suleika. So zieht ihn das Jahr 1815 wieder in den Süden; von Wiesbaden geht es mit dem Freiherrn vom Stein den Rhein hinab nach Köln; dann wird Boisserée getroffen, der Geburtstag bei Willemers auf der Gerbermühle gefeiert. Und unter erstaunlichen Gesprächen und Geständnissen wird mit dem jungen Freund noch einmal die Fahrt nach Heidelberg vollbracht; hier steht er ein letztes Mal ergriffen vor dem „großen Eyck" (dem Dreikönigsaltar des Rogier); ist ein letztes Mal mit Marianne zusammen auf dem Heidelberger Schloß. Sein Abschied gleicht einer Flucht, da Boisserée ihn aus Sorge um seine Gesundheit bis Würzburg geleitet, und die Heimat des Südens für immer nun hinter ihm bleibt. Denn ein dritter Besuch im Sommer 1816 scheitert durch einen Wagenunfall bereits kurz nach Weimar; er nimmt es für Schicksalswink, und geht kurz entschlossen nach dem kleinen thüringischen Bad Tennstedt. Dort redigiert er mit Meyer das zweite Heft von „Kunst und Altertum". Hatte er im ersten eine wohlwollende Geschichte der altdeutschen Kunst — die erste, die wir besitzen — gegeben und der Boisseréeschen Bemühungen gedacht, so wird nun dem schönen „Sankt-Rochus-Fest zu Bingen" die Kriegserklärung gegen die „Neu-deutsche religios-patriotische Kunst" vorausgeschickt, die sich gegen die Nachfolge des Altdeutschen in der modernen Malerei wendet. Mochte dies auch die jungen Freunde vorübergehend enttäuschen, für Goethe bedeutete es eine Wiederherstellung des Gleichgewichts: war bis 1805 der Pendel einseitig nach der Antike ausgeschlagen, hatte er bis 1815 nach der entgegengesetzten Richtung geschwungen, so gelangte er jetzt in eine Ruhelage, da Goethe auf die Dauer keiner Richtung allein sich hingeben kann und allen von ihm aufgenommenen Elementen schließlich die gleiche Berechtigung zugesteht. Dasselbe besagt jetzt das Erscheinen der „Italienischen Reise", wo er sich ganz in die einstige Ferne zu Gotik und Christentum zurückfühlt, und der 1819 abgeschlossene „Divan", mit der wunderbaren Ausweitung in Bereiche, die unter keinen klassischen Begriff zu bringen sind. Das Jahr 1816 hat aber noch einen schmerzlichen Verlust gebracht, da ihm der Tod Christiane entreißt — wieder ist eine Epoche abgeschlossen; die letzte beginnt: da wir nun nicht mehr nach Dezennien rechnen; wo aber vor der Mitte der noch vergönnten sechzehn Jahre eine letzte schmerzliche Zäsur liegt: das Jahr 1823.

1819 hatte er die „Annalen" begonnen, die bezeichnenderweise nicht über das Jahr 1822 hinausreichen; sie sollten ihm die Lücken fürsorglich schließen, welche das begonnene biographische Werk noch ließ, und werden daher erst von 1789 an (nach der italienischen Reise) ausführlich; 1822 ward noch die „Campagne in Frankreich" beendet. Seit 1818 hatte Goethe wieder jedes Jahr Karlsbad besucht; jetzt, 1823, ist es zum letztenmal — die Liebe zu Ulrike von

Levetzow führt die Krise herbei. Eindrücke der Musik, hauptsächlich durch die polnische Klavierspielerin Szymanowska, kommen hinzu, ihn wehrlos zu machen, völlig aufzuschließen („wie man eine geballte Faust freundlich flach läßt"). Die „Trilogie der Leidenschaft" hat die drei Überwältigungen festgehalten: die Todesvision des Werther, die hoffnungslose Liebe, die Erlösung durch die Musik; so daß er dem letzten Gedicht die Überschrift „Aussöhnung" geben konnte. In Weimar hat ihn der Widerstand des Sohnes gegen eine mögliche neue Bindung tief getroffen; das Beethovenspiel der Szymanowska, die noch einmal zu Besuch kommt, neu erschüttert — eine lebensgefährliche Erkrankung ist die Folge, in welcher Trost und Zuspruch des herbeieilenden Zelter ihn aufrechthalten. Er findet sich hin zu völliger Resignation, da er nun der Welt kaum mehr angehört, und für die Mitlebenden in eine fast mythische Existenz entrückt ist. Aber auch dieses Alter kennt keine Muße und Ruhe; und auch der Kampf bleibt ihm bis zuletzt nicht erspart: Kampf gegen Unverständnis und Mißverständnis seiner größten Werke beim deutschen Publikum; Kampf gegen das Falsche und Unwahre, das er in Mode und Geltung sieht; Kampf gegen böswillige Gegner, Fälscher, Verleumder, wie sie mit Parodie und Schmähschrift gegen ihn aufstehen. Dem Herzog sogar wird er entfremdet, seit die Intrigen seiner Geliebten, der Schauspielerin Jagemann, ihn gezwungen haben, die Theaterdirektion aufzugeben; und im engsten Kreise des Hauses, bei Sohn und Schwiegertochter, muß er ein Leben sich abspielen sehen, das gänzlich andern Dingen als den seinen zugewandt ist und eine tiefe Ahnungslosigkeit von seinem Rang und seiner Sendung verrät. Freilich wird er für diese von Außenstehenden kaum bemerkte Enttäuschung und Entsagung durch wachsende Anerkennung ganz Europas, durch die Stimmen und Abgesandten aus Frankreich, England, ja Amerika entschädigt — Lord Byron huldigt ihm, mit Carlyle entsteht freundschaftlicher Austausch, Delacroix sendet ihm seine Illustrationen zum Faust. Seine besondere Sorge gehört der Ausgabe seiner Werke letzter Hand, bei deren Zustandekommen die kluge diplomatische Vermittlung

Sulpiz Boisserées zu Cotta sich seinen höchsten Dank verdient.

Im Schaffen dieser letzten Jahre kann man drei Betätigungsweisen Goethes scheiden: die dichterische Produktion, die ganz den „Wanderjahren“ und dem „Faust II“ gehört: hier ist er der Zukunft zugewandt, mit pädagogischem und künstlerischem Vermächtnis; die Rückschau in die Vergangenheit, im biographischen Werk; und schließlich die Kommunikation mit der lebendigen Gegenwart, die nun zu einem großen Teil die Zeitschrift „Kunst und Altertum“ gewährt: sie ist ganz zum persönlichsten Organ geworden, ihr werden nicht nur die zahlreichen Liebhabereien, die Resultate seines Sammlerglücks, die Anregungen durch neue Bücher und Gedichte aus allen Zonen anvertraut, sondern manche Beantwortung von Briefen und Sendungen, die er nicht alle mehr an einzelne richten kann, sondern einem größeren Kreis teilnehmend Gedachter widmet. Nebenher wird mit gleichem Eifer die Vervollständigung des naturwissenschaftlichen Weltbilds betrieben. Die Schriften „Zur Naturwissenschaft überhaupt“ und „Zur Morphologie“ bewähren seine Gestaltlehre auch auf diesem Gebiete, von der Knospen- und Knochengestalt bis zur Erdgeschichte und Wolkenbildung.

Dabei sprechen Briefe an einzelne auserwählte Freunde immer Herrlicheres aus; der Altersbriefstil bildet sich, allein schon denkwürdig durch die wundersamen Schlußwendungen, die, alles Konventionelle meidend, Treugelöbnis oder Aufmunterung in höchster Verdichtung zum Ausdruck bringen. Und die ihn noch sehen, von weither besuchend ihm nahen oder in dienend vertrautem Verkehr mit ihm bleiben: Männer wie Riemer, Soret, Eckermann, der Kanzler von Müller, erleben Gespräche, die sie als unschätzbares Dokument überliefern. Immer großartiger steigt er ihnen empor als der, der aus allen menschlichen und wissenschaftlichen, historischen und künstlerischen Bereichen sich selbst geformt hat, sein Leben selber zur beharrenden Gestalt verklärt.

Aber — „Prüfungen erwarte bis zuletzt“: dieses sein Wort steht noch über zwei Erschütterungen, die er erleidet:

dem Tod seines Großherzogs 1828, dem Tod des eignen Sohnes 1830. Nach dem ersten Verlust zieht er sich ins Schloß Dornburg zurück; und dort hat sich dem Trauernden und doch wieder ins Leben Kehrenden noch ein Gedicht geschenkt wie „Dem aufgehenden Vollmonde", eines seiner herrlichsten Liebeslieder, da das Gedenken an Marianne aufklingt. Beim letzten und schwersten hüllt er sich in ein Schweigen, das seine Umgebung für Kälte hält; an Zelter schreibt er: „Der Körper muß, der Geist will" — aber wenige Tage darauf überfällt ihn ein Blutsturz, daß er nahe am Tode ist. In dem Schmerz über das „Außenbleiben" des Sohnes vertiefte er sich in eine kurz vor der Todesnachricht begonnene Arbeit, die ihn nun ganz absorbieren sollte — es war der vor 18 Jahren angefangene vierte Teil von „Dichtung und Wahrheit", die Darstellung des letzten Jahrs vor der Weimarer Zeit. Er hat ihn dann 1831 vollendet; herausgegeben wurde er erst nach seinem Tode, 1833. 1828 war der Zweite Römische Aufenthalt geschrieben und die Wanderjahre abgeschlossen worden. 1831 ist Faust Zweiter Teil fertig; er wurde versiegelt, um erst nach seinem Tode eröffnet zu werden.

Sein letzter Brief, am Morgen seiner tödlichen Erkrankung an Wilhelm von Humboldt diktiert (17. März 1832), spricht von den angebornen und erworbenen Organen des Menschen, und gibt damit fast eine Geschichte seiner selbst: „Die Organe des Menschen durch Übung, Lehre, Nachdenken, Gelingen, Mißlingen, Fördernis und Widerstand und immer wieder Nachdenken verknüpfen ohne Bewußtsein in einer freien Tätigkeit das Erworbene mit dem Angeborenen, so daß es eine Einheit hervorbringt, welche die Welt in Erstaunen setzt." Und illusionslos, doch zu letzter Sinnerfüllung sich erhebend, schließt er, eben im Hinblick auf den noch zurückgehaltenen II. Faust: „Der Tag aber ist wirklich so absurd und konfus, daß ich mich überzeuge, meine redlichen, lange verfolgten Bemühungen um dieses seltsame Gebäu würden schlecht belohnt und an den Strand getrieben, wie ein Wrack in Trümmern daliegen und von dem Dünenschutt der Stunden zunächst überschüttet werden. Verwirrende Lehre zu verwirrendem Handel waltet über die Welt, und ich habe nichts angelegentlicher zu tun als dasjenige, was an mir ist und geblieben ist, wo möglich zu steigern und meine Eigentümlichkeiten zu kohobieren ...“

Nach fünftägigem, oft schrecklichem Kampf ist er am 22. März 1832 um halb zwölf Uhr mittags sanft entschlafen. Es währte lange, so berichtet sein Arzt, ehe die Umstehenden begriffen, daß dieses Leben nicht mehr sei.

ZEITTAFEL ZU GOETHES LEBEN UND WERK

von Heinz Nicolai

(In Klammer gesetzte römische und arabische Ziffern verweisen auf die einzelnen Bände der Hamburger Ausgabe)

1749 *28. August.* Johann Wolfgang Goethe geboren in Frankfurt am Main, im Goetheschen Familienhause am Großen Hirschgraben, zwischen zwölf und ein Uhr mittags.

Eltern: Johann Kaspar Goethe, Dr. jur., Kaiserlicher Rat ohne Amt. (31. 7. 1710—27. 5. 1782.) — Katharina Elisabeth Goethe geb. Textor. (19. 2. 1731—13. 9. 1808.) — Großeltern väterlicherseits: Friedrich Georg Goethe aus Artern/Thüringen, Schneidermeister, später Gastwirt zum Weidenhof in Frankfurt. — Cornelia Goethe geb. Walther, verw. Schellhorn. — Großeltern mütterlicherseits: Johann Wolfgang Textor, Dr. jur., Stadtschultheiß in Frankfurt. — Anna Margarethe Textor geb. Lindheimer.

Frankfurt am Main in Goethes Jugend: Freie Reichsstadt mit etwa 36000 Einwohnern.

29. August. Protestantische Taufe durch Dr. J. Ph. Fresenius, Beichtvater der Familie Textor. — Religiöse Atmosphäre des Elternhauses gekennzeichnet durch bürgerlich-aufgeklärte Geisteshaltung des Vaters und pietistisch gefärbte Glaubenswelt der Mutter.

1750 *7. Dezember.* Goethes Schwester Cornelia Friederike Christiana geboren. — Vier jüngere Geschwister, zwei Knaben und zwei Mädchen, sterben im frühen Kindesalter.

1752 Goethe besucht bis zum Sommer 1755 eine Spielschule, in der er und die Schwester ersten Leseunterricht erhalten.

1753 *Weihnachten.* Geschenk eines Puppentheaters von der Großmutter Goethe.

1755 *April bis Januar 1756.* Umbau des Hauses am Großen Hirschgraben. Goethe besucht in dieser Zeit eine öffentliche Schule, danach erhält er Privatunterricht.

1. November. Erdbeben in Lissabon. Tiefer Eindruck auf das Empfinden des Knaben.

1756 *1756/1763.* Siebenjähriger Krieg. Lebhafte politische Meinungsverschiedenheiten in der Familie: Goethes Vater nimmt die Partei Friedrichs II., Großvater Textor die der Kaiserin.

November. Beginn lateinischen und griechischen Unterrichts.

1757 Neujahrsgedicht an die Großeltern Textor, früheste erhaltene Verse Goethes.

„Labores juveniles", ein Heft deutsch/lateinisch/griechischer Schularbeiten, Diktate und Übersetzungen, datiert März 1757 bis Januar 1759.

1758 *Februar*. Beginn französischen Unterrichts.

September. Beginn des Zeichenunterrichts bei dem Kupferstecher J. M. Eben.

Goethe an den Pocken erkrankt.

1759 *1. Januar*. Besetzung Frankfurts durch französische Truppen. Einquartierung des Stadtkommandanten Königsleutnant Graf Thoranc in Goethes Haus bis zum 30. Mai 1761. — Lebhaftes Interesse des Knaben für die Arbeit der Frankfurter und Darmstädter Maler Schütz, Juncker, Trautmann, Hirt, Nothnagel und Seekatz, die in der Mansarde des Hauses etwa 400 Bilder für Thoranc malen.

Während der Besatzungszeit häufiger Besuch des französischen Theaters. Erste Berührung mit der Welt der Bühne und der klassischen französischen Literatur, besonders Racine und Corneille. Kenntnis des zeitgenössischen bürgerlichen Trauerspiels (George Lillos „Kaufmann von London", Lessings „Miss Sara Sampson"). Erste eigene dramatische Versuche.

1760 Unterricht im Schönschreiben und im Italienischen.

1762 *Juni bis Mitte 1763*. Unterricht im Englischen.

Erfindung eines Briefromans in sechs Sprachen. — Beginn hebräischen Unterrichts.

Angeregt durch die Lektüre von Klopstocks „Messias" und K. F. von Mosers „Daniel in der Löwengrube" stellt Goethe die Geschichte Josephs in einer Prosadichtung dar. (Nicht erhalten.) — Anfertigung einer handschriftlichen Sammlung eigener, nach zeitgenössischen Vorbildern verfaßter geistlicher Gedichte für den Vater.

1763 *Ende Februar*. Abzug der französischen Besatzung nach dem Friedensschluß zu Hubertusburg.

Ostern. Konfirmation.

Mai. Beginn des Klavierunterrichts. — Juristische Studien unter Anleitung des Vaters.

25. August. Konzert des siebenjährigen Wolfgang Amadeus Mozart (1756—1791) und seiner Schwester. Goethe anwesend.

Erste Jugendliebe: Beziehung zu „Gretchen". (Die Gestalt ist nur aus dem *5. Buch* von *Dichtung und Wahrheit* bekannt, ihre historische Echtheit nicht gewiß.)

1764 *3. April.* Krönung Josephs II. zum Römischen König in Frankfurt.

Lösung des Verhältnisses zu Gretchen und ihrem Kreis. Für Goethe wird ein Hofmeister ins Haus genommen.

23. Mai. Bewerbung Goethes um Aufnahme in die „Arkadische Gesellschaft zu Phylandria", eine literarische Vereinigung. (Frühester erhaltener Brief Goethes, an Ludwig Ysenburg von Buri.)

Beschäftigung mit der Geschichte der antiken Philosophie.

Streifzüge durch die weitere Umgebung Frankfurts. Zeichnen nach der Natur.

Geselligkeit im Frankfurter Freundeskreis. Jugendfreunde: J. A. Horn, H. S. Hüsgen, J. B. Crespel, F. M. Moors, W. K. L. Moors, J. J. Riese. Neigung für Cornelias Freundin Charitas Meixner aus Worms.

1765 *Januar/März.* Fechtunterricht. — *April/September.* Reitunterricht.

Ausgedehnte Lektüre lateinischer Autoren.

Goethe hat den Wunsch, in Göttingen die „Schönen Wissenschaften" (Rhetorik und Poetik) und klassische Altertumswissenschaft zu studieren. Der Vater bestimmt ihn zum Jurastudium in Leipzig.

30. September. Abreise nach Leipzig mit dem Frankfurter Buchhändler J. G. Fleischer.

Jugendlektüre: Erste Eindrücke durch Comenius' „Orbis Pictus", die Bibel mit Merians Kupferstichen, Gottfrieds „Historische Chronik", Laurembergs „Acerra Philologica", Ovids „Metamorphosen", Homer in deutscher Prosabearbeitung, Fénélons „Télémach" in der Übersetzung von B. Neukirch, Defoes „Robinson Crusoe", Schnabels „Insel Felsenburg", die deutschen Volksbücher. — Frühe Vertrautheit mit den in der Bibliothek des Vaters (über 2000 Bände) zahlreich vorhandenen Werken zeitgenössischer Dichter: Canitz, Hagedorn, Drollinger, Gellert, Creuz, Haller, Lessing, Zachariae u. a. — Starke Wirkung durch Klopstocks „Messias", das Alte Testament, ab 1759 das klassische französische Drama und das französische Lustspiel des 18. Jahrhunderts. — Gegen Ende der Frankfurter Zeit Studium enzyklopädischer Werke, u. a. Morhofs „Polyhistor", Bayles „Dictionnaire historique et critique“, Buffons „Histoire Naturelle“. — Durch das Puppenspiel lernt Goethe den Fauststoff kennen.

Nachhaltige, im Vorstellungsleben, besonders der Italiensehnsucht Goethes fortwirkende Eindrücke durch die Gemälde- und Kupferstichsammlung des Vaters.

Werke: Erste eigene Phantasietätigkeit in Märchenerzählungen, Entwürfen für das Spiel mit dem Puppentheater. — Gedichte in Zusammenhang mit rhetorischen und poetischen Schulübungen gemäß humanistischer Unterrichtspraxis. — *Joseph.* Biblisches Heldengedicht in Prosa. Epische oder dramatische Bearbeitung weiterer biblischer Stoffe (Isabel, Ruth, Selima). — Dramatische Versuche unter dem Eindruck des französischen Theaters. *Amine*, Schäferspiel. Vier Akte eines Trauerspiels *Belsazar*, vermutlich in Prosa. — Goethe vernichtet seine Frankfurter Jugenddichtungen 1767 in Leipzig. — Erhalten bleiben: Poetische Neujahrsglückwünsche für die Großeltern Textor 1757 und 1762. (I, 7f.) — *Poetische Gedanken über die Höllenfahrt Jesu Christi.* (Ohne Goethes Wissen von Frankfurter Freunden gedruckt im Jahrgang 1766 der Zeitschrift „Die Sichtbaren“. — I, 9ff.) — Briefgedichte und Stammbuchverse für die Mutter und für F. M. Moors. (I, 13.) — Spiegelung der kindlichen Phantasieproduktion im Märchen *Der neue Paris* im *2. Buch* von *Dichtung und Wahrheit.* (IX, 51ff.)

*

3. Oktober. Ankunft in Leipzig. Wohnung im Haus zur „Großen Feuerkugel“.

19. Oktober. Immatrikulation bei der „Bayerischen Nation“.

Goethe lernt Leipzig als Zentrum der rationalistischen Geisteskultur und des literarischen Rokoko kennen; empfindet starken Gegensatz des schöngeistig-eleganten Lebensstils der Leipziger Gesellschaft („Klein-Paris“) zur traditionsgebundenen Atmosphäre Frankfurts.

Universitätslehrer, an deren Unterricht Goethe vorzugsweise teilnimmt: J. G. Böhme (Geschichte, Staatsrecht), Chr. A. Clodius (Philosophie, Stilpraktikum), J. A. Ernesti (Philologie, Theologie), Chr. F. Gellert (Poetik, Morallehre), J. H. Winckler (Philosophie, Physik). — Persönliche Bekanntschaft mit J. Ch. Gottsched.

Böhme redet Goethe den Wunsch aus, Philologie und Schöne Wissenschaften zu studieren, und berät ihn in seinem juristischen Studium. Seine Frau betreut den nach Anpassung an den gesellschaftlichen Stil und den literarischen Geschmack Leipzigs strebenden Studenten.

Interesse Goethes für Medizin und Naturwissenschaften, die ihm in Gesprächen am Mittagstisch bei dem Mediziner Chr. G. Ludwig, dem Rektor der Universität, nahegebracht werden. Linné, Buffon, Haller erregen Goethes Aufmerksamkeit.

Baldiger freundschaftlicher Verkehr in den Häusern des Buchhändlers Ph. E. Reich und des Verlegers J. G. I. Breitkopf. Der ältere von dessen Söhnen, Bernhard Theodor Breitkopf, komponiert Lieder Goethes. Mitwirkung Goethes bei Hauskonzerten.

Ab Herbst häufiger Besuch des Theaters, in dem — unter der Direktion von H. G. Koch — die Schauspielerin Caroline Schulze und die Sängerin Corona Schröter als Hauptdarstellerinnen wirken. Goethe sieht in den ersten Wochen Aufführungen von Lessings „Miss Sara Sampson", Lillos „Kaufmann von London", Molières „Tartuffe", Voltaires „Zaïre", Otways „Verschwörung wider Venedig", C. F. Weißes „Poeten nach der Mode". Später vor allem Tragödien und Lustspiele Weißes (1726—1804) sowie seine und D. Schiebelers (1741—1771) Singspiele in der Vertonung von G. A. Hiller (1728—1804). (Aufsatz Goethes „Leipziger Theater" in den „Biographischen Einzelheiten".)

Dezember. Besuch der Kunstakademie in der Pleißenburg. Danach privater Zeichenunterricht bei deren Direktor, A. F. Oeser (1717—1799); unter den Mitschülern K. A. v. Hardenberg, der spätere preußische Staatskanzler. Oeser vermittelt ein klassizistisches Kunstideal im Sinne Winckelmanns. Erste Lektüre von Winckelmanns Schriften; erste Eindrücke antiker Plastik. Im folgenden Jahr Entwicklung freundschaftlicher Beziehungen zu Oesers Familie, besonders seiner Tochter Friederike.

Dezember. Arbeit am 5. Akt des *Belsazar.* (In Iamben.) — Neujahrsgedicht für den Großvater Textor. — Briefgedichte an Cornelia und Riese.

1766 *Februar.* Ode zur Hochzeitsfeier des Oheims Textor in Frankfurt am 17. Februar. Scharfe Kritik am allegorischen Stil des Gedichts durch Clodius wirkt auf Goethes weitere Dichtungen.

März. Lektüre von W. Dodd, The Beauties of Shakespeare (1752).

Ostern. Aufenthalt J. G. Schlossers in Leipzig. Gemeinsamer Besuch bei Gottsched und in der Kunstsammlung des Kaufmanns J. Th. Richter.

Seit der Ostermesse nimmt Goethe, eingeführt durch Schlosser, den Mittagstisch bei dem Gastwirt Chr. G. Schönkopf. Liebe

Goethes zu Schönkopfs Tochter Anna Katharina. — Mitglieder der Tischgesellschaft: E. W. Behrisch (1738—1809), Hofmeister im Haus des Grafen Lindenau, später Prinzenerzieher in Dessau, bald enger Freund Goethes; Chr. G. Hermann, Studienfreund Goethes, späterer Bürgermeister von Leipzig; E. Th. Langer, Theologe, u. a. — Bekanntschaft mit dem Dichter J. F. W. Zachariae (1726—1777).

Mai. Erscheinen von Lessings „Laokoon". Nachhaltige Wirkung auf Goethe.

10. Oktober. Eröffnung des neuen Komödienhauses mit einer Weiherede von Clodius, J. E. Schlegels „Hermann", einem Ballett „Von vergnügten Schäfern" und der Komödie „Die unvermuthete Wiederkunft" von J. F. Regnard.

Oktober. Versuch, die Geschichte von Inkle und Yariko, nach Gellert oder Pfeffel, dramatisch zu bearbeiten. — Entwurf des Plans zu einer Tragödie *Der Thronfolger Pharaos*; schriftliche Ausarbeitung im Frühjahr 1767 abgeschlossen. Beide Stoffe, sowie weitere derartige Pläne, bleiben unausgeführt.

1766. Erste Lieder für Käthchen Schönkopf. („Annette".)

1767 *Februar.* Erste Arbeit am Schäferspiel *Die Laune des Verliebten.* Abschluß im April 1768.

März. Ode *An den Kuchenbäcker Haendel.* Parodie auf den rhetorischen Stil der Dichtungen von Clodius. Andere satirische Gelegenheitsgedichte und literarische Scherze — u. a. mit Bezug auf das Lustspiel „Medon oder die Rache des Weisen" von Clodius — sind verloren.

7. Mai. Mitwirkung Goethes als Opponent der Doktor-Thesen bei der Promotion von Chr. G. Hermann.

Mai. Abschluß des *Belsazar.*

August. Behrisch stellt eine handschriftliche, mit Vignetten geschmückte Sammlung der Gedichte Goethes her, der Goethe den Titel *Annette* gibt.

Oktober. Vorträge von Böhme, Clodius, Ernesti, Winckler u. a. anläßlich eines 13tägigen Aufenthalts des Kurfürsten und des Hofes in Leipzig.

13. Oktober. Abreise Behrischs nach Dessau. Als Abschiedsgeschenk überreicht ihm Goethe drei *Oden an meinen Freund.* (I, 21 ff.)

18. November. Erste Aufführung von Lessings „Minna von Barnhelm". Starke Wirkung auf Goethe. — Im Winter 1767/68 Liebhaberaufführungen im Freundeskreis von Käthchen Schönkopf, wo „Minna von Barnhelm" und J. Chr. Krügers

Lustspiel „Herzog Michel" gespielt wird. (Goethe in den Rollen des Wachtmeisters und des Michel.)

Herbst. Vernichtung der Frankfurter biblischen Jugenddichtungen und des *Belsazar.*

November. Goethe beginnt ein einaktiges Lustspiel in Prosa *Der Tugendspiegel.* Ein Fragment davon im Brief an Behrisch vom 27. November erhalten.

Dezember. Aufführung des Oratoriums „Santa Elena al Calvario" von J. A. Hasse mit Corona Schröter und Gertrud Elisabeth Schmeling (später verehl. Schmeling-Mara). Letzterer widmet Goethe 1831 ein Gedicht in der Erinnerung an dieses Konzert.

1767 (vermutlich). Beginn einer Übersetzung von Corneilles Lustspiel „Le Menteur". (1. Szene erhalten.)

1768 *1768.* Erscheinen von Wielands „Musarion". Starker Eindruck auf Goethe. Vorher schon Kenntnis von Wielands Shakespeare-Übersetzung. (8 Bde., 1762/66.)

Ende Februar/Anfang März. Reise nach Dresden. Zwölftägiger Aufenthalt. Wohnung bei einem Verwandten von Goethes Stubennachbar Limprecht, einem Schuster. — Bekanntschaft mit Chr. L. v. Hagedorn (1713—1780), Leiter der sächsischen Kunstsammlungen und Direktor der Kunstakademien von Dresden und Leipzig, der Goethe seine Privatsammlung zeigt. Wiederholter Besuch der Gemäldegalerie; besondere Wirkung der niederländischen Malerei.

Unterricht im Radieren bei dem Kupferstecher J. M. Stock (1737—1773). Zwei Arbeiten Goethes, Radierungen nach Landschaften des Dresdener Hofmalers J. A. Thiele, sind erhalten, die eine Goethes Vater, die andere Chr. G. Hermann gewidmet. — Stocks Töchtern Minna und Dora, der späteren Frau und Schwägerin Chr. G. Körners, bleibt Goethe auch später freundschaftlich verbunden.

Durch Oeser vermittelt Bekanntschaft mit dem Kaufmann und Kupferstichsammler F. W. Kreuchauff (1727—1803), wahrscheinlich auch mit dem Kreis der 1763 gegründeten „Sozietät von Gelehrten, schönen Geistern, Künstlern und Kunstbeförderern". Kenntnis der großen Kunstsammlungen des Ratsbaumeisters G. Winckler und des Kaufmanns J. Th. Richter. Oeser regt Goethes Studium des Werkes von A. J. D. d'Argenville „Nachrichten aus dem Leben der berühmtesten Maler" (Paris 1745; deutsche Übersetzung Leipzig 1767/68) an.

April. Klärender Abschluß der Beziehung zu Käthchen Schönkopf, der beide Freundschaft bewahren läßt.

8. Juni. Ermordung Winckelmanns in Triest. Goethe tief betroffen durch die Nachricht.

Ende Juli. Physische und seelische Krise, die schwere Krankheit auslöst. (Blutsturz und Lungenaffektion.) Die Freunde Langer und Hermann betreuen Goethe während seines Krankenlagers. Einfluß Langers im Sinne pietistischer Religiosität.

26. August. Abschied von Käthchen Schönkopf, am *27.* von der Familie Oeser. Als Geschenk für Friederike Oeser läßt Goethe eine Abschrift von 10 Gedichten mit Kompositionen von B. Th. Breitkopf anfertigen, überschrieben *Lieder mit Melodien Mademoiselle Friederiken Oeser gewidmet von Goethen.* (Sogen. „Leipziger Liederbuch".)

28. August. Abreise von Leipzig.

Während der Leipziger Jahre Beschäftigung mit der Kunsttheorie, Poetik und Literaturkritik der Epoche. Bei Gellert hört Goethe ein Kolleg über Batteux. Kenntnis der grundlegenden Werke von Gottsched und Breitinger, der Gottschedschen Sammlungen mustergültiger Theaterstücke, der „Allgemeinen Deutschen Bibliothek".

Werke (Leipzig 1765/68): Gedichteinlagen in Briefen an Cornelia, Frankfurter Freunde und Behrisch. Gelegenheitsgedichte an Personen. Drei Gedichtsammlungen: *Annette — Oden an meinen Freund — Lieder mit Melodien Mademoiselle Friederiken Oeser gewidmet.* (I, 14ff.) — *Die Laune des Verliebten.* Schäferspiel. (IV, 7ff.) — Eine Anzahl in Leipzig entstandener Dichtungen ist verloren bzw. wurde von Goethe vernichtet, auch der Entwurf einer Neubearbeitung des Stoffes von „Romeo und Julia". Erhalten davon: Zwei Bruchstücke der Alexandrinertragödie *Belsazar*, ein Bruchstück des heroischen Schäferdramas *Die gekrönte Einsiedlerin.*

*

1. September. Eintreffen in Frankfurt.

Herbst. Anhalten der Krankheit. Höhepunkt mit lebensgefährlicher Krise am 7. Dezember. Behandlung durch Dr. J. F. Metz.

Oktober/November. Beschäftigung mit Zeichnen und Zeichentheorie. Wiederholte dankbare Anerkennung der Lehren und Anregungen Oesers in Briefen an diesen. Lektüre einer „Abhandlung von Kupferstichen" (Frankfurt/Leipzig 1768) und Besuch der Frankfurter Kabinette. — Lektüre der neuesten Literatur: Wieland, „Idris"; Gerstenberg, „Ugolino"; Weiße, „Großmut für Großmut". (Sämtlich 1768 erschienen.)

November. Beginn der Arbeit an der Komödie *Die Mitschuldigen.* Abschluß im *Februar 1769.* (Einaktige Fassung.)

6. November. Langes Briefgedicht an Friederike Oeser mit Schilderung der augenblicklichen Lage und Rückblick auf die Leipziger Jahre.

1769 *Mitte Januar.* Rückfall der Krankheit. Längere Periode der Rekonvaleszenz.

Während der Krankheit und in der Folgezeit Berührung mit der religiösen Vorstellungswelt des Pietismus, vermittelt durch Susanne Katharina v. Klettenberg, eine Verwandte der Textorschen Familie. Gleichzeitige Anregung zur Lektüre pansophisch-alchemistischer Schriften neuplatonischer Tradition (Paracelsus, Basilius Valentinus, Welling, Helmont, Starkey, „Aurea Catena Homeri") sowie chemischer und medizinischer Werke von H. Boerhaave. Eigene chemisch-alchemistische Versuche. Lektüre: Gottfried Arnold, „Unpartheyische Kirchen- und Ketzerhistorie" (1699—1700).

Januar. Beschäftigung mit Fragen der Kunsttheorie im Hinblick auf Lessings „Laokoon" und Herders „Kritische Wälder" (Riga 1769).

13. Februar. Scharfe Kritik an der literarischen Mode der Bardendichtung anläßlich von K. F. Kretschmanns Gedicht „Der Gesang Rhingulphs des Barden. Als Varus geschlagen war" (Leipzig 1768) und F. W. Gerstenbergs „Gedicht eines Skalden" (Kopenhagen 1766). Positiveres Urteil über Gerstenbergs Tragödie „Ugolino". (Brief an Friederike Oeser.)

Juni/September. Umarbeitung der *Mitschuldigen* in die dreiaktige Fassung. (IV, 28 ff.)

15./17. September. Besuch E. Th. Langers. (Briefwechsel 1768—1774.)

21./22. September. Besuch der Synode der Herrnhuter Brüdergemeine Marienborn in der Wetterau mit Legationsrat J. F. Moritz, einem befreundeten Frankfurter Pietisten.

Herbst. Zeichenunterricht mit der Schwester bei J. L. E. Morgenstern (1738—1819). Radieren.

Ende Oktober. Reise nach Mannheim. Erster Besuch des Antikensaals. (Sammlung von Gipsabgüssen antiker Skulpturen.) Starker Eindruck durch die Laokoongruppe.

Ende Dezember. Reise nach Worms.

1770 *Januar.* Anlage eines Kollektaneenheftes, überschrieben *Ephemerides*, mit Auszügen, Zitaten, Titelnotizen aus Goethes Lektüre, u. a. aus Plinius, Cicero, Quintilian, Bruno, Paracelsus, Shakespeare, Boerhaave, Lessing, Mendelssohn, Rousseau. Durchgeführt bis in die spätere Straßburger Studienzeit.

Februar/März. Studium von Quintilians „Institutio Oratoria". — Lektüre von Wielands „Rasender Sokrates oder die Dialogen des Diogenes von Synope" (1770). Anhaltende Bewunderung für Wieland.

20. Februar. Bekenntnis Goethes zu Shakespeare, Oeser und Wieland als seinen einzigen „echten Lehrern". (Brief an Ph. E. Reich.)

Februar. Plan, das Studium in Straßburg und — nach der Promotion — in Paris fortzusetzen.

30. (oder 31.) März. Abreise nach Straßburg.

Werke (Frankfurt 1768/70): Briefgedicht an Friederike Oeser (6. 11. 68). — 7 Gedichte der Sammlung *Neue Lieder in Melodien gesetzt von Bernhard Theodor Breitkopf,* die zur Michaelismesse 1769 erscheint. (1. Druck einer Gedichtsammlung Goethes.) Darunter: *Neujahrslied. 1769, An die Unschuld, An den Mond.* (I, 20.) — *Die Mitschuldigen.* Lustspiel. (IV, 28 ff.) — Gedichte: *Der Abschied. — An meine Lieder.* — Vor der Abreise nach Straßburg Vernichtung einer Anzahl von Entwürfen und Dichtungen der Leipziger Zeit.

*

Anfang April. Eintreffen in Straßburg. Wohnung im Gasthof „Zum Geist", dann am Alten Fischmarkt. — Besuch des Münsters.

18. April. Eintragung in die Universitätsmatrikel. *22.* Immatrikulation.

1770/1771. Studium: neben den juristischen auch Vorlesungen über Staatswissenschaft (J. D. Schöpflin), Geschichte (J. J. Oberlin), Anatomie (J. F. Lobstein), Chirurgie (J. Chr. Ehrmann), Chemie (J. R. Spielmann).

Tisch- und Studiengenossen: J. D. Salzmann, Aktuarius am Vormundschaftsgericht, der Goethe in seinen Studien berät und in Straßburger Gesellschaftskreise einführt; F. Chr. Lerse, Theologe; F. L. Weyland und J. H. Jung gen. Stilling, Mediziner; H. L. Wagner, der spätere Dramatiker, und J. K. Engelbach, Juristen.

Flüchtige Verbindung zu einem Kreis Straßburger Pietisten, die Goethe bald wegen ihrer sektiererischen Engherzigkeit aufgibt.

7. Mai. Durchreise Marie Antoinettes auf dem Wege nach Paris. Großer Eindruck der zum festlichen Empfang aufgehängten Gobelins (Darstellungen aus der Apostelgeschichte) nach Entwürfen von Raffael.

22. Juni/4. Juli. Reise zu Pferde mit Engelbach und Weyland nach dem Unterelsaß und Lothringen. (Zabern — Buchsweiler — Saarbrücken — Hagenau.) Erstes Interesse für Geologie, Bergbau, Hüttenindustrie, Reste altrömischer Baukunst.

4. September/April 1771. Aufenthalt Johann Gottfried Herders (1744—1803) in Straßburg zur Behandlung eines Augenleidens. Zahlreiche, zeitweise tägliche Besuche Goethes. Nachhaltiger geistiger und menschlicher Einfluß Herders im Wechsel von Anziehung und Abstoßung. Vermittlung neuer Auffassungen vom Wesen der Sprache, der Dichtung und des Genies, neuer Maßstäbe des ästhetischen Urteils. Hinweis auf die Schriften Johann Georg Hamanns (1730—1788). Mitteilung des Manuskripts der in Straßburg vollendeten „Abhandlung über den Ursprung der Sprache". Anregung zur Lektüre Homers, Ossians, Shakespeares, zur Beschäftigung mit altnordischer und altkeltischer Dichtung, mit der Überlieferung des Volkslieds. Vorlesung des „Vicar of Wakefield" von O. Goldsmith (1728—1774) durch Herder. — Lektüre von Werken Sternes und Fieldings.

25. und 27. September. Juristisches Vorexamen, das zur Promotion ohne weiteren Besuch juristischer Vorlesungen berechtigt.

Oktober (wahrscheinlich 10.—13.). Erste Begegnung mit Friederike Brion, Tochter des Pfarrers in Ses[s]enheim. Goethe durch Weyland eingeführt. Weitere Besuche Ende Oktober/Anfang November und im Dezember. Liebe Goethes zu Friederike.

Interesse für die Gestalt des historischen Götz von Berlichingen in Zusammenhang mit Studien zur Reichs- und Rechtsgeschichte des 15. und 16. Jahrhunderts. Beginnende innere Umbildung zur dichterischen Figur. Gleichzeitig beschäftigt der Faust-Stoff Goethes Phantasie. (Möglicherweise Kenntnis des Faust-Puppenspiels durch das Straßburger Marionettentheater.)

1771 *April.* Abreise Herders.

Frühling/Sommer. Auf Reisen im Oberelsaß sammelt Goethe für Herder 12 elsässische Volkslieder nach mündlicher Überlieferung. Bis Ende 1772 Briefwechsel mit Herder, den Goethe noch eine Zeitlang als seinen Mentor anerkennt.

18. Mai/23. Juni. Aufenthalt Goethes in Ses[s]enheim. Zeichnung des Pfarrhauses.

Juni. Bekanntschaft mit Jacob Michael Reinhold Lenz (1751–1792), der als Hofmeister zweier kurländischer Edelleute nach Straßburg kommt.

Juli. Besuch der Wallfahrtsstätte auf dem Odilienberg.

Sommer. Ossian-Übersetzung *Die Gesänge von Selma.* Die Handschrift erhält Friederike zum Geschenk.

Goethes Dissertation *De Legislatoribus* (Recht und Verpflichtung des Staates, den kirchlichen Kultus zu bestimmen bei Freiheit des persönlichen Religionsbekenntnisses) wird als akademische Leistung anerkannt, ihr Druck jedoch nicht gestattet. (Nicht erhalten.)

6. August. Promotion zum „Licentiatus Juris". Disputation über 56 lateinische Thesen (*Positiones Juris*) mit Lerse als Opponenten. — Eine Anregung der Professoren Oberlin und Koch, die akademische Laufbahn einzuschlagen, lehnt Goethe ab.

Etwa 7. August. Abschied in Ses[s]enheim. (Endgültige Lösung durch einen Brief aus Frankfurt.)

14. August. Heimreise nach Frankfurt. In Mannheim zweiter Besuch des Antikensaals.

Werke (Straßburg 1770/71): Gedichte an Friederike Brion (sogen. „Sesenheimer Lieder"), darunter *Kleine Blumen, kleine Blätter* ..., *Es schlug mein Herz, geschwind zu Pferde* ..., *Maifest, Heidenröslein.* Briefgedichte an die Schwestern Brion und andere Gelegenheitsverse. (I, 25 ff.) — Fragment eines Romans in Briefen (*Arianne an Wetty*) und eines Cäsar-Dramas in Prosa. — Anfänge des späteren Hymnus *Von deutscher Baukunst.* (XII, 7 ff.)

*

28. August. Antrag an den Frankfurter Magistrat, als Advokat zugelassen zu werden. Erteilung der Zulassung am *31. August.* Vereidigung Goethes als Anwalt und Bürger am *3. September.*

September/Oktober. Ossian-Studien. Versuche, auch aus dem gälischen Text zu übersetzen. Proben davon sendet Goethe an Herder. — Lektüre der „Lebensbeschreibung des Herrn Götzens von Berlichingen, zugenannt mit der Eisernen Hand". (Nürnberg 1731.)

14. Oktober. Zum Schäkespears Tag. Ansprache für eine am 14. Oktober im Kreise der Straßburger „Deutschen Gesellschaft" Salzmanns veranstaltete Feier zu Ehren Shakespeares. (XII, 224 ff.) Eine gleiche Feier veranstaltet Goethe im väterlichen Hause.

16. Oktober. Erstes Auftreten als Anwalt. Insgesamt führt Goethe 28 Prozesse.

November/Dezember. Niederschrift der *Geschichte Gottfriedens von Berlichingen mit der eisernen Hand dramatisiert* in sechs Wochen. Goethe schickt das Drama Herder zur Beurteilung.

Dezember. Goethe lehnt eine Anregung der Straßburger Juristischen Fakultät ab, noch zum Doktor der Rechte zu promovieren.

Dezember. Plan eines Sokrates-Dramas. Auf der Suche nach stofflichen Grundlagen dafür Lektüre Platons und Xenophons.

Ende Dezember. Bekanntschaft mit Johann Heinrich Merck (1741—1791), Kriegszahlmeister und Schriftsteller in Darmstadt.

Winter 1771/1772. Studium Theokrits und der griechischen Anakreontiker. — Bekanntschaft mit indischer Mythologie durch O. Dappers „Asia oder: Ausführliche Beschreibung des Reichs des Grossen Mogols ..." (Nürnberg 1681).

Werke: Götz von Berlichingen. (1. Fassung.)

1772 *1. Januar.* Merck übernimmt — in Verbindung mit J. G. Schlosser, dem Gießener Juristen L. J. F. Hoepfner und Darmstädter Pädagogen — die Herausgabe der „Frankfurter Gelehrten Anzeigen", eines seit 1736 bestehenden Rezensionsorgans, und gewinnt Goethe und Herder zu Mitarbeitern. — *März/Dezember 1772:* Acht Rezensionen Goethes aus dem Gebiet der „Schönen Wissenschaften" und der Jurisprudenz sowie das Nachwort am Ende des Jahrgangs bei Aufgabe der Leitung durch Merck.

14. Januar. Hinrichtung der Kindsmörderin Susanna Margaretha Brandt. Goethe kennt die Prozeßakten.

Ende Februar/Anfang März. Mehrtägiger Besuch Goethes und J. G. Schlossers bei Merck. Einführung in den Kreis der Darmstädter Empfindsamen („Gemeinschaft der Heiligen"), zu dem Merck und seine Frau, Herders Braut Caroline Flachsland, ihre Schwester Friederike Hesse, die Hofdamen Henriette von Roussillon und Luise von Ziegler, Hofrat F. M. Leuchsenring gehören. Wiederholte Besuche Goethes, der in diesem Kreise den Namen „Der Wanderer" erhält, im April und Mai. (Darmstadt und Homburg.)

April. Bekanntschaft — durch Merck vermittelt — mit der Schriftstellerin Sophie v. La Roche geb. Gutermann (1731—1807) und ihrer Tochter Maximiliane.

1772 in Frankfurt (oder Wetzlar) Vollendung des Hymnus *Von deutscher Baukunst.* Im November als anonyme Flugschrift bei Deinet in Frankfurt gedruckt. (XII, 7 ff.)

*

Mitte Mai/10. September. Goethe in Wetzlar zur weiteren juristischen Ausbildung am Reichskammergericht.

25. Mai. Einzeichnung in die Matrikel der Rechtspraktikanten am Reichskammergericht.

Tischgenossen an der „Rittertafel" im Gasthaus zum Kronprinzen: A. S. v. Goué (1742—1789) und F. W. Gotter (1746—1797), beide Juristen, Schriftsteller, Dramatiker; letzterer, Mitherausgeber des Göttinger Musenalmanachs, veranlaßt Goethe zu Beiträgen für diesen; Chr. A. Frhr. v. Kielmannsegge, Jurist; K. A. v. Hardenberg, J. H. v. Born, K. W. Jerusalem, Juristen aus Goethes Leipziger Bekanntenkreis.

Mitte Mai. Goethe sendet *Der Wandrer* (1, 36) und drei Hymnen zur Feier des empfindsamen Darmstädter Freundschaftsbundes an C. Flachsland.

Frühling/Sommer. Eindringendes Studium Pindars. (Brief an Herder vom *10. Juli.*) Homer-Lektüre.

Übersetzung der Elegie „The Deserted Village" von O. Goldsmith (1770) im Wettstreit mit Gotter. (Nicht erhalten.) — Lektüre von Lessings „Emilia Galotti" (1772).

Anfang Juni. Bekanntschaft mit J. Chr. Kestner (1741—1800), hannoverschem Legationssekretär; am *9.* mit seiner Braut Charlotte Buff (1753—1828) auf einem Ball in Volpertshausen. Baldige Freundschaft mit beiden, Leidenschaft für Charlotte. Enger geselliger Verkehr im „Deutschen Hause" der Familie Buff. (Briefwechsel 1772—1816.)

Ende Juni/Anfang Juli. Lektüre von Herders Fragmenten „Über die neuere deutsche Literatur" (Riga 1766/68).

18. August. Wanderung nach Gießen zu mehrtägigem Zusammentreffen mit Merck und Hoepfner. Besprechungen für die „Frankfurter Gelehrten Anzeigen".

10. September. Gespräch über die Unsterblichkeit des Menschen mit Kestner und Lotte.

11. September. Goethe verläßt Wetzlar nach schriftlichem Abschied von Kestner und Lotte. (Briefwechsel 1772—1816.) — *11./14.* Wanderung durch das Lahntal über Ems nach Thal bei Ehrenbreitstein. — Zusammen mit Merck mehrtägiger Aufenthalt im Hause von Sophie La Roche. Rückkehr auf dem Rhein mit Merck. Zeichnungen. *19.* Eintreffen in Frankfurt.

*

September. Bekanntschaft mit Johanna Fahlmer, einer nahen Verwandten der Brüder Jacobi in Düsseldorf, die seit dem Sommer zum engeren Freundeskreis der Familie Goethe gehört. (Briefe Goethes 1773—78.)

22. September. Besuch Kestners in Frankfurt.

Ende September. Satire *Das Unglück der Jacobis.* (1775 von Goethe vernichtet.)

Zwischen *Oktober 1772* und *Frühjahr 1773* Entstehung des *Mahomet.* Vorstudien (möglicherweise schon im Sommer): Auszüge von Koran-Stellen aus D. F. Megerlin, Die türkische Bibel (Frankfurt 1772), und Übersetzung der 6. Sure nach der lateinischen Ausgabe von L. Marraccius (Leipzig 1721).

30. Oktober. Selbstmord Jerusalems in Wetzlar.

6./10. November. Goethe begleitet J. G. Schlosser auf einer Geschäftsreise nach Wetzlar.

15. November/12. Dezember. Goethe zu Besuch bei Merck in Darmstadt. Zeichnen und Kupferstechen.

Werke: Ein zärtlich-jugendlicher Kummer ... (I, 32.) — *Wandrers Sturmlied.* (I, 33.) — *Der Wandrer.* (I, 36.) — Sogen. Darmstädter Hymnen: *Elisium. An Uranien, Pilgers Morgenlied. An Lila* (I, 86), *Fels-Weihegesang. An Psyche.* — *Mahomets-Gesang.* (I, 42.)

1773 *Januar.* Wielands Zeitschrift „Der Teutsche Merkur" beginnt zu erscheinen. Nach anfänglicher Zustimmung später scharfe Kritik Goethes.

Januar. Lektüre von Rousseaus Monodrama „Pygmalion" und Wielands Roman „Der Goldne Spiegel oder die Könige von Scheschian". — Porträtzeichnen.

Januar/Februar. Forderung religiöser Toleranz im *Brief des Pastors zu *** an den neuen Pastor zu **** (XII, 228 ff.) und in der Schrift *Zwo wichtige bisher unerörterte Biblische Fragen ...* (Gedruckt Anfang Januar bzw. Anfang Februar in Frankfurt.)

Februar/März. 2. Fassung des *Götz* innerhalb weniger Wochen begonnen und vollendet. — Erscheint im Juni im Selbstverlag von Goethe und Merck unter dem Titel: *Götz von Berlichingen mit der eisernen Hand. Ein Schauspiel.* — *1774* 2. Auflage; unrechtmäßige Nachdrucke.

Februar. Merck eine Woche bei Goethe zu Besuch.

Ende Februar/Anfang März. Herders Spottgedicht „Eine Bilderfabel für Goethe".

6. März. Gutachten über die „Lustspiele nach dem Plautus fürs deutsche Theater" von J. M. R. Lenz, deren Manuskript Salzmann an Goethe zur Beurteilung sendet. In Verbindung damit kritisches Urteil über das zeitgenössische Theater. (Brief an Salzmann.)

Frühjahr. Beschäftigung mit Hans Sachs. Seitdem häufige Verwendung des Knittelverses und der Form des altdeutschen Fastnachtsspiels in Goethes Dichtung.

15. April/3. Mai. Aufenthalt in Darmstadt. Goethe und Merck bei Herders Hochzeit am *2. Mai.*

Mai. Goethe radiert das Titelblatt für eine gemeinsam mit Merck veranstaltete Ausgabe der Werke Ossians, die im Mai erscheint.

Mai. Erste Beschäftigung mit Spinoza.

Sommer. Erste Arbeit an *Faust.* — Übertragung der 5. Olympischen Ode Pindars.

14. August. J. C. Lavater (1741—1801) dankt Goethe brieflich für ein Exemplar des *Götz*, das Goethe ihm durch den Verleger Deinet geschickt hat, und leitet damit die persönliche Verbindung ein. (Briefwechsel 1773—1792.)

Sommer/Herbst. Arbeit an *Prometheus.* Anfang Oktober zwei Akte abgeschlossen; dann Abbruch.

September. Bekanntschaft mit Betty (Helene Elisabeth) Jacobi, der Frau F. H. Jacobis in Düsseldorf. (Briefe Goethes 1773 bis 1774.) Seine Schwester Lotte lernt Goethe schon im April kennen.

Herbst. Flieh, Täubchen, flieh! Parodie auf J. G. Jacobis anakreontische Schäferpoesie, die Goethe schon in einer Rezension der „Frankfurter Gelehrten Anzeigen" verspottet, zugleich auf die „Briefe der Herrn Gleim und Jacobi" (Berlin 1768; Halberstadt 1772).

Anfang Oktober. Götter, Helden und Wieland, dramatische Satire, ausgelöst durch Wielands „Alceste" und seine „Briefe über das deutsche Singspiel Alceste". Verspottung der Brüder Jacobi als Mitarbeiter und Förderer des „Teutschen Merkur".

10. Oktober. Besuch von G. F. E. Schönborn (1737—1817) bei Goethe. Veranlaßt Goethe zur Aufnahme brieflicher Verbindung mit Gerstenberg und Klopstock. Goethe liest *Prometheus* und die Satiren gegen Wieland und die Brüder Jacobi vor. Schönborn vermittelt Verbindung zwischen Goethe und Matthias Claudius, dem Goethe einige Gedichte für den „Wandsbecker Boten" schickt. (Gedruckt Oktober 1773/März 1774.) Dort auch, ab März 1773, mehrfach Besprechungen Goethescher Werke durch Claudius.

1. November. Cornelia Goethe heiratet J. G. Schlosser und zieht nach Emmendingen.

Mitte November. Erwin und Elmire begonnen.

1773. Beschäftigung mit Schriften Emanuel Swedenborgs (1688—1772).

Werke: Gedichte, u. a.: *Concerto dramatico.* — *Ein Gleichnis.* (I, 59.) — *Sprache.* (I, 63.) — *Da hatt' ich einen Kerl zu Gast* ... (I, 62.) — *Auf Christianen R.* (I, 90.) — Briefgedichte an Kestner und Lotte, Gotter, J. Fahlmer. — *Brief des Pastors zu *** an den neuen Pastor zu ***.* (XII, 228 ff.) — *Zwo wichtige bisher unerörterte Biblische Fragen* ... — *Mahomet.* Dramatisches Fragment. — *Jahrmarktsfest in Plundersweilern. Ein Schönbartsspiel.* — *Ein Fastnachtsspiel vom Pater Brey dem falschen Propheten.* — *Götz von Berlichingen.* (2. Fassung. IV, 73 ff.) — *Satyros oder der vergötterte Waldteufel. Drama.* (IV, 188 ff.) — *Prometheus.* Dramatisches Fragment. (IV, 176 ff.) — *Des Künstlers Erdewallen. Drama.* (I, 63 ff.) — *Götter, Helden und Wieland. Eine Farce.* (IV, 203 ff.)

1774 *1774, Anfang.* Im Göttinger Musenalmanach auf das Jahr 1774 erscheinen erstmalig Gedichte Goethes.

Anfang Januar. Druck der Satire *Prolog zu den neusten Offenbarungen Gottes*, die eine Übersetzung des Neuen Testaments durch den Gießener Theologen K. F. Bahrdt verspottet. — Erste Arbeit an dem Singspiel *Claudine von Villa Bella*; bald abgebrochen.

15. Januar. Maximiliane La Roche siedelt nach ihrer Hochzeit mit dem Kaufmann P. A. Brentano nach Frankfurt über. Verkehr Goethes im Hause Brentanos.

1. Februar. Beginn der Ausarbeitung des Briefromans *Die Leiden des jungen Werthers*, der — ohne Unterbrechung niedergeschrieben — im April fertig vorliegt. Erschienen zur Herbstmesse bei Weygand in Leipzig. Außerordentliche Wirkung. Verbot in Leipzig wegen Gefährdung der Moral. (VI, 7 ff.)

12. Februar. Goethe stellt mit der Übersendung des *Götz* Briefverbindung zu G. A. Bürger (1747—1794) her, der Goethe als „deutschen Shakespeare" begrüßt.

Mitte Februar. Goethe berät Sophie La Roche brieflich bei der Abfassung ihres Romans „Rosaliens Briefe". (Frankfurt/Leipzig 1781.)

Februar/März. Arbeit an *Erwin und Elmire.*

März. Druck der Satire *Götter, Helden und Wieland* durch Lenz.

Frühjahr. Freundschaft mit Friedrich Maximilian Klinger (1752—1831). Goethe schenkt ihm die Manuskripte verschiedener Dichtungen zur finanziellen Unterstützung seines Jura-Studiums in Gießen.

Frühjahr. Entstehung der Fragmente zu einem Epos *Der Ewige Jude.*

14. April. Uraufführung des *Götz von Berlichingen* in Berlin.

1774 (wahrscheinlich *Frühsommer*). Konzeption des *Egmont.*

Mai. Entstehung des *Clavigo* in einer knappen Woche. Anregung durch eine Flugschrift von P. A. C. de Beaumarchais. Abschluß vor dem 1. Juni. (Erscheint im August als erstes unter Goethes Namen veröffentlichtes Werk.)

20. Mai. Goethe sendet ein Porträt der S. v. Klettenberg, von ihm selbst gezeichnet, an Lavater.

28. Mai. Goethe nimmt Briefverbindung zu Klopstock auf und übersendet eines seiner neuen dramatischen Werke, vermutlich *Satyros.*

Mai/Juni. Beschäftigung mit dem alten Gedanken eines „Cäsar"-Dramas.

8. Juni/4. Juli. Begeistertes Urteil über Herders „Älteste Urkunde des Menschengeschlechts", Klopstocks „Deutsche Gelehrtenrepublik" und die Verskunst in Heinses „Laidion oder die eleusinischen Geheimnisse". (Brief an Schönborn.)

23./28. Juni. Lavater bei Goethe zu Besuch, begleitet von dem Zeichner G. F. Schmoll, der Goethe am *25.* porträtiert. Religionsgespräche mit S. v. Klettenberg. *28./30. Juni.* Goethe begleitet Lavater nach Ems. Gespräche über Spinoza.

Juli. Wieland veröffentlicht im „Teutschen Merkur" eine eingehende positive Besprechung des *Götz von Berlichingen* und rühmt gleichzeitig Goethes Farce *Götter, Helden und Wieland* als Musterstück dieser Gattung. Durch J. Fahlmer, die zwischen Goethe und dem Jacobi-Wielandschen Kreis zu vermitteln sucht, erhält Goethe schon Anfang Juni Kenntnis des Manuskripts.

9./11. Juli. J. B. Basedow (1723—1790) in Frankfurt.

*

15. Juli/13. August. Lahn-Rhein-Reise. *15./18.* Mit Basedow nach Ems. *18.* Schiffsreise mit ihm, Lavater und Schmoll lahn- und rheinabwärts. *15.* Gedicht *Zwischen Lavater und Basedow* ... (Später unter dem Titel *Diné zu Koblenz* gedruckt. I, 90.) — *18./19.* Neuwied. — *20.* Trennung in Köln, Weiterreise Goethes nach Düsseldorf. *21.* Düsseldorf. *22.* Bei Jung-Stilling in Elberfeld; dort Bekanntschaft und spontane Freundschaft mit Fritz Jacobi. *22./24.* Goethe zu Besuch bei den Jacobis in Pempelfort. Aussöhnung mit J. G. Jacobi. *24./25.* Mit den Jacobis und Heinse nach Schloß Bensberg (Spinoza-Gespräch) und Köln. *25.* Rückreise nach Ems. — *27. Juli/12. August.* Aufenthalt in Ems, zwischendurch in Ehrenbreitstein im Hause La Roche. *13.* Rückkehr nach Frankfurt. — (Briefwechsel mit F. H. Jacobi 1774—1817.)

*

Anfang Oktober. Bekanntschaft mit Klopstock bei dessen Durchreise nach Karlsruhe. Goethe begleitet ihn ein Stück der Reise.

15. und 17. Oktober. H. Chr. Boie, Herausgeber des Göttinger Musenalmanachs, zu Besuch bei Goethe, der u. a. *Faust* vorliest und Beiträge zum Musenalmanach für 1776 verspricht.

Anfang November. Zeichnen. Beschäftigung mit Rembrandt. *20.* Beginn von Studien in Ölmalerei, wohl bei dem Frankfurter Maler J. A. B. Nothnagel.

November/2. Hälfte. Goethe sagt Beteiligung an Lavaters „Physiognomischen Fragmenten" auf dessen Bitte hin zu. Im Lauf des Jahres bereits Unterstützung des Werkes durch Übersendung von Porträtzeichnungen und Silhouetten.

1. Dezember. Goethe schickt J. G. Jacobi mehrere Lieder für die neugegründete Zeitschrift „Iris. Vierteljahrsschrift für Frauenzimmer", die im Oktober zu erscheinen beginnt. (Goethes Beiträge im Januar und März gedruckt.)

4. und 5. Dezember. Briefgedichte an Merck. (*Wer nicht richtet, sondern fleißig ist* ... — *Mein altes Evangelium* ... Vgl. I, 92.)

5. Dezember. Goethe bemüht sich um den Druck moralphilosophischer Aufsätze von J. D. Salzmann. („Kurze Abhandlungen über einige wichtige Gegenstände aus der Religions- und Sittenlehre". Frankfurt a. M. 1776.)

Dezember/erste Hälfte. Goethe sendet erste Beiträge zu Lavaters „Physiognomischen Fragmenten" und sein *Lied des Physiognomischen Zeichners* (I, 53) an Lavater, gleichzeitig an Gotter, der das Werk ins Französische übersetzen soll.

11. Dezember. Auf der Durchreise nach Paris kommen die Prinzen Carl August und Konstantin von Sachsen-Weimar nach Frankfurt, begleitet von ihren Erziehern Graf Görtz und K. L. v. Knebel. Knebel besucht Goethe und führt auf Wunsch Carl Augusts ein Zusammentreffen herbei. Unterhaltung über J. Mösers „Patriotische Phantasien". *13./15.* Aufenthalt in Mainz auf Einladung der Prinzen. Goethe erklärt sein Verhältnis zu Wieland und schreibt diesem einen Versöhnungsbrief.

13. Dezember. Tod der S. K. v. Klettenberg.

28. Dezember. Brieflicher Dank an Jenny v. Voigts, die Tochter Justus Mösers, für die Herausgabe von dessen „Patriotischen Phantasien". (Berlin 1774.)

1774. Entstehung von Szenen des *Faust.*

Beginn des Briefwechsels mit den Grafen Christian (1748—1821) und Friedrich Leopold zu Stolberg (1750—1819).

Nähere Verbindung zu Goethes Straßburger Studiengenossen H. L. Wagner (1747—1779), der nach Frankfurt übersiedelt.

Werke: Briefgedichte an Merck und Schlosser, u. a. *Hier schick' ich dir* ... (I, 92.) — *Künstlers Morgenlied.* (I, 54.) — *Mit einer Zeichnung.* (I, 89.) — *Prometheus.* (I, 44.) — *Ganymed.* (I, 46.) — *Der König von Thule.* (I, 79.) — *Der Kenner.* (Später *Anekdote unsrer Tage.* I, 60.) — *Kenner und Künstler.* (I, 61.) — *Der neue Amadis.* (I, 56.) — *Zwischen Lavater und Basedow* ... (I, 90.) — *Hoch auf dem alten Turne* ... (I, 81.) — *An Schwager Kronos.* (I, 47.) — *Neueröffnetes moralisch-politisches Puppenspiel.* — *Der Ewige Jude.* — *Des Künstlers Vergötterung.* (I, 67.) — *Clavigo. Ein Trauerspiel.* (IV, 260 ff.) — *Die Leiden des jungen Werthers.* (VI, 7 ff.)

1775 *2. Januar.* Goethe besorgt den Druck von Lavaters vierbändigem Werk „Physiognomische Fragmente zur Beförderung der Menschenkenntnis und Menschenliebe" (Leipzig 1775/78), dessen 1. Band im Herbst erscheint. (Briefwechsel mit dem Verleger Ph. E. Reich 2. Januar 1775 bis 21. März 1778.) — Abfassung eigener Beiträge Goethes Januar bis September. Erste Beschäftigung mit der Knochen- und Schädellehre. Abhandlung Goethes über Tierschädel.

Januar. Bekanntschaft mit Lili (Anna Elisabeth) Schönemann, späterer Frau v. Türckheim (1758–1817), Tochter eines Frankfurter Bankiers, die Goethes baldige Neigung erwidert. In der Folgezeit lebhafte Teilnahme am gesellschaftlichen Leben um Lilis willen. Gegen Ostern Verlobung.

8. Januar/5. Februar. Fritz Jacobi zu Besuch bei Goethe. Nochmals *24. Februar/2. März.* Anregung zur Vollendung des Singspiels *Erwin und Elmire* für J. G. Jacobis „Iris". Dort mit einer Widmung für Lili im Märzheft gedruckt; Komposition der Arien von J. A. André, Kapellmeister und Verleger in Offenbach. Gleichzeitig Druck der Lieder *An Belinden* und *Neue Liebe, neues Leben.* (I, 96.)

18. Januar (etwa). Beginn des Briefwechsels mit Auguste Gräfin zu Stolberg, veranlaßt durch ein Schreiben der zunächst ungenannt bleibenden Adressatin. (Briefwechsel bis 1782, dann nochmals 1822/23.)

Januar. Starker positiver Eindruck von J. G. Hamanns Schrift „Christiani Zachaei Telonarchae Prolegomena über die neueste Auslegung der ältesten Urkunde des menschlichen Geschlechts". (o. D. 1774.) — Im Oktober bestellt Goethe Hamanns Schriften bei Ph. E. Reich in Leipzig.

Januar. F. Nicolais Satire „Freuden des jungen Werthers" (Berlin 1775), die Goethe mit Spottversen auf Nicolai und der Parodie *Anekdote zu den Freuden des jungen Werthers* quittiert.

Januar (vermutlich). Bruchstücke zu *Hanswursts Hochzeit oder der Lauf der Welt.* — *Januar/Februar.* Beschäftigung mit dem Plan des „Cäsar"-Dramas.

Anfang Februar. „Pätus und Arria", Satire von Merck auf das Verbot des *Werther* in Leipzig.

Februar. Bekanntschaft mit Chr. Fr. Schwan, Hofbuchhändler in Mannheim (1733—1815), und Fr. Müller, „Maler Müller" (1749—1825), Dichter und Maler.

Februar/März. Entstehung des Schauspiels *Stella.* Abschluß im April. J. Fahlmer fertigt eine Abschrift für F. Jacobi an.

März. Wiederholte Aufenthalte in Offenbach bei den befreundeten Familien André und d'Orville, Verwandten von Lili Schönemann.

März. H. L. Wagners gegen die Kritiker des *Götz* und *Werther* gerichtete Satire „Prometheus, Deucalion und seine Rezensenten", die allgemein Goethe zugeschrieben wird. *9. April.* Öffentliche Erklärung Goethes, die den Verfasser bekanntgibt.

30. März. Klopstock bei Goethe zu Besuch auf der Rückreise von Karlsruhe nach Hamburg.

Anfang April. Goethe nimmt das Singspiel *Claudine von Villa Bella* wieder auf. Vollendung in wenigen Wochen. (IV, 216 ff.)

*

14. Mai/22. Juli. Reise in die Schweiz mit den Grafen Stolberg und Baron K. v. Haugwitz. — *14.* Darmstadt, in Mercks Begleitung nach Mannheim. *17./22.* Heidelberg. Karlsruhe. Empfang am Hofe des Markgrafen Karl Friedrich. Begegnung mit Carl August von Sachsen-Weimar und dessen Braut Luise von Hessen-Darmstadt. *23.* Straßburg. Begegnung mit Salzmann, Lenz; Besuch bei dem Goethe schon bekannten Prinzen Carl August von Meiningen, dem Goethe später als regierendem Herzog wiederbegegnet. *28.* Mit Lenz nach Emmendingen zu Cornelia und Schlosser. *6./9. Juni.* Freiburg — Schaffhausen — Konstanz — Winterthur.

9./15. Zürich. Goethe bei Lavater. Besuch bei J. J. Bodmer (1698—1783). Bekanntschaft mit Barbara Schultheß, der Goethe künftig Abschriften seiner Dichtungen zuschickt, J. H. Lips, Maler und Kupferstecher. Zusammentreffen mit den Frankfurter Jugendfreunden Ph. Chr. Kayser und J. L. Passavant. Lavater läßt Goethes Silhouette von dem Zeichner Schulz und Porträts der Stolbergs anfertigen.

15. Fahrt auf dem Zürcher See. (Gedicht *Ich saug' an meiner Nabelschnur* ... I, 102.) Wanderung nach Kloster Einsiedeln.

16. Mit Passavant nach Schwyz. *17.* Besteigung des Rigi. *19.* Vierwaldstätter See. (Aufzeichnung von Farbeindrücken und geologischen Beobachtungen.) *21.* Aufstieg über Göschenen, Andermatt zum Hospiz auf dem St. Gotthard. *22.* Goethe zeichnet den *Scheide-Blick nach Italien.* Rückkehr.

26. Juni/6. Juli. Zürich. Trennung von den Stolbergs. — *8./9.* Basel. Bekanntschaft mit dem Historiker I. Iselin und dem Kupferstecher Chr. v. Mechel.

12. Straßburg. *13.* Bei einer Besteigung des Münsters schreibt Goethe den Prosahymnus *Dritte Wallfahrt nach Erwins Grabe.* (XII, 28 ff.) Bekanntschaft mit dem Arzt und Popularphilosophen J. G. Zimmermann (1728—1795), mit dem Goethe schon in Briefwechsel steht. Zimmermann zeigt eine Silhouette Charlottens v. Stein, aus der Goethe — im Sinne der Lavaterschen Physiognomik — Wesenszüge der Dargestellten erschließt. Rückkehr über Speyer, Heidelberg, Darmstadt. Dort Wiedersehen mit Herder. *22.* Gemeinsam nach Frankfurt. — Auf der ganzen Reise Entstehung zahlreicher Zeichnungen.

*

Einige Wochen nach Goethes Abreise aus Zürich erscheint die Satire von J. J. Hottinger „Menschen, Thiere und Goethe. Eine Farce".

August. Anna Luise Karsch (1722—1791) schreibt an Goethe. Goethes Antwort *17./28. August.*

Sommer/Herbst. Niederschrift erster Teile des *Egmont.*

September. F. H. Jacobis Roman „Aus Eduard Allwills Papieren" beginnt in der „Iris" zu erscheinen. Spiegelung seines Verhältnisses zu Goethe.

2./3. September. Besuch bei J. G. Sulzer (1720—1779), Ästhetiker und Mathematiker.

3. September. Regierungsantritt des achtzehnjährigen Carl August von Weimar.

22. September. Carl August von Weimar auf der Durchreise nach Karlsruhe zu seiner Hochzeit mit Luise von Hessen (3. Oktober) in Frankfurt. Goethe nimmt die Einladung zu einem Besuch in Weimar an.

September. Zimmermann mehrere Tage Gast in Goethes Elternhaus.

September/Oktober. Entstehung neuer Szenen des *Faust.*

Herbst. Goethe überläßt H. L. Wagner einen Aufsatz *Nach Falconet und über Falconet,* die *Dritte Wallfahrt nach Erwins Grabe* und einige Gedichte zum Druck. Erschienen unter dem

Titel *Aus Goethes Brieftasche* als Anhang zu Wagners Übersetzung der Schrift von S. Mercier „Du Théâtre ou nouvel essai sur l'art dramatique". (Amsterdam 1773; Wagners Übersetzung: Leipzig 1776.) (XII, 21 ff.)

Zwischen 1. Dezember 1774 und Oktober 1775. Entstehung der Parabeln *Salomons Königs von Israel und Juda güldne Worte von der Ceder bis zum Issop.*

Anfang Oktober. Goethe übersetzt das „Hohelied Salomons".

Oktober. Lösung der Verlobung mit Lili Schönemann.

3. Oktober. Chr. F. D. Schubart spricht Goethe brieflich Bewunderung und Dank für seine Dichtungen aus.

12. Oktober. Herzog Carl August und Herzogin Luise als Neuvermählte auf der Durchreise in Frankfurt. Wiederholung der Einladung nach Weimar; Verabredung, daß Goethe mit dem Hofmarschall von Kalb nachkommen soll. Nach vergeblichem Warten auf diesen Aufbruch zu einer Reise nach Italien, auf Drängen des Vaters, am *30. Oktober.* Mehrtägiger Aufenthalt in Heidelberg, Wohnung bei Demoiselle Delph. Dort *3. November* Nachricht Kalbs, die Goethe zur Umkehr nach Weimar bestimmt.

Werke: Neue Liebe, neues Leben. (I, 96.) — *An Belinden.* (I, 96.) — *Ich saug' an meiner Nabelschnur* ... (Später *Auf dem See.* I, 102.) — *Lilis Park.* (I, 98.) — *Klaggesang von der edlen Frauen des Asan Aga.* (I, 82.) — *Bundeslied, einem jungen Paar gesungen von Vieren.* (I, 93.) — *Sehnsucht.* (I, 97.) — *Im Herbst 1775.* (I, 103.) — *Erwin und Elmire.* — *Stella. Ein Schauspiel für Liebende.* (IV, 307 ff.) — *Claudine von Villa Bella. Ein Schauspiel mit Gesang.* (IV, 216 ff.) — *Hanswursts Hochzeit oder der Lauf der Welt. Ein mikrokosmisches Drama.* — *Faust.* (Urfassung.) — 2. Auflage der *Leiden des jungen Werthers* mit Eingangsversen Goethes. (I, 92.) — 1. französische Übersetzung des *Werther.*

*

1775 *7. November.* Eintreffen in Weimar auf Einladung des Herzogs Carl August (1757—1828). Baldige Entstehung eines persönlichen Freundschaftsverhältnisses. (Briefwechsel 1775 bis 1828.)

Persönlichkeiten des Weimarer Hofes, zu denen Goethe bald in nähere Beziehung tritt: Herzogin Luise, Tochter des Landgrafen Ludwig IX. von Hessen-Darmstadt (1757—1830); Herzogin-Mutter Anna Amalia (1739—1807); Prinz Konstantin, Bruder des Herzogs (1758—1793); Christoph Martin Wieland, ehemaliger Erzieher des Herzogs (1733—1813); Karl Ludwig v. Knebel, Erzieher des Prinzen Konstantin

(1744—1834). Lebenslängliche Freundschaft (Briefwechsel 1774—1832); Charlotte v. Stein geb. v. Schardt, Frau des Oberstallmeisters v. Stein (1742—1827); Luise v. Göchhausen, Hofdame der Herzogin-Mutter; Minister G. F. v. Fritsch, Präsident des Geheimen Consiliums; Kammerherren F. H. v. Einsiedel und K. S. v. Seckendorf.

Dezember. Vorlesung der Frankfurter *Faust*-Szenen im Kreise Anna Amalias.

6. Dezember. Erster Besuch in Groß-Kochberg, dem Gut der Familie v. Stein.

23. Dezember. Aufenthalt im Forsthaus zu Waldeck. Homer-Lektüre.

Ende Dezember. Goethe erstmals in Jena und am Hof in Gotha. In der Folge Entwicklung freundschaftlicher Beziehung zu Prinz August von Gotha.

29. Dezember/2. Januar 1776. Aufenthalt mit Carl August in Erfurt bei Frhr. v. Dalberg, mit dem Goethe zeitlebens in Beziehung bleibt.

1775/1776. Erscheinen der ersten unrechtmäßigen Sammelausgaben Goethescher Werke bei Chr. Fr. Himburg in Berlin und bei Schweizer Verlegern.

Werke: Verse an Lili. (I, 104f.) — Briefgedicht an Carl August. (I, 106).

1776 *Januar.* Entstehung des Freundschaftsbundes mit Charlotte v. Stein. (Briefwechsel 1776—1826.)

Januar/Februar. Heranreifen des Entschlusses, in Weimar zu bleiben.

14. Februar. Herder nimmt die auf Goethes Vorschlag erfolgte Berufung zum Generalsuperintendenten in Weimar an.

16. März. Carl August setzt Goethe testamentarisch ein Gehalt von 1200 Talern bzw. eine Pension von 800 Talern aus.

18. März. Goethe, bisher Gast im Hause des Kammerpräsidenten v. Kalb, nimmt eine Wohnung in Weimar gegenüber dem „Gelben Schloß".

25. März/4. April. Reise nach Naumburg und Leipzig. Goethe sucht Corona Schröter für das Weimarer Theater zu gewinnen.

3. April/1. Dezember. Lenz in Weimar.

18. April. Goethe begleitet den Herzog einige Tage nach Buttstädt. Im Laufe des Sommers Teilnahme Goethes an zahlreichen Jagden, Ausflügen, Reisen in Begleitung des Herzogs.

22. April. Carl August macht Goethe das Gartenhaus am Stern zum Geschenk. — Eigene Anlage des Gartens. Beginn von Goethes praktischer Beschäftigung mit der Pflanzenwelt. Während der nächsten sechs Jahre wohnt Goethe abwechselnd im Gartenhaus und in der Stadt.

26. April. Goethe erhält das Weimarer Bürgerrecht.

Ende April. Christoph Willibald Gluck bittet Goethe um ein Trostgedicht auf den Tod seiner Nichte Nanette. Mutmaßliche Anregung zu Goethes *Proserpina.* (IV, 455 ff.)

3./10. Mai. Aufenthalt in Ilmenau. Besuch des Bergwerks.

8./21. Mai. Briefwechsel mit Klopstock, der zum Abbruch der Beziehung führt.

24. Mai. Aufführung von *Erwin und Elmire*, mit Musik von Anna Amalia, unter Goethes Regie auf dem Liebhabertheater des Hofes.

11. Juni. Ernennung zum Geheimen Legationsrat mit Sitz und Stimme im Geheimen Consilium, der obersten Landesbehörde.

24. Juni/Ende September. Klinger in Weimar.

25. Juni. Amtseinführung und Vereidigung Goethes als Beamter im Weimarischen Staatsdienst. (Bis 1785 regelmäßige Teilnahme an den Sitzungen des Geheimen Consiliums, von da an Mitarbeit bei besonderen Anlässen. Nach der Rückkehr aus Italien nominelle Zugehörigkeit bis zur Umwandlung der Behörde in ein Staatsministerium am 1. 12. 1815.)

18. Juli/14. August. Aufenthalt in Ilmenau, mit Carl August und Berghauptmann v. Trebra, zu vorbereitenden Arbeiten für die Wiederaufnahme des Bergbaus. Erwachen der geologischen und mineralogischen Interessen Goethes.

21. September/9. Oktober. Christoph Kaufmann (1753—1795) in Weimar.

1. Oktober. Eintreffen Herders in Weimar.

16. Oktober. Reise nach Dornburg und Naumburg.

26. Oktober. Konzeption des Schauspiels *Die Geschwister* auf der Rückkehr von einer Jagd. *28./29. Oktober* Niederschrift.

16. November. Eintreffen Corona Schröters in Weimar.

2./21. Dezember. Reise mit Carl August nach Wörlitz und Dessau. Zusammentreffen mit Behrisch, Basedow, Kaufmann.

Werke: Durchlauchtigster! Es nahet sich ... (I, 106.) — *Jägers Nachtlied.* Gedichte an Ch. v. Stein. *Rastlose Liebe.* (I, 121 ff.) — *Hoffnung. Sorge. Eis-Lebens-Lied. Dem Schicksal. Hans*

Sachsens Poetische Sendung. An den Geist des Johannes Secundus. (I, 131 ff.) — *Seefahrt.* (I, 49.) — Eine Anzahl von Gelegenheitsdichtungen mit Bezug auf Personen oder Ereignisse am Hofe sind verloren. *Proserpina.* (IV, 455 ff.)

1777 *9. Januar.* Aufführung der *Mitschuldigen* auf dem Liebhabertheater.

30. Januar. Aufführung von *Lila*, mit Musik von Seckendorf, unter Goethes Regie, anläßlich des Geburtstags der Herzogin Luise.

4. Februar. Beschäftigung mit Bergwerksangelegenheiten.

16. Februar. Beginn der Arbeit an *Wilhelm Meisters theatralischer Sendung.*

18. Februar. Auftrag des Herzogs, gemeinsam mit Kammerpräsident v. Kalb Verhandlungen über Rechtsgrundlagen des Ilmenauer Bergbaus zu führen.

1. März. Aufführung von *Erwin und Elmire.*

13. März. J. G. Jacobi bei Goethe.

8. Juni. Tod von Goethes Schwester Cornelia.

12. August. Goethe nimmt sein Mündel Peter im Baumgarten zur Erziehung in sein Haus.

4. September/9. Oktober. Aufenthalt in Eisenach und Wilhelmsthal mit Besuchen in Gotha, Erfurt, Wanderungen im Thüringer Wald. Mit Merck eine Woche auf der Wartburg. Bekanntschaft mit Baron F. M. v. Grimm. Wartburgzeichnungen.

14. November. Einsetzung einer ständigen „Bergwerkskommission". Übertragung sämtlicher Bergwerksangelegenheiten an Goethe und Kammerpräsident v. Kalb.

29. November/19. Dezember. Erste Harzreise. Sondershausen — Nordhausen — Elbingerode (wiederholter Besuch der Baumannshöhle) — Wernigerode (Besuch bei F. V. L. Plessing) — Goslar — Clausthal (Besichtigung des Harzer Bergbaus) — Altenau — Besteigung des Brocken (Beobachtung von Farbphänomenen) — Rückkehr über St. Andreasberg, Mühlhausen, Eisenach, Gotha, Erfurt.

Winter 1777/Frühjahr 1778. Lektüre mehrerer Komödien des Aristophanes.

Werke: Verse an Ch. v. Stein. (I, 125.) — *An den Mond.* (I, 128 f.) — *Hypochonder. Beherzigung. Erinnerung.* (I, 133.) — *Harzreise im Winter.* (I, 50.) — *Der Triumph der Empfindsamkeit.*

1778 *16. Januar.* Freitod des Hoffräuleins Christel v. Laßberg in der Ilm nahe Goethes Gartenhaus. Absicht Goethes, ihr ein Denkmal am Fluß zu errichten.

30. Januar. Der Triumph der Empfindsamkeit, mit Musik von Seckendorf, wird zur Feier des Geburtstags der Herzogin Luise aufgeführt. Goethe in der Rolle des Königs Andrason.

Frühjahr. Erste Arbeiten an der Neuanlage des Weimarer Parks unter Goethes Aufsicht, nach seinen und Carl Augusts Ideen.

*

10. Mai/1. Juni. Reise mit Carl August und Fürst Leopold von Anhalt-Dessau nach Potsdam und Berlin. Berührung mit der militärisch-politischen Welt Preußens. In Leipzig Zusammentreffen mit Oeser; Gespräche über Gesetze der Kunst und über Winckelmann. In Potsdam Besichtigungen: Sanssouci, Exerzierhaus, Waisenhaus, Garnisonkirche; Parade. In Berlin Mittagstafel bei Prinz Heinrich. Besichtigungen: Porzellanmanufaktur, Zeughaus, Tiergarten. Bekanntschaft mit Anton Graff, Daniel Nikolaus Chodowiecki, Anna Luise Karsch. Rückkehr über Wörlitz/Dessau. Teilnahme an einem Manöver bei Aken. Begegnung mit preußischen Generalen.

*

Juli. Lektüre kunsttheoretischer Schriften von Anton Raphael Mengs und von Herders „Plastik". Seitdem verstärktes Interesse an der griechischen Plastik und am Wesen der menschlichen Gestalt.

Ende September. G. M. Klauer (1742—1801), Hofbildhauer in Weimar, modelliert die erste seiner zwischen 1778 und 1790 geschaffenen sechs Goethe-Büsten.

28. Oktober. Aufführung des *Jahrmarktsfest zu Plundersweilern* in Ettersburg.

November. Goethe entwirft Pläne und Skizzen für den Bau eines Theaters.

Dezember. Erste Wiederaufnahme der Arbeit an *Egmont*. Niederschrift einiger Szenen.

Werke: Gelegenheitsgedichte. — *Der Fischer.* (I, 153.) *Grenzen der Menschheit.* (Zwischen 1778 und 1781; I, 146f.) — *Wilhelm Meisters theatralische Sendung, 1. Buch.*

1779 *Januar.* Carl August überträgt Goethe die Leitung der Kriegskommission und des Straßenbauwesens (später „Wegebaukommission"), die Goethe bis zur italienischen Reise innehat.

14. Februar. Anfang der *Iphigenie auf Tauris* (erste Prosafassung) diktiert.

28. Februar/12. März. Reise nach Jena, Dornburg, Apolda u. a. Orten zur Inspektion des Wegebaus und zur Rekrutenaushebung. Zwischen den Amtsgeschäften Arbeit an *Iphigenie.*

28. März. Abschluß der *Iphigenie.*

6. April. Erste Aufführung der *Iphigenie* mit Corona Schröter in der Titelrolle, Goethe als Orest, Prinz Konstantin als Pylades, Knebel als Thoas.

Mai. Einrichtung eines Interimstheaters im Redoutensaal.

20. Mai. Aufführung von Goethes Schäferspiel *Die Laune des Verliebten.*

Mai/Juni. Arbeit an *Egmont.*

Mai/Juli. Zwei Porträts Goethes von G. O. May, Maler aus Offenbach.

Juni/Juli. Merck in Weimar.

Anfang August. Goethe parodiert Fritz Jacobis empfindsamen Roman „Woldemar" im Kreise der Hofgesellschaft in Ettersburg. Krise der Freundschaft mit Jacobi dadurch ausgelöst.

5. September. Ernennung Goethes zum „Geheimen Rat".

*

12. September/13. Januar 1780. Zweite Schweizerreise. Goethe und Oberforstmeister v. Wedel als Begleiter des Herzogs. — *14./17.* Kassel. Besichtigung der Antiken in der landgräflichen Galerie. Bekanntschaft mit Georg Forster. — *18./22.* Frankfurt. Goethe und Carl August wohnen im Hause am Großen Hirschgraben. — *25.* Besuch in Ses[s]enheim. Aussöhnung mit Friederike Brion. — *26.* Straßburg. Besuch bei Lili v. Türckheim geb. Schönemann. — *27./28.* Emmendingen. Besuch bei Schlosser. — *29. Sept./19. Okt.* Freiburg. Basel. Biel. Bern. Thun. Lauterbrunnen. Grindelwald. Große Scheidegg. Brienz. Interlaken. Thuner See. Bern. — *20./23.* Lausanne. Bekanntschaft mit Marie Antonie v. Branconi. — *27. Okt./2. Nov.* Genf. Porträt Goethes von Jens Juel. — *3./17.* Chamonix. Wallis. St. Gotthard. Vierwaldstätter See. Luzern. — *18. Nov./2. Dez.* Zürich. Goethe bei Lavater. Besuch bei Bodmer. Porträt Goethes von Johann Heinrich Lips. — *11./18.* Stuttgart bei Herzog Karl Eugen. Besuch der Karlsschule. Schiller unter den Schülern anwesend. — *19./21.* Karlsruhe. — *21./23.* Mannheim. Aufführung des *Clavigo* unter Mitwirkung Ifflands. — Rückkehr über Darmstadt — Homburg — Frankfurt. — *13. Jan.* Eintreffen in Weimar.

*

Werke: Briefgedicht an Ch. v. Stein. (I, 126.) *Gesang der Geister über den Wassern.* (I, 143.) — *Iphigenie auf Tauris.* (Erste Fassung.) — *Jery und Bätely.*

1780 *7. Januar.* Eröffnung des neuen Theaters („Redouten- und Comödienhaus“) in Weimar.

20. Januar. Beginn der — bis Ende des Jahres durchgeführten — Vorarbeiten für eine Biographie Bernhards von Weimar. (1782 Aufgabe des Plans.)

Frühjahr. Neufassung der *Iphigenie auf Tauris* in freien Rhythmen.

März/September. Euripides-Studium.

30. März. Konzeption des *Tasso.*

23./25. April. Besuch der Leipziger Messe mit Carl August.

25. Mai. Erster Besuch bei Graf und Gräfin Werthern-Beichlingen auf Schloß Neunheiligen.

Juni. Literatursatire *Die Vögel* (nach Aristophanes) begonnen.

12./28. Juni. Oeser in Weimar.

23. Juni. Goethe als „Lehrling“ in die Loge Amalia in Weimar aufgenommen. (Ein Jahr später „Geselle“; 1. März 1782 „Meister“.)

12. Juli. Aufführung von *Jery und Bätely* mit Musik von Seckendorf.

16. Juli. Vorlesung des *Faust* vor Carl August, dem Herzog und Prinzen von Gotha. Herstellung eines Manuskripts, durch dessen Abschrift Luise v. Göchhausen den Text des „Urfaust“ erhält.

8./14. August. Johann Anton Leisewitz (1752—1806) in Weimar. Besuch bei Goethe.

15. August. Friedrich Ludwig Schröder (1744—1816), Theaterdirektor und Schauspieler, bei Goethe zu Besuch.

18. August. Die Vögel, mit Dekorationen von Oeser, in Ettersburg aufgeführt. Goethe in der Rolle des Treufreund. Eine Anzahl weiterer dramatischer Arbeiten für die Liebhaberbühne in Ettersburg sind verloren.

6. September/Oktober. Reise durch Thüringen.

14. Oktober. Beginn der Ausarbeitung des *Tasso.* (Prosafassung.) Fortgang der Arbeit mit Unterbrechungen bis Sommer 1781. Abbruch nach Vollendung des 2. Aktes, etwa August 1781.

Mineralogische Studien. Anlage einer mineralogischen Sammlung und einer Sammlung von Zeichnungen.

Werke: Briefgedichte an Ch. v. Stein (I, 126.) *Über allen Gipfeln ist Ruh* ... (I, 142.) *Meine Göttin.* (I, 144.) „Gesang der Elfen". (I, 154.)

1781 *1781.* Gründung der „Freien Zeichen-Schule". Auf Goethes Veranlassung wird der Frankfurter Maler Georg Melchior Kraus (1733—1806) als Direktor berufen. 1782 Beteiligung Goethes an der Leitung des Instituts.

6. Januar. Goethes Gedicht *Epiphaniasfest* szenisch aufgeführt.

Januar/Februar. Aufführung von Maskenzügen mit Versen Goethes. — Ausarbeitung einer — verlorenen — kritischen Stellungnahme zu Friedrichs II. Schrift „De la Littérature Allemande".

30. Januar. Aufführung der *Iphigenie* zur Geburtstagsfeier der Herzogin Luise.

Januar/Mai. Philipp Christoph Kayser (1755—1823), Komponist aus Zürich, Frankfurter Jugendfreund Goethes, in Weimar. Zusammenarbeit auf dem Gebiet des Singspiels.

7./15. März. Besuch in Neunheiligen mit Carl August.

Mai/November. Aufenthalt des Schweizer Theologen G. Chr. Tobler in Weimar. Anregung zu neuem Studium der griechischen Literatur. Goethe liest Toblers Übersetzungen griechischer Tragödien, lernt Sophokles erstmals vollständig kennen. Studium der orphischen Hymnen. Lektüre der Griechischen Anthologie; Anlaß zu den ersten eigenen Epigrammen im elegischen Versmaß. Niederschlag Goethescher Naturauffassung in Toblers — aus Gesprächen mit Goethe hervorgegangenem — Prosafragment „Die Natur". (XIII, 45 ff.)

11. August. Anfänge des *Elpenor.*

August. Gründung des „Tiefurter Journals". Anonyme Beiträge von Goethe, Wieland, Herder, Knebel, Seckendorf, Einsiedel, Anna Amalia, Carl August, Prinz August von Gotha, Luise v. Göchhausen u. a. (Bis 1784.)

25. August. Vorlesung des *Tasso* bei Herzogin Luise.

28. August. Aufführung eines Schattenspiels „Minervens Geburt", mit Musik von Seckendorf, im Tiefurter Park anläßlich Goethes Geburtstag.

21./30. September. Reise nach Leipzig und Dessau.

2./11. Oktober. Einladung zum Herzog von Gotha. Zusammentreffen mit Baron v. Grimm.

28./29. Oktober. Anatomische Vorlesungen bei J. Chr. Loder in Jena in Zusammenhang mit Studien über den Knochenbau des Menschen und der Wirbeltiere.

November/Januar 1782. Vorträge Goethes über Anatomie in der „Freien Zeichen-Akademie" in Weimar.

14. November. Goethe mietet das Haus am Frauenplan.

Anfang Dezember. Entwurf eines pantomimischen Balletts mit Glückwunschversen zum Geburtstag der Herzogin Luise (30. 1. 82).

Dezember. Arbeit an *Egmont.*

6./15. Dezember. Reise nach Gotha, Eisenach, Wilhelmsthal, Erfurt. Teilnahme an Jagden. Unterwegs Beschäftigung mit dem Plan eines naturwissenschaftlichen Lehrgedichts über die Geschichte der Erde. (*Roman über das Weltall.*)

24. Dezember. Aufführung der Literatursatire *Das Neueste aus Plundersweilern* (Verse von Goethe, Bilder von Kraus) bei Anna Amalia.

Werke: Epiphanias. (I, 112.) *An Lida.* (I, 127.) *Die Nektartropfen.* (I, 140.) *Nachtgedanken. — Der Becher. — Iphigenie auf Tauris.* (2. Prosafassung.) — Maskenzüge (*Lappländerzug; Die Freuden des Winters*).

1782 *27. Januar.* Tod von J. M. Mieding, Hoftischler und Theatermeister. *Februar/März.* Goethes Gedicht *Auf Miedings Tod.* (I, 114ff.)

14. März/18. April. Reise durch das Land (mit 2 kurzen Unterbrechungen in Weimar) zur Rekrutenaushebung, wie schon 1779 (28. Febr./12. März). An Knebel: *ein albernes Geschäft* (26. 2. 82). Deswegen in Jena, Dornburg, Apolda, Osmannstädt, Eisenach, Gerstungen, Ostheim. In freien Stunden Versuch, an *Egmont* zu arbeiten.

10. April. Joseph II. erhebt Goethe in den Adelsstand.

8./18. Mai. Reise durch die thüringischen Herzogtümer im Auftrag Carl Augusts, um sich als dessen Mitarbeiter vorzustellen und Angelegenheiten der gemeinsamen Universität Jena zu besprechen. Deswegen in Erfurt, Gotha, Meiningen, Hildburghausen, Coburg.

25. Mai. Tod von Johann Kaspar Goethe.

2. Juni. Goethe bezieht das Haus am Frauenplan.

11. Juni. Übernahme leitender Tätigkeit in der Finanzverwaltung (interimistisches Präsidium der Kammer) nach Entlassung des Kammerpräsidenten v. Kalb. (Ausgeübt bis zur italienischen Reise.)

Juni/August. Arbeit an *Wilhelm Meister.* (*2. Buch* beendet.)

Sommer. Anna Amalia macht Schloß Tiefurt zu ihrem Sommersitz. Ausgestaltung des Parks nach dem Muster von Wörlitz unter Mitwirkung Goethes.

22. Juli. Aufführung des Singspiels *Die Fischerin* im Park von Tiefurt mit Vertonung von Corona Schröter.

Oktober. Briefliche Versöhnung mit Fritz Jacobi.

November. 3. Buch des *Wilhelm Meister* beendet. Beginn der Umarbeitung der *Leiden des jungen Werther.*

11./14. Dezember. Aufenthalt in Erfurt und Neunheiligen.

20./23. Dezember. Aufenthalt in Dessau.

Werke: Auf Miedings Tod. (I, 114ff.) — *Erlkönig.* (I, 154f.) — Epigramme. Inschriften für die Denkmäler im Park von Tiefurt. — *Die Fischerin.* — Maskenzüge, u. a. *Aufzug der vier Weltalter.*

1783 *11. Februar.* Beitritt Goethes zum Illuminatenorden.

15. Februar. Gedicht zur Feier der Geburt des Erbprinzen (3. Febr. 1783).

Februar/März. Wiederaufnahme des *Elpenor.* Revision des gesamten Planes. Neufassung der bestehenden Szenen. *5. März.* Abschluß des 2. Aktes.

April. Besuche Friedrichs v. Matthisson und des Göttinger Mediziners und Naturwissenschaftlers J. F. Blumenbach bei Goethe.

14./18. April. Aufenthalt in Ilmenau in Bergwerksangelegenheiten.

25. Mai. Goethe nimmt Fritz v. Stein zur Erziehung in sein Haus.

Mai. Arbeit an der Neufassung des *Werther.* Vorläufiger Abschluß.

29. August. Beginn der dienstlichen Zusammenarbeit mit Chr. G. v. Voigt, zunächst in der „Bergwerkskommission", später in der Verwaltung der Anstalten für Wissenschaft und Kunst. (Briefwechsel 1784—1819.)

6. September/6. Oktober. Zweite Harzreise; mit Fritz v. Stein. — Gut Langenstein. Besuch bei Marquise v. Branconi. — Thale — Roßtrappe — Blankenburg — Baumannshöhle — Langenstein — Halberstadt. Besuch bei J. W. L. Gleim. —

Mit Berghauptmann v. Trebra in Clausthal, Altenau, auf dem Brocken — Schierke — St. Andreasberg — Zellerfeld — Göttingen. Besuch der dortigen Professoren, eines physikalischen Kollegs von Lichtenberg. *(27. Sept./1. Okt.)* — Kassel. Bekanntschaft mit dem Naturwissenschaftler Samuel Thomas Sömmerring. *(2./5. Okt.)*

November. 4. Buch des *Wilhelm Meister* abgeschlossen.

Werke: Ilmenau am 3. September 1783. (I, 107 ff.) — *Das Göttliche.* (I, 147 ff.) — *Der Sänger.* (I, 155 f.) — „Harfenspieler". (*Wer nie sein Brot mit Tränen aß* ... VII, 136.) — „Mignon". (*Kennst du das Land* ... VII, 145.)

1784 *1. Januar.* Giuseppe Bellomo mit seiner „Deutschen Schauspielergesellschaft" übernimmt das Weimarer Theater bis zur Gründung des Hoftheaters 1791.

30. Januar. Maskenzug *Planetentanz* mit Glückwunschversen für Herzogin Luise.

24. Februar. Wiedereröffnung des Ilmenauer Bergbaus mit einer Rede Goethes.

27. März. Entdeckung des Zwischenkieferknochens am menschlichen Schädel. *März/Mai.* Entstehung des — bis 1786 erweiterten — Aufsatzes *Dem Menschen wie den Tieren ist ein Zwischenknochen der obern Kinnlade zuzuschreiben.* (XIII, 184 ff.) Goethe läßt sich Abbildungen dazu von dem Weimarer Zeichner J. Chr. W. Waitz (gest. 1796) anfertigen.

April. Beginn des zeitlebens unterhaltenen wissenschaftlichen Kontakts mit Bergrat J. G. Lenz, später Professor der Mineralogie und Direktor der Mineralogischen Sammlung in Jena.

27. Mai/2. Juni. Besuch der Brüder Stolberg und ihrer Frauen in Weimar.

Anfang Juni. Erfolgreicher Aufstieg einer Montgolfiere nach längeren, gemeinsam mit dem Weimarer Apotheker Dr. Buchholz unternommenen Versuchen der Herstellung.

6. Juli. Übernahme von Geschäften in der Ilmenauer Steuerkommission. (Bis 1805, nominell bis 1818.)

Sommer. Arbeit an dem Singspiel *Scherz, List und Rache* als Libretto für Kayser.

10./19. Juli. Reise mit Fritz v. Stein ins Thüringer Gebirge. Besuch in Groß-Kochberg.

7. August/1. September. Reise mit Carl August über Duderstadt — Osterode — Zellerfeld — Goslar nach Braunschweig. Goethe als Geheimsekretär des Herzogs bei Verhandlungen über den Fürstenbund. Unterwegs Entstehung des Gedichts *Zueignung* als Anfang der *Geheimnisse*.

1./16. September. Dritte Harzreise; mit G. M. Kraus. Braunschweig — Goslar — Brocken — Schierke — Elbingerode — Bodetal — Thale — Blankenburg — Langenstein — Weimar. Geologische und zeichnerische Tätigkeit.

18./29. September. F. H. Jacobi zu Gast bei Goethe. *25./29.* Matthias Claudius bei Herder. Gemeinsame Religionsgespräche. Anregung zu Goethes Spinoza-Studium im Gedankenaustausch mit Herder und Charlotte v. Stein. (Lektüre der „Ethik" im Spätherbst.)

November. Beschäftigung mit Schriften des holländischen Philosophen F. Hemsterhuis, die Jacobi übersendet.

2. Dezember. Goethe sendet seinen Aufsatz über den Zwischenkieferknochen in lateinischer Fassung (*Specimen osteologicum*) an Merck zur Weiterleitung an Sömmerring und Camper, Prof. der Anatomie in Leiden.

29. Dezember/4. Januar 1785. Elisa v. d. Recke in Weimar.

Winter 1784/85. Goethe diktiert Charlotte v. Stein seine Studie nach Spinoza in die Feder.

Werke: Gedichte an Ch. v. Stein. (I, 127.) *Zueignung*. (I, 149ff.) — Epigramme. Gelegenheitsgedichte. — *Wilhelm Meister, 5. Buch*. — Studie nach Spinoza. (XIII, 7ff.) — „Über den Granit". (XIII, 253ff.)

1785 *5./12. März*. Bei Knebel in Jena. Gemeinsame botanische Studien.

März. Arbeit an dem Epos *Die Geheimnisse*. *2. April*. Verzicht auf Fortsetzung.

April. Goethe sendet *Scherz, List und Rache* an Kayser zur Komposition.

Mai/Juni. Arbeit an *Wilhelm Meister*.

2./16. Juni. Mit Knebel in Ilmenau. Botanische und mineralogische Studien. Arbeit an einer *Gebirgs-Lehre*.

9. Juni/21. Oktober. Briefliche Auseinandersetzung über Spinoza mit F. H. Jacobi anläßlich dessen Schrift „Über die Lehre des Spinoza in Briefen an den Herrn Moses Mendelssohn" (1785). Formulierung des eigenen naturreligiösen Standpunkts.

*

23. Juni/5. Juli. Reise durch das Fichtelgebirge nach Karlsbad mit Knebel. Naturwissenschaftliche Studien. Sammlung von Gesteinen.

5. Juli/18. August. Erster Badeaufenthalt in Karlsbad. Zusammentreffen mit Frau v. Stein, Herder; geselliger Verkehr mit Graf und Gräfin Brühl, Gräfin Werthern, Chr. G. Voigt u. a.

*

Herbst. Bekanntwerden der „Halsbandgeschichte". Erschütterung Goethes, der die Grundlagen der Staats- und Gesellschaftsordnung bedroht sieht. (Spätere Verarbeitung im *Groß-Kophta.*)

12./13. September. Besuch von Georg Forster und seiner Frau (spätere Therese Huber) in Weimar.

20./25. September. Besuch der Fürstin Amalia v. Gallitzin in Weimar. In ihrer Begleitung F. F. W. v. Fürstenberg und F. Hemsterhuis. Mehrmaliges Zusammentreffen; Goethe besucht sie nach ihrer Abreise in Jena.

6./12. November. Ilmenau. Erstes intensives Studium Linnés („Philosophia botanica").

11. November. 6. Buch des *Wilhelm Meister* abgeschlossen. (Goethe schickt eine Abschrift der einzelnen Bücher in der Folge ihrer Entstehung an Barbara Schultheß in Zürich, deren Kopie den Text der Urfassung erhält.)

November/Mitte 1786. Arbeit an der Operette *Die ungleichen Hausgenossen.* (Unvollendet.)

8. Dezember. Niederschrift eines Plans für weitere 6 Bücher des *Wilhelm Meister.*

1785/86. Vorarbeiten für die erste rechtmäßige Gesamtausgabe der Schriften bei G. J. Göschen in Leipzig unter Mitwirkung Herders und Wielands.

Werke: Nur wer die Sehnsucht kennt ... (VII, 240.) *Erster Verlust.* Epigramme. Stammbuchverse. — *Die Geheimnisse. Ein Fragment.* (II, 271 ff.) — *Wilhelm Meisters theatralische Sendung* mit dem *6. Buch* vorläufig abgeschlossen. (VIII, 487 ff. ausgewählte Kapitel.)

1786 *April.* Intensive Hingabe an botanische und mikroskopische Studien. Übungen im Zeichnen.

Mai. Beschäftigung mit Algebra.

5. Mai. Ablehnung des Pantheismus-Streits und der von F. H. Jacobi 1786 veröffentlichten Duplik gegen Mendelssohn.

Juni. Bertuch vermittelt den Abschluß des Vertrages mit Göschen für die achtbändige Ausgabe der *Schriften.* (1. rechtmäßige Sammelausgabe von Werken Goethes.) — Arbeit an der zweiten Fassung des *Werther.* Abschluß im August in Karlsbad.

18./20. Juli. Lavater zu Besuch bei Goethe. Bewußtwerden völliger Entfremdung in Goethe.

Juli. Intensive botanische Studien. Konzeption der Idee der Metamorphose.

24. Juli/2. September. Zweiter Aufenthalt in Karlsbad zusammen mit Carl August, Frau v. Stein, Herder. Arbeit an den *Schriften.* Abschluß der ersten vier Bände. Beginn der Umarbeitung der *Iphigenie* in die endgültige Versfassung. Botanische Studien. — *14. August.* Goethe begleitet Charlotte v. Stein auf ihrer Rückreise bis Schneeberg/Erzgebirge. Dort Einfahrt in ein Bergwerk.

*

3. September. Heimliche Abreise aus Karlsbad. Aufbruch nach Italien. Goethe führt ein Reisetagebuch für Ch. v. Stein bis zum 30. Oktober, dem Tag nach seiner Ankunft in Rom, dann nochmals von Rom bis Neapel; im übrigen einzelne Tagebucheinträge und Reiseberichte in Briefen. Als Reisehandbuch benutzt Goethe D. J. J. Volkmann, Historisch-kritische Nachrichten von Italien (Leipzig 1770/71), ferner Reisewerke von Archenholz, Riedesel u. a. — Goethe hat die Manuskripte mehrerer Dichtungen bei sich, die er in Italien zu vollenden beabsichtigt, darunter *Iphigenie, Egmont, Tasso, Faust.*

3./5. September. Eger — Tirschenreuth — Weyden — Regensburg. Geologische und mineralogische Beobachtungen.

6./7. September. München. Bildergalerie (Dürer, Rubens), Antikenkabinett, Naturalienkabinett.

7./8. September. München — Mittenwald — Innsbruck — Brenner. Im Wirtshause am Brenner Niederschrift von Beobachtungen über Witterung, Klimaverhältnisse, Gesteinsarten, Pflanzenwelt. Goethe führt ein Heft mit Linnés Terminologie und erklärenden Abhandlungen über diese mit sich.

9./10. September. Brenner — Sterzing — Bozen — Trient.

11./13. September. Rovereto — Gardasee (Torbole, Malcesine). Arbeit an *Iphigenie.* Zeichnungen. Sammlung von Gesteinen.

14./19. September. Verona. Amphitheater, Museum Maffeianum (antike Grabreliefs), Gartenanlagen, Kirchen, Gemälde (Tizian, Tintoretto, P. Veronese; XI, 45f. u. Anm.). Arbeit an *Iphigenie.* Ausarbeitung meteorologischer und geologischer Beobachtungen.

19./26. September. Vicenza. Palladios Bauten (XI, 52f. u. Anm.) Besuch bei dem Botaniker Dr. Turra. Teilnahme an einer Sitzung der „Akademie der Olympier“, einer gelehrten Gesellschaft. *Iphigenie.* Zeichnungen.

26./27. September. Padua. Gemälde von Tizian, Tiepolo, Veronese, Mantegna (XI, 61f. u. Anm.). Besuch des botanischen Gartens; Goethe findet seine botanischen Erkenntnisse, besonders den Gedanken der Pflanzenmetamorphose, durch die Anschauung der südländischen Pflanzenwelt bestätigt.

28. September/14. Oktober. Venedig. Palladios Bauten (XI, 71ff.). Goethe kauft in Padua und Venedig Ausgaben der Werke Palladios und Vitruvs sowie eine Schrift über die Baukunst in Vicenza von O. B. Scamozzi, Architekt in Vicenza, den Goethe dort besucht (XI, 55f., 59 u. Anm.). Wiederholtes Studium dieser Werke. — Venezianische Malerei (XI, 86f.), antike Plastik. — Theaterbesuche (Crébillon, Goldoni, Oper). — Beobachtung des Volkscharakters, Interesse für das Staatswesen Venedigs (Teilnahme an einem Staatsakt in Anwesenheit des Dogen, Besuch der Staatswerft). — Wiederholter Aufenthalt am Meer, das Goethe hier zum ersten Male sieht; Beobachtung der Strandvegetation und der Tierwelt. — Arbeit an *Iphigenie* und am Reisetagebuch.

14. Oktober. Nachts Abreise per Schiff nach Ferrara.

16. Oktober. Ferrara. Besuch von Ariosts Grabmal und Tassos Gefängnis.

17. Oktober. Cento. Guercinos Gemälde (XI, 101f. u. Anm.).

18. Oktober. Auf der Fahrt nach Bologna Konzeption des Plans zu *Iphigenie auf Delphos.* — *18./20. Oktober.* Bologna. Gemälde Raffaels und der bologneser Malerschule (XI, 103ff.).

21./22. Oktober. Fahrt durch das Apenninische Gebirge. Mineralogische und botanische Aufzeichnungen. — Im Reisewagen morgens Plan zu neuer Gestaltung der Legende des *Ewigen Juden.* Gedanke an ein Trauerspiel *Ulysses auf Phäa.*

23. Oktober. Drei Stunden in Florenz. Flüchtiger Besuch des Doms und des Boboli-Gartens. Auf der Weiterreise eingehende Aufzeichnungen über Geologie und Landwirtschaft der toskanischen Ebene.

25. Oktober. Perugia.

26. Oktober. Besuch des Minerva-Tempels in Assisi; die Grabeskirche des heiligen Franziskus läßt Goethe unbeachtet. Zu Fuß nach Fuligno.

27. Oktober. Terni. Besteigung des Aquädukts von Spoleto. Mineralogische und klimatische Beobachtungen.

29. Oktober. Ankunft in Rom. Besuch des Malers Wilhelm Tischbein (1751—1829), der Goethe als Führer durch Rom und die Campagna, später auch als Berater im Zeichnen viele Dienste leistet.

30. Oktober. Erster Besuch der antiken Bauwerke und der Peterskirche. Goethe zieht unter dem Namen Kaufmann Jean Philippe Möller in Tischbeins Wohnung am Corso. — Tischbein führt Goethe in einen Kreis deutscher Künstler ein, zu dem die Malerin Angelica Kauffmann (1741—1807), die Maler Friedrich Bury (1763—1823), Johann Georg Schütz (1755—1813), Johann Heinrich Lips (1758—1817), der Bildhauer Alexander Trippel (1744—1793), der Archäologe Johann Friedrich Reiffenstein (1719—1793), bald auch der Maler und Kunstgelehrte Heinrich Meyer (1759—1832), Goethes späterer Hausgenosse, und der Schriftsteller Karl Philipp Moritz (1757—1793) gehören. In ihrer Gesellschaft hält Goethe sich häufig auch in Roms Umgebung auf, besonders in Albano, Castell Gandolfo, Frascati. Zeichnen der Landschaft. — An Kunstwerken der Antike und der Renaissance, die für Goethes Rom-Erlebnis in den ersten Wochen von besonderer Bedeutung sind und die er in der Folgezeit immer wieder aufsucht, nennt Goethe mit Nachdruck: Kolosseum, Pantheon, Ruinen der Kaiserpaläste auf dem Palatin, Thermen des Diokletian, Cestius-Pyramide, Via Appia, Peterskirche, Michelangelos Gemälde in der Sixtinischen Kapelle (XI, 140 ff.), Raffaels Fresken im Vatikan (XI, 133) und in der Villa Farnesina (XI, 137), Apoll von Belvedere, Kolossalbüsten des Zeus von Otricoli und der Juno Ludovisi, Minerva Giustiniani (XI, 151f., 154, 158f.). — Bekanntschaft mit dem Fürsten v. Lichtenstein verschafft Goethe Zutritt zu privaten Kunstsammlungen.

2. November. Besuch des päpstlichen Palastes auf dem Quirinal und seiner Kunstwerke. (XI, 127 u. Anm.).

13./16. November. Frascati. Landschaftszeichnen. Gespräche über Kunsttheorie.

17. November. Besichtigung der Fresken von Domenichino in der Kirche S. Andrea della Valle und von A. Carracci im Palazzo Farnese.

18. November. Villa Farnesina. Raffaels „Verklärung Christi" in S. Pietro in Montorio.

22. November. Am Fest der heiligen Cäcilie Besuch der Sixtinischen Kapelle, Besteigung der Peterskuppel, Musikaufführung in der Cäcilienkirche.

28. November. Besuch römischer Gartenanlagen. Botanische Studien.

November. Plan eines gemeinsamen Werkes mit Tischbein: Darstellung einer Reihe von Idyllen in Bild und Gedicht. Entwurf des Titelbilds. (Ausführung des Plans durch Tischbein 1819/20, durch Goethe 1821.)

November/Dezember. Stetige Arbeit an *Iphigenie*, die Goethe Tischbein und A. Kauffmann vorliest. Ende Dezember Abschluß der endgültigen Umgestaltung; am 13. Januar 1787 sendet Goethe das Manuskript an Herder mit der Vollmacht, letzte Korrekturen, besonders hinsichtlich des Wohlklangs der Verse, vorzunehmen.

Dezember. Lektüre von Winckelmanns „Geschichte der Kunst des Altertums" und Winckelmanns Briefen. — Beschäftigung mit römischen Altertümern: Inschriften, Gemmen, Münzen, u. a. angeregt durch den Altertumsforscher Friedrich Münter (1761—1830), sowie mit römischer Geschichte und antiker Mythologie. — Tischbein beginnt Goethes Porträt; vollendet im August 1787.

2. Dezember. Goethe läßt sich zu vergleichenden Studien eine Witterungstabelle für die Monate September bis November aus Weimar kommen.

4. Dezember. Aufnahme Goethes in die Gesellschaft der „Arkadier" unter dem Namen Megalio Melpomenio.

8. Dezember/Januar 1787. Goethe leistet K. Ph. Moritz, der sich bei einem Sturz vom Pferd den Arm gebrochen hat, Beistand und Gesellschaft. Gespräche über Moritzens „Versuch einer deutschen Prosodie" (1786), deren Kenntnis Goethe in Zusammenhang mit der Versgestaltung der *Iphigenie* wertvoll ist, und über Kunsttheorie, aus denen Moritzens Schrift „Über die bildende Nachahmung des Schönen" (1788) hervorgeht.

25. Dezember. Goethe sieht den Papst ein Hochamt in der Peterskirche zelebrieren. Ablehnung des katholischen Kultus.

Ende Dezember/Anfang Januar 1787. Goethe erwirbt Abgüsse des Zeus von Otricoli und der Juno Ludovisi, sowie der Medusa Rondanini für seine Unterkunft.

Dezember. Überarbeitung der *Stella* für den Druck in den *Schriften.* — Gedankliche Beschäftigung mit *Egmont*, *Tasso*, *Faust* und mit der Fortsetzung des *Wilhelm Meister.*

Werke: Woher sind wir geboren? (I, 128.) — *Iphigenie auf Tauris. Ein Schauspiel.* (Endgültige Fassung. V, 7ff.)

1787 *Januar/Februar.* Karneval in Rom, den Goethe ein Jahr darauf in seiner Abhandlung *Das Römische Karneval* beschreibt.

Januar. Lektüre des Livius und Plutarch, des 2. Teils von Herders „Zerstreuten Blättern". Fortsetzung des Winckelmann-Studiums. — Umarbeitung von *Claudine von Villa Bella* zur Oper. Abschluß der ersten beiden Akte.

6. Januar. Besuch eines Festaktes in der „Propaganda" (= Congregatio de propaganda fide), dem Zentralinstitut für katholische Weltmission.

Mitte Januar. Aufführung der Tragödie „Aristodemo" von Vincenzo Monti, den Goethe im Hause des Fürsten Lichtenstein kennen lernt.

20. Januar. Absendung eines für den Druck der *Iphigenie* bestimmten Kupferstichs von H. Lips an Ch. v. Stein; später weitere Stiche von Lips nach Entwürfen von Angelica Kauffmann für Bd. 5, 6 und 8 der *Schriften.*

2. Februar. Besuch der Grabstätte Torquato Tassos im Kloster San Onofrio.

Februar/2. Hälfte. Goethe zeichnet viel, gefördert von Tischbein, und schickt die Zeichnungen mit Leuchtsteinen aus Bologna und Kindergeschenken an Ch. v. Stein. — Neue Bestätigung seiner botanischen Grunderkenntnisse durch die Vegetation des römischen Frühlings.

22./25. Februar. Reise nach Neapel mit Tischbein über Velletri (Altertumssammlung des Museo Borgiano), die Pontinischen Sümpfe (Interesse Goethes für die Kanalisationsarbeiten) und Capua. Beobachtungen über Gebirgscharakter, Landbau, Vegetation. — Von seinen dichterischen Arbeiten führt Goethe nur das Manuskript des *Tasso* mit sich. Entschluß zu völliger Neugestaltung und Vernichtung der ursprünglichen Fassung.

25. Februar / 29. März. Neapel. Überwiegend Hingabe an Natur- und Landschaftserlebnisse, Beobachtung des Volkslebens und Volkscharakters, Beschäftigung mit geologischen und botanischen Interessen.

28. Februar. Besuch mit Tischbein bei Philipp Hackert (1737—1807), Hofmaler des Königs von Neapel.

1. März. Fahrt nach Pozzuoli in Gesellschaft des Fürsten Christian August von Waldeck. Aufzeichnungen über Reste eines antiken Tempels und vulkanische Phänomene.

2. März. Besteigung des Vesuv. Nochmals am *6.* und *19. März* (anläßlich eines Lava-Ausbruchs). Jeweils geologische Beobachtungen und Überlegungen, besonders hinsichtlich der Entstehung, des Alters und der Arten der Lava. (Notizen und Aquarell Goethes.)

Anfang März. Bekanntschaft mit Gaetano Filangieri (1752—1788), Verfasser staatsrechtlicher Schriften. Politische Gespräche. Anregung zu flüchtiger Lektüre der „Scienza nuova" von G. B. Vico (1668—1744), den Goethe J. G. Hamann vergleicht. Bald danach Bekanntschaft mit Prinzessin Satriano, der Schwester Filangieris, und dem Maler Christoph Heinrich Kniep (1748—1825), der Goethe auf der Reise nach Sizilien begleitet und dort — wie schon in Neapel — Landschaftszeichnungen und -aquarelle für Goethe anfertigt.

5. März. Besichtigung von Kirchen und Kunstwerken (XI, 190f. u. Anm.).

11. März. Mit Tischbein in Pompeji.

14./16. März. Besuch bei Ph. Hackert in Caserta, nördlich Neapel. Hackert verheißt Goethe wesentliche Erfolge im Zeichnen bei anderthalbjährigem Studium unter seiner Leitung. — Bekanntschaft und geselliger Verkehr mit Sir William Hamilton, dem englischen Gesandten und Kunstsammler, und Miß Harte, der späteren Lady Hamilton.

18. März. Mit Tischbein in Herkulanum und im Museum von Portici.

21./23. März. Reise nach Paestum mit Kniep.

25. März. Beschäftigung mit der Idee der Urpflanze und der Entwicklung der Pflanzengestalt aus der Metamorphose des Blatts.

29. März/2. April. Seereise von Neapel nach Palermo. Unterwegs gedankliche Ausarbeitung des neuen Plans zu *Tasso*. Einführung in die Technik der Aquarellmalerei durch Kniep. — Zum gesamten Aufenthalt in Sizilien Tagebuchaufzeichnungen über Landschaftscharakter, Form und Aufbau der Gebirge, Landbau, Pflanzenwelt, Volkstypen, Kunstdenkmäler. Steinsammlung.

3./17. April. Palermo.

6. April. Besuch der Wallfahrtskirche der heiligen Rosalie auf dem Monte Pellegrino.

8. April. Einladung zum Vizekönig anläßlich des Osterfestes.

9. April. Besichtigung von Schloß und Garten des Prinzen Pallagonia.

10. April. Besuch der Benediktinerabtei Monreale und der Altertums- und Naturaliensammlung des Klosters San Martino.

14. April. Besuch bei der Familie Cagliostros. (Dazu 1792 Vortrag Goethes in der Weimarer Freitagsgesellschaft und Aufsatz über den Stammbaum Cagliostros.)

Erste Aprilwochen. Mehrmals Aufenthalt im öffentlichen Garten von Palermo, dessen fremdländische Vegetation Goethe an Schilderungen Homers und den eigenen Plan eines *Ulysses auf Phäa* erinnert. — *15. April.* Ankauf einer Homer-Ausgabe.

„Odyssee"-Lektüre; Stegreifübersetzung des 7. Gesangs für Kniep. — *16. April.* Niederschrift des Plans und einiger Szenen der *Nausikaa.* (V, 68 ff.) — *17. April.* Im öffentlichen Garten: Idee der Urpflanze verdrängt die Arbeit an *Nausikaa.* Endgültige Überzeugung von der *ursprünglichen Identität aller Pflanzenteile.*

18. April/11. Mai. Reise durch Sizilien. — *18. April.* Abreise zu Pferde ins Gebirge. — *19.* Alcamo. — *20.* Tempel von Segesta. (Aufzeichnungen und Skizze.) — *23./27.* Agrigent. Tempelruinen. — *28.* Caltanisetta. — *1./5. Mai.* Catania. Kunstsammlung des Prinzen Biscari. Geologische Sammlung des Naturforschers G. Gioeni. Besteigung des Monte Rosso. — *6./8.* Taormina. Antikes Theater. Entwurf eines näheren Plans zur *Nausikaa.* Absicht, den Stoff zu einer Tragödie zu gestalten. — *8./11.* Messina. — *11./14.* Reise nach Neapel mit Gefahr eines Schiffbruchs.

14. Mai/3. Juni. Neapel. — Geselliger Verkehr mit Hackert, Sir William Hamilton, dem Diplomaten Marchese Lucchesini, dem Naturwissenschaftler und Kunstsammler Marchese Venuti, der Herzogin v. Giovane, Hofdame der Königin von Neapel. — Studium der Lebensbedingungen und Daseinsformen des neapolitanischen Volkes.

16. Mai. Zweiter Besuch in Paestum. Neues Verhältnis zur griechischen Baukunst. Danach Besuch der Antiquitätensammlung in Portici.

23./24. Mai. Besuch der Oper (Cimarosa) und der Pulcinell-Komödie mit großer Zustimmung.

26. Mai. Fest des heiligen Philipp Neri. Eine dabei verkaufte Lebensbeschreibung des Heiligen benutzt Goethe zu seinem 1810 und 1829 verfaßten Aufsatz. (Abdruck in der *Italienischen Reise* XI, 462 ff.)

1. Juni. Beobachtung eines Lava-Ausbruchs am Vesuv.

3./6. Juni. Rückreise nach Rom. Unterwegs Landschaftszeichnen.

7. Juni 1787/23. April 1788. Zweiter römischer Aufenthalt. — Vertiefung und Festigung der früher gewonnenen Eindrücke. Anhaltendes Studium der römischen Bauten, Kunstwerke, Sammlungen, meist in Gesellschaft der befreundeten Künstler. — Wiederholte längere Aufenthalte in der Umgebung Roms zum Zeichnen der Landschaft, besonders im September und Oktober; daneben anatomisches und perspektivisches Zeichnen. Intensives Studium der menschlichen Gestalt. — Fortgesetztes Bemühen um das Problem der Metamorphose der Pflanzen in Beobachtung, Zeichnung, Zuchtversuchen. — Absicht und Hoffnung, *Tasso* und *Faust* zu vollenden.

7. Juni. Besichtigung der am Fronleichnamstag gezeigten, nach Entwürfen Raffaels gearbeiteten Wandteppiche, um deretwillen Goethe auf längeren Aufenthalt in Neapel verzichtet. (Aufsatz *Päpstliche Teppiche* XI, 361 ff.)

8. Juni. Entschluß, *mit Gewalt* die Werke für die vier weiteren Bände der *Schriften* abzuschließen. Zudrängen *neuer Sujets*, die Ausführung verlangen.

Mitte Juni. Vierzehntägiger Aufenthalt in Tivoli mit Hackert, der Goethe beim Landschaftszeichnen anleitet.

Juni. Angelica Kauffmann porträtiert Goethe.

Juli. Fortsetzung der Zeichen- und Architekturstudien. Modellieren von Köpfen. Starkes Verlangen, die handwerkliche Technik der bildenden Künste zu erkennen. Zunahme des kunsttheoretischen Interesses. — Wiederaufnahme des *Egmont*. Vollendung des 4. Aktes. *Anschwellen* des *Wilhelm Meister*.

17. Juli. Bekanntschaft mit Abbate Giambattista Casti (1721—1803), Hofdichter Josephs II. in Wien. — Goethe sieht bei dem Bildhauer und Restaurator Carlo Albacini einen griechischen Torso (ruhender Dionysos, XI, 368 u. Anm.), den er zum Schönsten der ihm bekannten antiken Plastik erklärt.

21. Juli. Goethe veranstaltet ein Konzert mit Sängern der komischen Oper für seine Freunde.

22. Juli. Besuch bei dem französischen Kunsthistoriker und Sammler Chevalier d'Agincourt (1730—1814), dessen 6bändige Kunstgeschichte (Paris 1810/1823) Goethe später hochschätzt und mehrfach würdigt.

23. Juli. Besteigung der Trajanssäule.

31. Juli. Die komische Oper „L'Impresario in angustie" von Domenico Cimarosa (1749—1801) findet starken Beifall Goethes. (Aufführung in Weimar mit dem Titel *Die theatralischen Abenteuer* in Goethes Textbearbeitung am 24. Oktober 1791.)

August. Teilnahme an einem abendlichen Unterrichtskurs im perspektivischen Zeichnen bei Maximilian von Verschaffelt, Maler und Architekt (1754—1818). — Studium der menschlichen Gestalt in Verbindung mit Modellieren. Wiederaufnahme physiognomischer Zeichnungen. — Fördernde Anteilnahme an den Arbeiten von K. Ph. Moritz über römische Altertümer und antike Mythologie. — Interesse für eine Ausstellung zeitgenössischer französischer Malerei klassizistischer Richtung (XI, 387 f.) durch die Akademie in Rom. — Besuche der Gemäldesammlung des Prinzen Aldobrandini im Palazzo Borghese. Trippel modelliert Goethes Büste für den Fürsten von Waldeck. Unterhaltungen über Proportionen der menschlichen Gestalt.

11. August. Abschluß des 5. Akts von *Egmont.*

17. August. Besichtigung der Kunstsammlung des englischen Reisenden Chevalier de Worthley. Goethes erster Eindruck der Parthenon-Skulpturen.

28. August. Empfang und Studium von Herders Schrift „Gott. Einige Gespräche". (Gotha 1787.)

September. Beschäftigung mit altägyptischer Kunst. Goethe läßt Gipsabdrücke von Hieroglyphen und Skulpturen am Obelisk auf dem Marsfeld herstellen und modelliert danach. — Starkes Interesse für Zeichnungen des französischen Malers Louis François Cassas (1756—1827) von Bauwerken Kleinasiens (Ruinen von Palmyra und orientalische Architektur). — Ankauf einer Sammlung von 200 Abdrücken antiker Gemmen. — Erste Zusammenfassung und schriftliche Fixierung der morphologisch-botanischen Erkenntnisse in Gesprächen mit K. Ph. Moritz. — Lektüre der „Merkwürdigen Lebensgeschichte" des Freiherrn Friedrich v. d. Trenck (Wien/Berlin 1786).

5. September. Endgültiger Abschluß des *Egmont. 6.* Absendung des Manuskripts nach Weimar. — Umgestaltung von *Erwin und Elmire.*

22. September. Goethe erhält Bd. 1—4 seiner *Schriften.*

Oktober. Konzentration auf das Ziel, eine fortgeschrittene Stufe im Zeichnen zu erreichen. Entwicklung des Freundschaftsverhältnisses zu Heinrich Meyer, durch den Goethe sich besonders gefördert fühlt. (Briefwechsel 1788—1832.) — In Castel Gandolfo, im Hause des englischen Kunsthändlers Jenkins, Bekanntschaft mit der *schönen Mailänderin*, Maddalena Riggi. — Lektüre des 3. Teils von Herders „Ideen zur Philosophie der Geschichte der Menschheit" (Riga/Leipzig 1787) und der „Dritten Sammlung" der „Zerstreuten Blätter" (Gotha 1787). — Beschäftigung mit *Wilhelm Meister*: Absicht Goethes, seine Erfahrungen über Kunst, Theater, Welt, Geschichte darin niederzulegen. — Textentwurf für eine dreiaktige komische Oper *Die Mystifizierten* oder *Il Conte*, der den Stoff des späteren *Groß-Kophta* (Cagliostros Rolle in der Pariser Halsbandgeschichte von 1785) behandelt. Komposition durch Kayser geplant, doch nicht ausgeführt. Zwei „Kophtische Lieder" später von Reichardt vertont. (I, 241.) — Arbeit an den Singspielen.

November. Ph. Chr. Kayser kommt zur Zusammenarbeit mit Goethe nach Rom, bringt die Partitur zu *Scherz, List und Rache* und die ersten Teile seiner Musik zu *Egmont* mit. Studium der italienischen Opernform. Goethe legt sich eine Sammlung italienischer Operntexte an. Umarbeitung der Singspiele *Erwin und Elmire* und *Claudine von Villa Bella* nach deren Muster; Abschluß des ersteren. Kayser weckt in Goethe Interesse für alte Kirchenmusik.

Dezember. Kunststudien. Zeichnen.

Werke: Amor als Landschaftsmaler. (I, 235.) — *Cupido, loser, eigensinniger Knabe!* (I, 237.) — *Nausikaa.* (V, 68 ff.) — *Egmont.* (IV, 370 ff.) — *Erwin und Elmire.* (2. Fassung.)

1788 *Januar.* Studium des menschlichen Körpers und seiner künstlerischen Gestaltung im Mittelpunkt der Interessen.

Januar/Februar. Nähere Betrachtung des römischen Karnevals, der Goethe diesmal, im Gegensatz zu seinem Eindruck vom Vorjahre, als *bedeutendes Naturerzeugnis und Nationalereignis* erscheint. Beschreibende Abhandlung Goethes mit Zeichnungen von Georg Schütz.

Februar. Goethe zieht ein Fazit seines italienischen Aufenthalts: Einsicht, zum Dichter geboren zu sein, nicht zum bildenden Künstler. Erkenntnis *falscher Tendenz*, Entschluß zu künftiger Beschränkung auf Kunstbetrachtung; Überzeugung, darin die wesentliche Methode gewonnen, *sehen gelernt* zu haben. — Neues Studium der Schriften von Raphael Mengs sowie von Leonardo da Vincis „Trattato della pittura". — Beschäftigung mit dem Problem der Farben in der Malerei.

Planung für Bd. 6—8 der *Schriften.* Anordnung der Gedichte für Bd. 8, stilistische Umformungen. — Abschluß der Endfassung der *Claudine von Villa Bella.* — Absicht, *Wilhelm Meister* fortzusetzen. — Erste Wiederaufnahme des *Faust* seit 1775. Entwurf eines Plans, Ausarbeitung von Teilen der Paktszene, wohl auch der Szenen *Hexenküche* und *Wald und Höhle.* (III, 52 ff., 75 ff., 103 ff.) — Plan zu *Tasso.* Lektüre der Tasso-Biographie des Abbate Pierantonio Serassi (Rom 1785). — Zustimmung zu Kaysers *Egmont*-Komposition.

Beobachtung des Römischen Karnevals, um später eine Beschreibung davon zu geben. Schütz zeichnet dafür. Geselliger Verkehr mit Angelica Kauffmann und mit Graf Rezzonico, Senator von Rom.

März. Goethe als Zuschauer bei den päpstlichen Zeremonien der Karwoche. Teilnahme an verschiedenen Aufführungen alter Kirchenmusik, u. a. Motetten von Palestrina, die Goethe hochschätzt. — Besuch der sog. „Villa Raffaels" mit Fresken und der Villa Albani.

April. Wallfahrt zur Accademia di San Luca, um den — vermeintlich echten — Schädel Raffaels zu sehen. Durch Reiffenstein erhält Goethe später einen Abguß. — Beschäftigung in Gedanken mit *Tasso.*

23. April. Abreise von Rom.

Ende April/Anfang Mai. Mehrtägiger Aufenthalt in Florenz. Starker Eindruck der Mediceischen Venus und der florentinischen Malerei. Entstehung einiger Szenen des *Tasso.*

Mai/Juni. Rückreise über Modena — Parma — Mailand — Comer See — Luganer See — Chiavenna — Splügenpaß — Chur — Vaduz — Feldkirch — Konstanz.

Anfang Juni. Achttägiger Aufenthalt in Konstanz in Gesellschaft von Barbara Schultheß.

*

18. Juni. Ankunft in Weimar. — Der Herzog entlastet Goethe nach seiner Rückkehr von vielen früheren Ämtern. Goethe übernimmt die Oberaufsicht über das „Freie Zeicheninstitut", zunächst gemeinsam mit Chr. Fr. Schnauß, ab 1797 allein.

Juli. Wachsende Entfremdung zwischen Goethe und Charlotte v. Stein seit Goethes Rückkehr.

12. Juli. Begegnung mit Christiane Vulpius (1765—1816), die Goethe eine Bittschrift zugunsten ihres Bruders, des Schriftstellers Christian August Vulpius (1762—1827), überreicht. Danach Entstehung der Lebensgemeinschaft, die Goethe als eine Ehe (*nur nicht durch Zeremonie*) bezeichnet.

9. September. Erste Begegnung mit Schiller im Hause der Frau v. Lengefeld in Rudolstadt.

20. September. Schillers Rezension des *Egmont* in der Jenaer „Allgemeinen Literaturzeitung".

September. Ausgestaltung der Skizze *Des Künstlers Vergötterung* von 1774 (I, 67f.) zu *Künstlers Apotheose* (I, 68 ff.).

Herbst 1788/Sommer 1789. Arbeit an *Torquato Tasso.* Abschluß am *31. Juli.* (Druck im 6. Band der *Schriften* 1790.)

Oktober. Unter dem Titel *Auszüge aus einem Reise-Journal* erscheint im „Teutschen Merkur" eine Folge von Aufsätzen, in denen Goethe — seit seiner Rückkehr — die in Italien gewonnenen Kunsterkenntnisse und ethnologischen Beobachtungen niederlegt. (U. a.: *Zur Theorie der bildenden Künste. Frauenrollen auf dem römischen Theater durch Männer gespielt. Lebensgenuß des Volkes in und um Neapel.*)

3. Dezember/1. Februar 1789. K. Ph. Moritz bei Goethe zu Besuch. Enger Gedankenaustausch über Kunst und Naturwissenschaft.

Dezember. Goethe vermittelt die Berufung Schillers auf eine Professur für Geschichte an der Universität Jena. — Loder veröffentlicht Goethes Entdeckung des Zwischenkieferknochens.

1788/89. Umarbeitung verschiedener vor der Italienreise entstandener Gedichte für den 8. Band der *Schriften*, u. a. *An den Mond* (I, 129), *Liebebedürfnis* (I, 141).

1788/1790. Erscheinen von Bd. 5—8 der *Schriften.*

Werke: Der Besuch. (I, 237.) — *Morgenklagen.* (I, 239.) — *Frech und froh.* (I, 241.) — *Römische Elegien.* (1788/1790. — I, 157ff.) — *Claudine von Villa Bella.* (2. Fassung.) — Abhandlung *Das Römische Karneval.* (Erschienen 1789 mit 20 illuminierten Kupfertafeln von G. M. Kraus nach Zeichnungen von G. Schütz im Verlag von J. F. G. Unger in Berlin. XI, 484ff.) — Aufsatz *Einfache Nachahmung der Natur, Manier, Stil.* (XII, 30ff.)

1789 *23. März.* Bildung der Schloßbau-Kommission. Lebhafte Mitarbeit Goethes bis zum Einzug der herzoglichen Familie in den Neubau am 1. August 1803.

März. Goethe beruft J. H. Lips als Lehrer an das Freie Zeicheninstitut, wo dieser bis 1794 tätig ist.

Ende April. Besuch G. A. Bürgers bei Goethe.

Ende April/Anfang Mai. J. F. Reichardt (1752—1814), Hofkapellmeister in Berlin, Komponist Goethescher Gedichte und Singspiele, zu Besuch bei Goethe. Musik zu *Claudine von Villa Bella.*

26. Mai. Schillers Antrittsvorlesung an der Universität Jena über das Thema „Was heißt und zu welchem Ende studiert man Universalgeschichte?“.

Sommer. Lösung der Beziehung zu Charlotte v. Stein nach letztem Versuch der Wiederherstellung durch Goethes Brief vom 8. Juni. (Späterer Briefwechsel 1796—1826.)

Juli. Goethes Besprechung der Schrift von K. Ph. Moritz „Über die bildende Nachahmung des Schönen“ (Braunschweig 1788) im „Teutschen Merkur“.

16. September. Besuch von A. G. Werner, Professor der Mineralogie und Bergbaukunde in Freiberg, einem führenden Vertreter des Neptunismus, zu dem Goethe sich als Anhänger Werners bekennt.

29. September. Goethe begleitet Herzogin Luise nach Aschersleben, der Garnison Carl Augusts, der 1788 als General in preußische Dienste getreten ist. Goethe reist anschließend in den Harz und nach Leipzig.

Herbst/Winter. Verstärkte Pflege der wissenschaftlichen Beziehungen zur Universität Jena. Mitwirkung am Ausbau und der Ordnung der naturkundlichen Sammlungen. Vorbereitende Arbeiten zur Anlage eines botanischen Gartens.

November. Umzug in das Jägerhaus vor dem Frauentor, das Goethe bis Spätsommer 1792 bewohnt.

November/Dezember. Ausarbeitung der Schrift *Versuch, die Metamorphose der Pflanzen zu erklären*, in der Goethe erstmalig die Resultate seiner botanischen Studien darlegt. Abschluß im Januar 1790. (Erschienen Ostern 1790.)

25. Dezember. Geburt von Goethes Sohn Julius August Walther. (1789—1830.)

Dezember. Bekanntschaft mit W. v. Humboldt (1767—1835).

1789. Studien und Versuche zur Metamorphose der Insekten.

Werke: Gedicht auf Carl August *Klein ist unter den Fürsten* ... (I, 178.) — *Torquato Tasso. Ein Schauspiel.* (V, 73ff.) — 2. Folge von Aufsätzen im „Teutschen Merkur". (XI, 680.)

1790 *Januar.* Abschluß der Umarbeitung des *Faust*, an der Goethe nach der Rückkehr aus Italien arbeitet. Absendung an Göschen. (Druck unter dem Titel *Faust. Ein Fragment* in Bd. 7 der *Schriften* und als Einzelausgabe.)

Januar. Beginn der Studien und Versuche zur Farbenlehre. Bei der Beobachtung der Spektralfarben stellt sich Goethe spontan eine von Newtons Theorie der Farbentstehung abweichende Auffassung ein. Einrichtung einer Dunkelkammer in Goethes Wohnung.

*

10. März/20. Juni. Zweite Italienreise. Wunsch der Herzogin Anna Amalia, die sich in Rom aufhält, von Goethe in Oberitalien abgeholt zu werden. — Reise über Bamberg — Nürnberg (Dürers Gemälde) — Augsburg (Bauten) — Füssen — Reutte — Fernpaß — Innsbruck (Schloß Ambras) — Brenner — Bozen — Verona. Reisetagebuch mit eingehenden geologischen und botanischen Aufzeichnungen. — *25./28.* Verona. — *29.* Vicenza. — *31. März/22. Mai.* Venedig. Intensives Studium der venezianischen Malerei an Hand des Werkes „Della pittura Veneziana" von Zanetti (Venedig 1771). Besuch eines Instituts für Restauration von Gemälden. — *6. Mai.* Eintreffen der Herzogin mit Goethes römischen Kunstfreunden H. Meyer und Bury. Gemeinsame Fortsetzung der Kunststudien. — Wiedererwachen von Goethes anatomisch-osteologischen Interessen bei dem Fund eines Schafschädels am Lido; Bestätigung der früher entwickelten Auffassung, daß die Schädelknochen der Wirbeltiere aus Metamorphose der Wirbelknochen zu erklären seien. — Entstehung der *Venetianischen Epigramme*, deren — nach der Rückkehr erweiterte — Sammlung Goethe Anna Amalia widmet. — Rückkehr über Padua (Fresken von Mantegna), Vicenza, Mantua. *20. Juni.* Eintreffen in Weimar.

*

Juli. Erweiterung der *Venetianischen Epigramme.* Beginn der wiederholten dichterischen Auseinandersetzung mit der Französischen Revolution, die Goethe scharf verurteilt.

*

26. Juli/6. Oktober. Reise nach Schlesien zur Begleitung Carl Augusts während preußischer Truppenmanöver. — *28./30.* Dresden. Zusammentreffen mit Chr. G. Körner. Besuch der Kunstsammlungen. — *9. August/19. September* (mit Unterbrechungen). Breslau. Bekanntschaft mit Minister Graf v. Hoym, C. F. v. Schuckmann, Fürst v. Hohenlohe u. a. Angehörigen des schlesischen Adels, J. Th. Hermes, Propst, Romanschriftsteller, den Schuldirektoren und Schriftstellern J. C. F. Manso und J. G. Schummel. — Beschäftigung mit vergleichender Anatomie. Entwurf eines Schemas. Ausarbeitung der Abhandlung *Versuch über die Gestalt der Tiere.* — Epigramme. — *26. August/1. September.* Reise, teilweise zu Pferde, durch die Grafschaft Glatz. Geologische Aufzeichnungen. — *3./10. September.* Reise mit Carl August nach Tarnowitz, Krakau, Czenstochau, Wieliczka. Besichtigung von Bergwerksbetrieben. — *Mitte September.* Reise in das Riesengebirge. *15.* Schneekoppe. *19.* Abreise von Breslau. *25.* Achttägiger Aufenthalt in Dresden. Verkehr mit Körner; Gespräche über Kant und klassische Kunsttheorie. — *6. Oktober.* Eintreffen in Weimar.

*

Oktober. Beschäftigung mit Kants „Kritik der Urteilskraft". — Fortsetzung der Arbeiten zur vergleichenden Anatomie.

21. Oktober. Übernahme der neugegründeten Wasserbaukommission, der Goethe bis zu ihrer Auflösung am 1. September 1803 angehört.

31. Oktober. Zusammentreffen mit Schiller in dessen Hause. Gespräch über Kant.

1790. Gedanke, zusammen mit Reichardt auf dem Gebiet der Akustik zu arbeiten.

Werke: Venetianische Epigramme. (I, 174ff.) — Aufsatz *Ältere Gemälde. Neuere Restaurationen in Venedig, betrachtet 1790.*

1791 *1791.* Anhaltende Beschäftigung mit der Farbphysik, zunächst besonders den prismatischen Farberscheinungen, deren Resultate Goethe in den *Beiträgen zur Optik* darlegt. — Beginn der bis 1810 fortgesetzten Studien und Materialsammlungen zur Geschichte der Farbenlehre. Lektüre hierzu: Werke von Leonardo da Vinci, Newton, Kepler, Descartes, Grimaldi; Priestley, Geschichte der Optik.

1791. Erscheinen der „Götterlehre" von K. Ph. Moritz, in der Körner und andere Zeitgenossen Ideen Goethes erkennen. — Sir Charles Gore läßt sich in Weimar nieder und tritt in bleibende Beziehung zu Goethes Gesellschaftskreis.

Januar. Beschäftigung mit *Wilhelm Meister.*

13., 14., 16. Januar. Lips porträtiert Goethe.

17. Januar. Der Herzog überträgt Goethe die Einrichtung und Leitung des künftigen Weimarer Hoftheaters. Hofkammerrat F. Kirms (1750—1826) wird Goethes Mitarbeiter in der Verwaltung. Auch das Theater in Bad Lauchstädt untersteht seiner „Oberdirektion".

31. März. Uraufführung des *Egmont* in Weimar.

April. Aufenthalt des Hamburger Theaterdirektors F. L. Schröder in Weimar. Er berät Goethe in Organisationsfragen. Goethe übernimmt die Hamburger Bühnenordnung und Kasseneinrichtung für das Hoftheater.

7. Mai. Eröffnung des Weimarer Hoftheaters mit einem Prolog Goethes und dem Schauspiel „Die Jäger" von A. W. Iffland (1759—1814). — Das Weimarer Theater spielt alljährlich auch in Bad Lauchstädt und Erfurt, später gelegentlich auch in Rudolstadt.

Mai. G. Forster sendet Goethe seine Übersetzung des indischen Dramas „Sakontala" von Kalidasa (5. Jh. n. Chr.). Ungemein starker Eindruck auf Goethe, der im August mit dem Epigramm „Sakontala" (*Will ich die Blumen* ... I, 206) dankt.

27. Juni. Selbstmord J. H. Mercks.

Sommer. Entstehung des Lustspiels *Der Groß-Kophta* in wenigen Wochen. Uraufführung in Weimar im Dezember. Das Honorar für die Buchausgabe (Berlin 1792) schickt Goethe der notleidenden Familie Balsamo-Cagliostros nach Palermo.

9. September. Rede Goethes zu Eröffnung der „Freitagsgesellschaft", einer schon längere Zeit von Goethe geplanten gelehrten Vereinigung, die anfangs wöchentlich, später monatlich im Palais der Herzogin-Mutter zu Vorträgen zusammenkommt. Goethe entwirft die Statuten und führt die Protokolle der ersten Sitzungen. Besteht bis in den Winter 1796/97. Zu den Mitgliedern zählen Wieland, Herder, Voigt, Bertuch, Knebel, Einsiedel, H. Meyer, Kraus, Hufeland, Buchholz u. a. Als Gäste nehmen an einzelnen Sitzungen teil: Carl August, Prinz August von Gotha, W. v. Humboldt, die Professoren Batsch, Lenz und Griesbach aus Jena u. a.

1. Oktober. Prolog Goethes zur Eröffnung der Winter-Spielzeit des Hoftheaters.

14. Oktober. Christianes zweites Kind, ein Knabe, wird tot geboren.

4. November. Vortrag Goethes über das Farbenprisma in der Freitagsgesellschaft.

November. Heinrich Meyer wird auf Goethes Veranlassung Lehrer am Freien Zeicheninstitut. Hausgenosse Goethes bis 1802.

31. Dezember. Christiane Neumann, damals dreizehnjährig, spricht einen Epilog Goethes zum Ende des ersten Theaterjahres.

Werke: Der Groß-Kophta. — Beiträge zur Optik. 1. Stück.

1792 *1792.* (Möglicherweise schon früher; nach Ausbruch der französischen Revolution.) Entstehung des Romanfragments *Reise der Söhne Megaprazons*, das Goethe im November im Jacobischen Kreise in Pempelfort vorliest.

1792. Anschaffung verschiedener Werke zur Farbenlehre, z. T. aus England besorgt.

17. Februar. Vorlesung Goethes in der Freitagsgesellschaft aus K. Ph. Moritz' „Grundlinien zu meinen Vorlesungen über den Stil". — *2. März.* Vorlesung aus Karl Emil v. d. Lühe, Hymnus an Flora, Manuskript, erst 1797 gedruckt. — *23. März.* Vortrag über *Des Joseph Balsamo, genannt Cagliostro, Stammbaum. Mit einigen Nachrichten von seiner in Palermo noch lebenden Familie* (XI, 253 ff.).

28. April. Aufsatz *Der Versuch als Vermittler von Objekt und Subjekt.* (Datum der Handschrift.) Entstanden in der Zeit der *Beiträge zur Optik.* Später Korrekturen. (XIII, 10 ff.)

2. Mai. Aufzeichnungen über Farbversuche mit Leuchtsteinen.

11. Juni. Theater-Epilog zum Ende der Spielzeit des Hoftheaters.

25. Juni. Vollendung der Abhandlung *Von den farbigen Schatten.* (Geplant als 3. Stück der *Beiträge zur Optik*, jedoch nicht veröffentlicht.) Fortsetzung der Beschäftigung mit den Problemen der Farberscheinungen auch im Briefwechsel der folgenden Jahre, u. a. mit Lichtenberg, Sömmerring, Jacobi, Dalberg, A. v. Humboldt.

26. Juni. Studium der Schriften Newtons.

Sommer. Carl August läßt das Helmershausensche Haus am Frauenplan ankaufen und macht es Goethe mit der Summe von 1500 Talern für die Einrichtung zum Geschenk. Während Goethes Abwesenheit in Frankreich leitet H. Meyer die Umgestaltung des Innern.

*

8. August/Mitte Dezember. Teilnahme am Feldzug in Frankreich. Reise nach Düsseldorf, Münster, Kassel.

8. August. Abreise. — *12./20.* Frankfurt. — *20.* Mainz. Zusammentreffen mit Sömmerring, G. Forster, L. F. Huber, Caroline Böhmer. — *23.* Trier. — *27.* Ankunft im Feldlager bei Longwy. — *31.* Vor Verdun. Beobachtung prismatischer Farberscheinungen in einem wassergefüllten Erdtrichter. (Aufsatz *Im Wasser Flamme* und *Zur Farbenlehre*, Abschnitt *XIV*. XIII, 375 ff.) — Aufzeichnung von Skizzen und Plänen für optische Versuche. — Gespräch über naturwissenschaftliche Interessen mit dem Fürsten Reuß. — *3. September.* In Verdun. — *6./19.* Vormarsch in die Champagne. Diktat von Notizen über die Farbbeobachtungen, Anfertigung von Zeichnungen. — *20.* Kanonade von Valmy. — *29.* Beginn des Rückzugs. — *September/Oktober.* Briefwechsel mit Chr. G. Voigt, der über den Beginn der Erzförderung im Ilmenauer Bergwerk (3. September) berichtet. Lebhaftes Interesse Goethes. — *10./11. Oktober.* Verdun. — *14.* Luxemburg. Zeichnungen. — *22.* Monument von Igel. Aufzeichnungen. (Danach Aufsatz *Das Igeler Monument.* 1829.) — *22./31.* Trier. Beschäftigung mit Geschichte und Bauten der Stadt unter Führung von J. H. Wyttenbach, späterem Hisoriker und Altertumsforscher. Sichten der Notizen zu den Farberscheinungen, Zeichnung von Farbtafeln. — *1./2. November.* Bootsfahrt nach Koblenz; *4./6.* nach Düsseldorf.

6. November/4. Dezember. Aufenthalt bei Jacobi in Pempelfort. Geselliger Verkehr im Freundeskreise Jacobis und mit Emigranten. Besuch der Düsseldorfer Gemäldegalerie. Vernichtung eines Heftes mit dichterisch-satirischen Aufzeichnungen über Ereignisse des Feldzugs. — *4. Dezember.* Duisburg. Besuch bei F. V. L. Plessing, Professor der Philosophie, Goethe von der Harzreise 1777 her bekannt, und bei B. Merrem, Professor der Mathematik und Naturwissenschaft, dessen Werk über die Schlangen Goethe zum Geschenk erhält. *6./10.* Aufenthalt bei Amalia Fürstin von Gallitzin (1748—1806) in Münster. Gesellschaft des Staatsmanns F. v. Fürstenberg (1729—1810), den Goethe wie die Fürstin seit 1785 kennt. Die Fürstin gibt Goethe eine Sammlung antiker Gemmen zu Studienzwecken mit. (Briefwechsel 1793—1801.) — Rückkehr über Kassel und Eisenach.

*

24. Dezember. Goethe lehnt das Angebot ab, eine Ratsherrnstelle in Frankfurt zu übernehmen. (Brief an die Mutter.)

1792. Die zweite Sammelausgabe von Goethes Werken beginnt zu erscheinen: *Goethe's neue Schriften.* 7 Bände. Berlin, bei J. Fr. Unger, 1792/1800.

Winter 1792/1793. Beschäftigung mit der antiken Gemmenkunst an Hand der Gallitzinschen Sammlung, die bis Februar 1797 als Leihgabe in Goethes Besitz bleibt. — Studium der Farbe in der Malerei mit H. Meyer. Ausbau und Einrichtung des Hauses am Frauenplan.

Werke: Künstlers Fug und Recht. — Der neue Amor. (X, 340.) — *Beiträge zur Optik. 2. Stück.*

1793 *1793/1. Halbjahr.* Bau von Anlagen zur Verhüttung des Ilmenauer Erzes unter Leitung der Bergwerkskommission. Fortsetzung 1794/96 trotz Ausbleiben der erwarteten Erträge. In diesen Jahren anhaltende lebhafte Mitarbeit Goethes.

1793. Beginn der kritischen Auseinandersetzung mit Newton in mehreren Abhandlungen, Entwürfen und Versuchen zur Farbenlehre.

Januar. Lektüre Platons.

Januar/März. Beginn neuer Beschäftigung mit *Wilhelm Meister.*

Ende Januar/Mitte April. Entstehung des *Reineke Fuchs.* Goethe benutzt Gottscheds Prosaübersetzung und Neudruck des niederdeutschen Textes von 1498. (Leipzig/Amsterdam 1752.)

16. April. Jacobis Sohn Maximilian bei Goethe, der sein Medizinstudium in Jena vorbereitet hat und ihn weiterhin betreut.

Ende April. Entstehung des Lustspiels *Der Bürgergeneral* in wenigen Tagen. Uraufführung am *2. Mai* in Weimar.

*

12. Mai/22. August. Teilnahme an der Belagerung des von französischen Truppen besetzten Mainz.

12. Mai. Abreise von Weimar ins Feldlager Marienborn vor Mainz, da Carl August Goethes Anwesenheit wünscht. — *17./26.* Frankfurt. Verkehr mit Sömmerring. — *28.* Ankunft im Lager Marienborn. Besuch bei dem Oberbefehlshaber der Belagerungsarmee, Graf Kalckreuth, dem Landgrafen Ludwig X. von Hessen, Carl Augusts Schwager, dem Prinzen Maximilian von Pfalz-Zweibrücken, späterem König von Bayern, dem Landjägermeister Obrist vom Stein und anderen Goethe vom Feldzug in Frankreich her bekannten Offizieren. — *30./31.* Nächtlicher Ausfall der Franzosen auf Marienborn. Bericht Goethes auf Wunsch des Herzogs. (X, 367 ff.) — *2./3. Juni.* Goethe überwacht die Ausführung eines Denksteins für zwei gefallene Offiziere des herzoglichen Regiments und entwirft die Inschrift. — Während der Belagerungszeit Durchsicht des *Rei-*

neke Fuchs, besonders zur Verbesserung der Hexameter, unter brieflicher kritischer Beratung durch Herder. — *Juni/August.* Niederschrift von *Betrachtungen über die Farben geschrieben vor Mainz* sowie von Notizen, Entwürfen, Materialien zur Farbenlehre. — *15. Juli.* Goethe formuliert in Grundzügen den Unterschied seiner Farbentheorie zu der Newtons. (*Resultate meiner Erfahrungen.*) — *21.* Aufsatz *Einige allgemeine chromatische Sätze.* — *22.* Waffenstillstand. *23.* Übergabe der Stadt. — *26.* Goethe im zerstörten Mainz. — *28./31.* In Schwalbach und Wiesbaden. — *2./3. August.* Mit Sir Charles Gore und G. M. Kraus, die sich zum Zeichnen im Lager aufhalten, nach Mannheim. Besuch des verwundeten Prinzen Louis Ferdinand von Preußen. — *4./7.* Heidelberg. Besuch bei Schlosser. — *9./19.* Frankfurt. — *11.* Goethe sendet die Abhandlung *Von den farbigen Schatten* an G. Chr. Lichtenberg in Göttingen. — *20./22.* Rückreise nach Weimar.

*

Sommer. Entwurf eines Schemas für *Wilhelm Meisters Lehrjahre.*

September/November. Korrektur an *Reineke Fuchs.*

4./7. Oktober. Chemische Farbversuche.

15. Oktober. Prolog Goethes zur Aufführung von Goldonis Schauspiel „Der Krieg", gesprochen von Christiane Becker, geb. Neumann.

November. Beginn eines über 5 Jahre sich erstreckenden Homer-Studiums, in dessen Folge Übersetzungen verschiedener Bruchstücke aus der „Ilias" und der „Odyssee" entstehen. (Vornehmlich seit Mitte 1795.)

21. November. Geburt eines Mädchens, Caroline, das am *3. Dezember* stirbt.

Werke: Das Wiedersehn. (I, 195.) — *Die Aufgeregten. Politisches Drama.* (Unvollendet. V, 168 ff.) — Abhandlungen zur Farbenlehre: *Über Newtons Hypothese der diversen Refrangibilität.* — *Über die Farbenerscheinungen, die wir bei Gelegenheit der Refraktion gewahr werden.* — *Versuch, die Elemente der Farbenlehre zu entdecken. Der Beiträge zur Optik viertes Stück.*

1794 *1794.* Fortsetzung der polemischen Stellungnahme gegen Newton und seine Anhänger. (*Wünsch über die Farben des Lichts.* — *Grens Grundriß der Naturlehre.*) — Aufzeichnung eigener Beobachtungsresultate. (*Grundversuche über Farbenerscheinungen bei der Refraktion.*)

Anfang Januar. J. G. Fichte (1762—1814) wird als Nachfolger von L. Reinhold auf eine Professur für Philosophie nach Jena berufen.

12. Januar. Jacobi läßt die Neufassung seines Romans „Woldemar“ mit einer sechsseitigen Widmung an Goethe erscheinen. Goethe dankt am *26. April.*

20. Februar. Goethe übernimmt die Verwaltung der neugegründeten Botanischen Anstalt in Jena gemeinsam mit Chr. G. Voigt und setzt den Botaniker A. K. Batsch, der Goethe in botanischen Fragen berät, als Leiter ein.

Mai. Abschluß des *1. Buchs* von *Wilhelm Meisters Lehrjahren.* Vertrag mit Unger über den Druck. — *September.* Abschluß des *2. Buchs*, im *Dezember* des *3.*

18. Mai. Fichte nimmt seine Lehrtätigkeit in Jena auf. — Am *21. Juni* sendet er Goethe die ersten Druckbogen seiner „Grundlage der gesamten Wissenschaftslehre“. Goethe, zunächst lebhaft interessiert, distanziert sich bald von Fichtes Philosophie bei unverminderter Wertschätzung seiner Person. In wiederholten Jenaer Streitigkeiten um die Person Fichtes vermittelt Goethe zu dessen Gunsten.

Anfang Juni. Besuch von J. H. Voß (1751—1826) aus Eutin. Vorlesungen aus der „Odyssee“ im Weimarer Kreise. Goethe gibt Voß *Reineke Fuchs* zur Durchsicht der Hexameter mit. Vossens kritisches Urteil *17. Juli.* Übersendung der ganzen Homer-Übersetzung an Goethe.

13. Juni. Schiller fordert Goethe zur Mitarbeit an der Zeitschrift „Die Horen“ auf, die er — unter Mitwirkung von Fichte, W. v. Humboldt und Woltmann — mit Beginn des Jahres 1795 herausgeben will. — *24.* Goethes Zusage. Einleitung der näheren Verbindung Goethes mit Schiller. (Briefwechsel 1794—1805.)

20./23. Juli. Goethe in Jena. Im Anschluß an eine Sitzung der — von Batsch 1793 gegründeten — Naturforschenden Gesellschaft Gespräch mit Schiller über die Urpflanze, die Metamorphosenlehre, das Verhältnis von Idee und Erfahrung in der Naturerkenntnis.

25. Juli. Dreiwöchige Reise mit Carl August nach Dessau, Leipzig und Dresden. In Dresden achttägiger Aufenthalt mit H. Meyer zu Kunststudien.

23. August. Brief Schillers mit einer Charakteristik von Goethes Geistesart, durch die Goethe sich zutiefst verstanden fühlt. Von nun an Entwicklung ihres Verhältnisses zu persönlicher Freundschaft und enger Geistesgemeinschaft.

Ende August/Anfang September. Beschäftigung mit Kunsttheorie, angeregt durch Gedankenaustausch mit Schiller. Übereinstimmung in „Hauptpunkten". — *30. August.* Goethe sendet Schiller den Aufsatz *Inwiefern die Idee: Schönheit sei Vollkommenheit mit Freiheit, auf organische Naturen angewendet werden könne.* (Von Goethe nicht veröffentlicht oder verarbeitet. XIII, 21 ff.) — *4. September.* Kritische Ablehnung von Ramdohrs Schrift „Charis oder über das Schöne und die Schönheit in den nachbildenden Künsten" (Leipzig 1793). — Plan, einen Briefwechsel über Probleme der Ästhetik in den „Horen" zu veröffentlichen.

14./27. September. Schiller — an mehreren Tagen zugleich W. v. Humboldt — zu Besuch in Goethes Hause.

7. Oktober. Prolog Goethes zur Aufführung von Ifflands Lustspiel „Alte und neue Zeit", gesprochen von Christiane Becker, geb. Neumann.

Mitte Oktober. Abschließende Arbeit an den *Römischen Elegien,* die in den „Horen" erscheinen sollen. (Gedruckt im 6. Stück, 1795.)

26./28. Oktober. Lebhafte Zustimmung zu Schillers „Briefen über die ästhetische Erziehung des Menschen", in denen Goethe *fast völlige* Übereinstimmung mit seiner Denkweise feststellt. (Briefwechsel mit Schiller.)

28. Oktober. Zweite *Epistel* für die „Horen" in Bearbeitung. Abschluß im Dezember.

2./6. November. Mit H. Meyer in Jena. Fortan alljährlich zahlreiche, oft mehrwöchige Aufenthalte Goethes in Jena, die neben den Dienstgeschäften dem Verkehr mit Schiller, Humboldt und Jenenser Professoren, besonders den Naturwissenschaftlern, gelten.

November 1794/September 1795. Entstehung der *Unterhaltungen deutscher Ausgewanderten* für die „Horen". (Erschienen in fünf Stücken des Jahrgangs 1795.) — *November.* Rahmenerzählung. *Dezember.* Änderungen auf Anregung Schillers, erste Novelle. *Dezember/Januar.* Die „Gespenstergeschichten". — Anregung zu Goethes näherer Beschäftigung mit der romanischen Novellenkunst. Lektüre der „Cent nouvelles nouvelles" in einem Druck von 1786 und der Memoiren des Marschalls F. de Bassompierre (Köln 1666).

November. Vorlesungen Goethes aus der „Ilias" in der Übersetzung von Voß mit Erklärungen Goethes in der Freitagsgesellschaft.

November. Erste Begegnung mit Friedrich Hölderlin (1770 bis 1843) bei Schiller in Jena. Im Dezember Besuch Hölderlins bei Goethe.

6. Dezember. Goethe sendet das *1. Buch* des *Wilhelm Meister* an Schiller mit der Bitte um Kritik, auch für die künftigen Teile. — *9.* Schillers Antwort mit seinem und Humboldts begeistertem Urteil. Beginn des — bis Ende November 1796 währenden — brieflichen Gedankenaustauschs über den Roman, der dessen gesamte Entstehung begleitet. Lebhaftes Interesse Schillers, das Goethe dankbar als ungemein fördernd empfindet. (VIII, 521 ff.)

17./19. Dezember. In Jena. Besuch von Vorlesungen des Anatomen Loder über Bänderlehre mit H. Meyer und den Brüdern Humboldt.

Werke: Frühlingsorakel. — Episteln. — Unterhaltungen deutscher Ausgewanderten. 1794/95. (VI, 125 ff.) — *Wilhelm Meisters Lehrjahre. 1.—3. Buch.* (VII, 7 ff.)

1795 *Januar/September.* Arbeit am *4.—6. Buch* des *Wilhelm Meister.*

11./23. Januar. In Jena. Angeregt durch die Brüder Humboldt, die Goethes anatomische Interessen teilen, diktiert er Max Jacobi seine Abhandlung *Erster Entwurf einer allgemeinen Einleitung in die vergleichende Anatomie, ausgehend von der Osteologie.* (XIII, 170 ff.) — *März.* Briefliche Fortsetzung des Gedankenaustauschs über Gegenstände der Anatomie. (Briefwechsel mit W. und A. v. Humboldt 1795—1832.) In Zusammenhang mit diesen Studien Entstehung mehrerer Aufsätze über einzelne Gegenstände der Knochenlehre.

März. Entstehung der Prokurator-Novelle aus den *Unterhaltungen deutscher Ausgewanderten.*

April. Beschäftigung mit einer Tragödie, deren Gegenstand die Befreiung des Prometheus bilden soll. (3 Bruchstücke, insgesamt 23 Verse, überliefert.)

April/Mai. Schlußredaktion der *Römischen Elegien* für die Veröffentlichung in den „Horen", wobei die *2.* und *16.* sowie eine Anzahl einzelner Stellen weggelassen werden.

3. Mai. Erste Äußerung des Gedankens, eine Folge satirischer Epigramme für Schillers „Musenalmanach" zu schaffen. (Später in den *Xenien* verwirklicht.)

Mitte Mai. Lektüre von F. A. Wolfs „Prolegomena ad Homerum" (Halle 1795). Goethe zunächst skeptisch, später positiver zu Wolfs These. Persönliche Bekanntschaft mit Wolf, vermittelt durch W. v. Humboldt, in der 2. Hälfte des Mai. (Briefwechsel 1795—1819.)

Mai. Aufsatz *Literarischer Sansculottismus* in den „Horen". Kritische Entgegnung auf einen Aufsatz von Daniel Jenisch im „Berlinischen Archiv der Zeit und ihres Geschmacks“ vom März 1795. (XII, 239 ff.) Replik Jenischs im Septemberheft dieser Zeitschrift.

30. Mai. Erste Aufführung von *Claudine von Villa Bella* in der 2. Fassung, mit Musik von Reichardt, in Weimar.

10. Juni. Kritisches Urteil über Jean Pauls Roman „Hesperus oder 45 Hundsposttage“ (Berlin 1795). (Brief an Schiller.)

13. Juni. Gedanke, die „Horen“ zu einer Plattform kritisch-literarischer Auseinandersetzungen zwischen Autoren und Publikum zu machen. Als Einleitung dazu sendet Goethe an Schiller Konzepte von Briefen an den Redakteur der „Horen“. (Nicht erhalten.) — *15.* Bedenken Schillers gegen die Durchführung. Die kritische Absicht später durch die *Xenien* verwirklicht.

Sommer. Plan einer neuen Italienreise mit H. Meyer, die der Vorbereitung und Materialsammlung für eine umfassende Kunst- und Kulturgeschichte Italiens dienen soll. Vorarbeiten zur Mineralogie, Geologie, Landwirtschaft, Kunst Italiens. Aus dem Studium der florentinischen Kunst entsteht der Gedanke, die Autobiographie des Benvenuto Cellini (1500 bis 1574) zu übersetzen. Sie erscheint zunächst auszugsweise 1796/97 in den „Horen“.

Juli. Goethes Mutter verkauft das Haus am Großen Hirschgraben.

*

1. Juli/11. August. Reise nach Karlsbad. Unterwegs Gedanken über die Darstellung von Märchen. Plan des *Märchens* für die *Unterhaltungen deutscher Ausgewanderten.* Aufzeichnung geologischer Beobachtungen. — In Karlsbad Bekanntschaft mit Friederike Brun, Rahel Levin (später Frau Varnhagen v. Ense), Marianne Meyer (später Frau v. Eybenberg), Sara Meyer (später Frau v. Grotthuß). — Abschluß des *5. Buchs* des *Wilhelm Meister.*

*

August. Beschäftigung mit den physiologischen Farberscheinungen.

Mitte August. Übersetzung des nachhomerischen Hymnus „Auf die Geburt des Apollo“, angeregt durch eine neue Ausgabe der sogenannten Homerischen Hymnen des Jenenser Philologen K. D. Ilgen. (Druck im Septemberheft der „Horen“.)

17. August. Goethe übersendet die *Venetianischen Epigramme* für Schillers Musenalmanach auf 1796, nachdem er eine Anzahl auf Schillers Wunsch geändert hat.

26. August/6. September. Aufenthalt in Ilmenau mit Voigt in Bergwerksangelegenheiten. (Stollenbruch.)

August/September. Letzte Arbeit an den *Unterhaltungen deutscher Ausgewanderten.* Abschluß der Rahmenerzählung und Ausführung des *Märchens.*

September/Dezember. Arbeit am *7. Buch* des *Wilhelm Meister.*

2. Oktober. Goethe vermittelt den Druck von Knebels Übersetzung der Elegien des Properz in den „Horen" und wirkt an der Herstellung des Textes mit. Während des ganzen Jahres und später anhaltendes aktives Bemühen um das Gedeihen der Zeitschrift. — H. Meyer reist nach Italien ab; Goethe schiebt den Reiseplan vorerst auf.

Oktober/1. Hälfte. Übersetzung des „Essai sur les fictions" der Mme. de Staël-Holstein (1766—1817), der unter dem Titel *Versuch über die Dichtungen* im 2. Stück der „Horen", 1796, erscheint.

11. Oktober. Abbruch einer Reise nach Frankfurt in Eisenach wegen der Kriegslage. Dort bis *21.* verstärkte Arbeit an *Wilhelm Meister.*

20./25. Oktober. Durchsicht der Reise-Aufzeichnungen über Italien. Erstes Auftauchen des Gedankens, sie zu einem geschlossenen Werk zu verarbeiten.

29. Oktober. Entwurf des Aufsatzes *Baukunst* in Zusammenhang mit den Italienstudien. Ausführung im November. (XII, 35 ff.)

1. November. Geburt eines Knaben, Karl, der am *18.* stirbt.

25. November. In Zusammenhang mit den Arbeiten zur Farbenlehre betont Goethe gegen Schiller wachsendes Interesse an den philosophischen Auseinandersetzungen der Epoche.

29. November. Zustimmung zu Schillers Abhandlung „Über naive und sentimentalische Dichtung". Beratende Anteilnahme an der Fortsetzung.

Dezember. Goethe ersucht Carl August, ihn von der Leitung des Hoftheaters zu entheben, bleibt aber auf Wunsch des Herzogs im Amte.

Dezember/1. Hälfte. Lektüre des Romans „Herr Lorenz Stark, ein Charaktergemälde" von J. J. Engel (1741—1802) und der Novellen von M. de Cervantes (1547—1616). Einschränkende Beurteilung des Romans, der in den „Horen" (1795/96) erscheint und von manchen Lesern Goethe zugeschrieben wird; Hochschätzung der Novellen.

20./22. Dezember (etwa). Lektüre der Schrift des Abbé Castel „L'optique des couleurs" (Paris 1740), in der Goethe erfreut eigene Auffassungen bestätigt findet.

23./30. Entstehung des Plans zu den *Xenien*, nachdem Goethe wie Schiller sich schon seit längerer Zeit zu kritischem Vorgehen im literarischen, ästhetischen und naturwissenschaftlichen Bereich — besonders durch Angriffe auf die „Horen“ — gedrängt fühlen. — *23.* Goethe äußert den Gedanken, eine Sammlung satirischer, auf die Zeitschriften der Epoche gemünzter Epigramme nach dem Muster der „Xenia“ des Martial für Schillers Musenalmanach auf 1797 zu schaffen. Übersendung erster Proben, drei Tage später der 14 „Urxenien“ auf die Zeitschriften. *29.* Schiller stimmt lebhaft zu und erweitert die kritische Absicht im Sinne einer Auseinandersetzung auch mit einzelnen Autoren und Werken. *30.* Bestätigung dieses Vorschlags durch Goethe, endgültige Festlegung des Plans.

1795. Erste Arbeit an dem Operntext *Der Zauberflöte zweiter Teil.*

1795/96. Aufsatz *Plato als Mitgenosse einer christlichen Offenbarung*, veranlaßt durch F. L. Stolbergs Übersetzung „Auserlesene Gespräche des Platon“ (Königsberg 1796). (XII, 244 ff.)

1795. Wilhelm Meisters Lehrjahre 1.—3. Band (*1.—6. Buch*) erschienen.

Werke: Meeresstille. (I, 242.) — *Glückliche Fahrt.* (I, 242.) — *Nähe des Geliebten.* (I, 242.) — Aus *Wilhelm Meister*: *An die Türen will ich schleichen* ... (VII, 335). „Philine“ (*Singet nicht in Trauertönen* ... VII, 317). — Erste *Xenien.* (I, 208 ff.) — *Wilhelm Meisters Lehrjahre. 4.—6. Buch.* (VII, 203 ff.) — *Das Mädchen von Oberkirch. Trauerspiel.* 1795/96. (Fragment.)

1796 *4./6. Januar.* A. W. Schlegel rezensiert den poetischen Teil der „Horen“ in der „Allgemeinen Literatur-Zeitung“.

Januar/August. Arbeit am *7.* und *8. Buch* des *Wilhelm Meister.*

Januar/August. Fortlaufende Zusammenarbeit mit Schiller an den *Xenien.* Entstehung von über 900 Distichen.

Januar/2. Hälfte. Theatralisch-gesellschaftliche Aufgaben anläßlich eines Besuchs des Darmstädter Hofs in Weimar. Einrichtung eines Maskenaufzugs mit Huldigungsversen für Herzogin Luise. (*29. Januar.*) — Mitwirkung Goethes an der Einstudierung von Ifflands Schauspiel „Die Advokaten“ (Aufführung *30. Januar*) und der Oper „Die neuen Arkadier“ von Süßmeyr nach einem Text von Vulpius, für die Goethe Dekorationen entwirft. (Aufführung *2. Februar.*)

Ende Januar. Entstehung des Gegensatzes zu Reichardt, der — Goethe bereits entfremdet durch seine politisch-revolutionäre Gesinnung — in seiner Zeitschrift „Deutschland“ die „Horen“ scharf angreift und in den *Xenien* verspottet wird.

Ende Januar/Februar. Studium der Abhandlung Benvenuto Cellinis über die Goldschmiede- und Bildhauerkunst. —

Februar. Beginn der Übersetzung und Bearbeitung der Autobiographie Cellinis. Anhaltende Arbeit daran während des ganzen Jahres. Goethe benutzt eine Ausgabe von 1728, eine englische Übersetzung von Thomas Nugent (London 1771), die H. Chr. Boie ihm überläßt, und Beschreibungen von Kunstwerken Cellinis, die H. Meyer in Briefen aus Florenz mitteilt.

Januar/April. H. Meyer kopiert in Rom die „Aldobrandinische Hochzeit" für Goethe, dem das Werk in Zusammenhang mit gemeinsam betriebenen Studien — vor allem über die Harmonie der Farben in der Malerei — von besonderer Bedeutung ist. (Briefwechsel mit Meyer 8. Januar bis 7. Oktober.)

Februar. Schillers Bitte um Beiträge zu den „Horen" veranlaßt Goethe zur Beschäftigung mit *alten Papieren* aus der Zeit seiner ersten Reisen in die Schweiz. — *12.* Übersendung der sogenannten *Zweiten Abteilung* der *Briefe aus der Schweiz*, leicht redigierter Originalbriefe der Schweizer Reise von 1779, die Goethe schon damals, bald nach der Rückkehr, zu einem geschlossenen Ganzen komponiert. (Druck unter dem Titel *Briefe auf einer Reise nach dem Gotthard* im 8. Stück der „Horen", 1796.) — Danach *Briefe aus der Schweiz. Erste Abteilung* in Arbeit, vermutlich unter Verwendung von Aufzeichnungen aus der Zeit der ersten Schweizer Reise von 1775. Absicht dichterischer Ausgestaltung durch Verbindung mit der Figur Werthers. (*Werthers Reise.* Unvollendet. Druck 1808 in Cottas Ausgabe der *Werke.*)

1. März. Anatomische Vorlesungen bei Loder in Jena.

23. März/20. April. Schiller zu Gast bei Goethe anläßlich Ifflands Gastspiel in Weimar. — *25. März.* Ankunft Ifflands, der in den folgenden Wochen 14mal auftritt, aus Mannheim. *25. April.* Aufführung des *Egmont* in Schillers Bearbeitung mit Iffland in der Titelrolle. Versuche Goethes, ihn durch ein dauerndes Engagement für das Weimarer Theater zu gewinnen, ziehen sich bis September hin und zerschlagen sich, als Iffland sich zur Übernahme der Direktion des Berliner Nationaltheaters entscheidet. Goethe hält die Verbindung jedoch aufrecht.

5. April (und öfter). Goethes Jugendfreund Lerse zu Besuch in Weimar.

Mai. Bekanntschaft mit August Wilhelm Schlegel (1767 bis 1845), der an den „Horen" mitarbeitet, in Jena. (Briefwechsel 1797—1829.) Seine Frau Caroline, geb. Michaelis, ist Goethe aus Mainz bekannt.

Mai. In Zusammenhang mit der Arbeit an *Benvenuto Cellini* stellt Goethe eine Stammtafel des Hauses Medici auf.

12./14. Mai. Entstehung der Elegie *Alexis und Dora.* (I, 185 ff.) (Druck in Schillers „Musenalmanach für das Jahr 1797".)

16. Mai. Durch Körners Vermittlung erwirbt Goethe eine Bronze-Figur der Göttin Victoria aus Dresdener Besitz.

17. Mai. Parodie auf die Geschmacksrichtung des „Neuen Berlinischen Musenalmanachs" und märkischer Almanache, vertreten durch die Dichtung des Pfarrers F. A. W. Schmidt von Werneuchen, in dem Gedicht *Musen und Grazien in der Mark.* (Druck in Schillers „Musenalmanach für das Jahr 1797".)

Ende Mai. Plan, den Stoff von Hero und Leander dichterisch zu gestalten. (Nicht ausgeführt.)

Juni. Beginn monatelang durchgeführter Versuche zum Wachstum der Pflanzen unter verschiedenen Lichtverhältnissen. (Aufzucht von Kresse und Bohnen unter verschiedenfarbigen Gläsern.) — Gleichzeitig, bis Ende des Jahres, Beschäftigung mit der Metamorphose der Insekten, besonders bei Schmetterlingen. *6. August.* Aufsatz *Beobachtungen über die Entwicklung der Flügel des Schmetterlings Phalaena grossularia.*

14. Juni. Teils positives, teils ablehnendes Urteil über Herders „Briefe zur Beförderung der Humanität", 7. und 8. Sammlung (Riga 1796). (Brief an Schiller.)

Juli. Rege Amtstätigkeit in der Bergwerkskommission.

Juli. Goethe faßt den Plan, in Jena Aufführungen des Hoftheaters zu veranstalten, gibt ihn aber im September wegen mangelnder Resonanz des Publikums auf.

2. Juli. Tiefes Bekenntnis Schillers zu Goethes dichterischem Genius im Hinblick auf *Wilhelm Meisters Lehrjahre.*

26. Juli. Zustimmung zu Kants — in der „Berlinischen Monatsschrift" erschienenem — Aufsatz „Von einem neuerdings erhobenen vornehmen Ton in der Philosophie".

Juli/August. Endgültige Auswahl und Gliederung der Epigramme für den „Musenalmanach" durch Schiller. Sonderung der Gruppen *Tabulae Votivae* (103 Epigramme) und *Xenien* (414 Epigramme. — I, 208 ff.).

Anfang August. Satirisches Gedicht *Der Chinese in Rom,* veranlaßt durch eine Äußerung Jean Pauls zu Knebels Properz-Übersetzung, die Goethe als arrogant ablehnt. (I, 206.)

12. August. Schiller spricht das Bewußtsein einer tiefen Einwirkung Goethes auf sein dichterisches Schaffen aus. (Brief an Goethe.)

16. August. Schlußrevision des *Wilhelm Meister. 26.* Absendung an Unger.

9. September. Jena. *Neuer Antrieb* zu *Hermann und Dorothea. 11./19.* Entstehung der ersten 6 Gesänge.

Oktober. Das Erscheinen der *Xenien* in Schillers „Musenalmanach für das Jahr 1797“ ruft in den nächsten Monaten eine Reihe erbitterter Gegenangriffe hervor, u. a. von Reichardt, Jenisch, Nicolai, Dyk/Manso. — Der 4. Band (*7.* und *8. Buch*) von *Wilhelm Meisters Lehrjahren* erscheint.

14. Oktober. Besuch des Göttinger Anatomen J. F. Blumenbach bei Goethe, der ihn seit April 1783 kennt und seit 1793 mit ihm in Briefwechsel über osteologische, mineralogische und botanische Gegenstände steht.

Mitte Oktober/Dezember. Anatomische Studien an Fischen und Vögeln.

22./23. Oktober. Stollenbruch im Ilmenauer Bergwerk, der dieses bis auf weiteres lahmlegt. — *30. Oktober/9. November.* Goethe in Ilmenau. Intensive Mitwirkung an den Ermittlungen der Ursache und den Maßnahmen zur Beseitigung der Schäden. In den folgenden Jahren allmähliches Zurückziehen aus diesem Amtsbereich bis zur endgültigen Aufgabe im Jahre 1800.

November. Angriff Klopstocks auf Goethe in dem Gespräch „Der zweite Wettstreit“, veröffentlicht im „Archiv der Zeit“, mit Bezug auf Goethes Urteil über die deutsche Sprache in den *Venetianischen Epigrammen.*

November. Der Roman „Agnes von Lilien“ von Karoline v. Wolzogen (1763—1847), Schillers Schwägerin, erscheint in den „Horen“ und wird weithin für ein Werk Goethes gehalten.

30. November. Sehr positives Urteil über das Werk der Mme. de Staël „De l’influence des passions sur le bonheur des individus et des nations“ (Hamburg 1796). (Brief an Schiller.)

Dezember. Arbeit an der *Farbenlehre* unter fördernder Anteilnahme Knebels. Entwurf einer Vorrede, Zeichnung von Tafeln.

Anfang Dezember. Elegie *Hermann und Dorothea,* als Ankündigung des Epos in den „Horen“ und Einleitung zu einem geplanten neuen Buch Elegien geschrieben, doch erst 1800 in den *Neuen Schriften* gedruckt. (I, 197.)

9. Dezember. Goethe verwendet sich für die Anstellung von Schillers Schwager W. v. Wolzogen im weimarischen Staatsdienst, die 1797 erfolgt.

28. Dezember/10. Januar 1797. Reise mit Carl August nach Leipzig und Dessau. In Leipzig Zusammentreffen mit Oeser, Weiße, Lerse, in Dessau mit Behrisch. Besichtigung von

Kunstwerken, Theater. Entwurf eines Schemas für Fortsetzung und Abschluß von *Hermann und Dorothea.*

1796. Abschluß in der Organisation des Hoftheaters und im Aufbau des Ensembles.

Werke: Alexis und Dora. (I, 185 ff.) — Aus *Wilhelm Meister: So laßt mich scheinen ...* (VII, 515.) — *Der Chinese in Rom.* (I, 206.) — *Hermann und Dorothea.* Elegie. (I, 197.) — Epigramme. *Xenien.* (I, 208 ff.) — *Wilhelm Meisters Lehrjahre. 7. und 8. Buch.* (VII, 421 ff.) — *Vorträge über die drei ersten Kapitel des Entwurfs einer allgemeinen Einleitung in die vergleichende Anatomie.*

1797 *Januar/März.* Arbeit an der Farbenlehre. Herstellung von Farbentafeln. — Anhaltende Beschäftigung mit der Metamorphose der Insekten. Studium einschlägiger Werke (besonders Swammerdam, Historia generalis insectorum). Mehrmals Vorführungen bei der regierenden Herzogin. *7. Februar.* Diktat der Studie *Betrachtung organischer Naturen.*

Januar/Juni. Fortsetzung der Arbeit an *Benvenuto Cellini.* Abschluß am *12. Juni.*

Anfang Januar. Caroline Jagemann, Tochter des Weimarer Bibliothekars, durch Iffland in Mannheim ausgebildet, wird als Schauspielerin und Opernsängerin nach Weimar verpflichtet. — *Januar/Februar.* Viel Probenarbeit am Hoftheater.

Februar. Goethe mit Ideen zu Märchen beschäftigt, u. a. dem Stoff der 1807 ausgeführten und später in *Wilhelm Meisters Wanderjahre* aufgenommenen *Neuen Melusine.*

1. Februar. Für die „Horen" stellt Goethe Manuskripte aus dem Nachlaß von Lenz zur Verfügung, dessen Romanfragment „Der Waldbruder, ein Pendant zu Werthers Leiden" im 4. und 5. Stück gedruckt wird. 2 Gedichte werden in den Musenalmanach für 1798 aufgenommen. Am *4.* übersendet Goethe einen Aufsatz des in Rom lebenden Friedrich Müller („Maler Müller").

20. Februar/31. März. In Jena. Naturwissenschaftliche Studien. Chemische und optische Versuche mit den Naturwissenschaftlern Göttling und Scherer. Beschäftigung mit der Anatomie der Frösche. Diskussionen über Galvanismus mit A. v. Humboldt, der auch bei einem Aufenthalt in Weimar vom *19./25. April* täglich an Goethes naturwissenschaftlichen Arbeiten teilnimmt und diese anregt.

2./15. März. Entstehung der letzten 3 Gesänge von *Hermann und Dorothea. Februar/Juni.* Überarbeitung des Ganzen, im April unter Beratung durch W. v. Humboldt hinsichtlich der Metrik. Abschluß *7. Juni.* (Druck als „Taschenbuch für 1798".)

18. März. Beratung Schillers bei der Anlage seines neuerworbenen Gartens.

23. März. Gedanke zu einem epischen Gedicht *Die Jagd.* Der Plan beschäftigt Goethe mehrere Monate, wird aber auf Grund von Bedenken hinsichtlich der Übereinstimmung von Stoff und Gattung, die Schiller erregt, fallen gelassen. (Ausführung 1826 in der *Novelle.*)

29. März. Bekanntschaft mit Friedrich Schlegel (1772—1829), der sich von Anfang August 1796 bis Anfang Juli 1797 in Jena aufhält und mehrmals mit Goethe zusammentrifft. (Briefwechsel 1798—1813.) — *13./20. März.* Lektüre von Schlegels Aufsatzsammlung „Die Griechen und Römer. Historische und kritische Versuche über das klassische Altertum“ (Neustrelitz 1797). Gleichzeitig Lektüre von Klopstocks „Grammatischen Gesprächen“.

März/Mai. Beschäftigung mit der Theorie des Epos und des Dramas im mündlichen und brieflichen Gedankenaustausch mit Schiller. In diesem Zusammenhang Lektüre der „Odyssee“ und des „Froschmäusekriegs“; Studium der „Poetik“ des Aristoteles, der Wolfschen „Prolegomena“, der Abhandlung Fr. Schlegels „Über die Homerische Poesie mit Rücksicht auf die Wolfischen Untersuchungen“ (1796), der Aischylos-Übersetzung („Agamemnon“) W. v. Humboldts. Zusammenfassung der Ergebnisse zunächst in einer Skizze von Ende April, endgültig in der 2. Hälfte des Dezember — nach neuem Studium des homerischen Epos und der griechischen Tragödie — in dem Aufsatz *Über epische und dramatische Dichtung.* (XII, 249 ff.)

9./16. April. Studium des Alten Testaments und Lektüre von Werken zur Geschichte Israels. (Eichhorn, Einleitung ins Alte Testament [Leipzig 1790/93]; Woltmann, Einleitung zur älteren Menschengeschichte [Jena 1797].) — *1.* und *27. Mai* Diktat eines Aufsatzes über Moses, später in den *Noten und Abhandlungen zu besserem Verständnis des West-östlichen Divans*, Abschnitt *Israel in der Wüste*, verarbeitet. (II, 207—225.)

27. April. Lektüre der „Choephoren“, *20./21. Mai* der „Schutzflehenden“ des Aischylos. Überlegungen zur Fortsetzung der letzteren durch ein Stück *Die Danaiden.* (Unausgeführt.) Von Mai bis Dezember entleiht Goethe Toblers Übersetzung der Tragödien des Aischylos aus der Weimarer Bibliothek.

Mai. Anatomische Studien an Insekten und Weichtieren.

19. Mai/16. Juni. In Jena. Mit Schiller intensive Erörterung des Wesens und der Gattungsgesetze der Ballade. Entstehung von 5 Balladen Goethes, der großen klassischen Balladen

Schillers. Goethe plant eine Ballade *Die Kraniche des Ibykus*, überläßt die Idee aber Schiller.

20./25. Mai. Lektüre der Naturgeschichte des Plinius. — *23.* Elegien des Cornelius Gallus, Properz, Tibull.

5. Juni. Oberons und Titanias goldne Hochzeit als Fortsetzung der *Xenien* für Schillers Musenalmanach 1798 geschrieben. — *Oktober/Dezember.* Erweiterung um das Doppelte. (Später als *Walpurgisnachtstraum* in den *Faust* eingeschoben.)

13. Juni. Übersendung einer mineralogischen Sammlung mit Widmungsversen an Schiller.

14./15. Juni. Lektüre des Saxo Grammaticus. Vorbereitende Arbeiten für eine Übersetzung der „Amlet"-Erzählung, der Quelle von Shakespeares „Hamlet".

Mitte Juni. Materialsammlung für eine — nicht ausgeführte — Geschichte der Peterskirche in Rom.

Juni/2. Hälfte. Wiederaufnahme des *Faust* nach längerer innerer Beschäftigung, zu der Schillers wiederholtes Drängen schon im Vorjahre Anlaß gegeben hat. Beginn der bis 1806 währenden Arbeitsphase, die zum Abschluß des *ersten Teils* führt. Planung der Fortsetzung. *22.* Brief an Schiller mit der Bitte um beratend-kritische Anteilnahme, wie Goethe sie seinerseits für „Wallenstein" leistet. *23.* Niederschrift eines — nicht erhaltenen — ausführlichen Schemas. *24.* Entstehung der *Zueignung.* Fortsetzung der Arbeit bis Anfang Juli. — Zwischen Juni 1797 und 1800 Entstehung zahlreicher Entwürfe (Paralipomena) zu *Faust.* — Schiller bricht mit den Brüdern Schlegel.

19. Juni. Besuch auf Wielands neuerworbenem Gute Oßmannstedt.

28. Juni. Erstes Urteil Goethes über Gedichte Hölderlins („Der Wanderer" — „An den Äther"), die Schiller zur Begutachtung übersendet.

28. Juni. Besuch des — Goethe von Rom her bekannten — Archäologen A. Hirt, der einen Aufsatz über Laokoon für die „Horen" liefert. Anregung für Goethes Abhandlung *Über Laokoon*, die Anfang Juli in Angriff genommen, am 7. Juni 1798 vollendet und im 1. Jahrgang der *Propyläen* gedruckt wird. (XII, 56ff.)

*

30. Juli/Ende November. Dritte Reise in die Schweiz. Goethe ist sich einer gegenüber früheren Reisen veränderten Haltung, eines sachlich-objektiven Forschungsinteresses und *skeptischen Realism* bewußt. Sammlung von *Reise-Akten* (Aufzeichnungen im Tagebuch, Briefkonzepten, Aufsätzen,

Druckstücken) zu späterer Verwendung in einem mit H. Meyer geplanten (nicht ausgeführten) Reisewerk. Während aller Fahrtstrecken ausführliche Einträge und Beschreibungen im Tagebuch über Geologie und Mineralogie, Landschaftscharakter, Feldbau, Bevölkerung, Stadtanlagen, Bauten, Geschichte der einzelnen Gebiete. — Goethe in Begleitung seines Schreibers Geist.

30. Juli. Abreise mit Christiane und August, die Goethe zu seiner Mutter bringt. — *3./25. August.* Frankfurt. Studium der Stadt und ihrer gewandelten Verhältnisse nach einem vorbereiteten Schema, Lektüre topographischer, historischer, verfassungsrechtlicher Schriften über Frankfurt. — *11.* Besuch bei Sophie Laroche in Offenbach. — *13.* Besuch der Oper „Palmira, Prinzessin von Persien" von A. Salieri. Starker Eindruck der Ausstattung durch den Mailänder Bühnenbildner Giorgio Fuentes (1756—1821), den Goethe aufsucht und — vergeblich — für Weimar zu gewinnen sucht. Aus diesem Anlaß Aufsätze über Theaterdekoration, Frankfurter Theater und das Gespräch *Über Wahrheit und Wahrscheinlichkeit der Kunstwerke.* (XII, 67ff.) — Zusammentreffen mit Jugendfreunden, dem Maler Nothnagel, dem Bankier Bethmann, täglicher Verkehr mit Sömmerring. — *22.* Besuch Hölderlins bei Goethe. — *Ende August.* Materialsammlung für einen Kommentar zu 200 französischen satirischen Kupferstichen. (Als Beitrag für die „Horen" gedacht, nicht ausgeführt.) — *August/September.* Angeregt durch eine Frankfurter Aufführung des Singspiels „Die Müllerin" von Paesiello gewinnt Goethe Gefallen an der Gattung des Wechselgesprächs in Liedform, die er auch im älteren deutschen Volkslied ausgeprägt findet. Entstehung des Gedichtzyklus *Der Edelknabe und die Müllerin* (26. August) — *Der Junggesell und der Mühlbach* (4. September) — *Der Müllerin Verrat* (September; vollendet 12. Mai 1798) — *Der Müllerin Reue* (7. September). Erwägung, eine Operette daraus zu schaffen (15. September).

25./29. August. Über Heidelberg und Heilbronn (eingehende Stadtbeschreibungen) nach Stuttgart. Dort *29. August/7. September.* Verkehr mit Künstlern und Kunstsammlern, u. a. dem Bildhauer J. H. Dannecker (1758—1841), mit dem Goethe in ständiger Verbindung bleibt, dem Architekten N. F. Thouret (1767—1845), der im folgenden Jahr zum Bau des neuen Schlosses nach Weimar berufen wird, und dem Komponisten J. R. Zumsteeg (1760—1802), Schillers Freund, Schöpfer einer Kantate nach Goethes Ossian-Übersetzung. Goethe erwägt deren szenische Aufführung. *2./4. September.* Aufsätze über Glasmalerei und *Über die Ausbildung eines jungen Malers. 3.* Besuch im Lager der kaiserlichen Armee.

7./16. September. Tübingen. Bei Cotta. Studien zur Geographie Württembergs. Lektüre von Kants gegen Schlosser gerichteter

Schrift „Verkündigung des nahen Abschlusses eines Traktats zum ewigen Frieden in der Philosophie" (1796/1797).

16./18. Über Tuttlingen—Schaffhausen (Beschreibung des Rheinfalls) nach Zürich. Besuch bei B. Schultheß und dem Bruder Lavaters, Goethes Leipziger Tischgenossen, Begegnung mit dem — Goethe seit 1782 bekannten — Historiker J. v. Müller.

21. Mit H. Meyer nach Stäfa. *22./27.* Beschäftigung mit den Ergebnissen von Meyers Studien in Italien und der geplanten Reisebeschreibung.

28. September/8. Oktober. Wanderung über Schwyz-Altdorf nach dem St. Gotthard. Rückkehr über Altdorf-Zug. Sammlung von Mineralien. — Unterwegs Gedanke, die Sage von „Wilhelm Tell" zu einem Epos zu gestalten; später Schiller zu dramatischer Behandlung überlassen. — Die Nachricht vom Tode der Schauspielerin Christiane Neumann-Becker, die Goethe in diesen Tagen erreicht, gibt Anlaß zur Entstehung der Elegie *Euphrosyne.* (I, 190.)

8./21. Oktober. Stäfa. Studium des „Chronicon helveticum" von Egidius Tschudi für den Tell-Plan. — Aus mit Meyer betriebenen kunsttheoretischen und kunstgeschichtlichen Studien entsteht der Plan einer programmatischen Kunstzeitschrift, der im folgenden Jahr in den *Propyläen* verwirklicht wird. — *13.* Entwurf und erste Ausführung einer Abhandlung *Über die Gegenstände der bildenden Kunst*, später von Meyer für das *1. Stück* der *Propyläen* 1799 ausgearbeitet.

21./26. Zürich. — *6./15. November.* Nürnberg. — *20.* Rückkehr über Jena nach Weimar. (Redaktion und Druck der Reisepapiere 1833 durch Eckermann unter dem Titel „Aus einer Reise in die Schweiz ... im Jahre 1797".)

*

Dezember. Arbeit an *Faust.* Entstehung (wahrscheinlich) des *Prolog im Himmel* und der Paktszene. *6.* Quellenstudium für die Szene *Walpurgisnacht*: Erasmus Francisci „Neupolierter Geschicht-, Kunst- und Sitten-Spiegel ausländischer Völker".

9. Dezember. Goethe übernimmt gemeinsam mit Voigt die Leitung der herzoglichen Bibliotheken in Weimar und Jena und des Münzkabinetts.

11./13. Dezember. A. W. Schlegels Rezension von *Hermann und Dorothea* in der Jenaer „Allgemeinen Literatur-Zeitung". Anregung zu neuen Reflexionen über das Wesen des Epos und des Dramas.

Mitte Dezember. Lektüre Herodot und Thukydides.

Dezember. Das Erscheinen der „Horen“ wird eingestellt.

Ende Dezember. Lektüre der „Ilias“. Gedanke, den Tod des Achill dichterisch zu gestalten: Konzeption der *Achilleis.* In der nächstfolgenden Zeit Quellenstudium dazu, besonders des spätantiken Werkes „Dictys Cretensis et Dares Phrygius de bello et excidio Trojae“.

Werke: Balladen. *Der Schatzgräber.* (I, 265.) — *Legende.* (I, 266.) — *Die Braut von Korinth.* (I, 268.) — *Der Gott und die Bajadere.* (I, 273.) — *Der Zauberlehrling.* (I, 276.) — Elegien. *Der neue Pausias und sein Blumenmädchen.* — *Euphrosyne.* (Vollendet Frühjahr 1798. I, 190.) — *Amyntas.* (I, 196.) — *An Mignon.* — *Schweizeralpe.* (I, 207.)

1798 *Januar.* In einem Arbeitsprogramm, das Goethe für 1798 aufstellt, rückt *Faust* an vorderste Stelle.

1. Januar. Lektüre der Schrift „Ideen zu einer Philosophie der Natur“ (1797) von F. W. Schelling (1775—1854). Nochmals am *22.* — Gedankenaustausch mit Schiller darüber im Januar und Februar.

11. Januar. Lektüre der „Ritter“ des Aristophanes in Wielands Übersetzung.

26. Januar. Verse für einen Maskenzug zum 30. Januar, dem Geburtstag der Herzogin, mit Feier des Friedens von Campoformio.

Januar/Februar. Intensive Beschäftigung mit der *Farbenlehre.* Arbeit an einem Gesamtschema: In diesem Zusammenhang *10./24. Januar* briefliche Diskussion mit Schiller über Goethes naturwissenschaftliche Erkenntnismethode (*rationelle Empirie*) im Hinblick auf Goethes Aufsätze *Der Versuch als Vermittler von Objekt und Subjekt* (XIII, 10 ff.) und „Erfahrung und Wissenschaft“, den Goethe am *15.* abfaßt. (XIII, 23 ff.) — Fortsetzung *10. Februar/6. März.*

Januar/Februar. Neuordnung des Weimarer Bibliothekswesens.

18./21. Februar. Besuch des schwedischen Diplomaten und Schriftstellers C. G. v. Brinkmann bei Goethe, der ihm die Bekanntschaft auch mit Schiller und A. W. Schlegel vermittelt. (Briefwechsel 1799—1804.)

1./7. März. Ordnung der Naturaliensammlung im Weimarer Schloß.

5./25. März. Überarbeitung der Cellini-Übersetzung für eine vollständige, mit Anmerkungen versehene Buchausgabe. Entwurf eines Schemas für den Anmerkungsteil. Dazu Studium der florentinischen Geschichte.

8. März. Ankauf des Gutes Oberroßla bei Apolda, das Goethe zunächst verpachtet und 1803 wieder verkauft.

23. März. Beginn der Sammlung von Doppeldistichen *Weissagungen des Bakis*, deren Entstehung sich bis zum April 1800 hinzieht. (Ursprünglich für Schillers „Musenalmanach" bestimmt, dann in die Sammlung der Gedichte in den *Neuen Schriften*, 1800, aufgenommen.)

26./28. März. Aufsatz *Betrachtungen über eine Sammlung kranken Elfenbeins*. (Gedruckt 1823 in *Zur Morphologie II, 1.*) Seine Sammlung — mehr als 20 Elefantenzähne — gibt Goethe in das Naturalienkabinett Loders in Jena.

29. März. Bekanntschaft mit F. v. Hardenberg (Novalis. 1772 bis 1801), der Goethe in Begleitung von A. W. Schlegel aufsucht.

März. Entschluß, den Stoff der *Achilleis* in epischer Form zu gestalten. *31.* Ältester Entwurf des Gesamtplans, Einteilung in 8 Gesänge.

März/Mai. Vorbereitende Arbeiten zur *Achilleis*. Fortsetzung der Studien über das Epos und die Tragödie. *26./28. März.* Lektüre der Tragödien des Euripides. — *29.* Schema zu Vergils „Aeneis". — Beginn eines achtwöchigen intensiven Studiums der „Ilias". — *31. März/21. Mai.* Anlage eines umfassenden Handlungsschemas und inhaltlicher Auszüge zur „Ilias". Gleichzeitig Lektüre zahlreicher Werke über Homer, besonders R. Woods „Essay on the original genius of Homer" (1769), ferner archäologischer und topographischer Schriften über die trojanische Ebene. Weitere Beschäftigung mit der These F. A. Wolfs von der Entstehung der homerischen Epen. — *21./27. Mai.* Studium von W. v. Humboldts Abhandlung über die „Ilias".

9. April. Wiederaufnahme der Arbeit an *Faust*. Entstehung neuer Partien fast täglich bis Anfang Mai. Umgestaltung der Kerkerszene aus der ursprünglichen Prosafassung in die Versform. Ordnung des gesamten Manuskriptbestandes in ein numeriertes Schema.

24. April/4. Mai. 2. Gastspiel Ifflands, der in 8 Vorstellungen auftritt. Auf Anregung Ifflands nimmt Goethe — *5./10. Mai* — die Arbeit an *Der Zauberflöte zweiter Teil* wieder auf. (Fragment. Druck im Wilmansschen Taschenbuch 1802.)

5./6. Mai. Magnetische Versuche, die Goethe in den Sommermonaten fortsetzt. *19. Juni.* Aufstellung eines Schemas der magnetischen Phänomene. *31. Juli.* Aufsatz über die physischen Wirkungen in diesem Bereich.

24. Mai/11. August. Arbeit an der *Einleitung in die Propyläen.* (XII, 38 ff.) Gleichzeitig redaktionelle Tätigkeit für die Zeitschrift.

Ende Mai. Persönliche Bekanntschaft mit Schelling in Jena. — *29./30.* Gemeinsame optische Versuche. Goethe setzt sich sofort für Schellings Berufung nach Jena ein und übersendet ihm persönlich die Anstellungsurkunde am *5. Juli.* (Briefwechsel 1798—1831.) — *7./8. Juni.* Lektüre von Schellings Schrift „Von der Weltseele".

3. Juni. Fr. Schlegel sendet Goethe seine „Geschichte der Poesie der Griechen und Römer" (Berlin 1798). — *21.* Goethes Lektüre des Werks.

7. Juni. Vollendung des Aufsatzes *Über Laokoon*, zu dem Goethe im Juli 1797 durch Hirts Abhandlung in den „Horen" angeregt wird.

12./13. Juni. Fortsetzung und Abschluß der Elegie *Euphrosyne.* (I, 190.)

15. Juni. Satirische Antwort auf das gegen die *Xenien* gerichtete Büchlein von J. W. L. Gleim (1719—1813) „Kraft und Schnelle des alten Peleus" in dem Gedicht *Der Hüter des Parnassus* (seit 1815 *Deutscher Parnaß*).

17./18. Juni. Entstehung der Elegie *Die Metamorphose der Pflanzen* im Zusammenhang mit Gedanken über die Möglichkeit dichterischer Darstellung der Naturlehre.

19./21. Juni. Beschäftigung mit dem astronomischen System von La Place.

25. Juli. Quellenstudium zur Szene *Walpurgisnacht* im *1. Teil* des *Faust.* (J. M. Meyfart, „Christliche Erinnerung und Magica, das ist: wunderbarliche Historien von Gespenstern usw.". Eisleben 1693.)

Juli/September. Umbau des Weimarer Theaters durch Thouret, an dessen Arbeiten Goethe lebhaften Anteil nimmt. Beschäftigung mit dem Neubau des Weimarer Schlosses während des ganzen Jahres.

August. Beginn neuen Winckelmann-Studiums.

5./9. August. Tägliches Studium Plutarchs.

11. August. Beginn der Beschäftigung mit den „Essais sur la Peinture" von Denis Diderot (1713—1784). Übersetzung der ersten beiden Stücke, abgeschlossen im Februar 1799. Unter dem Titel *Diderots Versuch über die Malerei* mit kritischen Zwischenbemerkungen Goethes im 1. Band der *Propyläen* gedruckt.

Ende August. Besuch Jean Pauls bei Goethe.

26./27. September. Aufsatz *Weimarischer neudekorierter Theatersaal. Dramatische Bearbeitung der Wallensteinischen Geschichte durch Schiller* für Cottas „Allgemeine Zeitung". Dort am *12. Oktober* gedruckt.

Herbst. Beginn des „Atheismus-Streits" um Fichte, der Ende April 1799 zu Fichtes Entlassung aus dem Lehramt in Jena und seiner Übersiedlung nach Berlin führt. Goethe und Voigt als Kuratoren der Universität Jena dadurch seit Weihnachten beansprucht, besonders im März und April 1799. Vermittlungsversuche Goethes werden durch übereiltes Handeln Fichtes vereitelt.

Oktober. Die Kunstzeitschrift *Propyläen. Eine periodische Schrift, herausgegeben von Goethe* beginnt bei Cotta zu erscheinen. *1798—1800.* 3 Bände in 6 Stücken. Mitarbeit Schillers, H. Meyers, W. v. Humboldts.

2./5. Oktober. Anlage von Baumpflanzungen auf dem Gute Oberroßla, wo Goethe sich seit dem Ankauf öfters zur Förderung der wirtschaftlichen Einrichtungen aufhält.

12. Oktober. Eröffnung des umgebauten Weimarer Theaters mit Schillers Prolog und „Wallensteins Lager". Teilnahme Goethes an den Proben. Anfang Oktober schreibt Goethe eine „Vorrezension" der Aufführung für Cottas „Allgemeine Zeitung". (*Eröffnung des weimarischen Theaters. Aus einem Briefe.* Beilage vom 7. November.) Beginn einer neuen — bis zu Schillers Tod reichenden — Entwicklungsphase des Weimarer Hoftheaters unter Goethes Leitung. Schwerpunkt der gemeinsam mit Schiller betriebenen Arbeit im Aufbau eines klassischen Repertoires, dem auch Goethes und Schillers Bühnenbearbeitungen und Übersetzungen dienen.

12./15. November. Beschäftigung mit einer neuen Einleitung zur *Farbenlehre.* Diskussionen mit Schiller über die Methode der Darstellung.

19. November. Entwurf des Gesprächs *Der Kunstsammler,* gemeinsam mit Schiller. Grundlage des von Goethe in den folgenden Tagen begonnenen, am *12. Mai 1799* vollendeten Aufsatzes in Brief- und Gesprächsform *Der Sammler und die Seinigen.* (XII, 73 ff.) Eine Fortsetzung wird entworfen, doch nicht ausgeführt.

19. November. Versuche und Beobachtungen über Anomalien der Farbempfindung an dem Jenenser Studenten Gildemeister. (Fortsetzung *12./14. Februar 1799.*)

10. Dezember. Lektüre der Gedichte des Nürnberger Dialektdichters J. K. Grübel (1736—1809). In einer am *11.* verfaßten Rezension, die am *23.* in der „Allgemeinen Zeitung" erscheint, setzt Goethe sich für ihn ein. (*Grübels Gedichte in Nürnberger Mundart.*)

1798. Gründung der Mineralogischen Gesellschaft in Jena durch J. G. Lenz, Bergrat und Professor der Mineralogie. Goethe stark an ihrem Zustandekommen beteiligt.

1798/1800. Erscheinen der von den Brüdern Schlegel begründeten Zeitschrift „Athenäum", in der Goethe als „Statthalter des poetischen Geistes auf Erden" gefeiert wird. Im 1. Band Fr. Schlegels großer Aufsatz über *Wilhelm Meister.* (VIII, 554 ff.)

Werke: Weissagungen des Bakis. (1798/1800.) — *Deutscher Parnaß.* — *Die Musageten.* — *Die Metamorphose der Pflanzen.* Elegie. (I, 199.) — *Phöbos und Hermes.* — *Der Zauberflöte zweiter Teil.* — *Über Laokoon.* (XII, 56 ff.)

1799 *12. Januar.* Beschäftigung mit den Tragödien „Merope" und „Mahomet" von Voltaire. *12./13.* Lektüre der „Episteln" des jüngeren Plinius, *15./16.* der Biographie und Briefe von A. R. Mengs.

18. Januar. Lektüre von Knebels Übersetzung des Lehrgedichts „De rerum natura" des Lucretius (gest. 55 v. Chr.). Neue Anregung zu dem Plan eines großen naturphilosophischen Gedichts, den Goethe seit dem ersten Versuch in der Elegie *Die Metamorphose der Pflanzen* (Juni 1798) bis in den Herbst 1799 verfolgt, dann aber aufgibt. — *19.* Beschäftigung mit Schellings Schrift „Erster Entwurf eines Systems der Naturphilosophie".

19. Januar/5. Februar. Beschäftigung mit Münzen und Antiquitäten im geselligen Verkehr mit dem Kunstsammler und Diplomaten J. I. v. Gerning. Nochmals *17./19. März.*

20. Januar/7. Februar. Erörterungen mit Schiller über den Zusammenhang von Temperamentenlehre und Farbenlehre. Schematische Darstellung in einer *Temperamentenrose.* — *8./15. Februar.* Farbenlehre. Schemata zur Geschichte der Farbenlehre und zur Refraktion.

30. Januar. Uraufführung von Schillers „Piccolomini". *8./29.* Teilnahme Goethes und Schillers an den Lese- und Bühnenproben.

11. Februar. Bekanntschaft mit Heinrich Steffens (1773 bis 1845), dem späteren romantischen Naturphilosophen, im Hause des Buchhändlers Frommann in Jena.

16./18. Februar. Abfassung des — seit Mitte Januar konzipierten — Aufsatzes *Die Piccolomini*, den Schiller auf Goethes Wunsch hin erweitert, für Cottas „Allgemeine Zeitung". Dort *25./31. März* erschienen. (Auszug XII, 252.) — *16./19.* Ausarbeitung einer Selbstanzeige der ersten drei Stücke der *Propyläen.* Fortsetzung im März, Abschluß 7. April. Erschienen ebenda am 29. April.

März. Wiederaufnahme der *Achilleis.* Gleichzeitig Studium Hesiods. *9./13.* in Weimar und *22. März/1. April* in Jena Niederschrift des *1. Gesangs. 4./5. April.* Abschluß. — *März/Mai.* Revision des ursprünglichen Plans; Aufstellung eines 2. Schemas, das die ersten 5 Gesänge und einen Teil des 6. umfaßt. Danach Abbruch des Werks ohne spätere Fortsetzung. (II, 515 ff.)

22. März. Besprechung mit Schiller über den schon früher gefaßten Gedanken, klassizistische Kunstauffassung und Stilrichtung in der bildenden Kunst durch jährliche Ausschreibung von Preisaufgaben zu fördern. Beginn der praktisch-kunsterzieherischen Wirksamkeit der „Weimarer Kunstfreunde" (Goethe und H. Meyer in Zusammenarbeit mit Schiller. Ab 1804 auch C. L. Fernow). 1799—1805 Durchführung solcher Wettbewerbe. 1. Ankündigung am *29. April* in der „Allgemeinen Zeitung".

29. März/1. April. Erste Beschäftigung mit Zeichnungen von John Flaxman (1755—1826).

2./6. April. Studium der Tragödien des Euripides. Diskussionen mit Schiller darüber.

10./25. April. Schiller zu den Proben zu „Wallensteins Tod" in Weimar.

20. April. Uraufführung von „Wallensteins Tod" in Weimar.

April/Mai. Beschäftigung mit Herders „Metakritik".

Mai. Ausschreibung der 1. Preisaufgabe für bildende Künstler in einer von Goethe überarbeiteten Anzeige H. Meyers im *3. Stück* der *Propyläen.* Thema: „Venus führt Paris Helena zu". Hinweis auf die Bedeutung Homers als Motivquelle für die bildende Kunst.

10. Mai. Interesse für die Darstellung der Geschichte des heiligen Joseph in der Malerei, die Goethe später (1807) in der Novelle *Sankt Joseph der Zweite* verwertet.

16. Mai. Lektüre des komischen Epos „Der geraubte Eimer" von Tassoni.

Sommer 1799. Gemeinsame Studien Goethes, Schillers und Meyers zu einer geplanten Abhandlung über den Dilettantismus in den Künsten, die jedoch über Vorarbeiten nicht hinauskommt. Entwurf eines umfangreichen Schemas, Skizzen. Hierzu Goethes schon 1798 geschriebener Aufsatz *Über strenge Urteile.*

Juni/August. Redaktion und Gruppierung der Gedichte für die *Neuen Schriften.* Dabei Studien zur Rhythmik. In Fragen der antiken Metrik läßt Goethe sich von A.W. Schlegel beraten.

Juli/2. Hälfte. Bekanntschaft mit Tieck, den A. W. Schlegel bei Goethe in Weimar einführt.

25. Juli. Besuch Sophiens v. La Roche bei Goethe.

28. Juli/Anfang August. Lektüre von Miltons Epos „Das verlorene Paradies".

31. Juli/13. September. Goethe wohnt im Gartenhaus. Beobachtung des Mondes mit einem Spiegelteleskop; Studium eines Werkes von Schröder über Topographie des Mondes. — Studium der ersten Schriften Winckelmanns, seiner „Geschichte der Kunst des Altertums" sowie seiner Briefe. Herstellung einer Abschrift von unveröffentlichten Briefen für eine spätere Edition. — Lektüre von Herders „Fragmenten".

11. August. Erster Brief von K. F. Zelter (1758—1832) an Goethe, der Zelters Kompositionen seiner Lieder schon 1796 durch den Verleger Unger kennen lernt. (Briefwechsel 1799—1832.)

18. August. Brief W. v. Humboldts aus Paris mit einem Aufsatz „Über die gegenwärtige französische tragische Bühne". Goethe veröffentlicht diesen im 3. Band der *Propyläen*, gleichzeitig einige Szenen aus seiner Übersetzung von Voltaires „Mahomet" mit einer Vorrede, die — im Anschluß an Humboldt — auf die Bedeutung des französischen Tragödien- und Darstellungsstils für die in Weimar angestrebte Entwicklung des Theaters hinweist.

3. September. Am Geburtstag Carl Augusts Eröffnung der 1. Kunstausstellung, auf der die im Wettbewerb um die Preisaufgabe eingesandten Arbeiten — 9 Zeichnungen statt der erwarteten „paar Dutzend" — neben Arbeiten von Lehrern und Schülern der Weimarer Freien Zeichenschule gezeigt werden. — *16.* Verkündung der Preisträger in der Jenaer „Allgemeinen Literatur-Zeitung". — *22.* Briefe Goethes an die Preisträger, die Maler F. Hartmann in Stuttgart und H. Kolbe in Düsseldorf. — Veröffentlichung der Urteile über alle Einsendungen in den *Propyläen*. (Formulierungen Meyers, von Goethe überprüft.)

15. September. Lektüre von Fr. Schlegels Roman „Lucinde".

16. September/14. Oktober. In Jena. Reger persönlicher Verkehr mit Schelling. Gespräche über Naturphilosophie im Anschluß an Schellings Schrift „Erster Entwurf eines Systems der Naturphilosophie" (1799), über Elektrizität und Magnetismus. Fortsetzung des Kontaktes während Schellings Aufenthalt in Weimar im folgenden Winter. — Erörterungen mit Schiller über Bearbeitung und Übersetzung ausländischer Bühnenstücke für das deutsche Theater. — Beratende Durchsicht des epischen Gedichts „Die Schwestern auf Lesbos" von

Amalie v. Imhof, die zum engeren Jenaer und Weimarer Freundeskreis gehört. (Druck in Schillers Musenalmanach für 1800.) — *26.* Beschäftigung mit Jacobis „Brief an Fichte". Lektüre von Tiecks romantischen Dichtungen und „Tausend und eine Nacht".

18./19. September. Arbeit an *Faust.* — *22.* Briefliche Zusage Goethes an Cotta, diesem seine nächsten größeren Dichtungen zum Verlag — als Entschädigung für die durch den schlechten Absatz der *Propyläen* entstandenen Verluste — zu überlassen.

29. September/17. November. Übersetzung des Trauerspiels „Mahomet" von F. M. Voltaire (1694—1778) auf Wunsch Carl Augusts. — Schiller bearbeitet Shakespeares „Macbeth"

23. Oktober/6. November. Studium von A. W. Schlegels Shakespeare-Übersetzung.

10. November/8. Dezember. In Jena. — *17. November.* Wiederaufnahme der Farbenlehre. — *18./27.* Tägliche Arbeit an einem erweiterten Schema. Fortsetzung der Studien bis Ende Dezember. — *17./28.* Lektüre des „Gil Blas von Santillana" von A. R. Lesage (1668—1747).

November/2. Hälfte. Lektüre der — durch Schiller vermittelten — „Mémoires historiques" der Stephanie-Louise de Bourbon-Conti (Paris 1798). Anregung zur Konzeption des Trauerspiels *Die natürliche Tochter.*

November 1799/August 1800. Friedrich Bury, Goethe seit seinem Aufenthalt in Rom befreundet, malt Goethes Porträt.

Anfang Dezember. Schillers Übersiedlung von Jena nach Weimar. Beginn engerer Mitarbeit für das Weimarer Theater.

1./7. Dezember. Beschäftigung mit Shakespeare und — auf Anregung Tiecks — mit Ben Jonson. — *5./6.* Tieck liest seine „Genoveva" bei Goethe vor, der sie mit Beifall aufnimmt.

6./7. Entwurf des Plans zu einer Trilogie *Die natürliche Tochter.* Ausarbeitung des Szenariums für eine Tragödie in 5 Akten.

12. Dezember/7. Januar 1800. Lektüre der Komödien des Aristophanes.

26. Dezember/9. Januar 1800. Studium von Newtons Optik.

27. Dezember/1. Januar 1800. Lektüre eines Werkes von Charpentier „Über die Lagerstätten der Erze".

Winter 1799/1800. Aufenthalt des Medizinstudenten Nikolaus Meyer aus Bremen im Hause Goethes, dessen naturwissenschaftliche Sammlungen das Material für Meyers Dissertation liefern. Entstehung eines bleibenden freundschaftlichen Verhältnisses. (Briefwechsel 1800—1831.)

Werke: Der Musensohn. (I, 243.) — *An die Günstigen.* (I, 244.) — *Die erste Walpurgisnacht.* — *Achilleis.* (II, 515ff.)

1800 *1800.* Für die Sammlung der Gedichte in den *Neuen Schriften* stellt Goethe eine Gruppe von Distichen aus den *Xenien* und den *Tabulae votivae* — unter Hinzufügung von 4 neuen — zu dem Zyklus *Vier Jahreszeiten* zusammen. Redaktionelle Arbeit, besonders an den Epigrammen, bis Anfang April.

1800. Endgültige Festlegung der Einteilung der Farbenlehre in einen didaktischen, polemischen und historischen Teil. — Skizze zu einer *Geschichte der Arbeiten des Verfassers in diesem Fache.* — Aufsatz *Bedenken* hinsichtlich der Methodik in der Farbenlehre.

1800. Ausschreibung eines Preises von 30 Dukaten für die beste Intrigenkomödie durch Goethe und Schiller in den *Propyläen.* (*Dramatische Preisaufgabe. III, 2.*) 13 Stücke werden eingesandt, darunter Clemens Brentanos „Ponce de Leon", doch keines prämiiert.

20./24. Januar. Beschäftigung mit Werken von V. Alfieri (1749—1803).

30. Januar. Erste Aufführung von Voltaires „Mahomet" in Goethes Übersetzung. Aus diesem Anlaß Schillers Gedicht „An Goethe, als er den Mahomet von Voltaire auf die Bühne brachte".

Februar. In den *Propyläen* (*III, 1*) erscheint die Rezension der Einsendungen zur ersten Preisaufgabe und die Ausschreibung der Aufgaben für 1800, verfaßt von Meyer, dem Goethe diesmal auch die Wahl der Themen („Hektors Abschied von Andromache" und „Raub der Pferde des Rhesus") überläßt.

20. März. Sendung der *Weissagungen des Bakis* an A. W. Schlegel mit der Bitte um Überprüfung der metrischen Korrektheit.

11./24. April. Wiederaufnahme des *Faust,* an dem Goethe täglich arbeitet. (Entstehung der — später nicht in den Text aufgenommenen — Partien *Abkündigung* und *Abschied* wahrscheinlich in dieser Arbeitsphase.)

22. April. Beschäftigung mit Schellings „System des transzendentalen Idealismus".

28. April/16. Mai. Aufenthalt in Leipzig anläßlich der Messe, bis *1. Mai* in Gesellschaft Carl Augusts und des Fürsten von Dessau. Zusammentreffen mit den Verlegern Bohn, Cotta, Fleischer, Unger, dem Goethe seit den 90er Jahren befreundeten Schriftsteller J. F. Rochlitz, dem ehemaligen Studienfreund und jetzigen Leipziger Bürgermeister Hermann; ferner mit F. A. Wolf, den Goethe in den folgenden Monaten bei dem Plane einer illustrierten Prachtausgabe der Werke Homers berät, und dem Philologen G. Hermann, bei dem Goethe sich in Gesprächen über die griechische Tragödie und über antike Prosodie informiert. — Wiederholte Besuche privater Kunstsammlungen und des Theaters, dem Goethe naturalistischen Darstellungsstil und Disziplinlosigkeit der Schauspieler vorwirft.

25./30. Mai. Arbeit am 2. Teil der „Zauberflöte".

29. Mai. Letzte Zusammenkunft der Bergwerkskommission mit der „Berggewerkschaft", der Gemeinschaft der Aktionäre. Einstellung der Arbeiten im Ilmenauer Bergbau.

14. Juni. Uraufführung von Schillers „Maria Stuart".

22./27. Juni. Entstehung der Prosaskizze *Die guten Weiber* für Cottas „Taschenbuch für Damen" auf das Jahr 1801.

22./30. Juli. Beginn der Übersetzung von Voltaires Trauerspiel „Tancred". Abschluß — nach längeren Pausen — *22. November/24. Dezember*, nachdem Iffland den Wunsch geäußert hat, das Stück am 18. Januar des folgenden Jahres aufzuführen.

September/Oktober. Arbeit für das letzte Heft der *Propyläen.* Goethe verfaßt den Bericht über die diesjährige Preisverteilung, einen Zusatz zu Meyers Rezension der eingesandten Arbeiten, den Aufsatz *Flüchtige Übersicht über die Kunst in Deutschland*, die Ausschreibung der Preisaufgaben für 1801 („Achill auf Scyros" und „Der Kampf Achills mit den Flüssen"). Schiller beteiligt sich auf Goethes Wunsch mit einer eingehenden Besprechung der Einsendungen im Brief „An den Herausgeber der Propyläen".

3. September/10. Oktober. 2. Weimarische Kunstausstellung, auf der die 29 zum Wettbewerb eingesandten Arbeiten neben solchen der Weimarer Zeichenschule sowie französischen Homer-Illustrationen gezeigt werden.

4./26. September. Arbeit an *Faust.* — *12./26.* Niederschrift der ersten Partie der Helena-Tragödie im altgriechischen Versmaß. Planung des ganzen Helena-Aktes.

27. September. In Jena. Besuch des Physikers J. W. Ritter (1776—1810), der dem Kreis der Jenaer Romantik nahesteht und dessen epochemachende Schrift „Beweis, daß ein beständiger Galvanismus den Lebensprozeß im Tierreich begleitet" (1798) schon 1798 Goethes Interesse erregt, bei Goethe. (Briefwechsel 1800—1804.)

28. Oktober. Aufführung des Lustspiels „Die stolze Vasthi" von Gotter mit einem Epilog Goethes anläßlich des Geburtstags der Herzogin Anna Amalia (24. Oktober). Liebhaberaufführung, bei der zum ersten Male — im Sinne von Goethes Bestrebungen, einen antikisierenden Theaterstil durchzusetzen — Masken von den Darstellern getragen werden. Durch den Erfolg des Versuchs angeregt, diktiert Goethe aus dem Stegreif — als weitere Huldigung für die Herzogin — das Festspiel *Paläophron und Neoterpe* am 28. und 29. (oder 29. und 30.) Oktober. Aufführung am 31. im Palais der Herzogin. (V, 300 ff.)

2./8. November. Tägliche Arbeit an *Faust.* Danach Beschäftigung mit der Geschichte Spartas (La Guilletière, „Lacédémone ancienne et moderne") in Zusammenhang mit der geplanten Fortsetzung der Helena-Handlung.

Werke: Das Sonett. (I, 245.) — *Natur und Kunst, sie scheinen sich zu fliehen* ... (I, 245.) — *Die guten Weiber.* — *Paläophron und Neoterpe.* (V, 300 ff.)

1801 *1801.* Wie im Vorjahre anhaltende Tätigkeit — während mancher Monate täglich — in der Leitung des Baus und der Innenausstattung des Weimarer Schlosses. Im Dezember 1800 Verpflichtung des Berliner Baumeisters H. Gentz für den Bau, im Frühjahr bzw. Herbst 1801 Aufträge für Deckengemälde und Dekorationsarbeiten an die Preisträger der bisherigen Kunstwettbewerbe, die Maler F. Hartmann/Stuttgart, J. A. Nahl/Kassel, J. Hoffmann/Köln, sowie an den Bildhauer Chr. Fr. Tieck.

3./17. Januar. Schwere Krankheit Goethes.

Anfang 1801. In der Zeitschrift „Eunomia" erscheint eine scharf kritische Entgegnung des Bildhauers Gottfried Schadow (1764—1850) auf Goethes Urteil über die Berliner Künstler in dem Aufsatz *Flüchtige Übersicht über die Kunst in Deutschland.*

19./29. Januar. Goethe beginnt die schon lange geplante Übersetzung der — für ein Werk des Theophrast oder Aristoteles gehaltenen — Schrift „Liber de coloribus". — Fortsetzung *15./21. Juni,* Abschluß *20. Oktober.* (Aufgenommen in die *Materialien zur Geschichte der Farbenlehre* 1810.)

30. Januar. Aufführung von Voltaires „Tancred" in Goethes Übersetzung. Leitung der Proben durch Schiller. Rollenstudium der Hauptdarstellerin, Fanny Caspers — in späteren Aufführungen Caroline Jagemann —, unter Mitwirkung Goethes.

2. Februar. Lektüre der Erzählungen von Cervantes.

7./26. Februar. Tägliche Arbeit an *Faust.* — Studium verschiedener Werke über Dämonologie, u. a. Erasmus Francisci „Höllischer Proteus" (Nürnberg 1708), Balthasar Bekker „Bezauberte Welt" (Amsterdam 1693), Johann Nicolaus Pfitzers Bearbeitung des Widmanschen Faustbuchs (Nürnberg 1674).

23./25. Februar. Besuche Ritters, der Goethe zur Beschäftigung mit seinen und Schellings Ideen und Forschungen sowie zu Aufzeichnungen über galvanische Versuche anregt. — *25.* Optische Versuche mit Ritter. — Im Lauf der nächsten Jahre wiederholte Besuche Ritters und gemeinsames Experimentieren im Bereich des Galvanismus und der Farbphysik.

7./21. März. Tägliche Arbeit an *Faust.*

25. März/12. April. Aufenthalt in Oberroßla zur Regelung von Gutsangelegenheiten und Anlage von Pflanzungen. Nochmals *22./30. April.*

4./7. April. Arbeit an *Faust.* (U. a. Beschäftigung mit dem Entwurf des „Disputationsakts".)

*

5. Juni/30. August. Reise nach Göttingen, Pyrmont und Kassel. *5./6. Juni.* Reise nach Göttingen über Langensalza—Mühlhausen—Heiligenstadt. *7./12.* Göttingen. Verkehr mit den Professoren Heyne, Pütter, Sartorius, Blumenbach u. a. Begrüßung durch Göttinger Studenten unter Führung von Ludwig Achim v. Arnim (1781—1831). Besuche der Bibliothek, der naturwissenschaftlichen und ethnologischen Sammlungen, des botanischen Gartens, eines Reitinstituts. — *12./13.* Reise nach Pyrmont. — *14. Juni/17. Juli.* Kuraufenthalt in Pyrmont. — Beschäftigung mit der Farbenlehre. Entwurf eines Schemas zu einer dichterischen Darstellung der Geschichte Pyrmonts. (Nicht ausgeführt.) — *18. Juli/14. August.* Aufenthalt in Göttingen zu Studien über Geschichte und Theorie der Farbenlehre. Geselliger Verkehr und wissenschaftlicher Meinungsaustausch mit den Göttinger Gelehrten. — *2. August.* Aufstellung des Schemas zum Ganzen der Farbenlehre. Einordnung aller bisherigen Forschungsergebnisse. — *14./15.* Reise nach Kassel, wo Goethe von Christiane und Meyer erwartet wird. *15./21.* Kassel. Besuch der Kunstsammlungen, des Theaters, des Parks von Wilhelmshöhe. *21./22.* Über Creuzburg (Besichtigung der Salinen) nach Eisenach. *24./30.* Gotha bei Prinz August. *30.* Rückkehr nach Weimar.

*

31. August/20. September. Beschäftigung mit den Einsendungen zum Kunstwettbewerb, an dem sich diesmal Ph. O. Runge (1777—1810) beteiligt, der bis zu seinem Tode mit Goethe in Verbindung bleibt. (Briefwechsel 1801—1810.) Vorbereitung der 3. Ausstellung, die am *21.* im Weimarer Theater eröffnet wird. Außer den Lösungen der Preisaufgaben werden Gemälde von Bury, Büsten von Dannecker sowie Arbeiten von Nahl und Tieck zur Schloßdekoration gezeigt.

5./13. September. Landschaftszeichnen.

7./15. September. Beschäftigung mit der Farbenlehre.

21./30. September. Gastspiel der Berliner Schauspielerin Friederike Unzelmann, die Goethe aus Karlsbad bekannt ist, in acht Aufführungen.

25. September/12. Oktober. Chr. Fr. Tieck (1776—1851), der Bruder des Dichters, fertigt Goethes Büste an.

Oktober. Goethe gründet das „Mittwochskränzchen", eine gesellige Vereinigung, deren Mitglieder — L. v. Göchhausen, A. v. Imhof, Schillers, Wolzogens, Meyer, Einsiedel u. a. — vierzehntäglich in seinem Hause zusammenkommen. Entstehung mehrerer der *Geselligen Lieder* für diesen Kreis im Winter 1801/1802.

21. Oktober. Besuch von G. W. F. Hegel (1770—1831), den Goethe in Jena kennen lernt.

24. Oktober. Aufführung der Komödie „Die Brüder" von Terenz, in der Bearbeitung von Einsiedel, als Maskenspiel.

Oktober 1801/Januar 1802. Arbeit am Trauerspiel *Die natürliche Tochter.* (Abschluß des 1. Aktes.)

28. November. Lessings „Nathan der Weise" in Schillers Bühnenbearbeitung wird zum ersten Male aufgeführt.

15./23. Dezember. Abfassung des Berichts über die Kunstausstellung, der Rezension der Wettbewerbsarbeiten, der Preiserteilung, der Ausschreibung der Preisaufgaben für 1802. („Befreiung der Andromeda durch Perseus" und Thema nach Wahl.) Seit dem Eingehen der *Propyläen* bedient sich Goethe der Jenaer „Allgemeinen Literaturzeitung" zur Veröffentlichung.

Werke: Frühzeitiger Frühling. (I, 246.) — *Stiftungslied.* — *Zum neuen Jahr.*

1802 *1./14. Januar.* Tägliche Arbeit am Trauerspiel *Die natürliche Tochter.* Nochmals *17./20. Februar.*

2. Januar. Aufführung von A. W. Schlegels Schauspiel „Ion".

18./19. Januar. Diktat des Aufsatzes *Weimarisches Hoftheater.* Beendet *12. Februar.* Erschienen im „Journal des Luxus und der Moden" vom 3. März.

30. Januar. Erste Aufführung von C. Gozzis (1720—1806) Schauspiel „Turandot, Prinzessin von China" in Schillers Bearbeitung. — Maskenzug mit Huldigungsversen für die Herzogin Luise (Allegorischer Aufzug der Dichtarten). — Zur 2. Aufführung der „Turandot" am 2. Februar steuert Goethe das Rätsel *Ein Bruder ist's von vielen Brüdern* ... bei.

24./27. Februar. 1. Besuch Zelters in Weimar.

15./16. März. Beschäftigung mit Schellings Schrift „Bruno oder über das natürliche und göttliche Prinzip der Dinge" (1802).

17./18. April. Aufenthalt in Bad Lauchstädt anläßlich des Neubaus des Theaters, für den Goethe sich seit längerem stark einsetzt und dessen Plan im Februar mit den Architekten Gentz und Rabe endgültig festgelegt wird.

15. Mai. Aufführung der *Iphigenie* in Schillers Bühnenbearbeitung.

19./27. Mai. Aufenthalt in Bad Lauchstädt. — *22./24.* Besuch bei Reichardt in Giebichenstein bei Halle. Zusammentreffen mit F. A. Wolf, mit dem Goethe von nun an in näherem Kontakt bleibt. — *25.* Teilnahme am Richtfest des Theater-Neubaus. — *27.* Rückkehr mit Reichardt, der bis zum 2. Juni zu Besuch in Weimar bleibt.

29. Mai. Aufführung von Friedrich Schlegels Trauerspiel „Alarcos".

6./11. Juni. Arbeit am Vorspiel *Was wir bringen* für das Lauchstädter Theater.

13. Juni. Konfirmation Augusts v. Goethe durch Herder.

21. Juni/25. Juli. Aufenthalt in Bad Lauchstädt. — Vollendung des Vorspiels. — *26. Juni.* Eröffnung des neuerbauten Theaters mit dem Vorspiel *Was wir bringen* und Mozarts Oper „Titus". — Verkehr mit Reichardt, Schelling, Hegel, F. A. Wolf. Wissenschaftliche Diskussionen besonders mit letzterem, dem Goethe seine Übersetzung des „Liber de coloribus" vorlegt. Fortsetzung, auch mit Hallenser Wissenschaftlern, bei einem Aufenthalt in Halle und Giebichenstein vom *9./20. Juli.* — *19. Juli.* Besichtigung von Bergwerken bei Halle.

3./27. August. Neue Beschäftigung mit vergleichender Anatomie und Knochenlehre im Umgang mit Loder, Diskussionen über Phänomene des Farbensehens mit dem im Vorjahr nach Jena berufenen Mediziner K. G. Himly.

6. August. Beschäftigung mit der vierbändigen Ausgabe der Gedichte von Johann Heinrich Voß (Königsberg 1802), die

Goethe in der „Jenaischen Allgemeinen Literaturzeitung“ vom 16. und 17. April 1804 rezensiert.

September. Besuch J. G. Schadows in Weimar, wo er Wielands Büste modelliert. Schadows Bitte, Goethe zeichnen zu dürfen, lehnt Goethe ab.

6. September/Ende Dezember. Redaktion der Übersetzung des „Benvenuto Cellini“ für die Buchausgabe. Ausarbeitung des Anhangs. Studium von Werken über die Geschichte und Kunst Toskanas.

11./18. September. Vorbereitung der 4. Weimarer Kunstausstellung. — *24.* Eröffnung. Außer 28 im Wettbewerb eingesandten Arbeiten werden u. a. Zeichnungen von Nahl und Büsten von Tieck, auch seine Goethe-Büste, gezeigt.

25. September. Eröffnung der Winterspielzeit des Hoftheaters mit einem Prolog Goethes anläßlich der Wiederaufführung des Lauchstädter Vorspiels *Was wir bringen.*

Ende September/Anfang Oktober. A. W. Schlegel erregt Goethes bleibendes Interesse für das Werk P. C. Calderons (1600 bis 1681) durch seine Übersetzung des Dramas „Die Andacht zum Kreuz“.

Oktober. Entwicklung eines näheren freundschaftlichen Verhältnisses zu J. H. Voß, der nach Jena zieht.

2./10. Oktober. Wiederholte Besuche Blumenbachs bei Goethe.

7./16. Oktober. Satirisch-parodistischer Angriff auf die Weimarer Kunstausstellung und Goethes kunsterzieherische Bestrebungen in der Leipziger „Zeitung für die elegante Welt“. Ursprung wahrscheinlich im Herderschen Kreise.

November 1802/Ostern 1803. Heinrich v. Kleist (1777—1811) bei Wieland in Oßmannstedt.

15. November 1802/März 1803. Wiederaufnahme und Abschluß der Arbeit an der *Natürlichen Tochter.* Vollendung des ersten Dramas der geplanten Trilogie. (V, 215 ff.)

16. Dezember. Geburt eines Mädchens, das am *19.* stirbt.

Werke: Weltseele. (I, 248.) — *Die glücklichen Gatten.* (I, 249.) — *Ritter Kurts Brautfahrt.* (I, 279.) — *Hochzeitlied.* (I, 280.) — *Tischlied.* — *Generalbeichte.* — *Schäfers Klagelied.*

1803 *1. Januar.* Ausschreibung der Preisaufgaben für 1803 („Ulyß, der den Cyclopen hinterlistig durch Wein besänftigt“ und „Die Küste der Cyclopen nach homerischen Anlässen“) neben Goethes Bericht über die Kunstausstellung von 1802 und Meyers Rezension der eingesandten Arbeiten in der „Allgemeinen Literaturzeitung“.

1. Januar. 1. öffentliche Aufführung von *Paläophron und Neoterpe* mit einem neuen Schluß.

Januar/März. Arbeit an *Benvenuto Cellini.* Fortsetzung der Studien zum Anhang. Abschluß *4. März.* Erscheint bei Cotta, Tübingen 1803.

24. Januar. Goethe lehnt es ab, das Lustspiel „Der Schädelkenner" des ihm befreundeten Frankfurter Bankiers J. J. Willemer aufzuführen, das die Lehre J. J. Galls lächerlich macht.

26. Januar. Besuch des Physikers E. F. F. Chladni (1756 bis 1827), mehrstündige Unterredung über Klangphysik. Sofortige eingehende Beschäftigung mit Chladnis Tonlehre in seinem „Lehrbuch der Akustik" (Leipzig 1802).

Februar. Fortsetzung der Bemühungen um die Wiederbelebung der antiken Maskenkomödie durch Aufführung von Stücken des Terenz und Plautus (1801/1807). *19.* Aufführung der Komödie „Eunuchus" von Terenz unter dem Titel „Die Mohrin", in der Bearbeitung von F. H. v. Einsiedel, zu der Goethe die Übersetzung einiger Verse beisteuert.

2. April. Uraufführung der *Natürlichen Tochter.*

19./21. April. In Jena Unterredungen mit Voß über den Gebrauch des griechischen Trimeters und chorischer Versmaße.

22. April. Lektüre der Dramen „Über allen Zauber Liebe" und „Die Schärpe und die Blume" von Calderon in A. W. Schlegels Übersetzung, die dieser Goethe durch Schelling übersandt hat. („Spanisches Theater", 1. Bd. 1803.)

3./4. und *9./10. Mai.* Aufenthalt in Bad Lauchstädt zur Regelung von Theaterangelegenheiten. — *5./9.* Besuch bei Reichardt in Giebichenstein. Von dort aus täglich geselliger und wissenschaftlicher Verkehr mit Wolf, Niemeyer und anderen Gelehrten der Universität Halle; Bekanntschaft mit dem Romanschriftsteller A. Lafontaine.

6. Juni. Aufführung der Komödie „Andria" von Terenz unter dem Titel „Die Fremde aus Andros" in der Übersetzung von A. H. Niemeyer, Professor, später Kanzler der Universität Halle.

22. Juli. Angeregt durch den Wunsch der jungen Schauspieler Pius Alexander Wolff (1784—1828) und Karl Franz Grüner (1780—1845) beginnt Goethe mit persönlicher Ausbildung schauspielerischen Nachwuchses für das Hoftheater. Lehrvorträge Goethes und praktische Übungen im Sinne des klassischen Weimarer Darstellungsstils, an denen im Oktober schon 12 Schüler teilnehmen. Schriftliche Aufzeichnung der Grundsätze, aus denen Eckermann 1824 im Auftrag Goethes *Regeln für Schauspieler* zusammenstellt. (XII, 252 ff.)

22. Juli/18. August. Erste Beschäftigung mit einer Umarbeitung des *Götz von Berlichingen* für die Bühne.

Sommer. Krise an der Universität Jena durch den Weggang Schellings, sowie des Juristen Hufeland und des Theologen Paulus nach Würzburg. Beschäftigung Goethes mit der Berufung von Nachfolgern.

1. August. Einzug der herzoglichen Familie in das neuerbaute Schloß.

7. August/12. September. Amtliche Tätigkeit für den Bau eines neuen Schießhauses in Weimar durch Gentz.

9./15. August. Tägliche Beschäftigung mit der Chemischen Farbenlehre.

August. Chr. G. Schütz, Professor der Poesie und Beredsamkeit in Jena, Herausgeber der „Allgemeinen Literaturzeitung", faßt den Entschluß, diese mit Beginn des Jahres 1804 nach Halle zu verlegen, und veranlaßt damit Goethe zur Gründung eines eigenen Organs, der „Jenaischen Allgemeinen Literaturzeitung". — *28. August/21. September.* Verhandlungen, in denen Goethe den bisherigen Mitherausgeber H. K. A. Eichstädt, Professor der alten Sprachen in Jena, als Redakteur gewinnt und das neue Unternehmen vorbereitet. Intensive Redaktions- und Rezensionstätigkeit Goethes in den Jahren 1804—1807. Erscheinen der Zeitung 1804—1832.

September. Der Kunstschriftsteller C. L. Fernow (1763—1808) wird Bibliothekar der Herzogin Anna Amalia und tritt zum Kreis der „Weimarer Kunstfreunde". — F. W. Riemer wird Hauslehrer Augusts und wohnt bis 1812 in Goethes Hause.

12./24. September. Aufsatz *Polygnots Gemälde in der Lesche zu Delphi* in Zusammenhang mit einem Versuch ihrer Restauration durch die Brüder Riepenhausen.

13./27. September. Vorbereitung der 5. Kunstausstellung, an der sich 13 Künstler, darunter Peter Cornelius aus Düsseldorf und die Brüder Riepenhausen aus Göttingen, beteiligen. Außer den für die Preisaufgabe eingesandten Arbeiten werden die Riepenhausenschen Rekonstruktionen der Gemälde Polygnots gezeigt, ferner Tiecks Porträtbüsten Clemens Brentanos, Caroline Jagemanns, Chr. G. Voigts u. a. und die Wieland-Büste Schadows.

Herbst. Gemeinsam mit Wieland gibt Goethe ein *Taschenbuch auf das Jahr 1804* heraus, das zwei Erzählungen Wielands und — als Nachlese zur Gedichtsammlung von 1800 — Goethes Gedichte der Jahre 1801/1803 enthält, außer den schon genannten: *Selbstbetrug — Kriegserklärung — Nachtgesang — Wanderer und Pächterin — Trost in Tränen* u. a.

5. Oktober. Konzeption der Novelle *Der Mann von funfzig Jahren.*

1./12. November. In Jena Verkehr im Hause des Buchhändlers Frommann, mit Voß, Ritter, dem neuberufenen Botaniker Schelver u. a.

11. November. Gemeinsam mit Voigt übernimmt Goethe die Oberaufsicht über das Museum in Jena, das alle mineralogischen, anatomischen, zoologischen und physikalisch-chemischen Sammlungen vereinigt.

15. November. Persönliche Bekanntschaft mit Ph. O. Runge, der sich vom *14./19.* mit L. Tieck in Weimar aufhält und Goethes lebhaftes Interesse erregt.

1./22. Dezember. Arbeit am Bericht (*Programm*) über die Kunstausstellung.

13. Dezember. Ankunft von Mme. de Staël in Weimar, in Begleitung des Diplomaten und Schriftstellers Benjamin Constant (1767—1830). *24.* Empfang in Goethes Hause. Wiederholtes Zusammentreffen bis zu ihrer Abreise im März 1804.

18. Dezember. Herders Tod.

28. Dezember. F. A. Wolf kommt zu einem 14tägigen Besuch nach Weimar. Lebhafter Gedankenaustausch, u. a. für die „Jenaische Allgemeine Literaturzeitung", für die Wolf 1805/1807 Beiträge liefert.

Ende 1803. Verkauf des Gutes in Oberroßla.

1803. Aus der Arbeit an *Benvenuto Cellini* geht neues Interesse Goethes an der Münzkunst hervor. Ankauf einer großen Sammlung auf einer Nürnberger Auktion; Beschäftigung mit der Geschichte der Münzkunst.

Werke: Dauer im Wechsel. (I, 247.) — *Magisches Netz.* — *Die natürliche Tochter.* (V, 215 ff.) — *Leben des Benvenuto Cellini, florentinischen Goldschmieds und Bildhauers, von ihm selbst geschrieben. Übersetzt und mit einem Anhange herausgegeben von Goethe.*

1804 *1. Januar.* In der neugegründeten „Jenaischen Allgemeinen Literaturzeitung" erscheint Goethes Bericht über die letzte Kunstausstellung und Preiserteilung, ein Rückblick auf die Preiskonkurrenzen seit 1799 und die Ausschreibung der Preisaufgabe für 1804 („Das Menschengeschlecht, vom Elemente des Wassers bedrängt") sowie Meyers Rezension der eingesandten Werke und Goethes Abhandlung über Polygnot. Dazu am *7. Januar* ein Aufsatz Goethes über den Preisträger von 1803, Martin Wagner aus Würzburg.

Januar. Lektüre von Calderons Drama „Der standhafte Prinz", das einen außerordentlichen Eindruck auf Goethe macht, in A. W. Schlegels Übertragung.

11. Januar. Diktat der Rezension über J. F. Reichardts „Vertraute Briefe aus Paris, geschrieben in den Jahren 1802 und 1803" (Hamburg 1804).

17. Januar. Erste — im November und im nächsten Jahre fortgesetzte — Beschäftigung mit den „Ikones" der beiden Philostrate, aus der später der 1818 veröffentlichte Aufsatz *Philostrats Gemälde* hervorgeht.

19./28. Januar. Lektüre der Gedichte von J. H. Voß; Ausarbeitung einer Rezension der vierbändigen Ausgabe von 1802. Nochmals *1./11. April.*

7. Februar. Neue Beschäftigung mit den Briefen Winckelmanns an seinen Jugendfreund H. D. Berendis, die Goethe — eine seit 1799 gehegte Absicht ausführend — im nächsten Jahre in dem Sammelwerk *Winckelmann und sein Jahrhundert* veröffentlicht. Weitere Vorbereitung dieses Werks verschiedentlich im Sommer und Herbst.

18. Februar/11. März. Fast tägliche Arbeit an der Umgestaltung des *Götz von Berlichingen* mit dem Ziel größerer Bühnenwirksamkeit. — Fortsetzung mit Unterbrechungen im April, Juni und Juli.

17. März. Uraufführung von Schillers „Wilhelm Tell". Häufige Teilnahme Goethes an den Proben.

27. März. Goethes Rezension des Buches „Napoleon Bonaparte und das französische Volk unter seinem Konsulate" des Grafen Gustav v. Schlabrendorf (1750—1824), das Reichardt 1804 herausgibt.

15. Mai. C. G. v. Brinkmann sendet seine neuerschienenen „Gedichte" mit einem Widmungsgedicht an Goethe.

Juni/1. Hälfte. Neue Studien zur Geschichte der Farbenlehre. Hierzu auch *16./19.* Studium der „History of the Royal Society of London" von Thomas Sprat (1702) und der von Thomas Birch herausgegebenen Sitzungsprotokolle der Gesellschaft.

24./27. Juni. Ordnung einer reichhaltigen mineralogischen Sammlung, die der Herzog für Jena ankauft. In diesem Zusammenhang Studium mineralogischer Werke.

Sommer. Gedankliche Beschäftigung mit der Fortsetzung der *Natürlichen Tochter.* Konzeption verschiedener Pläne, zuletzt eines Abschlusses durch eine zweite fünfaktige Tragödie. Ausarbeitung eines Schemas und einzelner Szenen-Skizzen hierzu.

13. September. Ernennung Goethes zum Wirklichen Geheimen Rat mit dem Prädikat Exzellenz.

22. September. Erste Aufführung des *Götz von Berlichingen* in der neuen Bühnenfassung. — *29. September* und *13. Oktober.* Versuch einer auf zwei Abende verteilten Aufführung. Danach am *2. Dezember* nochmalige kürzende Bearbeitung. Aufführung in dieser Form am *8. Dezember* und in den nächstfolgenden Jahren.

22. September/17. November. 6. Kunstausstellung. Beteiligung von 14 Bewerbern an der Preiskonkurrenz, darunter wieder Peter Cornelius und die Brüder Riepenhausen. Ausstellung von Zeichnungen des Klassizisten A. J. Carstens, die Goethe aus Fernows Besitz erwirbt.

26. November. Goethe erhält das Manuskript des noch ungedruckten Dialogs „Le Neveu de Rameau" von D. Diderot durch Schiller, der ihn zur Übersetzung veranlaßt.

Dezember 1804/April 1805. Entstehung des Aufsatzes über Winckelmann. (XII, 96 ff.)

Werke: Der Narr epilogiert. — Götz von Berlichingen. Bühnenfassungen.

1805 Veröffentlichung des Berichts über die Kunstausstellung von 1804, der Urteile über die eingesandten Arbeiten, der Preisaufgaben für 1805 (Motive aus dem Leben des Herkules nach Wahl), von Meyer verfaßt, in der „Jenaischen Allgemeinen Literaturzeitung".

30. Januar. Aufführung von Racines „Phädra" in Schillers Übersetzung.

Januar/Februar. Übersetzung von Diderots Dialog „Le Neveu de Rameau". Studium französischer Literatur, u. a. der Memoiren von Marivaux und Marmontel, in diesem Zusammenhang.

Januar/Mai. Mehrmalige schwere Erkrankung Goethes.

13./14. Februar. Veröffentlichung mehrerer im Januar verfaßter Rezensionen in der „Jenaischen Allgemeinen Literaturzeitung": über J. P. Hebels (1760—1826) „Alemannische Gedichte. Für Freunde ländlicher Natur und Sitten" (2. Aufl. Karlsruhe 1804. — XII, 261 ff.) und „Grübels Gedichte in Nürnberger Mundart" (2 Bde. Nürnberg 1798/1800); über die Tragödien „Regulus" von H. J. v. Collin (Berlin 1802), „Ugolino Gherardesca" von K. U. v. Böhlendorff (Dresden 1801), „Johann Friedrich, Kurfürst zu Sachsen" von B. Silber (Leipzig 1804) sowie über die epischen Gedichte „Der Geburtstag" (1803) und „Athenor" von A. v. Klein (Mannheim 1804).

März/April. Ausarbeitung der Anmerkungen für *Rameaus Neffe*, der zur Ostermesse erscheint. (Textprobe XII, 267 ff.)

März/April. Beendigung von Goethes Aufsatz *Winckelmann*. Abschluß des von Goethe herausgegebenen Sammelwerkes *Winckelmann und sein Jahrhundert*, an dem auch Meyer, Wolf und Fernow beteiligt sind, am *20. April*. (XII, 96 ff.)

April/Mai. Studien zur Geschichte der Farbenlehre, besonders zur Entwicklung der Naturwissenschaft in England. (Geschichte der Royal Society, Schriften von Francis Bacon, Hume, Boyle, Priestley.)

9. Mai. Schillers Tod.

Mai. In den Wochen nach Schillers Tod Beschäftigung mit dem Plan, Schillers „Demetrius" zu vollenden, an dessen Entstehung Goethe starken Anteil genommen hat.

30. Mai. F. A. Wolf trifft zu einem 14tägigen Besuch bei Goethe ein. Lebhafter Meinungsaustausch über Gegenstände der antiken Literatur und Kunst.

1./19. Juni. Entwurf und erste Ansätze zu einer Dichtung mit Soli und Chören für eine Totenfeier Schillers. Komposition durch Zelter und Aufführung am 10. November geplant; nicht ausgeführt.

23. Juni/1. Juli. Besuch F. H. Jacobis bei Goethe.

1. Juli. Scharfe Stellungnahme Goethes gegen die *neukatholische* Tendenz der romantischen Malerei anläßlich einer Schrift der Brüder Riepenhausen über ein Gemälde Polygnots. (Rezension in der „Jenaischen Allgemeinen Literaturzeitung" vom 1. Juli.)

3. Juli/5. September. Aufenthalt in Bad Lauchstädt und Halle. Reise nach Helmstedt. — Regelung von Theaterangelegenheiten. — In Halle längerer Besuch bei Wolf. Goethe hört Vorlesungen von Wolf, Steffens und J. Gall (1758—1828), dem Schöpfer der Schädellehre, dessen Bekanntschaft er in Wolfs Hause macht. — Besuche bei Reichardt in Giebichenstein. — *10. August.* Dramatische Aufführung von Schillers „Lied von der Glocke" mit Goethes Epilog als Gedenkfeier für Schiller in Lauchstädt. Mitwirkung Zelters. — *14./25. August.* Reise, mit August und Wolf, über Bernburg—Magdeburg nach Helmstedt, um den Mediziner, Naturwissenschaftler und Sammler Chr. G. Beireis zu besuchen. Geselliger Verkehr im Kreise der Universität. Besuche bei Graf Veltheim, Landrat v. Hagen, auf dem Rückweg im Hause Gleims in Halberstadt, Bekanntschaft mit Gleims Biographen Körte, Besichtigung des „Freundschaftstempels". Rückkehr durch den Harz. *27. August/5. September.* Bad Lauchstädt. Lektüre

Plotins in lateinischer Übersetzung und im Original. *30. August.* Verse nach Plotin: *Wär nicht das Auge sonnenhaft* ...

25. August. Caspar David Friedrich (1774—1840) übersendet zwei Landschaftszeichnungen zum Weimarer Kunstwettbewerb, die mit der Hälfte des Preises ausgezeichnet und angekauft werden. Goethe vermittelt später weitere Ankäufe von Werken Friedrichs für den Weimarer Hof. — Auch P. Cornelius beteiligt sich wieder.

30. August. Anzeige einer seit längerem geplanten neuen Sammelausgabe der Werke im Intelligenzblatt der „Jenaischen Allgemeinen Literaturzeitung". Seitdem fortlaufend redaktionelle Arbeit dafür unter Mitwirkung Riemers. (Erscheint 1806/1810 in 13 Bänden bei Cotta.)

29. September/17. November. 7. Kunstausstellung im Weimarer Theater, in der auch Entwürfe für ein Schillerdenkmal gezeigt werden. — Danach Einstellung von Goethes praktisch-kunsterzieherischen Bemühungen. Niederschrift des Berichts *Letzte Kunstausstellung 1805.* (Vollendet 1812. Textprobe XII, 129f.)

2. Oktober. Niederschrift von Gedanken über Polarität und Steigerung als Grundphänomene des Seins. Als Einleitung zu physikalischen Vorträgen verfaßt.

November. Einrichtung der „Mittwochsgesellschaft" in Goethes Hause, wo Goethe den Damen des Hofes naturwissenschaftliche Vorträge, insbesondere aus dem Bereich der Farbphysik, mit Demonstrationen an physikalischen Apparaten hält. — *18. Dezember 1805/14. Mai 1806.* Entwurf ausführlicher Schemata für solche Vorträge.

November 1805/Januar 1806. Beschäftigung mit dem — Goethe gewidmeten — 1. Band von „Des Knaben Wunderhorn. Alte deutsche Lieder, herausgegeben von Achim von Arnim und Clemens Brentano" (Heidelberg 1806).

1805/Ende. Beginn des Drucks der *Farbenlehre*, deren Manuskript Goethe abschnittsweise an Cotta sendet und die ihn bis zu ihrem Erscheinen 1810 unablässig beschäftigt.

1805/1806. Nochmalige Beschäftigung mit der *Achilleis.* Goethe überläßt sie dem jüngeren Heinrich Voß zur Durchsicht, der Änderungsvorschläge einträgt. Vorübergehend trägt sich Goethe mit dem Gedanken, den Stoff in Romanform zu behandeln.

1805 und folgende Jahre. Systematischer Aufbau von Goethes Autographen- und Münzsammlung.

Werke: Epilog zu Schillers „Glocke". (I, 256.) — *Winckelmann und sein Jahrhundert. In Briefen und Aufsätzen herausgegeben von*

Goethe. (XII, 96 ff.) — *Rameaus Neffe. Ein Dialog von Diderot. Aus dem Manuskript übersetzt und mit Anmerkungen begleitet.* (XII, 267 ff.) — Kleine Aufsätze im Rahmen der Farbenlehre.

1806 Intensive, während mehrerer Monate tägliche, nur durch den Aufenthalt in Karlsbad unterbrochene Arbeit an der *Farbenlehre*. — *Ende Januar/3. Dezember*. Ausarbeitung und Vollendung des *Didaktischen Teils*. (XIII, 314 ff.)

Januar. Bekanntschaft mit dem Physiker Th. J. Seebeck in Jena, mit dem Goethe jahrelang engen wissenschaftlichen Kontakt hält.

Anfang Januar. Veröffentlichung des *Programms* der 7. Kunstausstellung 1805 mit Preiserteilung, Verzeichnis der ausgestellten Werke, Rezension der eingesandten Arbeiten, verfaßt von Meyer, in der „Jenaischen Allgemeinen Literaturzeitung".

2. Januar. Lektüre der Gedichte und der Selbstbiographie des Volksdichters Gottlieb Hiller (1778—1826), über die Goethe am *17./18.* eine Rezension verfaßt.

3. Januar/5. Februar. Mehrmaliges Studium der Naturgeschichte des Plinius im Hinblick auf die Geschichte der Farbenlehre.

10./12. Januar. Abfassung einer eingehenden anerkennenden Rezension von „Des Knaben Wunderhorn", die am *21./22. Januar* in der „Jenaischen Allgemeinen Literaturzeitung" erscheint. (XII, 270 ff.)

13. Januar. Abschluß der von Schiller begonnenen, von Goethe Ende 1805 aufgenommenen Umarbeitung der *Stella* zum Trauerspiel. — *15.* Aufführung in der neuen Fassung.

15. Januar/7. Februar. Beschäftigung mit Galvanismus, über den Goethe 2 Vorträge in der Mittwochsgesellschaft hält.

30. Januar. Aufführung eines Chorliedes mit Huldigungsversen anläßlich des Geburtstags von Herzogin Luise und des „Cid" von Corneille in einer Bearbeitung des Hallenser Philologen Niemeyer.

12. Februar/11. Juni. Wöchentliche Vorträge Goethes über Farbphysik mit experimentellen Vorführungen in der Mittwochsgesellschaft.

13./14. Februar. Lektüre und Rezension des Buches „Bildnisse jetzt lebender Berliner Gelehrten, mit ihren Selbstbiographien", herausgegeben von S. M. Lowe (1806), an dem Goethe besonders die Selbstbiographie des Historikers J. v. Müller interessiert.

3. März/22. April. Abschluß des *1. Teils* des *Faust*. Revision des Ganzen mit Riemer. Im Mai persönliche Übergabe des Manuskripts an Cotta bei dessen Aufenthalt in Weimar.

28./29. März. Lektüre von Schriften J. G. Hamanns.

23. April. Lektüre der „Sieben gegen Theben", *27.* der „Perser" des Aischylos in der Übersetzung von Danz.

25. April. Studium der „Vorlesungen über die deutsche Wissenschaft und Literatur" (1806) von Adam Müller (1779—1829), die F. Gentz an Goethe sendet.

25. April/18. Juni. Wiederholte Besuche des dänischen Dichters A. G. Oehlenschläger (1779—1850) bei Goethe, der sich sein Märchenspiel „Aladin oder die Wunderlampe" und seine Tragödie „Hakon Jarl" vorlesen läßt.

26. April. Ph. O. Runge übersendet Stiche seiner „Vier Tageszeiten". Anlaß zu einem bis zu Runges Tod (1810) anhaltenden brieflichen Gedankenaustausch über das Wesen der Farben. Lebhafter Anteil Goethes an Runges experimentellen Arbeiten und Schriften, die dieser, wie auch mehrmals seine Zeichnungen, an Goethe sendet. — *3. Juli.* Runges Brief mit Betrachtungen zur Farbentheorie, den Goethe am Ende des 1. Teils der *Farbenlehre* abdruckt.

2./3. Mai. Lektüre der „Fragmente aus der neuesten Geschichte des politischen Gleichgewichts in Europa" von F. Gentz (1764—1832), am *11.* der Legenden von L. G. Kosegarten (1758—1818). (Briefwechsel mit Gentz 1806 bis 1825.)

10. Mai. Szenische Aufführung von Schillers „Lied von der Glocke" im Hoftheater.

16./20. Mai. Geschäfte in der Museumsverwaltung in Jena.

5. Juni. Studium der „Histoire des Mathématiques" (1758) von J. St. Montucla.

19./25. Juni. Rezension der Romane „Bekenntnisse einer schönen Seele" von Fr. Buchholz (Berlin 1806), „Melanie, das Findelkind" von Friederike Helene Unger (Berlin 1804) und „Wilhelm Dumont" von Karoline Paulus (Lübeck 1805). (Druck *16. Juli.*)

25./27. Juni. Beschäftigung mit dem Nibelungenlied, angeregt durch die Veröffentlichung von Auszügen durch den Germanisten F. H. v. d. Hagen in der Zeitschrift „Eunomia".

*

29. Juni/8. August. Reise nach Karlsbad in Gesellschaft Riemers und des befreundeten Majors v. Hendrich mit Aufenthalten in Schleiz, Hof, Asch, Eger. — Während der Kur Bekanntschaft und Verkehr mit dem Fürsten Heinrich XIII. von Reuß, Landgraf Karl von Hessen, Gräfin Schimmelmann, Angehörigen des österreichischen, polnischen und russischen Adels. — Intensive Pflege mineralogischer und geologischer Interessen im Umgang mit den Mineralogen Werner, v. Struve, August v. Herder, vor allem mit dem Steinschneider J. Müller, in dessen Gesellschaft Goethe zahlreiche Wanderungen und Fahrten nach geologisch bemerkenswerten Punkten der Umgebung macht. Ankauf einer von Müller zusammengestellten Sammlung Karlsbader Mineralien. *19. Juli.* Aufzeichnung von Müllers Lebensgeschichte. — Auf der Rückreise am *5. August* Besuch des Scharfrichters Huß in Eger zur Besichtigung von dessen Münz- und Waffensammlung.

*

15. August/1. September. In Jena. Reger Verkehr mit G. W. F. Hegel (1770—1831), der seit 1805 eine Professur innehat, und — wie bei den meisten früheren und folgenden Jenenser Aufenthalten Goethes — im Hause des Buchhändlers Frommann. — *17./31.* Physikalische Experimente mit Seebeck, an denen gelegentlich auch Hegel teilnimmt. — Beschäftigung mit Mineralogie und Geologie, die Goethe den ganzen September hindurch fortsetzt. Studium der mineralogischen Schriften Georg Agricolas (1490—1555). — *18./19.* Gespräche mit dem Historiker H. Luden über *Faust.* — *27./28.* Beginn einer Umgestaltung des *Elpenor*, die Goethe dann Riemer überläßt und nur — *25./26. Oktober* — einer letzten Redaktion unterwirft. (Versfassung.) — Beschäftigung mit dem von Körte herausgegebenen Briefwechsel von Gleim, Heinse und J. v. Müller und der dagegen gerichteten Schrift F. H. Jacobis, mit der Geschichte der römischen Kaiserzeit des Lampridius Aelius, mit der „Ars poetica" des Horaz in den Übersetzungen von Schelle und Wieland. — Fortsetzung von Landschaftszeichnungen, die Goethe in Karlsbad begonnen hat.

21. September. Besuch von Ludwig Tieck.

26. September/6. Oktober. In Jena zur Aufstellung und Katalogisierung der Karlsbader Mineraliensammlung gemeinsam mit Bergrat Lenz. — *2./3. Oktober.* Goethe zu Gast im Hauptquartier des Fürsten Hohenlohe-Ingelfingen, des Kommandeurs der preußischen Armeen bei Jena. Bekanntschaften im Kreis der preußischen Generalität.

12. Oktober. Erster Besuch Goethes bei der Romanschriftstellerin Johanna Schopenhauer, der Mutter Arthur Schopenhauers, die sich mit ihrer Tochter Adele in Weimar niederläßt und deren Haus bald zu einem Mittelpunkt des gesellschaftlich-literarischen Lebens in Weimar wird. Beginn eines jahrelang sehr regen freundschaftlichen Verkehrs, besonders in den Jahren 1806—1813.

14. Oktober. Schlacht bei Jena und Auerstädt. Plünderung Weimars, bei der Goethes Haus verschont bleibt. In der nächsten Zeit Goethe viel am Hofe; Bekanntschaft mit Marschall Augereau und anderen napoleonischen Heerführern.

19. Oktober. Kirchliche Trauung mit Christiane.

Ende Oktober. Entstehung der Absicht, die morphologischen Studien gesammelt bei Cotta herauszugeben. — *8./10. November* und *6. Dezember.* Niederschrift erster Abschnitte einer Einleitung dazu. (*Das Unternehmen wird entschuldigt. — Die Absicht eingeleitet.* — XIII, 53 ff.)

9./30. Dezember. Tägliche Arbeit am *Polemischen Teil* der *Farbenlehre.*

12. Dezember. Die Malerin Caroline Bardua, eine Schülerin H. Meyers, die in Goethes Hause oft zu Gast ist, beginnt Goethe zu porträtieren.

15./20. Dezember. Beschäftigung mit den Werken und der Lebensgeschichte von L. F. Huber.

29. Dezember. Rezension von A. W. Ifflands „Almanach für Theater und Theaterfreunde auf das Jahr 1807".

Werke: Metamorphose der Tiere. (I, 201.) — *Vanitas! Vanitatum vanitas!* — Sprüche, u. a.: *Gesellschaft.* (I, 312.) — *Im Dorfe war* ... (I, 312.) — *Ein großer Teich* ... (I, 336.) — *Stella.* (2. Fassung.) — *Faust.* (Abschluß des *1. Teils.* — III, 7 ff.)

1807 *Januar/April.* Fortlaufende Arbeit am *Polemischen Teil* der *Farbenlehre. Ende Januar* Abschluß der seit längerer Zeit ausgearbeiteten Tafeln. Fortsetzung der Studien zur Geschichte der Farbenlehre.

1. Januar. Im „Neujahrsprogramm" der „Jenaischen Allgemeinen Literaturzeitung" setzt sich Goethe für Ph. O. Runges Kunst durch eine rühmende Besprechung der „Tageszeiten" ein.

13./17. Februar. Übersetzung einer umstrittenen Gedenkrede J. v. Müllers auf Friedrich II. („La Gloire de Frédéric", 1807), durch deren Druck in Cottas „Morgenblatt für gebildete Stände" vom 3./4. März Goethe sich für den Autor einsetzt. — *18.* Abfassung einer Rezension, die am *28.* in der Jenaer Literaturzeitung erscheint.

16. Februar. Uraufführung des *Torquato Tasso* in einer Überarbeitung für die Bühne.

März. Neue Beschäftigung mit Calderon. Goethe liest das Drama „Der standhafte Prinz" im Kreise J. Schopenhauers und des Hofes vor. Nochmals im *Oktober.*

16. März. Goethe erhält das ihm gewidmete Werk „Ideen zu einer Geographie der Pflanzen, nebst einem Naturgemälde der Tropenländer" von A. v. Humboldt. Er entwirft dazu eine Profilkarte, die später gedruckt wird. (*Höhen der alten und neuen Welt bildlich verglichen. Ein Tableau von Herrn Geh. Rat v. Goethe.* 1813.)

1./8. April. Ausarbeitung eines Schemas für Vorträge über die *Bildung der Erde.*

10. April. Tod der Herzogin Anna Amalia. Goethe verfaßt einen Nachruf, der von den Kanzeln des Herzogtums verlesen wird.

Mitte April. F. A. Wolf, mehrere Tage zu Gast bei Goethe, hält einen Vortrag über Altertumskunde in der Mittwochsgesellschaft.

23. April. Erste Begegnung mit Bettina Brentano in Weimar. (Briefwechsel 1807—1830.) — *1./10. November.* Zweiter Besuch mit F. C. v. Savigny und seiner Frau, geb. Brentano.

28. April. Tod des Landschaftsmalers Philipp Hackert, mit dem Goethe seit ihrer Bekanntschaft in Neapel 1787 in freundschaftlicher Beziehung steht. Durch letztwillige Verfügung Hackerts erhält Goethe dessen autobiographische Aufzeichnungen zur Herausgabe einer Biographie. (Durchführung 1810/11.)

3./5. Mai. Lektüre der „Cent Nouvelles nouvelles", *7. Mai* des „Decamerone" Boccaccios in Zusammenhang mit der Wiederaufnahme eigenen Novellenschaffens für *Wilhelm Meisters Wanderjahre.* In diesem Umkreis auch Studium von „Tausend und eine Nacht" und der Novellensammlung der Königin Margarete von Navarra.

17./21. Mai. Beginn der Arbeit am Roman *Wilhelm Meisters Wanderjahre.* Diktat der ersten Kapitel und des Märchens *Die neue Melusine.* — *31. Mai.* Schluß des Märchens. — *1. Juni.* Diktat der Novelle *Die gefährliche Wette.* — *3. Juni.* Anfang der Novelle *Der Mann von funfzig Jahren.*

24. Mai. Eröffnung eines Gastspiels des Weimarer Hoftheaters in Leipzig mit einem Prolog Goethes.

*

25. Mai/11. September. Reise nach Karlsbad in Begleitung Riemers über Schleiz, Hof, Franzensbad. — Bekanntschaft mit Karl Friedrich Graf Reinhard, Diplomat in französischen

Diensten, der lebhaftes Interesse an Goethes Arbeiten nimmt, besonders der *Farbenlehre*, und Abschnitte von dieser ins Französische übersetzt. Entstehung eines bleibenden freundschaftlichen Verhältnisses. (Briefwechsel 1807—1832.) Gesellschaftlicher Verkehr mit dem Fürsten von Ligne, dem Herzog von Koburg, deren Bekanntschaft Carl August vermittelt, der Fürstin Solms, mit Fernow, F. v. Gentz, dem Naturforscher G. H. v. Schubert, Bergrat Werner, mehreren Ärzten.

Pflege der geognostischen Interessen wieder im Verkehr mit Werner und dem Steinschneider J. Müller, den Goethe zu systematischer Ordnung seiner Sammlung veranlaßt und dabei berät. *19./23. Juli.* Entwurf und Diktat des Aufsatzes *Sammlung zur Kenntnis der Gebirge von und um Karlsbad angezeigt und erläutert.*

30./31. Juli. Lektüre von Adam Müllers Vorlesung über das spanische Drama. *1./3.* und *7. August.* Beschäftigung mit Bouterweks „Geschichte der französischen Poesie". *4./10.* Lektüre des „Gil Blas v. Santillana" von Lesage.

4./5. August. Arbeit an *Wilhelm Meisters Wanderjahre.* Fortsetzung der Rahmenerzählung und des *Mann von funfzig Jahren*, Übersetzung der französischen Novelle „La Folle en Pèlerinage" unter dem Titel *Die pilgernde Törin.*

8./10. August. Angeregt durch die Beschäftigung mit romanischer Literatur, besonders mit Calderon, erwägt Goethe die Behandlung *romantischer Motive.* — *20.* Konzeption des Plans und erste Entwürfe zu einer Märtyrertragödie nach dem Muster Calderons. *8. September.* Weitere Ausführung des Schemas. (*Bruchstücke einer Tragödie.*) — Aufgegeben nach nochmaliger kurzer Beschäftigung 1810.

7./11. September. Rückreise nach Weimar über Eger—Hof—Schleiz—Jena.

*

12./19. September. Anläßlich der Rückkehr der herzoglichen Familie nach Weimar nach dem Zusammenbruch von 1806 schreibt Goethe das *Vorspiel zur Eröffnung des Weimarischen Theaters am 19. September 1807 nach glücklicher Wiederversammlung der Herzoglichen Familie.*

22. September/25. November. Beschäftigung mit Plinius, Lukrez, Seneca sowie der Philosophie des Mittelalters, besonders Roger Bacon, im Hinblick auf die Geschichte der Wissenschaften und der Farbenlehre.

9./15. Oktober. Studium von Werken Bacons of Verulam.

17. Oktober. Schelling sendet seine Rede „Über das Verhältnis der bildenden Künste zur Natur", die Goethe sehr anerkennt.

Oktober/Dezember. Eingehende Beschäftigung mit dem „Nibelungenlied“, angeregt durch v. d. Hagens Ausgabe (1807). Aufzeichnung von Betrachtungen zum Inhalt, Anfertigung eines Verzeichnisses der Personen und einer Karte für Vorträge, die Goethe — vermutlich erst im nächsten Jahre — in der Mittwochsgesellschaft hält.

November/Dezember. Reger freundschaftlicher Verkehr im Hause Frommann. Verborgene leidenschaftliche Neigung zu dessen achtzehnjähriger Pflegetochter Minchen Herzlieb.

19. November/8. Dezember. Beginn der Niederschrift des Festspiels *Pandora.* (Ursprünglich geplanter Titel: *Pandorens Wiederkunft.*) Äußere Anregung durch die Bitte der Goethe befreundeten Schriftsteller L. v. Seckendorff und J. L. Stoll um einen Beitrag zu ihrer geplanten, 1808 gegründeten Zeitschrift „Prometheus“.

25. November. Brief an Leonhard, der in einem Taschenbuch Goethes Aufsatz über die Karlsbader Gesteinsarten druckt, mit Kommentar über diesen.

Dezember. Bekanntschaft mit dem Dramatiker Zacharias Werner (1768—1823), der sich bis Ende März 1808 in Weimar und Jena aufhält.

Ende 1807. F. A. Wolf, nach Berlin übergesiedelt, eröffnet die von ihm und Ph. Buttmann herausgegebene Zeitschrift „Museum der Altertumswissenschaft“ mit seiner Darstellung der Altertumskunde, in der er Goethes Verdienste um die Kenntnis des klassischen Altertums würdigt und Goethe als Wiedererwecker griechischen Geistes feiert.

1807. Gründung einer Hauskapelle unter Leitung des Komponisten Karl Eberwein (1786—1868), eines Schülers Zelters.

Winter 1807/1808. Entstehung von Goethes Sonett-Zyklus. (I, 294ff.) Anregung zur Beschäftigung mit dieser Kunstform durch Zacharias Werner, der im Jenaer Kreis Sonette von A. W. Schlegel, Gries, Klinger sowie eigene vorliest.

Werke: Sonette. (I, 294ff.) — *Wirkung in die Ferne.* (I, 282.) — Novellen zu *Wilhelm Meisters Wanderjahre.*

1808 *Januar/Ende März.* Wiederholte Besuche Z. Werners, dessen Person und Werk Goethes Interesse erregt. Vorlesung mehrerer Dramen. Goethe läßt Werners Trauerspiel „Wanda“ am *30. Januar*, zwei Jahre später die Schicksalstragödie „Der 24. Februar“ aufführen.

3. Januar/13. Juni. Arbeit, mit längeren Unterbrechungen, an *Pandorens Wiederkunft. 18. Mai.* Letztes Schema für den geplanten zweiten Teil. Abbruch der Dichtung, die durch die *Wahlverwandtschaften* verdrängt wird.

24. Januar. Heinrich v. Kleist übersendet das erste Heft seiner mit Adam Müller herausgegebenen Zeitschrift „Phöbus", das ein Fragment seines Trauerspiels „Penthesilea" enthält. Goethe antwortet am *1. Februar.*

1. Februar. Ph. O. Runge schickt Goethe sein Buch über die „Farbenkugel", das im Januar bei Fr. Perthes in Hamburg erscheint.

25. Februar/11. März. Arbeit am *Polemischen Teil* der *Farbenlehre.*

2. März. Unter Goethes Regie wird Kleists Lustspiel „Der zerbrochne Krug" in Weimar aufgeführt und erlebt einen totalen Mißerfolg.

20. März/10. April. Häufige physikalische Versuche — besonders zur Farbphysik und zum Galvanismus — mit Seebeck. Vorführungen im Hofkreise. Studium von Ritters Schriften über Galvanismus.

11./12. April. Entwürfe zu Novellen für *Wilhelm Meisters Wanderjahre*, besonders zum *Mann von funfzig Jahren*, und zu den *Wahlverwandtschaften.* Fortsetzung *22. April.*

Frühjahr. Der *erste Teil* des *Faust* erscheint im Druck.

21. April. A. v. Arnim sendet seine „Zeitung für Einsiedler".

1. Mai. Auf der Fahrt von Jena nach Weimar erzählt Goethe H. Meyer die erste Hälfte der *Wahlverwandtschaften.*

*

12. Mai/17. September. Reise nach Karlsbad, wo Goethe am *15. Mai* eintrifft. Unterwegs Überlegungen zu *Pandorens Wiederkunft* und zur Fortsetzung des *Faust.* — Bekanntschaft und Umgang mit Elisa v. d. Recke, deren Schwester, der Herzogin von Kurland, dem Dichter Chr. A. Tiedge (1752—1841), dem Herzog von Gotha, dem Fürstbischof von Breslau, Fürst Hohenlohe-Bartenstein. — Näherer Verkehr mit der Goethe seit langem befreundeten Familie des Gothaischen Kanzlers v. Ziegesar, auf dessen Gut Drakendorf bei Jena Goethe häufig zu Gast ist; in ihrem Kreis Pauline Gotter, Tochter von Goethes Jugendfreund, spätere Frau Schellings. — *18./19. Juni.* Gedicht *An Silvie von Ziegesar* anläßlich ihres Geburtstags. — Fortsetzung der geologisch-mineralogischen Studien und Unterhaltungen wie in den Vorjahren.

29./31. Mai. Entwurf des Schemas zu den *Wahlverwandtschaften.* Erweiterung zum Roman. — *1. Juni/30. Juli.* Diktat des *1.* bis *18. Kapitels* (ursprüngliche Zählung) und weitere Ausarbeitung des Schemas.

25./29. Juni. Überarbeitung der Novelle *Die pilgernde Törin.*

28. Juni. Im Auftrag der bayrischen Regierung wendet sich der Münchener Theologe F. J. Niethammer — Goethe von früherer Lehrtätigkeit in Jena her bekannt — an Goethe mit dem Vorschlag, eine Anthologie deutscher Lyrik als „Grundlage der allgemeinen Bildung der Nation" zu schaffen. — *19. August.* Goethes Gutachten über diesen Plan, der Goethe längere Zeit beschäftigt, aber — nach Ausarbeitung mehrerer Entwürfe — unausgeführt bleibt. („Plan eines lyrischen Volksbuches". XII, 284ff.)

9./21. Juli. Aufenthalt in Franzensbad in Gesellschaft der Familie Ziegesar. Mehrmals Besuch des Kammerbergs bei Eger; dort Untersuchung und Sammlung von Gesteinen, Zeichnung des Berges, Entwurf einer Beschreibung.

25./27. Juli. F. Bury porträtiert Goethe in Karlsbad. — *26./27.* Goethes Gedicht *Einer hohen Reisenden* für die Erbprinzessin von Hessen, zu deren Gefolge Bury gehört.

27. Juli/26. September. Fortlaufende Arbeit am *Historischen Teil* der *Farbenlehre.* Fortsetzung *1. November/31. Dezember.* Quellenstudium zur Geschichte der Farbentheorie besonders von der Antike bis zur Renaissance.

4./29. August. Täglicher Verkehr mit dem Dresdener Landschaftsmaler K. F. Kaaz (1776—1810), der Goethe beim Zeichnen und Kolorieren berät. Im nächsten Jahr wiederholter Besuch in Weimar.

23./24. August. Erste Vorarbeiten und Schema zur Biographie Ph. Hackerts.

28./30. August. Wiederaufnahme der *Wahlverwandtschaften.* Planung der Fortsetzung.

30. August/11. September. In Franzensbad. Diktat des Aufsatzes über den Kammerberg bei Eger. (XIII, 258 ff.) — Lektüre während der Reise: Ciceros Briefe in Wielands Übersetzung, Sallust „Bellum Jugurthinum", Juvenal, Ariost, Castiglione „Il Cortegiano", Fr. Schlegel „Über die Sprache und Weisheit der Inder", Spittler „Staatengeschichte". *12./17. September.* Rückreise nach Weimar.

*

September. August v. Goethe bezieht die Universität in Heidelberg, später in Jena.

13. September. Tod von Goethes Mutter.

29. September. Carl August beruft Goethe in sein Gefolge anläßlich des Erfurter Kongresses. — *30.* Aufführung von Racines „Britannicus" mit F. J. Talma in der Hauptrolle. — *2. Oktober.* Audienz bei Napoleon in Gegenwart Talleyrands und anderer Würdenträger. Gespräch über *Werther*, Voltaires „Mahomet", tragisches Theater. — *6.* Zweite Begegnung Goethes mit Napoleon, der Goethe auffordert, nach Paris zu kommen, eine Cäsar-Tragödie zu schreiben. Der Minister Maret wohnt bei Goethe; Besuch des Marschalls Lannes. *14.* Der Orden der Ehrenlegion wird Goethe verliehen. *15.* Talma und seine Frau bei Goethe zu Besuch.

8./19. Oktober. Der Göttinger Historiker Sartorius mit seiner Frau bei Goethe zu Besuch.

2./13. November. Beschäftigung mit Zeichnungen Caspar David Friedrichs.

November/Dezember. Neue intensive Beschäftigung mit dem „Nibelungenlied". Studium von Aventins „Bayrischer Chronik" und von verschiedenen Schriften über deutsches Altertum. *9. November 1808/11. Januar 1809.* Regelmäßige wöchentliche Vorlesungen aus dem „Nibelungenlied" im „Mittwochskränzchen".

19./27. November. Studien über den Zusammenhang von Tonlehre und Mathematik mit Dr. Werneburg.

9. Dezember. Gerhard v. Kügelgen (1772—1820) beginnt sein Porträt Goethes.

Dezember. Wiederholte Besuche W. v. Humboldts, A. v. Arnims, Z. Werners, H. Steffens'.

1808. Im Laufe des Jahres tritt Friedrich v. Müller, weimarischer Staatsbeamter, ab 1815 Kanzler des Herzogtums, späterer Verfasser der „Unterhaltungen mit Goethe", zu Goethes engerem Freundeskreis. (Erste Begegnung 21. September 1801; enger persönlicher Verkehr bis zu Goethes Tode.) — Entstehung näherer Verbindung zu dem Naturwissenschaftler und Archäologen E. J. W. d'Alton, der 1808/1810 in Tiefurt lebt, und zu dem Philologen B. R. Abeken, seit 1808 Erzieher der Kinder Schillers.

Werke: Kläffer. (I, 337.) — *Freibeuter.* — Gedichte der Gruppe *Parabolisch.* — *Der Goldschmiedsgesell.* — *Pandora. Ein Festspiel.* (V, 332ff.) — *Der Kammerberg bei Eger* (I). (XIII, 258ff.)

1809 *1809.* Intensive, monatelang tägliche, nur im August und September unterbrochene Arbeiten zur Geschichte der Farbenlehre. Studium der Quellen besonders des 16., 17. und 18. Jahrhunderts, u. a. der Werke von Francis Bacon, Descartes, Kepler, Porta, Aguilonius, Galilei, Grimaldi, Gassendi, Morhof, Lichtenberg. Darstellung der Geschichte der eigenen Farbenstudien im Zusammenhang mit der wissenschaftlichen Entwicklung des 18. Jahrhunderts.

1809. Fortsetzung der Beschäftigung mit altdeutscher und altnordischer Sage und Dichtung. *25. Januar/22. Februar.* Vorlesung des Volksbuchs vom Riesen Fierabras (nach dem „Buch der Liebe", 1809, von Büsching und v. d. Hagen) in der „Mittwochsgesellschaft". *29. März.* Vortrag über altnordische Sagenstoffe. *5./26. April.* Vorlesung des „König Rother" (nach Büsching/v. d. Hagens „Deutschen Gedichten des Mittelalters", 1808). — Wiederholte Lektüre der — im Vorjahr von A. v. Arnim übersandten — Bände 2 und 3 von „Des Knaben Wunderhorn". *15. Februar.* Beschäftigung mit Kaiser Maximilians „Theuerdank", *14. April* mit Ulfilas und Otfried, *4. Juni* mit dem Volksbuch „Tristan und Isalde".

1809. Ausbau der sonntäglichen Musikveranstaltungen in Goethes Hause unter Leitung des Komponisten Karl Eberwein (1786—1868), eines Schülers Zelters.

30. Januar. Aufführung eines von Falk und Riemer entworfenen Maskenzuges, zu dem Goethe deutende Verse beisteuert.

1./8. März. Vorlesung von Calderons „Blume und Schärpe" in der „Mittwochsgesellschaft".

15. April/4. Oktober. Fortlaufende, im August und September tägliche Arbeit an den *Wahlverwandtschaften*, wobei Revision des *1. Teils* und Ausarbeitung des *2.* bis zum Abschluß nebeneinander hergehen. *4. September.* Selbstanzeige Goethes im „Morgenblatt für gebildete Stände", die das Erscheinen des Romans zur Michaelismesse ankündigt. (VI, 621.)

2./3. Mai. Lektüre der Selbstbiographie von V. Alfieri. Im Lauf des Jahres wiederholte Beschäftigung mit Knebels Übersetzung (1809) von Alfieris Tragödie „Saul", die Goethe 1811 in Weimar aufführen läßt.

11./21. Mai. Entstehung der Ballade *Johanna Sebus*, die später in Zelters Vertonung aufgeführt wird.

15./16. Juli. Besuche des Grafen Reinhard anläßlich des Rückzugs König Jérômes von Westfalen nach der Schlacht von Wagram.

8. August. Besuch von Clemens Brentano.

29. August/9. September. Studium von A. W. Schlegels Wiener „Vorlesungen über dramatische Kunst und Literatur".

25./26. September. Aufsatz über frühgeschichtliche Funde bei Ausgrabungen in der Nähe von Köstritz. Anregung zur Beschäftigung mit Werken über fränkisch-thüringische Kulturgeschichte zur Zeit der Christianisierung.

11. Oktober. Beginn der Arbeit an der — schon seit einem Jahr geplanten — Autobiographie *Dichtung und Wahrheit.* Ausarbeitung des „Ältesten Schemas“, Materialsammlung aus alten Tagebüchern und anderen biographischen Aufzeichnungen, Studien zur Geschichte des 18. Jahrhunderts. Durchführung bis *10. Dezember.*

10./15. Dezember. Lektüre von Grimmelshausens „Simplicissimus“. — *19.* Beschäftigung mit Schellings Abhandlung über das Wesen der menschlichen Freiheit, *29.* mit den Schriften von H. P. Sturz.

12./25. Dezember. Wiederholte Besuche Wilhelm Grimms, dessen Balladensammlung Goethes Interesse erregt.

23./26. Dezember. Aufführung des *Götz von Berlichingen* in einer neuen Bearbeitung. Versuch einer Aufteilung in zwei Stücke: *Adalbert von Weislingen, Ritterschauspiel in 4 Aufzügen* und *Götz von Berlichingen, Ritterschauspiel in 5 Aufzügen.*

1809. Bei den Aufenthalten in Jena zahlreiche Studien im Botanischen Garten.

1809. Auf Goethes Anregung hin wird die Verwaltung der künstlerischen und wissenschaftlichen Institute des Landes unter Goethe und Voigt zentralisiert. (*1815* endgültige Bildung der „Oberaufsicht über die unmittelbaren Anstalten für Wissenschaft und Kunst in Weimar und Jena“ unter der Leitung beider.)

Werke: Johanna Sebus. (I, 284.) — *Schweizerlied.* (I, 253.) — *Die Wahlverwandtschaften. Ein Roman.* (VI, 242ff.)

1810 *Januar/Mai.* Weiterhin fast ununterbrochene Arbeit an der *Farbenlehre.* Studien und Überarbeitung bis zur Durchsicht des letzten Revisionsbogens am *9. Mai.* Erscheinen des Werkes zur Ostermesse.

2./6., 18./20. Januar. Besuch W. v. Humboldts.

9./13. Januar. Studium des 2. Teils von A. W. Schlegels Wiener Vorlesungen.

22. Januar/1. Februar. Erfindung und Vorbereitung des Maskenzuges *Die romantische Poesie* mit deutenden Stanzen Goethes. Aufführung am *2. Februar.*

8./15. Februar. Vorbereitung des *Maskenzuges russischer Nationen* und einer *Quadrille italienischer Tänzer und Tänzerinnen,* beides mit festlichen Liedern Goethes. Aufführung am *16. Februar* zum Geburtstag der Erbprinzessin Maria Paulowna.

24./26. Februar. Beschäftigung mit J. G. Hamanns Schrift „Kreuzzüge des Philologen“.

12. März/16. Mai. Aufenthalt in Jena.

6./13. April. Lektüre von *Wilhelm Meisters Lehrjahre* im Gedanken an die Fortsetzung durch die *Wanderjahre.*

14./20. April. Beschäftigung mit Leben und Geschichte Karls des Großen (Einhard, Turpin) in Zusammenhang mit dem nochmals aufgegriffenen Plan einer Tragödie in der Art der Dramen Calderons. Diktat eines neuen Schemas für 5 Aufzüge auf Grund der älteren Entwürfe.

April/Mai. Vorstudien für *Wilhelm Meisters Wanderjahre.* Beschäftigung mit einer von Meyer auf Goethes Wunsch angefertigten Beschreibung der schweizerischen Baumwollspinnerei und Weberei.

5. Mai. Gespräch über die Campagne in Frankreich im Hinblick auf künftige Verarbeitung.

8. Mai. Sulpiz Boisserée (1783—1854), empfohlen durch Reinhard, sucht Goethe durch Übersendung von Zeichnungen des Kölner Doms und seiner geplanten Vollendung für die altdeutsch-niederrheinische Kunst zu interessieren. Beginn der später freundschaftlichen Beziehung. (Briefe 1810—1832.)

*

16. Mai/2. Oktober. Reise nach Karlsbad, Teplitz und Dresden. Unterwegs Gedanken und Aufzeichnungen zur Autobiographie. *19. Mai/4. August.* In Karlsbad, wie in den Vorjahren begleitet von Riemer. Bekanntschaft und Umgang mit der Kaiserin Maria Ludovica von Österreich, dem König von Holland Louis Bonaparte, Prinz Bernhard von Sachsen, General Fürst Liechtenstein, Fürst Lichnowsky, Fürst v. Lobkowitz, Angehörigen des österreichischen und sächsischen Hofes, ferner mit Bekannten aus früheren Kuraufenthalten: Marianne v. Eybenberg, den Diplomaten Graf Corneillan, Graf Razumovsky u. a. — Besuche von F. A. Wolf, Körner.

22./31. Mai. Diktat des „Karlsbader Schemas“ für die Autobiographie. Studien und Vorarbeiten, u. a. Lektüre der Briefe Voltaires.

1. Juni/15. Oktober. Arbeit an *Wilhelm Meisters Wanderjahre.* (Roman, Novellen, Gesamtplan.)

2./24. Juni. Gedichte anläßlich der Ankunft, des Aufenthalts und Abschieds der Kaiserin. — Lektüre: Tacitus, Gracian, Werke über altisländische Dichtung und Kultur, J. v. Müller „Allgemeine Geschichten“, L. v. Buch „Reise durch Norwegen und Lappland“.

15. Juli/23. August. Zelter in Karlsbad. Gemeinsame Beschäftigung mit der Tonlehre, zu der Goethe ein Schema entwirft. Neue Beschäftigung mit Chladnis „Akustik“. — *14./17. August.* Zelters Biographie.

6. August/16. September. In Teplitz mit Carl August und Prinz Bernhard von Weimar. Verkehr mit Fichte, Gentz, Wolf, Fürst v. Ligne, Frau v. Levetzow,. Bettina Brentano, Savignys, den Generälen v. Marwitz, Rühle v. Lilienstern, v. Pfuel.

8./12. September. Aufenthalt in Eisenberg bei Fürst Lobkowitz.

18./21. September. In Dresden. Verkehr mit Körner, C. D. Friedrich, Luise Seidler, G. v. Kügelgen, der Goethe nochmals porträtiert. — Auf der Reise viel Landschaftszeichnen und Aquarellieren.

27. September. Auf der Rückreise von Dresden Besichtigung des Erzbergwerks bei Freiberg in Sachsen.

*

12. Oktober/23. Dezember. Studien und Materialsammlung für *Dichtung und Wahrheit.* Lektüre: La Cretelle, „Histoire du XVIII Siècle", J. M. Miller, „Siegwart. Eine Klostergeschichte" (Leipzig 1776), „Allgemeine Deutsche Bibliothek", Nachschlagewerke zur Literaturgeschichte des 18. Jahrhunderts, Gleims Biographie von Körte. — Bettina Brentano sendet Berichte über Goethes Kindheit nach mündlichen Mitteilungen von Goethes Mutter.

12./16. November. Beginn der Ausarbeitung des — später in die *Italienische Reise* aufgenommenen — Aufsatzes über *Philipp Neri* in Zusammenhang mit den autobiographischen Arbeiten. (XI, 462ff.)

13. November. Besprechungen mit Riemer über die Möglichkeit einer Aufführung des *Faust.* An Zelter ergeht die Anregung (*18. November*), eine Musik dazu zu liefern, doch lehnt dieser ab.

18. November. Bekanntschaft mit dem nach Jena berufenen Chemiker J. W. Döbereiner, mit dem Goethe in regem wissenschaftlichem Verkehr bleibt. (Briefwechsel 1810—1830.)

18. November/31. Dezember. Arbeit an *Philipp Hackert.* In diesem Zusammenhang Studium verschiedener Reisebeschreibungen und Schriften über Sizilien. *17. Dezember 1810/18. Januar 1811.* Übersetzung des „Tagebuch einer Reise nach Sizilien von Henry Knight", das in die Biographie Hackerts eingefügt wird.

1810. In Cottas „Damenkalender" erscheint *Sankt Joseph der Zweite* mit dem Untertitel *Wilhelm Meisters Wanderjahre. Erstes Buch. Erstes bis viertes Kapitel* und einem Hinweis Goethes auf den Zusammenhang mit den *Lehrjahren.* (*1816/1818* Veröffentlichung von drei weiteren Novellen, die später in den Roman eingefügt werden, an der gleichen Stelle.)

1810. Erscheinen des Werkes „De l'Allemagne" der Mme. de Staël, das Goethe sofort zur Kenntnis nimmt.

Werke: Mailied. (I, 252.) — *Blumengruß.* (I, 252.) — *Ergo bibamus!* (I, 263.) — *Rechenschaft.* — *Katzenpastete.* — *Das Tagebuch.* — 6. Parabel. — 4 Gedichte für Kaiserin Maria Ludovica von Österreich. — *Zur Farbenlehre.* (XIII, 314 ff.) — *Materialien zur Geschichte der Farbenlehre.* (XIV, 7 ff.)

1811 *Ende Januar/Ende November.* Fortlaufende, in mehreren Monaten tägliche Arbeit an der Niederschrift von *Dichtung und Wahrheit.* Lektüre und Studien hierzu: Werke zur Geschichte Frankfurts (u. a. Lersners Chronik) und des Siebenjährigen Kriegs, zur Kulturgeschichte, Sprache und Geographie Palästinas; Beschreibung des Erdbebens von Lissabon; Literatur und Literaturgeschichte des 18. Jahrhunderts, u. a. Günther, Gottsched, Breitinger, Liscow, Rabener, Zachariae, Klopstock, Goldsmith, Prévost, Lavaters Biographie von Geßner. — *7. September.* Abschluß des *1. Teils,* der Ende Oktober bei Cotta erscheint.

30. Januar. Aufführung von Calderons Schauspiel „Der standhafte Prinz" in A. W. Schlegels Übersetzung. Besonders intensive Vorbereitung durch Goethe, der dem Theater hier eine *neue Provinz* erobern will. Pius Alexander Wolff rückt in den Mittelpunkt des Weimarer Schauspiel-Ensembles. Goethe arbeitet weiterhin persönlich an der Heranbildung des schauspielerischen Nachwuchses.

8. Februar/12. Mai. Der hessische Hofmaler Karl Joseph Raabe (1780—1849) hält sich in Weimar auf und porträtiert Goethe.

9. Februar. Lektüre des „Armen Heinrich" von Hartmann von Aue in Büschings Ausgabe. *3. März.* Vorlesung bei Johanna Schopenhauer.

15. Februar/4. Mai. Fortsetzung und Abschluß der Biographie Philipp Hackerts, die 1811 bei Cotta erscheint.

18. Februar/29. März. Lektüre der galanten Novellen des Padre Verrochio (= Domenico Batacchi, 1748—1802). Nochmals im September.

10. März. Zu Riemer äußert sich Goethe über den — unausgeführt gebliebenen — Gedanken, einen Roman *Die Egoisten* zu schreiben.

22./24. März. Entstehung der Kantate *Rinaldo* für Prinz Friedrich von Gotha, die am *15. November* durch diesen in der Vertonung durch P. v. Winter aufgeführt wird.

3./6. Mai. Besuche von Beethovens Freund F. v. Oliva, der Goethe mit Proben aus der 1810 entstandenen Musik zu

Egmont bekannt macht und einen Brief Beethovens überbringt. Goethes Antwort *25. Juni.*

3./12. Mai. Tägliche Besuche von Sulpiz Boisserée, der neues Interesse für die gotische Baukunst wie für den Plan der Restauration des Kölner Doms in Goethe erregt. Zeichnungen und Pläne, die Boisserée vorlegt, werden mit seinen und Goethes Erläuterungen bei Hofe ausgestellt, ebenso von Boisserée mitgebrachte Illustrationen zu Goethes *Faust* von Peter Cornelius, die Goethe sehr anerkennt.

*

12. Mai/28. Juni. Reise nach Karlsbad mit Riemer. *29. Mai.* Eintreffen Christianes. Geselliger Verkehr mit Elisa v. d. Recke, Tiedge, H. Meyer, Chevalier O'Hara, der in der Folgezeit zu Goethes Weimarer Gesellschaftskreis gehört. — *21. Juni.* Besichtigung des Erzbergwerks bei Schlaggenwald. — Arbeit an *Dichtung und Wahrheit.* — Lektüre: Plutarch, Moralische Schriften; Tacitus, übersetzt von K. L. Woltmann; Werke zur Geschichte Alexanders des Großen und des Handels im Altertum; Schlegels Vorlesungen; Körners Schiller-Biographie.

*

6. August. Eröffnung des neu errichteten Theaters in Halle mit einem Prolog Goethes. (Entstehung *17./26. Juli.*) Von nun an spielt das Weimarische Hoftheater in Halle statt in Bad Lauchstädt.

8. August/17. Oktober. Studien zur Kunstgeschichte der Antike mit H. Meyer. Lebhafte Anteilnahme an Meyers im Entstehen begriffener „Geschichte der bildenden Künste bei den Griechen".

25. August/8. September. Freundschaftlicher Verkehr von Achim und Bettina v. Arnim in Goethes Hause, der zu einem — erst nach Christianes Tod wieder ausgeglichenen — Bruch des Verhältnisses führt.

20. September. K. A. Varnhagen von Ense (1785—1858) übersendet Goethe chiffrierte Auszüge aus seinem Briefwechsel mit Rahel Levin (1771—1833), seiner späteren Frau, die Goethe schon 1795 in Karlsbad kennen lernt. — *10. Dezember.* Antwort Goethes, der die Briefe in Cottas „Morgenblatt" 1812 (Nr. 161—176) veröffentlicht.

22. September/30. Dezember. Wiederholtes Studium von Calderons Schauspiel „Das Leben ein Traum", das Goethe in der Übersetzung von Einsiedel am *30. März 1812* aufführen läßt.

14./25. Oktober. Lektüre der Novellen von Matteo Bandello (1480—1562).

12. November. Lektüre von F. H. Jacobis Schrift „Von den göttlichen Dingen und ihrer Offenbarung" (Leipzig 1811), die Jacobi Goethe zusendet und die Goethes tiefen Unwillen erregt. Anlaß zu neuer Lektüre von Spinozas „Ethik" (*12./14. November*). — *20. März 1812.* Lektüre von Schellings Gegenschrift, der Goethe zustimmt. *23. August.* Goethes Antwort in dem Gedicht *Groß ist die Diana der Epheser* (I, 285).

26./29. November. Luise Seidler (1786—1866) porträtiert Goethe.

5./31. Dezember. Auf der Grundlage von A. W. Schlegels Übersetzung bearbeitet Goethe Shakespeares Tragödie „Romeo und Julia" für die Bühne. Mitwirkung Riemers und P. A. Wolffs.

1811/2. Hälfte. Fortsetzung der Beschäftigung mit altdeutscher und altgermanischer Literatur (W. Grimms Sammlung altdänischer Dichtung, F. H. v. d. Hagens „Heldenbuch"). Studium von Werken zur Geschichte und Systematik der Physik, Zoologie und Botanik sowie — im nächsten Jahre fortgesetzt — der „Römischen Geschichte" von Niebuhr, die dieser Goethe übersendet. — Mehrmals Lektüre des „Schatzkästlein des rheinischen Hausfreunds" von Johann Peter Hebel (1760—1826), das Goethe vom Verfasser erhält und das wie Hebels frühere Dichtungen Goethes Beifall findet.

Werke: Rinaldo. — Aus meinem Leben. Dichtung und Wahrheit. Erster Teil. (IX, 7 ff.) — *Philipp Hackert. Biographische Skizze, meist nach dessen eigenen Aufsätzen entworfen von Goethe.* — Geologische Aufsätze.

1812 Fortsetzung des Studiums von Werken Calderons für das Weimarer Theater. („Die große Zenobia" — „Der wundertätige Magus".)

8./18. Januar. Tägliche farbphysikalische Versuche, anknüpfend an Newton, mit Seebeck. — *Januar/Mai* und *Oktober/Dezember.* Galvanische und chemische Versuche mit Döbereiner, u. a. Bemühungen um Verwandlung von Stärke in Zucker.

18./20. Januar. Beschäftigung mit Giordano Bruno (1550—1600). Lektüre der Schrift „De innumerabilibus, immenso et infigurabili".

23. Januar. Erste Aufführung des *Egmont* mit Beethovens Musik.

27. Januar/13. Februar. Wiederholte Besuche des Landschaftsmalers A. v. Rhoden, den Goethe durch seine Beteiligung an den Kunstwettbewerben kennt.

29. Januar. Bekanntschaft mit Carl Maria v. Weber (1786—1826) anläßlich eines Konzerts am Hofe. *27. Oktober.* 2. Besuch Webers in Weimar.

1. Februar. Erste Aufführung von Shakespeares „Romeo und Julia“ in Goethes Bearbeitung.

Februar/Mai. Eingehende Lektüre französischer Brief-, Memoiren- und Reisewerke (u. a. Marquise du Deffand, Montaigne, Saint-Simon), ferner von Chateaubriands „Atala“ und „Génie du Christianisme“.

März/Dezember. Fortsetzung der Arbeit an *Dichtung und Wahrheit* (*6.—13. Buch*). Beschäftigung mit Biographie und Werken von Jung-Stilling, Lenz, Klinger, Hamann, Klopstock, Gleim, Schöpflin („Alsatia illustrata“). *November.* Abschluß des *2. Teils.*

14. April. Lektüre des Trauerspiels „Toni“ von Theodor Körner (1791—1813), das Goethe noch im gleichen Jahr aufführen läßt.

21. April. Goethe übernimmt die Oberaufsicht über die neugegründete Sternwarte in Jena.

*

30. April/15. September. Reise nach Karlsbad und Teplitz. — In Karlsbad (*3. Mai/14. Juli; 11. August/12. September*) Umgang mit E. v. d. Recke, F. L. v. Stolberg, W. v. Humboldt, F. Brentano, Chladni, Karlsbader Bekannten der vergangenen Jahre. — Gedichte anläßlich der Ankunft des Kaisers Franz I. von Österreich und der Kaiserin Marie Luise von Frankreich. — In Teplitz (*14. Juli/10. August*) in Gesellschaft des Herzogs Carl August. Verkehr im Kreise der Kaiserin Maria Ludovica von Österreich; Vorlesung eigener Dichtungen, Entstehung des Lustspiels *Die Wette* in wenigen Tagen. Mehrmaliges Zusammentreffen mit Beethoven, den Goethe — zuerst am *19. Juli* — aufsucht, der Goethe vorspielt und ihn am *8. September* in Karlsbad besucht. — Während der Reise intensive Arbeit an *Dichtung und Wahrheit.* Viel Landschaftszeichnen. Lektüre: u. a. Altes Testament, Horaz, F. Schlegels „Deutsches Museum“ (Mitarbeit daran lehnt Goethe ab), Romane von Karoline Pichler.

Herbst. Ausgedehnte Arbeiten für die Erweiterung der Museen und wissenschaftlichen Sammlungen in Jena. Anregung zu mineralogischen Studien.

24./29. September. Fortsetzung und Vollendung des Märchens *Die neue Melusine*, das später in *Wilhelm Meisters Wanderjahre* aufgenommen, aber schon 1817 in Cottas „Taschenbuch für Damen“ veröffentlicht wird.

4. Oktober. Erster Besuch von Ottilie v. Pogwisch, Goethes späterer Schwiegertochter, und ihrer Schwester Ulrike.

10./21. Oktober. Studium der literarischen Korrespondenz von Grimm und Diderot.

Ende Oktober/Anfang Dezember. Angeregt durch den Schauspieler P. A. Wolff beschäftigt sich Goethe mit dem Gedanken, *Faust* aufzuführen. Entwurf eines — in der Skizze erhaltenen — Plans unter Mitwirkung von Wolff und Riemer, Überlegung von *Zwischenszenen* und Dekorationen.

30. Oktober/18. November. Gemeinsam mit den Professoren Döbereiner und Kieser ist Goethe mit Untersuchung der Schwefelquellen in Berka an der Ilm beschäftigt — im Hinblick auf den Plan des Erbprinzen, dort ein Heilbad zu gründen. — *7./21. November.* Ausarbeitung eines ausführlichen Gutachtens durch Goethe.

19. November/26. Dezember. Entstehung des Aufsatzes *Myrons Kuh.* — *9.* und *15. März 1818.* Überarbeitung und Abschluß. (XII, 130ff.)

20./30. Dezember. Gastspiel Ifflands.

Werke: Gegenwart. (I, 254.) — *Groß ist die Diana der Epheser.* (I, 285.) — *Was wär' ein Gott ....* (I, 357.) — Sprüche (*Epigrammatisch*), u. a. *Das Beste* (I, 315), *Den Originalen* (I, 318). — Gelegenheitsgedichte an Personen, u. a. an Erbprinzessin Maria Paulowna, den Kaiser von Österreich, die Kaiserin von Frankreich, Gräfin O'Donell, die Schauspielerin Amalie Wolff. — *Dichtung und Wahrheit. 2. Teil.* (IX, 217ff.) — *Die neue Melusine.* — *Myrons Kuh.* (XII, 130ff.)

1813 *Januar/Dezember.* Fortlaufende, im Mai und Juni tägliche Arbeit an *Dichtung und Wahrheit.* (*11./15. Buch.*)

6. Januar/8. April. Mehrmalige, durch eine Schrift A. v. Humboldts angeregte Beschäftigung mit der Anfertigung einer Profilkarte *Höhen der alten und neuen Welt bildlich verglichen.* (Druck in Weimar und Paris 1813.)

8./11. Januar. Neues Studium der „Gemälde" des Flavius Philostratus sowie — *4./6. Dezember* — von Abhandlungen Chr. G. Heynes hierzu.

18./19. Januar. Als Festgabe zum Geburtstag der Herzogin Luise schreibt Goethe die Kantate *Idylle.*

20. Januar. Wielands Tod. — *23. Januar/13. Februar.* Entstehung von Goethes Nachruf *Zu brüderlichem Andenken Wielands,* den er in der Logenfeier am *18. Februar* hält. — *28./31. Januar.* Beschäftigung mit den Werken des Grafen

Shaftesbury (1671—1713) und Wielands Horaz-Übersetzung in diesem Zusammenhang.

31. Januar/1. Februar. Niederschrift von Teilen des Aufsatzes *Ruysdael als Dichter.* Vollendung vermutlich nach Goethes Aufenthalt in Dresden im April und August. (XII, 138 ff.)

2./30. März. Entstehung von Teil *I* und *II* des Aufsatzes *Shakespeare und kein Ende.* Vollendung Anfang 1816. (XII, 287 ff.) — Lektüre von Werken Shakespeares. Studium des elisabethanischen Dramas auf der Grundlage der Textsammlungen von Tieck und C. H. Schmid.

2. April. Lektüre des Lustspiels „Die großen Kinder“ und des Trauerspiels „Die Schuld“ von Adolf Müllner (1774—1829), die Goethe am *19. Mai* bzw. am *31. Januar 1814* aufführen läßt. Persönliche Bekanntschaft Ende Dezember 1812.

13./14. April. Aufsatz *Die entoptischen Farben.*

*

17. April/19. August. Reise nach Dresden und Teplitz. — *18./19.* Goethes letzter Aufenthalt in Leipzig. Besuch der Erinnerungsstätten. — *19./20.* Meißen. Schloß, Dom, Porzellanfabrik. — *20./25.* Dresden. Besuch der Oper und Gemäldegalerie. Bekanntschaft mit Ernst Moritz Arndt (1769—1860) im Hause Körners und mit dem Maler Georg Friedrich Kersting (1783—1847), dessen Arbeiten Goethe schätzt. Besichtigung von Forstanlagen in Tharandt mit Forstrat Cotta. — *26. April/9. August.* Teplitz. Viel in Gesellschaft von Körner, Dr. Kapp, dem Maler Neuendorf, später von Carl August. Begegnungen mit Graf Brühl, Graf Uwarow, General v. Thielmann, Großfürstinnen Catharina und Maria von Rußland, dem polnischen Dichter Niemcewicz u. a. — Besichtigungsfahrten nach Dux, Osseg, Bilin, Außig, den Erzgruben von Zinnwald und Altenberg (*13./16. Juli.* Aufsatz darüber). — Arbeit an *Dichtung und Wahrheit.* — Beschäftigung mit Horaz, Sueton, englischer Literatur (Chaucer, Spencer), Molière, Le Sage, J. Möser („Patriotische Phantasien“). — Zeichnungen. — *10./16. August.* Dresden. Besuch der Antikensammlung, der Galerie, des Schlosses. *17./19.* Rückkehr über Waldheim — Gera — Jena.

*

2./16. Oktober. Studium der Kultur und Geographie Chinas an Hand von Reisewerken und kulturgeschichtlichen Schriften, u. a. Marco Polos.

17./20. Oktober. Entstehung des Epilogs zu der Tragödie „Essex“ von Banks, die am *13. November* aufgeführt wird.

Zur Vorbereitung benutzt Goethe vier historische Werke über Elisabeth von England und Essex.

24./30. Oktober. Begegnung mit Kaiser Alexander von Rußland, dem Fürsten Metternich, Prinz August von Preußen, dem preußischen Staatskanzler v. Hardenberg, die sich nach der Schlacht bei Leipzig in Weimar aufhalten.

28. Oktober. Beschäftigung mit dem Plan zu einer Oper *Der Löwenstuhl.* Entstehung von Bruchstücken. — *29. Oktober/20. November.* Verarbeitung des Stoffs zur *Ballade* (I, 290). (Vollendet 1817.) Nochmalige Aufnahme des Plans *28. Juli/1. August 1814.*

1./3. Dezember. Besuch von Friedrich Heinrich Karl de la Motte-Fouqué (1777—1843), den Goethe im Januar 1802 flüchtig kennen lernt und der — wie seine Frau Karoline geb. v. Briest, deren Schrift „Magie der Natur" Goethe 1812 in Karlsbad liest — zu Goethes begeisterten Verehrern gehört. Bleibende Verbindung bei wechselnden, teilweise zurückhaltenden Urteilen Goethes über Fouqués Dichtungen, die dieser Goethe häufig zusendet. (Briefwechsel 1813—1828.)

6./17. Dezember. Besuch des Leipziger Musikschriftstellers und Dramatikers J. F. Rochlitz (1769—1842), mit dem Goethe seit den 90er Jahren in freundschaftlicher Verbindung steht. (Seit 1801 Aufführung mehrerer seiner Lustspiele im Hoftheater.) Seinen Erlebnisbericht über die Schlacht bei Leipzig („Tage der Gefahr". In: „Neue Erzählungen". Leipzig 1816) würdigt Goethe als Dokument von bleibender Bedeutung.

6./23. Dezember. Erste Arbeit an der *Italienischen Reise.* (Abschnitte Sizilien und erster römischer Aufenthalt.)

13. Dezember. Gespräch mit dem Historiker H. Luden über Volk, Vaterland, Patriotismus anläßlich des — von Goethe abgelehnten — Plans Ludens, eine gegen Napoleon gerichtete Zeitschrift „Nemesis" zu gründen. (Erscheint 1814/1818.)

1813. Lektüre: Tacitus, Sueton, Statius, Thucydides. Beschäftigung mit Spinoza, Kant, Schelling, Schopenhauer; mit Werken über Geologie und Mineralogie (Charpentier, Trebra), Botanik, animalischen Magnetismus.

Werke: Die Lustigen von Weimar. (I, 264.) — *Der getreue Eckart.* (I, 286.) — *Der Totentanz.* (I, 288.) — *Die wandelnde Glocke.* (I, 289.) — *Ballade.* (I, 290.) — *Gefunden.* (I, 254.) — *Parabel.* (I, 354.) — *Eigentum.* (I, 307.) — *Gewohnt, getan.* — *Offene Tafel.* — Gelegenheitsgedichte für Personen des Weimarer Hofkreises. — *Ruysdael als Dichter.* (XII, 138 ff.) — Mehrere Aufsätze zur Geologie und Mineralogie, besonders Böhmens. — *Dichtung und Wahrheit. 3. Teil.* (IX, 449 ff.; X, 7 ff.)

1814 *Januar/Mai; November/Dezember.* Arbeit an der Abfassung der *Italienischen Reise.* (Karlsbad bis Venedig.)

Januar/Mai; Juli; Dezember. Redaktionelle Arbeit für die neue Ausgabe der Werke, die 1815—1819 in 20 Bänden bei Cotta erscheint.

Januar/Februar. Goethe versucht, Schauspiele von Fouqué und Arnim für die Bühne zu gewinnen, gibt aber den Gedanken einer Bearbeitung — wie schon früher bei Tiecks „Zerbino" und Brentanos „Ponce de Leon" — bald auf.

15. Februar; 14./16. Mai. Lektüre des Werkes „De l'Allemagne" von Mme. de Staël.

1. April. Besuch des Fürsten Anton Heinrich Radziwill (1775—1833), der eine Bühnenmusik zu *Faust* geschaffen hat und eine Aufführung in Berlin plant. In den folgenden Tagen Anpassung einiger Szenen an die Vertonung und Ausarbeitung von Zwischenstücken.

14. April/2. Mai. Sartorius in Weimar. Beschäftigung Goethes mit seinen Vorschlägen für eine neue deutsche Staatsverfassung.

Anfang Mai. Erscheinen des *3. Teils* von *Dichtung und Wahrheit.*

Anfang Mai. Die Badedirektion von Halle richtet an Goethe die Bitte, zur Eröffnung der Theaterspielzeit durch das Weimarer Schauspiel ein Vorspiel zu liefern, das zugleich als Totenfeier für den — von Goethe hochgeschätzten — Arzt und Universitätsprofessor J. Chr. Reil, den Begründer des Kurbetriebs in Halle, gegeben werden könne. *5./24.* Goethe arbeitet einen Entwurf aus, anknüpfend an *Was wir bringen* von 1802, überläßt die Ausführung aber Riemer, um sich der Arbeit an *Des Epimenides Erwachen* zu widmen. (*Was wir bringen. Fortsetzung. Vorspiel zur Eröffnung des Theaters in Halle den 17. Juni 1814.*)

6. Mai. Iffland, als Direktor des Berliner Nationaltheaters, wendet sich an Goethe mit dem Antrag, ein Festspiel zur Feier der Rückkehr Friedrich Wilhelms III. und des Zaren Alexander aus dem Feldzug gegen Napoleon zu schaffen. Am *17.* erreicht der Antrag Goethe in Berka; nach anfänglicher Ablehnung wegen des kurzen Termins von vier Wochen nimmt Goethe am *20.* an und übersendet am *22.* den vollständigen Entwurf für Inhalt und Dekorationen des Festspiels *Des Epimenides Erwachen* (V, 536 ff.). *19. Mai/21. Juni.* Ausführung des Entwurfs (V, 366 ff.). *24./30. Juni.* Besuch des Berliner Kapellmeisters B. A. Weber und des Verlegers Duncker zu Besprechungen über das Festspiel, an dem Goethe um der Musik willen einiges ändert. Die Aufführung kommt vorerst nicht zustande.

13. Mai/17. Juni; 20./28. Juni. Goethe in Berka. *8./16. Juni.* In Gesellschaft von F. A. Wolf.

7. Juni. Goethe lernt den „Divan" des Hafis in der Übersetzung von Josef v. Hammer kennen. Starke Anregung zu eigenem Schaffen. *Juni/Juli.* Entstehung der ersten Gedichte der späteren Sammlung *West-östlicher Divan.*

24. Juni/7. Juli. Aufenthalt Zelters in Berka und Weimar. Täglicher Umgang mit Goethe.

8./23. Juli. Vorbereitung und Redaktion einer Gedichtsammlung *Willkommen* zur Feier der Rückkehr Carl Augusts aus dem Feldzug gegen Napoleon.

*

25. Juli/27. Oktober. Reise an den Rhein, Main und Neckar. — *25./29. Juli.* Über Eisenach, Fulda, Hanau (Besuch des Mineralogen K. C. v. Leonhard, in dessen „Mineralogischem Taschenbuch" Goethe mehrere Beiträge veröffentlicht), Frankfurt nach Wiesbaden. Unterwegs Entstehung von Gedichten des *West-östlichen Divans* in rascher Folge. Goethe führt Hammers Hafis-Übersetzung mit sich. — *30. Juli/31. August.* Mit Zelter in Wiesbaden. Verkehr mit Bergrat L. W. Cramer, dem Bibliothekar Hundeshagen, Chr. H. Schlosser und Fr. J. H. Schlosser, den Neffen von Goethes Schwager, den Frankfurter Freunden J. J. Riese und J. J. v. Willemer. Bekanntschaft mit Marianne Jung, späterer v. Willemer, am *4. August. 14. August.* Begegnung mit Frhr. vom Stein. *23./26.* Carl August in Wiesbaden. — *1./8. September.* Goethe zu Besuch auf dem Landgut der Familie Brentano in Winkel. Tägliche Fahrten in die Umgebung. — *8./12.* Wiesbaden. — *13./23.* Frankfurt. Verkehr im gleichen Freundeskreise, dazu mit Rosette Städel, Willemers Tochter, Chr. G. Schütz, dessen Sammlung altdeutscher Gemälde Goethe besucht, S. Boisserée. *15.* Erster Besuch auf der Gerbermühle bei Willemers. — *24. September/9. Oktober.* Heidelberg mit Boisserée. Starker Eindruck von dessen Sammlung mittelalterlicher Kunst. Neue Beschäftigung mit Zeichnungen und Rissen des Kölner Doms, die Goethe mit Boisserée bei einem Besuch des Hofbaumeisters G. Moller in Darmstadt (*9./11. Oktober*) fortsetzt. — Verkehr mit Voß, Wilhelm und Ludwig Grimm. — *11./20. Oktober.* Frankfurt. Bei Schlossers. Verkehr mit Willemers. — *20./27.* Rückreise über Hanau (*20./24.*), Fulda, Eisenach. — Aufzeichnung von Reisenotizen über Kunst, Kultur, Landschaft, Geologie der Rhein- und Maingegenden, die Goethe später zur Veröffentlichung benutzt.

Oktober. Die Verzögerung der Aufführung von *Des Epimenides Erwachen* veranlaßt Goethe zu den Versen *Was haben wir nicht für Kränze gewunden...* (V, im Kommentarteil).

November/Dezember. Neue Beschäftigung mit Hafis. — *Dezember.* Beginn eingehender Studien über Dichtung, Kultur, Geschichte des Orients, an Hand der Werke von Jones, Hyde, Chabert, Warning, Hammer. — *4./20. Dezember* in Jena.

15. November 1814/24. Januar 1815. Neuer Aufenthalt des Malers K. J. Raabe in Weimar, der Goethe wieder porträtiert.

Werke: 50 Gedichte des *West-östlichen Divans*, darunter: *Hegire.* (II, 7.) *Elemente.* (II, 12.) *Phänomen.* (II, 13.) *Liebliches.* (II, 14.) *Im Gegenwärtigen Vergangnes.* (II, 15.) *All-Leben.* (II, 17.) *Selige Sehnsucht.* (II, 18.) — *Des Epimenides Erwachen. Ein Festspiel.* (V, 366 ff.)

1815 *1815.* Fortsetzung und Ausdehnung der Orientstudien, die Goethe in persönliche und briefliche Verbindung zu den Orientalisten v. Diez, Lorsbach, Silvestre de Sacy bringen. Studium des Koran und persischer Dichtung in den Übersetzungen von Olearius, Hammer, Diez, Hartmann, Jones, der Reisewerke von Pietro de la Valle, Chardin, Tavernier; Beschäftigung mit arabischer Schrift und Grammatik, gelegentlich auch mit indischer Dichtung.

1. Januar/Ende März. Arbeit an den Gedicht-Bänden der neuen Ausgabe der Werke. Fortsetzung *11./31. Dezember.*

Januar/März. Entstehung weiterer *Divan*-Gedichte: *Segenspfänder* (*1. Januar*) — Sprüche (*18./26. Januar*) — *Vermächtnis altpersischen Glaubens* (*13./14. März*) — *In tausend Formen...* (*16. März*).

Januar/März. Studien über die entoptischen Farben im Verkehr mit Seebeck.

Januar. Gedicht auf den Tod des Fürsten von Ligne (13. Dezember 1814), mit dem Goethe seit der ersten persönlichen Bekanntschaft in Karlsbad (11. Juli 1807) mehrmals — in Teplitz und Weimar — zusammentrifft. (*Requiem, dem frohsten Manne des Jahrhunderts, dem Fürsten v. Ligne.*)

18. Januar; 12. April. Entwurf eines Operntextes *Feradeddin und Kolaila* in Zusammenhang mit Goethes Studium der geistigen Welt des Orients.

30. Januar. Als letztes der Dramen Calderons wird das Schauspiel „Die große Zenobia" in der Übersetzung von Gries aufgeführt. — Der Bühnenbildner Beuther, ein Schüler von Fuentes, gibt dem Weimarer Theater in einer von Goethe gewünschten Richtung neuen Aufschwung hinsichtlich der Ausstattung.

4. Februar. Aufführung von Goethes *Proserpina* in der Vertonung von Eberwein mit Amalie Wolff. Anzeigen Goethes im „Journal für Literatur, Kunst und Mode" (April 1815) und im „Morgenblatt für gebildete Stände" vom 8. Juni.

22. März. Im „Morgenblatt" berichtet Goethe über mehrere Bilder aus der Schule der beiden Cranachs, die im Februar in Leipzig entdeckt werden.

26./31. März. Beschäftigung mit der Sonett-Sammlung „La Cicceide" von G. F. Lazzarelli (1621—1693). Abfassung des Aufsatzes *Don Ciccio* für das „Morgenblatt".

30. März. Aufführung von *Des Epimenides Erwachen* in Berlin unter der Intendanz des — Goethe lange bekannten — Grafen Brühl, Ifflands Nachfolger.

7. April/27. Juni. Arbeit an der *Italienischen Reise.* (Schilderung von Neapel und Sizilien.)

10./11. April. In Cottas „Morgenblatt" erscheint Goethes Aufsatz *Über das deutsche Theater*, der Schillers dramaturgische Tätigkeit für das Weimarer Theater und seine Zusammenarbeit mit Goethe im Aufbau eines neuen Repertoires würdigt.

29. April/4. Mai. Gemeinsam mit dem — schon als Übersetzer von Dramen hervorgetretenen — Weimarer Regierungsrat K. F. Peucer verfaßt Goethe ein Nachspiel zu Ifflands Schauspiel „Die Hagestolzen". Aufführung — zugleich mit Schillers „Glocke" und Goethes *Epilog* zu dieser (I, 256) — am *10. Mai* als Gedenkfeier für Iffland († 22. September 1814) und Schiller. Dazu Aufsätze Goethes im „Morgenblatt" vom 18. März und 26. Juni.

Mai. Huldigung für Carl August als Großherzog bei der Rückkehr vom Wiener Kongreß in einem von Goethe umgestalteten Finale der Oper „Johann von Paris" von Boieldieu.

17. Mai. Versuch, aus den beiden ersten Monologen des *Faust* ein Monodrama für eine Teilaufführung zu gestalten, nachdem Goethe in diesem Frühjahr den mehrere Jahre hindurch verfolgten Gedanken aufgegeben hat, das Werk als Ganzes auf die Bühne zu bringen.

19. Mai. Goethe erhält die Bitte der mecklenburgischen Stände, beratend an der Errichtung eines Denkmals für Feldmarschall Blücher in dessen Geburtsstadt Rostock mitzuwirken. Beschäftigung mit dieser Aufgabe, die G. Schadow übertragen wird, gemeinsam mit diesem von 1815 bis 1821. Goethe begutachtet mehrere Modelle und verfaßt die Inschrift.

*

24. Mai/11. Oktober. Zweite Reise an den Rhein, Main und Neckar. — *24./27. Mai.* Über Eisenach, Fulda, Frankfurt nach Wiesbaden. Unterwegs Entstehung von 13 *Divan*-Gedichten.

27. Mai/20. Juli. Wiesbaden. — *27./30. Mai.* Erste Gruppierung der *Divan*-Gedichte. Anlage eines Verzeichnisses. — *1./25. Juni.* Eingehendes Studium der „Göttinger Gelehrten Anzeigen". — *30. Juni/4. Juli.* Beschäftigung mit einer Sammlung neugriechischer Lieder im Original und in der Übersetzung von W. M. v. Haxthausen-Abbenburg, der sie Goethe vorlegt. Goethe plant eine Ausgabe mit eigenem Vorwort, die jedoch nicht zustande kommt. — Wie im Vorjahr viel geselliger Verkehr bei Erzherzog Karl auf Schloß Biebrich im Kreise des österreichischen Generalstabs. Der Erzherzog macht Goethe sein Werk „Grundzüge der Strategie, erläutert durch die Darstellung des Feldzuges von 1796 in Deutschland" (1814) zum Geschenk, mit dem sich Goethe mehrmals beschäftigt. — *19. Juli.* Goethe erhält die Nachricht seiner Ernennung zum Kommandeur des Leopoldordens durch den Kaiser. — Zusammentreffen mit Brentanos, Willemer, Schlosser; fast täglich mit Bergrat Cramer zu Unterhaltungen über mineralogisch-geologische Gegenstände und Schriften.

21./24. Juli. Reise durch das Lahntal nach Nassau mit Cramer. Besichtigung von Bergbau- und Hüttenbetrieben, geologische Untersuchungen. — *24.* Besuch bei dem Freiherrn vom Stein. — *25.* Rheinfahrt nach Köln mit dem Freiherrn vom Stein. *26.* Köln. Besichtigung des Doms, der Kirche St. Gereon, der Sammlung altdeutscher Kunst von Prof. Wallraf. Begegnung mit E. M. Arndt. *27./28.* Rückreise über Bonn, Koblenz; Besuch von Maria Laach. *29./31.* Nassau. Bekanntschaft mit Joseph Görres (1776—1848) und Diez.

31. Juli/11. August. Wiesbaden. Vom *2. August* bis zum Ende der Reise ist S. Boisserée Goethes Begleiter. — *11. August.* Mainz.

12. August/18. September. Aufenthalt bei Willemers in der Gerbermühle und im Frankfurter Stadthause. Leidenschaftliche Neigung Goethes zu Marianne v. Willemer, die diese erwidert und in Gedichten ausspricht (*Suleika*-Gedichte. II, 64, 80, 82). — Entstehung zahlreicher Gedichte des *West-östlichen Divan*, besonders zum *Buch Suleika* und *Schenkenbuch.* — *19. August 1815/27. Februar 1816.* Entstehung des Aufsatzes *Kunst und Altertum am Rhein, Main und Neckar. 1814 und 1815*, zu dem Goethe durch den Freiherrn vom Stein angeregt wird (XII, 142 ff.). — In Frankfurt Zusammentreffen mit Seebeck, den Brüdern Grimm, Söhnen von Charlotte Kestner, Rahel Varnhagen. Besuch privater Kunst- und Naturaliensammlungen, u. a. der Familien Brentano und Städel.

18./19. September. Darmstadt. Empfang am Hofe. — *19. September/2. Oktober.* Heidelberg. Weitere Studien zur altdeutschen Kunst in der Sammlung der Brüder Boisserée. Zusammentreffen mit Willemer und Marianne (*23./26. September*), Carl August, Voß, Paulus. — *30. September/1. Oktober.* Mit dem Großherzog in Mannheim. — *3./5. Oktober.* Karlsruhe. Bekanntschaft mit J. P. Hebel. — *5./7.* Heidelberg. — *7./11.* Über Würzburg, Meiningen, Gotha nach Weimar. In Heidelberg und auf der Rückreise Entstehung neuer *Divan*-Gedichte. Einteilung der Gedichte in Bücher.

Ende Oktober/Mitte November. Aufenthalt der Kaiserin von Rußland in Weimar. Bekanntschaften im Kreise ihrer Umgebung, u. a. mit dem Feldmarschall Barclay de Tolly.

5. Dezember. Gedicht *Symbolum* anläßlich der Aufnahme Augusts v. Goethe in die Weimarer Loge. (I, 340.)

8./9. Dezember. Beginn der Beschäftigung mit der Wolkenlehre („Essay on the modification of clouds") von Luke Howard. — Eine 1815 eingerichtete meteorologische Beobachtungsstation fördert Goethes langjähriges Interesse für dieses Gebiet.

12. Dezember. Ernennung Goethes zum Staatsminister.

Werke: Über 140 Gedichte zum *West-östlichen Divan.* (II, 7 ff.) — *Symbolum.* (I, 340.) — *Frühling übers Jahr.* (I, 371.) — Sprüche. — Gedichte der Gruppen *Kunst* und *Epigrammatisch.* — Gelegenheitsgedichte an Personen.

1816 *1816/1818.* Ausarbeitung der *Noten und Abhandlungen zu besserem Verständnis des West-östlichen Divans* (II, 126 ff.). Fortgesetztes Studium dichterischer und kulturgeschichtlicher Quellen sowie orientalistischer Forschungsliteratur.

1816. Fortsetzung der Revision der eigenen Werke für die im Erscheinen begriffene Cottasche Ausgabe. In einem Aufsatz im „Morgenblatt" vom 26. April lehnt Goethe den Vorschlag einer chronologisch geordneten Ausgabe ab.

Januar/April. Viel amtliche Tätigkeit Goethes für einen Umbau des Schlosses und die Verlegung der Zeichenschule in Weimar sowie für Grundstückskäufe in Jena.

25. Januar/10. Februar. Wiederholte Besuche von G. Schadow, der ein zweites Modell der Blücher-Statue vorlegt.

29./30. Januar. Entwurf einer Rede zu einer Ordensfeier am *30.*, bei der Goethe das Großkreuz des 1732 gestifteten Falkenordens verliehen wird.

Februar/November. Angeregt durch Entdeckungen Seebecks betreibt Goethe Studien und Versuche über die entoptischen Farben. *15. März/30. April.* Arbeit an einem Aufsatz darüber.

Februar. Goethe gibt der Malerin Luise Seidler (1786—1866) ein Altarbild, den heiligen Rochus darstellend, für die Rochus-Kapelle in Bingen in Auftrag. (Entwurf und Skizze von Goethe.)

3. Februar. Ausarbeitung einer Anzeige des *West-östlichen Divans*, die im „Morgenblatt" vom 24. Februar erscheint. (II, 268 ff.)

7. Februar. Aufführung von *Des Epimenides Erwachen* mit textlichen Änderungen, durch die das Festspiel den Weimarer Verhältnissen angepaßt wird. Vorbereitung gemeinsam mit dem Berliner Kapellmeister Weber, dem Komponisten des Festspiels.

18. Februar. Aufführung von Teilen des *Faust* mit der Musik des Fürsten Radziwill am Berliner Hofe. Zelter berichtet Goethe am gleichen Tage. (Wiederholungen *9. Mai 1816* und *Mai 1819*. Aufführungen in größerem Umfange *24. Mai* und *7. Juni 1820*.)

Ende Februar/Ende Juli. Arbeit an der *Italienischen Reise*. Abschluß des ersten Bandes, der im Oktober erscheint. Gleichzeitig Fortsetzung des zweiten Bandes.

9./16. März. In Cottas „Morgenblatt für gebildete Stände" kündigt Goethe das erste Heft seiner neuen Zeitschrift *Über Kunst und Altertum in den Rhein- und Maingegenden* an. Erscheinen der Zeitschrift ab Juni 1816 in zwangloser Folge, ab 1818 unter dem Titel *Über Kunst und Altertum*. Mitarbeit von H. Meyer, Boisserée, Eckermann. — Goethe fördert Boisserées Bestrebungen zur Erhaltung und Wiederherstellung altdeutscher rheinischer Kunstdenkmäler durch Abdruck eines Berichts Boisserées mit einem Nachwort Goethes.

26. März. Aufsatz „Über Bildung von Edelsteinen" (XIII, 270 ff.) in Zusammenhang mit einem brieflichen Meinungsaustausch mit Leonhard.

Frühjahr. Im Hinblick auf Eberweins Komposition der *Proserpina* gibt Goethe ihm den Auftrag, eine Musik zu *Faust*, als Melodrama behandelt, zu schaffen. Nach einigen Anfängen gibt Eberwein den Gedanken auf, da er sich der Ausführung nicht gewachsen fühlt.

4./8. April. Ausarbeitung eines Gutachtens über die Restauration von Gemälden der Dresdener Galerie unter Hinweis auf das 1790 in Venedig besuchte Institut zur Wiederherstellung von Kunstwerken.

8./9. Mai. Gespräche mit Arthur Schopenhauer über Probleme der Farbphysik. Schopenhauer, mit Goethe einig in der Gegnerschaft zu Newton, übersendet seine Schrift „Über das Sehen und die Farben".

22./24. Mai. Beginn der anhaltend lebhaften Beschäftigung mit Dichtungen von George Gordon Byron (1788—1824), dessen Persönlichkeit und Werk außerordentliche Anteilnahme Goethes erregt. („Der Korsar", „Lara". 1814.)

3./24. Juni. Auswahl und Abschrift von 12 *Divan*-Gedichten für den Druck in Cottas „Taschenbuch für Damen auf 1817". — Zwei weitere Stücke steuert Goethe im Dezember zu einer Sammlung „Gaben der Milde" (Berlin 1817) bei, die der Schriftsteller F. W. Gubitz zum Besten des „Vaterländischen Vereins für Versorgung hilfloser Krieger" veranstaltet.

6. Juni. Tod Christianes v. Goethe nach schwerer Erkrankung am 29. Mai.

19./22. Juni. Wiederaufnahme der morphologischen Arbeiten. Durchsicht und Abschluß der 1806 begonnenen *Einleitung zur Morphologie.* (Abschnitt *Der Inhalt bevorwortet.* XIII, 59ff.)

28. Juni. Besuch des Botanikers Chr. G. Nees von Esenbeck, mit dem Goethe in regem wissenschaftlichem Verkehr bleibt. (Briefwechsel 1816—1827.) Sein „System der Pilze und Schwämme" (1816) beschäftigt Goethe im Zuge neuer Studien zur Gestalt, Mißbildung und Metamorphose der Pflanzen sowie zum Wesen der Pflanzenfarben. *(Juni/Juli.)* Versuche mit vegetabilischen Farbextrakten. *(Juni/September.)*

Juni/Dezember. Mehrmalige Zusammenarbeit mit H. Meyer an dem für das 2. Heft von *Kunst und Altertum* bestimmten Aufsatz Meyers „Neudeutsche religios-patriotische Kunst". Stellungnahme Goethes gegen die in Wackenroder-Tiecks „Herzensergießungen eines kunstliebenden Klosterbruders" ausgesprochene Kunstauffassung der Romantik und ihre Verwirklichung durch die Schule der Nazarener. Hierzu das im folgenden Jahr geschriebene Gedicht *Dem 31. Oktober 1817.* (I, 343.)

11. Juli. Besuch von Karl Friedrich Schinkel, damals Oberbaurat in Berlin, bei Goethe.

20. Juli. Aufbruch zu einer Reise an den Rhein und Main mit H. Meyer. Ein Unfall des Wagens auf der Fahrt nach Erfurt veranlaßt Goethe, den Reiseplan aufzugeben.

24. Juli/10. September. Aufenthalt in Bad Tennstedt. Besuch von F. A. Wolf. — Beschäftigung mit Lage und Geschichte des Ortes an Hand einer thüringischen Chronik. Geologische Exkursionen, besonders im Unstrut-Tal. — Lektüre: W. v. Humboldts Übersetzung des Agamemnon von Aischylos, Hildebrandslied, Fouqués Gedichte, Ramdohrs „Vineta", Bibel-Psalmen im Vergleich mit neuerer orientalischer Poesie.

25. Juli/11. November. Ausarbeitung des *Sankt-Rochus-Fest zu Bingen*, dessen *Schema* Goethe schon im August 1814 unmittelbar nach seiner Teilnahme an dem Fest (16. August 1814) entwirft. (X, 401 ff.)

September/Oktober. Fortsetzung des 2. Teils der *Italienischen Reise* (Aufenthalt in Neapel und Sizilien). Vorläufiger Abbruch der Arbeit.

September/Oktober. Mehrere Besuche von Charlotte Kestner geb. Buff aus Hannover, der Goethe seit 1772 nicht wieder begegnet ist.

4./8. Oktober. Neues Studium der Werke von Linné, *14./23.* der sämtlichen Schriften, insbesondere der Generationstheorie, des Botanikers C. F. Wolff.

12. Oktober. Aufführung von Theodor Körners „Zriny". Insgesamt läßt Goethe 1812/1816 acht Dramen Körners aufführen.

23. Oktober/3. November. Beschäftigung mit den von Wilhelm Grimm herausgegebenen „Deutschen Sagen" und „Liedern der alten Edda".

28. Oktober. Goethe erhält die *Faust*-Illustrationen des Dresdener Malers F. A. M. Retzsch (1779—1857) als Geschenk J. J. Willemers.

7./11. November. Konzeption, Entwurf und erste Ausarbeitung einer Kantate für das Lutherfest 1817. Aufgabe des Plans nach nochmaliger Beschäftigung am *6. Dezember.*

11./20. Dezember. Arbeit am *4. Teil* von *Dichtung und Wahrheit. 16.* Entwurf eines — für die Autobiographie bestimmten — Handlungsschemas für den *2. Teil* des *Faust.*

Werke: Gedichte des *West-östlichen Divans* (II, 7 ff.), der Gruppen *Epigrammatisch, Parabolisch, Loge, Inschriften, Denk- und Sendeblätter. — Den 6. Juni 1816.* (I, 345.) — *Prooemion.* (I, 357.) — Gedichte an Personen. (I, 344, 346.) *Italienische Reise.* 1. Teil. (XI, 7 ff.) — *Sankt-Rochus-Fest zu Bingen.* (X, 401 ff.) — *Shakespeare und kein Ende.* (XII, 287 ff.)

1817 *1817/1824.* In lockerer Folge läßt Goethe die Hefte *Zur Naturwissenschaft überhaupt, besonders zur Morphologie* erscheinen. (2 Bände mit 6 Heften.) Verwirklichung des 1806 konzipierten, jedoch damals unausgeführten Plans, die früheren morphologischen Studien gesammelt herauszugeben. Veröffentlichung von neuen naturwissenschaftlichen Arbeiten und Resultaten sowie von Aufsätzen zur Entwicklung von Goethes naturwissenschaftlichen Anschauungen und Methoden. U. a. erscheinen hier 1817/1823 Goethes *Nachträge zur Farbenlehre.*

1817. Über das Jahr verteilt Fortsetzung der Studien über Dichtung, Kultur und Geschichte des Orients.

9./17. Januar. Arbeit am 2. Teil der *Italienischen Reise.* — Abschluß *15. Juni/31. August.* — Druck im Oktober. (XI, 178 ff.) — Der 1. und 2. Teil erscheinen zunächst als Fortsetzung der Autobiographie unter dem Titel *Aus meinem Leben. Zweiter Abteilung Erster und Zweiter Teil.*

Januar/Mai. Arbeit am *2.* und *3. Heft* von *Kunst und Altertum,* wo Goethe Aufsätze, Miszellen, Aphorismen, Rezensionen veröffentlicht.

Januar/September. Häufige Beschäftigung mit dem Problem der entoptischen Farben, oft in gemeinsam mit Döbereiner oder dem Maler J. W. Chr. Roux (1771—1831) durchgeführten Versuchen. Seine Resultate faßt Goethe in der Skizze *Elemente der entoptischen Farben* zusammen, die mit dem schon 1813 entstandenen Aufsatz *Doppelbilder des rhombischen Kalkspats* und einem Aufsatz von Seebeck über „Geschichte der entoptischen Farben" im 1. Heft *Zur Naturwissenschaft* erscheint.

19./26. Februar. Aufstellung der im Januar erworbenen Majolika-Sammlung in Goethes Hause.

Februar/März. Bearbeitung von drei Theaterstücken von August v. Kotzebue (1761—1819): „Der Schutzgeist" *(9./27. Februar.* 1. Aufführung *8. März),* „Die Bestohlenen" *(2./15. März.* Aufführung *17. März),* „Der Rothmantel" (*2./16. März.* Unvollendet).

März/Mai. Beginn des in den nächsten Jahren fortgesetzten Studiums der Elgin Marbles, aus dem der Aufsatz *Verein der deutschen Bildhauer* (*27. Juli*) hervorgeht.

März/September. Arbeiten für die ersten beiden Hefte *Zur Naturwissenschaft überhaupt, besonders zur Morphologie.* — *3./26. April.* Niederschrift des Aufsatzes *Der Verfasser teilt die Geschichte seiner botanischen Studien mit.* (XIII, 148 ff.) — In diesem Zusammenhang *April/Juni* Studium von Kants „Kritik der Urteilskraft". Entstehung der Aufsätze *Einwirkung der neueren Philosophie* (*8./9. September.* XIII, 25 ff.), *Anschauende Urteilskraft* (*10. September.* XIII, 30 f.), *Bedenken und Ergebung* (*8./10. September.* XIII, 31 f.). — Im Hinblick auf den Neudruck der Abhandlung über *Die Metamorphose der Pflanzen* und auf ihre Bedeutung im Rahmen seiner botanischen Studien stellt Goethe die Geschichte ihrer Entstehung und Wirkung dar in den Aufsätzen: *Schicksal der Handschrift* und *Schicksal der Druckschrift* (*21./29. April.* XIII, 102 ff.), *Glückliches Ereignis* und „Ferneres in bezug auf mein Verhältnis zu Schiller" (*13./22. Mai.* X, 538 ff.), *Drei günstige Rezensionen* und *Andere Freundlichkeiten* (*10./11. September.* XIII, 112ff.), *Nacharbeiten und Sammlungen* (*11./16. September.* XIII, 118ff.), *Bildungstrieb* (*17. September.* XIII, 32ff.). Entstehung weiterer kleinerer Aufsätze. — Lektüre in diesem Umkreis: Campanella, Leibniz, Linné, Werke zur Botanik, Pflanzenmorphologie, vergleichenden Anatomie (u. a. von Blumenbach).

13. April. Goethe legt die Leitung des Hoftheaters nieder.

2./16. Juni. Lektüre von Byrons Dichtungen „The Siege of Corinth", „Parisina", „The Prisoner of Chillon".

13./20. Juni. Lektüre des Trauerspiels „Bertram or the Castle of St. Aldobrand" von Charles Robert Maturin (1782—1824), das Goethe im Hinblick auf sein Verhältnis zu Byrons Dichtung interessiert. Übersetzung einiger Szenen, die Goethe als Stilprobe im Rahmen einer Rezension in *Kunst und Altertum* veröffentlicht.

17. Juni. Hochzeit Augusts v. Goethe mit Ottilie v. Pogwisch (1796—1872).

2./18. August. In Jena persönliche Bekanntschaft und tägliches Zusammentreffen mit dem Berliner Staatsrat Chr. L. Fr. Schultz, mit dem Goethe seit 1814 korrespondiert und an dessen Arbeiten zur Physiologie des Auges und der Farberscheinungen Goethe lebhaften Anteil nimmt. (Briefwechsel 1814—1831.)

21./26. August. Erste Vorarbeiten für die Darstellung von Goethes *schriftstellerischen Epochen*, d. h. die späteren *Annalen oder Tag- und Jahreshefte.* (Entwurf des Schemas für die Jahre 1800/1807.)

26. September/28. Oktober. Beschäftigung mit der Auseinandersetzung über antike Mythologie zwischen den Altertumsforschern G. Hermann und Fr. Creuzer. Anregung zur Entstehung der *Urworte, orphisch* (*7./8. Oktober.* I, 359f.) und des Aufsatzes *Geistesepochen* (XII, 298ff.). — Goethe verfolgt auch weiterhin die Forschung in diesem Bereich.

7. Oktober. Lektüre des gegen Byron gerichteten Schlüsselromans „Glenarvon" von Caroline Lamb, aus dem Goethe — *22./30. Oktober* — einen Klagegesang übersetzt.

11./16. Oktober. Lektüre von Byrons „Manfred". *2./9. November.* Übersetzung von vier Abschnitten. (1820 Rezension Goethes in *Kunst und Altertum, II, 2,* die Byrons Dichtung in Beziehung zu *Faust* setzt.)

18. Oktober. Feier des Wartburgfestes, dessen Veranstaltung Goethe zunächst begrüßt (Aufsatz *Das Reformationsfest*), von dessen Geist und Folgen er sich aber später — besonders nach der Ermordung Kotzebues am 26. März 1819 — beunruhigt durch die Entwicklung der Burschenschaftsbewegung distanziert.

6. November 1817/2. Juli 1818. Aufenthalt in Jena.

16. November/29. Dezember. Eingehende Beschäftigung mit Leben und Werk Leonardo da Vincis, angeregt durch eine Ausstellung von Zeichnungen nach Kopien von Leonardos „Abendmahl" des Mailänder Malers Giuseppe Bossi. Studium von Bossis Schrift und seines Restaurationsverfahrens. Entstehung von Goethes Aufsatz *Joseph Bossi über Leonard da Vincis Abendmahl zu Mailand* in den folgenden Monaten. (Abschluß *31. Januar 1818.* Auszug XII, 164 ff.) Briefwechsel mit dem Konservator der Mailänder Galerie G. Cattaneo.

1817. Wiederholte intensive Tätigkeit in Verwaltung und Ausbau der wissenschaftlichen Anstalten in Jena. Einrichtung eines botanischen Museums und einer Veterinärschule. Oberleitung bei Umbau, Reorganisation und Neuaufstellung der Universitätsbibliothek. (Aufsatz *Museen zu Jena. Übersicht des Bisherigen und Gegenwärtigen. Michael 1817* und andere Denkschriften.)

1817. Besuche von W. v. Humboldt, J. H. Voß, L. Tieck, A. v. Arnim, Varnhagen v. Ense, zahlreichen Wissenschaftlern aus dem In- und Auslande.

Werke: Dem 31. Oktober 1817. (I, 343.) — *Urworte. Orphisch.* (I, 359.) — *März.* (I, 372.) — *Kenne wohl der Männer Blicke . . .* (II, 65.) — *Was es gilt. Dem Chromatiker.* — *Entoptische Farben.* — Gelegenheitsgedichte an Personen. — Sprüche. — *Italienische Reise.* 2. Teil. (XI, 178 ff.) — *Geistesepochen.* (XII, 298 ff.) — *Joseph Bossi über Leonard da Vincis Abendmahl zu Mailand.* (XII, 164 ff.) — Aufsätze zur Morphologie und Chromatik.

1818 Anhaltende Arbeit am *West-östlichen Divan.* Entstehung neuer Gedichte. Einteilung der Bücher mit Überschriften. Fortsetzung des Studiums persischer, arabischer, indischer Quellen (u. a. Saadi „Persianisches Rosental", „Zend-Avesta" in französischer Übertragung, Fabeln des Bidpai) sowie orientalistischer Schriften; weitere Ausarbeitung der *Noten und Abhandlungen.* Beginn des Drucks. — Viel redaktionelle Tätigkeit für die Zeitschriften *Über Kunst und Altertum* und *Zur Naturwissenschaft.*

Februar. Beginn jahrelang, besonders während der Badereisen nach Böhmen durchgeführter meteorologischer Aufzeichnungen. Beobachtung von Wolkenformen und atmosphärischen Farbphänomenen im Anschluß an die Wolkenlehre von Howard (1772—1864), mit der Goethe sich seit 1815 beschäftigt.

11. Februar. Diktat des Aufsatzes *Relief von Phigalia* als Brief an die Malerin Luise Seidler (1786—1866), die Goethe am *3. Februar* Zeichnungen nach Abgüssen in der Münchener Akademie zusendet. (XII, 169 ff.)

Februar/November. Fortsetzung der Studien und Versuche im Bereich der „entoptischen Farben". Berücksichtigung auch der englischen und französischen Forschung.

9./16. März. Überarbeitung und Abschluß des Aufsatzes *Myrons Kuh* von 1812 für den Druck in *Kunst und Altertum II, 1.* (XII, 130 ff.)

März/Juni. Nochmalige eingehende Beschäftigung mit Philostrats Gemäldebeschreibungen. In Zusammenhang damit *14./16. Juni* Entstehung des Aufsatzes *Antik und modern* (XII, 172 ff.), den Goethe mit der 1812 verfaßten Abhandlung *Philostrats Gemälde* in *Kunst und Altertum II, 1* veröffentlicht. (1820 *Nachträgliches zu Philostrats Gemälden* in Heft *II, 3.*) — Aufsatz *Blumenmalerei* im Umkreis dieser Studien.

9. April. Geburt von Goethes Enkel Walther Wolfgang.

10. Juni. Lektüre der Schrift „Zur Beurteilung Goethes mit Beziehung auf verwandte Literatur und Kunst" (Breslau 1817) von K. E. Schubarth, die Goethe dankbar anerkennt. — 1820 besucht Schubarth Goethe und wird Mitarbeiter an *Kunst und Altertum.*

11. Juni. Lektüre der „Faust"-Tragödie von Christopher Marlowe (1564—1593) in der Übersetzung von Wilhelm Müller, die A. v. Arnim Goethe zusendet.

10./19. Juli. Der Weimarer Maler Ferdinand Jagemann porträtiert Goethe.

*

23. Juli/17. September. Reise nach Karlsbad. — Verkehr mit Fürst Metternich und Diplomaten seiner Umgebung, Fr. Gentz, Adam Müller, Gräfin O'Donell; Bekanntschaft mit Blücher, K. Solger, Berliner Gelehrten. — Gedichte für Personen dieses Gesellschaftskreises. — Studien zum *Divan.* — Beschäftigung mit Mineralogie. Besuch des Zinnbergwerks in Schlaggenwald und der Porzellanfabrik in Ellbogen.

*

17. August. Lektüre der Übertragung von Goethes *Iphigenie* ins Neugriechische durch den Studenten J. Papadopulos, der Goethe im Jahr zuvor mehrmals besucht.

5. September. 1. Aufführung von Grillparzers „Sappho" in Weimar.

18. September. Goethe erhält ein Ehrendiplom der Petersburger Mineralogischen Gesellschaft.

7./19. Oktober. Entstehung des Aufsatzes *Klassiker und Romantiker in Italien sich heftig bekämpfend*, der 1820 in *Kunst und Altertum II*, *2* erscheint.

15. Oktober/18. Dezember. Entwurf, Ausführung und Vorbereitung eines Maskenzuges (*Festzug dichterische Landeserzeugnisse, darauf aber Künste und Wissenschaften vorführend*) anläßlich eines Besuches der Kaiserin von Rußland in Weimar. Aufführung am *18. Dezember.*

23./29. November. Tägliche Beschäftigung mit Schriften Hamanns.

1818. Erste Beschäftigung mit naturwissenschaftlichen Arbeiten des Arztes, Naturforschers und Malers C. G. Carus (1789—1869). („Lehrbuch der Zootomie" *17./20. Februar; 24./25. März.* „Von den Naturreichen" *23. Oktober.*) Viele seiner zahlreichen Schriften nimmt Goethe in den folgenden Jahren mit lebhaftem Interesse und höchster Zustimmung zur Kenntnis. — Studium zahlreicher deutscher und ausländischer Werke über Geologie und Mineralogie (Trebra, Werner, Parker Cleaveland u. a.).

1818. Besuche und Bekanntschaften: der Maler Gerhardt v. Reutern, Humboldt, Hegel, Zelter, Seebeck, Nicolovius (Goethes Großneffe), griechische Studenten.

Werke: Gedichte des *West-östlichen Divan*, u. a.: *An Hafis.* (II, 25.) *Die Jahre nahmen dir* ... (II, 39.) *Höheres und Höchstes.* (II, 116.) — *Um Mitternacht.* (I, 372.) — Gedichte an Personen, u. a. *Wiegenlied dem jungen Mineralogen Walter v. Goethe.* — Maskenzug. (Weimarer Dichtung.) — Aufsätze: *Myrons Kuh.* (XII, 130 ff.) *Relief von Phigalia.* (XII, 169 ff.) *Antik und modern.* (XII, 172 ff.) *Klassiker und Romantiker in Italien.*

1819 *Januar/Oktober.* Weitere Studien und abschließende Arbeiten zum *West-östlichen Divan*, der 1819 erscheint.

Januar/August. Arbeit an den *Tag- und Jahresheften.* Entwürfe und Darstellungen zu einzelnen Lebensphasen, Aufstellung eines Verzeichnisses der gedruckten Werke.

18./24. Januar. Beschäftigung mit A. Schopenhauers Werk „Die Welt als Wille und Vorstellung" (1818). — *19./20. August.* Letzte persönliche Begegnung.

30. Januar. 1. Aufführung von Grillparzers „Ahnfrau" in Weimar.

3. Februar. Aufführung von *Paläophron und Neoterpe* mit einem abermals veränderten Schluß anläßlich des Geburtstags der Prinzessin Marie, der Enkelin Carl Augusts.

22. März. Durch den Tod des Staatsministers v. Voigt verliert Goethe seinen engsten Mitarbeiter im Bereich seiner amtlichen Tätigkeit.

4. Mai. Lektüre von Polidoris „Vampyr", *6./7. Dezember* des „Don Juan" von Byron. (1821 Rezension des letzteren und Übersetzung einiger Stanzen.)

4./29. Mai. Der englische Maler Georg Dawe (1781—1829) porträtiert Goethe.

24. Mai. Aufführung zweier Szenen des *Faust* in Berlin, veranlaßt durch den Fürsten Radziwill, unter der Direktion des Grafen Brühl, der Goethe darüber berichtet.

Juni/Juli. Mehrmalige Beschäftigung mit dem portugiesischen Nationalepos „Os Lusíadas" („Die Lusiaden" 1572) von Luís de Camões (1525?—1580) im Original sowie in deutscher und französischer Übersetzung. Auch in den folgenden Jahren erregt das Werk und das Leben des Autors Goethes Interesse.

25. Juni. Besuch des Schauspielers P. A. Wolff aus Berlin, dessen Bericht über die dortigen *Faust*-Aufführungen Goethe zu kurzer Beschäftigung mit dem Text anregt.

2./4. August. Durchsicht der römischen Korrespondenzen als Vorarbeit zur Fortsetzung der *Italienischen Reise*, die jedoch — abgesehen von ganz vereinzelten Ansätzen im Februar 1820, März 1821 und Oktober 1824 — bis 1829 liegenbleibt.

*

26. August/28. September. Reise nach Karlsbad. Wiederbegegnung mit Metternich, Kaunitz, Graf Harrach, Adam Müller, Archivrat Kestner.

*

26. August. Feierliche Aufstellung von Schadows Blücherdenkmal in Rostock. Zum *28.* erhält Goethe eine goldene Medaille als Dank für seine Mitarbeit.

28. August. Die am 20. Januar 1819 durch den Freiherrn vom Stein in Frankfurt gegründete „Gesellschaft für ältere deutsche Geschichtskunde" ernennt Goethe anläßlich seines 70. Geburtstags zum Ehrenmitglied. — *5. Oktober.* Goethes Brief mit Dank und Stellungnahme zu den Zielen der Gesellschaft.

24. Oktober. Erste Überlegung zu einer Veröffentlichung der *Campagne in Frankreich.*

30. Oktober. Erste Aufführung des *Adelbert von Weislingen* mit dem Schluß *Der Narr epilogiert.*

5./12. November. Ausführliche Rezension des in oberrheinischem Dialekt geschriebenen Lustspiels „Der Pfingstmontag“ von G. D. Arnold, Professor der Jurisprudenz in Straßburg.

29. November. Lektüre des Angriffs von J. H. Voß gegen F. L. Stolberg wegen dessen Übertritts zum Katholizismus (1800) in der von Paulus herausgegebenen Zeitschrift „Sophronizon“, *20. Februar 1820* der Gegenschrift Stolbergs. Goethe nimmt auch spätere mit dem Streit zusammenhängende Schriften zur Kenntnis, ohne das Vorgehen von Voß zu billigen. (*9. Mai 1825* biographische Skizze *Voß und Stolberg.*)

November/Dezember. Ausgedehnte osteologische Studien.

1819. Besucher und Verkehr: Frau v. Stein, Fritz v. Stein, Frommann, A. v. Herder, Ziegesar, Willemer, Zelter, Humboldt, Schopenhauer, Nees v. Esenbeck, der Bildhauer Tieck u.a.

1819. Beschäftigung mit zahlreichen naturwissenschaftlichen Schriften, mit Werken über antike Geschichte, besonders die römische Kaiserzeit, über die französische Revolution und die napoleonische Ära, über die staatlichen und wirtschaftlichen Verhältnisse Amerikas. Lektüre von Reisebeschreibungen, Memoirenliteratur.

Werke: West-östlicher Divan. (II, 7 ff.) — *Howards Ehrengedächtnis.* (I, 350f.) — *Epirrhema.* (I, 358.) — *Antepirrhema.* (I, 358.) — Gedichte an Personen.

1820 *1820.* Goethe unterstützt das Vorhaben der „Gesellschaft für ältere deutsche Geschichtskunde“ — die Bestandsaufnahme der „Monumenta Germaniae“ — durch mehrere Beiträge, die im „Archiv“ der Gesellschaft erscheinen. Aufsätze mit Handschriftenbeschreibungen nach einem selbstentworfenen Schema. (*Lob- und Spottgedicht auf König Rudolf, Chronik des Otto von Freysingen, Nicolai de Syghen Chronicon Thuringicum.*) Abhandlung und Korrespondenz über eine silberne Taufschale — im Besitz der Erbgroßherzogin Maria Paulowna —, für deren Deutung und Herkunftsbestimmung Goethe Studien zur Geschichte Friedrichs I. und Heinrichs des Löwen betreibt. Sammlung wissenschaftlicher Akten zu dieser Frage. — Im Jahr zuvor Briefwechsel mit G. F. Grotefend in Frankfurt über die frühmittelalterliche thüringische „Inschrift von Heilsberg“. (Aufsatz Goethes 1818.)

Januar/März. Erste, fast tägliche Arbeit an der *Campagne in Frankreich* (X, 188 ff.). Materialsammlung, Durchsicht von Briefen und Tagebüchern, Quellenstudien. Beginn der Ausarbeitung, die sich über mehr als zwei Jahre erstreckt. Darstellung des Feldzugs. Entwurf und erste Diktate zum Aufenthalt in Trier, Düsseldorf und Münster. — Goethe benutzt außer den eigenen nicht umfangreichen Notizen das Tagebuch von Carl Augusts Kammerdiener Wagner, die Memoiren von Dumouriez, Custine, Laukhard, Mme. Roland, Werke über die politische und militärische Geschichte der Revolutionsepoche, Karten des Kriegsschauplatzes, Stadt- und Festungspläne.

12./22. Februar. Goethe schreibt die *Belagerung von Mainz* (X, 363ff.). Benutzung von Wagners Tagebuch und zeitgenössischer Quellen.

30. März; 3. April. Lektüre der Tragödie „Il Conte di Carmagnola" von Alessandro Manzoni (1785—1873). — *13. Mai/21. Juni.* Abfassung einer eingehenden, sehr anerkennenden Besprechung. Später Nachträge, in denen Goethe Manzonis Werk gegen italienische und englische Kritiker in Schutz nimmt und Manzonis Brief an Goethe vom 23. Januar 1821 abdruckt. (*Über Kunst und Altertum* 1820/1823.) Positive Rezension von Manzonis Hymnen schon in dem Aufsatz *Klassiker und Romantiker in Italien.*

4./30. April. Fortsetzung der *Tag- und Jahreshefte: summarische Chronik der Jahre 1797 und 1798.*

8./11. April. Übersetzung der Hymne „Veni Creator Spiritus".

*

23. April/31. Mai. Reise nach Karlsbad. Unterwegs—zwischen *23. April* und *5. Mai* — Entstehung von 5 Gedichten zum *Buch des Paradieses* im *West-östlichen Divan.* (II, 107ff.) — Wiederbegegnung mit dem Leipziger Philologen G. Hermann, Elisa v. d. Recke, der Herzogin von Kurland. — Während der Reise und später stetige Beobachtung der Wetterlage und der Wolkenformen. Tagebuchartige meteorologische Aufzeichnungen, aus denen der Aufsatz *Wolkengestalt nach Howard* hervorgeht. Druck, zusammen mit dem Gedichtzyklus *Howards Ehrengedächtnis* (I, 350), im *3. Heft* von *Zur Naturwissenschaft*, 1820. — Anhaltend intensive Beschäftigung mit den geologisch-mineralogischen Verhältnissen Böhmens. Neue Besteigung des Kammerbergs bei Eger (*28. Mai*). 2. Aufsatz über diesen, worin Goethe einen Wandel seiner früher geäußerten Ansichten hinsichtlich des vulkanischen Ursprungs darlegt. (XIII, 278ff.) — Entstehung mehrerer geologischer Aufsätze und Zeichnungen. — *2. Mai; 22. Juni.* Goethes Kommentar zu den *Urworten, orphisch.* (I, 403ff.) — *29./30. Mai.* Konzeption der in *Wilhelm Meisters Wanderjahre* aufgenommenen Novelle *Wer ist der Verräter?*, die im Juni und September ausgeführt wird.

*

31. Mai/4. November. Aufenthalt in Jena.

2. Juni. C. G. Carus schickt Goethe zwei eigene in Öl gemalte Landschaften.

9. Juni. Goethe verfaßt einen Kommentar zu seiner *Ballade* (I, 290). (*Ballade, Betrachtung und Auslegung.* I, 400ff.)

Ende Juni. Goethe erwirbt eine Folge von 9 Holzschnitten von Andrea Andreani nach Mantegnas Triumphzug des Julius Cäsar in Mantua. Anregung zu neuer Beschäftigung mit Mantegna unter Benutzung des Werkes von Vasari. Ende Oktober Entstehung des 1. Teils von Goethes Aufsatz *Julius Cäsars Triumphzug, gemalt von Mantegna.* (XII, 182ff.)

5. Juli/1. August. Niederschrift des Aufsatzes *Entoptische Farben*, der im *3. Heft* von *Zur Naturwissenschaft* erscheint.

26./27. Juli. Neue Beschäftigung mit Chladnis Tonlehre, besonders den Klangfiguren, die Goethe zu Phänomenen im Bereich der Farbenlehre in Beziehung setzt. Gleichzeitig Beschäftigung mit Chladnis Schrift über Meteore.

3./15. August. Lektüre des epischen Gedichts „Olfried und Lisena" von August Hagen, das Goethe anerkennend rezensiert (*12. September*).

17./18. August. Gemeinsamer Besuch des Staatsrats Schultz mit Schinkel und den Bildhauern Friedrich Tieck und Christian Rauch bei Goethe in Jena. Tieck und Rauch modellieren Goethes Büste.

18. September. Geburt von Goethes zweitem Enkel Wolfgang Maximilian.

24./28. September. Tägliches Zusammentreffen mit K. E. Schubarth. Unterhaltungen über *Faust* bewirken neue Überlegungen Goethes zur Fortsetzung.

29. September/Ende Dezember. Wiederaufnahme des Romans *Wilhelm Meisters Wanderjahre*, mit dem sich Goethe seit 1812 nicht mehr beschäftigt hat.

14. Oktober. Byrons Brief aus Ravenna an Goethe.

31. Oktober/3. November. Beschäftigung mit plattdeutschen Gedichten von Dietrich Georg Babst (1741—1800), den Goethe in einer Rezension als *Naturdichter* anerkennt.

4. November. Goethe erhält seine von Chr. Rauch angefertigte Büste.

15. November. Beginn eines mehrmonatigen intensiven Studiums altrömischer Geschichte und Kultur an Hand von Plutarch, Dionysios v. Halikarnaß und Appian. Anschließend eingehende Lektüre von Knebels Lukrez-Übersetzung („De natura rerum", 1821).

November/Dezember. Wiederholte, in die nächsten Jahre hineinreichende Beschäftigung mit Homer und der homerischen Frage an Hand der neuesten Forschungen (u. a. K. E. Schubarths „Ideen über Homer und sein Zeitalter“, 1821). Allmähliches Abrücken von den in F. A. Wolfs „Prolegomena“ vertretenen Ansichten. Überarbeitung des 1798 angelegten Auszugs aus der „Ilias“ für *Kunst und Altertum.*

November/Dezember. Beschäftigung mit Nachträgen zur *Farbenlehre.* — Neue Studien und Versuche über Galvanismus und Erdmagnetismus.

28. Dezember 1820/9. Januar 1821. Studium der Schrift „Beiträge zur Kenntnis des Sehens in subjektiver Hinsicht“ des Prager Physiologen und Dichters J. E. Purkinje, in der Goethe den seinen verwandte Anschauungen findet. Rezension Goethes in *Zur Naturwissenschaft II, 2,* 1824. — *1822.* Besuch Purkinjes bei Goethe.

1820. Veröffentlichung der ersten Sammlung von *Zahmen Xenien* in *Kunst und Altertum II, 3.*

1820. Lektüre: u. a. Marie de France, Calderon, Angelus Silesius, Hamann, Z. Werner, E. Houwald, Touti Nameh in der Übersetzung von Iken. — Naturwissenschaftliche Studien besonders im Bereich der Botanik (Nees v. Esenbeck, de Candolle, Biot), Chemie (Döbereiner), Meteorologie.

1820. Besucher: A. v. Arnim, Blumenbach, die Brüder Boisserée, Carl Loewe, F. A. Wolf, König Wilhelm I. von Württemberg, Graf Paar, Dorothea Rodde geb. Schlözer, Amalie v. Helvig. Erneuerung des Verkehrs und Gedankenaustauschs über naturwissenschaftliche und naturphilosophische Gegenstände mit E. J. W. d'Alton.

Werke: 5 Gedichte zum *West-östlichen Divan, Buch des Paradieses.* (II, 107 ff.) — *Parabase.* (I, 358.) — *Allerdings. Dem Physiker.* (I, 359.) — *Blick um Blick.* (I, 372.) — *Zwischen beiden Welten.* (I, 373.) — *Immer und überall.* (I, 373.) — *St. Nepomuks Vorabend.* (I, 374.) — Sprüche. (I, 304 ff.) — *Zahme Xenien.* — Gedichte an Personen. — *Wer ist der Verräter?* (VIII, 85 ff.) — Aufsätze: *Julius Cäsars Triumphzug, gemalt von Mantegna.* (1. Teil. XII, 182 ff.) *Wolkengestalt nach Howard. Kammerberg bei Eger* (II). (XIII, 278 ff.) *Entoptische Farben.*

1821 *1821.* Mehrmalige Beschäftigung mit dem Sichten angesammelter *Paralipomena,* d. h. ungedruckter, noch nicht in Gruppen eingereihter Gedichte. Gehaltlich-zyklische Ordnung, gelegentlich Kommentierung. — *Januar/März.* Ordnung älterer Gedichte. *Februar/August.* Entstehung und Zusammenstellung einer 2. Gruppe von *Zahmen Xenien. Oktober/*

November. Gruppierung der naturphilosophischen Gedichte *nach Bezug und Folge.*

1821. Während des ganzen Jahres redaktionelle Arbeit und Abfassung eigener Beiträge zur Zeitschrift *Über Kunst und Altertum*, u. a. Aufsätze: *Calderons „Tochter der Luft“.* (XII, 303 ff.) *Von Knebels Übersetzung des Lucrez.* (XII, 306 ff.) *Neue Liedersammlung von Karl Friedrich Zelter.* (XII, 308 f.) *Östliche Rosen von Friedrich Rückert.* (XII, 309 f.) Sämtlich *III, 3,* 1820. — Unter dem Titel *Der deutsche Gil-Blas* rezensiert Goethe die — ihm im Manuskript vorliegende — Lebensbeschreibung des weimarischen Bibliotheksdieners J. Chr. Sachse, die er als gut geschriebenes *Naturwerk* empfiehlt. Er vermittelt den Druck im Cottaschen Verlage (1822) und führt das Werk in einem ausführlichen Vorwort mit einer anerkennenden Stellungnahme zu dem ganzen Literaturbereich der *Naturprosaisten* und *Naturpoeten* ein. Im gleichen Jahr schreibt Goethe einen Nekrolog auf den Verfasser. (*IV, 3,* 1824.)

Januar/Mai. Fortsetzung von *Wilhelm Meisters Wanderjahren* ohne Unterbrechung. Vollendung *8. Mai.* (1. Fassung.) Beginn des Drucks im Januar, Erscheinen Ende Mai.

16./22. Januar; 2. März. Beschäftigung mit Byrons Satire „English Bards and Scotch Reviewers“, wobei Goethe eine Übersetzung anfängt, doch wieder aufgibt. Hierzu auch Studium der Biographie zeitgenössischer englischer Schriftsteller. *18./19. Juli.* Lektüre des „Marino Falieri“, *6. Oktober* des „Manfred“ in H. Dörings Übersetzung.

13./15. Februar u. ö. Beschäftigung mit der indischen Dichtung Nala von Wyâsa in der Übersetzung des Jenenser Orientalisten Kosegarten, am *4. April* mit dem Gedicht Megha-Duta („Der Wolkenbote“) von Kalidasa, die beide schon seit mehreren Jahren Goethes Interesse erregen. In Zusammenhang damit — vermutlich 1821 — Entstehung des Aufsatzes „Indische und chinesische Dichtung“ (XII, 301 ff.).

2./12. März. Angeregt durch eine Anfrage von K. F. L. Kannegießer, Rektor in Prenzlau, und dessen Schrift „Über Goethes Harzreise im Winter“ (1820) schreibt Goethe einen Kommentar zu diesem Gedicht. (I, 392 ff.)

11. April. Durchsicht der *Campagne in Frankreich* und der *Belagerung von Mainz.*

17. April/19. Mai. Mitarbeit bei der Herausgabe eines Heftes Lithographien mit dem Titel „Weimarische Pinakothek“, zu dem Goethe erläuternden Text liefert.

27. April/17. Mai. Entstehung des Prologs zur Eröffnung des neuerbauten Berliner Schauspielhauses, den Goethe auf Wunsch des Grafen Brühl verfaßt. Aufführung am *21. Mai.*

Mai. Goethe lehnt den Plan eines Vereins in Frankfurt am Main ab, dort ein Goethe-Denkmal zu errichten.

18. Mai. Karl Lebrecht Immermann (1796—1840) schickt sein Trauerspiel „Edwin" an Goethe, der am *23. Juli* dankt.

22./24. Juni. Goethe verfaßt Beschreibungen seiner 1810 entstandenen Landschaftsskizzen und eine Einführung, die diese letzten Resultate seines zeichnerischen Triebes mit seiner *Farbenlehre* in Verbindung bringt. (*Über die Entstehung der zwei und zwanzig Blätter meiner Handzeichnungen.*)

Juli. G. Hermann übersendet seine Ausgabe der Fragmente der Tragödie „Phaethon" des Euripides. Anregung zu neuer — in den folgenden Jahren wiederholter — Beschäftigung mit Werken des Euripides. *7. November/30. Dezember.* Rekonstruktion des „Phaethon", bei der Goethe die Übersetzung des Jenenser Philologen K. W. Göttling zugrunde legt: *Phaethon, Tragödie des Euripides. Versuch einer Wiederherstellung aus Bruchstücken.* (XII, 310ff.) — Nachträge *1823* und *1827*. — Gleichzeitig *(25./29. November)* übersetzt Goethe aus den „Bacchantinnen" des Euripides. Die Entwicklung der zeitgenössischen Mythenforschung begleitet Goethe weiterhin mit stetigem Interesse.

9./15. Juli. Goethe entwirft Lebensabrisse von mehreren Angehörigen der Loge Amalia, u. a. des Malers F. Jagemann, für eine Totenfeier in der Loge.

21. Juli. Persönliche Bekanntschaft mit C. G. Carus, der Goethe in Weimar aufsucht. Gespräch über Naturwissenschaft, besonders Goethes Auffassung von der Bildung des Schädels aus Wirbeln. Übereinstimmung in der morphologisch-genetischen Betrachtungsweise. (Briefwechsel 1818—1831.)

Juli/August) Entstehung von Goethes Begleitversen und Kommentar zu Tischbeins Idyllen-Zyklus. (*Über Kunst und Altertum III, 3,* 1822. — I, 374ff.)

*

26. Juli/15. September. Reise nach Marienbad *(29. Juli/25. August)* und Eger *(25. August/12. September).* In Marienbad Bekanntschaft mit Amalie v. Levetzow und deren drei Töchtern, mit dem Gymnasialprofessor J. St. Zauper, dessen Werk „Grundzüge zu einer deutschen theoretisch-praktischen Poetik, aus Goethes Werken entwickelt" (1821) Goethe im April mit Zustimmung liest und der ihm weitere „Studien über Goethe" im Manuskript zusendet. Goethe bleibt mit ihm in Briefverbindung. Gesellschaftliche Beziehung zu Angehörigen des böhmischen Adels, Fürst Maximilian von Thurn und Taxis, Großfürst Michael von Rußland, Herzog von Gotha u. a. — In Eger lebhafter geselliger Verkehr mit dem

Juristen („Rat") J. S. Grüner, den Goethe auf der Reise des Vorjahres kennen und immer mehr schätzen lernt und der Goethes mineralogisch-geologische Interessen teilt. Begegnungen auch während der folgenden böhmischen Aufenthalte Goethes. (Briefwechsel 1820—1832.) — Besuch bei Graf Auersperg auf Schloß Hartenberg, mehrere Aufenthalte in Franzensbad, viel geologische Exkursionen. — Während der ganzen Reise Studien über Topographie, Geschichte, Kultur, Sprache, Namenkunde Böhmens. — Aufsätze über Marienbad und die Geologie Böhmens. — *4. September.* Rezension eines geologischen Atlas des Hallenser Geologen Chr. Keferstein, den der Verfasser Goethe widmet. (*Bildung des Erdkörpers.* XIII, 280ff.)

*

15. September/4. November in Jena.

28. September. Beginn der Überarbeitung und Fortsetzung des Aufsatzes *Julius Cäsars Triumphzug, gemalt von Mantegna*, der Goethe bis zum Abschluß am *21. Mai 1822* noch mehrmals beschäftigt. (XII, 182ff.) — Hierzu *2./17. Oktober* eingehendes Studium der Darstellung römischer Triumphzüge bei Plutarch.

September/Oktober. Goethe begleitet eine von dem Weimarer Kupferstecher Schwerdgeburth herausgegebene Folge von Radierungen nach 6 Handzeichnungen Goethes mit erläuternden Versen und fügt — in einer Anzeige in *Kunst und Altertum III, 3* — einen Rückblick auf Sinn und Grenzen seiner zeichnerischen Bemühungen hinzu.

21./24. Oktober. Goethe erweitert den Gedicht-Zyklus *Howards Ehrengedächtnis* (1820), der inzwischen ins Englische übersetzt worden ist, durch drei einleitende Strophen sowie die Gedichte *Atmosphäre* und *Wohl zu merken.* (I, 349ff.)

29./30. Oktober. Aufsatz Goethes *Die heiligen drei Könige* über eine lateinische Legende des Johannes von Hildesheim (1370). Auf Wunsch Goethes stellt Boisserée Nachforschungen an und entdeckt eine Übersetzung in der Heidelberger Bibliothek. Bearbeitung des von Goethe übersandten Originalmanuskripts und der Übersetzung durch Gustav Schwab, der 12 eigene Romanzen hinzufügt. Veröffentlichung des Aufsatzes und Anzeige der Bearbeitung in *Kunst und Altertum II/III.*

Oktober/Dezember. Kurze Wiederaufnahme von *Dichtung und Wahrheit.* (*4. Teil, 17. Buch.*)

4./18. November. Zelter mit dem zwölfjährigen Felix Mendelssohn-Bartholdy, seinem Schüler, zu Besuch bei Goethe. Mendelssohn entzückt Goethe durch sein Klavierspiel.

November/Dezember. Fortsetzung der *Campagne in Frankreich.*

Dezember. Entstehung der *Legende* (2. Teil der Trilogie *Paria.* I, 361). Abschluß im *April 1822.*

Dezember. Gemeinsam mit dem Oberbaudirektor C. W. Coudray, den Goethe Ende 1815 nach Weimar holt und der seitdem zu Goethes engerem Freundeskreis zählt, betreibt Goethe — wie schon mehrmals in früheren Jahren und ebenso in den folgenden — Studien über historische und zeitgenössische Architektur.

1821. Goethe veranstaltet wieder Konzerte in seinem Hause, wobei vor allem K. Eberwein und seine Frau Henriette geb. Häsler, Sängerin am Hoftheater, der seit 1820 als Kapellmeister in Weimar tätige J. N. Hummel, vorübergehend der französische Violinvirtuose A. J. Boucher hervortreten. Mitwirkung von Adele Schopenhauer und Gräfin Julie Egloffstein an Rezitationen.

1821. Veröffentlichung der anonymen Schrift „Wilhelm Meisters Wanderjahre" des Pfarrers J. F. W. Pustkuchen mit Angriffen gegen Goethe und seine Werke. Hierzu Goethes Verse *Der Pseudo-Wanderer, wie auch dumm* ... in den *Zahmen Xenien.* Tieck („Die Verlobung") und Immermann („Ein ganz frisch schön Trauerspiel von Pater Brey" und „Brief an einen Freund über die falschen Wanderjahre") bekämpfen Pustkuchens Schmähschrift.

1821/1828. Erscheinen der „Œuvres dramatiques de Goethe, traduites de l'Allemand" in Paris mit einer Einleitung von F. A. A. Stapfer, die Goethes hohe Anerkennung findet. Stapfer übersetzt mehrere Dramen; 1828 erscheint seine *Faust*-Übersetzung mit den Illustrationen von Eugène Delacroix.

1821. Lektüre: Euripides, Aristophanes, Calderon, Montaigne, W. Scott („Kenilworth"), Th. Körner (Dramen).

1821. Besucher: Staatsrat Schultz, Graf Platen, August Hagen, Bettina v. Arnim, Varnhagen von Ense, E. F. v. d. Malsburg, dessen Calderon-Übersetzung Goethe benutzt.

Werke: Atmosphäre. (I, 349.) — *Wenn Gottheit Camarupa* ... (I, 350.) — *Wohl zu merken.* (I, 351.) — *Legende.* (I, 361.) — *Eins und alles.* (I, 368.) — *Wandersegen.* (I, 374.) — *Wilhelm Tischbeins Idyllen.* (I, 374 ff.) — *Zu meinen Handzeichnungen.* — *Zahme Xenien.* — Sprüche. — Gedichte der Gruppen *Parabolisch, Epigrammatisch, Kunst.* Gelegenheitsgedichte an Personen. — *Wilhelm Meisters Wanderjahre.* (1. Fassung.) — Aufsätze und Rezensionen für *Kunst und Altertum.*

1822 *1822.* Anhaltende Arbeit an der Zeitschrift *Über Kunst und Altertum,* die im nächsten Jahre wieder in mehreren Heften erscheint. Aufsätze und Rezensionen u. a. über einen von

Zelter erhaltenen *Kupferstich nach Tizian, wahrscheinlich von C. Cort*, über den Roman „Gabriele" von Johanna Schopenhauer, das persische „Papageienbuch" („Touti Nameh") in der Übersetzung von Iken, über *Justus Möser* (XII, 320 ff.), die *Hemsterhuis-Gallitzinsche Gemmensammlung* und, in Zusammenhang damit, die Sammlung des Königs von Holland.

14./15. Januar. Übersetzung von Manzonis Ode „Der fünfte Mai" auf Napoleons Tod, die Goethe von Carl August erhält.

Januar/Februar. Entstehung von *Zahmen Xenien.*

Mitte Januar/Ende Februar. Tägliche Beschäftigung mit der Ordnung und Katalogisierung der großherzoglichen Edelsteinsammlung. Studium mehrerer einschlägiger Werke hierzu.

Januar/März. Überarbeitung, Fortsetzung und Abschluß der *Campagne in Frankreich*, *März/April* der *Belagerung von Mainz.* Erscheinen im Sommer. (X, 188 ff.)

12./13. Februar. Lektüre der „Briefe über Landschaftsmalerei" von C. G. Carus, die dieser Goethe zugesandt hat.

9. März. Dankschreiben Goethes an seinen Londoner Korrespondenten J. Chr. Hüttner, der ihm die Briefverbindung mit Luke Howard vermittelt hat. Howard übersendet eine selbstverfaßte Schilderung seines Lebens- und Studienganges, die Goethe übersetzt *(10./12. April)* und in seiner Zeitschrift *Zur Naturwissenschaft* (*II, 1*, 1823) veröffentlicht. Dazu die Anzeige *Luke Howard to Goethe. A Biographical Sketch.* (XIII, 304 f.) — Weitere Beschäftigung mit Meteorologie im Herbst, angeregt durch Howards Werk „The Climate of London" (1818), das Goethe erhält und das der Jenenser Mathematiker und Astronom J. Fr. Posselt, Goethes Partner in diesem Forschungsbereiche, rezensiert. Hierzu Nachtrag Goethes.

21. März. Im „Morgenblatt für gebildete Stände" spricht Goethe seinen Dank — *Geneigte Teilnahme an den „Wanderjahren"* (VIII, 522 f.) — für drei Beurteilungen seines Romans aus, durch die er sich zutiefst verstanden fühlt. (Varnhagen v. Enses „Briefe über die Wanderjahre" im „Gesellschafter", eine anonyme Rezension im „Literarischen Conversationsblatt" und die Schrift des Breslauer Gymnasialdirektors Kayßler „Fragmente aus Platons und Goethes Pädagogik".)

6. April/11. Mai. Entwurf und Ausarbeitung des Aufsatzes *Fossiler Stier* (XIII, 196 ff.). Unter Hinweis auf Arbeiten ihm bekannter Forscher, u. a. des Halberstädter Naturwissenschaftlers und Literarhistorikers F. H. W. Körte, beschreibt Goethe den Fund eines urzeitlichen Skeletts, das im Frühjahr 1821 bei Haßleben geborgen wird und an dessen Rekonstruktion Goethe sich in Jena mit lebhaftem Interesse beteiligt. — Weitere eingehende Beschäftigung *Oktober/November. 1825* Fortsetzung des Aufsatzes. (*Zweiter Urstier.*)

April/Mai. Ordnung und Kommentierung der Fest- und Gelegenheitsgedichte. (Spätere Gruppe *Inschriften, Denk- und Sendeblätter* mit *Aufklärenden Bemerkungen.* Auszug I, 409f.)

1./2. Mai. Goethe faßt den Gedanken an eine neue vollständige Ausgabe seiner Werke, der später in der *Ausgabe letzter Hand* verwirklicht wird. Entwurf eines Schemas.

21. Mai. Von Beethoven erhält Goethe die Partitur zu *Meeresstille* und *Glückliche Fahrt.*

Mai/Juni. Der Berliner Maler H. Chr. Kolbe porträtiert Goethe.

Mai/Oktober. Beschäftigung mit der Übersetzung von 6 *Neugriechisch-epirotischen Heldenliedern,* die Goethe im Original und in französischer Übertragung mit einem Aufsatz über neugriechische Nationaldichtung von dem Pariser Historiker J. A. Buchon erhält. Veröffentlichung mit dem Aufsatz *Volksgesänge abermals empfohlen* in *Kunst und Altertum* (*IV, 1,* 1823).

*

16. Juni/29. August. Reise nach Marienbad und Eger. Persönliche Bekanntschaft und häufiges Zusammentreffen mit Kaspar Graf v. Sternberg, mit dem Goethe schon seit 1820 über naturwissenschaftliche, besonders botanische Fragen korrespondiert. (Briefwechsel 1820—1832.) Geselliger Verkehr mit der Familie v. Levetzow, österreichischen, deutschen und russischen Diplomaten, Zauper, den Geologen L. v. Buch und Keferstein; in Eger mit Rat Grüner (täglich *24. Juli/26. August*), dem schwedischen Chemiker Berzelius, mit dem Goethe den Kammerberg besteigt, dem Prager Kapellmeister W. J. Tomaschek, der Goethesche Gedichte vertont, dem Schriftsteller W. v. Schütz. Zahlreiche Besichtigungen geologischer Sehenswürdigkeiten und privater Mineralienkabinette im ganzen Egerkreis, meist in Begleitung Grüners. *13./18. August.* Aufenthalt in Redwitz zur Besichtigung der chemischen Fabrik und Glashütte von Fickentscher. Starke Erweiterung von Goethes Sammlung durch Marienbader und Egerländer Mineralien, deren Ordnung und Registrierung Goethe sofort vornimmt. Geologische Bestandsaufnahme der Marienbader Gegend in einem gedruckten Verzeichnis, das Goethe für andere Forscher bei dem Badearzt Dr. Heidler hinterlegt.

*

September. Der Bibliothekar F. Th. Kräuter beginnt mit archivalischer Sammlung, Ordnung und Katalogisierung von Goethes sämtlichen gedruckten und ungedruckten Werken sowie allen sonstigen Handschriften, Tagebüchern, Briefen.

Goethe benutzt Kräuters Verzeichnisse vor allem bei der Fortsetzung seiner autobiographischen Arbeiten. — *Mitte Oktober.* Wiederaufnahme der *Tag- und Jahreshefte*, die Goethe nunmehr in verschiedenen Arbeitsperioden, doch ohne größere Unterbrechungen, bis zum Frühjahr 1825 ausarbeitet und mit der Darstellung des Jahres 1822 abschließt. (Druck 1830.)

September. Friedrich Jacob Soret (1795—1866), von der Erbgroßherzogin Maria Paulowna als Erzieher des Prinzen Karl Alexander nach Weimar berufen, tritt zu Goethes ständigem Freundes- und Besucherkreis. (Tagebuchaufzeichnungen über seinen Verkehr mit Goethe.)

16. September/8. Oktober. Wiederholte Besuche von L. v. Henning, der in Berlin Vorlesungen über Goethes Farbenlehre hält. Die Einleitung dazu zeigt Goethe in den Heften *Zur Naturwissenschaft II, 1* an.

3./5. Oktober. Entstehung von *Des Paria Gebet.* (1. Teil der Trilogie *Paria.* I, 361.) Abschluß am *22. Dezember.*

7./8. Oktober. Felix Mendelssohn-Bartholdy spielt wieder in Goethes Hause.

2. Dezember. Unter Mitwirkung Riemers übersetzt Goethe das neugriechische Gedicht „Charon", das Goethe 1815 in Wiesbaden mit anderen Liedertexten von W. v. Haxthausen erhält. Veröffentlichung in *Kunst und Altertum* (*IV, 2*, 1823). Goethes dort ausgesprochene Anregung, das Grundmotiv vom Reiter Tod malerisch oder zeichnerisch darzustellen, wird von Cotta in einem Preisausschreiben verwirklicht. Beschreibung der Einsendungen durch Goethe.

24. Dezember. Rezension von Manzonis Trauerspiel „Adelchi".

Lektüre: Sophokles, Ovid, Cicero, Montaigne, Calderon, J. Möser, E. T. A. Hoffmann, Z. Werner, Platen.

1822. Fortsetzung der chromatischen Studien und Versuche, u. a. anläßlich des Zusammentreffens mit Berzelius und Henning. — Studium der Schriften von d'Alton und Carus, durch den Goethe seine Wirbeltheorie empirisch bestätigt sieht.

Werke: Ultimatum. (I, 306.) — *Des Paria Gebet.* (I, 361.) — *Äolsharfen.* (I, 376.) — *Weihnachten.* (I, 339.) — *An zwei Gebrüder, eifrige junge Naturfreunde.* (I, 352.) — *Herkömmlich.* — Gedichte an Personen. — Übersetzungen. — *Campagne in Frankreich.* (X, 188 ff.) — *Belagerung von Mainz.* (X, 363 ff.) — *Cäsars Triumphzug, gemalt von Mantegna. Zweiter Abschnitt.* (XII, 192 ff.) — Nachträge zur *Farbenlehre.*

1823 *1823.* Im 4. Band von *Kunst und Altertum* veröffentlicht Goethe eine Anzahl kleinerer autobiographischer Skizzen, die teilweise schon im Zuge der Arbeit an *Dichtung und Wahrheit* entstehen, dort aber nicht aufgenommen werden. (X, 529ff.)

17./18. Januar. Diktat des Aufsatzes *Herrn von Hoffs geologisches Werk* (XIII, 282ff.), in dem Goethe — mit Bezug auf Hoffs „Geschichte der durch Überlieferungen nachgewiesenen natürlichen Veränderungen der Erdoberfläche" (1822/34) — eigene geologische Beobachtungen und Anschauungen vorlegt. — In Zusammenhang damit auch Goethes — im Februar bis April entstandener — Aufsatz *Tempel zu Puzzuol* (XIII, 287ff.), den Goethe Hoff widmet.

24./29. Januar. Aufsatz „Wiederholte Spiegelungen" (XII, 322f.) mit Bezug auf Goethes Erlebnis in Ses[s]enheim.

2. Februar. Brief an den Königsberger Botaniker E. H. F. Meyer, dem Goethe eine Zusammenstellung naturphilosophischer Gedanken beilegt, die teils auf sommerlichen Exkursionen festgehalten, teils durch den Briefwechsel mit Meyer angeregt werden. — Veröffentlichung unter dem Titel *Probleme* (XIII, 35ff.) mit einem Vorwort vom *17. März* in *Zur Morphologie* (*II, 1,* 1823).

13. Februar leichte Erkrankung, *18. Februar* schwere Erkrankung, die Anfang März abklingt. Ärzte: Huschke und Rehbein. Diagnose: Herzbeutel- und Rippenfellentzündung.

März. Aus der Beschäftigung mit J. Chr. A. Heinroths „Lehrbuch der Anthropologie" (1822), das Goethe vom Verfasser erhält und im Dezember 1822 liest, geht sein Aufsatz *Bedeutende Fördernis durch ein einziges geistreiches Wort* (XIII, 37ff.) hervor, der Heinroths Charakteristik des Goetheschen Natur- und Welterfassens als „gegenständliches Denken" als treffend und wesensgemäß anerkennt.

März. Vollendung der Trilogie *Paria* durch *Dank des Paria* (I, 365). Mit Bezug darauf sowie auf dramatische Gestaltungen eines Paria-Stoffs durch M. Beer und C. Delavigne veröffentlicht Goethe den Aufsatz *Die drei Paria* in *Kunst und Altertum V, 1,* 1824.

23./27. März. Neue Beschäftigung mit der gotischen Baukunst: Studium der Werke „Denkmäler der deutschen Baukunst" (1818) von G. Moller, das Goethe schon früher benutzt, und „Versuch einer Einleitung in die Geschichte der altdeutschen Bauart" (1822) von J. G. Büsching. Entstehung von Goethes Aufsatz *Von deutscher Baukunst* (XII, 177ff.), den Goethe einem — auf Wunsch Büschings veranstalteten — Wiederabdruck seines Jugendaufsatzes über das Straßburger Münster (1772. — XII, 7ff.) in *Kunst und Altertum* (*IV, 2,* 1823) voranstellt. — Dort auch Goethes erste Besprechung des Werkes von S. Boisserée über den Kölner Dom (1821), das Goethe schon im Manuskript kennen lernt.

25. März. Lektüre von Byrons Tragödie „Sardanapal", die Byron Goethe mit Worten tiefster Verehrung widmet. (Die Widmung wird auf Betreiben des Verlegers Murray jedoch Byrons „Werner" [1823] vorangestellt.)

April/Juli. Näheres Studium der Meteorologie.

13./14. April. Entwurf, *14. Dezember* Diktat des Aufsatzes *Die Lepaden* (XIII, 203 ff.) im Anschluß an die „Grundzüge allgemeiner Naturbetrachtung" von C. G. Carus.

2./7. Mai. Rameaus Neffe beschäftigt Goethe nochmals im Hinblick auf die französische Übersetzung seiner Anmerkungen. Hierzu *Nachträgliches zu Rameaus Neffen* in *Kunst und Altertum* 1823/24.

16. Mai. Besuch des Königs Maximilian I. von Bayern, am *18.* der Königin im Hause am Frauenplan.

10. Juni. Erster Besuch von Johann Peter Eckermann (1792—1854) aus Winsen an der Luhe bei Goethe. Im Mai schickt Eckermann seine „Beiträge zur Poesie mit besonderer Hinweisung auf Goethe", deren Druck Goethe bei Cotta vermittelt. Goethe veranlaßt Eckermann, in Weimar zu bleiben, und gewinnt an ihm einen ständigen Gesellschafter und Mitarbeiter, den er vor allem für die Herausgabe seines Nachlasses heranbildet. Eckermann macht sich fortlaufende Aufzeichnungen über seinen Umgang mit Goethe und veröffentlicht sie in dem Werk „Gespräche mit Goethe in den letzten Jahren seines Lebens" (1836/48).

23. Juni. Gedicht *An Lord Byron* (I, 348), zu dem Goethe sich durch die Nachricht von Byrons bevorstehender Teilnahme am Befreiungskampf der Griechen gegen die Türken veranlaßt fühlt. Goethes Brief mit dem Gedicht erreicht Byron, der von Livorno aus am *24. Juli* dankt, im Augenblick der Abreise nach Griechenland.

*

26. Juni/17. September. Reise nach Marienbad *(3. Juli/20. August)*, Karlsbad *(25. August/5. September)*, Eger und Umgebung *(5./11. September)*. Gesellschaftlicher Verkehr wie in den früheren Jahren im Kreise der Kurgäste, zeitweise in der Umgebung des Großherzogs Carl August. Zahlreiche neue Bekanntschaften, u. a. mit der Petersburger Pianistin Maria Szymanowska, deren Spiel Goethe hier wie auch bei ihrem Aufenthalt in Weimar *24. Oktober/5. November* tiefbewegende Eindrücke verdankt. (*16./18. August.* Gedicht *An Madame Marie Szymanowska*, später unter dem Titel *Aussöhnung* in die *Trilogie der Leidenschaft* aufgenommen. I, 385.) — In Marienbad und Karlsbad Umgang mit Frau v. Levetzow und ihren Töchtern. Leidenschaftliche Neigung zu

Ulrike v. Levetzow. Entstehung von sechs an sie gerichteten Gedichten (I, 378 ff.) im *August* sowie — noch auf der Rückreise, insgesamt *5./19. September* — der *Elegie*. (Mittelstück der *Trilogie der Leidenschaft*. I, 381 ff.) — *5./7. September*. Auf Schloß Hartenberg bei Graf Auersperg, mit dem Goethe geologische Interessen verbinden. In Eger wieder häufiges Zusammentreffen mit Grüner.

*

28. August. Anläßlich Goethes Geburtstag veranstaltet Varnhagen v. Ense eine Textsammlung „Goethe in den wohlwollenden Zeugnissen der Mitlebenden". In einer Antwort darauf „Vorschlag zur Güte" (XII, 324) regt Goethe an, ein Gegenstück aus den *mißwollenden Zeugnissen* zu schaffen.

Oktober. Wiederbelebung von Goethes altem Interesse für slawische Volkspoesie durch Jacob Grimm. (Briefwechsel Oktober 1823 und später.) Auf Veranlassung Grimms sendet der Serbe Vuk Stepanović Karadžić neue Teile seiner Liedersammlung — deren Anfänge Goethe schon 1814 erhält, aber nicht näher würdigt — an Goethe *(10. November)*. Gleichzeitig wird diese Goethe durch eine Übersetzung von Therese v. Jakob aufs neue nahegebracht, die ihm ihr Manuskript zur Verfügung stellt. (Druck Halle 1825/26.) *15. Februar 1824*. Besuch Karadžićs bei Goethe. Aus diesen Anregungen geht 1824 Goethes Aufsatz *Serbische Lieder* (XII, 327 ff.) hervor, der 1825 erscheint.

10./19. Oktober. Eingehende Lektüre von Byrons Dichtung „Cain. A Mystery", die Goethe mit Worten begeisterter Anerkennung bedenkt. *Januar/Februar 1824*. Besprechung für *Kunst und Altertum V*, *1*, 1824.

Winter 1823/24. Vorbereitende Arbeiten für eine Darstellung der Schweizer Reise von 1797. Die schon früher gefaßte Absicht wird Goethe durch den Gedanken an die *Ausgabe letzter Hand* wieder nahegebracht. (Herausgabe durch Eckermann 1833 gemäß Goethes letztwilliger Verfügung über seinen Nachlaß.)

Mitte November. Erneute Erkrankung.

1823. In *Kunst und Altertum* erscheinen Rezensionen Goethes, u. a. über den *Naturdichter* Anton Fürnstein, *Die tragischen Tetralogien der Griechen* im Anschluß an eine Studie von G. Hermann, eine Sammlung *Spanische Romanzen* übersetzt von B. Pandin.

Lektüre: Aischylos, Euripides, A. de Lamartine („Méditations Poétiques"), Béranger (Chansons), Memoirenwerke über Leben und Epoche der Marie Antoinette, Scott, Platen, lateinische und griechische Übersetzungen von *Hermann und Dorothea*.

Besucher: Staatsminister v. Stein, Cotta, F. H. v. d. Hagen, Graf Reinhard, W. v. Humboldt, Zelter, Luise Seidler, zahlreiche Gelehrte, besonders Naturwissenschaftler.

Werke: An Lord Byron. (I, 348.) — *Dank des Paria.* (I, 365.) — Gedichte an Ulrike v. Levetzow. (I, 378 ff.) — *Aussöhnung.* (I, 385.) — *Elegie.* (I, 381 ff.) — *Zahme Xenien.* — Epigramme. — Gedichte an Personen. — Aufsätze, Rezensionen.

1824 *1824.* Neben der Fortsetzung der *Tag- und Jahreshefte* nimmt Goethe energisch die Redaktion seines Briefwechsels mit Schiller auf, für die er schon im Jahr zuvor gelegentliche Vorarbeit leistet. Die Ausgabe erscheint 1828/29 mit einer Widmung an den König von Bayern.

1824. Häufiger Verkehr des Weimarer Malers und Zeichenlehrers Johann Joseph Schmeller (1796—1841), der von Goethe wesentlich gefördert wird und mehrere Bildnisse Goethes schafft, im Hause am Frauenplan. Goethe läßt Schmeller häufig Porträtskizzen denkwürdiger Besucher oder Mitarbeiter — 1824 Sternberg, Rauch, Kirms, Kräuter — zeichnen und gewinnt so eine Sammlung von über 100 Porträts.

12./18. Februar. Abschluß des im Januar begonnenen Aufsatzes *Die Externsteine*, für den Goethe Studien über Geschichte und Geographie Westfalens betreibt. (XII, 206 ff.) Anregung durch eine Zeichnung Rauchs.

15. Februar. Auf Drängen des Kanzlers F. v. Müller skizziert Goethe seine Begegnung mit Napoleon. Überarbeitung eines ersten in Zusammenhang mit den *Annalen* 1808 entstandenen Schemas. „Unterredung mit Napoleon". (X, 543 ff.)

März. Der Verlag Weygand in Leipzig schlägt eine Neuausgabe des *Werther* anläßlich der 50. Wiederkehr des Tages der Erstveröffentlichung vor. Statt der erbetenen Vorrede schreibt Goethe am *25. März* das Gedicht *An Werther* (I, 380), das als Einleitungsgedicht in die *Trilogie der Leidenschaft* aufgenommen wird.

16./17. März. Besprechung der *Frithiofs Saga* mit Bezug auf deren Neugestaltung durch Esaias Tegnér (1782—1846), von der Amalie v. Helvig Proben in eigener Übersetzung an Goethe sendet.

23./26. Mai. Der Dresdener Maler K. Chr. Vogel v. Vogelstein besucht und porträtiert Goethe.

26./27. Mai. Fortsetzung der Novelle *Das nußbraune Mädchen* und des Abschnitts *Lenardos Tagebuch* für *Wilhelm Meisters Wanderjahre.*

18./26. Juni. Tägliches Zusammentreffen mit Chr. Rauch, der in diesen Tagen am 3. Entwurf für ein Goethe-Denkmal in

Frankfurt arbeitet. — *26./27. Juli.* Besuch von Bettina v. Arnim, die ihre Denkmalsskizze vorlegt.

Juni/Juli. Eingehendes Studium des Werkes von E. Stiedenroth „Psychologie zur Erklärung der Seelenerscheinungen". Besprechung in *Zur Morphologie II, 2,* 1824. (XIII, 41 ff.)

12./21. Juli. Niederschrift von *Goethes Beitrag zum Andenken Lord Byrons* (XII, 324 ff.), der in deutscher und englischer Fassung in Thomas Medwins „Conversations of Lord Byron" (London 1824) erscheint.

Juli. Rückgreifend auf ältere Aufzeichnungen schreibt Goethe osteologische Aufsätze, die er unter dem Titel *Vergleichende Knochenlehre* (XIII, 206 ff.) in *Zur Morphologie* (*II*, 2, 1824) veröffentlicht.

6./15. August. Diktat des Aufsatzes *Die Skelette der Nagetiere, abgebildet und verglichen von d'Alton.* (XIII, 212 ff.) Gleichzeitiges Studium weiterer Arbeiten d'Altons.

13. September. Bekanntschaft mit dem Botaniker K. Ph. Fr. v. Martius, mit dem Goethe seit 1823 korrespondiert und dessen Arbeiten über die Vegetation Brasiliens und über die Palmen Goethe stark beachtet.

September/Oktober. Eingehende Beschäftigung mit der „Geschichte der Hohenstaufen und ihrer Zeit" von Fr. v. Raumer (1823/25). Kurze Rezension Goethes. (XII, 338 f.)

1824. In *Kunst und Altertum* erscheinen mehrere Rezensionen Goethes, u. a. über Tiecks Novelle „Die Verlobung", Varnhagens „Biographische Denkmale", Salvandys historischen Roman „Don Alonzo, ou l'Espagne", Rochlitz' Werk „Für Freunde der Tonkunst". — Nochmalige Stellungnahme zur romantischen Malerei in dem Aufsatz *La Cena, Pittura in Muro di Giotto.* (XII, 203 ff.)

Lektüre: U. v. Hutten (Briefe), Shakespeare und Tiecks „Shakespeares Vorschule", Calderon und Lope de Vega in Malsburgs Übersetzung, Briefe der Mme. de Sévigné, Boileau, Platen, Fouqué, Holtei, Briefe und Tagebücher von Rahel Varnhagen, neueste Schriften über Byron.

Besucher: Schinkel, F. W. Facius, Graf Sternberg, Frhr. v. d. Malsburg, Heinrich Heine *(2. Oktober)*, Luise Seidler.

Werke: An Werther. (I, 380.) — *Der Bräutigam.* (I, 386.) — *Woher hat es der Autor?* — Gedichte an Personen. — Aufsätze und Rezensionen.

1825 *1825.* Intensive Fortsetzung der Arbeit an den *Tag- und Jahresheften*, an der neuen Werkausgabe (Gedichtbände), am Briefwechsel mit Schiller sowie an dem mit Zelter, dessen

Redaktion Goethe schon 1823 vorübergehend aufnimmt. (Erscheint von Riemer herausgegeben 1833.)

Januar. Goethe gewinnt den Jenaer Altphilologen C. W. Göttling als Redakteur für die *Ausgabe letzter Hand*, die er seit 1822 plant und die 1827—1830 bei Cotta in 40 Bänden erscheint. (Dazu 1832—1842 20 Bände „Goethe's nachgelassene Werke", herausgegeben von Riemer und Eckermann.)

Mitte Januar. Beginn der Arbeit an der Abhandlung *Versuch einer Witterungslehre*, die Goethe für den Großherzog als eifrigen Förderer meteorologischer Forschung verfaßt. Abschluß *16. Februar.* (Auszug XIII, 305 ff.)

Ende Januar. Fortsetzung der Novelle *Das nußbraune Mädchen.* Letzte Revision im *Mai.*

20./25. Februar. Arbeit am *4. Teil* von *Dichtung und Wahrheit.*

24. Februar. Goethe nimmt Kenntnis von der Schrift „Ästhetische Vorlesungen über Goethes Faust" von H. F. W. Hinrichs. (Halle 1825.)

25. Februar. Wiederaufnahme des *Faust.* Beginn der letzten großen Schaffensperiode, die zur Vollendung des *2. Teiles* führt. Bis *5. April* tägliche Arbeit an der weiteren Planung und am Helena-Akt.

3./6. März. J. J. Schmeller porträtiert Goethe.

21./22. März. Brand des Weimarer Hoftheaters. Mit Coudray übernimmt Goethe die Planung des Neubaus, der nach einem schon früher gemeinsam entworfenen Riß begonnen, später aber vom Großherzog dem Architekten Steiner übertragen wird.

24. April/4. Mai. Tägliche Beschäftigung mit den „Ausgewählten Schriften" von Heinrich Zschokke (1771—1848).

26. Mai/12. Juni. Übersetzung neugriechischer Volksgesänge unter dem Titel *Neugriechische Liebe-Skolien* nach der Sammlung „Chants populaires de la Grèce moderne" von C. C. Fauriel, die Goethe im Juli 1824 kennenlernt.

Juni. In Zusammenhang mit seiner Lektüre des Berichts „Last Days of Lord Byron" von Major Parry verfaßt Goethe sein zweites Gedicht an Byron *Stark von Faust, gewandt im Rat* ... (I, 349).

16. Juni. Goethe erhält die ihm gewidmete Komposition seiner Lieder *An Schwager Kronos*, *An Mignon*, *Ganymed* von Franz Schubert mit einem Begleitbrief, läßt die Sendung aber unbeantwortet. — Gleichzeitig Eintreffen von drei Quartetten von Felix Mendelssohn-Bartholdy, deren drittes Goethe gewidmet ist, wofür Goethe sofort dankt.

26. Juni. Wiederbeginn längerer, mit Unterbrechungen bis Mitte Dezember durchgeführter Arbeit an *Wilhelm Meisters Wanderjahren.* Entwurf eines neuen Schemas.

1./10. September. Besuche von Rat Grüner, der Goethe seine Abhandlung „Über die ältesten Sitten und Gebräuche der Egerländer" überbringt.

7. November. Der Großherzog läßt die 50. Wiederkehr des Tages von Goethes Ankunft in Weimar als Goethes goldenes Dienstjubiläum feiern und beglückwünscht Goethe in einem Handschreiben, das die lebenslange Freundschaft beider und Goethes Verdienste um den Weimarer Staat würdigt.

Dezember. Lektüre eines Erlebnisberichts aus den napoleonischen Feldzügen von J. Chr. Mämpel, der Goethes — besonders in den Altersjahren vielfach bekundetes — Interesse für Memoiren, Autobiographien, Briefpublikationen stark erregt. Vorwort Goethes, verfaßt im folgenden Januar, zur Buchausgabe *Der junge Feldjäger, in französischen und englischen Diensten während des spanisch-portugiesischen Kriegs von 1806 bis 1816. Eingeführt von J. W. von Goethe.* (1826.) — Auch für die Fortsetzung *Des jungen Feldjägers Kriegskamerad, gefangen und strandend, immer getrost und tätig* (1826) schreibt Goethe ein Vorwort. *8. Dezember 1826.* Besuch Mämpels bei Goethe. — Auch Mämpels Übersetzung der Kriegserinnerungen eines französischen Sergeanten (1827) schickt Goethe eine eigene Einleitung voraus.

1825. Die Universität Jena verleiht Goethe den Titel des Dr. iur. h. c.

Lektüre: Molière, Voltaire („Siècle de Louis XIV"), Briefe und Memoiren der Mme. de Maintenon, Mme. de Genlis, Werke über die napoleonische Epoche, Lamartine, Manzoni, Platen (Sonette), Tieck, Gowers Übersetzung des *Faust* ins Englische. — Studien: Raumer („Geschichte der Hohenstaufen"), Carus („Vergleichende Anatomie"), Stiedenroth (Psychologie 2. Bd.).

Besucher: Felix Mendelssohn-Bartholdy, d'Alton, V. Cousin, die Verleger Friedrich und Heinrich Brockhaus, Willemer, Fürst Leopold von Dessau, Varnhagen v. Ense und Rahel Varnhagen, Spontini, C. M. v. Weber, Schultz, Chladni.

Werke: Gedichte an Personen, u. a. *Stark von Faust, gewandt im Rat...* (I, 349). — *Zur Logenfeier des dritten Septembers 1825.* (I, 341.) — In das Stammbuch des Enkels Walter v. Goethe. (I, 353.) — *Neugriechische Liebe-Skolien.* — *Versuch einer Witterungslehre.* (XIII, 305 ff.)

1826 *1826.* Fortsetzung der Arbeit an der neuen Werkausgabe, den geplanten Briefeditionen, den *Tag- und Jahresheften.*

Januar/Februar; Juni/November. Fortsetzung von *Wilhelm Meisters Wanderjahren.*

1. März. Goethe setzt eine Anzeige der *Ausgabe letzter Hand* auf, die im „Morgenblatt" vom *19. Juli* erscheint. Inhaltsangabe der 40 Bände und Dank an die Regierungen der deutschen Staaten für die erbetenen Privilegien zum Schutz gegen unrechtmäßigen Nachdruck.

Mitte März/Ende Juni. Fortsetzung und Abschluß des Helena-Aktes im *2. Teil* des *Faust.* — *10. Juni.* Entwurf einer — vermutlich für *Kunst und Altertum* bestimmten, jedoch nicht veröffentlichten — Ankündigung *Helena, klassisch-romantische Phantasmagorie, Zwischenspiel zu „Faust"*. (III, 434 ff.)

15./18. März; 14./22. August. Entstehung neuer Stücke der *Zahmen Xenien.*

24. März. Aufsatz über *Bryophyllum Calycinum.*

11. Mai/3. Juni. Ausarbeitung einer eingehenden Rezension einer Sammlung von 80 Kupferstichen nach Gemälden des Historien- und Porträtmalers François Gérard (1770—1837), wobei Goethe die Bildnisse einer Anzahl zeitgenössischer, zum Teil ihm bekannt gewordener Persönlichkeiten beschreibt. (*Collection des Portraits historiques de M. le Baron Gérard, premier peintre du Roi . . .*)

7./19. Juli. Zelter bei Goethe, von Schmeller porträtiert.

17. Juli/14. September. Goethe wird von dem Maler Louis Sebbers, zwischen September und Dezember von Schmeller porträtiert.

12./14. August. Beginn wiederholten, ins nächste Jahr ausgedehnten Studiums von Aristoteles' Poetik, die Goethe schon früher oft beschäftigt, im griechischen, lateinischen und deutschen Text. Daraus Entstehung des Aufsatzes *Nachlese zu Aristoteles' Poetik* (XII, 342 ff.).

6./9. September. Brief an Zelter, dem Goethe einen für den Dante-Übersetzer Karl Streckfuß bestimmten, 2./4. September verfaßten Aufsatz über Dante (XII, 339 ff.) beilegt.

29. September/3. Oktober. Franz Grillparzers Besuche bei Goethe, der ihn von Schmeller zeichnen läßt.

4./20. Oktober. Erste Arbeit an der *Novelle*, in der Goethe den Stoff des 1797 geplanten Epos *Die Jagd* wieder aufgreift.

Oktober/November. Aus der Beschäftigung mit dem „Discours préliminaire de l'Encyclopédie" (1754) von J. L. d'Alembert gehen Goethes Aufsätze *Naturphilosophie* (XIII, 44f.) und *Über Mathematik und deren Mißbrauch* hervor.

November/Dezember. Fortsetzung der Arbeit an *Faust.* Revision des Helena-Akts. Entwurf der vorhergehenden Handlung (*Antezedenzien Helenas*), die in einer ausführlichen Prosaskizze festgelegt wird. (III, 438 ff.)

1826/1827. In *Kunst und Altertum* bespricht Goethe die französische Übersetzung seiner Dramen durch Stapfer, Cavagnac und Margueré (Paris 1821/23) unter Verwendung der ausführlichen Rezension der Ausgabe durch J. J. Ampère in der Zeitschrift „Le Globe". Die Zeitschrift erregt Goethes anhaltend lebhaftes Interesse. — Ferner rezensiert Goethe Stapfers Einleitung zu dieser Ausgabe.

Lektüre: Pindar, Plutarch, Herodot, Dante, Shakespeare, Sterne, Byron, Shelley, Cooper, Manzoni, B. de Saint-Pierre, Tegnér. Studien: Geschichtliche Werke von Luden, Raumer, Schlosser; Carus (Anatomie), Sternberg.

Besucher: Schinkel, S. Boisserée *(17. Mai/2. Juni)*, Rauch, d'Alton, Lord Gower (Übersetzer des *Faust*), Bettina v. Arnim *(28. August/10. September)*, Fürst Pückler-Muskau, die Prinzen Wilhelm und Carl von Preußen, Alexander und Wilhelm v. Humboldt.

Werke: Terzinen auf Schillers Reliquien. (*Im ernsten Beinhaus war's*... I, 366.) — *Homer wider Homer.* — *Schlußpoetik.* — Lieder aus *Wilhelm Meisters Wanderjahren.* (VIII, 312 ff., 413.) — Gedichte an Personen. — *Zahme Xenien.* — Aufsätze und Rezensionen.

1827 *1827.* In *Kunst und Altertum VI, 1* erscheinen 19 Aufsätze zur Literatur bzw. Rezensionen, die zusammengenommen Goethes Idee der *Weltliteratur* programmatisch und praktisch zu vertreten bestimmt sind, u. a. über *Homer noch einmal* (zur homerischen Frage), *Die Bacchantinnen des Euripides* (mit Übersetzungsproben), *Erste Ausgabe des Hamlet, Lorenz Sterne* (XII, 345 f.), *Neueste deutsche Poesie, Solgers nachgelassene Schriften und Briefwechsel*, ferner neue Arbeiten über serbische und böhmische Poesie, ein Aufsatz über das Lehrgedicht.

1827. Bei Frommann in Jena erscheint eine Ausgabe der poetischen Werke Alessandro Manzonis mit einer — im Februar/März verfaßten — Einleitung Goethes, die seine früheren Aufsätze über Manzoni mit einer neuen Arbeit über die Tragödie „Adelchi" unter dem Titel *Teilnahme Goethes an Manzoni* vereinigt.

1827. In sein langjähriges Interesse für östliche Kultur und Poesie bezieht Goethe jetzt stärker auch die chinesische Dichtung ein. — Beschäftigung mit einer Anthologie chinesischer Lyrik in englischer Übersetzung *(Januar/Februar)*, Lektüre des Romans „Kiao-Li oder die beiden Basen" in französischer Übersetzung *(9./14. Mai)*, einer Sammlung chinesischer Märchen *(23./24. August)*. In diesem Umkreis Goethes Aufsatz *Chinesisches* in *Kunst und Altertum VI, 1*. Anregung zu dem Gedicht-Zyklus *Chinesisch-Deutsche Jahres- und Tageszeiten*. (I, 387 ff.)

6. Januar. Tod Charlottes von Stein.

18. Januar. Von B. G. Niebuhr erhält Goethe die 2. Ausgabe der „Römischen Geschichte". *27./31.* Ununterbrochene Lektüre des Werks. Aufsatz darüber als Beilage zum Brief an Niebuhr vom *4./15. April.* (XII, 346 f.)

Januar/Februar. Fortsetzung und Abschluß der *Novelle.* (VI, 491 ff.) (Letzte Revision *Januar/Februar 1828.*)

Februar/September. Arbeit an *Wilhelm Meisters Wanderjahren.*

19./27. Februar. Der Bildhauer Leonhard Posch fertigt ein Relief von Goethes Profil.

3./24. März. Goethe studiert die erste englische Ausgabe des *Torquato Tasso* von Ch. des Vœux, der Goethe am *26.* aufsucht.

15./16. März. Lektüre des Buchs des Hegelianers Hinrichs über die griechische Tragödie. Im Anschluß daran ironische Bemerkungen zu Eckermann über das Verfahren, Dichtung mit Hilfe einer abstrakt-philosophischen Terminologie zu interpretieren.

März/April. Neubearbeitung der Novelle *Der Mann von funfzig Jahren.*

5./9. April. Studium des von F. Roth herausgegebenen „Auserlesenen Briefwechsels" von F. H. Jacobi, von dem eine Besprechung in Goethes nachgelassenen Werken (5, 1833) erscheint.

15. April. Thomas Carlyle (1795—1881) übersendet seine Biographie Schillers und die Sammlung „German Romance", die Übersetzungen zeitgenössischer deutscher Prosa, auch Goethes, enthält, und leitet damit eine nähere Verbindung ein, die durch Carlyles ersten Brief vom 24. Juni 1824 (Begleitbrief zu seiner Übersetzung von *Wilhelm Meisters Lehrjahren*) noch nicht entsteht. (Briefwechsel 1824—1832.) — *15./19. Mai.* Lektüre von Carlyles Schiller-Biographie, *19./20.* der Übersetzungen. — *20. Juli.* Goethes Dankbrief, der beide Werke mit Worten hoher Anerkennung als Zeichen einer sich entfaltenden *Weltliteratur* begrüßt. Rezension beider Werke in *Kunst und Altertum VI, 2,* 1828. (XII, 350 ff.)

22. April/16. Mai. Mehrere Besuche des Literarhistorikers J. J. Ampère bei Goethe.

12. Mai/8. Juni. Aufenthalt im Gartenhaus an der Ilm.

21. Mai. Wiederaufnahme des *Faust*. Fortlaufende Arbeit bis Ende des Jahres. (*1. Akt* und Anfang des *4. Akts*.)

Juni. Gräfin Julie Egloffstein fertigt eine Porträtzeichnung Goethes.

Mitte Juli/Anfang August. Eingehende Lektüre des Romans „Die Verlobten" von Manzoni. Nochmals *Oktober/November*, wobei Goethe verschiedene Übersetzungen mit dem Original vergleicht.

17. August/6. September. Beschäftigung mit K. Simrocks Übersetzung des Nibelungenlieds. Rezension Goethes. (XII, 348 ff.)

27./29. August. König Ludwig I. von Bayern in Weimar. Besuch bei Goethe anläßlich seines Geburtstags.

23. September. Brief an den Bremer Philologen K. Iken, in dem Goethe mit Bezug auf den *2. Teil* des *Faust* die Vereinigung des Klassischen und Romantischen in der Dichtung begründet und sich über das Stil- und Kompositionsprinzip seiner Alterswerke ausspricht. (III, 448 f.)

29. Oktober. Geburt von Goethes drittem Enkelkind Alma Sedina Henriette Cornelia. (1827—1844.)

19. November/23. Dezember. Tägliche Lektüre von W. Scotts „Napoleon". Rezension Goethes. (Nachgelassene Werke 6, 1833.)

16. Dezember. Beisetzung von Schillers Sarg in der Fürstengruft.

Lektüre: Ovid („Metamorphosen"), Shakespeare, Mme. de Staël, Victor Hugo („Odes et Ballades"), Béranger („Chansons"), Cooper, E. T. A. Hoffmann. — Studium von Schriften zur zeitgenössischen englischen, französischen, portugiesischen Literatur.

Besucher: Ampère, A. W. Schlegel, K. v. Holtei, Graf Sternberg, Matthisson, Heinroth, Varnhagen, Zelter, Hegel, Graf Reinhard.

Werke: Gedichte an Personen. — *Den Vereinigten Staaten.* (I, 333.) — *Übermütig sieht's nicht aus...* (I, 353.) — *An die Entfernte.* — *Chinesisch-Deutsche Jahres- und Tageszeiten.* (I, 387 ff.) — *Zahme Xenien.* — *Novelle.* (VI, 491 ff.) — Aufsätze und Rezensionen.

1828 *1828.* Fortsetzung der starken Rezensionstätigkeit für *Kunst und Altertum.* Viele von Goethes Besprechungen werden — wie schon einzelne des Vorjahres — durch Artikel in der Pariser Zeitschrift „Le Globe" angeregt, die Goethe weiterhin mit steter Aufmerksamkeit verfolgt, durch die er seine Idee der *Weltliteratur* gefördert sieht. Aufsätze und Rezensionen u. a. über Taschereaus Darstellung von Leben und Werk Molières (XII, 353f.), über Stapfers *Faust*-Übersetzung mit den Illustrationen von Delacroix, von der Goethe eine Prachtausgabe erhält (XII, 354ff.), über zeitgenössische französische Dramen, französisches und englisches Theater, eine englische Übersetzung des „Wallenstein", englische und italienische Zeitschriften, v. d. Hagens Übersetzung von „Tausend und ein Tag", über *Nationelle Dichtkunst* (Sammelbesprechung neuer Ausgaben und Darstellungen serbischer, neugriechischer, litauischer Volksdichtung).

Januar/Februar; September/Dezember. Arbeit an *Faust.* (*1. Akt.*)

März/April; September/Dezember. Fortsetzung der Arbeit an *Wilhelm Meisters Wanderjahren.*

6. April. In Zusammenhang mit der fortlaufenden Arbeit an der Redaktion seiner Werke für die *Ausgabe letzter Hand* nimmt Goethe die Fortsetzung der *Italienischen Reise* wieder auf. Diktate zu *Zweiter römischer Aufenthalt* bis *8. Mai.*

25. Mai/6. Juli. Der Münchener Maler Stieler porträtiert Goethe im Auftrag Ludwigs I. von Bayern.

14. Juni. Tod des Großherzogs Carl August.

7. Juli/11. September. Aufenthalt in Dornburg. Eingehendes Studium verschiedener botanischer Werke, u. a. des Jenenser Professors der Botanik Voigt, mit dem Goethe in dieser Zeit viel wissenschaftliche Gespräche führt, und der „Organographie végétale" von de Candolle, aus der Goethe Teile zu übersetzen beginnt. Beschäftigung mit Weinbau. *25./26. August.* Diktat des Aufsatzes „Bignonia radicans" (XIII, 127ff.). — *25. August.* Entstehung des Gedichts *Dem aufgehenden Vollmonde* (I, 391), danach des Gedichts *Dornburg, September 1828* (I, 391).

22./25. September. Rauch modelliert die Statuette „Goethe im Hausrock".

1828/29. Goethe veröffentlicht seinen Briefwechsel mit Schiller, den er Ludwig I. von Bayern widmet.

Lektüre: Plautus, Dante (Übersetzung des Prinzen Johann von Sachsen), Shakespeare, Sterne, Byron („Heaven and Earth"), W. Scott (Romane), R. Burns, V. Hugo („Cromwell"), P. Mérimée, V. Cousin (Vorlesungen), Immermann („Hofer"),

Cooper. — Studien: Reinholds Geschichte der Philosophie; Niebuhrs Römische Geschichte, Werke zur Geschichte Israels, der Entdeckung Amerikas, der Hanse; Schriften von J. Jungius, besonders zur Mineralogie, von Carus über Osteologie, Cuviers Briefe.

Besucher: Holtei, Sebbers, Sartorius, Iken, Tieck, Gries, Berzelius, Martius, Prinz von Coburg, Wackenroder (Chemiker).

Werke: Dem aufgehenden Vollmonde. (I, 391.) — *Dornburg, September 1828.* (I, 391.) — *Nicht mehr auf Seidenblatt...* (II, 125.) — *Lebensregel.* — Gedichte an Personen. — Aufsätze und Rezensionen.

1829 *1829.* Erste Aufführungen des *Faust, 1. Teil*: Braunschweig (*19. Januar*), Hannover *(8. Juni)*, Dresden *(27. August)*, Leipzig *(28. August)*, Weimar *(29. August)*.

1./27. Januar. Vollendung von *Wilhelm Meisters Wanderjahren.* (2. Fassung.) — *Februar/März.* Hinzufügung der Aphorismen-Sammlungen *Betrachtungen im Sinne der Wanderer* und *Aus Makariens Archiv.* Erscheint im Frühsommer 1829. (VIII, 7ff.)

Januar/Februar. Fortsetzung des *Faust.* (*1. Akt.*)

Februar/August. Intensive ununterbrochene Arbeit an Fortsetzung und Vollendung der *Italienischen Reise.* Das Werk erscheint — nunmehr unter diesem Titel — Ende 1829 in der *Ausgabe letzter Hand.*

Februar/September. Unter starker Beteiligung Goethes übersetzt Soret Goethes *Metamorphose der Pflanzen* ins Französische. Fortsetzung im Lauf des nächsten Jahres. (Erscheint 1831.)

10./31. Mai. Aufsatz *Das altrömische Denkmal bei Igel, unweit Trier*, den Goethe als Vorwort zu einer Schrift von K. Osterwald verfaßt.

Mai/Juli. Beschäftigung mit den Vorlesungen über Geschichte der Philosophie von V. Cousin. Daraus Entstehung des Aufsatzes *Analyse und Synthese.* (XIII, 49ff.)

21. Juni. Besuch von Auguste Jacobi, der Enkelin F. H. Jacobis, die während eines längeren Aufenthalts in Weimar viel in Gesellschaft Goethes ist.

13. Juli/25. August wohnt Goethe im Gartenhaus.

2./18. August. Besuche von H. Crabb Robinson, der Goethe Byrons „Vision of Judgment" und „Heaven and Earth" vorliest. Beide Werke finden Goethes stärkste Anerkennung. Anregung zur Beschäftigung mit Miltons „Samson".

25. August/9. September. Der französische Bildhauer J. P. David d'Angers (1788—1856) hält sich in Weimar auf und schafft seine Goethe-Büste.

5. November. Diktat der Betrachtungen *Zur Geologie* — „Eiszeit". (Auszug XIII, 296 ff.)

9./25. November. Schmeller porträtiert Goethe.

Dezember. Arbeit an *Faust.* Gespräche mit Eckermann über die Konzeption weiterer Szenen und Gestalten. Vorlesung der neuentstandenen Partien. — Goethe lernt die *Faust*-Übersetzung von Gérard de Nerval kennen.

Lektüre: Xenophon, Giordano Bruno, Calderon, Shakespeare, indische Dramen, Schnabel („Insel Felsenburg" in Tiecks Bearbeitung), Platen („Ödipus"), Lamartine, A. Dumas, Edinburgh Review, französische Zeitschriften. — Studien: verschiedene Werke zur Geschichte Napoleons und der Epoche Ludwigs XVIII., Memoiren des Herzogs v. Saint-Simon, Cousin (Vorlesungen).

Besucher: Reinhard, Rochlitz, Zelter, Prinz Wilhelm von Preußen, Hegel, Varnhagen und Frau, Jenny v. Pappenheim, W. Häring, A. Mickiewicz, A. E. Odyniec, Paganini, zahlreiche deutsche und ausländische Diplomaten und Gelehrte.

Werke: Vermächtnis. (I, 369.) — Gedichte an Personen. — *Wilhelm Meisters Wanderjahre.* (2. Fassung. — VIII, 7 ff.) — *Italienische Reise.* (XI, 7 ff.) — Aufsatz *Ferneres über Weltliteratur.*

1830 *Januar/Dezember.* Fortsetzung des *Faust.* (*2. Akt.*)

14. Februar. Tod der Großherzogin Luise.

24. März/24. April. Goethe schreibt ein Vorwort zur deutschen Ausgabe von Carlyles Schiller-Biographie. (Frankfurt 1830.)

28. April/14. Mai. Entstehung einer eingehenden Rezension eines Bildwerkes von W. Zahn, Professor in Berlin, über die pompejanischen Gemälde und Ornamente, mit denen sich Goethe in letzter Zeit mehrfach aufs neue beschäftigt.

17./23. Mai. Studium von Rousseaus botanischen Schriften.

21. Mai/3. Juni. Felix Mendelssohn-Bartholdy täglich bei Goethe.

27. Juli. Beginn der Arbeit am Aufsatz *Principes de Philosophie zoologique* (XIII, 219 ff.) mit Bezug auf den Pariser „Akademiestreit" zwischen Geoffroy de St. Hilaire und Cuvier. Der Aufsatz, der zunächst nicht abgeschlossen wird, beschäftigt Goethe bis zum Herbst.

5. Oktober. Goethe veranlaßt die Gesellschaft für ausländische Literatur in Berlin, Carlyle im Hinblick auf seine Schiller-Biographie zu ihrem Ehrenmitglied zu ernennen.

26. Oktober. August v. Goethe stirbt in Rom. Goethe erhält die Nachricht am *10. November.*

9./25. November. Wiederaufnahme des *4. Teils* von *Dichtung und Wahrheit.*

25./29. November. Schwere Erkrankung. (Lungenblutsturz.)

1830. In einem Aufsatz *Christus nebst zwölf alt- und neutestamentlichen Figuren, den Bildhauern vorgeschlagen* (XII, 210ff.) regt Goethe die Gestaltung eines Zyklus biblischer Figuren an.

1830/31. Im Bereich der Botanik richtet Goethe — angeregt durch Gedanken von Martius — sein besonderes Augenmerk auf die Lehre der Spiraltendenz im Pflanzenleben. Niederschrift von Bruchstücken und Materialien zu einem Aufsatz. (Auszug XIII, 130ff.)

Lektüre: Shakespeare, Milton, Sterne, Byrons Nachlaß, Carlyle, Diderot, V. Hugo („Hernani"), A. de Vigny, A. Dumas, zeitgenössische französische und englische Dramen, viel Reisebeschreibungen. — Studien: Hutten (Briefe, Biographie), Varnhagens Biographie Zinzendorfs, Ampère (Geschichte der französischen Literatur), Saint-Simon (Memoiren), Buffon (Zoologie).

Besucher: d'Alton, Graf Sternberg, G. v. Reutern, Holtei, Spontini, Wilhelmine Devrient.

Werke: Aufsätze und Rezensionen zur Kunst und Naturwissenschaft.

1831 *Januar/Dezember.* Beschäftigung mit Zelters Briefen.

Januar/Oktober. Fortsetzung und Vollendung von *Dichtung und Wahrheit.* (X, 75—187.)

17. Januar. Festgedicht für die Sängerin Schmeling-Mara, deren Kunst auf Goethe als Leipziger Studenten tiefen Eindruck gemacht hat.

22. Januar. Letztwillige Verfügung Goethes über seinen literarischen Nachlaß. Goethe bevollmächtigt Riemer und Eckermann mit der Herausgabe.

Februar. Aufsatz *Geologische Probleme und Versuch ihrer Auflösung.* (XIII, 299ff.)

12. Februar/22. Juli. Fortsetzung und Vollendung des *Faust* (*4.* und *5. Akt*). Goethe versiegelt das Manuskript und bestimmt, daß es erst nach seinem Tode gedruckt werde. Veröffentlichung durch Riemer und Eckermann als 1. Band der „Nachgelassenen Werke". (III, 7ff.)

5./6. März. Lektüre von Byrons Briefen und Tagebüchern.

August. Auf Veranlassung Carlyles senden 15 englische Verehrer Goethes eine Huldigungsadresse zu Goethes Geburtstag mit Worten tiefen Dankes. Goethe antwortet mit dem Gedicht *Den funfzehn englischen Freunden.* (I, 349.)

26./31. August in Ilmenau. Dort Geburtstagsfeier.

1./9. Oktober. Die zwölfjährige Clara Wieck, die spätere Frau Robert Schumanns, spielt vor Goethe.

8./9. Oktober. Diktat des Aufsatzes *Rembrandt der Denker.*

Oktober/Dezember. Abschluß des Aufsatzes über den französischen Akademiestreit. (XIII, 219ff.)

Lektüre: Euripides, Plutarch, W. Scott (Romane), B. Constant (Memoiren), V. Hugo (Romane), Balzac, Dumas. — Studien: Galilei (Werke), J. Jungius (Biographie, Werke), Niebuhr (Römische Geschichte), A. v. Humboldt (Geologie), Cuvier (Naturgeschichte), Vaucher (Pflanzenphysiologie), Carus (Vorlesungen).

Besucher: A. v. Humboldt, L. Seidler, Reinhard, Holtei, F. Preller, König von Württemberg, die Königin von Bayern, Zelter.

Werke: Den funfzehn englischen Freunden. (I, 349.) — *Faust. 2. Teil.* (III, 7ff.) — *Dichtung und Wahrheit. 4. Teil.* (X, 75—187.)

1832 *1832.* Entstehung der posthum veröffentlichten Aufsätze *Landschaftliche Malerei* (Entwurf eines Überblicks zur Geschichte der Landschaftsmalerei. XII, 216ff.), „Künstlerische Behandlung landschaftlicher Gegenstände" (XII, 220ff.), *Zu malende Gegenstände* (XII, 222f.), *Siegesglück Napoleons in Oberitalien.*

8./27. Januar. Goethe liest Ottilie, zeitweise auch Eckermann, den *2. Teil* des *Faust* vor.

22. Januar. Antwortbrief Goethes an den Dichter Melchior Meyr (1810—1871), der Goethe um ein Urteil über seine Gedichte bittet. Goethe legt den Aufsatz *Wohlgemeinte Erwiderung* (XII, 358f.) bei. Im gleichen Gedankenzusammenhang auch der Nachlaß-Aufsatz „Noch ein Wort für junge Dichter". (XII, 360f.)

5./9. Februar. Aufsatz über die Oper *Die Athenerinnen* von Spontini nach einem Text von Jony.

11. März. Gespräch mit Eckermann über *Urreligion.*

Lektüre: Plutarch, Memoiren Ludwigs XVIII., Carus (Psychologie).

Besucher: Jenny v. Pappenheim, Doris Zelter, L. Seidler, die Maler Preller, Starke, Werner, Gunda v. Savigny, Achim und Bettina v. Arnims Sohn Sigmund.

16. März. Beginn von Goethes letzter Krankheit.

22. März. Goethes Tod mittags gegen einhalb zwölf Uhr.

26. März. Goethes Sarg wird in der Fürstengruft beigesetzt.

REGISTER ZUR ZEITTAFEL

In Klammern gesetzte arabische Ziffern bedeuten, daß ein Name oder Begriff mehrmals, unter verschiedenen Daten, auf der betreffenden Seite zu suchen ist.

Personenregister

Abeken, Bernhard Rudolf 481
Abelin, Johann Philipp 384
d'Agincourt, Jean Baptiste Seroux 424
Agricola, Georg 474
Aguillon, Franz (Aguilonius) 481
Aischylos 446 (2), 473, 500, 521
Albacini, Carlo 424
Aldobrandini, Kardinal 424
d'Alembert, Jean Le Rond 526
Alexander der Große 487
Alexander I., Kaiser von Rußland 492, 493
Alfieri, Vittorio Graf 458, 482
d'Alton, Eduard Joseph 481, 511, 518, 523, 525, 533
Ampère, Jean Jaques 527, 529, 533
André, Johann 401, 402
Adreani, Andrea 510
Angelus Silesius s. Scheffler, Johannes
d'Angers s. David d'Angers
Anna Amalia, Herzogin von Sachsen-Weimar-Eisenach 394, 396, 401, 402, 460, 476, 529
Anna Charlotte Dorothea, Herzogin von Kurland 479, 509
Appian 510
v. Archenholz, Johann Wilhelm 417
d'Argenville, Antoine Joseph 388
Ariosto, Ludovico 418, 480
Aristophanes 407, 450, 457, 515
Aristoteles 446, 460, 526
Arndt, Ernst Moritz 491, 497
v. Arnim, Anna Elisabeth (Bettina) 487, 515, 523, 527, s. auch Brentano, Bettina
v. Arnim, Ludwig Achim 461, 471, 479, 481, 482, 487, 493, 504, 505, 511
v. Arnim, Sigmund 535
Arnold, Gottfried 390
Arnold, Johann Georg Daniel 508
v. Auersperg, Joseph Graf 514, 521
Augereau, Pierre François Charles 475
August, Prinz von Preußen 492
August, Prinz von Sachsen-Gotha und Altenburg 405, 410, 411, 461
August Emil Leopold, Herzog von Sachsen-Gotha und Altenburg 479, 513
Aventin (Aventinus = Johannes Turmair) 381

Babst, Dietrich Georg 510
Bacon, Roger 477
Bacon of Verulam, Francis 470, 477, 481
Bahrdt, Karl Friedrich 398
Balsamo, Giuseppe (gen. Conte Alessandro Cagliostro) 422, 431
de Balzac, Honoré 534
Bandello, Matteo 487
Banks, John 491
Barclay de Tolly, Michael Bogdanowitsch Fürst 498
Bardua, Caroline 475
Basedow, Johann Bernhard 399 (2), 406
Basilius Valentinus 390
de Bassompierre, François 437
Batacchi, Domenico 486
Batsch, August Karl 436
Batteux, Charles 389
Im Baumgarten, Peter 407
Bayle, Pierre 384
de Beaumarchais, Pierre Augustin Caron 399
Becker, Christiane geb. Neumann 435, 437, 449
Beer, Michael 519
van Beethoven, Ludwig 486, 487, 488, 489, 517
Behrisch, Ernst Wolfgang 387 (3), 388, 406, 444
Beireis, Gottfried Christoph 470
Bekker, Balthasar 461
Bellomo, Giuseppe 414
Béranger, Pierre Jean 421, 529
Berendis, Hieronymus Dietrich 468
Bernhard, Prinz von Sachsen-Weimar-Eisenach 484, 485
Bertuch, Friedrich Justin 416
v. Berzelius, Johann Jakob 517, 518, 531
Bethmann, Simon Moritz 448
Beuther, Friedrich 495
Bidpai 504
Biot, Jean Baptiste 511
Birch, Thomas 468
Biscari, Vincenzo Fürst 423
v. Blücher, Gebhard Leberecht 505
Blumenbach, Johann Friedrich 413, 444, 461, 464, 503, 511
Boccaccio, Giovanni 476
Bodmer, Johann Jakob 402, 409
Boerhaave, Herman 390, 391
v. Böhlendorff, Kasimir Ulrich 469
Böhme, Johann Gottlob 385, 387
Böhmer, Caroline 433
Boie, Heinrich Christian 400, 442
Boieldieu, François Adrien 496
Boileau-Despréaux, Nicolas 523
Boisserée, Melchior 498, 511

Boisserée, Sulpiz 484, 487, 494 (2), 497, 498, 499, 511, 514, 519, 527
v. Born, Jakob Johann Heinrich 395
Bossi, Giuseppe 504
Boucher, Alexandre Jean 515
de Bourbon-Conti, Stephanie Louise 457
Bouterwek, Friedrich 477
Boyle, Robert 370
v. Branconi, Marie Antonie 409, 413
Brandt, Susanna Margareta 394
Breitinger, Johann Jakob 389, 486
Breitkopf, Bernhard Theodor 386, 390
Breitkopf, Johann Gottlob Immanuel 386
Brentano, Bettina 476, 485, s. auch v. Arnim, Bettina
Brentano, Clemens 393, 458, 471, 482
Brentano Familie 497, 574
Brentano, Franz 489
Brentano, Peter Anton 398
v. Brinkmann, Carl Gustav 450, 468
Brion, Friederike 392, 393, 409
Brockhaus, Friedrich 525
Brockhaus, Heinrich 525
v. Brühl, Karl Friedrich Graf 491, 496, 507, 512
Brun, Friederike 439
Bruno, Giordano 390, 488, 532
v. Buch, Christian Leopold 484, 517
Buchholz, Paul Ferdinand Friedrich 473
Buchholz, Wilhelm Heinrich 414
Buchon, Jean-Alexandre 517
Buff, Charlotte 395 (3), s. auch Kestner, Charlotte
Buffon, Georges Louis Leclerc 385, 386, 533
Bürger, Gottfried August 398, 428
Burns, Robert 540
Bury, Friedrich 419, 429, 457, 480
Büsching, Johann Gustav 482, 486, 519
Byron, George Gordon 500, 503 (4), 507, 510, 512, 519, 520, 521, 523, 524, 527, 530, 531, 533, 534

Cagliostro s. Balsamo
Calderon de la Barca, Pedro 464, 465, 468, 476, 477, 482, 484, 486, 487, 488, 495, 511, 515, 518, 523, 532
de Camões, Luís 507
Campanella, Thomas 503
Camper, Petrus 415
de Candolle, Augustin Pyramus 511, 530
v. Canitz, Friedrich Rudolf Ludwig Freiherr 384
Carl, Prinz von Preußen 527
Carl Alexander, Prinz von Sachsen-Weimar-Eisenach 518
Carl August, Herzog (seit 1815 Großherzog) von Sachsen-Weimar-Eisenach 400, 401, 403, 404 (2), 405 (4), 406 (3), 408 (3), 409, 410 (2), 411 (2), 414, 417, 428, 429, 430, 436, 458, 480, 485, 489, 491, 494 (2), 496, 498, 520, 524, 525, 530
Carl August, Prinz von Sachsen-Meiningen 402
Carlyle, Thomas 528, 532, 533 (2), 534
Carracci, Annibale 419
Carstens, Asmus Jakob 469
Carus, Carl Gustav 506, 510, 513, 516, 518, 520, 525, 527, 531, 534, 535
Caspers, Fanny 460
Cassas, Louis François 425
Castel, Louis Bertrand 440
Casti, Giambattista 424
Castiglione, Baldassare 480
Catharina, Großfürstin von Rußland 491
Cattaneo, Gaetano 504
Cavagnac, Eléonore Louis Godefroy 527
Cellini, Benvenuto 439, 441
Cervantes Saavedra, Miguel 440, 460
Chabert, Thomas 495
Chardin, Jean 495
v. Charpentier, Johann Friedrich Wilhelm 457, 492
de Chateaubriand, François René Vicomte 489
Chaucer, Geoffrey 491
Chladni, Ernst Florens Friedrich 465, 484, 489, 510, 525
Chodowiecki, Daniel 408
Cicero (Marcus Tullius Cicero) 390, 480, 518
Cimarosa, Domenico 423, 424
Claudius, Matthias 397, 415
Cleaveland, Parker 506
Clodius, Christian August 385, 386, 387 (3)
v. Collin, Heinrich Joseph 469
Comenius, Amos 384
Constant, Benjamin 467, 534
Cooper, James Fenimore 527, 529, 531
v. Corneillan, Peter Graf 484
Corneille, Pierre 383, 388, 472
Cornelius, Peter 466, 469, 471, 487
Cornelius Gallus 447
Cotta, Heinrich 491
Cotta, Johann Friedrich 448, 457, 458, 465, 473, 512, 518, 520, 522
Coudray, Clemens Wenzeslaus 515, 524
Cousin, Victor 525, 531 (2), 532
Crabb Robinson, Henry 531
Cramer, Ludwig Wilhelm 494, 497 (2)
Cranach, Lucas d. Ält. 496
Cranach, Lucas d. Jüng. 496
Crébillon, Prosper Jolyot 418
Crespel, Johann Bernhard 384
v. Creuz (Creutz), Friedrich Karl Kasimir Freiherr 384
Creuzer, Friedrich 503
de Custine, Adam Philippe Comte 509
de Cuvier, Georg Leopold Christian Friedrich Dagobert 531, 532, 534

v. Dalberg, Karl Theodor Anton Maria Reichsfreiherr 405
Dannecker, Johann Heinrich 448, 462
Dante Alighieri 527, 530
David d'Angers, Pierre Jean 532
Dawe, George 507
du Deffand, Marie de Vichy-Chamrond Marquise 489
Defoe, Daniel 384

Deinet, Johann Konrad 394
Delacroix, Ferdinand Victor Eugène 515, 530
Delavigne, Jean François Casimir 519
Delph, Helene Dorothea 404
Descartes, René 430, 481
Devrient, Wilhelmine 533
Diderot, Denis 452, 469 (2), 490, 533
v. Diede zum Fürstenstein, Wilhelm Christoph 426
v. Diez, Heinrich Friedrich 495, 497
Dionysios von Halicarnaß 510
Döbereiner, Johann Wolfgang 485, 488, 490, 502, 511
Dodd, William 386
Domenichino (Domenico Zampieri) 419
Döring, Johann Michael Heinrich 512
Drollinger, Karl Friedrich 384
Dumas, Alexandre d. Ält. 532, 533, 534
Dumouriez, Charles François 509
Duncker, Karl Friedrich Wilhelm 493
Dürer, Albrecht 417, 429
Dyk, Johann Gottfried 444

Eben, Johann Michael 383
Eberwein, Franz Karl Adalbert 478, 482, 496, 499, 515
Eberwein, Henriette 515
Eckermann, Johann Peter 499, 520, 524, 528, 532, 533, 534 (3)
v. Egloffstein, Julie Gräfin 515, 529
Ehrmann, Johann Friedrich 391
Eichhorn, Johann Gottfried 446
Eichstädt, Heinrich Karl Abraham 466
Einhard 484
v. Einsiedel, Friedrich Hildebrand 405, 411, 462, 465, 487
Elisabeth Alexejewna, Kaiserin von Rußland 498
Elisabeth von England 492
Engel, Johann Jakob 440
Engelbach, Johann Conrad 391, 392
Ernesti, Johann August 385, 387
Ernst I., Herzog von Sachsen-Coburg 477
Ernst II. Ludwig, Herzog von Sachsen-Gotha und Altenburg 410, 411
Essex, Robert Devereux Graf 492
Euripides 410, 451, 455, 513, 515, 521, 534
v. Eybenberg, Marianne 484

Facius, Friedrich Wilhelm 523
Fahlmer, Johanna 395, 399, 402
Falk, Johannes Daniel 482
Fauriel, Claude Charles 524
Fénélon, François de Salignac de La Motte 384
Fernow, Carl Ludwig 455, 466, 469, 470, 477
Fichte, Johann Gottlieb 436 (2), 453, 485
Fielding, Henry 392
Fieschi Ravaschieri, Teresa Principessa di Satriano 421
Filangieri, Gaetano 421, 422
Flachsland, Caroline 394, 395
Flavius Philostratus 490, 505
Flaxman, John 455
Fleischer, Gerhard 458
Fleischer, Johann Georg 384
Forster, Georg 409, 416, 431, 433
Fouqué, Friedrich Heinrich Karl Freiherr de la Motte 492, 493, 500, 523
Fouqué, Karoline de la Motte 492
Francisci, Erasmus 449, 461
Franz I., Kaiser von Österreich 489
Fresenius, Johann Philipp 382
Friedrich, Caspar David 471, 481, 485
Friedrich I., deutscher Kaiser 508
Friedrich II., König von Preußen 382, 411
Friedrich, Prinz von Sachsen-Gotha und Altenburg 486
Friedrich Wilhelm III., König von Preußen 493
Friedrike Christiane Auguste, Erbprinzessin von Hessen 480
v. Fritsch, Jakob Friedrich 405
Frommann, Karl Friedrich Ernst 454, 467, 474, 478, 504, 527
Fuentes, Georg 495
Fürnstein, Anton 521
v. Fürstenberg, Franz Friedrich Wilhelm 416, 433

Galilei, Galileo 481, 534
Gall, Franz Joseph 465, 470
Gallitzin, Adelheid Amalia Fürstin 416, 433
Gassendi (Gassend), Pierre 481
Gellert, Johann Fürchtegott 384, 385, 387, 389
de Genlis, Stéphanie Félicité Comtesse 525
v. Gentz, Friedrich 473 (2), 477, 485, 505
Gentz, Heinrich 460, 463, 466
Geoffroy de Saint-Hilaire, Etienne 532
Gérard, François 526
v. Gerstenberg, Friedrich Wilhelm 389, 390, 397
Geßner, Salomon 486
Gioeni, Giuseppe 423
Giovane di Girasole, Giuliana Herzogin 423
Gleim, Johann Wilhelm Ludwig 397, 413, 452, 470, 474, 485, 489
v. Gluck, Christoph Willibald 406
v. Göchhausen, Luise 405, 410, 411, 462
Goertz, Johann Eustachius Graf von Schlitz gen. von Goertz 400
v. Goethe, Alma 529
v. Goethe, Christiane 461, 475, 500
Goethe, Cornelia geb. Walther, verw. Schellhorn 382
Goethe, Cornelia Friederike Christiana 382, 397, 402 (2), 407
Goethe, Friedrich Georg 382
Goethe, Johann Kaspar 382, 388, 412
v. Goethe, Julius August Walter, 429, 463, 480, 498, 503, 533
Goethe, Katharina Elisabeth geb. Textor 382, 480
v. Goethe, Ottilie geb. v. Pogwisch 503, 534
v. Goethe, Walther Wolfgang 505
v. Goethe, Wolfgang Maximilian 510

Goethes jüngere Geschwister 382
Goethes Kinder 432, 435, 440, 464
Goldoni, Carlo 418, 435
Goldsmith, Oliver 392, 395, 486
Gore, Sir Charles 431, 435
Görres, Joseph 497
Göschen, Georg Joachim 416 (2)
Gotter, Friedrich Wilhelm 395 (2), 400, 460
Gotter, Pauline 479
Gottfried, Johann Ludwig s. Abelin
Göttling, Johann Friedrich August 445
Göttling, Karl Wilhelm 513, 524
Gottsched, Johann Christoph 385, 386, 389, 434, 486
v. Goué, Siegfried August 395
Gower, Francis Leveson Lord 525, 527
Gozzi, Carlo 463
Gracián, Baltasar 484
Graff, Anton 408
Gries, Johann Diederich 478, 495, 531
Grillparzer, Franz 505, 506, 526
Grimaldi, Francesco Maria 430, 481
v. Grimm, Friedrich Melchior Baron 407, 411, 490
Grimm, Jacob 497, 521
Grimm, Ludwig Emil 494
Grimm, Wilhelm 483, 488, 494, 497, 501
Grimmelshausen, Hans Jakob Christoffel 483
Grotefend, Georg Friedrich 508
Grübel, Johann Konrad 453, 469
Grüner, Joseph Sebastian 514, 517, 521, 525
Grüner, Karl Franz 465
Gubitz, Friedrich Wilhelm 500
Guercino, Giovanni Francesco 418
Guillet de Saint-Georges (La Guilletière), Georges 460
Günther, Johann Christian 486

Hackert, Philipp 421, 422, 423, 424, 481
Hafis 494 (2), 495
v. Hagedorn, Christian Ludwig 388
v. Hagedorn, Friedrich 384
Hagen, August 510, 515
v. d. Hagen, Friedrich Heinrich 473, 478, 482, 488, 522, 530
v. Hagen, Karl Ernst 470
v. Haller, Albrecht 384, 386
Hamann, Johann Georg 392, 401, 421, 473, 483, 489, 506, 511
Hamilton, Sir William 422, 423
v. Hammer-Purgstall, Joseph Freiherr 494, 495 (2)
v. Hardenberg, Friedrich (Novalis) 451
v. Hardenberg, Karl August Fürst 386, 395, 492
Häring, Georg Wilhelm Heinrich 532
v. Harrach zu Rohrau und Bruck, Karl Borromäus Graf 507
Hartmann, Anton Theodor 495
Hartmann, Ferdinand 456, 460
Hartmann von Aue 486
Hasse, Johann Adolf Peter 388
v. Haugwitz, Christian August Graf 402
v. Haxthausen-Abbenburg, Werner Moritz Graf 497, 518
Hebel, Johann Peter 469, 488, 498
Hegel, Georg Wilhelm Friedrich 462, 463, 474, 506, 529, 532
Heidler, Karl Joseph Edler von Heilborn 517
Heine, Heinrich 523
Heinrich, Prinz von Preußen 408
Heinrich der Löwe 508
Heinroth, Johann Christian August 519, 529
Heinse, Johann Jakob Wilhelm 399 (2), 474
v. Helmont, Johann Baptist 390
v. Helvig, Amalie 511, 522
Hemsterhuis, Franz 415, 416
v. Hendrich, Franz Ludwig Albrecht 473
v. Henning, Leopold 518 (2)
v. Herder, August 474, 508
Herder, Johann Gottfried 390, 392 (2), 393, 394, 395 (2), 396, 397, 399, 403, 405, 406, 408, 411, 415, 416 (2), 417, 420 (2), 425 (2), 435, 443, 455, 456, 463, 467
Hermann, Christian Gottfried 387 (2), 388, 389, 459
Hermann, Johann Gottfried Jakob 459, 503, 509, 513, 521
Hermes, Johann Timotheus 430
Herodot 449, 527
Herzlieb, Wilhelmine (Minna) 478
Hesiod 455
Hesse, Friederike 394
Heyne, Christian Gottlob 461, 490
Hiller, Gottlieb 472
Hiller, Johann Adam 386
Himburg, Christian Friedrich 405
Himly, Karl Gustav 463
Hinrichs, Hermann Friedrich Wilhelm 524, 528
Hirt, Aloys 447, 452
Hirt, Friedrich Wilhelm 383
Hoepfner, Ludwig Julius Friedrich 394, 395
Hoffmann, Ernst Theodor Amadeus 518, 529
v. Hohenlohe-Bartenstein, Joseph Christian Franz Karl Ignaz Fürst 479
v. Hohenlohe-Ingelfingen, Friedrich Ludwig Fürst 430, 474
Hölderlin, Johann Christian Friedrich 437, 447, 448
v. Holtei, Karl 523, 529, 531, 533, 534
Homer 392, 395, 405, 422, 423, 435, 437, 446, 450, 451, 455, 459, 511
Horaz (Horatius Flaccus) 474, 489, 491 (2)
Horn, Johann Adam 384
Hottinger, Johann Jakob 403
v. Houwald, Christoph Ernst 511
Howard, Luke 498, 504, 516
v. Hoym, Karl Georg Heinrich Graf 430
Huber, Ludwig Ferdinand 433, 475
Huber, Therese 416
Hufeland, Gottlieb 466
Hugo, Victor 529, 530, 533, 534
v. Humboldt, Alexander 438 (2), 445, 476, 490, 527, 534 (2)
v. Humboldt, Wilhelm 429, 436, 437, 438 (3),

445, 446, 451, 453, 456, 481, 483, 489, 504, 506, 508, 522, 527
Hume, David 470
Hummel, Johann Nepomuk 515
Hundeshagen, Helfrich Bernhard 494
Hüsgen, Heinrich Sebastian 384
Huß, Karl 474
v. Hutten, Ulrich 523, 533
Hüttner, Johann Christian 516
Hyde, Thomas 495

Iffland, August Wilhelm 409, 431, 437, 441, 445, 451, 459, 490, 493, 498
Iken, Karl 529, 531
Ilgen, Karl David 439
v. Imhof, Amalie 456, 462
Immermann, Karl Lebrecht 513, 515, 531
Iselin, Isaak 403

Jacobi, Auguste 531
Jacobi, Charlotte 397
Jacobi, Friedrich Heinrich 395, 397, 399 (2), 401, 402, 403, 409, 413, 415 (2), 416, 432, 433, 436, 457, 470, 474, 488, 528
Jacobi, Helene Elisabeth (Betty) 397
Jacobi, Johann Georg 395, 397, 399, 400, 401, 407
Jacobi, Maximilian 434, 438
Jagemann, Caroline 444, 460
Jagemann, Ferdinand 505, 513
v. Jakob, Therese 521
Jariges, Karl Friedrich (Pseud. Pandin, B.) 521
Jean Paul s. Richter, Johann Paul Friedrich
Jenisch, Daniel 438
Jenkins, Thomas 425
Jerusalem, Karl Wilhelm 395, 396
Johannes von Hildesheim 514
Jones, Sir William 495 (2)
Jonson, Ben 457
Joseph II., deutscher Kaiser 384, 412
Juel, Jens 409
Juncker, Justus 383
Jung, Marianne s. v. Willemer, Marianne
Jungius, Joachim 531, 534
Jung-Stilling, Heinrich 391, 399, 489
Juvenal (Juvenalius Decimus Junius) 480

Kaaz, Ludwig 480
v. Kalb, Johann August Alexander 404, 407
v. Kalb, Karl Alexander 405
v. Kalckreuth, Friedrich Adolf Graf 434
Kalidasa 431, 512
Kannegießer, Karl Friedrich Ludwig 512
Kant, Immanuel 425 (3), 443, 448, 492, 502
Kapp, Christian Erhard 491
Karadžić, Vuk Stepanovič 521
Karl, Landgraf von Hessen 474
Karl der Große 484
Karl Eugen, Herzog v. Württemberg 409
Karl Friedrich, Markgraf von Baden 402
Karl Ludwig Johann Joseph Laurentius, Erzherzog von Österreich 497
Karsch, Anna Luise 403, 408
Kauffmann, Angelica 418, 420, 421, 424
Kaufmann, Christoph 406 (2)
v. Kaunitz, Aloysius Fürst 507
Kayser, Philipp Christoph 402, 411, 414, 415, 425 (2), 426 (2)
Kayßler, Adalbert Bartholomäus 516
Keferstein, Christian 514, 517
Kepler, Johannes 430, 481
Kersting, Georg Friedrich 491
Kestner, Charlotte geb. Buff 395 (3), 497, 501
Kestner, Georg 507
Kestner, Johann Christian 395 (3), 396
v. Kielmannsegg, Christian Albrecht Freiherr 395
Kieser, Dietrich Georg 490
Kirms, Franz 431, 522
Klauer, Martin 408
Klein, Anton 469
v. Kleist, Heinrich 464, 479 (2)
v. Klettenberg, Susanna Katharina 391, 399 (2), 400
Klinger, Friedrich Maximilian 398, 406, 478, 489
Klopstock, Friedrich Gottlieb 373, 384, 397, 399 (2), 400, 401, 406, 444, 446, 486, 489
v. Knebel, Karl Ludwig 400, 404, 411, 415 (2), 440, 443, 510
Kniep, Christoph Heinrich 422 (3)
Knight, Henry 485
Koch, Christoph Friedrich Wilhelm 393
Koch, Heinrich Gottfried 386
Kolbe, Heinrich Christoph 456, 517
Konstantin, Prinz von Sachsen-Weimar-Eisenach 400, 404
Körner, Christian Gottfried 388, 430, 431, 443, 484, 485, 487, 491
Körner, Theodor 489, 501, 515
Körte, Friedrich Heinrich Wilhelm 470, 474, 485, 516
Kosegarten, Johann Gottfried Ludwig 512
Kosegarten, Ludwig Gotthard 473
v. Kotzebue, August 502, 504
Kraus, Georg Melchior 411, 412, 415, 435
Kräuter, Friedrich Theodor David 517, 518, 522
Kretschmann, Karl Friedrich 390
Kreuchauff, Franz Wilhelm 388
Krüger, Johann Christian 387
v. Kügelgen, Gerhard 485

de La Cretelle, Charles Jean Dominique 485
La Place, Pierre Simon 452
v. La Roche, Maximiliane 384, 398
v. La Roche, Sophie 394, 395, 398, 399, 448, 456
Lafontaine, August 365
de Lamartine, Alphonse 521, 525, 532
Lamb, Caroline 503
Lampridius Aelius 474
Langer, Ernst Theodor 387, 389, 390
Lannes, Jean Herzog von Montebello 481
v. Laßberg, Christiane 408
Laukhard, Friedrich Christian 509
Lauremberg, Peter 384

Lavater, Johann Caspar 397, 399 (2), 400 (2), 401, 402, 409, 417, 486
Lazarelli, Giovanni Francesco 496
Le Sage, Alain René 457, 477, 491
Leibniz, Gottfried Wilhelm 503
Leisewitz, Johann Anton 410
Lenz, Jakob Michael Reinhold 393, 396, 399, 402, 405, 445, 489
Lenz, Johann Georg 414, 454, 474
v. Leonhardt, Karl Cäsar 478, 484, 489
Leopold III. Friedrich Franz, Fürst von Anhalt-Dessau 408, 458, 525
Lerse, Franz Christian 391, 393, 442, 444
Lessing, Gotthold Ephraim 373, 384, 386, 387 (2), 390, 391, 395, 462
Leuchsenring, Franz Michael 394
v. Levetzow, Amalie 513, 517, 520
v. Levetzow, Ulrike 521
Levin, Rahel 439, 484, s. a. Varnhagen von Ense, Rahel
Lichnowsky, Eduard Maria Fürst 484
Lichtenberg, Georg Christoph 414, 435, 481
v. Liechtenstein, Moritz Joseph Fürst 484
v. Liechtenstein, Philipp Joseph Fürst 419, 421
v. Ligne, Karl Joseph Fürst 477, 495
Lillo, George 383, 386
Linné, Carl 386, 416, 417, 501, 503
Lips, Johann Heinrich 402, 409, 419, 421, 428, 431
Liscow, Christian Ludwig 486
Livius (Titus Livius) 420
v. Lobkowitz, Franz Joseph Maximilian Fürst 484, 485
Lobstein, Johann Friedrich 391
Loder, Justus Christian 412, 427, 438, 442, 463
Loewe, Carl 511
Lope de Vega s. Vega
Lorsbach, Georg Wilhelm 495
Louis Bonaparte, König von Holland 484
Louis Ferdinand, Prinz von Preußen 435
Lowe, S. M. 472
di Lucchesini, Girolamo Marchese 425
Luden, Heinrich 474, 492, 527
Ludwig, Christian Gottlieb 386
Ludwig XVIII., König von Frankreich 532, 535
Ludwig X., Landgraf von Hessen 434
Ludwig I. Karl August, König von Bayern 522, 529, 530 (2)
Luise, Herzogin (seit 1815 Großherzogin) von Sachsen-Weimar-Eisenach 402, 403, 404 (2), 407, 408, 428, 490, 532
Lukretius 454, 477, 510

de Maintenon, Françoise d'Aubigné Marquise 525
v. d. Malsburg, Ernst Friedrich 515, 523 (2)
Mämpel, Johann Christian 525
Manso, Johann Caspar Friedrich 430, 444
Mantegna, Andrea 418, 429, 510
Manzoni, Alessandro 509, 516, 518, 525, 527 (2), 529
Marco Polo 491
Maret, Hugues Bernard Herzog von Bassano 481
Margarete von Navarra 476
Maria, Großfürstin von Rußland 491
Maria Ludovica, Kaiserin von Österreich 484, 489
Maria Paulowna, Erbprinzessin von Sachsen-Weimar-Eisenach 483, 508, 518
Maria Theresia, Kaiserin von Österreich 382
Marie, Prinzessin von Sachsen-Weimar-Eisenach 507
Marie de France 511
Marie Luise, Kaiserin von Frankreich 489
Marie-Antoinette, Königin von Frankreich 391, 521
de Marivaux, Pierre 469
Marlowe, Christopher 505
Marmontel, Jean François 469
Marracci, Lodovico (Marraccius) 395
v. Martius, Karl Philipp Friedrich 523, 533
v. d. Marwitz, Friedrich August Ludwig 485
v. Matthisson, Friedrich 413, 529
Maturin, Charles Robert 503
Maximilian I., deutscher Kaiser 482
Maximilian I., König von Bayern 520
Maximilian, Prinz von Pfalz-Zweibrücken 434
Maximilian, Fürst von Thurn und Taxis 513
May, Georg Oswald 409
v. Mechel, Christian 403
Medwin, Thomas 523
Megerlin, David Friedrich 396
Meixner, Charitas 384
Mendelssohn, Moses 391, 415, 416
Mendelssohn-Bartholdy, Felix 514, 518, 525 (2), 532
Mengs, Anton Raphael 408, 425, 454
Mercier, Louis Sébastien 404
Merck, Johann Heinrich 394 (3), 395 (2), 396 (2), 397 (2), 402 (2), 407, 409, 415, 431
Merian, Matthäus 384
Mérimée, Prosper 530
Merrem, Blasius 433
van Meteren, Emanuel 412
v. Metternich, Clemens Wenzel Lothar Fürst 492, 505, 507
Metz, Johann Friedrich 389
Meyer, Ernst Friedrich Heinrich 519
Meyer, Heinrich 419, 425, 429, 432, 434, 436, 438, 440, 442 (2), 449, 455, 461, 462, 470, 487 (2), 499, 500 (2)
Meyer, Marianne 439, s. a. v. Eybenberg, Marianne
Meyer, Nikolaus 357
Meyer, Sara (spätere Frau v. Grotthuß) 439
Meyfart, J. M. 452
Meyr, Melchior 390
Michael, Großfürst von Rußland 513
Michelangelo Buonarotti 419
Mickiewicz, Adam 532
Mieding, Johann Martin 412
Miller, Johann Martin 485
Milton, John 456, 531, 533

Molière, Jean Baptiste Poquelin 386, 491, 525, 530
Moller, Georg 494, 519
de Montaigne, Michel 489, 515, 518
Monti, Vincenzo 421
Montucla, Jean Etienne 473
Moors, Friedrich Maximilian 384, 385
Moors, Wilhelm Karl Ludwig 384
Morgenstern, Johann Ludwig Ernst 390
Morhof, Daniel Georg 481
Moritz, Johann Friedrich 390
Moritz, Karl Philipp 419, 420, 424, 425, 427, 428, 431, 432
v. Moser, Karl Friedrich 383
Möser, Justus 400, 491, 518
Moses 446
Mozart, Wolfgang Amadeus 383, 463
Müller, Adam 473, 477, 479, 505, 507
Müller, Friedrich (»Maler Müller«) 402, 445
v. Müller, Friedrich 481, 522
v. Müller, Johannes 449, 472, 474, 475, 484
Müller, Josef 474, 477
Müller, Wilhelm 505
Müllner, Adolf 491
Münter, Friedrich 420

Nahl, Johann August 460, 462, 464
Napoleon I. Bonaparte 480, 481, 492, 508, 525, 532
Nees van Esenbeck, Christian Gottfried 500, 508, 511
Neri, Philipp 423
de Nerval, Gérard 532
Neukirch, Benjamin 384
Neumann, Christiane 432, s. a. Becker, Christiane
Newton, Isaac 429, 430, 432, 434, 435, 457, 488, 499
Nicolai, Christoph Friedrich 404, 434
Nicolovius, Alfred 506
Niebuhr, Georg Barthold 488, 528, 531, 534
Niemcewicz, Julian Ursyn 491
Niemeyer, August Hermann 465, 472
Niethammer, Friedrich Immanuel 480
Nothnagel, Johann Andreas Benjamin 383, 400, 448
Novalis s. v. Hardenberg, Friedrich
Nugent, Thomas 442

Oberlin, Jeremias Jacob 391, 393
O'Donell, Josephine Gräfin 505
Odyniec, Anton Eberhard 532
Oehlenschläger, Adam Gottlieb 473
Oeser, Adam Friedrich 386, 388 (2), 389 (2), 391, 408, 410 (2), 444
Oeser, Friederike 386, 389, 390 (2)
O'Hara, Anton Chevalier 487
Olearius, Adam 495
v. Oliva, Franz 486
d'Orville, Jean Georg 402
Ossian 392, 393 (2), 397
Osterwald, Karl 531
Otfried 482
Otway, Thomas 386
Ovid (Publius Ovidius Naso) 384, 518, 529

v. Paar, Johann Baptist 511
Paesiello, Giovanni 448
Paganini, Niccolo 532
Palestrina s. Sante
Palladio, Andrea 417, 418
Pallagonia, Fernando Francesco Gravina Principe 422
Pandin s. Jariges, Karl Friedrich
Papadopulos, Johannes 505
v. Pappenheim, Jenny 532, 535
Paracelsus, Bombastus Theophrastus von Hohenheim 390 (2)
Parry, William 524
Passavant, Jakob Ludwig 402
Paulus, Heinrich Eberhard Gottlob 466, 498
Paulus, Karoline 473
Perthes, Friedrich 479
Peucer, Heinrich Karl Friedrich 496
Pfeffel, Gottlieb Konrad 387
Pfitzer, Johann Nicolaus 461
v. Pfuel, Ernst 485
Philostratus s. Flavius Philostratus
Pichler, Karoline 489
Pindar 395, 397, 527
v. Platen-Hallermünde, August Graf 515, 518, 521, 523, 525, 532
Platon 394, 434
Plautus (Titus Maccius) 465, 530
Plessing, Friedrich Victor Leberecht 407, 433
Plinius (Gaius Secundus) 390, 447, 454, 472, 477
Plotin 471
Plutarch 420, 452, 487, 510, 514, 527, 534, 535
v. Pogwisch, Ottilie 490, s. a. v. Goethe, Ottilie
v. Pogwisch, Ulrike 490
Polygnot 470
Porta, Simone 481
Posch, Leonhard 528
Posselt, Johann Friedrich 516
Preller, Friedrich 534, 535
Prévost d'Exiles, Antoine François 486
Priestley, Joseph 430, 470
Properz (Sextus Propertius) 440, 447
v. Pückler-Muskau, Hermann Ludwig Heinrich Fürst 527
Purkinje, Johannes Evangelista 511
Pustkuchen, Johann Friedrich Wilhelm 515
Pütter, Johann Stephan 461

Quintilianus (Marcus Fabius) 390, 391

Raabe, Karl Joseph 486, 495
Rabe, Martin 463
Rabener, Gottlieb Wilhelm 486
Racine, Jean Baptiste 383, 469, 480
Radziwill, Anton Heinrich Fürst 493, 499, 507
Raffael (Raffaello Santi) 392, 418 (2), 419 (2), 424, 426 (2)

Ramdohr, Friedrich Wilhelm Basilius 437, 500
Rauch, Christian 510 (2), 522 (2), 530
v. Raumer, Friedrich 523, 525, 527
Razumovsky, Alexei Cyrillowitsch Graf 484
v. d. Recke, Elisa 415, 479, 487, 489, 509
Regnard, Jean François 387
Reich, Philipp Erasmus 386, 391, 401 (2)
Reichardt, Johann Friedrich 425, 428, 430, 439, 441, 444, 463 (2), 465, 468, 470
Reiffenstein, Johann Friedrich 419, 426
Reil, Johann Christian 493
Reinhard, Karl Friedrich Graf 476, 482, 484, 522, 529, 532, 534
Reinhold, Karl Leonhard 436, 531
Rembrandt Harmensz van Rijn 400
Retzsch, Friedrich August Moritz 501
v. Reuß, Heinrich XIII. Fürst 474
v. Reuß-Greiz, Heinrich XIV. Fürst 433
v. Reutern, Gerhardt 506, 533
di Rezzonico, Abbondio Faustino Principe 426
v. Rhoden, Johann Martin 488
Richter, Johann Paul Friedrich 439, 443, 452
Richter, Johann Thomas 386, 388
Riedesel, Johann Hermann Freiherr zu Eisenbach 417
Riemer, Friedrich Wilhelm 466, 471, 473, 474, 476, 482, 484, 485, 487, 488, 490, 493, 518, 524 (2), 533, 534
Riepenhausen, Christian Johannes 466 (2), 469, 470
Riepenhausen, Friedrich Franz 466 (2), 469, 470
Riese, Johann Jakob 384, 494
Riggi, Maddalena 425
Ritter, Johann Wilhelm 459, 461, 467, 479
Rochlitz, Johann Friedrich 459, 492, 523, 532
Rodde, Dorothea geb. v. Schlözer 511
Roland de la Platière, Marie Jeanne 509
Roth, Friedrich 528
Rousseau, Jean-Jaques 391, 396, 532
v. Roussillon, Henriette 394
Roux, Jakob Wilhelm Christian 502
Rubens, Peter Paul 417
Rühle von Lilienstern, Johann Jakob Otto August 485
Runge, Philipp Otto 461, 467, 473, 475, 479

Saadi 504
Sachs, Hans 397
Sachse, Johann Christoph 512
de Sacy, Antoine Isaac Baron Silvestre 495
de Saint-Pierre, Jaques Henri Bernardin 527
de Saint-Simon, Louis de Rouvroi Herzog 489, 532, 533
Salieri, Antonio 448
Sallust (Gaius Sallustius Crispus) 480
de Salvandy, Narcisse Achille 523
Salzmann, Johann Daniel 391, 393, 396, 400, 402
Sante, Giovanni Pierluigi gen. Palestrina 426
Sartorius von Waltershausen, Georg Freiherr 461, 481, 493, 531
Satriano s. Fieschi
v. Savigny, Friedrich Carl 476, 485
v. Savigny, Gunda 535
Saxo Grammaticus 447
Scamozzi, Ottavio Bertotti 418
Schadow, Johann Gottfried 460, 464, 466, 496, 498, 507
Scheffler, Johannes 511
Schelling, Friedrich Wilhelm Joseph 450, 452, 454, 456, 458, 461, 463 (2), 466, 477, 483, 488, 492
Schelver, Franz Joseph 467
v. Scherer, Alexander Nikolaus 445
Schiebeler, Daniel 386
v. Schiller, Johann Christoph Friedrich 409, 427 (3), 428, 430, 436 (3), 437 (3), 438 (2), 439, 440 (2), 441 (2), 442 (2), 443 (3), 446 (3), 447 (2), 450 (2), 453 (3), 454 (2), 455 (2), 456, 457 (2), 458 (2), 459 (2), 460, 462, 463, 468, 469 (2), 470 (2), 473, 496 (3), 528, 529
v. Schiller, Johann Christoph Friedrich (Briefwechsel) 522, 523, 526, 530
v. Schimmelmann, Charlotte Gräfin 474
Schinkel, Karl Friedrich 500, 510, 523, 527
v. Schlabrendorf, Gustav Graf 468
Schlegel, August Wilhelm 441, 442, 449, 450, 451, 455, 457, 458, 462, 464, 478, 482, 483, 487, 488, 529
Schlegel, Caroline 442
Schlegel, Johann Elias 387
Schlegel, Karl Wilhelm Friedrich 446 (2), 452, 454, 456, 463, 480, 489
Schlosser, Christian Heinrich 494
Schlosser, Friedrich Christoph 527
Schlosser, Friedrich Johannes Heinrich 494, 497
Schlosser, Johann Georg 386, 394 (2), 396, 397, 409, 435
Schmeling-Mara, Gertrud Elisabeth 388, 533
Schmeller, Johann Joseph 522, 524, 526 (3), 532
Schmid, Christian Heinrich 492
Schmidt von Werneuchen, Friedrich Wilhelm August 443
Schmoll, Georg Friedrich 398 (2)
Schnabel, Johann Gottfried 384, 532
Schnauß, Christian Friedrich 427
Schönborn, Gottlob Friedrich Ernst 397
Schönemann, Anna Elisabeth 401, 404, 409
Schönkopf, Anna Katharina 327 (3), 328, 329
Schönkopf, Christian Gottlob 386
Schopenhauer, Adele 474, 515
Schopenhauer, Arthur 492, 499, 506, 508
Schopenhauer, Johanna 474, 476, 486, 515
Schöpflin, Johann Daniel 391, 489
Schröder, Friedrich Ludwig 410, 431
Schröder, Heinrich Ludwig Friedrich 456
Schröter, Corona 386, 388, 405, 406, 413
Schubart, Christian Daniel Friedrich 404
Schubarth, Karl Ernst, 505, 510, 511
Schubert, Franz 524
v. Schubert, Gotthilf Heinrich 477
v. Schuckmann, Caspar Friedrich 430

Schultheß, Barbara 402, 416, 427, 448
Schultz, Christoph Friedrich Ludwig 503, 510, 515
Schulz (Zeichner) 402
Schulze, Caroline 386
Schummel, Johann Gottlieb 430
Schütz, Christian Georg (d. Ält.) 383
Schütz, Christian Georg (d. Jüng.) 494
Schütz, Christian Gottfried 466
v. Schütz, Christian Wilhelm 517
Schütz, Johann Georg 419, 425
Schwab, Gustav 514
Schwan, Christian Friedrich 402
Schwerdgeburth, Karl August 514
Scott, Sir Walter 515, 521, 529, 530, 534
Sebbers, Louis 526, 531
v. Seckendorf, Franz Karl Leopold 478
v. Seckendorf, Karl Siegmund Freiherr 405, 407, 408, 410, 411 (2)
Seebeck, Thomas Johann 472, 474, 479, 488, 495, 497, 498, 502, 506
Seekatz, Johann Konrad 383
Seidler, Luise 485, 488, 499, 505, 522, 523, 534, 535
Seneca Lucius Annaeus 477
Serassi, Pierantonio 426
de Sévigné, Marie de Rabutin Chantal Marquise 523
Shaftesbury, Anthony Ashley Cooper Graf 490
Shakespeare, William 391 (2), 392, 447, 457, 488, 491, 523, 527, 529, 530, 532, 533
Shelley, Percy Bysshe 527
Silber, Benjamin 469
Simrock, Karl 529
Solger, Karl Wilhelm Ferdinand 505
Solms-Braunfels, Friederike Prinzessin 477
Sömmering, Samuel Thomas 414, 415, 434, 448
Sophokles 411, 518
Soret, Friedrich Jacob 518, 531
Spenser, Edmund 491
Spielmann, Jacob Reinhold 385
Spinoza, Baruch 397, 399 (2), 415 (2), 488, 492
v. Spittler, Ludwig Timotheus Freiherr 480
Spontini, Gasparo Luigi Pacifico 525, 533, 534
Sprat, Thomas 468
Städel, Anna Rosina Magdalena 494
Städel, Johann Friedrich 497
de Staël-Holstein, Anne Louise Germaine Baronne 444, 467, 486, 493, 529
Stapfer, Friedrich Albert Alexander 515, 527, 530
Starke, Johann Christian Thomas 535
Starkey, Georg 390
Statius Publius Papinius 492
Steffens, Heinrich 454, 470, 481
v. Stein, Charlotte 403, 405 (2), 415 (2), 416, 417 (2), 421 (2), 427, 428, 508, 528
v. Stein, Fritz 413 (2), 414, 508
vom Stein, Heinrich Friedrich Karl Reichsfreiherr 494, 497 (2), 507, 522
vom Stein, Johann Friedrich 434
Steiner, Johann Friedrich Rudolf 524
v. Sternberg, Kaspar Maria Graf 517, 522, 523, 527, 529, 533
Sterne, Lawrence 392, 527, 530, 533
Stiedenroth, Ernst 523, 535
Stieler, Josef 530
Stock, Dora 388
Stock, Johann Michael 388
Stock, Minna 388
zu Stolberg-Stolberg, Auguste Louise Gräfin 401
zu Stolberg-Stolberg, Christian Graf 400, 402, 403, 414
zu Stolberg-Stolberg, Friedrich Leopold Graf 400, 402, 403, 414, 441, 489, 508
Stoll, Joseph Ludwig 478
Strada, Famianus 412
Streckfuß, Adolf Friedrich Karl 526
v. Struve, Heinrich Christian Gottfried 474
Studenten, griechische 506
Sturz, Helferich Peter 483
Sueton (Suetonius Tranquillus) 491, 492
Sulzer, Johann Georg 403
Süßmeyr (Süßmayer), Franz Xaver 441
Swammerdam, Jan 445
Swedenborg, Emanuel 397
Szymanowska, Maria 520

Tacitus (Cornelius Tacitus) 484, 487, 492
Talleyrand-Périgord, Charles Maurice Herzog 480
Talma, François Joseph 480, 481
Tasso, Torquato 418, 421
Tassoni, Alessandro 455
Tavernier, Jean Baptiste 495
Tegnér, Esaias 522, 527
Terenz (Publius Terentius Afer) 462, 465 (2)
Textor, Anna Margaretha geb. Lindheimer 382
Textor, Johann Wolfgang 382
Theokrit 394
Theophrast 460
Thiele, Johann Alexander 388
v. Thielmann, Johann Adolf Freiherr 491
de Thoranc, François Reichsgraf 383
Thouret, Nikolaus Friedrich 448, 452
Thukydides 449, 492
Tibullus Albius 447
Tieck, Christian Friedrich 460, 462 (2), 464, 466, 508, 510
Tieck, Johann Ludwig 456, 457 (2), 467, 474, 491, 493, 500, 504, 515, 523 (2), 525, 531
Tiedge, Christoph August 479, 487
Tiepolo, Giovanni Battista 418
Tintoretto (Robusti, Jacopo) 417
Tischbein, Johann Heinrich Wilhelm 418, 419 (2), 420 (2), 421 (2), 422 (2), 513
Tiziano Vecellio 417, 418
Tobler, Georg Christoph 411, 446
Tomaschek, Wenzel Johann 517
Trautmann, Johann Georg 383
v. Trebra, Friedrich Heinrich Wilhelm 406, 414, 492, 506

v. d. Trenck, Friedrich 425
Trippel, Alexander 419, 424
Tschudi, Egidius 449
Turpin 484
Turra, Antonio 417

Ulfilas 482
Unger, Friederike Helene 473
Unger, Friedrich Gottlob 436, 456, 458
Unzelmann, Friederike 462
Uwarow, Sergej Semenowitsch 491

della Valle, Pietro 495
Varnhagen von Ense, Karl August 487, 504, 515, 516, 521, 525, 529, 532, 533
Varnhagen von Ense, Rahel 497, 523, 525, 532
Vasari, Giorgio 510
Vaucher, Jean Pierre 534
de Vega Carpio, Lope Felix 523
v. Veltheim, Röttger Graf 470
Venuti, Lodovico Marchese 423
Vergil (Virgilius Maro, Publius) 451
Veronese (Caliari), Paolo 417, 418
Verrochio, Padre s. Batacchi
v. Verschaffelt, Maximilian 424
Vico, Giovanni Battista 421
de Vigny, Alfred 533
da Vinci, Leonardo 426, 430, 504
Vitruv (Vitruvius Pollio, Marcus) 418
de Voeux, Charles 528
Vogel von Vogelstein, Karl Christian 522
Voigt, Christian Gottlob 413, 416, 433, 436, 449, 467, 507
Voigt, Friedrich Siegmund 530
v. Voigts, Jenny 400
Volkmann, Johann Jakob 417
Voltaire, François Marie Arouet 386, 454, 456, 457, 458, 459, 460, 481, 484, 525
Voß, Heinrich (d. Jüng.) 471
Voß, Johann Heinrich 436, 437, 463, 464, 465, 468, 494, 498, 504, 508
Vulpius, Christian August 427, 441
Vulpius, Christiane 427, s. a. v. Goethe, Christiane

Wackenroder, Heinrich Wilhelm Ferdinand 531
Wackenroder, Wilhelm Heinrich 500
Wagner, Heinrich Leopold 391, 401, 402, 403, 404
Wagner, Johann Konrad 509
Wagner, Martin 467
Waitz, Johann Christian Wilhelm 414
v. Waldeck, Christian August Fürst 421, 424
Wallraf, Ferdinand Franz 497
Weber, Bernhard Anselm 491, 499
v. Weber, Carl Maria 489, 425
v. Wedel, Otto Joachim Moritz 409
Weiße, Christian Felix 386, 389, 444
v. Welling, Georg 390
Werneburg, Johann Friedrich Christian 481
Werner, Abraham Gottlob 428, 474, 477, 506
Werner, Friedrich Ludwig Zacharias 478 (3), 511, 518
Werner, Karl 535
v. Werthern, Jakob Friedemann Graf 410
v. Werthern, Johanna Louise Gräfin 410, 416
Weygand, Christian Friedrich 398, 522
Weyland, Friedrich Leopold 391, 392 (2)
Wieck, Clara 534
Wieland, Christoph Martin 388, 389, 391 (2), 396 (2), 397, 399, 400, 404, 411, 416, 447, 450, 464 (2), 466, 490, 491
Wilhelm, Prinz von Preußen 527, 532
Wilhelm I. Friedrich Karl, König von Württemberg 511, 534
v. Willemer, Johann Jakob 465, 494, 497 (2), 498, 501, 508, 525
v. Willemer, Marianne 494, 497, 498
Winckelmann, Johann Joachim 386, 389, 409, 420 (2), 452, 456, 468
Winckler, Gottfried 388
Winckler, Johann Heinrich 385, 387
v. Winter, Peter 486
Wolf, Friedrich August 438, 446, 451, 459, 463 (2), 464, 467, 470 (3), 476, 478, 484, 485, 494, 500, 511 (2)
Wolff, Anna Amalie Christiane 496
Wolff, Caspar Friedrich 501
Wolff, Pius Alexander 465, 486, 488, 490, 507
v. Woltmann, Karl Ludwig 436, 446, 487
v. Wolzogen, Friederike Sophie Karoline Auguste 444, 462
v. Wolzogen, Wilhelm Ernst Friedrich 444, 462
Wood, Robert 451
de Worthley, Sir Richard 425
Wyâsa 512
Wyttenbach, Johann Hugo 433

Xenophon 394, 532

Ysenburg von Buri, Ludwig 384

Zachariae, Justus Friedrich Wilhelm 384, 486
Zahn, Wilhelm Johann Karl 532
di Zanetti, Antonio Maria Conte 429
Zauper, Joseph Stanislaus 513, 517
Zelter, Doris 535
Zelter, Karl Friedrich 456, 463, 470 (2), 478, 482, 484, 485, 494, 499, 506, 508, 514, 516, 522, 526 (2), 529, 532, 534
– (Briefwechsel) 523, 526, 533
v. Ziegesar, August Friedrich Karl Freiherr 479, 480, 508
v. Ziegler, Luise 394
Zimmermann, Johann Georg 403 (2)
v. Zinzendorf, Nikolaus Ludwig Graf 533
Zschokke, Johann Heinrich Daniel 524
Zumsteeg, Johann Rudolf 448

Orts- und Länderregister

Aken 408
Albano 419
Alcamo 423
Altenau 407, 414
Altenberg 491
Ambras (Schloß) 429
Amerika 508, 521
Andermatt 403
Apennin 418
Apolda 409
Artern 382
Asch 474
Aschersleben 428
Assisi 418
Augsburg 429
Außig 491

Bad Lauchstädt 431, 463 (3), 464, 470, 487
Bad Tennstedt 500
Bamberg 429
Basel 409
Baumannshöhle 407, 413
Bensberg (Schloß) 399
Berka 490, 493, 494
Berlin 408, 499
Bern 409
Biebrich (Schloß) 497
Biel 409
Bilin 491
Bingen 499
Blankenburg 413, 415
Bodetal 415
Böhmen 509, 514
Bologna 418
Bonn 497
Bozen 417, 429
Braunschweig 414, 415, 531
Brenner 417 (2), 429
Breslau 430
Brienz 409
Brocken 407, 414, 415
Buchsweiler 392
Buttstädt 405

Caltanisetta 423
Campagna, römische 418
Caserta 422
Castel Gandolfo 419, 425
Catania 423
Cento 418
Chamonix 409
Champagne 433
Chiavenna 427
Chur 427
Clausthal 407, 413
Comer See 427
Creuzburg 461
Czenstochau 430

Darmstadt 394, 396, 397, 402, 403, 409, 494, 498
Dessau 406, 408, 411, 413, 436, 444
Dornburg 406, 409, 530
Drakendorf 479
Dresden 388 (2), 430, 436, 484, 485, 491 (2), 499, 531
Duderstadt 414
Duisburg 433
Düsseldorf 395, 399, 433 (2)
Dux 491

Eger 417, 474, 513, 517, 520
Ehrenbreitstein 399
Eisenach 407 (2), 412, 433
Eisenberg 485
Elberfeld 399
Elbingerode 407, 415
Ellbogen 505
Elsaß 392 (2)
Emmendingen 397, 402, 409
Ems 395, 399 (2)
Erfurt 405, 407 (2), 412, 413
Ettersburg 408, 409, 410

Feldkirch 427
Ferrara 418
Fichtelgebirge 415
Florenz 418, 427, 450
Frankfurt am Main 382, 389/391, 393/394, 396/399, 409 (2), 433 (2), 434, 435, 448, 470, 486, 494 (2), 497
Franzensbad 480 (2), 514
Frascati 419 (2)
Freiberg i. Sa. 485
Freiburg i. Br. 402, 409
Fulda 494
Fuligno 418
Füssen 429

Gardasee 417
Genf 409
Gerbermühle 494, 497
Gießen 395
Girgenti 423
Glatz, Grafschaft 430
Göschenen 403
Goslar 407, 414, 415
Gotha 405, 407 (2), 412
Göttingen 384, 414, 461
Grindelwald 409
Große Scheidegg 409
Groß-Kochberg 405, 414

Hagenau 392
Halberstadt 413
Halle a. Saale 463, 465, 470, 487, 493
Hanau 494 (2)
Hannover 531
Hartenberg (Schloß) 514

Harz 407, 413/414, 415, 428
Haßleben 516
Heidelberg 402, 403, 404, 435, 488, 494, 498
Heilbronn 448
Helmstedt 470
Herkulanum 422
Hof 474
Homburg 394, 409

Ilmenau 406, 413, 414, 416, 433, 434, 444
Innsbruck 417, 429
Interlaken 409
Italien 404, 417/427, 429, 439, 440

Jena 405, 409, 412, 416, 427, 428, 437, 438, 456, 457, 467, 474, 475, 483, 484, 489, 504, 509, 525
s. a. Amtliche Tätigkeit/Jena

Kammerberg b. Eger 480, 509
Karlsbad 415, 416, 417, 439, 473/474, 476/477, 479/480, 484, 485, 487, 489, 505, 507, 509, 514, 520
Karlsruhe 402, 409, 498
Kassel 409, 414, 433, 461
Koblenz 433, 497
Köln 399, 497
Konstanz 402, 427
Krakau 430

Lahntal 497
Langenstein 413, 415
Lausanne 409
Lauterbrunnen 409
Leipzig 384, 385/389, 399, 405, 408, 410, 411, 428, 436, 444, 458, 491, 531
Lissabon 382, 486
Longwy 433
Lothringen 392
Luganer See 427
Luxemburg 433
Luzern 409

Mailand 427
Main 494
Mainz 400, 433, 435, 497
Malcesine 417
Mannheim 390, 393, 402, 409, 435, 498
Mantua 429
Maria Laach 497
Marienbad 513, 517, 520
Marienborn 390, 434
Meißen 491
Messina 423
Mittenwald 417
Modena 427
Monte Pellegrino 422
Monte Rosso 425
Mühlhausen 407
München 417
Münster 433

Nassau 497
Naumburg 405, 406
Neapel 421/422, 422 (2), 423 (2)
Neckar 494
Neunheiligen 410, 411, 412
Neuwied 399
Nordhausen 407
Nürnberg 429, 449

Oberroßla 451, 453, 461, 467
Odilienberg 393
Offenbach 402
Osseg 491
Osterode 414
Oßmannstedt 447

Padua 417, 429
Paestum 422, 423
Palästina 486
Palermo 422 (2)
Paris 391
Parma 427
Pempelfort 399, 432, 433
Perugia 418
Pompeji 422, 532
Portici 422, 423
Potsdam 408
Pozzuoli 421
Preußen 408
Pyrmont 461

Redwitz 517
Regensburg 417
Reutte 429
Rhein 494
Rhein- und Maingegenden 494
Riesengebirge 430
Rigi 403
Rochuskapelle (Bingen) 499
Rom 418/420, 422/427
Rostock 496
Roßtrappe 413
Rovereto 417
Rudolstadt 427

Saarbrücken 392
Sankt Andreasberg 407, 414
Sankt Bernhard 403
Sankt Gotthard 409, 449
Sanssouci 408
Schaffhausen 402, 449
Schierke 414, 415
Schlaggenwald 487, 505
Schleiz 474
Schlesien 430
Schneeberg 417
Schwalbach 435
Schweiz 402/403, 409, 442, 447
Schwyz 403
Segesta 423
Sessenheim 392 (2), 393, 409, 519
Sizilien 422/423, 485
Sondershausen 407
Sparta 460
Speyer 403
Splügenpaß 427

Spoleto 418
Stäfa 449 (2)
Sterzing 417
Straßburg 391, 391/393, 402, 403, 409
Stuttgart 409, 448

Taormina 423
Tarnowitz 430
Teplitz 484, 485, 489, 491
Terni 418
Thal b. Ehrenbreitstein 395
Thale 413, 415
Tharandt 491
Thuner See 409
Thüringen 410, 412 (2), 414
Thüringer Wald 407
Tiefurt 413 (2)
Tirschenreuth 417
Tivoli 424
Torbole 417
Toskana 418, 464
Trient 417
Trier 433
Tübingen 448

Vaduz 427
Valmy 433
Venedig 418, 429, 499
Verdun 433
Verona 417, Vaduz 427
Valmy 433
Venedig 418, 429, 499
Verdun 433
Verona 417, 429
Vesuv 421, 423
Vicenza 417, 429
Vierwaldstätter See 403, 409
Volperthausen 395

Waldeck 405
Wallis 409
Wartburg 407
Weimar 403, 404, 404/409, 410/417, 420, 424, 425, 427/429, 430/432, 433/434, 435/439, 439/447, 449/461, 461/473, 474/476, 477/479, 480/484, 485/487, 487/489, 489/491, 491/494, 495/496, 498/505, 505/507, 507/509, 510/513, 514/517, 517/520, 521/535
Wernigerode 407
Westfalen 522
Wetzlar 395, 396
Weyden 417
Wieliczka 430
Wiesbaden 435, 494, 497 (2)
Wilhelmsthal 407, 412
Winkel 494
Winterthur 402
Wörlitz 406, 408
Worms 390
Württemberg 448

Zabern 392
Zellerfeld 414 (2)
Zinnwald 492
Zürcher See 402
Zürich 402, 409, 449 (2)

BIBLIOGRAPHIE

Die Literatur über Goethes Werke ist in Bd. 1–14 jeweilig in den Anmerkungen zu den einzelnen Werken genannt. Die folgende Zusammenstellung ist demgemäß nur eine Ergänzung zu diesen Einzelbibliographien. Sie bringt eine Auswahl aus der umfangreichen Literatur über Goethe. Noch reichhaltigere Angaben enthalten die in Abschnitt 1 genannten Werke, insbesondere Goedekes „Grundriß", die Bibliographie von Pyritz und die jährlichen Berichte im Goethe-Jahrbuch und in der Bibliographie der dt. Sprach- und Literaturwiss., hrsg. von Köttelwesch. – Um in den Bänden 1–14 Literaturangaben zu einzelnen Punkten der reichhaltigen Goetheschen Geisteswelt zu finden, können das Namen-Register und das Sachregister in Bd. 14 hilfreich sein.

Gliederung

1. Bibliographien
2. Nachschlagewerke
3. Periodica
4a. Ausgabe 1787–1897
4b. Weimarer Ausgabe
4c. Ausgaben seit 1901
4d. Goethe und seine Verleger
5a. Briefe
5b. Einzelne Briefwechsel
5c. Briefe an Goethe
5d. Abhandlungen über Goethes Briefe
6. Tagebücher
7a. Gespräche
7b. Abhandlungen über Goethes Gespräche
8. Zeichnungen
9. Bildnisse
10. Monographien
11. Wesensdeutung
12. Biographien
13. Biographische Einzelfragen
14. Persönlichkeit, Geistesart
15. Aufsatz-Sammlungen
16. Goethezeit
17. Frankfurt a. M.
18. Straßburg und das Elsaß
19. Weimar (Stadt und Umgebung)
20. Weimarer Goethehaus, Gartenhaus, Goethemuseum, Goethes Sammlungen
21. Orte in Thüringen
22. Orte in Deutschland und Österreich
23. Schweiz
24. Italien
25. Frankreich
26. Goethes Jugend
27. Die Zeit der Mannesjahre
28. Goethes Altersjahre
29. Goethes Vorfahren, Vater, Mutter und Schwester
30. Christiane, August, Ottilie und die Enkel
31. Bekannte und Freunde des jungen Goethe
32. Der Weimarer Kreis

33. Goethes Lebenskreis in der Zeit nach der Ital. Reise
34. Menschen um Goethe in der Zeit seines Alters
35. Goethe und das Publikum
36. Amtliche Tätigkeit
37. Gesellschaft, Staat und Politik
38. Geschichte
39. Theater
40. Sprache und Vers
41. Ästhetik
42. Weltliteratur
43. Volksdichtung
44. Antike (allgemein)
45. Antike Literatur
46. Italienische, französische, spanische Literatur
47. Englische Literatur
48. Andere europäische Literaturen
49. Amerika
50. Arabien, Persien, Indien, China
51. Deutsche Literatur vor 1700
52. Deutsche zeitgenössische Schriftsteller
53. Bildende Kunst (Allgemeines)
54. Antike Kunst
55. Kunst des Mittelalters
56. Kunst der Renaissance
57. Kunst des 17. und 18. Jahrhunderts
58. Zeitgenössische Kunst
59. Musik und Musiker
60. Beziehungen zur Philosophie
60a. Naturwissenschaft
61. Stellung zum Christentum
62. Weltanschauung
63. Ruhm, Wirkung
64. Goetheforschung

Abkürzungen

Dt. Vjs. = Deutsche Vierteljahresschrift für Literaturwissenschaft und Geistesgeschichte.

GJb. = Goethe-Jahrbuch.

(Jb.) Goethe = Goethe. Vierteljahresschrift der Goethegesellschaft. Weimar 1936ff. – Seit Bd. 3, 1938: Viermonatsschrift. – Seit Bd. 9, 1944, als Jahrbuch erscheinend.

Jb.G.Ges. = Jahrbuch der Goethegesellschaft.

Schr.G.Ges. = Schriften der Goethe-Gesellschaft.

I. Bibliographien

Goedeke, Karl: Grundriß zur Geschichte der dt. Dichtung. 3. Aufl. Bd. 4, Abt. 2–4. Dresden 1910–1913. (Verzeichnet das Goethe-Schrifttum bis 1912.) Abt. 5. Bln. 1960. (Verzeichnet das Goethe-Schrifttum 1912–1950.)

Goethe-Bibliographie. Von Hans Pyritz unter Mitarbeit von Paul Raabe. Fortgeführt von Heinz Nicolai und Gerhard Burkhardt. Heidelberg 1965. (830 S.) Bd. 2. 1955–1964. Heidelberg 1968. (XVI, 332 S.)

Goethe-Bibliographie. In: Goethe. Jahrb. der Goethe-Ges. Bd. 14/15ff. 1952/53ff. bzw. seit 1972: Goethe-Jahrbuch. (Verzeichnet das Goethe-Schrifttum seit 1951.)

Hagen, Waltraud: Die Drucke von Goethes Werken. Berlin, Akademie-Verlag 1971. (XXII, 382 S.) – 2. Aufl. 1983.

Gesamtkatalog der preußischen Bibliotheken. (Sonderband:) Goethe. Hrsg. von der Preußischen Staatsbibliothek. Bln. 1932. (10,224 S.)

Katalog der Sammlung Kippenberg. 2. Ausgabe. 2 Bde. u. Registerband. Lpz. 1928.

Goethe und die Naturwissenschaften. Von Günther Schmid. Eine Bibliographie. Hrsg. im Namen der Leopoldinisch-Carolinischen Akademie der Naturforscher von Emil Abderhalden. Halle 1940. (XV, 620 S.)

Grosser, Alfred: Esquisse d'une bibliographie de Goethe en France de 1912 à 1948. Etudes Germaniques 4, 1949, S. 312–339.

Dickson, A. J.: Goethe in England 1909–1948. A Bibliography. Cardiff 1951. = Publ. of the English Goethe Society, N. S. XIX. (VIII, 44 S.)

Goethe- und Schiller-Archiv. Bestandsverzeichnis. Bearb. von Karl-Heinz Hahn. Weimar 1961. (334 S.)

Goethe's Works. A catalogue ... by members of the Yale University Staff. Ed. by Carl Frederick Schreiber. New Haven 1940. (XLIV, 239 S.)

Internationale Bibliographie zur deutschen Klassik. Hrsg. von Hans Henning und Siegfried Seifert. Weimar 1970ff.

Handbuch der Editionen. bearb. von Waltraud Hagen, Inge Jensen, Edith Nahler, Horst Nahler. Berlin 1979. (608 S.)

Germanistik. Internationales Referatenorgan. Tübingen 1959ff.

Bibliographie der dt. Sprach- u. Literaturwissenschaft. Hrsg. von C. Köttelwesch. (Seit 1957, anfangs hrsg. von H. W. Eppelsheimer; erscheint jährlich; der Abschnitt „Goethe" in sich nach Sachgebieten geordnet.)

Hermann, Helmut G.: Goethebibliographie. Stuttg. 1991. = Reclam 8692.

2. Nachschlagewerke

Goethe-Handbuch. Hrsg. von Julius Zeitler. 3 Bde. Stuttg. 1916–1918.

Goethe-Handbuch. 2., vollkommen neugestaltete Auflage, hrsg. von Alfred Zastrau. Bd. 1. Aachen – Farbenlehre. Stuttg. 1961.

Goethe über seine Dichtungen. Hrsg. von Hans Gerhard Gräf. 3 Teile in 9 Bänden. Frankf. a.M. 1901–1914. Bd. 1–2: Die epischen Dichtungen. Bd. 3–6: Die dramatischen Dichtungen. Bd. 7–9: Die lyrischen Dichtungen.

Die Entstehung von Goethes Werken in Dokumenten. Hrsg. von Momme Mommsen unter Mitwirkung von Katharina Mommsen. 2 Bde. Berlin (Ost) 1958. (Mehr ist nicht erschienen.)

Fischer, Paul: Goethe-Wortschatz. Lpz. 1929. (XII, 906 S.)

Goethe-Wörterbuch. Hrsg. von den Akademien der Wissenschaften in Berlin, Göttingen und Heidelberg. Stuttgart 1978ff. Bd. 1: A–Az. Bd. 2: B-Einweisen. Laufend weitere Lieferungen.

Lexikon der Goethe-Zitate. Hrsg. von Richard Dobel. Zürich 1968 u. ö.

Ruppert, Hans: Goethes Bibliothek. Katalog. Weimar 1958. (XVI, 826 S.) (Bibliographie von 5424 Nummern.) – Neudruck: Lpz. 1979.

Goethe als Benutzer der Weimarer Bibliothek. Ein Verzeichnis der von ihm ausgeliehenen Werke. Bearb. von Elise v. Keudell. Weimar 1931. (XVI, 392 S.) (Bibliogr. von 2276 Nummern.) Reprint Lpz. 1982.

Neubert, Franz: Goethe und sein Kreis. Erläutert und dargestellt in 651 Abbildungen. Lpz. 1919. (XXX, 220 S.) – 2. Aufl. 1922.

Goethe und seine Welt. Unter Mitwirkung von E. Beutler hrsg. von H. Wahl und A. Kippenberg. 580 Abbildungen. Lpz. 1932. (306 S.)

Holtzhauer, Helmut: Goethe-Museum. Werk, Leben und Zeit Goethes in Dokumenten. Bln. u. Weimar 1969. (718 S. mit 557 Abb.)

Goethes Leben in Bilddokumenten. Hrsg. v. J. Göres. München 1981.

3. Periodica

Goethe-Jahrbuch. Bd. 1–34. 1880–1913. Und: 3 Register-Bände. (Die Fortsetzung ist:)

Jahrbuch der Goethe-Gesellschaft. Bd. 1–21. Weimar 1914–1935. Und: 1 Register-Band. 1936. (Die Fortsetzung ist:)

Goethe. Vierteljahresschrift der Goethegesellschaft. Von Bd. 3 an: Viermonatsschrift. Von Bd. 9, 1944, an: Jahresbände. Weimar 1936ff. (Die Fortsetzung ist:)

Goethe-Jahrbuch 1972ff.

Das Goethe-Jahrbuch Bd. 1–34 erschien 1880–1913 als Veröffentlichung des Herausgebers Ludwig Geiger. Als dieser mit 65 Jahren die Schriftleitung aufgab, gründete die Goethe-Gesellschaft ihr „Jahrbuch der Goethe-Gesellschaft“, das in 21 Bänden 1914–1935 erschien. Dann wurde es umgewandelt in eine Vierteljahresschrift mit dem Titel „Goethe“, die 1947 zum Jahresband wurde. In bibliographischen Angaben war der Titel Goethe mit Bandzahl mißverständlich, viele Leser meinten, es handle sich um eine Goethe-Ausgabe. Deswegen schlugen H. Holtzhauer und E. Trunz eine Umbenennung vor, und zwar wieder „Goethe-Jahrbuch“. Da man nun weder mit 1 anfangen noch mit 35 fortfahren konnte und die Kontinuität betonen wollte, zählte man einfach weiter: Der Jahrgang 1972 ist der 89. Band der Gesamtreihe.

Chronik des Wiener Goethe-Vereins. Wien 1887ff.
Publications of the English Goethe Society. 1–14. London 1886–1912.
Publications of the English Goethe Society. New Series. Vol. 1ff. London 1924ff.
Jahrbuch des Freien deutschen Hochstifts. Frankfurt a.M. 1902–1940. Und: 1962ff.
Jahrbuch der Sammlung Kippenberg. Bd. 1–10. Lpz. 1921–1935. – Neue Folge Bd. 1ff. Düsseldorf 1963ff.

Schriften der Goethe-Gesellschaft. Weimar 1885ff.

Die Bände sind einzeln verzeichnet in den verschiedenen Sachgebieten.

4a. Ausgaben 1787–1897

Goethes Schriften. Leipzig, bei G. J. Göschen. 8 Bde. 1787–1790. (In der philologischen Wissenschaft bezeichnet: S. – Goethes erste Sammlung seiner Werke. Alle früheren Sammlungen sind Raubdrucke. Vgl. Bd. 10, S. 82,26 u. Anmkg.)
Bd. 1. Werther. 1787.
Bd. 2. Götz. Die Mitschuldigen. 1787.
Bd. 3. Iphigenie. Clavigo. Die Geschwister. 1787.
Bd. 4. Stella. Der Triumph der Empfindsamkeit. Die Vögel. 1787.
Bd. 5. Egmont. Claudine. Erwin und Elmire. 1788.
Bd. 6. Tasso. Lila. 1790.
Bd. 7. Faust, ein Fragment. Jery und Bätely. Scherz, List und Rache. 1790.
Bd. 8. Vermischte Gedichte. 1789.
Goethes Neue Schriften. Mit Kupfern. Berlin, bei J. F. Unger. 7 Bde. 1792–1800. (In der Wissenschaft bezeichnet: N.)
Goethes Werke. Tübingen, J. G. Cotta. 13 Bde. 1806–1810. (Bezeichnung: A.)
Goethes Werke. Stuttgart und Tübingen, J. G. Cotta. 20 Bde. 1815 bis 1819. (Bezeichnung: B.)
Goethes Werke. Vollständige Ausgabe letzter Hand. Stuttgart und Tübingen, Cotta. Bd. 1–40. 1827–1830. (Oktav-Format. Wiss. Bezeichnung: C. – Von dieser Ausgabe erschien gleichzeitig ein Parallel-Druck in kleinerem Format und kleinerem Satzspiegel, sonst aber seitengleich; Bezeichnung für diese „Taschenausgabe“: C^1.)
Bd. 1–4. Gedichte. 1827.
Bd. 5. Divan. 1827.
Bd. 6. Noten zum Divan. 1827.
Bd. 7. Die Laune des Verliebten. Die Mitschuldigen. Die Geschwister. Mahomet. Tancred. 1827.

Bd. 8. Götz. Egmont. 1827.
Bd. 9. Iphigenie. Tasso. Die natürliche Tochter. 1827.
Bd. 10. Elpenor. Clavigo. Stella. Claudine. Erwin u. Elmire. 1827.
Bd. 11. Jery und Bätely. Lila. Die Fischerin. Scherz, List und Rache. Der Zauberflöte zweiter Teil. Palaeophron und Neoterpe. Vorspiel 1807. Was wir bringen. Theaterreden. 1828.
Bd. 12. Faust. 1828.
Bd. 13. Das Jahrmarktsfest zu Plundersweilern. Pater Brey. Satyros und andere kleinere Dramen. Die Geheimnisse. Maskenzüge. Epimenides. 1828.
Bd. 14. Der Triumph der Empfindsamkeit. Die Vögel. Der Großkophta. Der Bürgergeneral. 1828.
Bd. 15. Die Aufgeregten. Unterhaltungen deutscher Ausgewanderten. Novelle. 1828.
Bd. 16. Werther. Briefe aus der Schweiz. 1828.
Bd. 17. Die Wahlverwandtschaften. 1828.
Bd. 18–20. Wilhelm Meisters Lehrjahre. 1828.
Bd. 21–23. Wilhelm Meisters Wanderjahre. 1829.
Bd. 24–26. Dichtung und Wahrheit (Buch 1–15). 1829.
Bd. 27–29. Italienische Reise. 1829.
Bd. 30. Campagne in Frankreich. 1829.
Bd. 31–32. Tag- und Jahreshefte. 1830.
Bd. 33. Rezensionen. Prometheus. Götter, Helden und Wieland. 1830.
Bd. 34–35. Cellini. 1830.
Bd. 36. Rameaus Neffe. Diderots Versuch über Malerei. 1830.
Bd. 37. Winckelmann. Hackert. 1830.
Bd. 38–39. Schriften zur Kunst. 1830.
Bd. 40. Reineke Fuchs. Hermann und Dorothea. Achilleis. Pandora. 1830.
Dazu ergänzend: Goethe's Nachgelassene Werke. (Hrsg. von Eckermann und Riemer.) Bd. 1–20. = Goethes Werke, Ausgabe letzter Hand, Bd. 41–60. Stuttg. und Tübingen 1832–1842.

Goethes Werke. Nach den vorzüglichsten Quellen revidierte Ausgabe. Berlin, G. Hempel. 36 Teile (in 23 Bänden), o. J. (1868–1879.) Mitarbeiter: W. v. Biedermann, H. Düntzer, S. Kalischer, G. v. Loeper, Fr. Strehlke, Fr. Förster. (Mit Kommentar.)

Goethes Werke. 36 Teile (in 41 Bänden). Stuttg. o. J. (1882–1897.) = Dt. National-Literatur, hrsg. von J. Kürschner, Bd. 82–117. – Mitarbeiter: H. Düntzer, A. G. Meyer, K. J. Schröer, R. Steiner, G. Witkowski. (Mit Kommentar.)

4b. Weimarer Ausgabe

Goethes Werke. Hrsg. im Auftrag der Großherzogin Sophie von Sachsen. 4 Abteilungen mit insgesamt 133 Bänden (in 143). Weimar 1887–1919. (Die sogenannte „Weimarer Ausgabe" oder „Sophien-Ausgabe". Grundlegend. Ohne Sach-Erläuterungen, aber – als einzige Ausgabe – mit ausführlichem Lesarten-Verzeichnis und reichem philologischem Material zur Textgeschichte, Überlieferung usw.) – Reprint: München 1990.

1. Abteilung. Werke.

Bd. 1. Gedichte, 1. Teil. (G. v. Loeper.) 1887.
Bd. 2. Gedichte, 2. Teil. (G. v. Loeper.) 1888.
Bd. 3. Gedichte, 3. Teil. (G. v. Loeper.) 1890.
Bd. 4. Gedichte, 4. Teil. (G. v. Loeper.) 1891.
Bd. 5, 1. Abt. Gedichte, 5. Teil. (C. Redlich u. J. Wahle.) 1893.
Bd. 5, 2. Abt. Lesarten zu Bd. 4 und 5. Nachträge. (J. Wahle unter Mitwirkung von E. Schmidt.) 1910.
Bd. 6. West-östlicher Divan. (K. Burdach.) 1888.
Bd. 7. Noten und Abhandlungen zum West-östl. Divan. (C. Siegfried und B. Seuffert.) 1888.
Bd. 8. Götz von Berlichingen. Egmont. (A. Sauer u. J. Minor.) 1889.
Bd. 9. Die Laune des Verliebten. Die Mitschuldigen. Die Geschwister. Die Wette. Romeo und Julia. Mahomet. Tancred. (G. Roethe, Fr. Schnorr von Carolsfeld, K. J. Schröer, J. Wahle, O. Hoffmann.) 1891.
Bd. 10. Iphigenie. Nausikaa. Torquato Tasso. Die natürliche Tochter. (B. Litzmann, K. Weinhold, C. Redlich, B. Suphan.) 1889.
Bd. 11. Elpenor. Clavigo. Stella. Claudine. Erwin und Elmire. Bruchstücke. (F. Zarncke, R. M. Meyer, K. J. Schröer, E. v. d. Hellen, R. M. Werner, B. Suphan.) 1892.
Bd. 12. Jery und Bätely. Lila. Die Fischerin. Scherz, List und Rache. Der Zauberflöte zweiter Teil. Die ungleichen Hausgenossen. Opernfragmente. (W. Arndt, Fr. Muncker, A. v. Weilen, S. Singer, J. Wahle, C. Redlich.) 1892.
Bd. 13, 1. Abt. Paläophron und Neoterpe. Was wir bringen. Theaterreden und Prologe. Götz, Bühnenbearbeitung. (R. M. Werner, A. Fresenius, J. Wahle, W. Creizenach, A. Sauer.) 1894.
Bd. 13, 2. Abt. Der Schutzgeist von Kotzebue, Bühnenbearbeitung. Lesarten zu Bd. 13, 1. Abt. (J. Wahle.) 1901.
Bd. 14. Faust, I. Teil. (E. Schmidt.) 1887.
Bd. 15, 1. Abt. Faust, II. Teil. Text. (E. Schmidt.) 1888.

Bd. 15, 2. Abt. Faust, II. Teil. Lesarten. (E. Schmidt.) 1888.
Bd. 16. Das Jahrmarktsfest zu Plundersweilern. Pater Brey. Satyros. Parabeln. Hans Sachsens poetische Sendung. Auf Miedings Tod. Künstlers Erdewallen usw. Die Geheimnisse. Epilog zu Schillers Glocke. Im Namen der Bürgerschaft von Karlsbad. Epimenides. (W. Fielitz, R. Heinzel, G. Roethe, D. Jacoby, E. Schröder, J. Wahle, R. M. Werner, B. Suphan.) 1894.
Bd. 17. Der Triumph der Empfindsamkeit. Die Vögel. Der Groß-Cophta. Der Bürgergeneral. (M. Roediger, W. Arndt, E. Elster.) 1894.
Bd. 18. Die Aufgeregten. Das Mädchen von Oberkirch. Unterhaltungen deutscher Ausgewanderten. Novelle. Reise der Söhne Megaprazons. (R. Koegel, G. Roethe, A. Strack, B. Seuffert, A. Sauer, L. Geiger, J. Wahle.) 1895.
Bd. 19. Werther. Briefe aus der Schweiz. (B. Seuffert, E. v. d. Hellen.) 1899.
Bd. 20. Die Wahlverwandtschaften. (M. Frhr. v. Waldberg.) 1892.
Bd. 21. Wilhelm Meisters Lehrjahre, 1. Teil. (C. Schüddekopf.) 1898.
Bd. 22. Wilhelm Meisters Lehrjahre, 2. Teil. (C. Schüddekopf.) 1899.
Bd. 23. Wilhelm Meisters Lehrjahre, 3. Teil. (C. Schüddekopf.) 1901.
Bd. 24. Wilhelm Meisters Wanderjahre, 1. Teil. (E. Joseph.) 1894.
Bd. 25, 1. Abt. Wilhelm Meisters Wanderjahre, 2. Teil. (E. Joseph.) 1895.
Bd. 25, 2. Abt. Wanderjahre, Lesarten und Paralipomena. (J. Wahle.) 1905.
Bd. 26. Dichtung und Wahrheit, 1. Teil. (J. Baechtold unter Mitwirkung von G. v. Loeper.) 1889.
Bd. 27. Dichtg. u. Wahrh., 2. Teil. (J. Baechtold unter Mitw. v. Loeper.) 1889.
Bd. 28. Dichtg. u. Wahrh., 3. Teil. (J. Baechtold unter Mitw. v. Loeper.) 1890.
Bd. 29. Dichtg. u. Wahrh., 4. Teil. (J. Baechtold unter Mitw. v. Loeper.) 1891.
Bd. 30. Italienische Reise, 1. Teil. (J. Wahle.) 1903.
Bd. 31. Italienische Reise, 2. Teil. (J. Wahle.) 1904.
Bd. 32. Italienische Reise, 3. Teil. (J. Wahle.) 1906.
Bd. 33. Campagne in Frankreich. Belagerung von Mainz. (A. Schöne.) 1898.
Bd. 34, 1. Abt. Rochusfest. Im Rheingau Herbsttage. Kunst und Altertum am Rhein und Main. Reise in die Schweiz. (J. Franck, B. Suphan, F. Heitmüller, J. Wahle.) 1902.
Bd. 34, 2. Abt. Vorarbeiten zur zweiten Italienreise. Lesarten zu 34,1. (J. Franck, B. Suphan, F. Heitmüller, J. Wahle.) 1904.

Bd. 35. Annalen, 1. Teil. (W. v. Biedermann.) 1892.
Bd. 36. Annalen, 2. Teil. (W. v. Biedermann.) 1893.
Bd. 37. Jugendwerke in Prosa. Knabengedichte. Annette. Zum Shakespearestag. Von dt. Baukunst. Brief des Pastors. Frankfurter Gelehrte Anzeigen. Nach Falconet und über Falconet usw. (V. Valentin, B. Suphan, E. Martin, G. Witkowski, O. Harnack, A. Leitzmann, E. Schmidt.) 1896.
Bd. 38. Jugenddramen. Götter, Helden und Wieland. Hanswursts Hochzeit. Künstlers Vergötterung. Erwin u. Elmire, 1. Fassung. Claudine, 1. Fassung. Elsässische Volkslieder. Rechtsanwalts-Arbeiten. Paralipomena. (M. Rieger, J. Wahle, E. Schmidt, J. Minor, R. M. Werner, O. Walzel.) 1897.
Bd. 39. Geschichte Gottfriedens von Berlichingen. Mahomet. Prometheus. Urfaust. Iphigenie, 1. Fassung. (A. Sauer, R. Henning, E. Schmidt, V. Michels.) 1897.
Bd. 40. Aufsätze über Theater und Schauspielkunst. Rezensionen aus der Jenaischen Allgemeinen Literaturzeitung. (H. Devrient, M. Hecker.) 1901.
Bd. 41, 1. Abt. Schriften zur Literatur aus dem ,,Morgenblatt" und aus ,,Über Kunst und Altertum". (M. Hecker.) 1902.
Bd. 41, 2. Abt. Schriften zur Literatur aus ,,Über Kunst und Altertum". (M. Hecker.) 1903.
Bd. 42, 1. Abt. Aufsätze zur Literatur. Ankündigungen. Geleitworte. (M. Hecker.) 1904.
Bd. 42, 2. Abt. Aufsätze zur Literatur. Maximen und Reflexionen über Literatur, Kunst, Natur usw. (M. Hecker.) 1907.
Bd. 43–44. Benvenuto Cellini. (W. v. Oettingen.) 1890.
Bd. 45. Rameaus Neffe. Diderots Versuch über Malerei. (R. Schlösser.) 1900.
Bd. 46. Winckelmann. Hackert. (A. Michaelis, O. Harnack.) 1891.
Bd. 47. Schriften zur Kunst 1788–1800. (O. Harnack.) 1896.
Bd. 48. Schriften zur Kunst 1800–1816. Maximen und Reflexionen zur Kunst. (O. Harnack.) 1897.
Bd. 49, 1. Abt. Schriften zur Kunst 1816–1832. I. Teil. (O. Harnack.) 1898.
Bd. 49, 2. Abt. Schriften zur Kunst 1816–1832. II. Teil. (O. Harnack.) 1900.
Bd. 50. Reineke Fuchs. Hermann und Dorothea. Achilleis. Pandora. (H. G. Gräf, H. Schreyer, B. Suphan, E. Schmidt.) 1900.
Bd. 51–52. Wilhelm Meisters theatral. Sendung. (H. Maync.) 1911.
Bd. 53. Nachträge zu der 1. Abteilung der Ausgabe. (J. Wahle.) 1914.
Bd. 54. Register A–L. (Max Hecker.) 1916.
Bd. 55. Register M–Z. (Max Hecker.) 1918.

2. Abteilung. Naturwissenschaftliche Schriften.

Bd. 1. Zur Farbenlehre. Didaktischer Teil. (S. Kalischer.) 1890.
Bd. 2. Zur Farbenlehre. Polemischer Teil. (S. Kalischer.) 1890.
Bd. 3. Zur Farbenlehre. Historischer Teil, I. (S. Kalischer.) 1893.
Bd. 4. Zur Farbenlehre. Historischer Teil, II. (S. Kalischer.) 1894.
Bd. 5, 1. Abt. Chromatik. (S. Kalischer.) 1897.
Bd. 5, 2. Abt. Paralipomena zu Bd. 1–5. Register zu Bd. 1–5. (S. Kalischer unter Mitwirkung von J. Wahle.) 1906.
Bd. 6. Zur Morphologie, I. (R. Steiner.) 1891.
Bd. 7. Zur Morphologie, II. (R. Steiner.) 1892.
Bd. 8. Zur Morphologie, III. (K. v. Bardeleben.) 1893.
Bd. 9. Mineralogie und Geologie, I. (R. Steiner.) 1892.
Bd. 10. Mineralogie und Geologie, II. (R. Steiner.) 1894.
Bd. 11. Allgemeine Naturlehre, I. (R. Steiner.) 1893.
Bd. 12. Allgemeine Naturlehre, II. Namen- und Sach-Register zu Bd. 6–12. (R. Steiner.) 1896.
Bd. 13. Nachträge zu Bd. 6–12. Mit Namen- und Sach-Register. (M. Morris und J. Wahle.) 1904.

3. Abteilung. Tagebücher.

Hrsg. von C. A. H. Burkhardt, E. Schmidt, B. Suphan, F. Zarncke, J. Wahle, G. v. Loeper, F. Heitmüller, H. G. Gräf unter Mitwirkung anderer Mitarbeiter.

Bd. 1. 1775–1787. 1887.
Bd. 2. 1790–1800. 1888.
Bd. 3. 1801–1808. 1889.
Bd. 4. 1809–1812. 1891.
Bd. 5. 1813–1816. 1893.
Bd. 6. 1817–1818. 1894.
Bd. 7. 1819–1820. 1895.
Bd. 8. 1821–1822. 1896.
Bd. 9. 1823–1824. 1897.
Bd. 10. 1825–1826. 1899.
Bd. 11. 1827–1828. 1900.
Bd. 12. 1829–1830. 1901.
Bd. 13. 1831–1832. 1903.
Bd. 14. Register A–L. 1917. (H. G. Gräf.)
Bd. 15, 1. Abt. Register M–S. 1919. (H. G. Gräf.)
Bd. 15, 2. Abt. Register T–Z. 1919. (H. G. Gräf.)

4. Abteilung. Briefe.

Hrsg. von W. v. Biedermann, E. Schmidt, Fr. Strehlke, B. Suphan, J. Wahle, E. v. d. Hellen, A. Leitzmann, A. Fresenius, C. Schüddekopf, C. Alt, M. Hecker, M. Morris, H. G. Gräf unter Mitwirkung anderer Mitarbeiter.

1. 1764–1771. 1887.
2. 1771–1775. 1887.
3. 1775–1778. 1888.
4. 1. Jan. 1779–7. Nov. 1780. 1889.
5. 7. Nov. 1780–30. Juni 1782. 1889.
6. 1. Juli 1782–31. Dez. 1784. 1890.
7. 1. Jan. 1785–24. Juli 1786. (Register zu Bd. 1–7.) 1891.
8. Aug. 1786–Juni 1788. (Mit Reg.) 1890.
9. 18. Juni 1788–8. Aug. 1792. 1891.
10. 9. Aug. 1792–31. Dez. 1795. 1892.
11. 1796. 1892.
12. 1797. 1893.
13. 1798. 1893.
14. 1799. 1893.
15. 1800. 1801. 1894.
16. 1802. 1803. 1894.
17. Anfang 1804–9. Mai 1805. 1895.
18. Undatiertes u. Nachträge. Register zu Bd. 9–18. 1895.
19. 9. Mai 1805–Ende 1807. 1895.
20. Jan. 1808–Juni 1809. 1896.
21. Juli 1809–Dez. 1810. 1896.
22. Jan. 1811–April 1812. 1901.
23. Mai 1812–Aug. 1813. 1900.
24. Sept. 1813–24. Juli 1814. 1901.
25. 28. Juli 1814–21. Mai 1815. 1901.
26. 24. Mai 1815–30. April 1816. 1902.
27. Mai 1816–Febr. 1817. 1903.
28. März–Dez. 1817. 1903.
29. Jan.–Okt. 1818. 1904.
30. Undatiertes u. Nachträge. Register zu Bd. 19–30. 1905.
31. 2. Nov. 1818–25. Aug. 1819. 1905.
32. 30. Aug. 1819–22. April 1820. 1906.
33. 25. April–31. Okt. 1820. 1905.
34. Nov. 1820–Juni 1821. 1905.
35. Juli 1821–März 1822. 1906.
36. April 1822–März 1823. 1907.
37. April–Dez. 1823. 1906.
38. Jan.–Okt. 1824. 1906.
39. Nov. 1824–Juli 1825. 1907.
40. Aug. 1825–März 1826. 1907.
41. April–Dez. 1826. 1907.
42. Jan.–Juli 1827. 1907.
43. Aug. 1827–Febr. 1828. 1908.
44. März–Sept. 1828. 1909.
45. Okt. 1828–Juni 1829. 1908.
46. Juli 1829–März 1830. 1908.
47. April–Okt. 1830. 1909.
48. Nov. 1830–Juni 1831. 1909.
49. Juli 1831–März 1832. 1909.
50. Nachträge u. Undatiertes. Register zu Bd. 31–50. 1912. (C. Schüddekopf.)

51–53. Nachträge und Gesamtregister (Paul Raabe). München 1990.

4c. Ausgaben seit 1901

Goethes Werke. Hrsg. von K. Heinemann. Bibliographisches Institut, Leipzig und Wien. Meyers Klassiker-Ausgaben. 30 Bde. (1901–1908.) – Mitarbeiter: W. Bölsche, G. Ellinger, O. Harnack, G. Klee,

Th. Matthias, H. Maync, V. Schweitzer, K. Voßler, R. Weber. (Mit Erläuterungen.)

Goethes Sämtliche Werke. Jubiläums-Ausgabe. Hrsg. von E. v. d. Hellen. 40 Bde. und ein Registerband. Stuttgart u. Berlin, Cotta, o. J. (1902–1912.) (Mit Kommentar.)
Bd. 1–4. Gedichte. Hrsg. von E. v. d. Hellen. 1902–1907.
Bd. 5. Divan. Hrsg. von K. Burdach. 1905.
Bd. 6. Reineke Fuchs. Hermann und Dorothea. Achilleis. Hrsg. von H. Schreyer. 1903.
Bd. 7. Jugenddramen. Farcen und Satiren. Hrsg. von A. Köster. 1905.
Bd. 8. Singspiele. Hrsg. von O. Pniower. 1903.
Bd. 9. Zeitdramen. Gelegenheitsdichtungen. Hrsg. von O. Pniower. 1905.
Bd. 10. Götz von Berlichingen. Hrsg. von E. v. d. Hellen. 1906.
Bd. 11. Dramen in Prosa. Hrsg. von F. Muncker. 1905.
Bd. 12. Iphigenie. Tasso. Die natürliche Tochter. Hrsg. von A. Köster. 1902.
Bd. 13. Faust I. Hrsg. von E. Schmidt. 1903.
Bd. 14. Faust II. Hrsg. von E. Schmidt. 1906.
Bd. 15. Dramatische Fragmente und Übersetzungen. Hrsg. von O. Pniower. 1906.
Bd. 16. Werther. Kleinere Erzählungen. Hrsg. von M. Herrmann. 1906.
Bd. 17–18. Lehrjahre. Hrsg. von W. Creizenach. 1904.
Bd. 19–20. Wanderjahre. Hrsg. von W. Creizenach. 1904.
Bd. 21. Die Wahlverwandtschaften. Hrsg. von Fr. Muncker. 1903.
Bd. 22–25. Dichtung und Wahrheit. Hrsg. von R. M. Meyer. 1903–04.
Bd. 26–27. Italienische Reise. Hrsg. von L. Geiger. 1907.
Bd. 28. Campagne in Frankreich. Belagerung von Mainz. Hrsg. von A. Dove. 1903.
Bd. 29. Reise in die Schweiz 1797. Am Rhein, Main und Neckar 1814 und 1815. Hrsg. von O. Heuer. 1906.
Bd. 30. Annalen. Hrsg. von O. Walzel. 1902.
Bd. 31–32. Cellini. Hrsg. von W. v. Oettingen. 1903.
Bd. 33–35. Schriften zur Kunst. Hrsg. von W. v. Oettingen. 1903–04.
Bd. 36–38. Schriften zur Literatur. Hrsg. von O. Walzel. 1906–07.
Bd. 39–40. Schriften zur Naturwissenschaft. Hrsg. von M. Morris. 1905–07.
Register (Namen- und Sachregister). Bearb. von E. v. d. Hellen. 1912.

Goethe, Sämtliche Werke. Großherzog Wilhelm Ernst Ausgabe. 16 Bde. Leipzig, Insel-Verlag. 1905–1917. – Letzte Aufl.: 17 Bde.

(1925.) – Mitarbeiter: F. Bergemann, H. G. Gräf, M. Hecker, K. Jahn, C. Schüddekopf. – Bd. 16 (Naturwiss. Schr.) hrsg. von M. Hecker, in der Aufl. von 1925 ersetzt durch Bd. 16 u. 17, hrsg. von G. Ipsen. (Text ohne Lesarten und ohne Kommentar.)

Goethes Werke. Vollständige Ausgabe in 40 Teilen. Hrsg. von K. Alt u. a. Verlag Bong, Bln., Lpz., Wien, Stuttg. (1909–1926.) 40 Bde. und dazu 2 Bde. Anmerkungen, außerdem 2 Register-Bde. (Namen- und Sach-Register.) – Von dieser Ausgabe erschien auch eine verkleinerte Teilausgabe in 20 Bänden. – Mitarbeiter: E. Ermatinger, S. Kalischer, W. Niemeyer, R. Pechel, R. Riemann, E. Scheidemantel, Chr. Waas. (Mit Anmerkungen.)

Goethes Sämtliche Werke. Propyläen-Ausgabe. 45 Bde. und 4 Ergänzungs-Bde. München bzw. Bln. 1909–1932. Hrsg. von C. Höfer (Bd. 1–29) und C. Noch (Bd. 30–44). (Werke und Briefe, chronologisch geordnet, ohne Kommentar.) Dazu 1 Supplementband: Die Bildnisse Goethes. Hrsg. von E. Schulte-Strathaus. (1910.) Und 3 Ergänzungsbände: Goethe als Persönlichkeit. Hrsg. von H. Amelung. (1914–1925.)

Goethes Werke. Festausgabe (zum 100jährigen Bestehen des Bibliographischen Instituts). Hrsg. von R. Petsch. 18 Bde. Lpz. (1926–27.) (Mit Kommentar.)

Bd. 1–2. Gedichte. Hrsg. von E. A. Boucke.

Bd. 3. Divan. Hrsg. von R. Richter.

Bd. 4. Epen. Hrsg. von E. A. Boucke. Fastnachtspiele. Hrsg. von R. Richter.

Bd. 5. Faust. Hrsg. von R. Petsch.

Bd. 6. Jugenddramen. Hrsg. von R. Petsch.

Bd. 7. Klassische Dramen. Hrsg. von R. Petsch.

Bd. 8. Singspiele, Maskenzüge, Festspiele, Bruchstücke. Hrsg. von R. Petsch.

Bd. 9. Werther. Briefe aus d. Schweiz u. a. Hrsg. von J. Wahle und O. Walzel.

Bd. 10. Wilhelm Meisters theatralische Sendung. Hrsg. von J. Wahle und O. Walzel.

Bd. 11. Lehrjahre. Hrsg. von J. Wahle und O. Walzel.

Bd. 12. Wanderjahre. Hrsg. von J. Wahle und O. Walzel.

Bd. 13. Die Wahlverwandtschaften. Hrsg. von J. Wahle und O. Walzel.

Bd. 14. Kleine Erzählungen. Hrsg. von J. Wahle und O. Walzel. Maximen und Reflexionen. Hrsg. von M. Hecker und R. Petsch.

Bd. 15–16. Dichtung und Wahrheit. Hrsg. von E. A. Boucke. Selbstbiographische Einzelheiten. Hrsg. von F. Bergemann.

Bd. 17. Italienische Reise. Hrsg. von R. Weber.

Bd. 18. Campagne in Frankreich. Belagerung von Mainz. Annalen. Hrsg. von F. Bergemann.

Goethe. Gedenkausgabe der Werke, Briefe und Gespräche. Hrsg. von Ernst Beutler. 24 Bde. Zürich 1948–1960. (Mit Nachworten und ausführlichen Registern; Bd. 5, 13, 15 und 18 mit Kommentar.)

Bd. 1 und 2. Gedichte. Hrsg. von E. Staiger. 1950–53.

Bd. 3. Epen. Divan. Theatergedichte. Hrsg. von H. v. Maltzahn. 1948.

Bd. 4. Der junge Goethe. Hrsg. von E. Beutler. 1953.

Bd. 5. Die Faustdichtungen. Hrsg. von E. Beutler. 1953.

Bd. 6. Die Weimarer Dramen. Hrsg. von Kurt May. 1954.

Bd. 7. Wilhelm Meisters Lehrjahre. Hrsg. von W. Baumgart. 1948.

Bd. 8. Wilhelm Meisters Wanderjahre. Wilhelm Meisters Theatralische Sendung. Hrsg. von G. Küntzel. 1949.

Bd. 9. Die Wahlverwandtschaften. Die Novellen. Die Maximen und Reflexionen. Hrsg. von P. Stöcklein. 1949.

Bd. 10. Dichtung und Wahrheit. Hrsg. von E. Beutler. 1948.

Bd. 11. Italienische Reise. Annalen. Hrsg. von E. Beutler. 1950.

Bd. 12. Biographische Einzelschriften. Hrsg. von J. Kunz. 1949.

Bd. 13. Schriften zur Kunst. Hrsg. von Christian Beutler. 1954.

Bd. 14. Schriften zur Literatur. Hrsg. von Fritz Strich. 1950.

Bd. 15. Übersetzungen. Hrsg. von Fritz Ernst. 1953.

Bd. 16. Naturwissenschaftliche Schriften I. Hrsg. von A. Speiser. 1949.

Bd. 17. Naturwiss. Schriften II. Hrsg. von Hans Fischer. 1952.

Bd. 18. Briefe 1764–1786. Hrsg. von E. Beutler und E. Damm. 1951.

Bd. 19. Briefe 1786–1814. Hrsg. von H. Ostertag. 1949.

Bd. 20. Briefwechsel mit Schiller. Hrsg. von K. Schmidt. 1950.

Bd. 21. Briefe 1814–1832. Hrsg. von Christian Beutler. 1951.

Bd. 22. Gespräche 1752–1817. Hrsg. von W. Pfeiffer-Belli. 1949.

Bd. 23. Gespräche 1817–1832. Hrsg. von W. Pfeiffer-Belli. 1950.

Bd. 24. Gespräche mit Eckermann. Hrsg. von E. Beutler. 1948.

Ergänzungsband: Briefe aus dem Elternhaus. Hrsg. von Wolfgang Pfeiffer-Belli. Mit 3 Biographien von E. Beutler. 1960. (Mit Kommentar u. Register.)

Ergänzungs-Bd. 2: Tagebücher. Hrsg. von Peter Boerner. 1964. (955 S.)

Erg.-Bd. 3: Registerband zu Bd. 1–24. Bearb. von Martin Müller. 1972. (X, 589 S.)

Werke Goethes. Hrsg. von der dt. Akademie der Wissenschaften zu Berlin. Berlin, Akademie-Verlag, 1952–1966. (Werk-Reihe ohne Bandzählung. Texte mit sämtlichen Lesarten. – Bandweise bibliographiert in: Handbuch der Editionen, 1979, S. 193–196.

Goethe. Berliner Ausgabe. Berlin und Weimar, Aufbau-Verlag 1960ff. u. ö. – Hrsg. von Regine Otto, Annemarie Noelle, Siegfried Seidel, H. H. Reuter u. a. (Ins einzelne gehend bibliographiert: Handbuch der Editionen, 1979, S. 196f.)

Bd. 1–4: Gedichte und Singspiele. Bd. 5–8: Dramatische Dichtungen. Bd. 9–12: Romane und Erzählungen. Bd. 13–16: Autobiographische Schriften. Bd. 17–18: Schriften zur Literatur. Bd. 19–20: Schriften zur bildenden Kunst. Bd. 21–22: Übersetzungen. – Supplementband: Abbildungen zu Goethes Schriften zur Kunst.

Goethe, Sämtliche Werke, Briefe, Tagebücher und Gespräche. Frankfurter Ausgabe. Dt. Klassiker Verlag, Frankfurt 1985ff.

Bd. 1–2. Gedichte. Hrsg. von Karl Eibl. 1987.

Bd. 3. Westöstlicher Divan. Hrsg. von Hendrik Birus.

Bd. 4–6. Dramen. Hrsg. von Dieter Borchmeyer u. Peter Huber. 1985–1988.

Bd. 7,1 und 7,2. Faust. Hrsg. von Albrecht Schöne. 1994.

Bd. 8. Werther. Wahlverwandtschaften. Epen. Hrsg. von Waltraud Wiethölter.

Bd. 9. Theatralische Sendung. Lehrjahre. Unterhaltungen deutscher Ausgewanderten. Hrsg. von Wilhelm Voßkamp. 1992.

Bd. 10. Wilhelm Meisters Wanderjahre. Hrsg. von Gerhard Neumann und Hans-Georg Dewitz. 1989.

Bd. 13. Sprüche in Prosa. Hrsg. von Harald Fricke.

Bd. 14. Dichtung und Wahrheit. Hrsg. von Klaus-Detlev Müller. 1986.

Bd. 15,1 und 15,2. Italienische Reise. Hrsg. von Christoph Michel und Hans-Georg Dewitz. 1993.

Bd. 16. Campagne in Frankreich. Belagerung von Mainz. Reiseschriften. Hrsg. von Klaus-Detlev Müller. 1994.

Bd. 17. Tag- und Jahreshefte. Hrsg. von Irmtraud Schmid. 1994.

Bd. 23,1 und 23,2. Schriften zur Farbenlehre. Hrsg. von Manfred Wenzel. 1991.

Bd. 24. Schriften zur Morphologie. Hrsg. von Dorothea Kuhn. 1987.

Bd. 25. Schriften zur allgemeinen Naturlehre. Hrsg. von Wolf v. Engelhardt u. Manfred Wenzel. 1989.

2. Abt. Briefe, Tagebücher, Gespräche.

Bd. 30. Italien. Im Schatten der Revolution. 1786–1794. Hrsg. von Karl Eibl. 1991.

Bd. 33 u. 34. Napoleonische Zeit. 1805–1816. Hrsg. von Rose Unterberger.

Bd. 37 u. 38. Die letzten Jahre. 1823–1832. Hrsg. von Horst Fleig.

Goethe. Sämtliche Werke nach Epochen seines Schaffens. Münchner Ausgabe. Hrsg. von Karl Richter in Zusammenarbeit mit Herbert G. Göpfert, Norbert Miller, Gerhard Sauder und Edith Zehm. München 1985 ff.

Bd. 1,1 und 1,2. Der junge Goethe. Hrsg. von G. Sauder. 1985.

Bd. 2,1. Erstes Weimarer Jahrzehnt 1775–1786. 1. Teil. Hrsg. von Hartmut Reinhardt. 1987.

Bd. 2,2. Erstes Weimarer Jahrzehnt 1775–1786. 2. Teil. Hrsg. von Hannelore Schlaffer, Hans J. Becker, Gerhard H. Müller und John Neubauer. 1987.

Bd. 3,1. Italien und Weimar 1786–1790. 1. Teil. Hrsg. von Norbert Miller und Hartmut Reinhardt. 1990.

Bd. 3,2. Italien und Weimar 1786–1790. 2. Teil. Hrsg. von Hans J. Becker, Hans-Georg Dewitz, Norbert Miller, Gerhard H. Müller, John Neubauer, Hartmut Reinhardt und Irmtraud Schmidt. 1990.

Bd. 4,1. Wirkungen der französischen Revolution. 1791–1797. 1. Teil. Hrsg. von Reiner Wild. 1988.

Bd. 4,2. Wirkungen der französischen Revolution. 1791–1797. 2. Teil. Hrsg. von Klaus H. Kiefer, Hans J. Becker, Gerhard H. Müller, John Neubauer und Peter Schmidt. 1986.

Bd. 5. Wilhelm Meisters Lehrjahre. Hrsg. von Hans-Jürgen Schings. 1988.

Bd. 6,1. Weimarer Klassik 1798–1806. 1. Teil. Hrsg. von Victor Lange. 1986.

Bd. 6,2. Weimarer Klassik 1798–1806. 2. Teil. Hrsg. von Victor Lange, Hans J. Becker, Gerhard H. Müller, John Neubauer, Peter Schmidt und Edith Zehm. 1988.

Bd. 7. Benvenuto Cellini und Diderot-Schriften. Hrsg. von Norbert Miller und John Neubauer. 1991.

Bd. 8,1 und 8,2. Briefwechsel zwischen Schiller und Goethe. Hrsg. von Manfred Beetz. 1990.

Bd. 9. Epoche der Wahlverwandtschaften 1807–1814. Hrsg. von Christoph Siegrist, Hans J. Becker, Dorothea Hölscher-Lohmeyer, Norbert Miller, Gerhard H. Müller und John Neubauer. 1987.

Bd. 10. Zur Farbenlehre. Hrsg. von Peter Schmidt. 1988.

Bd. 11,2. Divan-Jahre 1814–1819. 2. Teil. Hrsg. von Johannes John, Hans J. Becker, Gerhard H. Müller, John Neubauer und Irmtraud Schmid. 1994.

Bd. 12. Zur Naturwissenschaft überhaupt, besonders zur Morphologie. Hrsg. von Hans J. Becker, Gerhard H. Müller, John Neubauer und Peter Schmidt. 1989.

Bd. 13,1. Die Jahre 1820–1826. 1. Teil. Hrsg. von Gisela Henckmann und Irmela Schneider. 1992.

Bd. 13,2. Die Jahre 1820–1826. 2. Teil. Hrsg. von Werner Oechslin, Norbert Miller, Hans J. Becker, Gerhard H. Müller, John Neubauer, Irmtraud Schmid und Irmela Schneider. 1993.
Bd. 14. Autobiographische Schriften. Hrsg. von Reiner Wild. 1986.
Bd. 15. Italienische Reise. Hrsg. von Andreas Beyer und Norbert Miller. 1986.
Bd. 16. Dichtung und Wahrheit. Hrsg. von Peter Sprengel. 1985.
Bd. 17. Wilhelm Meisters Wanderjahre. Maximen und Reflexionen. Hrsg. von Gonthier Louis Fink, Gerhart Baumann und Johannes John. 1991.
Bd. 19. Eckermann, Gespräche mit Goethe. Hrsg. von Heinz Schlaffer. 1986.
Bd. 20,1. Briefwechsel zwischen Goethe und Zelter. 1. Teil. Hrsg. von Hans-Günter Ottenberg und Edith Zehm. 1991.

Der junge Goethe. Hrsg. von Max Morris. 6 Bde. Lpz., Insel-Verlag, 1909–1912. (Die Jugendwerke in den frühesten Fassungen, Briefe, Zeichnungen, Lebenszeugnisse bis November 1775.
Der junge Goethe. Hrsg. von Hanna Fischer-Lamberg. 5 Bde. u. 1 Register-Bd. Bln. (West) 1963–1974. (Schriften u. Briefe; nicht Zeichnungen u. Lebenszeugnisse.)
Goethe, Die Schriften zur Naturwissenschaft. Hrsg. von der Deutschen Akademie der Naturforscher (Leopoldina) zu Halle. (Sog. „Leopoldina-Ausgabe".) Begründet von G. Schmid, W. Troll und L. Wolf. Seit 1957 hrsg. von Dorothea Kuhn. (Vollständigste Ausgabe der Schriften zur Naturwissenschaft.)
Abt. I: Texte.
1. Schriften zur Geologie und Mineralogie 1770–1810. Hrsg. von G. Schmid. 1947.
2. Schriften zur Geologie und Mineralogie 1812–1832. Hrsg. von G. Schmidt. 1949.
3. Beiträge zur Optik und Anfänge der Farbenlehre 1790–1808. Hrsg. von R. Matthaei. 1951.
4. Zur Farbenlehre. Didaktischer Teil. Hrsg. von R. Matthaei und D. Kuhn. 1955.
5. Zur Farbenlehre. Polemischer Teil. Hrsg. von R. Matthaei und D. Kuhn. 1958.
6. Zur Farbenlehre. Historischer Teil. Herausgegeben von Dorothea Kuhn. 1957.
7. Zur Farbenlehre. Anzeige u. Übersicht. Erklärung der Tafeln. Hrsg. von R. Matthaei. 1957.
8. Naturwissenschaftliche Hefte. Hrsg. von D. Kuhn. 1962.
9. Morphologische Hefte. Hrsg. von D. Kuhn. 1954.

10. Aufsätze, Fragmente, Studien zur Morphologie. Hrsg. von D. Kuhn. 1964.
11. Aufsätze, Fragmente, Studien zur Naturwiss. im allgemeinen. Register. Hrsg. von D. Kuhn und W. v. Engelhardt. 1970.

Abt. II: Ergänzungen und Erläuterungen.
3. Beiträge zur Optik u. Farbenlehre. Hrsg. von R. Matthaei und D. Kuhn. 1961.
4. Zur Farbenlehre, Didakt. Teil. Hrsg. von R. Matthaei und D. Kuhn. 1973.
5. A. Zur Farbenlehre. Polemischer Teil. Hrsg. von Horst Zehe. 1992.
6. Zur Farbenlehre. Histor. Teil. Hrsg. von D. Kuhn und K. L. Wolf. 1959.
7. Zur Geologie und Mineralogie. Bearb. von W. v. Engelhardt. 1989.
9. Zur Morphologie. Teil A: Von den Anfängen bis 1795. Hrsg. von Dorothea Kuhn. 1977. – Teil B: Von 1796 – 1815. Bearb. von D. Kuhn. 1986.

4d. Goethe und seine Verleger

Fröbe, Heinz: Die Privilegierung der Ausgabe letzter Hand. Archiv für Gesch. des Buchwesens. Bd. 2, 1958–60, S. 187–229. – Auch als jur. Diss. Erlangen 1951.

Loram, Ian C.: Goethe and his Publishers. Univ. of Kansas Press. Lawrence 1963. (168 S.)

Hagen, Waltraud: Goethes Maßnahmen zur Sicherung seines Nachlasses und die Vorbereitung der Ausgabe letzter Hand. In: Scheibe-Jensen-Hagen-Praschek, Goethestudien. Bln. 1965. S. 79–96.

Quellen und Zeugnisse zur Druckgeschichte von Goethes Werken. Bearb. von Waltraud Hagen, Inge Jensen, Edith Nahler u. Horst Nahler. Bd. 1: Gesamtausgaben bis 1822. Bd. 2: Die Ausg. l. Hd. Bd. 3: Die nachgelassenen Werke. Bd. 4: Die Einzeldrucke. Berlin, Akademie-Verlag 1966–1986.

Kuhn, Dorothea: Goethe und Cotta. Autor und Handelsmann. In: Kuhn, Typus und Metamorphose. Marbach 1988. S. 146–158.

Unseld, Siegfried: Goethe und seine Verleger. Frankfurt 1991. (790 S.)

Vgl. auch Abschnitt 5 b: Briefwechsel mit Cotta.

5a. Briefe

Goethes Briefe. 50 Bde. Weimar 1887–1912. = Goethes Werke, Sophien-Ausgabe (Weimarer Ausgabe), 4. Abteilung.

Goethe, Briefe. Ausgewählt und mit Anmerkungen hrsg. von E. v. d. Hellen. 6 Bde. Stuttg. 1901–1913. (Mit Anmerkungen.)

Goethe-Briefe. Mit Einleitung und Erläuterungen von Philipp Stein. 8 Bde. Bln. 1902–1905. – Neuausgabe 1924.

Goethe. Gedenkausgabe der Werke, Briefe und Gespräche. Zürich 1948ff. Bd. 18. Briefe 1764–1786. Bd. 19. Briefe 1786–1814. Bd. 20. Briefwechsel mit Schiller. Bd. 21. Briefe 1814–1832.

Goethes Briefe. Hamburger Ausgabe. Hrsg. von K. R. Mandelkow u. Bodo Morawe. Bd. 1: 1764–1786. Bd. 2: 1786–1805. Bd. 3: 1805–1821. Bd. 4: 1821–1832. Register. Hamburg 1962–1966. (Mit Kommentar.)

Zur Nachgeschichte der italienischen Reise. Goethes Briefwechsel mit Freunden und Kunstgenossen in Italien 1788–1790. Hrsg. von Otto Harnack. Weimar 1890. = Schr.G.Ges., 5. (XXXVI, 259 S.)

Goethe und seine Freunde im Briefwechsel, Hrsg. von R. M. Meyer. 3 Bde. Bln. 1909–1911.

5b. Einzelne Briefwechsel

(v. Arnim, Bettine, geb. Brentano:) Goethes Briefwechsel mit einem Kinde. 3 Bde. Bln. 1835. (Viele Neuauflagen.)

Bettinas Briefwechsel mit Goethe. Auf Grund ihres handschriftl. Nachlasses. Hrsg. von R. Steig. Lpz. 1922. (456 S.) – Neubearb. unter dem Titel: Bettinas Leben und Briefwechsel mit Goethe. Hrsg. von R. Steig und F. Bergemann, Lpz. 1927. (491 S.)

Sulpiz Boisserée, (Hrsg. von Mathilde Boisserée.) 2 Bde. Stuttg. 1862. (In Bd. 2: Briefwechsel mit Goethe.)

Briefwechsel des Herzogs Carl August mit Goethe. Hrsg. von H. Wahl. 3 Bde. Bln. 1915–1918.

Correspondence between Goethe and Carlyle. Ed. by Charles E. Norton. London 1887. (XIX, 362 S.)

Goethes Briefwechsel mit Th. Charlyle. Hrsg. von G. Hecht, übertr. von I. Bronisch. Dachau (1913). (186, 67 S.)

(Christiane:) Goethes Briefwechsel mit seiner Frau. Hrsg. von H. G. Gräf. 2 Bde. Frankfurt a. M. 1916.

Goethes Ehe in Briefen. Hrsg. von H. G. Gräf. Potsdam 1937. (LXXIII, 791 S.) – Dazu die Rezension von H. Pyritz in: Deutsche Literaturzeitung 1938, Sp. 339–341.

Goethe und Cotta. Briefwechsel 1797–1832. Textkritische und kommentierte Ausgabe, hrsg. von Dorothea Kuhn. 4 Bde. Stuttg. 1979–1983. = Veröff. der dt. Schillergesellschaft, 31; 32; 33,1 und 33,2. (286, 322, 354, 358 S.)

Goethes Briefwechsel mit J. S. Grüner und J. S. Zauper. Hrsg. von A. Sauer. Prag 1917. = Bibliothek deutscher Schriftsteller aus Böhmen, 17. (CI, 535 S.)

Goethes Briefwechsel mit W. und A. v. Humboldt. Hrsg. von L. Geiger. Bln. 1909 (XXX, 360 S.)

Briefwechsel zwischen Goethe und Friedrich Heinrich Jacobi. Hrsg. von Max Jacobi. Lpz. 1846. (VIII, 274 S.) – (Dazu ergänzend:)

Goethe und Fritz Jacobi. 38 Briefe Jacobis an Goethe. Hrsg. von M. Hecker. (Jb.) Goethe 6, 1941, S. 32–69; 7, 1942, S. 41–69, 281–309; 8, 1943, S. 57–86.

Goethe, Kestner und Lotte. Hrsg. von Ed. Behrend. München 1914. (XIV, 168 S.)

Briefwechsel zwischen Goethe und K. L. v. Knebel 1774–1832. (Hrsg. von G. E. Guhrauer.) 2 Bde. Lpz. 1851.

Goethes Briefe an E. Th. Langer. Hrsg. von P. Zimmermann. Wolfenbüttel 1922. (34 S.)

Goethe und Lavater. Briefe und Tagebücher. Hrsg. von H. Funck. Weimar 1901. = Schr.G.Ges., 16 (XI, 443 S.)

Merck, Johann Heinrich: Schriften und Briefwechsel. Hrsg. von Kurt Wolff. 2 Bde. Lpz. 1909 (Mit Abdruck des Briefwechsels Goethe–Merck.)

Goethes Briefwechsel mit Heinrich Meyer. Hrsg. von M. Hecker. 4 Bde. Weimar 1917–1932. = Schr.G.Ges., 32; 34; 35, I; 35, II.

Goethes Bremer Freund Dr. Nicolaus Meyer. Briefwechsel mit Goethe und dem Weimarer Kreise. Hrsg. von H. Kasten. Bremen 1926. (XXVIII, 479 S.)

Goethe und Gräfin O'Donell. Hrsg. von R. M. Werner. Bln. 1884. (VIII, 220 S.)

Goethe und Reinhard. Briefwechsel 1807–1832. Hrsg. von O. Heuschele, E. R. Gross und G. Ihme. Wiesbaden 1957. (615 S.)

Goethes Briefwechsel mit Friedrich Rochlitz. Hrsg. von W. v. Biedermann. Lpz. 1887. (XXVI, 525 S.)

Ph. O. Runges Briefwechsel mit Goethe. Hrsg. von H. Frhr. v. Maltzahn. Weimar 1940. = Schr.G.Ges., 51. (120 S.)

Goethes Briefwechsel mit Georg und Caroline Sartorius. Hrsg. von E. v. Monroy. Weimar 1931. (XLII, 228 S.)

Briefwechsel zwischen Schiller und Goethe, 6 Teile. Stuttgart 1828–29. (Viele Neuauflagen.)

Der Briefwechsel zwischen Schiller und Goethe. Hrsg. von Siegfried Seidel. Bd. 1: 1794–1797. Bd. 2: 1798–1805. Bd. 3: Kommentar, Lpz. 1984. Lizenz-Ausg. München, Beck Verlag 1984.

Der Briefwechsel zwischen Schiller und Goethe. Hrsg. von Manfred Beetz. 2 Bde. 1990. = Goethe, Münchner Ausg., Bd. 8,1 und 8,2.

August Wilhelm und Friedrich Schlegel im Briefwechsel mit Schiller und Goethe. Hrsg. von J. Körner und E. Wieneke. Lpz. (1926.) (287 S.)

Briefwechsel zwischen Goethe und Staatsrat Schultz. Hrsg. von H. Düntzer. Lpz. 1853. (X, 410 S.) – Neue Ausg. 1856.

Goethes Briefe an Charlotte v. Stein. Hrsg. von J. Petersen. 3 Bde. Lpz. 1907. – Neue, vollständige Ausgabe auf Grund der Handschriften. Hrsg. von J. Petersen. 2 Bde. (in 4 Teilen) Lpz. 1923. (Mit Kommentar.)

Goethes Briefwechsel mit Chr. Gottlob Voigt. Hrsg. von H. Tümmler. Weimar 1949–1962. Bd. 1: 1784–1797. Bd. 2: 1798–1803. Bd. 3: 1804–1812. Bd. 4: 1813–1819. = Schr.G.Ges., 53–56.

Der Briefwechsel Wielands mit Goethe. Hrsg. von B. Seuffert. Jb.G.Ges. 13, 1927, S. 54–86.

Marianne und Joh. Jakob v. Willemer: Briefwechsel mit Goethe, Hrsg. von Hans-J. Weitz. Frankfurt a.M. 1965. (970 S.)

Briefwechsel zwischen Goethe und Zelter. Hrsg. von L. Geiger. 3 Bde. Lpz. (1902–04.)

Der Briefwechsel zwischen Goethe und Zelter. Nach den Handschriften hrsg. von M. Hecker. 3 Bde. Lpz. 1913–1918 – Fotomechanischer Neudruck: Bern 1970.

Briefwechsel zwischen Goethe und Zelter. Hrsg. von Hans-Günther Ottenberg und Edith Zehm. Bd. 1. 1991. = Münchner Ausg., Bd. 20.

Goethe und Österreich. Hrsg. von A. Sauer. 2 Bde. Weimar 1902 bis 1903. = Schr.G.Ges., 17–18.

Goethe und die Romantik. Hrsg. von C. Schüddekopf und O. Walzel. 2 Bde. Weimar 1898–99. = Schr. G. Ges., 13–14. – Reprint 1985.

Vgl. auch die Abschnitte 5 a und 29–34.

5c. Briefe an Goethe

Briefe an Goethe. Hamburger Ausgabe in 2 Bänden. Hrsg. von K. R. Mandelkow. Hamburg 1965–1969 u. ö. (Mit Kommentar.)

Briefe an Goethe. Gesamtausgabe in Regestform. Bd. 1: 1764–1795. Bd. 2: 1796–1798. Bd. 3: 1799–1801. Bd. 4: 1802–1804. Bd. 5: 1805–1810. Hrsg. von Karl-Heinz Hahn und Irmtraut Schmid. Weimar 1980ff.

5d. Abhandlungen über Goethes Briefe

Hofmannsthal, Hugo v.: Die Briefe des jungen Goethe. Die Neue Rundschau 2, 1904, S. 1269–1271. – Wiederabgedruckt: Hofmannsthal, Prosa II. Frankf. a. M. 1951, S. 113–117. Ferner in: Hofmannsthal, Ausgew. Werke in 2 Bänden. Bd. 2. Frankf. a. M. 1957. S. 379–381.

Marcks, Erich: Goethes Briefwechsel mit Carl August. Histor. Zeitschrift 133, 1925/26, S. 41–66. – Wiederabgedruckt in: Marcks, Männer und Zeiten. Bd. 2. 7. Aufl. Stuttg. 1942. S. 125–151.

Roethe, Gustav: Die Briefe des jungen Goethe. In: G. Roethe, Goethe. Bln. 1932. S. 25–48. (Neudruck des Nachworts zu der Ausgabe: Die Briefe des jungen Goethe. 1926.)

Hofmann, Irmgard: Studien zum Goethe-Schillerschen Briefwechsel. Frankf. a. M. 1937. = Frankf. Quellen u. Forsch. z. germ. u. rom. Philol., 16. (VI, 65 S.)

Wilkinson, Elizabeth M.: Goethe's Letters. Publications of the English Goethe Society 23, 1954, S. 121–125.

Vgl. auch die in 5a und 5b genannten Werke (Nachworte).

6. Tagebücher

Goethes Tagebücher. 13 Bde. und 3 Register-Bde. Weimar 1887 bis 1919. = Goethes Werke, Sophien-Ausgabe (Weimarer Ausgabe), 3. Abteilung.

Tagebücher und Briefe Goethes aus Italien an Frau v. Stein und Herder. Hrsg. von E. Schmidt. Weimar 1886. = Schr. G. Ges., 2. (XXXVI, 484 S.)

Hager, Gertrud: Grundform und Eigenart von Goethes Tagebüchern. Dt. Vjs. 25, 1951, S. 351–371.

Baumann, Gerhart: Die Tagebücher Goethes. Euphorion 50, 1956, S. 27–54.

Reuter, Hans-Heinrich: Goethe im Spiegel seiner Tagebücher. (Jb.) Goethe 23, 1961, S. 99–140.

7a. Gespräche

Goethes Gespräche. Hrsg. von Woldemar Frhr. v. Biedermann. 10 Bde. Lpz. 1889–1896. – 2. Aufl. Neu hrsg. von Flodoard Frhr. v. Biedermann. 5 Bde. Lpz. 1909–1911.

Goethes Gespräche. Hrsg. von Wolfgang Herwig. Zürich 1965–1984. Bd. 1: 1749–1805. Bd. 2: 1805–1817. Bd. 3,1: 1817–1825. Bd. 3,2: 1825–1832. Bd. 4: Kommentar.

Goethe. Begegnungen und Gespräche. Hrsg. von Renate Grumach. Berlin (West) 1965 ff.
Bd. 1: 1749–1776. 1963.
Bd. 2: 1777–1785. 1966.
Bd. 3: 1786–1792. 1977.
Bd. 4: 1793–1799. 1980.
Bd. 5: 1800–1805. 1985. (Weitere Bände in Vorbereitung.)

Goethe als Persönlichkeit. Berichte und Briefe von Zeitgenossen. Gesammelt von H. Amelung. 3 Bde. München 1914–1925. = Propyläen-Ausgabe von Goethes Werken, Ergänzungsbände 1–3.

Goethe in vertraulichen Briefen seiner Zeitgenossen. Hrsg. von W. Bode. 3 Bde. Bln. 1917–1923. – Bd. 1: 1749–1803. (809 S.) – Bd. 2: 1803–1816. (507 S.) – Bd. 3: 1816–1832. (512 S.) – Neuausgabe mit Quellennachweis und Textrevision von Regine Otto und Paul-Gerhard Wenzlaff. Bln. u. Weimar, Aufbau-Verlag, 1979.

Goethe. Gedenk-Ausgabe. Zürich 1948 ff. Bd. 22: Gespräche 1752 bis 1817. – Bd. 23: Gespräche 1817–1832. – Bd. 24: Gespräche mit Eckermann.

Eckermann, Joh. Peter: Gespräche mit Goethe in den letzten Jahren seines Lebens. 3 Bde. 1836–1848. (Viele Neuauflagen.)

Eckermann, J. P.: Gespräche mit Goethe. Hrsg. von H. H. Houben, Lpz. 1925. – 25. Aufl. Wiesbaden 1959.

Eckermann, J. P.: Gespräche mit Goethe. Kommentierte Ausgabe von Ed. Castle, 2 Bde. Bln. u. Stuttg. 1916.

Eckermann, J. P.: Gespräche mit Goethe. Hrsg. von Fritz Bergemann. Insel-Verlag, Wiesbaden 1955 u. ö. (928 S.)

Eckermann, J. P.: Gespräche mit Goethe. Hrsg. von Regine Otto unter Mitwirkung von Peter Wersig. Bln. u. Weimar. Lizenz-Ausg.: München, Beck 1982. 2. Aufl. 1984.

Goethes Gespräche ohne die Gespräche mit Eckermann. In Auswahl hrsg. von Flodoard Frhr. v. Biedermann. Lpz., Insel-Verlag, 1929 u. ö.

Riemer, Friedrich Wilhelm: Mitteilungen über Goethe. 2 Bde. Bln. 1841.

Riemer, Fr. W.: Mitteilungen über Goethe. Auf Grund der Ausg. von 1841 und des handschr. Nachlasses hrsg. von Arthur Pollmer. Lpz. 1921. (429 S. mit 23 Taf.)

Soret, Frédéric: Zehn Jahre mit Goethe. Aus Sorets handschr. Nachlaß zusammengestellt u. übers. von H. H. Houben. Lpz. 1929. (799 S. mit 39 Abb. und Facs.)

Firmenich-Richartz, Eduard: Die Brüder Boisserée. Bd. 1. Jena 1916. (S. 385–436: Sulpiz Boisserées Tagebuch seiner Rheinreise mit Goethe; Aufzeichnungen der Goetheschen Gespräche.)

Kanzler v. Müller, Unterhaltungen mit Goethe. Krit. Ausgabe besorgt von E. Grumach. Weimar 1956. (XVIII, 410 S.)

Kanzler v. Müller, Unterhaltungen mit Goethe. Kleine Ausgabe. Hrsg. von E. Grumach, mit Anmerkungen von R. Fischer-Lamberg. Weimar 1959 (VIII, 334 S.)

Voß, Heinrich (der Jüngere): Goethe und Schiller im persönlichen Verkehr. Hrsg. von G. Berlit. Stuttg. 1895. (X, 250 S.)

Die Wallfahrt nach Weimar. Besuche bei Goethe in Schilderungen bedeutender Männer. Hrsg. von Willibald Franke. Lpz. 1925. (198 S.)

7b. Abhandlungen über Goethes Gespräche

Petersen, Julius: Die Entstehung der Eckermannschen Gespräche und ihre Glaubwürdigkeit. 2. Aufl. Frankfurt a. M., 1925. = Dt. Forschungen, 2.

Hohlfeld, A. R.: Eckermanns Gespräche mit Goethe. In: Jahrbuch 1925 der Monatshefte für deutsche Sprache. Milwaukee (Wisc., USA) 1926. – Wiederabgedruckt in: Hohlfeld, Fifty Years with Goethe. Madison 1953. S. 129–140.

Hofmiller, Josef: Eckermann. In: Hofmiller, Über den Umgang mit Büchern. München 1927. S. 43–56. – Wiederholt in: Hofmiller, Wege zu Goethe. Hamburg-Bergedorf 1947. S. 39–51.

Weldige, Paula de: Problem und Sinn des Goethe-Gesprächs. Jahrbuch des Freien Dt. Hochstifts 1929. S. 277–308.

Schäfer, Wilhelm: Über den Dichter Johann Peter Eckermann. Goethe-Kalender 32, 1939, S. 49–67.

Abbé, Derek van: On correcting Eckermann's perspectives. Publications of the English Goethe Society 23, 1954, S. 1–26.

Vgl. auch 7a (Nachworte) und 63 (Mandelkow, Eckermann).

8. Zeichnungen

Corpus der Goethezeichnungen. 7 Bände in 10 Teilen. Leipzig 1958–1973.

- Bd. 1: Von den Anfängen bis zur italienischen Reise 1786. Hrsg. von Gerhard Femmel. 1958.
- Bd. 2: Italienische Reise 1786–1788. Die Landschaften. Hrsg. von G. Femmel. 1960.
- Bd. 3: Italienische Reise 1786–1788. Antiken- und Anatomiestudien, Architektur und Perspektive. Hrsg. von G. Femmel. 1965.
- Bd. 4 A: Nachitalienische Landschaften. Hrsg. von G. Femmel. 1966.
- Bd. 4 B: Nachitalienische Zeichnungen 1788–1829. Antike, Porträt, Figurales, Architektur, Theater. Hrsg. von G. Femmel. 1968.

Bd. 5 A: Die Zeichnungen zur Farbenlehre. Hrsg. von Rupprecht Matthaei. 1963.
Bd. 5 B: Die naturwiss. Zeichnungen mit Ausnahme der Farbenlehre. Hrsg. von Dorothea Kuhn, Otfried Wagenbreth, Karl Schneider-Carius u. G. Femmel. 1967.
Bd. 6 A: Zeichnungen aus dem Bestande des Goethe- und Schiller-Archivs. Hrsg. von G. Femmel. 1970.
Bd. 6 B: Zeichnungen außerhalb der Goethe-Institute in Weimar. Hrsg. von G. Femmel. 1971.
Bd. 7: Die Zeugnisse. Hrsg. von G. Femmel. 1973.

Goethes Schweizer Reise 1775. Zeichnungen und Niederschriften. Hrsg. von K. Koetschau u. Max Morris. Weimar 1907. = Schr.G.Ges., 22. (49 S., 16 Taf. mit 25 Skizzen Goethes.)

Goethe: Reise-, Zerstreuungs- und Trost-Büchlein vom September 1806 bis dahin 1807. (Facsimile-Druck, hrsg. von H. Wahl.) Lpz. 1927. (77 Bll., 18 S.)

Goethe: Reise-, Zerstreuungs- und Trostbüchlein. 36 Handzeichnungen. Ausgewählt von Hans Wahl. Lpz. (o.J., 1935.) 36 Taf., 7 Bll.

Goethe: Reise-, Zerstreuungs- und Trost-Büchlein. Hrsg. von Gerhard Femmel. Lpz. 1985. (1 Bd. Abbildungen, 1 Bd. Kommentar.)

Drost, Willi: Goethe als Zeichner. Potsdam (1932). (68 S., 34 Abb.) – 2. Aufl. (1938.) (68 S., 38 Abb.)

Federmann, Arnold: Goethe als bildender Künstler. Stuttg. 1932. (130 S., 60 Abb.)

Kletzl, Otto: Ideale Landschaften des Zeichners Goethe. Jahrbuch des freien dt. Hochstifts 1932/33, S. 304–341. (Mit 15 Taf.)

Hecht, Wolfgang: Goethe als Zeichner. Lpz. 1982. Lizenz-Ausg. München, Beck Verlag 1982 (Mit 203 Abb.)

Stöcklein, Paul: Sinn und Tragik der zeichnerischen Bemühung Goethes. Germ.-Roman. Monatsschrift 31, 1943, S. 65–77. – Wiederabgedruckt in: Stöcklein, Wege zum späten Goethe. Hamburg 1949. S. 195–210.

Wahl, Hans: Goethe als Zeichner der deutschen Landschaft 1776–1786. Erfurt 1949. (XIV, 63 S. mit 46 Abb.) – 2. Aufl. 1951.

Münz, Ludwig: Goethes Zeichnungen und Radierungen. Hrsg. im Auftrag der Österreichischen Bundesregierung. Wien (1949). (146 S., 68 Taf.)

9. Bildnisse

Die Bildnisse Goethes. Hrsg. von E. Schulte-Strathaus. München o. J. (1911.) = Goethes Werke, Propyläen-Ausgabe, 1. Supplement. (VII, 100 S., 167 Taf.)

Schaeffer, Emil: Goethes äußere Erscheinung. Literarische und künstlerische Dokumente, Leipzig 1914. (88 S., 80 Taf.) – 2. Aufl., überprüft und ergänzt von J. Göres. Frankfurt a. M. 1980. (200 S. mit 81 Abb.)

Goethe im Bildnis. Hrsg. und eingeleitet von H. Wahl. Lpz. o. J. (1930.) (72 S., 102 Tafeln.)

Stahl, Fritz: Wie sah Goethe aus? 5. und 6. Tausend Bln. 1932. (27 Taf., 69 S.)

Wahl, Hans: Augenblicksbilder zu Goethes Leben. Jb.G.Ges., 15, 1929, S. 80–88. (Mit 9 Abb.)

Wahl, Hans: Iphigenie auf Neuseeland. (Jb.) Goethe 1, 1936, S. 55–62. (Mit 1 Farbdruck.) – Wiederholt in: Wahl, Alles um Goethe. Weimar 1956. (Über das 1935 neu gefundene Ölgemälde von G. M. Kraus, Goethe und Corona Schröter als Orest und Iphigenie.)

Priest, G. M.: Das Goethebild von Sebbers in Amerika. Goethe-Kalender 31, 1938, S. 182–196.

Rademacher, Franz: Goethes letztes Bildnis. (Fr. Prellers Zeichnung Goethes auf dem Totenbett.) Krefeld 1949. (52 S., 12 Taf., 1 Facs.)

10. Monographien

Rosenkranz, Karl: Goethe und seine Werke. Königsberg 1847. (XXIV, 512 S.) – 2. Aufl. 1856.

Lewes, George Henry: The Life and Works of Goethe. 2 Bde. London 1855. – (Viele Auflagen; 1857 ins Deutsche übersetzt, 1903 die 18. deutsche Auflage.)

Grimm, Herman: Goethe. 2 Bde. Bln. 1877. – (Zahlreiche neue Auflagen.)

Meyer, Richard Moritz: Goethe. 3 Bde. Bln. 1895. – 3. Aufl. in 2 Bdn. 1905.

Wolff, Eugen: Goethes Leben und Werke. Kiel 1895. (380 S.)

Bielschowsky, Albert: Goethe. 2 Bde. München 1896–1904. – 42. Aufl. 1922.

Brandes, Georg: Wolfang Goethe. 2 Bde. København 1915. – 3. Aufl. 1920. – Dt. Übers.: Bln. 1922 u. ö.

Gundolf, Friedrich: Goethe. Bln. 1916. (VIII, 795 S.) (Viele neue Auflagen.)

Kühnemann, Eugen: Goethe. 2 Bde. Lpz. 1930.

Muckermann, Friedrich: Goethe. Bonn 1931. (261 S. mit 15 Abb.) – Neuausgabe: Luzern (1949). (352 S.)
Lichtenberger, Henri: Goethe. 2 Bde. Paris 1937–1939. (XI, 347; 269 S.)
Loiseau, Hippolyte: Goethe. L'homme, l'écrivain, le penseur. Paris 1943. (445 S.)
Viëtor, Karl: Goethe. Dichtung, Wissenschaft, Weltbild. Bern 1949. (600 S.)
Angelloz, Joseph-François: Goethe, Paris 1949. (384 S.)
Meyer, Heinrich: Goethe. Das Leben im Werk. Hamburg-Bergedorf 1951. (707 S.)
Staiger, Emil: Goethe. Zürich und Freiburg 1952–1959.
Bd. 1: 1749–1786. 1952.
Bd. 2: 1786–1814. 1956.
Bd. 3: 1814–1832. 1959.
Geerdts, Hans-Jürgen: Johann Wolfgang Goethe. Lpz. 1972. (346 S.)
Conrady, Karl Otto: Goethe. 2 Bde. Königstein 1982–1985 u.ö.
Hohoff, Curt: Goethe. Dichtung und Leben. München 1989. (560 S.)
Boyle, Nicholas: Goethe, the poet and the age. Bd. 1. 1749–1790. Oxford 1991.

11. Wesensdeutung

Carus, Carl Gustav: Goethe. Zu dessen näherem Verständnis. Lpz. 1843. (188 S.) – (Viele Neuausgaben.)
Santayana, George: Three philosophical poets. Lucretius, Dante and Goethe. Cambridge 1910. (VIII, 215 S.)
Simmel, Georg: Goethe. Lpz. 1913. (VIII, 264 S.) – 5. Aufl. 1923.
Fairley, Barker: Goethe, as revealed in his poetry. London and Toronto 1932. (VII, 210 S.) – Dazu die Rez. von L. A. Willoughby: Modern Language Review 28, 1933, S. 123–127. – Dasselbe deutsch: Goethe, dargestellt in seiner Dichtung. Übers. von Hermann Boeschenstein. Frankf. a. M. 1968. (172 S.)
Fairley, Barker: A study of Goethe. Oxford 1947. (VIII, 280 S.) – Deutsche Ausgabe: Goethe. Aus dem Engl. übertr. von Fr. Werneke. München 1953. (VIII, 302 S.) – Dazu die Rez. von M. E. Wilkinson: Publ. of the Englisch Goethe Society, N. S. 17, 1948, S. 173–185.
Schweitzer, Albert: Goethe. 3 Reden. München 1949. (68 S.) – 24. bis 26. Tsd.: 1953.
Schröder, Rudolf Alexander: Goethe und wir. In: Schröder, Gesammelte Werke. Bln. und Frankf. 1952. Bd. 2, S. 393–419.
Falk, Hans Gabriel: Und sei Dir selbst ein Traum. Ursprung und Gestalt der dichterischen Welt Goethes. Stuttg. 1952. (263 S.)
Graham, Ilse: Goethe. Portrait of the Artist. Berlin and New York 1977. (VIII, 381 S.)

12. Biographien

Düntzer, Heinrich: Goethes Leben. Lpz. 1880. (XII, 657 S.) – 2. Aufl. 1883. (XII, 707 S. mit Abb.)

Heinemann, Karl: Goethe. 2 Bde. Lpz. 1895. – 5. Aufl. Stuttg. 1922. (314 u. 379 S.)

Witkowksi, Georg: Goethe. Lpz. 1899. – 4. Aufl. unter dem Titel: Das Leben Goethes. Bln. 1932. (499 S. mit 10 Taf.)

Bode, Wilhelm: Goethes Leben. Bln. 1920–1927. (Mit zahlreichen Abb.)
Bd. 1: 1749–1771. Lehrjahre. 1919. – 2. Aufl. 1922.
Bd. 2: 1771–1774. Erster Ruhm. 1920. – 2. Aufl. 1923.
Bd. 3: 1774–1776. Die Geniezeit. 1922.
Bd. 4: 1776–1780. Bau der Pyramide. 1925.
Bd. 5: 1781–1786. Pegasus im Joche. 1925.
Bd. 6: 1786–1787. Flucht nach dem Süden. 1923.
Bd. 7: 1787–1790. Rom und Weimar. 1923.
Bd. 8: 1790–1794. Vereinsamung. Von V. Tornius. 1926.
Bd. 9: 1794–1798. Der Bund mit Schiller. Von Valerian Tornius. 1927.

Böhm, Hans: Goethe. Grundzüge seines Lebens und Werkes. Bln. 1938. (168 S. mit 4 Taf.) – 4. Aufl. 1950. (IX, 280 S.)

Lichtenberger, Henri: Goethe. Paris 1939. (250 S. mit Abb.) – Deutsche Ausgabe: Goethe. Übers. von R. Leppla. Freudenstadt 1949. (232 S. mit 33 Taf.)

Müller, Günther: Kleine Goethebiographie. Bonn 1947. (304 S.) – 3. Aufl. 1955. (286 S.)

Flitner, Wilhelm: Goethe. In: Neue Deutsche Biographie, Bd. 6, Bln. 1964, S. 545–575.

Steiger, Robert: Goethes Leben von Tag zu Tag. Zürich und München 1982ff.

Hölscher-Lohmeyer, Dorothea: Joh. Wolfg. Goethe. München 1991. (132 S.)

13. Biographische Einzelfragen

Pyritz, Hans: Goethes Verwandlungen. Euphorion 45, 1950, S. 7–22. – Wiederabgedruckt in: Pyritz, Goethe-Studien. Köln 1962. S. 1–16.

Pannwitz, Rudolf: Goethes und Jean Pauls Menschlichkeit. In: Pannwitz, Der Nihilismus und die werdende Welt. Nürnberg 1951. S. 251–274.

Bode, Wilhelm: Goethes Lebenskunst. Bln. 1901. (VIII, 230 S.) – 5. umgearb. Aufl. 1908. (258 S. mit 7 Abb. u. 12 Taf.)

Jolles, Matthijs: Goethe's conception of Friendship. Publications of the English Goethe Society 23, 1954, S. 53–73.

Veil, Wolfgang Heinrich: Goethe als Patient. Jena 1939. (71 S., 2 Taf.) – 2. ergänzte Aufl. Jena 1946. (303 S., 3 Taf.)

Oberhoffer, M.: Goethes Krankengeschichte. Hannover 1949. (144 S.)

Kühn, Richard: Goethe, Eine medizinische Biographie. Stuttg. 1949. (VIII, 60 S.)

Nager, Frank: Der heilkundige Dichter. Goethe und die Medizin. Zürich 1990. (288 S.)

Bradish, Joseph A. v.: Goethes Erhebung in den Reichsadelsstand. Lpz. 1933. (239 S. mit Taf.)

Bode, Wilhelm: Goethes Leben im Garten am Stern. Bln. 1909. (Mit zahlr. Abb.) – 31.–36. Tsd.: 1920. (XVI, 360 S. mit vielen Abb.)

Goethes Freundinnen. Briefe zu ihrer Charakteristik, ausgew. und eingeleitet von Gertrud Bäumer. 2. Aufl. Lpz. u. Bln. 1919. (VI, 320 S.)

Fuchs, Albert: La femme dans la vie de Goethe. In: Recherches Germaniques 9, 1979, S. 80–121.

Muthesius, Karl: Goethe ein Kinderfreund. Bln. 1903. (VII, 230 S.) – 2. Aufl. 1910. (VIII, 245 S.)

Wahl, Hans: Goethe und das Logenwesen. (Jb.) Goethe 1, 1936, S. 234–240.

Schleif, Walter: Goethes Diener. Bln. u. Weimar 1965. (312 S.)

Goethes Leben in Bilddokumenten. Hrsg. von Jörn Göres. München 1981. (243 S. mit 438 Abb.)

Vgl. auch Abschnitt 20.

14. Persönlichkeit, Geistesart

Dilthey, Wilhelm: Goethe und die dichterische Phantasie. In: Zeitschr. für Völkerpsychologie 10, 1878, S. 42–104. – Umgearbeitet in: Dilthey, Das Erlebnis und die Dichtung. Lpz. 1906 u. ö.

Sarauw, Christian: Goethes Augen. København 1919. = Det Kgl. danske videnskabernes selskab, Hist.-filol. meddelelser. Bd. 2, H. 3, 1919, S. 1–208.

Emrich, Hermann: Goethes Intuition. Tübingen 1928. = Heidelberg. Abhandl. zur Philosophie, 14. (IV, 82 S.)

Saitschick, Robert: Goethes Charakter. Stuttg. 1898. (IV, 146 S.) – Wiederabgedruckt in Saitschick: Genie und Charakter. 3., vermehrte Aufl. Darmstadt 1926. S. 71–183.

Leisegang, Hans: Goethes Denken. Lpz. 1932. (XII, 182 S.)

Hampe, Susanne: Das Leiden im Weltbilde Goethes. Jb. G.Ges. 19, 1933, S. 1–36.

Götting, Franz: Dissonanzen. Goethe-Kalender 27, 1934, S. 190–212.

Muth, Carl: Goethes Persönlichkeit. In: Muth, Schöpfer und Magier. Lpz. 1935. – 2. Aufl. München 1953. S. 65–119.

Wolf, Eugen: Über die Selbstbewahrung. Zur Frage der Distanz in Goethes Dasein. Stuttg. 1957. (196 S.)

Wagner, Lutz: Goethes Handschrift. Zeitschr. f. Menschenkunde u. Zentralblatt f. Graphologie. 8, 1933, S. 180–186.

Reed, Terence James: Goethe and Happiness. In: Goethe Revisited. Ed. E. M. Wilkinson. London 1984. S. 111–131. – Dasselbe dt.: GJb. 102, 1985, S. 68–87.

Atkins, Stuart: Über Goethes Klassik, GJb. 103, 1986, S. 278–301.

15. Aufsatz-Sammlungen

Hehn, Victor: Gedanken über Goethe. Bln. 1887. (447 S.) – Viele Neuausgaben.

Morris, Max: Goethe-Studien. 2 Bde. Bln. 1897–1898. – 2. Aufl. 1902.

Stunden mit Goethe. Hrsg. von Wilhelm Bode. 8 Bde. Bln. 1905–1912.

Burdach, Konrad: Vorspiel. Bd. 2. Goethe und sein Zeitalter. Halle 1926. = Dt. Vjs., Buchreihe, 3.

Petersen, Julius: Aus der Goethezeit. Lpz. 1932. (VIII, 244 S.)

Kommerell, Max: Geist und Buchstabe der Dichtung. Frankf. a. M. 1940 u. ö.

Beutler, Ernst: Essays um Goethe. Bd. 1. Lpz. 1941. – 4. Aufl. Wiesbaden 1948. (XII, 523 S.) – Bd. 2. Wiesbaden 1947. (XX, 372 S.) – 5. Aufl. in einem Band: Bremen (1959). (X, 782 S.)

Hofmiller, Josef: Wege zu Goethe. Hamburg-Bergedorf 1947 (163 S.)

Essays on Goethe. Edited by William Rose. London 1949. (254 S.)

Stöcklein, Paul: Wege zum späten Goethe. Hamburg 1949. (256 S.)

Du Bos, Charles: Goethe. Paris 1949. (203 S.) (Sonderausgabe der Goethe-Aufsätze aus: Du Bos, Approximations, Série 5–7, Paris 1932–1937.) – Ausgabe in deutscher Sprache: Der Weg zu Goethe. Olten (Schweiz) 1949. (356 S.)

Festschrift zum 200. Geburtstag Goethes. Hrsg. von Eduard Castle. Wien 1949. (164 Folio-Seiten, zweispaltig, mit Abb.)

Goethe Bicentennial Studies. Ed. by H. J. Meessen. Indiana University Publications, Humanities Series No. 22. Bloomington, Indiana, 1950. (X, 326 S.)

Viëtor, Karl: Geist und Form. Aufsätze. Bern 1952.

Hohlfeld, Alexander Rudolph: Fifty years with Goethe 1901–1951. Madison (USA) 1953.

Storz, Gerhard: Goethe-Vigilien. Stuttg. 1953. (208 S.)

Wahl, Hans: Alles um Goethe. Aufsätze und Reden, hrsg. von Dora Wahl. Weimar 1956. (193 S.)

Jockers, Ernst: Mit Goethe. Gesammelte Aufsätze. Heidelberg 1957. (206 S.)
Pyritz, Hans: Goethe-Studien. Köln 1962. (XII, 224 S.)
Wilkinson, E. M. and Willoughby, L. A.: Goethe, poet and thinker. London 1962. (248 S.) – 2. Aufl. 1970. – Deutsche Fassung: Goethe Dichter und Denker. Essays. Frankfurt a. M. 1974. (XII, 324 S.)
Gauss, Julia: Goethe-Studien. Göttingen 1961. (102 S.)
Schadewaldt, Wolfgang: Goethestudien. Zürich u. Stuttg. 1963. (532 S.)
Spranger, Eduard: Goethe. Seine geistige Welt. Tübingen 1967. (380 S.)
Goethe im 20. Jahrhundert. Spiegelungen und Deutungen. Hrsg. von Hans Mayer. Frankfurt 1987. (726 S.)
Goethe und seine großen Zeitgenossen (Mozart, Schiller, Humboldt, Schelling, Herder, Kleist, Stein). Hrsg. von Albert Schaefer. München 1968.
Fuchs, Albert: Goethe-Studien. Bln. 1968. (VIII, 320 S.)
Studien zu Goethes Alterswerken. Hrsg. von Erich Trunz. Frankf. a. M. 1971. (325 S., 24 Taf.)
Goethe und die Tradition. Hrsg. von Hans Reiss. Frankf. a. M. 1972. (296 S.)
Fink, Gonthier-Louis: Goethe. Paris 1980. (263 S.)
Sengle, Friedrich: Neues zu Goethe. Stuttg. 1989. (256 S.)
Trunz, E.: Ein Tag aus Goethes Leben. München 1990 u. ö. (217 S. mit Abb.)
Rüdiger, Horst: Goethe und Europa. Aufsätze. Bln. 1990. (331 S.)

16. Goethezeit

Biedermann, Karl: Deutschland im 18. Jahrhundert. 5 Bde. Lpz. 1854–1880.
Hettner, Hermann: Geschichte der dt. Literatur im 18. Jahrhundert. 3 Bde. Braunschweig 1862–1870. (Viele Auflagen.) – Neuausgabe, hrsg. von G. Witkowski. Lpz. 1929.
Korff, H. H.: Geist der Goethezeit. 5 Bde. Lpz. 1923–1957.
Bruford, W. H.: Germany in the 18th century. The social background of the literary revival. Cambridge 1935. (X, 354 S.) – Dt.: Die gesellschaftlichen Grundlagen der Goethezeit. Weimar 1936. (XII, 354 S.)
Schultz, Franz: Klassik und Romantik der Deutschen. Bd. 1. Stuttg. 1935. (X, 309 S.) Bd. 2. Stuttg. 1940. (443 S.) – 2. Aufl. 1952.
Benz, Richard: Die Zeit der deutschen Klassik. Stuttg. 1953. (612 S.)
Borchmeyer, Dieter: Die Weimarer Klassik. 2 Bde. Königstein 1980.
Cassirer, Ernst: Freiheit und Form. Studien zur dt. Geistesgeschichte. Bln. 1917. – 2. Aufl. 1918 (XX, 576 S.)
v. Wiese, Benno: Die deutsche Tragödie von Lessing bis Hebbel. 2 Bde.

Hamburg 1948. (351 und 503 S.) – 2. Aufl. in 1 Bd. Hamburg 1952. – 4. Aufl. 1958. (XX, 712 S.)
Strich, Fritz: Deutsche Klassik und Romantik oder Vollendung und Unendlichkeit. München 1924. – 3. Aufl. 1928. (411 S.)
Trunz, Erich: Seelische Kultur. Eine Betrachtung über Freundschaft, Liebe und Fmiliengefühl im Schrifttum der Goethezeit. Dt. Vjs. 24, 1950, S. 214–242. Wiederabgedruckt in: Trunz, Weltbild und Dichtung im Zeitalter Goethes. Schr. G. Ges. 63. Weimar 1993.
Briefe deutscher Klassiker. Hrsg. von A. Haueis. Lpz. 1941. (XVI, 612 S.) = Sammlung Dieterich, 15.
von den Steinen, Wolfram: Das Zeitalter Goethes. Bern 1949. (395 S.)
Rave, Paul Ortwin: Das geistige Deutschland im Bildnis. Bln. 1949. (XXX, 390 S. mit 384 Bildtafeln.)
Bilder aus dem Frankfurter Goethemuseum. Hrsg. von E. Beutler und J. Rumpf. Frankfurt a. M. 1949 (LXIV, 150 S. mit 101 Taf.)
Freies dt. Hochstift. Katalog der Gemälde. Bearb. von Sabine Michaelis. Tübingen 1982. (239 S., 391 Abb.)
Oeser, Hans Ludwig: Das Zeitalter Goethes. Ein Bilderwerk. Bln. 1932. (247 S.)
Pauli, Gustav: Die Kunst des Klassizismus und der Romantik. Bln. 1925. = Propyläen-Kunstgeschichte, 14. (527 S. mit Abb.)
Landsberger, Franz: Die Kunst der Goethezeit. Lpz. 1931. (319 S., 213 Abb.)
v. Einem, Herbert: Deutsche Malerei des Klassizismus und der Romantik 1760–1840. München 1978. (252 S., 160 Tafeln mit 197 Abb.)
Rave, Paul Ortwin: Gärten der Goethezeit. Lpz. 1941. (144 S., 16 Abb.)
Henel, Heinrich: Goethezeit. Aufsätze. Frankfurt 1980.

17–25. Beziehung zu Orten

17. Frankfurt a. M. und Umgebung

Die Stadt Goethes. Frankfurt a. M. im 18. Jahrhundert. Hrsg. von Heinrich Voelcker. Frankf. a. M. 1932. (493 S. mit 76 Abb.)
Adler, Fritz: Freies Deutsches Hochstift. Seine Geschichte, 1. Teil. 1859–1885. Frankf. a. M. 1959. (328 S.) (Über die Geschichte des Frankfurter Goethehauses.)
Führer durch das Frankfurter Goethemuseum. (Hrsg. von Ernst Beutler. Frankf. a. M. 1954 u. ö. – 60 S.)
Bilder aus dem Frankfurter Goethemuseum. Hrsg. von E. Beutler und J. Rumpf. Frankf. a. M. 1949. (LXIV, 152 S. mit 101 S. Abb.)
Frankfurt mit den Augen Goethes. Zusammengestellt von Herbert Heckmann u. Walter Michel. Frankf. 1982. (280 S. mit Abb.)

Jacobi, J.: Goethe und Homburg. Sonderdruck aus: 17. Heft der Mitteil. des Gesch.-Vereins zu Bad Homburg v. d. H. 1932. (112 S.)
Gunzert, Walter: Darmstadt und Goethe. Darmstadt 1949. (95 S.)
Vgl. auch Bd. 9, Anmkg. zu S. 17,8.

18. Straßburg und das Elsaß

Traumann, Ernst: Goethe, der Straßburger Student. Lpz. 1910. (VIII, 216 S. mit Abb.) – 2. Aufl. 1923. (XV, 369 S. mit 106 Abb.)
Pange. Jean de: Goethe en Alsace. Paris 1925. = Les cahiers rhénans, 4. (213 S.) – Dt. Übers.: Goethe im Elsaß. Baden-Baden 1950.
Vermeil, Edmond: Goethe à Strasbourg. In: Goethe. Etudes publ. pour le centenaire de sa mort. Paris 1932. = Publ. de la Fac. des Lettres de l'Univ. de Strasbourg, 57. S. 3–93.
Lorenz, Ottokar, und Scherer, Wilhelm: Geschichte des Elsasses von der ältesten Zeit bis auf die Gegenwart. Bln. 1871. – 3. Aufl. 1886.
Guggenbühl, Willy: Sessenheim. Saverne 1961. (241 S. mit Abb.)
Goethe et l'Alsace. Actes du Colloque de Strasbourg 1970, publ. par la Faculté des lettres. Strasbourg 1971. (304 S.)
Fuchs, Albert: Goethe und das Elsaß. Hamburg 1973. (62 S.) Deutsche Fassung eines Aufsatzes aus „Goethe et l'Alsace", 1971.

19. Weimar (Stadt und Umgebung)

Rückert, Joseph: Bemerkungen über Weimar. In: Genius der Zeit, Jahrg. 1800, Mai-, Juli- und Septemberheft (Altona). – Neu hrsg. und kommentiert von Eberhard Haufe. Weimar 1970. (210 S. mit Abb.)
Gräbner, Carl: Die großherzogliche Haupt- und Residenzstadt Weimar. Erfurt 1830. – Reprint: Lpz. u. Weinheim 1987.
Klebe, Friedrich Albrecht: Historisch-statistische Nachrichten von der berühmten Residenzstadt Weimar. Elberfeld 1800. (VIII, 159 S.) – Neudruck mit einer Einleitung von Hans Henning. Lpz. 1975.
(Le Goullon, Johanna:) Der Führer durch Weimar und dessen Umgebungen. Weimar (1825). (83 S.)
Schöll, Adolf: Weimar's Merkwürdigkeiten einst und jetzt. Weimar 1857. (IV, 364 S.)
Kühn, Paul: Weimar. Lpz. 1908. = Stätten der Kultur, 13. (210 S.) – 4. Aufl., bearb. von H. Wahl. 1925. (V. 192 S. mit 47 Taf.)
Goethe in Weimar. Hrsg. von Karl-Heinz Hahn. Lpz. 1986. Lizenz-Ausg. Zürich 1986. (306 S. mit Abb.)
Huschke, Wolfgang: Die Geschichte des Parkes von Weimar. Weimar 1951. = Thür. Archivstudien, 2. (214 S., 20 Taf.)

Park um Weimar. Ein Buch von Dichtung und Gartenkunst. Text von W. Huschke und W. Vulpius. Bilder von G. Beyer. Weimar, Böhlau, 1955. (88 S. Text und 80 Tafeln.)

Doebber, Adolph: Das Schloß in Weimar. Seine Geschichte vom Brande 1774 bis zur Wiederherstellung 1804. Jena 1911. = Ztschr. f. Thüring. Gesch., N. F., Supplementheft 3. (XIV, 154 S., 21 Taf.)

Scheidig, Walther: Das Schloß in Weimar. 3. Aufl. Weimar 1955. (20 S. Text mit 1 Plan und 21 Abb. auf 10 Blättern.)

Wahl, Hans: Das Wittumspalais der Herzogin Anna Amalia. Lpz. 1927. (XII, 46 S., 141 Abb.)

Wahl, Hans: Tiefurt. Lpz. 1929. (VIII, 147 S. mit 36 Abb.) – Neuausgabe: 1936. = Weberschiffchen-Bücherei, 19.

Huschke, Wolfgang: Einige orts- und familiengeschichtliche Betrachtungen über Goethes Weimar. Festschrift für Friedrich v. Zahn. Bd. 1. Köln 1968. Hrsg. von W. Schlesinger. S. 539–597.

Kühnlenz, Fritz: Erlebtes Weimar. 2. Aufl. Rudolstadt 1968. (278 S. u. XXXII S. Anhang.)

Kühnlenz, Fritz: Weimar. Brockhaus-Stadtführer. 3. Aufl. Lpz. 1975.

Barth, Ilse-Marie: Literarisches Weimar. Stuttg. 1971. = Sammlung Metzler, 93. (XII, 164 S.)

Geschichte der Stadt Weimar. Hrsg. von Gitta Günther und Lothar Wallraff. Weimar 1975. (XVI, 910 S. mit 275 Abb.)

Jericke, Alfred und Dolgner, Dieter: Der Klassizismus in der Baugeschichte Weimars. Weimar 1975. (412 S. mit 190 Abb.)

Pretzsch, Alfred und Hecht, Wolfgang: Das alte Weimar, skizziert und zitiert. Weimar 1975. – 2. Aufl. 1977. (128 S. mit 76 Abb.)

Hecht, Wolfgang: Goethe und die Gründung der Weimarer Gemäldegalerie GJb. 102, 1985, S. 199–214.

Vgl. auch Abschnitt 32.

20. Weimarer Goethehaus, Gartenhaus, Goethemuseum, Goethes Sammlungen

Das Goethe-Nationalmuseum zu Weimar. Große Ausgabe des Führers. Bearb. von Marie Schütte. Lpz. 1910. (VI, 146 S. mit 26 Taf.)

Oettingen, Wolfgang v.: Das Weimarische Goethe-Haus und seine Einrichtung. Jb. G.Ges. 2, 1915, S. 206–226.

Das Goethe-Nationalmuseum in Weimar. Amtl. Ausgabe. 3 Teile. (Weimar 1910–1928.)

Das Haus am Frauenplan seit Goethes Tod. Dokumente und Stimmen von Besuchern. Hrsg. von Werner Deetjen. Weimar 1935. = Schr. G.Ges., 48. (71 S.)

Eckardt, Dieter: 100 Jahre Goethe-National-Museum. GJb. 102, 1985, S. 265–279.
Jericke, Alfred: Das Goethehaus am Frauenplan. Weimar, Nationale Forschungs- und Gedenkstätten, 1958. (118 S. mit zahlr. Abb., 18 Bll. Tafeln.)
Jericke, Alfred: Goethe und sein Haus am Frauenplan. Weimar, Böhlau, 1959. (68 S. und 12 Bll. mit 31 Abb.)
Klauss, Jochen: Goethes Wohnhaus in Weimar. Weimar o.J. (1992). (128 S. mit Abb.)
Trunz, Erich: Zelters Grundriß-Skizzen des Goethehauses am Frauenplan. Jb. d. Sammlung Kippenberg, N. F. 4, 1983, S. 169–179.
Wahl, Hans: Goethes Arbeitszimmer in der Stunde seines Todes. (Jb.) Goethe 7, 1942, S. 4–16.
Menzel, Friedrich: Goethes Haus zu Goethes Zeit. Goethe-Almanach auf das Jahr 1967. S. 269–296.
Flach, Willy: Goethes literarisches Archiv. In: Archivar und Historiker. Festschr. f. Otto Meisner. Bln. 1955. S. 45–71.
Ruppert, Hans: Goethes Bibliothek. Katalog. Weim. 1958. (XVI, 825 S.) – Neudruck Lpz. 1979.
Schreckenbach, Hans-Joachim: Goethes Autographen-Sammlung. Katalog. Weimar 1961. (298 S.)
Hahn, Karl-Heinz: Goethe- und Schiller-Archiv. Bestandsverzeichnis. Weimar 1961. (333 S.)
Goethe als Sammler. Katalog. Zürich 1989. (176 S. mit Abb.)
Schuchardt, Christian: Goethe's Kunstsammlungen. 3 Bde. Jena 1848–1849. – Photomechanischer Neudruck: Hildesheim 1976.
Trunz, Erich: Goethe als Sammler. G Jb. 89, 1972, S. 13–61.
Die Gemmen aus Goethes Sammlung. Bearb. von G. Femmel und G. Heres. Lpz. 1977. (Mit zahlr. Abb.)
Goethes Grafiksammlung. Die Franzosen. Katalog u. Zeugnisse. Bearb. von G. Femmel. Lpz. 1980. (678 S., davon 255 S. Abb.)
Prescher, Karl: Goethes Sammlungen zur Mineralogie, Geologie und Paläontologie. Berlin 1978. (716 S., 16 Taf.)
Wahl, Hans: Goethes Gartenhaus. Lpz. o. J. (1927.) (36 S. mit 26 Abb.)
Rödel, Wolfgang: Das Goethe-Gartenhaus zu Weimar. Weimar 1954. (57 S. m. Abb.) – 2. Aufl. 1956. (58 S., 4 Taf.)
Bode, Wilhelm: Goethes Leben im Garten am Stern. Bln. 1909. (XVIII, 394 S. mit Abb.) (Viele Neuauflagen.)
Balzer, Georg: Goethe als Gartenfreund. München 1966. (228 S. mit 50 Abb.) – 2. Aufl. München 1978. – Taschenbuch-Ausgabe: München 1966.

21. Orte in Thüringen

Vulpius, Wolfgang: Goethe in Thüringen. Rudolstadt 1955. (250 S. mit 20 Taf. und 1 Karte.) – Neue Auflage: 1984.

Tümmler, Hans: Goethes staatliche Umwelt. (Thüringische Territorialgeschichte.) Histor. Zeitschr. 228, 1979, S. 23–69.

Gräf, H. G.: Goethe in Berka an der Ilm. Weimar 1911. (V, 91 S.) – Wiederabgedruckt in: Gräf, Goethe. Lpz. 1924. S. 157–205.

Wahl, Hans: Die Dornburger Schlösser. Weimar 1923. = Schr. G.Ges., 36. (43 S. mit 17 Abb.)

Voigt, Julius: Goethe und Ilmenau. Lpz. 1912. (XVI, 392 S. mit Abb.) – Neudruck: Lpz. 1990.

Wahl, Hans: Goethe und Ilmenau. In: Wahl, Alles um Goethe. Weimar 1956. S. 7–24. – 2. Aufl. 1962.

Wagenbreth, Otfried: Goethe und der Ilmenauer Bergbau. Weimar 1983. Lizenz-Ausg. Weinheim 1984 (96 S.)

Borkowsky, Ernst: Das alte Jena und seine Universität. Jena 1908. (IV, 287 S. mit Abb.)

Bulling, Karl: Goethe als Erneuerer und Benutzer der Jenaischen Bibliotheken. Jena 1932. (XII, 68 S., XIV Taf.)

Hartmann, Leopold: Goethe in Jena. Jena (o. J., 1976). (136 S.)

22. Orte in Deutschland und Österreich

Pniower, Otto: Goethe in Berlin und Potsdam. Bln. 1925. (XI, 103 S.)

Goethe in Berlin. Hrsg. von Fritz Moser. Bln. 1949. (160 S. mit Abb.)

Urzidil, Johannes: Goethe in Böhmen. Zürich und Stuttg. 1962. (533 S.) – 2., erweiterte Auflage 1965. (542 S. mit 8 Abb.)

Gerlach, Paul: Goethe und Danzig. Danzig 1935. (165 S.)

Biedermann, Woldemar Frhr. v.: Goethe und Dresden. Bln. 1875. (VII, 172 S.) – Nachträge dazu in: Biedermann, Goethe-Forschungen, Bd. 1–3. Frankf. 1879–1899.

Kießner, Johannes: Goethes Beziehungen zu Hamburg. Hbg. 1912. (IV, 91 S.)

Goethe und Heidelberg. Unter Mitarbeit von R. Benz u. a. hrsg. von der Direktion des Kurpfälzischen Museums. Heidelberg 1949. (387 S.)

Debon, Günther: Goethes Begegnung mit Heidelberg. Heidelberg 1992. (275 S. mit Abb.)

Düntzer, Heinrich: Goethes Beziehungen zu Köln. In: Düntzer, Abhandlungen zu Goethes Leben und Werken. Bd. 2. Lpz. 1885. S. 1–140.

Benz, Richard: Goethes Anteil am Wiederaufbau des Kölner Doms. (Jb.) Goethe 7, 1942, S. 226–256.
Biedermann, Woldemar Frhr. v.: Goethe und Leipzig. 2 Bde. Lpz. 1865. (XIV, 306 S. und VI, 354 S.)
Jericke, Alfred: Es ist ein klein Paris. Die Wirkung der Stadt Leipzig auf Persönlichkeit u. Werk Goethes. Weimar u. Köln 1965. (158 S. mit Abb.)
Goethe und München. Zusammengestellt von Franz v. Rapp. München 1932. (106 S. mit zahlreichen Abb.) – Neuausgabe von H. L. Held. 1949. (80 S.)
Schumann, Detlev W.: Goethes Beziehung zu Nordelbingen und Nordelbiern. (Klopstock, Emkendorfer Kreis, Carstens, Baggesen, Oehlenschläger usw.) Nordelbingen 43, 1974, S. 246–272; 44, 1975, S. 142–187; 46, 1977, S. 139–176; 48, 1979, S. 143–169.
Goethe und Österreich. Hrsg. von August Sauer. 2 Bde. Weimar 1902–1903. = Schr.G.Ges., 17–18.
Goethe und das Rheinland. Hrsg. von Richard Klapheck. Düsseldorf 1932. = Ztschr. des Rhein. Vereins. f. Denkmalspflege u. Heimatschutz, Jahrg. 25, Sonderheft (IV, 270 S. mit Abb.)
Goethes Rheinreise mit Lavater und Basedow im Sommer 1774. Hrsg. von Adolf Bach. Zürich 1923. (238 S. mit 19 Abb.)
Beutler, Ernst: Goethes „Rhein- und Main-Gegenden". Dichtung und Volkstum (Euphorion) 39, 1938, S. 28–50.
Enzinger, Moritz: Goethe und Tirol. Innsbruck 1932. (VIII, 168 S. mit 8 Taf.)

23. Schweiz

Ziehen, Eduard: Die deutsche Schweizerbegeisterung in den Jahren 1750–1815. Frankfurt a. M. 1922. = Dt. Forschungen, 8. (VIII, 214 S.)
Bode, Wilhelm: Goethes Schweizer Reisen. Lpz. 1922. (VIII, 288 S. mit Abb.)
Bohnenblust, Gottfried: Goethe und die Schweiz. Frauenfeld 1932. = Die Schweiz im dt. Geistesleben, 72/73. (264 S.)
Zollinger, Friedrich: Goethe in Zürich. Zürich 1932. (IV, 114 S. mit 60 Taf.)

Vgl. Bd. 10, Anmerkungen zu „Dichtung und Wahrheit", Buch 18–19.

24. Italien

Haarhaus, Julius R.: Auf Goethes Spuren in Italien. 3 Bde. Lpz. 1896–1897. Bd. I. Oberitalien. (XII, 207 S.) Bd. II. Mittelitalien. (VIII, 186 S.) Bd. III. Unteritalien. (VIII, 194 S.)

Waetzold, Wilhelm: Das klassische Land. Wandlungen der Italiensehnsucht. Lpz. 1927. (315 S. mit 147 Taf.)

Vogel, Julius: In der Stadt der Lagunen. Goethes Aufenthalt in Venedig. Lpz. 1911. (XII, 172 S. mit 16 Taf.) – 2. Aufl. unter dem Titel: Goethe in Venedig. 1918. – 3. Aufl. 1924.

Harnack, Otto: Deutsches Kunstleben in Rom im Zeitalter der Klassik. Weimar 1896. (XX, 208 S.)

Vogel, Julius: Aus Goethes Römischen Tagen. Lpz. 1905. (IX, 330 S. mit 32 Taf.)

Noack, Friedrich: Deutsches Leben in Rom 1700–1900. Stuttg. u. Bln. 1907. (VIII, 462 S.)

Schulz, Otto Th.: Goethe und Rom. Bielefeld u. Lpz. 1926. (78 S. mit 70 Abb. nach zeitgenöss. Stichen.)

Rehm, Walther: Europäische Romdichtung. München 1939. (237 S. mit 7 Taf.)

Croce, Benedetto: Goethe a Napoli. Napoli 1903. (55 S. mit 5 Abb.) Wiederabgedruckt in: Croce, Aneddoti di varia letteratura. Vol. 3. 2. ed. Bari 1954. S. 16–58.

Goethe in Italien. (Ausstellungs-Katalog.) Mainz 1986. (376 S. mit Abb.)

Goethe in Sicilia. A cura di Paolo Chiarini. (Ausstellungskatalog.) Roma 1992. (302 S. mit vielen Abb.)

Vgl. die Bibliographie in Bd. 11.

25. Frankreich

Chuquet, Arthur: Goethe en Champagne. In: Chuquet, Etudes de littérature allemande. 2. série. Paris 1902. S. 73–130.

Roethe, Gustav: Goethes Campagne in Frankreich. Bln. 1919. (383 S.)

Loiseau, Hippolyte: Goethe et la France. Ce qu'il a connu, pensé et dit. Paris 1930. (363 S.)

Goethe et l'esprit français. (Ed. A. Fuchs.) Paris 1958. = Publ. de la Faculté des Lettres de l'Univ. de Strasbourg, 137. (XVIII, 348 S.)

Vgl. auch Abschn. 46 und Bd. 10. Anmkg. zu S. 188–363.

26. Goethes Jugend

Gundolf, Friedrich: Goethes Kindheit. Insel-Almanach 1932, S. 12–27.

Loiseau, Hippolyte: L'évolution morale de Goethe. Les années de libre formation 1749–1794. Paris 1911. (XVI, 812 S.)

Viëtor, Karl: Der junge Goethe. Lpz. 1930. – Neue Ausgabe: Bern 1950. (190 S.)

Fuchs, Albert: Goethe. Un homme face à la vie. Partie I. Paris 1946. (559 S.)
Vogel, Julius: Goethes Leipziger Studentenjahre. Lpz. 1899. (87 S. mit Abb.) – 4. Aufl. 1922. (VII, 141 S. mit Abb.)
Traumann, Ernst: Goethe der Straßburger Student. Lpz. 1910. (VIII, 216 S. mit Abb.) – 2. Aufl. 1923. (XV, 369 S. mit 106 Abb.)
Gloël, Heinrich: Goethes Wetzlarer Zeit. Bln. 1911. (XIX, 259 S. mit Abb.)
Weißenfels, Richard: Goethe im Sturm und Drang. Bd. 1. (Mehr nicht erschienen.) Halle 1894. (XV, 519 S.)
Pascal, Roy: The German Sturm und Drang. Manchester 1953. (XVI, 347 S.)
Sudheimer, Hellmuth: Der Geniebegriff des jungen Goethe. Bln. 1935. = German. Studien, 167. (VIII, 652 S.)
Scherer, Wilhelm: Goethe als Rechtsanwalt. In: Scherer, Aufsätze über Goethe, 2. Aufl. Bln. 1900. S. 37–46.
Weißel, Otto: Der Advokat Goethe. Wien (1927). (VIII, 72 S.)
Fuchs, Johannes: Advokat Goethe. Weimar 1932. (118 S.)

27. Die Zeit der Mannesjahre

Hartung, Fritz: Das Großherzogtum Sachsen unter der Regierung Carl Augusts 1775–1828. Weimar 1923. (VII, 487 S.)
Flach, Willi: Goetheforschung und Verwaltungsgeschichte. Goethe im Geheimen Consilium 1776–1786. Weimar 1952. (165 S.)
Bettex, Albert: Der Kampf um das klassische Weimar 1788–1798. Antiklassische Strömungen in der dt. Literatur. Zürich 1935. = Basler Beitr. zur dt. Literatur- und Geistesgesch., 1. (VIII, 254 S.)
Unger, Rudolf: Klassizismus und Klassik in Deutschland. In: Unger, Zur Dichtungs- und Geistesgeschichte der Goethezeit. Bln. 1944. S. 37–67.
Wolff, Hans: Goethe in der Periode der Wahlverwandtschaften. München 1953. (271 S.)

Vgl. auch die Abschnitte 13, 24, 33 und 36.

28. Goethes Altersjahre

Harnack, Otto: Goethe in der Epoche seiner Vollendung. 1805–1832. Lpz. 1887. – 3. Aufl. 1905. (339 S.)
Fischer, Paul: Goethes Altersweisheit. Tübingen 1921. (XII, 248 S.)
Spranger, Eduard: Goethe als Greis. Jb.G.Ges. 18, 1932, S. 181–207. Wiederabgedruckt in: Spranger, Goethe. Seine geistige Welt. Tübingen 1967. S. 318–349.

Hankamer, Paul: Spiel der Mächte. Tübingen 1943. – 16.–19. Tsd. 1948. (344 S.)
Flitner, Wilhelm: Goethe im Spätwerk. Hamburg 1947. (323 S.)
Stöcklein, Paul: Wege zum späten Goethe. Hamburg 1949. (256 S.)
Schrimpf, Hans Joachim: Das Weltbild des späten Goethe. Stuttg. 1956. (379 S.)
Fuchs, Albert: Goethes Spätzeit. In: Spätzeiten. (Germanistenkongreß Kopenhagen 1960.) Hrsg. von W. Kohlschmidt. Bern und München 1962. S. 118–132. – Wieder abgedruckt in: Fuchs, A.: Goethe-Studien. Bln. 1968. S. 260–275.
Gräf, H. G.: Das letzte Jahr in Goethes Leben. In: Gräf, Goethe. Lpz. 1924. S. 319–349.
Fischer, Paul: Goethes letztes Lebensjahr. Weimar 1931. (VIII, 171 S.)
Goethes Tod. Dokumente und Berichte. Hrsg. von C. Schüddekopf. Lpz. 1907. (184 S.)
Hecker, Max: Goethes Tod. Insel-Almanach auf das Goethejahr 1932. Lpz. 1932. S. 196–208.
Goethes Tod und Bestattung. Neue Urkunden, mitgeteilt von M. Hekker. Jb. G.Ges., 14, 1928, S. 208–229.
Wahl, Hans: Goethes Arbeitszimmer in der Stunde des Todes. In: Navigare necesse est. Festschr. f. A. Kippenberg. Lpz. 1924. S. 103–113. – Wiederabgedruckt: (Jb.) Goethe 7, 1942, S. 4–16.

Vgl. auch Abschn. 34 und Bd. 1, Anm. zu S. 304–391.

29. Goethes Vorfahren, Vater, Mutter und Schwester

Knetsch, Carl: Goethes Ahnen. Lpz. 1908. (III, 94 S., 30 Taf.)
Schmidt, Friedrich: Goethe und seine Ahnen in der Kyffhäuserlandschaft. Sangerhausen 1927. (84 S.)
Beutler, Ernst: Das Hausbuch des Großvaters Textor. Goethekalender 31, 1938, S. 163–181. – Wiederabdruck in: Beutler, Essays um Goethe. 1941. u.ö.
Beutler, Ernst: Das Goethesche Familienvermögen von 1687 bis 1885. In: Beutler, Essays um Goethe. Bd. 1. 3. Aufl. 1946. S. 219–232. – Neue Ausgabe in 1 Band, 1957, S. 389–400.
Glaser, Rudolf: Goethes Vater. Lpz. 1929. (XI, 321 S. mit 12 Taf.)
Johann Caspar Goethe, Liber domesticus 1753–1779. Übertragen und kommentiert von Helmut Holtzhauer und Irmgard Möller. Leipzig 1973. 2. Bde. (XLVIII, 432 S. und ein Facsimile-Band, unpaginiert.)
Götting, Franz: Die Biblitothek von Goethes Vater. Nassauische Annalen 64, 1953, S. 23–69.
Maltzahn, Hellmuth Frhr. v.: Bücher aus dem Besitz des Vaters in

Goethes Weimarer Bibliothek. Jahrbuch des Freien dt. Hochstifts 1927, S. 363–382.
Briefe von Goethes Mutter an ihren Sohn, Christiane und August v. Goethe. Hrsg. von B. Suphan. Weimar 1889. = Schr. G.Ges., 4. (XII, 416 S.)
Die Briefe der Frau Rath Goethe. Hrsg. von A. Köster. 2 Bde. Lpz. 1904. – 6. Aufl. 1923.
Heinemann, Karl: Goethes Mutter. Lpz. 1891. (XII, 358 S. mit Abb.) – 9. Aufl. 1921.
Prang, Helmut: Goethes Mutter. München 1949. (288 S. mit 28 Abb.)
Petersen, Julius: Frau Rat und Bettina. In: Petersen, Aus der Goethezeit. Lpz. 1932. S. 223–241.
Witkowski, Georg: Cornelia, die Schwester Goethes. Mit ihren z.T. ungedruckten Briefen und Tagebuchblättern. Frankf. a.M. 1903. (VII, 290 S.) – 2. Aufl. 1924. (210 S.)
Damm, Sigrid: Cornelia Goethe. Frankfurt a.M. 1988. (259 S.)
Johann Caspar Goethe, Cornelia Goethe, Catharina Elisabeth Goethe: Briefe aus dem Elternhaus. Hrsg. von W. Pfeiffer-Belli. Mit 3 Biographien von E. Beutler. Zürich 1960. Artemis, Erg.-Bd.

30. Christiane, August, Ottilie und die Enkel

Goethes Briefwechsel mit seiner Frau. Hrsg. von H. G. Gräf. 2 Bde. Frankf. a.M. 1916.
Goethes Ehe in Briefen. Hrsg. von H. G. Gräf. Potsdam 1937. (LXXIII, 791 S.)
Vulpius, Wolfgang: Christiane. Lebenskunst und Menschlichkeit in Goethes Ehe. Weimar 1949. – 2. Aufl. 1953. (169 S. mit 12 Taf.) – Taschenbuchauflage Lpz. 1987. (143 S.)
Klessmann, Eckart: Christiane v. Goethe. Zürich 1992. (290 S.)
Bode, Wilhelm: Goethes Sohn. Bln. 1918. (XII, 409 S. mit 16 Taf.)
Gerstenbergk, Jenny v.: Ottilie v. Goethe und ihre Söhne Walther und Wolf. In Briefen und persönl. Erinnerungen. Stuttg. 1901. (132 S.)
Aus Ottilie v. Goethes Nachlaß. Briefe und Tagebücher von ihr und an sie. Hrsg. von W. v. Oettingen. Bd. 1. 1806–1822. Weimar 1912. Bd. 2. 1822–1832. Weimar 1913. = Schr.G.Ges., 27 und 28.
Ottilie v. Goethe. Erlebnisse und Geständnisse 1832–1857. Hrsg. von H. H. Houben. Lpz. 1932. (XX, 232 S. mit 9 Abb.)
Ottilie v. Goethe, Tagebücher und Briefe. Hrsg. von Heinz Bluhm. Bd. 1–5. Wien u. Bern 1962–1979.
Rahmeyer, Ruth: Ottilie v. Goethe. Stuttgart 1988. (408 S.)
Vulpius, Wolfgang: Walther Wolfgang v. Goethe u. der Nachlaß seines Großvaters. Weimar 1963. (236 S.)

31. Bekannte und Freunde des jungen Goethe

Neue deutsche Biographie. Bln. 1953ff. Art. Charlotte Buff; Herder; Jacobi; Jerusalem; Jung-Stilling; Klettenberg; Klinger; Lavater; Lenz usw.

(Charlotte Buff:) Ulrich, Oskar: Charlotte Kestner. Ein Lebensbild. Bielefeld 1921. (VIII, 196 S. mit 16 Abb.)

Goethe, Kestner und Lotte. Hrsg. und eingel. von Ed. Behrend. München 1914. (182 S. mit 10 Taf.)

Haym, Rudolf: Herder. 2 Bde. Bln. 1880–1885.

Gillies, Alexander: Herder. Oxford 1945. – Dt. Übers.: Hamburg 1949. (242 S.)

Gillies, Alexander: Herder and Goethe. In: German Studies, presented to L. A. Willoughby. Oxford 1952. S. 82–97.

Zu Herder vgl. auch Bd. 9, Anm. zu S. 402,9 und Briefe HA, Kommentar.

Schmid, Friedrich Alfred: Friedrich Heinrich Jacobi. Heidelberg 1908. (366 S.)

Hecker, Max: Goethe und Fritz Jacobi. (Jb.) Goethe 6, 1941, S. 32–69; 7, 1942, S. 41–69, 281–309; 8, 1943, S. 57–86.

Nicolai, Heinz: Goethe und Jacobi. Stuttg. 1965. (VIII, 344 S.)

Zu Jacobi vgl. auch Bd. 10, Anm. zu S. 30,26f. und Briefe HA, Kommentar.

Götting, Franz: Goethes Straßburger Freund Jung-Stilling. Goethe-Kalender 30, 1937, S. 218–248.

Zu Jung-Stilling vgl. auch Bd. 10, Anm. zu S. 87,14.

Die schöne Seele. Bekenntnisse, Schriften und Briefe der Susanna Katharina v. Klettenberg. Hrsg. von H. Funck. Lpz. 1911. (372 S. mit 10 Taf.) – 2. Aufl. 1912.

Rieger, Max: Friedrich Maximilian Klinger. Bd. 1: Klinger in der Sturm- und Drang-Periode. Darmstadt 1880. – Bd. 2: Klinger in seiner Reife. Ebd. 1896. – Ergänzungsband: Klinger, Briefbuch. Ebd. 1896.

Waidson, H. M.: Goethe and Klinger. Publications of the English Goethe Society. N. S. 23, 1954, S. 97–120.

Milch, Werner: Sophie La Roche. Frankf. a. M. 1935. (271 S.)

Zu Sophie La Roche: Briefe HA, Kommentar, und Briefe an Goethe.

Janentzky, Christian: J. C. Lavater. Frauenfeld 1928. = Die Schweiz im dt. Geistesleben, 53. (128 S.)

v. d. Hellen, Eduard: Goethes Anteil an Lavaters Physiognomischen Fragmenten. Frankf. a. M. 1888. (256 S., 30 Abb.)

Guinaudeau, Olivier: Les rapports de Goethe et de Lavater. Etudes Germaniques 4, 1949, S. 213–226.

Zu Lavater vgl. auch Bd. 10, Anm. zu S. 15,1 und Briefe HA, Kommentar.

Briefe von und an J. M. R. Lenz. Hrsg. von K. Freye und W. Stammler. 2 Bde. Lpz. 1918.
Froitzheim, Johann: Lenz und Goethe. Stuttg. 1891. (VIII, 132 S.)
Sommerfeld, Martin: J. M. R. Lenz und Goethes „Werther". Euphorion 24, 1922. S. 68–107. – Wiederabgedruckt in: Sommerfeld, Goethe in Umwelt und Folgezeit. Leiden 1935. S. 60–101.
Prang, Helmut: Johann Heinrich Merck. Wiesbaden 1949. (331 S.)
Bräuning-Oktavio, Hermann: Goethe und Joh. Heinr. Merck. (Jb.) Goethe 12, 1950, S. 177–217; 14/15, 1952/53, S. 209–244.

Zu Merck vgl. auch Anm. zu Bd. 9 S. 505,25 und Briefe HA, Kommentar.

Beutler, Ernst: Johann Georg Schlosser. In: Beutler, Essays um Goethe. Bd. 1. Lpz. 1941 u. ö. – In der einbändigen Ausgabe 1957 auf S. 102–110.

Zu Schlosser vgl. auch Bd. 9, S. 504,30 und Anm.

(Lili Schönemann.) Beutler, Ernst: Lili. Wiederholte Spiegelungen. In: Beutler, Essays um Goethe. Bd. 2, 1947, S. 1–160. – 5., einbändige Ausgabe, 1957, S. 191–331.
Die Briefe der Elise v. Türckheim geb. Schönemann. Hrsg. von E. Marckwald und J. Ries. Frankf. a. M. 1924. (VIII, 328 S. mit 15 Taf.)

Zu Lili vgl. auch Bd. 10, S. 86,9 und Anm.

Schumann, Detlev W.: Goethe and the Stolbergs. The Journal of English and Germanic Philology 48, 1949, S. 483–504; und 50, 1951, S. 22–59.

Zu Stolberg vgl. auch Bd. 10, S. 125,23 und Anm.

Schubart, Martin: François de Théas Comte de Thoranc, Goethes Königsleutnant. München 1896. (183 S.)

Zu Thoranc vgl. Anm. zu Bd. 9, 3. Buch.

32. Der Weimarer Kreis

Hochfürstl. Sachsen Weimar- und Eisenachischer Hof- und Adress-Calender. Weimar 1775–1813. (Jährlich ein Band.)
Eberhardt, Hans: Goethes Umwelt. Forschungen zur gesellschaftlichen Struktur Thüringens. Weimar 1951. (104 S.)

Huschke, Wolfgang: Forschungen zur Geschichte der führenden Gesellschaftsschicht im klassischen Weimar. In: Forschungen zur Thüring. Landesgeschichte, Friedrich Schneider zum 70. Geburtstag. Weimar 1958. S. 55–114.

Biedrzynski, Effi: Goethes Weimar. Lexikon der Personen und Schauplätze. Zürich 1992, u.ö. (495 S. mit Abb.)

Bode, Wilhelm: Amalie Herzogin von Weimar. 3 Bde. Bln. 1908.
Bd. 1: Das vorgoethesche Weimar. (160 S.)
Bd. 2: Der Musenhof der Herzogin Amalie. (234 S.)
Bd. 3: Ein Lebensabend im Künstlerkreise. (220 S.) – 2. Aufl. 1909.

Bode, Wilhelm: Der Weimarische Musenhof 1756–1781. Bln. 1917. (XII, 468 S. mit Abb.) – 26–30. Tsd. 1925.

Bruford, W. H.: Culture and Society in Classical Weimar 1775–1806. Cambridge 1962. (IX, 465 S.)

Kühnlenz, Fritz: Weimarer Porträts. Rudolstadt 1961. (426 S.)

Andreas, Willy: Carl August von Weimar. Bd. 1. 1757–1783. Stuttg. 1953. (VI, 612 S.)

Bode, Wilhelm: Karl August von Weimar. Jugendjahre. Bln. 1913. (XVIII, 364 S. mit Abb.) – 2. Aufl. 1913.

Briefwechsel des Großherzogs Carl August mit Goethe. Hrsg. von Hans Wahl, 3 Bde. Bln. 1915–1918.

Marcks, Erich: Carl August. Jb.G.Ges. 11, 1925, S. 329–357.

Andreas, Willy: Goethes Abschied von Carl August am Vorabend der Italienreise. (Jb.) Goethe 21, 1959, S. 54–69.

Politischer Briefwechsel des Herzogs und Großherzogs Carl August von Weimar. Hrsg. von W. Andreas und H. Tümmler. Bd. 1. Stuttg. 1954. Bd. 2. 1958. Bd. 3. 1973.

Tümmler, Hans: Carl August von Weimar. Stuttg. 1978. (430 S.)

Klauss, Jochen: Carl August von Weimar. Weimar 1991. (118 S.)

Sengle, Friedrich: Das Genie und sein Fürst. Stuttg. 1993. (XIV, 542 S.)

Vulpius, Wolfgang: Goethe und Karl Theodor v. Dalberg. G Jb. 90, 1973, S. 212–232.

Bojanowski, Eleonore v.: Louise Großherzogin von Sachsen-Weimar. Stuttg. u. Bln. 1903. (XII, 429 S.) – 2. Aufl. 1905.

Hahn, Karl-Heinz: Jakob Friedrich v. Fritsch, Minister im klassischen Weimar. Weimar 1953. = Thüringische Archivstudien, Band 4. (XIII, 158 S.)

Knebel-Doeberitz, Hugo v.: K. L. v. Knebel. Ein Lebensbild. Weimar 1890. (XI, 183 S.)

Maltzahn, Hellmuth Frhr. v.: K. L. v. Knebel, Goethes Freund. Jena 1929. (VIII, 258 S. mit 21 Abb.)

Bode, Wilhelm: Charlotte v. Stein. Bln. 1910. – 6. Aufl. 1927. (XXII, 699 S.)

Petersen, Julius: Goethe und Charlotte v. Stein. In: Petersen, Aus der Goethezeit. Lpz. 1932. S. 19–48. (Wiederabdruck von Petersens Einleitung zu seiner Ausgabe: Goethes Briefe an Frau v. Stein, 1923.)

Susman, Margarethe: Deutung einer großen Liebe. Goethe und Charlotte v. Stein. Zürich u. Stuttg. 1951. (223 S.)

Hof, Walter: Wo sich der Weg im Kreise schließt. Goethe und Charlotte v. Stein. Stuttg. 1957. (348 S.)

Die Göchhausen. Briefe einer Hofdame aus dem klassischen Weimar. Hrsg. von W. Deetjen. Bln. 1923. (VIII, 192 S.)

Sengle, Friedrich: Wieland. Stuttgart 1949. (610 S.)

Sengle, Friedrich: Wieland und Goethe. In: Wieland. 4 Bieberacher Vorträge 1953. Wiesbaden 1954. S. 55–79.

Wahl, Hans: Wieland und Goethe. In: Wahl, Alles um Goethe. Weimar 1956. S. 29–40.

Heinemann, Albrecht v.: Ein Kaufmann der Goethezeit. Friedrich Johann Justin Bertuchs Leben und Werk. Weimar 1955. (194 S., 9 Taf.)

Stümcke, Heinrich: Corona Schröter. Bielefeld 1904. (X, 165 S. mit 5 Abb.) – 2. Aufl. 1926. (XI, 172 S. mit 7 Abb. und 2 Facs.)

Beutler, Ernst: Corona Schröter. In: Beutler, Essays um Goethe. Bd. 2. Wiesbaden 1947 u. ö.

Schenk zu Schweinsberg, Eberhard Frhr. v.: Georg Melchior Kraus. Weimar 1930. = Schr. G.Ges., 43. (40 S., 54 Taf.)

Maltzahn, Hellmuth Frhr. v.: G. M. Kraus in Weimar und auf Reisen. Goethe-Kalender 33, 1940, S. 216–356. (Mit 7 Abb.)

Geese, Walter: Gottlieb Klauer, der Bildhauer Goethes. Lpz. 1935. (231 S., 64 Taf.)

Das Journal von Tiefurt. Mit einer Einleitung von B. Suphan hrsg. von E. v. d. Hellen. Weimar 1892. = Schr. G.Ges., 7.

33. Goethes Lebenskreis in der Zeit nach der Italienischen Reise

Vgl. Briefe HA, Kurzbiographien im Kommentar.

Frommann, Fr. Joh.: Das Frommannsche Haus und seine Freunde 1792–1837. Jena 1870. (IV, 127 S.) – 3. Aufl. Stuttg. 1889. (VII, 198 S.)

Freundliches Begegnen. Goethe, Minchen Herzlieb und das Frommannsche Haus. Hrsg. v. G. H. Wahnes. Stuttg. 1927. (VIII, 263 S.)

Harnack, Otto: Goethe und Wilhelm v. Humboldt. Vierteljahresschrift f. Literaturgeschichte 1, 1888, S. 225–243. – Wiederabgedruckt in: Harnack, Essais und Studien zur Literaturgesch. 2. Aufl. Braunschweig 1902. S. 133–150.

Kraus, Fritz: Wilhelm v. Humboldt in seinem Verhältnis zu Goethe. Goethe-Kalender 30, 1937, S. 109–134.
Wilhelm v. Humboldt über Schiller und Goethe. Hrsg. von Eberhard Haufe. Weimar 1963. (400 S.)
Harnack, Otto: Goethe und Heinrich Meyer. Preuß. Jahrbücher 64, 1889, S. 529–543. – Wiederabgedruckt in: Harnack, Essais und Studien zur Literaturgesch. 2. Aufl. Braunschweig 1902. S. 151–169.
Federmann, Arnold: Joh. Heinrich Meyer, Goethes Schweizer Freund. Frauenfeld u. Lpz. (1936.) = Die Schweiz im dt. Geistesleben, 82. (112 S.)
Pfeiffer-Belli, Wolfgang: Goethes Kunstmeyer und seine Welt. Zürich 1959. (79 S.)

Zu Heinrich Meyer vgl. auch Abschnitt 53 und Briefe HA, Kommentar.

Blumenthal, Hermann: Karl Philipp Moritz und Goethes „Werther“. Ztschr. f. Ästhetik 30, 1936, S. 28–64.
Schrimpf, Hans-Joachim: K. Ph. Moritz. Stuttgart 1980 u. ö.
Klein, Otto: Goethes Euphrosyne Christiane Neumann-Becker. Eine biographische Skizze. Lpz. 1909. (VIII, 55 S. mit 2 Taf.)
Grimm, Herman: Schiller und Goethe. In: Grimm, Essays. Hannover 1859. S. 291–353. Wiederholt in: Grimm, Fünfzehn Essays. Bln. 1874. S. 166–238.
Portig, Gustav: Schiller in seinem Verhältnis zur Freundschaft und Liebe sowie in seinem inneren Verhältnis zu Goethe. Hamburg 1894. (XVI, 775 S.)
Der Briefwechsel zwischen Schiller und Goethe. Nach den Handschr. neu hrsg. von H. G. Gräf und A. Leitzmann. 3 Bde. Lpz. 1912. – Erweiterte Neuauflage. 3 Bde. Lpz. 1955.
Meißinger, Karl August: Helena. Schillers Anteil am „Faust“. Frankfurt a. M. 1935. (156 S.)
Carlsson, Anni: Goethe und Schiller in ihren Briefen. German.-Roman. Monatsschrift 31, 1943, S. 145–158.
Wentzlaff-Eggebert, Friedrich-Wilhelm: Schillers Weg zu Goethe. Tübingen 1949. (XVI, 317 S.) – 2. Aufl. Bln. 1963. (338 S.)
Pyritz, Hans: Der Bund zwischen Goethe und Schiller. Publications of the English Goethe Society. N. S. 21, 1952, S. 27–55. – Wiederabgedruckt in: Pyritz, Goethe-Studien. Köln 1962. S. 34–51.
Graham, Ilse: Zweiheit im Einklang. Der Briefwechsel zwischen Schiller und Goethe. G Jb. 95, 1978, S. 29–64.
Staiger, Emil, Goethe. Bd. 2. Zürich 1956. (Darin S. 175–207: Schiller.)
v. Wiese, Benno: Friedrich Schiller. Stuttg. 1959. (XXIV, 868 S.)
Charlotte v. Schiller und ihre Freunde. Hrsg. von L. Urlichs. 3 Bde. Stuttg. 1860–1865.

Frost, Laura: Johanna Schopenhauer. Bln. 1905. (117 S. mit 4 Abb.) – 2. Aufl. 1913. (XVI, 254 S. mit Abb.)

Damals in Weimar. Erinnerungen und Briefe von und an Johanna Schopenhauer. Hrsg. von H. H. Houben. Lpz. 1924. (358 S. mit 19 Abb.)

Herrmann, Walther: Goethe und Trebra. Bln. 1955. = Freiberger Forschungshefte, D 9. (212 S., 9 Abb., 3 Facs.)

Herrmann, Walther: Neue Untersuchungen über Goethes Verhältnis zu Trebra. (Jb.) Goethe 27, 1965, S. 119–140.

Fuchs, Albert: Goethe et Wieland après les années d'Italie. In: Goethe. Etudes publ. pour le centenaire de sa mort. Paris 1932. = Publ. de la Fac. des Lettres de l'Univ. de Strasbourg, 57. S. 411–436.

Koch, Herbert: Goethe und Silvia v. Ziegesar. (Jb.) Goethe 16, 1954, S. 225–234.

Goethe und seine großen Zeitgenossen. (Herder, Mozart, Schiller, Humboldt, Schelling, Kleist, Freiherr vom Stein.) Hrsg. von Albert Schaefer. München 1968. (203 S.)

Goethe und der Kreis von Münster. Zeitgenössische Briefe und Aufzeichnungen. Hrsg. von Waltraud Loos u. Erich Trunz. Münster 1971. – 2. Aufl. 1974. (LX, 476 S., 22 Taf.)

34. Menschen um Goethe in der Zeit seines Alters

Neue dt. Biographie. Bln. 1953ff. Art. Boisserée; Coudray; Eckermann; Levetzow; Kaiserin Maria Ludovica usw.

Goethe und die Romantik. Briefe, hrsg. von C. Schüddekopf und O. Walzel. 2 Bde. Weimar 1898–1899. = Schr.G.Ges., 13–14. (XCV, 382 und LI, 399 S.)

Benz, Richard: Goethe und die Romantik. In: Benz, Stufen und Wandlungen. Hamburg 1947. S. 83–104.

Goethe und Österreich. Briefe, hrsg. von A. Sauer. 2 Bde. Weimar 1902–1904. = Schr.G.Ges., 17–18. (CXXV, 368 und XCII, 414 S.)

Firmenich-Richartz, Eduard: Die Brüder Boisserée. Bd. 1. (Mehr nicht erschienen.) Jena 1916. (VIII, 546 S. mit 2 Taf. – S. 115–247: „Goethes Freundschaft".)

Bianquis, Geneviève: Goethe et Bettina d'après leur correspondance authentique. In: Mélanges Ch. Andler. Strasbourg 1924. S. 45–66. – Wiederabgedruckt in: Bianquis, Etudes sur Goethe. Paris 1951.

Böttger, Fritz: Bettina v. Arnim. Bln. 1986. (437 S.) Neudruck: Bern 1990.

Schneemann, Walther: C. W. Coudray, Goethes Baumeister. Weimar 1943. (176 S. und 28 S. mit Tafeln.)

Beutler, Ernst: Der Baumeister Coudray. In: Beutler, Essays um Goethe, Bd. 2. Wiesbaden 1947. S. 263–281. – 5. Aufl. in einem Band, Bremen 1957, S. 642–657.

Bach, Anita u.a.: Clemens Wenzeslaus Coudray. Weimar 1983. (80 S. mit Abb.)

Houben, Heinrich Hubert: Johann Peter Eckermann. Sein Leben für Goethe, 2 Bde. Lpz. 1925–1928. (XXI, 635 und XXII, 807 S.)

Joh. Peter Eckermann. Hrsg. im Auftrag der Stiftung Weimarer Klassik. Weimar 1992. (188 S.)

Steig, Reinhold: Goethe und die Brüder Grimm. Bln. 1892. (269 S.)

(Ulrike v. Levetzow.) Sauer, Hedda: Goethe und Ulrike. Reichenberg 1925. (92 S., 14 Taf.) – Neuauflage: 1932.

Pollmer, Arthur: Friedrich Wilhelm Riemer und seine „Mitteilungen über Goethe". Lpz. 1922. = Probefahrten, 30. (V, 140 S.)

Baumgart, Wolfgang: Karl Ernst Schubarth. (Jb.) Goethe 5, 1940, S. 198–217.

Raumer, Kurt v.: Der Freiherr vom Stein und Goethe. Histor. Zeitschr. 201, 1965, S. 13–56. – Auch als Einzeldruck, Münster 1965. (50 S.)

(Marianne v. Willemer.) Grimm, Herman: Goethe und Suleika. Preuß. Jahrbücher 24, 1869, S. 1–21. – Mehrfach neu gedruckt.

Pyritz, Hans: Goethe und Marianne v. Willemer. Eine biographische Studie. Stuttg. 1941. (VI, 132 S.) – 3. Aufl. 1949. (VI, 131 S.)

Pyritz, Hans: Marianne v. Willemer. Vortrag. Mit einem Anhang: Gedichte Mariannes. Bln. 1944. (52 S.)

Zellweker, Edwin: Marianne Willemer. Wien 1949. (213 S. mit 8 Taf.)

Giessler, Lothar: Studien zum Lebensumkreis des späten Goethe. Riemer, Coudray, Soret und Vogel in Goethes mündlichen und schriftlichen Äußerungen. Diss. Kiel 1970. (325 S.)

35. Goethe und das Publikum

Braun, Julius W.: Schiller und Goethe im Urteil ihrer Zeitgenossen. 2. Abt.: Goethe. 3 Bde. Bln. 1883–1885. – Bd. 1: 1773–1786. (427 S.) – Bd. 2: 1787–1801. (399 S.) – Bd. 3: 1802–1812. (311 S.)

Fambach, Oscar: Goethe und seine Kritiker. Die wesentlichsten Rezensionen aus der periodischen Literatur seiner Zeit. Düsseldorf 1953. (XII, 460 S.)

Goethe im Urteil seiner Kritiker. Dokumente zur Wirkungsgeschichte. Hrsg. von Karl Robert Mandelkow. 4 Bde.: 1775–1982. München 1975–1984.

Der junge Goethe im zeitgenössischen Urteil. Hrsg. von Peter Müller. Berlin, Akademie-Verlag 1969. = Dt. Bibliothek, 2. (294 S.)

Hehn, Victor: Goethe und das Publikum. In: Hehn, Gedanken über Goethe. Bln. 1887 u. ö. (ca. 160 S.)

Holzmann, Michael: Aus dem Lager der Goethegegner. Bln. 1904. (224 S.)

Köster, Albert: Goethe und sein Publikum. G. Jb. 29, 1908, S. 1* bis 20*.

Schidrowitz, Leo: Der unbegabte Goethe. Die Anti-Goethe-Kritik aus der Goethezeit. Wien (1928). (222 S.) – 2. Aufl. 1949. (238 S.)

Houben, H. H.: Der polizeiwidrige Goethe. Bln. 1932. (208 S., 8 Abb.) (Über das Vorgehen der zeitgenöss. Zensur gegen Goethe.)

Sommerfeld, Martin: Goethe und sein Publikum. In: Sommerfeld, Goethe in Umwelt und Folgezeit. Leiden 1935. S. 36–59.

Der talentlose Goethe. Meinungen der Goethegegner. Hrsg. von W. M. Treichlinger. Zürich 1949. (125 S.)

Mandelkow, Karl Robert: Goethe in Deutschland. Bd. 1: 1773–1918. München 1980. Bd. 2: 1919–1982. 1989.

Rose, William: Goethe's Reputation in England during his Lifetime. In: Essays on Goethe. Ed. by William Rose. London 1949. S. 141 bis 185.

Goethe in Lob und Tadel seiner französischen Zeitgenossen. Berichte und Urteile, gesammelt u. übers. von H. Sauter. Speyer o. J. (1951). (154 S.)

36. Amtliche Tätigkeit

Goethe, Amtliche Schriften. Veröffentlichung des Staatsarchivs Weimar. Bd. 1. 1776–1786. Hrsg. von W. Flach. Weimar 1950. (CVI, 462 S.) – 2. Band. Bearbeitet von Helma Dahl. 1. Halbband: 1788–1797. Weimar 1968. (552 S.) 2. Halbband: 1798–1819. (474 S.) Weimar 1970. – 3. Band: Erläuterungen zu den Schriften 1788–1819. Bearb. von Helma Dahl. Weimar 1972. (507 S.)

Hartung, Fritz: Goethe als Staatsmann. Jb. G. Ges. 9, 1922, S. 295 bis 314.

Hartung, Fritz: Das Großherzogtum Sachsen unter der Regierung Carl Augusts 1775–1828. Weimar 1923. (VII, 487 S.)

Bürgin, Hans: Der Minister Goethe vor der römischen Reise. Weimar 1933. (XIII, 288 S.)

Bradish, Joseph A. v.: Goethes Beamtenlaufbahn. New York 1937. = Veröff. des Verbandes dt. Schriftsteller u. Literaturfreunde in New York, 4. (380 S.)

Flach, Willy: Goetheforschung und Verwaltungsgeschichte. Goethe im geheimen Consilium 1776–1786. Weimar 1952. (165 S.)

Flach, Willy: Amtliche Tätigkeit. In: Goethe-Handbuch Bd. 1, 1961, Sp. 221–234. Ebd. Bergwerkskommission Sp. 1053–1079.

Tümmler, Hans: Aus Goethes staatspolitischem Wirken. Essen 1952. (XII, 108 S.)
Tümmler, Hans: Goethe in Staat und Politik. Köln 1964. = Kölner Histor. Arbeiten, 9. (VIII, 280 S.)
Tümmler, Hans: Goethe der Kollege. Sein Leben und Wirken mit Chr. G. v. Voigt. Köln 1970. (262 S.)
Tümmler, Hans: Das klassische Weimar und das große Zeitgeschehen. Köln 1975. (X, 242 S.)
Tümmler, Hans: Carl August von Weimar, Goethes Freund. Eine vorwiegend politische Biographie. Stuttg. 1978. (430 S. mit 16 Abb.)

37. Gesellschaft, Staat und Politik

Lorenz, Ottokar: Goethes politische Lehrjahre. Berlin 1893. (VIII, 180 S.)
Richter, Werner: Goethe und der Staat. Jena 1932. = Kieler Vorträge des Instituts für Weltwirtschaft, 36. (26 S.)
Keferstein, Georg: Bürgertum und Bürgerlichkeit bei Goethe. Weimar 1933. (XII, 286 S.)
Bürgin, Hans: Der Minister Goethe vor der Römischen Reise. Weimar 1933. (XIII, 288 S.)
Menzel, Adolf: Goethes Beziehungen zur Staatslehre. Ztschr. für öffentl. Recht 13, 1933, S. 465–492.
Schröder, Rudolf Alexander: Das deutsche politische Weltbild im Werk und Leben Goethes. Goethe-Kalender 27, 1934, S. 129–153. – Wiederabgedruckt in: Schröder, Gesammelte Werke in 5 Bänden. Bd. 2. (= Aufsätze u. Reden, 2.) Berlin und Frankfurt a.M. 1952. S. 452–472.
Jockers, Ernst: Soziale Polarität in Goethes Klassik. Philadelphia 1942. (67 S.) – Wiederabgedruckt in: Jockers, Mit Goethe. Heidelberg 1957. S. 48–89.
Bergstraesser, Arnold: Der Friede in Goethes Dichtung. In: Deutsche Beiträge zur geistigen Überlieferung. Hrsg. von A. Bergstraesser. Chicago 1947. S. 134–153. Wieder abgedruckt in: Bergstraesser, Staat und Dichtung. Freiburg i. Br. 1967. S. 99–116.
Bergstraesser, Arnold: Goethe's image of man and society. Chicago 1949. (XIV, 361 S.)
Mommsen, Wilhelm: Die politischen Anschauungen Goethes. Stuttg. 1948. (314 S.)
Witte, W.: Goethe and Ius Naturale. Publications of the English Goethe Society 22, 1953, S. 107–128.
Tümmler, Hans: Goethe in Staat und Politik. Köln 1964. = Kölner histor. Abhandl., 9. (VIII, 288 S.)

Herre, Paul: Goethe und Friedrich der Große. Jb.G.Ges. 21, 1935, S. 26–62.
v. Srbik, Heinrich Ritter: Goethe und das Reich. (Jb.) Goethe 4, 1939, S. 211–232. – Auch als Einzelschrift: Lpz. 1940.
Hoffmeister, Johannes: Goethe und die Französische Revolution. (Jb.) Goethe 6, 1941, S. 138–168.
Goldmann, Lucien: Goethe et la Révolution française. Etudes Germaniques 4, 1949, S. 187–202.
Zellweker, Edwin: Goethes Stellung zur Französischen Revolution. Festschr. zum 200. Geburtstag Goethes. Hrsg. von Ed. Castle. Wien 1949. S. 40–74.
Boucher, Maurice: La Révolution de 1789 vue par les écrivains allemands ses contemporains. Paris 1954. (189 S.)
David, Claude: Goethe und die Französische Revolution. In: Deutsche Literatur und Französische Revolution. Göttingen 1974. S. 63–86.
Fischer, Andreas: Goethe und Napoleon. 2. Aufl. Frauenfeld 1900. (226 S.)
Redslob, Edwin: Goethes Begegnung mit Napoleon. Weimar 1944. (75 S.)
Peters, Ilse: Das Napoleonbild Goethes in seiner Spätzeit (1815–1832). (Jb.) Goethe 1944, S. 140–171.
Berglar, Peter: Goethe und Napoleon. Darmstadt 1968. (70 S.)
Tümmler, Hans: Goethes Unterredung mit Napoleon im Rahmen der Weimarischen Politik auf dem Erfurter Fürstenkongreß von 1808. In: Tümmler, Das klassische Weimar und das große Zeitgeschehen. Köln 1975. S. 61–90.
GJb. 107, 1990, mit Aufsätzen über Goethe und die französische Revolution von Hans-Georg Werner, Terence James Reed, Peter Weber, Karl Mickel, Dieter Henrich, Klaus-Detlef Müller, Karl Richter, Heinz Hamm, Lothar Ehrlich und über Goethe und Napoleon von P. Grappin und G.-L. Fink.
Weniger, Erich: Goethe und die Generale. Jahrbuch des freien dt. Hochstifts 1936–1940, S. 408–593. – Buchausgabe: Lpz. 1942. (221 S. mit 30 Taf.) – Neue erweiterte Aufl.: Stuttg. 1959. (XII, 242 S.)
Geiger, Ludwig: Goethe und die Juden. In: Geiger, Vorträge und Versuche. Dresden 1890. S. 215–280.
Teweles, Heinrich: Goethe und die Juden. Hamburg 1925. (205 S.)
Fuchs, Albert: Goethe et Israel. Revue d'Allemagne 5, 1973, S. 523–572.
Wahl, Hans: Goethe und das Logenwesen. (Jb.) Goethe 1, 1936, S. 234 bis 240.
Muthesius, Karl: Goethe und das Handwerk. Lpz. 1927. (VIII, 164 S.)
Hoffmann, Arthur: Goethe und der werktätige Mensch. (Jb.) Goethe 11, 1949, S. 205–248.

Hoffmann, Arthur: Werktätiges Leben im Geiste Goethes. Eine Darstellung auf der Grundlage der Briefe und Tagebücher und unveröffentlichten Archiv-Materials. Weimar 1950. (VIII, 360 S.)

38. Geschichte

Cassirer, Ernst: Goethe und die geschichtliche Welt. Bln. 1932. (148 S.)

Gauß, Julia: Die methodische Grundlage von Goethes Geschichtsforschung. Jahrbuch des freien dt. Hochstifts 1932/33, S. 163–283.

Hübner, Arthur: Goethe und das deutsche Mittelalter. (Jb.) Goethe 1, 1936, S. 83–99. – Wiederabgedruckt in: Hübner, Kleine Schriften zur dt. Philologie. Bln. 1940. S. 268–281.

Meinecke, Friedrich: Die Entstehung des Historismus. 2 Bde. München und Bln. 1936. (VIII, 656 S.) – Mehrere Neuauflagen.

Baldensperger, F.: Goethe historien littéraire. Modern Language Notes 57, 1942, S. 500–505.

Bergstraesser, Arnold: Die Epochen der Geistesgeschichte in Goethes Denken. Monatshefte (Madison, USA) 40, 1948, S. 127–136. – Wiederabgedruckt in: Bergstraesser, Staat und Dichtung. Freiburg 1967. S. 87–97.

Tellenbach, Gerd: Goethes geschichtlicher Sinn. Freiburg i. Br. 1949. = Freiburger Univ.-Reden, N. F. 6. (36 S.)

Ziegler, Klaus: Zu Goethes Deutung der Geschichte. Dt. Vjs. 30, 1956, S. 232–267.

Gauß, Julia: Selbsterkenntnis in der Begegnung mit der Geschichte. In: Gauß, Goethe-Studien, 1961, S. 78–95.

Haase, Klaus C.: Goethe und die Anfänge der dt. Literaturgeschichte. (Jb.) Goethe 27, 1965, S. 231–252.

GJb. 110, 1993, mit Aufsätzen über Goethe und die Geschichte von R. Koselleck, P. Michelsen, H.-J. Schings, G. v. Graevenitz, J. R. Williams, R. Vierhaus, H. B. Nisbet, R. Bubner, T. P. Saine, N. Boyle, G. Schulz, K.-M. Meyer-Abich und P. Matussek.

Vgl. auch Bd. 9, Nachwort und Bibliographie.

39. Theater

Pasqué, Ernst: Goethe's Theaterleitung in Weimar. 2 Bde. Lpz. 1863. (XII, 275 und X, 406 S.)

Burkhardt, C. A. H.: Das Repertoire des Weimarischen Theaters unter Goethes Leitung. 1791–1817. Hambg. u. Lpz. 1891. = Theatergesch. Forschungen, 1. (XL, 152 S.)

Wahle, Julius: Das Weimarer Hoftheater unter Goethes Leitung. Weimar 1892. = Schr.G.Ges., 6. (XXXII, 335 S.)

Doebber, Adolph: Lauchstädt und Weimar. Eine theaterbaugeschichtliche Studie. Bln. 1908. (XIX, 193 S. mit 20 Taf.)
Goethes Schauspieler und Musiker. Erinnerungen von (Karl) Eberwein und (Christian) Lobe. Mit Ergänzungen von Wilhelm Bode. Bln. 1912. (VIII, 232 S.)
Reinhold, Heinrich: Bad Lauchstedt, seine literarischen Denkwürdigkeiten und sein Goethetheater. Halle 1914. (XII, 175 S. mit 18 Abb.) – 2. Aufl. 1914. (XII, 190 S. mit 24 Abb.)
Satori-Neumann, Bruno Th.: Die Frühzeit des Weimarischen Hoftheaters unter Goethes Leitung. (1791–1798.) Bln. 1922. = Schr. d. Ges. f. Theatergesch., 31. (XX, 312 S.)
Weichberger, Alexander: Goethe und das Komödienhaus in Weimar 1779–1825. Ein Beitrag zur Theaterbaugeschichte. Lpz. 1928. = Theatergesch. Forschungen, 39. (VIII, 134 S. mit 13 Abb.)
Kindermann, Heinz: Theatergeschichte der Goethezeit. Wien 1949. (931 S. mit 77 Taf. und 200 Abb.)
Bruford, W. H.: Goethe and the Theatre. In: Essays on Goethe. Ed. by William Rose. London 1949. S. 75–96.
Colleville, Maurice: Goethe et le théâtre: L'esthétique du poète à l'époque classique. Etudes Germaniques 4, 1949, S. 148–161.
Knudsen, Hans: Goethes Welt des Theaters. Bln. 1949. (126 S. mit 71 Abb.)
Bruford, W. H.: Theatre, drama and audience in Goethe's Germany. London 1950. (XI, 388 S.)
Sichardt, Gisela: Das Weimarer Liebhabertheater unter Goethes Leitung. Weimar 1957. (200 S., 4 Bll. mit Abb.)
Hinck, Walter: Der Bewegungsstil der Weimarer Bühne. (Jb.) Goethe 21, 1959, S. 94–106.
Ehrlich, Willi: Bad Lauchstädt und sein Goethetheater. (Jb.) Goethe 29, 1967, S. 198–217.
Flemming, Willi: Goethe u. d. Theater seiner Zeit. Stuttg. 1968. (288 S.)
Hinck, Walter: Goethe – Mann des Theaters. Göttingen 1982. (94 S.)
Vgl. auch Bd. 12, S. 252–261 und Anm.

40. Sprache und Vers

Fischer, Paul: Goethe-Wortschatz. Lpz. 1929. (XII, 906 S.)
Goethe-Wörterbuch. Hrsg. von den Akademien der Wiss. in Berlin, Göttingen u. Heidelberg. Stuttgart 1978 ff.
Burdach, Konrad: Die Sprache des jungen Goethe. Verhandl. der 37. Philol.-Versammlung. Lpz. 1885. S. 166–180. – Wiederabgedruckt in: Burdach, Vorspiel. Bd. 2. Halle 1926. S. 38–60.

Henkel: Hermann: Goethe und die Bibel. Lpz. 1890. (IV, 84 S.)

Knauth, Paul: Goethes Sprache und Stil im Alter. Lpz. 1898. (XII, 156 S.) – Dazu die Rez. von K. Burdach. Literar. Zentralblatt 1898, Sp. 1517–1524. Wiederabgedruckt in: Burdach, Vorspiel, Bd. 2, S. 61–72.

Pniower, Otto: Zu Goethes Wortgebrauch, G Jb. 19, 1898, S. 229–247.

Boucke, Ewald A.: Wort und Bedeutung in Goethes Sprache. Bln. 1901. = Literarhistor. Forschungen, 20. (338 S.)

Seiler, Johannes: Die Anschauungen Goethes von der dt. Sprache. Stuttg. u. Bln. 1909. (VIII, 239 S.)

Rausch, Georg: Goethe und die dt. Sprache. Lpz. 1909. (IV, 268 S.)

Seiler, Friedrich: Goethe und das dt. Sprichwort. German.-Roman. Monatsschrift 10, 1922, S. 328–340.

Mackensen, Lutz: Goethe und die Rechtssprache. Dt. Vjs. 1, 1923, S. 453–468.

Köster, Albert: ,,Nur". Jahrbuch der Sammlung Kippenberg 4, 1924, S. 7–19. – Dasselbe in: Navigare necesse est. Festgabe für A. Kippenberg. Lpz. 1924. S. 116–126.

Burdach, Konrad: Aus der Sprachwerkstatt des jungen Goethe. Zeitwende 2, 1926, S. 123–146 u. 253–273.

Pniower, Otto: Goethe als Wortschöpfer. Euphorion 31, 1930, S. 362 bis 383.

Heun, Hans Georg: Der Satzbau in der Prosa des jungen Goethe. Lpz. 1930. = Palaestra, 172. (XII, 62 S.)

Petersen, Julius: Goethe und die dt. Sprache. Jb.G.Ges. 17, 1931, S. 1–26. – Wiederabgedruckt in: Petersen, Aus der Goethezeit. Lpz. 1932. S. 69–94.

Hübner, Arthur: Goethe und die dt. Sprache. Langensalza 1933. = Fr. Manns pädagog. Magazin, Heft 1369. (22. S.) – Wiederabgedruckt: (Jb.) Goethe 2, 1937, S. 109–124. – Auch in: Hübner, Kleine Schriften zur dt. Philologie. Bln. 1940. S. 254–267.

Friese, Hans: Goethes monumentaler Stil. Ztschr. f. Deutschkunde 51, 1937, S. 605–617. (Altersstil.)

Friese, Hans: Goethes Prosa. Ztschr. f. Deutschkunde 54, 1940, S. 185–191.

Wortindex zu Goethes ,,Faust". Von Hohlfeld, Joos und Twaddel. Madison (USA) 1940 (XIV, 162 S.)

Hager, Gertrud: „Gesund" bei Goethe. Eine Wortmonographie. Bln. 1955. = Akad. d. Wiss. zu Berlin, Inst. f. dt. Sprache, 5. (51 S.)

Nickel, Irmgard: ,,Anmut" und ,,anmutig" in Goethes Vorstellungswelt. (Jb.) Goethe 19, 1957, S. 179–195.

Dill, Christa: Die Bedeutungsentfaltung der Wörter Tat, tätig und Tätigkeit bei Goethe. Phil. Diss., Humboldt-Universität Berlin, 1957. (196 Bll.)

Mattausch, Josef: Untersuchungen zur Wortstellung in der Prosa des jungen Goethe. Bln. 1965. = Veröff. d. Inst. f. Sprache u. Lit. der dt. Akad. d. Wiss., 31. (X, 218 S.)

Niggl, Günter: „Fromm“ bei Goethe. Eine Wortmonographie. Tübingen 1967. (XVI, 435 S.)

Unterberger, Rose: Das Goethe-Wörterbuch. In: Heidelberger Jahrbücher 23, 1979, S. 83–100.

Trunz, Erich: Altersstil. In: Goethe-Handbuch. 2. Aufl. 1955ff. Sp. 178–188. – Verkürzt wiederabgedruckt in: Trunz, Ein Tag aus Goethes Leben. 1990 u. ö.

Heusler, Andreas: Deutscher und antiker Vers. Straßburg 1917. = Quellen u. Forschungen zur Sprach- u. Kulturgesch. der germ. Völker, 123.

Heusler, Andreas: Goethes Verskunst. Dt. Vjs. 3, 1925, S. 75–93. – Wiederabgedruckt in: Heusler, Kleine Schriften. Bln. 1943. S. 462–482.

Heusler, Andreas: Deutsche Versgeschichte. Bd. 3, Teil 4 und 5. Bln. 1929. = Grundriß der german. Philologie, 8,3.

Mohr, Wolfgang: Zu Goethes Verskunst. Wirkendes Wort 3, 1953/54, S. 151–163.

Staiger, Emil: Goethes antike Versmaße. In: Staiger, Die Kunst der Interpretation. Zürich 1955. S. 115–131.

Kelletat, Alfred: Zum Problem der antiken Metren im Deutschen. Der Deutschunterricht 16, 1964, S. 50–85.

Vgl. auch Bd. 1, Anm. u. Bibliogr. zu S. 157ff.

41. Ästhetik

Harnack, Otto: Die klassische Aesthetik der Deutschen. Lpz. 1892. (VIII, 243 S.)

Harnack, Otto: Essais und Studien zur Literaturgeschichte. Braunschweig 1899. (Darin: Goethe und Heinrich Meyer; Goethes Kunstanschauung; R. Mengs' Schriften und ihr Einfluß auf Goethe; Goethes Maximen und Reflexionen über Kunst u. a. m.)

Sudheimer, Hellmuth: Der Geniebegriff des jungen Goethe. Bln. 1935. = German. Studien, 167. (VIII, 652 S.)

Einem, Herbert v.: Carl Ludwig Fernow. Bln. 1935. = Forschungen zur dt. Kunstgeschichte, 3. (VIII, 224 S., 40 Taf.)

Müller, Curt: Die geschichtlichen Voraussetzungen des Symbolbegriffs in Goethes Kunstanschauung. Lpz. 1937. = Palaestra, 211. (VIII, 247 S.)

Benz, Richard: Goethes Glaube an die klassische Kunst. Goethe-Kalender 34, 1941, S. 36–77.

Menzer, Paul: Goethe – Moritz – Kant. In: (Jb.) Goethe 7, 1942, S. 169–198.

Müller, Curt: Der Symbolbegriff in Goethes Kunstanschauung. (Jb.) Goethe 8, 1943, S. 269–280.

Wilkinson, Elizabeth Mary: Goethe's Conception of Form. Proceedings of the British Academy 37, 1953, S. 175–197. Wiederabgedruckt in: Wilkinson-Willoughby: Goethe. Poet and Thinker. London 1962. S. 167–184. – Deutsch in: Wilkinson-Willoughby: Goethe, Dichter und Denker. Frankf. 1974.

Kayser, Wolfgang: Goethes Auffassung von der Bedeutung der Kunst. (Jb.) Goethe 16, 1954, S. 14–35. – Wiederabgedruckt in: Kayser, Die Vortragsreise. Bern 1958. S. 123–148.

Pyritz, Hans: Goethes römische Ästhetik. In: Atti del quinto congresso internazionale di lingue e letterature moderne, Firenze 1951. Firenze 1955. S. 301–316. – Wiederabgedruckt in: Pyritz, Goethe-Studien. Köln 1962. S. 17–33.

v. Einem, Herbert: Beiträge zu Goethes Kunstauffassung. Hamburg 1956. (268 S.) – Erweitert und überarbeitet unter dem Titel: Goethe-Studien. München 1972. (188 S.)

Jolles, Matthijs: Goethes Kunstanschauung. Bern 1957. (342 S.)

Menzer, Paul: Goethes Ästhetik. Köln 1957. = Kantstudien, Ergänzungsheft 72. (223 S.)

Marache, Maurice: Le Symbole dans la pensée et l'oeuvre de Goethe. Paris 1960. (341 S.)

Kuhn, Dorothea: Zu Goethes Theorie der Künste. Mit einem unveröffentlichten Schema Goethes. (Jb.) Goethe 23, 1961, S. 31–48.

Kayser, Wolfgang: Kunst und Spiel. Göttingen 1961. Darin: Goethe und das Spiel S. 30–46; Goethes Auffassung von der Bedeutung der Kunst S. 64–85.

Gulyga, Arseni: Goethe als Ästhetiker und Kunsttheoretiker. G Jb. 96, 1979, S. 111–127.

42. Weltliteratur

Baldensperger, F., and Friederich, W. P.: Bibliography of comparative literature. Chapel Hill 1950. = Univ. of North Carolina, Studies in comparative literature, 1. (XXIV, 701 S.)

Strich, Fritz: Goethe und die Weltliteratur. Bern 1946. (408 S.) – Dazu die Rez. von L. A. Willoughby in: Publ. of the English Goethe Society, N. S. 17, 1948, S. 164–169.

Hohlfeld, A. R.: Goethe's Conception of World Literature. The University Record 14, 1928, S. 213–222. – Wiederabgedruckt in: Hohlfeld, Fifty years with Goethe. Madison 1953. S. 339–350.

Curtius, Ernst Robert: Goethe als Kritiker. In: Curtius, Kritische Essays zur europäischen Literatur. Bern 1950. S. 28–58.

Schrimpf, Hans-Joachim: Goethes Begriff der Weltliteratur. Stuttg. 1968. (58 S.)

(Jb.) Goethe 33, 1971, mit Aufsätzen über Goethe und die Weltliteratur von Roman M. Samarin, Victor Lange, Manfred Neumann, Hans-Heinrich Reuter, Jossif S. Barginski und Heinz Lüdecke.

Vgl. auch Bd. 12, S. 224–364 und Anm.

43. Volksdichtung

Volkslieder, gesammelt von Goethe. Hrsg. von Hermann Strobach. = Schr. G. Ges., 62. Weimar 1982. (96 S.)

Lohre, Heinrich: Von Percy zum Wunderhorn. Bln. 1902. = Palaestra, 22. (XII, 136 S.)

Götze, Alfred: Goethe u. das Volkslied. Neue Jahrbücher für das klass. Altert., Gesch. u. dt. Lit. 16, 1913, S. 284–302.

Dieterich, Karl: Goethe und die neugriechische Volksdichtung. Hellas-Jahrbuch, Hamburg 1929. S. 61–81.

Jenisch, Erich: Goethe und die Dainos. Ostdeutsche Monatshefte 11, 1930, S. 417–422.

Pinck, Louis: Volkslieder, von Goethe im Elsaß gesammelt, mit Melodien. Heidelberg 1932. (120 S.)

Milović, Jevto M.: Übertragungen slavischer Volkslieder aus Goethes Briefnachlaß. Lpz. 1939. = Veröff. des Slav. Inst. an der Fr.-Wilh.-Univ. Berlin, Bd. 28. (XXXII, 93 S.)

Glaser, O.: Goethe und das Volksmärchen. (Jb.) Goethe 6, 1941, S. 70–90.

Vgl. auch Abschn. 48, ferner Bd. 1, S. 82ff. u. Anm. u. Bd. 12, S. 270–284 u. Anm.

44. Antike (allgemein)

Goethe und die Antike. Eine Sammlung. Hrsg. von Ernst Grumach. 2 Bde. Bln. (bzw. Potsdam) 1949. (XVI, 1092 S.)

Maaß, Ernst: Goethe und die Antike. Bln., Stuttg., Lpz. 1912. (XI, 655 S.)

Heusler, Andreas: Deutscher und antiker Vers. Straßburg 1917. = Quellen u. Forschungen zur Sprach- u. Kulturgesch. der german. Völker, 123.

Alewyn, Richard: Goethe und die Antike. In: Das humanistische Gymnasium 43, 1932, S. 114–124. Wiederabgedruckt in: Alewyn, Probleme und Gestalten. Frankf. 1974. S. 255–270.

Schadewaldt, Wolfgang: Goethe und das Erlebnis des antiken Geistes. Freiburg 1932. = Freiburger Univ.-Reden, 8. (21 S.)

Rehm, Walther: Griechentum und Goethezeit. Lpz. 1936. (XII, 436 S.) – 2. Aufl. 1938. (XII, 438 S.)

Otto, Walter F.: Der griechische Göttermythus bei Goethe und Hölderlin. Bln. 1939. = Schriften für die geistige Überlieferung, 2. (47 S.)

Benz, Richard: Goethes Glaube an die klassische Kunst. Goethe-Kalender 1941, S. 36–77.

Trevelyan, Humphry: Goethe and the Greeks. Cambridge 1941. (XVI, 321 S.) – Deutsche Ausgabe: Goethe und die Griechen. Übers. von W. Löw. Hamburg 1949. (398 S.)

Regenbogen, Otto: Griechische Gegenwart. 2 Vorträge über Goethes Griechentum. Lpz. 1942. (69 S.)

Beck, Adolf: Der „Geist der Reinheit" und die „Idee des Reinen". Deutsches und Frühgriechisches in Goethes Humanitätsideal. (Jb.) Goethe 7, 1942, S. 160–169; 8, 1943, S. 19–57.

Däubler, Theodor: Goethe und die Antike. In: Däubler, Griechenland. Bln. 1946. S. 262–272.

Beck, Adolf: Griechisch-deutsche Begegnung. Das deutsche Griechenerlebnis im Sturm und Drang. Stuttg. 1947. (126 S.)

Schadewaldt, Wolfgang: Goethe-Studien. Zürich u. Stuttg. 1963. (530 S.)

45. Antike Literatur

Olbrich, Carl: Goethes Sprache und die Antike. Lpz. 1891. (III, 116 S.)

Bapp, Karl: Aus Goethes griechischer Gedankenwelt. Lpz. 1921. = Das Erbe der Alten, 6. (VIII, 100 S.)

Borinski, Karl: Die Antike in Poetik und Kunsttheorie bis auf Goethe und Humboldt. Bd. 2. Hrsg. von R. Newald. Lpz. 1924. = Das Erbe der Alten, 10. (XVI, 414 S.)

Schwinge, Ernst-Richard: Goethe und die Poesie der Griechen. Stuttg. u. Wiesbaden 1986. (59 S.) = Abhandlungen der geisteswiss. Klasse der Akad. d. Wiss. in Mainz 1986, 5.

Lücke, Otto: Goethe und Homer. Progr. Ilfeld 1884. (51 S.)

Finsler, Georg: Homer in der Neuzeit. Lpz. u. Bln. 1912. (XIV, 530 S.)

Schadewaldt, Wolfgang: Goethe und Homer. Trivium 7, 1949, S. 200–232. – Wieder abgedruckt in: Schadewaldt, Goethestudien. Zürich u. Stuttg. 1963. S. 127–157.

Morsch, Hans: Goethe und die griechischen Bühnendichter. Progr. Berlin 1888. (55 S.)

Wiemann, Inge: Goethe und die griechischen Tragiker. Diss. Kiel 1966. (183 S.)

Fries, Karl: Goethe und Euripides. Archiv für das Studium der neueren Sprachen 99, 1897, S. 253–270.
Franke, Olga: Euripides bei den dt. Dramatikern des 18. Jahrhunderts. Lpz. 1929. = Das Erbe der Alten, Reihe 2, Heft 16. (V, 192 S.)
Petersen, Uwe: Goethe und Euripides, Heidelberg 1974. = Studien zum Fortwirken der Antike, 8. (235 S.)
Hilsenbeck, Fritz: Aristophanes und die dt. Lit. des 18. Jahrhunderts. Bln. 1908. = Berliner Beitr. zur Germ. u. Rom. Philologie, 34. (IV, 99 S.)
Regenbogen, Otto: Goethes Pindar-Erlebnis. In: Regenbogen, Griechische Gegenwart. Lpz. 1942. S. 43–70. – Wieder abgedruckt in: Regenbogen, Kleine Schriften. München 1961. S. 520–539.
Deichgräber, Karl: Goethe und Hippokrates. Sudhoffs Archiv f. Gesch. der Medizin 29, 1937, S. 37–56.
Bapp, Karl: Goethe und Lukrez. Jb. G. Ges. 12, 1926, S. 47–67.
Schmid, Wolfgang: Lucrez und der Wandel seines Bildes. Antike und Abendland 2, 1946, S. 193–219.

46. Italienische, französische, spanische Literatur

Voßler, Karl: Goethe und das romanische Formgefühl. Jb. G. Ges. 14, 1928, S. 263–281. – Wiederabgedruckt in: Voßler, Aus der romanischen Welt, 5. Südliche Romania. Erweiterte Ausg. Lpz. 1950. S. 133–148.
John, Robert L.: Dante und Goethe. Festschrift zum 200. Geburtstag Goethes. Hrsg. von Ed. Castle. Wien 1949. S. 24–31.
Sulger-Gebing, E.: Goethe und Dante. Bln. 1907. (VII, 121 S.)
Schmidt, Erich: Danteskes in „Faust“. Archiv f. d. Studium der neueren Sprachen u. Literaturen 107, 1901, S. 241–252.
Blank, Hugo: Goethe und Manzoni. Heidelberg 1988. (328 S.)
Baldensperger, Fernand: Goethe en France. Paris 1904. (392 S.) – 2. éd. 1920. (402 S.)
Loiseau, Hippolyte: Goethe et la France. Paris 1930. (363 S.)
Neubert, Fritz: Die französische Klassik und Europa. Stuttg. u. Bln. 1941. (234 S.)
Wais, Kurt: Goethe und Frankreich. Dt. Vjs. 23, 1949, S. 472–500.
Neubert, Fritz: Goethe und Frankreich. Neuphilologische Zeitschrift 1, 1949, Heft 5 und 6. – Wiederabgedruckt in: Neubert, Studien zur vergleichenden Literaturgeschichte. Bln. 1952. S. 54–93.
Goethe et l'esprit français. (Ed. A. Fuchs.) Paris 1958. = Publ. de la Faculté des Lettres de l'Université de Strasbourg, 137. (XVIII, 346 S.)
Fuchs, Albert: Goethe und der französische Geist. Stuttg. 1964. (72 S.)
Fuchs, Albert: Goethe-Studien. Bln. 1968. Darin: Goethe und die frz.

Sprache; Goethe und die frz. Lit.; Goethe in Madame de Staëls Deutschlandbuch u. a.

Merian-Genast, Ernst: Racine und Goethe. Archiv für das Studium der neueren Sprachen 168, 1935, S. 197–224.

Cotet, Pierre: Goethe et la Tragédie Racinienne. Cahiers Raciniens 12, 1962, S. 76–96; 13, 1963, S. 26–52; 14, 1963, S. 56–82.

Friedrich, Hugo: Abbé Prévost in Deutschland. Heidelberg 1929. = Beitr. zur neueren Literaturgesch., 12.

Mortier, Roland: Diderot in Deutschland 1750–1850. Aus dem Französischen (Diderot en Allemagne, 1954) von H. G. Schürmann. Stuttg. 1972. (VIII, 490 S.)

Schlösser, Rudolf: Rameaus Neffe. Bln. 1900. = Forschungen zur neueren Literaturgesch., 15. (XII, 292 S.) (Goethe und Diderot.)

Fink, Gonthier L.: Goethe und Voltaire. GJb. 101, 1984, S. 74–111.

Bémol, Maurice: Goethe et Rousseau, ou la double influence. Etudes Germaniques 9, 1954, S. 257–277.

Remak, Henry H. H.: Goethe on Stendhal. In: Goethe bicentennial Studies. Ed. H. J. Meessen. Bloomington 1950. S. 207–234.

Farinelli, Arturo: Guillaume de Humboldt et l'Espagne. Avec une esquisse sur Goethe et l'Espagne. Torino 1924. (VIII, 366 S.) – Neue Ausg.: Paris 1936. (X, 366 S.)

Wollf, Karl: Goethe und Calderon. GJb. 34, 1913, S. 118–140.

Hardy, Swana L.: Goethe, Calderón und die romantische Theorie des Dramas. Heidelberg 1965. = Heidelberger Forschungen, 10. (200 S.)

Farinelli, Arturo: Goethe und der Montserrat. (Jb.) Goethe 8, 1943, S. 192–203 und 280–299.

47. Englische Literatur

Boyd, James: Goethe's knowledge of English literature. Oxford 1932. (XVIII, 310 S.)

Hennig, John: Goethe and the English speaking World. Bern 1988. (288 S.)

Federmann, Arnold: Der junge Goethe und England. Bln., Bielefeld, München 1949. (212 S.)

Willoughby, L. A.: Goethe looks at the English. The Modern Language Review 50, 1955, S. 464–484.

Goethe and Byron. Ed. by J. G. Robertson. London 1925. = Publ. of the English Goethe Society, N. S. 2, (IV, 132 S.)

Schirmer, Walter F.: Goethe und Byron. In: Forschungsprobleme der vergleichenden Literaturgeschichte, hrsg. von K. Wais. Tübingen 1951. S. 47–56.

Rose, William: From Goethe to Byron. The development of „Weltschmerz" in German literature. London 1924. (VIII, 210 S.)

Streuli, Wilhelm: Th. Carlyle als Vermittler dt. Lit. und dt. Geistes. Zürich 1895. (VI, 146 S.)

Harrold, Charles Frederick: Carlyle and German thought. 1818–1834. New Haven 1934. = Yale Studies in English, 82. (XII, 346 S.)

Gundolf, Friedrich: Shakespeare und der dt. Geist. Bln. 1911. – 8. Aufl. Godesberg 1947.

Schöffler, Herbert: Shakespeare und der junge Goethe. Shakespeare-Jahrbuch 76, 1940, S. 11–33. – Wiederabgedruckt in: Schöffler, Deutscher Geist im 18. Jahrhundert. Göttingen 1956. S. 113–135 u. 309–310.

Oppel, Horst: Das Shakespeare-Bild Goethes. Mainz 1949. (118 S.)

Schröder, Rudolf Alexander: Goethe und Shakespeare. Bochum 1949. (28 S.) – Wiederabgedruckt in: Schröder, Gesammelte Werke in 5 Bänden. Bd. 2. (= Aufs. u. Reden, 1.) Bln. u. Frankf. 1952. S. 420–451.

Erman, Kurt: Goethes Shakespeare-Bild. Tübingen 1983. (XXVIII, 364 S.)

Zu Shakespeare vgl. auch Bd. 7, Anmkg. zu S. 180/181 und Bd. 12, S. 224ff. und 287ff. u. Anmkg.

48. Andere europäische Literaturen

Scholte, Jan Henrik: Goethe und Holland. Jb. G. Ges. 18, 1932, S. 74 bis 113.

Brandes, Georg: Goethe og Danmark. In: Brandes, Mennesker og vaerker. København 1883. S. 1–79. – Deutsch: Goethe und Dänemark. In: Brandes, Menschen und Werke. Frankf. a. M. 1894. S. 1–58. – 3. Aufl. 1900.

Bobé, Louis: Goethe og Danmark. Gads Danske magasin 20, 1926, S. 288–302.

Roos, Carl: Dt. Geist in Dänemark. (Jb.) Goethe 5, 1940, S. 44–61.

Gräf, H. G.: Goethe und Schweden. In: Gräf, Goethe. Lpz. 1924. S. 1–114. (Mit 4 Abb.)

Petersen, Otto v.: Goethe und der baltische Osten. Reval 1930. (247 S., 1 Taf.)

Milović, Jevto M.: Goethe, seine Zeitgenossen und die serbokroatische Volkspoesie. Lpz. 1941. = Veröff. des Slav. Instituts an der Friedr.-Wilh.-Univ. Berlin, 30. (X, 230 S.)

Zur serbokroatischen Volksdichtung vgl. auch: Abschnitt 43 und Bd. 1, S. 82ff. u. Anmkg.

Harnack, Otto: Goethes Beziehungen zu russischen Schriftstellern. In:

Harnack, Essais und Studien zur dt. Literaturgesch. 2. Aufl. Braunschweig 1902. S. 231–237.
Zabel, Eugen: Goethe und Rußland. Jb. G. Ges. 8, 1921, S. 27–48.
Jagoditsch, Rudolf: Goethe und seine russischen Zeitgenossen. Germanoslavica 1, 1931/32, S. 347–381; 2, 1932/33, S. 1–14.
Durylin, S.: Russkie pisateli u Gete v Vejmere. (Russische Schriftsteller bei Goethe in Weimar.) Literaturnoe nasledstvo 4/6, 1932, S. 81–504 mit Abb.
Wahl, Hans: Russische Weisheitsfreunde bei Goethe. (Jb.) Goethe 2, 1937, S. 183–199.

49. Amerika

Briefwechsel zwischen Goethe und Amerikanern. Hrsg. von L. Mackall. GJb. 25, 1904, S. 3–37.
Wadepuhl, Walter: Goethe's interest in the New World. Jena 1934. (85 S.)
Beutler, Ernst: Von der Ilm zum Susquehanna. Goethe und Amerika. Goethe-Kalender 28, 1935, S. 86–153. – Wiederabgedruckt in: Beutler, Essays um Goethe. Bd. 1, 1941, S. 446–500. – 5. Aufl. 1957. S. 580–629.
Sell, Friedrich C.: American Influences upon Goethe. The American-German Review 9, 1943, S. 15–19.
Long, Orie W.: Goethe's American Visitors. The American-German Review 15, 1949, S. 24–28.
Urzidil, Johannes: Das Glück der Gegenwart. Goethes Amerika-Bild. Zürich u. Stuttg. 1958. (56 S.) – Wieder abgedruckt in: Deutschlands literarisches Amerikabild. Hrsg. von Alexander Ritter. Hildesheim 1977.

Vgl. auch Bd. 1, S. 333, Nr. 173 u. Anmkg. und Bd. 8, S. 404ff. u. Anmkg. – Ferner das Namenregister.

50a. Arabien, Persien

Mommsen, Katharina: Goethe und 1001 Nacht. Bln. 1960. = Dt. Akad. d. Wiss. zu Berlin, Veröff. d. Inst. f. dt. Spr. u. Lit., 21. (XXIV, 332 S.)
Schaeder, Hans Heinrich: Goethes Erlebnis des Ostens. Lpz. 1938. (VIII, 182 S.) – Dazu die Rez. von H. Pyritz: Dt. Literaturzeitung 1938, Sp. 1607–1613.
Schaeder, Hans Heinrich: Der Osten im West-östlichen Divan. In: Goethe, West-östlicher Divan. Hrsg. von E. Beutler. Leipzig 1943. S. 787–839. – (Nicht in der Ausg. von 1956).

Wurm, Christian: Commentar zu Goethes West-östlichem Divan. Nürnberg 1834. (VII, 282 S.)

Mommsen, Katharina: Goethe und die arabische Welt. Frankfurt 1988. (670 S.)

Abdel-Rahim, Said H.: Goethe und der Islam. Phil.Diss. Berlin 1969. (462 S.)

Vgl. ferner in Bd. 2 die Bibliographie zu: Westöstlicher Divan.

50b. Indien, China

Butler, E. M.: Pandits and Pariahs. In: German Studies, presented to L. A. Willoughby. Oxford 1952. S. 26–50.

Mommsen, Katharina: Indisches im West-östlichen Divan. (Jb.) Goethe 22, 1960, S. 294–297.

Jenisch, Erich: Goethe und das ferne Asien. Dt. Vjs. 1, 1923, S. 309–338.

Reichwein, Adolf: China und Europa. Geistige und künstlerische Beziehungen im 18. Jahrhundert. Bln. 1923. (179 S., 26 Abb. auf 16 Taf.) – Engl. Ausg.: London and New York 1925. (182 S.)

Wilhelm, Richard: Goethe und die chines. Kultur. Jahrb. des Fr. dt. Hochstifts 1927, S. 301–316.

Tscharner, Eduard Horst v.: China in der dt. Dichtung bis zur Klassik. München 1939. (128 S. mit 10 Taf. u. 2 Abb. im Text.)

Fukuda, Hideo: Über Goethes letzten Gedichtzyklus „Chinesisch-deutsche Jahres- und Tageszeiten". (Jb.) Goethe 33, 1968, S. 192–201.

Wagner-Dittmar, Christine: Goethe und die chinesische Literatur. In: Studien zu Goethes Alterswerken. Hrsg. von E. Trunz. Frankfurt 1971. S. 122–228.

Bauer, Wolfgang: Goethe und China. In: Goethe und die Tradition. Hrsg. von Hans Reiss. Frankf. 1972. S. 177–197.

En-Lin, Yang: Goethes ,,Chinesisch-deutsche Jahres- und Tageszeiten". GJb. 89, 1972, S. 154–188.

Fukuda, Hideo: Goethe und die chinesische Literatur. In: Japanische Beiträge zur Germanistik. Hrsg. von M. Sagara. Tokyo 1980. S. 77–119.

Goethe und China. Hrsg. von G. Debon. Bern 1985. (215 S.)

Vgl. auch Anm. zu Bd. 12, S. 301–303; Bd. 1, S. 387–390; ferner das Namenregister: Indien, Kalidasa, China usw.

51. Deutsche Literatur vor 1700

Jenny, Ernst: Goethes altdeutsche Lektüre. Phil. Diss. Basel 1900. (79 S.)

Hübner, Arthur: Goethe und das dt. Mittelalter. (Jb.) Goethe 1, 1936, S. 83–99. – Wiederabgedruckt in: Hübner, Kleine Schriften. Bln. 1940. S. 268–281.

Burchinal, M. C.: Hans Sachs and Goethe. A study in meter. Göttingen 1912. = Hesperia, 2.

Lunke, Anita: Goethes Urteile über das dt. Schrifttum des 16. Jahrhunderts. Phil. Diss. Münster/Westf. 1955. (180 S. und XIII S. Bibliographie.)

52. Deutsche zeitgenössische Schriftsteller

Lyon, Otto: Goethes Verhältnis zu Klopstock. Lpz. 1882. (VII, 134 S.)

Rehm, Walter: Goethe und Johann Peter Hebel. Freiburg 1949. = Freiburger Univ.-Reden, N. F. 7. – Wiederabgedruckt in: Rehm, Begegnungen und Probleme. Bern 1957. S. 7–39.

Fahrner, Rudolf: Hölderlins Begegnung mit Goethe und Schiller. Marburg 1925. = Beitr. zur Literaturwiss., 25. (VIII, 73 S.)

Mason, Eudo C.: Hölderlin and Goethe. Publications of the English Goethe Society 22, 1953, S. 64–83.

Petersen, Julius: Jean Paul und die Weimarer Klassiker. In: Petersen, Aus der Goethezeit. Lpz. 1932. S. 201–222.

Kommerell, Max: Jean Paul in Weimar. In: Das Innere Reich 3, 1936, S. 47–65. – Wiederabgedruckt in: Kommerell, Dichterische Welterfahrung. Frankf. a. M. 1952. S. 53– 82.

Blume, Bernhard: Kleist und Goethe. Monatshefte für den deutschen Unterricht (Madison, USA), 38, 1946, S. 20–31; 83–96; 150–164.

Mommsen, Katharina: Kleists Kampf mit Goethe. Heidelberg 1974. (230 S.) – Taschenbuch-Ausgabe: Frankfurt 1979.

Sembdner, Helmut: Goethes Begegnung mit Kleist. In: Sembdner, In Sachen Kleist. 2., vermehrte Aufl., München 1984, S. 267–281.

Müller-Seidel, Walter: Goethes Verhältnis zu Johann Heinrich Voß. In: Goethe und Heidelberg. 1949. S. 240–266.

Goethe und die Romantik. Briefe. Hrsg. von C. Schüddekopf und O. Walzel. 2 Bde. Weimar 1898–1899. = Schr. G. Ges. 13 und 14. (XCV, 382 und XLVIII, 399 S.) – Neudruck 1985.

Benz, Richard: Goethe und die Heidelberger Romantik. In: Goethe und Heidelberg. Heidelberg 1949. S. 119–143.

Mähl, Hans-Joachim: Goethes Urteil über Novalis. Jahrbuch des Fr. dt. Hochstifts 1967, S. 130–270.

Körner, Josef: Romantiker und Klassiker. Die Brüder Schlegel in ihren Beziehungen zu Schiller und Goethe. Bln. 1924. (240 S.)

Kunisch, Hermann: Friedrich Schlegel und Goethe. In: Kunisch, Kleine Schriften. Bln. u. München 1969. S. 189–204.

Scholz, Felix: Clemens Brentano und Goethe. Lpz. 1927. (XII, 264 S.) = Palaestra, 158.

Vgl. auch die Abschnitte 31, 32,33 und 34.

53. Bildende Kunst (Allgemeines)

Schuchardt, Goethe's Kunstsammlungen. 1. Teil. Jena 1848. (XXVI, 352 S.) – 2. Teil. Jena 1848. (VIII, 370 S.) – 3. Teil. Jena 1849. (XII, 298 S.) – Neudruck 1976.

Volbehr, Theodor: Goethe und die bildende Kunst. Lpz. 1895. (244 S.)

von dem Hagen, Erich: Goethe als Herausgeber von „Über Kunst und Altertum". Bln. 1912. (IV, 216 S.)

Brandt, Hermann: Goethe und die graphischen Künste. Heidelberg 1913. = Beitr. zur neueren Literaturgesch., 2. (X, 130 S.)

Boehlich, Ernst: Goethes „Propyläen". Stuttg. 1915. = Breslauer Beitr. zur Literaturgesch., 44. (VIII, 170 S.)

Habicht, Curt: Findlinge zum Thema „Goethe und die bildende Kunst". Monatshefte für Kunstwiss. 11, 1918, S. 232–238 und 278–290.

Sarauw, Christian: Goethes Augen. Kopenhagen 1919. = Det kgl. danske videnskab. selskab, Hist.-phil. med. 2,3. S. 1–208.

Born, Wolfgang: Die Graphik in Goethes Kunstwelt. Die graphischen Künste 55, 1932, S. 69–88.

Pinder, Wilhelm: Goethe und die bildende Kunst. München 1933. (23 S.) – Wiederabgedruckt in: Pinder, Gesammelte Aufsätze. Lpz. 1938.

Hetzer, Theodor: Goethe und die bildende Kunst. Lpz. 1948. (42 S.)

Goethe, Gedanken über die graphischen Künste. Zusammengestellt u. eingeleitet von Hans H. Bockwitz. Lpz. 1948. (142 S.)

Fischer, Theodor: Goethes Verhältnis zur Baukunst. München 1948. (50 S., 18 Abb.)

Stelzer, Otto: Goethe und die bildende Kunst. Braunschweig 1949.

v. Einem, Herbert: Goethe-Studien. München 1972. (188 S.) Darin: Goethe und Dürer; Goethes Kunstphilosophie; Goethe und Palladio; Goethe und die bildende Kunst seiner Zeit u. a. m.

v. Einem, Herbert: Die bildende Kunst im Leben und Schaffen Goethes. Jahrb. des Wiener Goethe-Vereins 86–88, 1984, S. 29–65 und 89/90, 1986, S. 89–192.

Meyer, Heinrich: Kleine Schriften zur Kunst. Hrsg. von Paul Weizsäk-

ker. Heilbronn 1886. = Dt. Literaturdenkmäler des 18. und 19. Jahrhunderts, 25. (CLXVIII, 258 S.)
Meyer, Johann Heinrich: Geschichte der Kunst. Hrsg. von Helmut Holtzhauer und Reiner Schlichting. Weimar 1974. = Schriften der Goethe-Gesellschaft, 60. (462 S.)
Goethes Briefwechsel mit Heinrich Meyer. Hrsg. von Max Hecker. = Schr.G.Ges. 32 (1917), 34 (1919), 35 (1922) und 35,2 (1933).
Waetzold, Wilhelm: Deutsche Kunsthistoriker von Sandrart bis Rumohr. Bd. 1. Lpz. 1921. Darin: S. 155–179: Goethe S. 179–199: Heinrich Meyer. – Neudruck: Bln. 1965.
Federmann, Arnold: Joh. Heinr. Meyer, Goethes Schweizer Freund. Frauenfeld u. Lpz. (1936.) = Die Schweiz im dt. Geistesleben, 82. (112 S.)
Trunz, Erich: Goethe als Sammler. GJb. 89, 1972, S. 13–61.
Goethes Grafiksammlung. Die Franzosen. Katalog und Zeugnisse. Bearb. von G. Femmel. Lpz. 1980. (678 S., davon 255 S. Abb.)
Robson-Scott, William Douglas: The younger Goethe and the visual arts. Cambridge 1981. (XII, 175 S.)
Goethe als Sammler. Katalog. Zürich 1989. (176 S. mit Abb.)

Vgl. auch die ausführlichere Bibliographie in Bd. 12.

54. Antike Kunst

Curtius, Ludwig: Bronzen aus der Sammlung Goethes. Mitteil. des dt. Archäolog. Instituts, Römische Abt., Bd. 45, 1930, S. 1–28. (Mit 23 Taf. und 9 Abb.)
Keller, Heinrich: Goethe und das Laokoon-Problem. Frauenfeld u. Lpz. 1935. = Wege zur Dichtung, 21.
Trevelyan, Humphry: Goethe and the Greeks. Cambridge 1941. (XVI, 321 S.) – Dt.: Goethe und die Griechen. Übertr. von W. Löw. Hamburg 1949. (398 S.)
Börger, Hans: Goethe als Liebhaber antiker Kleinkunst. In: Deutschland-Italien. Festschrift für Wilh. Waetzold. Bln. 1941. S. 286–292.
Wegner, Max: Goethes Anschauung antiker Kunst. Bln. 1944. (168 S., 64 Abb.) – 2. Aufl. Bln. 1949. (158 S., 58 Abb.)
Hagen, Benno v.: Pompeji im Leben und Schaffen Goethes. (Jb.) Goethe 9, 1944, S. 88–108.
Jahn, Johannes: Die Wiederentdeckung der antiken Kunst und Goethe. (Jb.) Goethe 10, 1947, S. 168–190.
Grumach, Ernst: Goethe und die Antike. Eine Sammlung. 2. Bde. Potsdam (bzw. in einer anderen Ausg.: Berlin) 1949. (1092 S., 17 Taf.)
Handrick, Willy: Die Aldobrandinische Hochzeit, Kopie eines antiken

Gemäldes in Goethes Kunstsammlung. (Jb.) Goethe 25, 1963, S. 142–166 (mit Abb.).
Die Gemmen aus Goethes Sammlung. Bearb. von G. Femmel und G. Heres. Lpz. 1977. (Mit zahlr. Abb.)
Hummel, Siegbert: Goethes ägyptische Sammlung. GJb. 97, 1980, S. 212–223.

Vgl. auch die Anmerkungen und Bibliographien in Bd. 11 und 12.

55. Kunst des Mittelalters

Beutler, Ernst: Von deutscher Baukunst. Goethes Hymnus auf Erwin von Steinbach. Seine Entstehung und Wirkung. München 1943. = Freies dt. Hochstift, Vorträge u. Schriften, 4. (84 S., 8 Abb.)
Keller, Harald: Goethes Hymnus auf das Straßburger Münster und die Wiedererweckung der Gotik im 18. Jahrh. Bayer. Akad. d. Wiss., Phil.-hist. Kl., Sitzungsber. 4, 1974.
Benz, Richard: Goethes Anteil am Wiederaufbau des Kölner Doms. (Jb.) Goethe 7, 1942, S. 226–256.
Grisebach, August: Goethe in Heidelberg und der Kölner Dom. In: Goethe und Heidelberg. Heidelberg 1949. S. 196–203.
Brussatis, Helmuth: Goethe und das Hochmeisterschloß Marienburg. Altpreußische Forschungen 7, 1930, S. 223–237.
Firmenich-Richartz, Eduard: Sulpiz und Melchior Boisserée als Kunstsammler. Jena 1916. (VIII, 546 S.)
Poensgen, Georg: Die Begegnung mit der Sammlung Boisserée in Heidelberg. In: Goethe und Heidelberg. Heidelberg 1949. S. 145–184. (Dazu: Verzeichnis des heutigen Bestandes der Sammlung Boisserée. S. 185–193.)
Dehio, Georg: Alt-italienische Gemälde als Quelle zum „Faust". G.Jb. 7, 1886, S. 251–264.
Schmidt, Franz: Goethes Verhältnis zur frühitalienischen Malerei. (Jb.) Goethe 21, 1959, S. 152–162.

56. Kunst der Renaissance

Heusler, Andreas: Goethe und die italienische Kunst. Basel 1891. (41 S.)
Prang, Helmut: Goethe und die Kunst der ital. Renaissance. Bln. 1938. = German. Studien, 198. (275 S.)
Strzygowski, Josef: Leonardos Abendmahl und Goethes Deutung. GJb. 17, 1896, S. 138–156.
Grimm, Herman: Das Leben Raphaels. 2. Aufl. Bln. 1886. Darin S. 1–90: Raphaels Ruhm in vier Jahrhunderten.

Schuette, Marie: Das Bildnis des Herzogs von Urbino im Goethehaus. (Jb.) Goethe 5, 1940, S. 251–265 (mit Abb.).

Mazzuchetti, Lavinia: Goethe ed il cenacolo di Lionardo. Milano 1959.

Keller, Harald: Goethe, Palladio u. England. München 1971. = Bayer. Akad. d. Wiss., Phil.-Hist. Kl., Sitzungsber. 6.

Einem, Herbert v.: Goethe-Studien. München 1972. Darin: Goethe und Dürer; Goethe und Palladio u. a.

Einem, Herbert v.: Goethe und Michelangelo. GJb. 92, 1975, S. 165–194.

Einem, Herbert v.: Ein ungedrucktes Manuskript J. H. Meyers über Michelangelo. GJb. 94, 1977, S. 256–285.

Vgl. ferner Anmerkungen und Bibliographien in Bd. 11 und 12.

57. Kunst des 17. und 18. Jahrhunderts

Zwanzig Zeichnungen alter Meister aus Goethes Sammlung. Hrsg. von A. Mayer und W. v. Oettingen. Weimar 1914. = Schr. G. Ges., 29.

Koetschau, Karl: Goethe und Claude Lorrain. Wallraf-Richartz-Jahrbuch, N. F. 1, 1930, S. 261–268.

Varenne, Gaston: Goethe et Claude Lorrain. Revue de Littérature comparée 12, 1932, S. 1–29.

Rouge, J.: Goethe et l'Essai sur la peinture de Diderot. Etudes Germaniques 4, 1949, S. 227–236.

Wahl, Hans: Goethes Anstoß zur russischen Ikonenforschung. (Jb.) Goethe 10, 1947, S. 219–226. – Wiederabgedruckt in: Wahl, Alles um Goethe. Weimar 1956.

Vgl. Anmerkungen und Bibliographien in Bd. 11 und 12.

58. Zeitgenössische Kunst

Scheidig, Walther: Goethes Preisaufgaben für bildende Künstler 1799–1805. Weimar 1958. (XII, 536 S., 49 Taf.)

Eberlein, Kurt Karl: Goethe und die bildende Kunst der Romantik. Jb. G. Ges. 14, 1928, S. 1–77.

Benz, Richard: Goethe und die romantische Kunst. München 1940. (262 S. mit 40 Taf.)

Beutler, Ernst: Der Baumeister Coudray. In: Beutler, Essays um Goethe. Bd. 2. Wiesbaden 1947 u. ö.

Varenne, Gaston: Les relations entre David d'Angers et Goethe. Etudes Germaniques 4, 1949, S. 237–252.

Geese, Walter: G. M. Klauer, der Bildhauer Goethes. Lpz. 1935. (234 S. und 64 Taf.)

Striehl, Georg: Chr. Heinr. Kniep. Zeichner an Goethes Seite. Katalog. Hildesheim 1992. (94 S. mit 78 Abb.)
Georg Melchior Kraus. Hrsg. von Eberhard Freiherr Schenk zu Schweinsberg. Weimar 1930. = Schr.G.Ges., 43. (40 S., 54 Taf.)
Eggers, Karl: Rauch und Goethe. Bln. 1889. (XIV, 251 S.)
Philipp Otto Runges Briefwechsel mit Goethe. Hrsg. von Hellmuth Freiherr v. Maltzahn. Weimar 1940. = Schr.G.Ges., 51.
Einem, Herbert v.: Ph.O. Runge und Goethe. Jahrb. d. Fr. dt. Hochstifts 1977, S. 92–110.
Grimm, Herman: Goethe und der Bildhauer Schadow. Vierteljahresschrift hrsg. von Seuffert 1, 1888, S. 293–323. – Wiederabgedruckt in: Grimm, Aus den letzten 5 Jahren. Gütersloh 1889. – Auch in späteren Sammlungen der Essays H. Grimms.
Handrick, Willy: Joh. Joseph Schmeller. Ein Maler im Dienste Goethes. Bln. 1966. (251 S., 71 Taf.)
Grimm, Herman: Goethe und Luise Seidler. Preuß. Jahrbücher 33, 1874, S. 43–57. – Wiederabgedruckt in: Grimm, Fünfzehn Essays. Bln. 1874 u. ö.
Götting, Franz: Dorothea Stock, eine deutsche Malerin um 1800. Goethe-Kalender 31, 1938, S. 197–261.
Aus J. H. W. Tischbeins Leben und Briefwechsel. Hrsg. von Fr. v. Alten. Lpz. 1872. (XII, 330 S.)
Landsberger, Franz: Wilhelm Tischbein. Lpz. 1908. (221 S., 18 Taf.)
Sörrensen, Wolfgang: Joh. Heinr. Wilh. Tischbein. Stuttg. 1910. (XX, 144 S. mit 6 Taf.)
Goethe und Tischbein. Hrsg. von W. v. Oettingen. Weimar 1910. = Schr.G.Ges., 25. (40 S., 25 Taf.)
Beutler, Ernst: Tischbeinfunde. Goethe-Kalender 27, 1934, S. 44 bis 128.
Mildenberger, Hermann: J. H. W. Tischbein, Goethes Maler und Freund. Ausstellungs-Katalog. Neumünster 1986. (256 S. mit Abb.)

Vgl. auch Abschnitt 32, 33 und 34, ferner Bd. 10, S. 429–528 und Anmerkungen. Zu Tischbein auch Bd. 1, S. 374 ff. u. Anmkg.

59. Musik und Musiker

Gedichte von Goethe in Kompositionen seiner Zeitgenossen. Hrsg. von M. Friedländer. 2 Bde. Weimar 1896 und 1916. = Schr.G.Ges., 11 und 31.
Bode, Wilhelm: Die Tonkunst in Goethes Leben. 2 Bde. Bln. 1912. (XII, 304 und VIII, 385 S. mit Abb.)
Friedländer, Max: Goethe und die Musik. Jb. G.Ges. 3, 1916, S. 275 bis 340.

Abert, Hermann: Goethe und die Musik. Stuttg. 1922. (128 S.)
John, Hans: Goethe und die Musik. Langensalza 1928. = Musikal. Magazin, 73. (VII, 175 S.)
Blume, Friedrich: Goethe und die Musik. Kassel 1948. (100 S.)
Goethe und die Musik. Aus den Werken, Briefen und Gesprächen. Von Willi Reich. Zürich 1949. (163 S.)
Moser, Hans Joachim: Goethe und die Musik. Lpz. 1949. (220 S., davon S. 173–220 Notenanhang. 8 Taf.)
Fisch, Samuel: Goethe und die Musik. Frauenfeld 1949. (106 S. mit zahlr. Notenbeispielen.)
Guttmann, Alfred: Musik in Goethes Wirken und Werken. Bln. 1949. (171 S.)
Benz, Richard: Die Welt der Dichter und die Musik. Düsseldorf 1949. (Darin S. 293–319: Goethe und die Musik.)
Blume, Friedrich: Goethe. In: Die Musik in Geschichte und Gegenwart. Bd. 5. Kassel und Basel 1956. Sp. 432–457. (Mit 6 Abb., 1 Tafel und ausführl. Bibliographie.)
Hicks, W. C. R.: Was Goethe musical? Publications of the English Goethe Society, N. S. 27, 1958, S. 73–139.
Müller-Blattau, Joseph: Goethe und die Meister der Musik. Stuttg. 1969. (80 S.)
Winter, Paul: Goethe erlebt Kirchenmusik in Italien. Hamburg 1949. (136 S. mit Abb. und 11 Notenbeilagen.)
Müller-Blattau, Josef: Goethes Weg zu Johann Sebastian Bach. (Jb.) Goethe 12, 1950, S. 53–59.
Wiora, Walter: Goethes Wort über Bach. In: Hans Albrecht in memoriam. Hrsg. von W. Brennecke u. H. Haase. Kassel 1962. S. 179 bis 191.
Godman, Stanley: Goethe and Händel. Publications of the English Goethe Society 23, 1954, S. 27–52.
Nettl, Paul: Goethe und Mozart. Eßlingen 1949. (48 S. mit Abb.) – Dasselbe engl.: Goethe and Mozart. In: Goethe bicentennial Studies. Bloomington 1950 = Indiana University Publications, 22. S. 83–106.
Müller-Blattau, Josef: Der Zauberflöte Zweiter Teil. Ein Beitrag zum Thema Goethe und Mozart. (Jb.) Goethe 18, 1956, S. 158–179.
Rolland, Romain: Goethe et Beethoven. Paris 1930 u. ö. (283 S. mit Abb.) – Dasselbe dt.: Goethe und Beethoven. Zürich 1928. (108 S.) – Neuauflage 1948.
Benz, Richard: Goethe und Beethoven. Lpz. 1942. (80 S.) – Neuausgabe: Stuttg. 1948.
Huschke, Wolfram: Musik im klassischen und nachklassischen Weimar. 1756–1861. Weimar 1982. (240 S.)

60. Beziehungen zur Philosophie

Korff, H. A.: Geist der Goethezeit. 5 Bde. Lpz. 1923–1957.

v. Bubnoff, Nicolai: Goethe und die Philosophie seiner Zeit. Zeitschrift für philosophische Forschung 1, 1946, S. 288–307 und 541–558.

Gadamer, Hans-Georg: Kleine Schriften. Bd. 2. Tübingen 1967. Darin: Goethe und die Philosophie S. 82–96. Goethe und die sittliche Welt S. 97–104.

Petersen, Peter: Goethe und Aristoteles. Braunschw. 1914. (IV, 58 S.)

Schlechta, Karl: Goethe in seinem Verhältnis zu Aristoteles. Frankf. a. M. 1938. = Frankfurter Studien, 16. (136 S.)

Schlechta, Karl: Goethe in seinem Verhältnis zu Aristoteles. (Jb.) Goethe 3, 1938, S. 251–256.

Richter, Julius: Jakob Boehme und Goethe. Jahrbuch des freien dt. Hochstifts 1934/35. S. 3–55.

Bergmann, Ernst: Fichte und Goethe. Kantstudien 20, 1915, S. 347–356.

Honegger, Rudolf, Goethe und Hegel. Jb. G.Ges. 11, 1925, S. 38–111.

Schubert, Johannes: Goethe und Hegel. Lpz. 1933. (VIII, 194 S.)

Falkenheim, Hugo: Goethe und Hegel. = Heidelbg. Abhandl. zur Philos. und ihrer Gesch., 26. Tübingen 1934. (VI, 84 S.)

Cohn, Jonas: Das Kantische Element in Goethes Weltanschauung. Schillers philosophischer Einfluß auf Goethe. Kant-Studien 10, 1905, S. 286–345.

Vorländer, Karl: Kant, Schiller, Goethe. Lpz. 1907. (XIV, 294 S.) – 2. verb. Aufl. Lpz. 1923. (XIV, 306 S.)

Westra, P.: Goethe und Kant. Etudes Germaniques 6, 1951, S. 240 bis 251.

v. Molnar, Géza: Goethes Kantstudien. Weimar 1994. (358 S.) = Schr. G. Ges. 64.

Mahnke, Dietrich: Leibniz und Goethe. Erfurt 1924. (82 S.)

Muthesius, Karl: Goethe und Pestalozzi. Lpz. 1908. (VIII, 275 S.)

Hasse, Karl Paul: Von Plotin zu Goethe. Die Entwicklung des neuplatonischen Einheitsgedankens zur Weltanschauung der Neuzeit. Lpz. 1909. – 2. Ausgabe 1912. (VIII, 327 S.)

Koch, Franz: Goethe und Plotin. Lpz. 1925. (VIII, 263 S.)

Berendt, Hans: Goethe und Schelling. Festschrift für Berthold Litzmann. Hrsg. von C. Endres. Bonn 1920. S. 77–104.

Braun, Otto: Goethe und Schelling. Jb.G.Ges. 9, 1922, S. 199–214.

Dilthey, Wilhelm: Aus der Zeit der Spinozastudien Goethes. In: Dilthey, Gesammelte Schriften 2, Lpz. 1923 u. ö., S. 391–415.

Gebhardt, Carl: Der Spinozismus Goethes. In: Gebhardt, Spinoza. 4 Reden. Heidelberg 1927. S. 57–80.

Stockum, Th. C. van: Goethe en Spinoza. Leiden 1956. = Mededelingen van wege het Spinozahuis, XIII (II, 18 S.)
Bollacher, Martin: Der junge Goethe und Spinoza. Tübingen 1969. = Stud. z. dt. Lit., 18. (VIII, 253 S.)

Zu Spinoza vgl. auch Anmkg. zu Bd. 10, S. 35,4.

60a. Naturwissenschaft

Vgl. die Bibliographie in Bd. 13.

61. Stellung zum Christentum

Obenauer, Karl Justus: Goethe in seinem Verhältnis zur Religion. Jena 1921. (234 S.) – 4.–6. Tausend 1923 (243 S.)
Harnack, Adolf v.: Die Religion Goethes in der Epoche seiner Vollendung. In: Harnack, Erforschtes und Erlebtes. Gießen 1923. S. 141–170.
Schubert, Hans v.: Goethes religiöse Jugendentwicklung. Lpz. 1925. (75 S.)
Krüger, Gustav: Die Religion der Goethezeit. Tübingen 1931. (X, 156 S.)
Muth, Karl: Goethes Gottverhältnis. Hochland 29, 1931/32, S. 17–32. – Wiederabgedruckt in: Muth, Schöpfer und Magier. 3 Essays. Lpz. 1935. – 2. Aufl. München 1953. S. 120–151.
Franz, Erich: Goethe als religiöser Denker. Tübingen 1932. (XI, 288 S.)
Seeberg, Erich: Goethes Stellung zur Religion. Ztschr. f. Kirchengesch. 51, 1932, S. 202–227. – Auch als Einzeldruck: Stuttg. 1932. (28 S.)
Urs von Balthasar, Hans: Prometheus. Studien zur Geschichte des dt. Idealismus. Salzburg u. Lpz. 1937. – 2. Aufl. Heidelberg 1947.
Janzer, Gertrud: Goethe und die Bibel. Lpz. 1929. (137 S.) Auch als theol. Diss. Heidelberg 1929. Darin S. 121–134 die von Goethe verwerteten Bibelstellen.
Troll, Wilhelm: Goethe und die christliche Tradition des Abendlandes. Mainz 1947. (30 S.)
Bergstraesser, Arnold: Goethe's View of Christ. Modern Philology 46, 1948/49, S. 172–202. – Dasselbe dt.: Goethes Anschauung von Christus. In: Bergstraesser, Staat und Dichtung. Freiburg 1967.
Grosser, Alfred: Le jeune Goethe et le piétisme. Etudes Germaniques 4, 1949, S. 203–212.
Bernhart, Josef: Goethe und die katholische Welt. Frankfurter Hefte 4, 1949, S. 1060–1070.
Gogarten, Friedrich: Goethes Frömmigkeit und wir. In: Schicksalswege dt. Vergangenheit. Festschr. für S. Kaehler. Hrsg. von W. Hubatsch.

Düsseldorf 1950. S. 103–116. – Dasselbe unter dem Titel: Die Einheit des Menschen mit der Welt. Gedanken zu Goethes Frömmigkeit. In: Gestalt und Gedanke. Ein Jahrbuch. Hrsg. von der Bayerischen Akad. d. Schönen Künste. München 1951. S. 167–187.
Lüders, Eva Maria: Goethe und das Gebet. Stimmen der Zeit 145, 1950, S. 277–285.
Althaus, Paul: Goethe und das Evangelium. In: Viva Vox Evangelii. Festschrift für Bischof Hans Meiser zum 70. Geburtstag. München 1951. S. 99–118. – Auch als Einzelschrift: München 1951. (24 S.)
Schneider, Reinhold: Das ungelöste Problem – Goethes Glaube. In: Schneider, Über Dichter und Dichtung. Köln 1953. S. 227–246.
Meinhold, Peter: Goethe zur Geschichte des Christentums. Freiburg u. München 1958. (XII, 282 S.)
Becher, Hubert: Goethes Altersreligiosität. Stimmen der Zeit 163, 1959, S. 410–427.
Thielicke, Helmut: Goethe und das Christentum. München 1982. (107 S.)

Vgl. auch Abschnitt 62.

62. Weltanschauung

Goethes Philosophie aus seinen Werken. Hrsg. von Max Heynacher. Lpz. 1905. (VIII, 428 S.) = Philos. Bibl., 109. – 2. Aufl. 1922. (CXXXI, 319 S.)
Gott, Gemüt und Welt. Goethes Selbstzeugnisse über seine Stellung zur Religion und zu religiös-kirchlichen Fragen. Zusammengestellt von Th. Vogel. Lpz. 1888. – 5. Aufl. Bln. 1922. (VI, 256 S.) – Neubearbeitung von R. Neuwinger. Bln. 1939. (154 S.) – 3. Aufl. 1943. (210 S.)
Welt und Geist im Goethewort. Eine Auswahl aus Goethes Lebensweisheit. Von Th. Friedrich, vollendet von C. Diesch. Biberach 1949. (376 S.)
Harnack, Otto: Goethe in der Epoche seiner Vollendung. 1805–1832. Lpz. 1887. (XLVI, 249 S.) – 3. Aufl. 1905. (XIII, 326 S.)
Steiner, Rudolf: Goethes Weltanschauung. Weimar 1897. – 2. überarbeitete Aufl. Bln. 1918. – 4. Aufl. Freiburg 1948.
Siebeck, Hermann: Goethe als Denker. Wien 1902. – 4. Aufl. Stuttg. 1922. (215 S.)
Boucke, Ewald A.: Goethes Weltanschauung auf historischer Grundlage, Stuttg. 1907. (XXI, 459 S.)
Simmel, Georg: Goethe. Lpz. 1913. (VIII, 264 S.) – 5. Aufl. 1923.
Fischer, Paul: Goethes Altersweisheit. Tübingen 1921. (XII, 248 S.)
Lütgert, Wilhelm: Die Religion des dt. Idealismus und ihr Ende. 3 Bde. Gütersloh 1923–1926.

Janentzki, Christian: Goethe und das Tragische. Logos 16, 1926, S. 16–31.

Klages, Ludwig: Goethe als Seelenforscher. Jahrbuch des freien dt. Hochstifts 1928, S. 3–44. – Als Einzelschrift: Bln. 1932. (94 S.) – Neuauflage: Zürich 1949. (92 S.)

Unger, Rudolf: Der Unsterblichkeitsgedanke im 18. Jahrhundert und bei unseren Klassikern. Ztschr. f. systemat. Theologie 7, 1929/30, S. 431–460. – Wiederabgedruckt in: Unger, Zur Dichtungs- und Geistesgesch. der Goethezeit. Bln. 1944. S. 9–36.

Leisegang, Hans: Goethes Denken. Lpz. 1932. (XII, 182 S.)

Bianquis, Geneviève: L'Urphaenomen dans la pensée et dans l'œuvre de Goethe. Revue Philosophique 113, 1932, S. 207–244. – Wiederabgedruckt in: Bianquis, Etudes sur Goethe. Paris 1951. = Publ. de l'Univ. de Dijon, 8. S. 45–80.

Weinhandl, Ferdinand: Die Metaphysik Goethes. Bln. 1932. (XV, 400 S.)

Scholz, Heinrich: Goethes Stellung zur Unsterblichkeitsfrage. Tübingen 1934. (47 S.)

Petzold, Bruno: Goethe und der Mahayana-Buddhismus. In. Jahrbuch der Goetheges. in Japan, Bd. 5, 1936, S. 1–88. – Als Buch: Wien 1982. (116 S.)

Farinelli, Arturo: Goethe und der Ewigkeitsgedanke. (Jb.) Goethe 3, 1938, S. 233–250.

Schülke, Horst: Goethes Ethos. Eine systematische Darstellung der Goetheschen Ethik und ein phänomenologischer Vergleich ihrer wesentlichsten Züge mit der christlichen Ethik der Goethezeit. Schwerin 1939. (213 S.)

Spranger, Eduard: Goethe über die letzten Fragen des Lebens. Goethe-Kalender 34, 1941, S. 1–35.

Kippenberg, Anton: Die Hypsistarier. (Jb.) Goethe 8, 1943, S. 3–19.

Flitner, Wilhelm: Goethe im Spätwerk. Glaube, Weltsicht, Ethos. Hamburg 1947. (323 S.)

Schaeder, Grete: Gott und Welt. Drei Kapitel Goethescher Weltanschauung. Hameln 1947. (423 S.)

Trevelyan, Humphry: Goethe as thinker. In: Essays on Goethe. Ed. by William Rose. London 1949. S. 121–140.

Curtius, Ernst Robert: Goethe. Grundzüge seiner Welt. In: Curtius, Kritische Essays. Bern 1950 u. ö. S. 59–77.

Danckert, Werner: Goethe. Der mythische Urgrund seiner Weltschau. Bln. 1951. (XXVI, 625 S.)

Wilkinson, Elizabeth Mary: The poet as thinker. In: German Studies, presented to L. A. Willoughby. Oxford 1952. S. 217–242. – Wieder-

abgedruckt in: Wilkinson--Willoughby: Goethe, poet and thinker. London 1962.
Viëtor, Karl: Goethes Anschauung vom Menschen. In: Viëtor, Geist und Form. Bern 1952. S. 72–143 und 315–325.
Jantz, Harold: Die Grundstruktur des Goetheschen Denkens. Ihre Vorformen in Antike und Renaissance. Euphorion 48, 1954, S. 153–170.
Trunz, Erich: Das Vergängliche als Gleichnis in Goethes Dichtung. (Jb.) Goethe 16, 1954, S. 36–56. Wiederabgedruckt in: Trunz, Ein Tag aus Goethes Leben. 1990 u. ö.
v. Rintelen, Fritz-Joachim: Der Rang des Geistes. Goethes Weltverständnis. Tübingen 1955. (VI, 436 S.)
Schrimpf, Hans Joachim: Das Weltbild des späten Goethe. Stuttg. 1956. (380 S.)
Wolf, Eugen: Über die Selbstbewahrung. Stuttg. 1957. (196 S.)
Schmitz, Hermann: Goethes Altersdenken im problemgeschichtlichen Zusammenhang. Bonn 1959. (X, 584 S.)
Marache, Maurice: Le Symbole dans la pensée et l'oeuvre de Goethe. Paris 1960. (341 S.)
Wilkinson, E. M. and Willoughby, L. A.: Goethe, poet and thinker. London 1962. (248 S.) – 2. Aufl. 1970. – Deutsche Fassung: Goethe. Dichter und Denker. Essays. Frankfurt a. M. 1974. (XII, 324 S.)
Nicolai, Heinz: Goethes Schicksalsidee. (Jb.) Goethe 26, 1964, S. 77–91.
Binder, Wolfgang: Grundformen der Säkularisation in den Werken Goethes, Schillers und Hölderlins. Ztschr. f. dt. Philologie 83, 1964, Sonderheft S. 42–69. – Wieder abgedruckt in: Binder, Aufschlüsse. Zürich u. München 1976. S. 35–62.
Mayer, Gerhard: Eros und Agape im Spätwerk Goethes. (Jb.) Goethe 28, 1966, S. 122–153.
Wolf, Eugen: Heilende Kräfte in Goethes Dichtung. (Jb.) Goethe 28, 1966, S. 154–178.
Spranger, Eduard: Goethe. Seine geistige Welt. Tübingen 1967. (380 S.) Darin: Goethe über die Resultate des Lebens; Goethes Bild vom Menschen; Goethe und die Metamorphose des Menschen; Goethe und die metaphysischen Offenbarungen; Heilige Liebe u. a. m.
Heisenberg, Werner: Das Naturbild Goethes und die technisch-naturwissenschaftliche Welt. (Jb.) Goethe 29, 1967, S. 27–42. Wiederabgedruckt in: Heisenberg, Schritte über Grenzen. Gesammelte Reden und Aufsätze, München 1971. S. 243–262.
Zimmermann, Rolf Christian: Das Weltbild des jungen Goethe. Studien zur hermetischen Tradition des 18. Jahrhunderts. Bd. 1. München 1969. (368 S.) – Bd. 2. München 1979.

Hass, Hans-Egon: Über die Ironie bei Goethe. In: Ironie und Dichtung. Hrsg. von Albert Schaefer. München 1970. S. 59–83.

Bahr, Erhard: Die Ironie im Spätwerk Goethes. Berlin (West) 1972. (216 S.)

Trunz, Erich: Goethes religiöse Gedankenwelt, dargestellt auf Grund der Gedichte und des „Faust"-Schlusses. In: Trunz, Weltbild und Dichtung im Zeitalter Goethes. Weimar 1993. = Schr. G. Ges. 63. S. 125–144.

Abschied und Übergang. Goethes Gedanken über Tod und Unsterblichkeit. Mit Erläuterungen u. Nachwort von Werner Keller. Zürich 1993. (160 S.)

Vgl. auch die Abschnitte 14 und 61.

63. Ruhm, Wirkung

Goethe im Urteil seiner Kritiker. Hrsg. von K. R. Mandelkow. München 1975 ff. Bd. 1: 1773–1832. 1975. Bd. 2: 1932–1870. 1977. Bd. 3: 1870–1918. 1979. Bd. 4: 1918–1982. 1984.

Strich, Fritz: Goethe und die Weltliteratur. Bern 1946. (408 S.)

Jb. G. Ges. 18, 1932. Darin die Vorträge der Weimarer Goethe-Gedächtnis-Woche von 1932 über: Goethe und England; Goethe und Frankreich; Goethe und die skandinavische Welt; Goethe und die slavische Welt; Goethe und Amerika; Goethe und die hispanische Welt; Goethe und Holland; Goethe und Ungarn; Goethe und Rom; Goethe und die Weltliteratur. (IV, 232 S.)

Mandelkow, Karl Robert: Goethe in Deutschland. Bd. 1: 1773–1918. München 1980. (352 S.) Bd. 2: 1919–1982. 1989. (352 S.)

Beutler, Ernst: Der Ruhm. In: Beutler, Essays um Goethe. Bd. 1. 3. Aufl. 1946. S. 387–408. – 5. (einbändige) Ausgabe 1957. S. 658–675.

Wachsmuth, Andreas B.: Vom Wandel des Goethe-Bildes. (Jb.) Goethe 22, 1960, S. 1–20.

Nadler, Käte: Das Goethebild des C. G. Carus. Dt. Vjs. 14, 1936, S. 462–472.

Mandelkow, Karl Robert: Das Goethebild J. P. Eckermanns. In: Gratulatio. Festschrift für Christian Wegner. Hamburg 1963. S. 83–109.

Hamburger, Käte: Rahel und Goethe. In: Studien zur Goethezeit. Festschrift für Lieselotte Blumenthal. Weimar 1968. S. 74–93.

Schumann, Detlev W.: Eichendorffs Verhältnis zu Goethe. Literaturwiss. Jahrbuch der Görres-Ges., N. F. 9, 1968, S. 159–218.

Dietze, Walter: Junges Deutschland und dt. Klassik. Bln. 1957. = Neue Beitr. zur Literaturwiss., 6. – 3. Aufl. 1962.

Friedländer, Fritz: Heine und Goethe. Bln. u. Lpz. 1932. = Germanisch und Deutsch, 7. (70 S.)

Wadepuhl, Walther: Heines Verhältnis zu Goethe. (Jb.) Goethe 18, 1956, S. 121–131.
Strich, Fritz: Goethe und Heine. In: Strich, Der Dichter und die Zeit. Bern 1947. S. 185–225.
Müller, Joachim: Stifter und Goethe. Dt. Vjs. 22, 1944, S. 412–438.
Ermatinger, Emil: Gottfried Keller und Goethe. Publications of the Modern Language Association of America 64, 1949, S. 79–97.
Rehm, Walther: Victor Hehns Weg zu Goethe. In: Rehm, Götterstille und Göttertrauer. München 1951. S. 299–327 u. 364–365.
Rehm, Walther: J. Burckhardt und Goethe. In: Weltbewohner und Weimaraner. Festschr. für E. Beutler. Zürich 1960. S. 193–225.
Bertram, Ernst: Nietzsches Goethebild. Festschr. f. Berthold Litzmann. Hrsg. von C. Endres. Bonn 1920. S. 318–361.
Nicolai, Heinz: Die Entwicklung von Nietzsches Goethebild. German.-Roman. Monatsschrift 21, 1933, S. 337–360.
Kraus, Fritz: Auf dem Wege zum Übermenschen. F. Nietzsches Verhältnis zu Goethe. Goethe-Kalender 32, 1939, S. 131–174.
Steiner, Rudolf: Goethe-Studien und Goetheanistische Denkmethoden. Gesammelte Aufsätze (von 1899 bis 1923). Dornach 1932.
Goethe in unserer Zeit. Rudolf Steiners Goetheanismus als Forschungsmethode. Hrsg. von der Naturwiss. Sektion am Goetheanum Dornach durch G. Wachsmuth. Dornach und Basel 1949. (243 S.)
Schaeder, Grete: Hugo v. Hofmannsthal und Goethe. Hameln 1947. (107 S.)
Kretschmar, Eberhard: Goethe und Rilke. Dresden 1937. (127 S.)
Kretschmar, Eberhard: Goethe und Rilke. (Jb.) Goethe 2, 1937, S. 40–59.
Sieber, Carl: Rilkes äußerer Weg zu Goethe. Dichtung und Volkstum (Euphorion) 37, 1936, S. 51–60.
Siebels, Eva: Rilkes Wendung zu Goethe. (Jb.) Goethe 2, 1937, S. 27–40.
Mason, Eudo C.: Rilke und Goethe. Köln 1958. (128 S.)
Karalaschwili, Reso: Das Goethe-Bild in Hermann Hesses Schaffen. In: H. Hesse, Dank an Goethe. Insel-Taschenbuch 129. Frankfurt 1975. S. 179–200.
Carossa, Hans: Wirkungen Goethes in der Gegenwart. (Jb.) Goethe 3, 1938, S. 115–128. – Auch als Einzelschrift: Lpz. 1938.
GJb. 103, 1986. Darin Aufsätze über Goethe und Hauptmann, Freud, Schweitzer, Brecht, George, Benn u. a.
Oswald, Eugene: Goethe in England und America. Bibliography. 2. ed. Revised and enlarged by L. and E. Oswald. London 1909. = Publ. of the English Goethe Society, 11. (VI, 76 S.)
Carré, Jean-Marie: Goethe en Angleterre. Paris 1920. (XVIII, 300 S.)

Carré, Jean-Marie: Bibliographie de Goethe en Angleterre. Paris 1920. (XII, 176 S.)
Bruford, W. H.: Goethe's Reputation in England since 1832. In: Essays on Goethe. Ed. by William Rose. London 1949. S. 187–206.
Schirmer, Walther F.: Der Einfluß der dt. Literatur auf die englische im 19. Jahrhundert. Halle 1947. (LX, 165 S.)
Zeydel, Edwin H.: Goethe's Reputation in America. In: Essays on Goethe. Ed. by William Rose. London 1949. S. 207–232.
Baldensperger, Fernand: Goethe en France. Etude de littérature comparée. Paris 1904. (392 S.) – 2. éd. 1920. (402 S.) – New York 1973.
Baldensperger, Fernand: Bibliographie critique de Goethe en France. Paris 1907. (X, 251 S.)
Neubert, Fritz: Balzac und Goethe. In: Gedächtnisschrift für Adalbert Hämel. Würzburg 1953. S. 189–196.
Bonwit, Marianne: Flaubert auf Goethes Spuren. PMLA (Publ. of the Modern Language Assoc. of America) 65, 1950, S. 388–396.
Garrigue, François: Goethe et Valéry. Paris 1955. (140 S.)
Rogers, William S.: Gide and Goethe. In: Publ. of the English Goethe Society, N. S. 18, 1949, S. 68–83.
Scholte, Jan Henrik: Goethe und Holland. Jb.G.Ges. 18, 1932, S. 74–113.
Scholte, Jan Henrik: Goethe und Holland. Mitteil. d. Akad. zur wiss. Erforschung des Deutschtums. 1. Heft. München 1932. S. 4–77.
Weevers, Theodor: Goethe and Holland. Publ. of the English Goethe Society 18, 1949, S. 117–148.
Pageard, Robert: Goethe dans la vie littéraire espagnole (1812–1950). Revue de littérature comparée 27, 1953, S. 403–416.
Pageard, Robert: Goethe en España. Madrid 1958. (236 S.)
Rukser, Udo: Goethe in der hispanischen Welt. Stuttg. 1958. (236 S.)
Mayer, Hans: Mickiewicz und die deutsche Klassik. In: Mayer, Deutsche Literatur und Weltliteratur. Berlin 1957. S. 91–113.
Žirmunskij, Viktor Maksimovič: Gete v russkoj poezii (Goethe in der russischen Dichtung). Literaturnoe nasledstvo 1932, 4/6, S. 505–650.
Žirmunskij, Viktor Maksimovič: Gete v russkoj literature. Leningrad 1937. (674 S.)
Gronicka, André v.: The Russian image of Goethe. Goethe in Russian literature of the first half of the nineteenth century. Philadelphia 1968. (IX, 304 S.)
Kopelew, Lew: Faust in Rußland. In: Kopelew, Zwei Epochen russ.-dt. Literaturbeziehungen. Frankf. 1973. S. 47–93.
Perišić, Dragoslava: Goethe bei den Serben. München 1968. (304 S.)
Kimura, Naoji: Werther in japanischer Übersetzung. In: Sprache und Bekenntnis. Festschr. f. H. Kunisch. Berlin 1971. S. 57–77.

Goethe-Jahrbuch der Goethe-Gesellschaft in Japan. Bd. 20, 1978 und Bd. 29, 1987. Darin Aufsätze über: Goetheforschung in Japan; Goethe und das japanische Publikum; Die Werther-Wirkung in Japan; Goethe und die japanischen Philosophen; Die Goethe-Gesellschaft in Japan usw. (In dt. Sprache.)

Vgl. auch Abschnitt 64.

64. Goetheforschung

Mayne, Harry: Gesch. der dt. Goethe-Biographie. Lpz. 1914. (74 S.)

Unger, Rudolf: Wandlungen des literar. Goethebildes seit 100 Jahren. In: Unger, Gesammelte Studien. Bd. 2. Aufsätze zur Literatur- und Geistesgeschichte. Bln. 1929, S. 220–232.

Mandelkow, Karl Robert: Goethe in Deutschland. 2 Bde. München 1980–1989.

Schulze-Marmeling, Gisela: Die Erschließung der Goetheschen Alterswerke (1819–1952). Diss. Münster 1953.

Hahn, Karl-Heinz: Zur Geschichte des Goethe- und Schiller-Archivs. In: Festschrift für Wolfgang Vulpius. Weimar 1957. S. 37–51.

Keferstein, Georg: Neue Goethe-Forschung. Dichtung und Volkstum (Euphorion) 42, 1942, S. 97–125.

Nicolai, Heinz: Neuere Goethe-Forschung. Wirkendes Wort 1950/51, S. 288–301 und 359–368; 1952/53, S. 91–107.

Kindermann, Heinz: Das Goethebild des 20. Jahrhunderts. Wien u. Stuttg. 1952. (729 S.) – 2. Aufl. Darmstadt 1966.

Müller, Günther: Goethe-Literatur seit 1945. Dt. Vjs. 26, 1952, S. 119–148 und 377–410.

Baumgart, Wolfgang: Karl Ernst Schubarth. Aus der Frühzeit schlesischer Goetheforschung. (Jb.) Goethe 5, 1940, S. 198–217.

Hohlfeld, A. R.: K. E. Schubarth und die Anfänge der Fausterklärung. Internat. Forschungen zur dt. Literaturgesch., Festschr. f. J. Petersen. Lpz. 1938. S. 101–126. – Wiederabgedruckt in: Hohlfeld, Fifty years with Goethe. Madison 1953. S. 29–60.

Kraus, Fritz: Der Dichter als Deuter der Welt. Goethe im Urteil W. Diltheys. Goethe-Kalender 33, 1940, S. 185–215.

v. Klenze, Camillo: Das amerikanische Goethebild. Mitteilungen der dt. Akademie, Nr. 2, 1933, S. 184–210.

Boeschenstein, Hermann: Betrachtungen zur amerikanischen Goetheforschung der Gegenwart. Etudes Germaniques 4, 1949, S. 291 bis 311.

Willoughby, Leonard Ashley: Die Goethe-Forschung in Amerika seit 1949. Euphorion 48, 1954, S. 220–236.

Fancelli, Maria: Dreißig Jahre Goetheforschung in Italien. GJb. 92, 1975, S. 45–72; und Bd. 93, 1976, S. 150–163.
Reuter, Hans-Heinrich: Probleme und Themen der japanischen Goetheforschung. In: Weimarer Beiträge 14, 1968, S. 1073–1083.
Goethe-Jahrbuch der Goethe-Gesellschaft in Japan. Bd. 20, Tokyo 1978. Darin: Morio Sagara, Die Goethe-Gesellschaft in Japan und das Goethe-Jahrbuch; Kenji Takahashi, Goetheforschung in Japan vor dem Krieg; Masami Tobari, Goetheforschung nach 1945.

Vgl. auch Abschnitt 63, insbes. die Arbeiten von K. R. Mandelkow.

NAMEN-REGISTER

Bearbeitet von Irmgard Böttcher

* = In den Anmerkungen zu dieser Seite ist der Name vom Herausgeber erläutert.
° = Der Name wird im Text nicht ausdrücklich genannt.
⁺ = Der Name wird nicht ausdrücklich von Goethe genannt, ist jedoch im Kommentar angeführt.
SR = Sachregister S. 721–787
WR = Werk-Register S. 788–801

Das Register erfaßt die *Namen* der *Goetheschen Werke* im Textteil dieser Ausgabe. Die Anhänge der einzelnen Bände: Urteile Goethes und der Zeitgenossen, Dokumente, der Kommentar und darin Zitiertes wurden nicht berücksichtigt; doch sind für einige besondere Informationen Namen aus dem Kommentar durch den Verweis „vgl. zu ..." einbezogen worden.

Etliche Namen sind auch im *Sachregister* zu finden. Abgrenzung und Überschneidungen werden dort im Vorwort begründet. Band XI enthält ein *Sonderregister*, das in Einzelheiten ausführlicher ist.

Die *Zeichen* hinter den Seitenzahlen verweisen auf die wichtigsten Anmerkungen; bei geographischen Namen sind sie in der Regel nicht gesetzt.

Die Namen sind in der *Schreibweise* des Textes aufgenommen worden; die korrekte bzw. heutige ist in Klammern dazugesetzt; es wird auf sie verwiesen, soweit dies nötig erschien. Bei den Namen des „West-östlichen Divan" wurde auf die heutige Umschreibung verzichtet.

Goethe gebraucht die *Namen aus der Mythologie* wechselnd in griechischer und lateinischer Form; die Textstellen sind unter der am häufigsten verwendeten verzeichnet, unter der andern steht ein Verweis.

Kaiser und Könige sind unter ihren Eigennamen aufgenommen worden; unter den Namen ihrer Länder ist auf sie in historischer Folge verwiesen. In gleicher Weise wurden weitere *Fürsten* aufgenommen, soweit mehrere aus einem Hause im Text erwähnt werden (z. B. Sachsen-Weimar). Sonst sind sie im Register nur unter dem Namen ihres Hauses bzw. Geschlechtes angeführt, wie sie jeweils im Text genannt werden.

Literarische und musikalische Werke sind unter dem Namen des Verfassers bzw. Komponisten aufgenommen. Sofern er nicht von Goethe genannt wird, ist er im allgemeinen aus dem Kommentar zu entnehmen. Ist der Verfassername unbekannt – bei Volksbüchern usw. –, findet man das Werk unter seinem Titel (z. B. das Volksbuch „Die schöne Magelone" unter „Magelone, Die schöne")

Gemälde und Werke der bildenden Kunst sind unter dem Namen des Künstlers zu finden; doch sind dargestellte Gestalten der Bibel, der Mythologie und der Geschichte berücksichtigt worden, soweit es sinnvoll erschien, immer aber, wenn der Schöpfer des Werkes unbekannt ist. (So findet man z. B. unter „Maria, Mutter Gottes" auch Darstellungen.) Nur einzelne, für Goethe besonders bedeutende Werke (wie etwa Laokoon, die Niobe-Gruppe usw.), werden gesondert aufgeführt.

Bauwerke sind im allgemeinen unter dem Ortsnamen zu finden.

Die unter den *Ländernamen* gegebenen Einzelstichworte (z. B. „Deutsche Literatur") beziehen sich nur auf allgemeine Äußerungen und sind nur als Hinweise gedacht. Genaueres bringt das *Sachregister.*

Aachen II 331 338 345 IX 22 184 194 199 249 XII 151
Aaron II 211 215 f 218 225
Abach XI 12
Abaelardus, Petrus IX 188*
Abbas II., Schah von Persien (eigentl. Abbas I.) II 68 230ff 243
Abbt, Thomas IX 516*
Abel, Bruder Kains XI 27
Abel, Karl Friedrich IX 318*
Abele, Johann Philipp (nicht identisch mit Gottfried) VII 558+ IX 35+
Abendland s. Okzident
Abigail, Gattin des Königs David XII 265
Abraham I 260 II 122 146 212 215 223 III 362 VIII 159 476 IX 130ff 136f 141 XII 343 371 XIV 53
Abraham a Santa Clara (Hans Ulrich Megerle) X 157*
Abuherrira II 116*
Abyssinien (Abessinien) XII 147
Académie Française XIV 180f* vgl. zu XIII 533
Académie Royale des Sciences s. Akademie der Wissenschaften
Accademia Olimpica XI 56*
Achaia, Achaier II 517 530f 533 III 285
Achates XI 284
Achenbach XIII 114
Acheron V 36 38°
Achestegi II 173
Achill (Pelide, Peleione) I 218 375 II 124* 515*–536 III 227* 267 V 30 88 145+ IX 60 XI 244 XII 129
Acta Sanctorium III 362*
Adam II 12 38 56 103 137 454 III 129 234 VIII 55 IX 465° X 399 XI 460 XII 209+ 210 215 XIII 59 SR
Addison, Joseph IV 271+ vgl. Zuschauer
Adelung, Johann Christoph I 213+
Aderbijan (Aserbeidschan) II 233
Adersbach X 436
Admetos II 523 533 IV 203*ff VIII 159 XII 137*

Adrast V 29
Adrianopel XII 330f
Adriatisches Meer X 435 XI 63 69f 85 89ff 104 112 134 173 XII 329
Aelius Spartianus vgl. zu I 167
Aemilius, Paulus XII 547
Aeneas XII 21 66
Aeolus I 242 III 239*
Aetius X 245
Afrika XI 222 234+ 280 XII 150 XIV 46
Ägäisches Meer III 229 244ff
Agamemnon V 8*–67 XII 343
Aganthyr XI 444*
Agathe (Heilige) XI 107
Ägina, äginetisch X 521* XII 171
d'Agincourt, Jean Baptiste L. G. Seroux XI 370* XII 149 209 vgl. zu XII 147
Ägisth V 24° 31ff 64°
Aglaia III 165* vgl. Grazien
Aglaophon d. Ä. XII 112
Agricola, Georg X 205 XIV 92*f
Agricola, Johannes vgl. zu I 304ff
Agrigent s. Girgenti
Agrippa, Marcus XI 89*
Agrippa von Nettesheim, Heinrich Cornelius IX 162* vgl. zu IX 351
Agrippina XII 149+
Aguilonius, Franciscus XII 422* XIII 531 XIV 103*–105 109 119
Ägypten, Ägypter, ägyptisch I 159 II 207 209ff 229 531 III 222 267 VI 416 VII 539 555 VIII 15 79 91° 483 IX 131 133 137 142 389 511 X 244 312 XI 159 178 245 387 393 403 510 546 XII 98 127 147 505 XIII 225 254 296 302 511 XIV 13 vgl. SR
Ahasverus, Perserkönig II 152 168 VI 393
Ahasverus s. Jude, Der ewige, vgl. auch WR
Aire X 215 217 222
Airolo X 149 166
Aïs II 520* 522f 528 vgl. Hades
Aisne X 221ff 253 263 267
Aissé, Frl. von, vgl. zu VI 398
Aja s. Goethe, Katharina Elisabeth X 126
Ajalon IX 127*
Ajax II 534 III 272 V 30* IX 584
Akademie der Olympier XI 56*
Akademie der Wissenschaften (Académie Royale des Sciences) XIII 219f 223 247ff 533 XIV 180*–205 233 vgl. Académie Française
Akragas (Fiume di Girgenti) XI 280
Alba, Fernando Alvarez, Herzog von IV 370–454
–, Ferdinand, dessen 2. Sohn IV 445ff
Alba longa XI 165
Albacini, Carlo XI 368*
Albani, Familie I 161*
Albani, Alessandro XI 160* XII 114–116 s. XI Rom
Albani, Francesco XI 455
Albanien XI 159° 181
–, Herzog von s. Stuart, Carl Eduard
Albano XI 178 354f 398 400 445
Albertus Magnus X 499* XIV 87*
Albis X 151 153
Albrecht, Joh. Georg IX 124*ff
Alcaeus III 221+
Alcano XI 267ff 271
Alceste s. Alkestis
Alcibiades XII 225
Alcides s. Herkules

Aldobrandini, Silvestro u. Agnesina, dessen Gattin XI 474
–, Ippolito, deren Sohn s. Clemens VIII.
Aldobrandini, Villa XI 409 XII 484 vgl. I 375 vgl. Frascati
Aldobrandini-Borghese, Paolo Principe de XI 384* 390 409
Aldobrandinische Hochzeit XIII 510*
Alekto III 167 vgl. Furien
d'Alembert, Jean Lerond XII 268 451 XIII 44 vgl. zu IX 487
Aleppo II 229
Alexander der Große, König von Mazedonien I 163 205° II 68 87* 124 137 140 148 176f 261 V 88* VII 556 XI 86 XII 112
Alexander I., Zar von Rußland X 543 vgl. zu V 366ff
Alexandersbad X 523 XIII 296
Alexandria VI 167 172 174 VIII 91 XIII 296
Alfieri, Vittorio VIII 319*
Alfons I. d'Este, Herzog von Ferrara XI 100+
Alfons II. d'Este, Herzog von Ferrara V 73–167 XI 100+
Algarotti, Francesco XIII 533 XIV 191*–193 211
Algier XI 70
Alhazen XIV 66*
Ali, Kalif II 236 X 40f
Alkamenes XII 113
Alkestis (Alceste) II 523+ 533 IV 203ff XII 343
Alkinous V 70f+ IX 39* XI 267 299 375
Alkmene I 171 VIII 265
Allah II 8 10 23 41 50 71 80 84 88* 100 156
Allegri, Gregorio XI 530*
Allesina, Johann Maria u. Franziska Klara, geb. Brentano, dessen Gattin XI 34*
Allesina-Schweitzer, Familie IX 586* XI 34*
Allgemeine deutsche Bibliothek, 1765 gegr. von Fr. Nicolai, Berlin u. Stettin 1765–92, 106 Bde., Kiel 1792–98, Bd. 107 bis 118 u. 21 Bde. Anhänge IX 271*f 277* 354* 550 XIII 113 vgl. Nicolai
Allgemeine Literaturzeitung, 1785 gegr. von Chr. Gottfr. Schütz unter Mitwirkung von Hufeland u. Bertuch, Jena 1785 bis 1804, Halle 1804–1849 X 461*f vgl. Jenaische Allg. Literatur-Zeitung
Allgemeine Zeitung, 1797 gegr. von Joh. Friedr. Cotta, Tübingen 1797–1803, dann in Ulm, Augsburg, München X 502*
Alliierte (Campagne in Frankreich) X 188–306 193* 363 bis 391
Aloysius (Heiliger) XIII 511
Alpen I 182° 194f° 207 379 II 371 III 107 158 415 VII 609 VIII 7° 11°f 90 236 X 182 317 XI 12°ff 37 61 97 104 547 XIV 253 vgl. Tiroler Gebirge
Alpheus IV 455*
Altdorf X 145 468
Alten, Die (Künstler und Gelehrte der Antike) I 14 160 197 329 VI 499 IX 239 270 316 333 538 540 X 49 176 191 284 294 337 352 XI 42 59 71ff 87 98 117 121 138 391 395 545 XII 8 49 57 75f 79f 98ff 103 115 135 171f 174 201 251 287 290ff 313 412f 469 XIII 106 185 201 253 462 499 511 525 530 XIV 26 32ff 37ff

61 71 73f 76 82 87 114 118 125
Altenberg(e) XIII 277
d'Alton, Eduard Joseph d. Ä. XIII 200 211 212*–219 238 241 243
–, Joh. Samuel Eduard, dessen Sohn XIII 244
Altonaer Reichspostreuter, hrsg. von Albrecht Wittenberg X 60
Altväter, Patriarchen VI 9* IX 129* ff
Alvensleben, Philipp Karl von X 216*
Amadis I 56f* IV 214
Amalekiter II 215 IX 132
Amalthea XII 134*
Amaranth, Leibpferd Carl Augusts X 195
Amarinzio, Nivildo XI 482f
Amazonen I 171 II 328 III 297 IV 414 V 28 60 218 VIII 253 IX 60ff XI 46 XII 169 171 VII Amazone = Natalie 226 bis 568 vgl. SR
Amerika, Amerikaner I 333 404 VII 263 431 529 563f 567 VIII 81f 142°f 328 330f 351° 383°ff 409° 430° 439° 442° 453° X 114 166 XI 225 XIII 507
Amor (Cupido, Eros) I 156ff 160 163 165f 169ff 173f 181f 186 188 190 201 205 210 235ff 238 250 269 300 360* 405 II 14 III 84 256 292 IV 8 31 104 456 V 68 79⁺f 206 VII 317° VIII 56f IX 231° 235° 301f X 134 340 352f XI 478 481 518 XII 134 275
Amoriter II 216 IX 132
Amos IX 275
Amphiktyonen IX 528*
Amphitrite V 352*
Amralkais II 130
Amru II 130
Amselfeld XII 331
Amsteg X 145
Amsterdam XI 418
Amyntas I 196*f
Amyot, Jacques IX 480*
Anadyomen s. Aphrodite V 364*
Anakreon I 35* 205* vgl. zu I 14, zu IX 143
Ananias XI 363*
Ananke I 360* 406f
Anaxagoras III 238*ff XII 443 XIII 132*
Anchises I 158* II 528*
Anders (Andres), Friedrich XI 207*
Andes I 174⁺
André, Johann X 97*f 103ff XI 436⁺ vgl. zu I 93
Andrea del Sarto XI 368*
Andreae, Johann Valentin I 128⁺ vgl. zu II 271ff, zu III 7ff 23
Andreani, Andreas XII 185 193f 196ff 202 XIV 199*
Andreas (Apostel) III 34 XI 450 XII 168
Anfossi, Pasquale XI 156*
Anhalt-Dessau IX 328f* s. Leopold III. Friedrich Franz, Fürst (seit 1807 Herzog) von; s. Friedrich, Erbprinz von, dessen Sohn
Anna Amalia, Herzogin von Sachsen-Weimar IV 207⁺ V 300* 307°f X 51* 174⁺ 178° 229 286 291° 355 435 466 495 546f XI 383⁺ 399° 414° 429 433 XIII 48
Annette vgl. Schönkopf, Anna Katharina
Anquetil du Perron X 521*
Ansari II 152f
Anson, George IX 35*

Antara II 130
Antäus III 217* 290 300+ IV 438° XI 110*
Anthologia Graeca XII 130+
Antibes IX 84
Antigone I 194* XII 293 vgl. Sophokles
Antilochos II 515*f 529
Antinous von Mondragone XI 440 445* vgl. Frascati
Antiphilus XII 112
Anton Ulrich, Herzog zu Braunschweig-Wolfenbüttel VII 360+
Antonello da Messina XII 158+
Antoniano, Silvio V 145*
Antonine X 283* XI 12 452 470 vgl. Rom, Kaiser
Antoninus Pius, römischer Kaiser XI 88* vgl. zu XI 371
Antonius von Padua (Heiliger) III 94 395 XI 61 128°f 161ff
Antwerpen IV 382 391 425 X 194 528 XIV 103
Anubis II 123*
Apel IX 278*
Apelles II 262 XII 112
Apenninen XI 101 104 111ff 121ff 124 140 181
Aphidnus III 267
Aphrodite (Cythere, Cypria, Flora-Cypris, Kypris, Venus) I 38 63* 99 164* 172+ 183 188+ 272 II 98* 394 519* 526f III 155* 242 247 253 257* 292 V 337* 352 364+ IX 301 593 X 353 XI 440 553 XII 134 318 vgl. Venus Urania
Apolda X 514
Apoll (Helios, Phöbus) I 8 32ff 54+ 162* 164 185 222 344 II 13 81 165 517ff 526 531f 534f III 147* 225 231 251* 262f 288* 290 292 302f IV 208f 211 459 V 22f 26 30 43+ 51 60 66 271* 332–365 VIII 159 480 X 294 XI 87 107 134* 147 151 209 358 368 370 392* 408f 440 553 XII 59 75 78 137° 204 310ff 510 vgl. Apoll von Belvedere
Apoll von Belvedere IX 501* s. XI Rom XII 204 vgl. I 164
Apolloberg X 294* s. Trier
Apollonius XI 440+
Apostel (Jünger Christi) I 90 266 II 102 III 31f IX 221 I 363 X 479 XI 166 318 362ff 448ff 454 XII 145 154 164ff 203ff 211ff 234ff
Aprill (Notar) IX 182
d'Aquino, Francesco (Vizekönig von Sizilien) XI 241+f 264
Ara Coeli II 241 s. XI Rom
Arabien, Araber II 10 129–134 137 142 144ff 150 179 X 521 XI 159 XIV 55 66f SR
Arabischer Meerbusen II 212 220
Arafat II 33*
Arago, Dominique XIII 248*
Aranjuez IV 274 276f 283 299
Archenholz, Joh. Wilhelm von XI 91+ 112* 145
Archimedes XII 411 XIII 275*
Ardennen I 108 II 330
Arendt, Martin Friedrich X 506*
Ares s. Mars
Arete vgl. zu V 68
Aretino, Pietro X 536*
Arezzo XI 114
Argand, Aimé VII 189*
d'Argenville, Antoine Joseph Dézallier IX 313*
Argolis II 286
Argonauten II 555 III 224f* IX 363+
Argonnerwald X 215 221 230 237 241 251

Ariadne I 167* XI 87+ 440* 510
Aricia XI 445
Ariel III 133 137 146ff
Arimaspen III 218*
Ariost I 234 II 256* V 73*ff 92 94 XI 84 100* 380
Aristarch IV 204*
Aristophanes IX 311 X 353 XI 22+ XII 246 248 vgl. zu I 358, zu XI 32 vgl. WR Die Vögel
Aristoteles I 219 VIII 304 467 IX 108 222 540* XII 342*–345 414 417 440 495 XIII 241 529f XIV 20–28 37 40 52ff 66 70ff 82 90 105 116 126 128 245 vgl. zu IX 335, zu XII 65 365ff
Arius I 334 XIV 177
Arkadien III 287*ff IV 199 XI 7 480 SR
Arkadier, Gesellschaft der XI 479*ff SR
Arlon X 277 279
Armenier II 70 124 231 235f
Armida, Zauberin, V 164*
Arnim, Achim von X 453* 506° XII 270*–284
–, Bettina, geb. Brentano, dessen Gattin vgl. zu I 294ff, zu IX 10ff
Arnold, Gottfried IX 350* vgl. zu I 333f
Arnon II 210 216ff 220f 225
Aroc XIII 297f
Arona VII 592
Arrancy X 199
Artemis s. Diana
Artemisia, Königin von Karien VI 380*f
Artois, Karl Philipp Graf von s. Karl X. von Frankreich
Artois, Robert Graf von X 244*f
Asan Aga I 82*–85 XII 335f
Aschaffenburg IX 194 527 X 289
Aschersleben X 196 400
Äschylos (Aischylos) XII 295 538 vgl. zu IV 176ff, zu V 7ff
Asien, Asiaten II 172 176 231 246 IX 538 XI 222 402 XIV 55
Asklepios s. Äskulap
Äskulap (Asklepios) II 523 III 227f IV 211 VIII 330 XI 277
Asmodi, Asmodeus III 168* 213*
Äsop IX 125 263 XII 22*
Asphaltsee s. Totes Meer
Asra II 27*f 196
Assisi XI 116–119 122
Astruc, Jean XIII 104*
Äsyetes II 528
Ate XII 504*
Atella XI 338
Athen I 268 II 182 XI 82 88 387 391° XII 38* 109 113 130 171+ XIV 55 vgl. Parthenon
Athene (Minerva, Pallas) I 140 164 II 394 518 527ff 533 535ff III 224* 242 257 IV 178ff V 108 352 VII 169f 171* 174 199 VIII 198 X 33 48 XI 116f 118f 134 158*f 307 383 387 523 XII 38 58 113 134 145+ 171
Athene Giustiniani XI 158*f vgl. zu I 164
Äthiopien II 517 527 XI 159 XII 147 XIII 254 vgl. Merops
Atlas III 197 230 XI 245
Ätna II 74 XI 280 286 288 294 297 397 XII 125
Atreus V 16ff 23 41f 60f
Atropos III 166* VII 576 vgl. Parzen
Attar s. Ferid-eddin Attar
Attika III 267
Attila, Hunnenkönig X 245* 293
d'Aubuisson de Voisins, Jean François XII 402*

Auerstädt IX 243 330 336* X 494+
Aufresne, Jean Rival IX 489*
Augsburg IV 97 118 121 IX 180 XII 232
August, Prinz von Preußen X 513
August, Prinz von Sachsen-Gotha und Altenburg X 359+ XIV 262
August der Starke s. Friedrich August
Augustinus, Aurelius XIV 66*
Augustus, röm. Kaiser I 179 V 207 XI 47 116 368 393 404 451 XII 306
AulisV 18 31
d'Aulnoy, Marie Catherine VI 50+ vgl. zu I 56
Aurea catena Homeri IX 342* vgl. zu III 20f
Aurora (Eos) I 63 159 166 II 83° 98 515f 526 III 147+ 304* V 104+ 332–365 XII 317 SR
Außig XIII 258
Avempace XIV 66*
Aventin (Johannes Thurmayr) XIV 52*
Avernus IV 462* V 34*
Averroes XIV 66*
Ayrer, Gottfried X 453

Babo, Joseph Marius X 350*
Babylon, babylonisch VII 605 VIII 509 X 245 XI 387 XII 7 9
– Sprachverwirrung VIII 247 IX 479
– Turmbau I 367 VIII 386 IX 130 388
Bacchantinnen s. Mänaden
Bacchus (Bromius, Dionysos) I 34* 164 172 269 III 303* V 39 364 X 127 285 340 352 XI 440 510 XII 75 vgl. zu XI 368.
Bacharach IX 563 X 362
Bachiglione XI 56
Baco von Verulam (Baco, Francis, Baron von Verulam) XI 460+ XII 434 539+ XIII 531 XIV 89*–95 96 98 110 170
Bacon, Roger XIII 530* XIV 58*–65 68 87 95 106 136 138 170
Badakschan II 68*
Baden IX 475 f X 82 133 XIV 239 vgl. Karl Friedrich, Markgraf; Caroline Louise, Markgräfin
Bagaria XI 234
Bagdad II 75 147 157 229
Bagnadori, Pietro Maria XI 27+
Bahrdt, Karl Friedrich IX 595* X 15
Balbeck (Baalbeck) XI 402
Balch II 69 138 147 156
Baldani, Antonio XII 114*
Balde, Jakob XII 303° 506
Baldinucci, Filippo XII 196*
Balkis, Königin von Saba I 283 II 27+ 31
Ballenstedt, Joh. Georg Justus XIII 197
Balsamo, Joseph u. Familie vgl. Cagliostro
Balzac, Jean Louis Guez de XIV 110*
Bamberg IV 74–126 IX 24
Bamian II 138
Banks, John A. X 513+
Barbieri, Paolo XIII 145
da Barga, Angelo V 145*
Barlaam (Heiliger) XI 318*
Barmekiden II 7* 138 147*
Barmen XII 356
Barrow, Isaak XIV 129* 144
Bartels, Joh. Heinrich XI 292* 348

Bartenstein, Reichshofrat von IX 181+
Barth, Joh. Matthaeus XIV 208*
Bartholomäus (Apostel) XI 451 XII 168
Bartolino XI 36
Bartolommeo, Fra XIII 517*
Bartsch, Adam von XII 192 196f 201f
Basedow, Joh. Bernhard I 90 X 24*–30 34 38 vgl. zu I 264
Basel IX 475 497 XII 262
Basilius Valentinus IX 342* vgl. zu III 20f 23 39
Bassompierre, François de I 279° VI 161*–165 vgl. zu I 279, zu VI 125ff
Basson, Sebastian XIV 128*f
Bassora II 69*
Bastan Nameh II 152f
Bastberg IX 417 485
Bathseba VII 393*
Batsch, August Joh. Georg Carl X 540* XIII 99 114 118 155*
Batteux, Charles VI 12* vgl. zu XII 15
Baubo III 125* XI 515*
Baucis s. Philemon
Baumannshöhle X 327 332
Baumgarten, Alexander XII 119*
Bause, Joh. Friedrich X 139
Bayern X 522 XI 7ff XII 164 XIV 52 vgl. Karl Theodor, Kurfürst; Ludwig I., König
Bayle, Pierre IX 239* X 76
Bayreuth X 441
Beaumarchais, Pierre Augustin Baron de IV 260*–306 IX 286*f 568+ X 71
Beaurepaire, Nicolas Jos. de X 210*
Beccaria, Cesare di VIII 66* XI 192*
Beccaria, Giacomo Battista XIII 334*f
Bechtolsheim, Julie Auguste Christiane von X 231+
–, Carl Emil von, deren Sohn X 231+
Beck, Joh. Christoph X 358*f vgl. zu VII 35
Becker, Christiane, geb. Neumann I 190–195+
Bedr II 107*
Beduinen II 179 184 X 515
Beer, Michael vgl. zu I 361
Beerheim IV 121
Béguelin, Nicolas de XIV 220*
Behramgur II 79* 166
Behrisch, Ernst Wolfgang I 21*–24 IX 297*–300 302 304ff 308 313 332f 335 350 377 473 533 vgl. zu I 14ff.
Beireis, Gottfried Christoph X 475*ff 482ff
Beiträge zum Vergnügen des Verstandes und Witzes, Neue IX 519*
Belgrad XII 329 334
Belinde vgl. Schönemann, Anna Elisabeth
Belisar VI 392 395 487
Bell, Andrew VIII 406+
Bellarmin, Robert XII 232*
Belli, Hofgerichtsrat vgl. zu IX 181
Bellini, Jacopo; Gentile u. Giovanni, dessen Söhne; Nicolosia, verh. Mantegna, dessen Tochter XII 183*
Bellinzona X 149
Bellomo, Giuseppe X 349* 437
Bellori, Giovanni Pietro XI 438* vgl. zu XI 7, zu XII 111
Belloy, Pierre Laurent Buyrette de IX 486+

Belriguardo V 73*–167
Belsazar VIII 508ff 514
Belt V 388
Belustigungen des Verstandes und Witzes, 1741ff hrsg. von Joh. Joachim Schwabe, Leipzig IX 519+ vgl. Gottsched
Belvedere bei Weimar I 264 X 175 XI 190 396 XIII 141
Bembo, Pietro XI 60*
Benedikt XIV. Lambertini, Papst XII 122* vgl. Clemens XIII.
Benediktbeuren XI 13* 16
Bengel, Joh. Albrecht IX 275f*
Benjamin (Sohn Jakobs) IX 140
Brenner, Joh. Hermann IX 75*
Bensberg X 36
Berendis, Hieronymus Dietrich X 174* 468* vgl. zu XII 96 105
Berg, Großherzogtum XII 356
Bergamo XI 214
Bergen bei Frankfurt IX 98 104
Berger, Anton XI 437*
Bergmann, Joseph XIV 213
Bergstraße X 183
Berio, Francesco di XI 223*
Berka XIII 251
Berkeley, George I 219°
Berlichingen, Götz von IV 73*–175 vgl. WR
Berlin I 211 233 II 248 IX 185 406 550 X 50 81f 242 437 460 519f 524 545 XII 486 XIII 131 283f vgl. zu VII 35
– Berliner Bibliothek s. Allgemeine deutsche Bibliothek
– Berlinisches Archiv der Zeit und ihres Geschmacks, 1795 bis 1797 hrsg. von Friedr. Ludw. Wilh. Meyer (s. d.) XII 239
Bernadotte, Jean Baptiste Jules, Fürst von Ponte-Corvo X 504+
Bernard, Nicolas X 97* 105
Bernhard von Clairvaux XI 466
Bernhard (der Große), Herzog von Sachsen-Weimar X 431*
Bernhard, Prinz von Sachsen-Weimar, später Herzog X 197* vgl. zu VIII 246 404
Bernini, Lorenzo vgl. zu XII 8
Bernstorff, Johann Hartwig Ernst Freiherr von IX 399+
Berthier, Alexandre X 546*
Bertram, Joh. Baptist XII 143*
Bertuch, Friedrich Justin X 174* 329 vgl. Allgemeine Literatur-Zeitung; Journal des Luxus und der Moden
Bethlehem I 115 VIII 15 IX 186 XII 26
Bethmann, Joh. Philipp X 114*
Bibliothek der schönen Wissenschaften, 1757 gegr. von Chr. Friedr. Nicolai; 1765–1806 als „Neue Bibliothek ..." hrsg. von Chr. F. Weiße, Leipzig I 209f+ IX 277* vgl. Nicolai; Weiße
Bidenheim (Büdesheim) X 414 427
Bidpai II 142 166 189 X 521*
Bieb(e)rich IX 226 563 X 364 401 407
Bieler See (Insel St. Peter) XIII 157
Bileam XI 107*
Bilin X 514
Bingen IX 563 X 189 401–428
Biot, Jean Baptiste X 524*
Birch, Thomas X 467 XIII 532 XIV 130 132*
Biscari, Vincenzo u. Familie XI 290+ff 296°
Bismann, Johann Andreas IX 116+f

Bitsch IX 424f
Blair, Robert XIII 535 XIV 248*–251
Blaubart XII 502*
Blocksberg III 68 132 135 234 237 X 490 vgl. Brocken
Blondel, François IX 376 XII 177*f
Blücher, Gebhard Leberecht I 322 345 X 518 vgl. zu V 392f
Blumenbach, Johann Friedrich X 453* XIII 32*f 185 237
Blumenstein, Johann Wilhelm von X 496*
Blümner, Heinrich XII 295*
Boccaccio, Giovanni vgl. zu I 290, zu VI 125ff, zu XII 111
Bochara II 68f
Bock, Johann Christ. XI 78+
Bockenheim (Elsaß) IX 418 480
Bockenheim bei Frankfurt X 120
Böcking, Ludwig X 299+f
Böckmann, Joh. Lorenz XIV 212*
Bodenheim X 363 366
Bodmer, Joh. Jacob IX 141* 262*ff 272* X 137*f 139 500 XI 126° 132 XII 348
Boerhaave, Herman IX 344* X 67 78
Bogatzky, K. H. IX 99+
Böhme, Jakob XI 88* vgl. zu III 20ff
Böhme, Joh. Gottlob IX 245*ff 254f 287f
–, Marie Rosine, dessen Gattin IX 245°247 254ff 287f 346 368
Böhmen IX 182 194 X 264 504f 508 514 XI 10 112 XII 334 XIII 258 275–278
– Kurfürstentum IX 182 194 vgl. Esterhazy
Böhmer, Philipp Ludwig XIV 130*
Boiacca (Bogliacco) XI 36
Boie, Heinrich Christian IX 534* 575* vgl. zu IX 519 vgl. Göttinger Hain; Deutsches Museum
Boies Almanach s. Göttinger Musenalmanach
Boisserée, Sulpiz IX 388*f X 33+ 508 517f 527 XII 142*f 152 179ff 362 vgl. zu II 103 122, zu XII 7, zu XIII 314ff
–, Melchior Hermann Joseph, dessen Bruder X 33+ 508 XII 142*ff 179f
Bojanus, Ludwig Heinrich XIII 250*
Bojardo, Matteo Maria XII 280*
Bologna IV 93* VI 177 181 XI 103ff 114 121f 125 XII 218 222 XIII 519 XIV 118 191 vgl. zu VI 40, zu XI 101+
Bolongaro, Marco XI 34*
Bombelles, Marc de X 229
Bonacursius, Josephus XIV 113
Bondeli, Julie IX 558*
Bonn X 306
Bonnet, Charles X 314* XIII 32 109
Bononi, Carlo XI 101+
Boquet, Didier XI 391*
Borch, Comte de XI 251* 294
Bordone, Paris XI 130+ 517*
Boreaden III 225*
Borghese, Marco Antonio III., Principe di XI 161* 526
– s. Paul V.; vgl. XI Rom, Villa Borghese
Borghesischer Fechter IX 501* XI 45
Borgia, Kardinal Stefano XI 178* 355

Borgia, Cavaliere, dessen Bruder XI 178*
Borromäus, Karl (Heiliger) VII 592*
Boscovich, Ruggiero Giuseppe XIV 224*
Bosio, Antonio XI 549*
Bosnien XII 336
Bossi, Joseph XII 164*–168
Boteinah II 27* 72 166 192
Boucher, François X 171*
Bouguer, Pierre XIII 350* XIV 218*
Bouillé, François Claude de X 196*
Bouilly, Jean Nicolas IX 287+
Bourbon-Conti, Stephanie de X 449* vgl. zu V 215 ff
Bourbonen XIII 226 vgl. Frankreich, Könige: Ludwig XIV. usw.; hier: Ludwig XVIII.; vgl. Condé
Bourdon s. Bordone
Bourdon, Sébastien XII 219*
Bourgoing, Jean François de X 544*
Bouterwek, Friedrich vgl. zu II 254, zu IX 258+ ff
Bower, Archibald IX 145*
Boyle, Robert XIII 323 330 357f 436 464 531 XIV 116 122* bis 123 133 155f 163 206ff 216
Bozen XI 15 24f 37f
Brabant, Brabanter IV 90 392 VIII 73 XI 476
Bracciano-See XI 453
Brahe, Tycho de XII 428 457 XIII 332 XIV 99* 114 143f
Brahma I 361* ff II 69
Bramante, Donato XI 455
Brandenburg, Kurfürstentum IX 182 194 vgl. von Plotho
Brandes, Heinrich Wilhelm X 522*
Brandolese, Pietro XI 59+
Brandt, Susanna Margarethe, vgl. zu IX 150
Branzoll XI 38
Brasilien X 522 XIII 303
Braunschweig X 329 Herzöge: vgl. Karl I.; Ferdinand, dessen Bruder; Karl Wilhelm Ferdinand, Sohn Karls I.; Friedrich Wilhelm, 4. Sohn Karl Wilh. Ferd.'s; Braunschweig-Wolfenbüttel vgl. Anton Ulrich
Bredow, Gabriel Gottfried X 476*
Brée, Matthieu Ignace van X 528*
Breidbach, Frh. v. s. Emmerich
Breitenbauch, Georg August von IX 272+
Breitinger, Johann Jacob IX 262*–264
Breitkopf, Bernhard Christoph IX 267 325* 332 517
–, Joh. Gottlob Immanuel, dessen Sohn IX 325*
–, Bernhard Theodor, 1. Sohn des Joh. Gottl. Imm. IX 325+
–, Christoph Gottlob, 2. Sohn des Joh. Gottl. Imm. IX 325+
Breitkopf-Härtel, Offizin XII 336
Bremen IX 332 XIV 153 vgl. zu IX 519
Brenner XI 15 19f 23 37f 155
Brennus V 374*
Brenta XI 56 63f 67
Brentano, Peter Anton IX 586*
–, Maximiliane, geb. von La Roche, dessen 2. Gattin IX 557° 560+ 586*f
–, Franz Dominicus, Sohn des Peter Anton X 518*

–, Clemens, Sohn Peter Antons u. Max.'s X 506 XII 270*–284
–, Bettina, Tochter Peter Antons, s. Arnim
Brentano, Regierungsrat von, vgl. zu IX 181
Brescia XI 36
Breslau I 209 X 435ff
Breteuil, Louis Auguste de X 270*
Bretzenheim X 363 365 367ff
Bretzner, Christian Friedrich X 350*
Breughel (Brueghel) Jan XII 217*f. 221
Briefe, die neueste Literatur betreffend, 1759–1765 hrsg. von Lessing, Mendelssohn, Chr. Fr. Nicolai, Berlin I 213⁺ IX 277* vgl. Lessing; Mendelssohn; Nicolai
Brienen I 284
Brill (Bril), Paul XII 216*ff. 221
Brinckmann, Philipp Hieronymus IX 29* 88
Brion, Joh. Jacob IX 430° 432*–467
–, Magdalena Salomea, dessen Gattin IX 432*–471
–, Maria Salomea, dessen 2. Tochter IX 432*–498
–, Friederike Elisabeth, dessen 3. Tochter I 25*–32 IX 415° 423° 426° 432*–446 449f 453 bis 471 498–500* 520f 555 X 184 537 XII 7 322f
–, Christian, dessen Sohn IX 435° 444°
Briseis II 124
Britannien, Briten s. England
Brixen XI 23
Brocken I 52 398f III 124 127 213 XIII 348 vgl. zu XIII 314ff vgl. Blocksberg
Brockes, Barthold Hinrich IX 397*
Broglio (Broglie), Victor-François, Herzog von IX 97*f 182
Bromius s. Bacchus
Brömserburg (Niederburg) X 406⁺
Brooke, Frances IV 367⁺
Brown, John X 450*
Bruchausen, Anton XIV 213*
Brucker, Johann Jacob IX 221* XIII 26*
Brüggemann, Otto II 243⁺
Brühl, Graf Heinrich IX 307*f
Brun, Friederike I 242⁺f
Bruno (Heiliger) X 423*
Bruno, Giordano vgl. zu III 23, zu XII 396, zu XIII 7
Bruns, Paul Jacob X 476*
Brusasorci d. J. (Ricci, Felice) XI 45⁺
Brüssel IV 370–454 X 433 XI 367 XIV 103
Brutus IV 388 IX 407* X 547 XII 294
Brydone, Patrick XI 237* 242⁺ 294
Buch, Christian Leopold von vgl. zu VIII 261, zu XIII 258 295
Buchholz, Wilhelm Heinr. Sebastian XIII 151f*
Bucholtz, Andreas Heinrich VII 359⁺
Bucholz, Franz (Welbergen/Westfalen) X 336⁺ XI 413⁺
Buchsweiler IX 417
Bückeburg IX 516
Büdesheim X 414 427
Budetal (Bodetal) X 491
Bueil, Frau von X 317*

Buff, Heinrich Adam I 87* IX 542* vgl. VI 7ff*
–, Charlotte, dessen 1. Tochter, verh. Kestner I 87*f IX 542*–544 553–556 vgl. VI 7*–124
–, Helene u. Karoline, deren Geschwister I 87* vgl. VI 7*ff
Buffon, Georges Louis Leclerc de IX 257* XIII 60 172 229* ff 247 330 XIV 181 201 218* 220
Bulgaren XII 334
Bünau, Heinrich, Graf von XII 104*f 113
Buonarotti s. Michelangelo
Buoncompagni, Ignacio Ludovico Principe di XI 385* 392
Bupalos XI 553*
Burgau I 264
Bürgel X 173
Bürger, Gottfried August IX 534 575* X 98* 125 XII 531 vgl. Göttinger Hain
Bury, Fritz X 435* 539 XI 365+ 378 390 442°f 445 447° 530° 542 546
Büsch, Johann Georg XIII 357
Büsching, Joh. Gustav Gottlieb X 511* 518* XII 182* vgl. zu X 506 vgl. Wöchentliche Nachrichten ...
Büttner, Christian Wilhelm X 481* XIII 156 XIV 257*f vgl. zu XIII 314ff
Buzancy X 256
Byron, Lord George Noel Gordon I 348*f 410 III 297+ 299+f 307+ VIII 294 X 520 XII 324*–327 501
Byzanz II 142 228f 235 VIII 91 X 126 XI 320 401f XII 146ff 206 330 484 vgl. Justinian
– Byzantinische Kunst X 482 XI 362 XII 146ff 151f 156f 163 206 217 484

C vgl. auch K

Cäcilia (Heilige) XI 103 140f*
Cäcilia Metella XI 135* 452
Cagliostro, Alexander (Balsamo, Giuseppe) u. Familie X 356+ 433 486 XI 253*–264
Cahiers de Lecture, hg. v. H.A.O. Reichard vgl. zu VIII 51
Calanus I 205*
Calas, Jean IX 534*
Calata Bellotta (Caltabelotta) XI 272f
Calau, Benjamin XIV 217*
Calderon II 57* 173 256 VIII 479f X 520 XI 78° XII 303* bis 305 497 500
Caledonia IX 582* s. Schottland
Caligula, Gajus Cäsar, röm. Kaiser XI 47
Caltanisetta XI 281ff 284
Caltascibetta XI 285
Calvin XII 233 vgl. SR
Camarupa I 350 408
Cambridge XIV 134 144
Camerata (Cammarata) XI 283
Camilliani, Francesco XI 235+
Campagna di Roma XI 140° 153 181 XII 109
Campagna felice s. Kampanien
Campe, Johann Heinrich I 211+ 213° III 134+ XI 391° 534°
Camper, Petrus XI 417* XIII 60 62 180 185* 195 233*f 236f vgl. zu XIII 8
–, Gilles Adrian, dessen Sohn XI 476+ 477
Campi Phlegraei XIII 290
Camuccini XI 424*

Canaletto (Antonio Canale d. Ä.) XI 55
Canitz, Friedrich Ludwig von IX 80*
Capo d'Istria, Graf vgl. zu VIII 149
Capo Gallo XI 227
Capra, Marco di XI 56*
Capri XI 189f 217 225f 316f 320
Capua XI 183 208 355 358
Carcalla (M. A. Antoninus Bassianus), röm. Kaiser XI 135 452 470+
Caracci s. Carracci
Caravaggio (Polidoro da Caldara) X 528* XIII 510*f 519 vgl. zu XII 216
Cardanus, Hieronymus XIII 531* XIV 74 83*–85 95
Carl August, Prinz von Sachsen-Meiningen X 179*
Carl August, Herzog (1815 Großherzog) von Sachsen-Weimar-Eisenach I 51+ 106f 109+ff 120 132 178+ 339 341+ 396° 409 X 51°f 57° 130*f 174° 177+ 185° 188–400 (bes.: 191+ 195°f 197° 199 203f 215 217 225 229 235 238 243°f 246° 251 254 263°f 266° 269° 291 295°ff 301ff 305° 309° 323° 325° 348°363+ 365°f 368ff 377 379° 384 389f 399f) 451° 495° 522° 527° 547+ XI 148+ 217+ 330° 393° 401° 482 518 527 XIII 111° 150° 152° 156° XIV 262 vgl. zu II 40ff. vgl. zu VIII 149
Carl Bernhard s. Bernhard, Prinz
Carlyle, Thomas XII 350ff 364 vgl. zu I 349
Caroline, Landgräfin, Gemahlin Ludwigs IX. von Hessen-Darmstadt IX 517 574 vgl. zu IX 507 vgl. Darmstädter Kreis
Caroline Louise, Markgräfin von Baden, geb. von Hessen-Darmstadt X 82* 130*
Caroline Louise, Prinzessin von Sachsen-Weimar I 259ff* X 500°
Caroto, Gian Francesco XI 45+f
Carracci, Malerfamilie X 480 XI 105* 409 XII 175 216* 218f 222
–, Annibale XI 105* 137* 352 409 vgl. Familie C.
Carstens, Asmus Jakob X 492*
Cartouche, Louis Dominique VII 392*
Carus, Karl Gustav X 528* XII 368* XIII 203* 250
Carvalho e Sampayo, Diego de XIII 535* XIV 235*–236 243
Caryophylus, Balsius XI 138+
Cäsar, Gajus Julius I 163 167 198 331 III 215 X 354 XII 182ff 192ff 290 XIV 45 vgl. Shakespeare; Mantegna
Caschubius, Johann Wenzeslaus XIV 207*f
Caserta XI 206ff 357 XII 291
Caspers, Fanny I 346*f
Cassas, Louis François XI 395+ 398 401*ff
Cassius IX 584+
Castalischer Quell I 35* s. Kastalien
Castel, Louis Bertrand XIII 486* 497 533 XIV 197*–199 201 211 215
Castel Gandolfo (Castello) XI 140 354 414–418 421 445 553
Castel Vetrano XI 271f
Castellammare XI 204
Casti, Giambattista XI 368* 379
Castro Giovanni (Enna) XI 285ff

Catania XI 281 288 289–297 314 XIII 201
Cato, Marcus Porcius VII 23 XII 390
Cattaneo, Danese XI 60⁺
Catull I 160⁺ XI 481° vgl. zu I 157ff
Cavaceppi, Bartolommeo XI 527* XII 128⁺
Cayenne VIII 339
Caylus, A. C. Philippe de Tubières, Comte de IX 313*
Cebes (Kebes) X 409* XII 340*
Cecina XI 36
Cellarius, Christoph IX 33f*
Cellini, Benvenuto X 447* 531 XIV 84* vgl. WR
Cent Nouvelles nouvelles vgl. zu VI 125ff 167–185
Cento XI 101ff 107 125
Cephalus V 29
Cerberus III 268⁺
Ceres (Demeter) I 164f 269 II 526 535 III 160 230⁺ IV 457 459⁺ IX 497 XI 279 281 284
Cervantes Saavedra, Miguel de X 387
Cesare(i), Graf XI 111⁺f
Cestius-Pyramide I 162 XI 134* 452 519⁺
Ceylon II 227
Chadidscha, Gattin Mohammeds II 109f⁺
Chakani II 173
Chaldäa IX 131
Chalfa II 236
Châlons X 210 224f 230 232 241 244 302
Champagne X 188ff 223f 240° 364 XIII 111 vgl. SR
Champagny, Jean B. Nompère de X 544*
Chantilly X 188
Chardin, Jean II 243*f X 515* vgl. zu II 180ff.
Charitinnen s. Grazien
Charlotte Amalia, Herzogin von Sachsen-Meiningen X 179*
Charon IV 203
Charpentier, J. F. W. Toussaint de XIII 227*
Charron, Piere, vgl. zu VII 101
Charybdis XI 313
Châtelet, Gabrielle Emilie du XIV 190*f
Châtillon l'Abbaye X 199
Chattaj II 203
Chelone III 247* vgl. Nymphen
Cherubini, Maria Luigi IX 287⁺
Cheselden, William XIII 192*
Chesne le Populeux X 263
Chigi, Gismondo Maria Giuseppe XI 178
Chilon XIII 38⁺
Chimära II 521*
China, Chinesen, chinesisch I 179 206 386*ff II 226 VIII 277 483 IX 156 X 312 394 466 483 513 XI 179 246 347 361 XII 301ff 505 XIII 508 XIV 13 vgl. zu I 387ff SR
Chiozza XI 90f 94 97 vgl. Venedig
Chiron I 375⁺ III 220f* 224*ff XI 244 XII 134* 341
Chiser II 7* 268
Chladni, Ernst Florens Friedr. X 523* XIII 105* vgl. zu III 241f, vgl. VIII 261
Chloris XII 101*
Chodowiecki, Daniel Nikolaus IX 590*f XII 174* 486
Chosru I. Nuschirwan, König von Persien II 166 251
Chosru II. Parwis, König von Persien II 137 142 155

Christ, Johann Friedrich IX 313* XII 119* vgl. zu XIII 139
Christian VII., König von Dänemark IX 486
Christiane R. I 90*
Christine, Königin von Schweden XIV 103
Christophorus vgl. zu VIII 314
Christus s. Jesus Christus
Chronos I 46+ 47* ff vgl. Jupiter; Saturn
Chrysipp XIV 17* f
Chuaresm II 203
Ciccolini, L. XII 456*
Cicero IX 256* 407* 540* XI 357 XII 19* 130*
Cimarosa, Domenico X 351* XI 373* f 378 436°
Cimmerien, Cimmerier IX 490* XI 47 104 XII 128 vgl. zu III 272
Circe III 246 VII 177
Città Castellana XI 123 f
Clairault, Alexis Claude XIV 224*
Clarke, Samuel IX 552* XIV 158* 177*
Clairon, Hippolyte II 146+
Claude Lorrain (eigentl. Claude Gellée) XI 174* 231 352 XII 21 216f* 220* 222
Claudius, Matthias XI 412+f 416 vgl. Wandsbecker Bote
Clavicula Salomonis III 45+
Cleaveland, Parker XII 424*
Clemens VIII., Papst XI 472 ff
Clemens XIII. Rezzonico, Papst XI 523* XII 122+
Clemens XIV. Ganganelli, Papst XI 27+ 379+
Clemens Wenzel, Kurfürst von Trier X 303+
Clerfayt, Karl Graf X 220*
Clerisseau, Charles Louis XI 169*
Clermont X 215
Clitunanus-Tempel XI 122+
Clodius, Christian August IX 300* ff 365°
Cocytus IV 203 f 461*
Colbert, Jean Baptiste de XIII 459 XIV 196
Colerus, Johannes X 76+
Coliseo (Kolosseum) IX 14 s. XI Rom
Cölla, Heinrich XI 130
Collin, Matthäus von II 172° 183°
Comenius, Amos IX 35* X 25 XI 175+ XIV 128
Cominale, Celestino XIV 204*–205
Comines IV 378 397
Compostel s. Santiago de Compostela
Conca d'Oro XI 232+ vgl. XI Palermo
Condé X 381 vgl. Ludwig II. von Bourbon; Ludwig Joseph von Bourbon
Conradi, Johann Michael XIII 533*
Consandoli V 82* 159
Constant de Rebecque, Henri Benjamin X 466*
Cooper, James Fenimore vgl. zu VI 501
Cordilleras XIII 334
Corneille, Pierre de VII 179 IX 109* 484* 489+ XII 225 501*
Cornelia, Mutter der Gracchen XI 388+
Cornelius Nepos IX 34
Cornelius, Peter von vgl. zu XII 7 ff
Cornwallis XIII 277
Corona s. Schröter

Correggio, Antonio da X 480 XI 217f 526 XII 163 XIII 510
Cortona, Pietro da XI 455 549f vgl. Zuccari
Cosenvoye X 265
Cosenza XIV 70
Cosmus I. (Cosimo I. de'Medici), Großherzog von Florenz XIV 72
Costa, Lorenzo XII 189+
Cotta, Johann Friedrich II 281 X 502 506 XIII 524 vgl. Allgemeine Zeitung; Horen; Morgenblatt; Taschenbuch für Damen
Coudenhoven, Sophie von X 318*
Coudray, Clemens Wenceslaus XIII 294°f
Courbière, Guillaume René de X 269*
Cousin, Victor VIII 464f+ XIII 49*
Cramer, Joh. Andreas IX 143+ (statt J. E. Schlegel)
Cramer, Ludw. Wilh. X 401+ XIII 114
Crébillon, Prosper Jolyot de d. Ä. XI 82f*
Crell, Lorenz Fl. Friedr. von X 476* XIV 241
Crescimbeni, Giovanni Maria XI 480*
Crespel, Joh. Bernh. vgl. zu IX 232ff, X 69
Creuz, Friedr. Karl Kasimir von IX 80*
Creuzer, Georg Friedr. vgl. zu III 245, zu XII 298ff
Crisp vgl. zu IX 340
Cromwell, Oliver XIV 134ff
–, Richard, dessen Sohn XIV 135
Cronegk, Joh. Friedr. von IX 304* vgl. zu V 103
Crusius, Christian Aug. IX 276*
Cuma I 42 vgl. zu III 346
Cumäische Sibylle I 323+
Cumberland, Richard X 86*
Cuniglione XI 271
Cupido s. Amor
Cureau de la Chambre, Marin XIII 531* XIV 115*–117 119
Cusano XI 473
Custine, Adam Philipp de X 289* 318
Cuvier, Leopold Christian von XII 420+ XIII 204* 220* 223 225–227 231f 238° 249 485
Cybele X 353 XII 186
Cypern III 253* VIII 339
Cypria s. Aphrodite
Cythera (Lerigo) III 257
Cythere s. Aphrodite
Czerny, Georg XII 332*

Dacheröden, Familie von XI 242*
Dachsbach IV 79
Daedalus XII 482
Daktyle III 232*f 240
Dalberg, Karl Theodor Maria, Reichsfreiherr von X 540* XI 242* XIII 110 XIV 262*
–, Johann Friedrich Hugo von, dessen 2. Bruder XI 429* XII 301° vgl. zu VII 35
Dalham, Florian XIV 211*
Dalheim X 367f
Dalmatien XI 14 169 223 XII 127
Damaskus II 65 229
Damiens, Robert François VII 392*
Damiette X 244
Dampierre X 238
Damvillers X 201
Danae IX 107 XI 46
Danaer II 525

Danaiden IV 457* 462 VII 407* XIII 52
Dänemark, Dänen VII 297 306 IX 295 536 vgl. Christian VII.
Daniel VI 508 511° VIII 510f 514 XII 212 215 vgl. Möser
Dante X 173 XI 380f 481 XII 339*–342 501 vgl. zu XII 20
Danton, Georges Jacques X 288+
Danzig XIII 283 286
Daphne II 165 IV 208
Dapper, Oliver (Olfert) IX 537*
Dardanellen XI 402
Daries, Joachim Georg IX 220*
Darius, König von Medien VIII 509ff 514
Darius I., König von Persien II 139*
Darius III. Codomannus, König von Persien II 139* 261f XI 86
Darmstadt IX 88 111 410 417 505 507 513 521 533 541 550 X 21 128f 166 517 vgl. Hessen-Darmstadt
– Darmstädter Kreis IX 507* 553 vgl. zu I 86, zu IX 517 521 vgl. Caroline von Hessen-Darmstadt; Herder, Car.; Hesse, A. P. v.; Leuchsenring; Merck; Roussilon, H. v.; Ziegler, L. v.; Petersen; Wenck
Darnawend s. Demawend
Daru, Pierre Antoine N. B. X 544ff
Darwin, Erasmus XIV 219 236*f
–, Robert Waring, dessen Sohn XIII 330 535* XIV 219 236*–238
Datt, Joh. Philipp IX 524* vgl. zu IV 73ff
Daubenton, Louis Jean Maria XIII 60 181 226* 230ff XIV 181
Daun, Leopold Joseph Graf IX 48*
David II 123 VII 13* 16 21 23f 29 393* VIII 433 489 491 IX 43 XII 211 215 265*
Decius, Kaiser, II 117+
David, Jacques Louis XI 391*
Defoe, Daniel IX 35*
Dehn, Christian XI 404*
Deiphobus III 273* 284
Delacroix, Eugène Ferdinand Victor XII 354–356
Delaval, Edward Hussey XIII 455 535* XIV 241*–244
Delavigne, Casimir vgl. zu I 361
Delbrück, Joh. Friedr. Ferdinand I 392 vgl. zu I 373
Delila XI 46
Delille, Jacques II 255*
Delos III 230* vgl. zu V 51
Delph, Helena Dorothea X 108*ff 183*ff 398
–, Sibylla Elisabeth, deren Schwester X 108
Delphi I 222 V 26 30 60 VII 392 XI 107f XII 226 vgl. zu V 51
Demawend II 104* 106
Demeter s. Ceres
Demetrius XII 113
Demokrit XIV 16*f 21 24 34f
Dennstedt XIII 283
Dentzel (Dentzell), Georg Ed. Baron von X 496*f
Derones (Name für einen frz. Jugendfreund G.s) IX 91*–93 95 107f
–, dessen Familie IX 92f
Desaguliers, Jean Théophile XIII 532* XIV 159 162*–170 177 188 226
Descartes, René I 219+ X 78 XII 440 XIII 352 531* XIV

109*–112 115 117 119 124† 136 149 151 156 176f 189 197 207
Desmarest (Desmarais), Jean Baptiste Frédéric XI 387+ 391
Dessau IX 328*f 519* XIII 283f vgl. Anhalt-Dessau
– Dessauische Verlagsbuchhandlung IX 519*
Destouches, Philippe Néricault IX 91* 486*f
Dettingen IX 22*
Deukalion I 33*
Deutsche Merkur, Der (ab Bd. 2: Der Teutsche Merkur), 1773 bis 1789 hrsg. von Wieland, Weimar; 1790–1810 als Neuer Teutscher Merkur IV 203+ff IX 519+ 550* 574* X 51* 58ff 174 344 XI 449 vgl. zu IX 519, zu X 30, zu XII 576 vgl. Reinhold; Wieland
Deutsche Schaubühne nach den Regeln der alten Griechen und Römer eingerichtet, 1740 bis 1745 hrsg. von Gottsched, Leipzig VII 23* vgl. Gottsched
Deutsches Museum, 1776–1788 hrsg. von Dohm u. Boie, Leipzig, Weygandsche Buchh.; 1789–1791 als Neues D. M. hrsg., von Boie vgl. zu IX 519 589 vgl. Boie; Dohm
Deutschland:
– Deutschland, Deutsche, deutsch I 91 118 167 175 177f 179 198 212 217 226 234 326 328 331 335 343 352f 404 II 24 46 49 93 114 157 163 172 183ff 193 195 200 203 243 249 251 255ff 264 268 281 444 462f 480 499 514 III 10 73 159 IV 90f 93 122 156 203f 375 V 398 VI 125 133 140 VII 111 120 124f 148f 152 155 179 182 214 243 258ff 265 267 271 278 294f 299 305 310f 342 364 410 447 557 564 567 579 593 597 599f 600 VIII 50 85f 118 295 305 407 478f 483 505 IX 20f 31 36 76 99 128 141 146f 183 193 202 223 250 254 259 267 270 272ff 280f 288 295 313 317 328 359 386 400 405 426 433 448 470 475f 478 480 482 485 487f 512 516 523ff 527f 530 535 544 560 567 569 571 576 580 596 X 18 31 50 52 56 64 73 82 98 113ff 121 123 148 150 161 171 174 183 188 196 211 216 223 230 239f 276 317f 320ff 346 348 358 360 362 399 437 439 442 448 451 464 466 475 488 491 495 501 521 538 545 XI 33 38 60 64f 104 111f 148 152 164 176 184 211 216 241 284 292f 312 325 330 345 362f 382 389 420 430 432 436f 446 494 521f 524 534 546 548 553 XII 16 21 38 52 55 114 120 124 129 143ff 155 173 193 221 226 232 239ff 241ff 266 269f 283f 302 308f 324f 327 336 349 351ff 357 360ff 385ff 395 404 427 460 473 482 485 496 501 505ff XIII 102f 224 226f 229 244 250 257 299 301f 460 484 497 507 510 XIV 42 94 114 130 167 205ff 208 226 SR
– Deutsches Reich / Römisches Reich deutscher Nation III 68 379 IV 73–187 IX 178 180 183 214 524–531 538f X 52 293 297 495
Kaiser: vgl. Karl d. Große, Otto II., Habsburger: Rudolf I.; Karl IV.; Friedrich III.; Maximilian I.; Karl V.; Karl VII.;

Franz I.; Maria Theresia, dessen Gemahlin; Joseph II.; Leopold II.
Deutschland:
– Deutsche Kunst VIII 478 IX 303 386ff 507 X 171 517 527 XI 61 163f 362f XII 7ff 15ff 38 48 55 164 177ff 221 269 482f 485ff 489 496 XIV 42
– Deutsche Literatur I 387 400 II 183 200 228 255f 268 VII 162 VIII 50 483 405 IX 252ff 258–273 276–283 315 328f 333 397ff 405 451 490 505 512ff 534ff 544 546ff X 12 49ff 54 112 116 120ff 161 174 311ff 321 359f 438 442f 446ff 469 488 506 516 532f 545 XI 345 XII 225 239ff 269 283ff 351ff 358f 360ff 386 395 483 505f
– Deutsche Sprache I 213 II 227 255ff 367 III 44 208 IV 95 VII 342 IX 119 123f 231 239 250ff 259 277 480ff 505 546 X 20 259 321 348 430 468f 481 498f 501 506 XI 28 477 XII 253 261 266 351 353 358 527f XIII 55
– Deutsches Theater /Nationaltheater VII 35⁺ 60 111 120 124⁺ 152 155 179 258 271 294f 296 299 310f VIII 478f IX 108 566–570 X 251 351 356 445 457 472 XII 67 142ff 252f 496
Diana (Artemis) I 118 285f II 519 III 240* V 7–67 19* XI 107f XII 59 vgl. zu III 200
Diderot, Denis IX 94f* 487⁺f 568 X 312* XII 267*–269 XIII 62
Dido XI 100
Diede, Wilhelm Christoph von XI 521*
–, Luise von, geb. Gräfin Callenberg XI 521f
Diedo, Franz vgl. zu X 418
Diene, Joh. Heinrich IX 85⁺ff 98 101–106 109 112
Dies, Albert Christoph XI 371*
Dietrich, Christian Wilhelm Ernst XII 107*
Dietrich, Familie XII 153*
–, Adam XIII 153* 155
–, Friedr. Gottlob (eigentl. Joh. Christ. Gottl.), dessen Enkel XIII 154f
Dietrich, Johann von IX 424f*
Dietz, Hofrat I 87⁺
Diez IX 557
Diez, Heinrich Friedr. von II 62⁺ 183° 247*–252 X 515* vgl. zu II 75 102 201
Dilaram II 79* 166
Dilemiten II 249
Diocletian, röm. Kaiser XI 388 XIII 287
Diogenes Laertius XIV 14 17f
Diogenes von Sinope I 205 VIII 33 XI 156*
Diomedes IX 334*f
Dionysos s. Bacchus vgl. SR
Dioskuren von Monte Cavallo (Kolossen) X 521* XI 127* 438 527 XII 149* 169⁺ 171 SR vgl. Kastor u. Pollux
Dirce XII 76*
Dis XII 341
Discobol XII 130 s. XI Rom
Ditters von Dittersdorf, Karl X 350*
Dittmar, Sigismund Gottfried X 522*
Dodd, William IX 492*f
Dohm, Christian Wilhelm von, u. Henriette, geb. Helwing, dessen Gemahlin X 318* vgl. Deutsches Museum

Dollond, John XIII 532f XIV 130 221 223*
Dominichino (Domenico Zampieri) X 480 XI 105* 137 XII 216* 222 484*
Dominis, M. Antonius de XIII 531 XIV 103* 111 146f 149
Don, David XIII 131+
Donatus, Älius VIII 485+
Donau XI 9ff XII 329f
Donnersberg/Pfalz X 414
Dordrecht XII 232*
Doria, Andrea Principe di XI 529*
Doriden s. Nereiden vgl. SR
Dorigny, Nicolas XI 137° 363*f 368+
Dornburg I 391 vgl. zu I 371ff
Dow (Dou), Gerard XI 213*
Drackendorf X 501
Drais X 367
Dresden IX 46 253 261* 268 304 317–324 408 X 45 503 514 XI 164° XII 59 104ff 117 127+
–, Galerie IX 320*ff 408 XI 164°
Dresenhof XIII 260 269
Drollinger, Karl Friedrich IX 80*
Drouais, Jean Germain XI 391* 518
Drusenheim IX 430f 438 442 449 458 500
Drusenstein IX 226
Drusus IX 226 X 395 XI 12
Dryaden III 241 XII 262* 299 vgl. Nymphen
Dschami, Abdur Rachman II 78 159*f 162 166 170+ 180° X 521°
Dschelâl-eddîn Rumi II 41 156*f 161 169° X 521°
Dschemil II 27* 72 125 166 192
Dschemschid II 260f
Dschengis-Chan II 155ff 226
Dudweiler IX 420 425
Dufay, Charles-François de Cisternay XIII 533 XIV 196*ff 215
Dufougerais, Benjamin François Baron de XIV 225*
Dughet, Gaspard s. Poussin G.
Duisburg X 320f
Dumeiz (du Meiz), Friedr. Damian IX 586*
Dumouriez, Charles François X 214*f 221 223f 230 238 247 251 301
Dun sur Meuse X 256
Dunch (Domcke), Georg Peter XIV 178*
Dünkirchen IV 373
Durazzo XII 132+
Dürckheim, Franz Christ. Eckbrecht von X 179*f
Dürer, Albrecht I 136 X 480*f XI 103*f 524 XII 14* 163 217* 377+ 485 vgl. zu XI 12
Düsseldorf IX 558 X 31 37 305 310 312 316f 346 438 528
–, Galerie X 37* 316f vgl. Jacobi, Fr. Heinr.; Pempelfort
Dutrochet, Henri Joaquim XIII 131° 140*
Duvernay, Joseph-Guichard XIII 181*
Dux X 514
Dyck, Anton van VI 392 XII 193*
Dyrrhachium (Durazzo) XII 132*

Eben, Joh. Michael IX 115+
Ebenheim X 366* vgl. Eltville; Erbach
Eberhard, Joh. Peter XIV 211* 214

Ebersdorfer Gesangbuch VII 397*
Eberwein XII 310* vgl. zu IV 455ff
Ebert vgl. Young IX 581*
Ebusuud Effendi II 22*
Eckart, Der getreue I 286* 318
Eckartsberga XIII 283 vgl. I 286*f
Eckermann, Johann Peter X 124⁺ XII 362 vgl. zu II 121, zu III 7ff, zu XII 365ff, zu XIII 362
Edda IX 536* 553⁺
Edinburgh XIII 224 XIV 248
– Königliche Sozietät zu Edinburgh (Royal Society of E.), Transactions of the Royal Society, 1788ff, deren Zeitschrift XIV 248
Edom, Edomiter II 212 216ff 225
Eduard I., König von England XIV 59
Edwin, König (Verwechslung mit Eckwald aus dem Volksbuch vom gehörnten Siegfried) X 387
Eger/Stadt XIII 202 258–269 278f
Eger/Fluß XI 9 XIII 260
Egloffstein, Julie Gräfin von I 347* 410 X 528 vgl. Mittwochskränzchen
Egmont, Lamoral Graf von IV 370*–454 X 176 vgl. WR
Ehrenbreitstein IX 557 562 586 X 296 301
Ehrenburg (Ehrenfels) X 412* 428
Ehrenfriedersdorf XIII 277
Ehrenreich, Joh. Benjamin IX 564*
Ehrmann, Joh. Friedrich IX 374*
–, Georg Friedrich, dessen Sohn IX 375* vgl. zu IX 451
Eibingen X 410f
Eichenbergische Buchhandlung IX 512 vgl. Frankfurter Gelehrte Anzeigen
Eichendorff, Joseph Freiherr von II 169⁺
Eichhorn, Joh. Gottfried II 128* 225 246* IX 258* vgl. zu II 24 39
Eichstädt, Heinr. Karl Abraham X 462 vgl. Jenaische Allg. Lit.-Zeitung
Eicke von Repgow s. Sachsenspiegel
Einsiedeln s. Maria Einsiedeln
Einsiedeln (zw. Karlsbad u. Marienbad) XIII 277
Eisack (statt Etsch) XI 23 100
Eisenach X 325 348 522 XIII 155 252
Ekhof, Konrad IX 568* X 51⁺
Elam IX 132
Elbe II 334 X 475 XI 9
Elberfeld X 37 XII 356
Eleasar IX 137 139
Elektra V 8–65 XI 83 107f
Eleonora Sanvitale, Gemahlin des G. T. Conte di Scandiano V 73*–167
Eleusis I 164 III 226
Elfeld (Eltville) IX 563 X 366⁺ 374 402
Elgin, Thomas Bruce, Earl of X 521* 524 vgl. zu I 326, zu XI 387
Elias VI 38⁺ XI 454⁺
Elis III 285 XII 113
Elisabeth, Königin von England XII 193
Elisabeth Philippine, Prinzessin von Frankreich X 439
Elkan, Jakob I 114*

Elohim II 13* 170 VIII 329* IX 129* 352* XII 83 XIII 521 SR
Elpis I 360* 407 SR
Elsaß IX 356f 376 389 408* 415ff 425 430f 434 440 452° 475ff 481 497 500 504 X 184 vgl. zu IX 353
Elsheimer, Adam XII 27*
Eltershofen, Rudolf Nagel von IV 157
Eltville s. Elfeld
Elze X 280
Emigrierte (Korps frz. E.) X 188* 190 193 198 200 214f 218 244 251 273 277f 317 320
Emilie (jüngere Tochter des Straßburger Tanzlehrers) IX 391–397 460°
Emkendorf vgl. zu X 30
Emmaus I 98 X 30 479
Emmendingen X 131 133f
Emmerich Joseph, Freiherr von Breidbach zu Bürresheim, Kurfürst von Mainz IX 185*ff 189ff 199°202° 207 560
Emmrich (Ermanarich) II 330* 338 348
Emo, Angelo XI 70*
Empedokles XIII 324° XIV 15* 20f 23 35f
Empuse III 235*
Ems (Nassau) IX 557 X 22ff 30
Enakiter VI 318 VIII 313f*
Endor, Hexe von VII 75*
Endymion I 158+ II 528*+ III 200* X 250*
Engel, Joh. Jakob IX 568+
Engelbach, Joh. Konrad IX 415*
Engelhardt, Moritz XII 302+ vgl. zu XII 7
Engels, Ernestine vgl. zu I 264
Engelsburg IX 14 s. XI Rom
England:
– England, Engländer, englisch I 179 404 II 172 182 240f 243ff 246 257 260ff 264 IV 373 VI 24 128 287 368 429ff VII 12 119 162 176 253f 296 299 341 407 425 599f VIII 50 305 439 IX 36 115 119 122f 128 239 262 274 346 428 480 534 545 568 578 580ff 584 597 X 11 97 113 121 338 382 439 479 527 XI 59 89 97 112 133 209 259 290 295 324f 362 396 454 534 546 XII 21 55 125 193ff 217 283 290 325 387 427 462 487 501 XIII 131 157 305 394f 497 507 XIV 58 130 133 154 162 167 170 177 180 190 193 200 214 262 SR
Könige: vgl. Eduard I.; Heinrich VIII.; Elisabeth I.; Jakob I.; Kronprinz Heinrich, dessen Sohn; Karl I.; Karl II.; Georg I.
– Britannien, Briten I 118 157 167 349 II 49 III 218 IX 580 XII 150 XIV 58
– Englische Kunst VII 425 IX 262 X 300 XII 21 55 193 217
– Englische Literatur I 191 402 VIII 50 IX 545 580*–583 X 72 121 430 512 XI 165
– Englische Sprache II 264 IX 122f 231 239 267 337 346 480 X 429 XI 424
– Englisches Theater VII 176 180+341 IX 108 568f X 11 XII 298 501
Enna s. Castro Giovanni
Ensisheim IX 497*
Enweri II 53* 154* 161 170+f 173 181° X 521°
Enzyklopädisten IX 487 vgl. d'Alembert; Diderot
Eos s. Aurora

Epaphus XII 145+
Epernay X 210
Ephesus I 285 II 119 VI 381*
Epiktet IX 222* XII 208 vgl. zu XII 365ff
Epikur XII 546 XIV 9 17* 29° 35 55 109
Epimenides V 366*–399
Epimetheus IV 177f V 332* bis 365
Epp, Peter XII 162
Erasmus von Rotterdam vgl. zu I 304ff, zu III 24ff
Erato II 490 vgl. Musen
Erbach X 366+ 403
Erdmannsdorff, Friedrich Wilhelm von IX 328*
Erebus III 265* vgl. Hades
Erfurt II 367 IV 79 X 491 495 504 543f XI 241 284 XIII 105° 251 XIV 210 262
Erichtho III 215*f vgl. zu III 257
Eridanus I 211*
Eriekanal XII 376
Erinnyen s. Furien vgl. SR
Eris V 266°
Ermanarich s. Emmrich
Ernesti, Joh. August VI 54* IX 241* 256* 276*
–, Joh. Christian Gottlieb, dessen Neffe X 513*
Ernst II. Ludwig, Herzog von Sachsen-Gotha und Altenburg XI 347 XIV 262
Eros s. Amor vgl. SR
Erthal, Fr. Karl Joseph von IX 182*
Erwin von Steinbach IX 386 508* XII 7*–15 28ff
Erxleben, Joh. Christian XII 403 XIV 212* 214 217 263
Erzgebirge XIII 286
Esau IX 137f
Eschenburg, Joh. Joachim IX 327* 493*
Escurial (Escorial) XI 206 XII 194f
Essedi II 153
Este XI 59
d'Este (Geschlecht der Herzöge von Ferrara) vgl. Alfons I.; Herkules II., Sohn Alfons' I.; Renata, dessen Gattin; Hippolyt, dessen Bruder, Kardinal; Alfons II., Sohn Herkules' II.; Leonore, dessen Schwester; Lucretia, dessen 2. Schwester, s. Urbino; Luigi, dessen Bruder, Kardinal
Esterhazy, Fürst Nikolaus Joseph IX 182* 208f
Esther, Gemahlin des Ahasverus II 152 VI 393
Eswald, Joh. Ludwig X 98* 101 105
Etain X 271f
Etrurier, etruskisch (hetrurisch) XI 42 197 394 XII 36
Etsch XI 23*ff 28 36 100 XII 340
Ettersberg X 326 514 XIII 251 vgl. Ettersburg
Ettersburg I 118 X 175 432* XI 32
Ettinger, Carl Wilhelm XIII 104 vgl. Gothaische Gelehrte Anzeigen
Ettling, Joh. Friedrich IX 564*
Euadne s. Evadne
Eugen s. Friedrich Eugen, Herzog von Württemberg
Euklid VIII 466 XII 412 XIV 100
Eulenspiegel IX 36 XII 502
Euler, Leonhard X 398* XIV 212 222*f 225
Eumeniden s. Furien
Euphorion III 290*–300 SR

Euphranor XII 112
Euphrat II 16 64f 148 150 239 250 IX 130f 133 465 XI 154
Euphrosyne I 190*–195 vgl. Musen; III 165* vgl. Grazien
Euripides IV 203*ff XII 310 bis 320 vgl. zu III 267, zu V 7ff
Europa, Europäer, europäisch I 115 157 179 333 404 II 58 163 172 226 228 231 245 252 264 III 287 IV 79 260 V 182 VI 125 167 VIII 82 129 332° 408° 442 IX 482 538 X 113 309 312 491 XII 126 177 195 301 330 363f XIII 297 303 507 vgl. Okzident
Eurotas III 258 271 274 287
Eurydice XII 62
Eurymedusa (Tyche) V 68*–72
Euterpe II 459 vgl. Musen
Eutin X 360
Eva I 137 II 56 103 454 V 270° VII 100 IX 465° XI 46 460 XII 209+
Evadne I 194* V 309–331
Everdingen, Allaert van XI 23* XII 219*
Ewald, Joh. Ludwig I 93+ X 98 vgl. zu I 97
Externsteine XII 206*–209
Eyck, Jan van I 326 X 518* XII 157*ff vgl. Weyden, R. v. d.
Ezeon (Gaber) II 220ff

Faber, Petrus Johannes XIV 129*
Fabri, Honoratius XIV 126f*
Fabroni, Angelo XII 77*
Fahlmer, Johanna Katharina X 31* vgl. Schlosser, Joh. Georg
Falbaire, Feuillot de IX 568+
Falconet, Etienne Maurice XII 23*
Falcomieri, Familie I 161*
Falstaff IX 268
Fama I 170*ff
Famars X 365
Fanny s. Schmidt, Marie Sophie
Farinato, Paolo XI 45+
Farnesischer Stier XI 352* XII 65* 76+ 220*
Fatima II 110*
Faun mit den Zimbeln bzw. Krotalen, tanzender Faun IX 500* XI 547*
Faune I 15 174 III 180 283 290 303 IV 50 V 100 X 20 285 352 XI 547* 553 XII 59 134 SR
Faust I 217* 321+ III IV 62 IX 413* 507 X 11 XI 77+ 383 432 476 525 XII 276 G.s Faust vgl. WR SR
Faustina d. Ä. XI 88*
Favart, Charles Simon XI 54+
–, Marie Justine, dessen Gattin IX 91+
du Fay, Rachel Gertrud I 93+
Fea, Carlo XI 147* 526+
Feldberg/Schwarzwald XII 262
Feldberg/Taunus IX 226
Fellenberg, Philipp Emanuel von vgl. zu VIII 149ff+
Fénelon, François de Salignac de la Mothe IX 35* 80+ 382+ vgl. Neukirch, B.
Fenris IX 553* vgl. Edda
Ferber, Joh. Jakob XI 37*f XIII 96
Ferdinand IV., König von Neapel (als König beider Sizilien Ferdinand I.) XI 161+ 184+ 186 191 206f 209 352 XIII 291
Ferdinand, Herzog von Braunschweig IX 97 XII 128°
Ferdusi s. Firdusi
Ferhabad II 231f
Ferhad II 27* 125

Ferid-eddin Attar II 35⁺ 58⁺ 156 189
Feridun II 261
Fernando de' Medici, Kardinal V 150*
Ferney X 312 XII 231
Fernow, Karl Ludwig X 468* 492 vgl. zu XII 49 96 vgl. Weimarische Kunstfreunde
Ferrara V 74f 95 141 153 XI 98 100 120 125 Herzöge s. Este
Fesch, Willem de IX 14⁺
Fetch Ali Catschar, Schah von Persien II 168 260
Feti (Fetti), Dominico IX 408*
Fichard, Joh. Karl von X 56*
Fichte, Joh. Gottlob I 220⁺ 230 X 440*f 460* XIII 29 vgl. Philosophisches Journal ...
Fichtelgebirge XIII 260 277
Fidanza, Paolo XI 462*
Fielding, Henry VII 307⁺
Fierabas X 506*
Filangieri, Gaetano VIII 66* XI 191*f 197 202f
–, Carolina, geb. Gräfin Fremdel, dessen Gemahlin XI 197* 202f 324⁺f
–, Teresa, dessen Schwester s. Satriano
Finch, John XIV 208
Firdusi (Ferdausi) II 27⁺ 41 52⁺ 72 153* 155 161 183 198 249 256f X 521°
Firks, Gebrüder von I 352* 410
Fischbach XIII 252
Fischer, Franz Joseph X 350*
Fischer (von Waldheim), Gotthelf XIII 114
Fischer, Joh. Karl X 255* 286 XIV 265 vgl. Gehler, J. S. T.
Flaccus s. Horaz
Flachsland, Caroline s. Herder vgl. Darmstädter Kreis
Flandern II 291* 330 337ff IV 373f 378 382 387 389 393
Fleischer, Joh. Georg IX 242* 245f XIII 103
–, Charlotte Wilhelmine, dessen Gattin, geb. Triller IX 242 244 246
Flora-Cypris s. Aphrodite
Florenz, Florentiner, florentinisch III 159 IV 206 V 74f 119 138 141 VIII 478 IX 194 X 419 447 XI 113*f 125f 462 464 473 528 XII 149 203 485 496 XIV 72 179
Florian (Heiliger) X 408*
Florian, Jean Pierre Claris de X 358*
Flörsheim X 363
Florus I 167*
Flotow, von X 303*
Flüelen X 145 468
Foligno XI 116 118 120
folle en pèlerinage, La vgl. zu VIII 51ff
Fondi XI 179 181 357
Fontainebleau VI 162
Fontenelle, Bernard le Bovier de XIII 533 XIV 183*–186 191 197
Forberg, Friedrich Karl vgl. zu X 441
Formia s. Molo di Gaeta
Forster, Joh. Georg Adam II 257⁺ X 189* XI 415 418 XIII 467* XIV 263
Fort Louis IX 465
Fortis, Alberto XII 335 vgl. zu I 453
Fortuna I 51 162* 395 III 217 V 84⁺ 106⁺ 133⁺ VII 40° SR
Fortunatus IX 36*

Forum Romanum XII 115 s. XI Rom
Franceschini XI 57
Francesco I. de' Medici V 138⁺ 141°
Franceso de' Aquino, Vizekönig von Sizilien XI 241*f
Francia, Francesco XI 103*
Francisci, Erasmus vgl. zu III 121ff
Francke, August Hermann VII 388⁺
Franckenberg, Abraham von XI 88⁺
Franke, Joh. Michael XI 149*
Franken II 70 III 285 IV 74 96 100f 122 VI 125 X 293 XII 164
Frankfurt a. Main II 456 IV 94ff 107 122 VI 129 IX 10 12 15 17*–21 22–27 29 36 46 48 73 75ff 82ff 88 98f 102 105 111 119 125 143 148ff 153 156 160f 164f 176 180f 183ff 186 188ff 194 196 199ff 240 242 266 336 355 365 390 405 426 471 475 503 505 521 533 541 553 556 563 586 X 11 15 19 24 26 31 51 53 56f 69 83ff 87 92 97 107f 112 114 119 127 136 166 171f 178ff 186 188f 289ff 316 318 362f 399 437 440 517f XI 9f 33f 302 408 520 547 XII 67⁺ XIII 105 149 XIV 200
– Dom (Bartholomäuskirche) IX 17 21 189° 193 199ff
– Fahrgasse IX 18⁺ 23 83 192 521 X 92
– Goethes Elternhaus am Hirschgraben IX 11ff 15*ff 27ff 31 44f 48f 70 77 83f 88f 100f 109f 112ff 181 198 355f X 111 134 166f 169 180f
– Judengasse IX 149 188 X 83f
– Mainbrücke (Brücke) IX 17 23 83 98 103 192 X 92
– Marktplatz IX 18 41 200 202
– Römer IX 19ff 25°f 39 181 188 199f 203ff
– Römerberg IX 18 188 199f
– Roßmarkt IX 13 160 208f
– Saalhof IX 17 208*
– Zeil IX 18 83 192 X 56
– Zwinger IX 19* 52 149
– Frankfurter Gelehrte Anzeigen, 1772–1773 hrsg. von Merck bei Hofrat Deinet IX 550*f 554 572 X 430 513 XII 15*ff vgl. zu IX 504 538, zu XII 224ff vgl. Höpfner; Merck; Schlosser
Franklin, Benjamin IX 598* X 114 XIII 533 XIV 220* vgl. zu VIII 404
Frankreich:
– Frankreich, Franzosen (Franzen), französisch I 80 179f 211 261f 404 II 49 243f 255 264 291 437 462 III 73 85 383 387 IV 143 265 267 270ff 291 333⁺ 373 375 397 421 V 115 181 190° VI 125ff 129f 131ff 133 140 VII 148 162 263 299 366 419 449 458 VIII 85 464 478 IX 21 42 48 75 84 96ff 103 110 119 146 150 181 194 259 262 274 280 295 297 299 313 315 317 359 367 376f 417 469 475f 478ff 481 485f 492 527 534 566 X 68 85 188–363 (bes.: 188ff 194 197f 200 215 219ff 223f 227 229f 232ff 236f 239ff 245 256 258 270 284 288f 291 293 296 301f 318ff 346 358 363) 364f 375f 387 389 399 405 439 463ff 465f 505 514 543 XI 27 83 96 138 166 253f 256 259 278 303 308

315 387 391 401 454 518 XII 8 12 14 21 55 98 126 178 225 228ff 232 268f 283 361 387 450 455 487 496 501 XIII 44 51 131 167 226 229 231 238 245 257 298 445 459 485 495 497 500 507 533 XIV 94 130 133 159 167 180 184 186 193 200 205 211 215 225 230 SR
– Könige: vgl. Karl der Kühne; Franz I.; Heinrich IV.; Ludwig XIV.; Ludwig XV.; Ludwig XVI.; Marie Antoniette, dessen Gemahlin; Elisabeth Philippine, dessen Schwester; Marie Thérèse Charlotte, dessen Tochter; Prinzen von Frankreich s. Ludwig XVIII. u. Karl X.; Napoleon I.; Marie Luise, dessen 2. Gemahlin; Ludwig XVIII.; Marie Josephine, dessen Gemahlin; Karl X.
– Franken I 180 II 444 480 VI 125 X 289
– Gallier I 118 158
– Neufranken VI 127 135
– Französische Revolution I 158⁺ 208* 211 223⁺ 261⁺ 331 ⁺V 168–214 215–299 VI 131° 137° 140° 591⁺ X 188⁺ff 309ff 358 405 433 439 449 459 XII 115⁺ XIII 39 247 250 XIV 181 vgl. II 437*ff, VI 125ff vgl. zu III 79 136, zu XI 515, zu XII 38 380
– Französische Kunst IX 262 313 363 X 97 517 XI 387 391 436 XII 12 15 55 496
– Französische Literatur I 208 II 188 255 VII 342 VIII 50ff IX 76 259 262 482 483*–492 568 X 246 312 429 451 525 XI 165 225 XII 267ff 363f
– Französische Sprache II 255 264 367f IV 271 VI 282 308 431 VII 342 362 375 VIII 50f IX 84f 90ff 119 133 187 239 259 267 297 337 346 356 478ff X 259 348 466 XI 303 XII 15 126 267ff 354 511

Frankreich:
– Französisches Theater II 188 VII 176 178 341f IX 42 90*ff 106 108 158* 389 451 483*ff 488 546 568 XII 22 225 363
– vgl. Académie Française; Akademie der Wissenschaften; vgl. XI Rom, Französische Akademie

Franz von Assisi (Heiliger) XI 73 79 116 119 367 398 405f

Franz I., deutscher Kaiser I 261⁺ VI 68 IX 22* 46 48 102° 153* 184° 189–195 200–207 215

Franz I., König von Frankreich IX 21 178⁺

Franzen(s)brunn(en) (Franzensbad) X 502 XIII 258ff 279

Frascati XII 484 s. XI

Frauenhofer, Joseph von XII 462*

Frauenstein, Haus IX 149* 157 201 X 120*

Freiberger Akademie (Bergakademie) XIII 283 vgl. Werner, A. G.

Freiburg IX 388

Freimütige, Der, oder Berlinische Zeitung für gebildete und unbefangene Leser, seit 1803 hrsg. von Kotzebue und Merkel X 461* vgl. Kotzebue

Freitag (Freytag), Franz von, preuß. Resident IX 76* X 56*

Freneda (Fresneda), Bernardo vgl. zu IV 408*

Fresenius, Joh. Philipp IX 143* vgl. zu IX 293
Freytag, Georg Friedr. Wilhelm X 521
Friedberg/Wetterau IX 69 X 61
Friederici, Christian Ernst IX 120
Friederike, Prinzessin von Mecklenburg-Strelitz X 365+
Friedrich III., deutscher Kaiser IV 392+ IX 525
Friedrich II. der Große, König von Preußen I 163 217+ 323 II 148 230 V 176ff 181° 202 397 VIII 102 483 IX 46ff 73 75f 182° 189 279ff 296*f 308 482 486 530 535 X 56 113 248 489 XI 115f 162° 283 XII 128° 307°f 486 505
Friedrich, Erbprinz von Anhalt-Dessau IX 305
Friedrich IV., Markgraf von Ansbach und Culmbach (Pfalzgraf) IV 85 87 89 91 126 160
Friedrich August I., Kurfürst von Sachsen (als König von Polen August II. der Starke) IX 264*f 307 XII 104°
Friedrich August II., Kurfürst von Sachsen (als König von Polen August III.) IX 307°
Friedrich Eugen, Herzog von Württemberg IX 266+ 505
Friedrich Ferdinand Constantin, Prinz von Sachsen-Weimar X 51*ff 57°ff
Friedrich Ferdinand s. Pappenheim
Friedrich Franz I., Großherzog von Mecklenburg-Schwerin XIII 285°
Friedrich Heinrich Ludwig, Prinz von Preußen IX 296° (statt: „Kurfürst") 486
Friedrich Ludwig Christian, Prinz von Preußen (Louis Ferdinand) X 220*f 239 253 368ff 384 397 496*
Friedrich Wilhelm I., König von Preußen IX 265°
Friedrich Wilhelm II., König von Preußen (der König) X 199 212 215f 218 223 225 227 254 268 275 282 284 301 317 366 371 374 387 390 397 435+
Friedrich Wilhelm III., König von Preußen (Kronprinz bis 1797) V 397+ X 253 262 377 514 XIII 218
Friedrich Wilhelm, Herzog von Braunschweig-Öls X 258* 265° 506°
Friedrich Wilhelm Heinrich II., Fürst von Nassau-Saarbrücken IX 419+ 422
Friedrich, Caspar David X 503* vgl. zu XII 7ff
Friedrichsroda XIII 252
Friedrichsthaler Glashütte IX 422
Fries, Ernst XI 523*
Fries, Jos. Johann, Graf XI 329* 368 372 379f 390
Frisi, Paolo XIII 534 XIV 226*
Fritsch, Ludwig Heinr. Gottlieb, Freiherr von X 191* 283f
–, Friedrich August von, dessen Bruder XIII 143*
Fröhlich, Anna Maria, vgl. zu IX 150
Frose XIII 197 199
Fuentes, Giorgio vgl. zu XII 66f
Fulda IV 93
Fulda, Fürchtegott Christian vgl. zu I 208ff
Funccius, Joh. Kaspar XIII 531 XIV 125*–126
Furien (Erinnyen, Eumeniden) I

159 189* 300 III 167*f IV 462 V 22f° 27 30 35 37f 41 44f 60 66 VIII 203 XI 381 XII 318 vgl. Alekto; Megära; Tisiphone
Fürst, Walther, V 198*
Fürstenberg, Fürstentum XI 441
Fürstenberg, Franz, Freiherr von X 314 336*ff 342 vgl. Münster
Fürstenberg, Frobenius Ferdinand, Fürst von IX 529*
Füßli, Joh. Kaspar XII 128+
–, Joh. Heinrich, dessen Sohn IX 535+ X 18° XII 128+ vgl. zu XII 7ff

Gäa III 226
Gabler, Matthias XIV 212*
Gabriel (Erzengel) II 119f III 16 VII 269
Gaddi, Taddeo XII 203*ff (statt Giotto)
Gaertner, Joseph XIII 91
Gaeta (Molo di Gaeta) XI 182f 357
Gagneraux, Bénigne XI 391*
Galatea III 247* 253f*f vgl. Nymphen
Galba, Servius Sulpicius, römischer Kaiser XII 379
Galenus XIII 185 192 241
Galiani, Bernardo XI 98*
Galilei, Galileo XI 61 XIII 531 XIV 97*–99 110 114 119 154
Gall, Franz Joseph IX 448* X 474f XI 549
Gallier s. Frankreich
Gallitzin, Adelheid Amalie, Fürstin von X 312* 314 320 335*ff 351° 355° 441ff vgl. Münster
–, Marianne u. Dimitri, deren Kinder X 336*f
Ganges I 362
Ganymed I 46*f II 519 IV 205 XI 139 553 SR
Gardasee XI 28ff 36+ 39 155
Gardone XI 36+ (statt Verdom)
Gargaros II 515
Gargnano XI 36
Garigliano (Ort und Fluß) XI 183 357
Garve, Christian I 214* IX 277* XI 345* vgl. zu VII 290, zu XII 98
Gasna II 148 249f
Gasnewiden II 152
Gassendi, Pierre XIV 9*
Gauffier, Louis XI 391*
Gauger, Nikolaus XIII 532 XIV 167* 169–170 189
Gauthier d'Agoty, Jacques X 494 XIII 533 XIV 200*–204 205
Gay, Sophie de X 525+
–, Delphine, deren Tochter XII 503+
Gayot (Prätor von Straßburg) IX 376*
Gaza II 212
Gazette Médicale (frz. Zeitschrift) XIII 249
Gebler, Tobias Phil., Freiherr von IX 568*
Gedrosien II 244*
Gehler, Joh. Samuel Traugott XIV 265 vgl. zu X 255, zu XII 314ff vgl. Fischer, Joh. Carl
Geiler von Kaisersberg IX 251*
Geisenheim X 404
Geiserich XI 357°
Geldern IV 381
Gellert, Christian Fürchtegott IX 80* 241 246f* 252+ 256 263 268 288 294*–296 300f 345 349 518
–, Friedrich Leberecht, dessen Bruder IX 295°
Gelnhausen IX 243

Gemarke XII 356
Gemmingen, von (statt Wangenheim) X 505+
Gemmingen-Hornberg, Otto, Freiherr von IX 568*
Gendsche II 155
Genf X 13 432
Genfer See XIII 298 301
Genius der Zeit, 1794–1802 hrsg. von A. v. Hennings, Altona III 135* vgl. Hennings
Genserich (Geiserich) XI 357
Gent II 286 331 IV 374 391 396 435
Genua VI 148 VIII 91 94 XI 238 XII 326
Genzano XI 178 445
Geoffroy, Claude Joseph d. J. XIV 194*
Geoffroy (de) Saint-Hilaire, Etienne XII 420+ XIII 219*–250
Georg (Heiliger) II 63 IV 82 X 528 XI 130 XII 274
Georg I., König von England XIV 171
Georg August, Prinz (nicht Erbprinz) von Mecklenburg-Strelitz XII 125*
Georg Friedrich Carl, Prinz von Sachsen-Meiningen X 179*
Georgien, Georgier II 229 231 235 239 XI 159
Gera IX 120
Gereon (Heiliger) XII 150* 156
Gergesa XII 232
Germanicus XII 149
Germanien, Germanen I 178 III 285 IX 303
Gerock, Familie X 134*
Gersau 145
Gerstenberg, Heinrich Wilh. von IX 270* vgl. zu IX 536
Gesellschafter, Der, 1817 begr. von Gubitz, Berlin II 251
Gesner, Joh. Matthias IX 238*
Geßner, Johann XIII 153*
Geßner (Gesner), Konrad XIV 71
Geßner, Salomon VIII 422 IX 270* 272 545 X 121 152* XII 128+
Geyer XIII 277
Geyser, Christian Gottlieb IX 310* 326
Ghibellinen III 152* 324*
Ghiberti, Lorenzo XII 49+ vgl. zu XII 111
Ghilan II 249f
Ghilan Schach II 250 252
Giacomelli, Michelangelo XII 114*
Gibeon IX 127
Giesecke, Karl Ludwig Ritter von XIII 278*
Gießen IX 31 75 546ff 550 552 554 595
Gilbert, Ludwig Wilhelm XIV 249
Gilbert, William XIV 91* 156
Ginsheim X 363 369 375
Gingins-Lassarez, Frédéric de XIII 167+
Gioeni, Giuseppe XI 294f
Giordaniello (Giordani, Giambattista) XI 196+
Giordano, Luca XI 191*
Giorgione XIII 518
Giotto di Bondone XII 203*ff 339* vgl. zu XI 62
Giovanni da Bologna (Fiamingo) IV 206+
Giovinazzi IX 14
Giovine (Giovane), Giuliana Herzogin von XI 345*f
Girard, Jean Baptist VII 392*
Giredo XI 112

Girgenti XI 272*–281 283 314 vgl. zu XII 37
Gita-Govinda s. Jajaveda XII 301*
Giustiniani, Girolamo Ascanio XI 524⁺
Glatz X 436
Glauber, Johannes XII 216* 219
Glaukus IX 333*
Gleichen XI 284*
Gleim, Joh. Wilhelm Ludwig IX 270* 280*f 400*f X 30 443 487ff XII 279⁺
–, Sophie Dorothea, dessen Nichte, gen. Gleminde X 489*
Glorieux X 215f 218 317
Gneisenau, August Graf Neithardt von vgl. zu II 36
Gnomen I 108 III 181f SR
Göchhausen, Luise von vgl. zu III 365ff
Goethes Familie:
Goethe, Friedrich Georg, Großvater IX 48 69f
–, Cornelia, geb. Walther, dessen Gattin IX 12* 15* 48 69f
–, Johann Kaspar, Vater I 320 IX 14*ff 27*ff 31*ff 38 44 46f 51 69 71 73*ff 77 80ff 83ff 90f 97ff 106 108 112f 114ff 119ff 128 142ff 148 151f 154ff 164 178 182f 198 210 214 225ff 238ff 246 248ff 282 293 317f 322 337f* 345ff 355f 366 389f 407 431 447f 471ff 503f 512 565 X 26 52*ff 56 60 68 73 87 92 99f 109ff 126f 134 166 169ff 179ff 183 186 440 XI 64 69 126 186 vgl. IX S. 613f
–, Katharina Elisabeth, geb. Textor, dessen Gattin, Mutter I 13 320 II 190° IX 14f 41f 47 74°80f 85ff 90 97ff 104 114 116 143 152f 164 198 209f 214 227 246 293 338 342 366 447f 503 X 52f 57 72ff 85 87 91f 109ff 126 134 169f 180 183 189 289f 292 440 510 vgl. IX S. 613f
–, Hermann Jakob, Bruder IX 37°
–, Cornelia Friederike Christiane, seit 1773 verh. mit J. G. Schlosser, Schwester IX 11* 13 16f 33 38 42f 48 67 81f 86f 98ff 114ff 116f 120 122f 158 177f 214 227*–231 234 242 250 337f 349 389 504 552ff 570 589* X 31 41 69 73 131ff 167
–, Christiane Johanna Sophie, geb. Vulpius, Gattin X 309⁺ 435° XIII 107⁺ff vgl. zu I 157ff 174ff 199ff 237ff 254 264 345 410
–, Julius August Walther von, Sohn I 207 346* X 456
–, Walter von, 1. Enkel I 353*
–, Wolfgang Maximilian von, 2. Enkel X 527⁺
– vgl. auch Loen, Joh. M. v.; Melber; Textor; Frankfurt, Goethes Elternhaus
Goetze, Joh. Georg Paul X 191⁺ 217° 225° 237 258° 264° 267 269 299f 305f 346 358
Goeze, Joh. Melchior vgl. zu IX 567⁺
Goldoni, Carlo XI 94*ff vgl. zu IV 7ff
Goldsmith, Oliver (Verf. des „Landpriester von Wakefield") VI 23* VII 307* IX 426* bis 430 434°ff 457° 462° 467° 545*f 582 X 169
Goliath VII 13 16 19 21 23f 29 VIII 489 491
Golius, Jakob II 144⁺

Gonzaga, Lodovico, Herzog von Mantua XII 192ff 198
–, Scipione V 145* 150
Gordon, Andreas XIV 210*f
Gore, Charles X 372* 375 382 388 391 395
Gorgonen I 221 V 38 X 356 XII 307 vgl. Medusa
Görres, Jakob Joseph von II 228*
Görtz, Johann Eustachius, Graf X 52* 130
Göschen, Georg Joachim I 217 X 432f XI 21 170* XIII 103 vgl. WR, Werke
Goslar X 197 333
Goten III 285 IX 407 XII 12
Gotha IX 336* X 329 483 513 518 XI 164° 224 284 XIII 104 113 252 XIV 206 265 vgl. Sachsen-Gotha
– Gothaische Gelehrte Zeitungen, 1774–1804 hrsg. u. verl. von Carl Wilh. Ettinger, Gotha XIII 113 XIV 265 vgl. Ettinger
Gotsch, Raphael von X 236⁺ 295
Gotter, Friedrich Wilhelm I 88* IX 533*f 539 546 vgl. zu IX 519 vgl. Göttinger Hain
–, Pauline, dessen Tochter X 502*
Gottfried, Johann Ludwig (nicht identisch mit Abele) VII 558* IX 35* 150 319 X 126
Gotthardus X 419f
Göttingen II 254 IX 33 241* 250 534 536 538 X 125 197 452ff 468 475 479 516 XII 128 XIII 110 156 298 XIV 214f 257 265 267
– Göttinger Hain IX 534* X 125⁺f vgl. zu VI 82 vgl. Boie; Bürger; Gotter; Hölty; Reinhard; Brüder Stolberg; Voß; vgl. G. Musenalmanach
– Göttinger Musenalmanach, 1770–1774 hrsg. von Boie u. Gotter, bis 1805 hrsg. von Voß, Bürger, Reinhard u. a. IX 519⁺ 534* 536* X 125 vgl. G. Hain
– Königliche Sozietät der Wissenschaften (Akademie Göttingen, Gelehrte Gesellschaft) XIII 298 XIV 214 vgl. A. v. Haller
– Göttingische Gelehrte Anzeigen, gegr. 1739 als Göttingische Anzeigen von gelehrten Sachen, seit 1753 hrsg. von der Gesellschaft der Wissenschaften, Göttingen II 254 IX 538⁺ X 516* XIII 110 XIV 265
Göttling, Joh. Friedrich August XIII 151* XIV 263
Gottsched, Joh. Christoph VII 23⁺ IX 254f 262* 267*f 272 304* 325 517 X 359⁺ XII 190* vgl. zu II 285 vgl. Deutsche Schaubühne; Belustigungen des Verstandes . . .
Gottsched, Luise Adelgunde, dessen Gattin IX 250⁺ vgl. zu IX 237
Götz, Friedrich Wilhelm X 408⁺ 410⁺
Götz, Johann Nikolaus X 50*
Götz von Berlichingen s. WR
Goudt, Hendrik XII 27*
Goué, August Siegfried von IX 532* vgl. zu IV 188ff
Gouvernante, Die (Singspiel) VIII 497
Gozzi, Carlo X 350 XI 80*f 96
Gracchen XI 388
Graff, Anton X 139*
Graien III 263*
Grandpré X 215 219 221ff 237 246 254f 258 266f

Grant, Bernhard XIV 212*
Grasemann vgl. zu IX 340
Grasse IX 84 88 113°
Graubünden VII 593 X 182
Graupen XIII 277
Grave, Hans IX 18*
Gravelingen IV 373 387 451
s'Gravesande, Willem Jacob Storm van XIII 533* XIV 163 178*–179
Grawert, Julius August Reinhold von X 496*
Gray, Thomas IX 581f*
Grazien (Charitinnen) I 33f 38 164* 188 209 211 II 517 519 III 165* 246 V 99* 314 XII 76 vgl. Aglaia; Euphrosyne; Hegemone vgl. SR
Grazzini, Antonio Francesco vgl. zu III 158f
Grebel, Felix IX 535⁺ X 18°
Gregor XIII., Papst V 89*ff
Gregor XV., Papst XI 138⁺
Gregory, James XIV 155*
Gren, Friedrich Albert XIV 265
Gretchen (Jugendfreundin Goethes in Frankfurt) IX 164⁺ 167*ff 186ff 196ff 207ff 212 214 216ff 230 240 269 283 285 390 520
Grétry, André Erneste Modeste X 97*
Grevenmachern X 192 273 283
Griechenland:
– Griechenland, Griechen, griechisch I 159 164ff 230 410 II 16 81 98 139ff 149 176 182f 524 III 213 217 228 231 241 246 258 272 IV 207 390 V 7 18 29ff 36 59f 65f VI 355 VIII 88 304 468 IX 60 126 221 244 303 413 508 537 X 58 484 524 XI 107f 155f 205 223 250 314 320 339 419 524 XII 37f 98 100 106 109 112 127 146ff 164 172 175f 183f 225 246 249 329 331 343 371f 390 440 443 483 507 XIII 102 241 529 XIV 11 14ff 33 39ff 56 67 74 121 SR
– Hellas, Hellenen I 399 II 533 III 215 235 291 XII 146 163
– Griechische Kunst I 159 II 16 IX 389 508 X 524 XI 33 42 88 167 249 274 417 442 551 XII 37f 106 109 112f 134 146ff 169 183 XIII 102 509ff XIV 40ff
– Griechische Literatur II 182 188 245f III 24 IX 334 X 201 429 516 XI 82 165 XII 79f 120 225 246 249 342ff 505 507 XIV 55
– Griechische Sprache I 224 329 II 140f IV 209 VI 12 VIII 466 IX 119 124° 239 302 353f X 25 331 513 XI 159 241⁺ XII 120 332 509 XIII 530 XIV 75 100 110
– vgl. die Alten
Gries, Johann Diederich X 520* XII 305* vgl. zu I 294ff, zu II 57 256
Griesbach, Johanna Dorothea, geb. Rambach IX 339*
–, Joh. Jacob, deren Sohn IX 163* 241 X 454
Griffith, Richard VIII 480⁺ff 485f⁺ vgl. XII 704
Grimaldi, Franciscus Maria XIII 531* XIV 118*–121 124 157 224 231
Grimaldi, Giovanni Francesco XII 218*f
Grimm, Friedr. Melchior, Freiherr von VII 23⁺ IX 480* X 171f 317*

Grimm, Jacob Ludwig XII 336 338 vgl. zu III 139, XII 327ff
–, Wilhelm Karl, dessen Bruder X 506*
Gröning, Georg IX 332*
Grönland XI 26
Groschlag, Karl Friedrich Willibald, Freiherr von IX 182*
Gross, Joh. Gottfried IX 32+
Großmann, Gustav Friedrich Wilhelm IX 569*
Großrudestedt XIII 199
Grothus (Grothaus), Nikolaus Heinr. Julius von X 203*f
Grotius, Hugo I 329* IX 239
Grüner, Joseph Sebastian XIII 278*
Gruner I 112+
Gruter, Janus vgl. zu I 304ff
Grütli s. Rütli
Gryphius, Andreas VII 558* vgl. zu III 311
Guarini, Giambattista V 100+ff VII 87+
Gue s. Goué
Guebern II 135f
Guelfen III 152* 324*
Guercino, Giovanni Francesco (Barbieri) XI 101*f 107 128 vgl. zu XI 7
Guglielmi, Pietro X 351*
Guido s. Reni, G.
Guignes, Joseph de X 312+
Gülich, Jeremias Friedrich XIII 468 535* XIV 239*–240
Günderode, Hieronymus Max, Freiherr von IX 419*
Günther, Joh. Christian IX 264*f 397
Günther von Schwarzburg IX 20f
Gunzenheim X 367 371
Gustav III., König von Schweden IX 486 X 113+ XI 61+
Gustav II. Adolf, König von Schweden XI 61
Guyot, Edme Gilles XIII 534* XIV 229*–230
Guys, Pierre Augustin IX 538*

H. F. T. = Hassenfratz, Jean Henri XIII 534° XIV 234* bis 235 236 243
Habsburg s. Deutschland, deutsche Kaiser
Häckel, Heinr. Jacob, Baron von IX 74*
Hackert, Georg XI 204+
Hackert, Philipp X 171 509 XI 136*f 186 206*f 277 282 289 330f 351f 355ff 383 XII 219*f vgl. zu XII 7ff vgl. WR
Hacquet, Belsazar XI 14* 37f
Hades III 275 301 IV 204+ V 347 X 166 XII 101 SR vgl. Ais; Erebus; Orkus; Tartarus
Hadrian, röm. Kaiser VIII 390 XII 115*
Hafis, Muhammed Schemseddin II 8 13*ff 17 20*ff 28f 44f 57 78 81+f 85+ff 89ff 121 157–159 161f 171 180f 183 190 194ff 253 268 X 514* 521° vgl. zu II 7–125
Hagar IX 133f 137° 139°
Hagedorn, Christian Ludwig IX 323* XII 107*
–, Friedrich von, dessen Bruder IX 80* 241 397*
Hagemann, Friedrich Gustav X 350*
Hagemeister, Joh. Gottfried Lukas X 350*
Hagen, Friedr. Heinrich von der X 500+ 511* vgl. zu II 255, zu X 506, zu XII 348
Hagenau IX 425f 465

Hahn, Philipp Matthäus X 478*
Haimonskinder, Die vier IX 36 532*f X 126+
Hainberg bei Göttingen X 456
Hainbund s. Göttingen
Halberstadt IX 400+ X 487 XIII 197
du Halde, Jean Baptiste, vgl. zu V 309ff
Hall, Chester Moor XIV 222*
Halle/Saale VII 388 IX 252 X 461f 468 473 XIV 265
Haller, Albrecht von I 359+ VIII 422 IX 80* 257* 269 277* 397* X 67 XIII 32 34+f vgl. Göttingen, Königliche Sozietät ...
Hamadryaden I 204° XII 262* 299 vgl. Nymphen
Hamann, Joh. Georg IX 328+ 409* 451 508 512*–516 X 336 443 XI 192 413+ XII 373* 412 vgl. zu IV 188ff, zu XII 7ff 14 228 vgl. Münster
Hamberger, Georg Erhard XIII 330 XIV 129* 206* 209 214
Hamburg IX 123 327 568 vgl. zu VII 35
– Hamburger Musenalmanach, 1776–1800 hrsg. von J. H. Voß, Hamburg vgl. zu IX 519+ vgl. Voß
du Hamel (Hamelius), Jean Baptiste XIV 129f 181 209
Hamilton, William XI 209* 217 330f 359 361 381
–, Lady, dessen 1. Gemahlin XI 381 vgl. Harte, Emma
Hammer-Purgstall, Joseph von II 163+ 180° 184° 186 253*f 256 X 514f 521 vgl. zu II 7–125
Hamptoncourt, Palast XII 192f 199f
Hanau IX 120 152 242f X 289
Hanau, Ludwig Graf von IV 87
Hanau-Lichtenberg, Grafschaft IX 417f
–, Johann Reinhard II., Graf von IX 418*
Händel, Georg Friedrich XII 344*
Hannemann (Hanumân) IX 537* 553
Hannibal (statt Hasdrubal) XI 233*
Hannover X 437 454
– Kurfürstentum IX 194
Hans/Champagne X 237 243° 249 264 267 288 296
Harbauer, Franz Joseph X 451+
Hardenberg, Karl August von X 513
Harez II 130
Harlem XII 138
Harpyen (Harpyien) III 266*
Harrach, Karl Borromäus, Graf von I 345* 409
–, Marie Josephine, Gräfin von, dessen Schwägerin XI 142*
Harte, Emma XI 209+ 217° 330 361 381
Hartmann, Ferdinand August X 449*
Hartmann von Aue X 511°
Hartsoeker, Nikolaus XIV 205*
Harz I 50ff 392ff III 181 234f 241 X 197 325 327 333 400 490 XI 12 XIII 274 286 348
Haschka, Lorenz Leopold I 221+
Hasdrubal XI 233+
Haslach IV 82 85 97 101
Hassenfratz, Jean Henri XIII 534+
Haßfurt IV 128
Haßleben XIII 199

Hatem II 63 65 67 72ff 78f 91 97 99 125
Hatem Thai II 63*
Hatem Zograi (Hassan Thograi) II 63*
Hattenheim X 403
Hauch, Adam Wilhelm von XIV 213*
Haucke (Schuster) IX 318f* 321 323f X 45
Hauenschild, Joh. Heinrich Konrad I 114*
Haugwitz, Christian August, Graf von X 126* 128f 273 vgl. zu I 102
Hausmann, Joh. Friedr. Ludwig XIII 298
Hawksbee, Francis XIV 163*
Haxthausen, Werner Moritz Maria von X 516*
Hazeroth II 214 219ff
Hebe I 162* II 519 III 226 V 303* XII 15+
Hebel, Joh. Peter IX 453* X 511* XII 261*–266
Hebräer, hebräisch II 128 211 244 IX 124ff 239 408* 509 XI 159 vgl. Israel; Juden vgl. SR
Hebron II 215 IX 131
Hechtsheim X 363 367
Hederich, Benjamin vgl. zu IV 176ff
Hedlinger, Joh. Karl XI 143*
Hedwig, Johann XIII 72
Heeren, Arnold II 225*
Hegel, Georg Friedr. Wilhelm X 496* 520* XIII 29 vgl. zu XII 445 523
Hegemone III 165* vgl. Grazien
Hegesias XII 113
Heidelberg IV 87 IX 194f X 108 182f 185 398 508 517f XII 142ff
Heilbronn IV 144ff 155 157 168 173f X 116
Heiligen drei Könige, Die I 112f 118 IX 186 XI 65f 156ff XII 155
Heiliger Damm/Mecklenburg XIII 284 296 302
Heiligkreuz X 371*
Heilsberg X 518
Heine, Joh. Georg, vgl. zu VIII 326
Heineccius, Joh. Gottlieb IX 246*
Heinecken, Karl Heinrich von IX 313*f XII 107*
Heinrich VIII., König von England XII 193
Heinrich, Kronprinz, Sohn Jakobs I. von England XII 193 195
Heinrich IV., König von Frankreich I 163+ V 296+ IX 430f XII 232*
Heinrich, Der arme X 511 vgl. Büsching, J. G.
Heinrich von Alkmaer vgl. zu II 285ff
Heinrich von Kleve (Hendrik III von Cleve) XII 216*
Heinroth, Joh. Christ. Friedr. August XIII 37*
Heinse, Joh. Jakob Wilhelm I 234* IX 401+ X 316* 538*
Heinsius, Daniel vgl. zu XII 342f
Heisterbach, Kloster XII 154+
Hekate III 240* XII 294
Hektor II 394 515 IX 42
Hekuba VII 304
Helena (Heilige) XII 150+
Helena I 321 II 395 526° III 84 190ff 199ff 212+ 220 226 228 257*ff 304 V 18° X 449 SR

Helfenstein, Graf Ludwig IV 157 164
Heliodor XI 191
Helios II 81* 517 531f 534f III 251* 302f V 332–365 XII 310ff vgl. Apoll
Hellas, Hellenen s. Griechenland
Helle XI 249
Hellespont II 531
Hellwig, Joh. Otto von vgl. zu IX 351
Helmont, Joh. Baptist van IX 342* vgl. zu III 20f
Helmstedt X 475 478 486
Hemmling s. Memling
Hemskerk (Heemskerk), Marten van XII 163*
Hemsterhuis, Franz X 312 314 336*ff 341
Hendel (Bäcker) IX 302*ff 365
Hendrich, Franz Ludwig von X 495*
Hendrick III von Cleve s. Heinrich
Henke, Heinrich Philipp X 476*
Henning, Leopold von vgl. zu XIII 314
Hennings, August von III 134f*
Hensler, Karl Friedrich VI 379+
Hephaistos (Hephästos, Vulkan) I 172 II 517ff 521* 534 III 292 V 347 351 VIII 475 XII 319 371
Hephästion XI 86
Hera, Here s. Juno
Herakles s. Herkules
Heraklit I 247+
Herbelot de Molainville, Barthélemy II 264* vgl. zu II 41
Herbert, Sir Thomas, II 243*
Herculanum XI 185 211 352 XII 116 137 174 XIII 510 vgl. Portici
Herder, Johann Gottfried II 128*f IX 386 402*–415 426ff 451 473 494* 505 507f 513f 516 536 571 596 X 7+ 30 81 360 432 442 487 XI 21f 98 150 152 157 174 205 222 322ff 332 345 369 387 389° 393ff 405 412+ 415ff 429 447+ 460 476f 501+ 516 525f XIII 27* 63* vgl. zu I 25ff 33ff 78ff 185ff 204ff, zu II 271f, zu IV 188ff, zu V 7ff, zu VI 82, zu XII 7ff 66ff 78 130 224 228 vgl. Von deutscher Art und Kunst
–, Caroline, geb. Flachsland, dessen Gattin IX 410+ 507* 513° vgl. zu I 36, zu IV 191ff, zu IX 397, zu XII 283 vgl. Darmstädter Kreis
–, dessen Kinder XI 89+ 149° 156+
Herkules (Alcides, Herakles) I 170* II 275+ 523+ 533 III 220f* 225 266 IV 203 211ff 402 V 39 318* X 137 285+ 340 342 352 XI 161 276 344 352 386 440 546 XII 15* 64 130 134 171 331 vgl. XI Herkules Anax; Herkules Farnese
Herkules, Der christliche deutsche s. Buchholtz, A. H.
Herkules (Ercole) d'Este, Herzog von Ferrara V 75*
Hermandad (Heilige) IV 296*
Hermann, Johann Gottfried IX 268
–, Christian Gottfried, dessen Sohn IX 268 318* 331*f
Hermann, Joh. Gottfried Jakob (Prof. in Leipzig) X 525* XII 298*ff vgl. zu XII 310ff
Hermaphroditos III 243 250 351° VII 439
Hermes s. Merkur

Hermes, Joh. Timotheus I 209+ IV 367+ vgl. zu VI 23
Hermes Trismegisthos IX 350*
Hermione III 267
Hero I 159
Herodes II 237 VIII 19*f XI 101
Herodias, dessen Gemahlin XI 101 XII 194
Herodot vgl. zu II 124, zu III 218f
Herrnhuter (Brüdergemeine) VII 138° 348* 391+ 396*f 398ff 414 432 528f IX 43* 143 339 358° 511f X 42* XII 357 vgl. zu XII 228 vgl. Zinzendorf
Herschel, Friedrich Wilhelm XIII 535* XIV 228
Hersfeld, Theodor s. Mel, Konrad
Hertel (Buchbinder) und dessen Frau I 260*
Herzlieb, Wilhelmine (Minna, Minchen) vgl. zu I 294ff
Hesekiel VIII 327* 511°
Hesiod IX 221* vgl zu I 359, zu V 332ff
Hesperien V 78
Hesperus II 98*f
Hesse, Andreas Peter von IX 507*
–, Friederike, geb. Flachsland, dessen Gattin IX 507* vgl. Darmstädter Kreis
Hessen IV 93 X 188+ff 215 X 513
Hessen-Darmstadt XIII 234f vgl. Ludwig VIII., Markgraf; Caroline Louise, dessen Tochter; Caroline, Gemahlin des Landgrafen Ludwig IX.; Luise, deren Tochter s. Sachsen-Weimar; Ludwig X., Landgraf
Hestia XII 319
hetrurisch s. Etrurier
Heusenstamm IX 189f 195
Heyfte II 331+
Heygendorff, Carl Wolfgang von vgl. zu VIII 149
Heymann, General X 225* 238
Heyne, Christian Gottlob VI 12* IX 241* 353+f 538+ X 468 vgl. zu XII 66
Heyne, Christian Leberecht (genannt: Anton Wall) X 358+
Hiddensee XII 534
Hiero I., Tyrann von Syrakus XII 220*
Hiero II., Tyrann von Syrakus XI 551*
Hieronymus (Heiliger) XII 221 vgl. zu XII 19
Hildburghausen XIII 252
Hildebrand XII 274
Hiller, Joh. Adam IX 327* X 97+
Himburg, Christian Friedrich X 81*f
Himelaja (Himalaya) II 244
Himmel, Friedrich Heinrich X 495*
Hindus 545
Hiob X 91
Hippodamia V 16
Hippokampen III 250*f
Hippokrates VII 496+ VIII 460+ff IX 452* X 66* XII 417 XIII 241 vgl. zu III 25, zu XII 365ff
Hippolyt (Ippolito) d'Este V 75* XIV 88*
Hippolytus XI 273 vgl. zu XII 19
Hirsching, Friedrich Karl Gottlob vgl. zu IX 258ff
Hirt, Aloys XI 441*ff XII 73+ 79° 88° 92° vgl. zu XII 35 66ff
Hirt, Friedrich Wilhelm IX 29* 88f
Hobab II 214
Hobert, Joh. Philipp XIV 213*

Hochheim X 362ff 417
Höchst IX 13 176 X 363
Hof I 233 X 495
Hoff, Karl Ernst Adolf von XIII 282*–287 295 298
Hoffmann, Ernst Theodor Wilhelm (Amadeus) XII 351
Hoffmann, Johann Leonhard XIII 535* XIV 244*–248
Hofmann (Hoffmann), Christoph Ludwig X 319*
Hogarth, William XII 93⁺ XIII 201*
Hohberg, Schloß XIII 260
Hohehäusel XIII 269
Hoheneiche XIII 253
Hohenlohe-Ingelfingen, Friedrich Ludwig, Fürst zu X 395*f
Holbach, Paul Thiry d', IX 490⁺
Holbein, Hans d.J. XII 193
Holberg, Ludvig, vgl. zu V 168ff
Holland, Holländer, holländisch II 291 IV 373 VII 415 518 VIII 305 IX 27 115 475 X 338 374 514 XI 71 396⁺ XII 195 426 XIII 226 445 vgl. Louis Bonaparte; Niederlande
Hollmann, Samuel Christian XIV 209*f 214
Holstein-Eutin, Peter Friedrich Wilhelm, Prinz von IX 402*ff
Hölty, Ludw. Heinr. Christoph IX 534* XII 309 vgl. Göttinger Hain
Homannische Offizin VIII 87*
Homburg IX 226 521*
Homer I 54*ff 198 213⁺ 221⁺ 230 326 II 183 188 III 201⁺ 224⁺ 301⁺ IV 204⁺ 212 V 88 109 143⁺ VI 10* 15 29⁺ 54* 69* 73 82 355° VIII 467 480 IX 42 X 62 163 256 353 438 528 XI 133 154 241 266° 290 298f 323 395 XII 12 108 112 225 246ff 483 vgl. II 515*ff, V 68*–72 vgl. zu V 59 310f 367 vgl. Übersetzer: Bodmer; Bürger; Voß vgl. SR
Hondekoeter, Gisbert de XII 216*
Hooke, Robert XIII 531f XIV 124* 138 141f 153 155 163 207
Hopfgarten XIII 251
Höpfner, Ludwig Julius Friedr. IX 546*ff 554 vgl. Frankfurter Gelehrte Anzeigen
Hoppe, Joachim IX 145* 238 361
Hor, Berg II 219
Horaz I 168 172⁺ 224⁺ II 183 VIII 196 IX 262* 272f 316⁺ X 545 XI 98⁺ XII 109 245 XIII 322⁺ vgl. zu II 16, zu VI 54, zu VII 31
Horeb, Berg II 210
Horen I 184 II 517*f III 147*
Horen, Die, 1795–1797 hrsg. von Schiller, Stuttgart, bei Cotta I 217 X 444*ff 541* XII 239* vgl. zu VI 125ff vgl. SR
Horn/Lippe XII 206
Horn, Joh. Adam IX 236*ff 304 332 365⁺f 504
Horvath, Johann Baptist XIV 213*
Hotz, Johannes X 140*
Houdon, Jean Antoine X 317*
Howard, Luke I 349*ff 379 408 XIII 304*f vgl. X 522
Hrabanus Maurus XII 472⁺
Huber, Michael IX 314*f XII 126⁺
–, Ludwig Ferdinand, dessen Sohn X 189* 438* vgl. zu X 310
Hubertus (Heiliger) X 408*
Hubertusburg, Friede zu IX 152⁺ 153 157 281° 337 XII 128⁺

Hudseiliten II 132f
Hufeland, Christoph Wilhelm X 460*
Hufeland, Gottlieb X 461*
Humboldt, Wilhelm von X 441+ 512*f XII 108+ XIII 29 vgl. zu III 130, zu XII 170
–, Alexander von, dessen Bruder VI 416 X 441* 512 XII 424*f XIII 29 115 118 295f vgl. zu VIII 261, zu XIII 170
Hume, David I 221
Hunnen X 245f vgl. Attila
Hunsrück X 362 404
Hunter, John XIII 192*
Huris II 8 22 74 110ff 166
Hus, Johannes XII 428
Hüsgen, Wilhelm Friedrich IX 161*ff
–, Heinrich Sebastian, dessen Sohn IX 161*
Hutten, Ulrich von II 44 X 117*ff vgl. zu II 96
Hüttner, Johann Christian XIII 304*
Huygens, Christian XIV 102* 150
Huysum, Jan van XII 33* 483
Hyde, Thomas XII 209*
Hydra (Lernäische Schlange) III 221* IV 122
Hydrioten XII 388*
Hygin vgl. zu V 7ff, zu XII 134
Hymen I 200 270* V 275* XII 318
Hymettus IX 303*
Hyrkanisches Meer s. Kaspisches Meer

I vgl. auch J, Y

Iason III 225 V 318 IX 363*
Ibla Major (Hybla maior, Paternò) XI 288*
Iconium (Konia) II 156
Idagebirge II 515 517 519 528
Idäischer Hain I 158
Idstein X 362
Iffland, August Wilhelm X 350* 445 448 456 XII 302 vgl. zu V 366ff, zu VII 35
Ifte II 331
Igel, Monument von X 191*f 283ff 294
Ijim II 216 220
Ikarus III 298* SR
Ilfeld X 326
Ilios s. Troja
Iller (statt Ill) IX 357
Ilm/Ilmtal I 107 212 X 211 448 XIII 197 251
Ilmenau I 107ff 409 X 174 325 XIII 143 271 274 283 286 297
Ilse/Ilsenstein im Harz III 125 234*
Inachus XII 136
Indien (Ostindien), Indier (Indostanen), indisch (indianisch) I 273ff 361+ 408 II 65 69 135f 137ff 141f 148f 154 157 166 177 227 239ff 243 393 438 IV 262 VI 431 VIII 105 339 483 IX 537 X 486 XI 159 471 516 XII 301ff 505 XIV 13
Indus II 150 244
Ingelheim, Friedrich Karl, Reichsgraf von X 406
Ingolstadt X 461
Inn/Inntal XI 116f
Innsbruck XI 13 16 19
Inselberg/Thüringer Wald XIII 252
Inzingen XI 16
Io XII 136 145+
Ionien III 291 XII 127
Iovis s. Jupiter
Iphigenie s. WR

Iran s. Persien
Iris I 377* II 81+ 519 V 44* VII 75* XIV 11
Iris, 1774–1776 hrsg. von J. G. Jacobi vgl. zu I 25ff, zu IX 519, zu X 30 vgl. Jacobi, J. G.
Irokesen VIII 82
Isaak IX 133 136ff 141
Isai VII 13 491
Isar XI 13 16
Ischia XI 182 225 320
Isenburg, Frsten von X 92*
Isenburg-Büdingen zu Meerholz, gräfl. Geschlecht in Hessen X 43
Isfendiar II 183
Isis II 123*
Isis, 1816–1848 hrsg. v. L. Oken XIII 131*
Isletten X 215 224 295*
Ismael IX 133f 137
Isolabella VIII 90+ 234+ X 149
Ispahan II 231 235 239 259
Israel, Israeliten, israelitisch II 128 174 207*–225 VIII 159f IX 134 139f 511 SR vgl. Juden; Hebräer
Istrien XI 79
Italien:
– Italien, Italiener, italienisch I 157ff 175ff II 49 228 243 367 III 59 IV 119 V 75 90 150 VI 187 VII 68 105 146 162 401 567 571 579° 594° VIII 50 229 247 478 IX 14 27 33 74 90 314 317 321 323 329 408 413 475 480 564 X 68 73 127 148f 150f 178 182f 185 187 308 315 351 356 418 433f 444f 468 513 538f XI 9–556 (bes.: 29f 58 65f 97f 101 115 134 380 385 429 436) XII 8 12 21 26 48 55 107° 114 128 148f 163 166 177 179 194 217 266 283 364 487 489 496 XIII 102 254 257 500 507 510 XIV 70 130 167 180 188 253 SR
– Italienische Kunst VII 401 VIII 478 IX 323 408 X 308 316 351 433 XI (bes. 231) XII 12 55 177 216ff 339 496
– Italienische Literatur I 18 II 228 VIII 50 IX 27 XI 81 83 165 380f 477 479ff
– Italienische Sprache I 18 II 367 VIII 247 IX 14 85 90 123 267 337 480 X 429 XI 28f 81 96 98 263 422 424 XII 266 339 XIV 180
Itri XI 182+
Itys XII 313
Itzenplitz, Friedrich August von X 364*
Ixion I 159+ IV 456* X 49 XI 121

J vgl. auch I, Y

Jabach, Everard X 33*
Jaci-Felsen XI 294f
Jacobi, Johann Georg IV 203+ IX 401+ X 30*ff 37+ vgl. zu XI 7, vgl. Iris
–, Friedrich Heinrich (Fritz), dessen Bruder I 285+ IV 205*f X 7+ 23+ 30*ff 34*f 37f* 305° 307+ 310*–320 438° 441 443 510*f XII 365+ 373+ vgl. zu I 25ff 33ff, zu IX 514f, zu X 77 473
–, Betty, geb. von Clermont, dessen Gattin X 31* 37+316+
–, Karl Wigand Maximilian (Max), dessen Sohn X 316+ XIII 49
–, Klara Franziska, dessen Tochter X 316+
–, Anna Katharina Charlotte,

Halbschwester der Brüder J. X 31* 37+ 316+
Jacobi, Susanna Helene, 2. Halbschwester X 37+ 316+
Jacquier, François XI 166* XIV 205 215*
Jagemann, Christian X 329*
–, Karoline, dessen Tochter X 447*
Jäger, Georg Friedrich XIII 120* 196* 199
Jäger, Joseph Wilhelm Abraham X 188* 204 210
Jagst s. Jaxt
Jahn, Johann Friedrich X 513+
Jajaveda XII 301+
Jakob I 87 II 210 IX 137ff
Jakob I., König von England XII 193 XIV 134
Jakob, Heinrich Ludwig von I 210+f 217
–, Therese Albertine Luise von, dessen Tochter (Talvj) XII 337+ vgl. zu XII 327ff
Jakobiner VI 140 X 196
Jakobus d. Ä. (Apostel) XI 450 XII 167f
Jakobus d. J. (Apostel) XII 168
Jamblika II 119
Januarius (Heiliger) XI 211*
Janustempel I 262* s. XI Rom
Japetiden II 534 V 332–365
Jardin Fontaine X 215f 268f
Jasion I 165*
Java II 227 245
Jaxt (Jagst) IV 88 X 116
Jaxthausen IV 83ff 98ff 107 123ff 131f 135ff 155 162f X 116
Jean Paul s. Richter, Friedrich
Jehova II 103* VIII 160 512 XII 365
Jemen II 132
Jena I 219 233 264 IX 220 252 X 51 174 434 440f 448 450ff 457 459ff 468 495f 504ff 509 522 524 540 547 XIII 49 62 153f 156 197 199 203 269 283 536 XIV 257f
– Jenaische Allgemeine Literatur-Zeitung, 1804–1891 hrsg. von Eichstädt, Jena X 353 462* 495 XII 270+ 295 XIV 265 vgl. zu XII 224ff vgl. Allgemeine Literatur-Zeitung; Eichstädt
Jenisch, Daniel XII 239+
Jenkins, Thomas XI 378* 421f 424 427f
Jenty, Charles Nicholas XIV 201*
Jeremias VIII 511°
Jérôme Bonaparte, König von Westfalen X 505*
Jerusalem I 209 II 115° 229 343°f 349f 383 V 92 VI 90° VIII 161 X 45 47 XI 402 429 XIV 52
Jerusalem, Joh. Friedr. Wilhelm IX 276* 544 592
–, Karl Wilhelm, dessen Sohn IX 544*f 585* 587 592* vgl. VI 7+–124
Jesaias VIII 511° IX 275 XII 212 214f 271 vgl. zu VI 86
Jesdedschird, König von Persien II 152
Jesus Christus I 9ff 89f 113 266f 269 346 356 II 21 57 102 109 115 119 123* 163 223 229 III 30ff 35 362 411 VI 30° 86 VII 269 393f 419 514 577 VIII 15 161 163f 468 IX 43 221* 351 363 X 15f 22 42 45f 157f 443 479 XI 46 123 127ff 166 191 218 318 331 362f 446 448ff 451 454 474 485 531 XII 26 147 152f 160 164ff 170 203ff 208

210ff 223 228ff 264 375 484 vgl. zu XII 365 vgl. SR
Jethro II 213f 216
Johann IX., Kurfürst von Trier IX 188f 191 202° 207
Johann Wilhelm, Kurfürst von der Pfalz XIV 205
Johanna von Orléans X 525* vgl. Schiller
Johannes (Apostel) I 90 III 362* IX 185 274 XI 450 XII 167f 170 212f 215 235 237 XIV 53 vgl. zu III 44 VI 86
Johannes der Täufer XI 62 101 106 XII 194
Johannes Secundus I 140*f XII 471* 506
Johannisberg, Kloster X 401 407 417
John vgl. zu I 385
John (Jahn), Johann Friedrich X 513*
Joinville, Jean de X 245*
Jonathan VII 13 15f 22f VIII 489f
Jones, William II 130 182f 245*f XII 301* vgl. zu II 24 60 100
Jordan II 212 216ff 220 223 225 338 IX 130ff
Jordan, Camille X 361*
Jördens, Karl Heinrich vgl. zu IX 79 258ff
Joseph (Heiliger) I 113 VIII 14ff XI 213 XII 26° 145° 155° 484 vgl. VIII 7ff
Joseph, Sohn Jakobs II 146 207 IX 89* 139ff 511 vgl. zu II 27, zu IX 29
Joseph II., deutscher Kaiser V 202 IX 152*f 178* 183f 189ff 197 200 202ff 215 486 530 535 X 82 XI 27 33 40 191 376⁺ 476
Josephi, Joh. Wilhelm XIII 172*
Josephus, Flavius XIV 52*
Josua II 215 217 223 477
Journal des Luxus und der Moden, 1786–1812 hrsg. von Bertuch u. G. M. Kraus, Weimar vgl. zu X 171 vgl. Bertuch
Juda I 115
Judas Ischarioth X 46 XII 167f 170 205
Jude, Der ewige (Ahasverus) VIII 91 110 143 X 45*ff 78 XI 123 vgl. WR
Juden, jüdisch I 114 404 II 123 144 149 392 III 91 153 IV 282 VII 49 109 118 128 233 239 275 501 VIII 504 512 IX 124 126 149f 188 566 X 81 89 92 524 XII 26 231f 235 273 277 387 XIII 40 XIV 53f SR vgl. Hebräer; Israel
Julia, Tochter des Kaisers Augustus V 207*
Julius II., Papst XII 211
Juncker, Joh. Christian IX 146f⁺
Juncker, Justus IX 29* 88f 154*f
Jünger, Joh. Friedrich X 350*
Jung-Stilling, Joh. Heinrich IX 370*ff 414*f X 37 87*ff 93
Juno (Hera, Here) I 164 171 II 394 518ff 524f 527f III 242 304 IV 176⁺ V 351 IX 555 XI 154* 156 177 273 275 440 546 XII 58 76 134 136 185f
– Juno Ludovisi XI 154* 156 177 546 vgl. I 164 vgl. zu XII 84
Jupiter (Iovis, Kronide, Zeus) I 35 44ff 76 99 140 144 159 162ff 170 177 188 190f 213 224f II 517 519*ff 525 527f 530 533f III 155* 212⁺ 218 231 254 261 292 IV 176 179° 181f 195 199° 202f 206 211f 453 455 458f 461° V 8 15f 20 34 314 351 VI

393 VII 199 VIII 463 IX 107 430 537 X 48 54 XI 151*f 546 XII 27 58 76 84 103 113 134 145 186 XIII 289 vgl. Zeus von Otricoli vgl. SR
Jussieu, Antoine Laurent de XIII 113* 118
Jussuph II 27* 62f* 71 109
Justi, Joh. Heinrich Gottlob von XIV 240*
Justina (Heilige) XI 83 88
Justinianus IV 94

K vgl. auch C

Kaaz, Karl Ludwig X 503*
Kabiren III 245* 248f
Kabul (Afghanistan) II 244*
Kabus, Buch II 247ff X 515* vgl. zu II 55 90 101 108
Kades II 212 214f 217ff 224
Kain XI 27
Kairo II 229 VIII 91 X 245
Kalabrien XI 255 297 313 326
Kalamis XII 113
Kalchas V 18 21°
Kalckreuth, Friedr. Adolf, Graf von X 237 363f 367f 370
Kaleb II 215 217
Kalidasa I 206+ 350+ 408° II 257+ XI 187+ XII 301+f 500f vgl. zu III 10ff
Kalliope II 437* vgl. Musen
Kalmet (Calmet), Antoine Augustin II 221*
Kalon XII 113
Kalten Bad (Rigi Kaltbad) X 144
Kambyses, König der Perser u. Meder X 126*
Kammerberg bei Eger X 523* XIII 258–270 278–280
Kampanien XI 184° 337f 344
Kana X 326 XI 267+
Kanaan, Kananiter II 129 210 214 218 220 222f VIII 476 IX 131f 137 XII 371
Kanarische Inseln IV 271
Kannegießer, Karl Friedr. Ludwig I 392* X 327+ vgl. zu I 50ff
Kant, Immanuel I 210f 217 220+f 223+ 227+f 230+ VIII 287 475 X 286*f 314* 539 541 XII 81+ 120 244+ 365+ 407 422f 468 XIII 26*ff 30*ff 110+ 312 vgl. zu XII 375, zu XIII 314ff
Kap der Guten Hoffnung X 477
Kap Gallo XI 227
Kap Minerva XI 189* 217 225 316
Kapaneus I 194+
Kapernaum, Hauptmann von XII 213
Kapitol I 162 V 86 XII 115 s. XI Rom
Kapitolinische Wölfin XII 135*
Kappelberg XIII 260
Karamanien II 244*
Karien VI 380f
Karl der Große, deutscher Kaiser I 335 IX 17 20 201 203 XII 151 207
Karl IV., deutscher Kaiser IX 20 158+
Karl V., deutscher Kaiser IV 153°f 372 392 406f 512° IX 21 528
Karl VII., deutscher Kaiser IX 21*f 42 46* 178+ 181*
Karl I., König von England VI 284* X 361f XII 192*ff XIV 134 171
Karl II., König von England XII 425 XIV 135 137 139 171°
Karl X., König von Frankreich X 193+ 218+ 263 295f° 317+319°
Karl I., Herzog von Braunschweig IX 486

Karl der Kühne, Herzog von Burgund IV 392*
Karl August s. Carl August
Karl Friedrich, Markgraf von Baden IX 516* X 82*
Karl (Carl) Friedrich, Herzog von Sachsen-Weimar I 256⁺ X 527° vgl. zu V 308
Karl Joseph von Erthal, Erzbischof u. Kurfürst von Mainz IX 182* X 386° 393° 395°
Karl Theodor Philipp, Kurfürst von der Pfalz u. von Bayern IX 194 215 X 185* vgl. zu IX 500
Karl Wilhelm Ferdinand, Herzog zu Braunschweig und Lüneburg X 196* 198f 215 223 226f 235 237 240 246 254 264f 282° 364⁺ XII 125
Karlsbad I 261 345 374 409 VI 31 X 495 497 501ff 509 513 522f 526 XI 9 21 155 330 393 401 XIII 111 155 260 270 276 278
Karlsruhe X 61 130f 133 178 180 182f
Karlsschanze X 380f
Karoline von Österreich s. Maria Caroline
Karolinger IX 200
Karsten, Wenzeslaus Joh. Gustav XIV 212*f
Karthago, Karthager XI 314
Kasbin II 234
Kaschker (Kashgar) II 203
Kaspisches Meer II 68⁺ 231f
Kassel X 289 347 XI 122⁺ XII 336 XIV 205
Kastalien I 35* IV 236
Kastel X 363 374 376 380 385 395f
Kästner, Abraham Gotthelf XIV 214* 217
Kastor und Pollux III 225*f 257 267 287⁺ 319 IV 89 VIII 459* IX 501* vgl. Dioskuren
Katharina (Heilige) II 229 XI 218
Katharina II. die Große, Kaiserin von Rußland IX 486 X 113* XI 337° 406
Katschar II 261
Kaub X 362
Kauffmann, Angelika (verh. Zucchi) XI 164* 169 205 351 353 359 365f 368 370 372 378 384f 388 390 396 405 415f 418ff 424f 432 444 459 517ff 526 530⁺ 546 548 551ff XIII 165 XIV 255f
Kaufmann, Christoph I 113*
Kaufmann, Johann Peter X 524*
Kaukasus IV 179
Kayser, Philipp Christoph XI 392*f 400 411 419f 431 433ff 445 475f 518f 521f 524f 528 530 542 vgl. zu IV 216ff
Kedor Laomor, König von Elam IX 132
Keferstein, Christian XIII 280* bis 282
Keill, John XIV 163* 177
Kellermann, Franz Christoph X 230* 232ff 238
Kennikot, Benjamin VI 81*
Kentauren I 375 III 224⁺ IV 213 XII 135 169⁺ 342 SR
Kepler, Johann XII 365 XIII 333, 531 XIV 99*–101 114f vgl. zu III 20ff
Keren II 518* 523 532 V 347*
Kersting, Georg Friedrich X 41*
Kestner, Johann Georg Christian I 87* IX 542⁺ff 555° vgl. VI 7*–124, zu IX 592
–, Charlotte, dessen Gattin s. Buff

–, Georg August Christian, dessen 4. Sohn vgl. zu XII 203
–, Theodor, dessen 5. Sohn X 453*
Keyßler, Joh. Georg IX 27* X 149*
Kielmannsegg, Christian Albrecht, Freiherr von IX 532*
Kielmeyer, Karl Friedrich von XIII 225* 228 250
Kircher, Athanasius XIII 346 531 XIV 112*–114 115f 119 125 147 149
Kirchweger, Anton Joseph s. Aurea Catena Homeri
Kirms, Franz X 174*
–, Karl, dessen Bruder vgl. zu II 37
Kis VII 610* X 432
Kjekjawus s. Kabus, Buch
Kleinasien II 157
Klein-Brembach XIII 251
Kleist, Ewald von VIII 422 IX 278*
Kleopatra, Königin von Ägypten IX 584+ XI 87
Klettenberg, Susanne Katharina von I 89+ IX 338*ff 513 X 22 41 43 57 59 73+ vgl. VII 358ff* vgl. zu VI 12, zu XII 228ff
Kleverham I 284
Klingenstierna, Samuel XIV 223*
Klinger, Friedrich Maximilian X 7+ 12*ff 324+513 XI 435 vgl. zu III 7ff, zu IX 7ff
Klinglin, Franz Joseph IX 377*f 476
Klio II 478 XI 510 vgl. Musen
Klitus II 124+ 176f
Klopstock, Friedrich Gottlieb IV 208 VI 27* IX 79*ff 141* 144° 269f* 273+ 281 398*ff 516*ff 522f 535*f X 61*f 121 130f 360 438 442 XII 28+ 309 501 vgl. zu I 33ff 157ff, zu VI 82 vgl. Darmstädter Kreis
–, Meta, geb. Moller, dessen Gattin IX 399*
Klotho III 166* vgl. Parzen
Klotz, Christian Adolf IX 328* 501° vgl. zu XII 66ff
Klubisten VI 131ff 140 X 374* 381 386ff 391 393
Klügel, Georg Simon XIII 534* XIV 225 226*–227 242
Klymene XII 310ff
Klytämnestra III 257 V 8f° 18f 24° 26f° 31 33ff 40 42 61°
Knebel, Karl Ludwig von I 109+ X 50*ff 524 XI 13 XII 306*ff XIII 530 vgl. zu I 185ff 199ff
Kniep, Christoph Heinrich XI 204+ff 212f 218ff 225ff 241 247 252° 267 275ff 280 287 290 294ff 309ff 316 320f 342f 347 360 434 531 544
Koblenz VIII 90 IX 556 562° X 30 37 194 197 289 297f 300 302 305 319 438
Koburg IX 31 XIII 252f
Koch, Christoph Wilhelm von IX 477*f
Koch, Erdwin Julius vgl. zu IX 258ff
Koch, Heinrich Gottfried IX 567*
Kochelsee XI 14
Köhler, Georg Ludwig Egidius X 276
Kolbe, Heinrich Christoph X 528*
Kölbele, Johann Balthasar vgl. zu IX 232ff, zu X 69f
Kollmann XI 23 37f
Kolmar IX 497

Köln I 356 II 338 IV 84 X 30ff 517 XI 65 XII 143* 149ff 180
– Dom IX 388f* X 32 509 517 527 XI 65* XII 155ff 179ff vgl. zu XII 141
– Kurfürstentum IX 188f 191 202° 207 vgl. Maximilian Friedr., Graf von Königsegg
Kolossen vom Monte Cavallo s. Dioskuren
Kolumbus, Christoph XII 110
Komitisten X 391*
König, Joh. Ulrich IX 264f*
Königsberg II 281 IX 513
– Königsberger Zeitung (Königsbergische Gelehrte und Politische Zeitungen), 1781ff hrsg. von J. J. Kanter IX 514
Königstein IX 226 X 362
Königsthal, Gustav Georg, Freiherr von IX 181*f 198
Königswart XIII 260
Konkordia XI 273 275
Konradin von Hohenstaufen XI 357
Konstantin der Große, römischer Kaiser XII 150*
Konstantin, Großfürst von Rußland X 543*
Konstantin s. Friedrich Ferdinand Constantin, Prinz v. Sachsen-Weimar
Konstantinopel s. Byzanz
Konstanz IV 79 X 421
Kopernikus, Nikolaus XII 438 XIV 81* 98 100 144 184
Kopp(e), Joh. Friedrich VII 26 IX 80* vgl. zu V 73ff 85
Koraischiten II 130
Korinth I 268 III 285
Korsika, Korsen IV 333 X 113
Körte, Wilhelm X 487*f XIII 197* 199f
Kosaken I 330 II 235 X 514
Kosegarten, Johann Gottfried Ludwig I 212(?) II 166⁺ff 257* 260⁺ 164ff XII 302 vgl. zu II 57
Köster, Christian Philipp XII 162*
Kostheim X 363 381
Köstritz XIII 155
Kotzebue, Anna Christiane X 174⁺
–, August von, deren Sohn I 217⁺ 355 X 174⁺ 279⁺ 350* 461 vgl. zu VI 398 vgl. Der Freimütige ...
–, Amalie, deren Tochter X 174⁺
Krafft, Georg Wolfgang XIV 210*
Krafft, Luise I 356*
Krämer, Joh. Paul u. Tochter X 454f
Kranichfeld X 504
Kranz, Joh. Friedrich XI 378* 397
Kratzenstein, Christian Gottlieb XIV 213*
Kraus(e), Georg Melchior X 171*ff 329 372 375 382 395 XI 520* XIII 274* vgl. zu XI 484
Kräuter, Friedrich Theodor X 528⁺ 534⁺
Krebel, Gottlob Friedrich IX 268*f 318
Kreta, Kreter I 165 III 267 V 29 369
Kreuchauff, Franz Wilhelm IX 315*
Kreusa V 39* 245 IX 363*
Kreuzburg XIII 252
Kreuznach X 362
Krompardes II 395
Kronberg IX 226

Kronide (Kronion, Sohn des Kronos) s. Jupiter SR
Kronos s. Saturn; Chronos SR
Krüger, Georg Wilhelm I 353*
Krüger, Joh. Christian IX 283*
Krummacher, Friedr. Wilh. XII 356f*
Kublai Khan II 226
Kügelgen, Franz Gerhard v. X 504*
Kunersdorf XII 308⁺
Kunstsozietät s. Leipzig
Kupfersuhl XIII 252
Kurdistan II 261
Kurland, Anna Charlotte Dorothea, Herzogin von X 501*
Küßnacht X 151
Küttner, Karl August vgl. zu IX 258ff
Kypris s. Aphrodite

La Cava (Cava de'Tirreni) XI 219*
La Chaussée, Pierre Claude Nivelle de IX 91*
La Croix aux Bois, Paß X 221
La Grange, Joseph Louis VIII 308 XII 455*f 462
La Hire, Philippe de XIII 533 XIV 182* 186 199
La Lune X 230 233
La Roche, Georg Michael Frank IX 557*f
–, Marie Sophie, geb. Gutermann, dessen Gattin IX 556*f 560f 563° 586 X 28 31 vgl. zu VI 23
–, Fritz und Franz, dessen Söhne IX 561°
–, Luise, dessen Tochter (verh. Möhn, verh. Hessen) IX 557° 561°
–, Maximiliane, dessen Tochter s. Brentano
La Vière, Ludwig de X 367 369f
Laban IX 139f
Lachesis III 166* vgl. Parzen
Laertes IX 39* X 290
Lafayette, Jean Paul Gilbert Motier de X 214* 222 301 317
Lafontaine, Jean de, III 192° vgl. zu VI 54 381
Lafreri, Antonio XI 438⁺
Lago Maggiore u. die Inseln, bes. Isola Bella VIII 90 227*ff 234*f 238f 240 X 149*
Lahn IX 541 546 556 X 29 172 318
Lairesse, Gérard de XIV 254*
Lakedämon s. Sparta
Lalande vgl. zu XI 455
Lambert, Johann Heinrich XIII 350 533* XIV 217*–218
Lamien III 221* 234ff SR
Lamprecht, Friedrich Wilhelm XII 102⁺
Lancaster, Joseph VIII 406⁺
Landau/Pfalz, Landauer II 439 X 180f
Landgrafenstein XIII 296 301
Landres X 218f 257
Landshut IV 81
Langenwinkel X 404
Langer, Ernst Theodor IX 333*ff 407
Langobarden VI 380
Lannes, Jean X 544* 547
Lanthieri, Aloysia, Gräfin von XI 29* 330⁺
Laodicea VIII 423*
Laokoon-Gruppe IX 316 500*ff 564* XI 439*f 547 XII 56*ff 76 80 204 vgl. WR SR
Lappland XII 227
Lar (Laristan) II 241
Lassenius, Johannes vgl. zu I 304ff

Lastman, Pieter XIV 199*
Lateinische Literatur und Sprache s. Rom
Latium I 197
Lauchstädt X 348 437 448 457 473 vgl. zu I 245
Lauerzer (Lowerzer) See X 144*
Laugier, Marc Antoine XII 9+f
Laura V 125*, vgl. Petrarca
Lauremberg, Peter VII 558+ IX 35+
Lautensack (Juwelier) IX 152f
Laval sur Tourbe X 250
Lavater, Johann Kaspar I 53+ 90* 113 179° 208f+ 223+ II 195+ III 135+ VI 33* 81* IX 185*f 190+ 506 535* X 7+15*ff (bes. 15–23) 34 38 135ff 139f 154ff 162*ff 173 322f 330 343 443 507° 536 XI 256+ 386+ 412f+ 416 418 XIII 62 vgl. zu I 81, zu XII 228
– Physiognomik I 53+ IX 506 X 15 19f 21 28 135*–137 140 154–160 162ff 173 322 330 343* 507 XI 386 418 XIII 62*
–, Anna, geb. Schinz, dessen Gattin X 135+
Le Baude XIV 225*
Le Blond, Jacques Christophe XIII 533*
Le Chesne Populeux, Paß X 221
Le Lorgne d'Ideville, Louis X 547*
Le Sage, Alain René IX 19+ X 327+
Le Seur, Thomas XIV 205 215*
Lea, Gattin Jakobs VIII 480 IX 139
Leander I 159
Lebid II 130
Lebrun, Charles IX 115* X 33+
Lebrun de Charmettes, Philippe Alexandre X 525+
Lecain, Henri Louis IX 489*
Leda III 212+ 223+ 275+ 287° 304 IV 199+
Lehmann, Zacharias s. Reinhold, K. W.
Leibniz, Gottfried Wilhelm I 220+ X 78* XIII 171° vgl. zu VI 9, zu XI 389, zu XII 396
Leila II 27 33 64 155 X 515*
Leina XIII 252
Leipzig I 208+ II 222 III 67ff 379ff VIII 88 IX 31 33 241 244–319 324–336 (bes.: 244f 248ff 327ff) 344f 348f 356 360 365 390 405 480 492 500 589 X 429 508 513f XI 302 547 XII 119 336 XIV 167 245 256
– Sozietät von Gelehrten, schönen Geistern, Künstlern und Kunstbeflissenen, Leipzig, seit 1763 IX 315+ vgl. Richter
–, Leipziger Magazin zur Naturkunde, Mathematik und Oekonomie, hrsg. von C. B. Funk, N. G. Leske, C. F. Hindenburg, Leipzig u. Dessau XIII 72
Lémery, Louis d. J. XIV 195*
Lemierre, Antoine-Marin IX 91* 94+
Lemnos II 521
Lemuren III 346*ff
Lenz, Jakob Michael Reinhold I 93* IX 494*–496 533 X 7* bis 11 12 58f 324+ 537 XII 30* vgl. zu I 25ff
Lenz, Johann Georg X 495*
Leo X. Medici, Papst XI 362 473 XIII 513
Leonardo da Vinci X 520f XI 166* 370* 373 384 390

517* XII 163 164*–168 170 174 205 XIII 517 vgl. zu XIII 364 479
Leonhard, Karl Cäsar XII 424*
Leonore (Eleonore) d'Este V 73*–167
Leopold II., Erzherzog, deutscher Kaiser XV 61*
Leopold III. Friedr. Franz von Anhalt-Dessau IX 305 328*f X 544 XII 125* 128
Leopoldinisch-Carolinische Akademie, Kaiserlich XIII 236 240
Lernäische Schlange s. Hydra
Lerse, Franz Christian IX 372*f 382 482 vgl. zu IV 73ff
Lersner, Achilles Augustus von IX 148* 183 vgl. zu IV 73ff
Lersner, Friedr. Maximilian von X 87* 91f°
Les Grandes et Petites Armoises X 263
Lessing, Gotthold Ephraim I 213+ 218+ 323 VI 124* VII 352f VIII 298 IX 106* 197+ 263 269 277+ 281* 316*f 327*f 350 411 496 500f 568*f 578° 593° X 49 121+ 532* XII 23+ 49+ 76 320 vgl. zu III 7ff, zu IV 307ff, zu VI 9 372 381, zu VIII 35, zu IX 197 486 511, zu XI 451 zu XII 7ff 66ff 78 224 252 342
– Briefe antiquarischen Inhalts IX 328+
– Briefe, die neueste Literatur betreffend I 213* IX 277* vgl. zu XII 78
– Emilia Galotti VI 124* 372° VII 352*f IX 269 569* vgl. zu VI 9
– Fabeln IX 263* 411*
– Faust-Fragment vgl. zu III 7ff
– Hamburgische Dramaturgie IX 496* vgl. zu VII 35, zu XII 342
– Laokoon IX 316* 500f XII 23+ 76 vgl. zu XI 451, zu XII 49 66ff
– Minna von Barnhelm IX 269 281* 350
– Miß Sara Sampson IX 106* 121° 568
– Nathan der Weise IX 269 593 X 121+
– Sämtliche Schriften X 532*
–, Karl Gotthold, dessen Bruder X 532*
Lesueur, Eustache X 423*
Lethe I 163* III 146* 206* 268* V 10 41 X 535
Leto II 519* 522 525
Leuchsenring, Franz Michael IX 558*f vgl. Darmstädter Kreis
Leuke III 227+
Leuthen V 177*
Levetzow, Ulrike von vgl. zu I 371ff 376ff
Levi, Sohn Jakobs II 209f*
Levi, israel. Stamm II 209ff
Leyser, Augustin Freiherr von IX 471*
Libanon IX 132 XI 402
Libyen XII 317
Lichtenberg, Georg Christoph VIII 475 X 159+ XII 404* 422 XIII 454 XIV 214* 217 242ff 263 vgl. zu XII 365ff
Lichtenstein, Anton August Heinrich X 476*
Lichtenstein (Liechtenstein), Philipp Joseph, Fürst von XI 141*ff
Lichtwer, Magnus Gottfried IX 263*
Liebenstein, Einsiedelei von XIII 260

Lieberkühn, Johann Nathanael X 478*
Liebholdt, Johann Wilhelm IX 565+ X 100+f 112 170+
Liechtenstein, Joseph Wenzel Lorenz, Fürst von IX 181+
Ligne, Karl Lamoral, Fürst von I 259*
–, Karl Joseph Emanuel, Prinz von, dessen Sohn X 221*
Lila s. Ziegler, Luise
Lili s. Schönemann, Anne Elisabeth
Lilith III 129*
Lille IV 378
Lillo, George IX 106+ 568+
Lilybäisches Vorgebirge (Capo Lilibeo) XI 227
Limbach/Thüringen XIII 253
Limburg/Lahn IX 557
Limmat X 137f 153
Limone XI 30
Limprecht, Johann Christian IX 245+ 318+ 330°
Limpurg, Haus IX 149* X 120*
Lindau IX 358 482
Lindau, Heinrich Julius Freiherr von X 151*
Lindenau, Heinrich Gottlieb, Graf von IX 304f 333° 335
–, Karl Heinrich August, Graf von, dessen Sohn IX 297 304f° 333
Lingen/Westf. IX 75*
Linné, Karl von IX 257* XI 19* 150 XIII 59 80 96*–98 153*f 156 158 160f 226
Lippe, Grafschaft XII 206
Lippert, Philipp Daniel IX 314* 326 XII 107*
Lips, Johann Heinrich X 21* 29 136* 322 XI 390* 432 442+f
Liscow, Christian Ludwig IX 259*f
Liseur (Husar) X 259 266 271 276ff 281°
Lissabon IX 29f 47 vgl. zu XII 17
Liviner (Leventiner) Tal X 147*
Livland IX 268 X 9
Livorno I 158 410 VIII 91 X 113 XII 326
Lobstein, Joh. Friedrich IX 362 404* 409
Lobwasser, Ambrosius VIII 342+ 350*
Loder, Justus Christian X 436* 441 XIII 62* XIV 263 vgl. zu XIII 169
Loen, Joh. Michael von (G.s Großonkel) IX 42* 75* 79 274+
Loewenich, Isaak IX 249*
Lohma XIII 261
Lojano (Logano) XI 111f
Lokman II 57 vgl. zu X 521
Lomazzo, Giovanni Paolo XI 438*
Lombardei, lombardisch VII 551 X 146 150 XI 67
London I 233 II 260 VIII 73 X 467 XI 258 XII 192f 425 XIII 199 277 304 532 XIV 124 130ff 145 152ff 157 163 167f 180
– Londoner Sozietät (Royal Society of London) X 467* XII 425 XIII 532 XIV 124 130*–142 145 152ff 157 163 167f 180 vgl. Philosophische Transaktionen
Longin (Longinus) IX 540*
Longuyon X 277
Longwy X 188 194 196 198 204 215 233 269 277 291 438
Lorenzi, Giambattista XI 141+
Lorenzo, Pater X 148+ff
Lorrain, Claude le (Claude Gel-

lée) XI 174* 231 352 XII 21* 216* 218* f 222
Lorsbach, Georg Wilhelm II 247* X 515
Löscher, Martin Gotthelf XIV 207*
Lot IX 131 f
Lothringen VI 164 IX 418 ff
Louis Bonaparte, König von Holland X 514*
Louis Ferdinand s. Friedr. Ludw. Christian von Preußen
Löwen, Joh. Friedrich IX 238*
Lowositz IX 46
Lowth, Robert IX 408*
Lübeck II 338
de Luc, Jean André vgl. zu III 241 f
Lucan vgl. zu III 215 f
Lucas, Anthony XIV 158*
Lucas van Leyden XII 163*
Lucchesini, Girolamo X 297* XI 343* 356 365 f
–, Charlotte, geb. Tarrach, dessen Gattin XI 343⁺
Lucian (Lukian) IX 125 f 129 159⁺ vgl. zu I 276
Lucinde (ältere Tochter des Straßburger Tanzlehrers) IX 391 ff 454° 460
Luckner, Nicolas X 244*
Lucretia d'Este s. Urbino
Lucretius Carus (Lukrez) XII 306*–308 XIII 530* XIV 29*–32 35 109 vgl. zu I 185 ff
Lucullus, Lucius Licinius XI 168
Ludecus, Johann August X 174*
Ludwig I., König von Bayern XI 548⁺
Ludwig IX., der Heilige, König von Frankreich X 244* f
Ludwig XIV., König von Frankreich VII 179 VIII 102 XII 269 XIII 104 (statt Ludw. XV.)
Ludwig XV., König von Frankreich IX 376° 481° XIII 104° XIV 204° vgl. V 215 ff°
Ludwig XVI., König von Frankreich IX 362° 365° X 114⁺ 200 f 215⁺ 238 243° 270° 295° 301° 317⁺ 359° 362 439°
Ludwig XVIII., König von Frankreich (Graf von Provence, Bruder Ludwigs XVI.) X 193⁺ 218⁺ 263 295 f° 317⁺ 319° XIII 226°
Ludwig II. von Bourbon, Prinz von Condé X 364*
Ludwig VIII., Landgraf von Hessen-Darmstadt IX 195*
Ludwig X., Landgraf von Hessen-Darmstadt X 365* 371°
Ludwig, Fürst von Nassau-Saarbrücken IX 419⁺
Ludwig Eugen, Herzog von Württemberg IX 266* (statt Friedrich Eugen)
Ludwig Joseph von Bourbon, Prinz von Condé X 188*
Ludwig, Christian Gottlieb, Hofrat IX 255* 257 361
Ludwigsritter IX 359 378 ff
Lühe, Carl Emil von der vgl. zu I 185 ff
Luigi d'Este, Kardinal V 115°
Luini, Bernardo vgl. zu XII 370
Luise, Königin von Preußen, geb. Prinzessin von Mecklenburg-Strelitz X 365⁺ f XII 494⁺
Luise, Herzogin von Nassau-Usingen, geb. Prinzessin von Waldeck X 403
Luise Auguste, Herzogin von Sachsen-Weimar, geb. Prinzessin von Hessen-Darmstadt X

130*f 175° 178+f 291° 470 500+ 527° 547° XIII 314* 524 XIV 268f
Lukas (Evangelist) III 362* XI 549 XII 161 vgl. zu VI 47 86 123
Luna I 18 20 158 173 389 III 155*f 200* 229 240*f 244f 251f 254 IV 459 VIII 239 IX 302 X 285 XI 556 XII 209 vgl. Diana
Lüneburg II 392
Lupton IX 231+ 234f°
Luristan II 261
Luther, Martin I 211* 329+ 335 II 255 III 69 380 IX 128 494 508f X 519 XI 100 327 XII 120 233 353 357° XIV 63°
Lützelstein, Schloß IX 418
Lützen X 514
Lux- oder Luisenburg XIII 296
Luxemburg X 191 266 279f 296 438 XI 12
Luzern X 139+ 148 468+
Luzifer III 354 387 IX 351 SR
Lyaios V 39*
Lykurg VIII 82
Lykurgus, König der Edoner X 127*
Lynkeus III 225* 278*ff 336* 340f
Lyon XI 57
Lysippus XII 113

Maani, Gattin des Pietro della Valle II 229ff 240f
Maas X 205 210 212 216f 222 256 263ff
Macasoli (Maccazzolo) XI 272
Machandelboom, Märchen vom vgl. zu III 139
Machiavell (Hofbeamter der Margaretha von Parma) IV 377*ff 407ff
Macklot, Karl Friedrich X 82*f 125* 130
Maclaurin, Colin XIV 178*
Macpherson, James s. Ossian
Madagaskar II 227
Maderno/Gardasee XI 36
Madrid IV 221 260–306 383 IX 19
Maestricht XII 155
Maffei, Francesco Scipione, Marchese di XI 41*f
Magdalena (Heilige) s. Maria Magdalena
Magelone, Die schöne IX 36*
Magnetenberg, Märchen vom VI 41
Mahadöh (Siwa) I 273*ff
Mahmud von Gasna II 148–151 152f 249 252
Mahmud, König zu Chuaresm II 203
Mahomet (Muhammed, Mohammed) I 42*ff II 7+ 50* 96 107* 110 112f 115f 123 129f 142–146 156 166 206 235f X 39f 266 515 545 vgl. WR SR
Mähren VII 414
Mailand VII 522 X 148f 166 XI 166 XII 155 164f 179* XIV 70
– Mailänderin s. Riggi, Maddalena
Main I 338 409 IV 100 170 IX 17 26 71 97 251 344 X 84 92 97 119 364 369f 375f 380f XI 10 XII 142
Mainz VI 129 131*f VIII 90 IX 176 196 226 503 563 X 53 57 59ff 188f 204 289 291 318f 362 363–400 437f 517 XII 151 XIII 111
– Kurfürstentum IX 191 194 196 199 559 X 364 vgl. Emmerich Joseph; Karl Joseph von Erthal

Mairan, Jean Jacques d'Ortous de XIII 533 XIV 186*–189 198
Maisons-Champagne X 225
Maja III 291*
Majer, Friedrich X 506*
Major, Isaac XII 217*
Malamocco XI 85
Malancourt X 217
Malapart (Malapert), Friedr. Wilhelm von IX 160f*
Malbrough s. Marlborough
Malcesine XI 30ff 318
Malcolm, John II 172°
Malebranche, Nikolaus XIII 531 533 XIV 125* 182–183
Maler, Jacob Friedrich XIV 212*
Malin (Malynes) (engl. Admiral) IV 373
Malkolmi X 358*
Mallet, Paul-Henri IX 536*
Malta III 95 XI 281 304
Malteserritter XI 241f 304 308 310f
Malus, Etienne Louis XII 462* vgl. zu XIII 314ff
Mamia, Priesterin XI 198+ 204+
Mamre, Hain (Grabstätte Abrahams) II 215 IX 131 137
Mänaden (Bacchantinnen) I 174 III 264* VII 326 X 352 SR
Mandeville, Julie (Brooke, Frances) IV 367*
Manes (Mani), Manichäer II 260 262 XII 208*f
Manigiennes X 201
Mangin, Charles X 392+
Mannheim II 456 IX 476 500ff 565 X 129f 185f 384 397 XI 87f 383 547 vgl. zu VII 35
Mansfeld, Peter Ernst II., Graf von X 194+
Manso, Giovanni Battista vgl. zu V 73ff
Manso, Joh. Kaspar Friedrich I 209f+
Manstein, Joh. Wilhelm von X 238
Mansur I., persischer Herrscher II 152
Mantegna, Andrea X 528 XI 62* XII 182*–202 217 vgl. zu III 158
Manto III 227*f
Mantua XII 192f 196 198 XIII 145
– Herzöge von Mantua s. Gonzaga
Marat, Jean Paul XIII 534* XIV 231*–234
Maratti, Carlo XI 128 455
Marc Aurel, röm. Kaiser XI 371+ 555* XII 20+ vgl. zu XII 365ff
Marc-Anton s. Raimondi
Marcello, Benedetto XI 524*
Marchand, Theobald X 97
Marci de Kronland, Joh. Marcus XIII 531 XIV 114*–115
Maret, Hugues Bernard X 544 547
Margaretha von Parma IV 370–454 X 176°
Maria, Mutter Gottes I 56 113 II 109° III 91 114°f 361*ff 411°f VI 403 VII 172 269 522 VIII 14ff 468 IX 22 24 143 X 401 412 418 426 XI 14 16 46 102 106 128f 159 218 221 318 331 360 368 455 470 549 XII 26 145 147 155f 160 208f* 213 264 275 281 284 484
Maria Aegyptiaca III 362*
Maria Caroline von Österreich, Gemahlin Ferdinands I., Königs beider Sizilien XI 184* 186 207* XIII 291
Maria Einsiedeln X 141*f XI 14*

Maria Feodorowna, geb. Sophie Dorothea Augusta Luise von Württemberg, Gemahlin Pauls I. von Rußland II 196+ 258*f
Maria Louise Alexandrine, Prinzessin von Sachsen-Weimar I 339*
Maria Louise Auguste, Prinzessin von Sachsen-Weimar X 522°
Maria Ludovica, Kaiserin von Österreich I 261* II 33+ vgl. zu II 38 41
Maria Magdalena (Heilige) III 362+ VII 565* XII 14 214f 221
Maria Paulowna, Tochter Pauls I. von Rußland, Gemahlin Karl Friedrichs von Sachsen-Weimar I 256+ II 196+ X 527°
Maria Theresia, deutsche Kaiserin IX 22 46° 48 194f 201 XI 207°
Maria-Culm XIII 260
Marie Antoinette, Königin von Frankreich IX 362*ff X 243° 270+ 439
Marie Christine, Regentin der Niederlande XI 367+
Marie Luise, Kaiserin von Frankreich, Tochter Franz' I. von Österreich, Gemahlin Napoleons I 261*
Marie von Frankreich (Marie de France) X 525*
Marienbad XIII 277
Marienborn bei Mainz X 363 366ff 375
Marienborn/Wetterau X 43
Marino XI 445
Mariotte, Edme (Peter) XIII 532f XIV 159*–162 164–166 181f 186 194 208 212 215
Mariuccia s. Tinatin di Ziba
Marius, Gajus XI 357
Marivaux, Pierre de IX 91* XII 267–268
Mark-Anton s. Raimondi
Marko Kralewitsch XII 331
Marlborough, John Churchill, Herzog von I 157*f XI 50
Marlowe, Christopher vgl. zu III 7ff
Maron, Anton von XI 415* 526+
Marot, Clément IX 480*
Mars (Ares, Mavors) I 56 159 172+ II 14 60 519 525ff III 155 225 292 IX 537 XI 440+
Marschlins X 68*
Marseille IX 123 X 387 vgl. SR
Marsilly, Ritter Diel von XI 138+f
Marsyas XI 163
Martial I 197 218 vgl. zu I 174ff 208ff
Martin, Benjamin XIV 214*
Martini, Giovanni XI 544°
Martinswand bei Innsbruck XI 16
Martisberg bei Trier X 294*
Martius, Karl Friedrich Philipp, Ritter von XIII 131* 137 140 vgl. zu X 522
Mascow, Joh. Jacob IX 245*
Mason, James XII 21*
Massiges X 224f
Massow, Karl Friedrich Heinr. von X 496*
Maßfeld/Thüringen XIII 252
Matthäus (Apostel) XI 450 XII 168 213 215 vgl. zu III 305, zu VI 86
Matthias (Apostel) XI 451
Maturino vgl. zu XII 216
Mauclerc (Pariser Kaufmann) XIII 534 XIV 230*–231
Mauren XI 265
Maurigenus (Marmoreus), Hieronymus XI 41*

Mausolus, König von Karien VI 380* VII 555
Mavors s. Mars
Mawe, John XIII 277*
Maximilian I., deutscher Kaiser IV 73–175 112+ IX 20 117 525 XI 16*
Maximilian, Prinz von Pfalz-Zweibrücken X 363* 371
Maximilian Friedrich, Graf von Königsegg u. Rothenfels, Kurfürst von Köln IX 188f 191 202° 207
Mayer, Joh. Tobias d. Ä. XIII 533 XIV 215*–217
–, Johann Tobias d. J., dessen Sohn XIV 214* 217 224
Mayow, John XIV 138* 142
Mazarin, Jules XII 383
Mazéas, Guillaume XIV 220*
Mazedonien III 228+ VIII 339 XII 329 vgl. Philipp; Alexander d. Gr.
Mazenderau II 231
Mechel, Christian von XII 128+
Mecheln (Meckenem), Israel von XII 163*
Meckel, Joh. Friedrich XIII 228* 250
Mecklenburg XIII 283ff
Mecklenburg-Strelitz vgl. Luise, Königin von Preußen; Friederike, Prinzessin; Georg August, Prinz (nicht Erbprinz); Friedrich Franz I.
Medea IX 363* vgl. zu V 39
Meder VIII 509ff vgl. Darius, König von Medien
de'Medici vgl. Cosmus I.; Fernando; Francesco I.; Leo X.
– Familie V 141+ 153
– Villa XIII 106 XI s. Rom
– Mediceisches Kabinett X 340
Medschnun II 27* 33 46 64 125 155 X 515*
Medusa III 131*f V 382* X 340 354 XI 151* 372 546 XII 154 SR vgl. Gorgone
Medusa Rondanini XI 151* 372 546
Medwin, Thomas I 410 XII 516*
Megalio Melpomenio (G.s Name als Mitglied der röm. Arkadier) XI 483
Megära III 168 IV 203* vgl. Furien
Megha Dhuta s. Kalidasa
Meiningen X 518 XIII 252 vgl. Sachsen-Meiningen
Meister, Albert L. Fr. XIV 214*
Meißen IX 251f
Mekka II 57 129 156f 250 X 40+
Mel, Konrad (Theodor Hersfeld) XIV 207*
Melanthius XII 112
Melber, Georg Adolph IX 41
–, Johanna, geb. Textor, dessen Gattin (G.s Tante) IX 37° 41f 46°
Melchisedek IX 133 427* XI 103*
Meleager XI 440*
Mellingen a. d. Ilm XIII 197
Melpomene II 498 VII 32°f 276° XI 510 vgl. Musen
Melusine, Die schöne VI 9* 165 IX 36* 463 vgl. VIII 354ff SR vgl. WR Die neue Melusine
Melvill, Thomas XIV 220*
Memling (Hemmling), Hans XII 163*
Memnon II 526* XIII 254
Ménage, Gilles IX 483* XII 136*
Menandros IX 7+
Mendelssohn, Moses I 213+ IX 277* X 16 49* vgl. zu X 77 vgl.

Briefe, die neueste Literatur betreffend
Menelaus, Menelas, König von Sparta II 395 III 257*ff 262° 264°f 267 269° 271 273f 284
Mengs, Anton Raphael XI 138f 370 415 439 523 526* XII 109*ff 117 XIII 535 XIV 238* vgl. zu XI 207 529, zu XII 89
Menin IV 378
Mentor III 224* IX 162 382*
Menzel, Wolfgang I 356*
Mercier, Louis Sébastian IX 568+ XII 21+ff vgl. zu I 53ff, vgl. Wagner, H. L.
Merck, Johann Heinrich I 92 IX 505*ff 516 539 545+ 546ff 552° 554ff 561ff 571ff 588f X 7+ 21 72 128ff 166 XIII 60 234 vgl. zu XII 10 16 vgl. Darmstädter Kreis; Deutscher Merkur; Frankfurter Gelehrte Anzeigen
–, Luise Franziska, dessen Gattin, u. Henri, dessen Sohn IX 555 561 563
Merian, Matthäus d. Ä. IX 35* XI 319 XII 219* vgl. zu VII 558
Merkel, G. H. vgl. zu I 356
Merkur (Hermes) I 162 164* 172 194 II 519 III 155* 225 275* 291+ IV 176f 181f 203*ff IX 51 107 X 294 353 XI 440+ 546 XII 27
Merlin von Thionville, Antoine Christophe X 387* 397
Merops, König von Äthiopien XII 310ff
Merrem, Blasius X 335*
Merseburg IX 330
Mersenne, Marin XIV 128*
Merzig X 284
Mesopotamien IX 129°ff 137
Messene III 285
Messina X 472 XI 254 281 295 297 301ff
– Konsul von Messina XI 303ff 307 309ff 313
Messis (Massys), Quentin XII 163*
Messud von Gasna II 249f
Metastasio, Pietro Antonio D. Bonaventura IX 14+
Meteren, Emanuel van vgl. zu IV 370ff
Methusalem V 178
Metternich, Clemens Wenzeslaus Lothar, Fürst von X 513
Metz X 293
Metz, Joh. Friedrich vgl. zu IX 340
Meulen, Anton Frans van der X 223*
Meuricoffre XI 344
Meusel, Johann Georg vgl. zu IX 258ff
Meyer, E. vgl. zu VIII 246
Meyer, Ernst Heinrich Friedrich vgl. zu XIII 35
Meyer, Friedrich Ludwig Wilh. XII 239° vgl. Berlinisches Archiv
Meyer, Heinrich I 215+ X 348 352+ 355 435* 441 443 447 458 462 468 528 539 XI 126+ 130 351 365+ 431 438f 442°f 446 523+ 529 542 550f XII 45+ XIII 341+ 530 532 XIV 40+ 254+ 267 vgl. zu II 169, zu VIII 149 341, zu XII 30ff 53 58 96 182ff, zu XIII 314ff
Meyer, Johann Friedrich XIV 240*
Meyer, Johannes IX 358*f 482
Meyr, Melchior vgl. zu XII 358
Meza XI 180
Michael, Erzengel II 459 III 16

Michaelis, Joh. David II 179* 225* VI 81* IX 241* 275 X 521
Michelangelo Buonarotti I 232 XI 140* 145 147° 172 373* 381 385°f 389ff 455 524 XII 163f 174* 211 vgl. zu XI 151
Midas, König I 173*
Midianiter II 210ff 216
Mieding, Johann Martin I 114*ff III 132* XI 519
Mignon VII VIII 226f XI 181 429 SR
Milder-Hauptmann, Anna vgl. zu I 385f
Milet (Millet), Jean François XII 219*
Miller, Joh. Martin IX 123*
Milo XII 65*
Miltenberg IV 155 161* 163f 174f
Milton, John II 246 IX 273* 582* X 29
Minerva s. Athene
Minos V 358*
Minotaur XII 341
Minturnae XI 183+
Mirabeau, Honoré Gabriel Riquetti, Conte de X 317
Miriam II 215f 224
Mirza Abul Hassan Khan II 166ff 259ff vgl. II 21*
Misri II 22f
Miss Jenny s. Riccoboni, M. J. VI 23*
Misterbianco XI 289*
Mithras (Mitra) XI 379 XII 209
Mittelmeer II 57 221 XI 112 173 232 271ff 275 278 280 283f 294ff 300f 312ff 323 337 339 XIII 287 293 295 vgl. Adriatisches Meer; Tyrrhenisches
Mittenwald (Mittewald, südl. des Brenner) XI 23
Mittenwald a. d. Isar XI 13 15
Mittwochsgesellschaft, -kränzchen (1801f) vgl. zu I 248 265ff
Mittwochsvorträge (seit 1805) X 500* 506+ vgl. zu XII 348
Mnemosyne II 533*
Moab, Moabiter II 210 212 216
Moallakat II 129* X 514*
Modena XI 104
Mohamed Schemseddin s. Hafis
Mohammed s. Mahomet
Moiren s. Parzen
Molière, Jean Baptiste Poquelin VIII 505 IX 91 106+ 109 X 429 XII 353*f vgl. zu IV 7ff 49
Molimenti XI 287f
Moller, Georg X 517* 527 XII 179*f 182
Mollweide, Karl Brandau XIV 217*
Molo di Gaeta (Formia) XI 182 357
Moloch III 306*
Molsheim, Abtei IX 497
Molyneux, William XIV 178*
Mombach X 367
Mömpelgard (Montbéliard) XIII 225
Mont Cenis XIV 225
Momper, Jodokus (Joos de ..., d. J.) XI 314* XII 216*ff
Monaco, Marie Catherine, Fürstin von X 188*
Moniteur Universel, seit 1789 (Pariser Tageszeitung) X 222*
Monreale XI 247f 267ff
Montaigne, Michel Eyquem de IX 480* XIII 228 XIV 84
Montbéliard XIII 225+
Montblanc XIII 347 XIV 258
Monte Allegro (Montalegro) XI 273*
Monte Canarello XI 285+

Monte Cassino XI 201*
Monte Catalfano XI 232+ s. XI Palermo
Monte Cavo XI 445
Monte Circello XI 181
Monte Gemini XI 283+
Monte Liberatore XI 219+
Monte Nuovo XIII 290
Monte Pellegrino XI 228ff 232 234 237f
Monte Rosso XI 295f
Monte S. Calogero, Kloster XI 272+
Monte Somma XI 193f
Montecatino, Antonio V 73*–167
Montenari, Giovanni XI 52+
Montenegro XII 329
Montesquieu, Charles de IX 583* XI 192* XII 268
Montevilla (Mandeville, Moundeville), Johannes von II 227*f
Montfaucon, Nernard de VII 171*
Monti, Vincenzo XI 142* 160f 164° 166°
Montmédy X 214 224 241
Montmort (Habert de Montmor), Henri-Louis XIV 180*
Montpellier X 418
Montreal (Montroyal) a. d. Mosel X 299*
Montserrat II 284 vgl. zu III 356ff
Montucla, Jean Etienne XIV 131* 215
Monzingen X 417
Moore, James XI 366*f
Morales, Cristobal XI 524*
Morandi, Giovanni Maria XI 455*
Moreau, Jean Victor X 465*
Morgenblatt für gebildete Stände, 1807 gegr. von Joh. Friedr. Cotta, Tübingen, 1810–1865 Stuttgart II 251 268* 281* XIII 524* vgl. zu XII 224ff
Morgenland s. Orient
Morgenstern, Joh. Ludwig Ernst IX 347*
Morghen, Raphael XII 164*
Morhof, Daniel Georg IX 238*
Moriconi (Gastwirt in Neapel) XI 347
Moritz, Kurfürst von Sachsen XII 278
Moritz, Heinrich Philipp IX 114*
–, Joh. Friedrich, dessen Bruder (Legationsrat) IX 114* X 43
Moritz, Karl Philipp (Verf. des Anton Reiser) I 392 VIII 91+ 110° X 539 XI 144* 148 154 157 174 365 384 391 393 395 400 405 411f 447+ 460f 477 530+ 534–541 XIII 26 vgl. zu I 177, zu XII 30
Morlacken I 82+ff XII 335
Morus, Sam. Friedrich Nath. IX 241 255*ff
Mosaffer II 158
Mosbach X 401
Mosel IX 418 562 X 191 293 298ff 302° 438
Moser, Karl Friedrich von IX 79* 141 277 513 X 130*
Möser, Justus IX 596*–598 X 52f 513 XII 320*–322 vgl. zu IV 7ff 73ff
Moseroth II 221
Moses II 122 210ff 223f 477 IV 230 IX 511 XII 175 211 213 215
– Bücher Mosis II 206ff* 219f III 24+ 129+ 379+ VI 86+ IX 128ff 140 158 511 XII 223 SR
Mosheim, Joh. Lorenz von XII 236*
Moskau II 23+ XIII 114

Mosleminen, Moslems s. Muselmanen
Montanabbi II 72* 145
Motta Santa Anastasia XI 289*
Mounier, Jean Joseph X 361*
–, Claude Philippe, dessen Sohn X 497*
Mozart, Wolfgang Amadeus II 453+ X 351* XI 54° 437 555° XIII 278+
Muckberg/Thüringer Wald XIII 253
Mühlbach IV 121
Mühlberg/Thüringen IX 264f*
Mühltal/Thüringen XIII 282f
Muley II 89
Müller, Christoph Heinrich II 255+ X 500* XII 348*
Müller, Friedrich (Maler) vgl. zu III 7ff, zu XII 7ff
Müller, Friedr. Theod. Ad. Heinr., Kanzler von XIII 48 vgl. zu XIII 314ff
Müller, Johannes von X 496+
Müllner, Adolf I 356*
Münch, Susanne Magdalene X 70+ 169+
München IX 22 X 501 XI 12ff 19 103 XIII 131
Münchenholzen X 543
Münchhausen, Gerlach Adolf von XII 128*
Münchholzhausen/Thüringen XIII 282f
Münster/Westf. X 312 320 335ff 438 vgl. Gallitzin; Fürstenberg
Münter, Friedrich XI 150*f 292 348
Murano XI 70
Musäus, Joh. Karl August X 159+ 174* 329 XII 351
Muschel-Landsberg (L. bei Obermoschel i. d. Pfalz) X 415
Musen I 14 30 33f 38 67 75ff 111 115 119f 135 138 169 173f 190f 194 197 203f 221 231 244 247f 323 326 344 348 373 II 502 517 533 III 12 135 231 V 77 80 136 241 366ff VII 32f 182f 276 512 VIII 480 IX 303 311 397 X 340 494 520 XI 123 381 510 XII 59 251 359 vgl. Erato; Euterpe; Kalliope; Klio; Melpomene; Polyhymnia; Terpsichore; Thalia; Urania
Musschenbroek, Pieter van XIII 533 XIV 178 179*–180 210 214
Muzian (Muziano), Girolamo XII 216*
Mycene V 17° 19° 31 33 35 51 66°
Myrmidonen II 516* 529 536 III 239*
Myron XII 113 130*–137
Mythen, großer und kleiner X 143f+ vgl. Schwyzer Hocken

Naboth III 340*
Naccherini, Michele XI 235+
Nahe X 362 412 414 417
Najaden I 376 vgl. Nymphen
Napoleon I. Bonaparte I 261+f 330+ X 177+ 465+ 496+ 514 543*–547 XII 382 XIII 226 vgl. zu II 7 49 60, zu V 388 398, zu XII 115 129
Napoleon II., Franz Joseph Carl, König von Rom I 262*
Narni XI 124
Nassau a. d. Lahn IX 557 X 28 172
– Nassau vgl. Wilhelm I. von Oranien, Graf
– Nassau-Saarbrücken vgl. Friedr. Wilh. Heinr. II., Fürst; Ludwig, Fürst

– Nassau-Usingen vgl. Luise, Herzogin
National, Le (Pariser Zeitschrift) XIII 223
Natter, Joh. Lorenz X 338* 341 355
Natzmer (evtl. Oldwig Leopold Anton von) X 516*
Naurizio, Elia XI 26⁺
Nausikaa V 68*–72 XI 232° (?) 241 266f 298*ff vgl. WR
Nazarener XI 362f⁺
Neapel I 158 III 95* 397 V 153 158 VI 146ff 152ff VIII 91 IX 33 X 166 492 519 538 XIII 88 204 XIV 287 s. XI Neapel; vgl. Ferdinand I., König; Marie Caroline von Österreich, dessen Gemahlin
Nebukadnezar II., König von Babylon VIII 509ff
Neckar X 184
Neer, Aert van der XI 342* XII 219
Nees von Esenbeck, Christian Gottfried XII 368* vgl. zu XIII 568
Nekromant von Norcia III 315*
Nelson, Horatio Viscount of X 520*
Nemeiz (Nemeitz), Joachim Christoph IX 27*
Nemesis I 299* V 239⁺ vgl. zu I 206
Nemi, See u. Dorf XI 445
Nepomuk, Johannes von (Heiliger) I 374*
Nepos, Cornelius IX 34
Neptun (Poseidon) I 184 II 523 529 III 230⁺ 247*f 250f 257 347 V 69° XII 171* Neptun-Tempel s. Paestum
Nereiden (Doriden) III 186 244*ff 253*f vgl. Nymphen
Nereus II 520ff III 245*ff 252ff
Neri, Claudio XI 474
Neri, Philipp XI 327*ff 462–475 531
Nero, röm. Kaiser XI 138 XII 379 XIV 46°
Nestor II 532 III 285
Nettuno XI 340
Neufchâtel XI 392
Neuhaus/Thüringen XIII 253
Neukirch/Pfalz IX 423
Neukirch, Benjamin IX 35* 80 382 vgl. Fénelon
Neumarkt XI 38
Neusaarwerden IX 418
Neuseeland XI 205
Neuwied X 302
Neuwinger, Joseph Victorin X 362*
Neuyork (Newyork) XII 376 466
Neve, Frans XII 219*
Newton, Isaak I 214⁺ X 314⁺ 435 495 505 XII 372⁺ 434 457 461ff 465 XIII 50f 317ff 323 328 484° 528f 532ff XIV 112 116ff 121 124 127 130 141 142*–159 160 162ff 167ff 170–177 178ff 185ff 197ff 217ff 221ff 232f 240f 243f 249 257 259ff 263ff
Nibelungenlied II 183 255* X 500* 506 XII 348*–350 SR
Nicolai, Christoph Friedrich I 210f⁺ 213 215 234 II 251 III 130⁺ 135⁺ IX 590*f vgl. zu I 53ff, zu III 133, zu V 203 vgl. Briefe, die neueste Literatur betreffend; Bibliothek der schönen Wissenschaften; Allgemeine deutsche Bibliothek
Nicolosi XI 295

Niebuhr, Barthold Georg II 160+ XII 346*–347
Niederbronn/Lothringen IX 425
Niederlande, niederländisch IV 370–454 VI 89f X 31 170 176 220 265 310 312 319 337 366 439 XI 361f XIII 510 vgl. Holland
– Niederländische Malerei VI 89f 394 VIII 478 IX 89 315 320f 431 564 X 29* 37 316f 492 517f XI 361 XII 26 149 151* 154f 158 163f 176 217 221 496 XIII 510
Niedermodern IX 425
Niederrad bei Frankfurt IX 171
Niederrheinische Kunst XII 142ff 154f
Niederroßla X 495
Niedersachsen s. Sachsen
Niethammer, Friedrich Immanuel X 441+ 501* XII 284+ XIII 29*
Nikias I 196*f
Nikodemus XII 208+
Nil IX 131 133° X 244f XI 440* XIV 44
Niobe, Niobiden IX 564 XI 47 88* 547 XII 59* 65* 76f 80 171 vgl. zu XII 57
Niobe-Gruppe/Florenz IX 564* XI 47* 87* XII 59* 65 76f 80 171* vgl. zu XII 57
Nisami II 28* 78 155* 161 163 257 X 521°
Nischani (statt Nisami) II 28+ vgl. zu II 163
Nisi XI 301
Nitokris VIII 510ff 514°
Nizza X 194
Noah II 13* 146 222f III 375 XII 211 215
de'Nobili, Flaminio V 145*
Noehden, Georg Heinrich XII 193* 196f 199
Nolin, Jean Baptiste II 221*
Nollet, Jean Antoine XIV 201
Nonnenaue im Rhein X 363
Nonnus XII 310* 318
Nordhausen X 326 332
Nordische Aufseher, Der, 1758ff hrsg. von Joh. A. Cramer, Kopenhagen und Leipzig, 3 Bde. IX 519+
Normandie XIII 226
Normannen III 286 X 293
Northeim X 197
Norwegen VII 296f 299 XI 337 XIII 287
Nose, Karl Wilhelm XII 412* XIII 275* vgl. zu III 241
Nostradamus III 21* 368
Nothnagel, Joh. Andreas Benjamin IX 88 155* 564
Nubien VIII 476 XII 371
Nuguet, Lazare XIII 531 XIV 116 127*–128 186
Nürnberg IV 85 107 122 IX 24 26 181 184 199 326 XII 486
Nuschirwan s. Chosru I.
Nußreddin Chodscha II 200f 248
Nymphen I 15 56 204 II 251 III 179+ff 222ff 287 IV 50 457 V 39* 69 72 100 VIII 54 IX 53 XI 196 198 XII 59 134 262 vgl. Dryaden; Hamadryaden; Najaden; Nereiden; Oreaden; vgl. Chelone; Galatea; Syrinx vgl. SR

Oberingelheim X 417
Oberlahnstein IX 557
Oberlin, Jeremias Jacob IX 477*f
Oberon III 132*ff XII 502
Oberroßla (Roßla) X 448 457
Oberstein X 415

Oberulm (Oberolm) X 363 370
Oberyssel IX 32
Oboth II 216 220
Ochsenstein, Familie von IX 11*f
–, Joh. Sebastian von IX 11f 76*
Odea, Don Michele (Gouverneur von Sizilien) XI 304*f 307ff
Oder XIII 348
Ödipus III 220 XII 293 343f vgl. Sophokles; Voltaire
O'Donell, Titinne (Christine), Gräfin von, geb. Prinzessin de Ligne I 346* 410 vgl. zu II 38ff
Odysseus s. Ulyß
Oelsner, Karl Ernst X 515* vgl. zu II 107
Oersted, Hans Christian X 523*
Oeser, Adam Friedrich IX 271 308*–314 315 325f 328f 363 500 502 XII 107 vgl. zu XII 10
–, Friederike, dessen Tochter I 18–20⁺
Offenbach/Main X 97ff
Oise X 222
Okeanos II 531*f III 252 255 V 362 XII 310 319
Oken, Lorenz XIII 131⁺ 228* 250 vgl. zu VIII 260 vgl. Isis
Oktavian, Der Kaiser IX 36*
Okzident (Abendland, Westländer) II 10 53 75 121 141 157 161 169f 195 200f 205 225 234f 243f 248 264 XII 301
Oldenburg, Henry XIII 532 XIV 131* 153f
Oldenburg, Peter Friedrich Ludwig, Herzog von X 492
Olearius (Oelschläger), Adam II 104⁺ 203° 243* vgl. IV 73 vgl. Saadi
Olenschlager, Joh. Daniel von IX 109 157*f 163 178⁺ vgl. zu III, Akt IV
Olymp, Olympier, Uranionen I 56 162 171 II 519f 522f 526 535 III 13 186 228 246 248 259 IV 178f 182 456 V 28 33 37f 44 54 260 335f* 347 351* IX 301ff X 340 XII 307 SR
Olympia XII 103
Omar ebn abd el asis II 167
Omphale I 170⁺
Önomaus V 16*
Oppen, Adam Friedrich von X 383*
Oppenheim X 366
Ops III 242*
Orbetto (Turchi, Alessandro) XI 45*
Orcagna, Andrea XII 340*
Oreas, Oreaden I 100* 204° 294* III 237* IV 72° vgl. Nymphen
Orest V 7*–67 VIII 203* XI 83 107f 205 381 XII 226
Oreto XI 233
Orient (Morgenland), Orientalen, orientalisch I 118 II 10 53 57 75 121 127f 137f 141 150ff 156 163 165 168ff 173 175 179ff 181f 184f 189f 193 195ff 200f 205 225f 228f 232 239 242ff 245f 248f 252 254ff 258 260ff 264 268ff III 236 VI 187 VII 58 VIII 68* 265 IX 56 133 140 389 511 X 39 401 514ff XI 267 320 362 460 XII 124 146 151 156 208 310 331 SR
– Orientalische Dichtung II 128 141 163 165 179ff 184 189f 195 200f 205 226 245ff 254 256 269 VIII 68 X 514 vgl. zu II 7ff
Origenes XII 322*
Orion III 266*
Orkus I 48 162f III 264ff IV 211 454 456 V 23f VIII 459 XII 307 SR vgl. Hades

Orléans, Louis Philippe Joseph, Herzog von X 188*
Ormont X 201
Ormus II 69 239 241 VI 187
Orpheus I 359⁺ 403° II 523* III 135 225 228 VIII 82 229 XII 474* vgl. I 359f
Orphische Gesänge I 359*f 403 IX 221* vgl. zu I 359, zu XII 17
Ortenau IX 465
Orth, Joh. Philipp IX 76* 157
d'Orville, Jean George X 97* 103f
Osmar I., Kalif II 146
Osnabrück IX 597 X 52 XII 320
Osnabrückische Intelligenzblätter, Wöchentliche IX 596ff* vgl. Möser
Ossa II 526*
Ossa/Thessalien III 230*
Ossegg X 514
Ossian (James Macpherson) VI 37 82* 107*–114 IX 523* 536f* 582* vgl. zu I 20, zu VI 10 SR
Ostade, Adrian van IX 321
Osterode XI 12
Österreich, Österreicher, österreichisch IV 147 IX 46 X 188*–306 363–391 (bes.: 190 198 200 207 210 215 221 251 253 274 304 365 368 370 373ff) 421 439 504f 514 522 XI 33 XII 262 vgl. Deutschland, Kaiser, Habsburg; vgl. Maria Caroline, Erzherzogin; Maria Ludovica, Kaiserin
Österreich, Matthias XII 107*
Ostfriesland XII 349
Ostia I 161
Östreich (Östrich) X 404*
Ostsee XIII 286 296
Osuna, Herzog von IX 87*
Oßmannstedt X 448
Otahiti XIII 467
Otho, Marcus Salvius, röm. Kaiser IX 584*f XII 379
Otricoli XI 124 vgl. Zeus von O.
Ottajano XI 214
Öttern XIII 251
Ottilienberg (Odilienberg), Kloster IX 497*
Otto II., deutscher Kaiser XII 150*
Otto, Everhard IX 246*
Overbeck, Johann Friedrich vgl. zu XII 7ff 203 vgl. Nazarener
Ovid VIII V 143 197*f IX 35 107 158° 353 413* XI 350⁺ 551⁺ 555*f XII 223⁺ 310f 316ff 484 487* XIII 116 vgl. zu I 157ff
Owen, Robert vgl. zu VIII 404
Oxford X 467 XIV 131 133f 153 163
– Oxforder Verein s. London, Royal Society
d'Oyré (General) X 384*
Ozean s. Okeanos

Pacioli, Luca vgl. zu XII 166f
Paderborn XI 65⁺
Paderno XI 110
Padua III 94 97 395 398 s. XI XII 190 XIII 127 162
Paisiello, Giovanni X 351* 357⁺ XI 368⁺
Palamedes V 30*
Palästina (das heilige Land) VI 73 90 IX 127° 130 142 X 425 XI 250 SR
Palatin XII 115 s. XI Rom
Palermo VI 150 187 s. XI
Palestrina, Giovanni Pierluigi XI 528* 530⁺
Palgrave, F. XII 405⁺
Palissot, Charles IX 95*

Palladio, Andrea XI 52*f 55*ff 59* 71ff 82 88f 98 116ff XII 37 vgl. zu XII 9
Pallagonia (Palagonia), Principe di XI 242*ff 250ff 268
Pallas Athene s. Athene
Palmyra XI 118 395 402
Pamphilus XII 112
Pan III 180*ff 187 287 302 VI 499 IX 513
Pandora I 385* II 534 VI 180*f 185ff V 332*–365 X 178 499*f XII 372 SR
Pankl, Matthäus (Matthias) XIV 118* 213
Panthalis III 257ff
Pantheon (Rotonde) I 164 IX 502 s. XI Rom
Paoli, Paolo Antonio XIII 291+f
Paoli, Pasquale IV 30* 58 X 113*f
Päon II 521*
Paphos III 247 252
Pappenheim, Friedrich Ferdinand, Graf zu (Erbmarschall) IX 181 191+ 193 200+ 204
Paracelsus, Theophrastus IX 342* X 67 XIII 531* XIV 77*–78 194 vgl. zu III 16ff, 19
Paran, Wüste II 214 217 219f
Parcival (Parzival) XII 155*
Paria I 361*ff XIII 39 SR
Paris I 158 II 257 338 478° 485 512 III 70 IV 270 272 V 184 189 192f 398 VI 162 350+ VII 301 VIII 73 IX 33 362 364ff 424 483 487ff X 171 219 214f 217 222 230 232 238 243f 269f 274 278 287 301 317 381 397 483 XII 12 55* 194° 267 355 363 425 487 XIII 220° 225f 229 XIV 191 201 211
– Louvre XII 194
Paris, Gatte der Helena II 394f III 190 193° 198ff 246* 273 X 449 XI 379 vgl. IX 51–65
Parmenides XIII 324+
Parnaß III 230* V 39 VII 182 IX 302f XI 456
– Deutscher Parnaß III 135 VIII 197 IX 255 272 488 XII 261
Paros XI 138
Parrhasius XII 112
Parsen/Religion der Parsen II 104*ff 135ff 140°f 142 146° 206 231° 269 X 515 521 XII 209° SR
Parthenon X 521+ 524 XI 387 XII 171 vgl. zu XII 169 vgl. Athen; Elgin; Phidias
Parther II 140
Parthey, Lili vgl. zu I 378
Parwis s. Chosru II.
Parzen (Moiren) I 8 46+ 169 225 II 532* 535 III 166* 242 270 IV 208 461f V 43* 54f VII 576 XII 519 SR vgl. Atropos; Klotho; Lachesis
Pasor, Georg IX 34*
Passavant, Jacob Ludwig X 139*ff 151 183
–, Johan David, dessen Bruder vgl. zu XII 203
Passionei, Domenico XII 113*
Passow, Franz Ludwig Karl Friedrich XII 506
Pästum XI 218f* 275 322f 343
Patroklos I 54+f II 183 515f 518 III 267 V 30+
Paul, Prinz von Württemberg X 513
Paul V. Borghese, Papst XI 453*
Paulus (Apostel) I 335 383+ XI 123° 448f XII 214f 229 235f
Paulus, Heinrich Eberhard Gottlob II 225* X 452* 461
Pausanias XII 201*

Pauw, Cornelis de X 312* XI 336*f
Pegelow, Daniel IX 404* 407° 409 429
Peking I 387+ IX 103
Pelagius X 44*
Peleion, Pelide s. Achilles
Pelestrina/Venedig XI 85 91
Peleus III 186*
Pelion/Thessalien II 522 III 230
Pelisson (Pellisson-Fontanier), Paul XIV 185*
Peloponnes III 257–303 (bes.: 287+ 296) XII 127
Pelops III 296 V 16* XI 107
Pemberton, Henry XVI 178*
Pempelfort X 31 37* 310*–320 vgl. Jacobi, Fr. H.
Penaten VII 409*
Pend Nameh II 35* 58+ vgl. Ferid-eddin Attar
Peneios III 213f 217ff 222ff 228ff
Penelope, Penelopeia I 194* VI 29 VIII 185* 417
Penn, William VIII 81
Percy, Thomas X 72+ XII 283+ vgl. zu I 78 290
Peregrin, Felix II 226+
Pergamos (Burg von Troja) II 515 528* III 274°
Pergolese, Giovanni Battista XI 437*
Perikles XII 175
Persephone (Persephoneia, Proserpina) I 194* II 523 532 III 228* 300*f IV 455*ff X 431 XII 319
Persepolis II 140 176 240
Perseus III 132*
Persien (Iran), Perser, persisch II 68 93 134–178 (bes.: 134ff 139 142 145 152 154 155ff 160 168f 173 176f) 195ff 226 241 260 262 XI 159 XII 208 331 SR
Persien, Herrscher: vgl. Kambyses; Darius I.; Ahasverus; Darius III.; Sapor; Chosru I.; Chosru II.; Jesdedschird; Mansur I.; Abbas I.; Fetch Ali Catschar
– Persische Literatur II 134 141 145 149–162 165ff 173f 189 254 259 262f vgl. Orientalische Literatur
Persischer Golf II 240f
Persius, Flaccus Aulus XII 306*
Perugia XI 111 113 116
Perugino (Pietro Vanucci) XI 103* XII 174*
Pestalozzi vgl. zu VIII 149ff
Peter d. Große, Zar von Rußland II 230
Petersburg II 166 168 258f IX 574 588 XI 406 XII 422 XIV 224
– Petersburger Akademie XII 422
Petersen, Georg Wilhelm IX 507* vgl. Darmstädter Kreis
Peterskirche VII 589 IX 14 XII 8 s. XI Rom
Petrarca (Petrarch) I 302*f V 75* 125 X 80+ XI 61 481 vgl. zu I 245 294ff
Petrus (Apostel) I 137 266f III 204 XI 222 449 456 XII 8+ 167f 214 223 234ff 281
Petrus (Fluß in Luxemberg) X 280
Petrus Martyr (Heiliger) XI 88
Pfalz IX 206
– Kurfürstentum IV 151 IX 181 194 204 208 215 476 vgl. Johann Wilhelm; Karl Theodor Philipp

– Pfalz-Zweibrücken vgl. Maximilian, Prinz
Pfalzburg IX 416
Pfalzgraf s. Friedrich IV., Markgraf von Ansbach
Pfeil, Joh. Gottlob Benjamin IX 268*f 282
Pfeil, Leopold Heinr. IX 119*f 231
Pfitzer, Nikolaus vgl. zu III 7ff
Phäaken XI 241
Phädra XI 273 vgl. Racine
Phaethon XII 310–320 vgl. zu V 271
Phanuel XII 223
Pharao II 207° 211ff° IX 511° X 255
Pharsalus III 213* 215*ff
Phasis II 531*
Pherä III 227*
Phidias I 326* VIII 463 X 521* 524° XI 387 391 XII 103+ 110 113 130 136 171+
Phigalia X 524* XII 169*ff
Philadelphia VIII 81
Philemon und Baucis III 333ff 338ff IV 208 VI 361 IX 430* XII 27
Philipp, König von Mazedonien I 205 II 140 XII 112
Philipp II., König von Spanien IV 370–454 (bes.: 372 374° 377°f 379 390°f 392 394° 400°402°f 404ff 407°ff 421°f 426°ff 439° 445f° 449)
Philipp Christoph von Sötern, Kurfürst von Trier X 293+
Philippsburg/Baden IX 465
Philippus (Apostel) XI 450 XII 167
Philoktet V 326 XI 518
Philomele I 29 V 348 VII 301* XII 313
Philosophische Transaktionen (Philosophical Transactions), Zeitschrift der Londoner Sozietät (s. d.) XIII 532* XIV 133* 163f 168f 178
Philosophisches Journal einer Gesellschaft Teutscher Gelehrter, 1795–1800, hrsg. von Fichte u. Niethammer X 441+ 460 vgl. Fichte; Niethammer
Philostrat, Flavius XII 201* 221* vgl. zu XII 64
Philyra III 224*
Phöbus s. Apoll vgl. SR
Phocion XI 440* vgl. Hermes
Phönix, Vogel IV 117 VI 385
Phönizien II 530 XI 402
Phorkyaden III 241*ff 263° SR
Phorkys (Phorkos) III 263*
Phosphoros V 356
Phrixus XI 249
Phrygien, Phryger, phrygisch I 173 II 533 III 257* XI 83
Piazzetta, Giovanni Battista IX 115* XI 62*
Picard, Louis Benoît X 279+ Piles, Roger de VI 12*
Pillon X 200
Piloty, Ferdinand X 528*
Pindar I 34*ff 224 II 173 IX 273 XI 387
Pindus III 237 246
Piombino, Principe di XI 372 380
Piranesi, Giovanni Battista IX 14 XI 452* 548*
Pirkheimer, Billibald (Wilibald Pirckheimer) X 117*
Piron, Alexis IX 107*
Pitschel, Friedrich Lebegott VII 23+
Pius VI. Braschi, Papst XI 40* 127+ 141°156 179°f 394 418 524

Platani XI 272
Platen-Hallermünde, August, Graf von XII 310*
Plato, Platonismus, platonisch II 167* V 78*f VIII 465+ 467 IX 222 X 312 XI 413 481 XII 244*–249 412° 414 436 458 477 XIII 530 XIV 18*–20 36f 52ff 70 74 82 88 90 104f vgl. zu V 332ff, vgl. IX 342 350, vgl. zu XII 365ff
Plautus, Titus Maccius VIII 79+ IX 203+ 316+ X 11
Pleiße IX 252 279 332
Pleißenburg, Schloß IX 309* 315 329 vgl. Leipzig
Plessing, Friedr. Victor Lebrecht I 51+ 394°ff X 321* 324–335
Plinius d. Ä. X 493 XI 338f XII 70+ XIII 530 XIV 32* vgl. VI 497* XII 64
Plitt, Joh. Jacob IX 144*
Plotho, Erich Christoph von IX 182* 189, 208f
Plotin I 367+ VIII 462+f IX 342+ 350+ XII 22+ XIII 324+ XIV 56° vgl. zu XII 356ff
Plutarch XII 390+ 398+ 443+ XIV 14* 16f vgl. zu III 190ff, zu IV 207, zu VII 70
Pluto, Gott der Unterwelt III 185 239 IV 215 462 V 43* XI 192
Plutus, Gott des Reichtums III 173*ff 183ff
Po XI 100 112 123
Pohl, Joh. B. Emmanuel vgl. zu X 522
Poitou II 392
Polen, polnisch I 87+ IV 43 51 58 VII 296f IX 244 X 546 XII 334 vgl. Sachsen
Polignac, Melchior de XIII 533 XIV 189*
Polo, Marco II 180 226f
Polydor s. Caravaggio
Polydoris, J. W. vgl. zu XII 487
Polygnot XII 112
Polyhymnia II 469 vgl. Musen
Polyklet XII 113 130
Polyxena I 194*
Pomey, François-Antoine IX 107*
Pompeji XI 185 198*f 204 212 331 352 XII 116*
Pompejus, Magnus III 215+ 237
Poniatowski, Stanislaus, Graf von IX 58+486
Ponte-Corvo, Fürst von s. Bernadotte
Pontinische Sümpfe XI 178ff 355
Pontus Euxinus s. Schwarzes Meer II 249
Ponza-Inseln XI 178+
Pope, Alexander II 246 VI 417+ IX 237* 267* 272 vgl. zu VII 101
Pordenone XI 129+ 130
Porta, Giambattista della XIII 531 XIV 85*–89 95 100 138
Porta, Giuglielmo della XI 161* 352
Portalès (Pourtalès), Jakob Ludwig von XI 392
Portici (Herkulanisches Museum) XI 205* 211f 331 343 352°
Portius, Simone XIII 531 XIV 70 72*–74 76°
Portland, Herzogin von XIII 157
Portugal, Portugiesen II 239 XI 369 XIII 225
Poseidon s. Neptun
Posilipo XI 186 217 225 320 359
Posselt, Joh. Friedrich X 522*
Potsdam X 50f 242 XIII 283f
Pott, David Julius X 476*
Poussin, Nicolas V 332* VI 393 X

281 XI 287* 352 391 XII 23 216* 218f 222 vgl. zu XI 7
Poussin (Dughet, Gaspard), dessen Schwager XI 287* 352 391 XII 216* 218f 222
Pozzo, Andrea XI 26+
Pozzuoli s. Puzzuol
Praetorius, Johannes (Schultze, Hans) X 490* vgl. zu I 268 286 zu III 121ff
Prag X 350 437 XIV 114
Prätorius, Hieronymus XIII 153
Praucourt X 194
Praxiteles XII 113 136 483
Preen, August Claus von XIII 283* 285 287 296 299
Prenzlau/Uckermark I 392
Prestinary, Ludwig Bertrand X 191+ 284
Preußen, preußisch I 87 269 IX 46f 76 84 97 280ff 482 X 50 188*–306 (bes.: 188 190 194 198 200 212 214f 221f 268 274f 277 298 304) 363–391 (bes.: 368ff 376 384) 398f 435+ 460° 489 491f 495f 513 XI 116 396+ 418 518 SR
– Könige: vgl. Friedrich Wilh. I.; Friedrich II.; Friedrich Wilh. II.; Friedrich Wilh. III.; Luise, dessen Gemahlin; August, Prinz; Friedrich Heinr. Ludwig, Prinz; Louis Ferdinand, Prinz; Kronprinz von Pr. s. Friedr. Wilh. III.; Prinz Heinrich s. Friedr. Heinr. Ludw.
Priamus, König von Troja II 394 VII 303
Priapus I 164* XI 491+
Priestley, Joseph XIII 319 534* XIV 220 225*–226 227
Procida XI 320
Proclus (Proculus, Heiliger) XI 106
Procopius XII 130*
Prodikus IV 214*
Prometheus I 44* 110 140 159+ II 521 IV 176*–187 V 332*ff X 48*f 60* XII 15* 227 484 vgl. Titanen vgl. SR
Properz I 160+ 197 XI 481+ vgl. zu I 157ff
Propyläen s. WR
Proserpina s. Persephone
Protesilaos II 523*
Proteus I 159+ III 247 249*ff 255f SR
Protogenes XII 112
Provence, Graf von s. Ludwig XVIII. v. Frankreich
Psyche III 351 V 79 VIII 204 X 340 XI 106 137 368 SR vgl. IV 191ff vgl. Darmstädter Kreis: Caroline Herder
Psyllen und Marsen III 253*
Puck III 132*f 137
Pufendorf, Samuel I 221*
Purkinje, Johann Evangelista XIII 41
Pütter, Joh. Stephan IX 277* vgl. zu IV 73ff
Puzzuol (Pozzuoli) XI 186f XIII 287*–295
Pydna III 228+
Pygmäen III 232*f 239 241 VIII 36 SR
Pygmalion IX 489* XI 126 551
Pylades V 7–67 XI 107f 205 XII 226
Pylades (Pseudonym für einen Frankfurter Jugendfreund G.s) IX 50 164ff 168f 171 173ff 186 197 207 209 211 213 217
Pylos III 285*
Pyne, William Henry XII 193

Pyrenäen IV 276
Pyrmont X 452 454
Pyrrhon von Elis, Pyrrhonier XII 229* XIV 18* 35
Pyrrhus, Sohn des Achill VII 303 324
Pyrrhus, König von Epirus XI 440*
Pythagoras, Pythagoreer II 56+ XI 131 413+ XII 412+ XIII 529 XIV 14* 25 34
Pythia I 230
Python I 33* vgl. zu III 276

Quintilianus, Marcus Fabius II 162* IX 540* XII 111*–113

Rabelais, François IX 480*
Rabener, Gottlieb Wilh. IX 260*f 397* 518 569
Racine, Jean Bapt. VII 178*f IX 91* 109 158+ 489+ X 464° 470° 544+ vgl. zu V 7
Raffael (Raffaello Santi) I 339 II 262 IX 361*f 366 X 480 s. XI XII 25f* 119 174* 192 210* 223 484 XIII 510 XIV 55 vgl. XII 212
Rahel VIII 480 IX 139f
Raimondi, Marcantonio XI 363*f 448*f vgl. zu XII 212
Ram (Râma) IX 537*
Ramboux, Joh. Anton XII 203*f
Ramdohr, Friedr. Wilh. Basilius von XI 420+ vgl. zu XII 203
Ramler, Karl Wilh. I 211+ IX 269f* 273+ 280* 302 X 50 121 vgl. zu IV 7ff
Rammelsberg X 333
Raphael, Erzengel III 16
Rapp, Georg vgl. zu VIII 404
Rapperswyl X 143
Rattenfänger von Hameln XII 272
Rauch, Christ. Daniel X 524* XII 206
Rauenstein XIII 253
Raumer, Friedrich von XII 338*f 391*
Reade, Joseph XII 462*
Réaumur, R. A. Ferchault de XIII 306 XIV 195*
Rebekka IX 137 139
Reck, Louise von X 544*
Recke, Elisa von der X 501*
Redouté, Pierre Jos. XIII 159*
Rega, Antonio XI 550f
Regen XI 10 13
Regensburg IX 33 182 277 X 68 303 XI 10f 24
Regenstauf XI 10
Regnault, Noël XIV 178*
Regret X 215
Rehbein vgl. zu VIII 149
Rehbinder vgl. zu II 107
Reichard, H. A. O. vgl. zu VIII 51
Reichardt, Joh. Friedr. I 216+ III 134+ X 357* XI 436+
Reichardtshausen X 403
Reichel, Georg Christ. IX 326* 330
Reichenbach, Heinr. Gottl. Ludw. XIII 142
Reichenbacher Kongreß X 309* 435
Reichmannsdorf XIII 253
Reichshofen IX 425
Reiffenstein, Joh. Friedr. XI 133*f 136 145 164 169 359 365 377f 390 392 396 399f 406f 414 421 428 549 XIII 166*
Reimarus, Herm. Samuel vgl. zu IX 273ff
Reims X 224 241 244 302

Reineck (Rieneck)/Unterfranken IV 115
Reineck, Friedrich Ludw. von IX 159*ff 163
Reineke Fuchs I 217 II 285*ff X 359*f 371 438 XII 321 vgl. WR
Reinhard, Karl Friedr., Graf von X 505* XII 179+ 363 vgl. zu XII 141
Reinhardsbrunn XIII 252
Reinhold, Karl Leonhard I 220+ X 440* vgl. Deutscher Merkur
Reinhold, Karl Wilhelm (= Lehmann, Zacharias) vgl. zu XII 261
Reiske, Joh. Jakob II 179*
Rembrandt IX 29 88 XII 23 25*ff 164* 218* 481 486 XIV 199 vgl. zu III 23
Remlin (Remlingen) IV 129
Renata, Gattin des Herkules d'Este V 76+ 121f+
Reni, Guido X 317* 480 XI 105*f 129* XIII 517 vgl. zu III 147
Renieri, Paolo (Doge von Venedig) XI 76, 83f
Resenius, Joh. Petrus IX 536*
Resina XI 188
Reubel (Rewbell), Jean François X 397*
Reuß (Fluß) X 146ff
Reuß, Franz Ambrosius X 523*
Reuß, Jeremias Dav. X 455*
Reuß-Greiz, Heinrich, Fürst von X 206*f 223
Reußische Naturaliensammlung XIII 155
Revue encyclopédique, Paris 1820ff XIII 247
Rezzonico, Abbondio Faustino XI 499* 521f
Rhadamantus I 225*
Rhea III 242* 271*
Rhea Silvia (Rea Silvia) I 159*
Rhein (Ober- u. Niederrhein, Rheintal) I 261 284 338 409 II 334 437 III 72f IV 96 VI 125 127 129 VIII 90 IX 29 71 88 226 251 356 362 379 382 424 431 442 464f 475 477 485 555 557 562f X 19 29 36 38 87 135 137 184 301ff 306 310 317 319 322 346 362ff 367 369 374 376 380 382 395 401ff 408 412f 428 438f 441 466 XII 142ff 151 154f 164 262 XIII 235 vgl. Niederrheinische Kunst
Rheinbreitenbach X 408
Rheinfels, Burg IX 563
Rheingau X 401–428
Rhodus III 251
Rhône XIII 298
Riccioli, Giov. Batt. XIV 118*
Riccoboni, Marie-Jeanne VI 23+
Rich, J. C. vgl. zu II 117, vgl. Hammer
Richardson, Samuel VII 307+ IX 228 567*
Richelieu, Kardinal IX 109+ XII 425 501+
Richter, Friedrich (Jean Paul) I 206+ 210 233* 353 II 184*f XII 351
Richter, Georg Friedr. XIV 167*
Richter, Joh. Thomas IX 315*
Richter, Joh. Zacharias IX 315*
Richterswyl X 140
Riedel, Joh. Anton IX 321*
Riedesel, Joh. Hermann von XI 270* 277* 292 XII 125*
Riemer, Friedr. Wilh. I 264+ X 124° 495* 508 XIII 530 vgl. zu I 294ff, zu II 121, zu V 300ff, zu XI 473, zu XII 365ff
Rieneck IV 115°
Riepenhausen, Friedr. und Jo-

hann, Brüder vgl. zu XII 98 129
Riese, Joh. Jacob IX 504*
Riesengebirge XIII 277
Rietz, Joh. Friedr. von X 397*f
Riga IX 404
Riggi, Carlo Ambrogio XI 422° 424° 554f°
–, Maddalena (Mailänderin), dessen Schwester XI 416* 422*ff 428f 457 520f 553f
Rigi X 144 151
Rimini XI 190
Rippach III 70* 381
Ritter, Joh. Wilh. X 452*
Rixingen (Rüxingen), Pleickard von IV 158
Rizzetti, Giovanni XIII 330 532* XIV 165 167*–170 188f 203f 212 215 221 224
Robert, Graf von Artois X 244*f
Robespierre, Maximilien de X 397+ 439*
Rocca di Papa XI 445
Rochlitz, Joh. Friedr. X 513*
Rochus (Heiliger) X 401*–428
Rodawu II 27*
Röderer, Joh. Georg XIV 217*
Rödichen XIII 252
Rodrich (Rodrigo Gomez de Silva) vgl. zu IV 408*
Rohan, Louis Const. de, Kardinal IX 415+
–, Louis René, Prinz von, dessen Neffe X 270*
Rohault, Jacques XIV 164* 177
Rohr, Julius Bernhard von XIV 208*
Röhr, Joh. Friedr. X 526*f
Roland de la Platiére, Jeanne Marie X 525* XII 415
Rolfink (Rolfinck), Werner XIII 153
Rolli, Paolo IX 14+
Rom:
– Rom, Stadt I 157ff 164 206 262 II 228 235 239 241 343f 350 359 374ff 380 383 401 III 253+ 315 V 73–167 (bes.: 75 82f 86° 89 91 119 126 143ff 147 150 153ff 158) VII 407 589f VIII 478 IX 14 121 374 X 418 433ff 443 521 XI 32 42° 65 88 111 117 121 125–177 179 185ff 189f 205 207f 210 213 222 231 235f 322 324 327ff 350–556 vgl. XI Rom XII 98 104 107ff 113f 116 120 122 124ff 150 191 194ff 306ff 520 XIII 106° 164ff 254 511 XIV 205 215
– Römisches Reich, die alten Römer I 157ff II 149 182f 228 III 155 228 253+ VIII 468 IX 27 259 303 389 425 477 508 535 X 245f 293f 354 406 483 XI 33 42 88 136 147 154 246 314 vgl. 125–177 350–556 XII 107ff 110 112 115 130 144ff 148f 164 185 201 213 290 306ff 346 487 509 520 XIII 254 264 293 508 530 XIV 29ff 43ff 58 67
– Kaiser von Rom, vgl.: Cäsar; Augustus; Agrippina, Gattin des Claudius; Caligula; Nero; Galba; Otho, M. Salvius; Vitellius, Aulus; Hadrian; Antoninus Pius; Faustina, dessen Gattin; Marc Aurel; Septimius Severus; Valerian; Diocletian; Konstantin d. Gr.; Valentinian; Ostrom: Justinian
– Kunst der alten Römer VIII 468 IX 27 389 502 508 X 294 354 406 483 XI 33 40+ 42 88 147 419 442 vgl. 125–177 350–556 s. XI Einzelangaben

XII 98 107ff 111 115f 144ff 147ff 164 185 194ff 520 XIII 254 509ff
Rom: Lateinische Literatur II 182f 245f VII 411 VIII 196 IX 27 239 259 353f X 513 545 XI 29 98 125 XII 79f 112 120 306 505 XIII 530f XIV 29ff 43ff 67
– Lateinische Sprache I 224 329^{+} II 227 248 367 IV 375 VII 411 VIII 466f IX 32 90 119 239 259 302 353 437 505 X 25° 100 331° 513 XI 74 66 98 125 241^{+} XII 120 506 511 XIII 530f XIV 75 100 110 158 180
– vgl. die Alten vgl. SR
Romano, Giulio XI 370^{+}
Romulus und Remus I 159^{+} XI 163 165° XII 135^{+}
Röntgen, David VI 159* VIII 372
Roos, Joh. Heinr. XI 26*
Rosa, Salvatore XI 352
Rosalia (Heilige) XI 229* 237ff 260f 263
Rosenberg, Giustiniana, Gräfin von XII 335 vgl. Werthes
Rosenkreuz, Christianus vgl. zu II 270
Rossereit XIII 260 269
Rost, Joh. Christoph IX 304*
Roßbach IX 97
Roßla (Oberroßla) X 457
Rotes Meer II 65 212 217 221 IX 81 X 255 XII 523
Rother, König X 506*
Rousseau, Jean Jacques IX 91^{+} 188^{+} 266 330 487*ff 544^{+}558 X 13 85^{+} 313 337 463* XI 84* 211 XII 231^{+} XIII 157*ff SR vgl. zu IV 195 455ff, zu V 218–255, zu XII 228
Roussillon, Henriette von vgl. Darmstädter Kreis
Rouvroy X 251
Roveredo XI 28
Royal Society s. Londoner Sozietät
Rubens, Peter Paul X 31 317* 481 XI 12 XII 23 25 27 175* 193 216*f 219 XIII 510
Rübezahl IV 112
Rückert, Friedrich XII 309*f
Rüdesheim X 404ff 417
Rudolf I., deutscher Kaiser IX 20
Rudolstadt X 521
Ruhla XIII 252
Ruisdael s. Ruysdael
Rumford, Benj. Thompson, Count of XIII 350* XIV 218*
Rumohr, Carl Friedr., Freiherr von XII 203^{+}
Runckel, Carl Ambrosius IX 147^{+}
Runge, Philipp Otto X 494* 503 505 XIV 217* vgl. zu XII 7ff
Ruppe, Heinr. Bernh. XIII 153*
Ruprecht (Rupert von Bingen, Heiliger) X 411* vgl. zu VII 514
Ruscheweyh, Ferdinand XII 203*
Rüsselsheim X 363
Rustan II 27* XII 331*
Rußland, Russen, russisch I 87 II 233 258f 261 VI 51f VII 564* IX 244 X 514 XII 147 334 337 vgl. Peter d. Gr., Zar; Katharina d. Gr.; Maria Feodorowna; Alexander I.
Ruth II 128f
Rütli (Grütli) V 198 X 145*
Ruysch, Rachel XII 33
Ruysdael, Jacob van XII 138* bis 142 219

Saadi II 55^{+} 57^{+} 64^{+} 78 100^{+}f 122^{+} 157 161* 203*ff 243 X 521^{+}

Saale I 260 XI 100
Saale a. d. Donau XI 12
Saalfeld XIII 253
Saar IX 418 423f X 191
Saaralben IX 419
Saarbrücken IX 419* 424
Saargemünd IX 419
Saba, Königin von s. Balkis
Sabiner III 315
Sacchi, Antonio XI 96*
Sachs, Hans I 135*–139 X 45 122 XI 519 XII 501 vgl. zu IV 188ff
Sachsen, Niedersachsen I 335 II 334 413 III 285 IV 79 IX 282 298 524 X 52 496
– Sachsen, Kurfürstentum, 1806 Königreich IX 46 193f 281f 308 X 52 441 XII 107 vgl. Moritz; Friedrich August I. u. II.
– Sachsen-Gotha und Altenburg vgl. Ernst II. Ludwig, Herzog; August, Prinz, dessen Bruder
– Sachsen-Meiningen vgl. Charlotte Amalia, Herzogin; Carl August, Prinz, deren 1. Sohn; Georg Friedr. Carl, deren 2. Sohn
– Sachsen-Weimar-Eisenach, Herzogtum, 1815 Großherzogtum: vgl. Bernhard d. Gr.; Anna Amalia, Herzogin; Friedrich Ferdinand Constantin, Prinz, deren 2. Sohn; Carl August, Herzog, deren 1. Sohn; Luise Auguste, dessen Gattin; Karl Friedrich, deren 1. Sohn; Maria Paolowna, dessen Gattin; Maria Louise Alexandrine u. Maria Louise Auguste, Töchter Karl Friedr.s; Caroline Louise, 2. Tochter Carl Augusts; (Carl) Bernhard, 2. Sohn Carl Augusts
Sachsenhausen IV 96 IX 17 23 83 149 190 192 X 107
Sachsenspiegel IX 524⁺ 591⁺ X 512*f
Sachtleben (Saftleven), Herman IX 29* XII 216*
Sacy, Antoine Isaac Sylv. de II 35⁺ 267* X 515
Sadduzäer I 334* X 45
Sadeler, Johann und Raphael, Brüder XII 219
Saftleven s. Sachtleben
Sahir Farjabi II 173
Saint Quintin (Quentin) IV 373
Sainte-Menehould X 214f 224f 230 232 237 247 249
Saint-Jean (Diener des Gr. Thoranc) IX 87 101
Saint-Jean/Champagne X 249
Saint-Non, Claude Richard, Abbé de XI 237⁺ XIII 292⁺
Saint-Omer IV 378
Saint-Ours, Jean Pierre P. de XI 391*
Sakontala (Sakuntala) s. Kalidasa SR
Salamanca IV 232*
Salemi XI 271
Salerno XI 219f 323
Salieri, Antonio XII 67⁺
Salis, Karl Ulysses von X 68*
Salò XI 36
Salomo, König der Israeliten II 27* 31 76 123 126⁺ III 45* XI 402 XII 238
– Bücher Salomonis IX 21 X 78° XII 238 vgl. zu III 106
Salso XI 284f
Salzburg XII 217
Salzmann, Johann Daniel IX 359*f 366ff 370 372f 477f 482
Samaniden II 152
Samariter VI 123*

Samariterin III 362* VII 226
Samarkand II 68f VI 187
Samogneux X 203
Samothrace III 245
Samuel II 174f VII 13* 16 VIII 489
San Crocifisso bei Spoleto XI 122*
San Martino XI 247* 267 283
San Paolo (Fluß) XI 287
San Paolo fuori le mure XII 148 s. XI Rom
Sanaji II 174
Sanguszko, Fürst X 454
Sankt Anna, Kloster XIII 260 265
Sankt Goar IX 563
Sankt Gotthard X 147°ff 166° 177 432 XI 14 XII 28 XIII 271 vgl. VII 145, VIII 7ff 227
Sanmicheli, Michele XI 41+ 45+ 60+
Sannazaro, Jacopo X 22* vgl. zu V 100
Sanson, Nicolas II 104+ff 221*
Sant' Agata XI 181ff
Santiago de Compostela VIII 35* XI 14* 65
Sanvitale s. Eleonora
Saphira XI 364*
Sapor I., König von Persien II 141
Sappho XI 547
Sapupi (Papius) IV 119*f
Sara IX 133f 137 139
Saragossa IV 237
Sarajewo XII 333
Sarazenen IX 236 X 245 XI 159
Sardanapal III 307*
Sared II 216
Sarmaten VI 317
Sarossa (Saragossa) IV 237
Sartorius, Georg X 547*
Sassaniden II 79 137 140ff 145–152 166
Satriano, Filippo Fieschi Ravafschieri, Principe di XI 201+ 325+
–, Teresa di, geb. Filangieri, dessen Gemahlin XI 197+ 200° 202°f 325+f vgl. XII 544
Saturn (Kronos) I 332 II 60 260ff 520 525 III 155* V 329* XI 88+ 485
Satyr against Mankind, A IX 581+
Satyrn III 180 221 IV 188–202 X 165 XI 247
Saul VII 13 15 19 23 610* VIII 489ff X 432
Saussure, Horace Bénedict de XIII 347* XIV 258* vgl. zu VIII 260
Savary, Jean M. René X 544* 546
Save XII 329
Savery, Roelant XII 217f*
Savoyen XIII 297 301
Scaliger, Julius Cäsar XIII 531 XIV 70 74*–76 84 vgl. zu IX 108, zu XII 342
Scamozzi, Ottavio Bertotti XI 55* 73+ vgl. zu XI 53
Scandino, Giulio Thiene Graf von V 74+
Schach Nameh (Firdosi) II 153* 198 257
Schade, Joh. Peter Christoph IX 122f+
Schadow, Joh. Gottfried X 519* vgl. zu I 345, zu XII 490f
Schaffhausen X 134 XII 28+
Schalcken, Gotfried IX 322*
Schalkau XIII 253
Schardt, Ernst Konst. von vgl. zu II 37
Scharnitz XI 15
Schatz, Georg vgl. zu IX 258ff
Schaumburg-Lippe, Wilhelm, Graf zu IX 516+

Schedschaai II 171
Schehâb-eddin II 33*
Scheiner, Christoph XIV 129*
Schelling, Friedr. Wilh. Jos. X 450*ff 461 496 XII 365+ 442* 474+ XIII 29 XIV 263 vgl. zu I 210 248, zu III 245, zu X 77 510f
Schenk, Familie IX 77*
Scherffer, Carl XIII 330 333* 357 533 535 XIV 218*–220 236
Scheuchzer, Joh. Jacob XIV 207*
Schiebeler, Daniel IX 327*
Schierstein X 401
Schiiten II 236
Schiller, Friedrich I 208*ff 222*ff 228*ff 256ff 347f 366+f III 133+ 233+ X 350 444ff 452 456 468° 469ff 519f 538–543 XII 73+ff 129 249*ff 252* 295 350*f 364 471 XIII 28f XIV 268 vgl. zu I 157ff 185ff 265ff, zu III 7ff, zu VI 9, zu VII 7ff 35, zu XII 30f 66, 251, zu XIII 21ff 314ff
– Bearbeitungen s. Goethe, Egmont WR; s. Racine, Phädra
– Braut von Messina X 472 vgl. zu XII 251
– Demetrius X 471f
– Don Karlos X 445 539
– Geschichte des 30jährigen Krieges X 445
– Die Götter Griechenlands III 133
– Horen s. d.
– Huldigung der Künste I 256
– Jungfrau von Orléans C 456 471
– Kraniche des Ibykus III 233* X 470
– Lied von der Glocke I 256ff
– Musenalmanach 1796 I 216 X 445; 1797 I 208ff 222ff; 1798 vgl. I 265ff
– Räuber X 538f
– Taucher X 447
– Temperamentenrose X 449*
– Über Anmut und Würde X 539 541 XIII 29
– Über das Pathetische vgl. zu XII 66
– Über die ästhetische Erziehung XIII 29
– Über epische und dramatische Dichtung XII 249
– Über naive und sentimentalische Dichtung XIII 29
– Wallenstein-Trilogie X 445 447 471 XII 252; Prolog X 447; Lager X 447 449
– Wilhelm Tell X 468ff
– Würde der Frauen I 218
– Xenien vgl. I 208*–234
– Werke, Ausgabe bei Cotta 1812–1815 X 519
–, Charlotte, geb. von Lengefeld, dessen Gattin I 348° X 541°
–, Emilie von, dessen 2. Tochter I 347*f
Schindellegi/Schwyz X 140
Schink, Joh. Friedr. I 217*
Schinkel, Karl Friedr. X 524*
Schiras II 14 122 157f 168 203 240f
Schirin II 27* 122+ 137 142 155 254
Schlaggenwald(e) XIII 276f
Schlegel, Joh. Elias (Oheim der Brüder) IX 143* 158* 272*
–, August Wilhelm I 218+ X 452* 469+ XIII 29 vgl. zu I 157ff 174ff, zu II 57 256, zu XII 224ff 353
Schlegel, Caroline (Böhmer,

Schelling), dessen Gattin X 189+
–, Friedrich, dessen Bruder I 218+ XIII 29 vgl. zu XII 98 135 142f 151 155 203 224ff
Schlegel, Paul Marquard XIII 153
Schleiermacher, Ernst Christ. Friedr. Adam XIII 235
Schlesien X 309 435 XIII 111
Schlettstadt IX 497
Schlosser, Hieronymus Peter IX 163 504*f 565
–, Joh. Georg, dessen Bruder (G.s Schwager) IX 163 266*ff 331 346 504*f 546ff 552ff 565f 589 X 132ff 398f XI 203 vgl. zu IX 7ff vgl. Frankf. Gelehrte Anzeigen
Schmahling, Ludw. Christ. XIV 212*
Schmalkalden XIII 252
Schmid, Christ. Heinr. IX 547* 574+
Schmid, Karl Christ. Eberhard I 220+
Schmid, Sebastian IX 128* 509
Schmidius (Schmidt), Joh. Andreas XIV 208
Schmidt, Friedr. Wilh. August XII 502*
Schmidt, Joh. Georg IX 292°
Schmidt, Marie Sophie (Fanny) IX 399+
Schmoll, Georg Friedr. X 21+
Schnabel, Joh. Gottfried VIII 476+ IX 35+ XII 370+f
Schneidemühlen bei Jena I 264
Schneider, Joh. Caspar IX 71* 80f 144+ 210*ff 214 403+
Schön, Martin s. Schongauer
Schönau, Kloster X 362
Schönberg/Tirol XI 19
Schönborn, Grafen von IX 190*
Schönemann, Joh. Wolfgang X 86+f 109°ff 183°
–, Susanna Elisabeth, geb. d'Orville, dessen Gattin X 86+f 93°f 109°ff 183°
Schönemann, Anne Elisabeth (Lili), dessen Tochter I 96*–105 X 86+ 93*ff 98f 102ff 108ff 127 133f 141f 150 166ff 170 178ff 430 XII 29+
–, Georg, dessen Sohn X 94° 102ff
Schönfeld, von (preuß. General) X 364+
Schongauer, Martin X 143+ XII 485+
Schönkopf, Christian Gottlob IX 266*
–, Kath. Sibylla, geb. Hauk, dessen Gattin IX 266°
–, Anna Katharina (Käthchen, Annette), dessen Tochter I 14*–18 IX 269+ 279 283+ff 520
Schöpflin, Joh. Daniel IX 475*ff 480f
Schoreel (Scorel), Jan van XII 163*
Schott, Konrad IV 126 128*
Schottland, Schottländer (Caledonia) IX 582* XII 351
Schreibers, Karl Friedr. Anton von XIII 199*
Schrepfer, J. G. IV 58+
Schröder, Friedr. Ludwig I 206 IX 568* X 350 vgl. zu VII 35
Schröter, Corona I 118*f vgl. zu IV 455ff
Schubart, Christian Friedr. Dan. XI 435* XII 279+
Schubarth, Karl Ernst XII 172* vgl. zu VIII 155
Schultheß, Barbara vgl. zu VII 7ff

Schultz, Christoph Friedr. Ludwig X 520* 524 vgl. zu XIII 41
Schulz, Friedrich X 434*
Schulze, Ernst XII 309*
Schumacher, Heinr. Christian X 453*
Schumann, Joh. Ehrenfried I 114*
Schütte, Daniel I 368+
Schütz, Christian Georg IX 29* 88
–, Joh. Georg, dessen Sohn XI 365+ 408*f 447+ 520 530+ vgl. zu XI 484
Schütz, Christian Gottfried X 461f+ vgl. Allgemeine Literaturzeitung
Schütz, Christian Wilhelm von I 300+ XII 396f+
Schwaben IV 96 101 119 122 156 IX 524 XI 66 XII 164
Schwalbach (Langenschwalbach/Taunus) IX 226 XI 365
Schwanefeld s. Swanevelt
Schwanendorf XI 10
Schwarzenberg/Franken IV 74f
Schwarzenberg, Graf von IV 85
Schwarzes Meer (Pontus Euxinus) II 235 249
Schweden XIII 287 299
– Könige: vgl. Christine; Gustav II. Adolf; Gustav III.; Bernadotte
Schweinichen, Hans von XII 520* 534+ 545+
Schweiz, Schweizer I 102f 207 VI 285 VII 458 VIII 90 IX 193 273 434 497 505 554 558 X 20 127 139ff 152ff 182f 430ff 469 XI 102 143 XII 128 XIII 167 XIV 52
Schwendiman, Kaspar Jos. XI 143*f
Schwerdgeburth, Karl August XII 189+ 192 202 XIII 294f*
Schwert am Züricher See X 135*
Schwyz X 139+ 143f 468+
Schwyzer Hocken X 143*f 468
Sciacca XI 272
Scipio Africanus VII 556
Sckell (Skehl), Joh. Ludwig Gottlieb XIII 150* vgl. zu I 371ff
Scorel, Jan van XII 163*
Scudéry, George de IX 109+
Scylla III 265* XI 313
Sebastian (Heiliger) X 408* XI 106
Sebincourt X 275
Sebus, Johanna I 284*f
Seckendorf, Caroline von X 502*
Seckendorf, Hans von IV 171
Seckendorff, Karl Siegmund von I 109+ IV 455+ff vgl. zu I 79
Seckendorf(f), Veit Ludw. von XII 232*
Secundus, Johannes I 140*f XII 471* 506
Sedaine, Michel Jean IX 91+ 568+
Sedan X 198 214 224 241
Sedschan, Schach (Schedschaa) II 40
Seebach, Friedr. Joh. von X 243*
Seebeck, Thomas Joh. X 494* 505 523 XII 462* XIII 425° 474+ 536* vgl. zu XIII 314ff
Seefeld XI 16
Seekatz, Joh. Konrad IX 29* 88 90 111ff 225 318
Seel, Heinrich XII 209
Segesta XI 268 269*f 287
Segner, Joh. Andreas von XIV 210* 214
Seidelmann (Seydelmann), Jos. Joh. Crescentius XI 439*
Seidler, Louise XII 169+ff
Seine X 222

Seir-Gebirge II 222
Selbitz (Selbiz), Hanns von IV 73–175
Seldschugiden II 155
Selim I., Sultan II 62+
Selinunt XI 314
Semler, Joh. Salomo VI 81*
Senckenberg, Joh. Hartmann u. dessen Söhne Heinr. Christ., Joh. Christ., Joh. Erasmus IX 77*f
Senderud II 106 235f
Seneca, Lucius Annaeus XII 428 XIII 530 XIV 43*–46
Sennert, Daniel XIV 128*
Septimius Severus, röm. Kaiser XI 523 555 vgl. zu XIII 289
Serassi, Pierantonio V 73+ff
Serbien, Serben, serbisch I 82+ff XII 327*–338
Sernicola XI 196+
Sersale, Cornelia V 158f
Servière, Marie Johanna Josepha IX 586*
Sesenheim IX 426* 431ff 438ff 449 451 453ff 458° 462 465 468f 541 X 537 XII 322f vgl. I 25–32, zu VII 7 vgl. Brion
Sessa XI 183+
Sestini, Abbate XI 290+ff 296
Seth II 392
Sévigné, Marie, Marquise de XII 534+
Seyler, Abel X 51+
Sezza (Sezze) XI 178
Shaftesbury, A. A. Cooper, Graf von vgl. zu XII 15 24 224, zu XIII 7
Shakespeare, William I 108* 191+ 373 408 II 256 III 132+ 311+ 347+ 349+ IV 62+ 210* VII 179*ff 185 191f 207 210ff 216ff 223f 243ff 253ff 257 293ff 302ff 308 311 313ff 320ff (s. Hamlet) VIII 295 479 481 515° IX 47° 159+ 272 311 354° 470* 492*ff 568* 570 582 X 58* 72 247° 350* 512 XI 165+ XII 172 224*–227 287*–298 304f 375° 497 499f vgl. zu III 117, zu IV 73ff, zu V 78, zu VII 7ff vgl. SR
– Antony and Cleopatra XII 290
– As you like it I 108+
– Coriolanus XII 290 294
– Hamlet VII 216*ff 223f 243ff 253ff 257 293ff 302ff 308 311 313ff 320ff 324 329 332f 336 523 551 559 IX 354* 470 582 XII 228 294 297 375 vgl. zu III 347 349
– Julius Caesar XII 290 294
– King Henry IV. VII 210+f XII 297+ 499
– King John I 191+ VIII 515° XII 297
– King Lear XII 297
– King Richard III. IV 62* vgl. Weiße
– Love's labour's lost IX 494* 568°
– Macbeth X 247+ XII 288 294
– Midsummer Night's Dream III 132+ 311+
– Romeo and Juliet IX 47 XII 297
– Timon von Athen IX 159
– Übersetzungen etc.: vgl. Wieland IX 180f 493; Wielands Kritik IV 210* X 58; vgl. Eschenburg IX 493; Dodd: Beauties of Shakespeare IX 492
Sherley (Shirley), Anthony Winston II 234* 243
Sibirien XI 337
Sibyllinische Blätter s. Hamann

Sibyllinische Bücher XII 306 540* vgl. zu III 83 SR
Sickingen, Franz von IV 73–175 IX 575
Sickler, Karl Ludw. vgl. zu III 346
Siddim, Tal IX 131f
Siebenschläferlegende II 117*
Siena XII 149
Sigeum (Kum-Kale) II 529
Sihl X 151 153
Sihlfeld X 138
Sikaner u. Sikuler IX 306
Silenus III 303
Simeon, Sohn Jakobs II 210*
Simeon (der fromme) VI 422
Simois II 528
Simon (Apostel) XI 451 XII 168
Simon von Cyrene X 46
Simplicius XII 208*
Simrock, Karl XII 348
Simson IV 98 XI 46
Sinai II 212f 215° 217 219 221 223f 229
Sindelfingen XIV 239
Sirenen III 219*ff 229 244ff V 164 XI 213
Sisyphus VII 407 VIII 475 IX 527 X 49* XI 353 432 XII 371 516
Sivry X 256ff 262 265 275
Siwa I 273+
Sixtinische Kapelle s. XI
Sizilien II 212* III 319 VI 187 X 433 516 519 538 XI 150 171 190 208ff 217° 221ff 225–321 322ff 330 343 348 360 396 531 544 547 XII 37 127 XIII 49 164 201 287 vgl. Ferdinand I., König; Maria Caroline von Österreich, dessen Gemahlin; d'Aquino, Vizekönig vgl. SR
Skamandros (Xanthos) II 528*
Skehl, Joh. Ludw. G. XIII 150* vgl. I 576
Skopas XII 135*
Skutari XII 330
Skythen V 7–67
Slawen I 82+ff XII 334
Smerdis II 137
Smith, Joseph XI 59* 89
Smith, Robert XIV 214*
Smyrna I 158 VI 187
Snellius, Willebrord (Snel van Roijen) XIII 531 XIV 101*–103 145 150
Sodom und Gomorra I 137
Soissons, Raoul, Graf von X 245
Sokrates, Sokratische Schule I 230 405 IV 207 VIII 39 466f IX 221* X 20 45 XII 245ff 413f 428
Sol III 155f X 285 XII 209
Solfatara XI 187+ XIII 290
Solimena, Francesco XI 191+
Somme Tourbe X 227 241
Sömmerring, Samuel Thomas X 189* 385 393 XIII 60 234* XIV 263
–, Margaretha Elisab., dessen Gattin X 189*
Sondershausen X 326
Sonneberg XIII 253
Sonnerat vgl. zu I 273 361
Sophokles IX 311 X 311+ XII 81 225 293° 343° vgl. zu V 7ff 73ff
Soracte XI 124 140
Sorbière, Sam. Jos. XIV 131* 180
Soret vgl. zu VIII 449
Sorrent V 158 XI 204 217 221 225 316 325
Sosias (Sosius) X 81*
Sosikles (Sosokles) X 354*
Soubise, Charles de Rohan, Prince de IX 97*

Soult, Nicolas Jean de Dieu X 546*
Soumelpour II 59
Spalding, Joh. Joachim IX 276*
Spangenberg IX 106
Spanien, Spanier, spanisch I 89 352 II 239 III 71 IV 260ff 370–454 VIII 478 480 IX 21 110 189 200 X 504 520 547 XI 27 159 369 524 XII 177 283 303 496 XIII 507 vgl. Philipp II.
Sparta (Lakedämon) III 257f 271 285f 288 vgl. Menelaus
Spartianus, Aelius I 167⁺
Sperling, Johann XIV 128*
Speroni, Speron V 145*
Spessart IV 109 114
Speyer IV 120 IX 527 X 289 362
Sphinxe III 217*ff 229*ff 234 237 VII 539 XI 393 403 XIII 254
Spiegel(s)berge X 490*
Spielmann, Jacob Reinhold IX 362* vgl. zu III 63
Spinoza, Baruch I 219⁺ 329⁺ X 35*ff 76*ff 511 XI 98 191⁺ 387⁺ XII 436* XIII 7*–10 vgl. zu XIII 23
Spittler, Ludw. Timotheus von I 230*
Spix, Joh. Baptist von XIII 228* 250 vgl. X 522*
Spoleto XI 121f
Sprat, Thomas X 467* XIII 532 XIV 130*–132 140
Sprengel, Kurt XIII 115*
Squarcione, Francesco XII 183f*
Städel, Joh. Friedr. X 518*
Stadelmann vgl. zu I 385
Stadion, Anton Heinr. Friedr., Graf IX 559*f
Stadt am Hof XI 10
Staël-Holstein, Anne Louise Germaine de X 463*–466
Stapfer, Friedr. Albert Alexander XII 354*–356
Starck, Joh. Jakob IX 42
Stark, Joh. Christian X 451*
Starkey, George IX 342*
Statella, Graf XI 241⁺f
Staubbach (Stauffacher), Werner V 198*
Stauf (Staudt), Joh. Kaspar IX 420*ff
Stedtfeld XIII 252
Steele, Richard IV 271⁺ vgl. Zuschauer
Steigerwald, V. Frank von vgl. zu IX 413
Stein, Charlotte Albertine Ernestine von, geb. von Schardt, (Lida) I 52⁺ 121*–130 204⁺ 234* 346 373* 392 XI 148 208⁺ vgl. zu I 32, zu IV 352⁺ff, zu V 7ff, zu XI 9ff
–, Friedrich Konstantin (Fritz) von, deren Sohn XI 89⁺ 149⁺ 156⁺
Stein, Heinrich Friedr. Karl Reichsfreiherr vom und zum X 517 XII 180 vgl. zu XII 156
–, Henriette Caroline vom u. zum, geb. Langwerth von Simmern, dessen Mutter X 28* 172°
–, Joh. Friedr. vom u. zum, dessen Bruder X 188* 204 364 370f
Steinach XIII 253
Steiner, Joh. Ludw. XIV 224*
Steinhofer, Friedr. Chr. VII 397⁺
Stenay X 224
Stephanie, Gottlieb d.J. IX 568⁺ vgl. zu IX 488
Stephanus (Heiliger) XII 145
Sterling, Charles James XII 326*

Sternberg, Caspar, Graf von I 345 XIII 279*
Sterne, Lawrence (Pseud. Yorik) VIII 387 480* 482 484f X 322 434 XII 242+ 345*–346 500
Sterzing XI 23
Stiedenroth, Ernst Anton XII 403* XIII 41*–43 211
Stobäus, Johannes XIV 15*f
Stock, Joh. Michael IX 326*f 332 348
–, Marie Helene, dessen Gattin; Johanna Dorothea und Anna Maria Jacobine, verh. Körner, dessen Töchter IX 326+ 332°
Stockhausen, Joh. Christoph IX 247*
Stolberg, Friedrich Leopold, Graf zu I 212+ III 133+ 135+ IX 534* X 125*ff 128°ff 137ff 152ff 161*ff (bes.: 162–164) 525*f XII 244+–249 vgl. zu I 102, zu VI 65, zu IX 289f, zu X 335, zu XI 107 vgl. Göttinger Hain
Stolberg, Henriette Eleonore Agnes, geb. Witzleben, dessen Gattin X 526*
–, Christian, Graf zu, dessen Bruder I 212+ III 135+ IX 534* X 125*ff 128°ff 137ff 152ff 161+ff (bes.: 165) vgl. zu I 102
–, Auguste Luise, Gräfin zu, dessen Schwester I 142* vgl. zu I 96ff
Stosch, Phillip Baron von XII 116*f
Strada, Famianus vgl. zu IV 370ff
Stränge (Strange), Robert XI 102*
Straßburg IX 355–500 (bes.: 356ff 362ff 367f 376f 382ff 481) 505 552 X 9 11 32 59 88 180 186 509 XII 7 10ff 28ff 178 181 vgl. Rohan
– Straßburger Münster IX 356ff 364 374 377 382*ff 388f 415 425 442 449f 507° X 509 XII 7+ff 28ff 178 181 SR
Streckfuß, Karl XII 339+ 362
Strick van Linschoten, Betty vgl. zu II 29
Strixner, Joh. Nepomuk X 528*
Stromberg X 362
Strophius V 24° 34
Strutt, Joseph XII 196*
Struve (Struvius), Georg Adam IX 146*
Stuart, Charlotte XI 143+
Stuart, Karl Eduard XI 143+ 468+ 499
Stuart und Revett vgl. zu XII 38
Stumpf, Max (Marcus) IV 73–175 (bes.: 158ff)
Sturm, Joh. Christoph XIII 531 XIV 125* 208
Stuttgart IV 84 X 449 XIII 196
Stymphaliden III 221*
Styx II 520 III 261* IV 462
Sueton V 207+
Suleika II 27* 41 61 62*–88 91* 94 109 112 114f 124f 201f 269 vgl. Willemer, Marianne von
Sulioten XII 332*
Sulzer, Joh. Georg VI 12* IX 539* X 68* XI 137* 207 XII 15*–20 XIV 255 vgl. zu XII 10ff 36
Sund (Öresund) XIII 296
Sundhausen XIII 252
Susdal XII 147*
Süßmilch, Joh. Peter IX 406*
Swanevelt, Herman von IX 323* XI 452*f
Swedenborg, Emanuel X 485* XIV 212* vgl. zu III 358

Swift, Jonathan IX 451* 506 516
Sybaris I 35
Syene XII 253
Sylphe III 45*f
Syrakus XI 203 249 281 295 297 vgl. Hiero I. u. II.
Syrinx V 340* XII 313 vgl. Nymphen
Szymanowska, Maria vgl. zu I 371ff 385*

Ta'abbata Scharran II 130+
Tacitus, Cornelius IX 223 270 XI 122 XII 378+
Talleyrand-Périgord, Charles Maurice X 544* 546
Talma, François Jos. X 544* 547
Tantalus IV 456* V 15*f 18 26 33 35 42+54* 60 X 49* XI 353 XII 516 SR
Taormina XI 296ff
Tarafa II 130
Tartarus II 520 IV 455 461 V 16* 44 SR vgl. Hades
Tartern (Tataren) II 203
Taschenbuch für Damen auf das Jahr 1817, hrsg. v. Cotta X 521*
Taschenbuch für Freunde altdeutscher Zeit und Kunst auf das Jahr 1816, hrsg. v. F. W. Carové u. E. v. Groote XII 157*
Taschereau, Jules Antoine XII 353
Tasso, Torquato I 175+ 209 II 228 256 IV 326+ V 73*–167 VII 26ff+ 36° 235+ IX 27 80 XI 84f 100* 172* 380 X 20+ XII 266 vgl. WR
Tauentzien, Bogislaw Friedr. von IX 281
Taunus IX 226° X 318 362
Tauris V 7*–67 XI 107 155
Tausend und eine Nacht II 146 III 186+ VI 41+ 166 X 53
Tavernier, Jean Bapt. II 243*f X 515*
Taxissche Posten IX 558*
Taygetosgebirge III 271*
Tegel III 130*
Teichmeyer, Herm. Friedr. XIV 207* 209
Telamon II 534
Telchinen III 250*f
Telephus V 143+ XII 137*
Telesius, Bernhardinus XIII 531* XIV 82*–83
Tell, Wilhelm V 198 X 145* 151 468 XII 271 vgl. WR Tell-Plan. vgl. Schiller
Tellenkapelle X 151*
Teller, Romanus IX 128+
Tellsplatte bei Flüelen X 145+
Tempe III 376*
Temps, Le (frz. Zeitschrift) XIII 223
Tepel (Tepl) I 260
Teplitz X 514 XII 271 vgl. zu VIII 42
Terburg (Terborch), Gerard VI 393*
Terenz I 329* IX 107 159+ 239
Terni XI 121 124
Terpsichore II 445 vgl. Musen
Terracina XI 180f 356
Teufelsbrücke/Reuß X 146 vgl. III 306, VIII 228
Teufelsstein X 146
Teutoburger Wald XII 206
Teutschen/Tirol XI 24
Teutscher Merkur s. Deutscher M.
Textor, Johann Wolfgang, Schultheiß, (G.s Großvater) I 7*f IX 10 26 38*–41 46ff 68f 74

82f 90 93 176f 183 210 218 240 296 565 X 69 290
Textor, Anna Margareta, dessen Gattin (G.s Großmutter) I 7*f IX 26 38*ff 47 75 176 296
–, Johann Jost, dessen Sohn (G.s Oheim) IX 48° 301 565* X 69* 289
–, Katharina Elisabeth, dessen Tochter s. Goethe
Thaddäus (Apostel) XI 451 XII 168 170
Thal-Ehrenbreitstein IX 557 586 X 304
Thales III 238*ff 245ff
Thalia I 114 II 455 vgl. Musen
Thaumas XIV 11
Theatrum Europäum V 198* VII 558*
Thebaische Legion XII 150f* vgl. Gereon (Heiliger)
Theben III 272
Themis II 524* VIII 104 IX 301
Themistius XIV 66*
Theokrit I 36* IX 273 XII 225
Theon XII 112
Theophano, Gemahlin Kaiser Ottos II. XII 150+
Theophrast III 160* X 451 454 XXIV 323 530*f XIV 15ff 66 70+ 72 122 vgl. zu XIV 28
Therese s. Maria Theresia
Thermopylä X 215
Theron XI 276*f
Thersit XII 226* 240 vgl. III 170*
Theseus I 167* III 226+ 266* V 59+ 318
Thespis I 117 VIII 388
Thessalien III 213° 240 244 301
Thetis I 159 II 518 520*ff 525 III 186* vgl. Thetys
Thetys XII 310*f
Theuerdank IV 112* vgl. Maximilian I.
Thidrekssage X 506+ vgl. Wilkina-Saga
Thiele, Joh. Alexander IX 326*
Thiele, Joh. Franz I 114*
Thionville X 200
Thisbe XII 223*
Thoas, König der Taurier V 7–67
Thoelde, Johann s. Basilius Valentinus
Thomas (Apostel) XI 450 XII 167*
Thonon XIII 297
Thor IX 537 553
Thoranc, François de Théas, Graf von IX 83+ 84 85*f 97ff 101ff 109ff 113* 181 356° vgl. zu XI 82ff
–, dessen Bruder IX 88° 113°
Thouret, Nicolaus Friedr. X 449*
Thrakien II 515 X 127
Ths s. Müller, Joh. von
Thule I 79*f III 89* 390 IX 582* SR
Thümmel, Moritz August von IX 569*
Thüringen, Thüringer Wald I 393 II 130 IX 243 X 172f 361 518 XI 190 242 XIII 150 252f 277 282ff 286
Thürmer, Joseph XI 523*
Thurneisen, Karl Wilh. XI 400+ 446
Thyest V 16f 41f
Thyia XII 101*
Thylesius (Telesius), Antonius XIII 531* XIV 70*–72 75f
Thymbräisches Tal II 527
Tiber I 159 XI 163 165 189 382 442f XII 115
Tiberias, See XI 318f

Tibull, Albius I 160⁺ XI 481⁺ vgl. zu I 157ff
Tibur s. Tivoli
Tieck, Ludwig X 512° XII 288⁺ 297⁺ 351 502⁺ vgl. zu XII 49 141 224ff
–, Christian Friedr., dessen Bruder X 452* 524
Tiedemann, Friedr. XIII 228* 250
Tiedge, Christoph August X 501*
Tiefurt a. d. Ilm 118 X 495
– Tiefurter Journal, handschriftl. Zeitschrift der Weimarer Hofgesellschaft, 1781–1784 in 49 Stücken, Beiträge von Goethe, Wieland, Herder, Knebel u. a. (s. d.) XIII 45
Tiene XI 57*
Tiepolo, Giovanni Battista XII 221* vgl. XI 586
Tigris IX 130ff 465
Tillberg/Böhmen XIII 260
Timon von Athen VIII 444 IX 159* 162f 271 XII 354 531*
Timur Leng II 50 60*f 68 200f* 248 269
Tinatin di Ziba (Mariuccia) II 240ff vgl. Valle, P. della
Tintoretto (Jacopo Robusti) XI 46* XIII 518 vgl. zu XI 99
Tiresias III 266*
Tirol, Tiroler VII 118 VIII 504 X 182 504 524 XI 12f 15ff 104 123 125 214 XII 128 217 XIII 280f
– Tiroler Gebirge XI 12f 24 70 123 125 vgl. Alpen
Tirschenreuth XI 9
Tischbein, Joh. Heinr. Wilh. I 374*ff X 492 528 539 XI 125⁺ 127 129 131ff 136ff 139*f 152f 158 174 176f 180 185f 188 192ff 198f 205 210 212f 291 324 351 353ff 365 369 381 391 411 433 527 543 546 XIII 106⁺f vgl. zu I 371ff, zu III 224 287, zu XI 124ff 178, zu XII 7ff
Tisiphone III 168 vgl. Furien
Tissot, Simon-André IX 277*
Titanen I 45* II 521f 524f III 230 IV 176 V 16 54* 365 X 48f 523 SR
Titania III 132f
Titius, Joh. Daniel XIV 213*
Titus XI 523
Tivoli XI 136 140 181 350f XII 109* 115⁺
Tizian Vecellio X 480 528 XI 46* 61f 87f 128f 517 XII 163 194 216*ff 221 XIII 518 vgl. zu I 304ff
Tobiesen, Ludolph Herm. XIV 213
Tobler, Georg Christoph XIII 45⁺–47
Tokay III 73 383
Toledo IV 409
Tomaschek, Komponist vgl. zu I 376
Töpel XIII 277
Torbole XI 28ff
Torre dell'Annunziata XI 199° 204
Torremuzza, Principe di XI 249* 291
Toscolano XI 36
Toskana XI 113f 480 XII 113
Totes Meer (Asphaltsee) II 216 IX 131°
Toul X 293
Tourbe X 226
Tournefort, Jos. Pitton de X 486* XIII 158
Traiani, Francesco vgl. zu XII 340
Trajanssäule s. XI Rom

Transaktionen s. Philosophische T.; s. Edinburgh
Transoxanen II 40*
Trapani XI 292
Trarbach X 299ff
Trasimenischer See XI 116+ 122
Trattner, Joh. Thomas von X 82*
Trautmann, Joh. Georg IX 29* 88f*
Travers (frz. General) X 514*
Trebra, Friedr. Wilh. Heinr. von XIII 277*
Trenck, Friedr. Freiherr von der XI 397*
Treptow IX 266 346 505
Trevirer (Treverer) X 293
Trient (Trento) XI 23 25*ff XII 340f
Trier II 392 X 190f 194 279 282ff 293f 295f 298 319 437f
– Kurfürstentum IV 151 IX 188 191 202° 207 560 vgl. Philipp Christoph von Sötern; Johann IX.; Clemens Wenzel
Triest VIII 339 417 429
Trinakrien s. Sizilien
Trippel, Alexander XI 387f* 391f 397°
Triptolemos XI 282*
Tristan und Isolde X 506*
Tritogeneia s. Athene
Tritonen III 244*f 247*ff XI 440* XII 135
Triumvirn I 160* vgl. auch Tibull, Catull, Properz
Troja (Ilios), Troer, trojanisch II 394f 515ff 524f 527 533 III 201 246 257 259f 262 265 267 271f 274 283 V 8 18 24 29f 33 64 IX 42 538 XII 59 vgl. Priamus vgl. SR
Truchseß, Erhart IV 128*
Tschesme X 113
Tschudi, Aegidius XIV 52*
Tura (Turra), Antonio XI 54*
Turenne, Henri de Latour d'Auvergne X 364*
Türkei, Türken, türkisch I 114 343 II 228 230f 233ff 261 III 95 253+ IV 52° 58 91 118 132 143 V 90 VI 134 VII 109 X 113
Tus II 153f
Tyche, eine der Moiren I 359*f 404ff II 535
Tyche s. Eurymedusa vgl. SR
Tyndareos, König von Sparta III 257*f 267° 271
Tyrrhenisches Meer XI 112 136 140 148 150 173 178 180ff 188f 191 196 199 204 209 217 220f 225ff 229ff 241 246 265 267 269ff 313ff 322 333 339f 342ff 346 350 357ff 361 426 544

Über Kunst und Altertum s. WR
Ucello, Paolo XIII 511*
Uffenbach, Joh. Friedr. von IX 74*
Ulrich, Caroline vgl. zu I 264
Ültzen, Herm. Franz Wilhelm I 254+
Ulyß (Odysseus) III 220f 246 V 27 69*f VI 69 73 VIII 48* X 236* XI 299f 307 344 XII 226
Umpferstedt X 514
Ungarn XII 329
Unger, Joh. Friedr. XI 520*
Unterberger, Christoph XI 406*f
Unzelmann, Friederike Auguste X 456*f
Unzer, Joh. August IX 277*
Urania II 502 vgl. Musen
Uranionen s. Olympier
Urban VIII. Barberini, Papst XI 130+

Urbino, Francesco Maria della Rovere V 97* 121+
–, Lucretia, dessen Gattin, geb. d'Este V 76* 97f 120f* 123 137
Uri, Kanton V 198 X 139+ 468+
Ursel, Herzog u. Herzogin von XI 330*
Urseren (Andermatt) X 147
Urserner Loch X 147*
Ursula (Heilige) XI 45 XII 150* 156
Usbeken II 203
Usteri, Brüder XII 128+
Usteri, Paulus XIII 113*f 118
Ustica XI 226*f
Uwarow, Sergei Semenowitsch X 511*
Uz, Joh. Peter IX 397*f

Valentin (Heiliger) IV 30+
Valentinian, röm. Kaiser (eigentl. Valerian) II 141*
Valentinus, Basilius IX 342* vgl. zu III 23 39
Valerian, röm. Kaiser II 141°
Valle, Pietro della II 228*–242 243 X 515*
–, Silvia, dessen Tochter II 242
Valmy X 232 288 318 438
–, Kanonade von X 230–235
Vanni, Raffaello XI 455*
Varnhagen von Ense, Karl Aug. XIII 324+ vgl. zu XII 324
Vasari, Giorgio XII 158+ 192 198f vgl. zu XII 111 183f 203f
Vater, Joh. Severin XII 337*f
Vatikan V 89f XII 127 s. XI Rom
Vaucanson, Jacques de X 477*
Vaux les Mouron X 223 253
Veit (Heiliger) IV 79 103*
Veit, David vgl. zu XIII 13
Vella, Michael XI 273+f 277ff
Vellejus Paterculus XII 110* 547+
Velletri (Velitrae) XI 178f 181 355
Velten s. Valentin (Heiliger)
Venedig, Venezianer, venezianisch I 177 181 184° II 65 III 253+ VII 36 VIII 231 233 IX 149 194 X 229 420 435 443 XI 31 33 59 63° 64–99 (vgl. XI) 103 113 125 134 155 195° 522 523ff XII 163 329 341 XIII 40 49 508 XIV 191 SR
– Venezianische Malerei, Kunst X 435 XI 86f 130 523 XII 149 485 496*
Vent, J. Chr. Gottlob X 267* 363
Venus s. Aphrodite
Venus Urania I 63 67 74 X 340* vgl. auch Aphrodite
Venuti, Lodovico Marchese di XI 206+ 344* 357
Verdom (evtl. Gardone) XI 36
Verdun X 201 203ff 210 212 215 246 265ff 291 293 348
Vereinigte Staaten s. Amerika
Vergil I 174 II 130 V 73 85f 109 VIII 481 IX 42 158° 273 X 360+ XI 29 XII 66 341 XIII 203
Vermaasen, Jan XIV 208
Verona XI 28 32 35f 40–51 56 58 61 125 155 XII 341 vgl. XI
Veronese, Paolo XI 46* 86f
Veronika (Heilige) II 21+ X 46 518 XII 147* 152f 159
Versailles IX 365 478 XI 96
Verschaffel(d)t, Peter Anton von IX 500*f XI 383
–, Maximillian, dessen Sohn XI 383* 392 XIII 291*
Verulam s. Baco
Verwich (Wervick) IV 378 397
Vesalius, Andreas XIII 192
Vesuv XI 144 175f 182 184ff 188ff 192ff 196 198 205 211

214ff 220 225 316f 331 342f 344° 345ff 350° 361°
Via Flaminia I 164 XI 486
Via Sacra XII 115 s. XI Rom
Vicenza XI 44 51–58 59 79 104 125 155 vgl. XI
Vico, Giovanni Battista XI 192*
Vierwaldstätter See X 145 151 468
Virgil s. Vergil
Visconti, Antonio Eugenio, Kardinal XI 527*
Visconti, Ennio Quirino XI 553*
Vitellius, Aulus, röm. Kaiser XII 379
Vitruvius, Marcus Pollio XI 59 98* 117 XII 35f+ vgl. zu XI 52, zu XII 9
Vitzliputzli II 123
Vitznau X 145
Vivona, Antonio XI 253ff+
Vogel, Christ. Georg Karl X 219 XI 21* XIII 111+
Vogesen IX 416f 442
Voigt, Friedr. Siegmund vgl. zu XIII 127
Voigt, Joh. Carl Wilh., (Bergrat) XI 37* XIII 251*f 283 286 297 vgl. zu VIII 261*
–, Christian Gottlob von, dessen Bruder I 344* 409 X 495*
Voigts, Jenny von, geb. Möser IX 596* XII 320°
Volcher-Coiter (Coiter, Volcher) XII 181*
Volkmann, Joh. Jakob IX 313+ XI 29* 73 103 116 172 332 455 vgl. XI 9ff
Volpato, Giovanni XI 378* 424
–, Guiseppe, dessen Sohn XI 553+
Volsker XI 179
Voltaire IX 76 94 483 484*–486 510* 534f X 56 86* 312 450f 545 547+ XI 166 200+ XII 19+ 226 231+ 268f XIII 533 XIV 190*–191 193 197
Volterra, Daniele da (Ricciarelli) XI 351* 551 XII 209*
Von deutscher Art und Kunst, 1773 hrsg. von Herder IX 386* 494 508 XI 476* vgl. zu VI 82, zu IX 596, zu XII 320
Vos, Marten de XII 216+ 219
Vossius, Isaac XIII 531 XIV 102 117*–118 119
Voß, Joh. Heinr. d. Ä. I 198+ 213 II 256* IX 534 X 344 360* 438 469+ 525f XII 501 vgl. zu I 157ff 194, zu VIII 246, zu IX 519, zu X 162 335, zu XII 270 vgl. Göttinger Hain; vgl. Hamburger Musenalmanach
–, Joh. Heinr. d. J., dessen Sohn X 353* vgl. zu II 452
Voß, L. von X 367* 369f
Vulkan s. Hephaistos
Vulpius, Christian August VI 379+ vgl. zu IX 488
Vulpius, Christiane s. Goethe

Wachler, Ludwig XII 391*
Wackenroder, Wilhelm Heinrich XII 502+ vgl. zu XII 141 224ff
Wagener, Joh. Daniel I 352*
Wagner, Heinr. Leopold IX 568+ X 11* 60f vgl. zu XII 21ff
Wagner, Joh. Konrad X 195* 218f 238° 254° 266 269 302 vgl. zu X 188ff 363ff
Wagner, Martin vgl. zu XII 171
Wahl, s. Günther, Fr., II 256+
Waitz, Zeichner vgl. zu XIII 187
Wakefield s. Goldsmith
Walchensee XI 14 19f
Waldeck, Christ. August von XI 186* 196 223 388 391
Waldsassen XI 9

Wall, Anton s. Heyne, Chr. L.
Wall, Martin XIII 331*
Wallraf, Ferdinand Franz X 517*
Walluf X 402
Wamik II 27*f 196
Wandsbeker Bote, 1771–1775 hrsg. von M. Claudius (s. d.) vgl. zu X 519
Wangenheim, Karl Aug., Freiherr von X 505* s. Gemmingen
Wanzenau IX 368
Warburton, William VIII 484*
Wargemoulin-sur-Tourbe X 250
Wartburg vgl. zu II 15
Warton, Thomas IX 583+
Wasen X 146
Washington, George X 114*
Watteau, Jean Antoine X 171*
Wawrille X 201
Weber, Bernhard Anselm vgl. zu V 366ff
Wedel, Otto Joach. Moritz von XIII 150*
Weenix, Jan d. J. X 36*
Weidlerus, Joh. Friedrich XIV 209
Weigel, Christ. Ehrenfried XIV 234
Weilburg/Nassau IX 557
Weiler/Franken IV 135 157
Weiler, Dietrich von IV 157
Weimar I 106ff 115 132+ 211 233 264 322 353 393° 410 IV 205 X 51 131 172f 174 178 180 186 248 314 325 329 334 336 348 382 430 433 437 448 451ff 456ff 461 463f 468 473 496 504f 513f 518 522 524 539 543 547 XI 138 224 242 378 458 520 XII 193 326 XIII 128 149f 152 154f 199 251 283 vgl. Sachsen-Weimar
– Goethes Wohnungen: Wohnhaus am Frauenplan X 348* 361f+ 458° 506° XI 137° 368°; Gartenhaus I 353* X 334* 450* vgl. I 204*; Jägerhaus X 436+
– Weimarische Kunstfreunde X 348° 351 355 449* 459° 461° 462 473 509 518 524° 528 XII 39+ 129 203 vgl. XII 73ff* vgl. zu XII 96 vgl. Fernow, C. L.; Meyer, Heinr.; Schilller
– Weimarisches Theater I 114 264 X 51+ 348*ff 356f 431* 437 445ff 448ff 456f 470ff 496f 547 XI 32 XII 252+ff vgl. I 256ff zu I 190, zu VII 35, zu VIII 258, vgl. X 431, XII 295ff, vgl. auch Ettersburg
Weinsberg/Heilbronn IV 157 159 162
Weiße, Christ. Felix IV 62+ IX 255* 327* 397f X 97+ vgl. zu IV 216ff 307ff vgl. Bibliothek d. schönen Wissenschaften
Weißenau X 363 367 372ff 377 380 382 395
Well (Wells), Edward II 221*
Welling, Georg von IX 341*ff vgl. zu II 12, zu III 20ff, zu IX 351
Welschland s. Italien II 367 XI 19 38 XII 8
Wenck, Helfrich Bernhard IX 507* 550 vgl. Darmstädter Kreis
Werneburg, Fr. Chr., vgl. zu VIII 117
Werner, Abraham Gottlob X 498*f vgl. zu VIII 260, zu XI 293, zu XIII 258
Werner, Zacharias vgl. zu I 294ff
Wernigerode X 324 328 334
Werthern, Jacob Friedemann von

u. Johanna Louise, geb. vom Stein, dessen Gattin X 172*
Werthes, Friedr. Aug. Clemens XII 335° vgl. zu I 82ff (statt Gräfin von Rosenberg)
Weser X 475 XI 154
Westerwald X 408 XIII 114
Westfalen X 197 319 505 XI 65
Westfeld, Christ. Friedr. Gotthard XIII 534 XIV 83 228*–229
Westindien IV 279+ VIII 339 IX 113 vgl. Indien
Westländer s. Okzident
Wetstein, J. H. VI 54*
Wetzlar V 178f 188° IX 33 524 530f 538 546 552ff X 132
Weyden, Rogier van der XII 157+ 160f+ vgl. Eyck, Jan van
Weygand, Christ. Friedr. IX 589*
Weyland, Friedr. Leopold IX 415*ff 430ff 443ff 449° 452 462
– Phil. Christian, dessen Bruder X 267*
Weyrach, Christ. Friedr. von X 197* 220
Whiston, William XIV 178*
Wichmann, Joh. Ernst X 65+f
Wieland, Christoph Martin I 210f+ 217 233+ II 255*f IV 203*–215 VII 179+f 298* 392+ VIII 478 IX 257 269 270*ff 311° 354* 493* 550° 574 X 51* 56f 58ff 121* 174 179 360 442 448 487 512 537 XI 98 201 420+ XII 226 242 245 501 529+ vgl. zu III 132, zu IV 176ff 188ff, zu V 7ff, zu VI 23, zu VII 7ff 31 vgl. Deutscher Merkur
Wieland, Ernst Karl I 217+
Wieliczka X 436*
Wiemann, Joh. Gottlieb XII 402
Wien I 264 II 260f III 132° IX 33 194 X 68 442 500 XII 335 XIII 199 vgl. zu VII 35
Wiesbaden IX 226 X 401 515ff
Wila XII 331 333
Wilhelm von Köln XII 156*
Wilhelm I., Graf von Nassau, Prinz von Oranien IV 370 bis 454 VIII 102
Wilhelm, Graf zu Schaumburg-Lippe IX 516+
Wilkes, John IV 58+
Wilkina-Saga X 506*
Willdenow, Karl Ludw. XIII 114*
Wille, Johann Georg VI 393* X 171*
Willemer, Marianne von I 348* vgl. zu II 7ff 28 62ff 74 80 82 86f 124 194
Williges, Erzbischof von Mainz X 14*
Wilson, Hor. Hayman II 257+
Wilten XI 16
Winckelmann, Johann Joachim VI 12* IX 310 314* 328f 500f X 468* 473 XI 139 143 147*ff 158ff 167 195 277 291 439 XII 76 96*–129 vgl. zu XII 56ff 84
Winckler, Joh. Heinr. IX 248* XIV 210* 214 256
Winkler, Gottfried IX 315*
Winterthur I 113
Wittenberg VII 296f IX 242
Wöchentliche Nachrichten für Freunde der Geschichte, Kunst und Gelahrtheit des Mittelalters, seit 1816 hrsg. von Büsching, Breslau X 512+ 518 vgl. Büsching
Wodan IX 537
Wolf, Ernst Wilh. X 173*f 329

–, Caroline, dessen Gattin X 173*f
Wolf, Friedr. August I 198+ 230* X 468* 473 475 XIII 112* XIV 263 vgl. zu XII 96
–, Wilhelmine, dessen Tochter I 367+ X 473°f
Wolfenbüttel IX 333
Wolff, Anna Amalia X 513*
Wolff, Caspar Friedr. XIII 32 112+
Wolff, Christian IX 273+ XII 119+ XIV 208*ff 214
Wolfram von Eschilbach (Eschenbach) XII 155*
Wolframsdorf, Adam Heinr. von, Gouverneur v. Mainz X 393+
Wolfrathshausen XI 13
Wood, Robert VI 12* IX 538* XI 118+
Wörlitz bei Dessau IX 328+ XII 125+ vgl. zu XI 52 vgl. Cavaceppi; Palladio
Worms IX 24f 527 XII 349
Worthley, Richard von XI 387* 391
Wranitzky, Paul vgl. zu III 132ff
Wrede, Ferdinand Joseph von; Katharina, dessen Gattin; Marie Louise Josepha und Franziska Charlotte Josepha, dessen Töchter X 184*f
Wu Han Schin XII 302
Wucherer, Joh. Friedr. XIV 208*f
Wuk Stephanowitsch Karadschitsch XII 336*ff
Wünsch, Christian Ernst I 214*
Wunsiedel X 523
Wunsiedler Berge XIII 260
Wupper XII 356
Württemberg, Herzöge von: vgl. Friedrich Eugen; Ludwig Eugen; Paul, Prinz; Sophie Dor. Aug. Luise, Marie Feodorowna
Württembergische Jahrbücher, hrsg. von J. D. G. Memminger XIII 196
Würzburg X 461 518 IV 89
Würzer, H. I 217+
Wyttenbach, Joh. Hugo X 286+f 292

Xanten X 312 XII 349
Xanthos (Skamandros) II 528*
Xaverius, Franziskus (Heiliger) XI 471* XII 274
Xenophon XI 395+ vgl. zu IV 214
Xerxes I., König von Persien II 124* IV 207 vgl. Ahasverus

Yorik s. Sterne, L.
Young, Edward IX 581*
Ypern IV 374 378

Zabern IX 415ff
Zachariae, Justus Friedr. Wilh. IX 237*f 252*f 268 283 327 569
–, Georg Ludwig Friedr., dessen Bruder IX 268* 327
Zahlbach X 363 368
Zahn, Wilh. Joh. XII 137* vgl. zu III 247
Zambeccari, Francesco XIII 357*
Zampieri s. Dominichino
Zanetti, Antonio Maria di X 435+
Zarabella, Giacomo XIV 128
Zarathustra II 135+
Zauper, Jos. Stanislaus XII 405*
Zeither, Joh. Ernst XIV 224*
Zelter, Karl Friedrich VIII 298+ X 401+ 528+ XII 308*f 363 400+ vgl. zu XII 342
Zeno XIV 17* 36
Zentauren s. Kentauren
Zephir (Zephyr) I 18 26

Zeus s. Jupiter
– Zeus von Otricoli XI 151* vgl. I 164*
Zeuxis XII 70+ 112 135*
Ziegenhain bei Jena XIII 153
Ziegesar, Familie von X 501*f
–, Sylvie von vgl. zu I 294ff
Ziegler, Friedr. Wilh. X 350*
Ziegler, Luise von (Lila) I 86+f vgl. zu IX 521 vgl. Darmstädter Kreis
Zieglerin, Joh. Charlotte XIV 211*
Zimmer, Joh. Georg X 508*
Zimmermann, Joh. Georg IX 277* X 63*ff 67 160
–, Katharina, dessen Tochter X 64f+
–, Jakob, dessen Sohn X 65°
Zimmern XIII 251
Zin, Wüste II 220
Zincgref, Julius Wilh. XII 377+ 547+ vgl. zu I 304ff, zu X 75, zu XII 365ff
Zinnwalde XIII 277
Zinzendorf, Nikolaus Ludwig Graf von VII 396*ff 528+f IX 339 X 42f+ vgl. VII 138 vgl. Herrnhut
Zirl XI 16
Zoheir II 130
Zoilos vgl. III 170*
Zollikofer, Georg Joachim IX 276*
Zona terrida XII 227
Zoroaster (Zarathustra) II 135* vgl. Parsen
Zschokke vgl. zu IX 588
Zuccari, Federigo XI 549+
Zucchi, Antonio XI 165* 169 368°f 378° 385° 390 424 551 553
–, Angelika, dessen Gemahlin s. Kaufmann
Zuger See X 151
Zur Morphologie s. WR
Zur Naturwissenschaft s. WR
Zürich X 134 139 151ff XI 152 392 431 437 438 519
– Züricher See I 102 X 135 138 141 151 XII 28+
Zuschauer d. i. Der englische Zuschauer, Übersetzung des Spectator, der 1711/12 von Addison u. Steele (s. d.) herausgegeben wurde IV 271*
Zwäzen (Zwätzen) I 264
Zweibrücken IX 424* vgl. Maximilian von Pfalz-Zweibrücken
Zwota (Zwodau) XI 9
Zyklop III 246 272
Zypern s. Cypern

SACHREGISTER

Bearbeitet von Dorothea Schäfer
unter Mitwirkung von Erich Trunz

Das Sachregister hat das Ziel, dem Benutzer der Hamburger Goethe-Ausgabe das Auffinden mehrfach vorkommender Leitmotive und Themen in Goethes Werken zu erleichtern; damit ist zugleich gesagt, was dieses Register nicht geben will: Es ist kein Wortverzeichnis, wie etwa Fischers „Goethe-Wortschatz" (Leipzig 1929) oder wie das große Goethe-Wörterbuch, an dem zur Zeit in Hamburg, Berlin und Tübingen gearbeitet wird. Unser Register bringt kein vollständiges Verzeichnis des Wortschatzes, sondern beschränkt sich auf eine bewußt kleine Zahl von Stichworten; es führt auch bei den einzelnen Stichworten nicht alle Stellen an, wie etwa das Sachregister der Cottaschen Jubiläumsausgabe. Das vorliegende Register ist entstanden durch bewußte Auswahl, mit dem Mut zur Lücke. Damit aber stellt sich zugleich die Frage, nach welchen Gesichtspunkten ausgewählt ist. Einmal versuchten wir, spezifisch Goethesche Schlüsselworte, Leitmotive und Themenkreise zu verzeichnen, die das gesamte Schaffen vom Früh- zum Spätwerk durchziehen — wie etwa die großen Gedanken der Steigerung und Polarität, der Persönlichkeit und Individualität, das Phänomen der Spiegelung, Leitworte wie Streben und Irren, das Tüchtige oder die Sphäre.

Daß dabei soweit wie möglich Goethes eigener Wortschatz benutzt ist, versteht sich von selbst. Grundsätzlich bezieht sich das Register auf den Textteil der Bände, nicht auf die Anmerkungen. Soweit gelegentlich auch Goethes Äußerungen zu seinen Werken im Anhang aufgenommen sind, stehen die entsprechenden Seitenzahlen in Klammern.

Unter den Leit- und Stichworten sind auch Stellen angeführt, an denen das Wort selbst zwar nicht vorkommt, die aber eindeutig in den gleichen Zusammenhang und Vorstellungskreis gehören. So finden wir z. B. die berühmten Egmont-Worte: *Kind! Kind! nicht weiter! Wie von unsichtbaren Geistern gepeitscht, gehen die Sonnenpferde der Zeit mit unsers Schicksals leichtem Wagen durch*... (Bd. 4, S. 400f.) unter dem Stichwort des „Dämonischen" oder die Äußerung aus dem *Versuch einer Witterungslehre*: ...*daß alles, was ist oder erscheint, dauert oder vorübergeht, nicht ganz isoliert, nicht ganz nackt gedacht werden dürfe; eines wird immer noch von einem anderen durchdrungen, begleitet, umkleidet, umhüllt* ... (Bd. 13,

S. 306f.) unter dem Stichwort „Sphäre“, obwohl Goethe diese Worte hier nicht gebraucht.

Und dann gibt es durchgehende Vorstellungen und zentrale Themenkreise in Goethes Denken, die wir aber nicht unter einem spezifisch goetheschen Stichwort zusammenfassen konnten. So finden sich etwa das *Divan*-Gedicht *Volk und Knecht und Überwinder...*, die Maxime *...daß wir unsere Existenz aufgeben, um zu existieren* und der Anfangsmonolog von *Faust II*: *Des Lebens Pulse schlagen frisch lebendig* einmal unter den goetheschen Stichworten „Persönlichkeit“, „Existenz“ und „Leben (das lebendige, ewig tätige)“ — alle drei Stellen aber auch unter den gemeinsamen Stichworten „Verwandlung“ und „Wiedergeburt“, die Goethe selbst in diesem Zusammenhang nicht gebraucht hat.

Wo verschiedene Stichworte zum gleichen Motiv- und Themenkreis gehören, ist das durch wechselseitige Verweisungen im Register angedeutet.

Besonders vielschichtige Themenkreise, wie etwa Goethes Auffassung zur Poetik, haben wir nicht nur aufgegliedert in die drei großen Aspekte: Entstehung, Wesen und Wirkung des Kunstwerks, sondern die einzelnen Stichworte möglichst so differenziert — Dichten aus der Empfindung, Dichten als Verschwendung, Dichtung als Konfession, Dichtung als offenbares Geheimnis usw. —, daß sich daran schon die verschiedenen und zum Teil auch entgegengesetzten Auffassungen Goethes über das Dichten, über Wesen und Aufgabe der Kunst ablesen lassen. Und Goethes Äußerungen zur Wirkungspoetik finden sich nicht nur unter „Wirkung der Kunst“, sondern auch unter „Publikum (und Autor)“, seine Gedanken zur Schaffenspoetik unter den Stichworten „Entstehung des Kunstwerks“, „Poetische Schaffensweise“ und „Künstler und sein Werk“, auf die das Register wechselseitig verweist.

Wenn wir schon sagten, daß zu den Stichworten nicht alle Stellen verzeichnet sind, so gilt das vor allem für Stichworte wie Frucht, Schwelle, Becher, Wolke, Nebel, Schleier usw., die — an sich scheinbar unbedeutend — nur an den Stellen aufgenommen wurden, wo Goethe sie symbolisch verwendet, wie z. B. das Bild der Frucht in der Schlußzeile des Gedichtes *Und frische Nahrung, neues Blut...* (Bd. 1, S. 102f.) oder das Bild des Nebels und Schleiers in den berühmten Stanzen der *Zueignung* (Bd. 1, S. 149ff.) und im Anfangsmonolog von *Faust II* (Bd. 3, S. 148f.). Freilich sind nicht alle Stellen so eindeutig. Oft wird es eine Frage der Auslegung sein, ob wir ein Wort und Bild an dieser oder jener Stelle schon als Symbol deuten sollen. Und damit stoßen wir auf die eigentliche Problematik dieses Registers: daß die Auswahl der aufgenommenen Stichworte in gewissem Sinn immer subjektiv bleiben mußte. Dabei wird eine besondere Vorliebe und Vertrautheit der Verfasserin mit bestimmten Werken und Themenkreisen (wie etwa den Fragen der Poetik) ebenso spürbar sein wie umgekehrt auch die weniger große mit den naturwissenschaftlichen Schriften der beiden letzten Bände. Diese ungleiche Dichte in der Auswahl mußte in Kauf genommen werden, wenn wir über eine bloße Registrierung von Stichworten hinauskommen wollten. Und vielleicht dürfen wir diesen Mangel an „Objektivität" mit einem Wort von Goethe selbst entschuldigen, das er 1807 an Graf Reinhardt schrieb: *Die Synthese der Neigung ist es eigentlich, die alles lebendig macht.*

Zum Technischen des Registers ist folgendes zu sagen:

Soweit Eigennamen aufgenommen wurden, die sich schon im Namen-Register oder im Register zur *Italienischen Reise* (Bd. 11) finden, sind sie mit der Abkürzung NR gekennzeichnet. Wir haben diese Eigennamen einmal dann und nur an den Stellen angeführt, wo sie über den Personennamen hinaus gewissermaßen stellvertretend für das gesamte Werk stehen — wie z. B. in den Shakespeare-Schriften, die sich nicht mehr mit dem Autor, sondern mit dem Phänomen Shakespeare beschäftigen. Aufgenommen sind auch jene Namen, die selbst schon mehr sind als der Eigenname einer bestimmten Gestalt: Symbol, Manifestation einer Idee, eines Urphänomens — so etwa Helena als Urbild des Schönen oder Euphorion als Wesen der Poesie.

Die in Kleindruck und Klammern gesetzten Zahlen beziehen sich auf die Nummern der Spruchsammlungen in den *Wanderjahren* (Bd. 8) und der *Maximen und Reflexionen* im 12. Band.

Bei zusammengesetzten Stichworten geht in der alphabetischen Reihenfolge stets das allgemeinere, umfassendere Sachwort dem spezifizierenden Beiwort voraus. Stichworte wie Deutsches Theater, Biblische Geschichte, Natürliche Religion finden sich also immer unter „Theater", „Geschichte", „Religion" usw. Eine Ausnahme bilden nur bestimmte Werktitel und Namen, in denen Sachwort und Attribut zu einem festen Begriff verschmolzen sind: Italienische Reise, Siebenjähriger Krieg, Goldenes Vlies, die unter dem jeweiligen Adjektiv zu finden sind.

Die dichterischen Gattungsbegriffe wie Ballade, Novelle, Märchen u. a. sind häufig zweimal verzeichnet. Dann stehen unter dem Stichwort im Singular die theoretischen Äußerungen Goethes über die betreffende Gattung, unter dem im Plural die Stellen, wo er diese Gattung in seinen Werken selbst verwendet.

NR = Namen-Register, S. 627–720
WR = Werk-Register, S. 788–801

Abend I 18 20 27 121 142 160 163 338 374 389 (1.—2. Aufl. 388) 391 II 500 III 39f
Abendmahl VIII 163 IX 288 XII 164ff 170 204f 235
Abenteuer III 341 354 VIII 265 361 IX 460 555 X 10 201ff 305f 397 XI 129 197 253 272 XI 299 324
Aberglaube III 344 VI 357 VIII 292(61) IX 97 454 460ff X 67 452 459 486 XI 106 XII 305 320 322 331 XII 494(908f) XIV 62f 65 78 86
Abglanz II 86 106 III 149 (farbiger) XIII 305 413 416 497
Abraxas II 9 122
Abschied (vgl. Trennung) I 27 186 297 II 274 496 III 300 IV 111f 452 V 67 165 233 VI 57 115 134 340 484 491f VII 356 490 VIII 81 239 366 453 IX 395f 449 498ff 520 X 178 180 187 345 422 518 XI 177 263f 300 347 530 553ff XII 534(1257)
Absicht (vgl. Zweck) XII 517(1078f)
Absolute, das XII 443(571)
Absolutismus IV 429ff
Abstrakte u. Konkrete, das III (446) VI (625) VIII 296(91) 477(112) XII 432(487) 435(507) 445(582)
Abstruse, das II 156 VIII 116 IX 105 492 511f X 340 XII 299 308 339 XIV 184
Absurde, das II 9 III 237 (460) VI (534) VIII 103 309(175) IX 496 533 X 67 490 XI 242ff XII 305 375(68) 409(318 322) 464(697) 488(869) 515(1069) 518(1099) XIV 87 143
Achromasie XIV 221ff 226 248f
Ackerbau II 105 136 XI 113 209
Ackerbürger II 470
Ackermann (vgl. Bauer) I 204 IX 427
Adam II 38 NR
Adel I 292 V 195 200 202 (470) VII 148ff 154 183 211f 290f X 114ff
Adler I 57 III 40 253 320 XI 450
adonischer Vers II 13 14
Advent I 302
Affe III 77 VI 382 415 XII 71 XIII 240
Ägypten (Flucht nach) VIII 7ff 15 NR
Ahnen, Gefilde hoher III 41 230 299 330
Ahnung (u. Anschauung) I 123 VIII 126 IX 357 453 500 X 34 XIII 164 220
Akademie (wissenschaftl.) XII 424(431f) XIII 219 247f 533 XIV 134ff 179f 185ff 214
Aktuelle, das II 46
Alabaster XIII 251
Alchemie III 39 171 IX 341 414 XIV 78ff
Alexandriner, der II 169 VII 271 VIII 508 IX 91 238
Alexandriner I 7f III 326ff IV 7ff 28ff
All III 22f 369 VIII 119f XIII 307
Allegorien, allegorisch III 165ff 172 312 317 324f 336f 340 V 304 370ff VI (597) VII 166 169 VIII 161 IX 310 316 X 13 285 340 XI 481 XII 213 261 471(750f) 499(948)
Allerheiligen XI 126f
Allgegenwart II 88 VI 9 VIII 420
Allgemeines u. Besonderes I 393 VIII 301(119) 302(130) 303(132) (519f) X 536 XI 19 173 XII 56 82 123 146 183 293 299 328f 346 352 358 367(21) 388(177) 400(258) 407(306) 420(407) 432(488)

433(489–92 496) 434(500f) 440(547f 550) 442(566) 471(751f) XIII 30 131 175ff 455 457 476
All-Leben I 249 367 II 17f VI 52f
All-Liebe, all-liebend I 47 VI 9 90 (517) XII 341
All-mächtiger VI 9
All-umfasser III 109 406
All-Vater IV 182
Alraunen III 156
Altdeutsches I 135 X 527 XII 182 270ff
Alte u. Neue, das I 327 II 38 242·469 V 300ff (505) VI 263 495 IX 184
Alter I 309 317 323f II 13 39 165 247 V 131
Alter u. Jugend I 309f 324 336 II 74f 96 177 202 504 III 14 207f V 303 307 335 IX 217 386 X 183 XII 470(748) 535(1264) 541(1315 1321f) 542(1325–34) 543(1335)
Altern I 195 207 II 41 VIII 172
Altertum (und wir) VIII 466(43) 467(44ff) 483(146) IX 18 328 333f 425 501 X 32f 283ff XI 122 147 XII 108f 142ff 172 413(357ff) 414(360) 505(998)
Altertumskunde XII 121f
Altes Testament II 128f 206ff III 129 VIII 159f IX 124 127ff 141 510f XII 146 210ff 215 XIV 52f
Altruismus II 449 495
Amazonen II 526 III 297 V 218 VII 226 235 240 428 439 513 IX 60 NR
Amboß I 241
Ameisen III 181 218 231 VIII 370 374
Amerika u. Europa I 333 VII 431 563f VIII 81f 330ff 408f X 166
Amor: s. NR
Amphitheater XI 32 36 40ff 296f XII 340
Amulett II 8
Anakreontik I 14ff IX 143 272
Analogie (-denken) VI 270 275 VIII 117 119 126 296(93) 300(115) 301(118 120 122) 307(161) 486(182) XI 168 XII 34 44 171 365(8) 368(23–26) 399(246 248) 414(364) 434(500f) 436(514) 438(534) 448(605) 450(621) 467(722f) 537(1286) XIII 31 170ff 206ff 220 223f 240 244 311
Analyse u. Synthese VIII 468(50) IX 118 X 155 XII 430(470) XIII 27 49ff 54f 221f 231ff
Analysis, Analytiker I 210 XIII 121 155
Ananke I 360 407
Anarchie II 147 III 310 XI 318
Anatomie VIII 322ff IX 374 X 435f 441 475 XI 163 386 XII 44 XIII 40 48f 54ff 62f 114 122ff 170ff 206ff 230 234ff
(sich) aneignen II 9 255 III 209 VIII 287(30) 465(33f) 484(155) IX 598 X 431 XI 205 400 405 XII 392(199–202) 393(208) 414(360) 415(371 373) 418(398) 426(441) 428(453) 451(627) 479(806) 480(809) 530(1226) XIII 132 484
Äneis XII 66
Anekdote VI 284 IX 87 559 XII 173 545(1365) XIV 256
Anekdotenjäger II 33
Anfeindungen I 323f 335ff 355f II 44
Angeborene u. Erworbene, das I 212 VII 120 211f 290 520 VIII 269 287(29f) 464(29f) IX 32 386f X 77 XI 126 XII 87 479(805ff) 530(1216 1218f)
Ankunft II 273
Anmaßung II 198 VIII 75 155 IX 520
Anmut, anmutig III 146 159 165 226f 249 253 VIII 57f 93 175 182 346 402 IX 433f 456 499 X 86 96 XII 57 74 76f 136 148 216 221 286 XIII 201
Anmut u. Würde XIII 29
Annalen vgl. WR: Tag- und Jahreshefte

Antezedenzien, der „Helena“ III (437) (444)
Anthropologie XIII 37
anthropomorph VI (621) XII 460(679) 530(1220f)
anthropomorphes Gottesbild II 223
Antike (vgl. Altertum) I 33ff 37ff 54ff 157ff 185ff 268ff 326 III 197 217 IV 209 IX 271 XI 419f XII 98ff 413(357ff) 414(360)
Antike und Gegenwart (Moderne) I 166 177 III 276ff IV 203ff X 66 XII 108f 172ff WR
Antipoden XII 428(454)
Antizipation XIII 96f
Antizipation, poetische X 431 433 XI 376
Äolsharfe I 376f III 9 146 XII 328
Äonen II 115 III 348 IX 352
Aperçu VIII 472(80) X 89f XII 414(365f) 431(477) XIII 532 XIV 98 100 143 153 154 160 167 173 186 201 263f
Apokrypha XII 374(66f)
Apostel XI 449ff XII 214
Apotheose VIII 122
Apparate III 209 VIII 293(63) 473(90) IX 343 XII 430(469) 435(508) 458(664) XIII 14 396 425
Araber II 129ff 142 NR
Arabeske I 232 XI 73 146 185
Archaische, das (vgl. Urzustand) VI 494
Architektur (vgl. Baukunst) I 232f VI 261 288 333 VII 540 IX 16ff 355f 502 X 33 424f XI 52f 53 235 309f 365 408 XII 7ff 28f 35ff 169 474(776) XIII 287ff
Arianer I 334 XIV 177
Aristokratie II 147 X 113
Arkadien III 288ff XI 7 479ff NR
Arkadische Gesellschaft XI 479ff NR
Arkadische Idylle III 288ff
Armut, der Arme II 487 III 87 VII 136 XII 521(1129)
Arzt VIII 281 322 IX 340f X 66 91
Ästhetik IX 539f X 338f XI 56 XII 15ff 269 XIII 29
Astrologie II 155 III 155f 197f IX 10 XIII 307
Astronom(ie) VIII 115 118ff 450f
Asyl X 281
Atemholen II 10 III 23 370 VIII 263
Atheismus IX 484 X 16
Äther (vgl. Licht) III 29 50 292 300 302 304 319 353 358 361 363 VIII 119 IX 456 XII 307 309
Atmosphäre (vgl. Sphäre) I 75 349 351f III 88 319 357 359 389 VI 41 VII 379 VIII 261 IX 360 423 X 155 522 XI 16ff 23 163 184 188 225 227 281 286 297 317 354 XII 216f 371(47) XIII 150 306ff 311 363 416 512
atomistisch (vgl. mechanisch) VIII 477(109) XII 444(575) 447(602)
attrattiva X 176 XI 467
Auferstehung (des Herrn) III 30ff 35
Aufgabe der Dichtung u. des Dichters s. Dichter u. Publikum
Aufnahme der Dichtung s. Künstler u. Publikum; Wirkung eigener Werke
Aufsteigen (in höhere Sphären) I 47 II 117 III 29 296f 299f 304 355ff 358f 360ff 363 VIII 122
Auge I 311 367 III 340 IX 224 556 X 88 XI 25 XII 288 399(247) XIII 90f 315 323f 344 354 494 501 524f
Augenblick (erfüllter) vgl. Ewigkeit I 185 307 370 384 II 41 115 III 57 244 284 288 348 IV 187 399 V 276 371 VII 498 X 32 90 185 XII 29 229 516 (1074) 518(1096–98) XIII 47 XIV 41
Augenblick (flüchtiger) u. Dauer

(vgl. Vergänglichkeit) I 148 341 II 471 III 11 29 304 345 V 75 VI 86 307 VIII 289(39) X 537 XII 103 378(98) 389(180) 391(195) 518(1100) 519(1101)
Aureole III 299
Aurora II 99 III 304 NR
Auslegung der Dichtung: s. Interpretation
Auswanderung VIII 351 408f 413 430ff X 319
Autobiographie IX (602ff) X 507 509ff 529ff 536 XIII 149ff 229 535 WR
Autodafé IX 258 350
Autor u. Publikum (vgl. Kritik) I 59 224 VII 198 IX 8 258f 484f 517ff 535 574 593f XII 40f 47 267f 503(983f) 504(985f 989–992) XIII 104 110 112ff 524
Autorität VIII 299(108f) 473(87) IX 296 XII 415(374f) 416(382f) 427(451) 517(1086) XIII 530 534 XIV 50 56ff 82 95 104
Axiom XII 439(543)

Babel (Turm zu) IX 130 NR
Bacchus III 54 75 303 X 127 352 XII 75 NR
Bajadere I 273
Ball, Ballspiel II 70 V 68 XI 44f 299
Ballade I 400f X 34 500
Balladen I 78ff 153ff 265—293 II 188
Bär I 99
Barbare(i) I 158 III 272 (448) V 27 30 36 60 65 150 312 VII 576 VIII 160 IX 103 538 XI 89 130 234 250 546 XII 76 110 271 330f XIII 530 XIV 7 46 55 162
barbarisch VI 481 482 VIII 160 440 475(101) IX 136 281 XI 62 159 339 479f XII 428(455) XIV 49 63
Barden-Dichtung VI 82 IX 536
Barmekiden II 7 138 147
barock IX 277 299 XII 107
Barometer I 379
Basalt I 333
Baubo III 125 XI 515 NR
Bauer(n) I 106 204 IV 119f 157ff V 176ff 193 202 IX 135
Baukunst (vgl. Architektur) VII 516 VIII 477(109) IX 355f X 294 XI 52f 55 97 219 269f 274ff 296 441 XII 35ff
Baukunst, deutsche IX 385f 502 507f X 294 509 516f 527 XII 7ff 10 12 144 177ff WR
Baukunst, Geschichte der IX 389 XI 219f XII 36f
Baukunst, persische II 141
Baum I 21 375
Bauwerke XII 7ff 377(87) 447(602)
Becher I 79f III 89 390
Bedeutende, das III 212 IV (544) VIII 36 67 163 331 IX 263 594 X 306 518 XI 131 457 XII 46 59 84 91 221f XIII 503
Bedeutungswandel XII 509(1024)
Bedingende (u. Bedingte), das VIII 475(100) XII 446(588f)
Bedingte (u. Unbedingte), das IX 351f X 64 XII 399(252) 433(493f)
Bedingtheit (u. Freiheit) I 197 360 407 VI 397 VIII 298(100) 353 426 XII 520(1116–18)
Beerdigung I 119 VI 485
befehlen II 40 III 310 XII 518 (1089) 546(1370)
Begebenheit, unerhörte, wunderbare VI 147 (726) VII 579
Begebenheit, wahre VI 156 161 167
Begehren (vgl. Streben) III 226 228 308 344
Begeisterung XII 537(1280)
Begierde III 84f 104 106 293 386 VI 19
Begreifliche (u. Unbegreifliche), das VIII 302(124f) XII 406(298) 433(495) XIV 87
Begrenzte (u. Unbegrenzte), das XII 397(228) XIII 398

Begrenztheit, Begrenzung (vgl. Beschränkung) I 36 146f 360 III 20 24 27 60 367 371 VI 9 72 92 VII 553 VIII 426 X 159 XII 373(58) XIII 368
Begriff(e) II 180 III 64f 306 VIII 162 287(31) IX 310 316f X 67 XII 366(12) 384(146) 407(307) 417(386) 426(441) 438(537) 439(539) 440(548) 471(750) XIII 31 XIV 39
Beharren (u. Wechsel) III 57 VIII 299(110) IX 528 X 14 89 XII 116 383(138) 397(232) 422(417) 438(538) 529(1205) XIII 133 177
Beharrlichkeit I 313 VIII 145 331 IX 145 387 570 X 12 XIII 35
Beichte IX 293 XI 115
Beifall VII 105f 175 258f 264f 278 484 VIII 493 IX 567 573 X 64 85 XII 40f XIII 112
Bekenntnisse einer schönen Seele VII 350 358—420 520
Belagerung X 204ff 362ff 438
Belehnung III 332
Bergbau I 399 VII 95 IX 420ff X 174 325 XIII 274 XIV 93
Berge I 52 190 352 II 283 III 148 315 356 VIII 475(101) XII 370(42) 371(43)
Beruf u. Berufung VII 54 X 16
Beschäftigung XII 516(1076) 517(1077)
Bescheidenheit II 17 199 VIII 481(137)
Beschränkung I 145 201f 245 294 296 II 469 III 21 53 308 344 368 IV 293 V 101 246 271 VI 418 VII 406 503 552 VIII 37 84 121 148 225 246 304(138 140) 351 461(15) (576) IX 239 282 352 387 427 X 17 101 112 448 488 490 513 530 542 XI 381 421 456 465 XII 118 246 293 407(301f) 409(321) 441(557) 466(712f) 487(861f) 515(1068) 530(1222–26) 532(1239) XIII 7ff 21 122 423 485
Besitz, besitzen II 466 514 III 9 29 54 152 280 286 318 330 339 VI 431 VII 39 154 287 289 491 501 507 563 VIII 68f 145f 384f 409 IX 135 137 387 526 596f X 440 XII 396(221 223) 398(241)
Besonderes u. Allgemeines I 393 VIII 301(119) 302(125 130) 303(132) (519f) IX 472 X 15 111f XII 56 82 123 146 183 293 299 328f 352 367(21) 388(177) 400(258) 407(306) 420(407) 432(488) 433(489–92 495f) 434(500f) 440(547f 550) 442(566) 471(751f) XIII 23 30 39 131 175ff 455 457
Besonnenheit II 166 178 V 131f VI 457 VIII 164 405 426 (578)
Bestattung II 105 241 III 270 VI 361 VII 574ff XI 340
betrachten u. handeln II 126 V 238f VII 493 496 VIII 241 283(2) 297(98) XII 398(244) 399(251) 400(253) 517(1087)
Betrachtung II 34 197 269
Betragen VI 396f IX 109f 229 456 X 543 XII 526(1175 1184) 527(1185)
Betrug V 49
Bettler I 292 II 41 70 III 33 VI 286 339 345 IX 379 X 92 XI 333 337
Bewegung (u. Ruhe) VIII 464(27) IX 491 XII 56f 396(227) 422(417) 491(892) 528(1203) XIII 55
Bewußtsein II 93 VI 248 IX 352 X 530 XII 393(207)
Bibel I 90 II 20 128f 190 224 440 VII 393f VIII 469(56) IX 35 128ff 274f 334f 508f X 18 25 157f XII 231 238 357 374(63–65) XIII 530 XIV 52f
Bibelkenntnis, Bibelfertigkeit II 157f 193 IX 143ff 275f 335 508ff
Bibelkritik II 128 207ff 224 IX 275f X 25f XIV 70
Bibelsprache (Anklänge u. Motive) III 66 129 305f 340 362

379 IV 81 145 V 270 VI 507ff (625) VIII 7ff IX 142 185 251 398
Bibliothek(en) IX 27 35 X 454f XII 113f
Bild (vgl. Erscheinung; Gestalt; Symbol) I 303 III 78 104 193 198 304 V 259 264 VII 396 VIII 284(11) 285(18) IX 262f 278 X 176 XII 470(749) 471(750) 488(871) 489(878) 493(904 906) XIII 332 373 379ff
Bild des Menschen I 306ff VI 364f
Bild u. Wort XII 493(904 906f) XIII 491
Bildbeschreibung VIII 228 235f X 480f XI 128f 449f XII 21 138ff 152 164ff 185ff
bilden (vgl. gestalten) I 166 200 325 352 III 357 VIII 445 X 77 529 XII 13 XIII 55f
Bildende Künste (vgl. Plastik; Malerei) VIII 249 251ff 284 329 X 352ff 520f 524 529 XI 128ff 382f 388f 434 439ff 446 XII 23 32 42f 48 54 56ff 62 65 79 81 89 106ff 130ff 142ff 148 169 172ff 475(777-80) 476(781f)
Bilder (Gemälde) VI 369f 403 VII 519 VIII 160f IX 28f 89 121f 154f 322f 363 X 479ff XI 62 128f 140f 364
Bilderstürmer IV 378
bildhaftes Sprechen IX 448 XIII 491
Bildhauerei u. Dichtkunst XII 66 81
Bildhauerkunst VIII 325 329 XI 88 XII 59 110
Bildlichkeit der orientalischen Dichtung II 162
Bildung[1] (vgl. Erziehung) I 211 215 245 322 II 504 III (448) V 81 VI 137 282 384 411 VII 120 289ff 422 427 488 490f 493 498 502 504 518 531f 549 552f 573 VIII 37ff 148 150ff 175 243 287(29) 322 406 449f 465(33) 467(47) IX 9 164 223 241 354 371 408f 411f X 14 88f 517 531 XI 135 XII 38f 97 110 172 284f 345 354 385(157) 388(176f) 395(215) 413(358f) 414(360) 451(627) 479(805) 505(998) 543(1345) XIII 113 149 152 XIV 96f
Bildung[2] (vgl. Gestaltwerdung) I 202 III 35 XI 536ff XIII 27 32ff 55f 176
Biograph, Biographie VIII 79 IX 7ff 277 386 412 478 541 (599ff) (607) X 175 429ff 507 509ff XII 351 XIII 227 XIV 97
Blankvers X 121
Blatt I 200 XIII 100f
blenden, Blendung II 114 III 54 61 268 279 282 304 324 363 IX 243 X 47 XII 406(290) XIII 330f 333 337 350 XIV 19
Blendung durch die Sonne I 150 II 104 III 148f
Blick I 122f II 79 103 492 III 304
blind, erblinden III 346
Blitz III 357
Blumen III 159f IX 160
Blüte I 200 III 146 353 XIII 72ff 92f
Bootfahrt I 102
Böse, der, das, Bösen, die III 47 81 355 359 IX 162 XII 227 XIII 110
Botanisches XI 19f 60 90 146 170f 205 208 266f 270ff 278f 284 288f 323f 374ff 395 547f XIII 36 57 64ff 113ff 127ff 148ff WR
Brahmane I 361 II 69
Braut I 268 VI 436ff VII 530 VIII 89 IX 137 543 X 133 XI 426 XII 187 333f
Bräutigam I 189 286f 386 II 451 466 III 257 VI 38 42 441 VII 64 372 541 VIII 89 200 IX 542f X 109f XI 426 XII 333
Brechung (Refraktion) XIII 369ff 384ff 393ff 409 477 526 531ff XIV 101 145ff 221f 223 243

Briefe VI 472 476 VII 64ff 286ff 496 531f VIII 11ff 28f 72ff 193f 225f 241f 264ff 319ff 376f 456f IX 7f 344ff XII 73ff 228ff
Briefgedichte I 13 87ff 92 106 124ff 142 IX 165ff 267
Briefroman VI 7ff IX 123f 256 576ff
Brieftasche VIII 185 188 191f 197 265f X 264 XII 21ff
Briefwechsel IX 401 458 462 498 558f 577 XII 40
Brot II 536 VII 136
Brücke VI 222 225 232f 238ff
Brunnen I 37 II 474 491 VI 9f 35
Buch XII 499(948)
Buch Ruth II 128f
Buchdruckerei XIV 82
Bücher Mose IX 128ff 140ff 511 vgl. NR: Moses
Buchorakel II 189 IX 515
Bühnenbild VII 313 IX 488 XII 22 260
Burg, Burghof III 272 274 276ff
Bürger, Bürgertum, Staatsbürger I 226f 319 II 136 456 469 III 33f IV 370ff 389ff 415ff 434ff V 175 195 202 267 VII 35 58 212 289ff 502 508 IX 72f 77 245 428 596f X 115f 396f 489
Buße, Büßerin III 359 361ff

Calvinisten VII 374 X 75 vgl. NR
Centauren XII 135 vgl. Kentaur
Chamäleon IV 112 XIII 467
Champagner (Wein) VII 16 181 344 475
Chaos (Urchaos) II 513 III 47f 230 240 242f 261 V 390 VIII 262 XII 298 300 341
Chaos u. Licht I 10 III 47 261
Charakter I 404 II 224 IV (544) V 81 VI 7 23 30 42 62 101 282 326 396 (625f) VII 89 100 318 443 462 VIII 101 105 166 IX 74 130 401 427 469 506 X 7 12 14 132 162 176 354 XI 411 XII 123f 163 226 285 293 350f 382(133) 385(157) 492(898) 526(1177f) 528(1204) 529(1205–09) XIII 23 315 XIV 172ff
Charakteristische, das I 403 VI 493 VIII 236f 479(123) IX 384 XI 442 XII 13 32 34 36f 46 56f 75 77 81f 91f 166 499(945) XIII 503 514
Chemie VIII 477(107) XII 460(675) XIII 51 54f 121f 125 152 XIV 194f
Chiffre II 77 85 193f VIII 34 IX 41
China, Chinesisches I 206 387 NR
Chöre, antike III 257ff 267f 274ff 283f 291ff
Christentum I 268 334 II 149 III 110 407 VIII 147 157 404f IX 334f 372 X 16 45 XII 145 223 232ff
Chronik II 151 VIII 465(36) XII 390(192) 395(218)
Cirrus I 351
Comédie à tiroir VI 427
Commedia dell'arte VII 119 IX 567 XI 78 214 429
Commedia divina XI 380f
Composition XIII 245f
Cumulus I 351

Daktylen I 273 III 30ff 231 294ff 356ff V 356
Damm, Dammbruch, Deich I 284 III 309 334f VI 336f
Dämmerung III 21 41 87 146 148 196 368 388 IX 383 436 X 407 XIII 331 341f 346
Dämon, Dämonen I 159 177 223 229 II 523f III 274 279 292 300 346 V 371ff VI 476 VII 64 VIII 308(171) 312 IX 30 87 X 127 295 XI 123 478 552 XII 299
Dämonische, das I 294 359 403 405f IV 400f 439 451 (568) IX 478 (606) X 175ff 183 187 486 XII 303 343 514(1058)

Dank (u. Undank) I 316 339 II 58 III 333 V 10 52 VI 384 IX 351f 380f 410f X 91 XII 543(1346) 544(1347)
Dankbarkeit I 316 III 329 VI 186 347 VIII 62 238 IX 412 X 291
Darstellung VIII 294(71) XII 510(1028)
Dasein (vgl. Existenz) VIII 79 300(115) IX 152 575 XI 541 XII 373(58) 393(207) XIII 7ff
Dauer und Augenblick (vgl. Wechsel) I 148 247f 341 369f II 41 III 149 VIII 384f XII 378(98) 389(180) 391(195) 515(1064) 518(1100) 519(1101)
Deduktion XII 448(611)
Deklamation II 168f III 24 371 VII 108 131 168 273 VIII 254 479(121) X 98 XI 83 XII 246 253ff
Demokratie I 330f X 317
Demut II 284 III 99 330 400 V 225 VII 577 XI 329 469 474
Denken XII 413(355) 538(1293)
Denken u. Schauen IX 316f 501 X 89 XI 60 XII 398(242) 406(295) 436(516) 441(556) XIII 37f 43
Denken u. Tun (vgl. Handeln) I 229 V 135 250 VII 496 550 VIII 263 309(175) 480(130) (578) XII 398(234ff) 407(304) 420(408) 426(442) 433(497) 443(574) XIII 263
Denkmal II 529 VI 362ff 366 X 191f 283ff 294 XI 440
Derwisch II 49 157f 199 201
Despotismus II 147 169ff 175 189 236f X 170 XI 191 307ff
deus, nemo contra deum X 75 177
deus ex machina X 105
Deutsche, der, deutsches Wesen I 177f 212 226 331 II 514 VII 111 258ff 264f 278 VIII 85 IX 223 448 528f XII 385(157f) 386(159–167) 404(279) 427(448) 473(766) NR
Deutsche u. Franzosen VI 133ff IX 482f X 279 464
Deutscher u. Italiener I 175
Diakrisis u. Synkrisis XII 477(785)
Dialekt IX 250f XII 252f 266 334f
Dialektik(er) X 312 XII 445(584) 454(646) 456(656)
Dialog (dramatisierter) IX 591 595
Diastole und Systole I 305 II 10 263 IV (544) V (521) VIII 263 XII 367(21) 436(520) 477(785) XIII 27 233 337 488 XIV 83
Dichtarten (vgl. Gattungen) II 187 254 VII 307f IX 262 272f 576 XII 296
Dichten, das (Dichtkunst) II 17 87 IX 34 466 X 34 80f 99
Dichten als Verschwendung (vgl. Poesie) II 16f 97 143 III 159 173 177 297ff X 82
Dichten aus der wahren Empfindung IV 103 VII 82 IX 299 483
Dichten aus innerer Notwendigkeit V 156
Dichter I 135ff 178 243 370 II 16 19 122 126 143 242 III 12f 198 227 V 77ff 95 129f VII 82f VIII 69 IX 413 X 361 431 544 XII 287f
Dichter u. Dichtung I 150ff II 59 97 126
Dichter und Fürst (vgl. Gesellschaft) II 40f 68f 178 198 V 80ff 84f 98f 150ff 154ff VII 179
Dichter u. Publikum (Aufgabe der Dichtung) I 151 231 244 II 11 17 III 10ff VI 7 VIII 255 IX 590 XII 40f 47
Dichter und seine Umwelt I 178 II 93 95 III 11 V 80f 85 155ff XII 324 472(765)
Dichterkönig, persischer II 151 198
Dichterneid II 53
Dichterruhm (vgl. Künstler u. Nachwelt) I 139 323 V 85f 92 125 128 XII 327

Dichtung I 150ff 156 177f 329 II 8 97 126 III 13ff V 77 113 VIII 189f 206 208 294(71) IX 408f X 168 XII 510(1028) XIII 32
Dichtung, indische u. chines. XII 301ff 501(960)
Dichtung, orientalische II 57 128 141 148ff 162 165 169 X 514ff
Dichtung, römische VIII 196f XII 306ff
Dichtung als Form I 302 325 XII 22
Dichtung als Inspiration I 177 II 143 VIII 482(143)
Dichtung als Konfession (Bekenntnis) I 244 301 320 322 (394) II 282 V (443) VII (616) IX 283ff 521f 536 585 588 X 359 XII 358 360f XIII 149
Dichtung keine Konfession (rhetorische Dichtung) II 159
Dichtung als Lebensgeleit (Lebenshilfe) I 327 II 161f IX 263 539 567 590
Dichtung als Naturgabe V 84 136 X 48 68 80ff
Dichtung als offenbares Geheimnis (vgl. Symbol) I 152 II 97 VIII 460
Dichtung als schöner Schein II 97
Dichtung u. Erlebnis I 173 244 301f 381 394 II 58 71 74 197 III (449) V 166 (434) VI 9 (534f) (626) IX 282ff 521f 536 585 X 433 XI 300 399 XII 360f XIII 149
Dichtung u. Geschichtschreibung IV (572) IX 575 XII 390(190)
Dichtung und kultureller Hintergrund (vgl. Künstler u. seine Zeit) II 246 VIII 290(45) 484 (157ff) IX 9 279ff 540 X 116 XII 306 349 473(767)
Dichtung und Leben (vgl. Kunst u. Leben) I 179 231 327 II 159 IV (571) V 156f IX 8 463 587f 592f X 53 431 XII 359
Dichtung u. Malerei IX 262f 316f XI 139 XIV 252ff
Dichtung u. Philosophie IX 221
Dichtung und Politik II 147 V 168ff IX 9 279ff
Dichtung u. Religion II 19 22 141 146 150 206
Dichtung u. Wahrheit VI (522f) (530) IX 7ff 10 X 28 507 510 519 WR
Dichtung u. Wissenschaft VIII 301(121) X 444 XII 439(546)
didaktisch VIII 118 IX 337 349 X 54
Dienst, dienendes Glied, Dienen I 226 II 276 494f VI 283 289 410 VII 106 442 VIII 53 498 IX 469 X 82 106 XI 429 XII 546(1371)
Dienst und Herrschaft I 179 II 40 III 258 265f XII 124f
Dienste, schwerer, tägliche Bewahrung II 105
Dilettant(ismus) VI 370 VIII 284(7) (519) IX 32 506f 564 X 50 172 432 449 XI 207 XII 16 130 136 429(461) 481(821–24) 482(825ff) XIII 159 234 522
Dionysische, das III 51 302f IV 187 VI 9 99 vgl. NR
Dioskuren III 319 NR
Diplomatie XII 339
Dipodie I 143 242 II 29f 61 63 65f 69 74 78 III 24 150 153 155f 371
Disputation (Dissertation) IX 471ff 504 X 26f
Distanz (künstlerische) II 178 VIII 293(62) X 434 XII 430(468)
Distichen I 157ff 174ff 185ff 204ff 208ff X 340
Distichon IX 505
Dithyramben IX 521
Doge II 65

Dorf II 297f
Doriden III 254f NR
Drama (Wesen des) IV (562) VIII 256f XII 293 495(919f)
Drama, Lyrik, Epos II 187 XI 298 XII 249ff 283 296
Drama u. Roman VII 307f
dramatisieren IX 576 591 594f X 39 157
Dramaturgie VII 305
Dreifaltigkeit, heilige VIII 158 X 26
Dreifuß III 193f 197 259
Druckfehler II 263
Drudenfuß (vgl. Pentagramm) III 48f
dulden IX 67 102 XII 514(1052)
Dumpfheit I 122f 125 132 III 21 88 368 390 (427) XIII 46
Dunkel und Licht II 55 III 47 190 194 208f 345f IX 352 XII 355 XIII 46 311 326 330f 337 368 384 489 525 XIV 23f 29 37
Dunstkreis (vgl. Nebel) III 9 86 201 212 387 XII 322 XIII 363f 416
durchdringen lassen, sich II 11 178 IX 383 X 44 308 361 XII 295
dynamisch XII 446(596)

edel, Edle, das III 147 301 V 48 58 67 75 VII 353 IX 463
Edelstein III 281 VI 214 222 225 232f VIII 477(106) IX 152f X 486 XIII 270ff WR
Efeu I 39 196 IX 549
Egoismus I 319 384 II 449 VI 249 VIII 69 177
Ehe IV 332 343 V 274ff VI 250 304 306f 309 483 VII 370 467 530 VIII 27 123 373 IX 133 X 69 110
Ehebruch IV 172 455 482
Ehrbarkeit I 135
Ehre II 463
Ehrfurcht VI 508 VIII 154ff 165 391 426 507
Ehrfurcht, dreifache VIII 155ff 250 391
Ehrfurcht, vor Gott VIII 155ff IX 559 XII 467(718) 541(1315)
Ehrfurcht, vor den Menschen VIII 155ff XII 512(1039)
Ehrgeiz IV 261
Ehrlichkeit II 37
Eichenkranz VI 237
Eiertanz (vgl. Mignon) VII 115 169 172 VIII 497
Eifersucht I 189 III 273 IV 8 12 27 VII 135 140 524 VIII 185 480(129) IX 284 396f 552 XII 301
Eigenheiten VIII 125 166 IX 87 404 503 540 596 X 15 307 XII 346
Eigentum (vgl. Besitz) III 308 IV 178 183f VIII 384f IX 137 X 82 457 XI 363
Eigentümliche, das VIII 292(57) X 133 434 XI 219 XII 526(1177f) 529(1213–15) 530(1216–18)
Einbalsamierung II 241 VII 577 VIII 178
Einbildung X 8
Einbildungskraft, geregelte I 350 400 408 II 134 145 163 179 185 VI 60 79 187 208f 293 (596) (598) VII 14 23ff 27 119 190 309 395 397 545 VIII 65 85 142 190 222 249 254 264 293(68) 353 451 468(52) 504 IX 49ff 129 140 316 354 375 447 552 571 579 X 13 429 472 490 XI 313 535f XII 48 90 225 251 288 296 322 339f 342 349f 356f 392(202) 405(284) 441(559) 447(603) 495(919) 506(1002) XIII 14f 20 268 XIV 79
Einfache (u. Zusammengesetzte), das IX 309 XII 438(534f) 448(611) XIII 368
Einfalt u. stille Größe XII 76 80
Einheit (u. Mannigfaltigkeit) I 305 II 66 79 83 VIII 158 255 300(115) 303(132) 467(48) IX 351 384 (600) X 35f 159 175

XII 17 45 81 366(14) 367(21) 420(407) 421(409) 439(540) XIII 125f 148 157 176f 431 478 480 488
Einheit des Kunstwerks IV (544) V 80 VI (625) VII 295 VIII 255 284(11) (550) IX 383f 571 592 XI 539 XII 11ff 14 28 48 70 72 75 81 84 148 249 295 436(522) 471(756) 488(871)
Einigkeit (polit.) V 396f
Eins und doppelt II 66 79
Einsamkeit I 51f 324 375 III 191f 197 304 307 VI 60 64 (521) VII 137f VIII 33 IX 13 215 224 423 541 577 X 181 201 309 472f XI 64 277 XIII 255f
Einsamkeit (als Sphäre der Kunst) III 10 177 VIII 255 X 48 XII 25
Einschränkung (vgl. Beschränkung) I 112 132 VI 13f 29 48 52 64 191 X 159 XI 197 XII 27 XIII 11f
Einzelne, das, u. die Masse XII 391(195) 395(215)
Einzelne, der, und der Zeitgeist I 180 209 VIII 288(34 37f) 289(39ff) 410 468(49) IX 387 512 536 550 (602f) X 17 116 XII 47f 388(178f) 389(180–83) 532(1239) 544(1348) XIII 115f
Einzelne, der, u. d. Gesellschaft VIII 391 IX 369 X 17 XII 124f 380(123f) 381(125–130) 385(153) XIII 218f
Einzelne, der, und die Menge I 122 176 232 317 II 89 147 175 III 9ff 36ff 147 VI 398 VIII 292(59) 473(86ff) IX 427 X 40 157 177 XII 47 389(184) 391(197) 428(455) 432(484–86) 523(1154) 524(1160f) 525(1166) XIV 49 51 251
Eisbahn I 131
Eiszeit XIII 286 296ff WR
Eitelkeit I 208 IV 269 275 284 V 141 VIII 173ff IX 71 402 461 X 63f 78 XII 361 537(1282) XIII 47
Ekel IX 374 578
Eklektiker VIII 465(32ff) XII 451(626–28)
Elegie, elegisch VIII 198 IX 545f 582 X 447 XI 555 XII 109
Elegien I 185ff 381 XI 555f XIII 107ff
Elegien, römische I 157—173 WR
Elektrizität VIII 474(96) IX 118 XII 459(669f) XIII 310 488ff
Element (vgl. Sphäre) III 213 (449f) V (433) VI 416 478 VIII 104 247 250 402 IX 251 541 583 X 150 174 183 337 XI 298 XII 124 130 282 355 XIII 59 160 178 467
Elemente I 34 302 305 II 99 136 III 45 183 185 253 256 301 309 314 347 350 360 V 295 338f 365 VI 457 501 XI 91 XIII 214 308ff XIV 15 38 77
Elementargeister I 153f III 103
Elementarische, das I 153f III 157 179 185 244—56 V 364f VIII 443
Elend(e) III 137 415f IV 329 332 334 336 341 343 VI 51 115 VII 78 482f 607 IX 214f X 84 XII 229 237 344
Elfen I 154 III 146
Elohim II 13 170 VIII 329 IX 129 130 352 XIII 521 NR
Elpis (vgl. Hoffnung) I 360 407
Eltern u. Kinder II 457 III 293ff VI 188f 419 447f IX 31f
Emanation I 143 248 369
Emigranten II 251 437 VI 125ff X 193 198 319f 346 348 361 385 393
Empfindsamkeit I 394
Empfindung (Kunst) IX 372 560 XI 537ff XII 13 30 36 48
Empirie (vgl. Erfahrung) I 222 VIII 302(126) XII 366(15) 401(265) 420(409) 437(523) 441(553) 442(565)
Endliche, das I 304 XI 399 444

Energie XII $528_{(1202)}$ XIII 477
Engel II 118 III 30ff 145 420 VI 19 35 VII 515f
Engelchöre III 30—32 351—64
Engländer, englisches Wesen IX 428 XIV 193 NR
englisch II 245 III 360 X 175
Enkel (vgl. Geschlechterfolge) I 252 292 324
enkomiastische Dichtung II 154 174 199
Entbehren I 112 III 53 V 103f 120 (521) VI 345 351 VII 546 VIII 12 233 X 99 127 304 500 XI 336f XIII 102
Entdecken (vgl. Erfinden) VIII $302_{(123)}$ $305_{(151)}$ XII $414_{(364\ 366)}$ $415_{(367)}$ XIII 13 XIV 81
Entelechie I 359 403 III 304 355 359f 363 VIII 452 $464_{(31)}$ XII $371_{(44\ 46)}$ $403_{(276)}$
Enthusiasmus VII 39 55 VIII $292_{(56)}$ IX 494 504 X 83 339 464 472 XI 327 (relig.) 462 465 XII $401_{(265)}$ XIII 162
Enthymem XII $439_{(543)}$
Entsagung I 294ff II 52 109 274 IV 344 V 103f 229 240 287 298f VI 136 185 207f 326 331 340 344 351 425 451 456 464ff 510 VII 14 84 432 535 562 VIII 7 38 84 231 240f IX 257 498 586 X 44 77f 168 182 XI 329 XII 359
Entselbstung, sich entselbstigen I 43f 46f 53 368 384 III 59 IV 186f VI 28f 92 99 VII 67 IX 353
Entstehen, das (vgl. Werden) XII $447_{(599f\ 603)}$
Entstehung eigener Werke (vgl. Poet. Schaffensweise) I 393 (Gedichte) V(471f) (504f) (510f) (kl. Dramen) IX 107 (kl. Dramen) 123f (Roman) 141ff 282f (Gedichte) 285f (Singspiele) 313 521f 536 595 (Gedichte u. kl. Dramen) X 45 122f (Fastnachtssp.) 310f 313 326f (Gedichte) 356f 429ff (Dramen) 438f 446 (Balladen) 499f 532f XI 397 516 (Singspiele) XII 308f (Gedichte) XIII 38f (Balladen) Einzelne Werke: Achilleis II (692f) Clavigo IV (544ff) X 71f Dichtung u. Wahrheit IX 7f (599—607) Egmont IV (562—73) X 170f 176f XI 431f Epimenides Erwachen V (535—44) Farbenlehre X 438f 492f XIII 314 521 535 XIV 7ff 251 Faust III (421ff) IX 413 507 X 451f XI 431f 525 Götz IX 413 507 536 540f 570 Hermann u. Dorothea X 446f Iphigenie V (402—06) XI 22 107 155 164f 170 176 190 208 Mahomet X 39ff Natürliche Tochter V (477) X 449 451f 458 Nausikaa V (431ff) XI 266 299 Novelle VI (717—28) Pandora V (520f) Prometheus X 48f Reineke Fuchs X 359f 438 Satyros X 58f Tasso V (441ff) XI 170 176 226 432 Unterhaltungen dt. Ausgewanderten VI (596ff) Wahlverwandtschaften VI (620—27) IX 497 X 499f 505 Werther VI (514—36) IX 540f 585 587 Westöstl. Divan II 126ff X 515f 521 Wilhelm Meister VIII (517—51) (572—78) X 446 XI 366
Entstehung des Kunstwerks (vgl. Poet. Schaffensweise) III 11 V 80f 84f VII 81f VIII 126 XI 535ff XII 53 82 XIII 522
Entwickeln, Entwicklung I 199ff 359 IX 387 X 161 XII $383_{(138)}$ $438_{(538)}$
Enzyklopädie IX 238 487 XII $428_{(458)}$ XIII 44 113 XIV 215
Epigenese XIII 120f
Epigramm I 180 IX 269 595 XII 130ff 136
Epigramme I 174—184 204ff

Epik, episch II 128 187 VIII 252 X 468f
Epilog III 303
Epilog im Chaos III (427)
epische u. dramat. Dichtg. II (692f) XII 249ff 498(937)
Epoche(n) IX 387 537 540 565 X 66 117 235 365 XI 167 383 421 475 478 XII 292 298ff 393(204–207) 394(212–14) 427(451) 428(455–457) 430(470) XIV 47ff
Epochenstil XI 159 167 291
Epos, Lyrik, Drama II 187f XI 298 XII 249ff 283 296
Epen II 271—536
Erbauung, sich erbauen IX 371 X 23f 423 XI 396 XII 238
Erbauungsschriften VII 460 IX 80
Erbe I 320 III 29 VI 414
Erbsünde X 43 XII 230
Erdarbeiten II 516 529
Erdbeben IX 29f XI 190 302 XIII 310
Erdetreiben (Spiel vom bunten E.) I 115 136 368 III 13 IV 188ff XI 515
Erdewallen (Künstlers) I 63 VI 75
Erdgeist III 23f 27 58 103 137f 370f 416 (430)
Erfahrung III 207 210 V 106 276 VIII 296(89) 309(176) 483(152) IX 141 306ff X 66 XI 416 XII 39 85 391(197) 392(198f) 397(231) 404(278) 406(296f 299) 407(306) 408(312) 434(498 503 505) 442(564 567) 450(621) 490(885) XIII 12 18 23f 312 367 XIV 50
Erfahrung u. Idee X 540f XIII 16 31 117 168 172 221 368 XIV 39
Erfahrung u. Theorie VIII 302(126) 304(136 139) XII 16 433(497) 434(499f) 435(507–509) 440(547f 550) 442(563) 449(616) XIII 14f 117 316f 483
Erfinden (vgl. Entdecken) VIII 125 294(70) 302(123) 331 IX 215 271 309 547 X 33 315 508 XI 542 XII 410(327) 414(361–64) 415(367–69) 417(384) 510(1027) XIII 46 117 148
Erfinden (Kunstwerk) III (427f) (458) (461) (463) V (496) VI 167 293 VII 24 257 VIII 255 IX 49f 65 142 179 446f X 48 71 XI 56 87 155 XII 46 90 95 131 271 488 (579)
erforschen VIII 302(124) 483(152f) XII 399(248) 406(298 300) 414(360) 467(718) XIII 34
Erforschliche, das XII 467(718)
Ergebung in Gott II 56 169 197 205
Erhabene, das VIII 426 IX 82 223 382 410 XII 349 375(68) 439(540) 474(775) XIII 8 XIV 11 65
Erinnern I 123 129 184f 191 III 9 31 V 351 VI 72 246 290 VII 73 IX 225 412 X 32 290f 510 531 XI 330
Erinnyen u. Eumeniden V 23 30 35f 44 NR
erkennen, Erkenntnis III 20 26 367 373 VIII 33 264 293(62) 298(103) 301(117f) X 14 467 XII 11 32 400(254) 407(302) 430(468) 437(533) 441(555f) 458(664f) XIII 10f
Erkenntnisweisen (vgl. Methode) VIII 301(122) XII 368(26) 398(242f) 399(246) 403(278) 414(364) 420(407) 438(534f) 439(543) XIII 27 324 XIV 156
erlauben, erlaubt ist, was gefällt V 100
Erleben XII 396(228) 397(231) 403(277f)
Erlebnis und Dichtung I 173 244 301f 381 394 II 58 71 74 197 III (455) V 166 (478) VI 9 (540) (644) IX 282ff 521f 536 585 X 433 XI 300 399 XII 360f
Erlkönig I 154
Erlöser IX 398

Erlösung I 351 II 117 III 145 355 359 364 (446) VI 237ff IX 353
er(ab)müden XII 519(1109)
Ernst u. Scherz (Spiel) I 182 358 II 206 III (458) (460) VIII 484(163) XII 96 XIII 104
Ernte I 112 164f II 461 498
Eros I 360 405 III 252 256 292 NR
Erscheinung (u. Idee) X 508 XII 120f 366(12–14) 381(131f) 382(134f) 421(409) 432(488) 435(507) 438(536) 439(541) 443(571) 470(749) 471(752) 490(884) 491(890)
Erscheinung (u. Urphänomen) I 223 III 19 149 201 V 246 VIII 304(136) 445 XII 43 75 366(12–14) 367(16) 491(891) XIII 23ff 305 315 367f 488 493
Erstaunen, Staunen I 358 XII 367(17) XIV 65
Ertrinken VI 457ff VIII 274ff
Erwachen I 29 III 216 222 V 390
Erzählen, Erzähler VI 166f VIII 167 353 IX 447
Erzählungen, moralische VI 185ff IX 428 567f
Erzengel [Raphael, Gabriel, Michael] II 120 III 16—19
Erziehung I 111 404f V 310 315 VI 251 264f 278f 408ff 466 VII 121 419 459 494f 520 VIII 37 53 87 147 152 406 420 462(16) IX 13f 68 148 227 256f X 24f 28f XII 344 387(174) 388(175) 526(1183)
Erzväter IX 132ff
esoterisch, exoterisch VIII 471(78) 477(112) XII 430(474) 432(487) XIV 67
Etymologie XI 460ff
Euphemismen XII 503(982)
Euphorion (vgl. Knabe Lenker) III 290—298 (452) NR
Evangelisten II 102 XII 213
Evangelium II 102 IX 335 XII 213 232
Evolution XIII 33 120f
ewig, das Ewige III 102 IX 579 X 39 78
Ewige, der VI 509 512
Ewiger Jude VIII 91 110 143 IX 36 X 45ff 78 430 XI 123 NR WR
Ewig-Leere, das III 349
Ewig-Weibliche, das III 364
Exempeldichtung I 14f 137
Existenz X 150 529 XI 99 122 167 217 432 516 525 528 XII 72 105 225 381(126) 401(262) 532(1236) XIII 7f XIV 47
Expansion u. Konzentration II 83 IX 351ff X 158 XI 541
Experiment (Ur-) VIII 309(174) 473(90) 474(91ff) IX 343 X 508 XII 448(612) 449(613) 458(664f) 459(669) 464(696) XIII 152 367 425 XIV 162f 168f

Fabel (poet. Stoff) III (435) (455) V (433) VI (623) IX 585 X 45 48 XI 299
Fabeln I 137 217 V 92 VIII 65 383 IX 263 536f X 156 XII 46 59 80 321
Faden (vgl. Zauberband) I 96 105 III 166f VI 368 VII 576 VIII 11 140 IX 72 138 X 95 150 533 XI 525 528 XIII 32
Fähigkeit(en) (vgl. Talent) VIII 268f IX 386 XI 398
Fakultäten III 20 64f 367
Falsche, das I 315 VIII 120f 300(114) 305(148) 443 XII 347 408 XIII 45
Fama I 170f
Familie I 198 249ff 406 II 495 VI 169 188 245 VII 452f VIII 81 119 405 IX 29 41f 46f 132f 137 140 227 427f 435 597 X 73 348
Familiengemälde VI 187 VII 417 VIII 179 IX 568 X 33 XII 302
Fanatismus IV 409
Fandango VII 116 VIII 497
Farbe(n) II 83 X 205 302 493ff XI 231 339 XII 43 45 149 151

158 457(660) 463(691 693) 464(694f) 513(1049) XIII 281 311 315ff 323f 455 XIV 11 18ff 29ff 75
Farbe(n) (Entstehung der) XIII 326 368 476f XIV 26ff 77f 113ff 125f 146ff 151 223 228f
Farbe u. Ton XIII 490f 515f
Farben, chemische XIII 438ff XIV 161
Farben, physiologische XIII 329ff
Farben, physische XIII 359ff
Farben, sittl. Wirkung der XIII 494ff
Farbenarten XIII 325 329ff 525f XIV 104f 159ff
Farbenharmonie XIII 345 480 501ff 506 XIV 244
Farbenklavier XIV 247
Farbenkreis XIII 326 340 344 355 446f 449 459f 480 494 XIV 218
Farbenlehre X 205ff 280 355 398 434f 438 450f 454 467 493ff 505 507f 520 XII 45 457(660) 461(683) 462(684–88) 463(689–93) 464(697) XIII 12 50 111 311 314ff 483 490 527f XIV 82 196f 233 257ff 266 WR
Farbenlehre, Geschichte der XIII 529ff XIV 7ff 33 68ff 233 WR
Farbensymbolik XIII 520f
Färberei XIII 328 485f XIV 12f 196 240
Farblose, das XIV 23 197
Farce IV 203 XI 159
Fastnachtspiel I 118 IX 554 563
Faßliche, das XII 444(577)
Fatalismus X 266
Faun III 180 283 303 NR
Faust u. Helena I 321
Faustfabel I 217 vgl. NR: Faust
Fechten II 249 III 117f VII 91 141 223f IX 146ff 373 522
Feldbau II 105 VIII 135ff 149 XI 382
Feldherr III 311ff VIII 79
Feldzug X 188ff 198ff 208ff 226 267 362
Fels I 13 204 294 360 II 468 III 304 356 X 145f XIII 257
Femegericht IV 171f IX 525
Fernrohr VI 492 499 VIII 120f IX 415
Fest der Elemente III 241 244ff 248 252 256 V 364f
Fest u. Feier I 118 346f II 444f III 10 32f 158ff 229 328f V 300 364 VIII 164 167 251 IX 22ff 185 190 202 362 458 X 110 401ff XI 264f 484 520
Festigkeit II 514
Festspiele u. Maskenzüge III 158ff 237 IV 216ff V 300ff 332ff 366ff IX 185 190 X 432 XI 484ff 497ff XII 186ff 199
Feuchte I 199 III 238 255
Feuer I 305 II 135 III 103 127 149 183 185 238f 256 262f 305 314 323 350 V 338f 359 365 371 VI 160 500f
Feuersnot II 441 449 III 262f 341 VII 330 X 83 471
Feuerwerk(er) I 302 VI 334 337f IX 423 XI 353 367
figürliches Sprechen (vgl. Tropus) XII 502(974)
Fiktion IX 366 XII 36f 247
Finsternis (vgl. Licht u. Dunkel) III 116 190 201 215 238 345 414
Fische XIII 467
Fischer I 153
Flamme I 360 II 106 III 23 48 79f 83 127 148f 174f 183ff 212 215 217 233 246 249 291 296 300 341 350 353 355 370f 384 V 360 VI 500f VIII 259f XIII 457
Flammengaukelspiel III 178 184f
Flammentod I 273 276 II 18 III 256 298f V 260
Fleiß IX 312 472 530 564
Fliegen, Flug III 21 29 40f 51 290 293 298
Fliehen vor sich selber I 378 II 51

Flöte VI 504 506ff
Fluch III 54 119 264 V 33 43f 53 319 VII 588 IX 397 460f
Flucht II 437 VI 125ff X 178
Flüchtling(e) (vgl. Fremdling) II 440 513 III 107 415 X 320
Flügelpferd Mohammeds II 112f
Fluß I 42ff 128f VI 213 225 232f
Folge I 341 II 239
Forderung des Tages (vgl. das Tägliche) I 205 266 353 II 51 105 III 15 VII 431 VIII 222 283$_{(3)}$ 426 IX 542 X 110 XII 518$_{(1088)}$
Förderung durch Mitlebende II 253 IX 271 309f 331ff 399ff 505ff X 15ff 35f 66f 474f XI 148f XIII 13 37f
Form I 160 167 248 366 II 178 187 III 252 304 VIII 256 462ff 468 IX 115 592 XI 163 165 226 542 XII 9f 27 33 50 149 XIII 34 120f 176 271
Form, äußerliche I 245 301 320 II 24 VII 307 IX 261 XII 22 286
Form, geschlossene u. offene II 16 X 429f XII 58f 66
Form u. Gehalt I 248 302 306 358f III 25f (427) V 354 VIII 308$_{(166)}$ IX 141 XI 479 XII 22 285 349 455$_{(646)}$ XIII 482
Form, Stoff, Gehalt der Dichtung II 178 VI 166f VII 573 VIII 290$_{(47)}$ (578) IX 429 592 X 529 XII 42 425$_{(435\ 437)}$ 455$_{(646)}$ 471$_{(753-56)}$ 472$_{(757)}$ 473$_{(769)}$ XIII 522 XIV 51
formlos III 304 (427) VII 573 VIII 468$_{(51)}$ IX 223 568 XI 193 XII 48 XIII 35 304
Formprinzip (innere Form) VIII 463f$_{(23\ 26)}$ XII 22 282 491$_{(891f)}$ XIII 120f 305
Fortschritt XI 332
Fortuna I 51 162 NR
Fragment, fragmentarisch II 271 III (423) (455) (457ff) IV 176ff V 68ff 168ff 309ff 332ff VIII 487ff X 40f 47f 154 430 432 492 XI 21 170 525 546 XIII 45ff
Frankreich X 188ff NR
Franzosen, französisches Wesen II 479 499 IX 492 X 279
Fratzen, fratzenhaft II 9 III 150 177 (428) (450) IX 162 270 299 316 450 532 560 585 X 8 76 123 344 490 XI 244 246 471 XII 271 276 277
Frau (Wesen der) VII 452f VIII 66
freie Rhythmen I 21ff 33—48 50ff 57f 86f 103f 143ff 346f III 23 109f 120f IV 176ff 455ff
Freigebigkeit II 35 55 437f IV 398 VII 96 X 73 XII 88 521$_{(1130f)}$ 522$_{(1134)}$
Freiheit, frei I 110 134 203 230 245 III 18 348 IV 141 175 181 377 393 429 434f 439ff 453f V 58 389 392 VI 127 397 418 VII 414 IX 534 XII 380$_{(124)}$ 381$_{(125)}$ 528$_{(1203)}$
Freiheit u. Bedingtheit V (477) VIII 353 (518) X 17 XII 520$_{(1115-1120)}$ 528$_{(1203)}$
Freiheit u. Gesetz I 148 245 XII 293
Freiheit u. Knechtschaft II 175 III 49 IV 181 VI 397
Freiheit u. Notwendigkeit II 276 VI (621) VIII 283$_{(5)}$ IX 478 490f XII 226 292ff 450$_{(622)}$ XIII 22f
Freiheitsapostel I 179
Freiheitskriege, amerikan. X 113f
Freimaurer I 340 X 112
Fremdling (Unbehauster) I 37ff 42 121 V 29 XI 299
Fremd(e) Sprachen XII 506$_{(1004)}$ 508$_{(1014-16)}$ 509$_{(1023)}$
Freude(n) I 19
Freude am Dasein II 70 IV 450 VIII 175 318 392
Freund, Freundschaft I 21ff 93ff 110 127 129 178 198 226 234 259 321 343ff 397 IV 90 287ff

449 V 24f 67 74ff 86 107 123 145 VI 7 44 148f 243ff 273 326 VII 61f 86 212 439 442 535 VIII 52 273 320f IX 334 X 35 XII 101f 522(1138 1142)
Friede[1] (politischer) I 228 261f 344 II 514 III 297 309f 321 327 V 316 366 IX 45 152 202 281 534 X 491 XI 418 XII 352
Friede[2] (Seelen-) I 142 383 III 107 415 IX 140 X 76 171 XI 233 XII 239
Friede Gottes I 383 II 274 IX 398
Friedhof VI 361 IX 375 X 382 XII 141
fromm, Frömmigkeit I 159 384 III 112 333 409 IV 82 VI 86 407 503 508ff VII 138 361 371 374 383 577 VIII 130 243 295 351 421 423 IX 358 X 344 XI 396 462f
fromm u. frech I 181
Fromme, der II 504 VIII 140
Fronleichnam X 366 XI 342 350 362
Frucht I 102f IV 460 XIII 84 86f
fruchtbar u. wahr I 370
Fruchtbarkeit I 165 200
Frühling I 30ff 46f 126 246 252 371 387f II 285 III 35 122 146 352 VI 9 423 VII 421 X 96
fühlen III 23 25 103 369f 372 IV 195 VI 52 XII 13 22 25 28
Führertum I 43
Fülle (vgl. Verschwendung) III 87 177 388
Funktion XIII 241
Furcht II 443 III 169f VIII 156 361 IX 13f
Furcht u. Mitleid XII 65
Furien III 167f V 27
Fürst (Regent) I 112 227 339 II 38 40f III 258 277 286 327 IV 90 141f 430ff V 75 90 224ff 228 329 398 VI 491 VII 175ff 217 VIII 69 IX 328f 525 X 55 174 291
Fürstin I 261 296 339 II 33 V 94ff 309 VI 492
Fürtreffliche, das VIII 117 XII 72 285 493(903) 530(1226)

galant, Galanterie I 57 III 159 VII 189 VIII 197 IX 86 252f
Ganymed I 46 XI 139 NR
Ganze, das (u. d. einz. Teil) I 142 200 226 233 304 320 II 464 III 11 22 47 273 369 (423f) (426) (447f) (456ff) VI 245 301 368 374 (521) (624) VII 295 341 VIII (518) (520) (539) (542) (548) (550) (578) IX 228 383f 514 587 X 75 285 458f 500f XI 40 126 164 534f XII 9 11ff 13f 31f 43ff 51 62 65 148 163 177 181 295 347 349 374(64) 407(307) 424(428) 439(540) 447(602) 451(631) 471(756) 532(1239f) XIII 8f 17 20 56 121ff 175f 220 231ff
Garten I 32 126 199ff 255 371 387ff II 460 III 98ff 109ff 334 336 399ff 405ff IV 174 216ff V 71 333 VI 242f 288 350 VII 330f 334 VIII 45 273 IX 38f 54ff 419 X 448 XI 31 240 480
Gartenhaus I 353 III 102 403 VII 333f 425 X 334
Gastfreundschaft III 276 278 333 V 14 58 67 VI 136 IX 104 318 X 154 477
Gattung (Art) I 202 XII 82ff 88
Gattungen der Dichtung II 187ff 254 400 VII 307f XII 22 49 296 498(934–41)
Gebet I 361 365 396 II 135 279f III 114f 334 364 IV 349f V 11 21f 54 VI 457f 509 512 VII 387 394 VIII 276 433 469(55) X 158 XI 327
gebildete Völker II 239
Gebirge III 121f 237 304f 312f VIII 11 18 31f 227 259f 263 428 IX 226 420 X 144ff 409

XI 13f 17f 112 XII 206 XIII 260 270 275
Gebote (zehn) VI 482 IX 134
Geburt VI 420
Geburtstag I 346 V 225 243 VI 54 296 298f 334f 374 X 101ff 195f
Gedicht I 325f II 11f IX 34
Geduld (vgl. Toleranz) I 316 III 54 179 181 271 V 82 122 VII 536 VIII 264 404 IX 103 404 X 16 XII 372(56) 385(151) 400(257)
Gefangenschaft III 260 275 283
Gefühl I 46 316 III 23 27 40 98 110 399 407 VI 29 51 248 VIII 220 IX 223 483 XII 8 22 28f
Gegenstand (poetischer) II 165 VI 166 IX 238 265 280 316 501 576 X 48f 447 XI 80 134 139 XII 42f 46 56 62 66 80 155f 222 249f 304 492(899f) XIII 37f 105
gegenständliches Denken XIII 37ff 295
Gegenwart (u. Vergangenheit) VIII 465(36) X 287 XII 378(98) 390(192) 391(193)
Gegenwart u. Antike I 166 177 III 276ff IV 203ff XII 108f 172ff
Gegenwart u. Zukunft I 132 314 III 266 268 IV 400 411 V 369 398 VIII 410 IX 386 X 108 XII 378(98) 519(1102)
Gegenwart-Haben (vgl. Augenblick) III 283f X 192 XI 42 62 105 XII 99 100 103
Gegenwärtiges (und Vergangenes) II 15 35 94 III 9 266 268 288 VI 7 367 VIII 38 123 233 IX 412 465 469 538 X 32f 306 XII 139ff
Gegner II 44 46f
Gehalt I 248 II 178 IX 265
Gehalt u. Form I 248 302 306 358f III 25f (427) V 354 VIII 308(166) IX 141 XI 479 XII 22 285 349 455(646) XIII 482
Gehalt, Form, Stoff der Dichtung II 178 VIII 290(47) (578) IX 429 X 529 XII 42 425(435 437) 471 (754–56) 472(757) 473(769) XIII 522 XIV 51
Geheimnis I 173 365 II 33 III 20 191 274 361 368 VII 356 462 493 497 536 549 VIII 44 241 458 IX 236 XIV 67
Geheimnis, öffentliches (offenbares) I 52 358 II 24 91 III 110 256 284 305 406 (456) V 365 VI 216 235 VIII 150f 229 256 300(112) 424 461(11) IX 499 533 XII 148 289 467(720) 493(904) 514(1058) XIII 37
Gehörige, das VI 424 X 20 XII 26 30 215 358 444(577) 516(1074)
Gehorsam II 277 IV 123 V 57 115 VI 208
Geist I 351 367 375 II 75 165 202 III 18 61 154 207f 220 291 298 357f V 264 296 VII 496 VIII 15 X 499 XII 129 252 287 364 488(872) XIV 80
Geist, böser III 120f 412f
Geist, lebendiger, tätiger XII 397(232) 398(233) 427(444 447) 528 (1202)
Geist, reiner (vgl. Homunculus) III 211 359ff
Geist, schöner I 222
Geist des Werkes (vgl. Einheit des Kunstwerks) III (424) VII 214 217f IX 509 XII 8 246
Geist u. Körper (Einheit von) III 211 250 349 VII 415 VIII 444f 449
Geist u. Natur XII 528(1203)
Geister I 108 143 III 18 21f 24 41 45ff 120f 133 147f 184 201 301 354 357 368f VI 152ff 158f VII 304 VIII 262
Geisterballade I 82 268ff IV 240ff
Geisterchöre III 45 50f 54f 363
Geistererscheinung VII 197 245 304 320f
Geistergemeinschaft (vgl. Ge-

meinschaft über die Zeiten) I 48 344 369 II 120 III 104 V 88 VI 375
Geisterreich III 9 201
Geistlicher VIII 270 IX 427 X 16f XII 228 357
Geiz III 175f 179
Geld III 77 94 152ff 177f 187ff VII 431 VIII 500 IX 204 X 485
Gelegenheit I 159 II 63f III 309 V 172 296 VI 196 274
Gelegenheitsdichtung I 393 409 IX 172 174 179f 264f 397 X 102f 429ff XIII 39
Gelegenheitsdichtungen I 7f 86ff 106—120 256—64 338—356 II 33 V 300ff 366ff
Gelehrtenrepublik IX 518
Gemeine, das I 257 III 300 310 VIII 162 298(100) (575) X 10 161 XII 469(735) 472(764) 492(897) 512(1040ff) 513(1043f) XIV 67
Gemeinschaft I 343
Gemeinschaft der Heiligen VIII 158
Gemeinschaft über die Zeiten (vgl. Geister-G.) XII 405(285f) XIV 100
Gemeinverstand (vgl. Menschenverstand) VIII 297(99f) 298(100) XII 443(574) 444(577–80) 445(585f)
Gemüt V 109 VII 503 522 VIII 61 90 131 238 IX 338 370 414 510 521 X 18 32 38 XII 81 83 85 129 386(165) 478(791) 507(1007) XIII 495
Gemütsruhe II 47
Genera XIII 36 161
Generische u. Spezifische, das I 201 III (456) V (477) VIII (518f) XII 304 XIII 163
Genesis IX 129ff
genetisch XII 446(592)
Genie, genialisch I 42ff 57f 70f 211 232 II 178 III 112 351 409 VI 398 VII 120 408 572 VIII 250 IX 259 262 280 382 398 520 X 40 67f 112 160ff 398 XI 534 536 XII 20 36 42 52f 70 86 90 241 248 282 403(276) 414(366) 472(759–63) 495(919) 507 (1007) 524(1160) 528(1203) XIII 522 530 XIV 56 98 143 268
genießen, Genuß I 129f 307 II 15 271 III 41 55ff 58f 87 103f 223 283 309f (427) VII 316 IX 227 349 577f XI 216f 337f 398 XII 517(1085)
Genie-zeit IX 398 520 X 68 122 160
Genius I 33 38 III 290 V 75 85 VII 181 192 196 209 408 VIII 263 312 482(143) IX 508 521 541 X 473 XI 220 XII 9ff 13f 213f 225 242 339 XIII 111 XIV 99 vgl. NR
Genügsamkeit I 58 V 153
Geognosie VIII 307(160) X 143 XII 402(268) 447(604) XIII 280f 286
Geographie VIII 87
Geologie VIII 307(160) X 143 208 XI 9f 11 14 20 37 51f 110 124 233f 272f 283f 287f 301 XII 447(604) XIII 251ff 272ff 282ff 296ff WR
Geometrie VIII 465(38) 466(39f)
geprägte Form I 359 403
Geradheit I 307 II 53 243
Gerechtigkeit (u. Ungerechtigkeit) I 316 III 150f V 108 VI 97 IX 534 X 18 XII 379(113f) 386(167) 520(1121)
Gericht III 222
Gericht Gottes I 12 III 145 420
Gesamtkunstwerk V (542)
Gesang VIII 151ff 312 314 XI 84f
Geschäft VI 266 VII 499 506f
Geschenk II 69 452 III 86 113 387 410 VI 54 221 340 351 406 VII 10 166 VIII 192
Geschichte II 49 III 215 IV 370ff V 300f 395 VIII 47 292(56) 302(122) IX 133 276 472 550 X 170 176 244f XI 122

147 153 456f XII 338 377(94) 393(208) 394(212f) 395(215f) 396(220–225) XIV 7 47f
Geschichte, biblische II 477 VII 13 VIII 7ff 14ff 159ff 163 IX 89 129ff 140f XII 26 210ff
Geschichte, deutsche IX 21f 194f 523ff X 113ff 116f
Geschichte, persische II 139
Geschichte u. Mensch I 333 II 49 IV 453f XII 377(94) 390(185f) 392(199 201f) 393(203–08) 394(210f) 395(216–19) 396(225) 416(382f) 418 (394) 436(517–19)
Geschichtliche, das X 296f XII 179 216
Geschichtschreibung VIII 465(36) IX (602) XII 390(189–192) 391(193f 196) 395(217f) 396(224)
Geschichtschreibung u. Dichtung IV (572) IX 575 XII 390(190)
Geschick, günstiges III 220 224 284 288 364
Geschlechterfolge VII 502 VIII 146 179f
Geschmack V 75 85 IX 273 298 482f XII 10 33 42 170 226f 242f 285 503(982f)
Geschmeide III 91f 117 393
Geschwister IV 138 265f 298ff 352ff V 24 32ff 39 43 VI 20 VII 538 582f IX 37f 67 227f 230f 337f 543 X 131f
Geselligkeit, gesellig I 93ff 359 III 197 307 VI 137 139 296 304 378 VII 101 383 386 403 564 VIII 77 93 97 233 378 IX 114 232ff 253 367f 371 375 417 455 468 488 X 70f 94 106 307 311 504 XI 136 186 378f XII 400(259) 525(1172–74) XIII 152
Gesellschaft, gesellschaftlich I 312 III 149ff 177 VI 127ff 141 384 396 495f VII 118 291 VIII 175 278f 311 352f (520) IX 373 458 469 X 325 XII 363 380(123f) 381(125 127) 525(1171) 527(1187 1191–1195) XIII 102
Gesellschaft und d. Einzelne VIII 391 IX 369 XII 124f 380(123f) 381(125–130) 385(153)
Gesellschaftsspiele VI 27 378 VII 367 IX 346f 454f
Gesetz, Gesetzmäßigkeit (vgl. d. Notwendige) I 200f 245 360 369 407 II 514 IV 94f V 114 272 VI 210 213 217ff VIII 407 461(8f) 470(66) 471(70) X 78 XII 366(10 13) 379(109 112f) 385(154) 391(195) 395(215) 398(237f) 430(472) 441(558) 442(564 566) 467(723f) 470(746f) XIII 36 368 XIV 86 91 98
Gesetz des Lebens (vgl. Urworte) I 50 148 359f 369 XIII 337 488
Gesetz u. Freiheit I 148 245 XII 293
Gesetz u. Zufall (Willkür) I 192 203 359f 407 VI 433 XIV 49
Gesetz, wonach du angetreten I 359 403 IX (478) X (161)
Gesetzlichkeit der Natur I 192 199ff 203 369 389 XIII 102
Gesinde (Gottes) III 16
Gesinnung I 341 II 284 V 151 VI 137 326 VII 383 389 420 VIII 66 423 486(178) IX 43 102 354 464 534 542 583 X 13 38 48 311 443 XII 384(142f) 385(151) 386(159) 480(811) 531(1235)
Gespenst I 268 III 200 213 216 269 318 346 XII 305
Gespräch V 76f VI 56 141 215 VII 443 VIII 123 IX 369 576ff X 315 XII 40 245ff 266ff 296 511(1034) 527(1187–90 1192f 1196)
gesprochene Dichtung II 168
Gestalt I 199f 223 II 484 III 220 227 268 277 281f VI 276 VIII 272 445 XI 40 XII 32 43 48 XIII 55f 121 124 176f 238 XIV 36
Gestalt, schwankende (vgl. Erscheinung) III 9 19 XIII 23
Gestalt und Lebensweise (vgl. Sphäre) I 202 VI 396 478

VIII 464(30) XIII 21 59 161 175ff
gestalten, umgestalten I 325 350 358 369 408 II 88 513 III 193 364 (447) V 384 XIII 27 56 60ff 118 124 214 304
gestaltet, gestaltlos XII 370(36) 373(58) XIII 309
Gestalt-Gebilde (Kunstwerk) I 248 II 16 III 11 365 VI 404 (621) VIII 462(19ff) 463(22f) XII 12 75 148 XIII 102
Gestalt-Idee (μορφή) I 201 III 19 193 268 XII 420(407) XIII 55f
Gestaltung (-werdung) I 199 305 III 227 V 384 XII 369(34) 370(36) XIII 55f
gesund und krank I 206 327 356 II 124 III 21 147 368 VIII 281 IX 404 522 XI 447 XII 373(58) 532(1241) XIII 126
Gesundung durch Dichten II 16
Getreide II 461
Getreuer Eckart I 286 318
Gewalt III 215 312 337 342 V 265f 272 VI 236
Gewisse (u. Ungewisse), das VIII 304(141) XII 441(560) 453(638)
Gewissen I 316 370 IV 382 VI 187 193 VIII 83 XII 453(637) 528(1203)
Gewitter I 146 II 18 VI 26 IX 31 466 XI 222 446
Gewohnheit I 196 225 II 238 III 31 241 VI 298 345 VIII 38f IX 289 413 468 498 555 X 70f 300 306 XII 535(1269) 547(1388)
Gewohnheitsrecht III 350 IV 94
Gewöhnliche, das XII 512(1040)
Ghasel II 23 182 XII 310
Ghasele II 23 41 63 88 92
Gift III 29 39 111 408 IV 168 388 442f VII 596f 601 IX 584 X 40f
Gingo biloba II 66
Gipfel I 48 142 II 272 III 304f
Glaube I 357 II 7 21 49 III 31 109f 112 406f 409 VI 195 488 VII 387 394 420 IX 134f 138f 370 X 23 57 158 175 XII 229f
Glaube, Liebe, Hoffnung II 94 III 54 V 379ff 386ff VI 509 512 VII 532 VIII 404 XII 372(56) 377(91f)
Glaube u. Unglaube II 208 215 III 109f 406f
Glaube u. Wissen X 23 XI 416
Glaubensbekenntnis III 109f 406f VIII 152 157 391 XII 233 237 XIII 41 273
Glaubensfreiheit (vgl. Toleranz) IV 375 VIII 391
Gleich- u. Widergesinnte II 53f VI 137
Gleichgewicht XI 245 XII 532(1236 1238f) 533(1244f)
Gleichgültigkeit VI 376
Gleichheit (politische) I 331 IX 151f XII 380(121 124) 381(125)
Gleichnis Gottes I 357 II 41 64 101 105 122 VI 417
Gleichnischarakter der Welt (vgl. Spiegelung) I 304 357 II 106 197 III 24 149 364 371 VIII 34f XII 32 366(11) 367(21) 368(22) 432(488) 443(571) XIII 305 324
Gleichnisse I 59 176 II 100ff 164 180f IV 345f VI 368 (621) (725) VIII 37 126 161f 301(120) IX 259 262 549 XII 493(907) XIII 255f 316ff 491f XIV 105ff
Glocke I 289 III 203 209 336 339
Glück I 28f 103 133 148 241 317 II 52 71 466 511 III 110 288 300 348 358 363 407 IV 137 318 325 334 423 V 105 108 121 125 273 348f VI 28 VII 372 VIII 224 263 296 X 44 141 XI 168 199
Glück u. Unglück I 50 56 II 444 IV 330f VII 209 VIII 59 X 75
glücklich IX 459 XI 396 400 531 XII 518(1092)
Glücksspiele III 77 96 397 XI 422 494

Gnade, Verzeihen I 304 III 361ff VII 388 X 43f 424f XII 234 356f
Gnomen III 181f NR
Gnostik III 41
Gold I 52 156 397 III 89 90 116 123f 152 154ff 157 174 176ff 179 181 187 189 217f 231ff 244 281 291 325 390f VI 210 212 215 234f VII 129f 206 IX 152 X 485 XII 187 XIII 495f XIV 78
Goldene Bulle IX 158 184
Goldenes Kalb III 157
Goldenes Vlies III 248f IV 404 412f 420
Goldenes Zeitalter (vgl. ursprüngliche Zustände) V 100 301
Gotik, gotisch III 20 202ff 212 272 367 IX 385f 507f XI 88 XII 7ff 10 12 177ff 181
Gott I 10 146 286 304 306 357 367 II 53 104 123 284 444 III 16—19 109f 406f VI 30 86 486 507ff VII 360 362 364 371 373f 377 387ff 391f 393ff 404f 410 416 420 VIII 84 155 IX 30f 134 162 X 40 75 XI 416f XII 124 229ff 234 365(1–5 8f) 366(9) 372(50f) 454(641) XIII 33
Gott u. Mensch I 304 306 357 367 II 12 37 40f 223 246 IV 171 173ff VI 9 VII 136 404 IX 202 340 353 X 47 89f XII 531(1234)
Gott u. Natur I 352 357 366f 375 II 99 136 VII 416 VIII 329 IX 43f X 511 XII 365(2–5) XIII 31
Gott u. Welt I 357 II 10 83 98 103 269 VIII 460 IX 351f XI 416f XII 515(1065)
Götter I 44ff 158f 164 170 II 519ff IV 176ff 188ff 455ff IX 537 X 58
Götter u. Mensch I 33f 44ff 50 134 146ff 162 273f IV 176ff 182 V 16f 21ff 27 44ff 54f 365 VIII 461(8f) X 48f
Götter-Gleichheit (vgl. Selbstgefühl) I 34 45f IV 177 179f 182 V 42
Gottes Gegenwart II 99
Gottessohn III 114 362 411 VI 86 IX 398 XII 145 223
Gottesverehrung IX 44f 223 X 22 39f XI 241
Gottesverehrung, mohammedanische II 148 156
Gottesverehrung der Perser (Parsen) II 104ff 135ff
göttlich X 175
Göttliche, das I 147 367 III 300 V 239 X 40 XII 84 365(8) XIII 305
Göttliche Komödie XII 339ff
Gott-Natur I 46f 367 VI 9 52f IX 138 XIII 45f
Gott-Vater III 114 411 VI 91
Grab III 108 142 347ff 404 419 VI 52 55 111 IX 137 XII 141
Gradheit I 307
Grammatik VIII 247 IX 32 239 X 349 XII 337
Granit (Granat) I 398 VII 539 VIII 42 X 523 XI 9ff 20 XII 370(36) 460(676f) XIII 251 253ff 260 269ff 275ff 282ff 296f 301ff WR
Gratioso (vgl. Narr)
Grazien I 164 188 209 III 165 V 99 VIII 462(18) XII 76 NR
Greifen III 217ff 231ff 320 X 353 XI 169
Grenze (vgl. Bedingtheit, Beschränkung usw.) I 146 202 360 II 523 VIII 304(138) XII 367(20)
Grenzenlose, das I 368 II 135 263 III 192 197
Griechen II 140 III 213 XII 98ff NR
Griechenland III 217 241 257ff NR
Größe, das Große III 306 316 IV 293 (562) IX 223 575 X 448 XI 456 XII 28 227 344 XIII 8 46 XIV 173

Großeltern I 7f IX 38f 47
grotesk XI 244f
Grundarten der Dichtung (vgl. Gattungen) I 400
Grundsteinlegung VI 300
gruneln II 18 124
Gruß II 36
gut, d. Gute I 147ff II 45f 48 485 487 V 62 VII 531 XII 285
Güte XII 520(1121) 521(1122)
Gute, Wahre u. Schöne, das I 257 VIII 422 IX 370 XII 87 507(1011)
guter Wille II 34
Gutes tun II 53f

Hades (vgl. Orkus, Unterwelt) I 48 194 II 520 III 191 275 301 X 166 NR
Hainbund IX 534
Halbwahrheiten XI 288 430 XIII 62
Halsbandaffaire X 356ff 433
Hammer I 241
Handel VI 196 495 VII 32 36ff VIII 289(40) 419 IX 22f 597 X 115f XII 389(181) XIV 135
Handeln, Handlung (vgl. Tun) X 82 XII 397(229) 433(497) 443(574) 516(1072) 517(1085 1087)
handeln u. betrachten II 126 V 238f VII 493 496 VIII 241 283 297(95 98) XII 398(244) 399(251) 400(253) 517(1087)
Handschrift X 507
Handwerk VII 445 VIII 18f 37 148 225 242 330 335ff 347f 350f 387 411ff 483(154) IX 151 597 XI 343 369 XII 35 469(741)
Hans Sachs X 122 NR
Hanse IX 597
Hanswurst (vgl. Narr) III 175 VII 18f 29 VIII 505 IX 567 X 123 XI 77
Harfe VI 223 229 VII 128 136 590 IX 57f XI 15
Harfenspieler, Harfner VII 127ff 136 207ff 240 330ff 346 436f 579ff 595ff 601f XI 14f
Harlekin VIII 505 IX 303 567
Harmonie XII 10f 12ff 15 23f 30 33 35f 39 58 72 133 136 177 XIII 8 21 42
Haß I 129f V 136 324 IX 135
Häßliche, das III 263 265 268 284 IX 316f X 339 XIII 21
Haupt- und Staatsaktion III 26 326ff XII 226
Hauptgeschäft III (446f) (451) (454) IX 471
Haus II 56f VI 299
Hebräer II 128f NR
Heer III 285 298 311ff
Heer, Wildes I 287
Hegire II 7f 168 264 268
Heidentum, Heidnisches I 268 III 191 VIII 156 X 42 XI 123 XII 100f 348
Heiland X 15 22 42
heilig, das Heilige I 203 227 234 358 366 II 513 III 91 355f 359 392 V 15 66 VI 39 467 486f VII 592 VIII 122 290(48ff) 468(51) IX 202 XI 160 XII 473(770ff)
Heilige (Nepomuk, Ph. Neri u. a.) I 374 III 356ff VIII 14ff 441 468(53) X 141f 401 405ff XI 107 118f 213 237 239 326ff 405f 462ff
Heilige drei Könige I 112f 118 IX 186 XI 156 159
Heilige Familie VIII 12 14ff 28 XII 145
Heilige Schrift VIII 159ff IX 129 138 275f 508 XIV 54
Heiliger Geist IX 511 XII 236
Heiligtum III 87 388 VIII 154 IX 508
Heilschlaf (vgl. Schlaf) II 99 III 146f (431) IV 187 452 V 41 298 369f 389 395 (542) XII 532(1242)
Heimat I 325 X 150 292
Heimkehr I 42 III 257f 260 V 43 59 61 XI 125
Heirat VI 313 VII 461f 504 IX 137 175 363 589 X 73f XII 343

heiter, Heiterkeit I 267 327 III 214 274 288 VI 9 143 226f VII 389 395 413 530 VIII 83 290(49) 353 441 485(165) IX 109 157 331 434 437 443 454 456 499 549 555 580 582 X 13 41 57 84 XII 473(770ff)
Held II 54 108 III 257 276 285 V 88 95 IX 132 XII 331
Heldengedicht, komisches IX 237f 272
Heldensagen (nordische) X 500 506
Heldentum I 284 II 532f
Helena (Motiv) I 321 II 526 III 84 190f 199ff 212 (Zeugung) 220 223 226f 257—303 304 V 18 NR
helfen, Hilfe VI 230 VII 527
Heraldik IX 403
Herbst I 103f 163f II 461 VI 425
Herd II 106
Herkunft V 12 VII 98 105 VIII 81
Herr u. Diener II 40 73 95f 507 III 258 265f 346 VII 213 XII 124f
Herr u. Meister (Gott) III 16—19 32 319 323
Herrnhuter Gemeine VII 348 396ff 414 432 528f IX 143 339 X 42f XII 357
Herrscher, Herrschaft I 134 176 216 228 II 44 138 198 IV 428f V 224 228 379 XII 378(99–107) 380(116–118)
Herz I 23 27 36 44ff 87 96 105 122ff 126 129 131 153 274 297ff 378f 383 386 II 51 74f 80 82 114 III 9 21ff 25f 43 87 107f 110 114 292f 304 357 368ff 372 404f 407 411 IV 145 224 247 284f 318ff 323f 329 340 349 V 20 239 294 VI 7ff 31 44 52 65 74 84 118 VII 477 VIII 220 IX 229 287 353 470 520 X 31f 93 95 150 328 XIII 255
Hesperus II 99 NR
Heuchelei VIII 117 295(81)
Heuristik XII 398(237)
Hexameter, der IX 80ff X 360 438 468
Hexameter I 201ff 206 II 285ff 437ff 515ff XIV 29ff
Hexameter und Pentameter I 157ff 204ff
Hexe(n) III 79ff 124ff 139 214 234 417
Hexeneinmaleins III 82
Hexenküche III 75ff
Hexenmeister I 276 III 354
Hexentanz III 124ff
Hieroglyphen XI 394 XII 247
hilfreich I 147 284 II 472 491
Himmel II 107ff III 15—19 110 IX 466
Himmelskönigin (vgl. Maria) III 361 364 VI 404
Himmelslicht III 21 368
Himmlische Heerschar (Engelchor) III 16—19 30—32 351—364 VIII 120
Hirten IX 131 135 140
Historia I 137
Historische, das, historisch VIII 102 292(55f) 465(35f) IX 20f 148f 550 X 293f XI 130f 167 XII 178
Historisches Drama IX 524 535 540 570ff 576 X 116 170 356 431
Hochzeit I 250 280 III 144 VII 329 401f IX 363 X 526
Hof(welt), d. Höfische III 149ff 185ff 327ff V 73ff 147 216 X 53ff 359
Hofämter III 327f
Hoffnung I 32 131 146 184 189 204 207 341 360 383 387 407 II 52 523 III 43 87 148 166 169f 388 IV 297 459 V 321 387f. VII 277 VIII 433 XII 521(1131–33)
Höflichkeit I 318 II 499 III 99 208 400 VI 137 397 XI 427 XII 526(1183) 527(1185)
Hoheit II 68
Hohes Lied II 128f
Höhle II 94 120 III 103 114 287

289 292 303 356 411 IV 455 V 69 213 332 369 VIII 228 IX 137 X 327 XI 120
Hokuspokus III 73f 82 384
Hölle (christliche) I 9ff 381 III 15 20 49 107 305 350 367 415 (427) VII 388f XII 230 340
Höllenfahrt Christi I 9ff IX 143 XII 341
Homer (als Werk) I 54 II 188 VI 10 15 29 VIII 467(46) IX 42 538 552 XI 323 NR
Homeride I 198
Homunculus III 209f 212f 238 245ff
Horen X 444 XII 239 vgl. NR
Hudhud (Wiedehopf) II 31
Hufeisen I 266f
Humanismus IX 565
Humanität I 212 XI 332
Humor, Humorist III 246 VIII 71 279 480(126) IX 286 310 319 404 454 537 X 7f 322 358 XI 237 412 XII 472(763f) 500(955) 504(993) 537(1279)
Hütte I 36 37ff 45 108f 149 190 273 III 39 87 107 333 335 341 385 388 415 IV 183 VI 14 29 64 242f 258 293 427 XI 478 XII 9 25
Hylozoismus X 313
Hymne X 39f
Hymnen I 33ff
Hymnen, kirchliche III 120f 412f
Hyperbel XI 189
Hypochondrie (vgl. Melancholie) I 133 VII 260 303 499 563 VIII 240 466 IX 85 87 111 216 222 693 329f 338 459 585 X 7 56 65 202 520 532 XI 211 329 XIII 356
Hypothese VIII 302(127) 304(138 140 142) 477(110f) XII 440(547–550) 441(554–560) 442(561) XIII 16f 24 50f 313 317 XIV 143

Iambischer Trimeter III 215f 257ff 269ff 300f 304 V 300ff 333ff
Ich u. Natur I 27f 30ff 46f 102 107f 246 III 22 VI 9 12 40f 51ff 85 98f IX 541 X 140 331
Ich u. Welt I 370 III 208 V 156 271 VI 13 49 VII 257 290 VIII 126 274 302(123) IX (603) X 44 83 XII 97 226 397(228–30) 398(237) 414(364) 435(511) 447(603) 514(1060) 532(1240) XIII 26f
Ideal (u. Wirklichkeit) I 228 IX 270f X 110 307 XII 252 XIII 24
Ideale (Ideelle), das VIII 477(110) X 156 514 XII 57 79 84 184 222 285 382(134) 403(276) 539(1299)
Ideale u. Reale, das I 399 III (433) (455) VI (725f) IX 463 XII 217 366(15) 396(220f) 418(393–95) 444(576) 538(1297) 539(1298) 540(1315)
Idealismus I 215 219
Idee (u. Erscheinung) (vgl. Urphänomen) I 322 III (445f) VI (625f) VII 431 VIII 298(102) 304(136) 306(153) (522) XI 405 477 XII 44 120f 351 366(12–14) 381(131f) 382(133–135) 384(146) 421(409) 426(441) 432(488) 435(507) 438(536f) 439(539 541) 441(558) 442(562) 443(571) 456(654) 470(745 749) 471(752) 490(884) XIII 21 57 XIV 78
Idee, fixe IX 378ff XIV 153
Idee u. Erfahrung X 540f XIII 16 31 117 168 172 221 XIV 39
Idee und Liebe II 39 VIII 474(95)
Identität (des Entgegengesetzten) XII 366(14) 367(21) 537(1280)
Ideologie XII 439(542)
Idiom IX 127 250 XII 334 337
Idol III 131 267
Idyll, Idyllisches I 35 37ff 185ff 205 249 374ff II 128 III 288 VI 17 IX 272 279 427 544 X 121 152f 275 XI 414 480 XII 59 265 316
Ikarus (vgl. Euphorion) III 298 NR
Ilias II (692f)

Illusion (vgl. Schöner Schein) VII 309 IX 94f 488 XII 69 303 XIII 46
Imagination X 128 XI 313f XII 89f 373(58)
Improvisation VIII 253 IX 165 X 500
Imsen und Daktyle III 233
Individualität, individuell I 359 403 405 II 116 VIII 131 IX 228 X 89 323 336 536 XI 421 XII 30 34 84 XIII 24 45 224
Individuum I 33f 44ff IV 82 176ff VIII 304(138) (576) IX 413 478 X 19 322f 329 536 XII 268 346 367(20) 391(197) 392(200) 428(455) XIII 56 XIV 50f
Individuum, das große, und das Zeitalter IV 175 VI 398 572 IX 9 X 170 336 510 XI 73 XII 172f 175f 241f 290 327 351 378(95–97) 391(197) 392(199f) 428(455 457) 452(633) 472(761) 531(1230) XIII 44 272f 530 XIV 47 49ff 96f 170f
Induktion VIII 296(93) XII 368(26) 449(614f)
Inkognito VIII (543) XI 129 133 141ff 153 311f 479
Inkommensurable, das III (453) (455) VI (626) XII 56 395(215) XIII 492 XIV 49
Innerlichkeit III 25f VI 49
Inschriften I 37 204 II 9 VIII 68 70 265f IX 19 64 425 XI 288
Insekten III 52 134 202f
interesseloses Wohlgefallen (am Gegenstand) VIII 36 XII 423(421) 431(479) 467(721) XIV 47
Interpretation (vergleichende) I 329 392ff II 134 282 VII 70 257 VIII 292(53) IX 502 509f XI 395 XII 121 203ff 246 295 476(783)
Interpretation eigener Werke: Egmont X 176f XI 459 Faust XII 354f Gedichte I 392ff Geheimnisse II 281ff Götz IX 570ff Mahomet X 39f Singspiele IX 286 Werther IX 577ff West-östl. Divan II 126—270
Interpretation fremder Werke: VII 216ff 242ff 253f 295ff (Hamlet) IX 281 (Minna v. Barnh.) 398f (Messias) 427ff (Wakefield) X 352ff 471f (Schiller) XII 246ff (Platon) 252 261ff 267ff 270ff 296f (Hamlet) 310ff (Euripides) 339ff (Dante) 348ff (Nibelungen)
Intrige IX 286 X 8
Inzest VII 582f 586
Ironie II 113ff 165 IX 261 428f 598 XIII 317
Irren, das, Irrtum I 214 226 315 328 406 II 10 III 13f 39 151 279 310 (433) (445) (455) V 66 276 VII 142f 285 446 494f 514 527 550 VIII 216 263 298(100) 299(112) 300(113) 426 (519) IX 228 X 14 23 67 316 432 507 XI 414 430 447 XII 172f 347 408(312 316) 409(317) 410(327) 411(336–38 342–44) 441(555) 446(593f) 513(1046) 531(1228) 541(1322f) XIII 15 17 110 256f 523 532 XIV 41 143 172
Irren u. Streben I 226 III 18 VII 520 532 XII 409(321) 516(1071)
Irrfahrten III 265 276
Irrlichter III 122 353 VI 209 212 231ff IX 243 X (483)
Irrtum u. Wahrheit I 111 II 59 III 13f 28 83 178 VIII 286(25) 301(118) 307(157) 475(99) X 183 XII 346 365(6f) 406(293) 407(309f) 408(313–15) 409(319–26) 410(327–35) 411(337) 415(371) 416(376) 427(451f) 429(462 465–67) 462(687f) 463(689) 466(710) 507(1011) 515(1070) 519 (1101) 531(1229) XIII 45 XIV 7 99f 173ff
Islam II 56 143f
Israel, Volk II 207 VIII 159f IX 129ff 139ff XIV 52 NR

Italien VII 145f VIII 239 X 315 XI 20f 47ff 125 NR
Italiener (u. Deutsche) I 175 VII 571 XI 38 44 47ff 58 114f 120f 143 184 214
Italienische Reise X 182ff 308 519 XI 9ff 125 210 429 XIV 253

Jagd I 121 399 III 328 IV 156 V 192f 215 218f 312f VI 491 503 505 (722f) VIII 191 197f X 36 325 XIII 150
Jäger I 121 VI 505ff VIII 7f
Jahreszeiten VI 426 IX 465f
Jahrmarkt VI 497 VIII 95
Jakobsleiter I 87
Jesuiten IX 377 XI 10f 27
Jesus Christus I 266 II 102 109 119 123 VII 393f VIII 163f 468(53f) X 45f 157f XI 451 XII 210 212 215 222f 229ff NR
Juden I 404 II 128f VIII 405 IX 149f XIV 52f NR
Jugend I 310 324 327 II 62 90 III 328 V 116 VII 77f 548f IX 228 X 125ff
Jugend u. Alter I 309f 324 336 II 74f 90 96 177 202 504 III 14 207f V 303 307 335 IX 217 386 X 183 XII 470(748) 535(1264) 541(1321f) 542(1324–29) 543(1335)
Jungfrau III 361 364 V 12
Jüngling I 229 II 26 108 III 298f VI 220ff 233ff VIII 459f IX 398 485 X 83 XI 462 XII 322
Jüngstes Gericht III 120f 412 XIII 500
Jupiter (-Zeus) I 35 44f IV 176 181f 459 NR
Juwelen IX 152f

Käfer VI 51
Kaiser III 149ff 184ff 309ff IX 20f 24 191 200ff 524f
Kalifen II 146f 236
Kälte II 60
Kameradschaft I 93ff II 534
Kampf III 286f 297 309
Kampfgemeinschaft II 534
Kanal II 105 III 336
Kanonade (v. Valmy) X 220 230 232 235 318
Kantate X 40
Kantilene XII 474(773)
Kapelle III 335 VI 373 487 VIII 14 IX 497 X 141 404
Karikatur VI 415 IX 382 505 X 353 XII 91
Karneval I 118 III 158ff VII 270 X 343 434 XI 174f 484ff 515 519f XIII 102
Kartenspiele IX 254 346f 368 XII 292
Kastanie II 77
Kästchen I 165 III 88f 92f 389ff 394 V 297 VII 80 200 VIII 43f 98 146f 174 320f 354ff 369f 376 456ff 506 X 345 351 486
Katharsis VI (626) XII 342ff
Katholische Kirche I 175ff 335 354 II 282 III 91 331f 393 VII 577 IX 288ff 586 X 141 343f 443 XI 11 123 126f 530f XII 104f 233
Kaufmann VI 196 VII 32
Kausalität XII 445(587) 446(593f) 447(597) 448(606)
Kenner und Künstler (vgl. Kunstkenner) I 60ff
Kentaur I 375 III 224ff vgl. NR
Kerker III 21 87 139ff 368 388 415 417ff
Kern u. Schale VIII 116 X 20 66f XIII 35 59
Kerze II 18 32 XI 172
Kette I 156 189 270 II 279 III 177 V 382 VII 129f
Ketzer IV 379
Kind, Kindheit, d. Kindliche I 7f 310 VI 30 36 VII 502 VIII 36f IX 11ff 71f XII 541(1316–1320)
Kindesmörderin III 142f 418f
Kirche u. Staat IX 472f

Kirchenfeste X 343
Kirchengeschichte I 333f IX 145 472 X 44 XII 308
Klangmalerei I 282
Klarheit (Himmelsk.) I 138 150 152 II 114 III 13 17 27 148 177 252 254 279 353 355 360 VII (549) VIII 255 IX 228 466 501 XI 231 298 384 XII 417(390)
Klassifikation XII 282 285f 291 300
klassisch, Klassik XI 456 XII 240f
klassisch u. romantisch XII 487(863–65) XIII 29
Klassische Walpurgisnacht III 213 215—256
Klavier spielendes Mädchen II 453 VI 87 91 107 297 VIII 55 170 IX 116f 120 434 X 86 98
Kleidung I 178 IX 249f X 111
Kleinkünstler XII 93f
Klein-leben (der Natur) IX 278f
Klima XI 336ff
Kloster II 272 VIII 13f X 141ff XI 71f 82 247 463f XII 139
Klugheit III 170 265 V 106 VIII 288(35) XII 532 (1239) 538(1290–92) XIII 11
Knabe II 202 III 291 358ff
Knabe Lenker (vgl. Euphorion) III 172 175 (452)
Knecht, Knechtschaft II 71 X 55
Knittelverse I 13f 63ff 87ff 106 135ff 259f 266f 354f II 99 111ff III 20 32f 40 42f 61ff 84ff 115f 367f IV 188ff X 29f
Kolonie(n) VIII 81 123 442
Kolonisation III 309 334f 338f VII 564f VIII 82 408ff
Kolorit XII 477(785) XIII 512ff XIV 254ff 267
Komische, das IX 299 569 X 8 XII 307f 354
Komische Figur (vgl. Narr) III 11 13f V 375 VII 149 IX 567 XI 214 XII 304
Komödianten, fahrende (Gaukler) VII 90ff 96 182 VIII 495
Komödie (ital.) (vgl. commedia dell'arte) XI 75ff 94ff 415
Kompendien XIV 206ff
Kompensationsgesetz XIII 176f
Konfession (Bruchstücke einer) IX 283 XIII 535 XIV 251f 268
Konfessionen X 120 XIV 84
Konfigurationen XIV 194
König(e) VI 215f 234ff
Königtum II 139 IV 428 V 61 217f 224 X 356 359ff
Konkrete u. Abstrakte, das XII 432(487) 435(507)
Konsequenz XII 513(1050)
Konstanz (der Phänomene) XII 434(499)
Kontrafaktur IX 466
Konvention(ell) VIII 250
Konzentration u. Expansion II 83 IX 351ff X 158 XI 541
Konzeption, poetische III (436f) (449) (453) (460) IV (568) VI (727) VIII (520) IX (606) X 446 449 505 XII 133 482(832f) XIV 252
Konzilianz I 324
Kopie, Kopisten (vgl. Nachahmung) VIII 274 XII 89 184
Koran II 20 49 89 95 143f VIII 68 XII 353
Körper (menschlicher) XI 475f XII 56
Körper ein Kerker II 91
Körper u. Geist (Seele) III 211 250 299 300 349 VII 415 IX 341
körperliche Ausbildung II 249
Kosmogonie (Schöpfungslehre) IV 196f
Kosmos I 357 369 III 15ff VIII 475(98)
Kosmos u. Mensch I 248 II 81 83 III 110 IV 178 VIII 118ff 126 444f 449f X 177 XIII 307
Kraft I 357 III 44 XIII 33
Kranich III 40 233 264 VI 52

Krankheit VI 50 54 VII 77 358 513 524f VIII 281 IX 36f 215f 330f 335 340 394 404 452 X 41 65 319 450f 511
Kreis von Menschen I 316 V 85 VII 519 VIII 114 128 212 311 351ff IX 232f 373 399 433 464 481 504 507 534 541ff X 69 179 184f 291 311f 319 336f 473 501f 527f XI 430 447 520 XIII 149 152
Kreuz(zeichen) I 272 278 III 46 385 VII 394 577 VIII 15 147 164 XII 206f 209
Kreuzzug I 280
Krieg I 228 II 60 462 472 481 514 526 III 34 285 297 309 311 321 IV 129ff 157ff 376 V 316 371f VI 359 371 VIII 28 IX 534 X 188ff 218 277 280f 295 309 362 439f 491 497 504f XI 396
Kriegslieder IX 270 280
Kristall III 34 315
Kristallisation IX 344 X 242 XII 369(34) 370(37) XIII 270 440
Kristallographie VIII 476(105) 477(106) XII 424(428) 459(671–73) 460(674)
Kritik, Kritiker I 59 61 218 VII 35 VIII 295(78) IX 109 258 261ff 277f 316 484f 510 573f 589ff 593 X 18 58 XII 50f 53 74 184 204 244 249 270 283 320 347
Kritik an Zeitgenossen I 210—234 IX 255f 271 XII 15ff 53 117f 346f 350ff 464(699) 468(731) 490(882f) 503(980) 504(987f 990) 537(1280)
Kritik der Vernunft u. Urteilskraft VIII 287(28) X 286 XII 468(731) XIII 26f
Krone, Krönung III 79 259 IX 21f 153 178ff 188ff 199ff 203
Kronos I 47 NR
Kruzifix II 123 273 VII 577 VIII 147 XI 246
Kultur VIII 120 IX 371
Kultur, indische II 244f
Kummer II 52 VII 136 516
Kunst (Wesen der) I 140 325 367 373 III 173 175 177 291ff VII 516 VIII 242 283ff 329f 462(18ff) 463(22ff) 479(120) IX 488 X 308f XI 134 372 445 XII 13 52 72 74f 96 129 367(18) 418(395) 421(410) 467(719–25) 468(728f) 469(736 739f) 492(897) 493(902f) 499(945)
Kunst, antike IX 314 316f 500ff 538 564 X 285 294 352ff XI 12 40ff 87 117 121f 158f 161 167 274ff 386f 393 542 545 XII 49 76 99ff 106ff 130ff 146 176 183 482(832) 483(833–38)
Kunst, antike u. moderne IX 508 XI 53 323 XII 291f
Kunst, byzantinische XII 147 484(840)
Kunst, christliche XII 146
Kunst, orientalische VIII 483(147) XII 146 505(999)
Kunst u. Erlebnis XII 27
Kunst u. Frauen III 159 173
Kunst u. Gesellschaft III 172ff 177 XII 241f 469(737f) XIII 102
Kunst u. Künstler I 73 III 15 VI 15f 375 VII 496 VIII 462(20f) XII 20 26f 360f 467(728) 477(790) 478(796f 799) 479(803) 488(870–73) 492(899) XIII 522
Kunst u. Leben (vgl. Dichtung u. L.) V (442) VI 398 VII 496 VIII 290(44) IX 540 XII 81 291 359ff 467(725) 469(737f) 492(901) 493(902)
Kunst u. Natur I 37ff 232 245 VI 493 495 VIII 229 250 255 461(10) 463(24) IX 262f 320f 413 488f 538ff 549 564 X 50 286f 491 XI 383f 395 534f XII 12f 17f 22 28 30ff 38ff 56ff 70ff 103 282 467(719f 722–24) 468(732f) 469(734) 476(781) 478(797) 490(886–88) 528(1203) XIII 28f 102

Kunst u. Religion I 367 X 340 XII 145f 468(728f)
Kunst u. Wissenschaft VIII 482(140ff) XIII 13 106f 522f XIV 40f
Kunstarten (Malerei, Poesie usw.) (vgl. Gattungen) VIII 248f 256f 290ff 412 IX 262f 313 316f XII 23 49 473(767) 477(790) XIV 245ff
Kunstbegeisterung, Kunstenthusiasmus I 60 VII 192 IX 385 408 XII 178
Künste, freie VIII 411ff
Künstelei II 127
Kunsterziehung VIII 238 252f 285(14) XII 489(874)
Kunst-Genuß VII 572f VIII 85 IX 384 XI 163 537ff XII 11 14 171 XIII 102
Kunst-Geschichte VII 408 IX 313 XI 102f 456 XII 52 73 110ff 122 144ff
Kunst-Kenner (vgl. K.verständnis) I 53 61 VI 404 VII 213 573 VIII 292(53) X 355 XI 517 XII 29 51 72 73 79 131 138 159 164 476(783)
Künstler I 53ff 325 327 351 VII 120 258 572f VIII 287(29f) 387 XII 14 24f 42f 47f 479(805f)
Künstler und Kenner I 61ff VII 213 572f XII 29 55 95f
Künstler u. Kunst I 73 III 15 VI 15f 375 VII 496 VIII 462(20f) XII 20 26f 360f 467(723) 477(790) 478(796f 799) 479(803) 488(870–73) 492(899) XIII 522
Künstler u. Nachwelt (vgl. Dichterruhm) I 75ff 139 152 258 370 III 11 V 80f 84f 92 125f XII 491(894) 504(985)
Künstler u. Natur I 53 61 71f VI 15 XII 23f 30ff 42f 174
Künstler u. Publikum (Aufnahme des Kunstwerks) (vgl. Beifall u. Wirkung eig. Werke) VII 484 572ff IX 574 590 593f X 64 85 XII 20 40f 48 51 184 242 267f 324f
Künstler u. sein Werk I 63 VI 374f VIII 481(134f) IX 7f X 21 XIII 13
Künstler u. s. Zeit II 246 254 VII 572 VIII 484(157ff) IX 8f 258ff 397f 583 589f X 8 321f 359f 361 XI 545 XII 172f 175f 241f 290 528(1203)
Künstlergedichte I 53—77
Kunstliebhaber (vgl. Liebhaber), -ei I 53 70 II 127 VII 70f 311 572f VIII 190 285(14f) 292(53) IX 109 539 X 309 XI 173 291 517 XII 20 52 71f 79 94f 138 164 181 203 226 295 476(783) 488(871) 489(874f)
Kunstnatur X 50
Kunstnotwendigkeit VII 314 XI 395 XII 470(742) 478(795)
Kunst-Regeln (Gesetze) VI 15 VIII 250 IX 108f 262ff XI 168 395 XII 22 57 70 177 249ff 467(723f) 478(795) 528(1203) XIV 253
Kunstsammler VII 68f 401f 404 408 494 IX 74 77
Kunst-Schöne, das (vgl. Schönheit des Kunstw.) VIII 255 462(21f) IX 314 316f 537 XII 177
Kunst-Schulen (italienische, deutsche, niederländ.) VIII 478(118) IX 309 315 X 316f 435 XI 46 87 130 362f XII 148ff 484(841 843) 485(844–52) 489(879) 496(924)
Kunsttheorie IX 313ff 539 XII 15ff 50 53ff
Kunstverstand I 71f
Kunstverständnis (vgl. K.-Kenner) I 326 II 127 V 85 VI 401 VII 68f 572f XI 235 XII 51f 72 74 477(787–89)
Kunst-Wahre, das (u. Naturwirklichkeit) VI (625f) VIII 236 IX 50 65 299 488 537 IX (603) XI 126 XII 49 67ff 70 89f 159 170 184

Kunstwerk als Organismus XII 12f 42f
Kupferstiche VIII 101 170 195 IX 77 122 156 326 XII 21 189 196f 202
Kuppelei III 119 181 398 VII 478
Kurfürst(en) IX 184f 188ff
Kuriositäten, kurios VIII 483(147) X 294 478f XII 505(999)
Kurzlyrik I 25 97 103f 124ff 131
Kuß I 140f III 102 108f 141 404f 418 V 224 VI 80 VII 133 IX 209 397 454f 460

Lächerliche, das VI 384 VII 378 VIII 484(16) IX 317 XI 118 XII 308 529(1209–12)
Lagunen XI 90f
Lamien III 234—237 NR
Landschaft VI 243 259ff 288 428 498 VIII 93f 107 135 228f 310 IX 356f 415ff 556 X 138 144ff 412 468 XI 51f 58f 104 172 433 XIII 258ff XIV 253
Landschaftsmalerei VIII 235f 287(27) IX 226f 323 326 X 152 171 332 503 509 XI 136 186 213 314 366f 414 419 425ff XII 21 138ff 216ff (Geschichte der) 489(879) WR
Langeweile II 135 III 213 289 337 IV 116 231 VI 62 256 VII 127 VIII 173 360 IX 287 323 463 469 532 577f 583 X 82 99 451 XII 18 518(1097) 538(1296) XIII 18 111
Laokoon IX 316f 501f XI 439 XII 56ff 76 80 NR WR
Laube III 50 289 303
Laune IV 7ff XII 536(1275)
Laute VIII 229 364f
Leben (d. Lebendige, ewigtätige) I 47f 304f 369 II 75 82 532 III 24 148f 215 255 371 IV 181 VIII 303(132) 309(177) 328 X 338 XI 93 520 XII 28 367(21) 396(227) 421(410) 422(417) 432(487) 447(604) XIII 7f 21 34 46 126
Leben (d. gemeine, bunte) I 360 II 38f III 41 53 58 60f 66f VIII 33f (520) XI 515 XII 252 512(1040) 519(1106f)
Leben u. Dichtung I 179 231 327 II 159 IV (571) V 156f IX 8 463 587f 592f X 53 XII 359
Leben u. Kunst V (442) VI 398 VII 496 VIII 290(44) IX 540 XII 81 291 467(725) 469(737f) 492(901) 493(902)
Leben u. Wissenschaft VIII 290(44) 471(75ff) 472(79ff) 476(105) 477(106f) XII 430(471–75) 492(901f)
Lebensalter I 372f XII 540(1314f)
Lebensbahn I 50 94f IV 156 VI 462 476 VIII 460 IX 241 338 478 X 89f 430 XII 325 XIII 46
Lebensbezüge der Sprache II 179
Lebens-Bilder (vgl. Urbild) III 198
Lebensfreude IX 578 XI 338f
Lebensgeschichte VII 17ff 532 560f IX (603) X 75 509f 528 534f XIV 96f
Lebenslauf III 55 67 IX 387 505 XIII 304 XIV 251
Lebensregeln I 313ff 319 II 34 39f 56 101 VII 527
Lebensüberdruß (vgl. Ekel) IX 577ff 587
Lebensweise (vgl. Gestalt u. L.) VI 170 VIII 101 IX 132 254 348f X 111 399 502 XI 29f 332ff
Leere (vgl. d. Ewig-Leere) III 349 VI 351 XII 298
Legende I 266 361 X 417ff XII 150 439(546)
Lehr- u. Wanderjahre (Wilhelm Meister) VII 496f 504 VIII 7 12 WR
(Be)Lehren VIII 36 305(145) XII 426(441ff) 429(462) 466(714)
lehrhafte Dichtung I 185ff II 205 VIII 118 190 IX 75 581 X 54 122 154 XII 264f 321

Leibesübungen II 137 249 XI 522
Leichtsinn (vgl. Mut) IV 399 VII 34 IX 106 358 498 X 61 77 84 91 XI 120 307
Leid(en) II 82 III 267 VI 7 48 86 96 VII 240f VIII 164 281 IX 339 XII 61ff 525(1168f) XIII 109f
Leidenschaft I 380f 385 II 58 III (427) IV 284 294 320 V 161 VI 10 46ff 50 55 97f 102 178 314 329 331 341f 347 352 385 437 VII 10 34 57 86 362 VIII 60 182 220 363 502 IX 102 188 213 219 284f 353f 357 382 442 451 455 462 498 542 545 561 564 X 106 219 313 XI 396 XII 533(1251–53) 534(1254) 540(1315)
Leidenschaftliche, das, u. d. Wahre XII 433(496)
Leier (die durchgespielte) I 295 III 290 299f X 352
Leisten (vgl. Tat) IX 514 XII 514(1052) 519(1105f) 532(1238)
Lemuren III 346—349
Lepaden XIII 203ff
Lernen VIII 247 XI 370 XII 414(361f) 466(715) 531(1227 1231–33)
Leser I 212 227 VI 7 92 IX 594 X 75 XIII 321
Lethe (vgl. Vergessen) III 146 V 41
Libelle I 19
Liberalität, liberal II 99 202 234ff VIII 454 (575) IX 74 113 146 X 16 59 179 489 XII 384(146–148 150) 385(152) 465(708) 466(709) 542(1332)
Licht (Wesen des) (vgl. Sonne) II 13 19 III 21 29 39f 146ff 212 216 249 255 298f 363 VI 211f 215 X 314 520 524 XI 168 339 408 441 555 XII 457(660) 463(691) 528(1202) XIII 315 323f 360ff 411ff 457 524f XIV 22ff 98 116
Licht und Dunkel (vgl. Finsternis) I 10 II 55 83 (513) III 47 190 194ff 208f 261f 345f IX 352 461 XII 355 XIII 46 58 311 326 330f 337 368 384 489 525 XIV 23f 29 37
Liebe I 14ff 25ff 55 86 96ff 105 121ff 141 157ff 177f 184ff 196f 201 225 228 235ff 268ff 294ff 311 357 360 367 373 376ff 397 405 II 15 27ff 62ff 75 82f 87 117 268 467 III 31f 78f 87ff 98 102 110 293 304 354 361 388ff 403ff 407 IV 31 170 178f 185 193 225f 246 264 309ff 319 321 331f 337 349 366 385 411 415 V 79 103 171 276 294 VI 39 76 117 238 324 355 398 427 461 VII 10 14 65 72 278f 373f 466f 477 538 565f 568 582f VIII 180 183 273 312 317 IX 139 170f 413 460ff 520f 544 578f X 35 95ff 107 141 150 169 184 328 XI 432 XII 28 252 332ff 397(230) 414(362) 456(654) 520(1120) 522(1138) 534(1255–63) 535(1264–69) 536(1270f)
Liebe, ewig-göttliche (vgl. Allliebe) I 104f III 19 51 256 351—64 353 355 356 357 358 359 360ff 364 VIII 420 IX 398 579 XII 87 231f 237ff XIII 47
Liebe Gottes I 47 51f II 37 284 III 43 X 35 XII 229ff
Liebe u. Religiosität I 47 383 III 114 351—64 359 362 364 410 IV 305 318 390 VII 373 XI 432 XII 212 229ff
Liebenden, die III 31 50 353 358 359 363 V 357 X 167
Liebhaber(ei) (vgl. Kunst-L.) VI 261 VIII 34 IX 225 323 347 403 565 X 63 341 XIII 159 377 396 410 522
Lied, als Poesie (vgl. Gedicht) I 50 156 243f 325 II 12 16 32 III 9 292f 299f V 95 VI 508f VII 128 130 X 80

Liedeinlagen (in Dramen usw.) III 89 107f 117 139 159 161f 390f 404 IV 104 143 239 247 383 410f 417 VI 508ff VII 129f 136f 145 VII 240f 317 335 356f 515f VIII 55f 196f 255f 312 317f 392 413 X 41f 95f 140f 150 169 327f
Lieder I 25ff 54ff 93f 121ff 128ff
Lilie I 390 II 15 III 39 VI 213 218 222ff VII 515 VIII 14 25
Linden III 333 336 339ff VIII 265
literarische Anspielung VII 392 VIII 387 IX 19 251 515 X 327
literarisches Leben (Literatursoziologisches) IX 484f 517ff 534ff X 174
Literatur (Wesen der) VIII 294(73) XII 494(910–12)
Literatur, deutsche VIII 478(114f) 483(148ff) IX 280ff 451 490 X 50f 112 120f 321f XII 240ff 286 309 505(996f 1001)
Literatur, englische IX 580f
Literatur, französische VIII 478(115) IX 483f 486f X 312 525 XII 268f 363
Literatur, italienische XI 380f 479
Literatur, slawische XII 328ff 335
Literatur, spanische XII 303ff
Literatur, zeitgenössische IX 35 80 256 258ff 269ff 278ff 328 397ff 426 490 517ff 535ff 548 567f X 7ff 112 321f 442f 538f
Literatur u. Gesellschaft (vgl. Literarisches Leben) IX 484f 517ff
Literaturgeschichte II 253 IX 238 388 548 X 120ff XII 284
Lob und Tadel II 40 III 215 VIII 117 471(72) IX 573ff 594 XII 523(1150–53) 525(1173f)
Lobgedichte (Preislieder) (vgl. Panegyrische Dichtung) II 154 156 195
Locken I 159 270 II 28f 74 180f III 60
λόγος III 44
Lorbeer(kranz) I 119 III 175 215 V 85f 128 VII 145 IX 163
Löwe II 180 III 39 59 273 356 VI 497 505 508ff
Lüge II 136 III 61 98 399 V 36 45
Lügenfürst (vgl. Teufel) III 47 331
Lust u. Schmerz I 97 104 142 241 315 II 38 III 58f 356 IV 186f
lüstern, Lüsternheit III 355f VI 143 VIII 485(167) IX 454 XII 536(1276)
Lustige Person (vgl. Komische Figur) III 11 13f IX 567
Lustspiel IV 28 VII 31 95 IX 568f XII 343
Lustspiel, englisches IX 568f
Lustspiel, französisches IX 91 483f 488
Luzifer III 354 387 IX 351f NR
Lyrik VIII 190f 248 IX 270 XII 498(940)
Lyrik, Epos, Drama II 187f XII 283

Machiavellismus XII 436(522)
Macht II 44
Mächtige, der II 37
Mädchen, Geschichte vom ertrunkenen VI 49f
Mädchengedichte I 295ff
Magie (vgl. Zauber) I 276ff III 20 22f 42f 45 61 155f 171ff 183ff 190ff 194 196ff 343f 367ff (432) XII 24 291 XIV 86f
Magier II 137 140f III 39 198
magisch X 42 158f
magische Laterne III 172
Magnet, magnetisch I 305f VIII 458 IX 118 XII 367(19)
Magnetenberg VI 41
Magnetismus X 523 XI 18 XIII 490
Magnetismus, organischer (Mesmerismus) II 193

Mahomet I 42 II 50 107 142 X 39ff NR WR
Mai I 30 252
Majestät III 185
Makrokosmos u. Mikrokosmos III 16f 22f 65 369 IX 343
Malen VI 370ff IX 225
Malerei VII 69f VIII 291(52) IX 88f 110ff 155f XI 45f 62 86f 102f 128f 372 455ff XII 25f 112 138ff 151 182ff 216ff 476(782) XIII 323 329 450 509ff XIV 247
Malerei u. Dichtung IX 262f 316f XI 139 XIV 252ff
Mammon III 54 123f
Mänade III 264 VII 326 NR
Mangel III 343 VI 60 75 418 IX 352 454
Mängel (u. Tugenden) III 30 154 VI 385 482 VIII 127 295(84) 296(85) IX 349 374 579 XII 533(1245–51) 539(1305)
Manier (vgl. Nachahmung, M. u. Stil) I 66 71f 75 XII 31f 96 174 217 481(821) 489(879)
Manierierte, das (vgl. Nachahmung, Manier u. Stil) VIII 293(69) IX 413 XI 323 XII 74 221 480(813–15)
Manieristen XII 174
Manifestation (der Idee) (vgl. Erscheinung) VIII 301(118) 445 460(3) XI 389 XII 366(11–14) 426(441) 438(534) 464(694) 467(719f) 468(733) 470(745–47) 475(778f)
Mann (Wesen des) I 161 II 465 468 III 361 V 8 28 101 VII 452 503
Mann u. Frau I 121ff 161 II 465 III 106 IV 320 V 20 28 60 101 128f VI 406 409 VII 453
Mannigfaltigkeit (u. Einheit) I 199 358 XII 45 366(14) 367(21) 420(407) 421(409) 439(540) XIII 8 18
Märchen, das II 145f 159 189 248 VI 208f VIII 96 353 IX 50f 65 140 446f 449f XII 498(935)
Märchen, das VI 209—241 (596ff) WR
Märchen VI 209—241 VIII 354—376 IX 51—64
Maria (Mutter Gottes) II 109 III 91 114f 361—64 392 411 VI 402 404 X 22 401 XI 331 XII 145 NR
Marmor VII 145 540 578 VIII 254 X 327 XI 138 151 235 251 XII 23 XIII 289
Marseillaise X 365 387 394
Märtyrer XII 210
März I 372
Maschinen(wesen) VI 196 VIII 121 289(40) 337 341 429 IX 420f XII 389(181)
Maske(n) (vgl. Verkleidung) III 61 165 174 303 VI 405 VII 118 270 446 IX 178 442 595 X 353 434 XI 78 81 96 151 175 487 490ff
Maskenzüge (vgl. Festspiele u. M.) III 158ff 237 XI 490ff
Masse III 304f 313 VIII 82 390 443 IX 202ff 317 382 384 501 585 X 14 115 231 289 361 387 436 517 XI 13 17f 67 168 194 219 346 367 441 457 499 514 555 XII 8 10ff 58 177 XIII 124 158 254 257 261 263ff 270f 274 282 298 315 369 373 401 430 534
Maß I 132 136 203 325 370 VI 437 VII 516 VIII 152 175 199 288(33ff) IX 555 XII 8 30 37 57 177 224 234
Mäßigung I 123 370 II 238 III 293 295 328f VI 347 VII 584 VIII 83 225 351 X 337 XIII 219 423
Maßlose, das III 17 56 59 61 107 295 339 415 VI 15f 328 333 VIII 288(33f)
Mater dolorosa III 114 411
Mater gloriosa III 362ff
Materie (Stoff) u. Geist VIII 444f 462(20f) 463(22f) IX 351 491

X 314 XIII 32f 48 311 XIV 29 79
Mathematik VIII 117 297(95) 308(166ff) 474(94) XII 452(635f) 453(637–41) 454(642–46) 455(647–53) 456(654) 457(658) XIV 60ff
Mathematik u. Physik VIII 303(134) XII 454(642–44) 456(655) 457(659f) XIII 483f XIV 265
Maurer VI 300f
Maxime VI 383 VIII 66 70 81 106 118 147f 299(110) 304(141) IX 309 354 363 483 514 X 35 89 266 280 XII 47 49f 53 287 294 412(348f) 424(426) 465(702) 540(1310) 545(1365) XIII 148 235 354 XIV 253
Mäzenatentum I 74 179 IX 112 XII 125f 195
mechanisch (vgl. atomistisch) XII 444(575) 446(595f) 449(617) 454(641)
Medizin (Heilkunde) III 65 377f V 173 VIII 281f IX 257 361 451
Meduse III 131 X 354 NR
Meer I 79f 242 II 530 III 24 244 246 250 308f 334 371 V 363 XI 89ff 230f
Meinung (vgl. Überzeugung) VIII 262 299(111) 300(114) IX 509 XII 532(1236)
Meister u. Schüler I 67f II 26 97 99 III 20 24f 61ff 203ff 367 371ff 374ff VII 496f VIII 238 284(7ff) 460(4) XII 73 119 183f 360 478(798f) 481(824) 531(1231–33) 540(1309)
Meisterschaft VIII 305(143) XII 479(802–06) 481(824) 517(1086)
Meistersinger I 135
Melancholie I 51 394 VI 10 VII 217 335 348 IX 582
Melodie III 291 294 VI 507 513
Melusine, schöne VI 9 165 VIII 354ff NR
Menagerie I 98ff
Menge I 180 331 III 10f 150ff 172 174ff 178 195 313f 347 VIII 155 263 307(165) IX 494 X 161 385 389ff 413 XI 317 499 XII 285 XIII 8 XIV 185
Menge u. Einzelner I 122 176 232 317 II 89 147 175 III 9ff 36ff 147 172ff V 224 282 VI 240f 286 VIII 470(66) 473(86ff) X 157 XI 211 214 XII 47 389(184) 391(197) 428(455) 432(484–86) 523(1154) 524(1160f) 525(1166) XIV 49 51 251
Menge u. Weiser II 18 VIII 472(81ff) XII 431(478–80)
Mensch I 133 143 145 147ff 229 368 III 17f 27 36 IV 185 VI 13f 92 417 VII 71f 101 405 541 552f VIII 84 156f 298(100) IX 352 463 X 14 XII 81 98f 293 355 373(58) 467(725) 512(1037 1039) 513(1046f 1049 1051) 519(1103 1105) 520(1112) 530(1219–21) 539(1302) 540(1315) 544(1349) XIII 42 470f
Mensch (Edel sei der M.) I 147f
Mensch als Ebenbild Gottes III 17 24 27 66 371 VI 417 508 VII 404 VIII 256 302(123) 460 IX 352 X 18 424 XII 83 414(364)
Mensch als höchstes Produkt der Natur VIII 157 445
Mensch als Wurm III 17f 24 27f 371
Mensch ein Kämpfer I 317 II 110 535
Mensch u. Geschichte (Überlieferung) I 333 II 49 IV 453f XII 377(94) 390(185f) 392(199 201f) 393(203–08) 394(210f) 395(216–19) 396(225) 416(382f) 418(394) 436(517–19)
Mensch u. Gott I 304 306f 357 367 II 12 37 40f 223 246 IV 171 173ff VI 9 VII 136 404 IX 202 340 353 X 47 89f XII 531(1234)
Mensch u. Götter I 33f 44ff 50 134 146ff 162 273f IV 176ff 182 V 16f 21f 27 44ff 54f 365 VIII 461(8f) X 48f

Mensch u. Kosmos I 248 II 81 83 III 110 IV 178 VIII 118ff 126 444f 449f X 177 XIII 307
Mensch u. Mitmensch VIII 77f 286(19) IX 387 XII 521(1123–25) 522(1135–1143) 523(1144–54) 524(1155f 1160–65) 525(1166–74) 527(1187f 1191–95) 539(1300f) 543(1337f) XIII 38
Mensch u. Natur I 46 102 142 148 203 305f 357ff 366ff 391 III 343 VI 416 493f VII 502 583f VIII 473(89f) 474(92) IX 223 X 13 XII 102 365(6f) 399(248) 420(408) 434(498) 435(511) 450(622) 458(664 666) XIII 45f 255
Mensch u. Tier X 79f 454 XII 135f 443(572f) 533(1243) XIII 22f 170f
Mensch u. Welt I 314 II 52 110 V 81 107 229 VII 405 VIII 306(155) IX 463
Menschengeschlecht, Menschheit V 365 VI 11 IX 129ff 349 387 X 15f 158 XI 322
Menschenhaß I 51 396 IV 288 VII 260 434 IX 236 581 X 328
Menschenrecht III 12
Menschenschicksal X 47
Menschenverstand, gemeiner (vgl. Gemeinverstand) VIII 296(91) 297(94f) 298(100) 307(158) 309(175) IX 273 370 X 542 XII 437(523) 443(574) 444(580) 445(582f 585f) 448(606) 449(617) XIII 15 17 25
Menschlichkeit I 353 V (406) X 203
Menuett IX 389 394
Mephisto III 17—19 47f 55 243 IX 554 X 21 72 128
Messe VI 491 496f VIII 88 IX 22f 244f X 168 XI 24f
Messe, heilige XI 127 156 241 465 XII 233
Messias IX 80ff 398
Metalle III 155f 181 VI 215f 234ff VIII 263 XIII 315 435f 442
Metamorphose III 236 X 436 XI 377 XII 370(36) 438(536) 501(962) XIII 34f XIV 86
Metamorphose der Pflanzen I 199 X 314 434 447 522 538ff XI 60 405 XIII 26 39 49 59f 64ff 102f 113 116 118ff 131ff 166f 462f 468f WR
Metamorphose der Tiere I 201 XIII 49 60 468
Metaphern, Metaphorik I 254 II 180 263
Metaphysik III 63 377 VIII 299(107) XI 416f
Methoden (wissenschaftl.) X 542f XII 440(547–51) 441(553) 443(568f) 448(611) 449(614 617) 451(629–32) 452(635) XIII 14 18f 24ff 40 44 117 219ff 231ff 273 476 XIV 137 243
Metrum II 127
Mignon VII 91 96 98 105f 109f 135 262 293 513 515 522f 544f VIII 226f 239 495ff 502 XI 429 NR
Mikrokosmus (u. Makrokosmus) II 150 III 17 47 59 65 VI 9 52
Mikromegische, das XII 450(611)
Milde (vgl. Freigebigkeit) II 55 486 491 V 11
Mime, mimisch VIII 257 479(121) XII 249 251
Mineralien X 242 XII 44 XIII 251ff 430 461f
Minnesänger IX 477 X 122 XII 283
Minorität I 370
Mission(ar) X 42f
Mißtrauen V 81f 140f 147f 152 VII 434
Mitleid VI 87
Mittel u. Zweck X 38f 110 XII 517(1080) 519(1104)
Mittelalter II 225ff III 276 X 153 443
mittelalterliche Kunst I 326 IX 477
Mittelstand X 115 XII 507(1012)

Mitternacht I 154 288 372 386 (1.—2. Aufl. 390) II 30 III 343ff 349 358
Mittler zu Gott I 361
Moallakat II 129
Mode II 459 III 160 IX 229 250 XII 25 416(379f 383)
Moderne, das I 326 III 307 IX 184 XII 172ff 291
Mögliche, das (u. d. Wirkliche) IX 386f XIV 92
Mohn II 14 117
Moment (vgl. Augenblick) XI 419 XII 59f
Monade (tätige) X 330 XII 371(46) 396(227f)
Mönch (vgl. Kloster) IV 79f 188f IX 560
Mond I 18 20 27 97 121 128ff 373 389 391 II 62 82 500 III 21 104 125 147 215 218 229 238 241 244f 248 251f 254 307 367 370 IV 233 341 V 134 VI 57 109 VIII 213 IX 435 452 582 X 95 450 XI 168 232 342 373 382 XIII 307 332 416
Monolog VIII 90
Monotheismus II 148 169 X 49
Monstrose, das X 156
Montserrat II 283f NR
Moral, moralisch I 223 VI 185ff VII 502 IX 539 X 156 XII 379
Morgen I 29 46 54 86 149 152 240 391 III 30 144 147 185 V 337 343f VII 498 VIII 13 IX 466 546 XII 21
Morgenröte (vgl. Dämmerung) I 166 II 65 74 83 98f V 362ff
Morgenstern VIII 122
Morphologie X 314 XIII 53ff 120ff 123ff 235 470 WR
Motiv, poetisches III (439) (459f) V (433f) VIII 295(75) IX 286 X 341 XI 299 XII 46f 131 250 332ff 348 495(921) 502(969) XIII 38
Motto I 92 X 75 XI 7 XII 303
Mummenschanz (vgl. Maskenzüge) III 158—184 237
Muse I 33f 54 67 75ff 111 115ff 138 150 169 190 197 231 244 327 II 437ff 502 V 366f VII 79 VIII 198 462(18) IX 311 XI 123 XII 251 359
Musenalmanach IX 519 534 536 X 125 445
Musik I 386 III 292—300 309ff IV 191 216ff 303f 445 452ff 455ff V 378f 392 VI 39 257 297 507ff VII 214f 246 283 542f VIII 152 248 290f 364f 373 463(23) X 488 XI 437f XII 171 255 344 473(768–72)
Musikanten VII 94
Müßiggang I 317 IV 155 XI 332f 421
Mut I 131 134 III 299 VIII 481(137)
Mütter (Mythos) III 191ff 193 197f (453)
Mutter Natur I 202 310 350 II 440 484 VIII 79 X 539 XII 8 17 XIII 29 45
Mutter u. Kind I 36ff II 495 III 162 VII 470
Muttermörder V 26 35f
Mutterschaft VI 358
Mutterschaft, uneheliche I 85 III 113f VII 114 585f
Muttersprache (u. Fremdsprachen) V 29 VII 342 IX 258f 480f XII 506(1004f) 507(1012) 508(1013–18) 509(1020 1023)
Myrte I 119 VII 145
mysterios I 399f
Mysterium, -en XII 375(72)
Mystifikation IX 166ff 218 322 365 X 463 XI 330
Mystik II 160 169 III 20 367 VII 394ff VIII 297(96) XII 375(71 74) 392(202) 456(656) 493 (904f) XIII 493
mystisch II 24 205 VII 549 XII 375(73) 419(399) XIII 520f
Mystizismus II 245 XII 375(70) 541(1315)

Mythen (selbstgedichtete) II 113 III 23f 191ff 370f
mythisch VIII 297(96) XII 392(202)
Mythologie I 42ff 158f 164 170 II 165 III 243 VII 171 VIII 301(121) IX 301 X 285 525 XII 439(546)
Mythologie, griechische I 44ff 194 II 515ff III 165ff 212 220 227 230 246 257 266f IV 176ff 455ff V 7ff 68ff 332ff IX 536f X 48f XI 391 XII 56ff

Nachahmung VII 81 496 VIII 268f 284(9f) 460(6) 463(24) 464(31) 504 IX 115 224 262f 413 540 556 X 340 XI 56 235 362f 365 411 XII 8 31f 36f 65 67 82 89 111 136 479(800) XIII 55
Nachahmung (bildende N. des Schönen) XI 534—541 WR
Nachahmung, einfache (Manier u. Stil) I 70f VIII 284(10f) IX 413 XII 17 30ff 96 130 256 478(794f) 488(870f) 490(886–888) XIII 102 WR
Nachdruck X 81f
Nachfolge (in der Kunst) XII 478(794–99) 479(800–807) 480(808f) 490(880) 497(928) 500(952f 956) 531(1231–33)
Nacht I 18 27 109 129 142 154 160 239 268ff 281 288 308 391 II 30 97 513 III 147 215 243 261 265 (Mutter N.) 272 340f IV 341 442 458 VII 317 VIII 118 X 107
Nachtgespenster II 30 III 262
Nachtigall I 386 II 64 VI 427
Nachtstück X 260
Nagetiere XIII 212ff
Nahrung I 178
naiv(e) XII 133 476(781) 484(843) 485(844) 512(1042)
Naive Dichtkunst II 128 XII 291
Namen III 47 98 110 301 399 407 VI 255 258 VIII 428 495 IX 407 463f X 499
Namenlose, das I 309
Narr, Narrheit I 137f III 11 149ff 155ff 189f V 375 VII 270 378 VIII 481(138) IX 496 XII 188 304 538(1292) 546(1367)
Narzissen I 387
Nation I 404 VII 258ff 264f VIII 81 IX 130 X 399 XII 385(155f)
Nationalcharakter, -geist I 212 404 II 134 188 VII 125 VIII 479(123) X 442f XI 81 336 520 XII 164 330f 387(170ff) 427(448f) 499(945)
Nationalepos IX 280
Nationalliteratur(en) IX 238 264f 272 279ff XI 380 XII 240ff 327ff 352f 362f 501(959 964) 505(995–99 1001)
Nationaltheater, deutsches VII 23 35 152 216
Nationaltrachten IX 367 433 470 XI 58 340 XIII 507
Natur I 41f 148 181 188 192 199ff 203 304ff 344 357ff III 21f 35 87 103f 154 156 238f 288 301 305f 319 368f 389 IV 188 VI 8f 51f 500 (621) VIII 34f 274 283ff 405 IX 71f 491 X 13 44 540f XI 93 196 XII 17 226f 365(2–7) 366(9) 368(22) 369(27 32) 370(35 39) 372(48) 399(245 247) 450(621) 458(662) XIII 17 34f 45ff 315f 488
Natur als Chiffre VIII 34f
Natur als ewig-verschlingendes Ungeheuer VI 53 XII 18
Natur u. Geist XII 528(1203)
Natur u. Gott I 352 357 366f 375 II 99 136 VII 416 VIII 329 IX 43f X 511 XII 365(2–5) XIII 31
Natur u. Ich I 27f 30ff 46f 102 107f 246 III 22 VI 9 12 40f 51ff 85 98f IX 541 X 140 331
Natur u. Kunst I 37ff 232 245 VI 493 495 VIII 229 250 255 461(10) 463(24) IX 262f 320f 413 488f 538ff 549 564 X 50

286f 491 XI 383f 395 534f XII 12f 17f 22 28 30ff 38ff 56ff 70ff 103 282 467(719f 722–24) 468(732f) 469(734) 478(797) 490(886–88) 528(1203) XIII 28f 102
Natur u. Künstler I 53 61 70f VI 15 XII 23f 30ff 42f 174
Natur u. Mensch I 46 102 142 148 203 306 344 357ff 385 III 343 VI 416 493f VII 502 583f VIII 473(89f) 474(92) IX 223 X 13 XII 102 365(6f) 399(248) 420(408) 434(498) 435(511) 450(622) 458(664 666) XIII 45f 255
Natur u. Wissenschaft XII 399(245)
Naturalienkabinett VII 358 409 517 IX 44 309 X 143 317
Naturell IX 270 309 X 18 34 349 XII 129 478(791)
Naturevangelium X 13
Naturgeheimnis I 385 III 28
Naturgeschichte X 477 XIII 124f 170 220 229 487
Naturgesetze X 79 539 XII 45 467(723f) XIII 148 233 311f 354 XIV 36 86
Naturmagisches (Magie) I 153ff
Naturnotwendigkeit VI 274 VII 314 VIII (544) XI 26 XII 380(123)
Naturphilosophie III 238f XIII 44f 227 WR
Naturpoesie XII 299 336 360 499(944)
Naturrecht III 64
Naturreligionen (persische usw.) II 104 135 IX 223 X 515
Naturwissenschaft(en) VI 270ff VIII 299(112) 304(141) 442f X 313f 441 XIII 7ff 124ff XIV 142f WR
Naturwissenschaft (Geschichte der) VIII 467(48) 468(49f) X 467 510 XII 434(506) 440(547) 441(560) 443(568f) 451(629–31) 457(662) XIV 33ff
Naturwissenschaft u. Philosophie I 215 VIII 299(107) 303(135) 465(38) 466(39f) 467(48) XII 412(353f) 413(355) 442(565) 454(645) XIII 25ff 482ff
Nebel (vgl. Schleier) I 20 32 86 102f 108 111 149ff 167 235 242 350 360 379 387 389 391 407 II 13f III 9 14 124 137 146 148 184 198 274ff 279 304 319 360 V 384 VIII (574) IX 228 X 140 XI 9 12f 47 97 226 XII 322 XIII 420
Neid IV 446 V 110 136 229 237 XIII 12
Neigung III 50 V (433f) VI 186f 193 266 289ff 297f 304 326 (622) VII 393 421 456 520 VIII 131 144 168 180 182f 187 216 219 267 282 356 502 (539) IX 93 170ff 217ff 230f 267 269 357 393f 399 405 413 426 455 457 462 465ff 498 506 521 541 543f 553 564f 587 X 69 89 106 167 178 319 XI 299 315 423 426ff 457 547 XII 84 535(1268f) XIII 164 255
Nekrologen IX (600)
Nemesis I 299 NR
nennen (bezeichnen) XII 417(388f)
Nereiden III 186 247f 253
Neue u. Alte, das I 327 II 38 242 469 V 300ff (505) VI 131 141 263 495 VIII 430 IX 263 596
Neues Testament III 44 IX 335 510f XII 145 159 212ff
Neugier II 440 VI 146 VIII 151 165 IX 56 118
Neujahr I 7 339 IX 82f
Nibelungenlied II 183 255 X 500 506 XII 348ff NR WR
Nichtige, das III 357
Nichts III 30 48 54 349 X 8 XIV 29
niederträchtig II 47
Nimbus (Regenwolke) I 351
Nixe I 153
Nomaden VIII 385
Norden u. Süden (vgl. Antike) I 162 167 III 212ff 217 241 XI 430 XIII 102

Nordlicht I 127 373
Not II 52 473 III 114f 179 343 411f V 53f X 289
Nötigung I 360 407
Notwendige, das (u. d. Zufall) VIII 283(4) X 78 XII 8 11 35 366(10) 391(195) 539(1302)
Notwendigkeit I 407 VII 71 IX 490
Novelle VI (723) (726f)
Novelle, die VI 491—513 (722f) (726f) WR
Novellen VI 147ff (—208) 434ff VIII 51ff 85ff 128ff 167ff 378ff 393ff
nüchterner Rausch II 90 92 III 51 303
Nützliche, das (Nutzen) II 470 III 29 V 191 VII 552 VIII 65 220 296(87ff) 305(151) 386 413 472(81f) X 37 XII 35 285 406(297) 423(421 425) 431(478f) 433(495) 434(503) 444(578) 449(620) 470(744)
Nymphen III 181 222 224 IX 53 NR

Objekt (vgl. Gegenstand) XII 406(300) 414(361) 492(900)
Objekt u. Subjekt X 491 508 XII 416(377) 435(512f) 436(514–19) 492(896)
Ode VI 27 IX 143 302 X 326
Oden I 21f IX 522f
Odyssee II (692) III 246 V (433) XI 241 266 298f
Offenbarung II 7 III 43 IX 134 138f XI 475 XII 236 244ff
Offenbarung Johannis IX 185 275f X 30
Öffentlichkeit X 17
Ökonomie VI 496 VII 287ff 455 VIII 83f 168 194 IX 420
Olymp I 162 II 517 520 NR
Omen IV 108 114 VI 257 281 290 303 VIII 120 IX 589
Oper VII 23 351 474 X 97f 350f 433f XI 54 75 434ff XII 68ff 186 304
Oper, komische X 357 XI 372f 516
Opfertod III 107 259 269 V 21 27 VI 233 238 VII 393f IX 44f 136 XII 343 XIII 256
Optik X 314 437 495 XIII 18 484 528 534 XIV 145 263ff WR
Orakel IX 99 391f 556f X 478 XII 293
Ordnung II 456 III 87 166 258 388 VI 282 VII 58 451 453 VIII 58 443 X 154 213 XII 383(138)
Organ VII 498 573 VIII 37 320 IX 72 XI 209 537 541 XII 85 373(58) 378(95f) 406(293) XIII 21 25 38 64ff 100ff 128f 323 330 354 XIV 24
Organisation, Organismus VIII 331 333 XI 541 XII 514(1057) XIII 26 56 58 170
organisch (u. mechanisch) XII 42f 447(602) 458(663) XIII 21ff 118 120f
Orient XI 401f NR
Orient u. Okzident II 10 121
Original I 69 207 310 318 320 III 44 209 VIII 482(145) 485(174) IX 238 494 XI 134 152 XII 51 133 137 141f 163 170 184 283 286 302 308 335ff 349 360 499 XIII 112 484
Originalität (echte u. falsche) I 69 207 318 VIII 250 283 287(30) 295(77) 486(175f) X 352 XII 171 415(371) 479(806f) 480(809 812f) 505(1000) XIV 8
Orkus I 48 162f II 520 III 264f V 24 XII 307 NR
orphisch I 359
orphische Lehren I 403
Orthodoxie I 334 II 21 22
Ossian VI 82 108ff IX 523 537 582 NR
Ostertag III 30 XI 241 528 530f
Ostwind II 80
Ozean I 43f 294 III 192 252 255

Pädagogik (vgl. Erziehung) VI 408 VIII 71 80 X 90
pädagogische Beziehung II 98 202 VIII 141 IX 366f
Pädagogische Provinz VIII 149 166 242 244 266
Palast III 336ff VIII 372
Palästina IX 130 NR
Palme XIII 70 135 163
Pan III 180ff 287 302 IX 513
Pandora (Büchse der) I 385 IV 180 V 332ff 347 350 X 499f NR WR
Panegyrische Dichtung II 172ff 178 195
Pansophie III 20 155 367 IX 342f
Pantheismus III 109f XIII 48
Pantomime VI 379 VII 120 XII 258f
Papiergeld (vgl. Geld) III 187ff VIII 289(40) X 189f 278 287 XII 389(181)
Papst V 89f XI 328 473f XII 122
Parabase I 358
Parabel I 354 II 100ff 205 269 VIII 162 IX 408
Paradies I 380ff II 8 28 103 107ff 206 270 III 148 352 V 233 IX 129ff
Paradoxien III 56 58 191 VIII 125 476(102) IX 350 595 X 26 315 XI 336 XIII 15 XIV 255
Parallaxe (vgl. Perspektive) XII 436(527)
Paria I 361 NR
Parodie IX 107 271 301 493
Parsen II 206 269 X 515 NR
Partei, Parteilichkeit II 178 III 152 324 V 339 VI 132 VII 213 VIII 299(110) 486(179) IX 48 50 72 98f 103 240 485 X 112 361 XI 153 380f 390 XII 42 105 352 383(142) 385(153) 465(702) 524(1155f) 545(1362) XIII 105 XIV 48 173
Parzen I 50 169 III 166f 242 270 IV 461f V 43 VII 576 XII 519(1103) NR
Parzenlied V 54f
Parzival XII 155
Pasquill(ant) III (433) VII 184 XI 367
pathetisch XII 62 65
Patriarchalische, das VI 10 29 IX 272
Patriarchen II 129 477
Patriotische Kunst VIII 471(74) XII 163 486(857) 487(859)
Patriotismus IX 535 X 489
Pedant, Pedanterie VI 61 VII 149 184 VIII 302(128) 439 IX 259 X 66
Pentagramma III 49
Perle II 58 71 100f III 174 V 245f
Perser II 134ff NR
Person, Personalität II 116 III 301 IX (600) X 15
Persönlichkeit II 71 120 224 VII 290 VIII 227 323 IX 228 447 X 77 85 XII 397(231) XIII 224
Perspektive IX 312 488 XI 52 163 169 372 383 392 444 XII 27 67 157f 198 298 399(247) 437(526–28) 477(784 786) XIII 333 370 511f
Pest X 417ff XI 237
Pfänderspiel VII 119 VIII 153 IX 454f 459
Pfau I 387
Pfauenfeder II 101
Pfeil I 378 II 86 III 279 356 VIII 321 IX 449
Pferd II 474 IV 424 426 433 438 V 313 327 VIII 100f 153 245 IX 452f X 453 XI 89 189f 355f 487f 505ff
Pfingsten IX 511
Pflanze(n) (vgl. Botanisches) X 79 XI 19f 60 90 323f 374ff 547f XIII 57 64ff 106 118f 128ff 462f
Pflicht I 151 223 226 360 407 III 261 284 (Dasein ist) V 114 VII 79 460 VIII 131 165 283(2f) 295(83) 426f X 44 99 464 XII 293 517(1087) 518(1088–90)

Phalanx (Schlachtordnung) III 313 317 321
Phänomen (vgl. Erscheinung) VI 161 VIII 301(118) 304(136 139) 306(155) 309(173) IX 31 118 X 177 205ff 224 314 XI 18 168 174 188 225 280 286 306 XII 45 418(394) 422(415) 432(488) 434(499–504) 440(547f 550) 446(590f) 448(612) 449(617) 457(657) 463(690) 495(921) XIII 12 14 18 23ff 120f 127 286f 297 305 316 364 367f 371 373 377 388 390ff 401 404 412f 422f 428f 432 456 478 488f 524f XIV 265f
Phantasie (als göttl. Kraft) I 56f 144 III 27 188 197 V 243 VI 9 VII 24 395f 398 IX 262 446 X 144 XII 86 355 439(541) XIII 42
Phantasmagorie, klassisch-romantische III (435)
Phantasterei, das Phantastische VIII 127 306(152f) 477(110) IX 464 X 358 XI 122 XII 439(541 545) 441(558) 442(562)
Philanthrop X 25
Philister(ei) I 326 VI 15 VIII 485(172)
Philologen VIII 293(70) IX 246 XII 510(1025–27)
Philosoph(en) I 219 230 327 370 X 35 159 XII 119 231 XIII 30
Philosoph u. Weltmann I 229
Philosophie IX 220ff 247 X 35f XII 118f 423(428) 435(507) 451(626) 493(904–06) 540(1315)
Philosophie, Geschichte der IX 221f
Philosophie u. Naturwissenschaft I 215 VIII 299(107) 303(135) 465(38) 466(39f) 467(48) XII 412(353f) 413(355) 442(565) XIII 25ff 482ff
Philosophie u. Poesie IX 221 XII 493(904–07) XIV 105f
Philosophie u. Religion VIII 156 IX 221
Philosophien (Materialismus, Sensualismus usw.) VIII 464(30f) XII 244ff 450(624f) XIII 25ff
Phiole III 29 209ff
Phöbus III 290 NR
Phorkyas, Phorkyaden III 242f NR
Physik (vgl. Naturwissenschaften) VIII 309(173f) X 508 510 XII 448(612) 449(613–17) 458(664 667) XIII 11 125 327 482f 487ff
Physik u. Mathematik VIII 303(134) XII 454(642–44) 456(655) 457(659f) XIII 483f XIV 265
Physiognomik I 53 X 15 19 135f 154ff 160ff 173 322f 342f 507 XI 418 XIII 62
Physiologie XIII 121ff
Pietismus VII 358ff 383 IX 43 XII 357
Pilger I 86 VIII 51ff 388
Pinie XIII 165
Plagiat X 11
Plan XIII 246
Planeten I 359 403 III 155 VIII 120 IX 10 XIII 307 XIV 184
Plastik II 16 VIII 291(51) IX 501f XI 163 220 439ff 547 XII 112f 169 210 475(780f)
Plutonismus III 238f 305 XIII 40
Pöbel I 180 VI 11 IX 48 202 205 X 55 359
Poesie, Wesen der (vgl. Dichten, Dichtung) I 152 360 407f II 16f 97 143 III 15 159 172f 175 177 293ff 297 (452) IV (567) VIII 248 290(45) 482(143) IX 272 580 XII 398(244) 471(751) 473(767) 493(904f) 510(1028)
Poesie (Ursprung höfischer) II 178 III 159 IX 265
Poesie, griechische u. römische XII 79 120 507(1009)
Poesie, naive u. sentimentale XII 507(1007) 510(1028) XIII 29
Poesie als Sprachschöpferin XII 509(1020)
Poesie u. Philosophie IX 221 XII 493(904–07) XIV 105

Poesie u. Prosa II 134 141 185 IX 141 270 488 493 X 121 XI 157 XII 350 358
Poesie u. Reflexion XII 436(522)
Poesie u. Religion XII 377(86)
Poesie u. Vernunft I 325
Poesie u. Wirklichkeit (vgl. Dichtung u. Leben) X 128
Poet(en) III 165 173 227 300 308 XII 322
Poetik I 393 400 IX 108f 262ff 316f 539ff XI 534ff XII 55 342ff XIII 29
Poetik, aristotelische IX 108f 571 XII 225 313 342ff 495(922f)
poetische Schaffensweise (vgl. Entstehung des Kunstwerks) I 325 III (446) (459) VIII 126 IX 141 283 570f 585 587 X 47f 71f 80f 171 206 431 446 514 XII 32f 308f XIII 38f XIV 252
poetische Sendung I 135
poetische Stimmung XI 300
poetische Technik II 182 XII 360
poetischer Bildungstrieb IX (604)
Polarität I 294 305f 350f 367 II 10 83 III 24 41 47f 371 V 166 VIII 263 303(132) X 314 524 XI 216 XII 45 227 367(21) 369(30) 436(520) 453(641) 460(679f) 513(1048f) 519(1103) XIII 48 50 149 311 316 337 431 478 488f 493 524 XIV 36 264 266
Polemik I 333ff 355f IX 535 X (495) (507) XIII 248f 527f XIV 149 152 170 204 263
Politik I 330f IV 379 V 89ff (470f) VI 130f X 513 546
Polizei VIII 299(105) X 392
Polytheismus X 49
Popularität XII 428(459) 430(475) 432(487)
Popularphilosophie IX 273f 277 XIII 29
Porträt VI 369 VII 517 VIII 64f 79 207 IX 122 X 173 322f 354 XI 152f 174 353 XII 85 156ff 217
Posse VII 29 556 VIII 91 IX 82 286 365f 533 567 X 29 57 XI 80 175
Prä- u. Postfiguration XII 215
Praktische, das, praktisch (vgl. Nutzen) VII 420 XII 398(233f 244) 399(249) 445(581–83)
Praxis u. Theorie III 66 378 VIII 296(90f) 305(150f) 471(78) XII 430(474f) 444(575) 445(582f) 449(620) 452(633) XIII 329 369 485f
Prediger, Predigt II 439 VII 396 421 494 520 VIII 485(170) IX 143f X 423ff XII 228ff 356f
Preis(ausschreiben), literarischer IX 406f
Pressefreiheit I 332 VIII 469(63) 470(64) X 446 XII 384(143–145) 386(163)
Preußen u. Österreich(er) X 304
Priesterschaft II 135 V 8f 20 IX 292 XI 464
Prinzip(ien) XI 416f XII 9 443(568) 448(610) XIII 223
Prisma XIII 373f 384 402f 409 XIV 146
Problem, das Problematische VIII 262 292(60) 304(137 139f) 305(145) 306(152) 309(177) 475(97) (574) X 11 XII 404(282) 421(408 412) 422(414f 417ff) 426(439f) 439(545) XIII 35ff 313 WR
problematische Naturen VIII 455 XII 401(260) 540(1312)
produktiv (schöpferisch) VIII 252 292(58) IX 264 X 8 47 451 514 XII 85 524(1157–59) 535(1264)
Prolog (im Himmel) III 16
Prometheus I 44f 110 140 II 521 IV 176ff V 332 337f X 48f NR WR
Promotion IX 355 359f 471ff
Prophet, Prophezeiung I 42ff II 143 148 169 246 IV 194ff 197ff VI 508 511 VII 328 IX 40 140 276 X 39 365 XII 353
Prophet u. Dichter II 143
Prophet u. Weltkind I 90 X 30
Proportion XII 177 181

Propyläen X 449 XII 38ff 77 XIV 267 WR
Prosa, wissenschaftl. IX 276f 596ff
Prosa u. Poesie II 134 141 185 IX 141 270 488 493 X 121 XI 157 XII 350 358
Protestantismus I 335 343 354 VII 271 IX 43 288ff 377 473 511f X 489 XI 115 XII 230
Proteus III 249—256 NR
Prozession X 412
Psalmen VII 393 VIII 342 350 X 440 XI 524 vgl. David
Psyche III 351 NR
Psychologie X 7f XIII 41ff
Psyllen u. Marsen III 253f
Publikum (u. Autor) I 59 224 III (452) VI (623) VII 295 314 341 345 484 VIII 167 IX 48 574 590 593f X 357ff 521 XI 142 170 XII 40f 242 267f 324 503(983f) 504(985f 989–92) XIII 104 110 112ff
Publizität IX 594 XII 389(180)
Pudel III 42—46
Puppenspiel III 372 (435f) VII 12 16 18 122 VIII 488ff IX 15 48f 59f 413 X 56 123f 430 XI 77
Purismus (vgl. Sprachreinigung) I 213 XII 508(1017–19) 509(1022)
Putz II 453 VII 199 373 418 IX 542 X 96
Pygmäen III 232f NR

Quäker IX 244
Qualität XII 453(641)
Quantität XII 453(641)
Quell(e), quellen, Urquell I 42 51 II 114 271ff 278 474 491 496 III 18 22 25f 43 56 227 287 301 304 323 362 369f 372f V 323 VI 51 VII 357 IX 228 X 328

rabbinische Wissenschaft II 244
Raben III 321 323
Rache IV 266 272f 298 300f 305 V 23 26 35 321 VII 245 254 X 390f
Rahmenerzählung VI 147ff
Rätsel III 127 150 218
Ratsherr I 228 X 290
Ratsversammlung II 456
Raupe I 325
real u. ideal I 399 XII 366(15) 396(220f) 418(393ff) 538(1297) 539(1298) 540(1315)
Realismus X 19 541
Rebe I 103 II 154 III 296 302 X 407 XII 211 XIII 147
Rebellion III 307 310f 314 V 180f
Recht VIII 298(104) 299(105) XII 379(107f) 410(329)
Rechte, das I 314 368 II 7 10 37 46 49 90 471 III 151f IV 91 IX 104 463 XII 517(1082 1084) 520(1111)
Rechte u. Pflichten XII 520(1110)
Rechtswissenschaft IX 246 471
Rede u. Schrift(tum) XII 511(1034) 512(1035f)
Redekunst (vgl. Rhetorik) II 186 VIII 294(72) IX 447f XI 78f 82 XII 511(1029)
Redensarten u. Sprüche I 304ff II 34f IX 161 XII 414(366) 538(1294–96) 539(1307f) 543(1343) 544(1350–54) 545(1355–61 1364 1366) 546(1367–70 1372–76) 547(1377–90)
Reflexion X 34 301 307 XII 433(490 497) 436(520–22)
Reflexion u. Poesie XII 436(522)
Reformation I 211 335 343 VIII 468(52ff) 469(55ff) XI 327 XII 233 373(59) 374(62)
Refrain I 263 276f 284 290 400 II 84f V 392f
Regen I 35 81 360 379 407
Regenbogen I 261 377 II 13 81 III 149 V 44 VII 421 IX 466 XIII 503 XIV 11 112
Regie, Regisseur VII 176 345
regieren, Regierung (vgl. herrschen) I 112 134 II 138 III 150f 310 IV 428ff V (471) VIII 470(66f) XII 378(99f 102–106) 380(116–118)

Regierungsformen (Monarchie, Demokratie usw.) VIII 391 X 53 XII 380(117)
Reich (das alte deutsche) III 151f 310ff 329 IV 141ff 147 IX 183 524ff 538 X 52 114ff 297 495
Reichsinsignien IX 196ff
Reichskammergericht IX 524ff
Reichtum I 317 III 173 175 177 259 281 309 VI 168f VII 154 XII 315
Reife, reifen I 40 199
Reim I 301 320 IX 32 34 80 143 493 X 121 XII 339
Reim (Mythos vom R.) II 79 III 282f
Reime (mehrsilbige) I 341 348 390f II 47 III 30ff 248 255 294f 352f 357 361 V 338 340 342
Reine, das II 7 471 III 121 361 413 V 38 40 50 53 59 61 X 517
Reinheit I 325 362 368 VII 518 VIII 426 IX 399
Reise, das Reisen I 48f 157 175 321 III 99 400 IV 309 VI 167 172 345 431f 503 VII 35 38 41 64 87f 283 289 564 567 595 597 609 VIII 52f 72f 97 128f 132 354 361 386f 485(165) IX 242f 318f 415 X 29ff 73 127f 134ff 152 166 180ff 325f 332f 335 430 432 452ff 475ff 498 515ff XI 96 178ff 223 348 XII 127f XIII 162
Reisebeschreibungen II 225ff 243 VII 266f 452 VIII 90f IX 14 27 275 338 X 68 140ff 434 XI 348f 391
Reiten I 27 337 II 9 235f IV 424 V 313 VI 495ff VIII 66 457 IX 146ff 415ff 430f 438 522 X 63 453f
Religion I 367 II 136 149 283 III 109f 405f IV 428ff VI 85 VII 361 387 VIII 83 156ff 164 404f 468(51ff) IX 134ff 274ff 289f 338f 350ff X 42f 175 XII 124 234f 372(49 52)
Religion, griechische II 149
Religion, indische I 361 408 II 138 142 148f 245
Religion, natürliche IX 134f 138f 274 350ff X 175
Religion u. Dichtung II 19 22 141 146 150 XII 377(86)
Religion u. Kunst I 367 X 340 XII 145f 377(86) 468(728f)
Religion u. Philosophie VIII 156 IX 221
Religion u. Wissenschaft I 367
Religionen (jüdische, mohammedanische usw.) II 57 149 169 245 270 VIII 156f 159f IX 473 XII 208 376(82) 377(83)
Religionen (Geschichte der) IX 353
Religionsfreiheit (vgl. Toleranz) VIII 83 316
religiöser Genius I 42ff
Religiosität I 334f 357ff 367ff 383f VII 348f 361 364 374 383 460 586 IX 350ff X 17 323 XII 234f 295 357
Reliquie(n) VIII 80 X 409 411
Renaissancekultur II 228
Republik I 228 II 147
Resignation XI 430
retardierendes Moment VII 308 XII 250
Retten, Rettung III 145 359 361 364
Reue I 276 315 382 III 364 IV 279f 284f 333f 343 VII 483 VIII 133 IX 382 460 520
Revolution V 296 (471) X 289 438f XII 380(119 121)
Revolution, Französische I 180 211 II 478 V 168 190f (470f) VI 125 IX 488 X 188ff 244 309f 356ff 433 439 449 XIII 39
Rezensent, Rezension I 62 IX 277 514 538 550f 574 590 X 430 XI 420 XIII 110 112f
Rezitation VI 269 391 VII 21 168 199 273f 303 VIII 479(121f) 509ff IX 91 144 X 34 XII 253f 289 XII 497(927f)

Rhapsode II 188 XII 246f 249 251
Rhein X 402ff
Rhetorik II 186 III 25 372 VIII 308(166) XII 229 337 455(646) 511(1029–34) 512(1035f)
Rhetorische, das XII 66 433(496)
rhetorische Dichtung II 159 IX 598
Rhythmus III 13 VIII 248 312 IX 262 270 493 X 50 121f XI 226 XII 255f 350 358 474(775)
Riesen III 181 VIII 367f
Ring II 64 VII 200 VIII 369ff 374f
Ritter, Rittertum, Rittersinn I 156 279 II 255 282 III 277 IV 76ff 82 85 90 156 404 412f 420 VIII 368 IX 531f X 116f
Rittergeschichten, -stücke I 333 VII 26 124 X 106
Ritterorden II 277
Rollengedichte I 106
Rom I 157ff IX 14 121 XI 125 130 148f 165f 354 370 385 397 401 404 XII 107ff 125 XIII 164ff NR
Roman VI 23 242 VII 307 VIII 118 IX 228 XII 498(936–39)
Romantik I 333
romantisch u. klassisch XII 487(863–65) 488(868)
Romantische Dichtung XII 291 351 502(969–71)
Romanzen (vgl. Balladen) VII 130f VIII 55 XII 498(941)
Römer (Wesen der) XIV 45
Römische Elegien I 157—173 WR
Römisches Karneval, das (vgl. Karneval) X 434 XI 174f 484ff 515 XIII 102 WR
Rose I 26 52 78 325 389 397 II 15 64 117 165 273 III 352ff 359 V 307 X 169 XIII 94f
Rosenband I 26
Rosenknospe I 389
Rosenkreuz II 272ff
Rousseau X 13 337 NR
Royalist I 323
Rudern I 102 VI 457 X 298ff
Ruhe I 39 305 367 III 18 42f 107f 404f X 35 XIII 255
Ruhm I 75 194 II 528 532f III 54 298 308 V 314 X 119
Rührstücke, sentimentalische IX 568
Ruinen I 37ff 374 V 213 377f 391 395 VI 492f 499 VIII 13 16f IX 226 425 477 497 X 29 32f 174 294 402 XI 32 122 130 183 275f 279 297 301 351 402f 458 XII 109 141 180

Saal VIII 94 99 101 106 110 114f
Saal der Vergangenheit VII 493 539ff 574
Sabbat IX 150
Sage III 200 215 257 291 X 417ff XIV 47f
Sakramente IX 289f XII 233ff
Sakuntala (Schauspiel v. Kalidasa) I 206 II 257 XI 187 XII 301 NR
Salamander III 45 185
Sammler, Sammlungen VIII 146f IX 28f X 338ff 351ff 478ff 488 517f XI 291 XII 73ff 142 144 XIII 269 XIV 89
Sammlung, sich sammeln V (402) VI 367 371 VII 364 402 404 VIII 14 119 (525) IX 140 462 X 47 XI 173 389 XII 72 116f
Sänger I 155 198 243 290f II 534 VII 128f
Sanskrit II 244 XII 302
Sarg II 503
Sarkophag I 174
Satan (vgl. Teufel) III 81 155 213 306 353 359 IX 81 X 49
Satire, satirisch III 62ff 77—83 128 IX 125 258ff 513 569 581 X 57f 60 XII 109
Satirische Dichtung I 208ff II 173 IV 203ff X 446 448
Satyr III 180f XI 247
Satyros IV 188ff WR

Säule XI 72 117 219 269f 276 278 310 XII 9 XIII 254 289ff

Schachspiel II 142 IV 104f

Schädel I 366

Schäferdichtung IV 7ff

Schaffen (u. Zerstören) (vgl. Werden) III 32 48 357 VI 52 X 49 XII 28 30 87 515(1070)

Schalk (vgl. Narr) I 288 III 18 153 179 203 211 291f VIII 55 91 114 266 IX 506 X 21

Scharade I 303 XII 123

Schatten I 382 III 9 289 342 VI 213 XII 342 XIII 326 418f

Schatten, farbige I 398 XIII 345f 386 456

Schattenreich III 267

Schattenriß VI 67 122 IX 122 464 X 15 323 XII 89

Schattenspiel I 118

Schatzgräber I 265

schaudern III 102 121 144 172 191 193 215 237 241 266 277 322f 336 403 413 VIII 317 IX 155 X 347 XI 123 XII 293

(An-)Schauen (reines, sinnliches) I 203 211 230 382 393 III 26 103 110 220 278 340f 373 VII 525 VIII 85 126 294(71) 297(94f) 308(171) IX 316f 500 502 508 537 X 57 66 325 444 491 520 542 XI 25 122 215 388 446 XII 11 43 48 52 90 96 127 282 366(14) 398(242ff) 423(421) 444(575) 469(740) 510(1028) XIII 30 55 137f 161 164 217 257 325 368 396 482 493 XIV 253

Schauen u. Denken IX 316f 501 X 89 XI 60 XII 398(242) 406(295) 434(504) 436(516) 441(556) 464(696) XIII 37f 43 268

Schauer (vgl. Ehrfurcht) I 33 III 9 23 89 139 149 193 203 370 390 417 VI 56f 99 443 IX 13 30 199 375 X 490 XI 555 XII 24

Schauerliche, das III 275 VI 10 IX 13

Schauspiel III 22 196 369 VII 351

Schauspieler VII 52f 246 292f 434f VIII 501 IX 567

Schauspielkunst I 114ff 191ff 257 III 10ff VII 9ff 30f 87ff 106 215 309 551 VIII 257 323 IX 95 X 349ff XII 252ff 496(926) 497(931–33)

Scheidung (vgl. Trennung) VI 273 304 308f 331 356 460 476 VIII 492

Schein (schöner) (vgl. Illusion) III 178 311 314 322 VI 236 VII 309 435 454 515 VIII 172 IX 488 XII 8 42 67ff 75 89f 93f

Scheintod VIII 279

Schema II (692f) III (425f) (437) (444f) (446f) (453) VI (722) (724) VIII (523) (576) IX (599)

Schemen III 193

Schenke, der II 26 76 91 95f III 328

schenken s. Geschenk

Schere (Parzen) III 166 270 VII 576

Scherz (vgl. Komik) IX 569

Scherz u. Ernst I 182 358 II 206 III (458) (460) VIII 484(163) XII 96 XIII 104

Schickliche, das VI 397 401 VII 341 VIII 298(104) IX 306 X 128 XII 25f 36f 132 444(577)

Schicksal I 46 50 122f 132 143 257 297 313 II 81 493 518 523ff III 61 258 299 IV 177 181 377 400f 426 439 451 456 V 29 288 291f 297 VI 77f 88 245 325 356 371 428 460 VII 42 71f 121 209 276 308 356 437 494 509 534 VIII 148 414 X 75 187 XII 292 331 344

Schiffahrt I 185ff 242 XI 64f

Schiffbruch III 23 370 VI 428 VIII 107 IX 337

Schiffe II 530 XI 80

Schlacht II 526 III 311 313ff 321f X 224 375ff

Schlaf I 17 190 238 II 62 99 118 III 51 147 202 289 IV 438 445 452 V 249 333 337 369 VI 463
Schlaftrunk III 111 408
Schlange I 378 III 18 66 VI 211ff 238 IX 502 XII 59ff XIII 177
Schlangenhaut I 324
Schleier I 143 152 206 350 387 391 III 149 268 300 303 V 384 VI 165 229 231 491 (621) VII 322 327f 356 425f 551 591 VIII 492
Schlittschuhlauf I 131 VIII 211 213 IX 522f X 59 62f 85 XIII 155
Schloß III 385 VII 157f VIII 43 X 303 XI 243
Schlüssel III 28 45 138 192ff 198 201 417 V 231 245 VIII 146f 320 356 376 456ff
Schmerz (seelisch) II 82 III 9 114f 411f V 47f 252 259 355f VII 76f 516 524f VIII 59 99 164 274 IX 213f 500 502 555 X 201 328 472 XII 63
Schmerz u. Lust I 97 104 142 241 315 II 38 III 58f 356 IV 186f
Schmetterling II 19 III 291 XIII 468
Schmuck III 88 90 92f 174 177 259 391f 393f V 230 245 382 VI 168f 340
Schöne, das (ewig) I 259 386 II 120 III 18 50 54 194 226 255 258 268 291 (428) (445) VII 552 IX 223f 354 X 338f 517 XI 535ff XII 75f 79 102f 124 467(719 724) 468(730) 470(745–47) XIII 22f 201
schöne Gestalt I 223 III 258 281f VIII 445 462(18f) XIII 22 180
Schöne Künste XII 13 15ff 36
schöne Seele, schönes Gemüt I 222f V 48 VII 350 358 517f 532 608 VIII 58 168 224 428 446f (544) IX 339 517 XII 323
Schöne, Wahre u. Gute, das I 257 III 255 VIII 65 XII 87 507(1011)
schöner Geist I 222
Schöngeist I 222
Schönheit, schön I 223 225 III 78 84 198f 226 249 257 259f 263ff 269 273 279 300 340 360 391 (427) V 351f VI 223ff 281 283 VIII 462(17ff) XI 535 XII 7f 11ff 14f 57 74ff 80 84 102f 177 467(721) 468(726f) 470(742ff) XIII 9 21ff
Schönheit des Kunstwerks VIII 462(19ff) XII 177
Schöpferkraft (des Künstlers) I 53 166 III 198 227 VIII 329 X 48 181 529f XI 534 536 XII 13 24 28 30 86f
Schöpfertum, Schöpfung I 44 46 53 369 II 83 III 16ff 32 252 (427) IV 177f 181f IX 351f XII 28
Schranke(n) I 127 203 II 7
Schrift(tum) u. Rede XII 511(1034) 512(1035f)
Schuld I 315 363 III 343 IV 334 VII 136 436 XII 518(1090)
schuldig (werden) V 52 VII 136
Schuldner XII 527(1194)
Schüler, fahrender III 46 203
Schüler u. Meister I 67f 276f II 26 97 99 III 20 24f 61ff 203ff 367 371ff 374ff VII 496f VIII 238 284(7ff) 460(4) XII 73 119 183f 360 478(798f) 481(824) 531(1231–33) 540(1309)
Schwan II 95 III 212 (Leda u. der) 223 265 271 274f IV 199
Schwänchen II 95
Schwangerschaft I 183 VII 203 412 479 559f VIII 20 361
Schwank I 136 VIII 378ff
Schwärmer, Schwärmen I 176 179f 203 206 226 229 IX 271 372 512 X 156 XII 236 XIII 521
Schweigen I 173 225 288 II 56 82 V 299 VI 118 474ff VII 356f 522

Schwelle I 109 186 274 379 382f 386 II 91f 280 502 504 506 518 III 43 48 257f 261 271 V 51 323 VI 474 VII 73 134 496 541 VIII 105 358 516 IX 54 63 440 XI 395
Schwerkraft XIII 309ff 313
Schwermut VI 107 VII 217
Schwimmen II 250 X 152f
See I 102 389 III 147 VI 303 X 138ff
Seefahrt I 49f 185ff 242 VI 172 XI 36 222ff 230f
Seele I 128f 143 III 25f 41 112 349ff 356 363 IV 285 VI 7 9 12 29 49 58 VII 370f 377f 396 IX 229 XII 7 11f 229 232 XIII 7f
Seelennot III 415
Seelenschönheit III 304
Seelenverwandtschaft VI 273
Seelenwanderung I 123 II 72 107f XII 543(1336)
Seelenwärme I 34
Segen II 496
Sehen XIII 330f 344 378
Seher (vgl. Prophet) II 531f III 246 VIII 451
Sehnsucht II 25 51f 82 97 III 283 VII 145 240f 522 525 VIII 239 241 360 IX 13 224 228f 386 555 X 47 305 308 XI 98 125f 189 429 XII 323
Sehnsucht ins Unendliche I 43 46f 97f II 18f III 18 29 31 40f 59 61 104f 148 168 227 246 256 298 307 (432) (438) VI 29 52 72 92 99 VII 522 IX 546 XI 481 541
Seidenzucht IX 120f
Seiltanz (vgl. Komödianten) VII 90 96f 103 105 VIII 497
Sein, das I 369 III 322
Sekten IX 43
Selbstbeherrschung I 313 II 276 III 269 V 131 151 VI 136 315 326 355 VIII 293(65) IX 87 101 XII 361
Selbstbekenntnis(se) VII 358—420 VIII 223 X 429ff 534ff
Selbstbescheidung XII 467(718) 516(1071) 530(1223f)
Selbstbeschränkung (vgl. Einschränkung) I 112 132 313 III 149 VI 244 418 VII 72
Selbstbewahrung (-vertrauen) I 50 134 VIII 224 IX 34 X 176 XII 465(702f)
Selbstbewußtsein II 16 43 111 III 297 VI 326 VII 79
Selbstbildnis I 320 380 VII 505
Selbstempfinden (Anmaßung) II 43 198 VI 61 VIII 25 155 175 IX 481 X 84 XII 224
Selbsterkenntnis I 151 308 328 III 103 V 166 VII 411 493 505 607 VIII 283(2) 466(41) (578) IX 579 X 7 XII 287 360 413(356) 516(1072) 517(1087) XIII 38
Selbstgefälligkeit IX 375 402 461 481 X 323
Selbstgefühl (Götter-S.) I 33f 40 44ff IV 176ff XII 411(346)
Selbsthaß X 520
Selbstironie I 318
Selbstkritik IX 257f 382 485
Selbstliebe (vgl. Egoismus) V 130 VI 249 289 330 388 399 VII 242 272 434 469 475 X 20
Selbstlob II 48 70 VII 261 XIII 115
Selbstmord III 29f IV 348ff 442f VI 14 39 46ff 71 100 104 VII 602 604 IX 578f 583ff X 537 XI 142
Selbstsucht I 51 396 III 314 VII 431 X 328 331
Selbsttäuschung III 54 V 142 164 VII 35 210 252 435 VIII 169 183 470(65) X 482 XI 540 XII 429(464) 522(1140f) 530(1225)
Selbstüberwindung VI 343 510 IX 103f
selig, Seligkeit II 18 24 III 87 110 388 407
Seligen, die III 355 358f
Sentenz VI 383 397 VII 540 550 553

Sentimentalität, sentimental VIII 297(96) (544) X 322 XII 501(959)
Shakespeare (Wirkung seiner Werke) IV (571) VII 179ff 185 191f 210 216ff 243ff 253ff 293 295ff IX 492ff 582 X 58 XII 224ff 287ff NR
Sibyllinische Bücher VIII (578) IX 512 515 NR
Siebenjähriger Krieg IX 46 72f 83ff 97ff 279f
Siebenschläfer II 117
Siegelring II 9
Silhouette I 88 X 162
Singspiele IV 216ff 327 X 169 433 XI 434ff 475ff 516f
Sinn III 22 44 108 193 369 404 VIII 263
Sinne I 370 III 50 58 106 303 345 VIII 84f 480(128) XII 406(295) 438(536) 514(1061) XIII 315 369
Sinngedichte IX 595
Sinnliche, das VI (622) XII 130 298f 469(736) 529(1211) 536(1275)
Sinnlichkeit VIII (518) X 132 XIII 32
Sintflut IX 129 485 XI 366
Sirenen III 219f 229 244f 247f 251f 253 256
Sitte(n) III 299 303 V 64 101 VIII 121 404f IX 597 X 153 344 XI 336ff 359
Sitten, gute VI 396 VIII 151 IX 47 XII 306 526(1175f)
Sittenlehre VII 393 VIII 152 405 XII 293
Sittliche (u. Natürliche), das VI (622) XII 130 389(181) 476(781) 512(1042) 528(1203) XIII 30 XIV 173
Sittlichkeit, sittliches Denken I 148 203 357 370 II 239 V 101 VII 405 408 460 VIII 83 224 289(40) 391 450 469(62) X 17 20f XII 294 518(1091)
Sizilien XI 231 252 281 322 NR
Skelett VIII 326f
Skeptiker XII 540(1315)
Skizzen IX 226 X 481 493 XII 94f
Sklave XII 125
Smaragd II 29 III 281 VI 225
Soldat(en) I 309 311 319 II 462 III 34f 115 326 413 IV 124f 129—136 166 370ff VI 397 409 435 VII 196 VIII 173 389 IX 83ff 97 XI 111
Solidität XI 135
Sommer II 438 IX 466 544
Sommernacht II 97
Sonett I 245 301
Sonette I 245 294—303 V 242
Sonne I 111 150 369f 375 386 (1.—2. Aufl. 390) 391 II 62 81f 104ff 135 498 III 16 147ff 260 XII 21 405(290) XIII 398 403 418ff
Sonne u. Sichelmond II 67
Sonnenaufgang II 450f III 147f VI 28 X 107 XIII 423
sonnenhaftes Auge I 367 XIII 324
Sonnenuntergang VI 230 455f XI 227 316 XIII 348
Sonntag I 289 VIII 83
Sorge I 131 170 189 II 52 443 487 III 28 343ff 346 IV 399 438ff V 241 265 VIII 83 318 392
Soziales I 107 VI (620) VII 430f 504 XII 354
Spekulieren, Spekulation (vgl. Theorie) III 60 VII 499 VIII 309(175) 466(42) IX 539 XI 463 XII 19 443(574) 444(575) 452(633) 482(826)
Spezereien VIII 173 177
Spezialistentum VIII 483(154) 484(155) XII 429(461)
Spezifikation(sprinzip) V (477) (521) VIII (518) XII 346 370(39) XIII 35 449 455 461 513 XIV 86
Spezifische u. Generische, das I 201 III (456) V (477) VIII (518f) XII 304 XIII 163

Sphäre(n) (vgl. Element) I 202 225 390 II 107 117 III 16 23 29 31 56 86 122 177 363 370 387 (422) (438) V 216 232f 277 280 293 VI 396 416 478 VIII 78f 284(12) IX 41 321 401 564 X 290 292 XI 354 XII 95 (der Kunst) 164 247 (der Kunst) 371(47) 488(872f) XIII 25 32 59 149 161 176ff 306f 482 XIV 125
Sphärenharmonie III 16 22 147f 369
Sphinx(e) III 218—222 229f 231 237 XIII 254
Spiegel, spiegeln I 102f 372 II 41 86f III 27 78f 84 90 93 147 149 302 304 391 394 VI 9 229 311 VIII 79 94 99 106f 110 223f 338 381 486(179) (523) IX 56 229 464 538 X 140 170 401 450 494 518 531 XI 247 277 537 541 XIII 38 378f XIV 16 20
Spiegelung (Prinzip der) I 294 304 358 367 II 106 492 494 III 149 (448) VIII 301(118) 460(3) XII 322f 366(11) 390(186) 406(291) 438(534) 443(571) XIII 50 305 324 412ff 419
Spiel (Spielfeld der Gott-Natur) (vgl. theatrum mundi) II 197 III 13 15 159 XII 420(408) XIII 45ff
Spiel im Spiel III 10ff 15 132—137 158—184 196ff
Spielen, Spiel VIII 137 X 9
Spinnen III 107 166 404 VIII 341ff IX 174
Spinozismus X 78f
Spiraltendenz XIII 130ff WR
Sport (vgl. Schlittschuhlauf) II 137 IX 522f
Spott X 27
Spottgedicht IX 407f 571 591 595 X 58f
Sprachaltertümer, deutsche X 506
Sprache (Wesen der) I 63 II 25 117 179 VIII 308(171) 353 IX 90 406f XI 81 XII 265 456(656) 506(1004f) 508(1016) 509(1020f) XIII 491f
Sprache (Natur-Sp.) VI 504 IX 406 XIII 316
Sprache (Ursprung der) IX 406f 514 X 525 XI 460ff
Sprache, deutsche I 177 181 VII 342 IX 258f 277 XII 337 353 358
Sprache, englische IX 122f 231 XI 424
Sprache, französische I 180 VII 342 361 375 VIII 474(74) IX 85 90 119 478ff XII 269
Sprache, hebräische IX 124 126ff
Sprache, italienische VIII 247 IX 14f XI 28
Sprache, lateinische IX 239 XII 506(1004) 507(1010) XIV 75
Sprachen I 178
Sprachen, antike I 224 329 II 245 VIII 197 466(43) IX 239 X 25 331 XIV 75
Sprachen, slawische XII 334f
Sprach-fertigkeit (-übung) VIII 246f IX 239f
Sprachforscher I 213 X 498f 512
Sprachreinigung XII 508(1017–19) 509(1020)
Sprachschöpfung XII 509(1020f)
Sprüche I 304—337 367 II 34 40 51—59 200 VIII 59 65 68 70 283—309 460—486 X 54ff
Staat(swesen) III 151 327ff IV 430f VIII 406f 443 X 17f 52f
Staat u. Kirche IX 472f
Staatsform u. Charakter (Führungsauslese) II 147
Staatskult IX 473
Staatsmann V 128f
Stab (Herolds-) (vgl. Magie) III 171 176 178f 183f 322
Stadt II 437 500 III 35 306 IV 188 VI 495 IX 17ff 45 148ff 245 376f 417 419 X 114f 119f 293 347 XI 67f
Stände III 33f 152 VI 63 VII 531 VIII 387ff (517) IX 135 525 568f 596 X 114ff XI 336ff

Stanzen I 107ff 127 149ff 256ff 261ff 344 359f 374 378 380ff II 271ff III 9ff V 366ff 387f 392ff 396
Starre, das, Erstarren I 369 III 61 193 215 226 234 304 VI 228 495 VIII 303(132) XII 367(21)
Statuen VIII 462(18) XI 477f 542 545 XIII 510f
Staunen (vgl. Erstaunen) XII 407(303)
Stegreifdichtungen VII 119f VIII 183 187 192 IX 165 455 X 86 307 500 XII 309 XIV 252
Steigerung I 350f II 10 197 III 250 304 357 358f 360 361ff 364 V (443) VI 427 (535) VIII 157 244 XII 64 98 102f XIII 48 443ff 453 466 478f 490 XIV 79
Steine, Gestein VIII 29 31ff XI 272 XIII 253ff 260ff 269ff 275ff
Stern(e) I 102f 127 261 294 368 372 II 9 97 III 51 110 147 218 357 361 406 VI 108 122 VIII 120ff X 107 140 XI 272 342
Steuer VII 507
Steuermann I 50
Stil (vgl. auch Nachahmung, Manier u. Stil) IX 509 X 48 XII 32ff 117 121 169 178 182 226 306 478(797) XIV 10 42
Stile (dunkler u. klarer) IX 277 515 XI 159
„Stillen im Lande", die VIII 130 IX 43 512
Stirb u. werde I 369 II 19
Stoff (vgl. Motiv) II 12 VI 186 IX 540 585 X 357 XII 35f 42 46 XIII 34
Stoff, Form u. Gehalt der Dichtung II 178 VI 166f VII 573 VIII 290(47) (578) IX 429 X 529 XII 42 425(435 437) 471(753–756) 473(769) XIII 522 XIV 51
Stoff u. Behandlung (vgl. Gegenstand) I 400 II 155f 164f (626) VI 166f (720) (724ff) VIII 293 (66f) IX 141 180 261 270 277 280 282 574 578 590 598 X 48f 356 XII 23 31 42f 46f 80f 93 173 251 283 285f 296 304 348 XIII 44
Stoizismus IX 66 222
Stolz VIII 277 480(129) X 323
Straßburger Münster IX 356 382 388 X 509 XII 7ff 178 181 NR
Stratus I 350
Streben (rastloses) I 125 229 249 294 315 327 349 II 469 535 III 17f 29 31 40 56 58 61 148 223 306 344f 359 (427) (431) (446) V 101 VII 141 407 531 553 VIII 66 288(33) 312 317 IX 340 362 387 406 414 485 579 (603) X 35f 38 42 158 311 529f XI 173 423 XII 322 355 399(252) 532(1237f) XIV 96ff
Streben ins Unbedingte II 238
Streben u. Erlösen III 359
Streben u. Hemmen I 294 II 276 III 27
Streben u. Irren I 226 III 18 VII 520 532 XII 409(321) 516(1071)
Strom I 13 43 294 III 323
Struktur(en) (vgl. Gestalt) I 233 II 16 IV (544) XIII 84 120f 124 176f
Stufengang der Bildung VIII 150ff IX 345 X 307 542 XIII 94 180
Stufenreich der Geister I 369
Sturm I 33
Sturm u. Drang IX 520 X 7ff
Subjekt u. Objekt VIII 303(131) 306(154f) X 508 541 XII 416(377) 435(512f) 436(514–19) 492(896) XIII 10ff 38 272 369
sühnen, entsühnen V 26 44 49 61 (406) VII 588
Sünde, Sünder I 276 III 114 410 VII 390 392 VIII 157 X 43 XII 230
Sündenfall IX 129 X 43f
Symbol(e) I 80 102 II 196f VI (621) X 49 104 140

Symbolik II 196 VIII 162 IX 183 202 289f X 13 104 XII 142 282 322f 367(21) 470(749) 471(751f) XIII 305 316 491ff XIV 11 34 61 106
symbolisch VI (620) VIII 158 297(95) (519) (574) IX 278 X 449 XII 296 366(15) 398(244) XIII 308
Symbolum I 340
Symmetrie XII 36f 58 148 177
Sympathie IV 46 50 VI 61 75 VIII 52
Synkrisis u. Diakrisis XII 477(785) XIII 488
Synthese u. Analyse VIII 468(50) IX 118 X 155 XII 430(470) XIII 27 49ff 55 221ff 231ff
Systole u. Diastole I 305 II 10 263 IV (544) V (521) VIII 263 XII 367(21) 436(520) 477(785) XIII 27 233 337 488 XIV 83

Tadel, Tadler I 197 III 271
Tadel u. Lob II 40 VIII 117 IX 573 594 XII 523(1150–53) 525(1173f)
taedium vitae (vgl. Langeweile) VI (533) IX 578
Tag (der flüchtige) I 382 II 52 62 III 144 146f 299 353 420 IV 450 V 365 VIII 485(173) IX 347 594 XII 389(180) 391(195) 428(458) 518(1088 1094f 1100) 519(1101)
Tag u. Nacht I 308 II 52 III 16 40 147 245 IV 444f V 23 295 VII 317 IX 223
Tagebuch VI 359 369f 374f 383f 396f 415f 426f VIII 338ff 415ff IX 225 X 144 188ff 280 302 310ff 316 472 512 XI 97
Tägliche, das XII 518(1099)
Takt (musikal.) VIII 248 312
Talent I 320 II 224 III 301 V 81 87 VII 54 82 164 274f 572 VIII 87 176 237f 248 250ff 264 269 285(18) 294f 352 IX 117 226f 260 264 478 548 565 573 X 8 10 158 311 331 XI 385 390 412 XII 162 172f 185 210 472(761) 475(779) 481(820) 489(878) 516(1072) 518(1093) 536(1272) XIII 104 218f
Talent, poetisches VI (534) VIII 189 478(116) IX 237 240f 280 284 313 X 47f 80 85 99f 159 170 429 XII 30 82 90 95 174ff 248 261f 296f 303 324 359 495(918) 497(929) 500(952 954) 501(957) 506(1005) XIV 252
Talik II 124
Talisman II 8 10 51 V 272 297 VII 597 XI 315 XII 331
Tantalus, Tantaliden V 15f 33. 41f 54f NR
Tanz I 91 III 36f 162f 180 294f VI 23f 336 VII 102 361 VIII 249 IX 96 389ff 460 XI 373 510f XII 473(772) 475(777)
Tapferkeit II 482 VII 265 X 176
Tartarus IV 455 461 V 16 NR
Tat I 341 349 397 III 14 44 308 (427) V 25 95 364 VII 254 496 VIII 312f 317 XII 366(14) 397(229) 409(319) 421(410) 446(591) 515(1070) 528(1203)
Tätigkeit, tätig (vgl. Streben) I 357 II 52 III 18 29 32 58 153 170 211 307 348 V 262 305 VI 19 125 171 VII 346ff 415 461 493 520 608 VIII 82 97 225 242 281 286(21) 351 385 390f 411 IX 220 351 427 450 X 17 44 112 285 532 XI 463 XII 324 397(232) 399(249) 515(1070) 516(1073f) 517(1080–82) XIII 33
Taube I 57 59 III 252 321 IX 152
Taufe I 90 VI 421 X 30
Tausend u. eine Nacht II 146 III 186 VI 166 X 53
Technik (u. Kunst) VIII 242 329 336f X 115 XI 120 XII 482(828f) 486(854) XIV 63
Teil (u. d. Ganze) XII 374(64) 407(307) 424(428) 439(540) 447(602) 451(631) 471(756)

Teilnahme XIII 53 102
Telchinen III 250f
Telegraphen VIII 405
Tempel I 38 233 VI 215f 225f 234ff XI 117 268ff 275f 278f 323 402 XIII 287ff
Tendenzliteratur IX 536
Teppich III 277 282 325 327 IX 362 366 XI 350 361ff
Terzinen I 366 III 148
Testament VI 359
Teufel I 11 III 16—19 47 77—83 112 305 350ff 359 381—385 409 IX 351f X 49
Theater(kunst) I 114ff 191ff 257 VII 9ff 292 VIII 257f 279 479(120) (517) IX 91ff 106f 311 566f X 11 XI 156f
Theater (Aufgabe des) VII 60 66 95f 314 341 IX 567
Theater, deutsches VII 271 294f 341 VIII 478(118ff) IX 281 566ff X 51f 348ff 356f 445 447ff 456f 472 XII 295ff 496(924–26)
Theater, englisches XII 295ff 501(958f)
Theater, französisches VII 178 341 IX 90f 106f 486f X 546 XII 267 363
Theater, griechisches (antikes) XII 225
Theater, italienisches XI 509f
Theater, spanisches VIII 480(125) XII 303 497(928f)
Theater spielen III 10—15 VI 392f VII 21ff 28ff 88f 155 172f 175f 189 250 305f 310f 320ff 448 VIII 493 500f 504 514f IX 158 X 437 448f 496f XI 78 81ff 94ff 160f
Theaterbau XI 53f
Theaterstück (als Gattung) X 71 XII 296
theatralisch IX 396 489 X 71 XII 170 296 497(931)
Theatralische Sendung VIII 487ff
theatrum mundi III 13 15 159 VII 434 XI 515 XII 226 289 303
Theologie III 64 IX 143ff 274ff X 43f
Theorie (u. Praxis) III 66 378 VIII 296(90f) 305(150f) IX 263 539 XII 430(474f) 444(575) 445 (582f) 449(620) XIII 329 369 485f
Theorie u. Erfahrung VIII 302(126) 304(136 139) XII 16 433(497) 434(499f) 435(507 509) 440(547 550) 442(563) 443(570) 449 (616) XIII 14f 117 316f 483
Thule I 79 III 89 390 NR
Tier und Mensch X 79f 454 XII 135f 443(572f) XIII 170f
Tiere I 201ff II 115f III 67ff 75ff 123 133ff 380f XI 162 XII 133ff XIII 57f
Tiger VI 502
Titanen I 45 II 521f 524f III 54 230 IV 176 V 54f 365 X 48ff NR
Tochter V 217 222 229
Tod I 114ff 174 193 225 258 276 II 274 504 532 III 298 343 348 350 IV 186f 438f V 257 VI 116 459 VII 284 355 413 544f IX 316f XII 514(1057)
Tod (der Alten) IX 316f
Todesahnung II 516 VII 515f
Todesstrafe VIII 470(68f)
Todesverachtung II 533
Toleranz II 49 VI 135 VII 527 VIII 391 IX 75 427 512 549 566 X 344 XII 229 231f 466(709)
Ton II (693) III (423f) IV (562) V (433) VII 217 341 IX 90 589 X 500 XI 176 299 425 525 XII 226 270f
Topographie VI 266 VIII 87
Torheit (u. Klugheit) VIII 51ff 60 X 61 XII 538(1288 1290 1292)
Totenehrung I 258 276 VI 361ff VII 574f X 472
Totenklage I 256 345 349 II 527 III 299 VI 110
Totenopfer I 276
Totentanz I 288 III 158
Totenverbrennung I 273ff II 515
Tradition (vgl. Überlieferung) III 29 XI 196 389

Tragik, tragisch II 81 V (433f) VII 308 X 50 361 XI 299 XII 354
tragi-komisch IX 591
Tragödie I 194 VII 31f VIII 478(117) X 72 361 XI 81 299 XII 250f 342ff 495(920) 497(930) 498(934)
Tragödie, antike IX 489 XII 80 293 310ff 343f
Träne I 97 104 188 275 315f 349 377 384 386 II 81f 124 511 III 9 31 115 362 411 IV 324 332 342 V 65 116 166 357f VI 53 85 114 320 457 VII 136f 143 VIII 62 205 223 239 IX 213 220 XI 327
Transfiguration XI 453
Transzendentalphilosophie I 215 219
Transzendenz, Transzendieren XII 375(74) 443(575)
Traube I 103 III 50f
Trauerfeier I 114ff 119 VII 574f
Trauer-klage III 299f IV 455ff VIII 317
Trauerspiel, bürgerliches X 121
Trauerspiel, französisches VIII 508 IX 108f 484 XII 225
Trauerspiel, griechisches III 24 371 XI 82 XII 225
Traum I 31 102 111 308 III 212 223 266f 279 284 298 IV 99 151 205 452f V 70f 263 VI 354 VII 44 425f VIII 23 122 125 IX 40f 51ff 500 X 41 47 95 140 XI 108 123 227 432 459
Travestie IX 185f
Trennung (vgl. Abschied) I 24 127 195 377 381 383ff II 80 82f 513 III 300 V 356f VI 59 272ff 326 340 345f VII 44f 202 482f VIII 11 366 391f X 14 108 127 133f 166f XI 531
Treue I 79f 127 129 313 III 89 98 301 391 399 IV 12f 138 225 VI 195 VII 64 212 473 475 VIII 62f X 95
Trinklied I 263 III 68ff 164f 380 382 X 101
Triumphzug (Cäsars) XII 182ff 186
Trochäen, reimfreie I 235ff 237ff 361ff
Trojanischer Krieg III 246 259 262f V 18 30 69 vgl. NR
Trojanisches Pferd XII 66
Tropus, tropisch VIII 301(120) XII 357 368(24) 399(244) 493(907) 499(948) 504(993) 507(1007f) XIII 245
Tropen der Dichtung II 179f 263 XI 479
Trost II 52 III 268
Trotz I 45f II 16f IV 176ff
Trübe, das, Trübung I 27 149f 380 385 II 19 83 III 9 21 125 137 299 363 368 VIII 79 105 (574) IX 372 515 X 493 542 XI 47 227f XII 282 513(1049) XIII 359 361ff 368f 382 384 405 431 437 439ff 444 453 477 495 512 526
Trunkenheit (Rausch) II 90 92 96 III 303 VI 46f VII 125f IX 498 X 83 415
tüchtig, Tüchtigkeit, das Tüchtige I 241 312 328 341 390 II 43 III 208 220 225 250 286 310 344 348 353 V 280 VIII 175 283(6) 413 466 IX 401 529 598 X 14 109 118f 170 XI 135 XII 129 182 291 428(455) 516(1073) 517(1084) XIV 49 252
Tugend I 259 II 136 284 532 IV 212f VI 185 VII 375 393 VIII 53 127 XIV 252
Tugenden, christliche: s. Glaube, Liebe, Hoffnung
Tun (vgl. Handeln) VIII 481(136) XII 398(236) 446(591) 518(1092f) 519(1109)
Tun u. Denken I 229 V 135 250 VII 550 VIII 263 309(175) (578) IX 222 XII 398(234ff) 407(304) 420(408) 426(442) 433(497) 443(574) XIII 263
Türmer III 278ff 336 340f
Turmgesellschaft VII 462f 493 504 547ff 564

Turnier III 314 V 95f
Tyche I 359 404ff II 535 NR
Typ (vgl. Urbild) I 201 X 436 XIII 31 63 171ff 177ff 180ff
Tyrann, Tyrannis I 230 330f II 44 60 171ff 236 238 IV 404 434 441 453 V 377 392 VIII (575) X 65 126 469 XII 395(214) XIV 49

Überfluß VI 418 497 XI 360 383
Übergängliche, das (als Strukturprinzip) I 302 352 II 16 III (456) (459)
Überlieferung (vgl. Tradition) I 207 310 318 329 II 48 151 III 26 209 371 V 397 VIII 80 123 293f 297(96) 305(144) 328 467(46) IX 134 353 509ff 514 XI 118 154 416 XII 213 391(197) 392(198–202) 393(203 208) 415(375) 416(379) 418(395ff) 429 (462) 431(482) 505(1000) 510(1027) XIII 112 530 XIV 48 50ff 67
Übermacht II 44 68
Übermensch III 23f 27 371
Übermut II 16 50f III 264 282 295 298 308 V 220 232 254 VIII 378 IX 286 583 X 319
Übernatürliche, das (u. d. Natürliche) XII 223
Überredung IX 235
Übersetzung (Kunst der) II 255ff VII 298 IX 128 272 493ff 546 X 58 500 XII 245 265 302 305 306ff 336f 339 353f 357 499(946f) XIV 75 177
Übersetzungen II 130ff 170f III 44 VIII 196f X 450f XII 310ff 340ff
überwinden, sich I 330 II 71 276 V 67 VI 512 VII 480
Überzeugung (vgl. Meinung) VII 379 443 VIII 87 221 263 386 473(85f) IX 138 236 241 281 509f 551 572 585 X 44 XII 39 339 418(396) 420(407) 432(483f)
Unaussprechliche, das VIII 238 X 26 36 XII 182 470(749)
Unbedingte u. Bedingte, das IX 351f X 64 XII 399(252) 433(493f) 517(1081) XIV 185
Unbefriedigte, der III 345
Unbegreifliche, das (u. d. Begreifliche) VIII 302(124f) XII 406(298) 433(495)
Unbegrenzte, das II 23 XII 397(228) 399(249) 409(321)
Unbeschreibliche, das III 364
Unbewußtheit, Unbewußtes I 307 325 329 III 212 X 307
Undulisten XII 92f
Uneigennutz X 35
Unendliche, das I 304 367 II 97 V (521) VI 52 (596) VIII 119 (578) IX 579 X 184 XI 444 545 XII 368(22) 439(540) XIII 7f 10f 53
Unerforschliche, das II 197 III 301 IX 512 X 34 XI 545 XII 406(297) 437(531f) 467(718) 471(752) XIII 34
Ungeduld I 315
Ungeheure, das IX 357 382 385 X 151 357 XI 131 147 175 XIII 33 299
Uniform VIII 166
Universität IX 239ff 360 X 459ff XI 60f
Universum (vgl. Kosmos) X 177
Unmögliche, das I 125 III 228 VII 246 VIII 141 162 250 IX 449 X 15 175 XI 470
Unmut (vgl. üble Laune) I 333ff 355f II 42ff 197 269 VI 34 42 IX 411 440 577 582f 585 X 31
Unordnung, organisierte II 234
Unrecht II 60 III 151
Unschaubare, das VIII 309(177) XII 422(417)
Unschuld III 99 120 151 400 412 VIII 63f
Unsichtbare, der VII 359f 364 374 388
Unsterbliche, das, Unsterblichkeit II 10 III 355 359 VI 117 VIII

461(14) XII 232 512(1039) 514(1056f)
Unsterblichen, die I 144 149 III 258
Unterhaltung VI 125ff 140 142 VIII 202 IX 447 XII 93
Unterricht (vgl. Erziehung) VIII 36f IX 31ff 119f X 25
unterscheiden u. verbinden I 349 XII 366(14) 399(246) 403(275) 420(407) 421(411) 436(520) XIII 125f 220ff 231ff
Unterwelt (vgl. Orkus) I 194 III 191 299f V 23
Unterwürfigkeit der Orientalen II 170f
Untreue I 81f IV 12f 262ff VIII 63f
Unvergängliche, das (u. d. Vergängliche) I 248 IX 334 XII 504(985) 512(1038)
Unzugängliche, das (u. d. Zugängliche) VIII 297(98) XII 400(253) 437(530f)
Unzulängliche[1], das VIII 484(161) XII 180 417(390) XIII 523
Unzulängliche[2] (= nicht zu Erlangende), das III 364 XII 515(1062)
Urälteste III 270
Uranfängliche, das VII 393 XIII 63 256 XIV 77
Urbedingende, das VIII 475(100)
Urbild (vgl. Typ) I 201 III 193 198 XI 151 434 XIII 31
Urchristentum X 42f XI 123
Urei I 400 X 314
Urelemente II 179 XIV 29
Urfarbe XIV 196ff 215 229
Urfassung IX 572
Urfaust III 365ff WR
Urform XIII 271
Urgebirge III 311 VIII 476(102) XI 14 195 XIII 254f 256f 284 286 301ff
Urgestirn (vgl. Sonne) II 135
Urheberrecht XII 505(994)
Urkraft XIV 198
Urlicht XIII 404
Urpflanze XI 60 222 266 324 374f XIII 63 164
Urphänomen (vgl. Idee) VIII 304(138) XII 366f(15f) 367(17–20) 437(531) XIII 327 367f 384 483 488 526
Urphänomen u. Erscheinung I 223 III 149 193 201 293ff XII 366(12–14) 367(16) 475(779) 491(891) XIII 24f 367f XIV 91 157
Ursache u. Wirkung VI 46 VIII 305(146) 307(158) XII 445(587) 446(588–96) 447(597 603) 448(606–09)
Ursprüngliche, das XIII 482
ursprüngliche Zustände, Urzustand (Patriarchenwelt) II 7 42 128f 225 IV 183 194f VIII 142 IX 511 X 334 XI 120
Urstier XIII 196ff
Urteil IX 376 XII 349 503(976–79) 539(1304)
Ur-Teile XIV 223
Urtier XIII 63
Urvater (-väter) IX 136 XII 210 XIV 104
Urverhältnisse XIII 520f
Urversuch VIII 309(174) XII 449(613)
Urwelt XIII 255 XIV 7
Urwesen, das (ursprüngliche) IX 509 XIII 256
Urworte (orphisch) I 359 403
Urzeit(epoche) VIII 260f IX 129 136 X 365 404 XI 306 XII 298ff XIII 260 286 529 XIV 11ff
Urzustand XIII 276
Utopie, utopisch VIII 83 141

Vampyr I 271 III 165 266
Vater der Liebe I 47 51 146 396f VI 90 X 328
Vater u. Sohn I 154f II 95—99 202 237 465 III 175 211 214 IV 424 VI 91 418 VII 472 497f 502 509 569 VIII 85f 141 181f 245 459f IX 136 XII 59ff

Vaterland I 325 II 463 III 287 V 7ff 268 274 296 298 VIII 386 413 XI 389 420 XII 315
Veilchen I 78f
Venedig XI 64ff NR
Verbannung V 266 283 290
verbinden u. trennen (vgl. unterscheiden) I 349 III 360 VI 238 272ff VII 548 VIII 163 300(115) 301(122) 303(132f) 326 328 378 IX 223 XII 366(14) 367(21) 399(246) 403(275) 420(407) 436(520) XIII 125f 231ff
Verblendung X 176
Verbrechen IX 210
verehren (die Götter) I 149 XI 47 XII 467(718) XIII 33 XIV 91
Verehrung für den Meister I 67 IX 410 XI 159
Vereinigung mit dem Göttlichen I 47
Verführung III 85 387
Vergangenes u. Gegenwärtiges (Erleben) II 15 VIII 16f 79f X 32f 532 XII 140f
Vergangenheit (Geschichte) u. Gegenwart IX 26 388f X 287 490 XI 98 165 233 457 XII 378(98) 390(192) 391(193) XIII 319 XIV 50
Vergängliche, das, Vergänglichkeit (u. d. Unvergängliche) I 213 225 247 307 341 II 10 41 III 364 V 348f VI 83 302 370 376 426 VII 267 541 VIII 145 IX 579f X 39 78 XI 456 XII 512(1038)
Vergessen (vgl. Wiedergeburt) III 146f V 41 IX 411 XII 69
Verjüngung (vgl. Wiedergeburt) I 324 II 7 24 42 99 III 76 83f IV 187 VI 239 VII 516 VIII 173ff
Verklärung IV 453 VI 487 512 VII 516 589 592 XI 432 459 XII 327
Verkleidung (vgl. Masken) III 61 158ff VI 379 392f 441f VII 10 21 118 189 210 337 348 446 448 515 IX 56 201 203 208 430f 437 439 546f 593 X 27 329
Verlobung (vgl. Bräutigam) I 188 268 386 II 451 512 IV 100 VI 395 436 VII 610 VIII 89 423 IX 542 X 109f 133
Verlorener Sohn VI 91
Vermächtnis I 369
verneinen (Geist der Verneinung) III 47
Vernunft, das Vernünftige I 325 370 III 17 43 61 197 (445) VII 71 121 VIII 58 287(28f) 298(101) 300(116) 307(160f) 457 463(24) 471(71) IX 491 X 79f 531 XII 83 293 299 322 438(537f) 443 (572) 445(581 585f) 447(603f) 448(605) 468(731) 469(741) 514(1055) 538(1288) 541(1315) XIII 31 XIV 56
Verrat V 326 VIII 56f 85ff 110f 163 XII 167
Vers II 182 228 III 13 IX 141 143 165 270 X 121 360 438 468f XI 22 81 83 157 477 XII 286 501(965) 502(966f)
Verschwendung, sich verschwenden I 197 II 18 55 68 72 III 159 173 177 VI 418 VIII 69 X 38
Verschwiegenheit I 173 VIII 62f
Verselbstigung I 45f IV 176ff IX 353
Versprechen VIII 131 143
Verstand I 231 370 II 49 440 469 492 III 151 153 VII 431f VIII 95 131 282 298(101) 300(116) 460(5) 471(71) XII 81 299 322 438(537f) 441(559) 445(581–86) 514(1054f) XIII 32
verstehen XII 398(241)
Versuch(e) X 508 XIII 10ff 14f 38 323 337ff 345ff 364ff 370ff 386ff 409ff 428f 432f 454 XIV 39 156f 162f 168f 258ff WR
Versuchung VIII 486(180)
Verträglichkeit II 53

Vertrauen I 357 VII 538 X 345
Verwandlung (vgl. Wiedergeburt) II 18f 72 III 148 247 249 252 289 V 18 VI 218 227f 233 239 324 IX 441 XII 381(126) 490(886–88) 492(897f) XIV 29
Verwandlung durch Poesie (vgl. Kunst) II 72 VII 551 VIII 284(11) 285(18) 462(18f) IX 588 XII 46 488(871) 489(878)
Verwandtschaft VI 272f 445
Verworrene, das III 177
verzichten (vgl. Entsagung) VI 341 343 X 178
Verzweiflung I 385 II 467 III 27 53f 102 137f 403 415 V 165ff 392 VI 53 115 314 484 VII 77 79 279 522 VIII 100 222 (519) IX 461 582 X 91 472 496
Vigilien III 146f
Vision III 131 348 IV 453 V 295 384 VII 591 VIII 127 451 XI 432 459
Vitzliputzli II 123
Volk, Völker I 330f III 32ff 36f 348 IV 194ff 371ff 389ff 415ff 428ff 434ff V 338ff 394 398 (470) VI 240f VIII 161 X 389 XI 32 47 67 338f 359 XII 163 285
Volkheit VIII 470(66) XII 385(154)
Volksbuch (-bücher) IX 35f 532 X 45 501 XII 284ff
Volksglaube XII 299
Volkslied(er) I 78 VIII 295 (75f) XII 270ff 282ff 327ff 336 498(942)
Volksmärchen XII 265
Volkspoesie IX 408f XII 264f 282 327ff 336
Vollkommenheit XII 470(742f) 478(796) 531(1234) XIII 7f 21ff 172
Vollmond I 391 II 84 VIII 238f 314 IX 523 XI 168 191 230 344 346 554f XIII 348f 399
Vorbild I 207 323
Vorsehung, göttliche IX 134 X 175 211
Vorspiel (vgl. Prolog) III 9
Vortragen von Dichtung (vgl. Rezitation) II 168 VI 269 296f VII 191 303 308f VIII 479(121f) 509ff IX 426f 462f 470 552 X 310f 344 500 XI 157 169 379 XII 246f 288f
Vorurteil VII 206 VIII 283(5) 472(84) X 56 67 XII 450(622) 529(1208) XIII 318
Vorzug u. Mangel I 202 VIII 288(34) XII 532(1239)
Vulkanismus VIII 259ff 307(163) XI 124 144 171 175 181 183 187ff 192ff 198 205 214f 273 287 293ff 344ff XII 447(601) XIII 256ff 261 266f 278f 286 295ff 310
Vulkanisten u. Neptunisten I 333 III 230f 238f 241 305 XIII 268

Wachsmalerei XI 406 XIII 520
Wachstum II 18 IX 71f XIII 99
Waffen II 279 III 297f V 328 341
Wagenlenker (vgl. Knabe Lenker) II 446 489 III 172—177
Wagenrennen I 36
Wahlverwandtschaften VI 242 274f (621) IX 561 X 35 499f 505f XI 421 WR
Wahn (u. Wirklichkeit) III 9 51 132 139 237 266 VII 437 VIII 215 IX 462 583 598 XI 109 XII 304f 322 520(1114)
Wahn u. Wahrheit I 122f III 178 VIII 215
Wahnsinn I 269 II 9 21 77 III 140ff 417ff V 30 40 43 347f VI 46f 89f VII 255 334f VIII 64 IX 564 581 X 10 65 530 XI 245 247 515 531 XIII 32 110 XIV 65
Wahre, das, das alte Wahre I 123 329 369f VII 397 VIII 65 120f

286(20 25f) 300(114) 305(148f) 308(170f) 443 460 X 327 486 XI 475 XII 415(371–73) 418(398) 519(1101) XIII 44f 256
Wahre, Gute, Schöne, das I 257 III 255 VIII 65 422 IX 370 XII 507(1011)
Wahrheit, wahr I 152 210 222 II 55 III 27 96 355 V 36 45 60 66 109 VIII 136 157 221 309(176f) IX 353 XI 93 122 156 XII 8ff 28 30 229 347 366(11) 372(53) 406(291–294 296) 410(331) 414(364) 422(417) 433(496) 442(564) 452(633) 455(650) 465(703) 496(926f) 514(1059f) 543(1344) XIII 9 305 482 XIV 253
Wahrheit der Kunst I 138 152 IV (567) VII 309 VIII 255 479(120) XII 8 13 67ff 170 476(780) 496(926)
Wahrheit u. Dichtung VI (522f) (530) IX 7ff X 28 507 510 519
Wahrheit u. Irrtum I 111 226 II 59 III 13f 28—178 VIII 286(25) 301(118) 307(157) 475(99) X 183 XII 346 365(6f) 406(293) 407(309f) 408(313–315) 409(319–326) 410(327–335) 411(337) 415(371) 416(376) 427(451f) 429(462 465–67) 452(6 34) 507(1011) 531(1129) XIII 45 XIV 7 99f 173ff
Wahrheitsliebe VIII 292(54)
Walpurgis(nacht) III 83 116 121—132 127
Walpurgisnachtstraum III 132—137
Waltende, Wirkende, das (ewig) III 156 V 293 X 109
Walzer X 390f 460 XII 344
Wanderbühne VII 271f 345
Wanderer, wandern I 33ff 36ff 142 190 374 II 47f 270 III 264 333f VI 75 VIII 7ff 11f 165 226 264 283 317f 386ff 392 433 460 (574) IX 503 521 547 556f X 47 140 149 385 468 XI 555 XII 224 341 514(1058) XIII 318f
Wanderers Sturmlied IX 521
Wappen III 81 272f
Wasser I 34f 42f 143 153 276f 284 294 304 II 105 III 149 212 229 238ff 246 251 255f 357 V 363 365 VI 210f 213 439f 457f XI 351 XII 138f
Wasser, geballtes I 362 II 16
Weben, Gewebe I 136 152 325 358 III 21f 24 41 63 87 110 167 284 368f 371 376f 388f 406 V 229 366 384 VI 12 53 (517) VII 185 544 547 VIII 198 249 255 344ff 418 IX 487 X 42 XI 520 XII 519(1103) XIII 32 488 513
Wechsel I 19f II 513
Wechsel u. Dauer (vgl. Augenblick) I 247 II 41 III 149 VIII 384f IX 578f XII 47 383(138) 397(232) 422(417) 438(538)
Wechselrede III 283
Wechselwirkung IX 188 XII 433(492–94)
Weib (d. Weibliche) III 78 84 364 VII 100
Weihnachten I 339 VI 103ff VIII 490 XI 156 446
Weihnachtsgeschenk I 300 VI 105 VII 12 18
Wein I 263 270 II 45 89ff 136 156 202 238 443 534 536 III 72ff 302f 328f 383f IV 78f VII 130 VIII 363ff IX 157 X 126f 298 407 415 417 XI 24 XII 211
Weinberg II 460 III 74 384 X 209 223 402ff
Weinen (vgl. Träne) II 80 124 III 115 411 VI 53 55 321 356 VII 136 143 335 545 VIII 223 IX 220
Weise, der I 230 II 37 47 504 III 149 155 158 VIII 156f 163 296(89) IX 320 XIII 104
Weiser u. Menge II 18 VIII 472(81ff) XII 431(478–80)
Weiser u. Narr XII 538(1292)
Weisheit VI 236 VIII 460

Weissagung VI (597) VIII 461(11 15)
Welle I 102f III 251 254 256 X 140
Welt VIII 283(4) 462(17) XI 210 XII 366(10)
Welt (Bild der Frau Welt) II 94 III 77f
Welt, enge, kleine I 132 III 107 415 VI 17 23 IX 436 X 363
Welt als Kerker III 21 368 VI 14
Welt als Raritätenkasten I 136 III 159 VI 65 XII 29 226
Welt u. Gott I 357 II 10 83 98 103 269 VIII 460 IX 351f XII 515(1065)
Welt u. Ich I 370 III 208 V 156 271 VI 13 49 VII 257 290 VIII 126 274 302(123) IX (603) X 44 83 XII 97 226 397(228–30) 398(237) 414(364) 435(511) 532(1240) XIII 26f
Welt u. Mensch I 314 II 52 110 V 81 107 229 VII 405 VIII 306(155) IX 463 XII 373(58) 467(725) 513(1048) 519(1103) 540(1315) 544(1349)
Weltanschauung X 25
Weltbund VIII 390f
Weltbürger(tum) IX 550 X 457 XII 55
Weltfrömmigkeit VIII 243
Weltgegenden (3 große) XIII 103
Weltgeist I 369 V (521) XII 289
Welt- und Tatengenius (vgl. Erdgeist) III (427)
Weltgeschäfte X 82
Weltgeschichte I 333 VIII 159ff X 176 235 359 365 XI 154 XII 298f XIV 48f 93
Weltgott IX 335
Welt-harmonie (vgl. All) III 20 22 367 369 VIII 302(123) XII 414(364)
Weltkenntnis I 314
Weltkind I 90 X 30
Weltliteratur VIII 483(151) IX 552 XII 352f 361ff 505(995) WR
Weltmann II 244 VII 375 VIII 79 438 IX 114 182 XI 203 XIII 229
Weltmann u. Philosoph I 229 XIV 110
Weltordnung (u.d. Dämonische) X 177 XII 379 (109)
Weltschicksal X 400
Weltschöpfung II 83 III 16 252 305 VIII 260f IX 351ff XIII 63 256
Weltseele I 248 369
Welt-Treiben, s. Erdetreiben
Weltverachtung I 314 II 94 X 23
Weltverstand X 72
Werbung V 12 14
Werden (vgl. Entstehen) VIII 307(162) 477(108) X 314 XII 293 396(227) 397(232) 438(538) 447(599f 603) XIII 46 56
Werden, kosmisches I 304 369 II 83 III 19 32 238f 250ff 252 256
Werden, künstlerisches III 227
Wertherfieber I 394 X 321
Wesen (u. Erscheinung) III 47 V 246
Westwind II 82
Wette(n) (Glücksspiel) III 18 56ff VI 248 VIII 378
Wetter XI 12 15 17ff 37 122f 131 XIII 306
Wetterkunde, Witterungslehre X 522 XI 18f XII 461(681) XIII 304ff XIV 11 WR
Wettkampf I 36 XI 487 505ff
Widerspruch I 328 II 55 III (427) VI 384 VIII 263 461(7) X 175 529 XI 193 XII 411(339f 345) 412(347f) 528(1197–1201) 533(1244) XIII 45ff
Widerspruch, Geist des III 47 127 VIII 258 IX 350ff 403 X 315 XIII 255
Widmungsgedichte I 7f 13 86ff 105 120 259ff 339—56
Wiedehopf II 31
Wiederfinden II 80 83 VI 57
Wiedergeburt (vgl. Verjüngung)

I 366 II 18f 42 63 72 99 III 146ff IV 187 V 18 XI 126 146f 149f 217 386 393 XII 381(126)
Wiese I 387
Wille, guter II 34 III 153 VIII 279 IX 340 XIV 173
Willkür I 179 202 407 II 481 524 IX 490 X 454 XI 122 246 XIII 19 309
Wind I 143
Winter I 131 II 60 III 35 122
Wirken IX 277 447 XII 382(135) 393(207) 397(232) 398(237) 417(384) 429(467) 430(474)
Wirkliche, das gemeine XII 512(1041f)
Wirklichkeit (u. Wahn) XII 373(58) 520(1114)
Wirklichkeit u. Poesie X 128
Wirksamkeit VIII 297(97) IX 387 XII 392(200) 400(255)
Wirkung (Wirken) III 16 20 367 VIII 307(164) X 35f 38 XII 394(214) 395(215) 397(229f) 404(281) 430(476) 431(477) XIII 17f
Wirkung der Kunst I 156 176 179 231 244 II 146 III 12 V 366 VI 143 209 398 VII 83f 106 130 314 316 412 540 573f VIII 206 513 IX 429 446f 502f 539 580f 590 X 53 XI 536f 545 XII 20 48 50f 53 65 67ff 72 77 81 103 133 142 264 295 344f 349 494(913f) 504(985–992)
Wirkung der Künste (i. d. Zeit) VIII 290f XII 473f
Wirkung der Tragödie XII 342ff
Wirkung eigener Werke (vgl. Publikum u. Autor) I 179 X 7 32 XII 404(279) Einzelne Werke: Egmont IV (566ff) XI 431ff 458f Faust III (450ff) (458ff) Groß-Cophta X 356ff Iphigenie V (406) Märchen IX 446 Prometheus X 49 Wahlverwandtschaften VI (623) (625) (627ff) Werther I 92 VI (522ff) (532) IX 583 588ff 592f X 321f 545 West-östl. Divan II 126ff 195 X 521 Wilhelm Meister VIII (551—572) (575f)
Wirkung in die Ferne I 283 VIII 225 351
Wissen, das II 36 VIII 480(131) X 498 XII 398(242) 407(306f) 466(712f 716f) XIII 322
Wissen u. Glaube X 23 XI 416
Wissen u. Wissenschaft X 467 XII 407(305 308f) 418(392) 420(407) 425(434)
Wissenschaft I 327 367 III 61 83 203—209 367ff IV 268 VIII 304(137) 443 X 510 529 XII 407(303f) 418(395 398) 419(402–05) 420(406) 421(412) XIII 13 23f 51 272ff
Wissenschaft u. Dichtung VIII 301(121) 482(140ff) X 444 XII 439(546) XIII 13 106f 522f XIV 40f
Wissenschaft u. Leben VIII 290(44) 471(75ff) 472(79ff) 476(105) 477(106ff) XII 430(471–75) 431(478–80) 492(901) 493(902)
Wissenschaft u. Natur XII 399(245)
Wissenschaft u. Religion I 367
Wissenschaften III 20 IX 246 XIII 122ff
Wissenschaften, Geschichte der VIII 299(106) XII 418(391–94) 419(399–401) 424(432) 427(451) 428(455) 431(482) XIII 10f 112f 148f 212 221 319 XIV 10 51 81 143
Witwe v. Ephesus VI 381
Witz II 165 III 190 VII 119 VIII 301(120) XII 14 286 368(24) XIII 20 492
Wohltätigkeit II 437 VIII 22 X 337 489 XI 462
Wohlwollen VI 289 291 VIII 295(79) (575) IX 103 229 543 X 32 41 70 83 128 155 488 XI 427
Wohnung I 178

Wolke (vgl. Schleier) I 47 52 108 111 127 143 149ff 190 325 349f 360 379 382 387 408 II 88 273 III 137 184 198 300 304 357 360 361 V 44 384 VIII 122 X 522 XI 9 13 18f 286 XIII 304 420
Wollen u. Tun VIII 288(33) 471(73) XII 519(1107f) 532(1238)
Wort II 25 79 III 20 44 64f 367 V 258 VII 496 IX 514 XIV 50
Wort, gesprochenes II 7
Wort u. Bild XII 493(904 906f) XIII 491
Wort u. Sinn (Geist) VIII 469(58f) XII 417(388–90) 423(424) 509(1020f 1024) XIV 50 76
Wörterbuch X 255
Wort-Magie XII 423(424)
Wortspiel VIII 514 XII 68
Wunde (Seelenwunde, Herzenswunde) II 80 XII 60f
Wunder, das Wunderbare II 118f 275 447 III 216f 256 335 VI 146ff 159 VIII 17 121f 161f 371 X 158 302 XI 470
Würde IX 230 434

Xenien I 208ff

Zahlen, heilige II 222 III 82
Zähne II 164
Zauber(eien) (vgl. Hokuspokus) III 61 73ff 122ff 131 156 171 311 315 384f VII 185 VIII 369ff 375 492 XIV 65
Zauberband (vgl. Faden) I 132 X 95
Zauberflöte II 453
Zauberkreis X 95 XI 179 418
Zauberlehrling I 276 X 68 178
Zauberspiegel III 78f 199 X 41
Zaun I 45 IX 223
Zeichen (vgl. Chiffre) II 8 III 22f 46 306 320 369f V 226 VI 225 331 VIII 158 IX 127 XII 234 236 321 XIII 492f
Zeichnen, Zeichnung I 53ff 89 177 260 VI 9 15 74 430 493 VII 361 IX 115 117 224f 309ff 347f 458f 545 563f X 42 50 146 152 282 XI 173 176 206 218f 297 365 382 386 399ff 411 444 XII 214
Zeit I 46f 247 308f 314 353 373 II 41 52 III 24 26 198 228 266 268 284 288 349 371 373 (436f) IV 35 78 175 176 180 400f 443f V 226 261 295 297 300ff 314 369 398 VI 290 419 VII 203 541 VIII 145 405 480(131) 481(132) X 187 XI 48f 456 XII 518(1099f) 519(1101f)
Zeit (innere, erlebte) I 182 205
Zeitalter V 226 XIV 81
Zeitgeist, der, u. d. Einzelne IX 512 550 (602f) X 17 170 XII 388(178f) 389(180–183) 532(1239) 544(1348) XIII 116 XIV 47 49ff
Zeitgeschichte X 116f 157 356ff
Zeitlose, das III 191 198 215 227f 284 288 VII 541 XIII 47
Zeitung I 332 IV 30 43 VII 198 IX 550 X 112 114 502
zerstören (u. schaffen) III 47f 54f 349 VI 52f VII 553 X 49 XIII 257
Zerstreuen u. Sammlung I 340 II 46 VI 65 141 X 41 85 XI 377 412 XII 72 117 XIII 127 XIV 98 223
Zettel u. Einschlag I 358 VIII 346ff (573) X 177 XII 519(1103) XIII 32
Zeugung III 232 300 VIII 461(13) 464(27) XII 491(892)
Zeugung, künstliche III 209f
ziemen, sich III 260 269 V 100
Zigeuner IV 165 VII 223 VIII 227 IX 572
Zitate aus Dichtern II 193 IX 81 X 162ff
Zither VII 146 515 VIII 515 IX 57f
Zoologie XIII 170ff 219ff WR
Zoonomie XIII 126
Zueignung I 149 III 9

Zufall I 192 359f 404 III 327 V 46 75 235 VII 71 308 494 VIII 298(101) X 117 183 XIV 49
Zufällige, das, u. das Notwendige VIII 92 283(4) 353 X 175 XII 366(10) 391(195) 395(215) 414(366) 512(1041) 541(1315)
Zufriedenheit X 37
Zukunft I 340 II 35 IV 78 119 175 453 V 295f 369 VI 384
Zweck (u. Mittel) VI 286 VIII 67 286(23) 329 410 X 8 38f 110 531 XII 35f 47 517(1080) 519(1104) XIII 21 171
Zweifel II 487 III 154 X 312
Zweikampf I 279
Zwerge I 281 VIII 363 367 X 490 XI 244 246
Zwischen(kiefer)knochen XIII 181ff 235ff WR
Zyklisches II 23 VI 187 XII 137 210ff
Zypresse II 88 III 302 XI 51 146

WERK-REGISTER

Bearbeitet von Irmgard Böttcher

Das Werk-Register erfaßt alle im Textteil der Hamburger Ausgabe enthaltenen Werke Goethes und Erwähnungen seiner Werke in dem Text. Titel der von Goethe genannten eigenen Werke, die nicht in diese Ausgabe aufgenommen wurden, sind in *Klammern* gesetzt. *Gedichte, Sprüche, Xenien* und *Maximen* wurden nicht berücksichtigt; sie sind aus den Registern in den Bänden I, II und XII (S. 769–781 Maximen und Reflexionen) zu ersehen.
Äußerungen Goethes zu seinen Werken sind den meisten Bänden gesammelt als Anhänge beigefügt. Diese wie auch Zeugnisse seiner Zeitgenossen und weitere Dokumente in den Kommentaren sind im Werk-Register nicht berücksichtigt.
In der *alphabetischen Reihenfolge* sind *Artikel, Präpositionen* und *Vornamen* nicht beachtet worden.
Die *Zeichen* entsprechen denen des Namen-Registers, vgl. S. 627
NR = Namen-Register S. 627–720
SR = Sachregister S. 721–788

Die Absicht eingeleitet XIII 54–59 vgl. Einleitung in die Hefte zur Morphologie
Achilleis II 515–536
Alemannische Gedichte. Für Freunde ländlicher Natur und Sitten, von J. P. Hebel XII 261–266 vgl. X 511*
d'Alton s. Die Skelette der Nagetiere ...
Analyse und Synthese XIII 49–52
Andere Freundlichkeiten XIII 113–117
Annalen s. Tag- und Jahreshefte
Anschauende Urteilskraft XIII 30–31
Antik und modern XII 172–176 vgl. SR
Anzeige und Übersicht des Goethischen Werkes zur Farbenlehre XIII 524–536 vgl. Farbenlehre
Archiv des Dichters und Schriftstellers X 532–534
Aristophanes s. Die Vögel
Aristoteles s. Nachlese zu Aristoteles' Poetik
Arnim s. Des Knaben Wunderhorn
Die Aufgeregten V 168–214 X 359 439
Aus meinem Leben Dichtung und Wahrheit IX 7–598 X 7–187 X 507⁺ 509f 513° 519
Über Autobiographie X 536
Autobiographische Schriften IX X XI vgl. SR

Bahrdt s. Prolog zu den neusten Offenbarungen Gottes ...
(Des Joseph Balsamo, genannt Cagliostro, Stammbaum) XI 253*
Über den Bau und die Wirkungsart der Vulkane in verschiedenen Erdstrichen, von Alexander von Humboldt XIII 295–296
Baukunst. 1795 (Auszug) XII 35–38
Bedenken und Ergebung XIII 31–32
Bedeutende Fördernis durch ein einziges geistreiches Wort XIII 37–41
Bedeutung des Individuellen s. Über Autobiographie
(Beiträge zur Optik. Weimar 1791/92) X 219+ 314* 437 XIII 18 XIV 264* ff vgl. zu XIII 314 ff vgl. Farbenlehre
Belagerung von Mainz X 363–400
(Belsazar, dramatisches Fragment) vgl. VIII 508 ff 514
Bemerkungen der Freunde X 537
Besuch in Sesenheim 1779 X 537
Betrachtung über Morphologie XIII 120–127
Betrachtungen im Sinne der Wanderer VIII 283–309 vgl. Aus Makariens Archiv vgl. Maximen und Reflexionen
Bignonia radicans XIII 127–130
Über die bildende Nachahmung des Schönen, von Karl Philipp Moritz (Auszug) XI 534–541 XIII 26+
Bildung des Erdkörpers, Deutschland geognostisch-geologisch dargestellt von Chr. Keferstein XIII 280–282
Über Bildung von Edelsteinen XIII 270–272
Bildungstrieb XIII 32–34
Blicke ins Reich der Gnade, Sammlung evangelischer Predigten von D. Krummacher, Pfarrer zu Gemarke XII 356–357
Joseph Bossi über Leonardo da Vincis Abendmahl zu Mailand (Auszug) XII 164–168
Botanik (allgemein) XIII 64–168 vgl. SR
Brentano s. Des Knaben Wunderhorn
Brief des Pastors zu *** an den neuen Pastor zu *** XII 228–239 IX 512+ X 15
(Briefe aus der Schweiz) X 154+ 432+
(Briefwechsel zwischen Schiller und Goethe in den Jahren 1794 bis 1805, Stuttgart u. Tübingen, Cotta, 1828 u. 1829, 6 Bde.) X 444+
(Zu brüderlichem Andenken Wielands. 1813) X 512*
(Der Bürgergeneral) X 358* 439

Calderons „Tochter der Luft“ XII 303–305
Campagne in Frankreich 1792 X 188–363 vgl. XIII 111 vgl. zu IX 7 ff (S. 616 ff)
Carlyle s. German Romance s. The Life of Friedrich Schiller

Cäsars Triumphzug, gemalt von Mantegna. Zweiter Abschnitt XII 192–202
Cellini s. Leben des Benvenuto Cellini
La Cena, Pittura in Muro di Giotto, nel refettorio del Convento di S. Croce di Firenze, J. A. Ramboux dis., Ferd. Ruscheweyh inc. XII 203–205 vgl. XII 170
Christus nebst zwölf alt- und neutestamentlichen Figuren, den Bildhauern vorgeschlagen XII 210–216
Über Christus und die zwölf Apostel nach Raffael von Marc Anton gestochen und von Herrn Prof. Langer in Düsseldorf kopiert (Auszug) XI 449–451
Claudine von Villa Bella
1. Fassung: Ein Schauspiel mit Gesang IV 216–259
(2. Fassung: Ein Singspiel)
X 430 433 XI 395⁺ 419 432 434° 436 475 ff 516
Clavigo IV 260–306 IX 522 X 71 f 430

Dante XII 339–342
Delacroix s. Faust, tragédie . . .
Von deutscher Baukunst (1772) XII 7–15 IX 386* 507* f vgl. IX 382*
Von deutscher Baukunst (1823) XII 177–182 vgl. zu X 527 vgl. SR
Dichtung und Wahrheit s. Aus meinem Leben Dichtung und Wahrheit vgl. SR
Diderot s. Rameaus Neffe
(Über den Dilettantismus) X 449⁺ vgl. zu VI 266 vgl. XII 481 f
(Disputation Goethes in Straßburg) IX 471 ff 474* f 504
(Dissertation Goethes) IX 473⁺
Divan s. West-östlicher Divan
Drei günstige Rezensionen XIII 112–113
Dritte Wallfahrt nach Erwins Grabe im Juli 1775 XII 28–30

Edelsteine s. Über Bildung von Edelsteinen vgl. SR
Egmont IV 370–454 X 170 f 176 181 187 430 f 445 XI 366 f 369 373 382 392 394 419 f 431 ff 435 f 444 458 f 476 f 518
Einfache Nachahmung der Natur, Manier, Stil XII 30–34 XIII 102⁺ vgl. SR
(Einige allgemeine chromatische Sätze) X 398⁺
Einleitung in die Hefte zur Morphologie: Das Unternehmen wird entschuldigt Die Absicht eingeleitet Der Inhalt bevorwortet XIII 53–63 vgl. Zeitschriften
Einleitung in die Propyläen XII 38–55 vgl. Zeitschriften
Einwirkung der neueren Philosophie XIII 25–29

Eiszeit XIII 298–299 vgl. SR
Elpenor V 309–331 X 432
Englische Kupferstiche XII 21
Entstehung der biographischen Annalen s. Archiv des Dichters und Schriftstellers s. Lebensbekenntnisse im Auszug s. Selbstbiographie
Entwurf zu einer Einführung in geologische Probleme XIII 299–300
Des Epimenides Erwachen V 366–399
Über epische und dramatische Dichtung XII 249–251
Erfahrung und Wissenschaft XIII 23–25 vgl. XIII 26⁺
Erläuterungen zu dem aphoristischen Aufsatz „Die Natur" XIII 48–49
Erste Bekanntschaft mit Schiller s. Glückliches Ereignis
Erster Entwurf einer allgemeinen Einleitung in die vergleichende Anatomie, ausgehend von der Osteologie XIII 169–184 XIII 49⁺
(Erwin und Elmire)
1. Fassung: Ein Schauspiel mit Gesang
2. Fassung: Ein Singspiel
X 169 430 433 XI 395⁺ 397 415 419 434 436 475 ff 517
Erwin von Steinbach s. Dritte Wallfahrt ...
Eugenie s. Die natürliche Tochter
Euripides s. Phaethon ...
(Der ewige Jude, Fragment eines epischen Gedichts) X 45* ff 78 430 vgl. XI 123 vgl. NR SR
Die Externsteine XII 206–209
Nach Falconet und über Falconet XII 23–28
Farbenlehre
Zur Farbenlehre. Didaktischer Teil XIII 314–523
Materialien zur Geschichte der Farbenlehre (Auszug) XIV 7–269 I 398 X 280 398 438 450 f 454 f 467 f 493 ff 505 507 f XIII 50 113⁺ vgl. X 219 355 XI 526 XII 44 f XIII 11* vgl. SR
vgl. Anzeige und Übersicht ...; Beiträge zur Optik; Einige allgemeine chromatische Sätze
(Ein Fastnachtsspiel vom Pater Brey)
IX 563* vgl. Neueröffnetes moralisch-politisches Puppenspiel
Faust, Teil I und II III 7–364 I 321⁺ IX 413* 483⁺ 507 X 11 78 131 430 445 451 492 XI 383 432 476 525 XII 354–356 vgl. I 244* vgl. zu X 123 vgl. XIII 32 vgl. NR
Faust in ursprünglicher Gestalt (Urfaust) III 365–420
Faust, tragédie de Monsieur de Goethe, traduite en français par Monsieur Stapfer, ornée de XVII dessins par Monsieur Delacroix XII 354–356
Ferneres in bezug auf mein Verhältnis zu Schiller X 542–543

Die Flucht nach Ägypten VIII 7–11
Fossiler Stier XIII 196–203
Fragment über die Natur s. Die Natur
Fragment von Werthers Reisen s. Briefe aus der Schweiz
Freundlicher Zuruf XIII 34–35
Friederiken-Lieder I 25*–32 IX 466*

Gedichte s. Register in Bd. I u. Bd. II
Die gefährliche Wette VIII 378–383 X 499⁺
Die Geheimnisse. Ein Fragment II 271–281
Die Geheimnisse. Fragment. (Aufsatz Goethes in Cottas „Morgenblatt" 1816) II 281–284
Geistesepochen, nach Hermanns neusten Mitteilungen XII 298–300
Geoffroy de Saint-Hilaire s. Principes de Philosophie ...
Zur Geologie (allgemein) XIII 251–303
Zur Geologie (Auszug) XIII 296–298
Zur Geologie, besonders der böhmischen XIII 275–278
Geologische Probleme und Versuch ihrer Auflösung XIII 300–303
German Romance XII 351–353
Geschichte der Farbenlehre s. Materialien zur ...
Geschichte Gottfriedens ... s. Götz von Berlichingen
Die Geschwister IV 352–369 X 431
Giotto s. La Cena, Pittura in Muro ...
Glückliches Ereignis X 538–542 vgl. XIII 27* vgl. zu XIII 10ff
Goethes Ankündigung des West-östlichen Divans im „Morgenblatt" 1816 II 268–270
Goethes Beitrag zum Andenken Lord Byrons XII 324–327
Aus Goethes Brieftasche (Auszug) s. Dritte Wallfahrt nach Erwins Grabe ... s. Nach Falconet und über Falconet
Götter, Helden und Wieland IV 203–215 X 56° 57 430 537⁺
Götz von Berlichingen
1. Fassung: Geschichte Gottfriedens von Berlichingen mit der eisernen Hand dramatisiert. Auszüge im Kommentar Bd. IV 501–519
2. Fassung: Götz von Berlichingen mit der eisernen Hand. Ein Schauspiel IV 73–175
I 88f IX 373 413 507 522 524 532 536* 540 570*–576 589 X 10f 116* 126 170 430f XI 157
Über den Granit XIII 253–258 vgl. SR
(Der Groß-Cophta) X 313 357* 433f vgl. I 241* vgl. zu XI 419
Das Grundwahre s. Naturphilosophie

(Philipp Hackert) X 509*
(Hanswursts Hochzeit) X 123*ff 430

Hebel s. Alemannische Gedichte ...
Hermann s. Geistesepochen ...
Hermann und Dorothea II 437–514 X 359 446f vgl. I 197f
Histoire de la vie et des ouvrages de Molière par J. Taschereau. Paris 1828 XII 353–354
Herrn von Hoffs geologisches Werk XIII 282–287
Luke Howard to Goethe. A Biographical Sketch XIII 304–305
Humboldt, A. v. s. Über den Bau und die Wirkungsart der Vulkane ...

Indische und chinesische Dichtung XII 301–303
Der Inhalt bevorwortet XIII 59–63 s. Einleitung in die Hefte zur Morphologie
Instruktionen für den Bergbeflissenen J. C. Voigt. 1780 XIII 251–252
Inwiefern die Idee: Schönheit sei Vollkommenheit mit Freiheit, auf organische Naturen angewendet werden könne XIII 21–23
(Iphigenie auf Delphi, Plan eines Schauspiels) XI 107*f 155 170
Iphigenie auf Tauris
(Prosafassung: Iphigenia)
2. Fassung: Iphigenie auf Tauris. Ein Schauspiel V 7–67 I 118 352f X 50 310 313 431 433 XI 22 64⁺ 107 155 157 164 169f 176 187 190 205 208 392 XII 294 vgl. XI 381
Italienische Reise II 282⁺ XI 7–556 X 308⁺ 343⁺ 433 512° 516° 519 vgl. III 134 vgl. zu IX 7ff

(Das Jahrmarktsfest zu Plundersweilern)
IX 594*f vgl. Neueröffnetes moralisch-politisches Puppenspiel
(Jery und Bätely, Singspiel) XI 516
Joseph der Zweite s. Sankt Joseph ...
(Josephs-Geschichte, nicht erhaltener Versuch) IX 141*f
Julius Cäsars Triumphzug, gemalt von Mantegna XII 182–191
Für junge Dichter. Wohlgemeinte Erwiderung XII 358–359

Der Kammerberg bei Eger (I) XIII 258–269
Kammerberg bei Eger (II) XIII 278–280
Kautelen des Beobachters s. Der Versuch als Vermittler ...
Keferstein s. Bildung des Erdkörpers ...
Des Knaben Wunderhorn. Alte deutsche Lieder, herausgegeben von Achim von Arnim und Clemens Brentano XII 270–284
Knabenmärchen s. Der neue Paris
Von Knebels Übersetzung des Lukrez XII 306–308
Krummacher s. Blicke ins Reich der Gnade ...
Über Kunst und Altertum s. Zeitschriften

Kunst und Altertum am Rhein und Main. (Auszug: Heidelberg) XII 142–164 X 518f vgl. Zeitschriften
Kunstausstellungen s. Letzte Kunstausstellung 1805
(Künstlerische Behandlung landschaftlicher Gegenstände) vgl. zu XII 216ff

Landschaftliche Malerei XII 216–223
Über Laokoon XII 56–66 IX 501f+ XII 46+ 50+ vgl. NR SR
Die Laune des Verliebten IV 7–27 IX 285 350 X 429
(Leben des Benvenuto Cellini, florentinischen Goldschmieds und Bildhauers, von ihm selbst geschrieben. Übersetzt und mit einem Anhange herausgegeben von Goethe) X 447+ vgl. X 531 XIV 84
Lebensbekenntnisse im Auszug X 534–535
Lehrjahre s. Wilhelm Meisters Lehrjahre vgl. SR
Die Leiden des jungen Werther VI 7–124 I 92 125 179 380 394 IX 540ff 578ff 583 585ff 594 X 8 28 47 78 116 144 154 321 430 545f XI 142 223 242 324f 427 443 516
Lenardos Tagebuch VIII 338–352 415–435
Lenz s. Besuch in Sesenheim
Leonardo da Vincis Abendmahl ... s. Joseph Bossi über ...
Die Lepaden XIII 203–206
Letzte Kunstausstellung 1805 (Auszug) XII 129–130
The Life of Friedrich Schiller. Comprehending an examination of his works XII 350–351
(Lila, Singspiel) X 431* XI 516
Literarischer Sansculottismus XII 239–244
Lord Byron s. Goethes Beitrag zum Andenken Lord Byrons
(Der Löwenstuhl, Fragment eines Operntextes) vgl. zu I 290+
Lukrez s. Von Knebels Übersetzung des Lukrez
Lyrisches Volksbuch s. Plan eines lyrischen Volksbuches

(Mahomet, Dramenfragment) X 39*ff vgl. I 42*ff vgl. SR
(Mahomet, Trauerspiel in fünf Aufzügen nach Voltaire, übersetzt von Goethe) X 450* vgl. zu IX 484
Aus Makariens Archiv VIII 460–486 vgl. Betrachtungen im Sinne der Wanderer vgl. Maximen und Reflexionen
Zu malende Gegenstände XII
Der Mann von funfzig Jahren VIII 167–224
Mantegna s. Cäsars Triumphzug ... s. Julius Cäsars ...
Das Märchen VI 209–241 vgl. I 213* vgl. SR
Materialien zur Geschichte der Farbenlehre (Auszug) XIV 7–269 XIII 11+ vgl. Farbenlehre vgl. SR
Maximen und Reflexionen XII 365–547 Register Bd. XII,

S. 769–781 vgl. Betrachtungen im Sinne der Wanderer vgl. Aus Makariens Archiv
Aus meinem Leben Dichtung und Wahrheit II 282⁺ IX 7–598 X 7–187 X 507⁺ 509ff 513° 519
Dem Menschen wie den Tieren ist ein Zwischenknochen der obern Kinnlade zuzuschreiben XIII 184–196 X 436* XIII 48f* vgl. XIII 62* 181
Die Metamorphose der Pflanzen XIII 64–101 X 314 434 447 522 538 540 XI 376f 405 XIII 26 39 102f 105ff 113 116 131ff 148ff vgl. I 199–201 vgl. XII 367* 438 vgl. XIII 34 56⁺ vgl. Urpflanze: XI 60 222 266f 323f 374f 389 395 vgl. SR
Mineralogie von Thüringen und angrenzender Länder XIII 252–253
Die Mitschuldigen
(I. Fassung: Ein Lustspiel in einem Akte. 1769)
2. Fassung: Ein Lustspiel in Versen und drei Akten IV 28–72
(3. Fassung: Ein Lustspiel in Versen und drei Akten. 1787)
IX 286 350 414 572 X 429 XIII 103f
Molière s. Histoire de la vie ...
Moritz s. Über die bildende Nachahmung des Schönen...
Morphologie XIII 53–250 vgl. Betrachtung über Morphologie vgl. SR
Zur Morphologie s. Zeitschriften
Justus Möser XII 320–322
Myrons Kuh XII 130–137
(Die Mystifizierten, Fragment eines Singspiels) XI 419⁺ vgl. zu I 241f

Nacharbeiten und Sammlungen (Auszug) XIII 118–120
Nachlese zu Aristoteles' Poetik XII 342–345
Napoleon s. Unterredung mit Napoleon
Die Natur XIII 45–47
Natur, Manier, Stil s. Einfache Nachahmung der Natur ...
(Naturgedicht, Plan) X 450*
Die natürliche Tochter V 215–299 X 449 451f 458 XIII 39
Naturphilosophie XIII 44–45 vgl. SR
Zur Naturwissenschaft (allgemein) XIII 7–52 vgl. SR
Zur Naturwissenschaft überhaupt ... s. Zeitschriften
Nausikaa V 68–72 XI 266f 298*ff 374° vgl. XI 232
Neue Liedersammlung von Karl Friedrich Zelter XII 308–309
Die neue Melusine VIII 354–370 IX 446*f 449f° 463⁺ vgl. NR: Die schöne Melusine vgl. SR
Der neue Paris IX 51–65 IX 95° 140° 446
(Der neue Pausias und sein Blumenmädchen) X 447*

(Neueröffnetes moralisch-politisches Puppenspiel) X 430+ XI 173+ vgl. Das Jahrmarktsfest zu Plundersweilern vgl. Ein Fastnachtsspiel vom Pater Brey
Das Nibelungenlied. Übersetzt von Karl Simrock XII 348–350 vgl. NR SR
Nicht zu weit VIII 393–404
Niebuhr s. Römische Geschichte ...
Noch ein Wort für junge Dichter XII 360–361
Noten und Abhandlungen zu besserem Verständnis des West-östlichen Divans II 126–267
Novelle VI 491–513 vgl. zu X 447 vgl. SR
Das nußbraune Mädchen VIII 128–144

Objekt und Subjekt s. Der Versuch als Vermittler ...
Optische Beiträge s. Beiträge zur Optik vgl. SR
Östliche Rosen von Friedrich Rückert XII 309–310

Paläophron und Neoterpe V 300–308
Pandora V 332–365 X 499f vgl. SR
Pater Brey s. Ein Fastnachtsspiel ...
Phaethon, Tragödie des Euripides, Versuch einer Wiederherstellung aus Bruchstücken XII 310–320
Phigalia s. Relief von Phigalia
Die pilgernde Törin VIII 51–64 XII 536 vgl. zu VI 125ff (bes. S. 603f)
Plan eines lyrischen Volksbuches XII 284–287
Plato als Mitgenosse einer christlichen Offenbarung XII 244–249
(Positiones juris ...) vgl. zu IX 474
Pozzuoli s. Tempel zu Puzzuol
Principes de Philosophie zoologique. Discutés en Mars 1830 au sein de l'académie royale des sciences par Mr. Geoffroy de Saint-Hilaire XIII 219–250 vgl. XIII 60f
Probleme XIII 35–37 vgl. SR
(Prolog zu den neusten Offenbarungen Gottes, verdeutscht durch Dr. Carl Friedrich Bahrdt) IX 595* X 430*
Prometheus IV 176–187 X 48*f vgl. I 44*ff vgl. SR
Propyläen s. Zeitschriften vgl. Einleitung in die Propyläen vgl. SR
Proserpina IV 455–462 X 431

Raffael s. Über Christus und die zwölf Apostel ...
Rameaus Neffe. Ein Dialog von Diderot (Auszug aus Goethes Anmerkungen dazu) XII 267–269
Friedrich von Raumer, Geschichte der Hohenstaufen XII 338–339

Regeln für Schauspieler (Auszug) XII 252–261
Reineke Fuchs II 285–436 X 371 438 519 vgl. X 359*f vgl. XII 321 vgl. NR
(Reise-, Zerstreuungs- und Trostbüchlein) vgl. zu I 259
Relief von Phigalia XII 169–171
Rochus-Fest s. Sankt-Rochus-Fest zu Bingen
Römische Geschichte von Niebuhr XII 346–347
Das Römische Karneval XI 484–515 X 434* XIII 102 vgl. SR
Rückert s. Östliche Rosen ...
Ruysdael als Dichter XII 138–142

Der Sammler und die Seinigen (Auszug) XII 73–96 vgl. zu XII 57
Sankt Joseph der Zweite VIII 13–28 vgl. X 499⁺
Sankt-Rochus-Fest zu Bingen X 401–428 X 519
Satyros oder der vergötterte Waldteufel IV 188–202 IX 563* vgl. SR
(Scherz, List und Rache, Singspiel) XI 419⁺ 431⁺ 434°f 437
Schicksal der Druckschrift XIII 105–112
Schicksal der Handschrift XIII 102–105
Schiller s. Ferneres in bezug auf mein Verhältnis zu Schiller s. Glückliches Ereignis s. Über Schillers Wallenstein
Über Schillers Wallenstein XII 252
Die schönen Künste in ihrem Ursprung, ihrer wahren Natur und besten Anwendung, betrachtet von J. G. Sulzer XII 15–20
Schweizer Reise s. Briefe aus der Schweiz s. Tagebuch der Reise in die Schweiz
Selbstbiographie X 531–532
Selbstschilderung (I, II, III) X 529–531
Serbische Lieder XII 327–338
Sesenheim s. Besuch in Sesenheim 1779
Shakespeare und kein Ende (gekürzt) XII 287–298
Zum Shakespeares-Tag XII 224–227
(Sie kommt nicht! Nicht erhaltenes Spiel) X 103*ff
Simrock s. Das Nibelungenlied
Die Skelette der Nagetiere, abgebildet und verglichen von d'Alton- XIII 212–219 vgl. XIII 200 238 242
Spätere Zeit s. Bemerkungen der Freunde s. Selbstschilderung
Spinoza s. Studie nach Spinoza
Spiraltendenz der Vegetation (Auszug nach den Handschriften) XIII 130–148 vgl. SR
Stella IV 307–351 I 105 X 430
Lorenz Sterne XII 345–346
Ernst Stiedenroth, Psychologie zur Erklärung der Seelenerscheinungen XIII 41–43

Studie nach Spinoza XIII 7–10
Sulzer s. Die schönen Künste ...

Tag- und Jahreshefte (Auszug) X 428–528 X 528+ vgl. zu IX 7ff (S. 618f)
(Tagebuch der Reise in die Schweiz. Mai 1775) vgl. I 102*f vgl. zu X 120ff (S. 633) vgl. Briefe aus der Schweiz
Tasso s. Torquato Tasso
(Tell, Plan eines Epos) X 468*ff vgl. zu X 145
Tempel zu Puzzuol XIII 287–295
Torquato Tasso V 73–167 X 356 433 497 XI 170 176 208 226*ff 383 432 476 516 525 543 vgl. I 381
(Triumph der Empfindsamkeit, Schauspiel) X 431*

Unterhaltungen deutscher Ausgewanderten VI 125–241 X 359 439 444
Das Unternehmen wird entschuldigt XIII 53–54 vgl. Einleitung in die Hefte zur Morphologie
Unterredung mit Napoleon X 543–547
Urfaust III 365–420
Urmeister s. Wilhelm Meisters theatralische Sendung

Der Verfasser teilt die Geschichte seiner botanischen Studien mit XIII 148–168 XIII 55+ vgl. XIII 118*
Vergleichende Anatomie s. Erster Entwurf einer allgemeinen Einleitung ...
Vergleichende Knochenlehre (Auszug) XIII 206–212
Verhältnis zur Wissenschaft, besonders zur Geologie XIII 272–275
Der Versuch als Vermittler von Objekt und Subjekt XIII 10–20 XIII 37f vgl. XIII 26+ vgl. SR
Versuch, die Metamorphose der Pflanzen zu erklären s. Die Metamorphose der Pflanzen
Versuch einer Witterungslehre (Auszug) XIII 305–313
(Versuch über die Gestalt der Tiere) X 436+
(Die Vögel, Goethes Nachdichtung des Aristophanes) XI 22* 32 43 53f 252+ 318 X 432*
Voigt s. Instruktionen für ...
Vorarbeiten zu einer Physiologie der Pflanzen s. Betrachtung über Morphologie
Vorschlag zur Güte XII 324

Die Wahlverwandtschaften VI 242–490 IX 497+ X 499f 505f vgl. SR
Über Wahrheit und Wahrscheinlichkeit der Kunstwerke XII 67–73

Wallenstein s. Über Schillers Wallenstein
Wanderjahre s. Wilhelm Meisters Wanderjahre
(Was wir bringen, Vorspiel bei Eröffnung des neuen Schauspielhauses zu Lauchstädt) vgl. I 245*
Weltliteratur, Goethes wichtigste Äußerungen XII 361–364
Wer ist der Verräter? VIII 85–114
Werke, Ausgaben:
Goethes Schriften. Leipzig, bei J. G. Göschen. 8 Bde. 1787–1790. (S) X 432*f XI 21* 170 399 405 412+ 420+ 516 519 525f XIII 103
Goethes Neue Schriften. Mit Kupfern. Berlin, bei J. F. Unger. 7 Bde. 1792–1800. (N) XI 520*
Goethes Werke. Tübingen, J. G. Cotta, 13 Bde. 1806–1810. (A) IX 7*f X 492 506
Goethes Werke. Stuttgart und Tübingen. J. G. Cotta. 20 Bde. 1815–1819. (B) IX 512 X 30 519* 533 535
Werther s. Die Leiden des jungen Werther
West-östlicher Divan II 7–125 X 514f° 516 521 XII 309 336+ vgl. Goethes Ankündigung des West-östlichen Divans ... vgl. Noten und Abhandlungen ...
Wiederholte Spiegelungen XII 322–323
Wieland s. Götter, Helden und Wieland s. Zu brüderlichem Andenken Wielands 1813
Wilhelm Meisters Lehrjahre VII 7–610
Wilhelm Meisters theatralische Sendung (Auszug) VIII 487–616
Wilhelm Meisters Wanderjahre VIII 7–486
Zu Wilhelm Meister: I 356 IX 339 X 431f 446 499+ XI 181° 217 366 411 429° 517 XII 143+f 536° vgl. XII 254* 294*
Winckelmann XII 96–129 vgl. zu XI 147
Zur Witterungslehre XIII 304–523 vgl. SR
Wohlgemeinte Erwiderung s. Für junge Dichter...

Zeitschriften Goethes:
(Es werden für jede Zeitschrift alle in die Hamburger Ausgabe aufgenommenen Stücke genannt, abgesehen von Gedichten, Maximen usw.)
Propyläen. Eine periodische Schrift, herausgegeben von Goethe, 3 Bde. (6 Stücke). Tübingen, Cotta, 1798–1800 IX 502 X 449* 462 XII 38*–55 77 XIV 267 vgl. zu XII 73
Bd. I, 1. St. (1798): Einleitung in die Propyläen; Über Wahrheit und Wahrscheinlichkeit der Kunstwerke; Über Laokoon;
Bd. II, 2. St. (1799): Der Sammler und die Seinigen;
Über Kunst und Altertum. Von Goethe. 6 Bde. (je 3 Hefte). Stuttgart, Cotta, 1816–1832 X 534+ XII 142f* vgl. zu II 281

Bd. I, H. 1 u. 2 (1816/17): Über Kunst und Altertum in den Rhein- und Main-Gegenden (Auszug: Heidelberg);
Bd. I, H. 2 (1817): Sankt-Rochus-Fest zu Bingen;
Bd. I, H. 3 (1817): Geistespochen nach Hermanns neusten Mitteilungen; Joseph Bossi über Leonardo da Vincis Abendmahl ...;
Bd. II, H. 1 (1818): Myrons Kuh; Antik und modern;
Bd. III, H. 3 (1822): Calderons „Tochter der Luft"; Von Knebels Übersetzung des Lukrez; Neue Liedersammlung von Karl Friedrich Zelter; Östliche Rosen von Friedrich Rückert;
Bd. IV, H. 1 (1823): Julius Cäsars Triumphzug, gemalt von Mantegna; Selbstbiographie; Archiv des Dichters und Schriftstellers; Lebensbekenntnisse im Auszug;
Bd. IV, H. 2 (1823): Phaethon, Tragödien des Euripides; Cäsars Triumphzug ..., 2. Abschnitt; Justus Möser; Von deutscher Baukunst (1823);
Bd. IV, H. 3 (1824): Von deutscher Baukunst (1772);
Bd. V, H. 1 (1824): La Cena, Pittura in Muro di Giotto ...; Die Externsteine;
Bd. V, H. 2 (1825): Serbische Lieder; Friedrich von Raumer, Geschichte der Hohenstaufen;
Bd. V, H. 3 (1826): Shakespeare als Theaterdichter (= Shakespeare und kein Ende III); Plato als Mitgenosse einer christlichen Offenbarung;
Bd. VI, H. 1 (1827): Nachlese zu Aristoteles' Poetik; Lorenz Sterne; Naturphilosophie;
Bd. VI, H. 2 (1828): The Life of Friedrich Schiller; German Romance; Histoire de la vie et des ouvrages de Molière; Faust, tragédie de Monsieur de Goethe; Myrons Kuh, Nachtrag;
Bd. VI, H. 3 (Aus dem Nachlaß herausgegeben von den Weimarer Kunstfreunden 1832): Landschaftliche Malerei; Für junge Dichter, Wohlgemeinte Erwiderung

Zur Morphologie s. Zur Naturwissenschaft überhaupt

Zur Naturwissenschaft überhaupt, besonders zur Morphologie. Erfahrung, Betrachtung, Folgerung, durch Lebensereignisse verbunden. Von Goethe. Stuttgart und Tübingen, Cotta, 1817–1824, 2 Bde.

(Erschienen in 6 Lieferungen, 4 vom 1. Bd., 2 vom 2. Bd.; jede Lieferung enthielt sowohl einen Teil von „Zur Naturwissenschaft überhaupt" als auch von „Zur Morphologie" in gemeinsamen Umschlägen.)

I 403 X 523+ XIII 27+ 37+ 53*ff 59ff 305+ vgl. zu I 357*, zu XIII 7ff (S. 557, 561), zu XIII 26 148

Zur Naturwissenschaft überhaupt

Bd. I, H. 2 (1820): Der Kammerberg bei Eger;
Bd. I, H. 3 (1820): Zur Geologie, besonders der böhmischen; Kammerberg bei Eger, Nachtrag;
Bd. I, H. 4 (1822): Bildung des Erdkörpers;
Zur Morphologie
Bd. I, H. 1 (1817): Das Unternehmen wird entschuldigt; Die Absicht eingeleitet; Der Inhalt bevorwortet; Geschichte meines botanischen Studiums (kürzere Fassung); Die Metamorphose der Pflanzen; Schicksal der Handschrift; Schicksal der Druckschrift; Glückliches Ereignis;
Bd. I, H. 2 (1820): Einwirkung der neueren Philosophie; Anschauende Urteilskraft; Bedenken und Ergebung; Bildungstrieb; Drei günstige Rezensionen; Andere Freundlichkeiten; Nacharbeiten und Sammlungen; Dem Menschen wie den Tieren ist ein Zwischenknochen der obern Kinnlade zuzuschreiben;
Bd. I, H. 3 (1820): Freundlicher Zuruf;
Bd. I, H. 4 (1822): Fossiler Stier;
Zur Naturwissenschaft überhaupt
Bd. II, H. 1 (1823): Der Versuch als Vermittler von Objekt und Subjekt; Architektonisch-naturhistorisches Problem (= Tempel zu Puzzuol); Über den Bau und die Wirkungsart der Vulkane ...;
Zur Morphologie
Bd. II, H. 1 (1823): Probleme; Bedeutende Fördernis durch ein einziges geistreiches Wort;
Bd. II, H. 2 (1824): Die Lepaden; Ernst Stiedenroth, Psychologie zur Erklärung der Seelenerscheinungen; Die Skelette der Nagetiere
Zelter s. Neue Liedersammlung ...
Zoologie (allgemein) XIII 169–250 vgl. SR
Zwischenkieferknochen s. Dem Menschen wie den Tieren ... vgl. SR
(Zwo wichtige, bisher unerörterte Fragen) vgl. zu IX 511

GESAMTÜBERSICHT BAND I–XIV

I. Gedichte. Textkritisch durchgesehen und mit Anmerkungen versehen von Erich Trunz.

II. West-östlicher Divan – Die Geheimnisse – Reineke Fuchs – Hermann und Dorothea – Achilleis. Textkritisch durchgesehen und mit Anmerkungen versehen von Erich Trunz.

III. Faust. Textkritisch durchgesehen und mit Anmerkungen versehen von Erich Trunz.

IV. Die Laune des Verliebten – Die Mitschuldigen – Götz von Berlichingen – Prometheus – Satyros – Götter, Helden und Wieland – Claudine von Villa Bella – Clavigo – Stella – Die Geschwister – Egmont – Proserpina. Textkritisch durchgesehen und mit Anmerkungen versehen von Wolfgang Kayser.

V. Iphigenie auf Tauris – Nausikaa – Torquato Tasso – Die Aufgeregten – Die natürliche Tochter – Paläophron und Neoterpe – Elpenor – Pandora – Des Epimenides Erwachen. Textkritisch durchgesehen von Lieselotte Blumenthal und Eberhard Haufe und mit Anmerkungen versehen von Stuart Atkins, Dieter Lohmeier, Waltraut Loos und Marion Robert.

VI. Die Leiden des jungen Werther – Unterhaltungen deutscher Ausgewanderten. Textkritisch durchgesehen und mit Anmerkungen versehen von Erich Trunz. – Die Wahlverwandtschaften – Novelle. Textkritisch durchgesehen von Erich Trunz. Mit Anmerkungen versehen von Benno v. Wiese.

VII. Wilhelm Meisters Lehrjahre. Textkritisch durchgesehen und mit Anmerkungen versehen von Erich Trunz.

VIII. Wilhelm Meisters Wanderjahre. Textkritisch durchgesehen und mit Anmerkungen versehen von Erich Trunz.

IX. Dichtung und Wahrheit, Buch 1–13. Textkritisch durchgesehen von Lieselotte Blumenthal. Mit Anmerkungen versehen von Erich Trunz.

X. Dichtung und Wahrheit, Buch 14–20 – Autobiographische Einzelheiten. Textkritisch durchgesehen von Lieselotte Blumenthal. Mit Anmerkungen versehen von Erich Trunz. – Campagne in Frankreich – Belagerung von Mainz – Sankt-Rochus-Fest zu Bingen – Tag- und Jahreshefte (im Auszug). Textkritisch durchgesehen und mit Anmerkungen versehen von Waltraud Loos.

XI. Italienische Reise. Textkritisch durchgesehen von Erich Trunz. Mit Anmerkungen versehen von Herbert v. Einem.

XII. Schriften zur Kunst. Textkritisch durchgesehen von Erich Trunz. Mit Anmerkungen versehen von Herbert v. Einem. – Schriften zur Literatur – Maximen und Reflexionen. Textkritisch durchgesehen und mit Anmerkungen versehen von Hans Joachim Schrimpf.

XIII. Zur Naturwissenschaft im allgemeinen – Zur Morphologie – Zur Geologie – Zur Witterungslehre. Textkritisch durchgesehen und mit Anmerkungen versehen von Dorothea Kuhn. – Farbenlehre, Didaktischer Teil. Textkritisch durchgesehen und mit Anmerkungen versehen von Rike Wankmüller. – Mit einem Essay von Carl Friedrich v. Weizsäcker.

XIV. Farbenlehre, Historischer Teil. Textkritisch durchgesehen und mit Anmerkungen versehen von Dorothea Kuhn. – Goethes Leben von Richard Benz – Zeittafel zu Goethes Leben und Werk von Heinz Nicolai – Bibliographie, zusammengestellt von Erich Trunz – Namen-Register, bearbeitet von Irmgard Böttcher. – Sachregister, bearbeitet von Dorothea Schäfer. – Werk-Register, bearbeitet von Irmgard Böttcher.

Genauere Angaben enthalten die Register der einzelnen Bände und insbesondere das Werk-Register, Bd. XIV, S. 790–803.

Register für die Gedichte stehen am Ende von Bd. I und II; ein Register für die Maximen und Reflexionen befindet sich in Bd. XII.

INHALT

Geschichte der Farbenlehre 7

KOMMENTARTEIL

Nachwort 273

Anmerkungen der Herausgeberin zur „Geschichte der Farbenlehre" 297

Goethes Leben. Von Richard Benz 343

Zeittafel zu Goethes Leben und Werk. Von Heinz Nicolai 382

Bibliographie. Von Erich Trunz 549

Namen-Register. Bearbeitet von Irmgard Böttcher 629

Sachregister. Bearbeitet von Dorothea Schäfer 723

Werk-Register. Bearbeitet von Irmgard Böttcher 790

Gesamtübersicht Band I–XIV 804